김일성 평전

▶일러두기 및 부탁 말씀

※ 이 책을 출판하기 위하여 '원고투어'를 진행할 때 모두 거절당했다. 이런 책이 나오면 출판사가 보수단체의 공격을 받아 혹시 난처한 경우를 겪을 수 있다는 것이었다. 할 수 없이 저자는 자체로 출판사를 등록하고 자비로 이 책을 출판하려고 서둘렀지만 혼자서 모든 것을 하기엔 어려웠다. 이때 이 책의 가치를 높이 평가한 동아일보 주성하 기자(김일성종합대학 출신)가 신문에 칼럼을 실어주고 응원해 주었다. 주 기자뿐만 아니라 이 책을 먼저 접하고 읽어본 많은 탈북 엘리트들은 통일이 된 뒤 이 책이 북한에서 김일성 신격화를 깰 수 있는 좋은 책이라며 많은 지지와 성원을 보내주었다.

※ 여기서 특히 부언하고 싶은 말씀은, 북한의 혹정을 피해 한국으로 탈북한 사람들은 하나같이 인간이 아닌 신으로 신격화되어, 정작 신도 아니고 인간도 아닌 이상한 모습으로 만들어져 있는 김일성에 대하여 싫어하면서도, 정작 김일성을 가짜라고 주장하는 이남 학자들의 견해에 대하여서도 동의하지 않고 있다는 점이다. 그들이 '김일성평전'이 반드시 출간되어야 하며 통일된 이후 북한 인민이 반드시 읽어야 할 책이라고 주장하는 이유는 이 책이 바로 북한 세습 체제를 지탱하고 있는 김일성의 신화를 깨는 데 귀중한 무기가 될 수 있다는 점 때문이다. 중국의 비밀자료들과 항일투쟁 생존자들이 남긴 생생한 증언은 김일성이 결코 신이 아닌 평범한 인간이라는 부인할 수 없는 증거이다.

※ 이 책은 출판사와 저자의 협의에 의하여, 이 책의 모든 판권 및 이 책으로 인하여 혹시라도 발생하게 될 한국 내에서의 모든 법률적인 책임은 저자가 전부 지기로 했다. 따라서 출판사와는 아무런 상관이 없음을 특별히 성명한다. 선착순으로 이 책을 취득하시게 될 한국의 독자들은 이 책을 읽으신 뒤에도 결코 쉽게 버리지 말기를 바란다. 이 책을 쓰기 위해 저자는 근 30년의 노력을 기울여왔고, 영리를 주목적으로 출간하는 것도 아니다. 이를 감안해 가능하면, 국내 북한관련 연구기관이나 또는 관련 대학의 학자들, 그리고 한민족 독립운동사를 공부하고 있는 대학원생들에게 전달이 되어 역사방면의 참조(參照) 인용 자료로 소중하게 활용될 수 있도록 해주시기를 부탁드린다.

2017년 1월10일. 한국 서울에서. 저자로부터.

김일성 평전 (上卷)

金日成 評傳

유순호 지음

"내가 마귀를 부르면 그것이 온다.
의구심을 품고 자세히 그것의 얼굴을 살펴본다.
추하거나 흉이 없었으며 오히려 사랑스럽고 매력적인 남자였소."

—하인리히 하이네(Heinrich Heine)

志遠출판사

헌사 獻辭

김일성과 함께 1930년대를 보냈던,
이름도 없이 사라져간 무명의 항일독립투사들에게

차 례

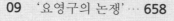

저자의 말

이 글의 주인공은 물론 두말할 것도 없이 김일성이다. 1945년 '8·15 광복'과 함께 북한으로 돌아가 독재정권을 세우고 1950년에는 '6·25 한반도전쟁'까지 일으켜 자기 동족 수십만을 학살하였던 인물. 김일성의 죄행들은 이미 세상에 알려질 만큼 알려져 있다.

그 뒤를 이어 아들 김정일과 손자 김정은에 이르기까지 3대째 정권을 세습하면서 북한이라는 나라를 세계에서 제일 가난하고 못사는 나라로 만들고 2천만에 달하는 북한의 인민들을 헐벗고 굶주리게 만들고 있는 죄악의 괴수로서 김일성을 지목하는 데는 아무런 이의도 없다.

어쩌면 김일성 본인도 자기가 저질러온 죄행에 대하여 전혀 모르고 있지는 않았던 것 같다. 나는 북한 당국이 오늘날까지도 그렇게나 김일성의 항일투쟁사를 정성 들여가면서 위조하고 왜곡하여 날조하고 있는 행위에 대하여 여러 가지의 의미로 해석한다. 그 가운데서도 주요한 것은 바로 자기들이 저질러왔던 그 많은 범죄와 죄행에 대한 정당성을 부여하기 위한 데에 목적이 있지 않았나 생각하는 것이다. 즉 김일성이 항일투쟁을 한 것만은 틀림없는 사실이고 또 그 규모가 크든 작든 상관없이 자기들이 이러한 권력을 세습하고 있는 것 자체마저도 김일성의 아버지 김형직 때부터 전해 내려오고 있는 유훈으로 변명하고 있는 것이다.

그러나 실제로는 어떠했던가? 과연 김일성은 북한에서 선전하고 또 김일성 본인이 회고록 『세기와 더불어』에서 고백하고 있는 것처럼 조선의 항일혁명을 주도하고 승리로 이끌어왔던 위대한 영웅이었을까? 아니면 남한에서 매도하고 있는 것처럼 '가짜'까지는 아니더라도 형편없이 보잘것없는 그런 미미한 존재였을까?

이에 대하여 정말 자세하게, 그리고 실사구시하게, 남, 북한 어느 한 쪽으로도 편향하지 않은채로 공정하게 대답하고 있는 책을 나는 이제까지 한 번도 본 적이 없다. 물론 그동안 김일성에 대하여 연구를 진행하고 또 특별히 항일투쟁사 부분만을 집중적으로 연구하여 집필하였던 와다 하루키(和田春樹)의 '김일성과 만주항일전쟁'과 같은 논문도 나왔으나 그 정도의 자료만을 가지고는 김일성의 본래 모습, 즉 '쌩얼'을 목도하기엔 여전히 역부족이 아니었나 생각한다. 그 외에도 임은(林隱)의 『김일성왕조비사』나 서대숙(徐大肅)의 『김일성』 그리고 또 김찬정(金贊汀)의 『비극의 항일빨치산』 같은 책들도 더러 나온 것을 알지만 그것들을 일일이 읽어보면서 내가 가장 강렬하게 느꼈던 미흡한 점은 바로 김일성과 관련한 실제 연고자들의 회고담을 하나도 제대로 채취하지 못하였다는 아쉬움이었다.

여기서 내가 지칭하는 연고자들이란 결코 김일성과 함께 북한으로 돌아가 이 정권을 세우는 데 한몫씩 했던 '항일빨치산투쟁의 참가자'들이 아니다. 김일성의 우상숭배에 동참하여 전반적으로 항일투쟁사를 위조하고 있는 북한의 연고자들은 누구도 과거를 사실대로 말하지 않는 반면에 김일성을 따라 북한으로 들어가지 않고 중국에 남아버렸던 대부분의 연고자들은 하나같이 사실을 말해주고 있었다. 특히 중국인 연고자들은 그냥 사실만을 말하는 데서 멈추지 않고 김일성의 과거사에 대한 현실에 몹시 불쾌해하며 가능하면 김일성과 북한정권에 의해 위조되고 날조되어 있는 이런 사실들이 제대로 바로잡혀지기를 바라고 있었던 것이다.

한 중국인 연고자의 가족이 나에게 이렇게 말한 적도 있었다.

"우리는 김일성이 일본군 한 놈을 죽여 놓고 열 명을 죽였노라고 거짓말하는 데 대하여 아무런 의견도 없다. 열 명이 아니라 백 명을 죽였다고 거짓말해도 상관이 없다. 다만 자기가 하지 않은 일, 남이 한 일도 자기가 한 일이라고 거짓말하고 있는 것을 두고 볼 수가 없다. 이것은 도적질과 같은 행위가 아니고 무엇인가."

나는 그들을 취재할 때마다 반드시 바로잡아드리겠노라고 약속했었지만, 어느덧 20년이 넘도록 실현하지 못하였다. 일단 준비 작업을 진행하는 데 너무 많은 시간을 소모하였다.

1993년에 김일성의 회고록 『세기와 더불어』가 처음 나오기 시작하였을 때까지도 나는 첫 1권과 2권을 읽고 별로 이의를 제기하려는 마음을 가지지 않았다. 왜냐하면 내가 집중하여 조사연구를 진행하였던 부분은 김일성의 항일투쟁사였기 때문이었다. 그동안 내가 장악하고 있었던 자료들은 주로 김일성이 중국 공산당 영도하에서 활동하기 시작하면서부터였다. 이 부분에 대한 자료들은 중국에서도 발굴하는 일이 그다지 어렵지 않았다. 물론 그때까지의 중국 자료들은 대부분 김일성에 대하여 함부로 이름을 직접 거론하는 것을 회피하였다. 그렇기에 거의 대부분의 자료들에서 김일성을

'김모모'로 대체하기가 일쑤였다.

그러나 그 '김모모'가 바로 김일성이라는 것은 이미 비밀 아닌 비밀이었다. 조금만 연구를 진행하여도 이 '김모모'의 항일투쟁사와 당시 북한에서 하늘 높은 줄 모르게 명성을 드높이고 있었던 '항일의 명장 김일성'의 항일투쟁사와는 서로 부합하지 않는 부분이 아주 많다는 것을 금방 밝혀낼 수 있었다.

그리고 김일성이 아무리 북한의 국가주석이 되었고 또 중국의 국가 지도자들이었던 모택동, 주은래 등과 아주 친하게 지냈더라고 해도, 국가적인 조치로도 입단속이 잘 되지 않는 사람들이 중국에는 얼마든지 있었다. 나는 일일이 찾아다니면서 그들과 직접 만났다. 그리고 이 책의 많은 자료들이 주로 그들의 회고담 속에서 나왔다. 『세기와 더불어』의 제3권과 4권이 나왔을 때 나는 북경에서 직접 이형박과 만나 이 회고록속의 몇 가지 역사적 사실들에 대한 고증을 진행하기도 하였다.

이를테면 김일성 본인이 회고록 제3권에서 "주보중의 요청으로 제1차 북만원정을 진행하였다."고 한 고백은 전혀 사실에 들어맞지 않는 새빨간 거짓말이었다. 후에 또 만난 당시의 연고자 종자운이 직접 나에게 들려준 이야기에 의하면 '민생단'으로 몰려 당장 처형 직전까지 갔던 김일성을 주보중이 있었던 영안(북만주)으로 피신시켰던 사람은 당시의 동만주 특위위원 겸 왕청현위원회 선전부장이었던 왕윤성(王潤成, 馬英)이었다. 당시 왕윤성은 마영(馬英)이라는 별명으로 불리고 있었으며 동만주의 중국 공산당 역사에서 '동만 특위 마영'이라고 하면 당시의 특위 서기였던 동장영 못지않게 유명한 인물이었다.

김일성을 체포하려고 나자구까지 쫓아갔던 '민생단숙청위원회'의 조직원들이 당시 종자운을 만나 김일성을 내놓으라고 요청하자 종자운은 "김일성이 새 근거지를 개척하려 북만주 쪽으로 나갔는데 통제가 되지 않으니 후에 다시 보자."고 하면서 왕윤성을 도와 김일성을 빼돌리는 데 협조했다고 한다. 이 일을 고맙게 생각하고 있었던 김일성이 후에 중국에 방문을 왔을 때 직접 종자운을 찾아가 그때의 일을 회고하면서 감사까지 드렸다는 일화가 전해지고 있다.

또한 『세기와 더불어』는 제3권부터 눈 뜨고 보아줄 수가 없을 지경이었다. 여기저기를 위조하고 날조한 것도 모자라 제4권에 들어가서는 일본군 토벌대 사진을 잘못 올려놓고 토벌대를 항일유격대라고 소개하고 있었다. 이와 같은 착오는 비단 김일성의 회고록에서뿐만 아니라 중국의 항일투쟁사 박물관에서까지도 범하였던 엄중한 실수들이었다.

김일성과 북한 당국이 '밀영에서의 항일유격대'라고 소개한 사진을 찬찬히 들여다보고 또 확대하여 보면 사진 속의 군인들이 어깨에 달고 있는 견장과 모자에 붙어있는 별들이 모두 그들이 일본 군인이라는 것을 알려준다. 실제로도 이 사진은 최현의 부대가 주둔하고 있었던 돈화현 경내의 우심 정자 밀영을 토벌한 일본군 노조에 쇼토쿠 부대의 대원들이 남긴 기념사진이었다.

『세기와 더불어』를 제4권까지 읽고 나서 나는 이와 같이 틀린 사실들을 하나하나 바로잡아놓는 작업을 진행하여야겠다고 마음을 먹었다. 솔직하게 고백하는 말이지만 나는 처음부터 김일성에 대하여 폄하거나 또는 그를 과소평가하고 싶은 마음은 조금도 없었다. 아직도 나는 개인적으로 1945년 '8·15 광복' 이전의 김일성에 대하여 상당 부분에 걸쳐 호감을 갖는 사람이다. 그러나 자기가 하지 않았던 남의 한 일도 자기가 하였노라고 거짓말하고 있는 데 대해서는 차마 보고 넘어갈 수가 없었다. 그런데 1990년대까지 중국에서 살고 있었던 나로서는 이런 일을 진행하기가 쉽지 않았다. 일단 죽을 둥 살 둥 이런 작업을 진행하여 보아야 어디에서 발표해줄 신문이나 잡지도 없었거니와 단행본으로 출간한다는 것은 더욱 상상할 수도 없는 일이었다.

한번은 연변에서 이런 일이 있었다. 한국의 한 시인이 연길에 왔다가 북한에서 운영하고 있는 한 식당에서 식사하던 중 납치되었던 것이었다. 북한에서는 물론 그 시인이 자진하여 월북했노라고 발표했지만 다행스럽게도 중국 정부의 개입으로 금방 풀려나올 수 있었다.

한편 1998년에 나는 중국에서 아주 유명한 중국인 항일영웅 조상지(趙尙志)의 일생을 다룬 논픽션을 출간한 적이 있었는데 그때 세미나에서 나의 책에 발문을 썼던 평론가 최삼룡 선생이 이 책의 저자가 장차 김일성에 대하여 쓰기 위하여 이미 아주 많은 자료를 모아놓고 있다고 처음으로 공개하였던 적이 있었다. 그 이후로 나의 이 책이 언제 나오는지 기대하고 기다리는 사람들도 많았지만 정작 이런 책을 썼다가는 무슨 보복을 당하게 될지 모른다고 걱정하는 사람들도 적지 않았다.

특히 나의 친인들은 난리였다. 괜히 북한으로 납치되거나 또는 암살당할 수도 있다는 두려움 때문에 내가 이 책을 쓰는 데 대하여 반대의견을 표시하였고 또 백방으로 그만둘 것을 권고하였다.

"나는 김일성을 나쁘게 쓰려는 것이 아니다. 잘한 것은 잘했다고 쓰고 정말 멋졌던 일은 멋진 그대로 쓸 것이다. 다만 사실과 부합하지 않는 부분들만을 바로잡아 놓으려고 할 뿐이다."

이렇게 아무리 설명해도 소용없었다.

2002년 내가 방금 도미(渡美)하였을 때, 미국 언론에서는 한창 대만계의 미국인 강남(江南, 劉宜良)을 암살한 배후가 대만 정부의 정보국으로 밝혀졌다는 기사를 내보고 있었다. 강남은 1984년에 미국으로 이민하여 로스앤젤레스에서 살았는데 그 당시 신문에다가 '장경국전'(蔣經國)을 연재한 것이 화근을 불렀다. 그 외에도 『모택동의 사생활』(毛澤東私人醫生回憶錄)을 썼던 모택동의 주치의 이지수

(李志綏)가 1995년에 미국의 일리노이 주 자택에서 강택민이 보낸 자객에 의해 살해되었다는 소문이 또 한창 난무하고 있었다.

이는 어느 독재자 또는 독재정권이 만약 국가적인 권력을 동원하여 보복하려고만 마음먹는다면 미국도 결코 안전지대일 수가 없다는 사실을 설명해주는 것이었다. 더구나 북한에는 아직도 김일성의 신화를 신봉하고 추종하는 세력 2천만 명이 살고 있고, 또 이 2천만 명에 대한 생살권을 틀어쥐고 있는 통치 집단이 벌써 3대째 세습하고 있다는 사실을 결코 외면해서는 안 되었다.

내가 이 책의 집필을 20여 년이나 미뤘던 것도 다 이와 같은 원인 때문이었다. 그러는 사이에 온통 거짓말로 뒤덮인 김일성의 회고록『세기와 더불어』는 계승본까지 총 8권이 나왔고 또 이 회고록을 뒷받침하는『항일빨치산참가자들의 회상기』도 1960~70년대에 첫 1권이 나왔던데 이어서 어느덧 총 20권까지 재판되어 나왔다.

"거짓말도 백 번 하면 진실이 된다."는 속담도 있다. 그동안 김일성의 항일투쟁사에 흥취를 가지고 있는 사람들과 아주 많이 만났는데 놀랍게도 이 거짓말 회고록에 빠져버린 사람들이 생각 외로 적지 않다는 것을 발견하게 되었다. 더욱 황당한 것은 김일성을 '가짜'로까지 매도하면서 교육받았을 것 같은 한국인들까지도 적지 않게 이 회고록에 빠져있다는 사실이었다.

수학에서 "부수의 부수는 정수가 된다."는 말이 이런 경우에도 통하는 것 같았다. 한국에서는 적지 않은 사람들이 나서서 아주 '가짜'로까지 매도하다 보니 그것이 결국에 가서는 거꾸로 되는 효과를 낳은 모양이었다. 그런데 이해할 수 없는 것은 그러면 왜 북한에서는 '신'처럼 만들어놓은 김일성의 형상이 '물극필반'(物極必反)하여 스스로 무너져버리지 않는가 하는 것이었다.

여기서 하나 고백하고 넘어갈 일이 있다. 처음 '김일성 가짜 설'과 접촉하였을 때 내가 받았던 충격 또한 이만저만한 것이 아니었다. 그렇다면 '진짜' 김일성은 과연 누구란 말인가? 나는 여러 가지로 추측하였고 또 연구도 진행하여 보았지만, 북한의 이 김일성뿐만 아니라 이미 고인이 된 여럿 사람들이 '김일성'이라는 별명을 사용하였던 적이 있다는 사실을 알게 되었을 뿐 딱히 어느 누구야말로 '진짜'라고 확인할 수 있는 근거는 하나도 발견하지 못하였다. 대신 당시의 백성들이 스스로 누구를 가리켜 '진짜 김일성'이라고 지칭하는 경우는 아주 많았던 것 같았다.

내가 만났던 사람들 가운데서 중국인 항일군인이자 항일연군 제6사 9단 단장을 역임했던 마덕전(馬德全, 後叛變)의 회고담이 가장 신빙성이 있어 보인다. 마덕전은 후에 변절하였기에 평생을 무직업자로 살았다.

그는 젊었을 때 오늘의 안도현 차조구에서 왕덕태(항일연군 제2군 군장)와 함께 '이씨네 셋째 곰보'(李

三麻子)라고 불리는 중국인 지주의 집에서 머슴살이를 했던 적이 있었다. 그때 진짜 김일성이 차조구와 가까운 천보산(天寶山)에 왔던 적이 있어서 직접 찾아가서 만나보기까지 했다면서 마덕전은 그 김일성이 바로 '양림'이었다고 말했다.

그때는 양림을 '로주'(老周)라고 불렀다. 양림의 중국 공산당 내 직위는 중국 공산당 동만주 특별지부 군사위원회 서기였다. 그런데 그동안 양림이 겪어왔던 경력도 이만저만 화려한 게 아니었다. 가히 전설속의 '김일성 장군'으로 불릴 만도 했다. 한국에서 주장하고 있는 '진짜 김일성' 김경천처럼 일본군 육군사관학교를 졸업하지는 않았지만 중국에서 운남강무당을 나오고 황포군관학교에서 교관으로 활동하는 등의 모습을 보였으며 나아가 소련으로 유학하여 모스크바의 동방대학과 보병학교에서도 공부를 마치고 다시 중국으로 돌아왔던 양림은 중국 공산당 만주성위원회 군사위원회 서기로 임명되었던 어마어마한 인물이었다. 그가 동만주로 파견을 나와 한창 유격대를 조직하고 다닐 때는 북한의 이 김일성은 더 말할 것도 없고 심지어는 왕덕태까지도 남의 집에서 머슴을 살고 있을 때였던 것이다.

그때는 유명 인물의 이름을 따거나 전임자의 별명이나 성씨를 그대로 본받아서 영향력을 유지하려고 했던 혁명가들이 꽤 많았다. 항일연군 1로군 총지휘자였던 양정우(楊靖宇)의 양씨 성도 바로 그의 전임자들이었던 양림과 양군무(楊君武, 楊佐靑)의 성씨를 그대로 이어받은 것이었다는 사실이 중국에서 최근에야 새롭게 발굴된 바 있다. 또한 해방 후 흑룡강성 성장을 지냈던 이범오(李范伍, 李福德, 張松)는 1935년 이후 자기의 별명을 장송(張松)으로 바꾼 것은, 길동 특위 서기 오평(吳平, 楊松)이 모스크바로 돌아가게 되자 그가 여전히 길동 지방에 남아있는 것처럼 적들을 착각시키기 위하여 오평의 별명이었던 양송(楊松)과 비슷하게 지었던 것이라고 고백했다.

본명이 김성주였던 김일성이 당시 아주 유명했던 김일성이라는 별명을 사용하게 된 것도 이와 같은 경우였을 수밖에 없다. 다만 다른 점이 있다면 남들은 성씨나 아니면 이름자 가운데서 어느 한 글자를 가져오곤 했지만 김일성은 남의 이름을 통째로 가져다가 자기의 이름으로 바꿔버린 것뿐이었다. 한편 김일성과 인연을 가지고 있었던 이형박(李荊璞)은 당시 '평남양'(平南陽)이라는 별명으로 불렸던 유명한 인물이다. 그런데 그는 이렇게 주장했다.

"동명이인일 수도 있잖은가. 같은 이름을 사용한다고 그게 무슨 문제가 될 것이 있나. 내가 '평남양'으로 불리기 이전에도 영안 지방에는 '평남양'이라는 깃발을 들고 다녔던 마적부대가 있었다. 그런데 후에 내가 더 유명해지니 사람들은 모두 나를 가리켜 '평남양'이라고 불렀다. 누가 먼저 사용하고 후에 사용하고가 무슨 상관이 있나. 김일성도 마찬가지다. 내가 알고 있는 김일성은 우리 '항일 연군의 김일성'이지 다른 김일성이 아니다."

여기서 알 수 있는 바, 김일성의 문제는 '진짜'냐, '가짜'냐가 아니었다. 이 김일성이 중국 공산당 영도하에 있었던 '항일연군의 김일성'인 것만은 틀림없는 사실인데 중요한 문제는 과연 그가 얼마 만큼이나 항일투쟁을 벌여왔는가 하는 것이다. 그리고 과장되고 나아가 위조되어 있는 그의 항일투 쟁사 가운데서 결국 어느 부분만이 김일성 본인의 것인가를 밝혀내려고 하는 데에 이 책을 집필하 게 된 동기와 목적이 있다.

사탄이 아무리 광명의 천사로 위장을 해도 사탄은 어디까지나 사탄이다. 사람들은 다만 그 위장 에 잠깐 동안 속아있을 뿐이다. 오죽했으면 독일의 시인 하이네까지도 사탄을 가리켜 "내가 악마를 부르면 그가 왔다. 의구심을 갖고 나는 그의 얼굴을 응시했다. 그는 결코 보기 흉하지 않고 사랑스 럽고 매력적인 남자였다."고 했겠는가. 나는 이 시를 읽으면서 이 시 속의 사탄이 김일성과 흡사한 데가 있다는 생각도 했다.

결과적으로 볼 때 김일성과 북한당국은 너무 염치지심(廉恥之心)이 없었다. 이런 식으로 항일투쟁사를 왜곡하여 남이 한 일도 다 김일성이 한 것처럼 꾸며대고 있는 모습은 조금이라도 더 예쁘게 보이려고 끝 없이 분첩을 덧칠하는 시골 기생의 천박한 모습을 방불케 하지만 정작 그 화장을 말끔하게 씻어내 버렸 을 때에 드러나게 될 민낯, 즉 '쌩얼'이 더 건강하고 아름답다는 도리를 왜 모르고 있는지 모르겠다.

나는 이 책에서 그 작업을 한번 시도해보려고 하였다. 손에 핵과 미사일까지 가지고 있는 김정은 이 만약 이 책을 읽는다면 어떻게 반응할지는 알 수 없지만 만약 그도 일말의 양지를 가지고 있는 젊은이라면 최소한 자기 할아버지의 민낯, 즉 '쌩얼'이 그렇게 흉측하지만은 않다는 것을 금방 이해 할 수 있을 것이라고 믿고 싶다.

재차 다시 하는 말이지만, 김일성의 문제는 '가짜'가 아니라 '거짓말'이다. 거짓말 때문에 문제가 더 복잡하게 불거지고 있는 것이다. '가짜 설'도 따져놓고 보면 김일성의 '거짓말' 때문에 더 무성해 진 면도 없지 않다. 김일성이 만약 회고록에서 단 한마디라도 "나 이전에 이미 김일성이라는 이름을 사용하였던 사람이 여럿이 있었다."고 승인해 버렸더라면 '김일성 가짜 설'을 들고 나오고 있는 사 람들의 주장은 그냥 물 먹은 토담처럼 와르르 무너져 내릴 수밖에 없었을 것이다.

내가 보기에도 청년시절의 김일성은 조금도 부풀리지 않고 그냥 있는 그대로의 모습만으로도 상 당히 훌륭하다. 그가 실제로 남겨놓고 있는 많지 않은 청소년 시절의 사진 한 장, 한 장들도 자세하게 들여다보면 정말 매력적이지 않은 것이 없다. 독립운동가의 자식으로 태어나 어린 나이에 너무도 일찍 부모를 여의었지만 낙심하지 않고 끝까지 노력하여 혁명가로 성장하여가던 시절의 모습은 보는 이들의 가슴을 뭉클하게 만드는 영혼의 빛이 그대로 고스란히 담겨 있다. 웃음기가 거의 없는 담담하면서도 어딘가 침울하기까지 한 표정은 보는 이들에게 연민의 느낌마저도 들게 만든다.

사진뿐이 아니다. 인생 여정 그 자체도 격동적이지 않을 수가 없다. 물론 그 인생은 1945년 '8·15 광복'이전의 김일성, 즉 33세 이전의 김일성으로 국한한다. 이 시절의 김일성은 북한에서의 선전처럼 일본군의 토벌대를 무더기로 쓰러뜨리고 백만의 관동군과 싸워서 이겼다는 그런 전설은 근본적으로 존재하지 않았더라도 끝까지 일본군에게 붙잡히지 않고 살아남았다는 그 사실 하나만으로도 칭송받을만하다고 본다.

원래 속담에도 있듯이 '살아남는 자가 승자가 되고 승자가 왕이 되는 법이다.'(勝者爲王, 敗者爲寇) 김일성이 죽지 않고 살아났기 때문에 결과적으로 일본군은 관동군 백만을 동원했었어도 빨치산을 소멸시키지 못했던 것이다. 이것이 바로 청년 김일성이 이룩해낸 거대한 업적이기도 하다.

나는 북한 당국이 이 업적을 제멋대로 보태거나 또는 부풀리고 위장을 한다고 해서 더 빛나거나 위대해지는 것이 아니라 오히려 그 반대효과를 내고 있다는 사실에 주의를 기울이길 바란다. 그리고 그들을 대신하여 이 더럽고도 지겨운 화장을 벗겨내려고 한다.

서문이 이렇게 길어져도 되는지 모르겠다. 마지막으로 하나만 더 부언한다.

이 책 속에선 증언자들의 회고담과 사실에 충실하면서도 허용될 수 있는 한도 안에서 상상력을 덧붙여 그들이 주고받곤 했던 대화들을 재현시켜보기도 하였는데 이는 독자들로 하여금 보다 생동감 있게, 그 현장으로 한 발 더 가깝게 다가가게 만드는 것이 목적이다.

이 책 속엔 정말 많은 인물들이 등장하고 있다. 도저히 한두 권으로 이 많은 인물들을 다 담아내지는 못할 것 같다. 나는 집필을 계속해나갈 것이고 완성되는 대로 계속 세상에 내놓을 생각이다. 많은 독자들의 애독을 바라며 가능하면 고무풍선을 타고 이 책이 북한 땅에도 전달되었으면 좋겠다는 생각을 해본다. 북한의 백성들뿐만 아니라 당국자들까지도 모두 이 책을 주워 읽어보았으면 좋겠다. 만약 김정은이 직접 읽어본다면 더 이상 바랄 것이 없을 것이다.

2016년 3월 20일 미국 뉴욕에서

위대한 사람들은
재난과 혼란의 시기에 배출되었다.
순수한 금속은
가장 뜨거운 용광로에서 만들어지고
가장 밝은 번개는
캄캄한 밤의 폭풍 속에서 나온다.
-찰스 C·콜튼

제1부

성 장

제1장

출신과 출생

위대한 사람들은 재난과 혼란의 시기에 배출되었다.
순수한 금속은 가장 뜨거운 용광로에서 만들어지고 가장 밝은 번개는
캄캄한 밤의 폭풍 속에서 나온다.

―찰스 C · 콜튼

1. 동방의 예루살렘, 평양에서 태어나다

이야기는 1907년 1월 15일에서부터 시작한다.

장소는 오늘날의 평양시 중심지인 만수대 학생 소년궁전 자리다. 백여 년 전 이 동네의 이름은 장대재였다. 날씨가 맑은 날에 이 언덕에 올라서면 평양 시내는 물론이고 황해도까지도 바라보이는 명당이었다. 1893년에 세워져 여기에 자리를 잡았던 평안도의 첫 교회 이름이 장대현교회로 불리고 있는 까닭도 바로 이 지명에서 유래했기 때문이었다.

15일은 1월 2일부터 열렸던 부흥사경회 마지막 날이었다. 장로이자 전도사로 이 교회를 섬기고 있었던 한국인 최초의 목사 7인 중의 한 사람이었던 길선주(吉善宙)목사가 설교 도중 "나는 아간(봉헌물을 훔친 범죄

평양 장대현 교회 - 장대현교회는 마포삼열선교사에 의해 1893년 설립된 평안도 최초의 교회로서 평안도 지역 모교회였다. 그래서 선교사들은 이 교회를 평양중앙교회라고 불렀다. 1901년 당시 이 교회 교인은 1200명에 달했다.

1907년 평양 대부흥 운동과 길선주 목사

자)과 같은 죄인이올시다."라고 회개하면서 통곡하기 시작하였다. 평안도 경내의 2천여 명이나 되는 신도들이 이 교회 예배당에 몰려와 있다가 함께 따라 울면서 통곡하기 시작했다.

이길함이라는 한국인 이름을 가지고 있었던 미국 일리노이 주 출생의 미국인 선교사 그라함 리(Graham Lee 1861-1916)[1]가 이때의 광경을 이렇게 쓰고 있다.

"우리는 모두 뭔가 임하고 있다는 것을 느낄 수 있었다. 사람들이 연이어 자리에서 일어나 자기의 죄를 고백하면서 흐느껴 울기도 하고 거꾸러지기도 하였다. 새벽 2시까지 회개의 울음과 기도가 계속되었다."

이 사건은 한반도 전체에서 일어났던 기독교 부흥운동을 촉발시키는 계기가 되기도 했다. 그리고 외국 언론들에 의해 처음 평양이라는 이름이 세상 밖으로 퍼져나가기 시작했고 외신들은 평양을 가리켜 '동방의 예루살

부흥운동을 발전시킨 길선주 목사

1. 이길함(Graham Lee 1861-1916)선교사. 미국일리노이 주에서 1861년에 출생한 그는 맥코믹신학교를 졸업하고 1892년 북장로교 선교사로 내한해 1912년까지 엄청난 만족적 수난을 겪고 있던 '전환가 한국'에 우리 민족과 한국교회에 새로운 희망을 불어넣어 주었던 선교사였다. 그는 관서지방 개척선교에 착수하여 복음의 불모지 평양을 동방의 예루살렘으로 끌어올리는 데 중추적인 역할을 하였다. 1907년 1월 2일부터 15일까지 2주간 자신이 담임하고 있는 장대현교회에서 열린 "평양 사경회"때 설교와 기도회 인도를 통해 평양대부흥 운동을 발흥시킨 주인공이기도 하다.

렘'으로 호칭하기도 했다.

이미 4년 전에도 원산에서 먼저 한차례 부흥운동이 있었다. 이 운동의 주도자는 1901년부터 원산과 강원도 통천 지방에서 개척선교사로 3년간 선교활동을 해왔었던 남감리교 의료선교사 하디였다. 그는 청일전쟁의 와중에서 한반도의 민중들이 고난과 질곡 속에서 허덕이고 있었던 때를 타 그들을 모두 하나님을 믿는 신도로 만들려고 최선을 다했으나 결실

평양개척의 선구자 마펫(오른쪽)과 그래함 리(왼쪽)

이 없음에 낙담하고 심한 패배감에 빠져 있었다. 그는 그 원인을 자신이 '교만하고 강팍하였으며 믿음이 부족한 때문'이었다고 고백하면서 하면서 자기의 불찰로 돌렸고 그 죄를 눈물로 참회하였다. 그것이 1903년 8월에 있었던 일이었다.

규모는 4년 뒤 평양에서 발생하였던 대부흥운동과는 비교할 수가 없지만 평양의 불씨는 원산에서 튀어왔음이 분명했다. 다시 2년 뒤인 1909년에는 또 한차례 백만인 구원운동이 일어나게 된다. 20세기에 접어들면서 불과 10년도 안 된 사이에 이처럼 세 차례나 되는 큰 부흥운동이 일어난 것은 기독교의 역사에서 그 유례를 찾아볼 수가 없는 일이었다. 미국의 조나단 에드워즈(Jonathan Edwards)와 조지 화이트필드(George Whitefield)로 대변되는 제1차 대각성운동도 다만 1734년-1736년과 1740년-1742년 두 차례에 걸쳐 부흥운동의 파장만을 일으켰을 뿐이었다.

그러나 평양이 동방의 예루살렘으로까지 불려가면서 세상에 알려지고 있을 때 정작 한반도는 중세 말기의 모순과 부패로 여느 때 없이 취약하였다. 러일전쟁에서 일본이 이기고 일본의 배타적인 한국간섭이 노골적으로 되어가고 있을 때 이 부흥운동에서 기독교를 자신의 종교로 받아들였던 한반도의 기독교인들은 반외세 국가자주운동의 중심에 서게 되었다. 그러다가 1905년부터 일본의 침략이 점점 더 노골적으로 되어가자 이 나라의 기독교인들은 나라를 위한 기도를 시작했다.

그 불꽃은 제2차 한일협약, 즉 을사조약(乙巳條約)이 체결되면서 강해졌다. 바로 평양에서 대부흥운동이 일어나기 2년 전에 있었던 일이다. 1905년 11월 17일에 대한제국의 외무대신 박제순과 주한 일본공사 하야시 곤스케에 의해 한국이 자기의 외교권을 일본에 통째로 가져다 바치는 매국조약이 체결된 것이었다. 이는 5년 뒤에 대한제국을 완전히 멸망으로 몰아갔던 1910년의 한일병합조약,

바로 그 전주곡이나 다를 바 없었다.

여기에 들고일어났던 기독교인들은 처음에 주로 기도회와 같은 종교적인 행위로 일본의 침략에 대항하였으나 점차 양상이 변화하기 시작하였다. 을사조약을 무효화하기 위하여 감리교회의 에프워스 동맹(Epworth League, 의법청년회)은 상소운동을 벌이는가 하면 최재학, 이시영 같은 젊고 혈기 방자한 기독교인들은 직접 격문을 만들어 살포하다가 수

안중근(安種根)

감되기도 하는 등 물리적 충돌을 일으키기도 하였다. 나중에는 분하여 자결까지 하는 교인들도 여기저기서 나타나기 시작하였는데 그것이 다시 무력행사로까지 이어지게 되었다.

그 선두에는 물론 안중근(安重根)이 있었다. 안중근의 세례명은 토마스, 바로 도마(多默)였다. 하얼빈 역전에서 이토 히로부미를 처단했던 안중근은 물론 그와 뜻을 같이했던 우연준(禹連俊, 禹德淳)도 기독교도였고 스티븐스(Durham White Stevens)를 제거하였던 장인환(張仁煥)도 기독교도였다. 이처럼 이 땅의 젊은 기독교도들이 여러 가지의 형태로 반외세 국가자주운동에 하나둘씩 투신해가고 있을 무렵이었다. 평양에서 기독교 대부흥운동이 일어난 지 5년, 그리고 안중근이 순국한 지 2년, 세계는 폭풍 속에 잠겨있었다.

을사늑약 체결 직후 한일수뇌진의 사진

1912년 2월에는 중국의 청나라가 멸망했다. 19세기 중, 후반에 있었던 서구 열강들과의 모든 전쟁에서 패배하고 거기다 1904년 이후 러일전쟁에서 중국 동북부를 차지하게 되었던 일본의 압력을 받아낼 수 없었던 청나라는 선통황제(宣統皇帝, 溥儀)를 마지막으로 손문(孫文)의

왼쪽으로 부터 김일성의 아버지 김형직, 외할아버지 강돈욱, 어머니 강반석

혁명에 의해 멸망하고 세상이 바뀌게 되었다.

그리고 4월에는 영국의 화이트 스타 라인이 운영하던 북대서양 횡단 여객선이 영국의 사우샘프턴을 떠나 미국의 뉴욕으로 첫 항해를 시작한다. 1912년 4월 10일에 출항한 여객선은 4월 15일 밤에 대서양 한복판에서 빙산과 충돌하여 침몰하게 되며 1,514명이 사망한다.

바로 그날 평양에서는 한 아이가 태어났다.

아이의 아버지 김형직(金亨稷)은 우리의 나이로 18세였고 어머니 강반석의 나이는 20세였다. 요즘의 시쳇말대로라면 연상연하(연상녀-연하남) 커플이었던 셈이다. 두 사람이 결혼을 한 시간은 1909년 봄쯤으로 추정된다. 김형직의 나이 15살 때쯤일까, 2년 전인 13살 때 평양에서 발생하였던 대부흥

미국 북장로교 선교사 베어드 박사(W. M Baird 한국명 배위량, 사진 왼쪽 위)에 의해 세워졌던 평양의 숭실학당은 한국 민족주의 교육의 산실이 되었다.

운동을 경험하였던 김형직은 이때 이미 독실한 기독교 신자로 변해 있었다. 사실 1897년 10월 10일 미국 북장로교 선교사 베어드(W. M. Baird) 박사에 의해 설립되었던 숭실중학교에 입학하자면 무엇보다도 신자가 아니면 안 되었던 것이다. 봉사하는 교회의 목사나 선교사 또는 여타 조선인 기독교 지도자에게서 인정받을 만큼의 신앙심을 가진 기독교인이어야 했다.

강돈욱이 세운 창덕학교가 평양에 보존되어 있다

아내 강반석과의 사이에서 첫 아들이 태어날 때 김형직은 이미 이 학교에 재학 중이었고 아내 강반석도 독실한 기독교 신자로 아버지 강돈욱(康敦煜)이 장로로 있었던 오늘의 평양시 만경대구역에 해당하는 평안남도 대동군 용산면 하리(下里) 칠곡(일명 칠골)

교회에서 '베드로'(반석)라는 세례명을 받았다. 본명은 강신희였다.

그러나 이름과 관련하여 오늘의 북한에서는 다르게 주장하고 있는데 강반석이란 예수의 12제자 중 한 명이었던 베드로를 의미하는 '반석'(磐石)이 아니라 '반석'(磐錫)이라는 것이다. 즉 세례명이 아니라는 것이다. 아버지 강돈욱과 어머니 위돈신 사이에서 둘째 딸로 태어났던 그녀의 위에는 오빠 강진석(康晋錫)과 강용석(康用錫)이 있었는데 이들의 이름 돌림자가 모두 '주석 석(錫)'자이다. 호적에다가 강반석으로 이름을 올렸지만 어렸을 때는 줄곧 '동쪽 작은 여'로 불리기도 했다는 주장이다.

그런데 미국 침례교의 목사 빌리 그레이엄 (Billy Graham, 1918년 11월 7일 출생)은 자신의 장인 넬슨 벨 (L. Nelson Bell)이 100년 전에 의료선교사로 조선에 나갔었고 평양에서 강돈욱, 강진석 부자와 친하게 지냈다고 회고하고 있다. 이때 칠골 교회에서 열심히 봉사하고 있었던 강돈욱의 둘째 딸 강신희의 이름을 강베드로로 바꿔주었던 사람도 바로 넬슨 벨이었다.

이후 빌리 그레이엄은 1992년과 1994년에 두 번이나 평양을 방문하였고 직접 김일성종합대학에서 강의하는 행운을 누리게 되었는데 따져놓고 보면 다 이와 같은 연유라고 할 수 있

빌리 그레이엄 (Billy Graham, 1918년 11월 7일) 은 미국의 침례교 목사

다. 장인이 오늘날 '조선의 어머니'로 추앙받는 강반석의 이름을 직접 지어주었던 사람이니 말이다. 빌리 그레이엄 목사가 이런 이야기를 들려준 적이 있다.

"김일성의 어머니 강반석과 아버지 김형직이 결혼할 수 있도록 주선한 사람도 나의 장인이었다. 김형직이 살았던 동네(고평면 남리)에도 교회가 있었는데 나의 장인이 자주 그리로 가서 설교를 하였다. 김형직이 이 교회에 나왔는데 그는 밑으로 동생만도 다섯이나 있었고 집안 살림은 째지게 가난했지만 교회에 나와 열심히 기도하고 봉사하는 사람이었다. 후에는 또 숭실중학교에도 들어갔는데 나의 장인이 강돈욱에게 그를 사위로 삼으면 좋겠다고 소개하여서 금방 혼사가 성사되었다."

어쨌든 강반석의 아버지이자 김형직의 장인이 되는 강돈욱은 평양에서 가장 일찍이 근대화 문화인 기독교를 받아들였고 능히 한문 성경책을 읽을 수 있는 평양에서 몇 안 되는 식자 중의 한 사람이었던 것은 분명하다. 후에 칠골 하리교회의 장로가 되었고 또 창덕학교(彰德學校)까지 세우는 등 강서지방에서 크게 이름을 날리는 교육자가 되었기 때문에 '동아일보'(1927년 7월 4일)에서 전문적으로 그를 소개하는 기사를 사진과 함께 내보냈던 적도 있었다. 그렇기에 김형직은 첫아들의 이름을 장인에게 부탁했다.

이때 41세밖에 안 되었던 강돈욱은 젊은 외할아버지가 된 기분이 참으로 야릇했다. 그러나 딸의 나이를 생각하면 여간 반가운 일도 아닐 수 없었다. 비록 개화기의 조혼금령이 단행되어 법적으로 남녀의 혼인적령이 남자는 20세에서 여자는 16세로까지 높아졌으나 1910년대에는 여전히 15세만 되어도 혼인이 늦은 것으로 생각하면서 보통 8, 9세에 혼인하는 가족들이 무수했다. 그래서 무슨 '꼬마신랑'이니 '아기며느리'니 하는 말들도 생겨날 수밖에 없었다.

그러나 실제로 따져보면 연상녀 연하남 커플은 개화기 썩 이전에도 유행이었던 때가 없지 않았다. 지어는 왕가에서까지도 왕비가 오히려 남편인 왕보다 연상인 케이스가 흔하게 존재했는바 성종과 폐비 윤씨, 그리고 숙종과 장희빈도 모두 연상연하 커플이었다.

강반석의 나이가 20세였으니 이 나이면 벌써 늦둥이를 볼 때였던 것이다.

어쨌든 강돈욱은 아직도 학생인 새파랗게 젊은 사

김형직의 어머니 이보익(김일성의 할머니)

위에게 붓글로 한자(漢字)까지 써 보여 가면서 첫 외손자의
이름을 지어주었다.

"장차 나라의 큰 기둥이 되었으면 좋겠네."

강돈욱은 붓글씨로 이룰 성(成)자에 기둥 주(柱)자를 썼다.

18세에 아버지가 된 김형직의 심정도 미묘하기는 마찬
가지였다. 그러나 첫 손자를 안고 기뻐할 아버지와 어머니
를 생각하면 역시 즐겁지 않을 수 없었다. 평생을 농사꾼으
로 살아온 아버지 김보현과 어머니 이보익은 첫 손자의 이
름을 사돈어른에게 물어서 지었다는 사실에 즐거워했다.

한편 시어머니가 된 이보익은 며느리에 대한 사랑이 극진했
다. 3대 외독자였던 남편 김보현에게 시집와서 아들딸 6형제를
낳고 집식구를 열 명 가까운 대식구로 불린 이보익은 며느리가

김형직의 아버지 김보현(김일성의할아버지)

첫 아이부터 아들을 낳으니 얼마나 기뻤던지 얼굴에서 하루 종일 웃음이 가실 줄을 몰랐다.

"아범아, 그래 우리 장손의 이름은 뭐라고 지었느냐?"

"거 참, 급해도 하시는구려. 지식이 많은 사둔어른이 어련히 좋은 이름을 지어주지 않았으려고.
어서 밥 먹고 천천히 알려 다구."

"아닙니다. 어머니, 장인어른께서 정말 좋은 이름을 지어주셨습니다."

김형직은 아버지와 어머니에게 그리고 품에 잠든 아기를 안고 있었던 아내에게 말했다.

"장차 나라의 큰 기둥이 되라는 뜻에서 이룰 성자에다가 기둥 주자를 달아서 김성주(金成柱)라고
부르기로 했습니다."

"성주라, 좋은 이름을 지었구나."

2. 아버지 김형직과 '조선국민회'

김성주의 출생은 이 집안에서 경사였다. 그가 회고록에서도 밝히고 있듯이 3대를 외독자로 내려
오고 있었던 집안이 할아버지 김보현의 대에서부터 할머니 이보익에 의해 6남매 형제가 태어나게
되면서 열 명 가까운 대식구로 늘어나게 되었고 큰아들 김형직이 또 첫아들을 낳았기 때문이었다.

Korean Protestant Christian Leaders, 1896-1910

P. Jaisohn

Yun Ch'iho

Syngman Rhee

Yu Kiljun

An Ch'angho

Kil Sŏnj u

Chang Inhwan

Wu Tŏksun

한국 기독교계 민족주의 지도자들(1896~1910년)

1904년 6월 25일자 영국 '일러스트레이티드 런던 뉴스'에 실린 의병을 사살하는 일본군대 모사화

하지만 이 집안의 장손이 된 김성주는 어렸을 때 아버지에게서 받았던 사랑에 대한 추억들을 별로 기억하지 못하고 있었다. 그만큼이나 김형직은 아내와 어린 아들과의 안온한 삶에 안주하면서 살아가려고 했던 그런 평범한 가정적인 젊은이가 아니었다. 20대라는 젊은 나이 탓도 있었겠지만 평양 대부흥운동 이후 한반도에서 파급되고 있었던 성경교육이 1890년대 후반부터 한반도 땅에서 일어나기 시작했던 기독교인들의 국가자주운동과 갈라놓을 수 없었던 영향이었다.

이 시절 하나님을 믿고 있었던 젊은 신자들 중에는 충군애국운동에 몸을 담고 있었던 사람들이 아주 많았다. 독립협회와 협성회(배재학당의 학생회)가 생겨났고 기독교인들 대부분이 여기에 참가하여 민권신장을 부르짖으면서 국가자주독립운동에도 앞장서게 되었다. 이 운동의 지도층에 포진해 있었던 윤치호, 서재필, 남궁억, 이상재, 그리고 주시경, 이승만 등이 모두 기독교인들이었거나 아니면 후에 모두 기독교에 입교하게 되는 유명인들이었다.

일본의 침략이 한참 노골적으로 되어가던 1905년부터 벌써 기독교인들은 '나라를 위한 기도회'를 열기 시작했고 을사늑약이 맺어질 무렵에는 기도에만 매달리지 않고 서서히 행동하는 쪽으로 나아갔다. 최재학, 이시영, 김하원, 이기범 등의 젊은 기독교인이 격문을 살포하고 연설을 하는 등 일본 지배에 직접적으로 항거하는 일이 나타난 것이다.

찰스 C·콜튼이 "위대한 사람들은 재난과 혼란의 시기에 배출되었다. 순수한 금속은 가장 뜨거운 용광로에서 만들어지고 가장 밝은 번개는 캄캄한 밤의 폭풍 속에서 나온다."고 했던 말을 증명이라도 하듯이 한반도의 근대사에서 가장 암담했던 이 시절에 기독교인들 속에서 이처럼 많은 애국자들이 나올 수 있었던 것은 그들이 성경공부를 하였기 때문이었다. 이 시절 숭실중학교 같은 미션계 기독교 교육기관에서 학생들에게 가르치고 있었던 성경교육은 단순하게 성경을 해독하고 풀이하는 데 그치지 않았던 것이었다. 그 무렵 한국에 취재하러 왔던 영국 '데일리 메일'의 기자 맥켄지(F. A. McKenzie)[2]는 이렇게 지적하고 있다.

"미션계 학교에서는 잔 다르크,

백년전 평양의 모습

---

2. 영국 '데일리 메일'의 맥켄지(F.A.Mc Kenzie) 기자. 한국에 파견받아 왔던 그는 1907년에 충주 근처 산속까지 들어가서 의병을 취재했다. 위험을 무릅쓰고 의병을 직접 찾아간 유일한 서양 언론인이었다. 의병은 보는 입장에 따라 여러 이름으로 번역되었다. 맥켄지의 책은 '정의의 군대' 즉 '의병(Righteous Army)'이었다. 대한매일신보 사장 배설의 변호를 맡았던 영국인 크로스(Crosse)는 한국어 발음대로 '의병(Euipyong Society[Organization]) 또는 '의용군(Volunteer Movement)'으로 불렀고, 피고 신분이었던 배설은 법정에서 당당히 '의병'이라고 말했다. 주한 영국총영사 헨리 코번은 '애국군(Patriotic Soldiers)'으로 번역했다(Corea, Annual Report, 1907). 반면 일본 측 문서와 친일 신문은 '폭도'로 불렀고, 영어로는 반역자, 반도(叛徒), 폭동(insurgents, rebels, riot)으로 번역했다.

햄프턴 및 조지 워싱턴 같은 자유의 투사들에 대한 이야기와 함께 근대사를 가르쳤다. 선교사들은 세계에서 가장 다이내믹하고 선동적인 서적인 성경을 보급하고 가르쳤다. 성경에 젖어든 한 민족이 학정에 접하게 될 때에는 그 민족이 절멸되던가 아니면 학정이 그쳐지던가 하는 두 가지 중의 하나가 일어나게 된다."

어쨌든 김형직은 첫아들 김성주를 보았을 때까지도 다만 평범한 조선 청년이었고 하나님을 믿는 젊은 신앙인에 불과했을 따름이었다. 아버지 김보현과 어머니 이보익은

1897년 10월 10일에 평안남도 경양시 신양동에서 개교한 숭실학당은 한반도에서 최초의 고등교육을 실시하였다.

대대로 소작농이었고 조부 김응우는 지주 집안의 묘지기였으며 부형 몇 대 안에 벼슬을 했거나 또는 장사를 해서 돈을 벌었거나 아니면 죄를 짓고 유배되었거나 하였던 사람이 없었던 것이었다. 사실상 남에게서 물려받은 것이 없고 남의 것을 도적질하지 않고 그냥 자기의 힘과 능력으로 열심히 일해서 굶주리지 않고 먹고 살아갈 정도의 소박하고 착실한 농가에서 태어났다고 볼 수 있다.

소박한 부모의 기질을 그대로 내리받은 김형직은 어려서부터 착하고 정직하였으며 부지런하였다. 김형직의 밑으로 또 아들 김형록(金亨祿), 김형권(金亨權)과 딸 김구일녀(金九日女), 김형실(金亨實), 김형복(金亨福)을 낳은 김보현과 이보익 부부는 큰아들만큼은 공부를 시키기로 결심하였다. 1908년 1월 만경대의 남리마을에 세워진 6년제 학교였던 사립순화학교에 다니면서 한학(漢學)에 빠진 어린 소년 김형직이 창창한 목소리로 '하늘 천 따지'를 노래 부르듯이 외워가면서 손에 붓을 들고 먹글씨를 쓰는 모습을 지켜보는 김보현과 이보익 부부의 즐거운 마음은 이루 다 말할 수가 없을 터였다.

장차 목사가 되는 것이 꿈이었던 김형직은 붓글로 한문 성경을 베껴 쓰기도 했는데 어느덧 이 소문이 대동군 안에 널리 퍼졌다. 또한 교인들을 불러 모으기 위하여 미국 선교사들이 교회에 잘 나오는 아이들에게 사탕과 연필, 고무 등을 주었고 아이들 중 우두머리로 여겨지는 아이에게는 돈 1전씩 주었던 때가 있었는데 김형직은 그 돈을 고스란히 교회의 헌금통 안에 되넣어 버리곤 하여 정직한 그의 신앙심이 금방 미국 선교사들의 눈에 들게 되었다. 결국 미국 선교사들은 그를 숭실학교에

추천하였다. 오늘의 신학교들과 마찬가지로 100년 전의 이 평양 숭실학교도 입학하자면 세례교인이 아니면 안 되었고 반드시 담임목사의 추천서가 있어야만 했다.

김형직을 애국자로 만든 곳이 바로 이 숭실학교였다. 1897년 미국 북장로교 베어드 선교사(W. M. Baird, 한국명 배위량)[3]에 의해 평양 신양리 26번지 사택 사랑방에서 창립된 이 학교는 구내 안에 근로장학사업을 목적으로 한 기계창이 설치되어 있었으며 기계창 안에는 목공실과 인쇄실, 철공실, 주물실 등 그때로서는 비교적 현대화한 미국설비들을 가지고 만들어진 시설들이 있었다.

김형직은 학업 외 시간을 이러한 학교의 목공실과 인쇄실에서 일하여 학비와 생활비를 보태기도 했다. 뒷날 '을사보호조약 반대운동', '3·1 만세운동', '105인 사건', '광주 학생운동', 그리고 '신사참배거부' 등 당시 민족운동의 중심지 역할을 해왔을 정도로 이 암흑에 가득찬 세상의 여명을 밝히는 데 일조했던 숭실학교에서 순박한 농촌 소년 김형직은 전혀 접해 보지 않았던 새로운 사상과 바깥 세상에 대한 숱한 이야기들을 들을 수 있었던 것이었다.

장일환(張日煥)

김형직이 장일환(張日煥)[4]과 만난 것도 바로 이 무렵이었다. 뒷날 안창호의 후원으로 평양에서 청산학교를 만들고 또 조선독립청년단을 조직하고 하였던 장일환 역시 숭실학교 졸업생으로서 재학 중인 후배들한테는 둘도 없는 '멋쟁이 형님'이었다. 길에서 만나면 금방 손목을 잡고 국밥집으로 잡아끌기도 하고 또 학비를 마련하지 못하여 쩔쩔매고 있는 동생들한테는 용돈도 척척 꺼내주곤 하였던 이 '멋쟁이 형님'을 따르는 젊은이들은 아주 많았다. 물론 김형직도 그 젊은

3. 베어드 선교사(William M. Baird, 1862~1931)는 1862년 6월 16일 미국 인디애나 주에서 출생했다. 1885년 하노버 대학(Hanover College)을 졸업하고, 1885년 맥코믹 신학교(McCormick Seminary)에 진학하여 1888년 이 신학교를 졸업하고, 목사 안수를 받고, 1890년 11월 18일 애니 아담스(Annie Adams) 양과 결혼했다. 베어드는 원래 중국 선교사로 가도록 예정되어 있었으나 북장로교 선교본부는 베어드에게 부산 지방 선교사로 일해 줄 것을 요청하였다. 베어드는 이 제안을 받아들이고 1890년 12월에 샌프란시스코를 출발하여 그의 아내와 함께 한국에 도착했다.

4. 장일환(張日煥, 1886년 2월 1일 ~ 1918년 4월 9일)은 일제강점기 독립운동가이다. 조선국민회를 조직했다. 평양에서 태어났고, 숭실학교를 졸업했다. 1913년 안창호 등의 후원으로 평양에서 청산학교를 설립했다. 1914년 평양에서 숭실학교와 신학교 재학생, 졸업생을 중심으로 한 조선독립청년단을 조직하고, 기관지 《청년단지》를 발행했다. 1914년 9월 하와이에 건너가 박용만의 지도를 받았다. 1915년 4월 귀국하여 1917년 3월 23일 평양에서 강석봉, 서광조, 배민수, 백세빈, 이보식 등 동지 25명을 모아 조선국민회를 조직하고 회장에 선출됐다.[1] 회보 《국민보(國民報)》를 배포했다. 중국군관학교에 보낼 학생을 선발하는 등의 계획을 추진하다가 1918년 2월 조직이 발각되어 체포됐다. 1918년 4월 9일 고문으로 순국했다. 1990년 건국훈장 독립장이 추서됐다

이들 가운데 한 사람이었다.

장일환은 그들을 자기의 동지로 하나둘씩 포섭하여가는 데 성공하였고 1917년 3월 23일 조선국민회가 조직될 때 그들은 모두 핵심멤버가 되었다.

3. 보통강의 복음

장일환과 김형직의 사이에서 심부름을 다니기도 했던 배민수(裵敏洙)[5] 목사는 그들 세 사람 중의 막내였다. 1954년 한국 숭실대 초대 이사장이 되기도 했던 배민수는 1993년 한국정부로부터 건국훈장 애국장에 추서된다. 어느 날 장일환은 배민수와 김형직을 데리고 보통강가의 한 셋집으로 향했다. 등에 아기를 하나 업고 손에는 또 세 살 난 어린 남자 아이 손을 잡고 머리에는 큰 빨래 함지박을 인 여인과 셋집 문 앞에서 마주치게 되었다.

"사모님, 안녕하십니까?"

손정도(孫貞道, 1872-1931)목사의 청년 시절 모습(신앙을 갖기 전, 즉 머리를 갖기전의 유일한 사진으로 알려지고 있다

5.

배민수(裵敏洙, 1896년 10월 8일 ~ 1968년 8월 25일)는 일제강점기 독립운동가, 대한민국의 목사이다. 충청북도 청주 북문로에서 대한제국 청주 진위대 부교 배창근(1867년 ~ 1909년)의 아들로 태어났다. 평양 숭실중학교에 다녔고, 당시 장대재교회에 다녔다. 1917년 장일환이 설립한 조선국민회에 참가해 서기 겸 통신부장을 지냈다. 1918년 1월 20일 일제 경찰에 체포돼 1년형을 받고 평양 감옥에 수감됐다. 1919년 2월 8일 석방된 뒤 어머니와 누나가 있는 성진으로 가서 3·1 만세운동에 참가했다. 또 체포돼 1년6개월형을 받았다. 1923년에는 4개월간 중국을 여행했다. 이후 정신적 지도자인 조만식을 만나 인도 간디식의 무저항, 불복종주의에 관심을 갖게 됐고, 생활고에 시달리는 농민들을 위하여 농촌개혁운동을 펴는 것이 민족의 활로를 여는 한 방법임을 깨닫게 되었다. 유소기 등이 주축이 된 '기독교농촌연구회'에 참여해 활동했다. 1931년 미국 유학을 떠났다. 맥코믹 신학대를 다닌 뒤 1933년 귀국해 조만식 등 옛 동료들과 함께 '기독교농촌연구회'를 재건하였고, 1933년 9월 장로교 농촌부 초대 총무에 취임했다. 1934년에는 장로교 목사가 됐다. 1941년부터 1943년까지 프린스턴 신학교에서 공부했고, 미국 내 일본인 편지 검열관으로 일하기도 했다. 이 일을 계기로 해방후 한국에 돌아와 미군 군속으로 일했고, 1948년 미군철수 당시 미국으로 다시 건너가 메카레스터 대학에서 명예 신학박사학위를 받았다. 한때 자유당에 입당했지만, 이승만과 결별한 뒤 주로 농촌지도자 교육사업에 몰두했다. 1956년 대전에서 기독교농민학원을 설립하고 초대 원장이 됐다. 1967년에는 삼애농업기술학원과 삼애실업학교를 설립하는 등 농촌지도자를 양성하는 일에 몰두하다가 1968년 대전 자택에서 사망했다. 1993년 8월 15일 아버지 배창근과 함께 건국훈장 애국장이 추서됐다.

장일환은 곧 허리를 굽히며 공손하게 인사를 올렸다. 김형직과 배민수도 따라 허리를 굽혔다. 여인은 마당 쪽으로 머리를 돌려 두 딸애를 불렀다.

"진실아, 성실아, 아버지께 장 선생님이 오셨다고 알려드려라."

여인도 무척 반가운 얼굴로 장일환을 대했다. 여인의 이름은 박신일(朴信一), 남편 손정도(孫貞道)와의 사이에서 딸 셋과 아들 둘을 낳았다. 1917년 조선국민회가 설립되던 해에 태어난 막내딸 손인실이 아직 강보에 싸여서 엄마의 등에 업혀있을 때 김형직도 이미 두 아들의 아버지가 된 상태로 큰아들 성주의 나이는 5살, 둘째 아들 철주(哲柱)는 방금 첫돌이었던 것이다.

얼마 전 목사 안수를 받은 손정도 목사는 평소의 호탕한 성격대로 사석에서 만나게 된 숭실 후배 장일환과 형님 아우로 서로 호칭했다.

"형님께 두 친구를 소개하자고 데리고 왔습니다."

도산 안창호(왼쪽)와 손정도목사(오른쪽)

장일환의 소개를 받자마자 손정도는 김형직의 손을 잡으며 반색했다.

"내가 설교를 할 때 자네가 여러 번 왔었던 기억이 있네. 그때 나와 이야기도 주고받았던 것으로 아는데 그때 무슨 이야기를 나눴던가?"

"제가 평양대부흥 때 일을 가지고 목사님께 궁금했던 일을 몇 가지 질문 드렸었지요."

김형직의 대답에 손정도는 머리를 끄덕였다.

"그래, 맞네, 생각이 나네. 이렇게 다시 만나게 되니 반갑네. 올해로 딱 10년이군, 성령의 불길이 훨훨 타오르던 우리 평양의 대부흥운동을 잊을 수가 없네그려. 그 강력한 성령의 역사 앞에서 제네럴셔먼호에 불을 지르고 선교사 토마스의 목을 쳤던 박춘권 장로가 바로 자기의 죄를 자복하지 않고 어쨌던가. 그때 숭실 재학 중이었던 나도 이 대부흥에 직접 참가하였었지, 오직 기도와 회개만이 하나님의 은혜의 조건이오, 구원의 길이라는 사실을 직접 경험하였던 사람이 바로 나란 말일세."

이렇게 보통 하는 말도 설교처럼 들리게 하는 손정도 목사는 한국 개신교의 첫 순교자 로버트 저메인 토마스(Robert Jermain Thomas)[6]의 이야기를 할 때면 언제나 눈시울을 적셨다. 토마스 선교사의 순교

---

6. 로버트 저메인 토머스(Robert Jermain Thomas, 1840년 ~ 1866년)는 웨일스의 개신교 선교사이다. 한국에서는 흔히 토마스 목사로 불린다. 런던 대학교를 졸업한 뒤 해외 선교에 뜻을 두고 런던 선교회 소속으로 부인과 함께 중국(청나라)으로 떠났다. 부인은 몇 달간의 여행 끝에 상하이에 도착하자마자 사망했으나 언어에 소질이 있었던 토머스는 중국어를 익힌 뒤 베이징에 머물며 런던선교협회에서 일하다 재정문제로 사임하고 청나라 해상세관에서 통역으로 일하였다. 중국에서 조선인 천주교 신자들을 만난 것을 계기로 1865년에는 조선에 잠입해 바이블을 판매하며 선교 활동을 벌이기도 했다. 당시, 선교협회의 방침은 무료배포가 아닌, 판매였다. 조선에서 돌아온 후에는 베이징에 있는 선교회 산하 학교에서 교장으로 부임했다. 이듬해인 1866년 프랑스 신부들의 학살에 항의하기 위하여 조선으로 떠나는 프랑스 함대에 통역관으로 합류하기로 되어있었으나, 로즈제독이 이끄는 프랑스 함대는 때마침 베트남에서 일어난 반란을 진압하기 위하여 상해로 떠났다. 낭패한 토머스는 미국의 상선인 제너럴셔먼호에 항해사 겸 통역으로 탑승하여 다시 조선으로 떠났다. 제너럴셔먼호는 대동강에 진입하여 통상을 요구하였으나 거절당하자 만경대 한사정(閑似亭)에까지 올라와 그들의 행동을 제지하던 중군(中軍) 이현익(李玄益)을 붙잡아 감금하였다. 사태가 이에 이르자 평양성 내의 관민(官民)은 크게 격분하여 강변으로 몰려들었고, 셔먼호에서는 소총과 대포를 이들 관민에게 마구 쏘아 사태는 더욱 악화되었다. 결국 제너럴 셔먼호는 모래톱에 좌초되었고, 이에 평안도 관찰사 박규수는 철산부사(鐵山府事) 백낙연(白樂淵) 등과 상의하여 음력 7월 21일부터 포격을 가한 뒤 대동강 물에 식용유를 풀고 불을 붙여 셔먼호를 불태워 격침시켰으며, 승무원 23명 가운데 대부분이 불에 타 죽거나 물에 빠져 죽었다. 배는 소실되고 승무원 전원이 죽었으며 통역관 역할을 한 토머스는 이 과정에서 사로 잡혔으나 성난 평양 주민에게 살해되었다. 토마스가 단순 통역자였는지 아니면 제너럴셔먼호에서 주도적인 역할을 한 자인지에

대동강변의 토마스 선교사 순교 현장을 형상한 상상도

이야기는 오늘까지도 많은 목사들의 설교문에 등장하는 이야기이기도 하다. 1866년 제너럴셔먼호를 타고 평양으로 들어오다 대동강변에서 조선군의 공격을 받은 토마스 선교사가 불바다가 된 배에서 한 손에는 백기를, 다른 한 손에는 성경을 들고 칼을 쥔 조선군 박춘권 앞에서 마지막 기도를 올렸다는 이야기이다.

"오. 하나님. 이 사람이 자신의 하는 일을 모르오니 이 사람의 죄를 용서하여 주소서."

헌데 이 기도문에 대하여 김형직은 반론을 내놓았다.

"목사님, 우리나라를 강제로 빼앗은 일제 강도들한테도 과연 이렇게 기도를 드려야 합니까? 저 강도들이 과연 자기들의 강도짓을 모르고 있다고 봐야 합니까?"

손정도는 머리를 끄떡였다.

"높으신 하나님의 눈으로 볼 때에 강도 역시 자기가 하는 강도짓을 모르고 있는 것임은 틀림없다네. 그들의 죄는 우리가 용서하고 안 하는 것과 상관없이 벌을 받게끔 되어 있네. 다만 그들이 뉘우치고 회개하고 반성하기를 기도만 하고 있을 것이 아니라 우리 국민들이 스스로 노력하여 경제력을 증진하고 교육 기관을 설립하여 청소년 교육 진흥으로 민족의식과 독립사상을 고취하자는 것이 바로 신민회(新民會)의 목적하는 바가 아니면 뭐겠나."

위의 일화에서도 알 수 있듯이 청나라 선교에 나갔다가 도산 안창호와 만나 죽마고우 사이가 된 손정도는 안창호, 이회영, 전덕기, 이동녕, 이시영, 이동휘, 윤치호, 양기탁, 김구, 최광옥, 김규식 등이 중심이 되어 조직된 신민회에 매료되었고 숭실 후배인 장일환을 안창호에게 소개하여 주었다. 이것이 기회가 되어 장일환은 안창호로부터 많은 후원과 지지를 받게 되었다. 1913년 장일환이 세운 평양의 청산학교도 바로 이렇게 설립된 것이었다.

대해서는 논란이 있다. 하지만, 당시 조선 측 문정관이 남긴 기록을 보면 토마스는 제너럴셔먼호에서 선주나 선장 보다도 더한 권한을 행사하였다. 더더군다나 토마스가 직접 쓴 그의 1차 조선방문(1865년)에 관한 기행문에 의하면, 그는 이미 1차 방문 때 연평도에서 조선인에게 총질을 한 전력이 있다. 그 사정을 잘 알고 있는 토마스의 직속상관 에드킨스 목사 그리고, 토마스의 대학교 동창인 조나단 리스 목사(천진에서 사역) 같은 이는 토마스에 대해 부정적인 기록을 남겼다. 그의 순교행위와 관련하여서도 논란이 있다. 일부 개신교계에서는 토머스는 참수되면서 성서를 자신을 처형하려는 군인에게 전달했다고 알려져있지만, 토머스는 평양군민에게 맞아죽었다는 것이 정설이다. 조선에서 개신교 신자가 늘어나면서 토머스를 순교자로 기념하게 되어 유명해졌다. 특히 평양의 장로교 계열 교육자인 오문환이 주동이 되어 1926년 순종 국장 중에 순교기념회를 발기하였다. 오문환은 서해 섬 지역 선교를 위해 토머스의 이름을 딴 배를 띄우는 등 그의 이름을 알리는 데 큰 몫을 했다. 하지만, 토머스를 선교자로 우상화하는데 지대한 공헌을 한 오문환은 일제시절, 서북지역의 목회자들을 포섭해 신사참배를 하게하는 등의 행적으로 친일 인명사전에 수록된 인물로 장로교 목사에서 제명된 인물이다. 역사학계에서는 한국 최초의 개신교 순교자로 토머스를 기념하는 일부 개신교 측의 전승에 동의하지 않거나, 제너럴셔먼호 사건의 정황상 토머스를 종교적 '순교자'로 보는 것은 정확하지 않다고 보는 주장이 있기도 한다.

1913년 2월. 하와이 호놀룰루 기차역에서 나란히 포즈를 취한 이승만(왼쪽)과 박용만. 한때 결의형제를 할 만큼 일생의 동지였던 두 사람은 독립운동 방법론과 국민회기금을 둘러싸고 대립하여 결국 정적이 되고 말았다.

그러나 이듬해 1914년 하와이에 건너가 박용만(朴容萬)과 만나고 돌아온 장일환의 독립운동 방법에는 변화가 일어났다. 재미 한인 교민사회의 지도자 중 한 사람이었던 박용만은 이승만의 친구로서 두 사람은 1904년 보안회 사건으로 한성감옥에서 만나 '옥중난우'(獄中難友)가 되었던 사이였다. 이승만이 미국 하와이에 정착할 수 있었던 것도 모두 박용만의 덕분이었다. 그런데 적극적인 무장투쟁론의 주창자였던 박용만은 한때 결의형제를 할 만큼 일생의 동지였던 이승만의 도움과 지지를 받지 못하였다.

미국에서 세례를 받고 독실한 기독교 신자가 되어있던 이승만은 직접 총을 들고 일제와 싸우는 것에 회의를 제기했다. 대한제국의 외교고문으로 활동하면서 일본에게 들러붙어 있었던 미국인 스티븐슨이 오클랜드 기차역에서 한국인 장인환과 전명운에게 저격당하는 일이 발생하였을 때 이승만은 법정통역을 서달라는 재미 한인 사회의 요청을 거절하였다. 다시 1909년 안중근이 중국의 하얼빈에서 이토 히로부미를 저격하였을 때도 이승만은 미국 여론의 눈치를 보아가면서 미국 사람들과 함께 '안중근은 테러분자가 맞다.'는 말을 하고 다녔을 정도였다. 이승만의 자서전 속 한 단락에서도 이러한 분위기를 엿볼 수 있다.

"안중근이 일본의 거물 정치가 이토 히로부미를 사살하였다. 이렇게 되자, 미국 각종 언론 신문에는 '한국인들은 잔인한 살인마이며 무지몽매하다.'는 내용의 기사들이 자주 실리곤 하였다. 어떤 학생들은 한국인인 나와 이야기하는 것을 두

하와이를 개척한 백년전 초기 한인들의 모습

울창한 숲속에 자리잡고 있는 평양의 기자묘

려워했었고 교수들은 나를 무서워해서 만나 주지 않았다."

이승만이 직접 총을 들고 일제와 싸우려고 하는 박용만의 독립투쟁 방법론을 지지하지 않았을 뿐만 아니라, 나아가 공개적으로 반대하고 나섰던 것은 자연스러운 일이었다. 결국 박용만과 이승만의 갈등은 안창호 계열 집단의 경쟁과 암투 관계로까지 발전하여 하와이 교민집단 및 미국 내 한인 교포 집단이 여러 개로 쪼개지는 결과를 빚기도 했다.

그러나 박용만의 독립투쟁방법론을 적극적으로 받아들였던 사람들도 아주 많았다. 장일환이 바로 그 가운데 한 사람이었던 것이다. 1914년 6월, 박용만이 하와이 한인들의 절대적인 지원을 받아가면서 만들어낸 대조선국민군단은 산하에 사관학교까지 둘 정도로 영향력을 넓혔고 여기에 소속된 국내지부가 바로 김형직이 몸담고 있었던 '평양 조선국민회'였다.

4. "우린 항상 눈물로 기도하였다"

직접 무장을 들고 일제에게 대항해야 한다는 박용만의 투쟁방법론은 김형직, 배민수 등 한창 피 끓는 나이의 젊은이들에게 그렇게나 매력적이지 않을 수가 없었다. 특히 김형직이 무장 독립 투쟁을 호소하는 장일환의 뒤를 따라가게 된 데는 배민수의 영향이 컸다.

숭실학교에서 3학년 재학 중이었던 배민수는 충북 청주에서 이름 날렸던 청주감영진위대 육군보병 부교 출신이자 의병대장이었던 배창근(裵昌根)의 외아들이었고 11세 때 체포되어 서대문 형무소에서 사형당한 아버지의 죽음을 직접 목도했다.

"형님, 총을 들고 우리나라에 들어온 저놈들을 몰아내지 않으면 될 상 싶습니까?"

배민수는 자나 깨나 군인이 될 꿈만 꾸고 다녔던 청년이었다. 그는 김형직과 만나면 말끝마다 이런 말을 입에 담지 않을 때가 없었다. 1913년 김성주가 한 살 나던 해에 김형직의 집에 놀러왔던 배민수와 노덕순은 김형직을 따라 평양 기자묘 숲속으로 들어가 조선독립을 위해 헌신할 것을 맹세하는 의식을 가졌다. 김동인의 소설 『배따라기』에서도 묘사되고 있는 이 숲은 아주 깊었는데 눈앞에 쫙 펼쳐진 솔밭을 바라보면서 김형직은 '불타는 눈빛과 신념에 가득 찬 음성'으로 이제부터 기도를 드려도 조선의 독립을 위하여 기도를 드리자고 약속하였다. 한편 배민수는 이때의 일을 이렇게 회고하고 있다.

"우리는 항상 눈물로 기도하였다. 어떻게 조국을 해방시킬 것인가 하는 것만이 우리의 관심사이자 희망이었다. 우리 삶에서 애국심 이외에는 어떠한 가치도 존재하지 않았다."

그렇게 김형직의 독립운동은 조선국민회에서부터 시작되었다. 이 국민회를 직접 만든 사람은 아니었으나 주요 핵심멤버의 한 사람이었고 일제 경찰이 보고 요지를 남길 정도로 주목받았던 것도 사실이다. 하지만 재학 중에 장가들고 아들까지 본 김형직은 생활난 때문에 학교를 마칠 수가 없었다. 하는 수 없이 중퇴하고 평양 여기저기에 널려있었던 여럿 서당들, 혹은 모교인 순화학교와 기독교 계통의 명신학교 등을 돌아다니면서 교사로 취직하기도 했으나 그는 끝까지 한번 몸담았던 독립운동에서 손을 떼지 못하였다. 나이도 젊고 또 달변인데다가 용모가 준수하였던 김형직은 많은 사람들에게 감동을 주었다. 물론 누구보다도 감동을 받았던 사람은 다름 아닌 그의 아내 강반석이었을 것이다.

1918년 2월 18일 김형직이 체포되었을 때 강반석은 이미 두 아이의 어머니였다. 그는 개화기 조선시대의 가장 대표적인 여성적 미덕을 그대로 갖추고 삼종사덕(三從四德)해왔던 순수한 조선의 여성이었다. 결혼을 하기 이전에는 아버지 강돈욱의 영향으로 기독교인이 되었고 결혼 한 뒤에는 독립운동에 몸을 담은 김형직의 아내가 되어 그를 섬겼고 남편이 죽은 뒤에는 계속 남편이 미처 가지

평양 형무소

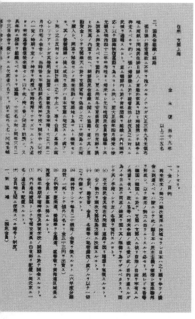
일제측의 조선국민회 활동정보

못한 뒷길을 이어서 간 아들 성주를 뒷바라지했다. 만주 간도에서 망명 살이를 할 때 강반석도 만주의 여느 농갓집 부녀자들 못지않게 재봉을 하고 달구지를 끌고 다니면서도 언제나 손에는 성경을 들고 기도를 드리는 일을 잊지 않았다. 그의 말씨는 차분하고 조용했으며 마음씨 또한 착하기를 이를 데 없었다. 한편 경찰은 이때의 그의 집 주소를 평안남도 강동군 정읍면 동 3리로 기록하고 있다.

체포된 후 그해 12월까지 모두 10개월간 옥고를 치르고 풀려나온 김형직은 이때 당한 고문이 어찌나 혹독했던지 온 몸이 만신창이가 되고 말았으며 그 후유증도 오래 갔다. 비록 1년 형을 받고 이듬해 1919년 2월 8일에 석방되었던 배민수보다 훨씬 더 빨리 집으로 돌아왔지만 김형직은 경찰의 감시가 너무 심해 아무 일도 할 수가 없었다. 더구나 김형직과 거의 같은 시간에 함께 검거되었던 장일환에게 가해진 고문은 더욱 혹독하여 그는 체포된 지 2개월 만인 1918년 4월 9일 평양감옥에서 옥사한다. 결국 조선국민회가 풍비박산이 나고 말았던 것이었다.

5. 김형직의 체포

10개월의 옥고를 치르고 나온 김형직의 눈에 비친 아들 김성주는 제법 어엿하고도 영준한 소년이 되어 있었다. 비록 일곱 살밖에 나지 않은 어린 아이에 불과했지만 또래의 다른 아이들에 비해 제법 머리 하나는 커보였고 모습도 늠름했다. 아버지의 품에 안긴 두 살 난 동생 철주가 멋도 모르고 상처투성이가 된 아버지의 얼굴을 어루만지려고 하자 성주는 주의를 주기도 했다.

"철주야, 함부로 건드리지 마. 아버지가 아프시단다."

이러는 아들을 내려다보며 김형직의 마음이 얼마나 대견스러웠을지는 상상이 가능하다. 당시의 일본 형사들이 조선의 독립운동가들에게 어떤 고문을 가했는지는 서대문경찰서에서 고문을 당해 보았던 적이 있는 윤치영(尹致暎)이 자세한 기록을 남겨놓은 바 있다.

칠성판처럼 생긴 판때기가 철 침대 모양의 대각 위에 놓여 있었다. 나는 처음이라 일본 헌병들이 시키는 대로 칠성판 위에 머리를 젖힌 채 드러누웠다. 두 팔을 칠성판 밑으로 비틀어서 오랏줄로 붙들어 매어 꼼짝 못하도록 고정시킨 뒤 덩치 큰 놈이 내 배에 올라타는 것이었다. 내 몸을 요지부동의 상태로 만들어 놓고는 물이 담긴 주전자를 코에다 대고 들이붓기 시작했다. 나는 어느새 숨이 막혀 질식하게 되었다. 그들이 번갈아가며 이 짓을 계속하였는데 나는 어느 새 기절하고 말았다. 그들의 인공호흡으로 내가 정신이 들자 그동안에 다그쳐온 질문들을 또 다시 반복하는 것이었다.

계속하여 윤치영은 "앞서 말한 물고문은 '해전'이라고 해서 고문치고는 그래도 약과였던 것이다." 라고 회고한다.

매질을 한다든가 물을 먹이는 일은 고문 중에서도 ABC와 같은 초급의 것이다. 제일 견디기 어려운 것은 '공중전'이라고 하는 혹독한 신체적 고통이 계속되는 형벌이었다고 자세하게 설명하고 있다. 그것도 밤이 깊어 자정이 지난 시각에 지하실 으슥한 곳에서 행하여지는데 우선 두 팔을 묶은 뒤 목총을 묶인 팔과 등 사이에 찔러 넣고 양 끝을 밧줄에 매서 천장에 끌어올린다. 공중에 거꾸로 매달리면 얼마 안 가서 어깨와 팔다리가 끊어지는 듯한 통증이 오는 것이다. 그리하여 기절하면 머리에 물을 쏟아붓기도 하고 몽둥이로 쿡쿡 쑤시기도 하며 죄를 자백하라고 다그치는 것이다. 끝내 자백을 받아낼 수 없게 되니까 이들은 점점 초조한 기색을 드러내면서 나중에는 손가락을 비틀고 침질을 하여 고문하였다.

일단 이와 같은 형틀에 한번 올랐다 내려오면 설사 죽기까지는 않더라도 반죽음이 되었다. 실제로 고문 도중에 죽었던 사람들도 아주 많았다. 더구나 평양감옥의 혹형은 서대문감옥의 뺨을 치고 갈 수 준이었다는 소문도 돌았다. 김형직도 이와 같은 고문을 당하였고 끝까지 굴복하지 않았음이 분명하다. 오늘의 북한 선전기관들에서 그에게 붙여놓고 있는 '불요불굴'(不撓不屈)이라는 말은 정확하다. 형기를 마치고 감옥에서 나올 때 김형직의 몸 상태는 그야말로 엉망진창이었다. 얼굴, 목, 손, 발 할 것 없이 살이란 살은 온통 멍이 들었고 온 몸 성한 데 없이 상처가 나있어 바로 서서 걸을 수가 없었다.

"아범아, 어서 들보에 눕거라."

어머니 이보익이 연신 눈시울을 적시며 권하였으나 김형직은 거절하였다.

"아닙니다, 어머니. 제 발로 걸어가겠습니다."

김보현이 아들에게 힘을 실어주었다.

"그래, 목숨이 끊어지기 전에야 어떻게 저놈들 보는

김형직의 비밀결사를 입증하는 자료사진

데서 들것에 들려가겠느냐. 제 발로 보란 듯이 걸어가자꾸나."

들것을 들고 따라왔던 형권이와 형록이가 곁에서 형을 부축하였고 김형직은 아들 성주의 머리를 쓰다듬으며 흔연히 걸음을 옮겨놓았다.

6. 장일환의 부탁

1919년, 병석에서 털고 일어난 김형직은 장대현교회 집사로 나갔다. 숭덕여학교 학생들이 장대현교회에 많이 모여들었다. 김형직은 한동안 여학교 학생들과도 종종 만남을 가지곤 했지만 그는 단 한시라도 조선국민회를 잊고 지냈던 적이 없었다. 경찰의 감시가 심했기 때문에 학생들은 '조선국민회'라는 이름자조차도 입에 담기를 무서워했다. 아무래도 평양에서의 조직은 재생이 불가능할 것이라는 판단이 서게 되자 김형직은 바로 평양과 멀리에 떨어진 평북 의주 쪽으로 눈길을 돌리기 시작하였다.

북한에 세워져 있는 김형직의 동상

장일환 역시 평양감옥에서 옥사하기 며칠 전에 바람 쏘이는 시간을 타서 김형직과 만나 몰래 소곤거린 적이 있었다.

"형직아, 난 아무래도 안 되겠다."

"지방조직들은 피해를 덜 입었으니 함께 석방되면 의주 쪽으로 한번 나가봅시다."

낙담하지 않는 김형직을 바라보며 장일환은 목이 멨다.

"난 아무래도 안 될 것 같아. 국민회를 부탁한다."

"형님이 안 계시면 제가 어떡한단 말입니까?"

"내가 설사 살아나간다고 해도 이 몸 가지고는 더 뛰어다닐 것 같지 못하다. 아무리 봐도 평양에서는 조직을 복구하기는 힘들 거야. 감시가 너무 심하니."

장일환으로부터 이와 같은 유명(遺命)을 받은 김형직은 미처 몸을 추켜세울 사이도 없이 평양을 떠났다. 이때부터 김형직은 직업 혁명가의 길에 나섰던 것이다. 일단 가족에 대한 부양의 의무부터 버릴 수밖에 없었다. 침략자 일제와 싸우는 일, 그래서 나라를 되찾아보겠다는 이 일에 한평생을 바치기로 맹세한 것이다. 위로 연로한 부모와 아래로는 아직 장가도 들지 않은 동생들 그리고 미처 철들 새도 없이 험악한 세상을 알아버린 어린 아들 김성주와 철부지 둘째 아들 김철주 이 모두를 아내 강반석에게 맡겨버렸다.

그리하여 식구들은 김형직의 소식을 얻어들을 수가 없었다. 그가 어디에 가서 무엇을 하고 지내는지 알고 있는 사람은 아무도 없었다. 간혹 가다가 1년에 한두 번 정도 편지를 보내오면 그게 전부였다. 한 번은 편지와 함께 '금불환'(金不換, 금과도 바꾸지 않는다는 뜻)이라는 먹과 붓을 보내왔다고 김성주는 회고하고 있다. 글공부를 잘하라고 아들 김성주에게 보내준 특별한 선물이었다. 집을 떠나 객지에서 떠돌아다니면서도 큰아들 김성주를 가장 마음속에 담고 있었음을 알 수 있다. 김성주 또한 얼마나 아버지가 보고 싶었으면 그 붓과 먹으로 제일 먼저 한지에다가 '아버지'라는 세 글자를 큼직하게 써놓았다. 김성주는 다음과 같이 회고하고 있다.

"우리 집 식구들은 밤에 등잔불 밑에서 편지를 돌려가며 읽었다. 형록 삼촌은 세 번씩이나 읽었다. 성미가 덜렁덜렁한 삼촌이었지만 편지를 볼 때에는 늙은이들처럼 꼼꼼했다. 어머니는 대강 훑어보고 나에게 편지를 넘겨주면서 할아버지, 할머니가 들으실 수 있게 큰소리로 읽어드리라고 하였다. 학령 전이었지만 아버지가 집에서 조선어 자모를 가르쳐 준 덕에 나는 글을 읽을 줄 알았다. 내가 유창한 목소리로 편지를 읽어드리자 할머니는 물레질을 멈추고 '언제 온다는 소리는 없느냐?' 하고 물었다. 그러고는 나의 대답을 기다리지 않고 혼자소리로 뇌이는 것이었다. '아라사에 갔는지 만주에 갔는지 이번에는 퍽이나 오래두 객지생활을 하는구나.' 나는 어머니가 편지를 얼추 훑어본 것이 마음에 걸려 잠자리에 든 다음 아버지의 편지를 뜬금으로 소곤소곤 외워드리었다. 어머니는 할아버지, 할머니가 계시는 데서는 절대로 편지를 오래 들여다보는 법이 없었다."

송암(松菴) 오동진(吳東振)

7. 송암 오동진

한편 김형직은 압록강 연안과 북부 국경지대를 떠돌아다니면서 조직들을 복구하려고 무진 애를 썼으나 거의 효과를 보지 못하였다. 가는 곳마다 배신자들의 밀고로 경찰에게 쫓겼다. 하마터면 잡힐 뻔했던 적도 여러 번 있었다. 더구나 노자까지 떨어져 풍찬노숙하게 되었는데 일단 먹고 사는 일이 급하게 되자 그가 찾아간

한국 최초의 비행기 조종사 서왈보(徐曰甫). 중앙은 한국 최초의 여자 비행사 권기옥

곳은 바로 의주군 광평면 청수동이었다. 이 동네에 그의 친구 오동진(吳東振)이 살고 있었기 때문이었다.

송암(松菴) 오동진은 마침 한 고향의 선배 독립운동가 유여대 목사와 함께 세운 일신학교가 일제 경찰의 간섭으로 문을 닫게 되자 그것을 다시 개교하려고 무지 애를 쓰고 있던 중이었다. 현재는 북한의 선전기관에 의해 '조선국민회의 청수동회의'라고 소개되고 있는 이 동네에 와서 김형직이 한동안 편안하게 숨어 지냈던 것은 바로 오동진의 덕분이었다. 오동진과는 평양 숭실학교에 다닐 때부터 서로 알고 지냈던 사이였다. 오동진을 독립운동의 길로 인도하였던 유여대(劉如大) 목사[7]가 손정도 목사와 친하게 지냈고 일이 있어 평양에 올 때마다 꼭 대성학교에 들려서는 오동진을 불러서 함께 데리고 다녔던 탓이었다.

오동진이 대성학교에 입학하였던 것은 이 학교에서 대한제국 군인 출신의 체육교사를 초빙하여 군사교육을 실시하였기 때문이었다. 키가 작달막하여 '난쟁이'소리를 듣기도 하였던 오동진이었지만 군인이 되는 것이 꿈이었던 그가 직접 무장을 들고 일제와 대항하는 것을 목적으로 하는 조선국민회에 관심을 가지지 않았을 리가 없었다. 그러나 오동진은 유여대 목사가 감옥에 가게 된 후 그와 함께 고향에 만들었던 일신학교를 운영하기 위하여 청수동에 내려와 있었다. 그 후 대성학교도 바로 폐교되었다. 1907년에 개교하여 1912년에 문을 닫았으므로 실제로 옹근 3년 동안 학교를 다니고 졸업한 졸업생은 19명밖에 안 되었다. 졸업생들 속에서 이름 날린 사람들로는 오동진 외에도 한국 최초의 항공기 조종사 서왈보(徐曰甫)와 소설『화수분』으로 이름 날린 한국 문인협회 초대 이사장 전영택(田

7.

유여대 목사

유여대(劉如大) 목사는 1878년 평안북도 의주에서 농민의 아들로 태어났다. 청일전쟁을 경험하면서 민족실력양성의 필요성을 절감하며 교육계몽운동을 전개해 갔다. 특히 서구의 신학문에 관심을 갖게 돼 의주에서 근대식 교육기관인 일신학교와 양실학원을 설립해 민족교육을 실시하는 한편, 기독교 신앙을 통한 자유와 평등 이념을 전파하면서 구국운동에 투신했다. 정통 신학을 공부해 1915년에는 목사 안수를 받고 의주동교회의 담임 목사로 활동했다. 그러다가 1919년 2월 이승훈과 양전백의 권유로 3·1운동 거사 계획에 참여해 민족대표 33인 가운데 1인으로 참여했다. 3월 1일, 민족대표들은 서울 태화관에 모여 독립선언식을 가졌고, 선생은 의주에서 대중과 함께 독립선언식을 개최했다. 독립선언서를 낭독한 뒤 만세시위운동을 전개하던 중 일제 헌병에 피체 됐다. 옥고를 치른 뒤에도 민족독립에 대한 신념을 잃지 않고 민족교육에 힘썼다. 1962년 건국훈장 대통령장이 추서되었다.

榮澤)도 들어있었다.

한편 김형직이 오동진의 도움으로 의주군 광평면 청수동에서 매일같이 집구석에 들어박혀『의종금감』(醫宗金鑑)과『본초강목』(本草綱目)을 들여다보고 있을 때 세상은 또 한 번 흥분의 도가니 속에 빠져들었다. 미국의 제28대 대통령 우드로 윌슨의 '민족자결주의'가 조선 땅에 전해져 들어온 것이었다.

8. '3 · 1 만세운동'과 '조선독립만세'

1918년 11월, 제1차 세계대전이 끝났다. 파리강화회담에서 윌슨이 제안한 14개조의 전후처리 원칙 중에 '각 민족의 운명은 그 민족이 스스로 결정하게 하자.'라는 소위 '민족자결주의'가 들어있었다. 당시 중국에 유학 중이던 여운형과 신규식 등 신한청년당 당원들은 이 선언과 뒤이은 파리 강화회의가 조선 독립의 달성 여부를 떠나서 앞으로 조선의 미래를 결정짓는 중요한 사건이 될 것이라고 판단하고 있었고 신한청년당이라는 단체를 문서상으로 조직해 파리강화회담에 영어를 잘하는 김규식[8]을 파견하기도 했다.

———

8. 김규식(金奎植, 1881년 양력 2월 28일(음력 1월 27일)은 대한제국의 종교가, 교육자이자 일제 강점기의 독립 운동가, 통일운동가, 정치가, 학자, 시인, 사회운동가, 교육자였다. 언더우드 목사의 비서, 경신학교의 교수와 학감 등을 지내고 미국에 유학하였다. 1918년 파리강화회의에 신한청년당, 대한민국 임시정부 대표로 파견되어 이후 10여년간 외교 무대에서 종횡무진으로 활약하며 한국의 독립운동이 국제 승인을 받도록 하기 위하여 심혈을 기울였다. 파리 강화 회의 참가 중 1919년 3.1 만세 운동을 기획하였고, 파리 강화 회의에 참여하여 한국의 독립을 승인해 줄 것을 국제사회에 알리려 노력하였으나 좌절당하였다. 1919년 3월 이후 대한민국 임시정부 수립 이후 각지에서 세워진 임시정부로부터 전권대사와 외무부 서장에 임명되었다. 4월 임시정부에 참여하여 외무 총장에 임명되고 파리대표부를 조직하고 위원장이 됐으며, 구미외교위원부 위원장, 부위원장, 학무총장 등으로 활동하다가 1921년 임시정부의 창조파와 개조파를 놓고 갈등할 때는 창조파의 입장에 서기도 했다. 그 뒤 만주에서 대한독립군단의 지휘관으로도 활약하였고, 임정을 떠나 독립운동단체의 통합노력과 교육 활동 등을 하다가 1930년 다시 임시정부에 재입각, 1935년 민족혁명당 결성을 주도하고 당 주석직에 올랐으며, 좌우합작의 일환으로 임정에 다시 참여, 1940년부터 1947년까지 대한민국 임시정부 부주석을 지냈으며 주로 외교활동을 전개해나갔다. 광복 후에는 김구 등과 함께 임정 환국 제1진으로 귀국하여 신탁통치 반대운동에 나섰으나 모스크바 3상회의의 결정은 임시정부 수립에 있다는 것을 깨닫고 견해를 수정, 여운형과 함께 좌우합작운동에 앞장섰다. 3상결정 부분 지지와 미소공위, 좌우합작 당시 테러에 시달려야 했다. 1948년 2월 남한의 단독 총선거에 반대하여 김구(金九), 조소앙 등과 함께 북한으로 건너가 4월의 남북협상에 참

1918년 당시의 김규식(金奎植)

1920년대의 장덕수

그리고 조선쪽으로는 일본어에 유능한 일본 와세다 대학(早稻田大學)출신의 장덕수(張德秀)를 파견하였으나 그는 바로 조선총독부 경찰에게 체포되어 전라남도 하의도(荷衣島)에서 거주 제한을 당하고 말았다. 장덕수가 하의도에서 거주제한을 당하고 있었을 당시 교류하고 지냈던 현지의 명사들 중에는 김운식(金雲植)이라고 불리던 동네 이장(里長)도 한 사람 있었는데 그 이장의 아들이 한국의 제15대 대통령이 된 김대중(金大中)이다.

한편 1919년 김규식은 돈을 모금했다. 파리강화회담에 참가하고자 여비를 장만하기 위해서였다. 신한청년당의 당원들이 모두 돈을 냈다. 그때 김규식은 당원들에게 다음과 같은 독립 시위 주문을 했다.

"내가 파리에 파견되더라도 서구인들이 내가 누군지 알 리가 없다. 일제의 학정을 폭로하고 선전하기 위해서는 누군가 국내에서 독립을 선언해야 된다. 이를 수행하는 사람은 희생당하겠지만 국내에서 무슨 사건이 발생해야 내가 맡은 사명이 잘 수행될 것이다."

이것이 결국 '3·1 만세운동'의 계기가 된 것이다. 때를 맞춰 기회도 찾아왔다. 1919년 1월 21일 아침 6시에 고종황제가 덕수궁에서 뭔가를 마시다가 갑자기 사망한다. 뇌일혈 또는 심장마비가 사인이라는 자연사설이 있는 반면 그날 아침 한약, 식혜 또는 커피 등을 마신 뒤 이들 음료에 들어 있던 독 때문에 사망했다는 주장도 있다. 이후 2009년 일본 국회 헌정자료실에서 조선총독 데라우치 마사타케의 지시로 친일파 대신들이 약을 탔다는 주장이 적혀 있는 일본 궁내성 관리 구라토미의 일기 사본이 발견되었다. 결국 일본에 의해 독살당한 것이 확인 된 셈이다.

여하였다. 단독정부 수립에 반대하였으나 1948년 5월 귀환 후, 불반대 불참가로 입장을 바꾸고 민족자주연맹 당원들에게 초대 제헌의원 선거와 제2대 국회의원 총선거에 출마할 것을 권고하기도 했다. 1950년 한국 전쟁 중 납북되어 병으로 사망했다. 대한민국 임시정부 활동으로는 1919년 4월 임시의정원 의원, 외무총장, 파리위원장, 8월 구미외교위원부 위원장, 부위원장, 1920년 학무총장, 1930년 8월 학무장, 11월 국무위원, 1932년 11월 국무위원 등을 지내고 1940년부터는 대한민국임시정부 부주석이었다. 대중정치나 선동정치를 경멸하였고 정당활동을 기피하였으며, 정당활동으로는 민족혁명당 주석, 민중동맹 위원장, 민족자주연맹 위원장 등을 지내기도 했다. 교명(教名)은 요한(Johann), 아호는 우사(尤史), 죽적(竹笛) 등이다. 본관은 청풍(淸風). 중국에서 활동할 당시의 가명은 '김성'(金成) · '김중문'(金仲文) · '김일민'(金一民) · '여일민'(余一民) · '왕개석'(王介石) 등이며, 별칭으로는 '변갑'이라는 이름도 있었다. 노론 중신인 김상로, 김재로, 김치인, 김종수 등의 방계 후손이었다. 본적은 경상남도 동래군이나 부친이 관리로 집무하던 중 태어난 출생지는 강원도 홍천군이다.

독립운동가에서 친일파로 된 최린

어쨌든 고종의 장례일자가 1919년 3월3일이었으며 시위는 바로 이 날로 계획되었다. 안국동에 있는 천도교에서 운영하는 인쇄소 보성사(普成社)에서는 최남선이 기초하고 이광수가 교정을 보았던 '독립선언서'를 인쇄하기 시작했다.

그런데 대단히 악명이 높았던 종로경찰서 조선인 고등계 형사 신철(申哲, 申勝熙)이 어느 날 큰 건수를 하나 감지하고 안국동으로 달려와 보성사를 급습한 적이 있었다. 그리고 신철은 보성사 사장 이종일이 보는 앞에서 인쇄기를 멈추고 '독립선언서'를 한 장 빼내어 보았으나 웬 영문인지 아무 말도 하지 않고 그냥 돌아가 버렸다. 혼비백산한 이종일이 급기야 이 사실을 최린[9]에게 보고하자 최린은 신철을 집으로 초대했다. 최린은 돈을 주면서 신철에게 형사복을 벗어던지고 만주로 떠나라고 권고했다고 한다.

일본 측 기록에는 신철이 그 돈을 받았다고 되어 있고 한국 측 기록에는 그가 돈을 받지 않았다고 하나 결국 이 사실이 발각되어 신철은 경성헌병대에 체포되었고 감옥에서 자살하고 말았다. 뒷날에 있었던 일이다.

드디어 1919년 3월 1일 오후 3시쯤, 독립선언서 서명자 중 길선주, 유여대, 김병조, 정춘수를 제외한 29인이 오늘의 서울시 종로구 인사동 소재의 태화관에서 모여 독립선언서를 읽고 조선이 독립국임을 선언하였다. 그리고 나서 바로 총독부 정무총감 야마가타 이자부로에게 전화를 걸어 독립선언 사실을 알렸다. 뜻인즉 자신들이 태화관에 모여 있으니 연행해 가라는 소리였다. 60여 명의 헌병과 순사들이 태화관에 들이닥쳤

---

9. 최린(崔麟, 1878년 1월 25일 ~ 1958년 12월 4일)은 일제 강점기의 친일파이다. 3.1 운동에 참여하여 민족대표 33인 가운데 한사람으로 독립운동가로 활동하다가 친일 인사로 변절했다.

서거직전 고종(중간)의 모습

'3 · 1운동'에 참여한 어린이를 붙잡는 일본 헌병과 경찰

고 대표들은 남산 경무총감부와 지금의 중부경찰서로 연행되었다. 저녁 무렵이 되자 길선주 등 나머지 서명자 네 사람도 모두 경찰에 자진 출두했다.

전형적인 비폭력 무저항주의 독립운동이었다. 이 운동의 세계적인 대표자였던 인도의 간디가 한국의 독립운동가들에게 끼친 영향은 이루 다 말할 수가 없었다. 김형직의 숭실학교 대선배였던 고당 조만식(曺晩植)이 그 가운데 한 사람이었고 김형직의 조선국민회 시절 가장 절친한 동지였고 아우였던 배민수까지도 나중에는 간디식의 무저항 불복종주의에 관심을 갖게 되고 깊이 빠져들게 된다.

평양에서 발생하였던 3 · 1 만세시위는 여느 지역에서보다도 더 거셌고 과격하게 번졌다. 어쩌면 평안도 사람들의 성격과도 관계가 있을지 모를 일이다. '3 · 1운동'의 최초의 사망자도 평안도에서 발생했고 제일 먼저 유혈사태로 번졌다. 대동군 금제면 원장리에서 약 3천여 명의 군중이 모여 강서군 반석면 상사리의 사천시장 방면으로 시위행진하고 있을 때 사천시장 부근에 있던 사천헌병주재소의 일본인 소장 사토 지쓰고로(佐藤實五郎)와 조선인 헌병보조원 강병일, 김성규, 박요섭 등이 미리 매복해 있다가 무차별 총격을 가했기 때문이었다. 또한 평북 정주에서도 시위대를 향한 총성이 울려 터졌다.

조만식(曺晩植)　　　　최용건(崔鏞健)

　　그때 총을 쏘는 경찰들과 맞서 돌을 뿌리고 있었던 오산중학교 학생들 속에 최추해(崔秋海)[10]라고 부르는 한 젊은 청년도 들어있었다. 1945년 이후 이름을 최용건(崔鏞健)으로 고쳤던 최추해는 일본에서 메이지대학 법학부를 졸업하고 오산중학교에 와서 교장으로 부임한 조만식을 만나 그를 스승으로 모셨지만 그를 친일파로 오해하고 그와 깊은 악연(惡緣)의 관계가 되기도 했다. 한때 최추해는 정학처분까지 받기도 했으나 정작 조만식이 3·1운동을 겪으면서 수배되어 상해로 피신하려다가 붙잡혀 평양감옥에 수감되었을 때는, 과거 그를 친일파로 공격하였던 최추해가 동아리들과 함께 조만식의 면회를 가기도 했다. 그러나 최추해도 얼마 뒤에는 자기의 동아리 24명과 함께 중국으로 망명하고야 말았다.

　　그리고 다시 25년이 흐른 1945년 가을에, 조만식과 제자 최추해는 평양에서 다시 만난다. 조만식과 만나 '선생님'으로 부르며 큰 절을 올리기도 했던 최추해는 1945년 11월3일 이북에 남은 조만식

10. 최용건(崔庸健, 1900년 6월 21일 ~ 1976년 9월 19일)은 조선의 독립운동가이자 교육자, 중국, 소련의 군인이며 조선민주주의인민공화국의 군인, 정치인이다. 1948년 2월부터 1950년 7월까지 조선인민군의 총사령을, 1955년 7월부터 1958년 3월까지 조선민주주의인민공화국의 내각부총리를, 1958년 3월부터 1972년 12월까지 조선민주주의인민공화국의 제2대 국가수반 겸 최고인민회의 상임위원장을 역임하였다. 1950년 6월 한국전쟁 당시 조선인민군 서울지구 방위사령관이었고, 9월까지 3개월간 서울을 장악하였다. 8월 28일부터 인천 상륙 작전 당일까지 인천지구 방위사령관을 겸했다.1921년 중학교를 중퇴하고 중국 상하이로 망명 후, 신규식, 김홍일의 추천으로 운남강무학교를 다녔으며, 운남강무학교 재학 중에는 황푸군관학교의 임시 교관을 지냈다. 1927년 광저우 사태 당시 김산 등과 함께 조선인 공산주의자들을 배후에서 지휘하였다.그는 김일성, 김책과 더불어 만주 계릴라파의 핵심 트로이카를 이루었고, 황푸군관학교(黃浦軍官學校)의 임시 교관과 훈련 교관, 학생대 6구대장을 지내는 등 군사 부문에서 경력을 쌓았다. 그 뒤 동북항일연군교도여단(소비에트연방 극동군 제88국제여단)에 참여하여 활동하기도 했다. 해방 후 3·8선 이북 조선으로 귀국하여 1946년 북조선임시인민위원회 보안국장, 1947년 인민위원회 보안국장과 상임위원회 부위원장에 선출되었다. 1948년 2월 북조선인민위원회 창설과 9월 조선민주주의인민공화국의 정부 수립에 참여하였고, 조선인민군 창군 후 북한의 조선 인민군의 초대 총사령관, 1948년 9월 민족보위성상, 최고인민회의 제1기 대의원 등을 지냈다. 1953년부터는 박헌영, 리승엽 사건의 재판관이 되어 그들을 미제 간첩으로 몰아서 처형했다. 1953년 인민군 차수(次帥)가 되고 1954년 내각 체육지도위원회 위원장, 1957년 9월 20일 최고인민회의의 상임위원회 부위원장이 되고 1958년 3월 최고인민회의의 상임위원장 겸 국가수반에 올랐다. (자세한 경력은 차례-주요 등장 인물 약전에서 참조바람)

북한 원수복을 입은 김일성과 차수복을 입고 있는 최용건이 맨 앞쪽에 나란히 앉아 있다.

3·1운동 최초의 사망자도 평안도에서 발생했다.

이 민족 민주계열이자 최초의 개신교 정당인 조선민주당을 창당하게 되자 당수였던 조만식의 밑에서 부당수를 지내게 되는 인물이기도 하다.

어쨌든 1919년 3월 1일, 김형직의 숭실학교 시절 스승이었던 김선두 목사[11]가 주동이 되어 평양의 독립선언식이 숭덕학교 교정에서 치러졌다. 이때 김선두 목사의 설교 중에 "구속되어 천 년을 사는 것보다 자유를 찾아 백 년을 사는 것이 의의가 있다."는 말은 유명하여 오늘까지도 전해지고 있다. 곧이어 정일선 전도사가 독립선언서를 낭독했고 낭독이 끝나기 바쁘게 군중들은 한결같이 두 손을 쳐들고 '조선독립만세'를 외쳤다.

"오등은 자에 아 조선의 독립국임과 조선인의 자유민임을 선언하노라."

"조선 독립 만세!"

삽시간에 우레와 같은 함성이 터져 나왔다.

"일본인과 일본 군대는 물러가라!"

시위대가 북과 징을 울리면서 숭덕여학교 교정에서 나왔다. 시위대가 보통문 쪽으로 몰려갈 때 이 행렬 속에는 상고머리를 하고 다 꿰진 짚신을 신고 콧물을 한 뼘이나 턱에 달고 정신없이 뛰어가

 11.

김선두 목사(1876 고종 13~1949)는 평안남도 대동 출신이다. 27세 때 평양 숭실중학에 입학하고, 이어서 평양 숭실전문학교에 진학하였다. 대학을 졸업하고 평양신학교에 진학하여 1913년에 졸업하였다. 신학교를 졸업한 지 5년 만인 1918년 조선예수교장로회 제7대 총회장에 피선되었다. 목사가 된 뒤 처음으로 목회한 평양 서문밖교회에서 약 10년간 목회를 한 뒤 신암교회(新巖敎會)로 전임하였다. 교회생활 중에서도 숭실중학과 숭실전문학교에서 성경과목을 교수하였고, 1924년부터는 평양신학교에서 성경강사로 신학교육에 힘을 기울였다. 1926년 선천 신성중학교(信聖中學校)에 성경담당교사로 부임하여 당시 교장이었던 미국인 선교사 함가륜(咸嘉倫. Hoffman, C.)을 보좌하여 대리 시무를 하였다. 그 뒤 함경북도성진교회(城津敎會)에서 수년간 목회하였다. 1919년 3·1운동이 일어나자 평양을 중심으로 거사의 주동적 구실을 하여 투옥을 당하였다. 그의 민족주의사상은 역사적 프로테스탄트 신앙과 결부되어 그의 활동에 반영되었다. 1938년 9월 조선예수교장로회 제27차 총회를 앞두고 일제의 탄압을 받자 그는 일본 기독교계의 협조를 얻어 탄압을 저지시키려고 일본으로 건너가 당시 궁내부대신·국회의원·일본육군대장 등을 찾아가 한국교회가 당면하고 있는 어려운 입장을 호소하였다. 일본의 기독교인들로부터 협조의 언약을 받고 평양으로 돌아오는 열차에서 체포되어 개성경찰서에 수감되었다. 경찰서에서 석방되자 곧 만주로 망명하여 만주신학원(滿洲神學院), 즉 봉천신학교(奉天神學校)에서 박형룡(朴亨龍)·박윤선(朴允善) 등과 같이 신학교육에 전념하였다. 광복 후 만주에서 돌아와 월남하였다고 하나 그 이후의 일은 알려지지 않았다.

는 한 어린 아이도 들어있었다. 이때 여덟 살밖에 나지 않았던 김성주였다. 소년은 너덜거리는 신발짝이 자꾸 벗겨지자 결국 벗어서 두 손에 들고 맨발로 시위대 대열을 따라가면서 어른들이 외치는 대로 함께 따라 소리치고 있었다.

"조선 독립 만세!"

"일본인과 일본 군대는 물러가라!"

이때의 일을 두고 김성주는 다음과 같이 회고하고 있다. 회고록에서 가장 믿음이 가는 대목이기도 하다.

"여덟 살이었던 나도 다 꿰진 신발을 신고 시위대열에 끼여 만세를 부르면서 보통문 앞까지 갔다. 성 안을 향해 노도와 같이 밀려가는 어른들의 걸음을 나로서는 미처 따라잡을 수가 없었다. 그래서 어떤 때는 너덜거리는 신발짝이 거추장스러워 짚신을 벗어서 손에 들고 뜀박질로 대열을 따라갔다. 어른들이 독립만세를 부르면 나도 함께 만세를 불렀다. 적들은 기마경찰대와 군대들까지 동원시켜 도처에서 군중에게 칼을 휘두르고 총탄을 마구 퍼부었다. 숱한 사람들이 희생되었다. 그러나 군중은 두려움을 모르고 원수들에게 육탄으로 대항하였다. 보통문 앞에서도 치열한 육박전이 벌어졌다."

여기서 짚고 넘어갈 것이 있다. 오늘의 사책에서 상징처럼 굳어져버린 '대한 독립 만세'는 일종의 상징 구호다. 대한제국이 성립되었다가 나라를 빼앗겼기 때문에 '대한 독립 만세'라고 외쳤다고도 하지만 국호가 대한제국으로 바뀌었어도 당시 사람들에게는 여전히 '조선'이라는 국호가 더 친숙했다.

실제로 당시의 신문 보도나 3·1운동 이후 전국에서 벌어진 만세운동 전단지의 내용을 면밀하게 검토해보면 모두 '조선 독립 만세'라고 쓰여 있다. 당장 기미독립선언서에도 '조선의 독립국임'과 '조선인의 자유민임'이라고 적혀있지 '대한'이라고 적지 않았다. 물론 김성주 본인도 "조선 독립 만세"라고 불렀던 것으로 회고하고 있다.

제2장

만주 망명

삶에 의미가 있다면 그것은 시련이 주는 의미이다.
시련은 운명과 죽음처럼 삶의 빼놓을 수 없는 한 부분이다.
시련과 죽음 없이 인간의 삶은 완성될 수 없다.
— 빅터 프랭클, 『죽음의 수용소에서』

1. 중강진

피난길에 오른 이주민들, 국경에서 일본 군경의 검문심사를 받고 있다

김성주는 여덟 살 때 부모를 따라 망명길에 올랐다. 그의 기억에 따르면 "밥그릇에 숟가락 몇 개를 꾸려 넣은 어머니의 보퉁이와 아버지가 메고 가는 전대짐 하나가 이삿짐 전부"였다고 한다. 세 살 난 어린 동생 철주는 아직 어머니의 등에 업혀있었다. 어린 철부지 둘을 데리고 어떻게 험한 만주로 가느냐며 김보현과 이보익 부부는 한탄을 했지만 김형직은 부모를 안심시켰다.

"아버지, 어머니, 중강진에 가면 무엇이든 다 생기게 됩니다. 너무 걱정마십시오."

"일가친척이라고 없는 그렇게 추운 곳에 가서 어떻게 자리 잡겠느냐? 그것도 이렇게 빈털터리로

김형직일가가 묵었던 중강진 객줏집

가서 말이다."

걱정하는 어머니에게 김형직은 자신 있게 대답했다.

"어머니, 나를 도와주고 있는 동지들이 아주 많습니다. 그러니 너무 걱정하지 않으셔도 됩니다."

그러나 정작 김형직이 마음속에 담아두고 있는 동지란 오동진 한 사람 뿐이었다.

평양감옥에서 10개월간 옥살이를 하고 출감한 뒤 한동안 오동진의 고향 의주군 광평면 청수동에서 숨어 지내며 건강을 회복한 김형직은 오동진의 도움을 크게 받았다.

의주에서 계몽 운동을 하고 있었던 유여대 목사를 도와 일신학교 교감을 맡기도 하였던 오동진은 학교의 운영경비를 해결하기 위하여 여러 가지의 장사를 했고 약재상에도 손을 댔다. 그에게서 한약재를 받은 한 의원이 값을 치르지 않고 야반도주를 했던 적이 있었다. 오동진이 보낸 심부름꾼이 그 의원에게 한약재 값을 받으러 갔다가 허탕만 치고 돌아오면서 '의종금감'(醫宗金鑑)을 주워왔는데 이 책이 김형직의 손에 들어왔던 것이다. 원래 총명한데다가 한학에 밝았던 김형직은 이 책에 반했고 통독하다시피 했다. 후에는 스스로 약방을 지어 한약을 달여 먹을 정도였고 제법 효과가 있는 것을 본 오동진은 김형직에게 권했다.

"이보시게, 자네 수준이면 한의원 차려도 되겠네그려."

"그러잖아도 생각 중에 있습니다. 만약 형님이 좀 도와주신다면 한번 해보겠습니다."

김형직이 속심을 터놓자 오동진도 흔쾌히 응낙하였다.

"밑천은 걱정 마시게."

오동진은 김형직이 가장 힘들 때 도와주었던 절친한 친구였고 동지였다. 나이도 김형직보다 2살이나 연상이어서 김형직뿐만 아니라 많은 사람들에게서 형으로 불리기도 했다. 그는 1889년 생으로 송암(松菴)이라는 아호 외에 또 순천(順天)이는 별호도 가지고 있었다.

만주로 이주하는 한인들, 1907부터 연간 1만 명씩 늘어나던 이주민이 1910년 국권피탈 이후에는 그 수가 비약적으로 증가해서 2만 명, 또는 5만 명이 이주하는 해도 있었다.

사람됨이 어릴 때부터 온후하고 정의심이 강하여 언제나 강한 자를 누르고 약한 자를 도왔는데 무릇 그와 한번 만난 후 그의 친구가 되지 않은 사람이 없을 정도였다. 후에 김형직이 의원을 차리자 오동진은 친구들을 시켜 세브란스의학전문학교 졸업증서를 가짜로 만들어 김형직에게 보내주기도 했다. 그 시절 집에 환자가 생기면 한방이나 민간요법 또는 무당의 푸닥거리에 의존할 수밖에 없던 때에 조선 최초의 서양식 근대 의학교육기관에서 내준 졸업장을 내건 의원이라면 자연스럽게 사람들이 몰려들기 마련이었다. 물론 그것은 뒷날의 일이다.

1936년 중강진에서 발행되었던 시 '詩建設'

김형직 일가는 한동안 중강진에서 머물고 지냈다. 원래는 오동진이 중강진에서 김형직을 마중하기로 약속이 되었으나 의주에서 유대여 목사와 함께 3·1 만세시위를 주도했던 오동진은 경찰이 너무 급하게 쫓아오는 바람에 강기락이라고 부르는 부하에게 김형직 일가를 부탁하고 그 자신은 먼저 압록강을 건너 중국 관전현(寬甸縣)쪽으로 내뛰었다가 나중에 안자구(安子溝)에 거처를 잡았던 것이다.

중강진에 도착한 김형직 일가는 강기락의 여인숙에 방 한 칸을 얻어 임시로 지내면서 의원을 차리려고 하였으나 이미 그에게도 '불령선인'딱지가 붙어있었다. 오동진을 붙잡으러 다니던 경찰들은 중강경찰서에까지 쫓아와 김형직의 호적등본에다가 빨간 줄을 쳐놓았다. 3·1 만세시위 때 김형직이 오동진의 집에서 지내며 그의 심부름을 다닌 일이 경찰에게 발각되었던 것이다.

일제 강점기 평안북도 의주군 의주읍

중강진(中江鎭)은 '동토'(凍土)의 땅으로 알려져 있다. '삼수갑산을 갈지언정 중강진은 못 간다.'는 속담이 생겨날 지경으로 조선에서는 제일가는 한극지(寒極地)였으나 만주와 압록강을 하나 사이에 두고 있다 보니 압록강 유역에서 활동하고 다녔던 독립 운동가들이 많이 들러 가곤 하는 곳이었다. 고려, 조선 시대 때부터 통상이 허가되었고 왜관이 설치되어 조선 북부지방에서는 가장 번화하고 흥성한 거리 중의 하나에 속했다.

1910년 한일합방 이후 중강진에는 일제 경찰서뿐만 아니라 세관까지 생겨 만주와 조선 사이에서 오가곤 하는 장사꾼들도 무더기로 몰려들었다. 시가지 한복판으로 빠져나간 거리 양편으로 여인숙과 의원, 식당, 이발관 등 가게들이 많이 생겼고 일본인들까지 몰려들어오면서 일본인들이 운영하는 양의원과 전당포, 자전거수리소 같은 현대식 신식 가게들이 들어와 앉았다. 얼마 뒤에는 또 일본인들이 운영하는 학교까지 설립되었다. 1936년에 이르러서는 '시건설'(詩建設)이라는 순수 시 전문 잡지까지 창간이 될 정도로 평안도 북부 지방에서 문화가 발전한 고장으로 주목받기도 하였다.

김성주는 이 중강진에도 "평양의 황금정이나 서문통처럼 일본사람들이 우글우글하였다."고 기억하고 있다. 중강진도 이미 일본사람들의 세상이었던 것이다. 그러나 이때 중강진에서 살았던 일본사람들은 따져놓고 보면 모두 일본 국내에서는 못 사는 농부들 아니면 막벌이꾼들이었다. 1905년, '을사보호조약'(제2차 한일협약) 이후 신의주에 영림창(1907년)이 설치되어 중강진에 지창을 두었는데 일본에서 먹고 살기 어려운 인부들이 벌목공 일을 하려고 벌떼처럼 몰려들었다. 마찬가지로 헐벗은 조선인들에게도 이곳은 민족해방투사들과 만주에서 생활 밑천을 잡아보려는 부랑민 등 온갖 부류들이 들렀다 가는 인력대기소에 가까웠다.

신의주의 영림창

어쨌든 경찰은 몇 번이나 김형직을 불러 오동진의 행적을 대라고 따지고 들었다. 아무래도 의원을 차리기는 다 그른데다가 여인숙에 머무르고 있는 동안에도 얌전하게 가만히 있지 못하는 아들 김성주가 있는 입장이었다. 어느 날은 밖에 나가 동네아이들과 휩쓸려 놀던 김성주가 또 자기보다 머리 하나가 더 큰 일본 아이를 메다꽂아버린 일이 발생했다. 김형직이 의원을 차리는 일을 도와주었던 여인숙 주인 강기락은 면사무소에 갔다가 돌아와 권했다.

"선생님, 중강에서는 아무래도 안 될 것 같습니다."

김형직의 이름이 중강진 경찰서에서 '특호 갑종 요시찰인'으로 기록되어 있었기 때문이었다.

"차라리 강 건너 임강진에다가 의원을 차리면 어떨까요?"

"네. 저도 그렇게 생각하고 있는 중입니다."

독립 운동가들이 사용하였던 임강진의 비밀장소

2. 순천의원과 백산무사단

이때 김형직은 마침 처남 강진석(康晋錫)이 중강에 들렀다 가면서 몰래 주고 간 큰 아편 덩어리를 팔러 다니고 있었다. 1919년 4월 만주의 봉천성(奉天省) 유하현(柳河縣) 삼원보(三源堡) 서구(西溝) 대화사(大花斜)에서 의병장 출신들인 박장호(朴長浩), 조맹선(趙孟善), 백삼규(白三圭) 등이 중심이 되어 조직된 항일무장

독립운동가들이 드나들었던 임강진의 식당

독립군 대한독립단에 가입한 강진석이 군자금을 마련하려고 단원들과 함께 조선 국내로 들어와 한 친일부자의 집을 습격하고 얻은 것이었다.

김형직이 아편을 판 돈은 물론 대부분 독립단에 보내졌다. 의학이 낙후했던 시절 아편은 특히 의원들 사이에서 많이 유통되고 있었고 그의 효능은 거의 만병통치라고 해도 과언이 아닐 만큼 오래된 기침이나 설사로 죽어가는 환자들을 기사회생시키는 데 광범위하게 쓰이고 있었다.

김형직은 한편으로 '순천의원'을 열었고 아편장사까지 겸하여 엄청 많은 돈을 모으게 되었다. 그의 친구 오동진이 윤하진(尹河振), 장덕진(張德震), 박태열(朴泰烈) 등과 함께 비밀결사인 광제(廣濟) 청

백산무사단 성원이었던 김일성의 외삼촌 강진석

년단을 조직하는 데도 김형직의 돈이 들어갔고 오동진이 파견한 의용대가 조선 내지로 부잣집을 털러 다닐 때도 모두 김형직의 집에 들려 며칠씩 묵어가곤 하였다. 또 이듬해 백산무사단(白山武士團)이 만들어지고 이 단체에서 활동하였던 처남 강진석이 친구 신훤과 함께 평북(平北) 자성군(慈城郡)으로 몰래 잠입하여 열연면(閱延面) 건하동(乾下洞)에서 사는 부자 양기조(梁基祚)의 집을 습격하는 일이 발생했다. 신훤은 그해 4월 24일 체포되어 평양지방법원에서 징역 6년형에 언도되었다. 김형직을 이 단체에 끌어들였던 사람은 바로 처남 강진석이었다.

1921년 5월 이두성(李斗星), 김보환(金寶煥) 등이 중심이

되어 조직된 이 단체는 백두산을 중심으로 하는 중국 무송(撫松縣), 임강(臨江縣) 지방에서 만주 망명 중인 젊은 조선인 무사들로 규합되었으며 '백두산의 무사'라는 의미에서 명칭을 백산무사단이라 불렀다. 단원들은 대부분이 오늘날 판타지 속의 협객 비슷한 흉내를 많이 내고 다녔다. 강진석도 그 가운데 한 사람이었다. 그 시절의 만주의 협객답게 중절모자를 꾹 눌러쓰고 품속에는 권총을 숨겨가지고 다녔던 그는 누이의 집에 들려 하룻밤씩 묵어가곤 할 때면 등잔불 밑에서 그 권총을 꺼내놓고 닦고 분해하기도 하였다. 조카 김성주가 그것을 구경하지 않았을 이유가 없었다. 김성주는 "권총을 보는 순간 내 눈앞에는 어째서인지 3·1 독립만세시위 때 보통문 앞거리에서 보던 광경이 새삼스럽게 떠올랐다. 그때 내가 시위군중 속에서 본 것은 쇠스랑과 나무작대기뿐이었다. 그런데 1년도 못 되어 외삼촌의 손에서 마침내 총을 보게 된 것이다."고 회고하고 있다.

백산무사단의 본부가 임강현 모아산 속(帽兒山)에 자리 잡고 있었기 때문에 김형직의 '순천의원'

북간도에서 활동하던 독립군의 모습

은 자연스럽게 그들의 시내 안의 거점이 되고 말았다. 그들이 시도 때도 없이 들려가곤 할 때면 동생을 사랑하였던 김성주의 어머니 강반석은 동생과 뜻을 함께 하고 있는 젊은 그들의 밥상을 차리느라고 지칠 줄 모르고 일했다.

때로 몇몇 단원들이 중국 사람들과 마찰을 빚고 말썽을 일으키기도 했다. 그럴 때면 김형직이 나섰다. 적지 않게 그의 의원에서 병도 보고 약도 짓곤 했던 적 있는 중국 사람들이 김형직을 도와주었다. 김형직은 그렇게 중국 사람들과의 관계를 통해서 민족주의 계열의 독립 운동가들이라면 아는 사람이건 모르는 사람이건 가리지 않고 모두 나서서 도왔다. 그러나 그는 1917년 러시아 10월 혁명

묵관(默觀) 현익철(玄益哲)

이후 시베리아 쪽에서부터 만주로 건너왔던 공산주의 계열의 사람들과는 반목하고 지냈다. 그들이 배고파 찾아오면 김형직은 일단 냉수부터 한 그릇 내주고는 공산주의가 어떻게 나쁜지 연설을 널어놓았다. 그것을 곱게 받아들이는 젊은이들에게는 밥도 먹여주고 또 노자도 대주곤 하였으나 받아들이려 하지 않고 거꾸로 반론까지 제출하는 젊은이들에게는 금방 축객령을 내렸다.

"냉수를 마셨으니 이만 물러가게."

이렇게 되자 공산주의 계열의 젊은 사람들 중에서는 '순천의원'에 불을 지르자고 쑥덕거리고 모의하는 이들도 생겨났다. 실제로 밤에 김형직이 그들에게 습격당하였던 적도 몇 번 있었다. 심지어 김형직 대신 그의 집에 와있던 친구 현익철(玄益哲)이 뒤통수를 얻어맞기도 했다. 호가 '묵관'(默觀)으로 이름보다는 현묵관 선생으로 더 널리 알려진 현익철은 후에 공산주의를 지향하는 열혈청년이 된 김성주와 만나 "어떻게 다른 사람도 아닌 형직의 아들인 네가 공산주의의 길을 간단 말이냐"고 한탄하기도 했다

김형직은 틈틈이 김성주를 앞혀 놓고 타일렀다.

"장차 만주에서 살아가려면 중국말을 배워야 한다. 중국말을 중국 사람들보다 더 잘해야 중국 사람들과 친해질 수가 있고 또 중국 사람들의 도움을 받을 수가 있단다."

김형직은 주로 중국 사람들과 아편장사를 했으며 그때 액수로 엄청나게 많은 돈을 모을 수 있었다. 1925년에 조사된 일본 관헌의 기록에는 김형직의 자산이 천 원으로 기재되어 있다. 물론 돈은 많아졌으나 그의 사상은 여전히 '배일'(排日)이었다. 남의 나라 만주에서 대부분이 셋방을 살았던 이민자들의 생활수준에서 보면 자기의 집 여러 채도 살 수 있을 만큼의 큰돈을 가진 부자에 속하게 되었던 김형직은 점차적으로 아들을 교육하는데 심혈을 기울여 몰두하게 되었다. 덕분에 김성주는 한편으로 소학교에 다니면서 직접 중국어교사를 집에 불러 전문적인 중국어교육까지도 과외 받을 수 있는 등 호강을 누리기도 했다.

그러나 좋았던 시절도 얼마 가지 못하였다. 2008년에 한국에서 건국훈장 애국장이 추서된 백산무사단 출신 신휙이 평양지방법원에서 제령 제7호 위반의 협의로 징역 7년을 받을 때 함께 붙잡혔던 강진석은 거의 두 배인 15년형에 언도되고 말았다. 이 불똥이 김형직에게까지 튄 것이었다. 그의 집이 백산무사단의 거점이라는 것이 발각되어 김형직은 조선에서 나온 경찰들이 함부로 수색할 수 없는 중국인 지인들의 집에 돌아다니면서 한동안 숨어 지내다가 결국 임강진을 뜰 수밖에 없었다.

3. 팔도구 개구쟁이

그때 옮겨간 곳은 장백현 팔도구(八道溝)였다.

팔도구는 김성주에게 뜻 깊은 동네였다. 이 동네에서 지내는 동안 비교적 안정적인 삶을 살 수 있게 된 김형직 일가는 '광제의원'을 개업한다. 임강진과 250여리 떨어진 거리에 있었던 팔도구에도 김형직의 친구들이 많이 드나들었다.

특히 오동진의 광복군총영(光復軍總營)이 도처에서 활동하고 있었다.

1920년 6월 6일에 조직되어, 오동진이 총영장을 맡고 있던 이 광복군총영은 사실상 조선의 실질적 최초의 군대나 다름없었다. 그들은 일제의 탄압에 대응하기 위하여 무장을 갖추기 시작했던 것이다. 상해의 대한민국임시정부로부터 파견 받고 나온 이탁(李鐸)이 사령관에 임명되었는데 그는 장총 2백 40여정을 가지고 왔다. 이륭양행(怡隆洋行)으로 불리기도 하는 아일랜드계 영국인 조지 루이스 쇼가

대한광복군 총영 약장(오른쪽). 1920년 대한민국임시정부의 군사기구로 조직된 대한광복군 총영의 명칭, 목적, 윷, 단원명 등이 스록되어 있다. 왼쪽은 일본군경이 1920년 11월 4일에 검거하였던 대한애국부인회 관련 기록이 담겨져 있다. 조선소요사건 관계 문서, 및 검거기록에 안경신 선생의 본적과 나이 등이 기록되어 있다

1919년 5월에 단동에 설립한 무역선박회사에서 이 총을 날라다주었다.

오동진은 결사대를 선발하여 평양, 신의주, 선천, 서울 등지로 파견하여 일제 관청을 파괴하고 일제요인들을 암살하는 일을 벌이고 있었다. 결사대원들이 몸에 총과 탄약을 소지한 채로 국경을 넘는 일이 위험하였으므로 김형직은 오동진을 도와 포평나루에서 혜산 쪽으로 5리 가량 떨어진 압록강 기슭의 큰길가의 바위 곁에다가 비밀 창고를 하나 만들었고 여기에다가 총과 탄약을 숨겨두곤 하였다. 오동진이 김형직에게 이 일을 맡긴 것은 김형직이 아편장사를 하면서 이 지방의 조선인 경찰들과 헌병보조원들과 아주 가깝게 지내고 있었기 때문이었다. 실제로 이때 김형직에게 매수된 사람들 속에는 김득수라고 부르는 헌병오장과 또 홍종우라고 부르는 한 조선인 헌병보조원도 들어있었다. 홍종우는 해방 후까지 살아남아 김성주와 만나기도 했다.

한반도의 북변 포평

'포평'은 예로부터 머루넝쿨이 많은 평평한 들판이라고 하여 '포평'이라고 불린 이름이다. 팔도구와 압록강을 사이에 두고 있는 평안북도 후창군에는 포평헌변분견소가 있었다. 홍종우는 바로 이 헌변분견소에서 근무하였던 조선인 헌병보조원이었다. 때문에 김형직은 포평에서 비교적 무난하게 오동진이 맡겨준 일을 잘해나갈 수 있었다. 그 홍종우에 대하여 김성주는 "홍종우가 헌병보조원 옷을 입고 처음 우리 집 약방에 나타났을 때 나는 몹시 긴장되었고 아버지와 어머니도 여러모로 경계하였다."고 회고하기도 했다. 헌병보조원들이 입고 다니는 외복 및 외투는 일본군 육군 군복과 흡사하여 왼쪽 상박(上膊)에는 지름 2촌(약 6cm)의 붉은색 베로 만든 성장(星章)이 달려있었고 더구나 조선인과 일본인은 생김새가 별로 차이도 나지 않아 보통 사람들은 멀리에서 그들의 그림자만 보아도 사색에 질리곤 하였던 것이다.

광복군 총영의 무기고가 포평의 용바위에 만들어진 뒤로 김형직은 거의 포평에서 지내다시피 했다. 그는 이 무기고지기나 다를 바 없었다. 때문에 광제의원도 대부분 시간은 비어있었다. 더구나 팔도구 소학교에 붙은 김성주까지도 한참 장난치며 놀 나이여서 아침에 학교 갈 때 주먹밥 한 개를 책보자기 속에 넣어가지고 나갔다 하면 저녁 어슬녘까지도 돌아올 생각을 하지 않았다. 다른 집 아이들에 비해 비교적 큰 도시인 평양에서 온데다가 생활형편 또한 호주머니 속에 용돈을 넣고 다닐 정도로 넉넉했기 때문에 그의 주변에는 따라다니는 아이들이 많았다. 또한 그는 아버지를 닮아 말도 잘했다. 아버지와 삼촌이 모두 독립 운동가였기 때문에 아버지와 삼촌의 친구들이 주고받는 이야기들을 얻어들은 것도 많았다. 그래서 동무들을 모아놓고 평양감옥이 어떻게 생겼는지에 대하여서도 설명할 수 있었고 또 독립군이 가지고 다니는 권총은 어떻게 생겼으며 작탄은 어떻게 터뜨리는지에 대한 지식도 알고 있었다. 때문에 방과 후면 그의 주변에는 언제나 한 무리의 아이들이 따라다녔다.

그리고 김성주는 이때 팔도구에서 으뜸가는 개구쟁이로 소문났다. 그를 따라다니며 사고를 친 아이들의 부모의 눈에는 말 그대로 '악동'이었다. "돌이켜보면 내가 어려서 장난을 제일 많이 한 때가 팔도구 시절이었다고 생각된다. 어떤 날은 어른들이 혀를 찰 정도로 험한 장난을 할 때도 있었다."고 김성주는 회고하고 있다. 이를테면 압록강 얼음판에 너비가 1미터도 넘는 큼직한 구멍을 뚫어놓고 데리고 나간 아이들을 강변에 한 줄로 세워놓은 후 그 구멍을 뛰어넘게 하였다. 만약 뛰어넘지 못하는 아이들은 커서 조선군대가 될 자격이 없다고 으름장을 놓아, 죽을 둥 살 둥 모르고 건너뛰다가 얼음구멍에 빠진 아이들은 겨울 대낮에 물참봉이 되어 덜덜 떨면서 집으로 뛰어가곤 하였다.

"평양집 아이 때문에 온 동네 아이들이 '동태'(명태)가 되는구나." 그런데 장난은 장난대로 심하고 공부는 또 공부대로 잘했기 때문에 장난만 치고 공부는 못하는 아이들을 꾸짖을 때에 그 아이의 부모들은 곧잘 김성주의 이름을 거들곤 하였다.

"장난질하더라도 성주만큼 공부도 잘하면서 장난치면 누가 뭐라 하겠느냐."

아이들을 데리고 팔도구 뒷산에 들어가 군대놀이에 한 번 빠지면 시간 가는 줄도 모르고 밤 깊도록 돌아오지 않아 부모들의 속을 새까맣게 태운 적이 한두 번이 아니었다. 그럴 때 아이들의 부모는 곧바로 '광제의원'으로 찾아갔다.

"성님, 성주 따라간 우리 애가 아직도 집에 안 왔어요."

"군대놀이가 아직도 끝이 나지 않았나 봐요."

강반석은 서두르지 않고 오히려 놀이에 빠진 아이들

포평예배당(사진 위)과 포평경찰관 주재소(사진 아래)

소년 김성주 (그러나 이 사진은 1926년에 촬영한 것으로 전해지고 있다. 북한에서는 이때 김성주가 'ㅌ ㄷ'라는 반제반봉건 단체를 조직했다고 주장하고 있다.)

의 역성을 들기도 했다.

"가서 억지로 붙잡아오면 애들이 더할 거니까 가만 내버려둬요."

"그래도 이게 어느 때예요? 자정이 가까워오고 있는데도 돌아오지 않으면 어떻게 하나요?"

"그 애들한테 자정이 무슨 상관이겠나요. 온 세상이 좁다 하고 날아다니는 애들의 동심을 무슨 수로 붙잡아두나요. 그러니 가만 내버려둬요. 때가 되면 다 돌아올 거예요."

강반석은 말로는 이렇게 안위를 하나 걱정하는 마음이 없을 리는 없었다.

드디어 어느 날 김성주의 무리들은 엄청난 사고를 치고 말았다. 김성주가 팔도구 소학교 시절의 동창생으로 기억하고 있는 김종항이라고 부르는 아이가 자기 집 창고에서 뇌관을 하나 훔쳐가지고 와 자랑을 하면서 입에 대고 휘파람을 불다가 그만 터뜨린 것이었다. 이 뇌관은 독립군과 거래하고 있었던 김종항의 형이 몰래 구해서 보관해두고 있던 것이었다. 김성주는 이렇게 회고하고 있다.

"그날 화롯불 곁에서 호박씨를 까먹으며 놀았는데 김종항이 그 뇌관을 입에 대고 휘파람을 자꾸 불었다. 그러다가 뇌관에 불씨가 닿아 그만 폭발하였다. 그 바람에 그는 여러 군데 상처를 입었다. 그의 형이 그를 이불보에 싸 업고 우리 아버지한테로 뛰어왔다. 뇌관 때문에 상했다는 소문이 경찰들의 귀에 들어가면 큰 봉변을 치를 수 있었으므로 아버지는 김종항을 우리 집에 숨겨놓고 20여 일간이나 치료해주었다."

겉으로 내색은 하지 않아도 김형직과 강반석 부부 역시 걱정이 이만저만한 것이 아니었다.

"이 애들이 언젠가는 무슨 큰 사고를 칠 거예요."

김형직과 강반석 부부는 아들의 장래를 두고 의논했다.

"계속 여기서 이렇게 중국애로 만들어버릴 거나요?"

"소학교까지는 졸업시키고 나서 좀 더 좋은 학교로 알아봅시다."

"저는 이러다가 성주가 우리 조선 글을 다 잊어버릴까봐 그게 걱정스러워요."

남편이 포평에서 묵고 돌아오지 않는 날에 혹시라도 오동진이 보낸 사람이 팔도구에 찾아오면 강반석은 곧바로 성주에게 심부름을 시켰다.

"송암 아저씨 보낸 사람이 왔다고 어서 가서 아버지께 알려드려라. 그리고 넌 내일 예배까지 보고 거기서 하루 놀다가 돌아오려무나."

그러나 아버지를 찾으러 포평으로 건너갔던 성주는 포평헌병분견소 앞에서 한 헌병차림을 한 사람과 이야기를 주고받고 있는 아버지를 발견하고는 소스라치도록 놀랐다.

"저 사람이 전에는 독립 운동가였다는데 지금은 헌병대 끄나풀이 됐다오."

뒤에서 이렇게 수군덕거리는 사람들도 있었다. 어찌나 놀랐던지 동생 철주의 손을 잡고 그대로 팔도구로 돌아와 버린 성주는 아버지는 만나 뵈었느냐고 묻는 어머니의 앞에서 한참 동안 아무 말도 못 하였다. 철이 들 때부터 아버지 김형직은 일본 헌병과 경찰에게 쫓겨 다니는 사람으로만 알고 있었던 김성주의 눈에 비친 지금의 아버지 김형직의 모습은 여간 의아스러운 것이 아니었다. 팔도구로 돌아와 이 사실을 알게 된 김형직은 아내와 의논하였다.

"아이들한테 뭐라고 딱히 설명해줄 수도 없고 잠시 동안만이라도 저 애를 평양에 보냅시다."

"평양에 가 있으면 좋기야 하지요."

강반석도 찬성하였다.

"그러잖아도 이대로 그냥 중국 학교만 다니다가는 우리 조선말을 다 잊어버리고 아주 중국 아이가 될까봐 걱정스럽기도 하니 말이에요."

그러나 걱정도 없지 않았다.

"당장 인편도 없고 어떻게 혼자 보내나요?"

"장차 큰 인물이 될 만한 재목일지 이번에 한번 시험해봅시다."

김형직은 아들을 불러 앉혔다.

"너를 고향에 보내려고 하는데 혼자 갈만하겠느냐?"

김성주의 눈은 빛났다.

"고향이라니요, 할아버지, 할머니 계신 만경대 말씀입니까?"

"그렇다."

김성주는 씩씩하게 대답했다.

김형직이 연락장소로 이용한 것으로 소개되고 있는 포평의 우편물 위탁소

"얼마든지 갈 수 있습니다."

김형직은 그런 아들을 대견스럽게 바라보았다. 1923년 3월에 있었던 일이다.

4. '배움의 천릿길'

1923년은 김성주가 11살 나던 해다.

태어나서 난생 처음 아버지, 어머니와 헤어져 혼자 천 리 먼 길을 가야하는 소년 김성주의 본격적인 '인생성장기'가 시작된 것이었다.

1천 리로 추정되는 팔도구에서 평양까지의 거리를 꼬박 두 발로 걸어갔는지는 의문이다. 차가 있으면 차를 타고 사람 태워주는 발구(소나 말을 이용하여 물건을 나르는 큰 썰매)를 만나면 발구에도 앉아 갔을 것으로 짐작된다. 당시 개천에서 신안주까지 협궤철도가 통했는데 중국에서는 '소철'(小鐵)이라고 부르기도 했다. 보통 철도보다 좀 좁기 때문이다. 신안주에서 평양까지는 정상적인 광궤철도가 뻗어있었다. 김성주는 개천에서 기차를 타고 만경대까지 나왔다고 회고하고 있으며 당시의 기차표 값이 1원 90전이었다는 것까지도 기억하고 있었다.

아무튼 3월이면 조선 북부는 아직도 엄동설한이 몰아치는 계절이고 압록강도 꽁꽁 얼어있을 때였다. 부전자전이라는 속담도 있듯이 어려서부터 가족을 버리고 여기저기로 나돌아 다니면서 경찰

1920년대 북한 쪽에서 바라본 압록강변

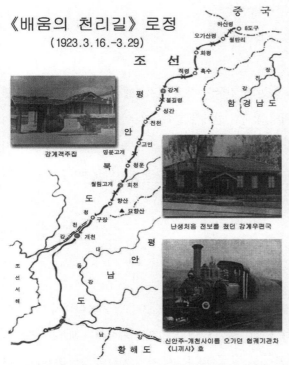

《배움의 천리길》로정
(1923.3.16.-3.29)

강계객주집

난생처음 전보를 쳤던 강계우편국

신안주-개천사이를 오가던 협궤기관차
《니끼샤》호

북한에서 소개하고 있는, 김성주가 11살 때 도보로 천리길을 걸어갔다는 노정도 (압록강을 건너 강계에서 묵었던 객주집과 난생 처음 전보를 쳐보았다는 강계 우편국, 그리고 신안주와 개천사이를 오가던 협궤기관차 '니키샤'호 기관차사진까지도 실물들과 함께 보관하여 전시하고 있다.)

에게도 쫓기고 또 붙잡혀 감옥살이도 하고 했던 아버지를 보아왔던 성주에게 있어서 그 아버지는 그의 인생의 롤 모델이나 다를 바 없었다. 나라를 잃은 암울했던 시대에 태어나 독립운동에 헌신했던 아버지 김형직의 나라 잃은 슬픔에 대한 비탄은 고스란히 아들에게로 물려갔다.

그와 같은 비탄은 하나의 능력이기도 하다.

그것이 자아기능으로 성숙하는 과정을 소년시절에 겪게 되면 이 비탄의 출처를 알게 될 때에 인간은 그것을 가리켜 '뼈에 사무치는 원한'이라고 표현하기도 한다. 원한이 갑자기 생겨나는 것이 아니고 아주 오랜 시절 이전부터 뼛속에 뿌리를 심어 자라났기 때문에 이와 같이 표현할 수도 있는 것이다. 이 시절 나라를 잃은 조선의 지사들이 압록강을 넘나들며 불렀다는 '압록강의 노래'가 그래서 유명하고 김성주도 이 노래를 부를 줄 알고 있었다.

1919년 3월 1일은
이 내 몸이 압록강을 건넌 날일세
연년이 이 날은 돌아오리니
내 목적을 이루고서야 돌아가리라

압록강의 푸른 물아 조국 산천아
고향땅에 돌아갈 날 과연 언젤까

죽어도 잊지 못할 소원이 있어

내 나라를 찾고서야 돌아가리라

1945년 일제가 투항하고 평양으로 돌아가 '북한'을 건국한 김성주는 그때 자기가 타고 왔던 경편열차 '니카샤호'라는 기관차 머리까지 찾아내서 박물관 안에 보관해두고 있을 정도로 이때의 기억에 대한 그의 추억은 아주 강렬한 것이었다. 어쨌든 팔도구에서 중국 소학교 졸업을 앞두고 다시 고향으로 돌아왔기 때문에 그는 외할아버지 강돈욱이 교감으로 있었던 창덕학교 5학년에 직방 입학하였다.

5. 포평 탈출

김성주는 창덕학교에서 꼬박 1년 9개월 남짓하게 공부하였다. 그런데 1925년 2월, 아버지 김형직이 또다시 경찰에게 잡혔다는 비보가 날아들었다. 느낌이 좋지 않았다. 그의 외가에서는 모두 사색에 질렸다. 소식을 가져왔던 사람을 통해 김형직이 오동진의 심부름을 다니다가 잡혔다는 사실을 알게 되었기 때문이었다.

이때 오동진은 조선총독부가 가장 주목하는 위험인물이었고 경찰 전체가 그를 붙잡기 위하여 혈안이 되어 있었다. 특히 만주지역에서 직접 무장부대를 만들고 만주 동삼성(東三省) 내 독립운동단체들을 통합하여 대한통의부를 만들고 군사위원장이 된 오동진의 부하들이 조선 국내로 침투하여 평양, 신의주, 선천, 서울 등지에서 관청을 파괴하고 경찰서에 폭탄을 투척하고 있었다.

오동진을 붙잡기 위하여 먼저 오동진

개항기(1876-1910) 이후 조선에서는 아편이 급속도로 확산되고 있었다.

주변의 사람들을 하나 둘씩 붙잡기 시작하였는데 그 속에 김형직도 들어있었다. 오동진의 무기고가 포평에 있다는 정보를 입수한 경찰들은 먼저 김형직부터 붙잡아 포평경찰관주재소에서 반죽음이 되도록 두들겨 팼으나 아무런 정보도 캐내지 못하자 다시 후창경찰서로 압송했다. 후창경찰서의 경찰들은 처음에 김형직에게서 아편을 산 사람들이 많다는 것을 아는지라 직접적으로 권고했다.

참의부 대원들

"당신이 벌써 몇 해째 아편밀매상 노릇을 해온 것을 우린 다 알고 있소. 그러나 만약 우리가 오동진을 붙잡을 수 있도록 도와주면 당신이 아편금계조례를 위반한 것은 눈감아주고 추궁하지 않을 것이오."

하지만 김형직은 딱 잡아뗐다.

"내가 오동진이 어디서 뭐를 하고 있는지 알 게 뭐요."

"당신이 오동진과 아주 친하다는 것을 우리가 모르는 줄 아오?"

"평양에서 살 때 몇 번 만났을 뿐이오. 난 만주로 이사를 한 뒤에는 전혀 소식을 모르고 지내오."

김형직은 차라리 아편금계조례법에 의해 처벌을 받고 다시 몇 년 감방에서 살다가 나올 작정이었으나 경찰들은 끝까지 그의 입에서 오동진의 정보를 알아내려고 하였다.

"강도노릇 일삼던 당신 처남 강진석이 왜 15년 징역에 떨어졌는지를 아직도 모르겠나?"

포평경찰관 주재소 아키시마 순사부장이 김형직에게 말했다.

"다른 강도들은 모두 징역 3~4년밖에 받지 않았으나 강진석이 15년 받은 것은 바로 아편 때문이야. 아편이라면 오금을 못 쓰는 자였거든. 그자가 강도질한 아편을 모두 자네한테 맡겨서 팔지 않고 어쨌나."

이와 같은 사실과 이해관계에 대하여 김형직도 모르지는 않았다. 하지만 결코 오동진을 붙잡으려고 하는 경찰들에게 협조할 수는 없었다. 그것은 변절과 배신을 의미하기 때문이었다. 이때까지 독립운동을 해온 그의 신념도 또한 이를 허락하지 않았다. 그러나 만약 이번에 다시 감옥에 들어간다면 그는 쉽게 풀려나오지 못하리라는 것을 모르지 않았다. 그것은 아편에 손을 댄 시간이 길었거니

와 또 그가 팔아넘기고 했던 아편들이 이미 질병 치료를 목적으로 하였던 일반 의원들과 민간의 수요량을 훨씬 넘어섰기 때문이었다.

조선 정부는 벌써 1894년에 아편연 금계조례를 제정해 위반자를 2년 이상, 3년 이하의 감금에 처했고 그러다 상황이 더욱 심각해지자 1905년 형법대전을 반포해 아편을 수입·제조·판매·흡연한 자를 모두 징역 15년에 처하며 처벌을 강화했다.

밤에 김형직은 유치장을 지키고 있던 젊은 순사 이관호(李官浩)에게 부탁했다.

"이보게 젊은 순사, 자네도 나랑 같은 조선인이지?"

"그렇소만은?"

"내가 이번에 도 경찰부로 넘겨지면 다시 놓여나오기는 틀렸으니 부탁 하나 들어주지 않으려나? 수고한 만큼은 수고비를 드릴 테니까."

"뭐요?"

"남사목재소에 서사 일을 보는 황 씨라고 있네. 그 친구한테 내 소식 좀 전해주시게."

"무슨 소식 말이오?"

"내가 후창에 잡혀와 있다고만 전해주면 되네."

"황 씨가 혹시 독립군은 아닙니까? 그보고 와서 유치장 들이치라고 암시 주는 겁니까?"

이관호는 펄쩍 했으나 김형직은 그를 구슬렸다.

"내 가족에게 소식 전하려고 그러는 거네. 믿지 못하겠으면 자네가 우리 집에 소식 좀 전해주시게나. 내 아내한테서 돈도 좀 받을 수 있게끔 쪽지를 써주겠네."

그러나 이관호는 김형직의 집이 압록강 넘어 장백현 팔도구에 있다는 것을 알고는 "내가 거기까지야 어떻게 가겠소. 암튼 황 씨라는 친구한테는 소식을 전해주도록 하겠소. 돈 같은 것은 관두세요."라고 하며 그의 부탁을 받아들였다.

이관호는 포평으로 가는 사람을 통해 남사목재소에서 서사로 일하는 황 씨라는 사람한테 김형직이 후창경찰서에 잡혀와 있다고 소식을 전하면서 절대 자기로부터 소식이 새어나온 것을 다른 사람들이 알게 해서는 안 된다고 신신당부하였다.

후창에서만 10여 년 넘게 순사노릇을 해오다가 후에 순사노릇을 그만두고 광산업에 손을 댔던 이관호는 1945년 광복 이후 남쪽으로 나가는 길이 막혀, 성과 이름을 감추고 중국 쪽으로 도망쳐 나왔다가 중국 연변의 세린하(細麟河) 태양령(太陽嶺, 團結大隊)이라고 부르는 동네에서 순사교습소 시절 함께 훈련받았던 적이 있었으나 지금은 중국정부로부터 역사반혁명분자로 낙인 찍힌 친구와 만나 "이북에서 나온 '김일성 장군'이라는 사람이 그 김형직의 아들일 줄은 누가 상상인들 했겠소. 그때 내가 직접 김형직을 구해주지 않았던 것이 후회되오."라고 한탄했다고 전해진다.

그러나 김성주의 회고록에서는 아키시마라는 일본인 순사부장의 이름은 나오지만 이관호라는 조선인 순사의 이름은 일절 나오지 않고 있다. 평안북도 후창군에서는 아키시마보다는 이관호가 훨씬 더 유명하였다. 1923년부터 줄곧 후창경찰서와 포평경찰관주재소 순사로 10여 년 넘게 근무했는데 1932년 '만주사변'이 일어나던 해에는 압록강을 건너 장백현 쪽으로 들어가 독립군 소탕 작전에도 직접 참여하는 등 굉장하게 나쁜 짓을 많이 했다고 그를 알고 있는 사람들이 전하고 있다. 그 공로를 인정받아 1934년 3월 1일에는 만주국 정부로부터 건국공로장을 받았고 또 일본으로부터도 훈8등 욱일장을 받기도 하는 등 일제에게 굉장히 충성하였던 이관호가 김형직의 부탁을 받고 황 씨라는 김형직의 친구에게 소식을 전해준 적이 있었다는 사실도 상식을 뛰어넘는 아이러니다.

어쨌든 덕분에 황 씨가 달려와서 김형직을 압송하던 경찰들이 연포리라고 부르는 한 주막집에서 밥을 시켜먹고 있을 때 접근하여 경찰들에게 술을 권하여 취하게 만들고는 김형직을 빼돌렸다. 그때 탈출에 성공한 김형직은 며칠 동안을 산속에서 헤매야 했다.

6. 동상(凍傷)

경찰들이 김형직을 잡으려고 후창에서부터 죽전리에 이르는 압록강 유역을 뒤졌으나 모두 헛물만 켜고 말았다. 경찰들은 김형직이 반드시 다시 압록강을 건너 팔도구 집 쪽으로 가리라고 짐작하고 있었다. 며칠 동안 경계망을 치고 기다렸으나 김형직이 나타나지 않자 사복경찰이 팔

일제강점기 순사들은 모두 일본도를 소지하고 있었으며 그들은 폭력의 상징물이었다.

양세봉(梁世奉)

도구에까지 찾아와서 그의 집을 감시하였다. 한편 오동진은 참의부 소대원들을 이끌고 평북지방에서 활동하고 있었던 양세봉에게로 사람을 보내어 김형직을 찾아달라고 부탁했다.

"형직이 그 사람이 나와 우리 독립군에는 아주 소중한 사람이니 감옥을 습격해서라도 꼭 구해내도록 하게. 필요하다면 무엇이든지 다 지원할 테니까."

양세봉도 김형직과는 익숙한 사이었다. 일찍 천마산대(天麻山隊) 대장 최시흥(崔時興)의 부하로 따라다녔던 양세봉은 1923년 초 최시흥이 오동진의 광복군총영과 손을 잡으면서 천마산대가 광복군철마별영(光復軍鐵馬別營)으로 개편될 때 오동진의 부하가 되었던 사람이다. 그때 양세봉은 별영의 검사관이 되었는데 일본군의 헌병을 모방하여 총영에는 헌병중대를 두고 별영에는 소대를 두어 이들을 총괄하는 입장이었다. 후에 양세봉의 심복이 되었던 장철호의 5중대 2소대가 헌병소대 역을 감당하여 장철호는 헌병소대장으로 불리기도 했다.

양세봉이 천마산대에서 데리고 다녔던 부대는 주로 장철호의 소대였다. 그들이 처음에는 모두 재래식 무기인 화승총 같은 것을 들고 다녔는데 1924년 조선 총독 사이토 마코토(齋藤實)를 습격하러 갈 때 오동진은 후창군 포평에 들러 김형직이 지키고 있었던 무기고에서 신식 총을 바꿔가게 하였다. 그때 양세봉도 장철호도 모두 김형직과 만났고 그들은 서로 잘 아는 사이가 되었다. 양세봉은 김형직의 나이가 자기보다 2세 연상인 것을 알고는 대뜸 '김 형'이라고 불렀다.

"그 김 형은 총영장의 친구이기도 하지만 우리한테도 무척 고마운 분이니 꼭 구해내야 하오. 수만(守萬, 장철호의 별명)이 직접 소대원들을 데리고 후창군 쪽으로 한번 나가보오."

양세봉은 특별히 부하 장철호에게 이 일을 맡겼다. 장철호는 소대원들을 2명씩 한 조로 묶어 팔도구는 물론, 포평과 후창 쪽으로 돌며 김형직의 소식을 알아보게 하였다. 김성주가 회고록을 통하여 특별히 기억하고 있는 장철호 소대의 대원 공영과 박진영이 압록강의 얼음판 위에서 동상을 입고 쓰러져 거의 시체가 되다시피 한 김형직을 발견하였다. 두 사람은 김형직을 부근의 한 농가로 업고 가서 구호하였다.

다행히도 여러 해 동안 의원노릇을 해온 김형직은 동상을 치료하는 요법을 알고 있어 고추, 마늘,

양세봉의 부하 장철호　　　　장철호의 부하 공영

생강 등을 삶아서 쪼아가지고 즙을 만들어 환부에 더덕더덕하게 붙이고 며칠 동안 요양하고 나니 바로 일어서서 조금씩 걸음도 옮겨놓을 수 있게 되었다. 후에 양세봉이 부하 최윤구를 시켜 돈과 함께 동상에 좋다는 약재들을 구해 보내주었고 또 며칠이 지나자 양세봉이 직접 농가에까지 김형직을 찾아왔다.

"김 형, 이렇게 살아계셔서 얼마나 기쁜지 모르겠소. 제가 여기로 올 때 총영장에게도 김 형을 찾았다고 소식을 보냈습니다."

"아니오, 내가 오늘 양 중대장이 보낸 이 사람들이 아니었더라면 진작 동태가 되어 저 세상 사람이 됐을 거요."

양세봉은 올 때 오동진으로부터 전달받은 말을 했다.

"김 형이 더는 팔도구에서 살 수 없으므로 무송 쪽으로 옮기면 어떻겠는가 하고 총영장이 권합디다. 그쪽이 우리 독립군의 세력 안에 있어서 김 형이 마음 놓고 병 치료하기에도 안전하고 좋습니다."

"팔도구에서는 모두 무사한지 모르겠소."

"아, 경찰 놈들이 김 형 가족들한테까지는 아직 손을 뻗친 것 같지 않습디다."

양세봉은 떠나면서 부탁했다.

"그럼 몸이 나아지는 대로 바로 무송으로 오십시오. 제가 먼저 가서 김 형 가족이 살 집을 마련해놓겠습니다. 이 두 친구는 계속 김 형 곁에 남겨서 김 형을 돕도록 하지요."

김형직의 곁에 남은 공영과 박진영은 번갈아 팔도구로 오가면서 소식도 전하고 또 김형직 일가가 무송으로 이사 가는 일을 도왔다. 그때 처음 만나서 알게 된 공영에 대하여 김성주는 "우리 집에 오면 늘상 '성주, 성주'하면서 나를 사랑해주었다. 나도 훗날 그가 공산주의자가 되어 우리의 동지이자 전우가 되기 전까지는 그냥 그를 아저씨라고 불렀다."고 회고하고 있다.

아버지와 이 년 만에 다시 만난 김성주의 눈에서는 눈물이 샘솟듯이 솟아올랐다.

최윤구(崔允龜)

그렇게 멋지고 의젓하고 씩씩하던 아버지는 어디로 가고 동상으로 온 얼굴이 푸르죽죽해지고 손
등과 손바닥 여기저기에서 고름이 흐르고 껍질이 벗겨져 있었다. 보기마저도 끔찍스러울 정도로 험
하게 상해 있는 아버지의 모습을 쳐다보는 김성주의 가슴은 칼로 후비는 것만 같았다. 평양감옥에
서 형을 살고 나올 때 보았던 그때의 모습도 지금과는 비교가 안 되었다. 이 동상으로 말미암아 김
형직은 거의 폐인이나 다름없이 되고 말았다.

7. 장백현의 악동

이때 김형직의 일가는 셋째 아들 김영주까지 다섯 살이 되어 앞으로 살아갈 일이 막막했다. 강반
석 혼자의 힘으로 아들 셋을 공부시킬 힘이 없어 걱정하던 차에 김형직의 막냇동생 김형권(金亨權)[12]
이가 형 일가를 돕는다며 무송으로 나와 그들과 함께 살았다. 김형직의 처남 강진석이 투옥되기 전,
김형권은 사둔 간인 강진석을 친형보다 더 좋아하였고 형의 집에서 간혹 강진석과 만나게 되면 그
를 따라간다고 난리를 부리기도 했던 적이 한두 번이 아니었다. 바로 강진석이 백산무사단원으로

김형권(金亨權)

활동할 때였다. 강진석은 김형권에게 총 쏘는 법도 배워주었고 실
제로 몇 번 심부름을 시켰던 적도 있었다. 이랬던 탓에 그가 무송
으로 갈 때 아버지 김보현은 별로 말이 없었으나 어머니 이보익은
재삼 당부했다.

"막내야, 너는 형 도와주러 가는 것이니 만주에 가거들랑 행여라
도 다시 총 들고 다니는 일은 하지 말아야 한다."

"네, 걱정 마세요."

김형권은 대답은 이렇게 하였으나 그도 끝내 독립 운동가였던
김형직을 형으로 두었던 자기의 숙명에서 벗어나지는 못하였다.

---

12. 김형권(金亨權, 1905년 11월 4일 ~ 1936년 1월 12일)은 조선의 독립운동가이며 항일 무장 유격대원으로 본관은 전주이다. 김일성의 친
숙부로써, 평안남도 대동군에서 김형직의 막내 남동생으로 태어났다. 큰조카인 김성주와는 7세 차이가 난다. 북한에서는 그가
1927년 김일성이 조직한 백산청년동맹에 가입했고 주장하고 있기도 한다. 1930년, 함경남도 홍원군에서 일본 경찰에 체포되
어 징역형을 선고받고 경성부의 경성형무소에서 복역하던 중 옥사했다. 북한에서는 '불요불굴의 공산주의 혁명투사'로 높이 평
가받고 있으며, 대성산혁명렬사릉에 그의 묘가 조성되어 있고 흉상이 세워져 있다. 량강도의 풍산군은 1930년 8월 14일 김형
권이 무장 부대를 이끌고 파발리의 경찰 주재소를 습격한 사건을 기념하기 위하여 1990년 김형권군으로 개칭되었다. 북한 영
화 《누리에 붙는 불》 (1977)이 김형권의 독립운동을 소재로 하고 있다.

최효일(崔孝一)

이후 1930년 8월 14일, 국민부의 파견을 받고 군자금을 구하려고 국내로 입국하는 최효일(崔孝一)의 부하로 함께 따라갔던 김형권은 함경남도 풍산군 안산면 내중리에서 그곳 주재소 직원에게 불심검문을 당하게 되었다.

그렇게 되어 내친김에 최효일이 주재소 안으로 들어가 마쓰야마(松山), 일명 '오빠시'라는 별명을 가진 일본인 순사부장을 쏘아죽이고 도망치다가 붙잡히고 말았던 것이다. 직접 일본인 경찰관에게 총을 쏜 최효일은 사형에 처해지고 도망치는 도중에 또 몇 곳에 들려 독립군 군자금 명목으로 빼앗은 돈이 19원이 되었는데 이 죄는 김형권의 몫이 되고 말았다. 후에 김형권은 함흥지방법원에서 강도죄로 15년 징역에 언도되었는데 강진석이 받았던 형기와 같았다. 김형권은 1936년 서울의 마포형무소에서 옥사하고 말았다. 김형권의 나이 31세였다.

이것은 이후의 일이고 어쨌든 당시 형의 살림을 도와주러 왔던 김형권은 한 때 무송현의 한 의약회사에도 취직하고 또 형을 도와 무송현의 소남문거리에 '무림의원'이라는 간판도 내걸었으나 형편은 팔도구 시절보다 훨씬 못하였고 살림도 이미 점점 기울어져가고 있었다. 다행히도 이때 무송현에서 살고 있었던 중국인 부자 장만정(張萬程)과 사귀게 되어 그의 도움을 적잖게 받았다.

이는 장만정의 아들 장울화(張蔚華)와 김성주가 무송 제1소학교에서 함께 공부하였기 때문에 맺어진 인연이기도 하였다. 그러나 팔도구 시절의 이름난 개구쟁이였던 김성주는 무송에 와서도 또 사단을 일으키지 않을 수 없었다. 무송현 경찰서의 한 중국인 경찰이 밤에 극장에서 덩치 큰 소학생들 10여 명한테 갑작스럽게 몰매를 얻어맞고 땅바닥에 쓰러진 사건이 있었는데 이 학생들의 주모자가 겨우 14살밖에 나지 않았던 김성주와 장울화였다. 김형직 부부는 걱정이 이만저만이 아니었다.

"성주야, 네가 이러다가는 장울화 아버지한테까지 해를

최효일과 김형권의 거사를 다룬 동아일보 1930년 9월 4일자 2면 기사

김일성의 중국인 딱친구 장울화(張蔚華)

끼치겠구나."

"내가 뭘 어쨌다구요?"

김성주는 아무 것도 모르는 척 하였으나 벌써 속으로 짐작하고 있었다.

"극장에서 중국경찰 팬 것이 네가 한 짓이 아니냐?"

"어떻게 아셨어요?"

김성주는 뒷덜미를 썩썩 긁어댔다.

"네가 그 애들 우두머리라는 것을 모르는 사람이 어디 있겠느냐."

"그 경찰 놈이 아무 잘못도 없는 우리 학교 선생님을 때렸습니다."

"그러면 말로 해야지, 그런다고 학생들인 너희가 감히 경찰을 팬단 말이냐?"

"경찰이 학교 와서 사과해야 한다고 항의도 했댔어요. 그런데 어디 듣나요. 그래 생각다 못해 패주었던 것입니다."

아들의 대답을 듣고 나서 김형직은 잠깐 말이 없는데 어머니 강반석이 나직이 한마디 더 했다.

"울화의 아버지가 현장한테까지 불려가서 말을 듣고 온 모양이더라."

"모른다고 딱 잡아떼면 될 걸 가지고 왜 잘 알지도 못하면서 제가 한 일이라고 미리부터 승인해버린답니까."

"물론 모른다고 했겠지. 근데 성주 네가 그 애들 우두머리라는 것을 다 알고 있는 모양이더라. 언젠가 꼬투리를 잡아가지고 너를 해치려고 들지 모를 일이니 걱정이구나."

강반석은 나지막이 한숨을 내쉬었다.

"아버지께서 이렇게 몹시 아프신데 너까지 공부에 열중하지 않고 말썽만 일으키고 다니면 어떻게 한다냐?"

"제가 잘못했습니다."

김성주는 이렇게 대답하려다가 꿀꺽 하고 침을 삼켰다. 목구멍까지 올라온 말을 끝내 입 밖에 꺼내지 않고 머리만 풀썩 떨군 채로 아버지의 곁에 앉아있는데 "됐다, 넌 그만 나가보거라." 하고 김형직은 아들을 내보내고는 강반석에게 말했다.

"여보, 내 그러잖아도 앞서 동진 형이 왔을 때 의논했던 일이 있었소. 정의부에서 장차 우리 독립군의 젊은 계승자들을 키우기 위하여 군사학교를 만든다고 하던데 지금 이미 개교를 한 모양이오. 화성의숙이라고 부른다고 하더구먼. 임강에 있을 때 우리 집에도 몇 번 다녀갔던 적 있는 의산(義山, 최동오) 선생이 숙장을 맡고 있다는구만. 성주를 거기에 보내면 어떻겠소. 성주가 아직 나이가 좀 어리긴 하지만 그래도 나이에 비해 키도 크고 또 훨씬 역빠르니 따라갈 만할 것 같소."

"내년이면 소학교 졸업인데 중학교에 보내는 것이 소원이 아니었나요?"

아내의 말에 김형직은 한숨을 내쉬었다.

"지금 내 형편을 보오. 거기다 당신이 또 혼자 삯빨래를 해서 무슨 수로 중학교 학비를 마련하겠소. 저 애가 원래부터 독립군이 되는 것이 꿈이니 이번 기회에 화성의숙에 보내봅시다. 학비와 숙식비 모두 정의부에서 대주고 있으니 돈 걱정도 없소."

강반석은 마음에 내키지 않으면서도 남편의 하는 일에 종래로 아니 불자를 달아본 적이 없었고 또 남편이 이미 마음속에 결정하고 있는 일이라 두말없이 동의하였다. 그리하여 1926년 3월, 김성주는 병상에 누워있는 아버지의 시름도 덜어드릴 겸 또 오래전부터 꿈이었던 독립군이 되기 위하여 무송 제1소학교를 퇴학한다. 화성의숙(華成義塾)으로 가기 위해서였다.

제3장

정의부의 품속에서

사람은 이 세상에 아무렇게나 내던져진 존재이다.
그가 어느 길을 가거나 자유이다.
그러나 그 선택에 책임을 져야 한다.
—J·P·사르트르

1. 화성의숙

중국의 길림성 화전현 휘발하기슭의 화성의숙 터전

김성주가 화성의숙에 입학하는 일은 오동진의 주선 하에 이루어졌다. 김성주도 직접 "내가 화성의숙에 입학할 수 있도록 오동진이 최동오에게 편지를 보내주었다"고 회고하기도 했다. 화전으로 떠나는 날, 김형직은 다만 병상에서 아들의 손을 잡고 나지막이 말할 뿐이었다.

"성주야, 명심하거라. 소학교도 졸업하지 않은 너를 화성의숙에 보내는 나의 뜻을 알겠느냐? 너는 장차 내 나라를 위해서 싸우는 독립군이 되어야 한다. 행여라도 아라사의 나쁜 물이나 먹고 공산주의 행세를 하고 다니는 그런 사람이 되어서는 절대로 안 된다. 꼭 명심하거라."

임강진에서 살 때부터 공산주의 계통의 젊은 청년들과 반목하고 지내면서 그들에게서 습격을 당했던 기억도 가지고 있는 김형직은 공산주의자들을 좋아하지 않았다. 김성주는 아버지에게 약속했다.

"아버지, 걱정 마세요. 꼭 군사를 잘 배워 외삼촌 같은 조선의 협객이 되겠습니다."

"협객이라니?"

김형직은 이맛살을 찌푸려보았다.

"권총 차고 부잣집 뒤주를 터는 일도 독립군 군자금을 모으느라고 하는 일이기는 하지만 성주야, 너만큼은 장차 커서 백산무사단보다 훨씬 더 큰 독립군의 대장이 되기를 바란다."

"오동진 아저씨처럼 말씀인가요?"

열네 살의 어린 소년 김성주가 직접 만난 독립군의 제일 큰 어른이라고 하면 그 사람은 아마도 오동진뿐이었다. 그것은 아버지 김형직까지도 오동진을 '형님'이라고 부르기 때문이었고 그 외에도 그가 알고 있는 양세봉이나 장철호, 공영, 최윤구 같은 독립군 대장들도 모두 오동진의 부하 아니면 그의 어린 제자나 다를 바 없기 때문이었다. 그러나 김형직의 입에서는 김성주가 전혀 생각지도 못했던 이름이 나왔다.

"나는 네가 의병대장 김일성 같은 멋진 영웅이 되기를 바란다."

"네? 김일성?"

김성주의 눈이 갑자기 샛별처럼 빛나 올랐다.

"아! 축지법을 쓰신다는 김일성 대장 말씀인가요?"

외삼촌 강진석이 언젠가 들려주었던 '의병대장 김일성'의 이야기가 머릿속에 떠올랐기 때문이었다. 사실은 강진석도 어렸을 때부터 굉장하게 숭배했던 인물이기도 했다. 일찍 함경도 온성(穩城)군수를 지낸 적이 있었던 김두천의 아들 김창희(金昌希), 그의 별호가 김일성이었다.

함경남도 단천(端川)에서 출생한 그는 새파랗게 젊었던 18~9세의 나이로 의병에 참가하였고 일본군은 끝까지 그를 붙잡지 못하였다. 일본군이 그를 붙잡으려고 한반도에서 가장 험준하다는 마천령의 오방산 기슭에서 그를 포위하였으나 어떻게 빠져나가 달아났는지, 1926년 그때까지도 그가 어디서 붙잡혔다는 소식은 없었다. 한자로 하나 '일'(一)자에다가 이룰 '성'(成)자를 사용하였던 이 '김일성'의 전설은 너무 높아 '하늘을 문지르는 고개'라는 이름이 붙은 마천령산맥에서부터 발원하고 있었던 것이었다.

그 후 김창희가 실종이 되면서 '김일성 전설'은 노령(露領)에서 다시 일어났다. 1920년대 초엽, 중

국의 만주 북부 훈춘과 러시아 블라디보
스토크 국경 근처의 '마적달'(馬敵達)이라
고 부르는 동네 금광에서 일했던 적 있던
노인들은 이 지방에서 창궐하였던 '진중
화'(震中華)와 '장강호'(長江好)라고 부르는
마적부대가 마적달의 금광을 서로 차지
하려고 몇 달 동안 싸우다가 어느 날 노
령에서부터 몰려온 조선인 기병부대의

훈춘의 마적달(馬敵達)

'진짜 김일성'으로 알려진 김경천, 사진은
일본군 기병장교 시절.

공격을 받고 모조리 사라졌던 일이 있었다고 회고하곤 한다.

　이 기병부대에 따라갔다가 시베리아에서 정착하고 오랫
동안 살다가 다시 만주로 나왔던 김금열(金今烈)은 후에 공
산주의자가 되었다. 그는 만나는 사람들에게마다 자신이
열 몇 살 때 '김일성'의 부대를 따라다녔고 '김일성'의 부대
명칭은 '고려혁명군'이라고 말했다. 뜻인즉, 자신은 고려혁
명군 출신이라는 소리였다. 그런데 러시아의 연해주 지방에
서 꽤 이름을 날렸던 고려혁명군에서 사령관 이름을 가졌
던 사람은 김규면(金圭冕)과 김광서(金光瑞)였고 마적달에서
'진중화'와 '장강호' 부대를 습격한 기병부대의 사령관은 김
광서였다. 즉 후에 지청천과 함께하며 이름을 김경천으로
고친 그 김광서가 바로 김일성

전설의 주인공이라는 이야기이다.

　1888년 6월 5일 출생으로 1911년에 제23기 일본육군사관학교를 최
우등으로 졸업한 김경천은 일본의 수도 도쿄에서 기병소위로 임관하
였는데 그가 일본군 기병대의 장교로 임관할 때 임관을 거부하다가 경
성부로 소환되어 직접 조선 총독 데라우치 마사타케(寺内正毅)의 앞에
까지 불려가 임관할 것을 권고 받은 일화는 널리 전해지고 있다.

　그는 1919년 '3·1 만세운동' 이후 친구 지청천과 함께 일본군에서 탈

데라우치 마다사케(寺内正毅)

'남만주 3천'중의 지청천

출하여 만주로 왔고 오늘의 한국 경희대학교 전신인 서간도의 신흥무관학교(新興武官學校)에서 교관이 되기도 했다. 또한 일본군의 근대역사상 청일전쟁과 러일전쟁 다음으로 세 번째에 거론되는 시베리아전쟁 때 일본이 키워낸 조선인 기병장교 김경천은 일본을 위해서가 아니라 일본에 대항하여 싸우고 있었다. 그가 거느린 연해주 지방의 조선인들로 만들어진 2백여 명의 독립군 기병대는 시베리아전쟁의 승패를 가르는 블로차예프카 전투에서 소련의 홍군을 도와 크게 기여하였던 것이다. 이 전투에서 '김일성의 기병부대'로 알려진 김경천의 독립군에게 일본군이 얼마나 처참하게 패배하였던지 소련 홍군들까지도 모두 조선말로 "돌격! 후퇴! 하나 둘!"

하고 외쳐가면서 '김일성'의 독립군인 체하며 싸웠다고 전해진다.

또한 그가 얼마나 유명하였던지 그의 이야기를 전하고 있는 조선인들 사이에서 한입 두입 건너가며 부풀려진 일화들도 부지기수였다.

시베리아에 출병하였던 일본군 수뇌부는 전체 부대원에게 만약 '김일성의 부대'와 만나면 가능하면 싸우지 말고 피할 것을 권고했다고도 한다. 그만큼 '김일성' 김경천이 일본 군사학교의 최우등 졸업생으로 일본군의 싸움하는 법을 너무나도 환하게 잘 알고 있었다는 소리다. 실제로 그가 육군사관학교를 졸업하고 일본군의 기병장교로 임관할 때 그의 후견인은 일본의 메이지 천황(明治天皇) 무쓰히토(睦仁)였고 김경천 자신도 일기(경천아일록)에서 "한국인 2천만 가운데 정치·군사 분야에서 나만큼 공부한 사람이 없다."라고 말하고 있을 정도다. 그랬기에 그가 독립운동을 하려고 1919년에 일본군에서 탈영했을 때 그에게 걸린 현상금은 당시 일본 돈으로 5만 엔에 달할 정도였다.

그러나 시간이 흘러 1926년, 김성주가 화성의숙에 입학할 때쯤에는 만주와 시베리아를 화끈하게 달구었던 '김일성 전설'의 주인공 김경천의 행적이 갑자기 사라지

연해주의 한인 빨치산부대 간부들(1922년)

'남만주 3천'중의 신팔균(申八均)

기 시작했다.

러시아 지역에서의 독립 운동이 소강상태에 빠져들고 있을 때였다. 이때부터 벌써 '김일성'이라는 이름을 사칭하고 다니는 사람들이 나타나기 시작해 이들의 수는 만주 바닥에 한둘이 아니었다.

김금열은 1928년 '황고툰 사건'이 발생하던 해에 시베리아를 떠나 만주로 나오다가 훈춘의 양포자(楊泡子)라고 부르는 만주족 동네의 한 부잣집에 들려 '김일성'의 이름을 대고 돈을 빌리다가 가짜인 것이 들통이 나 얻어맞았던 이야기를 한 바 있다. 동시에 여러 마을에서 '김일성'의 이름을 사용하는 사람이 나타날 정도였으니 '축지법'이라는 신화까지 생겨난 데는 다 이와 같은 연유가 있어서다. 그 사실은 김형직 역시 잘 깨닫고 있었다.

"성주야. 인간이 신이 아닌 이상에야 어떻게 축지법이라는 것을 할 수 있겠느냐. 그만큼이나 신출귀몰하고 동에 번쩍 서에 번쩍 하기 때문에 그렇게 소문난 것이 아니고 무엇이겠느냐. 왜놈들이 지금까지도 '김일성'이 구경 어디에 있는지도 찾아내지 못하고 있는 것을 보려무나. 너는 군사를 잘 배워서 그런 인물이 되어 우리나라를 왜놈들 손에서 다시 되찾아내야 한다."

이렇게 부탁하는 아버지와 작별하고 또다시 먼 길을 떠나는 어린 김성주의 마음속에는 '김일성'에 대한 숭배심이 가득 찼다. 그러나 아직 소학교도 제대로 졸업하지 못한 어린 아들을 화성의숙에 보내는 김형직이 아들에게 걸고 있었던 기대가 어떤 것이었던지는 짐작할 수가 없다. 운신을 못 할 지경이 된 김형직으로서는 아직도 어린 아들을 둘이나 더 키워야 하는 아내 강반석의 부담을 조금이라도 덜어줄 수 있는 방법으로 큰아들 김성주를 '정의부'(正義府)에 맡긴 것이었다고 볼 수도 있다.

김형직이 정의부에 호감을 가지게 된 것은 물론 친구 오동진의 탓도 있었겠지만 무엇보다도 정의부가 무력투쟁을 표방하고 나온 독립운동 조직이었기 때문이었다.

김형직의 평생의 동지나 다를 바 없는 오동진이 주요 지도자로 있었던 광복군총영을 중심으로 남만주의 각 분산된 독립운동단체들이 통합되면서 이곳으로 유명한 인물들이 많이 모여들었다.

1922년 1월 서로군정서(西路軍政署), 한교회(韓僑會), 대한독립단(大韓獨立團) 등과 연합하여 대한통의부(大韓統義府)가 결성될 때 김경천과 함께 남만주에서 가장 유명했던 신팔균(申八均), 지청천(池靑天) 같은 군인들이 여기에 합류하였던 것이다.

하지만 정의부가 조직될 때 지청천은 건강이 좋지 않아 정의부의 군무는 기본적으로 오동진이 주관하고 있었다. 그리고 이때 오동진에게는 또 다른 고민거리가 하나 생겨있었다. 바로 조직 내 공산주의자들이었다.

2. 김창민과의 만남

김성주가 화성의숙에 입학한 지 1개월쯤 지났을 때였다.

1926년 4월 5일 현익철, 양기탁 등의 독립 운동가들이 중심이 되어 결성한 고려혁명당(高麗革命黨)이 만주땅에서 고고성을 울리게 되었다. 산하 독립군은 모조리 이 혁명당의 당군이 되었다.

문제는 당 내부에 공산주의 사상에 경도된 인사들이 부지기수로 들어온 것이었다. 특히 소련에서 들어와 합류한 이규풍, 주진수, 최소수 등의 사람들은 공개적으로 공산주의자임을 자처하기도 했다. 이런 상황이기에 공산주의자들이라면 치를 떠는 현익철은 오동진에게 재삼 권고하였다.

"계속 이대로 나가다가는 공산주의자들의 모략에 우리 민족주의 계통의 젊은 청년들이 모조리 잘못됩니다. 빨리 관계를 정리하고 우리부터 먼저 탈당합시다."

"저들이 모략을 꾸미고 있다는 증거를 하나라도 포착했으면 좋겠소. 아직은 뭐라고 긍정할 수는 없잖소?"

오동진이 반신반의하고 있을 무렵에 김창민(金昌珉, 金喆)이라고 부르는 한 젊은 청년이 그를 찾아왔다. 그는 정의부 창립대회 때 군정서 왕청 사관학교의 학우회 대표 신분으로 참가하여 군사 분과위원에 선출되기도 했던 사람이다. 그렇기에 오동진과 일면식을 갖고 있었다.

"위원장님, 화성의숙을 좀 구경시켜주십시오."

고려혁명당 관련 인물들

이종락(李鍾洛)

김창민이 요청하자 오동진은 환영했다.

"마침 잘 왔네그려. 온 김에 우리네 젊은 후비군들에게 군사지식도 가르쳐 주고 또 좋은 강의도 해주신다면야 오죽 좋겠나."

오동진은 화성의숙 숙장 최동오[13]에게 소개서를 써주었다. 그러나 얼마 뒤 최동오가 보낸 인편이 와서 다음과 같이 전했다.

"김창민이 화성의숙에 와서 며칠 있는 동안에 이종락(李鍾洛), 박차석(朴且石), 최창걸(崔昌杰) 등 청년들만을 따로 불러모아놓고 자주 회의도 하고 또 아라사에서 가지고 온 책도 읽어주고 하다가 발각되었습니다."

김창민, 그가 바로 공산주의자인 것이었다.

한편 김창민은 화전을 떠날 때 특별히 이종락에게 말했다.

"이번에 나는 누구보다도 열네 살밖에 안 된 어린 김성주에게 감동을 먹고 가오. 잘 키우면 우리 공산혁명의 큰 재목이 될 것이라고 믿고 싶소. 종락 군이 알아서 잘 챙겨주기 바라오. 두고 보오. 내 짐작이 틀림없을 것이오."

김창민의 말에 이종락도 머리를 끄떡였다.

"나도 그렇게 생각하고 있는 중입니다. 그러잖아도 이 애가 나를 무지 따라요."

소학교도 미처 졸업하지 못하고 화성의숙에 왔던 어린 김성주와는 달리 이종락은 정의부 소속 독립군에서 가장 장래가 촉망되는 젊은 소대장이었다.

---

13. 의산 최동오는 독립운동가이며 1892년 평안북도 의주 출생이다. 그는 1919년 가을 중국 상하이로 망명하여, 상하이에서 천도교 포교활동만 한 것이 아니라, 그 해 11월 14일 내무부 참사를 시작으로 임시정부와 관련을 맺기 시작한 것이 계기가 되어, 그 이후로 쭉 독립운동가의 길을 걷게 되었다. 1932년에 임시정부 국무위원, 1939년에는 임시정부 의정원 부의장, 1943년에는 임시정부 법무부장을 지내기도 했으나, 화성의숙에서 학장으로 지낼 때 소년 김일성과 사제지간이 되었던 인연으로 말미암아 1948년 4월 평양에서 열린 남북연석회의에 남측 대표단 일원으로 참가하였다가 특별히 김일성의 집에까지 초대되어 극진한 식사대접을 받았다. 회의를 마치고 다시 남한으로 돌아온 그는 김일성이 한때 자신의 제자였던 그 학생이 맞노라며 자랑을 했다고 전해지고 있다. 이 학교의 학생들은 대부분 독립운동가의 자식들이었는데 소년 김일성도 바로 그 학생들 가운데 한 명이었다. 최동오는 배곯는 많은 학생들을 자신의 집으로 데려가 시래깃국이나마 먹이면서 가르쳤다. 하지만 당시 자신의 아들 최덕신은 베이징의 향산 자유원이라는 고아원에 맡겨둔 상태였다.

평양 신미리 애국열사릉에 묻힌 의산 최동오의 묘비.

김성주까지도 이종락에 대하여 "대담한 것, 결단성이 있는 것, 판단력이 빠른 것, 통솔력이 강한 것, 이런 자질이 그의 가장 훌륭한 점이었다."고 회고하고 있기도 한다. 그러나 김성주는 화성의숙에서 얼마 있지 못하고 곧 이종락과도 작별하여 다시 무송으로 돌아가게 되었다. 1926년 6월 5일, 그의 아버지 김형직이 사망했기 때문이었다.

3. 'ㅌ ㄷ'의 불꽃

아버지의 사망으로 화성의숙에서 3개월 만에 중퇴하고 다시 무송으로 돌아온 김성주는 아버지의 장례를 치르고 나서 한동안 다시 화성의숙으로 되돌아가야 할지 말지 고민하였다. 후에 그 자신도 고백하였다시피 화성의숙의 '사상적 낙후성' 때문에 실망했던 것이다. 이때 무송에서 다시 김창민과 만난 김성주는 처음으로 "조선청년총동맹"(朝鮮青年總同盟)이라는 생소하고 낯설면서도 생신하고 친숙한 이름을 얻어듣게 된다. 1924년 장덕수, 오상근, 박일병 등 조선의 청년지도자들이 주동이 되어 모든 청년단체의 통합을 구상하면서 만든 청년단체 연합회였다.

당시는 청년단체를 거부할 명분이 없던 상황이었으므로 공산주의 계열뿐만 아니라 민족진영의 단체도 함께 참여하였다. 이후 신흥청년동맹도 가담하여 정식으로 '조선청년총동맹'이 결성되었던 것인데 이 총동맹 중앙집행위원의 신분으로 중국 길림에 나타났던 김창민은 오동진과 현익철로부터 정의부 소속 독립군 젊은이들에게 접근하지 말아달라고 수차례나 되는 경고를 받았으나 들으려고 하지 않았다.

"아무래도 이 친구 손을 좀 봐야 할 것 같습니다."

오동진과 현익철은 의논을 마치고 바로 이종락에게 이 일을 맡겼다.

"김창민이 지금 무송에 와서 '조선청년총동맹 남만분대'라는 것을 만들었다고 하네. 그 지방 중국인들과 우리 조선인들 사이가 나쁘지 않은데 그들이 중국 측 지주와 관헌에게 항의하는 활동을 많이 벌이고 있다는 소문도 있고 또 수차례나 고발이 들어왔으니 그 '남만분대'라는 단체가 무슨 단체인지 자네가 가서 알아보게. 그들이 만약

한낙연 (韓樂然 1898~1947)일가 네식구

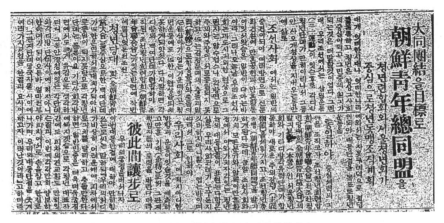

조선청년총동맹(朝鮮靑年總同盟) 발회기사

무장을 들고 대항하면 바로 소탕해버리고 김창민을 만나게 되면 우리한테로 정중하게 모셔오
도록 하게."

그러나 이때 김창민은 이미 무송을 떠나 동만주로 가버린 뒤였고 '조선청년총동맹 남만분대'라는
이름을 단 이 단체에 대하여 알고 있는 사람들이 하나도 없었다. 나중에 김성주의 집에까지 찾아가
그의 어머니 강반석을 만나고 나서야 이종락은 깜짝 놀랐다.

"남부끄러워 이 동네에서 더는 살 수가 없을 지경이라네."

한숨을 내쉬며 눈시울을 찍는 강반석에게 이종락은 물었다.

"성주 어머니, 그럼 성주도 여기에 참가하고 있단 말씀입니까?"

"그냥 참가 정도가 아니네."

"성주 지금 어디 있습니까? 제가 당장 만나야겠습니다."

"김창민이란 그 분이 소개한 선생님 한 분이 와서 영안에 같이 갔다네."

"그분이 어떤 분이신데요?"

"한별 선생님이라고 부른다고 하는 것 같았네. 아라사에서 오신 분이라는데 그 유명한 김일성 장
군과도 서로 잘 아는 사이라고 하면서 그분들이 모두 영안에 오시니 성주를 데리고 가서 만나게 해
주겠다고 하는 것 같았네."

"네? 김일성 장군이 영안에 오신다는 말씀인가요?"

"그러는 것 같았네."

이종락 역시 '김일성 장군'이라는 말에 귀가 솔깃했다.

"거 참, 창민 형님이 왜 나한테는 아무 것도 알려주려고 하지 않으시고 유독 성주만 데리고 이대로 혼자만 떠나버리셨지? 오래전부터 숭배해왔던 '김일성 장군'과 만날 수 있는 기회를 놓치다니. 너무 아쉽구나."

한참 지나 이종락은 다시 강반석에게 물었다.

"근데 성주 어머니, 여기 사람들이 '조선청년총동맹 남만분대'라고 하니 아무도 모르고 있네요."

강반석은 기가 막혀 한참 입을 다물고 대답을 못 했다.

"휴, 중국 사람들한테 물어보게. 마골단(馬骨團)이라고 해야 알아듣는다네."

이종락도 몹시 놀랐다.

"그럼 밤에 손전등 불로 자기 얼굴을 갑작스럽게 비쳐 보이면서 사람을 놀랜다는 그 마골단이란 말입니까? 그건 강도들 아닙니까!"

강반석은 다시 한 번 땅이 꺼지도록 한숨을 내쉬면서 말했다.

"그러게 말일세. 강도가 아니면 뭐겠나. 그 애들이 중국인이고 조선인이고 가리지 않고 좀 잘산다 싶은 집에 몰려가서는 돈을 내놓으라, 쌀을 내놓으라, 소작인들을 풀어주라, 별의별 호통을 다 쳐대곤 해서 원성들이 자자한데 자기들은 '타도제국주의동맹'이라는 것을 한다잖아."

"창민 형님이 화성의숙에 왔을 때 그런 이야기를 꺼냈던 적이 있긴 합니다. 우린 그것을 'ㅌㄷ'라

공산혁명하에서 중국의 농촌 지주계급이 당했던 수난을 형상한 想像畵

1927년 9월 13일자 동아일보. 조선공산당 검거와 재판을 다룬 당시 신문기사다. 본래 이 검거사건은 1925년 말에 일어났는데 일제의 보도 통제로 전혀 보도되지 않다가 1927년에 가서야 처음으로 신문에 보도되기 시작했다. 기사 내용은 책임비서 김재봉을 비롯한 재판을 받은 관계자들의 사진과 조직표가 신문 전면을 채우고 있다.

고 줄여서 부르기로 했지요."

'타도'의 자모를 하나씩 뜯어내서 부르는 약칭어 'ㅌㄷ'라는 모임이 제일 먼저 생겨난 것은 봉천의 기독교청년회에 다니고 있었던 일부 조선인 청년들에 의해서였다. 1925년 5월 30일, 상해에서 반일 운동을 하다가 체포된 학생의 석방을 요구하던 시위대를 향해 영국 관리가 인도인 경관에게 발포를 명령해 13명이 사망한 일이 있었다. 이 사건 이후 중국 민중과 경찰의 충돌이 계속되어 일본 제국, 미국, 이탈리아 왕국, 영국 군대가 진압을 맡았고 이를 계기로 중국의 민족운동이 전국적인 범위로 확대되기 시작했던 것이다. 한편 반제국주의 민중운동으로 불리기도 하는 이 활동을 지도하기 위하여 중국 공산당 중앙으로부터 직접 파견 받고 만주에 나왔던 한낙연(韓樂然)이라고 부르는 조선인 공산당원이 봉천시내 서남 각 성 의회 문 앞의 한 민가에서 기독교 계통의 청년들과 몰래 만남을 가지고 있었다.

그리고 6월 10일, 봉천에서는 한낙연과 오려석, 임국정 등 오늘날 중국 요령성 심양시의 최초의 중국 공산당 지부성원들이 직접 조직하고 지도하여 상해의 '5·30 참안'을 성원하는 '6·10 대시위'가 진행되었고 여기에 참가한 조선인 청년들은 'ㅌㄷ'가 적힌 피켓을 들고 나왔다.

봉천의 기독교 계통 조선인 청년들도 김창민이 열성스럽게 활약하고 있었던 조선청년총동맹에 대하여 알고 있었던지는 불분명하다. 그러나 그로부터 얼마 안 지나 재동만 조선청년총동맹 중앙집행위원에 임명된 김창민은 동만주 지방의 농촌지주들이 그의 이름만 듣고도 벌벌 떠는 무서운 인물이 되고 말았다. 그는 반제반봉건이라는 기치를 들고 조선인들이 모두 들고 일어나 중국 측 지주, 관헌의 압박에 항의하라고 호소하고 다녔다. 그때 그에게 골탕을 먹은 중국인 지주들이 아주 많았다.

한편 그 시기 김성주는 '반제반봉건투쟁'이라는 것을 어떻게 하는지 몰랐다. 도리대로라면 '제국주의자'들과 투쟁하는 것인데 '제국주의자'들을 구경할 수가 없었던 만주의 농촌에서 친일주구와 토호열신(土豪劣紳)들이 모두 그 투쟁의 대상이 되고 말았다. 그런데 1931년 '9·18 만주사변' 이전의 만주 농가에서 좀 땅뙈기라도 갖춘 지주들이 과연 '친일' 성향의 지주인지 아닌지를 분간해낼 수 있는 방법은 없었다. 만약 대놓고 "너 왜놈들 좋아하지?" 하고 묻는다면 "좋아한다."고 대답하는 지주는 단 한 명도 없는 것이었다. 그러나 만약 지주의 자식 가운데 누가 일본에 가서 공부하고 있다는 사실만 드러나면 그 집은 바로 이 'ㅌㄷ'의 기치라는 것을 내건 김성주 패거리들의 습격을 당했다.

무송 지방에서는 지주집 마름 몇이 밤에 갑자기 보자기로 얼굴이 가려진 채 갈비뼈가 부러질 지경으로 얻어맞는 일이 자주 발생하였다. 지주들은 밤에 함부로 바깥출입을 못할 지경까지 되었으나 그들 깡패들이 대부분 조선인 청소년들인 것을 감안하여 일단 중국 경찰에는 신고하지 않고 정의부에 사람을 보내어 정의부에서 직접 나서서 이들을 제지시켜줄 것을 요청하였던 것이다.

"거 참, 공산주의 운동을 이런 식으로 하니까 정의부 영감님네 오해만 사지."

이종락은 이런 상황에서 어찌하면 좋을지 몰랐다.

"일단 성주가 지금 무송에 없다고 하니 이 기회를 타서 나머지 애들을 모조리 잡아서 혼찌검을 내주고 악질 우두머리는 중국 경찰에 넘겨주도록 합시다."

이종락과 박차석은 의논을 마치고 데리고 갔던 독립군 소대를 풀어 '마골단'으로 불리는 청소년 20여 명을 모조리 잡아들였다. 우두머리 둘은 몽둥이로 정강이를 부러뜨려 버렸고 나머지 아이들에게는 다시는 나쁜 짓을 하지 않겠다는 보증서를 쓰게 한 후 손도장을 찍어 부모가 와서 데려가게 하였다. 그런데 이때 정작 이종락을 중국 경찰에게 고발한 사람은 그 아이들의 부모였다. 중국 경찰이 직접 개입하게 되면서 이종락 등은 정의부의 주선으로 풀려나왔으나 이종락이 놓아주었던 그 아이들은 다시 중국 경찰에게 붙잡히게 되었다.

4. '한별'과 함께

이때 유일하게 빠져나간 김성주는 행운이라면 행운이겠지만 그를 친자식처럼 키워주고 있었던 오동진, 현익철 등 민족주의 계열의 지도자들에게는 불행이 아닐 수 없었다.

김성주를 데리고 영안으로 갔던 '한별'이라고 불리는 이 사람은 조선공산당 화요파의 주요 간부였다. 본명은 김인묵(金仁默), 1919년 '3·1만세운동' 이후 러시아로 망명하여 이르쿠츠크에서 조선공산당에 가입한, 말하자면 '진짜배기' 공산당이었다. 이때는 동만주를 책임지고 있었던 화요파의 선전부장이라는 중책도 지고 있었다.

'제2차 조선공산당'의 화요파계 당수였던 강달영과 권오설의 파견을 받고 러시아에 들어갔다가 오성륜의 소개로 박윤서와 만난 '한별'은 영안의 화검구 부탕평이라는 고장에서 대대적인 반제반봉건투쟁을 벌이기로 계획하고 길림 각지의 조선 농촌들을 돌아다니면서 여기에 호응하는 성원대를 조직하려고 하였으나 정의부의 반대로 성사하지 못하였다. 그런데 무송에 들렸을 때 김창민이 '한별'에게 김성주를 소개했던 것이다.

1844년, 마르크스, 엥겔스와 파리의 사회주의자들

"한별 동지, 이 애가 바로 김성주입니다. 정의부 계통에서 자란 애이지만 한번 키워볼만한 애입니다. 제가 특별히 이 애를 추천하니 한별 동지께서 책임지고 이 애에게 반제반봉건투쟁에 대한 도리와 이론을 가르쳐 주시기 바랍니다."

이때 한별은 처음으로 김성주가 김형직의 아들이라는 것을 알게 되었다. 역시 평안도 태생인 한별도 '조선국민회'에 대하여 모를 리가 없었고 평양에서 장일환 등과 함께 검거되었던 김형직의 이름을 신문에서 읽었던 기억이 있었다.

"그런데 성주 너는 언제부터 공산주의에 대하여 흥미를 갖기 시작했느냐?"

한별은 김성주에게 물었다.

"아버지가 살아계셨을 때 친구분들이 공산주의가 나쁘다고 이야기하는 것을 많이 들었지만 그럴수록 더욱 호기심이 동했습니다. 후에 화성의숙에 와서 종락 형님한테 좀 더 자세하게 들었고 책도 몇 권 얻어서 몰래 읽었습니다."

"책 이름을 기억하고 있느냐?"

"공산당선언도 읽었습니다. 공산청년회역사라는 책도 하나 읽었습니다."

"그게 전부냐?"

"네."

"그럼 무엇이 공산당인지? 그의 선언은 무엇을 의미하는 것인지 말로 해볼 만하냐?"

김성주는 얼굴이 새빨갛게 질려 덧수기를 긁었다.

"그냥 읽기만 했을 뿐이고 아직도 무슨 도리인지 잘 모르겠습니다."

그 순수한 얼굴빛을 바라보며 한별은 빙그레 웃었다.

"공산주의란 자본가 계급이 소멸되고 노동자 계급이 주체가 되는 세상을 만드는 것이란다. 즉 억압받는 노동자, 농민들이 해방되고 그들이 주인이 되는 세상을 뜻하는 것이란다."

1920년대 만주에서 전파되었던 마르크스의 서적들

한별은 김성주에게 공산주의에 대하여 강의했다.

"우리 공산주의자들은 바로 이런 세상을 만드는 것을 최종 목표로 하고 싸우는 것이지. 때문에 우리 공산주의자들은 마음속에 언제나 민족과 국가보다는 전 세계 인류의 해방을 품고 있어야 하며 압박받는 노동자 농민들을 묶어세워 지주 자산계급과 싸워야 한다. 또한 이에 대항하는 모든 반동 계급에 대하여서는 우리 식의 프롤레타리아 독재를 실시하여 승리의 전취물을 지켜내야 한단다."

김성주는 다는 이해할 수가 없었지만 과연 이 '공산주의 세상'이라는 것이 이루어질 수 있는지에 대한 신비한 환상에 빠져들지 않을 수 없었다. 과연 압박과 착취가 없고 부자와 가난한 자가 따로 구분되지 않고 모두 같이 잘살 수 있는 그런 세상을 만들어 낼 수는 있을까. 그런 세상을 만들기 위하여 싸우는 사람이 공산주의자라면 그러면 나 자신은 언제부터 그런 사람이 될 수 있을 것인가. 이런 의문들을 하나하나 다 풀어내기에는 한별과 김성주가 함께했던 시간이 너무 짧았다.

"우리에게는 또 공청이라는 예비 조직도 있단다."

"종락 형님에게서 들었던 것 같아요. 공산주의자가 되자면 청년들은 먼저 이 조직에 가입해야 하는 것이 맞나요?"

"그렇단다. 공산당의 후비군이라고 할 수 있는 청년들은 자신들의 젊고 넘치는 열정과 청년 고유의 생기발랄한 기상으로 공산주의를 선전하고 혁명적인 민족단체와 협동전선도 이룩하는 등의 일에 앞장서야 하는 것이란다."

"혁명적인 민족단체란? 혹시 정의부 오동진 선생님이나 양세봉 선생님도 여기에 포함하는가요?"

"그들이 우리를 배격하지 않으면야 당연히 포함할 수도 있지. 그러나 그분들은 반공사상이 너무 농후하구나. 오동진, 현익철 등의 분들은 모두 고려공산동맹에서 탈퇴했단다. 지금 그분들은 공개적으로 우리 공산당들을 학살하고 있는 국민당과도 결합하고 봉천 군벌들도 옹호하는 태도를 취하고 있단다. 이렇게 되면 결국 우리 공산주의자들과는 서로 만날 수 없는 다른 길로 영영 가버리게 되지."

김성주가 얼마나 많은 의문을 갖고 질문을 던졌는지 모른다. 그러나 한별은 단 한 번이라도 대답을 못하거나 또는 말문이 막혔던 적이 없었다. 그는 아주 인내심 있게 하나둘씩 차근차근 설명하여 나갔다.

5. 부탕평에서

그러나 정작 영안현 화검구의 부탕평이라는 동네에 도착했을 때는 김성주보다 오히려 한별 쪽에서 더욱 어안이 벙벙해지는 일이 발생하고 말았다. 그는 하마터면 기절초풍할 지경까지 되었던 것이다. 모든 일은 러시아에서 왔다는 이번 반제반봉건폭동의 총 지휘자 박윤서(朴允瑞)라는 사람을 만나게 되면서 시작되었다.

박윤서는 하이칼라 머리에 팔자로 난 콧수염을 기르고 몸에는 루바슈카 상의와 당꼬바지를 입고 기다란 러시아식 가죽장화까지 신은 나이 지긋한 사나이였다. 그와 만난 한별이 먼저 깊숙이 허리를 굽혀 인사를 하는 것을 보고 김성주는 몹시 놀랐다.

'혹시 저분이 바로 러시아에서 오셨다는 김일성 장군이실까?'

한편 화검구에 모인 사람들 속에는 김성주뿐만 아니라, 동만주 각지의 농촌에서 선발되어 견학하러 온 청년들도 적지 않았다. 그들에게서 미처 소개도 받을 사이 없이 폭동이 개시되었는데 폭도 무리는 부탕평(赴湯坪)에서 제일 큰 중국인 지주의 집에 먼저 들이쳤다.

1920년대 영안의 한인마을 전경

성씨가 양가인 이 지주는 벌써부터 이 지방 조선인들이 폭동을 일으킨다는 소식을 얻어듣고 미리부터 총 몇 자루를 사다가 집을 지키는 사람들에게 나눠주어 대문을 지키고 있었다. 그러나 박윤서가 러시아에서 나올 때 가져온 권총 10여 자루 중 두 자루를 폭동대장 강학제가 혼자 차지하고 앞장서서 양 지주네 집 대문을 부수고 들어갔다.

1930년대 조선인 농민들이 공산당과 함께 간도에서 폭동을 일으켜 일본 파출소를 습격하였던 사진

대문을 지키던 젊은 장정 둘이 강학제가 쏜 총에 맞아 뒤로 넘어졌다. 조금 뒤 습격대가 지주를 잡아내고 신호를 보내자 동구 밖에서 대기하고 있던 박윤서가 동네의 소작농들을 한 무리 데리고 나타났다. 박윤서는 부랴부랴 강학제를 불러 조용한 데로 데리고 갔다.

"얼마나 챙겼느냐?"

"곡식이 3백 석이나 됩니다. 고리대문서도 10만 원이 넘습니다."

"내 묻는 말은 현찰이니라."

"아, 참 저기 다 있습니다."

강학제는 달려가 주머니 하나를 들고 왔다.

"얼만지는 딱히 모르겠지만 안에 금괴도 몇 개 있는 것 같습니다. 꽤 무겁습니다."

박윤서는 주머니를 받아 금괴와 지전을 모조리 꺼내어 안 호주머니에 넣었다. 금괴가 무거웠으므로 양복 안주머니가 불룩하게 바깥으로 튀어나왔으나 박윤서는 개의치 않고 한별의 귀에 대고 소곤거렸다.

"한별 군, 내가 하는 것을 잘 봐두시고 명심하시오."

"이런 것을 봐두란 말입니까?"

"내가 왜서 한별 군의 앞에서 이런 모습을 보이는지 지금은 이해가 되지 않을 것이오. 그러나 언젠가는 한별 군도 알아야 하겠기에 지금 한 수 배움을 주고 있는 것이오. 혁명을 하자면 돈이 필요하오. 이것은 내가 한 말이 아니오. 우리 공산주의자들은 돈을 경멸하지만 레닌도 돈은 유력하다고 했소. 바로 지금 반제반봉건운동을 벌이면서 지주 집이나 반동, 주구 놈들의 집을 들이칠 때는 뭐니 뭐니 해도 제일 먼저 돈부터 챙겨야 한다는 것을 잊지 마오."

한별은 한참 동안 아무 말도 못 한 채로 그냥 지켜만 보았다. 곁에 나이 어린 김성주가 말없이 서서 지켜보고 있었기 때문에 한참 어떻게 대답했으면 좋을지 몰랐던 것이다.

"내 말에 이견이 있소?"

박윤서는 심각한 낯빛을 하고 있는 한별의 표정이 마음에 걸렸다.

"이견이라기보다는 윤서 동지께서는 저한테만 이렇게 말씀하시는 것입니까? 아니면 다른 동지들한테도 모두 이렇게 가르쳐 주시고 계십니까?"

"다른 동지들이라니, 그게 지금 누구를 가리키는 말이요? 이 애 말이오?"

하며 박윤서는 김성주를 돌아보았다.

"반제반봉건운동을 어떻게 하는지 배우려고 지금 화검구에 몰려와 있는 젊은이들이 적지 않습니다. 동만주에서도 오고 남만주에서도 왔던데 아무래도 윤서 동지께서도 직접 그들을 만나줘야 할 것이 아니겠습니까."

한별은 평소 박윤서를 박 형이라고 부르던 호칭을 윤서 동지로 바꿨다. 박윤서도 자못 심각해지며 머리를 끄덕였다.

"그래요, 만나봅시다."

박윤서는 한별에게 부탁했다.

"여기 일을 제꺽 마무리 짓고 그 동무들과 만나겠으니 한별 동무가 자리를 만들어주시오. 나도 그 동무들한테서 경험담을 좀 들어보고 싶소."

박윤서는 급히 소작농들을 불러 곡식 절반을 나눠주고 나머지 절반은 강학제에게 시켜 자기들이 가지고 온 달구지에 실었다.

"고리대 문서는 소작농들한테 돌려줄

1930년대 조선인 농민폭동에 끌려나온 중국인 지주가 투쟁당하고 있는 모습을 재현시킨 想像畵

까요?"라고 강학제가 묻자,

"소작농들 보는데서 불질러버리거라."고 박윤서가 직접 소작농들을 모아놓고 선포했다.

"여러분, 우리가 지금 지주 부부와 딸년도 잡았는데 민원을 들어보니 지주 마누라와 딸년은 그렇게 나쁜 짓을 한 것이 없다더군요. 그러니 지주만 청산하고 지주 마누라와 딸년은 놓아줄 생각인데 괜찮겠습니까?"

"예, 그렇게 하십시오."

소작농들이 모두 좋다고 동의하였으나 "지주에게 무슨 잘못이 있다고 죽이기까지 합니까?" 하고 지주 집에서 머슴을 사는 노인 하나가 나와서 박윤서에게 따지고 들었다.

"지주가 땅 가진 것이 무슨 죄입니까?"

"혼자서 땅을 가지고 땅 없는 사람들을 머슴으로 부리니 죄인 것이지요."

"그렇지 않습니다."

지주 집 머슴은 진심으로 지주를 위해 역성을 들었다.

"지주도 일을 합니다. 우리 머슴들보다 더 하면 더 했지 적게 하지 않습니다."

"영감님, 무슨 그런 괴상한 소리를 하는 겝니까?"

박윤서가 역정을 냈다.

"우리 주인도 처음에는 소작을 지었던 사람입니다. 이 동네서 누구보다도 일을 잘했던 사람입니다. 이 사람들아, 자네들이 양심이 있으면 한번 말해보시게나. 쌀과 돈을 다 빼앗고도 모자라서 인명까지 해치려고 하나?"

지주 집 머슴이 울면서 소작농들에게 소리쳤으나 "이 영감이 미쳤나 보군." 하고 중얼거리면서 박윤서가 강학제에게 빨리 끌어내라고 눈짓을 하였다.

"영감, 어서 일어나오. 반동지주와 같이 죽고 싶어서 그러우?"

강학제가 지주 집 머슴의 어깻죽지를 잡아 당겼다. 그러자 머슴은 악이 돋아 눈에 쌍심지를 켜고 달려들었다.

"이놈들아, 우리 주인을 죽이겠으면 차라리 나도 같이 죽여라."

"영감이 왜 지주와 같이 죽겠다고 그러시우?"

강학제가 어찌 해야 좋을지 몰라 박윤서를 쳐다보았다.

"한별군은 어찌 했으면 좋겠소?"

"글쎄요. 제가 나설 자리가 아닌 것 같습니다."

한별은 지주의 돈과 쌀을 모조리 압수하였고 또 고리대 문서도 불질렀으니 그만하면 되지 않았느냐는 생각을 말하려다가 폭동대원들의 기세가 하도 사나운 것을 보고 입을 다물었다. 결국 박윤서는 지주 집 머슴 앞으로 쌀 한 가마니를 가져오라고 말했다.

"이게 영감 몫입니다. 지주 집에서 자고 먹는 머슴이니 저기 소작농들보다도 더 형편이 어려운 것이 사실이 아닙니까. 그러니 내가 특별히 돈도 좀 드리리다."

쌀 한 가마니와 함께 박윤서가 주는 지전까지 한 장 더 받고나서야 지주 집 머슴이 비로소 입을 다물고 가만히 있게 되자, 강학제는 청년들 10여 명을 데리고 지주를 마을 뒷산으로 끌고 갔다. 김성주도 지주를 어떻게 처치하는지 궁금해서 따라갔다.

6. 공청인도자 송무선

영안의 화검구 부탕평에서 김성주가 받은 충격은 아주 컸다. 돈을 챙기느라고 여념이 없던 박윤서의 모습이 눈에서 오래도록 지워지지 않았다. 다행스러운 것은 그나마도 점잖은 한별의 모습이었는데 그래서 더욱 곤혹스럽기도 했다. 어느 쪽이 진정한 공산주의자인지, 어떻게 하는 것이 진정한 공산주의인지 그는 아무리 해도 판단이 잘 서지 않았다.

무송으로 돌아온 김성주는 얼마 뒤에 이종락과 만났다. 그가 영안에 가서 구경하고 돌아온 이야기를 들려주자 이종락은 설레설레 고개를 저었다.

"성주야, 뭐가 뭔지 잘못된 것이 틀림없구나."

"글쎄말입니다. 창민 선생님이 들려주었던 것과는 너무 달랐습니다. 반제반봉건운동이라는 것을 그렇게 하는 것인 줄 몰랐습니다. 그런데 한별 선생님도 러시아에서 오셨던 그 분과는 의견이 맞지 않아 자주 쟁론하는 것을 여러 번 보았습니다."

김성주의 말에 이종락은 박윤서에 대하여 물었다.

"나는 러시아에서 김일성 장군이 오신 줄 알았는

송무선(宋茂璇)

왕윤성(王潤成)

진한장(陳翰章)

데 아니었구나."

"한별 선생님 말씀이 박윤서라는 그분은 김일성 장군의 밑에서 청년단 일을 보셨다고 합니다. 아주 친하신 사이라고 하더라고요."

이후 김성주는 이종락을 따라 길림으로 건너가게 되었으며 그곳에서 중국 공산당에 입당하게 된다. 한편 김성주가 부

탕평에서 겪었던 일로 받았던 충격이 얼마나 컸던지 회고록에서는 이때의 사실 자체에 대하여 한마디 언급도 없다. 하지만 그의 중국 공산당 입당 소개자였던 왕윤성(王潤成)에게서 직접 들은 사람들이 다음과 같은 이야기를 전해주고 있었다.

"김성주는 이미 돈화에서 예비당원으로 통과되었고 구국군에 왔을 때 그의 당 소개자였던 마천목이란 사람이 감옥에서 옥사하는 바람에 다시 나를 찾아와 내가 정식 당 소개자가 되어주기를 바랐다. 나는 동의한 후 김성주와 긴 시간을 가지고 이야기를 나누었다. 어떻게 누구를 통하여 공산주의에 대하여 알게 되었는가 물었더니 그의 입에서 생각 밖으로 박윤서의 이름이 나왔다. 나는 몹시 놀랐다. 박윤서는 그때 이미 동만주 특위로부터 당적을 제명당하고 만주 땅에서 실종되었던 사람이었다. 그리고 김성주의 또 다른 입당 소개자였던 한별도 동만주에서 체포되어 용정일본총영사관 감옥에 수감되어 있던 중이었다. 그러니 그의 조직관계를 당시 확인하기도 어렵고 또 관계 자체도 비교적 복잡하여 걱정도 없지 않았으나 항일연군의 제3방면군 지휘자였던 진한장(陳翰章)이 나서서 가슴을 때려가며 보증 선다고 하는 바람에 받아들이고 말았다."

진한장이 그처럼 김성주를 신임하는 데는 원인이 있었다. 김성주를 중국 공산주의청년단원으로 발전시켰던 사람이 송무선(朱

마천목(馬天穆)

茂璇)이라고 부르는 김성주의 길림 육문중학교 시절의 높은 학년 선배였기 때문이었다. 1983년까지 중국에서 살았던 송무선은 "진한장이 돈화현(敦化縣)의 오동중학교(熬東中學校)에서 공부하고 있을 때 '오중'(熬中)이라는 잡지를 만들고 있었는데 내가 가서 많이 도와주었다. 방학 때 내가 직접 김성주를 데리고 돈화에 가서 진한장과도 인사시키고 서로 친구가 되게 하였다."고 회고한 바 있을 정도였다. 또한 1908년생인 송무선은 김성주와 진한장보다 4, 5살이나 연상이었고 그들뿐만 아니라 당시 길림 육문중학교에서 공부하고 있었던 많은 젊은 조선인 학생들이 모두 친형처럼 믿고 따르는 큰형이었다.

어쨌든 송무선이 가져다주는 진독수(陳獨秀), 노신(魯迅) 등의 사람들 책은 물론이고 『신청년(新靑年)』,『신조(新潮)』,『각오(覺悟)』 등 신문화를 선양하는 각종 간행물들을 미치도록 많이 읽었던 김성주는 1927년 길림 육문중학교에 입학한 지 불과 1년도 안 되는 사이에 빠르게 중국화되기 시작했다.

오동진은 이종락을 시켜 김성주를 길림으로 데려오게 할 때 결코 길림육문중학교가 이처럼 새빨갛게 물들어버린 학교라는 사실을 미처 모르고 있었다. 당시 인구 40만의 대도시로 중국의 동북지방에서 가장 역사가 오랜 도시이기도 하였다. 오죽했으면 일본이 만주국을 세우고 나서 길림을 자기들의 국내 고도 교토(京都)에 빗대 '작은 교토(小京都)'라고 부를 지경으로 고색이 찬연했다.

7. 손정도와의 인연

이 무렵 길림에는 얼마나 많은 조선인들이 몰려들었던지, 사람들의 정치적 성향도 그야말로 각양각색이었다. 조선 국내에서 이런저런 독립운동에 개입하였던 사람, 또 국내에서 노동운동 또는 공산주의 운동에 참여하였다가 온 사람. 그리고 살 길을 찾아 들어 온 사람까지. 실로 별의별 성향을 가진 사람들이 모여들었던 것이다. 그런데 이러한 인파들 사이에 김형직이 젊은 시절 독립운동을 하면서 만났던 그 사람, 손정도가 있었다.

1924년 9월, 만주 선교사로 파송 받고 길림성으로 활동무대를 옮겼던 손정도의 집은 길림시 우마항거리에 자리 잡고 있었는데 그는 여기서 한인교회를 만들고 교회에 부속된 유치원과 공민학교도 세웠다. 그러자 온갖 성향의 젊은이들이 모두 그에게로 몰려들었다. 그 속에는 길림대학에서 공부하고 있었던 안병기 같은 조선공산당 재건파인 서울상해의 중앙간부들이 있었는가 하면 김일기, 박일파 같은 고려공산청년회 중앙간부들도 있었으며 그들이 주모자가 되어 만든 '여길학우회'는 기회가 있을 때마다 강연회를 개최하는 방법으로 민족주의를 고취하고 배일선전을 해나가고 있었다.

한국의 해국제독이 된 손원일

한편 막 길림에 도착하였던 김성주는 나이가 어렸던 관계로 '길림조선인소년회'에 가입하게 되었는데 이 소년회의 회장이 손정도의 큰아들 손원일이었다. 이 손원일은 1945년 '8·15광복' 이후 한국의 초대 해군제독이 되는 인물이기도 하다.

이런 연유로 김성주와 손정도 일가의 인연 또한 만만치 않은 셈이다. 김성주가 길림에서 손정도의 신세를 많이 입었던 이야기는 널리 알려졌으나 김성주가 손정도의 둘째 아들 손원태(孫元泰)와 셋째 딸 손인실 남매와 함께 길림시 교외의 북산에 올라가 자주 놀곤 하였다는 회고는 후에 북한을 방문하였던 손원태에 의해 확인된 듯 싶었으나 정작 손인실 쪽은 김성주에 대하여 전혀 기억하지 못하고 있었다. 미국 뉴욕에서 살고 있는 손인실의 딸 문성자는 이렇게 회고하고 있다.

"김성주에 대하여 어머니에게 물어봤는데 어렸을 때 그런 사람을 본 기억이 전혀 없다고 하더라. 그때 오빠 또래의 학생들이 우리 집에 많이 놀러왔었는데 만약 김성주가 어머니를 알고 있었다면 아마 김성주 역시 그때의 학생들 가운데 어느 한 사람이었을 것이다."

이는 김성주가 그렇게 남달리 돋보이거나 했던 학생은 아니었음을 말해주고 있다고 할 것이다. 후에 손원일은 의사가 되려고 길림을 떠나 상해로 갔고 그가 회장을 맡고 지냈던 '길림조선인소년회'는 한동안 회장도 없이 유명무실해질 뻔하다가 김성주가 그 회장직을 이어받게 되었다. 김성주가 송무선과 만난 것도 바로 이 무렵이었다.

후에 김성주와 함께 동북항일연군 제1로군에 소속되었던 송무선은 제1로군 2사 정치부 조직과장과 주임, 그리고 사단장 대리직을 맡기도 하는 등 줄곧 정치부문에서 요직을 담당했다. 김성주는 회고록에서 송무선에

인터뷰 받고 있는 손정도의 외손녀 문성자여사(사진 왼쪽, 오른쪽은 저자)

대하여 꽤 많은 이야기를 하고 있지만 그러나 길림 육문중학교에서 만나 그에게서 많은 가르침을 받았던 일에 대하여서는 일절 언급하지 않고 있다. 그가 송무선의 소개로 중국 공산주의 청년단원이 된 사실은 더욱 비밀에 붙여지고 있다. 한편 김성주는 송무선 뿐만 아니라 그의 중국 공산당 입당 소개자도 과연 누구였는지에 대하여 일절 꺼내지 않고 있다.

그러나 1945년 8월, 주보중과 최용건이 하바롭스크에서 중국 공산당 동북국에 제출할 항일연군 잔존 인원들의 인사당안을 만들 때 김성주는 입당소개자에다가 '왕윤성' 대신에 '한별'과 마천목을 써넣었다. 그 무렵 왕윤성은 이미 소련 내무부에 의해 체포되어 징역 8년형에 언도되어 형기를 살고 있을 때였고 송무선 역시 양정우가 죽고 나서 일제에게 체포되어 감옥에 갇혀있었다.

8. 육문중학교

대신 김성주는 길림 육문중학교에서 만났던 스승 상월(尙鉞)에 대하여 잔뜩 회고하고 있다. 사실 상월의 나이는 김일성보다 10살밖에 많지 않았다. 본명은 종무(宗武), 자는 건암(健庵)이었는데 사중오(謝仲五), 정상생(丁祥生), 섭수선(聶樹先), 사반(謝潘) 등 여러 개의 별명을 사용하였고 그 외에도 작가

청년시절의 상월 (尙鉞)

와 학자로서 의극(依克), 자단(子丹), 하남나산현인(河南羅山縣人)같은 필명을 사용하고 있었다.

그는 1921년 북경대학에서 영국문학을 전공하였고 노신이 편집하고 있었던 '망원'(莽原)이라는 잡지에 소설 '부배집'(釜背集)을 발표하여 호평을 받기도 하였다. 이렇게 아주 다재다능한 젊은 학자형의 공산당원이었던 상월에게 반한 학생들이 아주 많았다. 김성주도 물론 그 가운데 한 사람이었다.

상월을 길림 육문중학교에 취직시켜주었던 사람도 역시 중국 공산당원이었고 1986년에 중국 인민대표대회 상무위원회 부위원장까지 되었던 유명한 교육자 초도남(楚圖南)이었다. 상월이나 초도남이나 모두 중국 공산당의 창건자 가운데 한 사람인 이대소의 영향으로 이 길에 발

길림 육문중학교 전경

을 들여놓은 사람들로 길림지방에서 오랫동안 활동하였던 초도남은 결국 길림시에서 학생운동을 지도하다가 체포되어 1930년부터 1934년까지 감옥살이를 하기도 했다.

어쨌든 상월을 만나게 된 김성주는 그의 숙소 서가에서 평생 구경해보지 못했던 수백 권의 책들을 구경하게 되었다. 서가에는 조설근의 『홍루몽』도 있었고 노신의 『아큐정전』도 있었으며 고리키의 『어머니』도 있었다. 책에 반한 김성주가 이 책, 저 책 정신없이 뽑아내는 것을 보고 상월은 빙그레 웃으면서 권했다.

"성주야, 한 번에 많이 가져가지 말고 한 권씩만 가져다가 다 읽고 또 와서 다시 가져다 읽고 그래라."

김성주는 소문으로만 많이 들어왔던 『홍루몽』을 손에 들었다. 그러자 상월은 말렸다.

"너는 이 책을 읽어도 뜻을 알 수 없을 것이다. 그러니 다른 쉬운 책부터 먼저 읽어보려무나."

"그럼 선생님, 추천해주세요. 어느 책부터 읽으면 좋을까요?"

"고리키의 『어머니』나 장광자 선생의 소설집 『압록강가에서』 아니면 『소년방랑자』도 모두 좋은 작품들이란다."

상월은 특별히 『압록강가에서』를 추천했다. 상월 자신도 각별히 숭배하는 당대의 젊은 작가이자, 1921년 코민테른 제1차 대표대회의 참가자의 한 사람이기도 하였던 장광자(蔣光慈)의 최신 단편소설집이었기 때문일 것이다.

"이 소설들은 모두 압박과 착취를 당하고 있는 가난한 사람들이 고통 속에서 부득불 반항하여 싸우지 않으면 안 되는 현실생활의 이야기들을 담고 있단다. 특히 재작년에 나온 『소년방랑자』보다는 올해 나온 이 소설들 쪽이 사상성과 문학성 면에서 훨씬 더 성숙하였고 혁명적인 문학가로서 장광자 선생의 풍모를 엿볼 수도 있단다."

1927년 1월 상해의 아동도서관(亞東圖書館)에서 출판한 이 소설집은 한창 공산주의 혁명이 일고 있었던 중국의 대륙에서 선풍과도 같은 인기를 일으키고 있었다. 1920년대를 풍미했던 별과도 같았던 젊은 작가 장광자, 그러나 그는 1931년 8월 31일에 폐결핵으로 세상을 뜨고 만다. 김성주가 그의 소설을 읽고 있었던 때로부터 4년 뒤였다.

상월은 김성주뿐만 아니라 많은 학생들에게 영향을 끼쳤다. 그러나 그가 유독 김성주를 기억하고 있는 것은 그가 중국말을 아주 잘하는 조선인 소년이었기 때문이었고 또 장광자의 소설 『압록강가에서』에서 내세우고 있는 주인공도 이맹한과 운고라는 조선의 청춘남녀였기 때문이었을지도 모른다. 그러나 더욱 주요한 것은 김성주가 '김일성'으로 다시 거듭났기 때문이었다.

1950년대에 중국인민대학에서 역사학 교수로 재직하면서 곽말약(郭沫若)과 상충하는 역사적 견해를 가지고 있었던 상월은 모택동이 곽말약의 견해를 지지하는 바람에 대대적으로 사상비판의 대상이 되고 말았는데 중국의 '인민일보'(人民日報)가 상월에 대한 비판 특집을 만들어낼 지경이었다. 상월에 대하여 알고 있는 사람들이 이런 이야기를 전하고 있다.

"상월은 한때 만주성위원회 비서장직에 있다가 당적을 제명당했던 적이 있었다. 1950년대 초엽에 공안부 정치보위국에서 이 일을 조사하고 있었는데 담당 국장이 김일성과 항일연군에서 함께 싸웠던 전우였다는 것이다. 그리하여 국장이 직접 상월의 자료를 보다가 '선생은 1927년에 길림 육문중학교에서 교사로 재직했으면 혹시 김일성 원수에 대해서 알고 있습니까?' 하고 물었단다. 상월은 김일성이라는 이름을 처음 들어보는지라 '모른다.'고 대답했더니 국장이 다시 '그때는 김성주라고 불렀다'고 알려주니 그때서야 깜

당대를 풍미했던 작가 장광자(蔣光慈)

장광자의 '압록강 가에서'

짝 놀랐다고 한다.

그러면서 '그 김성주가 지금의 김일성 원수라는 말인가? 그럼 그는 내 학생이 맞다. 나는 길림 육문중학교 시절 그의 어문교원(교사)이었다.'고 고백하는 것이었다. 그리고 얼마 뒤에는 '나와 소년 시절의 김일성 원수와의 역사적 관계'라는 회고문도 한 편 남겼다. 그는 반우파 투쟁 때 얻어맞느라고 정신이 없었는데 얼마나 극심했냐면 아내까지 핍박에 못 이겨 자살을 했을 정도였다. 그런 상황이었던지라 은근히 김일성이라도 자기를 찾아서 옛 은사로 인정해줄 것을 바랐으나 아무리 편지를 보내도 바다에 돌 던진 격이었다."

그랬음에도 불구하고 김성주는 상월이 죽은 지 10년이나 더 지난 1992년에야 회고록을 발표하면서 갑작스럽게 상월에 대한 이야기를 꺼냈다. 그는 회고록에서 "길림을 떠난 상월 선생은 한때는 만주성당위원회에서 비서장으로도 활동하였다고 한다."는 말도 써넣었다. 그러나 이는 사실이 아니다.

길림을 떠난 상월은 한동안 도남의 앙앙계 제5중학교에서 교편을 잡고 지내다가 1930년 5월 상해로 전근하게 되었다. 그는 전국중화총공회에서 근무하면서 중국 공산당 중앙조직부가 꾸리는

'붉은 기 일보'(紅旗日報)의 취재부 주임을 맡아 총공회 책임자 임중단(任仲丹)과 각별히 가깝게 지냈다. 1931년 '9·18 만주사변' 직후 임중단이 만주성위원회 서기로 파견되었을 때 함께 따라와 임시 비서장직을 맡기도 했으나 얼마 뒤 바로 당적을 제명당하고 코민테른에 가서 억울함을 호소하는 신세가 되었다.

1920년대 길림시 우마항거리(牛馬行)

상월의 딸 상효원(왼쪽)이 김일성(오른쪽)과 만났다

1937년이 되어서야 상월은 서안에서 동필무와 만나 비로소 당적을 회복하고 곽말약의 밑에서 일하게 되었다. 이때 곽말약은 국민정부군사위원회 정치부 제3청 청장이었고 상월은 도서자료실에서 중좌과장으로 임명되었다. 주은래가 직접 그렇게 배치하였던 것이다.

상월이 죽은 뒤에 그의 딸 상가제(尙嘉齊)와 상효원(尙曉援) 등은 북한에서 크게 대우받았다. 그러나 대우받지 못하고 있는 사람들도 아주 많다. 길림 시절 그의 공산당 입당 소개자였던 송무선은 물론이거니와, 직접 그를 중국 공산당원으로 발전시켰던 한별은 어디에도 이름을 올리지 못하고 있다. 이는 한별이라는 이 이름까지도 김성주가 자기의 이름으로 만들어버렸기 때문이었다.

9. 오동진과 현익철, 그리고 김찬

어쨌든 상월, 초도남 등 공산주의 학자들이 활발하게 활동하고 있었던 길림에서 보냈던 시간은 김성주의 인생에 커다란 변화를 일으켰던 것만은 틀림없다. 오동진은 그를 장차 민족주의 진영에서 크게 한몫을 할 수 있는 인물로 키우고 싶었으나 결국 그의 기대와는 어긋나고 말았다.

"위원장, 지금 형직의 아들이 뭘 하고 다니는지 아십니까?"

어느 날 현익철이 오동진에게 물었다.

"종종 얻어듣고는 있습니다만 또 무슨 사고라도 쳤는가요?"

"하라는 공부는 하지 않고 만날 공산주의 혁명을 한다고 나돌아 다니는데 요즘 무송에서 중국경찰에게 잡혔다가 가까스로 놓여나온 모양입니다."

"아니 또 마골단 애들하고 어울리고 다녔나 보군요?"

"아닙니다. 우리 정의부 산하의 청년들 사이에 새로 온 젊은 친구 하나가 있는데 이름을 차광수라고 부릅니다. 일본에서 유학하다가 온 지 얼마 안 되는데 종락이가 성주를 이 친구한테 붙여주었던 것 같

습니다. 성주가 요즘 만날 이 차광수 뒤를 쫓아다니면서
교하, 카룬, 고유수 같은 고장들에 들락거리고 있습니다.
도대체 뭘 하자는 것인지 아직 확실하게 모르겠습니다."

1933년 6월2일자 동아일보와 당시 김찬의 모습

오동진과 현익철은 걱정이 이만저만이 아니었다. 그들
둘이 알고 있는 이 차광수(車光洙)란, 본명이 차응선(車應
先)이었다. 1905년생으로 평안북도 용천에서 태어났으
며 10대의 어린 나이에 일본으로 건너가 고학으로 공부
하면서 공산주의 사상을 배운 청년이었다. 귀국 후 서울에서 한동안 살다가 만주로 나와 길림성의 유
하현(柳河縣)에서 정착하고 장가도 들고 하였으나 원체 배운 것이 많고 또 달변인데다가 인물도 잘났
고 입만 열면 마르크스의 이론을 폭포수처럼 내뿜는 사람이었기 때문에 대뜸 정의부 내 러시아파들
인 김찬(金燦)같은 거물들의 눈에 들게 되었다.

비록 김찬의 나이가 차광수보다는 10여 세 가깝게 연상이지만 두 사람은 일본에서 유학할 때부터
서로 얼굴을 익힌 사이였다. 김찬도 역시 일본에서 본격적으로 공산주의를 접촉한 사람으로 1912
년 경성의학전문학교에 입학했다가 중퇴한 후 한동안 만주에 나와 있다가 다시 일본으로 건너가 쥬
오대학(中央大學)에서 공부하면서 일본인 공산주의자들에게서 마르크스에 대하여 배웠던 것이다. 그
리고는 학업을 포기하고 러시아로 건너갔고 1920년 하반기 이르쿠츠크 소재 코민테른 동양비서부에
출두하여 극동민족대회 일본인 대표 출석문제를 협의하기도 했다.

차광수(車光洙, 卽車應先)

그 후 조선으로 돌아와 조선공산당을 창건하는데 깊이 관여
했고 1927년에 북만주로 옮겨와 '제1차 간도공산당 검거사건'
으로 파괴된 조선공산당 만주총국(화요파)의 재건을 주도하여
화요파의 핵심멤버가 되었다. 이후 그는 1928년 9월 정의부(正
義府) 결성 때 남만주에 나타나는데 그간 쌓아온 위명으로 중
앙집행위원에 선출된 후 공산주의자답게 정의부 산하의 젊은
이들 중에서 공부도 하고 책도 읽은 청년들을 하나 둘씩 긁어
모으는 일에 열중하고 있었던 것이다. 차광수가 바로 그의 가
장 열성적인 협력자였다.

차광수가 이렇게 김찬의 지시를 받고 정의부 계통의 젊은 독

1920년대 길림의 대동문

립군 간부들 속에서 제일 먼저 포섭한 사람이 바로 이종락이었다. 이종락의 소개로 김성주를 알게 되었던 차광수는 그가 굉장히 똑똑하고도 담대한 소년인 것을 금방 눈치챘다. 중국말도 잘하고 또 책도 적지 않게 읽은 것을 보고는 자주 그와 이야기를 나누곤 하였다. 어느 날 김찬의 파견을 받고 찾아온 이금천은 차광수, 허소(허율), 성숙자, 한석훈, 김동화, 신영근, 김성주 등을 길림의 대동문 밖에 자리 잡고 있었던 자기의 집으로 모아놓고 빨리 남만조선청년동맹을 선포하라는 지시를 전달했다.

"아직은 시기상조입니다. 우리가 모아놓은 청년들의 수가 너무 적고 또 소년단 조직에 대한 포섭은 이제 겨우 시작에 불과한 상태입니다. 더구나 독립군 쪽에서도 오동진과 현익철 두 영감이 너무 심하게 살피고 있어서 현재로서는 이종락이도 꼼짝 못하고 있는 실정입니다."

이금천은 머리를 끄덕였다.

"내가 그것을 모르는 바가 아니오. 지금 우리에게 급한 것은 3부 통합이 당장 눈앞에 와 있다는 것이오. 그때가 되면 통합된 민족주의 단체로 등장하게 될 그들과 우리 공산주의자들의 갈등이 더욱 심하게 분출될 것이라는 것이 김찬 동지의 견해요. 그렇게 되면 그들은 총과 무장을 갖추고 있는 반면에 우리한테는 아무 것도 없소. 결국 우리한테는 불리하게 될 것이 분명하니 지금이라도 빨리 다그치자는 것인데 만약 독립군 쪽에서 이종락 군이 그렇게 꼼짝 못 하고 있다면 아무래도 어려울 것 같군요."

10. '3부 통합'

이들이 걱정하고 있는 '3부 통합'이란, 1925년 미쓰야 협정(三矢協定) 체결 이후, 만주에서 활동하고 있었던 조선의 독립 인사들에 대한 중국 관헌의 탄압이 심화되고 있는 가운데 중국 동북지역 한인(韓人)들의 효율적인 장악과 권익 옹호, 그리고 적극적이며 효과적인 대일투쟁을 추구하기 위해 민족유일당을 조직함으로써 3부를 통합코자 하였던 대 사건이었다. 여기서 3부란, 참의부(參議府), 정의부(正義府), 신민부(新民府)를 말한다.

이에 앞서 민족유일당을 만들려고 오동진 등은 1928년 5월 화전(樺甸)과 반석(磐石) 등지에서 18개 단체 대표들이 회합한 가운데 '전민족유일당조직촉성회의'라는 명칭을 이미 제시하기도 했으나 이 때 여기에 참가하지 못하였던 참의부와 신민부가 이를 인정하려고 하지 않았다. 결국 유일당 결성에 관한 참가단체들의 태도 차이 등으로 인하여 전민족유일당조직촉성회와 전민족유일당조직협의회로 양분되어 회의는 결렬되고 말았다.

정의부는 재차 참의부와 신민부와 통합을 모색하였다. 이리하여 같은 해 9월 길림에서 3부 통합을 위한 2차 회의가 시도되었는데 여기에는 드디어 3부 대표가 모두 함께 회동하였다. 이때도 신민부·참의부 대 정의부의 의견 대립, 신민부 군정파와 민정파의 내분, 참의부의 대표 소환 문제 등이 얽혀 정식회의는 개최되지도 못하다가 드디어 1928년 12월 하순에 이르러서야 길림에서 모여 과도적 임시기관으로서 '혁신의회'를 조직하고 참의부와 신민부의 해체를 공동선언하기에 이르게 된 것이다.

그러나 이처럼 3부 통합을 위해 노심초사해왔던 오동진은 결국 이날을 못 보고 어느 날 갑작스럽게 일제 경찰에게 체포되는 비운을 맞게 된다.

11. 김덕기의 음모

이야기는 1927년 조선 총독 사이토 마코토(齋藤實)의 임기가 끝나고 후임으로 야마나시 한조(山梨 半造)가 조선으로 오면서 시작된다. 후임 총독에게 바칠 최고의 선물을 마련하기 위하여 오동진의 고향 평안북도의 일제 경찰 고등과장 이성근(李聖根)은 부하인 김덕기(金悳基)와 거대한 모의를 시작한다.

"만주와 접해있는 우리 평북 땅은 오래전부터 독립군들이 국내로 드나드는 관문으로 소문났

'3부 통합'회의가 열렸던 길림 부흥태 정미소

는데도 우리가 너무나도 해놓은 일이 없잖은가. 더구나 독립군의 우두머리들 과반수가 모두 평북 출신이라는 소문이 총독부 안에도 파다하게 퍼져있다네. 그 가운데서 제일 대표적인 우두머리 몇 놈을 잡아서 신임 총독 각하께 바치세."

김덕기는 이때 평북 경찰 고등계 주임이었다. 그는 일찍이 경부로 지내던 1923년에 약산 김원봉의 의열단이 경기도 경찰부의 현직 경무인 황옥을 포섭하여 암살에 쓰일 폭탄을 국내로 반입하여 조선총독부와 동양척식회사, 조선은행, 경성우편국 등 일제의 주요 적성(適性) 기관들을 박살내려고 했던 계획(의열단 제2차 대암살, 파괴 거사)을 미리 탐지하고 좌절시켰을 뿐만 아니라 김시현, 황옥, 조동근, 홍중우, 백영부, 조영자 등 의열단의 관계자들을 모조리 검거하여 감옥에 잡아넣었던 조선인 악질 형사였다. 그는 이 공로를 인정받아 조선총독부로부터 경찰 최고의 포상인 공로기장을 받기도 했다.

"우두머리 몇 놈이라고 하면 주임께서는 확실히 누구누구를 마음속에 담아두고 계십니까?"

이진무(李振武, 왼쪽 첫번째)

김덕기는 은근한 표정으로 이선근의 얼굴을 쳐다보았다.

"일단 자네가 제일 손쉽게 해치울 수 있는 자가 한둘 있다면 이름을 대보시게나."

"주임께서 어떤 자를 제일 먼저 잡아들이기를 원하시는지, 제가 시키는 대로 바로 일을 벌여보겠습니다."

김덕기의 말에 이선근은 크게 기뻐하였다.

"아, 내사 우리 평북 출신의 '일목장군'(一目將軍), '흑선풍'(黑旋風)부터 잡아들일 수 있다면야 오죽 좋겠나. 성공만 한다면 총독 각하께서도 무척이나 좋아하실 걸세."

"혹시 이진무[14]를 말씀하십니까? 아니면 오동진을 말씀하

---

14. 이진무는 1900년 평안북도 정주군 옥천면에서 출생하였다. 19세 때인 1919년, 3.1운동이 일제의 무력으로 좌절되자 만주로 건너가 광복군총영에 가입하였다. 이듬해인 1920년 8월 미국 상,하의원들로 구성된 동양시찰단 일행이 서울 방문을 한다는 소식을 접한 임시정부에서는 우리 민족에게 의망과 기대를 줄수있는 좋은 기회라고 생각하고 우리민족의 자주독립 열망과 일제의 침략상을 세계여론에 호소하기 위해 비밀리에 입국하여 신의주 호텔에 폭탄을 투척하였다. 이후 만주 지역에서 일본 경찰과 총격전을 벌이고 밀정을 처단하는 등의 맹렬한 무장 항일투쟁에 전력하였다. 1924년 11월 정의부 제 5중대에 배속되어 경찰 주재소를 습격하고 일경을 사살하고 1931년 노농자위군을 조직해 대장에 올랐다. 국내에 자주 진입하여 활발한 투쟁을 하면서 일경의 집중 체포대상이 되었고 결국 1932년 안동에서 체포돼 온갖 모진 고문과 악형을 당하였다. 신의주로 압송된 이진무는 이듬해 신의주지방법원에서 사형을 선고받고 1934년 평양형무소에서 옥사하였다. 이진무는 작은 체구로 신

십니까?"

김덕기는 일시 얼떨떨했다.

"에잇, 이 사람아, 당연히 오동진이지."

두 사람에게 모두 '일목장군'과 '흑선풍'이라는 별명이 붙어있는 탓이었다.

"언젠가는 이진무도 잡아들여야 하겠지만 아직은 새파랗게 젊은 이진무보다는 먼저 영감 소리를 듣고 있는 오동진 같은 거물부터 빨리 제거해야 하네."

애꾸눈이었던 이진무의 별명이 '독안용'과 '일목장군'이었다. 그러나 그는 이때까지 오동진 수하의 정의부 제5중대장 김석하(金錫河)의 대원이

최창학, 광업자이자 친일단체 간부로 활약하기도 했던 그는 30대 초반 때 자신이 직접 사냥한 호랑이 등 위에 앉아 있다

었을 따름이었고 오동진이야말로 김좌진, 김동삼과 더불어 만주의 '3대 맹장'으로 불리고 있었던 인물이었던 것이다.

"그러잖아도 마침 좋은 정보가 있습니다."

김덕기는 이선근에게 오동진을 유인할 수 있는 방법을 내놓았다.

"올 2월에 장춘에서 검거되었던 정통단(正統團)을 만든 김종범(金鍾範)이란 자가 생각나십니까?"

"얼마전에 대련지방법원에서 징역 1년 6개월을 받았던 것으로 아네."

"네. 그때 그자와 함께 검거되었다가 전향서를 쓰고 나온 친구 하나가 있습니다. 장춘 영사관의 경찰이 일을 비밀에 붙여두고 그 친구를 계속 정의부 쪽에 잠복시켜 일을 돕게 하고 있는데 그가 오동진의 각별한 신임을 받고 있는 모양입니다. 얼마 전에는 또 오동진의 부탁을 받고 여순에서 복역 중인 김종범의 면회도 다녀오곤 했나봅니다. 제가 장춘으로 가서 그쪽 경찰들과 합작하여 직접 이 친구를 한번 움직여보겠습니다."

출귀몰하는 대담한 활동을 벌여 수호지에 나오는 흑선풍(黑旋風)과 같다고 하여 '만주의 흑선풍'이라는 애칭으로 불렸으며, 애꾸눈이었기에 '일목장군(一目將軍)'으로도 불렸다. 1962년에 건국훈장 독립장이 추서되었다.

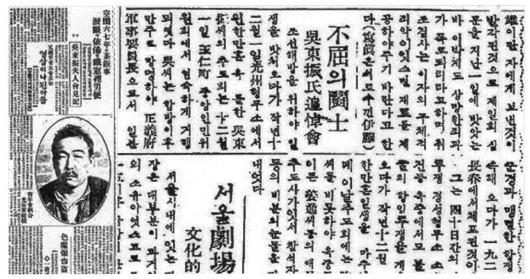

(왼쪽) 오동진의 부인 회견기(동아일보, 1928년 2월11일자), (오른쪽) 오동진의 초모회 보도기사(자유 신문, 1945년 12월4일)

김덕기는 치밀하게 작전을 짰다. 그는 몰래 김종범을 만나 다음과 같이 시켰다.

"독립군이 지금까지 한 번도 오동진이와 한 고향인 평북 출신 천만부자 최창학의 집을 습격하지 않고 가만히 내버려두고 있는 원인이 여간 궁금하지 않단 말일세. 자네가 한번 오동진에게 자청하고 나서보게나. 최창학을 찾아가서 군자금을 얻어오겠다고 말일세."

그러잖아도 3부 통합을 추진하면서 무척 돈이 필요했던 오동진은 김종원이 최창학에게로 다녀오겠다는 말을 듣고 철썩 무릎을 때렸다.

"내가 미처 이 광산대왕을 생각하지 못했군. 이 친구라면 군자금을 내놓을지도 모르지."

평북 구성군 출신으로 삼성금광(三成金鑛)을 창설하고 조선 최대의 광업자이자 천만장자가 되었던 최창학(崔昌學)의 집을 습격하여 그에게서 돈을 빼앗아오자고 오동진에게 건의했던 사람들도 과거에 여럿 있었다.

"우리 독립군이 아직까지 한 번도 이 친구 집을 습격했던 일이 없으니, 자네가 직접 가서 나의 이름을 대고 군자금을 좀 달라고 하면 어쩌면 군말 없이 내줄지도 모를 일이네."

김덕기가 짜놓은 작전인줄을 알기가 없는 오동진은 김종원을 최창학에게로 보냈다. 그러나 최창학은 조선으로 가지 않았고 김종원과 함께 장춘 일본영사관의 밀실로 기어들어갔다. 장춘 영사관을 관리하고 있는 하얼빈 일본 총영사관의 특무들도 장춘으로 몰려들었다. 이선근도 또한 김덕기를 돕기 위하여 신의주 경찰대를 장춘지방으로 파견하였다.

김종원은 최창학이 장춘에 도착했고 역 부근의 신음하(新陰河)에 와서 기다리고 있다고 오동진을 속여 넘겼다. 길림에서 장춘을 잇는 길장선 열차에 올라탄 오동진은 너무 긴장하여 새파랗게 질려있는 김종원의 얼굴에 왠지 느낌이 좋지 않았는지 열차가 흥도진(興陶鎭)까지 왔을 때 갑자기 몸을 일으켰다.

"자네가 가서 최 사장 보고 길림으로 오라고 하게. 난 여기서 내릴 테네."

현익철 선생의 약력과 사진 기사 '한민' 1937년 7월30일자

오동진은 흥도역에서 불쑥 내렸으나 때는 이미 늦었다. 신의주에서 파견 받고 나왔던 경찰대가 두 갈래로 나뉘어 벌써 흥도역 플랫폼에서도 대기하고 있었다. 베테랑 고등계 형사인 김덕기가 이와 같은 변수가 생길 것을 미리 짐작하고 대비했던 것이다.

그길로 신의주로 압송된 오동진에 대한 판결은 자그마치 6년이란 긴 시간을 끌었다. 그는 감옥에서 단식을 하기도 하고 때로는 광기를 부리기도 하여 정신병자들을 전문적으로 수용하는 공주형무소에서 복역하기도 했다. 한편 오동진의 체포는 정의부에 있어서 청천벽력과도 같았다. 오동진이 체포되었던 이듬해인 1928년 2월까지도 남편이 체포된 줄을 모르고 지냈던 오동진의 부인 이양숙(李陽淑)은 동아일보에 실린 기사를 보고서야 깜짝 놀라 신의주로 면회를 왔다고 한다. 두 달 뒤인 4월에는 또 정의부(正義府) 10중대원인 김여연(金汝連)과 최봉복(崔鳳福) 등이 오동진을 구출하기 위하여 입국하다가 역시 신의주에서 체포되었다.

오동진은 사망 직전 공주형무소에서 복역하였는데 형무소 내에서도 그의 위상이 얼마나 컸던지 일본인 형무소장은 그와 면담을 할 때면 반드시 먼저 경례를 하는 예를 갖추었을 정도였다. 그러나 애석하게도 광복을 한 해 앞둔 1944년 12월 1일,

오동진이 사망직전 복역한 공주형무소 전경

정이형(鄭伊衡)

몸이 쇠약해질 대로 쇠약해진 그는 결국 모진 옥고 끝에 옥사하고 말았다.

광복 후 1949년 2월 8일, 오동진이 죽은 지 5년째 되던 해에 김덕기도 오늘의 경기도 양주군 화도면 녹촌리 344번지에서 반민특위가 파견한 특경대에 의해 붙잡힌다. 14년간 일제의 고등경찰로 지내면서 온갖 반민족 행위를 일삼은 그는 결국 사형에 언도되었는데 이승만이 반민특위를 해산시키는 바람에 사형을 면하고 '6·25 한반도 전쟁' 직전에는 감형까지 받고 풀려나는 일이 발생했다. 그러나 천벌을 피해갈 수는 없었다.

역시 오동진과 한 고향 평북 출신으로 정의부 독립군에서 활동하다가 오동진과 비슷한 시기에 체포되어 19년 동안이나 옥고를 치르고 광복으로 석방되었던 정이형(鄭伊衡)[15]의 딸 정문경이 남긴 증언에 의하면 김덕기는 감옥에서 풀려나온 지 얼마 안 되어 오늘의 성북구 정릉동 근처의 야산에서 산보를 하던 중 갑자기 귀신에게라도 홀린 듯이 벼랑 쪽으로 걸어가다가 스스로 추락하여 죽었다고 한다.

---

15. 정이형(鄭伊衡)은 한국의 독립운동가이다. 본명은 원흠(元欽), 호는 쌍공(雙公). 본관은 하동, 평안북도 의주 출신이다. 1922년 만주로 망명하여 대한통의부에 참여하였고, 1924년 정의부 사령부관으로 무장 항일 투쟁을 전개하였다. 1926년 고려혁명당을 결성하고, 위원으로 선임되어 활약했다. 1927년 하얼빈에서 일본 경찰에 잡혀, 1945년 해방이 될때까지 19년간의 옥고를 치렀다. 해방 이후 좌우합작을 위해 노력하였으며, 친일파 처벌법 제정에 앞장섰다. 1956년 심장병으로 별세하였다. 1963년 건국훈장 독립장이 추서되었다

제4장

남만 참변

그 어떤 희망이든 자신이 품고 있는 희망을 믿고 인내하는 것이 바로 인간의 용기이다.
그러나 겁쟁이는 금세 절망에 빠져 쉽게 좌절해 버린다.
—에우리피데스

1. 남만 청총

오동진이 체포되고 나서 정의부의 중책을 떠맡은 현익철은 다행스럽게도 오동진의 가장 충실한 부하나 다를 바 없는 양세봉의 적극적인 지지와 협조하에서 드디어 3부 통합도 이루어냈고 국민부의 집행위원장이 되었다.

당초에 3부 통합을 추진해온 목적 가운데 가장 큰 목적은 민족주의 진영의 좌경화를 막는 것이었다. 정의부에 공산주의자들이 대거 침투하기 시작한 것은 바로 1926년 고려혁명당이 창당된 후였는데 물론 후에 정의부는 고려혁명당과 인연을 끊었지만 그

코민테른 대회에서 레닌(사진속 중간)의 곁에 앉은 조선인 박진순(레닌의 오른쪽 곁), 한국인이 사회주의를 가장 일찍 접하고 수용한 경로는 러시아령 한인사회의 도시인 이르쿠츠크 하바로프스크였다.

때 그들이 정의부 계통의 젊은이들에게 끼친 영향은 결코 만만치 않았다. 내부분열로 소란한 가운데 웬만한 젊은 대원들은 자기들끼리 모여 앉으면 바로 혁명이니, 이념이니 하는 말을 입에 담을 정

도였다. 종래의 투쟁 형식으로는 독립 쟁취가 요원하니 혁명을 위한 이념무장이 뒷받침되어야 한다는 소리였다. 그러나 1927년 12월에 정이현, 이동구, 이원주, 유공삼 등 고려혁명당의 주요간부들이 대거 체포되고 또 오동진과 현익철 등 정의부 주요 거두들이 탈당하였기 때문에 고려혁명당은 얼마 못 가서 바로 해체되고 말았다.

현익철은 3부 통합을 통하여 공산주의 사상이 민족주의 진영으로 파급되는 것을 막아보려고 갖은 노력을 다하였다. 국민부가 조직되기 바쁘게 그는 정의부 내에서도 주류파에 속하는 이동림, 고이허, 고활신, 최동욱, 이탁 등과 함께 국민부로 통합된 원 신민부, 참의부의 인사들을 모아놓고 국민부를 지도하게 될 민족유일당을 조직하기 위한 일을 벌여나갔다.

비록 오동진이 없어서 현익철은 힘에 부칠 때가 많았으나 다행스럽게도 오동진의 가장 충실한 부하나 다를 바 없었던 양세봉이 독립군을 튼튼하게 틀어잡고 있었고 그는 현익철을 몹시 존경하였다. 양세봉의 군대가 뒤를 봐주고 있었기 때문에 이듬해 드디어 조선혁명당을 창당하게 되었을 때는 현익철이 혁명당의 중앙집행위원장까지도 또 함께 겸직하는 일이 벌어졌다. 따라서 양세봉의 독립군도 혁명당의 당군으로서 이름을 조선혁명군으로 고치게 되었다.

서간도 유하현 삼원보 전경, 신민회가 선정하였던 독립군기지이기도 하였다.

총사령에는 처음에 이웅이 물망에 올랐으나 양세봉과 이웅의 사이가 벌어지자 나중에는 현익철이 아주 혁명군의 총사령까지도 겸직해버리는 일이 벌어졌다. 그러나 현익철이 군사를 모르기에 실질적으로 조선혁명군은 현익철에 의해 부사령으로 임명된 양세봉이 지휘하고 있었던 것이다.

이때 양세봉도 부대 안에서 공산주의 사상에 젖은 젊은 대원들이 계속 부대를 탈출하여 길림지역의 농촌으로 가서 농민들로 조직된 적위군(赤衛軍)에 가담하고 있는 일 때문에 골치를 앓고 있었다.

현익철은 과거 난제가 생길 때마다 오동진과 둘이서 의논을 주고받곤 하였으나 지금은 쩍하면 양세봉과 마주앉았다. 3부 통합을 이뤄낸 뒤 정의부 본거지는 이미 길림에서 양세봉의 독립군이 주둔하고 있었던 신빈현의 왕청문으로 옮겨와 있었기 때문이었다.

조선혁명군 참모장 김학규

"혹시 고활신과 현정경, 이웅 이 사람들이 그 배후에 있는 것은 아니요?"

현익철은 국민부에서 자기에게 제일 반발하는 몇 사람들의 이름을 은근히 귀띔해보았으나 말수가 적은 양세봉은 잠잠했다. 대신 그의 참모장 김학규(金學奎)[16]가 입을 열었다.

"청총의 애들이 제일 문제입니다."

"나한테도 들어오는 소문이 있어서 하는 소리요. 우리 군대 안에도 공산주의에 물들어있는 젊은이들이 아주 많다고 하오. 어른들 가운데서는 현정경이 위험한 인물이오."

양세봉은 머리를 끄덕였다.

"네. 젊은이들의 뒤에 몇 분 어른들이 계신 것으로 짐작하고 있습니다."

"세봉이 이제야 할 말을 하는군."

현익철은 양세봉에게 지시했다.

"현정경이는 내가 한번 만나보겠소. 세봉이는 일단 청총에서도 제일 전염성이 강한 빨갱이 몇 놈 색출해서 손을 봐야 하오. 빨리 일벌백계하지 않으면 안 되오."

양세봉은 차마 나서서 받아들이지는 못하고 그냥 한탄했다.

"젊은이들 중에서도 제일 똑똑하고 빠릿빠릿한 애들이 모두 그쪽으로 넘어가고 있으니 아닌 게 아니라 걱정은 걱정입니다."

"그러니 내가 하는 말이 아니오. 빨리 손을 보지 않으면 안 되오."

"혹시 위원장께서는 아십니까? 김형직의 큰아들 성주도 공산주의에 흠뻑 빠져있다고 합니다."

"내가 왜 그것을 모르겠소."

현익철은 김성주의 이야기만 나오면 골치가 아파 이맛살을 찌푸리곤 했다.

"우리 정의부에서 온갖 정력을 다 부어 가며 키운 애요. 송암이 이 애라면 정말 아끼는 것이 없이

---

16. 김학규(金學奎, 1900년 11월 24일 평안남도 평원군 ~ 1967년 9월 20일 서울특별시 마포구)는 대한민국의 독립운동가이며, 일제 강점기에 한국광복군에서 활동하였다. 광복군 제3지대장 등을 역임했다. 1962년 대한민국 건국공로훈장 독립장이 수여되었다. 귀국 후에는 우익 정치인으로 활동, 1948년의 남북 협상에 반대하여 임정 인사들을 설득하려다가 실패하고, 단정을 지지, 협상에 불참하였다. 이후 김구(金九)와 갈등하던 중 안두희를 김구에게 소개해 주었다가 1949년 김구가 암살되자 암살 누명을 쓰고 투옥되었다가 1961년 5·16 군사 정변 이후 석방되었다.

뭐나 다 퍼다 주곤 했소. 그런데도 이처럼 배은망덕하게 빨갱이
들 쪽으로 가고 있소. 자기 아버지가 얼마나 공산주의자들을 미
워했는지 알게 되면 아마도 생각을 바꾸게 될지도 모르오."

양세봉도 머리를 끄덕였다.

"성주가 화성의숙 때부터 종락이를 친형처럼 따르고 있으니,
종락이한테 말해서 한번 위원장께로 데려오라고 하겠습니다."

"이종락이 이자도 이미 절반은 빨갱이가 다 된 자요."

현익철은 양세봉에게 이종락을 중대장직에서 면직시키라고 여
러 번 권고했지만 양세봉은 이종락을 따르는 젊은 대원들이 하도
많아서 계속 주저하고 있던 중이었다. 현익철은 정의부를 거쳐 국

채명신(蔡明新)

민부의 최고 지도자에까지 오르면서도 젊은이들의 세상인 남만청총의 일을 틀어잡을 수 없었다. 그러
나 자칫하다가는 정의부 계통의 젊은이들을 모조리 공산주의자들에게 빼앗길 수도 있다는 의구심이
들자, 차츰 청총의 일에 신경을 쓰기 시작하였다.

이 무렵 남만청총 외에도 북간도에서 설립된 동만청총과 북만청총이 있었는데 북만청총은 활동이
거의 미미하였고 그냥 이름뿐이었다. 그러나 동만청총은 남만에 비해 2년 늦은 1926년 1월 용정에서
설립되었으나 이주하, 김소연 등 쟁쟁한 인물들이 중심이 되어 조선공산당 만주총국과 고려공산청
년회의 명령을 받아 각 지역에 지부를 설치하고 산하에 11개의
가맹 연맹을 두며 회원 수만해도 수천 명에 달하고 있어 어마
어마한 조직으로 커 가고 있었다.

동만청총의 대표로 왕청문에 갔다가 죽지 않고 살아 돌아왔
던 김금열(金今烈)은 1987년에 중국 연변의 용정에서 사망했는
데 "남만참변"에 대하여 아주 자세하게 이야기한 바 있다. 그
는 차광수와 이종락은 하도 유명하여 동만주에서도 이름을 들
었고 또 남만주에 갔을 때는 만나보기까지 했다고 하면서도
김성주에 대하여서는 그런 청년을 보았던 기억이 전혀 없다고
고백했다. 그러나 '남만참변'이 발생하였던 그 다음날 김금열
이 또 다른 동료 셋과 움직일 때 이종락이 직접 길잡이로 보내

오광심(吳光心)

주었던 최창걸의 일행 속에 함께 따라왔던 학생복 차림의 한 어려보이는 청년이 말할 때 덧니가 드러나며 계집아이들처럼 예쁘장하게 생겼다고 고백한 바 있다.

여기서 비교해 볼 수 있는 부분은 1946년 2월 8일, 북한의 평양에서 '평양학원' 개교식에 초대되었던 한국군의 채명신(蔡命新) 장군에 대한 이야기이다. 평양사범학교 출신이었던 그는 월남하기 직전 하마터면 '평양학원'에 입학할 뻔했다고 고백하면서 김책의 소개로 개교식에 왔던 김일성(김성주)을 만났는데 "호남형으로 덧니가 많았다. 드라큘라 영화 주인공 같은 인상이었는데 나중에 보니 수술을 했는지 덧니가 모두 없어졌다."고 회고하고 있다.

"중학생이었으니까, 아마 차광수나 이종락의 심부름 정도나 다녔을지 몰라."

김금열도 인터뷰를 할 때 이렇게 한마디 덧붙이기도 했다.

그러나 이때 김성주는 비록 나이는 어렸으나 정의부 계통 안에서는 꽤 알려진 인물이었다. 그의 아버지 김형직과 친했던 현익철이나 양세봉 같은 사람들이 3부 통합 이후 국민부 안에서 모두 군과 행정의 최고위 지도자로 있었기 때문이었을지도 모른다.

2. 김학규와 오광심

1929년 가을에 국민부의 요청으로 남만청총과 동만청총을 통합하기 위한 대회가 소집되고 있을 때 동만청총은 1927년 10월 3일에 발생하였던 '제1차 간도공산당 사건'으로 화요파가 거의 괴멸에 가까운 피해를 입게 되는 바람에 만주공청계, 즉 ML파가 장악하게 된 상태였다. 이 ML계의 조직이 얼마나 맹렬하게 활동하고 있었던지 차광수의 본거지나 다를 바 없는 유하현의 삼원보에서 교편을 잡고 있었던 여교원 오광심(吳光心)은 차광수의 패거리들이 하루가 멀다하게 동명중학교와 여자국민학교에 찾아와서 자기들이 꾸리고 있는 '공산주의연구회'로 나이 어린 여학생들을 구슬려 데려가는 데 화가 나서 참을 수가 없었다.

김학규와 오광심 부부

1910년 생으로 김성주보다 2세 연상이었던 오광심도 김성주와 마찬가지로 정의부가 공을 들여서 키운 젊은 여교원이었다. 그녀는 차광수의 패거리들이 심지어 총까지 가지고 있는 것을 발견하고는 참다 못해 국민부로 찾아갔다. 마침 현익철은 고이허(高而虛), 김문학(金文學), 양세봉, 양하산(梁荷山, 卽梁基瑅) 등과 함께 청총의 일을 어떻게 처리할 것인가 회의 중이었다. 오광심에게서 차광수의 패거리들이 총까지 가지고 있다는 소리를 들은 현익철은 크게 놀랐다.

"오광심 선생이 그들이 총까지 가지고 있는 것을 직접 보았나요?"

양세봉이 재차 묻자 오광심은 그렇다면서 덧붙여 독립군에서 보았던 적이 있는 몇몇 대원들도 차광수와 함께 다니는 것을 자주 보았다고 말했다.

"허허, 그럼 그게 최창걸이겠구만."

고이허는 양세봉을 돌아보았다. 두 사람 다 최창걸을 잘 알고 있었다. 최창걸은 독립군 제6중대장 안홍(安鴻)의 뒤를 따라다니던 제일 나이 어린 꼬마대원이었다. 후에 그를 화성의숙에 추천하였던 사람이 바로 양세봉이었다.

"원, 그럼 이종락의 9중대뿐만 아니라, 안홍의 6중대에도 공산주의자들이 이미 손길을 뻗쳤다는 소리 아니오?"

현익철은 너무 화가 나서 얼굴이 새파랗게 질릴 정도였다.

양세봉은 급기야 참모장 김학규를 불러 오광심과 함께 삼원보로 가서 차광수가 꾸리고 있다는 동성학교 특별반을 습격하였다. 그러나 오광심이 국민부에 알리러 갔다는 소식을 들은 차광수는 급히 총들을 모조리 감추었고 또 특별반(공산주의연구회) 학생들에게 나누어주었던 책자들도 모조리 거둬들이는 바람에 아무런 증거도 잡히지 않았다. 김학규는 비록 허탕을 치고 돌아왔으나 데리고 갔던 중대에서 한 개 소대를 남겨 오광심이 교편을 잡고 있었던 동명중학교와 여자국민학교를 지키게 하였다.

이것이 인연이 되어 김학규와 오광심은 후에 서로 사랑하는 사이가 되었고 오광심도 곧바로 조선혁명군 사령부 군수처로 이직하였다. 물론 그는 공산주의자가 아닌 민족주의 계열로서 조선혁명당에 가입하였고 최초의 여성 당원이 되기도 하였다. 오광심의 나이 19살 때였다.

1932년 '9·18 만주사변' 이후 두 사람은 양세봉을 따라 조선혁명군 유격대 및 한중연합 항일전에 참가했고 1940년 광복군 창설 때는 또 총사령부에서 사무 및 선전사업을 맡기도 하였다. 1948년에 한국으로 살아 돌아왔고 1976년까지 살았으며 사망한 바로 이듬해 건국훈장 독립장을 받았다. 물론 이것은 한참 이후의 일이다.

3. 왕청문 사건

김학규는 최창걸만 붙잡아서 돌아와 양세봉에게 보고했다.

"차광수가 귀신같이 증거를 감추는 바람에 비록 허탕을 치고 돌아오긴 하였지만 청총의 애들이 분명히 무슨 모의를 하고 있는 것은 틀림없는 것 같습니다. 대신 현장에 있던 최창걸이를 붙잡아서 데려오긴 했습니다마는 어찌나 빡빡 대드는지 일단 가두어 두었습니다."

"총만 몰수하고 풀어 주게."

양세봉은 생각 밖으로 최창걸에게만은 아주 관대했다.

"그럼 또 차광수 패거리들한테 가버릴 것입니다."

"창걸이가 문제가 아닐세. 이종락이 이놈이 뒤에서 사주하고 있는 것일세. 먼저 청총의 문제부터 해결하고 나서 부대 내부의 문제는 따로 한 번에 처리하겠네."

양세봉은 현익철이 최후로 내린 결정을 김학규에게 전달했다.

"일단 우리 정의부 계통의 젊은이들은 한번만 더 기회를 주기로 하고 이번에 남만청총과 통합하려고 몰려들고 있는 엠엘계의 빨갱이 녀석들부터 먼저 잡아들여서 일벌백계하기로 했네. 그러면 차광수네 패거리들은 물론이고 그 배후에 있는 어른들도 한 절반은 기가 죽게 될 것일세. 그 어른들의 이름은 내가 더 말하지 않을 것이니 참모장은 그냥 심중에 짐작만 하고 있으시게."

다음날, 양세봉과 김학규가 직접 파견한 대원들이 왕청문에 도착하였을 때는 남만주와 동만주 각지에서 온 청년들 40여 명이 최봉과 이태희의 주변에 몰려들어 한창 두 사람의 연설을 듣느라고 여념이 없었다. 그 청년들 속에는 물론 김성주도 최창걸도 들어 있었다. 왕청문에 도착한 대원들은 신속하게 청년들의 신변을 구속하려 들었다.

"형님들, 왜 이러세요?"

최창걸이 나서서 그들을 막아보려고 하였으나 특별히 선발되어 온 대원들은 소지한 총의 개머리판으로 최창걸부터 때려서 땅에 넘어뜨렸다.

"성주야, 빨리 뛰어라."

국민부 조선혁명당·조선혁명군의 간부회의가 열렸던 회의 장소

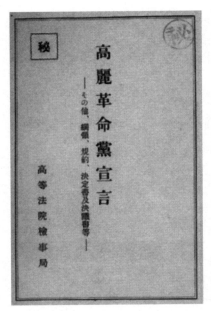
고려혁명당 선언

대원들의 얼굴빛에서 심상찮은 기운을 감지한 최창걸은 부리나케 기어일어나 김성주를 잡아당겼다.

"창걸 형, 저 사람들이 어떻게 이럴 수가 있어요?"

김성주는 너무 분하여 온 얼굴이 새파랗게 질렸다. 그는 최창걸이 말리는 것도 뿌리치고 달려드는 독립군 대원들의 앞을 가로막아보려고 하였으나 혼자의 힘으로는 역부족이었다. 격화되는 상황 속에서 최봉의 목소리가 왕청문을 메웠다.

"반동분자들과 싸우자!"

그의 선동이 젊은이들을 뒤흔들어 결국 일대 혼란이 일어나고 말았다. 쉬운 일로 여기고 덤벼들었던 독립군 대원들은 젊은이들의 반항에 하마터면 총까지 빼앗길 뻔했다. 격화되는 그들의 저항에 공포를 느낀 대원들은 결국 젊은이들을 계속 선동하는 최봉과 이태열에게 총격을 가했다. 그러나 그들 둘을 구하려고 총구를 가로막고 나서는 몇몇 젊은이들이 총에 맞고 뒤로 넘어지고 말았다. 피를 보는 사태에까지 이르자 주춤주춤하면서 함부로 덤비지 못하던 젊은이들이 모조리 덤벼들었다.

"야, 저 새끼다, 저 새끼가 총 쐈다. 죽여라."

누군가 소리치면서 앞장서서 덤벼들다가 또 뒤로 넘어졌다.

연이어 "탕탕"하고 총성이 울려 터졌기 때문이었다. 최봉도, 이태희도 모두 가슴을 움켜쥐고 쓰러졌다. 그들 두 사람을 몸으로 옹위하던 젊은이들 10여 명이 연거푸 쓰러지자 나머지 30여 명 젊은이들은 사방으로 흩어져 달아났으나 얼마 못 뛰고 대부분이 붙잡혔다. 김성주는 최창걸의 손에 이끌려 내뛰다보니 그나마도 무사하게 왕청문에서 빠져나올 수 있었다. 김성주는 그길로 이종락의 중대 막사로 뛰어갔다.

"형님, 큰일 났습니다."

그러잖아도 갑작스럽게 울려터지는 총소리를 듣고 불안해있던 이종락은 김성주가 뛰어오면서 소리치는 바람에 금방 알아차렸다.

"엠엘계 애들이 다쳤지?"

"엠엘계가 다 뭡니까! 거기 모인 청총 대표들을 다 죽였어요."

김성주는 헐떡거리면서 대답했다.

"그래도 넌 그나마 다행이구나. 너 여기 와있는 것을 알면 위원장이 너를 금방 부를게다."

"묵관(현익철의 호)선생님말씀인가요? 그가 저를 왜요?"

독립군이 직접 청총의 대표들에게 총을 쏘는 것을 자기 눈으로 보고 달려오는 길인 김성주는 너무 분하여 눈물까지 뚝뚝 떨구었다. 그는 이종락의 손을 붙잡고 울며 절규했다.

"형님, 어떻게 이런 일이 있을 수가 있습니까? 오동진 아저씨만 지금 여기 계셨어도 결코 이런 일은 생기지 않았을 거예요. 청총의 대표들한테 무슨 죄가 있단 말씀입니까? 그래 공산주의를 지향한다는 그것 하나 때문에 왜놈들도 아닌 자기 독립군한테 이렇게 죽어야 한단 말입니까?"

이종락은 김성주에게 시켰다.

"너 빨리 차광수한테 가서 알려라. 우리 동무들이 그러는데 광수가 사람들을 모아서 국민부에 행패를 부리려 오겠다고 한단다."

그러자 최창걸도 나섰다.

"중대장님, 저도 가겠습니다. 제가 가서 말리겠습니다."

"그래 좋다. 너도 같이 가서 꼭 막아야 한다."

이종락은 김성주와 최창걸에게 신신당부했다.

"여기 상황은 너희 둘이 직접 봐서 누구보다도 잘 알겠지만 위원장이 총까지 쏘라고 허락했고 이미 숱한 사람들이 죽었다. 상황이 이런데 무턱대고 와 봤자 바위에 달걀 던지는 격밖에 더 되겠니. 내가 거사할 때까지 조금만 더 참고 절대로 함부로 와서는 안 된다고 광수한테 전하거라."

김성주와 최창걸은 이종락의 9중대에서 나와 고산자 쪽으로 떠날 준비를 했다. 하지만 저 멀리서 똑바로 9중대를 향하여 오는 현익철 일행과 딱 부딪히고 말았다.

4. 현익철과 양세봉, 그리고 고이허

김성주는 꼼짝 못하고 현익철의 앞으로 가서 조심스럽게 허리를 굽혀 인사를 했다.

"현묵관 아저씨 안녕하세요?"

"성주냐, 네가 왕청문에 왔다는 소식을 들었다. 왔으면 와서 얼굴이라도 보여야 할 것이 아니냐.

변대우

왜 이때까지 여기저기로 숨어 다니면서 수상한 행동만 하고 지내는 것이냐?”

현익철은 자못 불쾌한 눈길로 김성주를 바라보고 있었다. 김성주는 급하게 대답하지 않고 다시 현익철의 곁에 있는 양세봉에게도 인사를 올리고 나서 가까스로 분을 참아가며 대꾸했다.

“청총 대표들에게 총을 쏘라고 지시한 것이 아저씨인가요?”

현익철은 찌르는 듯한 눈길로 자기를 쏘아보며 들이대는 김성주에게 무척 화가 났다.

“총을 쏘라고 했다니?”

“아저씨 왜 전혀 모른 척하고 이러십니까?”

김성주가 겁도 없이 바로 앞까지 들이대자 현익철은 수염을 떨기까지 했다.

“네가 버릇없이 컸구나. 내가 모른 척하다니? 그것이 말이 되는 소리냐?”

양세봉이 곁에서 김성주에게 권고했다.

“성주야. 위원장께 함부로 이렇게 따지고 드는 것은 도리가 아니다. 네가 뭔가 잘 모르고 있는 것 같은데 어제의 일은 엠엘계 아이들이 우리 혁명군의 총을 빼앗으려고 달려들다가 다친 거다. 장탄을 한 총구 앞에서 그렇게 겁도 없이 달려들면 불상사밖에 더 나겠느냐.”

김성주는 더는 참지 못하고 현익철과 양세봉을 마주대고 소리치다시피 했다.

“아저씨들, 그렇게 거짓말하는 것이 부끄럽지도 않으십니까. 어제 현장에는 나도 있었습니다. 나뿐인 줄 압니까? 창걸 형님도 같이 있었습니다. 어제 창걸 형님만 아니었으면 나도 다른 동무들이랑 같이 총에 맞아 죽었을지도 모릅니다.”

이렇게 따지고 드는 김성주의 눈에서는 불길이 타오르고 있었다. 현익철과 양세봉은 놀란 듯 무슨 말을 하면 좋을지 몰라 한참 머뭇거렸다. 이때 고이허(高而虛)가 나서서 김성주를 꾸짖었다.

“어린 아이가 겁도 없이 할 말 못 할 말 함부로 지껄여대는구나.”

국민부 안에서 대 이론가로까지 소문난 고이허는 이때 현익철 등이 장차 국민부의 차세대 지도자로 정성 들여 키우고 있었던

김근혁(김혁)

수재형의 독립 운동가였다. 그는 1902년생으로 김성주 보다는 10살 연상이었고 배재고등보통학교를 졸업했다. 본명은 최용성(崔容成, 崔龍成)으로 오가지 지방에서 농민 운동을 지도할 때는 비교적 공산주의적 성향의 이론가였으나 ML계와 반목하면서 점차적으로 공산주의자들 전체를 나쁘게 보게 된 인물이었다.

최일천과 승소옥 부부

"제가 드린 말씀에 무엇이 할 말이고 무엇이 못 할 말입니까?"

김성주는 이미 화가 날 대로 났는지라 계속 달려들었다.

"네가 오가자에서 하고 다닌 짓거리들을 내가 모르는 줄 아느냐? 청총의 엠엘계 아이들이 '몽치단'을 만들어가지고 올 여름에는 반석 지방을 모조리 쑥대밭으로 만들어 놓았고 요즘은 오가자의 '반제청년동맹'도 그자들 때문에 무척 속을 썩이고 있다. 그자들을 오가자에 끌어들인 것이 바로 차광수와 네가 한 짓이 아니고 뭐란 말이냐."

고이허는 김성주가 친형처럼 믿고 따라다니는 차광수에 대한 원한을 벼른 지 오래됐다. 오가자의 삼성학교 교원으로 활동하면서 '오가자 반제청년동맹'을 직접 만든 사람이 바로 고이허였는데 그는 오가자에서 농우회를 만들었고 또 농민 계몽 잡지 '농우'(農友)도 직접 발간하였으나 어느 날 그가 외출한 틈을 타서 차광수가 불쑥 자기의 친구 김근혁(김혁)을 데리고 와서 이 잡지를 편집하고 있었던 최일천(최형우)을 구워삶았던 것이다. 가방끈이 짧은 최일천은 일본 도쿄대학 유학생들인 차광수와 김근혁의 앞에서 주눅이 들 수밖에 없었고 잡지뿐만 아니라 농우회까지도 모조리 자기들 마음대로 '농민동맹'이라고 이름을 고쳐버렸다.

고이허와 친했던 오가자의 순박한 농민들은 차광수가 데리고 다니는 패거리들의 앞에서 기를 못 폈다. 들리는 소문에 의하면 그들이 바로 반석에서 올라온 '몽치단'이라고 수군덕거리는 사람들도 있었다. 실제로 '몽치단'은 반석에서 유하현으로 이동하였고 차광수가 활동하고 있었던 삼원보에 와서 현지의 중국 경찰들과 손을 잡고 자기들의 눈에 거슬리는 국민부 계통의 간부들 여럿을 밀고

하여 잡아가게 만들기도 하였다. 차광수는 고이허의 오가자 반제청년동맹 위원장을 제명하고 그 자리에다가 최일천을 추켜세우는가 하면 소년학우회를 소년탐험대로 이름을 고치고 김성주를 대장에 임명하기도 하였다.

'남만참변'이 발생하였을 때 고이허가 김진호, 변창근 등 민족주의자들과 함께 죽을 둥 살 둥 모르고 일하여 만들어냈던 이상촌 오가자는 이미 새빨갛게 물들어 있었다. 비록 그 자신도 이론이나 이념상으로는 상당히 진보적 경향을 띤 사람이었으나 중국 경찰들한테까지 같은 조선인들을 밀고해가면서 자기들의 목적하는 바를 달성하려는 행위에 혐오를 품게 된 것이었다. 때문에 그는 현익철이 ML계 청총 간부들을 일벌백계하려고 하는 데 그 누구보다도 적극적으로 동참하고 나섰다. 어쨌든 고이허는 기회를 잡았다는 듯 김성주에게 하나하나 따지고 들었다.

"내가 너같이 어린 아이한테 이렇게 하는 것이 도리가 아닌 줄을 안다만은 그동안 너희들이 오가자에서 하도 고약한 짓들을 많이 했기로 한번 따져보겠다. 농우회는 왜 제멋대로 농민동맹으로 고쳤느냐? 소년학우회는 왜 소년탐험대로 고쳤느냐? 우리 민족주의 자치조직인 '요하농촌공소'도 누구의 허락을 받고 함부로 '자치위원회'로 바꿨던 것이냐? 깡패무리들인 '몽치단'을 끌어들여 밤에 민족주의 지도자들의 뒤통수를 때려 길바닥에 쓰러트리고도 모자라 '되놈' 경찰들한테까지도 민족주의 지도자들이 반란을 기도한다고 무고하여 잡아 가두게 만드는 등 짓거리들을 해오고 있는 것이 그래 너희들이 아니었단 말이냐?"

고이허가 청산유수같이 냅다 뿜는 동안에 김성주는 얼굴이 새빨갛게 질렸다.

"입은 비뚤어져도 말은 바른 대로 하라고 했습니다. '몽치단'이 한 짓을 어떻게 모두 우리한테 덮어씌웁니까?"

김성주가 가까스로 대들었으나 이번에는 현익철이 나서서 그를 꾸짖었다.

"에잇, 천하에 고얀놈 같으니라고, 저런 고얀놈 보게나."

현익철은 고이허가 하나 둘 열거해가면서 오가자에서 발생했던 일들을 성토하는 동안에 눈물까지 글썽해질 지경이 되었다.

"네가 다른 누구도 아닌 형직의 아들이 되어가지고 어떻게 이럴 수가 있단 말이냐?"

조선혁명당·조선혁명군의 본거지였던 왕청문 전경

현익철은 한탄하면서 양세봉과 고이허에게 말했다.

"이보시게들, 갑세. 저 녀석 글렀네."

5. '반국민부'파의 몰락

하죽(河竹) 현정경(玄正卿)

1929년은 김성주에게 있어서 참으로 다사다난했던 한 해였다.

김성주 본인의 기억에 따르면 "선진사상을 탐구해왔던 한 해"였다. 그가 말하고 있는 선진사상이란 두말할 것도 없이 마르크스·레닌주의였다. 그것을 입에 담고 다녔던 차광수, 김근혁, 박소심 같은 젊은 이론가들의 뒤를 따라다니면서 공산주의 운동을 어떻게 하는 것인지에 대하여 하나둘씩 배워갔던 한 해이기도 했다.

그들의 배후에는 국민부에서 현익철과 대립하고 있었던 '반국민부'파가 있었다. 그들은 대부분이 공산주의자들이었다. 그들은 이때 상당한 세력을 형성하고 있었다. 차광수 등 청총 계통의 젊은이들까지도 적지 않게 총과 탄약을 갖춰두고 있었을 뿐만 아니라, 왕청문 사건 직후 바로 제9중대장에서 면직된 이종락은 20여 자루의 총과 50여 명의 부하 대원들을 이끌고 독립군에서 탈출하여 나오기도 하였다.

이듬해 1930년 7월 이통현 고유수(伊通縣 孤楡樹)에서 이종락에 의해 조선혁명군(국민부의 조선혁명군 이름을 그대로 사용)이 설립될 때 그들은 이미 백여 자루 가까운 총을 보유하고 있었다. 더구나 농민들까지 수백 명씩 왕청문으로 몰려가 "국민부는 해산하라!"고 구호를 외쳐대는가 하면 과격해질 때는 돌을 던지고 총부리까지 겨눠들고 하는 일이 발생했다. 사태가 험악하게 돌아가는 것을 본 현익철은 양세봉에게 군대를 풀어 그들을 소탕하라고 명령하였으나 양세봉이 듣지 않았다.

"우리만 총을 가지고 있는 것이 아니고 저 사람들도 모두 총을 가지고 있습니다. 자칫 맞불질이 일어나면 쌍방에 다 같이 사상자가 나게 될 것입니다."

결국 현익철은 직접 나서서 암살대를 조직했다. 이 암살대에 의해 왕청문에 와서 항의하고 있는 농민들의 배후 주동자로 색출된 주하범(朱河範), 김창룡(金昌龍), 김이택(金利澤) 등 공산주의자 3명이 암살당했다. 그러자 공산주의자들도 바로 보복행동에 들어갔다. 그들은 왕청문을 습격했다. 국민부의 간부 김문거(金文擧)가 산 채로 잡혀 농민들이 모두 보는 앞에서 공개 총살당하는 일이 발생했다. 1929년 가을에 발생했던 "남만참변"에 이어 유혈사태가 끝없이 일어나자 국민부에서는 이때 완전히 공산주의자로 전향해버린 현정경(玄正卿)을 체포하고 그에게 경고를 주었다.

"같은 동포라고 더는 봐줄 수가 없소. 당신네들이 지금 벌이고 있는 행태가 보통 소란 정도가 아니오. 이것은 폭란이오. 빨리 멈추지 않으면 이제 우리는 중국 경찰에도 알리고 또 봉천성 당국에도 요청하여 당신네들을 제지할 것이오."

현정경은 김성주의 회고록 중 '잊을 수 없는 사람들'이라는 제목의 장에서 큰 비중으로 소개되고 있다. 김성주는 현정경의 아들 현균과도 친했고 또 1990년 봄에는 현균의 아내 김순옥까지 평양에 초청한 적도 있었다. 이는 김성주가 고유수에 갈 때마다 현정경의 집에서 자고 먹고 했기 때문이었다.

"현하죽(하죽은 현정경의 호) 선생의 집에서는 그때 나에게 입맛이 당기는 음식을 만들어 주느라고 있는 성의를 다하였다. 어떤 때에는 닭을 잡아주고 두부와 비지도 만들어주고 근(순)대국도 끓여주었다."

김성주가 이렇게 회고하고 있는 현정경은 1881년생으로서 본명은 병근(炳瑾)이며 호는 하죽(河竹). 평안북도 박천에서 태어났다. 공산주의자가 되기 이전에는 역시 민족주의 진영에서 알아주는 굉장한 활동가 중 한 사람이었다. 그는 1919년 3·1운동 후 만주로 망명하여 한족회(韓族會)와 서로군정서(西路軍政署) 등에 가담하여 항일활동을 전개하였고 이후 다양한 활동을 하며 위명을 떨치다가 925년 1월 정의부(正義府)가 조직되자 중앙위원장을 지내기도 했었다. 그런데 이듬해 1926년에 고려혁명당(高麗革命黨)이 조직되면서 공산주의자들과 접촉하기 시작하였고 얼마 안 되어 곧 전향하게 되었다.

이때 현익철 등과 반목하면서 국민부를 전복하려고 최선을 다했으나 결국 실패하고 중국 경찰에게 쫓기는 신세가 되고 말았다. 국민부 옹호파들이 국민부 반대파들의 우두머리 격인 현정경을 중국 경찰에 고발했기 때문이었다. 결국 현정경은 만주를 떠나 연안, 중경을 거쳐 활동하다가 1940년대에는 김구와 함께 민족해방동맹(民族解放同盟)을 결성하였으며 비록 공산주의자였지만 독립운동의 공로가 인정되어 한국에서는 1992년에야 그에게 건국훈장 독립장을 추서하게 된다.

이때 현정경과 함께 쫓겨난 사람들 가운데는 김성주의 화성의숙 시절의 군사교관 이웅(李雄)[17]도

───────

17. 이준식은 1900년 2월 18일 평안남도 순천에서 태어났다. 3·1독립만세운동 직후 중국으로 건너가 1921년 중국 곤명에 위치한 운남강무학교를 졸업했고, 이후 만주 대한통의부에서 활동하다 1924년 정의부 중앙위원에 선임되었으며, 1927년에는 군사위원장 겸 총사령관이던 오동진이 일제에 체포되자 그의 후임으로 정의부 군사위원장에 임명되었다. 1928년 만주지역 3부가 통합해 조직된 국민부의 군사위원장에 선임된 후, 1929년 국민부의 민족 유일당으로 조선혁명당이 창설되자, 이준식은 조선혁명당 중앙위원 및 산하 무장단체인 조선혁명군 참모장으로 활약했다. 민족진영 내부 노선 대립 등으로 만주지역에서 독립군 활

들어있었다. 이웅의 본명은 이준식(李俊植)으로 정의부 시절 오동진 수하의 가장 주요한 군사간부 중 한 사람이었다. 오동진이 체포되었을 때는 그의 후임으로 정의부 군사위원장을 맡기도 했다. 3부 통합이 이뤄지고 나서 이웅은 혁명군의 참모장을 맡을 정도로 주요한 위치에 있었으나 결국 조선공산당 만주총국과 중국 공산당 만주성위원회에 발길을 들여놓음으로써 천하에 날고뛴다는 이웅도 결국 국민부에서 쫓겨나고 말았다.

국민부 반대파들이 이처럼 몰락하게 된 데는 왕청문에 살고 있었던 한 중국인 부자의 작용이 컸다. 왕동헌(王彤軒)이라고 부르는 이 중국인 부자는 신빈현(新賓縣)의 경찰대대장을 사위로 두고 있었다. 그는 조선인 농민들이 수백 명씩 왕청문에 몰려와서 국민부에 대고 소리치고 돌을 던지는 것을 굉장히 불쾌해하고 있었는데 그러던 어느 날 현익철이 찾아와서 도움을 요청하자 흔쾌하게 승낙하고 바로 도와주었던 것이다.

왕동헌의 연줄을 통해 현익철은 직접 김학규와 장신규 등을 데리고 봉천성 당국에까지 찾아가 조선인들의 집거지역에서 소란을 부리고 있는 공산주의자들을 제지시키는 법령을 만들어 달라고 요청하기도 했다. 그러자 봉천성 당국에서는 기다리기라도 했다는 듯이 부리나케 응낙했다.

"공산주의가 만연하는 것을 방지하는 일인데 우리가 마다할 리가 있겠소. 당신네 조선인들의 사정은 조선인들끼리 더 잘 아니, 만약 조선인들 속에서 공산주의자들을 발견하게 되면 한시라도 지체하지 말고 우리 당국에 제보해주시오."

화성의숙 시절 김성주와 이종락, 박차석, 최창걸 등 젊은 청년들에게 군사지식을 가르쳤던 교관 이준식

동이 어려워지자 1931년 상해로 자리를 옮겨 중국군 고급장교로 복무했다. 1937년 중일전쟁의 반발로 대한민국 임시정부가 장사, 광주 등지로 이전하게 되었을 때 이준식은 임시정부 청사를 확보할 수 있도록 적극적으로 지원하였다. 그리고 1939년에는 임시정부 군사위원회 화북지구 특파단으로 서안에 파견되어 병사를 모집하고 훈련시키는 임무를 맡기도 했다. 이후 1940년 9월, 한국광복군이 창설되자 이준식은 총사령부 참모에, 같은 해 11월에는 제1지대장에 임명되어 활동하였으며, 1941년에는 한국광복군 제1징모분처 주임원으로 활동했다. 1943년 한국광복군 총사령부 고급 참모로 임명된 그는 같은 해 한국독립당 중앙집행위원에도 선출되기도 했다. 한국 정부에서는 항일 전선에서 무장투쟁을 전개한 이준식의 공로를 기려 1962년 건국훈장 독립장을 수여하였다.

육문중학시절의 김일성, 머리에 쓰고 있는 중학생 시절의 이 모자에는 '육문'(育文)이라는 쓴 마크가 달려있다.

6. '중동철로사건'

이때 만주의 실권을 쥐고 있던 장학량이 공산주의자들을 각별히 경계하고 있었던 데는 원인이 있었다. 1929년 5월 27일에 하얼빈의 러시아 총영사관에서는 원동지구의 공산당 국제간부대회가 조직되었는데 이 대회장이 장학량의 동북군 헌병대에 의해 습격당했다. 이때 대량으로 몰수되었던 비밀 문건에는 소련 공산당이 중국의 영토를 분할하기 위하여 중국 내 공산당의 비밀 조직들에게 지령하는 행동지침이 담겨있었던 것이다.

이에 앞서 1928년 7월 4일에 발생하였던 '황고툰 사건'에도 소련 공산당의 정보원들이 직접적으로 개입하였다는 사실이 최근에 속속 드러나고 있다. 제2차 세계대전이 끝난 뒤 전쟁범죄자로 국제재판소에 불려나왔던 일본군 대좌 가와모토 다이사쿠(河本大作)는 "내가 장작림을 폭살했다."는 자술서를 내놓은 바 있다. 하지만 판사들이 많은 시간과 정력을 들여 조사연구를 진행하였음에도 직접적인 증거를 확보할 수가 없었다. 결과적으로는 증거가 불충분하다는 이유로 이 사건 자체가 기각되고 말았다.

그렇다면 실제로 장작림은 누구에 의해 살해된 것이었을까? 소련이 해체되고 나서 세상 밖으로 드러난 '카게베'(KGB, 소련의 국가보안위원회)의 비밀문건에 의하면 이른바 '황고툰 사건'으로 알려진 장작림에 대한 암살 작전은 소련 공산당 수뇌부가 직접 지시하고 홍군군사정보국 중국부 특공인원들인 사레닌, 위너로프 등이 비밀리에 집행하였던 세기적인 암살사건이었다.

1924년 9월 20일, 장작림은 소련정부와 '중동철로조약'을 체결한다. 이때까지도 소련정부를 대하는 장작림의 태도에는 우호적인 데가 없지 않았다. 이 조약에 의해 중동철

러시아 아무르군구 독립병단으로 개편된 중동철로로호대가 할빈과 중동철로 연선에 주둔하고 있다

장작림(張作霖)

로는 중국과 소련이 함께 공동관할하기로 되어 있었으나 이 들해 1925년 12월 장작림은 마땅히 중동철로관리국에 바쳐 야 할 돈 1천 4백만 루블을 주지 않았 다. 이렇게 되자 중 동철로관리국 국장 이와노프는 철로운 수 부문에서 보관 하고 있었던 장작 림의 군수물자를 압류하였다. 결국

1926년 1월에는 이와노프가 장작림에 의해 체포되는 일 까지도 발생하였다.

장작림이 이처럼 기세당당하게 소련정부에 대항할 수 있었던 건 배후에 바로 일본이 있었기 때문이었다. 소련 정부에서는 이것을 두고 볼 수는 없었다. 실제로 1915년 에서 1925년까지 10년 사이에 장작림은 일본의 앞잡이 노릇을 하다시피 했는데 이는 일본의 근대화를 이용하여 자기의 세력을 확충하기 위한 방편이기도 했다.

드디어 장작림은 1926년 12월 1일에 공개적으로 '반 공선언'까지 발표하기에 이르렀다. 그리고 이듬해 1927 년 3월에는 하얼빈에 주재하고 있었던 소련정부 상무대 표처(商務代表處)를 수색하였고 4월 6일에는 북경 주재 소련 영사관을 습격하여 60여 명의 공산당원들을 체포 하였다.

러시아의 역사학가 프로코로프가 저술한『장작림 원수 의 죽음의 대해』에 의하면 소련 공산당이 장작림을 제거

위 사진은 소련홍군의 중국 침략 노선도. 아래 사 진은 1929년 8월, 북경에서 진행되었던 소련홍 군의 침략을 반대하는 중국 민중들의 데모

'무산계급의 조국 소련을 무장으로 보호하자'라고 쓴 중국 공산당 홍군의 구호

하기 위한 최종 결정을 1926년 8월에 내렸으며 군사정보국 중국부 특공인원 사레닌과 워너로프가 이 임무를 맡았다. 그들은 처음에 장작림의 관저 안에 지뢰를 매설하는 방법을 취하였으나 지뢰를 들여오는 과정에서 발각되어 운반책을 맡았던 브래드코프가 체포되어 실패하였다.

첫 번째 계획이 실패로 돌아간 뒤 스탈린은 원래 홍군 군사정보국에서 책임지고 집행하였던 이 임무를 직접 소비에트 정치보안총국 외사국에서 함께 책임지고 집행하여 반드시 성공하여야 한다고 지시했다. 결국 그들은 연구 끝에 1928년 7월 4일에 북경에서 심양으로 돌아오고 있었던 장작림이 탄 열차에 폭발물을 설치하는 데 성공하였다. 또한 일본군이 지키고 있었던 철로의 다리에다가도 폭발물을 설치해두는 등 이중으로 철저하게 대비하였다.

일본으로서는 마른하늘에 날벼락이 친 셈이었다. 소련정부 정보원들이 얼마나 철저하게 대비하였던지 일본군은 자체로도 조사팀을 꾸려 진상을 밝혀보려고 갖은 노력을 다했으나 아무런 실마리조차 찾아낼 수가 없었다. 결국 장작림을 제거해야 한다고 주장해오고 있었던 가와모토 다이사쿠 등 관동군 내의 소장파 군인들이 이 죄를 대신 덮어쓰게 되었던 것이다. 카게베의 비밀문서에 의하면 이때 장작림을 암살하는 데 참여했던 홍군 정보원들은 모두 영달을 누렸다고 한다. 하지만 장작림의 제거를 통해 소련 정부는 기대하던 어떤 결과도 얻을 수 없었다.

장작림의 사망 이후 만주의 실권을 이어받은 장학량은 국민당 장개석의 남경 중앙정부와 손을 잡았고 계속하여 중동철로선상의 여러 기차역과 관공서에 잠복한 소련 정부의 정보원들을 대대적으로 색출해나갔다. 이에 결국 잔뜩 화가 난 스탈린은 소련의 원동홍군으로 하여금 비행기와 탱크까지 동원하여 몽골과 닿아있는 찰란노이 지역을 점령하

1928년 7월4일 소련공산당이 파견한 정보원들에 의해 폭팔된 장작림이 탔던 열차, 일본군이 폭팔한 것으로 알려졌으나 실제로는 소련홍군 정보원들에 의해 폭팔된 것이 최근에 사실로 밝혀졌다

장학량(張學良)

게 하였고 1929년 9월 19일에는 흑룡강성의 수분하와 만주리를 점령하고 곧 이어 길림성의 수빈성까지 밀고 들어왔다. 이때 소련 홍군의 침략을 막아내느라, 동북군에서는 흑룡강을 수비하고 있었던 한광제(韓光第)의 제17여단이 거의 전멸하다시피 했다. 한광제 본인이 직접 달려 나가 육탄으로 소련 탱크를 막다가 죽었는데 그때 나이 33세였다.

그런 상황이었음에도 불구하고 중국 내의 공산주의자들은 자기 나라를 침략하고 있는 소련공산당에게 반대하기는 커녕 '무장으로 소련을 보위하자.'는 구호까지 외쳐가면서 적극적으로 협력하였다. 스탈린의 침공을 통해 장개석의 국민당 정부의 국가 통제력을 와해시킬 수 있는 좋은 기회라고 여겼기 때문이었다.

여기에 대놓고 반대한 공산당원은 진독수(陳獨秀) 한 사람뿐이었다. 이로 인해 진독수는 중국 공산당의 창건자였음에도 불구하고 아주 당 내에서 축출되고 말았다. 이때 한광제가 전사하고 그의 17

동북군 제17여단장 한광제(韓光第)

여단에서 8천여 명이나 소련 홍군에게 생포되는 바람에 장학량은 하는 수 없이 소련과 '하바로프스키 협정'(伯力協定)을 체결하고 전쟁을 멈추었으나 중동철도는 끝내 소련의 차지가 되고 말았다. 이것이 1929년 7월에 발생하였던 '중동철도사건'이다.

이 사건에서 중국의 공산주의자들은 진독수 한 사람만을 제외하고 모두 나서서 "성스러운 국제주의 의무"라는 이름을 내걸고 침략자를 지지하고 성원하는 일에 적극 참가하였다. 오늘날 따져놓고 보면 소련 공산당 역시 일본에 전혀 못하지 않는 침략자였고 그들에게 속아 넘어갔던 중국의 공산주의자들은 자기들의 역사에다가 지울 수 없는 영원한 오점을 남긴 셈이다.

진독수, 그는 유일하게 소련홍군의 중국 침공을 비판하였던 공산당원이었다

소련홍군의 침공을 맞아 싸우고 있는 동북군 제17여단의 병사들

중동철로사건' 직후 중국 영토로 침략해 들어오고 있는 소련홍군들

김성주까지도 회고록에서 "'중동철도사건'을 계기로 우리가 진행한 투쟁은 소련을 정치적으로 옹호하기 위한 국제적 투쟁이었다. 우리는 그때 지구상에 처음으로 수립된 공산주의 제도를 희망의 등대로 여기면서 그것을 옹호하기 위하여 싸우는 것을 공산주의자들에게 부과된 성스러운 국제적 의무로 간주하였다."고 고백하고 있기도 한다.

어쨌든 중국 경찰의 눈에 소련 공산당의 침략을 지지하고 성원하는 공산주의자들은 '조국도 민족도 다 팔아먹을 수 있는 악당'일 뿐이었다. 경찰은 이 악당들을 잡기에 혈안이 되어 있었다.

'중동철도사건' 직후, 중국 경찰은 길림시내 안에서 뿌려진 삐라들을 거둬들이면서 경찰의 힘으로만은 역부족이어서 길림독판공서(吉林督辦公署)의 경위대까지 동원하여 삐라를 뿌린 혐의자들을 같이 잡아들였다.

잡아들인 혐의자들은 대부분이 중학교 학생들이었으며 그 속에는 조선인 학생들도 적지 않았다. 동북육군 제682연대에서 소대장 노릇을 했던 적이 있는 중국인 축옥성(祝玉成)은 임무 집행 중에 부상을 당하고 제대하여 길림시에서 경찰로 근무했던 사람이다. 그는 이런 이야기를 들려준 적이 있다.

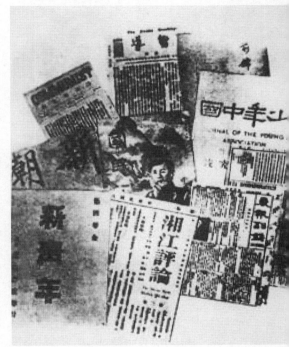

1920년대 말, 좌익들이 읽었던 진보서적

"우리 동북군이 8천 명이나 소련에 포로 되어 되찾지 못했던 때 공산당이 소련을 지지하는 삐라를 거리마다 뿌리니, 우리는 공산당이라면 치를 떨고 있었다. 점잖은 분들은 대부분 공산당을 한간, 매국노라고 욕했다. 삐라를 뿌리는 일은 대부분 중학교 학생들이 한 짓이었는데 그들의 배후에선 바로 공산당이 수작을 부리고 있었다. 때문에 일단 제보만 들어오면 우리는 그가 중학생이건, 소학생이건 하나도 놓치지 않고 모조리 잡아들였다. 나중에 잡아들인 사람이 너무 많아 구치소가 넘쳐 터질 지경이 되었다. 나중에 소학생들은 그들의 부모가 와서 보증을 서면 그냥 돌려보냈으나 중학생들은 함부로 내놓지 않았다."

그러한 사정이었던지라 방학기간에 집에 돌아갔다가 검거되어 길림으로 압송되어 온 학생들이 적지 않다.

김성주가 투옥되었던 길림감옥 내의 감방

7. 길림감옥

그런 분위기 속에서 김성주는 방학기간에 줄곧 이종락과 차광수의 사이에서 심부름을 다니다가 고유수에서 그만 중국 경찰들에게 붙잡히고 말았다. 경찰이 그의 신원을 조회하는 과정에서 그가 길림조선인소년회 회장이라는 사실이 밝혀졌다. 길림으로 압송된 뒤 그는 본격적인 심문을 받게 되었다.

"길림 5중의 '마르크스 독서회'에 너도 참가했지?"

김성주는 경찰들이 이미 자기에 대하여 알만큼 다 알고 있다는 것을 눈치채자 굳이 숨기려고 하지 않고 당당하게 나왔다.

"네. 참가했습니다."

"독서회에서 네가 맡았던 직책은?"

"아무 직책도 없습니다. 그냥 돌아가면서 좋은 책들을 나눠읽곤 했습니다."

"너를 독서회로 인도했던 사람은?"

"나를 인도했던 사람은 따로 없고 내가 다른 동무들을 많이 인도했습니다."

"주로 어떤 책들을 읽었느냐?"

"선진사상에 관한 책들이었습니다."

김성주는 경찰의 심문을 받을 때 대부분 다 자기가 한 짓으로 떠안았다.

"너를 인도한 사람이 따로 없다면 너는 스스로 찾아가서 참가했다는 소리가 아니냐?"

경찰은 계속 캐어물었다.

"너도 짐작하고 있겠지만 길림시내 안의 너희들 조직이 이미 다 드러났고 대부분 간부들이 반성문을 쓰고 돌아갔다. 우리는 너에 대해서도 이미 알 만큼 다 알고 있다. 다만 이렇게 다시 한 번 물어보는 것은 너에게 반성하려는 마음이 있는가를 보기 위해서다."

경찰이 아무리 어르고 다그쳐도 김성주의 입에서는 다른 비밀이 하나도 새어나오지 않았다. 그는 제법 대답을 잘하다가도 일단 중요한 대목이 되면 머리를 푹 떨어뜨리고 앉아 침묵으로 일관하거나 딱 모르쇠를 댔다. 그러다보니 경찰에게 뺨 수십 대를 얻어맞고 얼굴이 딩딩 부어오를 정도였다.

"아주 고약한 자로구나."

경찰은 재차 김성주에게 경고를 줬다.

"너 이러다가는 쉽게 풀려나가지 못할 것이다. 학교가 개학도 하였는데 빨리 돌아가서 공부도 해야 할 것이 아니냐."

경찰은 김성주가 제공한 '가족관계일람표'(家族關係一覽表)에 근거하여 무송현에도 조사관을 파견하였다. 조사관이 돌아와서 재차 김성주를 설득하려 했다.

"너의 아버지는 너의 나라를 독립시키려고 철저한 민족주의자로 생을 살다가 가셨지 않았느냐. 너의 어머니가 월사금이 비싼 육문중학교 같은 사립학교에 너를 보내놓고 학비를 마련하느라고 어떤 고생을 하고 있는지 너는 제대로 알고 있는 것 같지 않구나."

경찰은 김성주의 가장 아픈 곳을 찌르기도 했다. 아버지 김형직이 돌아가신 뒤로 그의 집 생활형편은 나날이 기울어져 가고 있었다. 어머니 강반석이 하루 종일 쉬지 않고 삯빨래와 삯바느질로 품을 팔아 봐도 한 달에 3~4원 정도 버나 마나 한데 어린 두 동생 철주와 영주까지 키워야 하는 상황에 놓여있었기 때문이었다. 그나마도 삼촌 김형권이 형이 남기고 간 약방을 계속 운영하고 있어서 먹고 살아가는 데 별 지장은 없었으나 약방 역시 1년을 넘기고 나니 밑천이 바닥을 드러내고 있었

1930년대 길림감옥

강반석이 살고있었던 안도현 소사하의 농가

다. 경찰은 이와 같은 김성주의 집안 사정들을 낱낱이 대며 그를 설득하려고 했다.

"너의 어머니는 너의 월사금을 대느라고 하루에 5전이나 10전밖에 벌지 못하는 삯빨래와 삯바느질로 두 손이 다 부르터 있었고 너의 삼촌은 장가가려고 모아두었던 돈마저도 모조리 너한테 바쳤구나. 네가 만약 부모에게 효도하는 착한 아들이라면 이렇게 사회주의니 공산주의니 하는 나쁜 물에 젖지 말고 열심히 공부만 잘한다면 너의 어머니도 얼마나 기뻐하시겠느냐."

경찰은 어쩌면 진심으로 김성주를 동정했을지도 모른다. 어느덧 김성주의 눈에서는 눈물이 흘러내리고 있었다. 그는 억지로 참아가며 흐느끼기 시작했다. 경찰은 이때다 싶어 이금천, 차광수, 허소 등의 얼굴 사진을 김성주의 앞에 슬그머니 내밀었다.

"이 사람들 너도 만났던 적이 있지?"

"네. 이 형님은 저도 압니다."

김성주는 이금천의 사진은 전혀 모르는 사람처럼 스쳐 지나고 유독 차광수의 사진만을 짚어 보이면서 넌지시 대답했다.

"삼원보에서도 봤고 고유수에서도 봤습니다. 제가 이번에 고유수에서 며칠 있을 때 이 형님이 그곳 농민들이랑 같이 일도 하고 이야기도 하고 그러는 것을 여러 번 봤습니다."

김성주는 눈물을 훔치고는 제법 정색해서 대답했다. 경찰은 끝까지 넘어오지 않는 김성주를 노려보기 시작했다.

"한 번만 더 기회를 주겠다. 길림 거리에 삐라를 내다붙이라고 너희 소년회에 시켰던 사람이 누군지, 어디 있는지만 말해 주면 너는 바로 내일부터 학교로 돌아갈 수가 있다."

김성주는 계속 잡아뗐다.

"진짜로 제가 아는 것이 있으면 다 대답하겠지만 정말 아는 것이 없는데 뭐라고 대답합니까. 아무렇게나 지어내고 꾸며댈 수는 없잖습니까."

결국 경찰 쪽에서 먼저 손을 들고 말았다.

"곱상하게 생긴 녀석인데 질기기는 쇠심줄보다도 더 질기군."

김성주를 취조하였던 경찰 둘이 자기들끼리 주고받았다.

"아무래도 이 자의 안건은 다시 만들어야 할까봐. 그냥 소년회 활동이나 벌이고 거리에 삐라나 내다붙인 정도로 죄행을 경미하게 만들어줄려고 했는데 그래 봐야 고마움을 모르는 작자야. 이자가 공산당의 청총 출신이고 간부급들의 모임에도 불려갔던 것을 보면 결코 쉽게 다스릴 안건이 아닐세."

이렇게 되어 17세밖에 되지 않았던 김성주에게는 진짜 "빨갱이"의 딱지가 들러붙게 되었고 그는 육문중학교에서도 퇴학을 당하고 말았다.

8. 축옥성의 이야기

김성주는 길림감옥에서 꼬박 8개월 동안을 갇혀있었다. 풀려나올 때까지 그의 안건은 경찰의 손에서 미결수로 처리되었다. 만약 법원으로 송치되어 판결을 받았더라면 결코 쉽게 풀려나오지 못했을 것이다. 1991년에 평양에 왔던 손정도의 둘째 아들 손원태와 주고받았던 담화를 통하여 김성주는 그나마도 8개월 만에 길림감옥에서 풀려나올 수 있게 된 것은 손정도가 구출운동을 해주었기 때문이라고 회고하고 있다. 또한 회고에서는 김성주를 빼내오기 위하여 손정도가 당시의 동북변방군 부총사령관 겸 길림성 주석이었던 장작상(張作相)과도 직접 교섭하였던 것으로 장황하게 설명하고 있지만 이러한 김성주의 회고는 사실 신빙성이 떨어진다.

물론 경로가 꽉 막혀있었던 것은 아니었을 것이다. 당시 길림성장공서(吉林省長公署) 공안서(公安署)에는 오인화(吳仁華, 尹衡柱)라고 부르는 조선인 경찰관이 근무하고 있었다. 그러나 유감스럽게도 오인화는 1931년 4월 16일, 봉천의 일본 영사관에서 파견한 자객 김정길(金正吉)에 의해 암살되었다. 그 외다른 어떤 사료에서도 그의 이름을 발견할 수가 없었다.

대신 중국인들 가운데서 축옥성(祝玉成)이라고 부르는 길림 경찰 출신의 연고자 한 사람이 이때의 일을 아주 자세하게 설명했다. 비록 축옥성은 김성주에 대하여 전혀 기억하고 있지

축옥성(祝玉成)

풍점해(馮占海)

못하지만 그는 공산당 혐의로 잡혀 와서 갇혀있었던 학생들이 60여 명 가깝게 있었고 구금된 시간이 제일 긴 학생들은 이미 1년을 넘기고 있었다고 증언했다. 8개월째 구금 중에 있었던 김성주 역시 비교적 긴 시간동안 갇혀 있었을 것이다. 그러나 이때 극적인 반전이 하나 일어나게 된다. 그것은 그들과 함께 구속되었던 학생들 속에서 정씨 성을 가진 중국인 학생 하나의 어머니가 행방불명된 줄 알았던 아들이 길림감옥에 갇혀 있다는 사실을 알고 달려오면서 시작되었다.

축옥성의 증언에 의하면 정 씨는 산동성 일조현(日照縣)에서 태어났으며 그의 아버지는 일본에서 유학할 때 손중산(손문)과 만난 바 있고 장개석과도 친하게 지냈던 사이라고 한다. 이러한 연으로 정 씨의 어머니가 남편의 친구인 당시의 국민당 행정원장 담정개(譚廷愷)를 찾아가 장학량과 만나게 해달라고 연줄을 놓았던 것이었다.

"아이들이 멋도 모르고 공개적으로 소련 공산당의 중국 침략을 옹호하고 다녔습니다."

"아이들을 배후에서 사주한 공산당만 잡으면 되지, 아이들까지 잡아 가두고 이렇게 오랫동안 풀어 주지 않으면 어떻게 합니까? 저는 새파랗게 어린 저의 아들이 저보다 먼저 죽게 되는 일이 있을까봐 무섭습니다. 학생들이니 놓아 주십시오."

"제가 알아보겠지만 아마도 정 여사의 아들 한 사람만 내놓고 안 내놓고 하는 문제가 아닌 것 같습니다. 만약 가능하다면 그들을 모조리 놓아주도록 하겠습니다."

장학량으로부터 학생들은 모조리 놓아주라는 전보를 받은 길림성장 장작상은 두말없이 그대로 실행했다. 계속하여 축옥성은 장작상에 대한 이런 이야기도 들려주었다.

"나는 경찰이 되기 전에 풍점해(馮占海)의 길림독판공서 경위탄(연대)에서 소대장이 되었는데 길림성장 장작상이 바로 풍점해의 매부였다. 풍점해가 항일영웅이 될 수 있었던 데는 장작상의 영향이 컸다. '9·18 만주사변' 직후 길림에서 제일 먼저 일본군에게

장작상(張作相)

대항하였던 장작상은 '길림항일제일인'(吉林抗日第一人)으로 불렸다. 때문에 일본에 대항하여 싸우고 있었던 조선의 독립지사들이 길림 경내에서 활동하고 있는데 일본인들이 아무리 항의해도 듣는 둥 마는 둥 했고 가능하면 많은 편의를 봐주려고 했다. 또한 그는 비록 동북에서는 크게 성공한 군인이었지만 출신은 빈농으로 어렸을 때 사숙에서 공부를 하였기 때문에 길림성장이 된 뒤에는 바로 오늘의 길림대학을 직접 세우기도 했다. 때문에 장작상은 학생들에 대해서 비교적 관대했으며 장학량이 학생들을 놓아주라는 전보를 보내오자 부리나케 미결수들뿐만 아니라 이미 판결 받고 징역을 살고 있었던 학생들까지도 대부분 감형해서 내보냈다."

이런 증언에 비추어 볼 때 김성주의 "내가 감옥에서 고초를 겪고 있을 때 손정도 목사가 장작상에게 뇌물을 먹이면서 청원운동을 펼쳐 나를 석방시켜줬다."는 회고가 장작상 같은 사람들에게 일괄적으로 '반동군벌'로 낙인을 찍고 하나같이 모두가 탐욕스러웠으며 백성들을 못살게 굴었다는 식으로 매도하던 시대의 이야기더라도 그와 같은 큰 인물이 한 가난한 조선인 목사에게서 뇌물을 받아먹었으리라는 말을 믿기는 어려운 부분이다. 하물며 손정도[18]에게 들고 갈 뇌물이라고 할 만한 재산이 어디에 있었겠는가.

---

18. 손정도(孫貞道, 1872년 7월 26일 ~ 1931년 2월 19일)는 한국의 독립운동가, 감리교 목사이다. 대한민국 임시정부 임시의정원 의장과 교통부 총장으로 활동하였다. 아들은 훗날 대한민국 해군 창군 주역이자 해군 제독으로 지낸 손원일이다. 윤치호 일가와는 사돈으로, 윤치호의 이복 동생 윤치창이 그의 맏사위였다. 자는 호건(浩乾), 호는 해석(海石), 문세(文世)이다. 평안남도 출신이다. 1872년 7월 26일 평안남도 강서군(江西郡) 증산면(甑山面) 오흥리(吳興里)에서 손형준(孫亨俊)과 오신도(吳信道)의 장남으로 태어났다. 그의 출생년도는 확실하지 않아 1872년생 설, 1881년생 설, 1882년생 설이 있다. 유교가문에서 태어났으며, 부유한 환경에서 성장했는데 손정도의 아버지 손형준은 전통적인 유림인사였으며 강서 지방에서는 명성이 높은 부농이기도 했다. 유년기에 서당에서 한학을 수학했고, 1888년 사숙(私塾)에 입학하여 한학(漢學)을 수학하였으며 관리 지망생이었다. 1895년 23세에 중매로 고향 이웃 아저씨인 박용(朴鏞)의 첫째 딸 박신일(朴信一)과 결혼하였다. 박신일에게서 장녀 진실(眞實, 다른 이름은 원미. 元美), 차녀 성실(誠實), 장남 원일(元一), 차남 원태(元泰), 삼녀 인실(仁實)이 태어났다. 1902년 과거 시험에 응시하기 위해 평양으로 가다가 날이 저물어 한 가정에 투숙하게 되었는데 바로 그 집이 조씨 성을 가진 목사 댁이었다. 그 날 상투 틀고 갓을 쓴 손정도는 조 아무개 목사로부터 신학문, 서구문화, 기독교에 대한 소개를 받고 유교에서 기독교로 개종하였다. 기독교로의 개종을 결심한 그는 조 목사에게 부탁하여 상투를 자르고 고향 강서군으로 귀향하였다. 유교가정에서 태어난 손정도는 집안 대대로 모셔온 조상의 신주를 매장하고 사당을 부숴 버렸다. 사당을 철거한 이 일로 그는 친족들에 의해 패륜으로 낙인찍히고 신변의 위협을 당하게 되었다. 결국 어머니 오신도가 새벽에 그를 깨워 잠옷 바람으로 빼돌려 야간도주를 하게 되었다. 손정도는 고향에서 도주하던 날 밤 하늘에서 "도망가라 도망가라"는 성령의 음성을 들었다고 한다. 그는 즉시 아내 박신일을 대동하고 조 목사를 찾아갔고, 조목사를 통해 평양주재 개신교 선교사인 문요한(John Z. Moore:1874-1936)을 소개받고 면담하였다. 문요한과의 상담 후 문요한은 그를 비서 겸 한국어 선생으로 채용하고, 동료 선교사들에게 추천하여 숭실중학교에 추천, 입학을 주선해 주었다. 손정도는 숭실중학교 5회로 입학하였다. 숭실중학교에서 그는 동기로 조만식, 선우혁 등을 만났다. 숭실중학교 재학 중 중학교 선배인 김형직과도 두터운 친분관계를 형성했다. 김형직은 후일 조선민주주의인민공화국의 지도자 김일성의 생부였다. (자세한 경력은 차례-주요인물 약전에서 참조바람)

제5장

'붉은 5월 투쟁'

운명에 겁내는 자는 운명에 먹히고
운명에 부딪치는 사람은 운명이 길을 비킨다.
대담하게 나의 운명에 부딪쳐라.
그러면 물새 등에 물이 흘러 버리듯
인생의 물결은 가볍게 뒤로 사라진다.
—비스마르크

1. 후생가외(後生可畏)

조선인 농민들의 폭동에 의해 파괴된 두도구 조선인 민회

김성주가 길림감옥에서 8개월을 보내고 있는 동안 세상은 또 한 번 크게 끓어오르고 있었다. 1929년 11월 3일, 전라남도 광주시내에서 빚어진 한일 중학생 간 충돌이 11월 12일 광주지역 학생들의 대형 시위운동으로 번졌고 호남지역을 거쳐 서울을 비롯한 전국 각지로 확산되고 있었다. 이듬해 1930년 3월에는 드디어 만주벌에 위치한 간도 등지로까지 그 불길이 뻗쳐왔다.

이 무렵, 코민테른 12월 테제에 의해 만주에 있던 조선공산당의 각 계파 내에서 적지 않은 당원들이 1국 1당주의 원칙에 따라 이미 중국공산당으로 적(籍)을 옮기고 중공당 만주성위원회의 지도를 받고 있었다. 그러나 이때의 만주성위원회도 1927년 10월에 정식 성립된 이래로 1930년에 이르는 불과 3년도 되나마나한 사이에 5차례나 파괴

당하고 역대의 위원회 서기였던 등화고(鄧和鷉), 진위인(陳爲人), 유소기(劉少奇) 이자분(李子芬), 진담추(陳潭秋) 등 주요 지도자들이 계속 체포되었다. 형편도 좋지는 않았다.

1927년 5월, 중국 공산당 제5차 전국대표대회에서 중앙위원으로 선출되었던 유소기가 1929년 여름 만주성위원회 서기로 파견 받아 나왔는데 그는 위원회 모임에서 오성륜(吳成崙)[19]의 소개로 박윤서(朴允瑞)와 진공목(陣公木), 왕경(王庚, 文甲松) 등 조선인 공산당원들과 마주 앉았다. 회의를 시작하자 유소기가 먼저 말을 꺼냈다.

"오늘 특별히 조선인 동지들을 따로 부른 것은 다음과 같은 문제를 의논하기 위해서입니다. 당 중

---

19. 오성륜(吳成崙, 1898년 ~ 1947년)은 조선의 사회주의 계열 독립운동가이다. 무정부주의 독립운동단체인 의열단의 단원이었던 그는 김익상, 이종암과 함께 1922년 3월 상하이의 황푸탄 부두에서 일본 육군대장 다나카 기이치(田中義一)암살시도사건에 참여했다. 하지만 탄환이 빗나가는 바람에 계획은 실패했으며, 일본영사관내의 감옥에 갇혔다. 이때 같이 수감된 일본사람 다무라의 아내의 도움으로 가까스로 탈출한다.상하이에서의 일본인 대장 암살이 실패하자, 오성륜은 모스크바로 건너가 동방노동자공산주의대학에서 공부하였는데 이는 무정부주의에서 공산주의로 이념을 바꾸었기 때문으로 추정된다. 1923년에는 고려공산당의 집행부대 성격을 가진 적기단에 가담했으며, 이듬해에는 중국 국민당과 중국 공산당간의 좌우합작으로 운영되던 황푸군관학교에서 교관으로 활동한다. 하지만 1927년 중국공산당의 광저우점령사건인 광동코뮌 가담으로 광동의 하이루펑 소비에트로 활동지역을 옮겼다. 이듬해 하이루펑 소비에트가 붕괴되면서 1929년에서 1930년 사이에 만주의 지린성 판스현에서 활동했다.이는 중국 공산당의 지시에 의한 것이었다. 조선사람인 오성륜의 중국 공산당에서의 활동은 1930년 코민테른에서 중국공산당은 만주내 조선인 공산주의 단체들을 흡수하라고 지시, 조선의 공산주의자들이 중국 공산당에 가입한 시대상황 때문이었다. 1931년 오성륜은 중국공산당 만주성위원회 판스현위의 무장조직인 적위대

유일하게 전해지고 있는 오성륜의 사진

(赤衛隊)를 결성하였는데, 후에 동북항일연군의 모태가 되었다. 이때 그와 만주성위의 서기 나등현은 일제를 적으로 규정해야 한다고 보았으나, 중국 공산당에서 이를 인정하지 않음에 따라 중국인 지주들을 상대로 계급혁명을 벌였다. 하지만, 지주들의 저항으로 계급혁명은 실패했고, 오성륜은 적위대를 노농반일의용군으로 개칭했다. 또한 일제에 대항하는 비적인 상점대와 연합했으나,내부에서 항의가 있어서 조직이 분열되고 말았다. 이에 대해 만주성위에서는 중국인인 양징우를 대표로 파견, 지도기관 개조를 시작한다.(1932년 11월). 양징우는 의용군과 상점대의 분리를 항일운동 지속을 위해 거부하는 오성륜을 판스현 당대회에서 비판과 함께 반석현위 서기직에서 해임시켰다. 중국공산당에서 사회주의계 독립운동가로서의 뜻을 펼칠 수 없게 되자, 그는 1934년 11월 7일 동북인민혁명군 제1군의 제2사 정치부 주임으로 활동하였다. 동북인민혁명군은 남만주의 공산주의계 무장단체를 통합한 연합무장단체이다. 1935년 코민테른에서 계급혁명노선에서 반제국주의 인민전선전술로 활동방향을 바꾸면서 재만한인조국광복회를 1936년 6월에 결성한다. 또한 동북항일연군 제1로군 군수처장으로 승진하였으나, 동북항일연군은 일본의 겨울진압전과 집단수용시설인 집단부락 건설로 인한 민중들의 지원단절로 세력이 약화졌으며 오성륜 자신도 포위당한다. 결국 1941년 1월 항복하였으며 일본에 협력하고 말았다. 그래서 일본이 패망한후 팔로군에게 처형당한 것으로 잘못 알려지기도 했다. 하지만 그는 1947년 네이멍구 자치구에서 병사하였다. 오성륜의 사회주의계 독립운동가로서의 업적이 김일성의 업적으로 둔갑하여 조선민주주의인민공화국에서는 이를 근거로 김일성이 조국광복회를 결성했다고 기록해 왔다는 주장이 있다. (자세한 경력은 차례-주요인물 약전에서 참조바람)

앙에서는 다가오는 5월 30일, 5년 전 상해에서 발생하였던 1925년 '5·30폭동' 5주년을 기념하여 대대적인 무장폭동을 일으킬 것을 지시하고 있습니다. 여기에 우리 만주의 조선인 동지들도 모두 궐기하여 함께 동참할 수 있는 방법이 없겠는가, 해서 한번 함께 의논해보자는 것입니다."

오성륜과 박윤서, 진공목은 이구동성으로 호응해 나섰다. 기회도 좋았다. 박윤서가 능란한 중국 말로 간도의 정세를 설명했다.

"작년 12월부터 우리 조선에서는 경성과 평양, 함경도 등지에서 동맹휴학에 들어갔고 올해 접어 들면서부터는 간도에서도 학생들이 들고 일어나자고 떠들고 다니기 시작합니다. 그런데 학생들만 가지고는 안 되니 아무래도 농민들을 불러일으켜야 합니다. 이미 두 달 전에 우리는 '3·1운동 11 돌'을 기념하는 대중시위를 한바탕 벌였고 아직도 그 여파가 채 가시지 않은 상태로 있습니다. 우리 가 빨리 행동하면 5월 30일까지 계속 그들의 열정을 불러일으킬 수가 있습니다."

유소기는 오성륜, 진공목, 박윤서, 왕경 네 사람을 만주성위원회 소수민족위원회 사업위원으로 임명하고 사업 분공을 하였다. 왕경은 중국 공산당 동만특별지부 서기로 임명되었고 박윤서는 만 주성위원회 순찰원의 신분으로 먼저 동만으로 내려가 왕경을 도와 빨리 '5월 투쟁 계획'을 제정 하고 또 토지혁명과 함께 소비에트 정권을 건립할 준비를 해나가야 한다고 결정하였다. 이때 오 성륜은 남만주로, 진공목은 북만주로 파견되었으나 북만주로 나갔던 진공목은 배겨나지 못하고

1930년 5월27일만주에서 처음 성립되었던 소비에트정부, 중공당 연화중심현위원회가 직접 영도했다

돌아오고 말았다. 봉천에서 회의를 마치고 장춘에 들려 기 차를 바꿔탈 때 박윤서는 갑자기 왕경에게 말미를 구했다.

"내가 고유수에 들려서 잠깐 만나 볼 사람이 있어서 하루 나 이틀 늦어서 내려가겠소."

왕경은 금방 알아차리고 반색했다.

"아, 한별 동무가 부탁하던 그 김성주라는 애를 만나려 는 겁니까?"

박윤서 역시 한별 못지않게 김성주에 대한 인상이 좋았다.

"나이는 어리지만 아주 똑똑하고 다부진 애인데 잘 키 우면 아마도 큰 인물이 될상 싶어서 우린 지금도 그 애를 잊지 않고 있다오."

"글세, 한별 동무도 그렇게 종종 이야기하더라구요."

1930년대 간도일본총영사관

박윤서와 왕경이 봉천으로 떠날 때 한별이 문득 찾아왔다.

"윤서 동지, 전에 제가 영안에 데리고 갔던 김성주란 애를 기억하고 있습니까? 김철(김창민) 동무가 화전에서 발견하고 키워왔던 애 말입니다."

"아. 생각나오. 근데 난 그때 정의부 계통에서 후원하는 애라고 들었던 것 같은데. 갑자기 그애는 왜서 찾소?"

"이동선이 어디서 듣고 와 그러는데 그 애가 지금은 우리 공산주의의 젊은 계승자로 아주 잘 성장하였다고 합니다."

한별은 박윤서의 손을 잡고 사뭇 절박한 심정으로 부탁했다.

"난 지금 믿고 일을 시킬 수 있는 사람이 필요합니다. 따져보니 그 애도 이제는 나이가 스무 살 가까웠을 것 같습니다. 작년에 길림에서 학생운동을 하다가 붙잡혀 길림감옥에 수감됐는데 얼마 전에 석방되었다고 들었습니다. 내가 계속 그 애 소식을 주시해오고 있는데 그 애가 지금 고유수에서 활동하고 있다고 합니다. 국민부에서 이탈해 나온 이종락의 조선혁명군 대원으로 들어간 모양입니다. 그 애를 동만주로 데려와서 일을 시켜보고 싶습니다."

한별에게 김성주의 소식을 전해준 사람은 동만주의 학생연합회 책임자 이동선이었다. 이동선은 조선공산당 동만도의 선전부장을 맡고 있었던 한별의 부하였다. 이동선의 소개에 의하면 1927년부터 1929년까지 2년 사이에 길림시내 안에서 발생한 각종 학생운동의 배후에는 모두 중국 공산당원들이 활동하고 있었고 대부분의 조선인 학생들도 이미 중국 공산당에 소속되어 활동하고 있다는 것이었다. 어쩌면 이 학생들은 조공을 거치지 않고 직접 중국 공산당으로 흡수되었을지도 모른다는 이야기까지 나와서 한별 등은 한탄했다.

이동선

"후생가(後生可) 외(畏)라더니, 우린 아직도 중국 공산당으로 적을 못 옮겼는데 이 애들은 바로 중국 공산당에 입당하는군요. 그만큼이나 순수하다고 해야 할 것 같습니다."

이때 한별을 중심으로 연길현 수신향 내풍동(오늘의 화룡시 동성진 명풍촌)에 몰려들어 다가오는 3월 1일 '3·1운동 11돌 기념 준비위원회'를 결성하고 있었던 장시우(조공만주총국 선전부장), 유태순(조공당 평강구역국 책임비서), 김창일(윤복송, 동만도 책임비서), 강석준 (동만도 조직부장), 이동선(연변학생연합회 간부) 등은 이번 운동을 성공적으로 조직해내어 중국 공산당에 들고 갈 첫 선물을 마련하려고 하였다.

"이번 투쟁에서 제일 성과가 좋은 사람을 선참으로 중국 공산당에 받아들이도록 하겠소."

박윤서가 내풍동에 올 때마다 입에 달고 다닌 소리였다.

2. 화요파와 엠엘파

화요파 계통의 조선공산당원들은 모두 박윤서를 무서워하였다. 박윤서는 엠엘파의 우두머리였다. 1926년 5월, 조선공산당 만주총국이 조직될 때 산하에 동만, 북만, 남만 3개 구역국이 섰는데 가장 세력이 크고 또 당원수가 많았던 동만도, 즉 동만구역국을 조직해낸 사람이 바로 박윤서였고 만주총국도 기본적으로 동만도 덕분에 체면을 유지하고 있었다. 그러다가 2 년 후인 1928년, 한별이 만주로 나오면서 만주총국은 엠엘파, 화요파, 상해서울파로 갈라지고 한별은 화요파의 대표적인 인물이 되고 말았다.

그러나 한별은 박윤서와 개인적으로는 아주 친했고 만나면 서로 호형호제하는 사이었다. 러시아에서 만주로 나올 때 박윤서의 소개로 오성륜과도 만나 얼굴을 익혔던 것이 인연이 되어 그는 동만의 중공당 재건사업에 직접 참가하였다. 그러나 한별의 부하들 가운데는 조선공산당의 해산을 동의하지 않는 사람들도 부지기수였다. 결국 그들의 사주를 받은 내풍동의 동네 아이들이 박윤서의 얼굴에 인분을 뿌리는 일까지 발생했다.

1980년대에 오늘의 화룡시 동성진 명풍촌 제7대에서 살았던 유태순의 아들 유재선이 회고하기를 어렸을 때 박윤서를 보았던 적이 있었는데 박윤서는 스탈린처럼 팔자수염을 길렀으며 러시아 사람들의 루바슈카를 입었고 긴 가죽장화를 신은 사람이었다고 이야기했다. 어른들이 사탕을 주면서 그 사람이 오면 그 사람의 얼굴에다가 오물들을 뿌리라고 해서 시키는 대로 했는데 그날 집에 돌아오니 그 사람이 자기 집에 와있더라는 것이다. 어쨌든 그렇게 박윤서는 내풍동에 들렸다가 동네 아이들한테 인분벼락을 맞고 내풍동의 공청간부 강만흥의 집으로 달려가 연신 구토를 하면서 욕설을 퍼부었다.

"에잇, 저질스러운 자들이로다. 당신네 화요파 당원들이 아무 것도 모르는 저 불쌍한 아이들한테 이런 몹쓸 짓을 하라고 시킨 게 아니오?"

한별은 내풍동에 있는 동안 줄곧 강만흥과 유태순의 집에서 번갈아가며 지내고 있었다. 그 말을 듣고 한별도 몹시 화를 냈다고 한다. 그는 당장 아이들을 데려다가 누가 시켰는가 따지려고 하였으나 박윤서가 말렸다.

또한 유재선은 이런 거짓말 같은 이야기를 들려준 적도 있었다.

"그분이 하루는 우리 아버지와 형님한테 돈 묶음을 건네면서 두도구에 가서 쌀과 돼지고기, 기름, 사탕, 과자 등을 아주 많이 사오게 하였다. 그것들을 여러 자루에 넣어서 묶어가지고는 내풍동 뒷산에 가져다가 숲속 여기저기에 던져놓고는 우리 형님한테 지키게 하였다. 밤이 되자 어떤 일이 발생했는지 아는가? 동네사람들을 모조리 모아놓고 공산당이 시키는 일을 하면 스탈린이 러시아에서 쌀과 기름, 고기, 사탕, 과자를 보내준다고 연설하는 것이었다. 그러면서 그동안 내풍동의 사람들이 모두 공산당의 말씀을 잘 들었

엠엘파와 화요파의 쟁탈지였던 해란강기슭의 평강벌

하죽(河竹) 현정경(玄正卿)

기 때문에 어젯밤에 이미 스탈린이 보낸 선물들이 뒷산에 도착했을 것이라고 해서 마을 사람들이 모두 뒷산으로 올라왔다."

후에 박윤서가 중국 공산당에서 출당 당할 때 그의 죄목 가운데엔 이런 방법으로 혁명군중들을 우롱했다는 내용도 들어있었다. 박윤서를 물고 늘어진 사람들은 두말할 것도 없이 화요파 계통의 당원들이 대부분이었다. 봉천으로 유소기와 만나러 떠나기 전에 미리 만들어놓았던 '5·1투쟁 행동 준비위원회'에 화요파 계통에서는 가장 대표적인 핵심인물 한별까지도 참가시키지 않고 모조리 자기 주변의 엠엘파들로만 조직하였기 때문이었다.

그러나 박윤서는 또 박윤서대로 이유가 있었다. '3·1운동 11돌을 기념하는 대중시위'를 너무 요란하게 벌이다가 한별 주변의 핵심 간부들이 한 번에 100여 명이나 간도일본총영사관에 검거되는 일이 발생했기 때문이었다. 그 중에 49명이 벌써 서대문형무소로 압송되었다. 이렇게 되자 한별과 박윤서가 중국 공산당 동만특별지부 서기 왕경의 앞에서 서로 네가 옳거니, 내가 옳거니 하며 다투게 된 것이었다. 이에 왕경이 그들 사이에서 말리고 나섰다.

"이번에 폭동준비위원회를 모조리 엠엘파 계통의 동무들로 조성한 것은 박윤서 동지의 책임도 있지만 미처 살피지 못한 나의 책임도 큽니다. 즉시 바로잡도록 하겠습니다. 제가 직접 수속 절차를 밟고 먼저 한별 동무부터 중국 공산당의 정식 당원으로 비준하도록 하겠습니다. 그리고 나와 박윤서 동무가 한별 동무의 입당소개인이 되겠습니다. 어떻습니까?"

그러자 한별은 한술 더 떴다.

"나 혼자만 먼저 입당하라는 말씀입니까? 저의 동무들이 백여 명이나 잡혀 들어갔습니다. 지금 겨우 10여 명밖에 남아있지 않습니다. 그들을 모두 당 밖에 내버려두고 나 혼자만 먼저 중국 공산당원이 되라는 말씀입니까? 결코 그렇게는 못하겠습니다."

박윤서도 '3·1운동 11돌을 기념하는 대중시위'를 준비하는 동안 화요파 계통의 간부들이 너무 많이 검거된 것이 마음에 걸렸고 또 한별에게 미안한 마음도 없지 않았다.

"좋소, 한별 동무, 나머지 동무들의 입당도 모두 함께 비준하도록 하지요."

왕경은 거물인 박윤서의 말이라면 대부분 다 들어 주었다. 기고만장해진 박윤서는 엠엘파 계통의 당원들이 몰려있는 농촌들로 찾아다니면서 제멋대로 중국 공산당원에 받아들이고 또 당 지부도 건립하고 했는데 연변당부 장인강 지부가 바로 그것이다. 그가 선포해놓고 가면 다시 그 뒤에는 한별이 쫓아와서 연변당부 장인강 지부는 동만특별지부의 비준을 받은 적이 없기 때문에 해산한다고 선포하고 박윤서에 의해 단체로 중국 공산당에 흡수된 당원들의 당원 자격을 정지시키기도 했다.

"중국 공산당의 조직원칙상 단체로 입당할 수는 없소. 반드시 개별심사를 거쳐 한 사람, 한 사람씩 비준됩니다."

그리고는 특위서기 왕경을 설득하여 이번에는 또 화요파 계통의 당원들을 먼저 받아들이니, 박윤서는 화가 나서 죽을 지경이었다. 그러나 한별의 일 처리 능력이 박윤서보다 훨씬 더 침착하고 또 치밀한 것을 본 왕경은 점차적으로 박윤서보다는 한별의 의견에 더욱 귀를 기울이게 되었다. 실제로 중국 공산당 정식 당원으로 비준이 되자 한별은 더욱 힘을 내서 일했는데 동만주 각지로 뛰어다니면서 당 조직을 건설하였고, 지부 아래에 소조를 조직하고 1, 2명의 소조원을 임명하는 등 세세한 일까지도 모조리 다 관계하였다.

이렇게 중국 공산당 삼도구 구위, 개산툰 구위, 평강 구위가 계속 탄생하였고 그들을 합쳐 중국 공산당 연화중심현위원회(延和中心縣委: 연길과 화룡 지방을 관장)가 성립되었다. 물론 이것은 1930년 '5.30 폭동' 이후의 일이다.

한편 박윤서는 봉천에서 돌아오는 길에 왕경과 헤어져 혼자 장춘에서 내렸다. 김성주를 찾아보기 위해서였다.

3. 조선혁명군 길강성 지휘부

그는 한별이 제공해주었던 단서에 따라 먼저 이종락과 차광수가 본거지를 틀고 있는 조선혁명군 길강성 지휘부로 찾아갔다. 장춘에서 길림 쪽으로 가는 마차가 있어 그 차에 앉아 오늘의 길림성 구태시(九台市) 남쪽 50여 리 밖의 카륜진(卡倫鎭)에 도착하여 한 여관을 찾아 들어갔다. 숙박을 잡고 나서 저녁을 사 먹고 있을 때 일가(一家) 같아 보이는 한 조선인 농민 부부에게 이말 저말 건네면서 조선혁명군에 대하여 들어본 적이 있는가 하고 물었

최창걸

다. 그랬더니 그 농민 부부가 땅이 꺼지도록 한숨을 내쉬는 것이었다.

"그분들이 너무 세금을 많이 받아가서 죽을 지경입니다."

"아니, 세금이라니요? 혁명군이 무슨 세금을 받는단 말씀이오?"

박윤서는 몹시 놀라 농민 부부에게 밥값을 자기가 대신 내줄테니까 자세하게 이야기해달라

1930년 당시의 고유수 카룬역 모습

고 졸랐다. 농민 부부는 조선혁명군이 카룬뿐만 아니라 고유수, 오가자 등지로 다니면서 무릇 조선 사람들이 살고 있는 동네들마다 하나도 놓치지 않고 모조리 들려 세금을 징수하는데 약속한 시간에 세금을 내지 않으면 잡아서 패기까지 한다는 것이었다.

"저런, 그러면 그게 강도가 아닙니까. 어떻게 혁명군이 이럴 수가 있단 말이오?"

박윤서는 이종락과 차광수를 별렀다.

'이런 못된 녀석들 봤나. 국민부에서 배워가지고 나온 짓거리들이라고는 이것밖에 없으니 참 오동진이하고 현묵관이 망신 다 시키는구나.'

농민 내외가 한 마디씩 더 했다.

"그분들이 사실은 국민부에서 쫓겨나온 사람들이라고 합디다."

"진짜 조선혁명군은 유하현 삼원보라는 곳에 따로 있다고들 하는데 세금 징수는 그분들도 다 같이 하는 모양입니다. 여기 카룬과 고유수의 혁명군이 세금을 더 험하게 징수해서 유하 쪽의 혁명군이 여기 혁명군을 잡으러 온다는 소문도 있고 한데 자세한 것은 잘 모르겠습니다. 어쨌든 그분들 세금징수 때문에 살아가기가 정말 힘듭니다."

박윤서는 아연실색할 지경이었다.

서강도와 인접한 압록강상류 모습. 한때 조선혁명 사령부가 압록강상류에서 멀지않은 유하현 삼원보에 자리잡고 있었다.

"진정한 조선혁명군이라면 자기 동족인 조선인들을 못살게 굴 것이 아니라, 돈 많은 중국 지주들과 부자들의 돈을 빼앗아야 도리가 아니겠소. 내가 이 사

람들을 만나면 단단히 혼찌검을 내줄 것이오."

박윤서는 그길로 조선혁명군 길강성 지휘부로 찾아갔으나 아무도 만나지 못하고 허탕만 치고 말았다. 이종락은 무기밀매상들과 만나러 장춘으로 가서 언제 돌아올지 모른다고 하고 차광수는 조선혁명군 길강성 지휘부 청년부장직에는 이름만 걸어놓고 주로 동성(東省) 조선인농민총동맹회의 일에 신경 쓰느라 농촌 각지로 돌아다니고 있다고 한다.

"그러면 김성주란 애는 지금 뭐하고 있느냐?"

백신한이라고 부르는 차광수의 부하 하나가 나서서 몰래 알려주었다.

"성주의 삼촌이 얼마 전에 와서 지금 고유수에 갔습니다. 아마 고유수에 가면 성주를 만날 수 있을지도 모르겠습니다."

김광렬(金光烈)

박윤서는 고유수에 도착하기 바쁘게 친구 현정경의 집으로 직접 찾아들어갔다.

"병근이, 날세."

고려혁명당을 조직할 때 두 사람은 서로 얼굴을 익힌 사이었다. 직접 현정경의 본명을 부르는 사람은 각별하게 친한 친구들 몇몇을 제외하고는 아무도 없었다. 현정경은 혁명당 안에서도 러시아파에 속했던 주진수, 이규풍 등의 소개로 박윤서와 만나 알게 되었고 그후 박윤서가 조선공산당 만주총국을 세우는 데서 크게 활약하여 간도 지방의 조선인들치고 만약 박윤서를 모른다면 그는 혁명가라고 불러줄 수 없을 지경까지 된 탓이었다.

"아, 박 형이 아니시오?"

"내가 김성주를 만나려고 왔는데 병근이도 그 애를 알고 있지요?"

"아니, 어떻게 박 형까지도 성주 그 애를 다 아십니까?"

현정경은 감탄했다. 그러나 그는 대뜸 박윤서의 손목을 잡고 부탁했다.

"박 형도 알고 있는 애라니, 성주 그 애를 부탁합니다."

"그 애한테 뭔 일이라도 생겼소?"

"참 아까운 애인데 그 애를 잘 인도할 수 있는 사람이 없습니다. 잘만 인도하면 장차 크게 성장할 수 있는 애입니다. 내가 그것을 보증 섭니다."

고려혁명군 동부지구사령관 김경천, 그는 '조선의 나폴레옹'으로 불리기도 했던 인물이다.

현정경은 김성주가 길림감옥에서 나온 뒤 이종락과 차광수의 조선혁명군에 와서 평대원이 되었고 매일같이 세금을 징수하러 다니고 있는 일을 이야기했다.

"애가 원체 사람됨이 진국인 데다가 무슨 일을 맡으면 죽을 둥 살 둥 모르고 항상 열심이니, 그게 좋은 일이면 좋겠지만 좋은 일이 아니라면 결과가 어찌 되겠습니까."

현정경의 하는 말을 듣고 박윤서는 머리를 끄덕였다.

"무슨 뜻인지 알겠소. 내가 그래서 한번 만나보려는 게요. 가능하면 내가 데리고 떠나겠소."

그들 둘이 주고받는 동안에 현정경의 아들 현균이 달려가서 김성주를 불러왔다. 그런데 조금 뒤에 박진영, 계영춘, 김이갑, 현대홍, 신춘, 최창걸 등 김성주의 친구들이 무더기로 몰려들어왔는데 그들은 모두 김성주에게서 러시아에서 오신 박윤서라는 분이 진짜 김일성 장군의 부하라는 소문을 들었기 때문이었다.

"선생님, 김일성 장군은 어떤 분이신가요?"

이렇게 되자 박윤서는 팔자수염을 쓰다듬으며 한바탕 자랑을 늘어놓았다.

"그분이야말로 우리 '조선의 나폴레옹'으로 불리는 분이시지. 나는 그분의 가장 사랑받는 부하 가운데 한 사람이었단다. 그분께서는 일본 육군사관학교를 최우등으로 졸업했고 일본의 천황까지도 그분을 알고 있었단다. 그때 조선총독이었던 데라우치 마사타케까지도 직접 그분을 찾아와 일본군의 장교로 일해달라고 사정까지 할 정도였지만 그분께서는 조선의 독립을 위하여 일본정부의 유혹을 헌신짝처럼 차 던지고 독립투쟁의 길로 나서셨단다."

그러다가 박윤서는 문득 김성주의 패거리들을 돌아보며 이렇게 물었다.

"그런데 내가 이번에 카륜에도 들리고 또 고유수까지 오면서 얻어들은 소문인데 너희들한테도 김일성이라는 이름을 사용하는 사람이 생겼다더라. 그게 누구냐?"

그 말이 떨어지기 바쁘게 "와"하는 탄성이 터져 나왔다.

"나 최창걸이만 알고 있는 일인 줄 알았는데 소문이 벌써 그렇게 새어나갔단 말입니까?"

김성주는 최창걸에 대해서 "그는 말할 때마다 '나 최창걸', '나 최창걸'하고 자기 이름을 3인칭에

놓고 말하기 좋아하는 사람이었다."고 회고하고 있다. 이종락의 직계 부하로 화성의숙 시절부터 이종락을 친형처럼 따라다녔던 최창걸은 자기의 친구 김성주를 혁명군에 끌어들였던 것이다. 그 외에도 김성주를 혁명군으로 인도하였던 사람들 가운데 바로 차광수가 있었다. 차광수는 자신의 단짝친구인 김근혁(김혁)을 혁명군의 선전부장으로 추천하였는데 김성주를 김근혁의 곁에 두어 그를 돕게 하려고 하였다. 그러나 정작 김성주의 마음은 다른 데 가 있었다.

"형님, 난 군사를 배우고 싶습니다."

"종락이가 너를 장차 자기 자신의 계승자로 키우고 싶어 하는 것 같던데."

차광수의 말에 김성주는 머리를 가로저었다.

"제가 같이 있고 싶은 사람은 종락 형님이 아닙니다."

차광수는 빙그레 웃어보였다.

"네가 마음속에 담아두고 있는 사람이 누군지를 알 만하다."

4. 세금징수 분대장

이렇게 되어 김성주는 조선혁명군 길강성 지휘부 군사부장 김광렬(金光烈)의 직계 부하로 들어갔다. 황포군관학교 교도대 출신인 김광렬은 김성주가 러시아의 '김일성'과 만주의 이준식에 이어서 세 번째로 존경하고 숭배하는 인물이었다. 이준식은 바로 그의 화성의숙 시절의 군사교관 이웅이었다. 이력을 보면 김광렬은 이종락보다 나이도 많았고 또 황포군관학교에서 군사까지 배웠을 뿐만 아니라 1921년에 중국 광주로 망명하여 중국 공산당이 주도하는 남창봉기(南昌蜂起)에까지 참가한 어마어마한 인물이었다. 말하자면 공산혁명의 대선배인 셈이었다.

그러나 이종락에게는 국민부에서 훔쳐가지고 나온 장총 30여 자루가 있었고 또 휘하의 대원 수도 김광렬에 비해 훨씬 더 많았다. 결국 사령관의 자리는 이종락의 차지가 되었고 김광렬은 군사부장이 되었던 것이다. 그때 이종락은 김광렬에게 이렇게 부탁했다.

"총을 사들이는 일은 제가 책임지겠습니다. 장춘에 밀매상을 하는 친구가 있으니 형님은 세금 징수를 서둘러서 돈을 마련해주십시오. 총을 구입하게 되면 형님이 흑룡강에서부터 데리고 나온 대원들에게 먼저 지급하겠습니다."

그래서 김광렬은 직접 나서서 세금징수분대를 만들었고 김성주를 분대장으로 임명했다.

박윤서는 듣고 나서 기가 막혀 한참 말도 못 했다.

"내가 길에서 만난 우리 조선 농민들이 너희들이 세금 징수하는 일을 이야기하면서 하늘같이 원망하더구나. 네가 그 우두머리였단 말이냐?"

이런 말을 듣자 김성주는 부끄러워 어쩔 줄을 몰라 했다. 그는 새빨갛게 달아오른 얼굴을 수그리며 진심으로 사과했다.

"죄송합니다. 선생님, 제가 생각이 짧았던 것 같습니다."

"그나마도 김성주라는 이름 대신에 네가 김일성이라는 이름을 지어서 사용했는 모양이구나."

"저는 하나 일자에 이룰 성자를 사용했습니다."

"알겠다. 그런데 차라리 별 성자를 사용했더라면 더 멋있었을 것을 그랬구나."

박윤서는 김성주가 김일성이라는 가명을 사용한 데 대해서는 칭찬을 아끼지 않았다.

"아주 잘한 거야. 한별의 별명이 원래는 하나 일자에다가 별 성자를 사용하는 김일성(金一星)이었단다. 그러나 러시아에서 만났을 때 내가 순수 우리말 발음으로 고치면 더 좋겠다고 권고했지. 그래서 한자로 쓸 때는 일성(一星)이지만 부를 때는 한별이라고 부르게 된 거란다. 그랬더니 동만주에는 또 그의 이름을 본떠서 '韓別儿'이라고 부르는 사람도 또 하나 생겼단다. 네가 이제부터는 슬슬 김성주라는 이름을 숨기고 또 다른 별명을 가지고 활동할 때가 된 거다."

한편 김성주가 세금을 징수하러 다니면서 자기 분대원들한테 분대장의 이름을 김일성(金一成)이라고 부르게 한 것은 삼촌 김형권의 권고를 받아들였기 때문이었다.

"네가 하고 다닌 짓거리들 때문에 너의 어머니와 내가 무송에서 얼마나 곤경에 빠졌는지 말로 다 할 수가 없구나. 세금 징수하는 일도 그렇다. 고유수나 카륜 지방 사람들 중 장백이나 무송 쪽에 친구나 친척이 없는 집이 어디 있느냐. 이번에 겨우 안도에 가서 자리 잡았는데 너의 소문이 또 거기까지 퍼져가는 날이면 정말 너의 어머니 처지가 어렵게 된다. 그러니 네가 김성주라는 이름 말고 다른 이름을 하나 지어서 사용했으면 좋겠다."

실제로 김형권은 무송에서 김성주 때문에 여러 번 골탕

가정집에 들어가 부당한 세금을 징수하려던 영국인 세금징수원이 쫓겨나고 있는 모습을 형상한 모사화

을 먹었다. 첫 번은 김성주가 화성의숙에서 돌아온 뒤 '반제반봉건투쟁'을 벌인다면서 중국 지주들의 집을 습격하고 다녔을 때였다. 그때도 이종락이 와서 뒷수습을 했기 때문에 무사하였지, 아니었다면 그때 벌써 중국 경찰들에게 잡혀 감옥살이를 했을지도 모를 일이었다. 다음 두 번째는 바로 그가 길림감옥에 갇혔을 때였다. 그가 학교에서도 퇴학당하고 또 감옥살이까지 하고 있다는 소문이 무송바닥에 쫙 퍼졌는데 이것이 원인이 되어 김형권은 몇 번 혼삿말이 오갔던 집으로부터 퇴짜 맞고 하마터면 장가도 못 들 뻔하였다. 그런 탓에 박윤서가 떠날 때 멀리까지 배웅 나왔던 김형권은 박윤서에게 자기의 속 타는 이야기를 들려주었다.

"저 애가 굴레 벗은 말처럼 온 세상천지로 나돌아 다니면서 하도 사고만 쳐대니, 저의 형수님이 참다못해 저를 여기로 보낸 것입니다. 제가 가까이에 같이 있으면 좀 살필 수도 있고 도움이 될지도 모르잖아요."

김형권의 걱정하는 말을 듣고 박윤서는 안도했다.

"허허, 자넨 쓸데없는 걱정을 하고 있네그려. 아니 어떻게 성주가 하는 일이 사고치고 있는 것이라고 보시나? 난 말일세, 이렇게 표현하고 싶네. 성주는 말일세, 어린 혁명가가 성장통을 앓고 있는 것이라고 보면 틀림이 없을 거네. 장차 두고 보시게, 오히려 삼촌인 자네가 조카한테서 더 많은 것을 배우게 될 걸세. 난 그날이 반드시 오리라고 믿네."

더불어 박윤서는 헤어질 때 몰래 김형권에게 귀띔했다.

"내가 쓸데없는 의심일지는 모르겠지만 국민부의 현묵관이를 조심해야 하네. 내 그 사람에 대해서 좀 얻어들은 바가 있네. 그 사람이 자네들이 하는 일을 절대 가만 두고 보지만은 않을 것일네. 성주한테도 각별히 신경을 써야 한다고 일러주게."

김형권은 박윤서에게서 들은 말을 김성주에게 전해주었다. 그랬더니 김성주는 "삼촌두, 남만청총 때 같았으면 우리가 당할 수밖에 없었지만 지금은 우리도 당당한 혁명군이고 또 김광렬 선생님 같으신 분이 우리의 군사부장으로 계신데 우리가 뭐가 두려울 것이 있습니까. 국민부에서도 절대 함부로 하지는 못할 것입니다."고 오히려 김형권을 위안하였다.

5. '5·30 폭동'과 중국 공산당 예비 입당

얼마 후, 김성주는 장춘에서 돌아온 이종락에게 어머니를 뵈러 안도에 갔다 오겠다고 휴가를 낸 후 안도에 가지 않고 중도에 돈화에서 내려 진한장을 만났다. 그런데 여기서 김성주는 진한장과 함께 밤새워 가면서 삐라를 찍고 구호를 쓰고 있는 김창민과 만나게 될 줄은 몰랐다. 그리고 김창민의 곁에는 또 영안의 화검구 부탕평에서 보았던 적이 있는 강학제도 같이 있었다. 김성주는 김창민의 소개로 중국 공산당 길돈 임시당지부 서기 마천목(馬天穆)[20]과도 만나게 되었다. 그는 마천목도 역시 황포군관학교 졸업생이라는 소개에 혹하였다.

그리하여 김성주는 진한장과 함께 마천목을 도와 삐라를 찍는 일을 도왔다. 강판글을 잘 쓰는 김성주와 붓글을 잘 쓰는 진한장은 밤을 새가면서 1930년 5·30 폭동날에 들고 나갈 구호의 준비를 도왔는데 주로 다음과 같은 구호장들을 썼다.

"일본제국주의를 타도하자!"

"국민당 군벌정부를 타도하자!"

"토지혁명을 실시하고 소비에트 정부를 수립하자!"

이 폭동의 총지휘를 맡은 김창민은 5월 1일에 용정으로 내려가 직접 200여 명의 폭동대를 거느리고 용정발전소를 파괴하고 철도기관고를 습격하였는가 하면 용정의 동양척식회사 간도출장소에다가 폭탄을 던지기도 하였다.

---

20. 마천목(馬天穆, 1902~1931) (조공 만주총국 간부, 중공 敦額臨時薫部 책임자) 함북 길주군 동해면에서 마진(馬晉)의 아들로 태어났다. 1905년 부모와 함께 길림성(吉林省) 화룡현(和龍縣) 덕신사(德新社)로 이주했다. 창동학교(彰東學校), 명동학교(明東學校), 대랍자(大拉子) 현립학교를 졸업하고 1920년 길림성립(省立) 제1사범학교에 입학했다. 1926년 중국 광주(廣州)에서 황포군관학교(黃埔軍官學校) 교도단에 입대했다. 1927년 4월 장개석(蔣介石)의 반공쿠데타 이후 무한(武漢) 정치군사학교 장교로 재임하면서 호북 한국혁명청년회(湖北韓國革命靑年會)에 가입했다. 8월 상해(上海)에서 재중국본부한인청년동맹에 가입했다. 1929년 중국공산당 중앙의 지시에 따라 길림성 반석현(磐石縣)으로 옮겨가 조선공산당 만주총국(ML파)에 입당하고, 고려공산청년회 만주총국(ML파) 간부가 되었다. 9월 반석현에서 열린 재중국한인청년동맹 대표대회에 참가하고 중앙집행위원장이 되었다. 1930년 3월 조공 만주총국을 해체하고 중공에 입당해 5월 중공 만주성위 소수민족위원회 특파원으로서 '간도 5·30봉기'에 참여했다. 7월 중공 돈액임시당부 책임자로서 8·1길돈봉기(吉敦蜂起)를 지휘했다. 액목(額穆)에서 중국관헌에게 체포되어 액목현성감옥에 투옥되어 복역중 1931년 옥사했다.

마천목(馬天穆)

'반제반봉건투쟁'은 공산주의 혁명의 한 思潮였다.

"선생님, 저도 같이 가겠습니다."

김성주는 김창민에게 매달렸으나 결국 돈화에 남고 말았다. 마천목이 김성주와 진한장에게 이번 '붉은 5월 투쟁'을 마치고는 중국 공산당 당원으로 받아들이겠다고 약속했기 때문이었다.

그때 김성주를 떼어놓고 강학제와 함께 동만주로 나온 김창민은 결국 이 폭동의 최선봉에 서서 여기저기에 불을 지르고 폭탄을 투척하다가 간도 주재 일본 총영사관에서 파견한 경찰대에게 붙잡히고 말았다. 총상을 입은 데다가 1주일 동안 단식을 한 탓에 건강이 악화되어 그는 결국 영사관 감옥에서 죽고 말았다. 한편 강학제도 폭동 현장에서 총에 맞아 죽었다.

그러나 박윤서만은 약수동에 가서 신춘(申春)과 함께 있었기 때문에 무사하였다. 역시 황포군관학교 출신인 신춘의 적위대가 약수동에 와 있었던 박윤서를 호위하였는데 박윤서가 배후에서 조종하고 신춘이 앞에서 뛰어다니며 활동한 결과로 1930년 5월 27일 만주에서의 첫 중국 공산당 인민정권인 '약수동 소비에트 정부'가 탄생하게 되었다.

한편 한별은 '5·30폭동'에서 살아남았는데 '3·1운동 11돌을 기념하는 대중시위' 때 숱한 동지들을 잃어버리고 주변에 겨우 10여 명밖에 남지 않았던 당원들이 5월과 6월 한 달 사이에만도 다시 200여 명 가깝게 늘어났다. 그의 노력으로 중국 공산당 삼도구 구위, 개산툰 구위, 평강 구위가 계속 생겨났는데 하루는 평강구 농민협회 책임자인 안정규가 연길현 조양천 부근의 무산촌으로 박윤서와 한별을 찾아왔다. 새로 성립된 연화중심현위원회 소재지가 무산촌에 있었던 탓이었다.

안정규는 박윤서가 조선공산당 만주총국을 재건할 때 이도구 구산장에서 갑장 노릇을 하면서 박윤서를 많이 도왔던 젊은이였다. 말하자면 조선공산당 엠엘파 출신 당원이었다. 그러나 그가 '5·30 폭동' 직후 정식 중국 공산당원이 되면서 이도구의 일본 경찰이 그의 신분을 알아버린 바람에 부득불 이도구를 떠나지 않으면 안 되었다. 그러자 한별이 왕경과 의논을 마치고 이도구의 당 지부를 통째로 안도 쪽으로 옮기게 하였는데 안정규는 안도 쪽으로 이동하면서 이름을 안정룡으로 바꾸었다. 이때 무송에서 안도에 이사 왔던 김성주의 어머니 강반석과 두 동생 철주와 영주는 안정룡의 도움을 많이 받게 되었다.

6. 김명균과 만나다

김성주는 1930년 7월 중순, 오늘의 길림성 돈화시 현유향 모아산에서 중국 공산당 길돈 임시당부 회의에서 진한장과 함께 예비당원이 되었다. 이때 김성주의 나이가 18살이었고 진한장의 나이는 17살이었다. 이들은 최후 3개월의 조사기간을 거친 뒤 정식당원으로 비준되는 것이었다.

이 회의에 참가하였던 박윤서는 조선공산당 만주총국 시절부터 줄곧 부하로 데리고 다녔던 홍범도부대의 독립군 출신 간부 김명균(金明均)과 함께 나타나 중국 공산당 만주성위원회로부터 직접 받고 내려온 지시라고 과장해 가면서 몇 가지 결정사항을 전달했다.

"이번 '5·30폭동'을 계기로 우리 공산혁명은 세력을 회복하였고 바야흐로 '혁명의 고조기'에 닿아가고 있소. 중앙에서는 '한 개 성 또는 몇 개 성에서 먼저 혁명승리를 쟁취함으로써 전국 혁명의 승리를 달성하고 나아가서는 세계혁명의 승리를 추진해야 한다.'고 호소하고 있소. 때문에 이제부터 우리는 일본제국주의와도 싸워야 하겠지만 중앙에서 호소하는 대로 하루빨리 붉은 유격대를 창건하고 지방 소비에트정권을 수립해야 하오. 이번에 '5·30폭동'에서 일본제국주의 자들에게 동조하며 우리를 진압하려 했던 중국 군경들도 모두 우리 투쟁의 대상이 되었소. 우리는 가능하면 그들의 무장을 탈취하여 하루 빨리 우리의 유격대를 창건해야 하오. 때문에 나는 다가오는 8월 1일에 '5.30 폭동' 때보다 훨씬 더 장대한 폭동을 일으킬 것을 중국 공산당에 청했고 성위원회로부터 비준을 받았소. 오늘 그것을 선포하려는 것이오."

하지만 박윤서의 이러한 행동은 나중에 그의 발목을 잡는 요인으로 작용하게 된다. 이후 박윤서와 한별이 쥐고 흔들었던 연화중심현위원회가 '중심' 두 자를 떼고 그냥 연화현위원회로 격하되고 원래의 동만특별지부는 동만특별위원회로 격상되었는데 두 사람 모두 특위 위원으로 임명되지 못하고 새로 동만특위 서기 료여원(廖如願)이 동만으로 오게 된 것이다. 한편 왕경은 조직부장으로 내려앉았다가 지시를 받고 동만을 떠나게 되는데 이때 그는 료여원에게 박윤서를 고발하게 된다.

"이 분이 자유주의가 아주 심하고 개인영웅주의도 아주 엄청납니다. 전에 성위원회로부터 순찰원으로 임명받았던 적이 한번 있었는데 이 분은 지금까지도 그 순찰원 신분을 제멋대로 꺼내들고 다닙니다. 특별지부에서 전체적으로 내린 결정을 전달할 때도 이분은 언제나 '특별지부'의 이름은 훌쩍 빼내고 자기가 직접 성위원회에로부터 임무를 받고 내려온 것처럼 자랑하는 방법으로 다른 당원 동무들에게 위압감을 조성하고 있습니다. 또 더 문제인 것은 '순찰원'이라고 했다가 '특파원'이라고 했다가 어떤 때는 성위원회 '대표'라고 거짓말을 하기도 한다는 것입니다. 제가 여러 번 주의도 주고 또 경고도 하였지만 원체 남의 말을 잘 듣지 않습니다."

이 때문에 료여원은 동만특별위원회 서기로 내려오자마자 박윤서의 연화중심현위원회 군사부장 직을 면직시켜 버리게 된다. 물론 이것은 1930년 '8·1 길돈 폭동' 이후에 있게 되는 일이다.

어쨌든 이 회의에서 폭동 총지휘부를 결성하게 되었는데 길돈 임시당부 서기 마천목이 총지휘에 임명되었고 조직부장에는 강세일, 선전부장에는 한광우가 임명되었다. 폭동지휘부 산하에 3개의 폭동 대대를 두었는데 여기서 김성주가 제1대대에 배치된 것이다. 대대장은 김명균으로서 그들은 폭동 당일 길림과 신참 사이의 철교를 파괴하고 또 신참, 교하, 내산자 등 지방의 전선과 전화선을 끊기로 하였다. 인원수는 2백여 명 남짓했다.

제1대대가 교하쪽으로 이동할 때 김성주는 문득 김명균에게로 찾아가 말했다.

"아저씨, 만약 철길을 지키는 호로군과 부딪치게 되면 총이 한 자루도 없는 우리들이 어떻게 그들과 싸울수 있나요? 최소한 한 개 소대에 총

'8·1길돈폭동'(吉敦暴動)을 위한 간부연석회의가 열렸던, 오늘의 돈화시 현 유향 경내에 있는 모아산

오늘의 흥륭촌, 김형직의 사망 이후 무송에서 방금 이사하여 왔을 때 곁방살이를 했던 '마춘욱의 집'이 있었던 동네다

한 자루 정도는 있어야 합니다."

수염을 텁수룩하게 기른 김명균은 이때 나이가 40세도 넘었고 또 훨씬 겉늙어보여서 대원들 사이에는 그를 할아버지라고 부르는 사람도 있었을 지경이었다. 그는 기회가 있을 때마다 박윤서 같은 거물들에게서 종종 칭찬받곤 하는 김성주를 대견스럽게 바라보며 대답했다.

"이번 폭동이 끝나면 우리 대원들도 모두 총 한 자루씩은 갖추게 될 거다."

"그것은 저도 믿습니다. 그런데 문제는 지금 당장이 아닙니까."

"그렇구나. 그렇다면 어떻게 했으면 좋겠느냐?"

김성주는 대뜸 자청하고 나섰다.

"제가 총 몇 자루 정도는 구해올 수 있습니다."

"네가?"

김명균은 자기의 귀를 의심할 지경이었다.

"조선혁명군 대원들이 모두 중국 공산당의 인정을 받고 싶어 합니다. 만약 아저씨께서 그들을 공산당에 받아들일 수 있도록 해주면 제가 가서 설득하여 그들을 이번 폭동에 모조리 참가하게 할 수 있습니다."

"모두 몇 십 명쯤 되느냐?"

"다 합치면 백여 명은 됩니다. 총도 50여 자루 있습니다."

김성주는 두 배로 과장하여 대답했다. 김명균은 반신반의했다.

"네가 가서 나의 뜻을 전하고 이종락 사령관에게 액목으로 한번 와보라고 해라."

김성주는 김명균으로부터 직접 임무를 받았다. 그가 임무를 받고 교하에서 떠날 때 제2대대에 배치된 진한장도 무기를 구하려고 영안 쪽으로 나가다가 김성주와 만나게 되었다. 둘은 소곤소곤 귓속말로 대화를 주고받았다. 진한장이 김성주에게 의문을 표했다.

"성주야, 난 이해할 수 없는 것이 있어. '5·30폭동' 때는 주요하게 일제를 반대하였는데 왜 이번에는 일제보다 중국 지방 군경들한테로 총부리를 돌리는지 궁금하거든. 당에서 시키는 일이니 난 일단 반론하지는 않겠지만 걱정돼서 몹시 불안해."

"성위원회에서 오신 순찰원이 그러지 않던? 항일하는 애국자들과 친일하는 반동 군벌은 따로 보아야 한다고 말이다. 이번에 우리가 타도하려는 것은 바로 반동 군벌들이잖아."

진한장은 반론하지 않을 것이라고 하면서도 계속 많은 의문을 제기했다.

"일제를 주요 타도대상으로 하고 폭동을 일으켰을 때는 솔직히 말하면 많은 중국 사람들이 내심 동정하고 지지하기까지 했었거든. 근데 만약 중국정부를 주요 타도대상으로 삼고 폭동을 일으키면 어떻게 될 것 같아? 아마도 우리 쪽이 더 불리하게 될지도 몰라. 난 이번 폭동 지휘부에 대부분 너희네 조선인들이 들어와 있기 때문에 나의 뜻을 말하고 싶어도 제대로 말할 수가 없고 또 나 같은 아이들이 하는 말을 그들이 들어주겠는지도 모르겠거든. 그래서 그냥 너한테만 하는 거야."

진한장은 조선말을 아주 잘하였다. 그의 조선말은 송무선과 김성주에게서 배웠는데 물론 김성주가 중국말을 잘하는 것만큼은 하지 못했지만 그러나 그는 조선말 외에도 또 일본말도 아주 잘하여 돈화지방에서는 '신동'으로 소문났던 젊은 수재였다. 4살 때부터 사숙에서 글을 배우고 14살 때 돈화현 사숙교원 입시에 통과하여 4등을 하였기 때문에 그가 오동중학교를 졸업하기 바쁘게 학교에서는 그를 학교에 남겨 교원으로 채용하려고 교육국에 신청까지 하여 놓은 상태였다. 진한장과 오동중학교 동창생 범광명(范廣明)은 다음과 같이 회고한 바 있다.

"방학 때 김일성(김성주)이 자주 진한장에게 놀러오곤 했는데 그의 아버지가 김일성을 좋아하지 않았기 때문에 김일성은 진한장의 집에는 오지 못하고 항상 진한장을 밖으로 불러내곤 했다. 간도에서 발생하였던 조선인들의 '5·30폭동' 때 진한장은 집에서 나가 몇 달 동안 실종되다시피 하여 그의 아버지가 매일같이 찾으러 나다녔다. 한 번은 우리 반 동무들 가운데서 누군가 진한장이 액목현에서 김일성과 같이 다니는 것을 봤다고 알려줘서 진한장의 아버지는 그때 진한장과 혼삿말이 오가고 있었던 추씨(鄒氏)라는 여자아이까지 데리고 직접 액목으로 가서 진한장을 붙잡아왔다."

일본군이 촬영한 것으로 알려지고 있는 진한장의 아버지 진해(陳海)

진한장의 아버지 진해(陳海)는 만주족 정황기(正黃旗)의 사람으로서 그의 일가는 청나라 황족에 속하였다. 그는 공산당을 좋아하지 않았지만 그보다 더욱 일본사람들을 미워하였다. 2년 뒤 만주국이 건립될 때 만주족의 부자들이 대부분 이 국가에 복속되었으나 진해 부자는 그들과 대항하는 길로 나아가 결국 부자가 함께 항일일가로 역사 속에 미명을 남기게 된다.

하지만 1930년 '5·30 폭동' 때와 '8·1 길돈 폭동' 때 중국 공산당에서 쉴 새 없이 폭동을 일으키고 있는 데 대하여 진해는 몹시 반감을 갖고 아들 진한장과 김성주를 조용한데로 데리고 가서 한바탕 닦아세운 적도 있었다.

"내가 도대체 이해할 수가 없는 것이 공산당이 어떻게 이런 짓거리들까지 벌이고 있단 말이냐? 너희들도 그렇지, 자기 주제를 알아야지, 총한 자루도 변변하게 없으면서 아무 것도 배우지 못한 무식한 농민들만을 동원해가지고 정부에 대항하고 군경한테 달려들다니? 중국 사람들이 바보냐? 왜놈들하고 싸워 자기 나라를 독립시킨다는 조선 사람들을 내가 동정하지 않을 수 없고 나도 그들을 이렇다 저렇다 시비할 생각은 없다마는 공산당은 왜 하필이면 조선 사람들을 동원해서 중국 사람들한테 대들게 하는 것이냐? 그래서 이런 식으로 폭동이나 몇 번 일으키고 나면 금방 이 세상이 너희들의 세상이 될 수 있다고 믿느냐? 그것을 믿고 정신없이 나돌아 다니는 너희들을 그래 내가 두고만 보고 있으란 말이냐?"

나이는 어리지만 생각이 무척 깊은 진한장도 승산이 없는 폭동에 도취되어 있는 조선인 공산주의자들의 행동을 굉장히 무모하고 모험적인 행동으로 의심하여 오고 있었던 중이었다. 이를 파악한 진한장의 아버지는 고민에 빠진 아들에게 간곡하게 권했다.

"내가 소금을 먹어도 너보다는 몇 말을 더 먹었을 것이 아니냐. 두고 봐라, 나의 짐작이 틀림없을 것이다. 공산당이 지금 분명히 잘못하고 있는 것이야. 언젠가는 크게 골탕을 먹고 나서 제정신을 차리고 나중에 참으로 못 할 짓을 했노라고 후회하느니, 너만이라도 여기서 멈춰라. 나를 따라 집으로 돌아가자. 학교에도 취직하고 또 장가도 들고 해야 할 것이 아니냐.”

이렇게 말할 때 진한장의 아버지는 아들과 김성주가 보는 앞에서 눈물까지 훔쳤다. 이에 김성주도 갑자기 마음이 아팠다. 자기 때문에 갖은 고생을 다 해오고 있는 어머니가 그리워 참을 수가 없었다. 진한장과 헤어진 김성주는 그길로 장춘행 상행 열차에 타지 않고 안도 쪽으로 내려가는 하행 열차에 몸을 실었다. 고유수에 가서 총을 얻어오겠다고 하였던, 김명균과의 약속을 버리고 그길로 안도를 향해 간 것이다.

7. 강반석의 개가(改嫁)

이때 김성주의 삼촌 김형권은 안도 흥륭촌에서 채연옥이라고 부르는 중국 지주의 집에서 마름 일을 보는 채 씨의 딸과 결혼하였는데 아내가 임신 중에 있었다. 김형권은 종락의 명령을 받들고 군자금을 마련하러 떠나는 최효일, 박차석을 따라 조선으로 입국하기 전에 잠깐 안도에 들렸다가 김성주와 만나게 되었다. 그런데 김성주가 곧바로 집으로 가지 않고 김형권의 집에 온 것을 보고 할머니 이보익은 어찌해야 할지 당황해했다.

흥륭촌 입구에 있는 이정표

“어머니는 만나보셨느냐? 왜 직방 여기로 왔느냐?”

김성주가 아무 말도 하지 않고 가만히 있자 김형권은 금방 눈치챘다.

“삼촌, 수고스럽지만 삼촌이 가서 철주하고 영주를 좀 불러다주십시오.”

“이게 뭐하는 짓이냐?”

김형권은 조카에게 눈을 부릅떠보였다. 어머니 강반석이 그동안 안도에서 개가를 한 소문이 벌써 김성주의 귀에까지 전해졌다는 것을 짐작할 수 있었던 탓이었다. 이보익은 땅이 꺼지게 한숨을 내쉬면서 앞으로 나와 앉아 손자의 손을 잡았다.

“성두(주)야, 그러면 못 쓰니라.”

강반석

이보익은 낮으나 조용한 목소리로 손자를 타일렀다. 평안도 사투리가 심한 이보익은 '성주'를 '성두'로 발음했다.

"시어미인 내가 이미 허락한 일인데 네가 뭘 그러느냐. 너의 밑에 어린 동생이 둘이나 있는데 너의 어마인(어머니)인들 무슨 방법이 있었겠니. 너도 이제는 어리지 않은데 네가 다 알아서 이해를 하여야 할 것이 아니냐. 더구나 어머니가 올해 들어서는 몸도 좋지가 않은데 네가 이러면 얼마나 마음 아파하시겠니."

김성주는 처음 어머니의 개가 소리를 들었을 때, 그것도 나이 예순을 넘긴 할아버지 같은 중국인 지주의 첩실로 들어갔다는 소리에 몹시 기분이 언짢았으나 할머니의 이야기를 들으면서 자기 때문에 갖은 마음고생을 다한 어머니가 다시 불쌍하여 눈물이 글썽해졌다. 그때 형이 왔다는 소리를 들은 철주와 영주가 달려왔다. "형."하고 부르면서 철주는 달려오는 길로 와락 안기지만 열 살 난 막내 동생 영주는 큰형 김성주의 얼굴이 너무 낯설었다. 영주가 철주의 뒤에 서서 우물쭈물하는 것을 본 김성주는 그를 덥석 안아들고는 싱글벙글 웃기 시작하였다.

"넌 내가 누군지 알아?"

"큰형이잖아. 조선독립군 대장."

영주의 대답에 김성주는 금방까지 울적했던 얼굴에 활짝 웃음꽃이 폈다.

"아직은 대장이 아니야. 그리고 독립군이라고 부르지 않고 혁명군이라고 부른단다."

"그럼 혁명군의 대장이야?

"아직은 아니라잖아. 그러나 언젠가는 대장보다 더 큰 사령관이 될 거다."

김성주는 철주와 영주를 데리고 함께 집으로 갔다. 마당 밖에서 기다리고 있던 강반석은 큰아들 김성주를 보자 너무 반갑던 나머지 연신 눈시울을 찍었다.

"성주야. 네가 드디어 왔구나."

"어머니, 얼굴이 왜 이렇게 부으셨습니까?"

김성주도 쏟아져 내리는 눈물을 참지 못하고 마침내 흐느껴 울

유일하게 전해지고 있는 김성주의 동생 김철주의 사진

기 시작하자, 강반석 쪽에서 먼저 웃음을 지어보이며 아들을 달랬다.

"난 괜찮다. 오히려 네가 너무 여윈 것 같구나."

조금 뒤에 이보익이 둘째 아들 김형권 부부를 데리고 건너왔다. 강반석이 후실로 들어간 현재의 남편이 심부름꾼을 시켜 술과 고기를 보내왔으나 김성주는 계부(繼父)에 대하여 한마디도 묻지 않았다. 오랜만에 한자리에 모여 앉은 강반석 일가는 그간 그립던 이야기로 밤을 새웠다.

그런데 1980년대 안도에서 살았던 노인들 가운데 강반석 일가에 대하여 아주 잘 알고 있는 한 노인이 이런 이야기를 들려준 적이 있다.

"강반석이 후실로 들어갔던 사람은 중국인 지주가 아니다. 소사하에서 얼마 멀지않은 만보(萬寶)라고 부르는 중국인 동네가 있는데 그 동네에서 유일하게 혼자 조선 사람인 조광준이라고 부르는 부농한테 재가했다. 모두 조광준을 지주라고 하지만 사실은 해방이 되던 해에 갑자기 살림이 펴서 땅을 많이 장만했는데 그 때문에 신분이 지주가 되어 맞아죽고 말았던 것이다. 그 이전에는 우리와 똑같이 매일 무밥에다가 시래깃국이나 먹고 살 정도였다. 자기 땅도 조금 있었지만 그것만 가지고는 모자라 중국 사람들의 땅도 소작 맡아서 악착같이 일하였기 때문에 그런대로 끼니를 때우지 않고 먹고살 만한 집이었다고 봐야 한다. 그는 본처가 그만 병으로 죽게 되는 바람에 강반석과 재혼했다. 그러나 강반석과도 불과 반 년을 살지 못하고 헤어졌다. 강반석이 건강이 좋지 않아 자신은 얼마 살지 못할 것 같다면서 조광준을 설득하여 헤어지고 집으로 돌아온 것이다. 그때까지 두 아들은 평양에서 왔던 그의 시어머니가 대신 키워주고 있었다. 강반석이 무슨 중국인 지주한테 재가했다느니, 후

이도백하, 빼어난 풍경 때문에 '마계'(魔界)로 불리기도 하는 이도백하의 내두하(奶頭河)

豊山에 出現했든 拳銃犯

洪原에서 畢竟被捉

― 후치령위에서살아지엇든자최가
홍원까지나타나자필경잡히엇다

六郡警察總動員으로

搜索隊와 交火

김형권과 최효일, 박차석을 다룬 기사(동아일보 1930년 9월4일자 2면)

에 얻은 남편이 경찰이라느니 하는 것은 다 엉터리 소문이다. 나는 조광준이 맞아죽는 것을 직접 보았던 사람이다. 조광준의 본처 아들이 해방 전까지 만보에서 살았는데 후에 송강(松江) 어디로 이사 갔다고 하더라. 송강에서 보았던 사람들도 있다고 하던데 아마 찾아보면 만나게 될 수 있을지도 모른다.”

새벽녘이 되었을 때 김형권의 아내 채 씨가 흐느끼는 울음소리가 들려왔다. 김성주가 안도에 왔던 그 다음 날, 그의 삼촌 김형권은 날이 새기 바쁘게 떠나야 했던 것이다. 최효일과 박차석이 장백현과 가까운 천양(泉陽)이라고 부르는 삼림장에서 김형권과 만나기로 약속되었기 때문이었고 천양까지 가는 경편열차가 이도백하역에서 점심에 출발하게 되어 있었다. 이 열차를 타자면 새벽부터 길을 다그치지 않으면 안 되었다.

“삼촌, 내일 천양까지 같이 갑시다. 최효일, 박차석 두 분 형님도 만날 겸.”

“천양이 어디라고 거기까지 간단 말이냐? 그냥 이도백하까지만 같이 가면서 이야기나 나누자. 그러잖아도 너한테 몇 가지 주의를 줄 일도 있다.”

김형권은 조카에게까지도 최효일, 박차석과 함께 조선으로 입국하는 일을 철저하게 비밀에 붙였다. 이때 이들 세 사람은 이름까지도 모두 별명으로 사용하였는데 김형권(金亨權)은 신용호(申用浩)라는 이름을 사용하였고 박차석(朴且石)은 김준(金俊)이라는 이름을 사용하였다. 한편 이도백하에서 헤어질 때 김형권은 재차 조카 김성주에게 당부했다.

“성주야, 네가 이번에 중국 공산당 쪽으로 완전히 넘어간 것을 알고 있는 사람들이 아주 많다. 국민부 쪽에서도 결코 가만히 있으려고 하지 않을 것이니, 이번에 고유수로 가면 각별히 경각을 높

최효일(崔孝一)

이기 바란다. 만약 종락이가 너보고 무기 구하러 같이 나가자고 해도 넌 어떤 핑계를 대서라도 따라가지 말기 바란다."

"네. 그렇게 할게요."

8. 이광의 출현

이광(李光)

김성주는 1930년 '8·1 길돈 폭동'에서 요행스럽게도 몸을 뺐다. 그의 나이 열여덟 살 때였다. 이는 그가 '5·30 폭동'을 겪으면서 느낀 경험이 컸다. 그때 그는 진한장과 함께 중국 공산당 예비당원이 될 수 있었는데 불행하게도 그들의 입당 소개자였던 마천목이 이 폭동을 진압하려고 긴급 출동하였던 동북군 제13여단 7연대장 왕수당(王樹棠)이 직접 인솔하고 달려오는 300여 명의 정예부대에게 붙잡히고 말았던 경험이 있는 것이다.

한편 '5 · 30 폭동'에 이어 '8·1 폭동'을 통하여 중국 공산당 길돈 지방의 당원들은 거의 씨가 마를 지경까지 되었다. 가까스로 살아남아 여기저기에 잠적하고 숨어버린 당원들은 모두 떨고 있었다. 이 폭동 직후, 동만특위 서기로 파견 왔던 료여원은 해방 후 연변을 방문하여 당 사학자들과 만난 자리에서 이때의 상황을 이야기한 바 있다.

"이와 같이 무모한 폭동을 벌이고 있었던 당 내의 주요 간부들조차도 사실상 당의 노선에 대하여 잘 알지 못하였다. 하물며 백성들이야 더 말해서 뭘 하겠는가. '8·1폭동'은 한마디로 실패였다. 실패라도 보통 실패가 아니라 철저한 실패였다. 그때 먼저 중국 공산당에 가입하여 간부로 활동하고 있었던 몇몇 사람들이 조선공산당원들에게 '이 폭동을 통하여 가장 열성적인 사람들을 먼저 중국 공산당에 받아들인다.'고 말했기 때문에 조선공산당원들 가운데는 이 폭동의 무모함에 대하여 반론하거나 심지어 한두 마디라도 의견을 제출하는 사람마저 없었다. 그때는 누구나 모두 '폭동 폭동 또 폭동'하면서 떠들고 다녔다."

어쨌든 폭동 당시 김성주는 삼촌 김형권과 작별한 뒤 그 자신도 안도에서 며칠을 묵지 않고 바로 고유수를 향해 떠났다. 김명균과의 약속도 약속이지만 진한장과 함께 예비당원으로 비준 받은 상태

돈화현 액목진거

에서 만약 당에서 맡겨준 임무를 완성하지 못하고 이대로 사라졌다가는 이때까지 중국 공산당에 가입하기 위하여 꾸준하게 노력해왔던 일이 모두 물거품으로 돌아가 버릴 수도 있기 때문이었다. 그러나 그렇다고 이번만큼은 '5·30 폭동' 때처럼 물불을 가리지 않고 무작정 덤벼들 수도 없었다. 특히 진한장의 아버지에게서 받았던 충격이 몹시 컸다.

'우리 조선 사람들이 일본만 상대하고 싸우기도 벅차고 힘에 부친데 어떻게 중국 사람들까지 모조리 적으로 만들어 싸울 수 있단 말인가? 그런데도 당에서는 왜 꼭 이렇게 하라고 지시하고 있는 것일까? 아무래도 뭐가 잘못돼도 한참 잘못된 것은 분명한데 어디 가서 누구한테 물어볼 수도 없고 또 함부로 의견을 내놓을 수도 없고 참 답답하네.'

김성주뿐만 아니라, 이와 같은 생각을 하고 있었던 사람들이 결코 한둘은 아니었다. 진한장도 고민 속에서 괴로워하다가 또 한 번 아버지 몰래 집을 떠났다. 이때 이미 추 씨와 결혼까지 하고 오동중학교의 교사로 취직한 탓에 자나 깨나 아들의 일로 걱정이 태산 같았던 아버지로부터 덜 감시를 받았던 덕택이었다. 이번에 그를 데리러 온 사람은 일찍이 송무선의 소개로 처음 만나 알게 되었던 조선인 이광(李光)[21]이라고 부르는 청년이었다.

진한장의 아버지 진해는 이광과도 일면식을 가지고 있었다. 이광이 일찍 연길사범학교까지 나오고 또 연길현의 제2소학교에서 교편까지 잡았던 적이 있는 교사 출신이라는 것을 알고 있었던 까닭에 그가 찾아오자 점잖게 인사도 받아주었고 또 그가 설마 자기보다 훨씬 나이도 어린 진한장을 꼬드겨가지고 어디로 떠나버릴 것이라곤 믿지 않았다. 그러나 진한장은 이광과 만난 뒤 바로 다음 날 "아버지께서 저를 대신하여 학교에 3일만 휴가를 청해 주십시오."라는 쪽지를 남겨놓고는 사라져

<hr />

21. 이광(李光, 1905~33) (本)이명춘 이승룡 (중공 당원, 항일무장투쟁 참가자) 길림성(吉林省) 연길현(延吉縣) 의란구(依蘭溝)에서 태어나 의란소학교를 마쳤다. 연길에서 사범학교를 졸업하고 연길현 대방자(大房子)소학교 교사가 되었다. 1928년 왕청현(往淸縣) 북합마당(北哈蟆塘) 후하둔(后河屯)으로 이주하여 지방행정기관 서기가 되었다. 1931년 중국공산당에 입당했다. 11월 반일구국군(反日救國軍) 오의성(吳義成)부대에 입대하여 당 프랙션활동에 종사했다. 1932년 2월 구국군 내에서 별동대를 건립하고 대장이 되어 가을에 왕청현 반일유격대와 협력하여 마록구(馬鹿溝) 매복전투에 참가했다. 11월 왕청현 대북구(大北溝)전투에서 전공을 올린 뒤, 구국군 전방사령관이 되었다. 1933년 3월 별동대와 함께 소왕청 항일유격근거지 보위전투에 참가했다. 5월 동녕현(東寧縣) 노흑산(老黑山)지구에서 동산호(同山好)의 산림대와 공동전선을 맺기 위해 공작하다가 산림대에게 살해되었다.

버렸다. 3일 뒤에는 바로 돌아오겠다는 소리였다.

그러나 진한장은 영안, 왕청 등의 지방을 모조리 돌아다니고 10일이 지나서야 돈화로 돌아왔다. 이때 진한장이 만났던 사람들 가운데는 이광의 중국 공산당 소개자였던 호택민(胡澤民)과 중국 공산당 영안현위원회 책임자의 한 사람이었던 왕윤성(王潤成)도 들어있었다.

이광은 돈화에서 진한장을 통하여 김성주의 행적을 알고는 안도를 거쳐 쉴 새 없이 고유수까지 그의 뒤를 쫓아갔다. 그러나 이때 김성주는 고유수에 도착하기 바쁘게 이종락과 함께 장춘으로 가버린 뒤였다.

그런데 이때 국민부에서는 고이허를 파견하여 이통현의 중국 경찰들에게 이종락 등이 몰래 무기를 사들이고 있으며 그들은 간도지방에서와 같은 폭동을 일으키려 한다고 고발했다. 이런 연유로 무기밀매상이 약속한 시간을 어겨 제시간에 도착하지 못하자, 장춘에서 먼저 잠복하고 있었던 장기명(장소봉)이 이종락과 의논하여 이종락을 따라왔던 김성주와 최득영, 유봉화를 먼저 돌려보냈는데 그들 세 사람은 고유수에 도착하기 무섭게 미리 대기하고 있던 경찰들에게 붙잡히고 말았던 것이다.

이통현으로 압송된 그들 셋은 제각기 독방에 갇혔고 경찰이 번갈아가면서 불러내어 취조했다. 장기명의 내연녀였던 유봉화가 제일 먼저 불었다.

"장소봉이 관성자(寬城子:장춘시내안의 한 지명)의 술집 기생과 눈이 맞아 집까지 잡고 죽자 살자 하고 있는데 저희 셋이 함께 있는 것이 불편하니까 먼저 돌아가라고 했어요."

"그렇다면 이종락은 지금 어디에 있느냐? 혹시 장소봉과 기생이 같이 살고 있다는 그 집에 같이 묵고 있는 것 아니냐?"

"자세하게는 딱히 모르겠지만 아마도 그럴 거예요."

"그 집이 어디에 있는지 아느냐?"

경찰이 따지고 물었지만 유봉화는 심드렁하게 대꾸했다.

"제가 알았으면 그냥 이렇게 돌아왔겠나요?"

나이가 제일 많은 최득영은 세 사람 중 우두머리로 의심받았다.

"너희들 셋 가운데서는 누가 책임지는 위치에 있느냐?"

"나이는 제가 많지만 저는 그냥 평대원입니다."

최득영은 부리나케 발뺌을 했다.

진한장의 아버지 진해

장소봉(張小峯, 卽張基明), 1933년 2월4일, 동아일보 2면에 실렸던 사진

"김일성(星)이라고 부르는 애는 누구냐?"

유봉화와 최득영은 한결같이 김성주를 가리켰다. 이렇게 되어 제일 먼저 최득영이 풀려나갔고 다음 유봉화도 경찰이 이종락과 장기명을 잡는 데 협조하겠다는 서약(誓約)을 하고는 나흘 만에 풀려났는데 김성주만은 10여 일째 이통현 경찰서의 유치장에 갇히는 상태가 되어버렸다. 한편 경찰은 이종락을 잡으려고 장춘으로 며칠째 들락거렸으나 기생이 술집에서 떠나버렸기 때문에 단서가 끊기고 말았다.

9. 김일성(星)과 김일성(成)

이런 상황에서 오도가도 못 하게 된 김성주의 앞에 이광이 불쑥 나타났다.

"이 애는 내 동생인데 별명이 '찐이싱'(金一星)이 아니고 '찐진이청'(金一成)입니다. 세금 거두고 다녔던 '찐이싱'은 다른 사람입니다. 따로 있습니다."

김성주가 경찰에게 잡힌 것을 안 이광은 그길로 이통현으로 달려왔고 그는 고향에서부터 알고 지냈던 경찰을 찾아가 김성주를 변호했다. 마침 운 좋게도 이 경찰이 김성주의 안건을 취급하고 있던 중이라 선선히 그의 말을 들어주었다.

"아, 이향장이 그렇게 보증을 선다면 됐소. 그럼 그 '찐이싱'이 누군지나 대오. 서류를 작성하는 대로 놓아주겠소."

이광이 이향장으로 불리기도 했던 것은 이광이 이때 왕청현 하마탕향의 향장이었기 때문이었다. 원래의 향장 호택민이 영안으로 전근하면서 향장 자리에다가 이광을 앉혔던 것이었다. 이광은 호택민의 곁에서 줄곧 그의 비서로 일하다가 그런 식으로 얼마 전에 향장이 되었다. 그런데다가 김성주를 취조하였던 경찰의 부모도 모두 왕청현의 하마탕향에서 살고 있었다. 덕분에 김성주는 가까스로 풀려나올 수가 있었다. 이광은 김성주를 구하려고 자기 멋대로 별 성자를 사용하는 '김일성'의 정체를 꾸며냈다.

"나도 고유수에 와서야 여기저기 돌아다니면서 좀 알아보았는데 별 성자를 사용하는 그 김일성은 본명이 김광렬이라는 사람이오. 황포군관학교까지 나온 분이라고 합디다. 내 동생 성주는 이자 열여덟 살밖에 안 된 애인데 그가 어떻게 '김일성'일 수가 있습니까. 그 사람의 밑에서 보통 대원으로 있으며 그 사람의 별명을 본떠서 김일성이라고 별명을 만들었으나 별 성(星)자가 아니고 이룰 성(成)자를 쓰고 있소. 우리 조선말로는 발음이 같으나 중국말로는 완전히 다른 이름이 아니고 뭡니까.”

경찰들은 반신반의했다. 그러자 이광은 품에 갖고 있던 돈 10원까지 경찰의 호주머니 속에 찔러 넣었다. 결국 가까스로 풀려나온 김성주는 이광의 손을 잡고 안도의 숨을 내쉬었다.

“형님이 아니었다면 내가 이번에 진짜로 큰일 날 뻔했소.”

이광도 너무 기쁜 나머지 와락 달려들어 김성주를 덥석 안았다가 내려놓으며 농담까지 건넸다.

“자, 이제부터는 너를 성주라고 불러야 하나 아니면 김일성이라고 불러야 하나?”

“아닙니다. 형님은 그냥 저를 성주라고 불러주십시오.”

이광은 머리를 좌우로 도리질했다. 그리고 진심으로 말했다.

“너두 알지? 내 이름이 원래 이명춘에서 이광으로 바뀐 것을, 너의 삼촌이 그러더라. 네가 세금 징

이종락(오른쪽 첫 번째), 박운석(중간), 김광열(왼쪽 첫 번째)

수하러 다닐 때 '김일성'이라는 별명을 지어서 썼다고. 근데 난 이 별명이 무척 마음에 드는구나. 일성이란 하나의 별이라는 뜻이 아니고 무엇이냐."

김성주는 이광이 '김일성'이라는 별명을 진심으로 반기는 것을 보고 그제야 소곤거리며 귓속말을 토했다.

"형님만 알고 있으십시오. 저는 한별 선생님의 별명을 본떠서 중국말로 '일성'이라고 지은 것입니다. 그런데 이제는 형님 때문에 '일성'(一星)이 또 일성(一成)으로 바뀔지도 모르겠습니다."

이광이 임기응변식으로 이통현의 경찰들에게 아무렇게나 둘러댔던 '김일성'이라는 별명의 '성'자가 별 성(星)자에서 이룰 성(成)자로 바뀐 것은 1931년 3월 26일 '동아일보'에도 그대로 실려 있다. 이날의 기사는 이렇게 쓰고 있다.

'이종락 부하(李鐘洛 部下) 3명(三名) 피착(被捉), 이통현 공안국에 잡히어서 길림성 정부로 호송'이라는 제목의 기사로 그 내용은 다음과 같다.

'장춘전보, 조선혁명군 이(리)종락의 부하 김일성, 최득영, 유(류)봉화 등 3명은 수일 전 길림성 이통현 중국공안국의 손에 체포되어 엄중한 취조를 받은 후 길림성 정부로 호송되었다.'

하지만 실제로는 이들 세 사람은 어디에도 이송되지 않았고 모두 풀려났다. 후에 유봉화는 중국경찰이 이종락을 체포하는 데 협조하다가 혁명군 대원들에게 맞아죽었고 최득영은 혁명군이 해산될 때 최창걸을 따라갔다가 최창걸과 함께 실종되고 말았다는데 그들 두 사람의 소식을 알고 있는

1930년대 만주의 마적들

사람들은 없었다.

만약 이광이 부리나케 달려와서 손을 쓰지 않았더라면 이때 김성주는 정말 기사의 내용처럼 길림성 정부로 이송되었을지도 모른다. 당시 길림성 정부 소재지는 오늘의 장춘시가 아니라 길림시였다. 더구나 '5·30 폭동'과 '8·1 길돈 폭동' 바로 직후에 길림성 정부에서는 '방공사무처'와 '길림성토벌사령부'까지 신설하고 '전체 길림성 경내 관민들이 일치 합심하여 공산비적을 방지·토벌하는 데 관한 장례 및 징벌규정'을 발표하여 조금이라도 공산당과 연루되는 사람들은 하나도 놓치지 않고 모조리 잡아들여 엄중하게 다루고 있었다.

이런 사정이었는데 길림에서 8개월 동안 유치장 생활까지 하였

【장춘】근일에 길림성이통현(吉林省伊通縣)중국공안국(中國公安局)손에 조선○○군(朝鮮○○軍) 리종락(李鍾洛)의 부하三명이 피착되어 방금엄중 취조를 밧는중이라는데 그사 실을 탐문한바에 의하면 킨고 한 취조를 밧는중이란는데 그사 부하三명이 피착되어 방금엄중 선○○군(朝鮮○○軍) 리종락(李鍾洛)의 공안국에서는 국원六명을 출동 중중국공안국에서 탐지한바 그만 회율 하든중이 떤바 그만 킨고 모어 (吉林省伊通縣)중국공안국 (中 【장춘】근일에 길림성이통현 피착된 三명중에 녀자한명이 잇다하며 그들은 킨고이통현고 유수(伊通縣孤楡樹)라는동포가 子) 金一成 崔得英 劉鳳和 (女 압수하얏다는데 그들의 씨명은 알에와갓다 고한다 실을 탐문한바에 의하면 킨고 한 취조를 밧는중이란는데 그사 시켜서 그들의 잡입켜 소물수색 하야 최포하는동시에 무긔도 공안국에서는 국원六명을 출동

【장춘전보】조선○○군(朝鮮○○軍) 리종락(李鍾洛)의 부하 김일성(金一成) 최득영(崔得永) 류봉화(劉鳳和)등 三(삼)명은 수일전 길림성 이통현(爾通縣) 중국 공안국의 손에 체포되어 엄중한 취조를 밧은 후 길림성정부로 호송되었다.

던 전과자인 김성주에 대하여 중국인 사법기관에서 모르고 있을 리가 없었다. 더구나 11월에는 또 간도의 유명한 혁명가이자 김성주가 그렇게나 존경하였던 한별까지도 끝내 일본간도총영사관에서 파견한 경찰들에 의해 체포되는 비운을 맞았다.

'5·30 폭동' 때 용정경찰서에 잡혀 들어왔던 농민들을 별도로 심사도 하지 않고 제멋대로 놓아주다가 일본인 경찰서장에게 얻어맞고 앞니 두 대가 부러졌다는 조선인 경찰간부 유재후(劉在厚)가 후에는 또 여동생 유신순(劉信順)의 부탁을 받고 항일연군에 아편을 날라주다가 붙잡혀 연길감옥에서 징역 7년형을 살고 나왔다. 1945년 광복 후 유재후는 연변주(州) 공안국의 적위당안 속에다가 한별과

관련한 취조기록을 남겨놓은 바 있다.

"나를 찾아왔던 그 사람이 우리 조선말로는 한별이라고 불렀으나 자기의 친구들을 유치장에서 꺼내주는 조건으로 돈 30원과 함께 일본사과 두 상자를 주기로 한다는 쪽지를 써주면서 자기 이름까지 적었는데 '김일성'이라고 적었다. 내가 알고 있는 김일성은 바로 그 사람이다. 그가 진짜 김일성이다. 내가 직접 여러 번 만났고 한 번은 내가 없을 때 우리 집에 동료들이 나를 찾아오는 바람에 나의 아내가 놀라서 그 사람을 소 외양간에 데리고 들어가 짚더미 속에 숨겨주기까지 했었다."

이는 한별이 자기의 이름을 중국글로 쓸 때는 하나 일(一)자에 별 성(星)자로 썼다는 증거이기도 하다. 어쨌든 체포되기 바쁘게 서대문형무소로 압송되었다가 이듬해 결국 옥사하고 말았던 거물급 공산당원의 별명을 그대로 가져다가 사용하고 있었던 김성주가 만약 이때 쉽게 풀려나오지 못하고 길림성 정부로 압송되었더라면 그의 인생은 달라졌을 수밖에 없었을 것이다.

"성주야, 너를 만나려고 작년에 길림에 갔다가 허탕을 치고 올해는 너의 어머니와 삼촌이 안도로 이사 나왔다는 소리를 듣고 또 행여나도 너와 만날 수라도 있을까 해서 안도에도 갔다가 여전히 허탕을 쳤지 뭐냐. 내 이번에 여기로 올 때도 또 소사하 흥륭촌까지 갔다가 거기서 네가 고유수로 온 것을 알고는 이번에는 어떻게 해서도 꼭 만난다고 이를 악물고 쫓아온 거다. 너는 왜서 이렇게도 일이 많으냐? 그리고 가는 곳마다 아슬아슬한 얼음장 위에서 나돌아 다니느냐? 봐라, 이번에도 만약 내가 안 왔더라면 진짜 큰일 날 뻔했잖으냐. 알아보니 너희네 저 혁명군 대원들이라는 사람들이 모두 저만 살겠다고 너를 불어버린 모양이더구나. 이게 무슨 그래 무슨 놈의 혁명군이란 말이냐? 네가 도대체 무엇을 바라고 이런 군대에 이대로 붙어있는지 모르겠구나."

이광은 사정없이 김성주를 나무랐으나 김성주는 자기 생각이 따로 있었다.

"혁명군을 이대로 놔둘 수는 없잖아요. 여기 있는 나의 동무들이 모두 총 한 자루씩 가지고 있습니다. 그들의 부모들은 대부분 노동자와 농민입니다. 난 그들을 데리고 우리 공산

오른쪽이 유신순의 여동생 유신옥(중간이 저자)

당의 영도를 받는 노농유격대를 만들고 싶습니다. 돈화에서 올 때 김명균 선생님도 이미 대답했습니다. 만약 내가 이들을 모조리 데리고 오면 만주성위원회와 동만특위에 회보하고 우리들로 전문 적색유격대를 따로 조직해줄 것이라고 했습니다."

이광은 김성주와 만나러 올 때 호택민에게서 들은 이야기를 했다.

"내가 자세하게는 잘 모르겠지

1930년대 길림의 우마행거리

만 나는 직접 중국인 당원들에게서 들었다. 조선인 공산당원들이 중심이 되어 발기한 '5·30 폭동'과 '8·1 길돈 폭동'도 모두 잘못된 투쟁이었다고 비판받고 있다는구나. 심지어 박윤서 동지는 출당까지 당하더라. 우리 만주의 형세와 전혀 어울리지 않게 관내 중앙근거지의 경험을 그대로 받아들였기 때문에 여기 만주의 실제정황을 염두에 두지 않은 잘못된 투쟁이라는 것이다. 생각해봐라. 이번에 얼마나 많은 당원들과 당 조직이 파괴되고 했니. 너 하나가 지금 고유수에서 헤매고 있는 것은 아무 것도 아니야. 당원들이 모두 산산이 흩어졌고 조직들도 다 파괴되고 와해 직전까지 갔단다."

이광의 말을 듣고 있던 김성주는 갑자기 반발심이 일어났다.

"아니, 형님, 그래도 이번 폭동을 통하여 우리 조선인 백성들의 반일반봉건투쟁정신은 충분히 세상에 과시하지 않았습니까. 그리고 중국 공산당에게 우리 조선인 당원들의 반제반봉건 투쟁의 철저성도 확실하게 보여줬지 않았습니까. 제가 보기에는 성과도 결코 적지 않았다고 봅니다."

"그래, 그것은 맞는 말이야. 나도 동의한다."

이광은 비로소 자기가 김성주를 찾아온 원인을 이야기했다.

"네가 벌써부터 여기 혁명군을 우리 당의 직접적인 영도를 받는 노농유격대로 만들려고 했다는 말을 들으니 얼마나 기쁜지 모르겠구나. 그러잖아도 진한장에게서 너의 소식을 듣고 왕윤성 동지와 호택민 동지가 직접 책임지고 너의 정황을 동만특위에 보고 드리겠다고 했다. 너는 이미 예비당원까지 된 사람이고 또 동만특위에도 너에 대하여 알고 있는 사람들이 적지 않다고 하더라. 반동군벌이 공산당이라면 눈에 쌍심지를 켜고 달려들고 있을 때이니, 만약 길림성 정부와 가까운 거리에 있는 고유수나 오가자 지방에서 활동하기가 어렵게 될 경우에는 유격대를 동만주 쪽으로 데리고 나오는 것도 한번 연구해볼만하다고 했다. 지금 안도에도 우리 당 조직이 들어가 있는데 만약 네가 동만주 쪽으로 나오게 될 때면 안도의 당 조직에서도 직접 너와 연락을 취하게 될 것이다."

김성주에게는 오래만에 듣는 반가운 소식이었다. 그동안 박윤서가 출당 당하고 또 마천목, 한별 같은 사람들까지도 모두 체포되었다는 소식은 그야말로 충격적이었고 비참한 일이었으나 그는 당 조직에서 자기를 기억하고 있고 또 자기를 예비 당원으로 인정하고 있다는 사실에 한껏 고무되었다. 그는 얼마나 기뻤던지 이때에서야 비로소 이광에게 그의 아내 공숙자의 소식도 물었다.

"우리 형수님은 잘 있습니까?"

김성주가 아주 익숙하게 잘 아는 사이인 듯, 형수님이라고까지 제법 깍듯하게 부르고 있었던 이광의 아내 공숙자는 길림시내 안의 우마항거리에서 객주집을 하는 객주집 주인의 딸이었다. 이 객주집에서 이광은 송무선의 소개로 김성주와도 만나게 되었고 또 공숙자와도 눈이 맞아 후에는 결혼까지 하게 된 것이다. 당시 이광은 아내를 결혼 1년 만에 잃고 3년 상까지 치러가면서 홀아비로 보내던 중에 공숙자와 만나게 되었는데 공숙자의 부모가 이 혼사를 반대하였으나 그때 열일곱 살밖에 되지 않았던 김성주가 선뜻 대신 나서서 공숙자의 아버지를 찾아가 설득한 것이었다.

"용정에 가면 명춘(이광의 본명) 형님을 모르는 사람들이 없다고 합니다. 공부도 많이 하고 더구나 사범학교까지 졸업하고 지금은 연길현 제2소학교 교사로 있는데 언젠가는 교장까지도 될 것이라고 합니다. 이렇게 훌륭하고 멋진 사윗감을 놓치면 아깝지 않습니까!"

김성주가 귀여운 덧니를 드러내놓고 웃으면서 공숙자의 아버지를 설득하는데 "난 자네가 좀 나이 들었으면 사위로 삼고 싶네." 하고 공숙자의 어머니가 거꾸로 김성주를 욕심내서 모두 웃었다는 소문이 꽤 유명했다. 또한 1933년 이광이 동녕현의 노흑산 일대에서 활동하다가 그곳의 마적 '동산호'(同山好)에게 살해당했을 때 김성주는 직접 달려가 이광의 아내 공숙자와 아들 이보천을 만나기도 했다. 따져보면 김성주는 이광과 공숙자의 중매자였던 것이다. 이처럼 두 사람 사이가 각별한 인연으로 맺어져 있었기 때문에 김성주는 회고록을 통

봉천에 설치되었던 중공당 만주성위원회 기관

1920-1930년대 할빈

하여 이광에 대해서 많은 지면을 들여 회고하고 있지만 그가 이통현에서 경찰에 잡혔다가 이광의 덕분에 풀려나왔던 일만은 일절 꺼내지 않고 있다.

　김성주의 친구들 가운데서 제일 처음으로 영화로 만들어져 소개된 사람도 이광이었다. 1977년에 친삼촌인 김형권을 원형으로 하여 만든 영화 '누리에 붙는 불'에 이어 1979년에 바로 이광을 원형으로 하여 만든 '첫 무장대오에서 있은 이야기'가 북한에서 나왔다. 최현을 원형 인물로 하는 '혁명가'와 김책을 원형 인물로 하는 '초행길', '전선길', 그리고 안길을 원형 인물로 하는 '성새'도 모두 그 후에 나온 것이다. 한편 현재 이광의 손자가 되는 이보천의 아들은 살아남아 북한에서 이광의 대를 잇고 있는 중이라고 한다.

10. 이종락의 체포

　이종락과 장기명이 장춘에 가 있는 동안 조선혁명군 사령부는 고문 김영순과 군사부장 김광렬이 지키고 있었다. 이종락은 돈이 떨어져 먼저 경리부장 이운파(李雲波)에게 돈을 보내라고 쪽지를 보냈으나 군자금 징수가 잘 되지 않았다는 이유로 거절당하자 군자금을 장춘에서 모금할 것이니 특무대원 2명을 보내라고 명령하는 말투로 쪽지를 적어 보냈다. 한편 이운파는 1919년 '3 · 1 만세운동'

때부터 따라다녔으며 혁명군 내에서 유일하게 서로 속마음도 주고받을 수 있는 사이인 김영순을 만나 이종락의 쪽지에 대해 의논하기 시작했다.

"유봉화와 최득영이 한가지로 말하는데 장기명이 장춘 관성자에 있는 대정관(大正館)이라는 요릿집의 기생년과 눈이 맞아 죽자 살자 하고 있답디다. 다는 믿을 수 없겠지만 돈이 아마도 그쪽으로 많이 흘러들어간 것 같습니다. 어떻게 할까요?"

"그래도 명색이 우리 혁명군의 사령관인데 우리가 모두 그의 부하들로서 이처럼 너무 각박하게 구는 것은 도리가 아닐 상 싶네."

김영순은 돈이 있으면 다문 얼마라도 보내주고 싶은 마음이었다.

"그런데 첫 번 쪽지가 왔을 때 돈이 없다고 했더니 이번에는 돈 소리는 일절 없고 특무대원 2명을 보내라는 것은 또 무엇 때문일까요?"

"군자금을 장춘에서 징수하겠다는 소리잖아. 모르긴 해도 강도노릇을 하려고 그러는 것일지도 모르네. 누구를 보냈으면 좋겠나?"

별명이 타케다 요시오(武田義雄)로 일본 헌병대의 밀정 출신이었던 김영순은 눈빛만 보고도 상대방의 마음까지 다 읽어낸다는 귀신같은 사람이었다. 조선혁명군이 아직 국민부에서 갈라져 나오기 이전에 독립군 제9중대장 안붕(安朋)의 부관으로 있었던 이종락과 처음 만나 그가 국민부에서 탈출하도록 꾀어낸 사람이 바로 김영순이었다. 이때 김영순은 이미 20여 명의 청년들을 모아놓고 동아혁명군(東亞革命軍)이라는 이름뿐인 군대를 만들어놓고 있었는데 이종락이 국민부에서 탈출하기 바쁘게 그를 불러들여 사령관으로 추대하였다. 그리고 얼마 안 지나 이종락이 데리고 온 대원들까지 합쳐 다시 조선혁명군으로 원래의 국민부 혁명군의 이름을 그대로 사용하게 하는 등 이종락의 제갈량 역을 자처하고 있었다. 때문에 이종락 또한 다른 사람의 말은 안 들어도 김영순의 말이라면 듣지 않는 것이 없었다.

"이번에 이통현 중국 공안국에 잡혔다가 제일 늦게 놓여나온 김성주가 나이는 어려도 사상이 좋고 또 무슨 일을 맡겨도 진국으로 해제끼는 애니, 그를 보내면 어떨까요?"

공산당이 빈번하게 폭동을 일으켰기 때문에 만주의 군벌 경찰들은 눈에 쌍심지 켜고 달려들었다

체포된 이종락(李鐘洛)

이운파의 대답에 김영순은 머리를 가로저었다.

"아니야. 특무대는 군사부장의 소관이니 그에게 맡기도록 하는 것이 좋을 걸세. 내가 알기로 김성주가 김일성이라는 별명을 만들어가지고 세금을 징수하러 다닐 때는 군자금도 적잖게 들어왔다고 하던데, 이 애가 몇 달 동안 사라져있는 기간에는 돈이 모아지지 않아서 군사부장이 몹시 속이 탔다고 하더군. 이 일은 경리부장인 자네가 더 잘 알 것이 아닌가?"

"네. 그것은 사실입니다."

김영순은 이종락이 보내온 쪽지를 가지고 군사부장인 김광렬에게로 갔다. 누구를 보냈으면 좋겠는가고 한참 의논하고 있을 때 사령부 부관 최창걸이 몰래 김성주에게로 달려가 이 소식을 알려주었다. 그러자 김성주는 "난 세금 징수하러 다니는 일이 이제는 정말 질리도록 싫으니, 장춘에 가는 특무대에 나를 넣어주도록 형님이 좀 부사령관한테 말해주십시오." 하고 자처하고 나선 것이다.

김성주가 이렇게 자청하고 나오자 최창걸은 "내가 나설 것 없이 그냥 나를 따라 같이 가자. 네가 직접 말씀드려 보려무나." 하고는 김성주를 데리고 김광렬에게로 갔다. 그리하여 김영순은 김성주를 다시 장춘에 보내려고 하였으나 김광렬이 반대하였다.

"너의 삼촌이 풍산에서 군자금을 징수하다가 붙잡혀 지금 경성형무소에 갇혀있는데 너를 또 그렇게 위험한 곳에 보낼 수는 없다."

"아닙니다. 선생님, 장춘에는 제가 여러 번 갔다 왔던 적도 있고 또 장춘거리도 누구보다 환하게 압니다. 중국말도 잘하는 제가 제일 적임자가 아닙니까."

김성주는 굳이 나섰으나 결국 장춘으로 파견될 2명의 특무대원으로는 김성주의 친구 백신한(白信漢)과 김리갑(金利甲)이 선정되었다. 그런데 그들이 떠나는 날 갑자기 김성주를 부른 김광렬이 부탁을 하였다.

"이번에는 나도 장춘에 한번 가보련다. 사령관이 도대체 장춘에서 뭘 하고 지내는지 내 눈으로 확인해봐야겠다. 내 없는 동안에 너한테 각별히 주의를 줄 일 하나가 있다."

김광렬의 말에 김성주는 깜짝 놀랐다.

"아니, 선생님까지 장춘에 들어가시면 여기는 어떻게 하십니까?"

"내 그래서 특별히 너한테 부탁하는 거야."

"고문님도 계시고 부사령관님도 모두 계시는데 저같이 나이도 어린 참사(하사관)한테 무슨 일을 시키시려고 그러십니까?"

김광렬은 하이칼라 머리를 쓸어 올리며 호탕하게 웃었다.

"허허, 장차 조선의 큰 별이 되고자 하는 '김일성'이 왜 이렇게 약한 소리를 하느냐?"

김성주는 얼굴이 벌게졌다.

"선생님, 제가 창피하게서리 왜 그러십니까?"

"아니야, 네 덕분에 중국 사람들이 나한테도 당신이 혹시 '찐이싱'이 아닌가 묻더라. 그래서 난 별 '성'자를 사용하는 김일성은 따로 있다고 했지, 나는 이룰 '성'자를 사용하는 '찐이청'이라고 대답해 주었단다. 다 네 덕분이니 고맙다."

"저한테 시키실 일이 무엇입니까?"

"딱히 시킬 일이 있다기보다는 국민부 쪽에 박아둔 우리 사람한테서 소식이 왔는데 양세봉이 직접 군대를 거느리고 와서 우리 길강사령부를 습격할지도 모른다고 한다. 네가 세금 징수하러 오가자 쪽으로 나갈 때 각별히 조심하고 오가자 쪽에서 국민부에 협력하는 사람들이 발견되면 즉시 부사령관한테 알려서 긴급조치 해야 한다."

"선생님, 그러면 특무대를 저희 세금 징수하러 가는 동무들한테 붙여주십시오."

"그러나 만약 총 멘 특무대가 너희들의 뒤에 따라다니면 보기에도 좋지 않고 또 사람들이 더욱 싫어할 것이 아니겠느냐."

김성주는 이때다 싶어 미리부터 생각해두고 있었던 제안을 하나 했다.

"선생님 돌아오실 때까지 그럼 저희 세금 징수하는 동무들한테 총을 빌려주시면 안 됩니까?

이종락의 조선혁명군의 약탈 행각은 주로 길림시와 장춘현 주변에서 진행되었던 것이 점점 범위를 넓혀 흑룡강성의 할빈에까지도 뻗혔갔는데 김성주와 함께 세금을 징수하러 다니군 했던 현대홍이 이번에는 또 부하 4, 5명과 함께 할빈시 내로 잠복하여 복덕루(福德樓)라고고 부르는 요리집을 습격하는 일이 발생했다. 현대홍은 당장에서 사살 당했다. 사진은 후에 유곽으로 바뀐 복덕루 옛 건물이다.

김광렬(金光烈)

박운석(朴雲碩)

제가 책임지고 총 한 자루도 잃어버리거나 사고를 내는 일이 없도록 하겠습니다.”

“그러는 것도 좋겠구나.”

김광렬은 특무대의 총 20여 자루를 김성주에게 빌려주었다. 그리고 김성주에게는 자기 옆구리에서 권총 한 자루를 꺼내어 넘겨주며 다시 한 번 의미심장하게 말했다.

“성주야, 지금은 한 자루의 총이 한 사람의 생명보다도 더 귀한 때란다.”

“선생님의 뜻을 알겠습니다.”

김광렬에게서 총 20여 자루를 속여서 받아낸 김성주는 너무 가슴이 설레어 온 얼굴에 기쁨을 감추지 못했다.

“총을 주니 이렇게 기뻐하는구나. 총이 그렇게도 좋으냐?”

“생명보다도 더 귀한 것이라고 하지 않았습니까.”

김성주는 김광렬에게서 권총까지 한 자루 얻어가지게 될 줄은 몰랐다. 물론 김광렬이 돌아오게 되면 다시 되돌려줘야 하는 총들이지만 김성주는 처음부터 총을 되돌려주려는 생각을 해보았던 적이 없었다. 어쨌든 이때 헤어진 김광렬과 김성주는 두 번 다시 만나지 못하게 된다. 1931년 2월 3일자 동아일보 제2면에는 장춘에서 이종락과 함께 붙잡혔던 김광렬의 손에 수갑을 찬 사진이 실렸다. 이때의 신문에 그와 이종락, 장기명, 박운석(朴雲碩) 네 사람이 장춘에서 회덕현(懷德縣) 방면으로 나가 돈을 모으다가 돌아오는 길에 남만선 철도선상의 범가툰(南滿線范家屯)이라고 부르는 자그마한 동네 기차역에서 뒤를 미행하고 있었던 장춘경찰서의 경찰들에게 연행되어 장춘일본영사관에 넘겨진 내용도 실렸다. 그의 나이가 1931년에 35세로 기재된 것을 보면 그는 1896년생이었던 듯싶다. 박운석은 27세이고 장기명은 25세, 조선혁명군 사령관이었던 이종락의 나이가 겨우 24세로 제일 어렸다.

한편 파견된 백신한과 김리갑도 장춘에서 군자금을 모집하다가 일본 경찰들과 총격전이 벌어졌다. 장춘 관성자의 조선요릿집 대정관에서 발생하였던 총격전 때 백신한이 일본 경관 한 명과 함께 피살되고 김리갑은 체포된 것이었다.

어쨌거나 버젓이 독립운동을 위한 군자금을 징수한다고 내세웠지만 누가 보기에도 이것은 강도 약탈행위였다. 게다가 중국경찰이 국민부의 조선혁명군과 이종락의 조선혁명군을 서로 헷갈려 했기 때문에 이러한 상황이 지속되면 국민부의 조선혁명당과 조선혁명군에까지 큰 해가 미치게 될 판이었다. 이렇게 되었기에 마음이 급한 건 국민부 쪽이었다.

"빨리 중국 정부에도 알려서 저자들을 소탕하지 않으면 이제부터는 중국 관리들까지도 우리 민족주의 계통의 독립운동 관계자들을 강도 취급하게 될 것입니다."

국민부 내에서 중국 관헌들과 제일 많은 접촉을 가져왔던 고이허는 매일같이 현익철의 결단을 재촉했고 현익철도 또한 사태가 심각한 것을 알고 긴급 대책 마련에 들어갔다.

이때 이종락의 조선혁명군의 약탈행각은 주로 길림시와 장춘현 주변에서 진행되었던 것이 점점 범위를 넓혀 흑룡강성의 할빈에까지도 뻗혀갔는데 김성주와 함께 세금을 징수하러 다니군 했던 현대홍이 이번에는 또 부하 4, 5명과 함께 할빈시내로 잠복하여 복덕루(福德樓)라고 부르는 요리집을 습격하는 일이 발생했다. 현대홍은 당장에서 사살 당했다.

11. 조선혁명군에서 탈출

1931년 7월에 조선혁명당 중앙집행위원장 겸 조선혁명군 총사령에 추대된 현익철은 이번에는 고이허 등 사람들을 데리고 직접 동북의 행정수뇌부가 자리 잡고 있었던 요령성의 심양시(1929년부터 봉천시가 심양시로 개칭되었다)로 가서 지방정권의 실세들과 만나 재만 조선인 공산주의자들과 자기들은 서로 다른 조직이며 그들을 소탕하는 데 국민부도 함께할 것이라는 성명을 발표하였다.

이때 국민부는 '동성한교정세일반'(東省韓僑情勢一般)과 "한중민족합작의견서"(中韓民族合作意見書)라는 것을 만들어 중국 정부에 제출하였고 한중연합 투쟁을 제의하기도 했다. 그러잖아도 갈수록 기세가 높아져가고 있었던 중국 내 공산주의 운동과 공산주의자들의 활동을 억제할 방법이 없어 노심초사하고 있었던 중국 정부로서는 이보다 더 기쁠 일이 없었다.

"그렇다면 당신네 조선인들이 많이 모여 살고 있는 이통현 지방에 대한 소탕은 국민부에서 책임지고 진행하여 주십시오. 필요하다면 우리는 경찰을 파견하여 협조하도록 하고 조선인들 구역에 직접 군대를 파견하는 일은 삼가겠습니다."

중국 정부로부터 이와 같은 약속을 받아낸 현익철은 심양에서 돌아오기 바쁘게 바로 고유수를 토벌하려고 군사회의를 소집하였으나 양세봉이 극구 반대하는 바람에 곧바로 행동에 들어갈 수가 없었다. 적극적으로 소탕을 주장해왔던 고이허까지도 정작 군대를 동원하여 고유수를 토벌하는 데 대해서는 반대의 의견을 냈다.

"자칫하다가는 조선 사람의 군대끼리 싸우는 꼴을 보이게 될 수 있습니다. 그러면 세상 망신을 당하게 됩니다. 오히려 우리 국민부 쪽에서 더 불리한 여론에 휩싸일 수가 있습니다."

"아니, 이 사람 용성이(崔容成, 고이허의 본명), 그러면 도대체 어떻게 하자는 것이란 말인가?"

현익철은 기가 막혀 말이 나오지 않을 지경이었다.

"우리가 얼마나 힘들게 중국 관헌들한테 양해까지 다 구해놓은 마당에 갑자기 이래도 안 되오, 저래도 안 되오, 하면 다른 무슨 좋은 방법이라도 있으신가?"

"이종락과 김광렬이 모두 잡혀서 아마 저자들은 오래가지 못할 것 같습니다. 가만 내버려둬도 저절로 와해되어 버리기가 십상입니다."

내내 침묵만 지키고 말이 없던 양세봉이 이렇게 말하니 현익철은 화를 냈다.

"아니, 가만 내버려두자고 우리가 심양에까지 갔다 왔단 말이오?"

이렇게 고유수를 소탕하느냐 마느냐는 의견이 찬반양론으로 갈라지게 되자, 이 회의에 참석했던 이효원, 김관웅, 장세용, 이규성 등은 좀 더 기다려보자고 하는 양세봉의 견해를 지지하였다. 고이허가 다시 현익철을 설득하였다.

"일단 사람을 보내서 그들이 다시 우리 조선혁명당으로 돌아오게끔 설득부터 좀 해봅시다."

"용성이는 거 말도 되지 않는 소리만 하는구먼. 설인 저 자들이 그 버릇을 고치겠소?"

"돌아만 온다면야, 우리 혁명군의 법과 군율대로 단단히 다스리면 될 것입니다."

양세봉이 이렇게 나오니 현익철도 부득이 한발 물러섰다.

"그렇다면 좋소. 좀 더 기다려보는 것으로 합시다. 그러나 일단 특무대를 파견하여 저 사람들이 지금 세금 징수하러 다니면서 동네 농민들을 무지 못살게 굴고 있는 것은 빨리 막아야 하오."

사 돌아온다고 해도 강도 노릇에 맛을 들

1930년대 장춘역

다브산즈 차림의 김성주(오른쪽)와 그의 친구 고재봉

이는 양세봉도 동의했다. 현익철은 양세봉에게 따로 부탁했다.

"세봉이도 소문을 들어서 알고 있으리라고 믿소. 형직의 아들이 지금 이름을 김일성(星)으로 고쳐가지고 고유수와 오가자에서 그 짓거리를 하고 다닌다고 하오. 그 지방 농민들이 그 애만 온다고 하면 귀찮고 싫어서 치를 떨 지경이라고 하오. 우리가 저세상 사람이 된 친구의 얼굴을 봐서라도 한 번만 기회를 주는 견지에서 가능하면 그 애만은 다치지 말고 내 앞에 데려와 주기 바라오. 내가 한번만 더 설득해보겠소. 그래도 말을 듣지 않으면 그때 가서는 물론 인정사정 볼 것이 없겠지만 지금은 참 형직의 생각을 하면 마음이 아프오."

"저도 그 애를 잘 이끌어주지 못해서 항상 미안한 마음입니다."

"잘 키웠더라면 우리 조선혁명당의 큰 후계자가 될 수 있었을 애인데 아쉽게도 이종락이 같은 공산건달한테 빼앗겼소. 반드시 되찾아와야 하오."

하지만 양세봉의 파견을 받은 소대장 고동뢰(高東雷)는 고유수에 갔다가 허탕만 치고 돌아왔다. 김광렬이 장춘으로 갔다가 이종락과 함께 체포된 소문이 고유수에 전달되자, 김성주에게 총을 빌려줬던 특무대의 대원들이 찾아와 자기들의 총을 돌려달라고 하였는데 김성주는 김광렬에게서 받았던 권총까지 꺼내어 흔들어 보이면서 총을 찾으러 온 특무대원들을 얼러 넘기고 바로 그날 밤 차광수에게로 가버린 것이었다.

"저희들도 혁명군을 위해 세금을 징수하러 다니고 있는 것입니다. 이 권총도 바로 김광렬 선생님께서 직접 나한테 맡기셨던 것입니다. 제가 함부로 혁명군의 총을 가지고 돌려드리지 않을까봐 걱정하십니까? 내일 김영순 고문님을 만나 뵙고 특무대에서 빌린 총들을 한 번에 반납하겠습니다. 탄알도 한 알 낭비한 것이 없이 모조리 그대로 있습니다."

이렇게 특무대원들을 어르니 그들은 넘어갈 수밖에 없었다. 김성주가 고유수를 떠나자 김근혁이 연락을 받고 '길흑농민동맹' 간부 몇을 데리고 마차까지 두 대 마련하여 가지고 와서 차광수와 함께 기다리고 있었다.

"형님들, 마차는 준비해뒀습니까? 오늘 밤 중으로 떠나야 합니다."

"최창걸이는 왜 같이 오지 않았나?"

차광수는 최창걸의 얼굴이 보이지 않는 것이 이상하여 물었다.

"창걸 형님 이야기는 나중에 합시다. 그한테는 오늘 밤의 일을 알려주지 않았습니다."

김성주가 이렇게 대답하니 차광수도 김근혁도 모두 짐작이 갔다. 최창걸은 차광수와 김근혁과도 친했고 또 특별히 김성주와는 친형제같이 좋아하였지만 그러나 이종락에게만큼은 절대적으로 충성하는 사람이었다. 그를 이종락에게서 떼어 내기 위하여 차광수가 갖은 노력을 다했지만 허사로 돌아가고 말았다. 이광과 만난 뒤 김성주는 최창걸과 깊은 대화를 나누었던 적이 있었다.

"창걸 형님, 언젠가는 광수 형님이랑 함께 고유수를 떠나 무송이나 아니면 안도 쪽으로 가서 진짜로 일본 놈들과 싸우는 그런 새로운 군대를 만들려고 합니다. 창걸 형님은 어떻게 하실 생각입니까? 저희들과 함께 하겠습니까?"

최창걸은 심각한 표정으로 김성주에게 자기의 의견을 내놓았다.

"성주야. 난 조선혁명군이 아니면 아니야. 사령관도 너를 얼마나 끔찍이 생각하는지 너도 잘 알잖느냐. 우리가 끝까지 이 혁명군에 남아서 군대를 새롭게 개조해도 좋고 또 더 크게 발전시켜 진짜로 일본 놈들과 싸우는 군대로 만들어내면 될 것이 아니냐."

이것이 최창걸의 대답이었다. 결국 김성주 쪽에서 먼저 단념하고 말았던 것이다. 그 후 김성주는 차광수와 김근혁의 도움으로 특무대에서 빌렸던 총 20여 자루를 빼냈다. 고마운 것은 최창걸이 이 일을 눈치채고 있었으면서도 나서서 가로막지는 않았다는 것이다. 이 총이 후에 안도에서 유격대를 만들 때 김성주의 대원들이 어깨에 메고 다녔던 첫 무장이었다.

한편 후에 김광렬은 이종락과 함께 변절하고 말았는데 감옥에서 나온 뒤 울화병이 터져 죽어버렸다. 자책감 때문이었을 것이라고 짐작하는 사람들이 있다. 그래서 이종락이나 박차석처럼 김성주와

장울화의 옛 집

다시 만날 기회가 없었다. 아마 그런 이유 때문이었을지 모르나 김성주는 회고록에서 김광렬에 대하여 단 한마디의 언급도 없다. 설사 언급한다고 해도 무엇이라고 말했을까, 오로지 고맙고 미안한 마음만 가득했을 것이다.

그러나 김광렬 본인까지도 감옥에서 일제의 회유에 배겨나지 못하고 절개를 굽힌 마당에서 이 20여 자루의 총을 멘 유격대원들이 끝까지 일제와 싸웠다는 것을 생각하면 거꾸로 고마워해야 할 사람은 오히려 김광렬이었을 것이다.

12. 고동뢰의 피살

이 때 조선혁명군 사령부에서 호위병으로 지내며 현익철의 심부름을 다녔던 적이 있는 김영철의 또 다른 이름은 김청회였다. 그는 1945년 광복 이후 북한으로 나가지 않고 1983년까지 줄곧 중국의 요령성 신변현에서 살았다. 그는 김성주와 양세봉 사이의 세상에 공개되지 않은 이야기를 하나 들려주었다.

"고동뢰 소대장이 고유수에 갔다가 허탕을 치고 돌아왔는데 그는 김일성(김성주)이 총을 훔쳐가지고 안도 아니면 무송으로 달아났을 것이라고 보고했다. 그때 혁명당 안에서는 양세봉이 자기 친구의 아들이었던 김일성을 해치고 싶지 않아 몰래 사람을 보내어 김일성에게 혁명군에서 한 개 소대가 너를 붙잡으러 가니 빨리 몸을 피하라고 알려주었을 것이라는 소문이 나돌았다. 그리고 그것을 알려주고 온 사람이 바로 나라는 것이었다. 그런데 나는 사실 고유수에 갔다 온 적이 없었다. 그리고 현묵관 위원장은 나를 믿어주었다. 나는 현묵관 위원장으로부터 직접 임무를 받고 김일성이 가 있을 것이라고 의심되는 무송에 갔다 왔는데 돌아와서 확실히 김일성이 무송에 있는 것 같다고 보고했다."

그렇게 다시 파견된 고동뢰 소대는 무송에 도착하여 한 조선인 객주 집에서 점심밥을 먹다가 김성주의 친구 장울화(張蔚華)가 데리고 나타난 중국 경찰들에게 모조리 붙잡히고 말았다. 고동뢰는 서투른 중국말로 자기들이야말로 중국 정부와 합작하는 조선혁명당에서 보낸 군대들이라고 해명했지만 중국 경찰은 고동뢰의 말을 들어주려고 하지 않았다.

아청(亞靑)이라는 아명을 가지고 있었던 장울화는 김성주가 무송에서 소학교를 다닐 때 사귀였던 친구로 아버지 장만정은 무송 지방에서 알아주는 대부호였고 또 김성주의 아버지 김형직과도 친한 사이었다. 김형직이 일가를 데리고 처음 무송에 와서 정착할 때 직접 무송현 현장과 경찰국장에게 부탁하여 김형직 일가가 합법적으로 무송에서 거주할 수 있도록 도와주었던 사람이기도 했다. 때문에 경찰들도 모두 장만정의 아들 장울화에 대하여 잘 알고 있었다.

장울화는 김성주가 부탁하는 대로 중국 경찰들에게 고동뢰가 데리고 온 사람들이야말로 공산당이 사주하는 조선혁명군이라고 거꾸로 덮어씌웠다. 그런 연유로 그들을 연행한 중국 경찰들은 고동뢰에게 "만약 조선혁명당에서 사람을 보내와 당신들이야말로 진짜 조선혁명당 산하의 조선혁명군이라는 사실을 입증하게 되면 바로 놓아드리겠소." 하고 약속했다. 고동뢰가 여기저기 수소문하여 겨우 중국 말에 능한 조선인 유지를 한 사람 구해서 중국 경찰들에게 사정하여 일단 유치장에서 풀려나왔으나 중국 경찰이 몰수한 그들의 총을 돌려주려고 하지 않았다. 고동뢰는 다시 그 유지에게 부탁했다.

"그러면 총에서 탄약은 빼내고 총만이라도 돌려주게끔 사정해 주십시오. 우리 혁명당에서는 직접 중국 정부와 공산당을 소탕하는 일에 서로 합작하기로 협정까지 체결한 사이입니다. 이번에 우리를 밀고한 저 자들이야말로 진짜 공산당인데 저자들이 다급하여 거꾸로 우리가 공산당이라고 덮어씌우고 있는 것입니다."

조선인 유지는 다시 나서서 중국 경찰들에게 말했다.

"저 사람들이 공산당이 아니라 진짜 조선혁명군이라는 것을 제가 제 가족 모두의 생명을 걸고 보증 서겠습니다. 총을 돌려주시기가 걱정되시면 일단 총에서 탄약은 다 빼내도 된다고 합니다. 조선혁명당에서 금방 사람들을 보내 올 것이니, 그때 쌍방이 서로 난감하지 않도록 총이라도 돌려주십시오."

중국 경찰들도 마지못해 승낙했다.

"좋소. 그럼 총도 돌려드리겠소. 그러나 혁명당에서 사람이 올 때까지 함부로 나돌아 다니지 말

김성주를 쫓아다녔던 조선혁명군 고동뢰소대장이 사살당한 장소로 알려지고 있는 무송현의 소남문거리

고 우리가 정해주는 여관에서 조용하게 기다려주었으면 하오."

고동뢰는 중국 경찰들의 요구대로 소대원 9명과 함께 무송현 소남문거리의 한 중국인 여관에서 방을 빌렸다. 대원들은 분노를 참지 못하고 고동뢰에게 항의했다.

"이때까지 이런 수모를 받아본 적이 없습니다. 결코 이대로는 돌아갈 수 없습니다."

"어떻게 하자는 거냐?"

"빨갱이들과 결판을 보겠습니다."

"탄약이 없는 빈 총껍데기만 가지고 어떻게 결판을 본단 말이냐?"

"성주 그 애도 그렇고 모두 어린아이들입니다. 두 주먹으로라도 얼마든지 작살을 내버릴 수가 있습니다."

분위기가 이렇게 되자 마침내 고동뢰까지도 참지 못하고 벌떡 뛰어 일어나고야 말았다. 그런데 그때 예상치 못한 사건이 발생했다. 김영철은 이 사건에 대해 계속하여 이렇게 회고하고 있다.

"소대장 고동뢰가 앞장서서 여관에서 나오다가 어디선가 날아오는 총에 배를 맞고 아이고 하면서 비명을 지르더니 별일 없는 것처럼 다시 일어서서 한참 걸어가다가 땅에 쓰러져 다시는 일어나지 못하더라. 누가 총을 쏘았는지 흉수를 잡지는 못했지만 모두 김성주가 사람을 데리고 와서 습격한 것이라고 말하더라. 이렇게 되어 중국 경찰들이 달려와서 나머지 소대원들을 유치장에 다시 가두고 또 고동뢰의 시신도 경찰서에 가져가버렸다. 며칠 후에 혁명당에서 사람들이 왔는데 군대만 백여 명이나 데리고 와서 김성주를 붙잡으려고 하였으나 김성주는 사태가 심상찮은 것을 보고 감쪽같이 사라져 버렸다. 그때 이규성이 내가 소속되어 있었던 경위대 대장이었는데 그분이 내가 얼마 전에 무송에 갔다 온 적도 있고 해서 같이 가자고 했고 현묵관 위원장도 같이 갔다 오라고 허락해서 나도 따라갔던 것이다." (제1부 끝)

이 세상에 위대한 사람은 없다.
단지 평범한 사람들이 일어나 맞서는
위대한 도전이 있을 뿐이다.
― 윌리엄 프레데릭 홀시

제2부

혁 명

제6장

소사하기슭에서

이 세상에 위대한 사람은 없다.
단지 평범한 사람들이 일어나
맞서는 위대한 도전이 있을 뿐이다.
— 윌리엄 프레데릭 홀시

1. 차광수와 세화군

김성주는 회고록에서 이렇게 회고하고 있다.

"내가 돈화를 활동거점으로 삼고 안도 용정, 화룡, 유수하, 대전자, 명월구 등지와 연계를 맺으면서 사업을 한창 전개해 나가고 있을 때 9·18 사변이 터졌다. 나는 그때 돈화 근처의 한 농촌마을에서 공청열성자들과의 사업을 하고 있었다."

하지만 이는 거짓말이다. 1931년 여름, 이때까지도 중국 공산당과 조직관계를 회복하지 못한 김성주는 조선혁명군의 소대장 고동뢰를 살해하

안도의 소사하기슭

였다는 혐의를 받고 차광수와도 갈라져 진한장에게로 와서 몸을 피신하고 있던 중이었다. 진한장이 하루는 조아범(曹亞範)이라고 부르는 중국인 청년 하나를 데리고 김성주의 앞에 불쑥 나타났다.

"혹시 채수항이라고 아십니까? 제가 그의 동지입니다. 제가 그한테서 김성주라는 이름을 얼마나

중국인 항일장령 조아범(曺亞範)의 화상

많이 얻어들었는지 모릅니다."

자신을 소개하며 김성주의 손을 잡은 조아범은 연신 그의 손을 흔들어댔다. 채수항의 이름을 듣는 순간 김성주도 너무 반가워 어쩔 줄을 몰랐다.

"아, 채수항이라구요? 그 형님은 내가 길림에서 중학교에 다닐 때 친했던 사이입니다."

"네, 채수항 동지가 길림에서 사범학교에 다닐 때 당신과 만나 장차 나라를 찾는 큰일을 함께 하자고 약속했던 사이라고 합디다. 알고 지냅시다. 조아범은 제 본명이고 별명은 '청산준걸'(靑山俊傑)입니다."

"청산준걸이라, 별명이 정말 멋진데요."

"그래도 '김일성'만큼만 하겠습니까."

조아범은 벌써 '김일성'이라는 이름을 많이 들어본 듯 했다.

"그러잖아도 채 형의 소식도 궁금하고 정말 만나고 싶었는데 이렇게 소식도 알게 되는군요. 빨리 채 형의 소식부터 좀 알려주십시오."

마침 중국 공산당과의 조직관계를 회복하기 위하여 진한장에게도 부탁하고 또 그 자신도 여러 경로를 통하여 과거의 친구들과 만나려고 소식을 알아보고 있었던 김성주는 조아범과 만난 것이 얼마나 반가웠는지 모른다. 진한장이 곁에서 조아범의 손을 잡고 연신 흔들어대는 김성주를 나무랐다.

"아이고 급하기는, 천하의 김일성이 왜 어린아이들처럼 이러나?"

진한장이 김성주를 '김일성'이라고 부르는 것을 보며 조아범도 갑자기 생각나듯이 말했다.

"참, 내가 사실은 채수항 동지뿐만 아니라, 왕청에서 이광 동지도 만났댔습니다. 그분들에게서 성주 동무에 대한 말을 많이 들었습니다. 김일성이란 이 별명이 참 멋지십니다."

"아닙니다. 사실은 한별 동지의 별명을 흉내 내서 제가

중국인 항일장령 진한장(陳翰章)의 화상

제 별명으로 만들어 본 것뿐입니다.”

조아범은 갑자기 진한장을 돌아보며 김성주에게 말했다.

“참, 한장 동무한테도 내가 아직 알려주지 않았지요? 우리 동만주에 진짜 김일성 장군이 지금 와 있는 것을 아십니까? 아마도 조만간에 만나게 될 기회가 있을지도 모르겠습니다.”

1911년생으로 어렸을 때 북경의 향산자유원(香山慈幼院)에서 공부하며 공산주의 청년단에 가입한 조아범은 1927년 ‘4 · 12 청당사건’ 직후 바로 중공당 조직에서 향산자유원의 진보적인 청년학생들을 동북으로 파견할 때 여기에 선발되어 오늘의 용정시 개산툰진(開山屯鎭) 천평(泉坪)에 와서 소학교 교사로 취직하였다. 당시 개산툰진은 화룡현에 소속되어 있었고 중공당 화룡현위원회 초대 당서기가 바로 채수항이었다.

조아범은 중국인이었지만 화룡현에서 교사로 일하는 동안 조선말을 배웠는데 그가 조선말을 할 때면 아무도 그가 중국인이라는 것을 알아내지 못할 정도였다. 1930년 ‘5·30폭동’을 겪으면서 중국 공산당 내의 조선인 당원들과 깊은 우정을 쌓은 그는 조선인 당원들의 칭찬이 자자했던 인물이었다. 특위 군위서기 양림(楊林)[1]이 유격대

———

1. 양림(楊林, 1898~1936) (本)金勛 金春植 楊州平 楊寧 베스찌 (卒士策) 주동무(老周) (北路軍政畢 장교, 중공 당원) 평북 출신으로, 평양에서 중학교에 재학중 3 ·1운동에 참여했다. 그해 가을 길림성(吉林省) 통화현(通化縣) 합니하(哈泥河)에 있는 신흥무관학교(新興武官學校)에 입학해 1920년 5월 졸업했다. 그후 북로군정서에 입대하여 사관연성소 구대장(區隊長), 교성대(敎成隊) 소대장이 되었다. 10월 청산리(靑山里)전투에 참전하여 1개 중대를 지휘했다. 1921년 초 중국 곤명(昆明)에 도착하여 양주평이란 가명으로 운남강무학교(雲南講武學校)에 입학하고 1923년 말 졸업했다. 1924년 5월 황포군관학교(黃埔軍官學校)가 설립되자 참여하여 훈련부 기술주임이 되었다. 1925년 황포군관학교 집훈처(集訓處) 교관이 되었다. 2월 초 황포군관학교 제1차 동정대(東征隊) 학생대대 제4대장으로서 반군벌투쟁에 참가했다. 5월 중국공산당에 입당했고 11월 국민혁명군 제4군 독립단 제3영장이 되었다. 1926년 4월 황포군관학교에서 공산당 조직활동에 종사했고 1927년 8월 모스크바로 유학하여 손문대학(孫文大學)에서 공부했다. 1930년 봄 상해(上海)로 가서 중공 중앙군사위원회의 지시에 따라 만주성위원회에 파견되었다. 9월 중공 동만특위를 결성하고 위원 겸 군사위원회 서기가 되었다. 10월 간도에서 반일농민운동을 준비했다. 1931년 12월 일제의 탄압으로 와해된 중공 만주성위를 복구하고 군사위 서기가 되었다. 1932년 4월 만주성위 순시원으로

조선인 양림, ‘9·18 만주사변’직후 중공당 중앙으로부터 만주성위원회 군사위원회 서기로 임명받고 만주로 나와, 한동안 동만에서 활동하였다.

채수항(蔡洙恒), 그는 중공당
화룡현위원회 제1임 서기였다.

를 조직하는 일로 왕청과 화룡지방을 뛰어다니고 있을 때 조아범은 동만
특위의 결정에 의해 양림의 경호원을 맡았다. 이때 조아범은 양림을 따라
동만주의 방방곡곡 가보지 않았던 곳이 없었다.

"아니, 진짜 김일성 장군이라니요?"

김성주도 진한장도 모두 놀라며 조아범을 바라보았다. 조아범은 연신
머리를 끄덕였다.

"정말 대단하신 분인데 그분의 신분은 당의 비밀이기 때문에 제가 함부로
위반할 수는 없습니다. 그러나 인연이 되면 반드시 만나게 될 것입니다."

이때 조아범은 김성주에게 빨리 채수항과 만날 것을 권고하였고 또
그 자신이 김성주를 찾아오게 된 경위를 설명했다.

"이광 동지로부터 성주 동무의 가족들이 모두 안도로 이사하여 와서 살
고 있다는 소식을 들었습니다. 제가 채수항 동지께 이 소식을 전해주었댔
습니다. 안도 소사하에는 화룡현 이도구 지방에서 활동하다가 일제 경찰
의 체포를 피해 그쪽으로 몸을 피한 당원들이 적지 않습니다. 그들로 우리
당의 안도지구 위원회를 설립함과 동시에 유격대도 만들려고 하는데 유
격대를 조직하는 일을 바로 성주 동무가 맡아주셨으면 하는 것이 채수항 동지의 생각이었습니다. 아
마 채수항 동지께서 이 일을 특위에도 회보하였을 것입니다. 가능하면 하루라도 빨리 성주 동무와 만
나기를 기다리고 있습니다."

김성주는 유격대를 조직하는 일을 맡아달라는 소리에 벌떡 뛰어 일어났다.

"기다릴 것 없이 지금 바로 당장 떠납시다. 유격대를 조직하는 것은 나의 오랜 꿈입니다. 얼마든
지 조직할 수 있습니다. 저희한테는 지금 총도 있고 또 사람도 얼마든지 있습니다. 오매불망 당 조
직과의 조직관계를 회복하지 못하여 애를 태우고 있었을 뿐입니다."

반석(盤石)지구로 가서 반석현위의 활동을 도왔다. 5월 이홍광(李紅光)이 조직한 '개잡이대(打狗隊)'를 확대 발전시켜 반석노농
의용군을 결성했다. 7월 상해에서 열린 중공 중앙군사회의에 참가했다. 1933년 1월 중국 강서성(江西省) 중앙쏘비에뜨 구역에
서 중국 홍군 총병참위원회 참모장이 되었다. 2월 중국국민당군의 제4차 포위토벌작전에 대항하여 싸웠다. 1934년 1월 중화쏘
비에뜨 제2차 대표대회에 조선족 대표로 참석하여 대회 주석단의 한 사람으로 선출되었다. 10월 대장정(大長狂) 당시 중앙군사
위 간부단 참모장으로 참가했다. 1935년 10월 중공 섬북(陝北) 근거지에 도착하여 제15군단 제5사 참모장이 되었다. 1936년 2
월 제15군단 제5사 제23단 제1대대를 인솔하고 도하작전에 나섰다가 전사했다.

김성주는 조아범과 며칠 뒤에 다시 화룡에서 만나기로 약속하고 다음날 아침 먼저 진한장과 함께 할바령(哈爾巴嶺) 쪽으로 떠났다. 김성주도 그날로 돈화를 떠나 안도로 갔다. 옹성라자 근처에서 차광수와 만났는데 그는 고유수에서부터 데리고 왔던 대원들이 절반이나 또 줄어들어 10여 명밖에 남지 않았다면서 어쨌으면 좋을지 몰라 했다. 김성주도 당황하여 "사람을 자꾸 잃어버리면 나중에 무슨 수로 혁명군을 다시 만듭니까?" 하고 짜증을 내니 차광수는 또 차광수 나름대로 화를 내면서 고충을 하소연하였다.

"너야말로 어디 가서 태평세월을 보내고 있다가 불쑥 나타나서는 한다는 소리가 이거냐? 돈이 떨어져 밥을 제대로 먹이지 못하니, 아이들이 이 핑계 저 핑계를 대고 사라져버리는데 난들 무슨 수가 있단 말이냐? 난 너를 따라 동만으로 나오면서 중국 공산당과도 관계가 맺어지면 댓바람에 큰일을 만들어낼 수 있을 것 같다는 기대를 하고 있었는데 아무래도 감나무 밑에서 절로 떨어지는 감을 얻어먹으려고 했던 것 같아 후회된다. 그러잖아도 작년에 근혁이가 하얼빈으로 가면서 나한테 지금은 대원들이 적지만 '누리에 붙는 불'을 생각하라고 하더라. 작은 불꽃도 큰 불길로 키워서 세상을 태우는 불길이 되라는 뜻이다. 난 지금 데리고 있는 대원들로 세화군(世火軍)이라는 군대를 만들어볼 생각이다. 어떠냐? 반대의견이 없겠지?"

김성주는 진한장에게서 여비에 보태 쓰라고 받았던 돈 10원을 꺼내어 차광수의 손에 쥐어주면서 달랬다.

"형님, 급하시기는. 조금만 더 기다려주십시오. 군대 이름은 형님이 마음대로 알아서 아무렇게나 지으셔도 좋습니다. 다만 어떤 일로도 더 이상 동무들을 잃어버리면 안 됩니다. 세화군이라는 이름도 괜찮은 것 같습니다. 근혁 형님이 '누리에 붙는 불'이라는 말씀을 하셨다는 말씀입니까. 저도 찬성입니다."

남만청총 때 차광수의 소개로 김근혁과 만나 친하게 지냈던 김성주는 붙임성이 좋고 서글서글한 성격인 차광수에게는 허물없이 형님이라고 부르면서도 내성적이고 항상 말수가 적은 김근혁과 만나면 자기도 모르게 선생님이라는 호칭이 먼저 나갔다. 그럴 때 마다 김근혁은 김성주의 손을 잡아당기며 정답게 권하곤 했다.

"성주야, 광수한테는 허물없이 형님이라고 부르면서 왜 나한테만은 이래?"

이종락의 파견을 받고 하얼빈으로 갈 때 김근혁은 이미 장가를 들었고 아내가 방금 몸을 푼 지 얼마 안 되었다. 그래서 김근혁은 아내와 어린 아들 김환(金煥)을 유하에 두고 혼자 하얼빈으로 갔다가 도리

(道里)의 한 층집에서 경찰에게 체포되었다. 자살하려고 3층집에서 뛰어내렸으나 죽지 않고 다리만 부러져 산 채로 붙잡히고 말았다.

그는 후에 여순감옥에서 옥사했는데 김성주는 항상 김근혁을 그리워하였다. 후에 평양으로 돌아가 북한정권을 세운 뒤 김성주는 김환을 찾아내어 만경대학원에서 공부시켰고 동독(東獨)에도 유학을 보냈는데 김환은 유학을 마치고 돌아온 뒤 김성주의 항일연군 시절의 전우인 김일(朴德山)의 조카딸에게 장가들었다는 설이 있다. 어쨌던 김환은 1972년에 노동당 중앙위원을 거쳐 1983년에는 정무원 부총리까지 되었다. 북한에서는 그의 아버지 김근혁을 김혁(金赫)으로 부르고 있다.

2. "아, 혁명은 가까워온다"

채수항과 만나러 가는 길에 김성주는 다시 안도에 들렸다. 앓고 있는 어머니의 걱정도 걱정이었지만 삼촌 김형권이 최효일, 박차석과 함께 조선으로 입국하였다가 체포되어 현재 경성부 감옥에 수감 중이라는 소식이 안도에도 들어왔을 것을 생각하니 숙모가 되는 채연옥과 어린 사촌 여동생 영실이는 또 어떻게 지내고 있는지도 여간 걱정되지 않았던 것이다.

김성주는 회고록에서 "그 당시 우리와 같이 혁명을 한 청년들 속에서는 싸움의 길에 나선 남아 대장부라면 마땅히 가정쯤은 잊어야 한다는 심리가 상당한 정도로 유행하고 있었다. 가정을 생각하는 사람은 대사를 치르지 못한다는 것이 청년 혁명가들의 일반적인 견해였다."고 말하고 있지만 사실 김성주는 유달리 다정다감하였고 눈물도 많았던 젊은 혁명가였다.

다행스러웠던 것은 이때까지 김성주의 할머니 이보익이 처음에는 큰아들을 잃고 과부가 된 큰 며느리 강반석이 걱정되어 만주로 나왔다가 이번에는 또 둘째 아들이 감옥에 들어가고 생과부가 된 둘째 며느리 채연옥이 걱정되어 평양으로 돌아가지 못하고 계속 안도에서 두 며느리를 돌봐주고 있었다는 것이었다. 조광준의 후실로 들어갔던 강반석도 이때 다시 조광준과 헤어지고 시어머니의 곁으로 돌아왔다.

1931년 여름, 최정숙(崔貞淑)이라고 부르는 한 여성 중공당원이 소사하에 나타나 강반석을 찾아왔다. 그는 소사하에서 부녀회를 조직하면서 여기에 강반석을 참가시키려고 무진 애를 썼다. 처음에 강반석이 말을 듣지 않자 최정숙은 공청조직을 움직였는데 여기에 강반석의 둘째 아들 김철주가 가입하게 되면서 강반석의 마음이 점차 바뀌기 시작했다.

북한의 想像畫 (안도에서 농촌운동을 하고 있는 김일성)

김철주는 어머니가 처녀시절부터 몸에 가지고 다녔다는 지금은 너무 낡아서 보풀이 일고 책장마다 너덜너덜해진 성경책을 몰래 훔쳐내어 숨겨놓고는 어머니에게 부녀회에 나가지 않으면 성경책을 돌려주지 않을 것이라고 졸라댔다.

"하나님밖에 모르는 우리 어머니를 철주 네가 혁명의 길로 나아가게 하였구나."

김성주는 어머니에게서 동생 철주가 어느덧 공청원이 되어 활동하고 다닌다는 말을 듣고는 여간 기쁘지 않았다. 김성주가 소사하에 도착한 다음날 김철주가 형을 데리고 대사하로 갔다. 돈화에서 조아범과 만났을 때 조아범에게서 소개받았던 김일룡(金一龍)이라는 사람이 대사하에서 살고 있었기 때문이었다. 그런데 어머니도 김철주도 모두 김일룡을 알고 있는 것이 여간 희한하지 않았다.

"그분이 대사하에서 살고 있는데 우리 부녀회에도 자주 오시고 또 철주네 공청에도 자주 가서 마르크스도 강의하고 또 노래도 가르쳐 주시곤 한단다."

김성주는 찬송밖에 부를 줄 모르던 어머니가 부녀회에 다니면서 많이 변하여 있는 것을 발견하였다.

"그럼 어머니도 배운 노래 몇 곡 있습니까?"

"남들이랑 같이 부를 때는 함께 따라 부르는데 혼자서는 노래를 못 시작하겠구나."

강반석의 대답에 김성주는 동생에게 시켰다.

"철주야, 네가 시작 좀 해보려무나. 평생 찬송밖에 부를 줄 모르는 우리 어머니가 혁명노래 부르는 것을 한번 듣고 싶구나."

그러자 김철주는 좋아라 하며 노래를 시작했다.

> 아, 혁명은 가까워온다.
> 오늘 내일 시기는 박도한다.(각주: 임박한다)
> 일어나라 만국의 노동자야
> 깨달어라 소작인들 각성하라.

다음날 김성주는 동생과 함께 김일룡을 만나러 대사하로 가면서 계속 노래에 관한 이야기를 주고받았다.

"이 노래는 '간도혁명가'인데 전번 야학 때 배웠는데 두 번째 절을 기억 못 하겠어."

김철주는 형을 돌아보며 물었다.

"형두 이 노래 알아?"

김성주는 혁명가요라는 혁명가요는 거의 통달하다시피 했다.

"철주야, 형도 혁명가요 많이 알지만 형의 친구들 가운데는 전문적으로 혁명가요를 만드시는 분도 계신단다."

이렇게 말할 때 김성주는 김근혁과 차광수를 머릿속에 떠올렸다. 그는 철주가 미처 기억하지 못하고 있다는 이 노래 '간도혁명가'의 두 번째 절과 세 번째 절도 한 번에 쭉 불렀다.

> 놈들이 쓰고 사는 벽돌집도
> 놈들이 먹고 입는 금의옥식도
> 비행기, 연극장, 전차, 상품도
> 모두 다 우리들의 피와 땀일세.

소작인이 일 년 동안 잠도 못 자고

못 먹고 못 입어 병에 걸려

김철주는 형이 부르는 노래에 반했다.

"형은 정말 대단해. 형은 또 어떤 노래도 부를 줄 알아? 형은 우리 '공청가'도 부를 줄 알아? 난 '공청가'는 두 번째 절까지 모조리 부를 수 있어."

"공청원이 공청가를 모르면 어떻게 한다니?"

"형 난 이 노래가 제일 좋아."

"형두 제일 좋아하는 노래란다. 그럼 우리 한번 같이 불러보자꾸나."

새 사상 동터온다 모두 다 마중 가자.

오너라 무산청년 네가 갈 길이다.

용감하게 낡은 사회를 무찔러라 불질러라.

너는 무산청년이니 무산청년답게

이마에 땀 흘리고 손에 못 박힌다.

호미나 곡괭이나 있는 대로 둘러메고

나서라 외쳐라 가라 혁명의 전선으로

너는 무산청년이니 무산청년답게

김일성의 동생 김철주

두 형제가 부르는 노랫소리가 대사하 기슭에서 쩡쩡 울려 퍼졌다. 밭에서 김매고 있던 농군들이 김철주를 보고 손을 흔들어 보이며 아는 체를 하기도 했다.

"철주야, 이 총각은 누구냐?"

"저의 형 성주예요."

김철주는 오래만에 형과 함께 지내며 만나는 사람들에게마다 자기의 형을 자랑하였다.

"혹시 그럼 김일성이라고 부른다는 그 혁명군 총각인가?"

간혹 가다가 이렇게 묻는 사람들도 있었다.

"아니, 어떻게 김일성이라는 이름이 여기까지도 퍼져왔지?

김성주는 반신반의할 지경이었다.

"이제는 안도에서도 형을 모르는 사람이 없어. 이제 김일룡 아저씨 만나게 되면 형두 놀랄 거야. 형이 감옥살이도 하고 또 경찰에게 잡혔던 신문기사랑 다 읽었던 것 같아. 형뿐만 아니라 우리 아버지랑 외삼촌하고 삼촌의 일이랑 다 환하게 알고 있어. 전번 공청회의 때는 김일룡 아저씨가 와서 형을 칭찬하는 말씀을 많이 했는데 형이 열네 살 때 벌써 왜놈과 싸우기 위하여 군사학교에 들어가서 군사도 배웠다는 이야기도 해줬어."

동생의 말을 들으며 김성주는 점점 호기심이 동했고 빨리 김일룡과 만나기 위하여 부지런히 걸음을 다그쳤다.

3. 김일룡과 대사하

대사하에 도착하였을 때 김일룡이 먼저 김철주를 발견하고 허둥지둥 달려왔다. 김성주는 깜짝 놀랐다. 철주가 아저씨라고 부르는 나이가 3~40쯤 되었을 것이라고 생각했는데 50도 더 되는 노인네 같았기 때문이었다. 잠시 어떻게 불렀으면 좋을지 몰라 주저하다가 그냥 철주가 아저씨라고 부르

1930년대 지주의 밭을 갈고 있는 소작농

니, 따라서 아저씨라고 불렀다. 그랬더니 오히려 김일룡 쪽에서 먼저 새파랗게 젊은 김성주에게 손을 내밀어 악수까지 청하면서 "성주 동무, 이렇게 만나게 되어 얼마나 반가운지 모르겠소." 하고 반기니 김성주는 황망히 다시 두 손으로 그의 손을 잡으며 말했다.

"저도 선생님에 대한 말씀을 많이 들었습니다."

김성주가 아저씨에서 선생님으로 바꿔 부르니 김일룡은 황망히 시정했다.

"그냥 나를 아저씨라고 부르면 편할 것 같소. 공부를 많이 한 성주 동무가 더 선생님이라고 불릴 자격이 있을 것이 아니겠소."

"아닙니다, 난 그냥 평범한 중학생일 따름입니다."

김성주가 아무리 겸손하게 나와도 김일룡은 자기의 고집을 꺾지 않았다.

"나를 선생님이라고 부르지 마오. 난 그럼 성주 동무를 성주 선생님이라고 부르겠소. 그리고 내가 이래 뵈도 아직은 40 전이오. 형님이라고 부르기에는 내 나이가 많지만 아직 노인네 취급을 받을 나이까지는 아니잖소. 내가 얼마나 성주 동무와 만나고 싶어 했는지 아오?"

김일룡은 김성주의 손을 잡고 길가의 밭두렁에 가서 앉았다. 이 밭은 김일룡이 소작 맡아 짓고 있는 대전자의 지주 장흥천의 땅이었다.

"길림성 정부에서는 올 봄에 벌써 '3·7', '4·6' 감조법령을 반포했는데도 간도의 지주들은 누구도 이 법령을 실행하려고 하지 않고 있소. 내가 안도로 이사나 온지도 벌써 올해까지 햇수로 4년째인데 지금까지 한 번도 일 같은 일을 해본 적이 없다가 이번에야 당에서는 '감조감식'을 반드시 성사시켜야 한다면서 안도에서 '추수투쟁'을 진행할 것을 나한테 지시해왔소. 그동안 공청도 발전시키고 또 '부녀회', '반일회' '반제동맹' 같은 단체들도 조직 중에 있지만 문제는 이 지주들이 집에 가병을 키우고 또 가병들이 총까지도 가지고 있다는 것이 제일 큰 골칫거리요. 그래서 걱정이 이만저만이 아니던 때에 화룡에 갔던 연락원으로부터 군사학교에도 다녔던 적이 있는 성주 동무가 안도에 올 것이라는 연락을 받게 된 것이오."

김성주는 지주 장흥천의 집에 총까지도 있다는 말을 듣고 귀가 솔깃했다.

"아니, 아저씨. 장 지주의 집에 총까지도 있단 말입니까?"

"장총 두 자루 외에도 또 마름이 궁둥이에 달고 다니는 목갑총까지도 한 자루 있다오."

김일룡의 말에 김성주는 벌써부터 너무 좋아 안절부절 못 했다. 목갑총이라면 일반 권총이 아니고 일명 '샤창'(匣枪)이라고 불리기도 하는 마우저 권총, 즉 모젤 권총을 말한다. 김성주가 오랫동안 욕심내왔던 권총이기도 했다.

모젤 권총은 1896년에 처음 독일의 총기제작자 마우저 사에서 제작됐다. 보충 탄창을 장치하면 최대 40발까지도 쏠 수 있고 사격 거리도 2백 미터에 달해 평소 만주의 마적들뿐만 아니라 동북군의 군인들, 그리고 독립군들까지도 모두 선호하는 권총이었다. 그러나 나무 값이라는 뜻의 '싸창'이라는 별명이 붙을 지경으로 복제품이 많이 생겨났고 그러한 복제품 '싸창'에 대해서는 중국 사람들이 또 모슬(毛櫛)권총이라고 부르기도 했다. 김성주는 김일룡의 손을 덥석 잡으며 말했다.

"그러잖아도 우리도 유격대를 만들고 해야 할 것이 아닙니까. 그런데 장 지주에게 총까지 있다니 얼마나 좋습니까. 바로 그것을 빼앗아서 우리가 무장하면 될 것이 아닙니까. 그 일은 제가 맡을 것이고 제가 안도에서 이번 추수투쟁을 힘을 다해 도울 것이니 아저씨는 아무 걱정도 마십시오."

김성주가 이렇게 나오니 김일룡도 안도의 숨을 내쉬었다. 김일룡은 너무 좋아 온 얼굴에 웃음이 어린 모습으로 말했다.

"큰 걱정거리가 풀린 셈이요. 난 성주 동무가 지금 '김일성'이라는 별명을 사용하고 있다는 것도 다 알고 있소. 천하의 '김일성'이 왔는데 무슨 일인들 풀리지 않겠소."

"아니, 아저씨도 '김일성'이라는 이름을 알고 있었습니까?"

김성주가 놀라니 김일룡은 그때에야 자기의 소개를 했다.

"성주 동무는 내 어디서 태어난 사람인지 모르지? 내 고향이 바로 함경남도 단천이오. 단천은 '김일성'의 이름이 처음 태어났던 고장이기도 하오. 단천에서 의병운동을 일으켰던 의병장 김창희 대장이 '김일성'이라는 이름을 사용하였고 나는 열여네 살 때부터 김창희 대장을 따라다녔댔소. 그때 김창희 대장의 나이도 아직 20세 이전이었소. 내 기억 속의 김창희 대장은 역시 성주 동무처럼 키도 컸고 미남이었으며 특히 말을 잘 타고 다녔소. 나는 의병에서 제일 나이 어린 병사였기 때문에 겨우 어른들의 심부름이나 다닐 정도였는데 어느 날 심부름 갔다가 숙영지로 돌아오니 일본군의 토벌대가 와서 모조리 휩쓸고 가버린 뒤였소. 김창희 대장과도 더는 만나지 못하고 헤어지게 되었는데 그분이 계속 마천령 어디에 있다고 하는데 나로서는 도무지 찾을 수가 없었소."

김일룡은 김창희의 의병부대를 따라다닐 때 나이 어렸고 그 때문에 겨우 심부름이나 다닐 정도였다고 자기를 소개하였지만 단천에서 주둔하고 있었던 일본군은 사실 그를 잡기 위하여 현상금까지 내걸었었다.

4. 반일적위대 대장

항일연군 생존자들 가운데는 김일룡에 대하여 알고 있는 사람들이 아주 많았다. 사람들은 모두 그를 60살도 더 되는 늙은이로 기억하고 있었다. 1940년이면 김일룡의 나이가 겨우 46살밖에 안 된 때인데 그의 실제 나이를 알고 있는 사람들은 아무도 없었다. 대원들은 모두 그를 '부관 아바이'라고 불렀다고 한다. 김일룡은 그해 봄에 항일연군 제1로군 3방면의 군수부 부관으로 일하다가 한 부대안의 '되놈'이라는 별명을 가진 한 변절자가 부대를 이탈하고 도주하는 것을 발견하고 설득하다가 그만 그자의 칼에 찔려 죽고 말았다. 김일룡의 소개로 중국 공산당에 가입하고 또 1931년 춘황, 추수투쟁에도 모두 참가하였던 한 생존자가 1983년 화룡현 항일투사좌담회에서 그때의 일화 하나를 들려준 적이 있다.

옹성라자, 1930년대 '옹성라자'로 불리기도 했던 안도현 명월구 한복판에 있었던 '옹성바위'가 지금도 시내 한복판에 남아있다

"그때 대사하에 왔던 김일성(김성주)이 김일룡과 함께 '반일적위대'를 만들고 대장이 되었는데 김일룡은 사무장이 되었다. 적위대의 무기라고는 김일성한테만 권총 한 자루가 있었을 뿐인데 탄알은 한 방도 없었던 것으로 안다. 빈 권총이었다. 나머지는 모두 거의 터지지도 않는 화승총 몇 자루와 칼, 창 같은 것들이 전부였다. 장홍천의 집을 습격하는 날에 장혼천을 죽여야 하느냐, 마느냐 하는 일로 몇 시간이나 쟁론했는데 누가 나서서 장홍천이 가병들을 동원하여 혁명자를 체포하여 명월구에 압송하여다가 '상'을 타먹었던 적도 있었다고 적발하였다. 김일성은 '그 혁명자가 우리 조선 사람인가?'고 묻고 '중국인이다.'고 대답하니, '그럼 그냥 총만 빼앗고 인명은 해치지 맙시다.'고 건의하더라. 그날 밤에 적위대가 장홍천의 집을 포위하였는데 장홍천의 집에서 일하는 머슴 하나가 돈 1원을 받기로 하고 적위대를 도와 몰래 문을 열어주었다. 김일룡이 앞장에서 장홍천이 자고 있던 방에 들어가 흔들어 깨우고는 '김일성이라는 이름을 들어보았는가? 지금 그분이 왔다'고 하면서 김일성을 앞에 소개하니 장홍천은 무슨 큰 강도나 만난 것처럼 어찌나 놀라는지 땅바닥에 엎드려 벌벌 떨면서 바로 일어서지도 못하더라. 김일성이 유창한 중국말로 '장 나으리, 겁낼 것 없습니다. 항일구국사업에 누구나 한몫씩은 해야 할 것이 아닙니까. 집에 있는 총들을 우리 적위대에 헌납해야겠습니다.'고 말하니 장홍천은 부리나케 허락하더라."

이때 장홍천을 죽이지 않고 살려두었던 것이 훗날 큰 악재로 번졌다. 장홍천은 명월구 경찰대대로 달려가 "우리 집 소작농이 '김일성'이라고 부르는 젊은 강도를 데리고 와서 곡간을 모조리 털어

오빈(吳彬)

갔고 또 총도 네 자루나 빼앗아갔다."고 고발했기 때문이었다.

경찰들은 김일룡을 붙잡기 위하여 먼저 김일룡의 아내부터 붙잡았다. 김일룡의 아내가 며칠 건너 한 번씩 명월구에 나와서 검정귀버섯을 팔았는데 그렇게 돈을 벌어가지고 오면 김일룡은 어떤 방법을 써서라도 모조리 그 돈을 빼앗아내곤 하였다. 이러는 탓에 김일룡의 아내가 돈을 빼앗기지 않겠다고 여기저기다가 숨겨놓으면서 악을 쓰고 울고불고 싸우기도 하는 일이 자주 발생했다. 경찰대대에서는 김일룡의 아내를 인질로 잡아놓고 김일룡을 불렀으나 김일룡이 꿈쩍도 하지 않았다. 생각던 끝에 경찰대대에서는 김일룡의 아내를 데리고 직접 대사하로 내려갔다. 그러나 소사하까지 왔을 때 김성주가 박훈(朴勳)이라고 부르는 괴한 하나를 데리고 김일룡의 아내를 데리고 대사하로 오고 있었던 경찰들을 습격했다. 김일룡의 아내를 압송하여 오던 경찰 셋 가운데 둘이 박훈의 권총에 맞아죽고 돌아서서 내뛰고 있었던 경찰을 김성주가 쏘았으나 경찰이 넘어지기는 커녕 오히려 총소리를 듣고 놀란 김일룡의 아내가 땅에 넘어져 일어나지 못하는 것이었다.

"김일성 동무, 동무가 사람을 잘못 쏜 것 같소."

중국 남방에서 나온 박훈은 중국 공산당 연길현위원회 비서 오빈(吳彬)[2]으로부터 김성주를 소개받고 안도로 올 때 김성주의 이름을 '김일성'으로 소개받았던 탓에 만나서부터 계속 '김일성'이라고 부르고 있었고 김성주도 그렇게 불리는 것이 싫지는 않았다. 김성주는 장홍천에게서 빼앗은 권총이 진짜 독일제 권총이 아니고 복제품이라고 불평했다.

"이 '싸창'이 죽어라고 명중이 잘 안됩니다."

"총신이 문제 있다고 해도 요령을 장악하면 명중이 되는 법인데 뭔 타령인가."

박훈은 김성주의 권총을 가져다가 손에 들고 몇 번 가늠해보더니, 바로 도망쳐가고 있었던 경찰

---

2. 오빈(吳彬)의 본명은 오학섭이며 중공당 훈춘현위원회 제5임 서기였다. 고향은 조선 함경북도 온성군남양면이었으나 일찍 간도로 이주하여 용정 동흥중학교에서 공부하였다. 이때 함께 공부하였던 친구 채수항의 소개로 중공당에 가입하였고 후에는 김성주와도 만나게 되었다. 중공당 연길현위원회 비서를 거쳐 훈춘현위원회 제5임 서기로까지 올랐으나 얼마 뒤, 당내 노선투쟁에서 비판받고 철직되어 훈춘유격대의 평대원이 되었다. 1933년 '동녕현성전투' 때 그는 훈춘유격대 선발대에 뽑혀 이 전투에 참가하였고 왕청유격대 선발대와 함께 왔던 김성주와 만나 함께 작탄대를 뭇고 동녕현성의 서산포대를 직접 날려보내기도 했다. 중국의 연변에서 항일열사로 추중받고 있는 유명한 '대황구 13용사' 가운데 한 사람이기도 하다.

에게 단방에 명중시켰다.

"그나저나 빨리 저 아주머니한테 가보오."

박훈은 뛰어가서 경찰들의 총을 걷어왔고 김성주는 김일룡의 아내를 둘러업고 달려왔다.

"박형, 이 아주머니가 총소리를 듣고 기절한 것 같습니다."

"빨리 피하기오."

김성주는 박훈과 함께 김일룡의 아내를 둘러업고 소사하로 갔다.

뒤늦게 달려온 김일룡은 자기의 아내가 오랜 지병을 앓아오고 있었다는 사실도 털어놓았다. 더구나 김일룡의 아내는 올해 접어들면서 한 달에 한두 번 꼴로 졸도하여 쓰러졌는데 한 번 쓰러지면 하루나 이틀 동안씩 정신을 차리지 못했다는 것이다. 그런데 불행하게도 이때 졸도한 김일룡의 아내는 다시 깨어나지 못하였다.

5. 종성으로 가다

김일룡은 아내가 죽고 나서 바로 대사하를 떠나 대푸차이허(大蒲柴河)로 피신했다. 김성주는 박훈을 데리고 왔던 연길현위원회 비서 김춘식(金春植)과 함께 오늘의 용정시 조양천진 구수하로 오빈(吳彬)과 만나러 갔는데 이때 안도에 남은 박훈은 김성주의 소개를 받고 차광수와 만나러 천보산으로 갔다. 김성주의 동생 김철주가 길안내를 섰다. 차광수가 김철주를 알기 때문에 김철주를 데리고 가면 소개장이 따로 필요 없었다.

"광수 형님이 천보산에서 세화군인지 뭔지 하는 군대를 만들겠다고 합디다만 유하에서부터 데리고 나왔던 동무들이 모두 흩어지고 지금 몇 명이나 남아있는지 모르겠소. 대신 총들은 모두 녹슬지 않게 기름도 바르고 잘 보관해두고 있다고 합디다. 전문적인 군사지식을 가진 사람이 너무 없어서 광수 형도 나도 정말 속 태웠는데 이번에 박 형이 돕겠다니 얼마나 반가운지 모르겠습니다."

대포시하(大蒲柴河)-당시의 조선인들은 중국말 발음대로 보통 '다푸차이허'로 불렀다.

새로 발굴된 양림의 사진, 황포군관학
교 교관시절로 보인다

김성주는 기차역까지 배웅하러 나온 박훈과 말을 주고받았다. 박훈은 작년(1930년)부터 동만주 각지에서 중국 공산당의 영도를 받는 유격대들이 우후죽순처럼 조직되고 있는 데 대하여 자세하게 소개했다.

"김일성 동무 이야기만 나오면 김일성이 자기의 친동생이라고까지 자랑하는 사람이 왕청에 있소. 그게 누군지 김일성 동무도 잘 알지오? 이광이 있는 왕청이 지금 제일 앞장서고 있소. 우리 조선 사람들이 사는 동네들마다 유격대가 만들어지고 있지 않는 동네가 없소. 나자구, 대흥구, 묘령, 천교령, 하마탕, 목단지, 계관라자, 대북구, 일일이 기억하지도 못하겠구먼, 어떤 동네들은 대원들이라야 고작 둘, 셋밖에 안 되지만 그들을 다 한데 모아놓으면 한순간에 수십 명씩 모여지오. 문제는 총과 탄알인데 김일성 동무의 여기 조건은 얼마나 좋소. 조선혁명군에서 훔쳐가지고 나온 총이 그대로 잘 보관되어 있다니 말이오."

이처럼 동만주 각지에서 유격대가 신속하게 조직될 수 있었던 것은 바로 박훈 같은 황포군관학교 출신 혁명가들이 여기저기에서 활동하고 있었기 때문이었는데 그들을 모조리 중국 공산당 동만 특위 산하로 집결시키는 데 결정적인 기여를 한 사람이 양림이었다. 김성주가 얼마 전에 돈화에서 만났던 조아범이, 그리고 이번에 김성주를 찾아왔던 박훈이 "지금 만주 땅에 진짜 '김일성'이 나타나서 숱한 유격대가 만들어지고 있는 중이오."라고 한 말은 바로 양림에 대하여 하는 말이었다.

김성주는 회고록에서 양림에 대하여 거의 언급하지 않고 있다. 가까스로 "만주성 당 서기 나(羅)등현과 당 군사위원회 서기 양림은 '9·18 만주사변'후 심양을 떠나 행처를 감추고 있었고 양정우는 아직 감옥에 갇혀있는 몸이어서 의논할 사람이 없었다."고 하는데 일단 양림이 자기와도 같은 조선인이며 당시 중국 공산당 만주성위원회에서 군사 분야를 책임지던 최고의 지도자라는 사실은 인정하고 있지만 "그가 행처를 감추고 있었다."는 말로 표현하고 있다.

이와 같은 사실을 증명하는 또 하나의 회고담을 내놓은 중국인 항일장령 마덕전(馬德全, 후에 변절)은 해방 후 길림성 돈화현에서 살았는데 1961년에 한창 북·중 갈등이 불거지고 있을 때 제일 처음 "북조선(북한)의 저 김일성이 가짜 김일성이다."는 말을 했다가 홍위병들에게 얻어맞기도 했다. 그

일이 있은 후 돈화현을 떠나 교하현으로 피신한 마덕전은 1987년까지 살아있으면서 1930년대, 자기가 직접 상관으로 모시고 다녔던 김일성에 대하여 이렇게 말했다.

"김일성이 진짜 김일성이 아니고 가짜 김일성이라는 것은 항일연군에서 나만 혼자 알고 있는 사실이 아니었다. 왕덕태 군장은 김일성의 상관이었고 나는 처음에 김일성과 동급이었지만 후에는 김일성이 나보다 더 높아졌다. 그가 제6사 사단장이 되면서 나는 그의 밑에서 9연대 연대장이 되었는데 나는 1940년 7월에 재수 없게도 나보다 먼저 변절하였던 사단참모장 임수산에게 붙잡혀 하는 수 없이 변절하고 말았다. 난 지금도 임수산에게 붙잡히던 그 장소를 잊지 않고 있다. 안도현 '요우퇀'(腰團)이라는 동네인데 그 동네 뒷산에서 붙잡혔다. 내가 주력부대와 떨어져 '요우퇀'에서 떠돌아다녔던 것은 완전히 김일성 때문이었다. 그가 6사에서 유일하게 중국인 연대장이었던 나를 아주 많이 박대했다. 물론 그때는 그의 이름이 완전히 김일성으로 바뀐 뒤였다. 그러나 나는 김일성이 가짜라는 것을 알고 있었고 나뿐만 아니라 군장이었던 왕덕태까지도 알고 있었다. 나와 왕덕태는 모두 재황(灾荒) 때문에 산동에서 동북에 피난 왔던 사람이고 차조구(茶條購)라는 동네서 머슴살이도 함께 했었다. 1930년 '추수폭동' 때 우리 동네에 '김일성 장군'이 왔다는 소문이 돌아서 왕덕태가 나를 보고 같이 가자고 해서 따라갔는데 후에 유격대에 가입한 뒤에 왕덕태가 나한테 하는 말이 '진짜 김일성 장군은 동만 특위 군사위원회 서기'라는 것이었다. 나는 지금까지 그 사람의 생김새도 환하게 기억하고 있다. 키가 아주 큰 사람이었는데 목소리도 엄청 높았으나 눈은 크지 않고 '빼대대'했다. 우리 2군 부대가 남만으로 이동할 때 난 왕덕태와 한동안 같이 행군하면서 '가짜 김일성이 이제는 진짜 김일성이 돼버렸다.'고 말했더니 왕덕태가 어떻게 대답했는지 아나?

왕덕태(王德泰)

'진짜고 가짜고 따로 있나. 진짜 김일성도 김일성이고 가짜 김일성도 김일성이다.'는 것이다. 그러면서 '가짜 김일성은 그럼 김일성이 아니란 말이냐.'며 버럭 역증을 내더라. '진짜 김일성이 다 사라져버렸으니, 그럼 가짜 김일성이라도 김일성 노릇을 해야 할 것이 아니냐.'는 것이었다."

마덕전은 중국말 절반, 조선말 절반 섞어가면서 말했다. 마덕전의 조선말은 항일연군에서 배운 것이었고 그가 거느리고 다녔던 항일연군에는 대부분 함경도 출신과 간도태생의 대원들이 많았던 모양이다. 그래서 눈이 작다는 표현을 '빼대대'(뱁새눈이라는 뜻)라는

김성도(金聖道)

간도사투리로 표현할 줄도 알았다.

김성주는 오빈이 보낸 교통원 김춘식과 함께 중국 공산당 연길현위에 도착해서야 오빈에게 자기를 부르도록 시킨 사람이 바로 채수항이라는 것을 알게 되었다. 김성주는 이때 처음 오빈과 만났다. 만나고 나서 소개를 받을 때 깜짝 놀랐다. 오빈이 그동안 김성주가 안도에서 김일룡과 함께 대전자의 지주 장홍천의 곡간을 털었던 일들이며 또 차광수가 유하현에서부터 데리고 나온 조선혁명군 대원들 10여 명이 지금 천보산에 왔다는 사실까지도 낱낱이 다 알고 있었기 때문이었다. 다음날 채수항이 또 김춘식의 집에 도착하였는데 그동안 오빈은 김춘식의 집에 처소를 정하고 있었다.

"채 형, 어떻게 오 선생님은 마치 안도에 와 있었던 사람처럼, 내가 안도에서 하고 지낸 일들을 이처럼 낱낱이 알고 있을 수가 있는 것입니까?"

김성주는 채수항에게 따지고 들었다. 비로소 채수항은 오빈의 신분을 알려주었다.

"학섭이가 사실은 줄곧 옹성라자에서 활동하다가 얼마 전에 연길현위원회로 파견되었다네."

오학섭이란 오빈이 용정 동흥중학교에서 공부할 때부터 사용해왔던 이름이었다.

"아니 그럼 오 선생님이 그동안 줄곧 안도에 계셨다는 말씀입니까?"

오빈은 싱글벙글 웃기만 하는데 채수항과 김춘식이 번갈아가면서 대신 대답해주었다.

"오 비서는 안도 토박이라고 불러도 과언이 아닐 정도라오."

김춘식이 이렇게 말했고 이어서 채수항이 오빈의 정황을 간단하게 설명해주었다.

"학섭이는 차조구에서 오래 살았다오. 성주가 조선혁명군에 가 있을 때는 옹성라자에서 툰장 노릇까지 하고 있었을 때였소. 이번에 연길현위원회로 전근하기 전까지 줄곧 옹성라자 당 구위원회 서기로 있었소. 김일룡 동지도 사실은 학섭이의 지도를 받고 있었던 게요. 그동안 성주가 우리 당과 조직관계가 끊어진 상태에서도 게으름 없이 반제반봉건 투쟁을 벌여왔고 또 우리 당이 주장하고 있는 유격대 건설을 위하여 총까지도 마련한 사실을 이해했소. 또한 돌아온 조아범 동무가 동만특위에도 보고했고 또 연화현위원회에도 보고하였댔소. 그래서 이번에 특별히 현위원회의 결정에 의해

성주 동무를 왔다 가라고 부른 것이오.”

　나중에야 오빈은 김성주를 조양천까지 오게 한 사연에 대해서 말했다. 김일룡으로부터 김성주의 당 조직관계를 회복하자는 보고를 받고 오빈은 한시도 지체하지 않고 이 일을 채수항에게 보고하였던 것이다. 이때 채수항은 중공당 화룡현위원회 제1임 서기였고 안도현위원회가 아직 조직되지 않았던 1931년, 오빈이 서기로 있었던 옹성라자구위원회는 채수항의 영도를 받고 있었다. 더구나 채수항과는 용정 동흥중학교에도 함께 다녔고 또 채수항은 오빈의 중국 공산당 입당 소개인이기도 하였다. 때문에 도리대로라면 채수항과 오빈이 함께 김성주의 당원 증명인으로 나서면 아무 문제도 없을 성 싶었으나 이때 생각과는 달리 발목을 잡고 나선 사람이 있었다.

　바로 김성도(金成道)였다. 김성도의 이름은 김성주뿐만 아니라, 조선공산당을 거쳐 중국 공산당으로 적(籍)을 옮겼던 모든 사람들에게 낯설지 않았다. 김성주는 남만청총 때부터 이 이름을 얻어들었는데 그것은 김성도가 일찍 조선공산당 만주총국 동만도 간부의 신분으로 고려공산 청년회 중구의 책임자로 활동했기 때문이었다. 1930년 8월에 동만 특위의 파견을 받고 훈춘에 가서 훈춘현위원회를 직접 조직했던 사람도 바로 김성도였다. 그는 당시 동만 특위 조직부장으로 임명된 상태였는데 각 지방 당위원회에서 키워내고 있는 당원들에 대한 심사를 아주 엄격하게 진행하고 있었던 것이다.

　“그런데 문제는 성도 동지가 아니라, 성도 동지가 지금 왕청에 나가있는 군사부장 김명균 동지한테서 성주에 대한 무슨 좋지 않은 말을 얻어들은 것이 있었나보오.”

　여기까지 들었을 때 김성주는 속이 덜컹 내려앉았으나 침착하게 고개를 흔들었다.

　“무슨 원인인지 알 만합니다.”

　“성주, 지금 두 가지 문제만 해명되면 성주의 입당 문제는 다 풀 수가 있소.”

　“채 형이 하시는 말씀이 무슨 말씀인지 알겠습니다.”

　김성주는 채수항과 오빈에게 하나하나 설명하였다.

　“제가 김명균 아저씨한테 고유수에 가서 총을 구해오겠다고 약속하고 폭동 전에 돈화를 떠났댔으나 내가 고유수에서 붙잡혀 이통현 공안국에 갇혔던 것은 이광 형님이 증명할 수 있습니다. 제가 무슨 수로 제시간에 돌아올 수 있었겠습니까?”

　얼굴빛이 무겁게 내려앉아 있던 채수항과 오빈은 금방 밝아지는 얼굴로 서로 마주 바라보았다.

　“참, 이것을 미처 생각하지 못했군.”

　“다음, 작년 ‘8 · 1 길돈 폭동’을 앞두고 박윤서 아저씨가 직접 와서 조직했던 ‘모아산’ 회의에는 나와 진한장이 모두 열성분자로 불려가서 참가했고 이 회의에서 마천목 아저씨가 직접 우리 두 사람의 당 소개자가 되어주겠다고 했습니다. 저와 진한장은 당기 앞에서 선서까지 했고 마천목 아저씨가 직접 우리 둘을 예비당원으로 인정해준다고 하였습니다.”

“그렇다면 김명균 동지가 이 사실을 증명할 수도 있지 않겠소?”

오빈이 묻는 말에 채수항은 자기의 생각을 이야기했다.

“이번에 성도 동지와 만나면 내가 다시 말씀 드리겠소. 그런데 그래도 만약 길돈(吉敦) 임시지부에서 예비당원으로 인정된 사실을 받아들이려고 하지 않는다면 나와 학섭이가 다시 성주의 입당소개인으로 나서는 것이 어떻겠소?”

“아무래도 이렇게 하는 것이 제일 좋은 방법일 것 같소.”

채수항은 다시 김성주에게 위안의 말을 건넸다.

“성주, 우리가 공산주의 운동을 하루나 이틀만 하고 그만둘 것이 아니잖소, 한평생, 한목숨을 다 바쳐 하기로 한 일이니 설사 정식 당원으로 인정받는 일이 좀 늦춰지더라도 결코 낙심하거나 다른 생각 같은 것은 갖지 말기 바라오.”

김성주는 길돈 당 임시지부에서 예비당원이 된 사실을 인정받지 못하게 될 가능성도 있다는 채수항의 말에 몹시 기분이 상했으나 채수항과 오빈이 이렇게까지 자기를 위해 입당 소개인이

함경북도 북동부에 위치한 두만강

되어주겠다고 나서므로 웃음을 지어보였다.

"아닙니다. 두 분 형께서 이처럼 나서주시는데 제가 다른 생각을 가질 리가 있겠습니까."

이럴 때 오빈이 이런 제안을 했다.

"그러잖아도 이번에 성주 동무가 마침 잘 왔소. 채수항 동무와 나는 종성지방으로 나갈 일이 있는데 이번 길에 성주 동무도 같이 갑시다. 화룡현위에서 채수항 동무가 직접 책임지고 조선으로 파견한 동지들이 지금 육읍 일대에서 활발하게 활동하고 있는 중이오. 이번에 성주 동무도 우리와 함께 조국의 땅을 밟아봅시다."

함북 북동부 두만강연안의 종성군 신흥촌에 있었던 오빈의 아버지 오의선의 집

김성주의 얼굴에서는 금방 환한 웃음이 피어올랐다.

"아, 이렇게 좋은 소식이 있었군요. 왜 진작 말씀하시지 않았습니까."

이렇게 되어 채수항과 오빈이 조선 종성지방으로 갈 때 김성주도 따라가게 되었다. 종성은 채수항의 고향이기도 하였고 또 오빈의 가족이 얼마 전에 모두 종성군 신흥촌으로 이사하였기 때문에 두 사람은 기회가 있을 때마다 종성으로 들락거렸고 얼마지 나지 않아 종성에서는 '종성반제동맹'이라는 단체가 만들어졌다. 이 단체의 책임자가 오빈의 아버지 오의선이었다.

"아니, 그러니까 조선 내 종성에까지 우리 당의 조직이 뻗쳐있단 말씀입니까?"

"학섭이 아버지가 우리를 많이 도와주고 있는 것이오. 학섭이 아버지의 집이 우리들의 비밀연락처요. 우린 장차 두만강 연안에서 내 조국을 바로 눈앞에 바라보면서 항일투쟁을 벌일 생각이오. 이번 길에 성주를 데리고 가서 종성지방의 우리 당 조직과도 연계를 갖게 하려고 그러는 것이오."

이렇게 되어 김성주는 당시 중공당 화룡현위원회 제1임 당 서기였던 조선인 채수항과 그의 친구 오빈을 따라 처음으로 조선 종성지방에 발을 들여놓았다. 그때 조양천과 개산툰 사이에서는 조개선 경편열차가 개통되어 있었고 그들 일행 셋은 개산툰까지 기차로 도착한 뒤에 석건평까지는 걸어서 갔다. 석건평에는 조선으로 들어가는 나루터가 있었고 여기서 건너가면 바로 조선 동관진에 도착한다. 오빈이 직접 공청원으로 발전시켰던 광명촌청년회 회장 최성훈이 동관진 두량조합의 콩 정선장에서 일하고 있었다. 김성주는 이때 채수항과 오빈의 소개로 종성지방에 파견되어 나왔던 중국 공산당 조직 책임자들, 파견원들도 만났고 또 최성훈 등 종성지방의 열성분자들과도 만날 수 있었다. 1931년 5월에 있었던 일이었다.

6. 양림과 료여원

이 무렵 중국 공산당 동만 특위는 김성도의 세상이었다. 동만 특위의 관할구역은 1930년 10월 중국 공산당 만주성위원회의 결정에 의하여 동만 특별위원회(동만 특별지부위원회의 전신)가 설립될 때 획정되었는바, 연길, 훈춘, 화룡, 왕청, 안도 무송, 화전, 액목, 장백 등 10여 개의 현 당 조직들이 모두 동만 특위의 지도를 받게 되어 있었다.

동만주 바닥에서 가장 오래 활동하고 또 그 터전을 직접 닦아왔던 사람은 왕경과 박윤서 그리고 한별을 들 수가 있는데 이때 한별은 이미 옥사하고 박윤서도 출당 처분을 받은 뒤 실종된 상태였다. 그런데 후에 남만주에서 오성륜과 만났던 양림은 오성륜에게서 박윤서가 자기를 찾아왔더라는 이야기를 들었다.

"그 형님이 동만주에서 억울하게 출당 당하고 나를 찾아왔기에 내가 그의 당적을 회복시켜 주었소."

오성륜의 말에 양림은 기가 막혀 아무 말도 못 했다고 한다.

"아니, 성 위원회 순시원까지 하셨던 분의 당적을 당신이 제멋대로 회복시켜주고 그랬단 말이오?"

양림이 가까스로 한마디 물었더니 오성륜이 대답했다.

"그 형님에 대해서는 주 동무(양림의 별명)가 잘 모르오. 좀 뽐내기 좋아하는 결함은 있지만 얼마나 혁명열정이 끓는 사람이오? 그 형님이 출당당하고 나를 찾아왔던데 얼마나 상심이 컸던지 눈과 코, 귀에서 모두 흰 고름이 줄줄 흐르고 있더구먼. 너무 화가 나서 당장이라도 복장이 터져 죽을 것만 같아하던데 내 차마 두고 볼 수가 없었소. 그래서 내가 반석중심현위원회(盤石中心縣委會) 이름으로 그 형님의 당적을 회복한다고 선포하고 만주성위에도 보고하였소. 그런데 주 동무도 잘 아시다시피 지금 만주성위원회가 온통 뒤죽박죽이오. 서기부터 부장들이 모두 감옥에 잡혀 들어가고 지방에 내려와 있는 우리로서는 지금 도대체 누구의 말을 들어야 할지도 모를 상황이오."

이렇게 한바탕 늘어놓더라는 이야기가 전해진다.

20대의 오성륜(사진 아래), 1922년 3월28일 상해의 황포탄에서 김익상(사진 위)과 함께 다나카 기이치를 암살하려다가 실패하고 신문에 실렸던 사진

황포군관학교 교관시절의 최용건

한편 오성륜과 양림은 친구 간이었다. 1926년 황포군관학교에서도 함께 교관으로 재직했었는데 오성륜은 새로 부임하여 온 러시아어 교관이었고 양림은 이미 상위계급을 달고 있었던 황포군관학교 집훈처(集訓處) 교관으로 훈련부 기술주임까지 겸하고 있었다.

료여원이 만주성위원회 비서장으로 있을 때 양림은 황포군관학교를 떠나 소련으로 가서 1년간 공부하고는 만주성위원회로 파견 받게 되었던 것이다. 당시 만주의 중국 공산당 내에는 양림만큼 전문적인 군사교육을 받은 간부가 없었다. 더구나 그는 1925년에 벌써 중국 공산당 당원이 된 사람이었고 당원이 되기 이전에는 바로 이 만주 땅에서 '청산리 전투'에까지 참가하였던 독립군 출신의 공산주의자였기 때문에 그가 여기서 활동할 수 있는 명분도 있었다.

당시 만주성위원회 안에서는 능히 그의 혁명경력과 어깨를 겨룰 수 있는 사람이 남만의 오성륜과 북만의 김지강(金志剛, 崔鏞健)밖에 없었다. 이들 세 사람은 모두 조선인이었다. 또 모두 황포군관학교 교관으로 재직했었고 각자 비슷한 시기에 만주로 파견 받고 나와, 동만주와 남만주 그리고 북만주로 갈라져 나갔다.

물론 동만주로 나왔던 양림의 활동이 가장 눈부셨다. 그것은 동만주의 지리적 위치가 직접적으로 조선과 강 하나를 사이에 두고 있었는 데다가 중국 공산당의 '조선혁명 지원'이라는 방침 아래, 특별히 조선인들이 많이 집중되어 살고 있었던 동만주의 혁명열정이 여느 지역보다도 훨씬 높을 수밖에 없었던 것과도 무관하지 않다. 1931년을 전후하여 동만 각지에서 중국 공산당이 지도하는 유격대들이 여기저기에서 생겨날 수 있었던 것은 황포군관학교 교관출신이었던 양림이 중국 공산당 동만 군사위원회 서기로 내려와 활동하였기 때문이었고 따라서 양림의 황포군관학교 교관시절의 동료, 혹은 제자들이었던 최상동, 방상범, 신춘, 김철산, 장자관 등의 사람들이 모두 적극

황포군관학교 교관시절의 양림

'5 · 30 폭동' 당시 지주의 곡식을 빼앗고 있는 농민들을 형상한 선전화

적으로 그를 도왔기 때문이었다.

한편 료여원은 중국 관내(關內) 사람으로서 1904년 호남성(湖南省) 안화(安化)에서 태어났는데 조선말도 할 줄 몰랐고 또 동만주의 사정에 대하여서도 익숙하지가 않았다. 나이도 양림보다 한참 어려서 직위는 양림보다 높았으면서도 양림을 부를 때는 항상 '로우저우'(老周), 또는 '주형'(周兄)으로 불렀다. 동만주에 도착하여 거처를 잡을 때도 료여원은 위장용으로 차려 놓았던 국자가의 한 약방 곁에다가 양림의 처소를 마련하고 항상 가까이에서 양림이 시키는 대로만 했다는 말이 전해지고 있다. 또한 그는 양림이 지방 어디로 떠날 때마다 "주형, 언제 돌아오십니까? 빨리 돌아오십시오. 꼭 무사해야 합니다. 기다리고 있겠습니다." 이런 식으로 당부하고 배웅했고 양림이 돌아오면 너무 반가워 손을 잡고 흔들며 직접 차를 따르고 또 어떤 때는 직접 요리까지 만들어가면서 그를 반겼다는 것이다.

이런 상황이었으니 료여원은 유격대를 건설하는 일은 모조리 양림에게 맡기다시피 했다. 대신 조직부장 왕경과 함께 당 조직 건설을 틀어쥐었는데 동만주에 도착하자마자 제일 먼저 해낸 것이 동만 특위 산하 중국 공산당 훈춘현위원회를 결성해낸 일이었다.

7. 동만 특위와 '외눈깔 왕가'

이에 앞서 왕경의 파견을 받고 훈춘으로 갔던 김성도는 혜인(惠仁)과 혜은(惠銀) 두 지방에 중국 공산당 구 위원회를 결성해두고 있었기 때문에 그것이 훈춘현위원회를 결성하는데 발판이 되었다. 이때 료여원과 만난 김성도는 지기지우(知己之友)를 만난 것처럼 료여원을 따랐고 료여원의 지시라면 그것이 옳건 틀리건 상관없이 무조건 집행하였으며 일이 잘 풀려 성과가 나오면 그것은 료여원의 몫으로, 잘 풀리지 않아 과오가 생기면 다 자기의 책임으로 돌렸다.

항상 씩씩하고 또 성격도 불같이 급했던 김성도는 '5·30 폭동' 때 시위 대오와 함께 돌진하다가 자기편 농민이 휘두르는 작대기에 잘못 얻어맞고 눈을 상한 것이 그만 한쪽 눈이 실명되는 불행을 겪기도 했다. 일설에는 한 시골 한의사가 그의 눈을 이식해준다며 자기 집의 황둥개를 묶어놓고 산 채로 개의 눈을 뽑아서 김성도의 실명된 눈구멍 안에 넣어주려고 무진 애를 썼으나 실패했다고 한다. 그때로부터 실명된 그의 한쪽 눈에서는 시도 때도 없이 피고름이 흘렀다. 그래서 그때로부터 '구루메가네'(선글라스의 간도사투리)라고 부르는 검은색 안경을 항상 끼고 다녔는데 동만 사람들에게 '외눈깔왕개' 또는 '개눈깔왕개'로 불리기도 했다. 료여원은 인터뷰 때 김성도가 끼고다녔던 안경은 자기가 봉천에 회의하러 갔다가 돌아올 때 사주었던 것이라고 말했다. 김성도에 대한 료여원의 신임이 어느 정도인지를 설명해주는 대목이기도 하다.

그러나 사실 훈춘에서 활동할 때 김성도는 왕개(王盖)라는 중국이름을 사용하였던 적도 있었다. 그 이름 때문에 비롯된 별명이 아닌가 싶기도 하다.

어쨌든 료여원이 적극적으로 김성도를 발탁하였기 때문에 료여원이 동만 특위를 떠나 만주성위원회로 돌아갈 때 김성도는 어느덧 연화현위원회 서기와 연길현위원회 서기를 거쳐 동만 특위 조직부장까지 될 수 있었다. 더구나 이때 김성도에 비해 나이도 많고 또 능력이 있었던 다른 특위 위원들, 예를 들면 중국인 위원 유지원(劉志遠)이나 이용(李鏞)[3], 이창일(李昌一) 같은 조선인 혁명가들이 모

---

3. 이용(李鏞, 1888년 4월 7일 ~ 1954년 8월 18일)은 독립운동가, 민족주의자이며 헤이그 밀사로 유명한 이준의 아들이다. 본명은 이종승(李鐘乘)으로 탄압을 피해 이용으로 개명하였다. 호는 추산(秋山)이다. 부친의 자결 후 중국으로 망명하여 절강군관학교를 졸업하고 중국군 소위로 임관했다. 1919년 4월 블라디보스토크 근교에서 열린 신민단과 한인사회당의 군사부 담당 중앙위원이 되었다. 1920년 대한민국 임시정부로부터 동로(東路) 사령관으로 임명되어 북간도에서 반일무장 부대의 통합에 힘쓰는 한편 대한국민회 산하 사관학교 건립을 준비했다. 그해 말 일본 군의 간도 참변에 대응하여 소련으로 퇴각했다. 시베리아내전이 끝난 뒤 소련 사관학교에서 수학했다가. 1925년 소련 군사고문단과 함께 중국 광동(廣洞) 혁명근거지로 가서 국민혁명군 산두(汕頭) 주둔 포병연대에서 근무했다. 1927년 4월 장제스의 반공쿠데타에 반대하여 싸웠다. 12월 광주봉기 당시 봉기군 교도단 제1영 군사고문으로 참가했고 봉기

이용과 그의 동지들. 1948년 6월 10일 찍은 것으로 되어 있다. 앞줄 오른쪽에서 두 번째가 이청천 광복군 사령관, 세 번째가 이용이고, 둘째 줄 오른쪽에서 두 번째가 이범석 초대국무총리다.

두 체포되어 감옥에 들어갔고 또 왕경까지 남만으로 전근이 되었다보니, 아직 새로운 특위서기가 도착하지 않았던 동만주에서 김성도는 중국 공산당 내의 제일 높은 간부나 다를 바 없었다.

김성도는 누구에게 보고할 것도 없이 자기 멋대로 동만 각지 현위원회에 서기와 현위원회 산하의 부장들까지도 일일이 직접 임명하여 내려 보내곤 하였다. 김명균이 연길현위원회 군사부장에서 왕청현위원회 군사부장으로 전근되었던 것이 그때 일이고 이용국이 동만 특위 공청단 서기로 임명되었던 것도 그때의 일이다. 특히 이용국은 김성도의 밑에서 오랫동안 공청단 사업을 책임졌던 사람이었다. 이용국은 1930년 6월에 중공당에 입당하고 8월에 연화중심현위원회 건립에도 직접 참가하여 청년부장과 공천단 서기가 되기도 했던 사람이었다.

8. 공청단 특파원

김명균이 부임지로 떠나는 날에 작별 인사차 김성도에게 들렀는데 마침 이용국도 같이 있어서 세 사람은 술 한 잔씩 따라가며 이야기를 주고받았다. 그런데 이용국의 뒤에 그림자처럼 붙어다니곤 했던 '길주'라는 별명으로 불리는 아이가 보이지 않는 것을 보고 김명균이 문득 물었다.

"이 사람 '성진'이, '길주'는 어데다 떼 두고 왔나?"

이용국의 고향이 함경북도 성진이고 그 아이의 고향이 함경북도 길주라서 두 사람을 부를 때 붙여진 별명이었다고 한다. 이용국은 한숨을 내쉬었다.

"내가 잘 챙기지 못해서 지금 서대문형무소에 있습니다."

김성도가 한마디 끼어들었다.

"작년 추수폭동 때 그 애가 지주 집 곡간에 불을 질렀다가 왜놈경찰에 체포되었답니다."

실패 후 해륙풍(海陸豊) 근거지 건설에 참여했다. 1930년 만주로 가서 조선공산당재건설준비위원회에 가입했다. 5월 중국공산당 연변특별지구 위원으로서 '간도 5·30봉기'와 그 이후의 반일농민운동에 참가하여 적색유격대, 자위대 결성에 노력했다. 10월부터 1931년 9월까지 중공 동만특위 통신연락부장을 맡았다. 그해 11월 조양천(朝陽川)에서 일본경찰에 체포되어 서대문형무소에서 복역한 후 북청에 거주제한 조치를 받았다. 1936년 11월 조국광복회에 들어가 지하활동을 했으며, 1944년 11월 장춘(長春)에서 비밀리에 동북인민해방정치위원회를 결성하고 일본군 군사시설에 대한 정찰활동에 참가했다. 해방 후 1946년까지 북청군의 초대인민위원장을 지내다가 그해 3월에 월남하여 만 2년 여간 서울에서 활동했다. 1946년 6월에 이극로와 함께 남조선단독정부수립에 반대했고, 1947년에는 신진당(新進黨) 부당수를 지내다가 1948년 4월 남북연석회의에 참가하기 위해 자진 월북한다. 그는 월북 후 9월 9일자로 수립된 첫 내각의 도시경영상이 되었다. 그 후 1951년 12월에는 사법상으로, 다시 1953년에는 무임소상이 되었다. 1954년 8월 18일 서거한 이용은 1990년에 조국통일상을 수여 받았고, 현재 애국열사릉에 안장돼 있다.

전문섭(全文燮)

이 '길주'라는 별명의 아이가 바로 전문섭(全文燮)[4]이라고 회고하는 연고자들이 여럿 있었다. 전문섭은 1930년 11월 추수투쟁 당시 곡물에 방화한 혐의로 일본경찰에게 체포되어 징역 2년을 받았는데 당시 서대문 형무소에서는 최연소 수감자였다. 느닷없이 '길주'라는 아이의 이야기가 나오면서 김성도가 문득 김성주의 말을 꺼냈다.

"참, 내 그러잖아도 용국 동무한테 마침 할 이야기가 있었더랬소. 여기 김명균 동지도 알고 있는 젊은 동무인데 용국 동무는 들어보았소? 스스로 한별의 별명을 본떠서 '김일성'이라는 별명을 지어가지고 다니는 동무요. 채수항 동무가 길림에서 공부할 때 친하게 지냈던 동무인가 본데 그 동무의 입당 문제 때문에 요즘 말썽이 좀 있었소."

"아, 김성주라는 동무 말입니까?"

"용국 동무도 그 동무 이름을 알고 있었구면. 생각보다는 꽤 유명한 동무요. 지금 이 동무 손에 총도 몇 자루 있다고 하는데 나이는 어리지만 일찍 청총에서도 활동했고 열성분자요. 장춘지방에서 저 국민부의 조선혁명군에 입대하였다가 작년에 채수항 동무의 연줄을 타고 동만주로 나왔는데 당적에 문제가 생겼소. 자기 말로는 8·1 길돈 폭동 때 마천목 동지의 보증으로 예비당원까지 되었다고 하지만 살아있는 증인을 한 사람도 찾아내지 못하고 있소. 문제는 예비당원으로 인정받았다면 시험기간이 필요했을 텐데 바로 이 시험기간에 조직을 이탈하고 폭동현장에서 사라져버린 것이오. 이 일은 김명균 동지가 증명하고 있소. 바로 김명균 동지의 폭동대대에 배치되었다는데 무기를 구해오겠다면서 사라져버린 것이 다시 나타나지 않았다오. 그러나 후에 그가 이통현에서 반동군벌의 경찰들에게 체포된 사실이 증명이 되었소. 그래서 말이오."

김성도는 이용국에게 다음과 같이 건의했다.

---

4. 전문섭(全文燮, 1919.11.24~1998) 함북 길주 출신으로, 1930년 11월 추수투쟁 당시 곡물을 방화한 혐의로 일본경찰에 체포되어 서대문형무소에 수감되었다. 1933년 12월 징역 2년을 선고받고 출옥후 동북인민혁명군 소속 경위중대원이 되었다. 1938년 동북항일연군 제2군 제6사 대원으로서 임강현(臨江縣)에서 전투했다. 1939년 5월부터 1940년 초까지 길림성 무송현, 국내 무산 일대에서 전투했다. 해방후 38선 이북으로 귀환했다. 1950년 8월 조선인민군 연대장, 1950년 10월 사단장, 1960년 8월 제2군단장, 11월 개성지구 주둔 부대장, 1961년 9월 조선노동당 중앙위원, 인민군 제2집단군 사령관, 1964년 사회안전성 부상(副相) 겸 호위국장, 1975년 4월 노동당 중앙위원회 정치국 후보위원, 1980년 10월 노동당 중앙위원, 정치국위원, 군사위원이 되었다. 1988년 5월 인민구 대장, 인민무력부 부부장이 되었다. 1998년 12월29일 사망했다.

"이미 채수항 동무한테도 지시해놓았소. 벌써 작년부터 쟈피거우와 이도구 지방에서 우리 당원들 중 안도 쪽으로 망명길에 오른 동무들이 적지 않소. 오빈 동무가 연길현위원회로 전근하면서 안도구위원회가 옹성라자에서 대사로 옮겨갔소. 지금 당 조직은 그런대로 활동을 시작하고 있으나 유격대 건설은 안도가 동만주 지방에서 꼴찌요. 그래서 난 이 친구가 아직 당적 문제를 해결하지 못한 상황에서 공청단 동만 특위 순시원의 신분으로 일을 한번 맡겨보았으면 하는 생각을 가지고 있소. 용국 동무의 생각은 어떻소?"

"김성주에게 안도의 유격대 건설을 맡긴단 말씀입니까? 잘 해낼까요?"

이용국은 반신반의했으나 김명균도 지지하고 나섰다.

"내가 받은 인상으로는 이 친구가 제법 잘해낼 것 같소."

"그렇다면 이 결정을 화룡현위원회를 통하여 김성주 동무에게 전달할까요?"

"원래는 내가 한번 만나보고 싶기도 했는데 지금 상황도 여의치 않고 또 아직까지는 이 동무가 그냥 소문만 무성할 뿐, 우리 당을 위하여 확실하게 뭐를 해낸 성과가 없잖소. 그러니 일단 안도 쪽에서 한바탕 일을 시키고 보기오."

이것이 김성주가 중국 공산당 산하 공청단 동만 특위 순시원(또는 특파원)으로 임명되었던 전후 과정이기도 하다.

1920년대, 양떼가 흐르는 풍요로운 간도벌

9. 세화군의 몰락

오의성(吳義成)

그러나 이 결정은 1931년 12월 이전까지 김성주에게 전달되지 못했다. 채수항과 오빈을 따라 종성에 다녀온 지 얼마 안 되었을 때 천보산에 있던 차광수의 부하 하나가 산속에서 총을 메고 돌아다니다가 현지 동북군의 초소에 잘못 들어간 것이 발단이 되어 천보산에 주둔하고 있었던 동북군의 한 개 중대가 차광수와 박훈을 습격하였던 것이다. 이때 차광수는 대원들을 거의 다 잃고 박훈의 등에 업혀 가까스로 천보산을 탈출하여 안도로 돌아와 친구 계영춘의 집에 몸을 숨기고 있었다.

김성주는 안도에서부터 화룡까지 달려온 계영춘을 만나 이와 같은 소식을 전해 듣고는 제정신이 아니었다. 그는 왔던 길에 김성도와 만나게 해주겠다는 채수항의 제안도 뿌리치고 정신없이 안도로 돌아왔으나 어머니가 살고 있는 소사하 홍룡촌 마을 입구에서 그를 기다리고 있었던 철주와 만나 마을에 그를 붙잡으러 와서 기다리고 있는 사람들이 있다는 말을 듣고는 그길로 돌아서서 직접 계영춘의 집으로 뛰어갔다. 차광수가 반병신이 되어 들것에 누워있는 것을 본 김성주는 한마디도 나무라지 못하고 그냥 그의 손을 잡고 연신 위로하는 수밖에 없었다.

"어디를 얼마나 다쳤기에 이 모양이 되었습니까?"

"개머리판에 이마를 몇 대 맞았는데 뇌진탕이 온 줄 알았지만 괜찮은 것 같소. 오른쪽 팔꿈치마디가 빠져서 일단 맞춰 넣기는 했소."

화가 돋을 대로 돋은 박훈이 혼자서라도 다시 자기들을 습격한 동북군에 보복하러 가겠다고 씩씩거리는 것을 가까스로 붙잡아놓고 있었던 차광수가 김이 빠져 멀거니 김성주를 쳐다보았다.

"어떻게 했으면 좋겠나?"

"그 동북군이 어디 소속인지나 알아보았습니까?"

"아, 안도야 온통 '노3영'(老三營)의 세상이지. 그들 말고 또 누가 있겠나."

"잘 알아봐야겠습니다. 내가 진한장에게서 들은 소린데 왕덕림의 '노3영'은 웬만한 일로 백성들한테 총부리를 겨누는 일이 없다고 합디다."

김성주가 하는 말을 듣고 박훈이 참다못해 한마디 했다,

"아이쿠, 우리가 총 메고 다녔으니 그 사람들의 눈에 백성들로 보였을 리가 있겠소."

김성주는 그길로 안도를 떠나 돈화로 진한장을 찾아갔다. 언젠가 진한장에게서 친구의 아버지가 '노3영'의 한 중대장과 아주 친한 사이라는 말을 들었던 생각이 났기 때문이었다.

10. '노3영'(老三營)

진한장의 친구 범광명(范廣明)의 아버지 범자단(范子丹)은 돈화에서 알아주는 중국 전통 의사였고 진한장의 아버지 진해와도 서로 친숙한 사이었다. 범자단이 친하다는 '노3영'의 중대장이라는 사람은 그의 중의원(中醫院) 곁에서 술집과 여관을 함께 운영하고 있는 술집 주인이었다.

얼마 전에 '노3영'에서 은퇴하고 돈화에 들어와 상업에 종사하고 있었던 산동성 양곡현 출신의 사나이였는데 이름은 오

軍 將 林 德 王

왕덕림(王德林)

의성(吳義成)이었고 별명은 '오머저리'(吳傻子)였다. 1887년(光緒 13년) 생으로 이때 나이가 벌써 44세였던 오의성은 '노3영'의 대대장 왕덕림과는 결의형제를 맺은 사이었다. '신축조약'(辛丑條約) 이후, 의화단운동은 급격하게 소멸되었고 이 기간에 러시아 침략군들과 싸웠던 당전영과 유영화의 충의군은 모두 사라졌다. 그러나 왕덕림은 부하들이었던 오의성, 공헌영(孔憲榮)과 결의형제를 맺고 계속 무리들을 긁어모았는데 1917년에는 인원수가 800여 명까지 되어 길림성 경내에서는 어느덧 최대 규모의 마적이 되었다. 왕덕림의 마적부대가 줄어들지 않고 규모가 커졌던 것은 그들이 못사는 백성들을 괴롭히지 않고 주로 부자들만을 공격했기 때문이었다. 후에 왕덕림의 부대에서 참모장을 담임하였던 적이 있는 주보중(周保中)은 1969년 1월 한 차례 좌담에서 이렇게 회고했다.

왕덕림의 마적부대는 그때치고 확실히 희한한 마적들이었다. 마적들이라고 다 나쁘게 색안경을 끼고 볼 수는 없다는 걸 바로 이 왕덕림의 부하들만 봐도 알 수 있는데 그들은 특히나 농민들에 대하여 아주 태도가 좋았다. 그들은 웬만해선 농민들의 물건은 건드리지 않았다. 어느 동네에 농민들을 못살게 굴고 있는 지주가 있다면 사람을

보내어 반죽음이 되도록 잡아 패기도 하고 또 어떤 때는 아주 죽여 버리기도 하였다. 때문에 '길동 8현'(吉東八縣)의 사람들은 대부분 왕덕림의 마적부대를 좋아하였고 관병들이 그들을 토벌하러 오면 백성들이 모두 나서서 마적들의 편을 들어주었다.

한편 1917년 9월에 왕덕림의 마적부대가 목릉현(穆棱縣) 석두하(石頭河)에서 주둔하고 있을 때 후지타 이치로(藤田一郞)라고 부르는 일본군 대좌가 직접 왕덕림을 찾아와 협력할 것을 설득하였으나 쫓겨난 일이 있었다. 이때 왕덕림은 그에게서 일본군의 문건봉투를 하나 빼앗아 길림독군부(吉林督軍府)에 바쳤는데 당시의 길림독군 맹은원(孟恩遠)이 크게 기뻐하였다. 이것이 인연이 되어 길림독군부로부터 초무(招抚)를 받은 왕덕림은 연길도 9영 통령 맹부덕(孟福德)의 산하 기병 3대대로 편성되었는데 산하에 3개의 중대를 두어 중대장 자리에 모두 왕덕림의 부하들을 임명하는 등의 권위를 누린다. 1920년대에 접어들면서 길림독군부의 지휘조직은 계속 물갈이 되었으나 왕덕림의 기병 3대대만은 건들지 못할 정도였다.

이런 연유로 '노3영'이라는 별명을 가지고 있었던 왕덕림의 부대는 1931년 '9·18 만주사변'이 발생하였을 당시, 연길진수사(延吉鎭守使) 겸 제27여단 여단장 길흥(吉興)의 관할하에 있었고 부대는 옹성라자에 주둔하고 있었다.

11. "안도현장쯤은 시켜주겠지."

그런데 왕덕림이 나이 쉰을 넘기도록 계속 대대장 자리에서만 뭉개고 더 이상 올라가지 못하니, 오의성이 참지 못하고 제일 먼저 퇴역하겠다고 나섰다. 이렇게 되어 오의성은 그동안 모아 두었던 돈을 가지고 돈화에 들어와 땅과 집을 사고 시내 한복판 번화가에 술집과 여관을 차렸던 것이다. 그러나 왕덕림은 공헌영과 요진산을 데리고 기회가 있을 때마다 오의성을 보러 왔으며 오의성도 자주 '노3영'으로 들락거렸으므로 만약 '노3영'의 일이라면 오의성의 한마디로 해결을 보지 못할 일이 없었다.

그런 연유로 김성주와 진한장이 찾아와서 부탁하자 범자단은 그날로 오의성을 찾아갔다. 그러나 얼마 뒤에 돌아온 범자단은 진한장에게 말했다,

"중대장이 그러는데 '노3영'은 작년부터 부대가 몽땅 옹성라자로 옮겨왔고 천보산에 가 있는 부대는 다른 부대라고 하더구먼. 만약 '노3영'의 일이라면 자기 한마디로 해결 못 볼 일이 없다고 큰

소리까지 탕탕 치더구만은 도와줄 수가 없어서 안 됐다고 하네.”

진한장은 이 사실을 김성주에게 알려주었다. 김성주가 맥이 빠져 한숨을 내쉬니 “성주답지 않게 왜 그러나. 내가 동행해 줄 테니까 우리 같이 천보산에 한번 가보자구.” 하고 김성주를 위안하며 직접 따라나섰다.

그렇게 김성주는 진한장과 함께 천보산으로 갔다. 여기서 그들 둘은 천보산에 주둔하고 있었던 부대가 길림성방군 제677연대 제1대대라는 것을 알아냈고 또 연대장 우명진(于明震)의 고향은 화룡현 관지(官地)로서 그의 집이 ‘5 · 30 폭동’ 시위대의 습격을 받고 불에 탔을 뿐만 아니라 나이 칠순에 가까운 그의 아버지가 거리바닥으로 끌려 나가 조리돌림을 당하면서 반죽음이 되도록 얻어맞았다는 사실도 알게 되었다. 우명진에 대하여 잘 알고 있다는 사람이 나중에 이렇게 권했다.

“그 사람이 ‘꼬리빵즈’라는 소리만 들어도 잡아먹지 못해 안달이오. 공산당이라고 하면 더 말할 것도 없고. 그러니 그냥 찾아가보지 않는 것이 좋을 것이오.”

그러나 진한장은 천보산까지 왔는데 그냥 돌아갈 수야 없잖으냐며 나섰다.

“그냥 포기하고 돌아가야 할까봐. 난 나 때문에 괜히 너까지 다치게 될까봐 겁나.”

“그래도 한 번은 도리를 따져보는 것이 좋겠어.”

“아까 소개하는 사람의 말을 못 들었나. 우명진이라는 사람이 조선인이라면 잡아먹지 못해 안달

천보산광산, 1920년 청산리전투 때에는 이곳 천보산에서 북로군정서와 홍범도의 독립군 연합부대가 일본군 1개 중대를 습격하여 승리를 거두었고, 그로부터 19년 뒤인 1939년 6월에는 김성주의 부대가 다시 이 곳을 습격하였던 적이 있다

천보산전투의 참가자들인 려영준(呂英俊, 왼쪽)과 박춘일(朴春日, 오른쪽), 해방후 김일성과 함께 북한으로 들어가지 않았던 두 사람은 중국 연변에서 정착하였다, 사진은 두 사람이 함께 천보산 옛 전적지를 돌아보며 감회에 젖어있다

이라잖아. 그리고 공산당이라면 더 말할 것도 없고."

김성주가 아무리 그만두자고 말려도 진한장이 계속 고집을 부렸다. 결국 둘은 우명진의 병영 앞까지 가서 다시 한 번 실랑이를 벌였다. 김성주는 부득부득 병영에 들어가서 도리를 따져보겠다고 하는 진한장의 손목을 잡고 놓아주려고 하지 않았다.

"너 여기서 사고 나면 나 다시는 너의 아버지, 너의 아내 다 못 봐, 그러잖아도 너의 식구들이 나를 아주 미워하는데 이번에 또 나 때문에 사고가 나봐라."

그럴 때 보초병 하나가 뛰어왔다.

"너희들 여기서 뭘 하느냐?"

"아닙니다. 사람 찾으러 왔는데 여기가 '노3영'의 병영인 줄로 잘못 알았습니다."

김성주는 부리나케 둘러대고는 있는 힘을 다해 진한장을 잡아당겼다.

"에잇, 천보산에 헛 왔잖아."

진한장이 푸념하자 김성주는 갑자기 힘을 내서 말했다.

"한장아, 뭘 그래. 우리 둘이 같이 천보산광산도 구경할 겸 놀러왔다고 생각하면 되잖아. 여기 천보산을 좀 봐. 가설해서 언젠가는 우리도 군대를 만들어가지고 여기 천보산에 와서 전투를 한다고 생각하자. 천보산진에서 광산 쪽으로 가는 길은 어떻게 어디로 해서 빠져나갔는지, 광산 주변의 산세는 어떻게 생겨먹었는지, 초소들의 경비는 어떻게 하고 있는지, 이런 것들도 두루 다 알아두면 좋을 것 아니야?"

이런 말을 할 때 김성주의 얼굴에서는 밝은 미소가 피어올랐다. 그의 빛나는 눈빛은 금방 진한장까지도 설레게 만들었다.

"아, 그러니까 언젠가는 이 천보산을 점령해버리겠다는 말이구나!"

"천보산뿐이 아니야. 나는 길게 10년쯤 잡고 안도현까지도 모조리 통째로 차지해버릴 자신이 있어. 넌 어때? 넌 돈화 사람이니까, 돈화는 너한테 맡긴다."

"좋아. 돈화는 내가 차지하마."

둘은 소꿉놀이 같은 대화를 나누며 천보산 광산 쪽으로 천천히 발걸음을 옮겨놓고 있었다. 이때까지도 김성주의 꿈은 그렇게 크지 않았다. 후에 항일연군 제2방면군에 소속되어 싸웠던 여영준(呂英俊)은 이런 이야기를 들려주었다.

"처창즈에서였던지, 내두산에서였던지 장소가 잘 생각나지 않는데 한번은 김일성에게 이렇게 물어보았던 적이 있었다. '김 정위, 우리가 이렇게 먹을 것도 못 먹고 입을 것도 못 입으면서 왜놈들과 싸우느라고 산속에서 고생하고 있는데 언젠가는 왜놈들을 다 몰아내고 해방이 되면 공산당에서는 우리한테 무엇을 시킬까요?' 그랬더니 김일성이 이렇게 대답하더라. '나는 안도 사람이고 안도에서 많이 활동해 왔는데 최소한 안도현장쯤이야 시켜주겠지.' 그래서 우리 몇은 김일성의 주변에 모여 앉아 그럼 너는 김 정위의 밑에서 안도현의 공안국장을 하고 나는 안도현의 위수사령관을 하마, 하고 말장난하던 기억이 지금도 생생하다. 그때까지 김일성도 북조선(북한)에 돌아가 이렇게 한 개 나라를 세울 줄은 정말이지 꿈에서도 생각지 못했을 것이다."

로투구 서남쪽으로 30여 리 남짓한 위치에 따로 떨어져 있는 깊은 산골 안에 자리 잡고 있었던 천보산광산은 은광(銀鑛)으로서 만주에서도 개발된 지 가장 오래된 광산이었다. 청나라 광서 14년에 훈춘개간국에서 이 광산을 접수하고 정광제라는 사람에게 맡겨 '관민합작'의 형식으로 경영을 시작하였을 때 주주들 속에는 당시의 길림장군(吉林將軍) 장순(張順)은 물론 청나라의 통상대신 이홍장(李鴻章)까지도 들어있었다.

1890년대 초엽부터 두만강을 건너 간도로 들어온 조선인 청장년들이 이 광산에 모여들기 시작했다. 그런데 광산주 정광제가 서방의 선진 설비를 매입하려고 돈을 돌리는 중에 그만 광부들의 노임을 체불하게 된 것이 발단이 되어 1899년에 한 차례 대폭동이 일어나고 말았다. 정광제가 길림에 가 장순과 만나 대책을 상의하는 동안 '독사'라는 별명을 가진 감독이 잠깐 광산일을 대리하면서 불평을 터뜨리던 광부들에게 매질을 가한 것이 도화선에 불울 붙인 것이었다. 이후 천보산광산이 일본인의 손에 완전히 넘어가버린 것은 일본의 남만주철도주식회사가 광산업에 손을 대기 시작한 후부터였다. 그러나 언젠가는 이 광산을 점령하겠다고 했던 19세의 김성주가 진한장과 주고받았던 대화가 실제로 현실이 되리라곤 아무도 생각지 못하였다.

하지만 그로부터 8년 뒤인 1939년 6월에 김성주가 지휘하고 있었던 항일연군 제1로군 2방면의 부대들은 천보산진을 점령하였다. 천보산진에 들어온 김성주의 부대는 두 갈래로 나뉘어 한 갈래는 일본인들의 상점과 양식점, 그리고 약방 같은 데를 습격하여 대량의 천과 약품, 고무신, 식품 같은 것을 가져갔고 다른 한 갈래는 광산을 습격하였다. 광산보위단 일본인 단장 기치다나가 현장에서 사살되었고 나머지 포로 된 15명의 일본군 외에도 위만군 경찰 우두머리 등 몇은 천보산 소학교에 사람들을 모아놓고 '인민재판'이라는 것을 열어 공개처형했다. 이때 김성주의 부대가 천보산진과 천보산광산에서 털어가지고 간 돈이 수십만 원도 더 되었다고 하는 사람들도 있다.

12. 푸르허에서 피신

김성주는 1931년 '9 · 18 만주사변'을 앞두고 다사다난한 시간을 보내고 있었다. 천보산에서 돌아오는 길에 기차가 명월구역에서 잠깐 멈췄을 때 계영춘이 김성주를 발견하고 부리나케 올라탔다. 진한장과 작별하고 차에서 내리려던 김성주는 다시 계영춘에게 끌려 기차에 다시 타고 말았다.

"성주야, 큰일 났어. 여기서 내리면 안 돼."

어안이 병벙한 김성주에게 계영춘은 국민부에서 온 특무대가 아직도 그를 찾고 있다는 정황을 알렸

푸르허로 들어가는 삼거리

현익철의 체포소식을 실은 '조선일보'와 '동
아일보', 및 연해주의 교포신문 '선봉'(638
호) 1931년 9월24일 기사들

다. 고동뢰가 죽고 심용준(沈龍俊)이라고 부르는 새 소대장이 대원들을 데리고 김성주와 장울화를 찾아다니고 있다는 것이었다. 그런데 장울화는 중국인이고 또 무송현에서는 중국 경찰들이 모두 비호하고 있으므로 함부로 건드리지 못하고 김성주가 안도에 나와 있는 것을 알고 뒤쫓아 왔는데 아직도 돌아가지 않고 있었던 것이다.

"그렇다고 내가 안도로 돌아가지 못하면 어떻게 한단 말이니? 광수 형님은 뭐라던?"

"일단 조금만 더 시간을 끌면 심용준이네 패거리들이 더는 기다리지 못하고 돌아갈 것이라고 하더구나."

"그럼 나는 그런다 치고 광수 형님이랑은 어디로 피하겠다고 하더니?"

"광수 형님은 이영배하고 같이 화룡현 쟈피거우로 갔어. 거기 독립군이 묻어둔 총이 있다고 누가 말해줘서 장소와 지점까지 확실하게 알아가지고 갔는데 돌아올 때 푸르허에 들리겠다고 하시니까 너두 푸르허로 몸 피하면 어떻겠는가 하더라. 광수 형님의 말씀이 등잔 밑이 어두운 법이라면서 오히려 푸르허로 몸 피하면 심용준이네 패거리들이 상상도 하지 못할 것이라고 하더구나."

김성주는 머리를 끄덕였다.

"그 말이 맞아. 푸르허에 일룡 아저씨 조카 송창일이 살고 있는데 그 집에 가서 그럼 잠깐 지내고 있으마. 근데 난 쟈피거우에 간 광수 형님이 더 걱정이야. 화룡에 가서도 또 사고를 치면 어떻게 한다니?"

김성주가 걱정하니 계영춘은 그를 안심시켰다.

"광수 형님이 너를 피신시키고 나서 나도 뒤따라 쟈피거우로 나오라고 하더라. 만약 무슨 문제가 생기면 금방 너한테 와서 소식을 알려주마. 국민부 특무대가 안도를 떠나기 전까지 넌 절대 함부로 나다니지 말라고 광수형님이 신신부탁하더라."

김성주는 돈화에 도착하여 진한장과 헤어진 뒤 걸어서 푸르허까지 갔다. 푸르허는 안도에서 돈화로 넘어가는 길목에 위치해 있었고 일찍부터 정의부의 영향을 많이 받아왔던 동네였다. 1929년 여름 조선공산당 만주총국이 이 동네로 들어와 정의부와 제휴를 둘러싸고 말썽을 일으켰던 적이 있었다. 정의부를 지지하는 동네 노인들이 탈곡장에서 젊은이들을 모아놓고 연설하고 있었던 김찬(金燦)

에게 달려들어 불이 붙어있는 담배 대통으로 김찬의 이마를 지져놓았다는 일화로 유명한 동네였다. 그때 김찬이 불에 덴 이마를 수건으로 동여매고 푸르허를 떠나면서 "이처럼 지독한 반동 동네는 처음이다."고 내뱉었다는 소문은 간도바닥에서 널리 회자되기도 했다.

그러나 다행스럽게도 김일룡의 조카 송창일(宋昌一)이 푸르허에서 살고 있었고 또 이 동네에서는 오래된 집안이었기 때문에 김성주는 송창일의 머슴으로 위장하고 숨어 지낼 수 있었다. 한번은 송창일의 맞은편 집에서 잔치가 있어 송창일의 집에서 머슴을 내보내어 떡을 쳐줄 것을 부탁하였던 모양이다. 김성주는 이 일에 대해서는 회고하고 있는데 한 번도 떡을 쳐본 일이 없었던 김성주는 금방 정체가 드러날 것 같아 당황했으나 다행히도 송창일이 나서서 "이 사람, 그 팔을 가지고 어떻게 떡을 친다고 그러나? 내가 팔을 잘 건사하라고 몇 번이나 당부하던가!"라는 말을 하면서 대신 떡메를 가로챘다는 이야기를 하고 있다. 머슴으로 위장하고 지냈으니 이런 저런 일들이 있었을 수가 있다.

한편 김성주가 푸르허에서 몸을 숨기고 있을 때 양세봉은 사람을 보내어 안도에서 김성주를 붙잡으려고 혈안이 되어 돌아다니고 있었던 심용준을 불러들였다. 1931년 7월, 현익철이 갑자기 일본 영사관 경찰에게 체포되었기 때문이었다. 당시 현익철은 심양으로 가서 중국정부의 관헌들과 만나 '한국독립운동 원조, 만주, 몽골에서의 일본 세력 축출' 등의 현안을 논의하고 돌아오는 길이었다. 현익철을 붙잡기 위하여 조선총독부와 일본 외무성은 벌써 4~5년째 갖은 계책을 다 동원해오고 있었던 중이었다. 그가 체포되었다는 소식은 '동아일보'와 '조선일보'는 물론, 연해주에서 발행되고 있었던 교포신문 '선봉' 638호(1931년 9월 24일)에도 실린 바 있다.

중공당 안도 구 위원회 서기 안정룡

현익철이 체포되자, 국민부 내에서도 은근히 좋아하는 사람들이 있었다. 물론 그들은 두말할 것도 없이 국민부를 해산하기 위하여 갖은 노력을 다해왔던 '반국민부파'들이었고 그들 대부분이 공산주의자들이었다. 국민부 안에서 그들을 단단히 억제하고 있었던 사람은 현익철과 양세봉뿐이었다. 2002년까지 살았던 국민부 계통의 조선혁명군의 소대장 출신 계기화(桂基華)는 1932년 가을 중국 환인현 서간도의 어느 깊은 산속에서 독립군 부대와 함께 있을 때 양세봉에게서 직접 들었다며 이런 증언을 했다.

"당시 엠엘당이나 정의부(국민부) 자체 내에 있는 반대파들이 제일 무서워하는 존재가 현 위원장(현익철)의 현하(懸河)와 같은 정치이론과 과격한 성격, 그리고 양세봉의 침착하고 강의한 성격이었다. 그들에겐 아무리 불리한 역경의 전투에서도 패해본 일이 없는 군신(軍神)이 있었으나 회색분자들에게는 직접 군사지휘권이 없었기 때문에 회색분자들이 표면화하지 못했다."

현익철이 체포된 뒤로 국민부 계통에서 탈출한 공산주의자들은 살맛나는 세상을 만난 듯이 뛰어다니기 시작했다. 푸르허에서 한 달 남짓 숨어 지내던 김성주는 자기를 붙잡으러 다니고 있었던 조선혁명군 특무대가 모조리 사라진 것을 확인하고서야 소사하로 돌아올 수 있었다.

김성주 등이 비밀아지트로 사용하였던 안도현 흥륭촌의 농가

13. '추수폭동'과 정식 입당

이때 김성주는 김일룡의 소개로 '콧대'라는 별명을 가진 안도구위 조직위원 안정룡과도 만나게 되었다. 얼마 뒤에는 안도구위 서기가 되었던 안정룡이 소사하에서 김성주의 어머니 강반석과 두 동생 김철주와 김영주를 정성을 다해 보살폈던 이야기는 안도지방에서 널리 알려졌으나 정작 김성주의 회고록에서는 안정룡이라는 이름자를 찾아볼 수가 없는 대신에 김정룡이라는 이름이 나오는데 그가 안정룡을 김정룡으로 잘못 기억한 것 같기도 하다. 한편 혹자는 고의적으로 안정룡의 이름을 김정룡으로 바꿔놓은 것 같다고도 의심하고 있다.

어쨌든 김성주는 1931년 8월에 중국 공산당 안도구위원회 서기 안정룡과 조직위원 김일룡의 보증으로 정식 당원이 되었고 중국 공산당 화룡현위원회 산하 안도구위원회에 소속되었다. 이때 김성주는 중공당 안도구위원회 선진위원의 직책을 맡기도 하고 정식으로 공청단 동만 특위로부터 특파원으로 임명한다는 결정을 전달받기도 했다. 이때 채수항이 김일룡에게 보낸 화룡현위원회의 지시는 안도현의 사포정자(四哺頂子)에 유격구 근거지를 만들 준비를 해나가라는 것이었다. 유격대를 조직하는 일은 김성주가 맡게 되었다.

그렇게 김일룡이 채만철, 김승권, 김태원 등 사람들을 데리고 사포정자 쪽으로 옮겨가면서 소사하에 남은 김성주는 몸을 내던지다시피 일했다. 이도백하, 삼도백하, 사도백하, 대전자, 푸르허 어디고 그의 발길이 닿지 않았던 곳이 없었다. 그가 '추수폭동' 때 김일룡과 함께 대전자의 지주 장흥천의 집에 들이닥쳐 총을 빼앗았던 소문이 나있었기 때문에 흥륭촌의 지주 목한장(穆漢章)까지도 은근히 그를 무서워하였다. 집에 보위단까지 두고 있었던 목한장이었지만 그는 언젠가는 김성주가 총을 빼앗으려 할까봐 총들을 모조리 땅 밑에 묻어버리고는 명월구로 가서 숨어 버렸으며 웬만해서는 흥륭촌으로 돌아오지 않았다고도 한다.

이는 당시 안도지방의 중국인들까지도 김성주의 이름을 알고 있었고 또 그를 무서워하였다는 증거이기도 하다. 조선 사람들이 많이 사는 동네에서 중국인 지주들은 적지 않게 자기의 땅을 붙이고 있는 조선인 소작농들 사이에서 특별히 중국말도 잘하고 또 한자도 아는 사람을 골라서 마름으로 부리곤 했다. 자연스럽게 중국인 지주들은 그 조선인 마름들에게서 김성주에 대한 소문들을 많이 얻어들을 수밖에 없었다.

김성주가 나이는 이제 겨우 열아홉 살밖에 안 되었지만 벌써 감옥에도 여러 번 들락거렸고 또 총도 백발백중으로 잘 쏘며 그의 손에 걸려 쥐도 새도 모르게 사라져버린 사람들까지도 이미 한둘이 아니라는 소문이 나돌았기 때문에 안도 바닥에서는 차츰 김성주를 모르는 사람이 없게 되었다.

14. '콧대' 안정룡

정식 중국 공산당원이 된 김성주는 중국 공산당 화룡현위원회 소속 안도구위원회 선전위원의 신분으로 활동했다. 안도의 지방 당 조직들이 모두 화룡현위원회의 지도를 받게 된 것은 소사하에서 안도특별지부가 조직될 때 이 지부의 당원들 대부분이 모두 화룡현에서 건너온 사람들이었기 때문이었고 그때까지 안도에는 현(縣)급 위원회가 조직되어 있지 않았다. 소사하의 지방 당 조직은 원래 있었던 김일룡 등 당원들과 후에 이 동네로 이사 왔던 안정룡 등 당원들과 합친 후 안도특별지부로 명칭을 바꾸기는 했지만 여전히 현급 위원회로 격상하지 못했다.

안도특별지부의 당원들은 김일룡 등 몇몇을 제외하고 다수가 중공당 화룡현위원회 산하 이도구 당지부에서 활동하였던 사람들이었다. 1930년 10월에 이도구 당지부가 현지 일본경찰들에 의해 파괴되고 그들은 검거를 피해 안도의 소사하로 망명하였던 것이다.

안정룡이 비록 안도바닥에서 활동하였던 당원은 아니지만 안도와 가까운 거리에 있었던 쟈피거우와 이도구 지방에서는 '공산당 수령'으로 소문이 자자했던 사람이었다. 중학교까지 다녔기 때문에 글도 많이 알았고 또 이도구 구산장에서 살 때는 갑장 노릇까지 하였던 경력이 있어 조선공산당 만주총국이 이 지방에서 활동할 때는 제일 먼저 조선공산당원이 되기도 했다.

1930년 7월, 중국 공산당 연화현위원회가 평강구에서 혁명위원회를 설립할 때 그는 한별의 소개로 중국 공산당원이 되었고 평강구의 농민협회 책임자로 임명되어 '추수폭동'에 참가하기도 했다. 이 폭동 직후 그는 중국 공산당 신분이 폭로되었고 경찰에게 쫓기게 되었다. 도주 과정에서 안정룡은 대사하의 지주 장홍천의 밭을 소작하며 살아가고 있었던 김일룡과 만나게 되고 이것이 연줄이 되어 안정룡은 다른 대원들과 함께 가족들을 데리고 안도로 옮겨왔다.

이때로부터 안도의 중국 공산당 조직 활동은 무척 활기를 띠게 되었다. 김성주가 공청단 동만 특위 특파원으로 임명받은 뒤에는 다 흩어지다시피 됐던 적위대도 다시 살아났다. 대사하의 지주 장홍천의 집을 습격할 때 함께 따라갔던 김철희와 이영배가 화승총 두 자루를 각각 자기 집에 숨겨두고 있었는데 정작 화약이 없어 총을 쏠 수도 없었다. 그러자 하루는 김성주가 보내왔다면서 박훈과 계영춘이 장총 두 자루를 가지고 와서 그들 둘에게 전해주었다.

"총 걱정은 하지 말고 대원들이나 좀 모아주시오. 총은 이제도 또 생길게요."

박훈은 며칠 동안 남아 김철희와 이영배의 집에서 번갈아가며 묵었는데 밤에는 그들 두 사람에게 총 다루는 방법을 가르쳐주었고 낮에는 산속으로 데리고 들어가 두 사람을 일자로 세워놓고 하나 둘, 셋 하고 구령을 불러가면서 총을 메고 걷는 방법과 총을 든 채로 엎드려 포복·전진하는 방법 등을 훈련시키기도 했다. 일설에 의하면 박훈의 배가 너무 커서 밥을 많이 먹는 바람에 김철희와 이영배의 집에서는 그의 음식상을 차리기가 힘들었다고 한다. 나중에 박훈이 스스로 눈치 채고 "난 이젠 이만 하고 떠날 테니, 내 없는 동안에 훈련을 게을리하지 마시오. 빨리 대원들을 더 모아놓고 또 알려주면 그때 다시 오겠소." 하고는 떠나버리더란다. 사실은 김철희와 이영배의 부모가 안정룡을 찾아가 김성주가 보낸 어떤 총 찬 괴한이 자기들의 집에 와서 번갈아가며 묵고 있는데 너무 밥을 축내서 감당 못 하겠다고 하소연했기 때문에 이 말이 김성주에게까지 전달되었던 것이다. 이후 김성주는 급히 박훈을 불러 같이 화룡으로 갔다 올 일이 생겼다고 말했다.

"혹시 차광수 동무에게 무슨 일이 생긴 게요?"

그동안 차광수는 몇 번이나 쟈피거우에 독립군이 사용하다가 묻어두었다는 총을 파내려고 갔다

왔으나 번번이 허탕만 치고 빈손으로 돌아왔다. 그러다가 사문림자에서 살고 있는 한 노인이 찾아와, 독립군이 총을 묻을 때 자기가 직접 현장에 있었던 사람이라며 만약 돈 30원을 주면 길 안내를 서겠다고 나섰다. 노인은 다 큰 아들을 장가보내는 일로 돈이 필요했기 때문이었다. 흥정 끝에 겨우 20원으로 내리고 차광수는 자기의 손목시계까지 팔아가면서 돈을 마련했다. 드디어 쟈피거우에서 총을 11자루나 파냈으나 돌아오는 길에 이 노인이 아들의 혼수에 들 물건을 사야 한다면서 이도구로 들어갔다가 아는 사람을 만나 술을 한잔 하면서 총을 파낸 자랑을 한 것이 그만 경찰의 귀에까지 들어가게 되버린 것이었다.

"아니, 그래서 그 노인이 잡혔다는 게요? 아니면 우리 동무들한테 일이 생겼다는 게요?"

박훈은 깜짝 놀라 다그쳐 물었다.

"그 노인이 이도구 경찰서에 일단 잡혀있는데 빨리 꺼내지 않으면 우리 일을 다 불어버릴 가능성이 있다는 게요. 그래서 다른 동무들은 총을 가지고 몰래 돌아왔으나 광수 형님이 이도구에서 나를 기다리고 있겠다고 합니다. 아무래도 가보지 않으면 안 될 것 같습니다."

김성주의 말을 듣고 박훈은 감탄했다.

"김일성 동무가 항상 궁둥이에 불이 붙은 사람처럼 바삐 돌아다니다가도 일단 광수 동무한테만 무슨 일이 생겼다하면 만사가 다 뒷전이구만. 난 광수 동무가 부럽기까지 하오."

"원, 나한테는 박 형도 광수 형님이나 마찬가지로 소중합니다. '쌍총잡이'인 박 형한테야 원체 무슨 일이 생길 리가 없겠지만 광수 형님은 서생 출신입니다. 천보산에서 총을 빼앗기고 총이라면 눈이 달아올라있는 광수 형님이 너무 안쓰럽기도 합니다. 이번에 이 총을 얻어내자고 그처럼 애지중지하던 손목시계까지 다 팔아버렸다고 하지 않았습니까."

김성주는 안정룡에게 부탁해서 말 두 필을 구해가지고 박훈과 갈아타고 이도구로 갔다. 그러나 이때 경찰에게 붙잡혔던 노인은 이도구 경찰서 유치장에서 하룻밤을 보내고 다음날 아침에 바로 다 불어버리고 말았다. 사태가 엄중한 것을 눈치챘는지, 노인을 실은 마차가 아침 일찍이 화룡 쪽으로 떠나버렸다는 것이었다.

"아니. 그럼 그냥 보고만 있었단 말이오? 어떻게든지 손을 써야 할 게 아니오."

박훈이 버럭 소리를 지르면서 금방 말을 몰아 화룡 쪽으로 뒤쫓아 가려고 하였으나

"늦었소. 마차에 실려 떠난 지 한참 됐고 경찰들이 한 개 소대나 따라갔소."

하고 차광수가 말렸다. 그러나 박훈은 말에서 내리려고 하지 않고

시세영(柴世荣)   시세영의 아내 호진일(胡眞一)

"김일성 동무, 내가 화룡까지 쫓아가서라도 그 영감 입을 막아놓고 돌아오겠소."

하니 김성주는 화를 냈다.

"박 형, 그 방법이 좋긴 하지만 우리가 그 할아버지를 죽여 소문이 안도에 전해지는 날이면 큰일 납니다. 우리가 안도바닥에서 배겨나지 못할 것은 둘째 치고 나까지도 당 처분을 면치 못합니다. 그 러니 그 방법은 안 됩니다."

"에잇, 그러면 어떻게 하겠소?"

"일단 화룡까지 가서 방법을 강구해봅시다. 광수 형님은 빨리 안도로 돌아가십시오. 나와 박훈 동 무가 가서 처리하겠습니다."

김성주는 그길로 박훈을 데리고 채수항을 찾아갔다. 채수항은 김성주가 찾아온 사연을 듣고 나서 안심시켰다.

"너무 걱정 마오. 방법이 있소."

채수항은 그길로 김성주와 박훈을 데리고 바로 화룡현 경찰국으로 갔는데 이때 김성주와 시세영 (柴世榮)의 첫 만남이 이루어지었다. 김성주는 회고록에서 시세영을 '채세영'으로 부르고 있다. 시세영 이 이때 화룡현 경찰국의 부국장으로 있었다는 사실에 대해서도 일절 말해주지 않고 있다. 2008년까 지 중국 사천성 중경시에서 살고 있었던 시세영의 아내 호진일(胡眞一)은 1997년에 초청을 받고 평양 으로 가 김일성과 만난 적도 있다. 그는 2002년, 한 차례 취재에서 이런 이야기를 들려주었다.

시세영이 화룡현 경찰국에서 부국장으로 있을 때 김성주가 자기의 중학교 시절의 스승과 함께 시세영을 찾아와, 얼마 전에 화룡현 경찰서에 압송되어 온 조선인 혁명가 여러 명을 놓아달라고 요청해서 시세영이 그들을 놓아주었다는 것이다. 이것이 인연이 되어 두 사람은 항일연군에서 만났을 때도 각별히 친하게 지냈고 또 1941년 항일연군이 러시아 경내로 철퇴하여 하바롭스크의 밀영에서 보내고 있을 때 김성주, 김정숙 부부와 시세영, 호진일 부부는 서로 이웃하고 살았다고 한다.

그러나 호진일도 시세영의 본처는 아니며 그때 김성주가 채수항과 함께 시세영을 찾아왔던 자세한 내막에 대해서는 알지 못하였다. 그는 1937년에야 시세영과 만나 결혼하였고 후처가 되었는데 만약 그가 들려주고 있는 이야기가 제멋대로 지어낸 것이 아니라면 그도 시세영에게서 들은 이야기였을 수가 있다.

시세영은 1893년생으로 산동성 내주부(萊州府) 교동현(交州縣)에서 태어났으며 다섯 살 때 부모를 따라 오늘의 길림성 연변 화룡현으로 이사를 왔다. 그는 1924년에 조선으로 건너가 조선에서 4년 동안이나 일하다가 1928년에야 다시 화룡현으로 돌아왔는데 이때 화룡현, 특히 용정촌(龍井村)에는 조선인들이 많이 살고 있었기에 시세영이 조선말을 잘하는 것을 보고 경찰국에 취직시켜 주었던 것이다.

이때로부터 1931년 '9·18 만주사변' 직후, 왕덕림이 '노3영'을 이끌고 구국군을 일으킬 때 시세영은 화룡현 경내에서 크게 이름을 날렸다. 사람들은 그를 '활보살'(活菩薩)이라고 불렀다. 구(旧) 시대의 경찰들은 모두 나쁘게만 소개되는 요즘 세상에도 시세영의 이야기를 들어보면 그 시절에도 정말 멋있는 경찰들은 아주 많았던 것 같다. 시세영이 그 가운데 한 사람이었다.

어쨌든 그때 시세영의 도움으로 화룡현 경찰국에까지 압송되었다가 무사하게 풀려났던 노인은 안도로 돌아오는 길에 실종되고 말았다. 당시의 진실은 알기 어려우나 노인이 술을 너무 좋아하여 길에서 또 술을 사마시고 횡설수설하여 노인을 데리고 안도로 돌아오던 사람이 길에서 죽여 버렸다고 이야기하는 사람들도 있곤 하다.

제7장

만주 사변

혁명이란 하나의 불행이다.
그리고 가장 큰 불행은 실패할 혁명이다.
— 하이네

1. 진한장의 휴서(休書)

1931년 9월18일, 일본군의 갑작스러운 폭격에 불타고 있는 동북군의 병영

1931년 9월 18일, 드디어 '만주사변'이 발생하였다. 바로 그 다음날 이른 아침에 이 소식을 들고 김성주에게로 달려온 진한장은 "전쟁이오. 왜놈들이 끝내 불집을 일으켰소!" 하고 신음하듯 숨 가쁘게 소식을 내질렀다고 회고하고 있다. 진한장은 장학량이 동북군 수십만 명을 거느리고 있었으면서도 일본군에게 대항 한 번 하지 않고 있는 데 대하여 참을 수가 없었다.

"장학량과 같은 사람이 동북 땅을 지켜 주리라고 생각했으니 나야말로 얼마나 어리석은 인간이었소? 장학량은 중화민족의 신의를 저버리고 항일을 포기한 겁쟁이고 패전 장군이요. 전에 심양에 가보니 온 도시에 군벌군이 모래알처럼 쭉 깔려 있더구만. 골목마다 신식 총을 멘 군대가 와글와글했소. 그런데 그 많던 군대가 총 한 방 쏘지 않고 퇴각하였으니 이런 분한 일이 어디 있소. 이걸 어떻게 이해해야 하오?"

'만주사변'이 일어나자 장학량의 가족들은 만주땅을 통째로 일본군에게 넘겨준채로 북경으로 피신하기 위하여 짐짝들을 차에 싣고 있다

김성주가 회고록에서 적고 있는 진한장이 그에게 대고 하였던 말이다. 김성주가 진정하라고 달랬지만 진한장은 도저히 참고 있을 수가 없었던지 다시 벌떡 뛰듯 일어나 돈화로 돌아가 버리었다. 바로 그 다음 날 돈화현 민중교육관에는 수백 명의 학생들이 몰려들었다. 진한장은 자청해서 강사로 나갔다.

"여러분, 이제는 더는 정부만 바라보고 있을 수가 없습니다. 우리가 나서야 할 차례입니다. 우리가 일어나서 싸워야 합니다."

그의 연설을 듣고 있던 청중들이 요청했다.

"정부의 그 많은 군대가 모두 항일하지 않고 뒤로 물러나고 있는데 우리가 나설 차례라고 소리치고 있는 너한테 무슨 방법이 있는지, 네가 한번 말해보려무나."

진한장은 이렇게 대답했다.

"천하의 흥망은 필부에게도 책임이 있다(天下興亡, 匹夫有責)는 말도 들어보시지 못하였습니까! 나라가 망하게 생겼는데 당당한 남아로 태어나서 그래 가만히 노예가 되어버려야 한단 말씀입니까! 나는 설사 죽는 한이 있더라도 그렇게는 못 살겠습니다."

진한장은 그날 강연회가 끝나고 돌아와 아버지와 아내에게 선포하듯이 말했다.

"나 이제는 교사노릇 안 합니다. 총을 들어야겠습니다."

진해는 땅이 꺼지도록 한숨만 내쉴 뿐 더는 아들을 말리지 않았다. 아내 추 씨가 다시 흐느껴 울려고 하자 진한장은 두말하지 않고 바로 그길로 문을 차고 나가버렸다.

1939년 10월에 추 씨는 시아버지와 함께 일본군의 총칼에 떠밀려 진한장과 만나러 산속으로 들어 갔다. 아들을 귀순시키지 못하는 날이면 가족들을 모조리 죽이겠다는 일본군의 핍박에도 아랑곳하지 않고 진한장은 아버지와 의논한 뒤 추 씨에게는 다른 데로 재가 가라고 휴서(休書)를 한 장 써주었고 항일연군 대원들이 모두 보는 앞에서 아버지의 옷을 벗겨 나무에 걸어놓고 옷에다가 기관총을 한 탄창 갈겼다. 다시 귀순하라고 권고하러 오는 날에는 그때는 친아버지고 뭐고 할 것 없이 모조리 죽여 버릴 것이라고 일본군에게 대고 대답한 것이었다. 이듬해 1940년 12월에 진한장이 죽고 나서 그

관동군예하 제2 독립수비대장 노조에 쇼토쿠
(野副昌德) 육군소장

의 아버지도 1946년에 아들을 그리워하다가 그만 기절(氣絶)하고 쓰러져 다시는 일어나지 못하였다.

1970년대에 일본에서 『독립 수비보병 제8대대 전쟁사』(獨立守備步兵第八大隊戰史)라는 사료가 출판되었는데 이 대대의 대대장 1명과 중대장 2명이 진한장의 부대와 전투하다가 모두 사살당한 사실이 기록되어 있다. 진한장도 결국 이 대대의 끈질긴 추격을 받다가 경박호 기슭에서 사살당하고 말았다. 중학생 시절부터 일기를 써왔던 진한장의 일기책이 이때 일본군의 노획물이 되었는데 일기의 내용 일부도 이 책에서 공개되었다. 내용에 따르면 진한장이 아버지의 옷을 벗겨 나무에 걸어놓고 총을 쏜 것은 아버지가 시켜서 한 것이었다.

2. "모든 책임은 내가 안고 갈 것이오"

'9·18만주사변'이 발생한 바로 다음 날이었다. 봉천거리 바닥에 날려 다니고 있는 수천 장의 반일 삐라들과 함께 '동북의 인민에게 고하는 선언'(告東北人民宣言)이라는 표제가 나붙은 구호들이 골목 곳곳에 붙어 있으니 일본군들까지도 아연실색할 지경이었다.

국민당 정부군이 동북을 통째로 일본군에게 내놓은 이상 우리 동북의 인민들이 더는 정부를 기대하고 있을 수 없게 되었다는 것과 그 어떤 방법과 수단을 다해서라도 일제와 싸워야 한다는 내용의 '선언'이 만주 각지의 중국 공산당 조직들을 부쩍 달아오르게 만들었다. 봉천, 하얼

만주의 중공당 고위간부들속에서 가장 학력이 높았던 풍중운(馮仲雲), 청화대학 졸업하고 1931년 만주에 파견 받아 나왔다.

빈, 장춘 등 대도시들에서는 노동자들이 파업에 들어갔고 학생들까지도 모두 동맹휴학을 단행하기 시작했다. 중국 공산당은 이와 같은 정세에 대응하기 위하여 나등현(羅登賢)이라고 부르는 중앙정치국 위원 겸 중화전국총공회 위원장을 순찰원으로 파견하여 내려보냈다.

나등현은 봉천시 중앙공원의 한 정자 밑에서 장응룡과 만나 깊은 대화를 나눴다. 이때 나등현은 장응룡에게 만주 각지의 당 조직들에 지시하여 빨리 유격대를 무장시킬 것과 적극적으로 항일무장투쟁의 길로 나아가야 한다는 도리를 설명하였지만 장응룡은 중국 공산당 중앙의 명확한 지시가 아직 도착하지 않은 상황에서 제멋대로 당의 '노선'을 개편할 수 없다고 잡아뗐다. 이에 나등현은 몹시 화가 났다.

"나는 중국 공산당 중앙에서 파견 받고 내려온 순찰원이오. 나중에 우리가 추진해온 일들이 잘못되었다고 문책이 들어오게 되면 모든 책임은 내가 감당할 것이오."

나등현은 더 이상 장응룡을 거들떠보지 않고 그길로 하얼빈으로 갔다. 그를 마중한 중국 공산당 동북반일총회의 단 서기 풍중운(馮仲雲)이 하얼빈 외곽의 두관가(頭關街)에 자리 잡고 있었던 자기의 집으로 모시고 갔다. 여기서 나등현은 북만주 지방의 중국 공산당 고급간부회의를 열었고 다음과 같은 엄포를 놓았다.

"왜놈들이 있는 곳에서 우리 공산당인들은 인민들과 함께 왜놈들과 싸울 준비를 해야 합니다. 지금이야말로 우리 공산당인들이 동북의 인민들과 환난을 함께 겪어야 할 때입니다. 이럴 때 만약 우리 당내에서 누가 동북을 떠나려고 한다면 그는 동요분자로 취급될 것입니다. 공산당에서 퇴출시킬 것입니다."

나등현(羅登賢), 주수주(周秀珠)부부가 남겨놓은 유일한 합영(合影) 사진

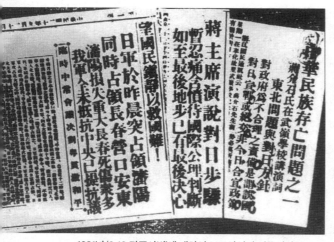
1931년 '9·18 만주사변'에 대하여 보도하였던 신문기사들

이 회의 직후, 나등현은 다시 봉천으로 돌아와 중국 공산당 대련시(大連市)위원회 서기로 있었던 동장영을 봉천으로 소환했다. 동장영은 나등현과 만난 자리에서 당장 이런 요구를 제출했다.

"동만주의 사정이 비교적 복잡하다는 것을 알고 있습니다. 민족모순과 계급모순이 첨예하게 대립하고 있는 고장이 아닙니까. 제가 당의 '중앙노선'을 위반하지 않는다는 대전제(大前提)하에서 마음껏, 능력껏 일할 수 있도록 권한을 부여하여 주실 수 있습니까?"

이에 대하여 나등현이 이렇게 대답했다고 한다.

"항일구국을 위하여 당신이 어떤 일도 다 할 수 있도록 허락하겠소. 만약 문제가 생긴다면 모든 책임은 내가 안고 갈 것이오."

이렇게 큰 소리로 장담했던 나등현은 결국 이듬해 1932년 6월, 중국 공산당 임시 중앙위원회에서 비판을 받게 된다. 이 여파로 만주성위원회 서기직에서도 내려오고 상해로 소환된다. 그러나 불과 1년도 되나마나한 시기 동안을 만주성위원회 서기로 지내면서 그는 중국 공산당 만주성위원회의 역사에서 가장 많은 일을 한 사람으로 기록되고 있다.

그가 직접 일일이 만나서 면담을 진행하고 동북 각지로 계속 파견하여 보냈던 사람들 가운데는 동장영뿐만 아니라 조상지(趙尙志), 주보중(周保中), 양정우(楊靖宇), 이연록(李延祿), 호택민(胡澤民), 맹경청(孟勁淸) 등 만주 땅에서 날고뛴다는 사람들이 모두 들어있었다. 말하자면 이후의 10년 동안 만주 각지에서 활약하게 되는 중국 공산당 항일연군의 최고위급 지도자들이 이때 모두 나등현에 의해서 발탁되고 파견되고 했던 것이다. 때문에 나등현은 중국 공산당 만주 항일투쟁의 초석을 닦은 사람으로 평가받고 있기도 한다. 이때 곁에서 그를 가장 많이 도왔던 사람이 군사위원회 서기직을 맡고 있었던 조선인 양림이었다.

3. 옹성라자회의

양림이 동만특위 군사위원회 서기로 내려가 있는 동안에 자기의 군사경험과 지식을 바탕으로 직접 친필로 쓴 '동만유격대사업요강'을 한 자도 빼어놓지 않고 거의 암기하다시피 읽은 동장영은 동만주에 도착하기 바쁘게 동만 당(黨) 및 단(團) 간부연석회의를 소집하였다.

정확한 날짜는 1931년 12월 23일로 추정된다. 김성주는 회고록에서 이 회의의 사회를 직접 봤던 중국인 동장영 한 사람의 이름만 외우고 다른 중국인 참가자들의 이름에 대하여서는 한 사람도 말하지 않고 있다. 그가 회고록에서 밝히고 있는 차광수, 이광, 채수항, 김일환, 양성룡, 오빈, 오중화, 오중성, 구봉운, 김철, 김중권, 이(리)청산, 김일룡, 김(안)정룡, 한일광, 김해산 등 40여 명의 조선인 젊은이들 가운데서 이광, 양성룡, 오중화, 오중성, 김철 등은 이 무렵 왕청현에서 활동하고 있었던 동만특위 특파원 조아범이 직접 데리고 왔던 대표들이었다.

화룡현에서는 현위원회 서기 채수항이 직접 화룡현 대립자구위원회 서기 김일환(金日煥: 후에 채수항의 뒤를 이어 화룡현위원회 서기가 된다)을 데리고 왔다. 오빈과 이(리)청산 등은 연길현위원회에서 온 대표들이었다. 그런데 한 가지 의문스러운 점은 김성주가 이 회의에 참가하였다고 회고하고 있는 오중화는 1931년 봄에 체포되어 서울 서대문형무소에 갇힌 후 1932년 12월에야 석방되었다. 그가 어떻게 이 회의에 참가할 수가 있었는지가 의문이 아닐 수 없다. 또한 김성주가 회고록에서 빠뜨린 박훈도 이 회의 참가자의 한 사람이었다.

중국인 대표들로는 돈화에서 진한장이 왔고 영안에서는 호택민이 왔다. 조선말을 잘하는 조아범이 동장영의 곁에 붙어 앉다시피 하고 조선말 통역을 직접 했다. 그리고 조선인 청년들 중에서는 주로 김성주와 이광이 중국어 통역을 도맡다시피 했다. 물론 회의 전 기간 동안 사용되었던 언어는 중국어였다.

이 회의에서 동장영은 특별히 '병사 사업을 강화하고 유격대를 건립하는 데 관한 중국 공산당 중앙의 '1931년 10월 12일의 지시정신'을 전달하였고 또한 오늘 안도현 장흥향 신흥촌에서 발생하였던, 일명 '옹성라자 사건'을 예로 들어가면서 이야기했다. 동장영은 연설을 할 때 질문을 내놓고 그 질문에

'명월구회의', 또는 '옹성라자회의'로 불리기도 한다. 그 회의가 열렸던 장소

동장영(董長榮), 그도 역시 만주에서는 가장 학력이 높았던 중공당 고위간부였다. 일본 동경대학에서 재학중 사회주의 활동을 하다가 추방당하여 중국으로 돌아왔다

자기 스스로 답하는 방식의 연설을 즐겨 했다.

"여기 사정에 대하여 나보다 더 환하게 알고 계신 분들이 계십니다. 누구겠습니까? 바로 동무들입니다. 말씀해보십시오. 우리가 지금 회의를 진행하고 있는 옹성라자가 어떤 곳입니까? 나는 대련에서 사업하고 있을 때 옹성라자라는 이 지방 이름을 들었고 또 기억해두고 있었습니다. 왜서겠습니까? 그때 벌써 동만주는 하나의 화약고 같다는 느낌을 받고 있었습니다. 누가 불만 지르면 바로 폭발하게끔 되어 있는 화약고 말입니다. 옹성라자는 바로 이 화약고의 도화선과 같은 동네입니다. 지금 이 화약고에 불이 붙어버린 것입니다. 누가 불을 질렀습니까? 바로 왜놈들입니다. 언제 불을 질렀습니까? '9·18'입니다. 이 불길이 동만주의 화약고에 첫 불꽃을 튕겨놓은 것이 아니고 무엇입니까!"

동장영이 옹성라자에서 이 회의를 소집하고 있을 때 옹성라자에서 주둔하고 있었던 왕덕림의 '노3영'은 이미 옹성라자를 떠나 잠깐 동안 안도현의 고동하(咕咚河)로 병영을 옮겼다가 다시 명령을 받고 한창 돈화로 이동하고 있었던 중이었다.

4. 옹성라자사건

'9·18 만주사변'이 발생하던 날, 길림성 성장 장작상은 부친 상(喪)을 당해 천진에 가 있었다. 장작상을 대리하여 길림성 군정업무를 주관하고 있었던 길림성방군 참모장 희흡(熙洽)은 부리나케 일본군에게 투항하고 일본군에게 충성하는 괴뢰 길림성 정부를 성립하였다. 이때 동만주를 지키고 있었던 길림성방군 제27여단장 겸 연길진수사 길흥은 희흡과는 같은 만주족 황실의 후예였고 개인적으로는 희흡의 당형(堂兄)이 되기도 했다.

희흡의 부탁을 받고 연길에 왔던 일본군 길림특무기관장 오오사코 미치시타(大迫通貞) 중좌는 길흥에게서 왕덕림의 '노3영'에 대하여 자세하게 소개받았다. 계속하여 연길 주변의 각 현들을 돌아다니면서 정보들을 수집하고 길림에 돌아온 오오사코 미치시타는 다음과 같이 희흡에게 권고했다.

"길흥이 동만은 아무 걱정 말라고 큰 소리를 탕탕 칩디다만 은 내가 연길과 왕청, 안도 등 지방을 돌아다니면서 조사해본 바로는 동만은 굉장하게 위험한 곳입니다. 왕청에 가서는 당신의 학생인 김명세(金名世) 현장도 만나봤는데 그가 하는 말이 왕청 지방에서는 공산당들이 크게 활동하고 있다고 합니다. 지금은 동네 구석구석들에서 소규모의 무장을 갖추고 소란을 일으키고 있지만 조만간에 크게 번질 조짐이라고 합디다.

문제는 '노3영'입니다. 대대장 왕덕림은 굉장하게 불온한 인물이고 조만간에 반란을 일으킬 가능성이 있습니다. 때문에 이 자를 동만에 이대로 놔두어서는 절대로 안 됩니다. 빨리 손을 쓰지 않으면 큰 낭패를 보게 될 것입니다."

'9·18 만주사변' 당시 길림성 왕청현 현장에서 길림성 공서 경무청장과 간도성 민정청장으로 부임했던 김명세(金名世, 사진은 길림성 공서 경찰청장 시절)

오오사코 미치시타 기관장의 획책하에 희흡은 왕덕림의 '노3영'을, 동만에서 길림으로 이동시키려고 하였으나 길흥이 말을 듣지 않았다. 길흥은 자기의 여단에서 '노3영'을 떼 가겠으면 대신 돈화에 주둔하고 있었던 왕수당(王樹堂)의 연대를 자기의 여단에 넘기라고 발목을 잡았다. 그러나 왕수당의 연대는 새로 성립된 지 얼마 안 되었던 우침징(于琛澄)의 길림토벌사령부 예하(隷下) 부대였다. 이렇게 되자 길흥은 '노3영'을 빼앗기지 않으려고 벌써 2년째 옹성라자에 주둔하고 있었던 '노3영'을 안도현 고동하로 이동시키려고 하였다.

그런데 고동하의 병영이 미처 수리되지 못하여 한참 시간을 끌

길림성방군 참모장의 신분으로 일본군에게 투항했던 희흡(熙洽, 사진은 일본육군사관학교시절)

연길진수사(延吉鎮守使署) 길흥

고 있던 중이었다. 1931년 11월 7일 '만철'(滿鐵: 만주철도주식회사)의 측량대원들이 일본군 한 개 소대와 길흥이 파견한 괴뢰 길림군 한 개 소대의 호위를 받아가면서 할바령의 '노3영' 대대부로 찾아왔다. 그들은 돈화–도문선(敦化-圖們線) 철도 선로를 측정하기 위하여 '노3영'의 병영이 자리 잡고 있는 포대산에 올라가봐야겠다고 요청했다. 하지만 대대장 왕덕림과 중대장 공헌영은 대대부 대문 앞으로 나와 측량대 책임자 오토 오반지를 만나보고 사뭇 겸손하게 거절했다.

"나 왕모는 국가의 명령을 받고 이 땅을 지키고 있는 중이외다. 당신들이 함부로 우리 병영 주둔지에 들어와서 선로 측량을 하겠다는 요청은 받아들일 수가 없소. 먼저 우리 정부에 가서 신청하여 허락한다는 명령이 나한테로 내려오게 하시오. 안 그러면 동의할 수가 없소. 그러니 어서 돌아가시오."

그랬더니 따라왔던 일본인 소대장 하나가 버럭 화를 내면서 대들었다.

"아니, 지금 만주 땅 전체가 모두 우리 대일본 군대의 손에 들어왔고 길림성 정부도 우리와 합작하기로 한 사실을 모른단 말이오? 어서 길을 열어주시기 바라오. 안 그러면 우린 우리대로 행동을 취하게 될 것입니다."

그 말이 떨어지기 바쁘게 사충항(史忠恒)이라고 부르는 공헌영 수하의 한 반장이 뒤에서 불쑥 튀어나오며 욕설을 퍼부었다.

"왜놈의 새끼들아, 그래 한번 해볼 테면 해봐라!"

이 사충항이 바로 1933년 9월에 김성주와 함께 동녕현성(東寧縣城) 전투를 치렀던 그 사충항이다. 왕덕림이 '길림중국국민구국군'이라는 깃발을 내걸고 의거를 한 뒤 이 부대에 참모장으로 왔던 중국 공산당원 이연록과 만나 그의 부하가 되었고 그의 소개로 중국 공산당에 가입한 뒤 1936년 7월 항일연군 제2군 5사의 사장까지 되었다. 그의 참모장이 후에 5사 사장을 이어받았던 진한장이며 정치위원은 왕윤성이었다.

어쨌든 이날 왕덕림과 공헌영의 권고도 아랑곳하지 않고 '노3

사충항(史忠恒)의 화상

영' 제9중대의 병영이 위치하였던 포대산 남쪽으로 올라가 측량대를 세워놓고 여기저기 사진을 찍어 대던 오토 오반지의 뒤로 슬금슬금 뒤쫓아 왔던 사충항은 서대성과 주덕재라고 부르는 병사 둘을 시켜 일본인들에게 총을 쏘게 하였다. 현장에서 일본인 2명이 거꾸러졌다. 오토 오반지가 그 가운데 한 사람이었다. 오토 오반지는 숨이 넘어가기 전에 자신을 호위하던 일본군 소대장을 불러 이상한 유언을 남겼다는 소문이 전해진다.

"싸울 생각을 하지 말고 빨리 돌아가시오. 지금 싸우면 다 죽게 되오. 우리가 잘못하고 실수했으니 사태를 확대시킬 생각을 하지 말고 조용히 처리하기 바라오."

5. '노3영'의 반란

아마도 이 유언 때문이었는지는 모르나 일본인들은 이 사태에 대해 크게 떠들지 않았다. 빨리 길회선 철도를 개통하는 일이 급한 데다가 사태를 확대시키는 것이 이미 투항을 선포하고 일본군의 손아귀에 모조리 들어온 길흥의 부대를 안정시키는 데 별로 도움이 되지 않는다고 생각하였던 모양이다. 그러나 대신 일본인에게 총을 쏜 범인만은 반드시 내놓으라고 길흥을 핍박했다. 하지만 왕덕림이 사충항을 내놓을 리가 없었다.

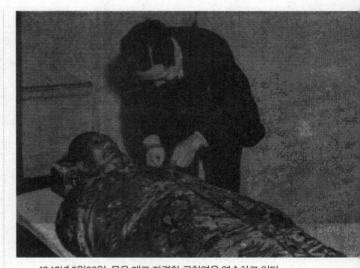

1948년 5월 23일, 목을 매고 자결한 공헌영을 염습하고 있다

1932년 11월 17일, 왕덕림과 공헌영은 오늘의 연길시 하남가에 위치하여 있었던 연길진수사서(延吉鎭守使署)로 와서 길흥과 만났다. 오오사코 미치시타 길림특무기관장의 파견을 받고 오노 미네오(小野子雄)라고 부르는 한 일본군 소좌가 연길에 도착하여 이 일을 처리하고 있었다. 그가 길흥과 함께 있다가 왕덕림과 공헌영을 만나 오히려 중국 사람들보다도 더 능란한 중국말로 도리를 따지고 들었다. 이 일본군 특무가 어떻게나 말을 잘하였던지 왕덕림과 공헌영도 자주 말문이 막혀 쩔쩔맸다고 한다. 그런데 오노 미네오 소좌가 이런 실수를 했다.

희흡의 귀순으로 말미암아 길림시내로 무혈입성한 일본군은 길림시내 전화국부터 차지하였다. 사진은 길림전화국 앞을 지키고 선 일본군 병사들

"나도 군인입니다만 당신네 두 분처럼 나이가 많은 대대장이나 중대장은 정말 처음 봅니다. 어떻게 이런 일이 있을 수 있지요? 나이들이 모두 쉰 넘으신 것 같은데 지금처럼 제멋대로 총기를 난사하는 부하들을 다루지 못할 나이가 되셨으면 진작 집으로 돌아가 손주들의 재롱을 받으면서 만년을 즐겨야 마땅하지 않으시겠습니까."

이 말이 떨어지기 바쁘게 공헌영의 구둣발이 오노 소좌의 사타구니를 걷어찼고 거의 동시에 왕덕림의 주먹도 그의 얼굴로 날아들었는데 길흥까지도 얼굴을 창밖으로 돌린 채로 못 본 하였다고 한다. 이것은 당시의 구국군에서 널리 회자되었던 에피소드였다. 길림문사자료(吉林文史資料, 봉화길림군, 1995年)에서는 이때 오노 소좌가 왕덕림과 공헌영에게 얻어맞고 볼을 싸쥔 채로 이렇게 한탄하더라고 한다.

"당신들 중국 군관들은 정말 너무나도 야만적이고 몰상식합니다. 우리 대일본제국인을 살해한 것도 모자라 이렇게 도리를 따지고 있는 사람한테 손찌검까지 하는군요."

왕덕림과 공헌영은 오노 소좌에게 손가락질까지 해가면서 이렇게 반박했다고 한다.

"아니, 당신들이야말로 우리나라에 와서 사람을 죽이고 불을 지르고 있지 않고 뭐요. 그러고도 함부로 누구를 야만스럽다고 덮어씌우오? 진짜 나쁜 놈은 당신들이 아니고 뭐요?"

그런 일을 당한 후 오노 미네오 소좌는 길림으로 돌아와 자기가 관찰한 바로는 왕덕림의 "노3영"이 조만간에 반드시 반란을 일으키게 될 것이라고 보고했다. 오오사키 미치시타 길림특무기관장은 희흡을 찾아가 재삼 권고했다.

"이 길림 땅에 함부로 우리 일본군에게 총을 쏘고 있는 군대는 왕덕림의 '노3영'밖에 없습니다. 이 자들이 당장 반란을 일으키게 되리라는 확실한 정보가 우리 특무기관에 의해 입수되었습니다. 빨리 조처하지 않으면 큰일 납니다."

희흡은 반신반의하다가 결국은 믿게 되었다. 그는 길흥의 동의도 구할 새 없이 바로 길림성 장관

공서의 이름으로 왕덕림의 '노3영'을 길림경비 제6여단 1연대로 개편하고 여단장에는 왕수당, 제1연대 연대장에는 왕덕림을 임명한다고 통지를 내려 보냈다. 이 결정에 의해 왕덕림의 '노3영'은 원래의 고동하 주둔 계획을 취소하고 빠른 시일 내로 돈화에 와서 집결하라는 통지를 전달받았다.

한편 사태가 심상치 않음을 눈치챈 왕덕림과 공헌영은 곧바로 반란을 일으키기로 계획했다. '노3영'으로 급히 돌아오라는 왕덕림의 편지를 받고 돈화에서 한달음에 달려온 오의성은 왕덕림, 공헌영과 함께 상의하고 다음과 같이 자기의 생각을 말했다.

"우리를 돈화에 불러들이는 목적은 분명 다른 데 있을 것입니다. 그러나 일단 돈화에까지 가서 길림 경비여단의 개편을 받아들이는 척 합시다. 연대로 개편한다고 했으니 총도 탄약도 더 보충해줄 것이 아니겠습니까. 얻어갈 것은 다 얻고 나서 튑시다. 그럼 나도 그 사이에 집에 돌아가 아내와 아이들은 고향에 보내고 술집과 여관도 모두 처리하여 군비에 보태겠습니다. 이번에야말로 한번 크게 해볼 때입니다."

아닌 게 아니라 돈화에 도착한 지 얼마 안 되었을 때 길림경비여단이 통째로 우침징의 길림토벌사령부에 예속된다는 결정이 또 내려왔고 1932년 1월에는 우침징으로부터 여단 전체 병력은 유수현(兪樹縣)과 오상현(五常縣) 쪽으로 이동하라는 명령이 떨어졌다.

"이자들이 이제는 손을 쓰려는 것이 틀림없습니다. 우리도 빨리 손을 씁시다."

'노3영'으로 복귀한 오의성은 '오머저리'라는 별명과는 전혀 어울리지 않게 머리가 팍팍 돌아갔고 사태 판단을 귀신같이 잘하였다.

"오머저리, 너의 뒤에 꾀를 대주고 있는 누가 있지?" 하고 왕덕림과 공헌영이 따지고 들었더니, 그제야 오의성은 털어놓았다.

"형님도 잘 아는 사람입니다. 이제 만나게 되면 깜짝 놀랄 겁니다. 그런데 지금은 당장 알려주지 말라고 해서 나도 입을 다물고 있을 것이니까, 조금만 참아주십시오."

2월이 되자 '노3영'은 돈화에서 길림으로 이동하기 시작하였다. 그러나 '노3영'의 500여 명의 관병들은 도중에 통째로 탈출하여 연길현 소성자(延吉縣小城子: 오늘의 왕청현)로 이동하였다. 여기서 그들을 마중 나온 사람은 바로 '노3영'에서 오랫동안 사무장노릇을 해왔던 적이 있

구국군에 와서 잠복한 중공당원 이연록(李延祿)

병변을 일으킬 무렵의 왕덕림   왕덕림의 심복부하 오의성

는 중국 공산당 특파원 이연록(李延禄)이었다. 이는 중국 공산당의 손길이 이때부터 벌써 왕덕림 의 '노3영'에 깊이 뻗치고 있었음을 말해주고 있기도 한다. 1895년생으로 왕덕림, 오의성, 공헌영 등의 사람들과 마찬가지로 역시 산동에서 태어났던 이연록은 12살 때 부모와 함께 동북으로 피난을 나왔다. 1917년 왕덕림의 부대가 연길도 9통영 기병 3영으로 개편되었을 때 연길에서 신입대원들을 모집하였는데 이때 입대하였던 사람 속에는 오의성과 한 고향에서 왔다는 젊은 산동 청년 하나가 있었다. 나이도 오의성보다 8살이나 어렸다. 그가 바로 이연록이었다.

'노3영'의 관병들은 끼리끼리 한 고향, 또는 한 지방에서 온 사람들이 많았기 때문에 사석에서는 서로 형님, 동생, 삼촌 등 별의별 호칭으로 제각기 불러대는 사람들이 아주 많았다. 그러나 이연록만은 그렇게 부르지 않았는데 오의성이 그를 불러 세워놓고 자기를 형님이라고 부르라고 강요하였더니 가까스로 한마디 내뱉었다는 것이 '오머저리 형님'이어서 왕덕림과 공헌영이 모두 웃느라고 하마터면 복장이 터질 뻔했다는 이야기가 있다. 그때로부터 '노3영'에서는 오의성을 '오머저리'로 부를 수 있는 인물이 왕덕림 이후 처음으로 나타났다는 일화가 전해지고 있다. 후에 이연록은 '노3영'의 사무장이 되었다. 그만큼 깨끗한 사람이었기 때문에 부대 안에서 많은 돈을 주무르는 사무장직을 맡을 수 있었던 것이다.

"이 사람, 경빈(慶賓)이. 자네가 공산당이라는 것을 알고 있다마는 우리가 이번에 확실하게 왜놈에게 투항한 길림정부와 갈라섰으니 자네도 걱정 말고 다시 돌아오게. 이번에 돌아오면 사무장이 아니라 더 높은 직을 줄 것이야."

왕덕림은 이연록에게 다시 자기의 밑으로 돌아만 오라고 권했다. 그랬더니 이연록은 이렇게 대답했다.

"혜민(惠民: 왕덕림의 자) 큰형님, 대대장인 큰형님의 밑으로 다시 돌아와 봐야, 중대장이나 소대장밖에 또 무엇을 더 할 수가 있겠습니까. 그러지 말고 빨리 부대의 명칭을 크게 내거십시오. 그래야 사람들이 몰려옵니다. 나뿐만 아니라 공산당에 있는 나의 친구들도 모두 와서 큰형님을 돕겠습니다."

이연록의 말을 듣고 왕덕림은 크게 기뻐하였다. 이연록은 동장영의 지시를 받고 자기뿐만 아니라 당 내의 다른 동지들까지도 모두 왕덕림의 부대에 데리고 들어오려는 목적을 가지고 왕덕림을 슬슬 구슬렸다. 결국 이연록이 왕덕림으로 하여금 반란을 일으키도록 추겨붙인 것이었다. 방금 길림성 방군에서 탈출하여 나온 왕덕림의 처지에는 그런 사정을 따지고들 형편은 못 되었다.

이렇게 1932년 2월 8일, 왕덕림은 연길소성자에서 정식으로 '중국 국민 구국군'(中國國民救國軍)이라는 깃발을 내걸었다. 이연록의 도움이 거의 절대적이었다. 이때 국민당도 왕덕림의 구국군으로 국민당원들을 파견하여 들여보냈으나 이연록이 구국군총부 참모장 자리를 차지하고 앉은 바람에 국민당원들은 거의 맥을 추지 못했다. 개문화(盖文華), 왕존(王尊), 이요청(李耀靑) 등 국민당원들도 구국군에서 활약하였던 기록이 있으나 총부 내의 핵심부서에는 들어가지 못하였다.

6. 이광과 별동대

이렇게 결성된 구국군은 불과 3개월도 되나마나한 사이에 1천 2백여 명으로 늘어났다. 동만주 각지에서 구국군과 손을 잡겠다고 나선 사람들이 부지기수였는데 적게는 1명에서 3명, 많게는 100명에서 200명까지 다양한 사람들이 몰려들었다. 제일 먼저 달려왔던 사람이 바로 화룡현 경찰국 부국장 시세영이었다. 그는 화룡현 이도구 경찰대 70여 명을 데리고 왕덕림을 찾아왔던 것이다.

연길현 로두구(老頭購)에서 주둔하고 있었던 주옥강(周玉剛)의 보위대 130여 명도

1930년대의 이연록(李延祿), 앞줄 중간의 안경 낀 사람, 그의 오른쪽은 당시 만주에 파견받고 나왔던 국제당 특파원 양송(오평)이다

길림성 내 각지의 항일군인들이 왕덕림의 구국군을 찾아오고 있었다

구국군으로 자신들을 편성해달라고 요청해왔고 훈춘 홍기하 경찰대 대장 관함수(關咸受)가 또 280명의 경찰대를 이끌고 왔다. 왕청현 목단천(牧丹川) 보위대 부대장 박영화(朴永和)는 53자루의 총과 탄약을 훔쳐가지고 마차에 싣고 찾아왔다.

이때 왕청과 연길 두 지방의 보위대와 경찰대 부분 순관들이 자기들의 부하 대원들이나 또는 의기투합하는 동료들을 이끌고 찾아왔는데 그들은 다음과 같았다. 왕청현 대황구(大荒購) 보위대 대장 노옥형(盧玉珩)은 116명, 연길현 천하(前河) 경찰대 순관 장지선(張志善)도 30명, 연길 소성자(小城子) 경찰대 순관 김계삼(金桂三)도 20여 명, 연길 소삼차구(小三岔口) 보위대 대장 왕육화(王育華)는 42명을 데리고 왔다.

이렇게 모여든 9명의 현임 관장에 771명의 사병과 '노3영'의 원래 병사 500여 명을 합쳐 대뜸 1211명이나 되는 큰 부대가 만들어지게 되자, 왕덕림은 구국군 총부와 전방사령부를 따로 만들고 전방사령관에는 오의성을 임명하였다. 이때 왕덕림과 오의성은 이연록을 서로 자기의 참모장으로 데리고 있겠다고 고집하다가 결국 왕덕림이 놓아주지 않는 바람에 이연록은 구국군 총부 참모장으로 남게 되었다.

동장영은 이때다 싶어 이연록을 통하여 호택민을 들여보냈다. 이연록의 추천으로 호택민까지 또 오의성의 전방사령부 참모장이 되는 바람에 왕덕림의 구국군은 거의 중국 공산당 동만 특위의 세상이 되고 말았다. 이러한 분위기를 타고 동장영은 안도로 나와 김성주 등을 불러놓고 한바탕 재촉해댔다.

"우리가 명월구 회의 때 구국군 사업의 중점을 안도와 왕청에 두었는데 안도에 있던 왕덕림의 부대가 왕청 쪽으로 이동하게 되리라고는 미처 생각지 못했소. 그러다보니 지금 특위의 역량이 모조리 왕청 쪽에 집중되었고 안도의 사업이 지지부진한 상태요. 안도의 유격대 건설사업이 동만주에서 몇 번째인지 아오? 꼴찌요, 제일 꼴찌요. 왜 이 모양이오? 안도의 주민구성은 조선인 동무들이 대다수요. 당, 단 구성도 모두가 조선인 동무들이 주력인데 이럴 때 김일성 동무가 앞장서서 일을 해내야 할 때가 아니겠소. 빨리 유격대를 조직해야 하오. 동무들에게는 이미 총도 여러 자루 마련되어 있다고 들었는데 그것이 사실이 아니란 말이오? 왜 빨리 유격대를 조직하지 못하고 있소? 설사 대원수가 좀 적더라도 빨리 선포하고 보아야 하오. 이번에 왕덕림의 구국군이 일사천리로 커져가는 것을 보면서 터득한 도리가 하나 있소. 깃발을 내들고 명분이 서면 의기투합하는 사람들이 자연스럽게 모여들기 마련이오. 설사 처음에는 대원수가 좀 적더라도 빨리 유격대를 조직해야, 그만큼 우리에게도 힘이 있게 되

북한에서 주장하고 있는, 1931년 조선인민혁명군을 창건할 당시의 김일성으로 소개되고 있는 화상

고 또 본전도 생기게 되는 것이오. 구국군 사업도 바로 우리에게 힘이 있고 본전이 있을 때 잘 풀리는 법이오. 그러지 않고 한둘이 빈털터리가 돼가지고 찾아가 보오. 구국군은 우리를 상대조차 해주지 않을 수도 있소."

김성주도 고충을 털어놓았다. 안도에 들어온 우명진의 부대도 길림성 괴뢰정부와는 관계를 끊고 구국군과 손을 잡는다고 선포하였으나 원체 공산당이라면 쌍불을 켜고 달려들고 있는 탓임을 설명했다.

"그럼 공산당 신분을 숨기면 될 것이 아니겠소. 그리고 김일성 동무는 또 중국말도 잘하지 않소. 그러니까 갈 때 혼자 가지 말고 다른 수완이 있는 중국 동무도 한둘 데리고 찾아가보란 말이오. 어떤 방법을 대서라도 첫째로는 친

밀해져야 하고 다음은 친구가 되어야 하오. 김일성 동무하고 친한 이광 동무도 바로 이런 방법으로 오의성의 부대에 편입됐고 총도 수십 자루 얻어냈소. 왕청현위에서는 10여 명의 돌격대를 조직해서 함께 보냈고 대원들이 적지 않은 것을 보고서야 오의성도 그들을 별동대로 인정하겠다고 대답했던 것이오."

동장영은 왕청의 경험을 김성주에게 소개했다. 이광의 별동대는 왕청현위원회 군사부장 김명균의 작품이었다. 김명균의 부하들 중에는 이광을 비롯하여 김철, 양성룡, 김호, 이응만 장용산과 같은 씩씩한 대원들이 있었다. 그들로 왕청현 유격대를 조직하고 대장에는 김철을 임명하였으나 오의성의 구국군과 함께 행동할 때는 이광이 나서서 대장으로 둔갑하고 김철 등은 모두 대원이 되어 구국군 별동대라는 이름을 사용하였다. 총이 한 자루도 없었기 때문에 호택민이 보다 못해 자기의 권총을 이광에게 주었는데 이광은 그 총을 가지고 남하마탕, 쌍하진, 모령 등지로 돌아다니면서 지주들의 집을 습격하여 총 30여 자루와 탄알 10여 상자를 마련하기도 했다.

이광은 이 총들을 모조리 유격대로 빼돌렸다. 그리고는 탄알만 10여 상자를 들고 와서는 오의성에게 총을 달라고 손을 내밀었다. 이런 식으로 왕청현 유격대를 무장시켰는데 원래 10여 명뿐이었던 왕청 유격대가 소대 규모에서 눈 깜짝할 사이에 중대 규모로 발전하였다. 별동대도 20명에서 70명으로까지 늘어나게 되었다. 70명이면 역시 중대 규모였다. 별동대가 매번 공을 세우고 돌아오면 오의성은 호택민에게 칭찬을 아끼지 않았다. 이광은 호택민의 연줄로 오의성의 구국군에 발을 들여놓았기 때문이었다.

"호 참모장 덕분에 우리가 지금 별동대의 신세를 톡톡히 지고 있소. 난 이광만 보면 참모장한테 얼마나 고마운지 모르겠소. 이런 별동대를 한두 개쯤 더 만들고 싶소."

오의성에게는 '오머저리'라는 별명 외에도 또 '오깍쟁이'라는 별명이 하나 더 붙어버렸을 정도로 별동대가 처음 조직될 때 오의성에게서 총 한 자루 얻어내는 것이 하늘의 별 따기보다 더 어려웠다고 한다. 그러나 별동대의 활약이 두드러지면서 오의성은 이광이 달라는 것은 자기에게 있는 것, 없는 것 가리지 않고 모조리 구해서 주었다. 한번은 오의성이 직접 별동대까지 찾아와 이광에게 권총 네 자루와 군마 두 필을 선물로 주고 돌아간 때도 있었다.

"그 '왕청 아즈바이'가 정말 크게 해내는구나."

동장영이 돌아간 뒤 김성주는 차광수와 머리를 맞대고 앉아 의논하였다. 차광수는 '옹성라자회의' 때 이광과 처음 만나 서로 '왕청 아즈바이'니, '차덜렁이'니 하고 부르면서 서로 허물없는 친구가 되었던 사이다. 차광수가 이렇게 부러워하는 것을 보고 김성주는 그동안 생각해둔 자기의 계획을 이야기했다.

"형님, 너무 부러워할 것은 없습니다. 하긴 무슨 일이나 표본이 있고 시범이 있는 법인데 이광 형님이 첫 시작을 멋 드러지게 뗐으니 우리도 이 경험대로 시작합시다. 그러나 우리는 왕청보다 더 크게 해낼 수 있는 조건이 있습니다. 왕 청에서 구국군과 손을 잡는 것처럼 우리 는 남만 쪽으로 이동하여 양세봉 선생님 의 조선혁명군과 손을 잡읍시다. 이렇게

일본군과 대치 중에 있는 왕덕림의 구국군

되면 이광 형님네 못지않게 우리도 크게 해낼 수 있지 않겠습니까!"

"국민부 사람들이 우리를 만나면 가만있으려고 하지 않을텐데?"

차광수가 걱정하였으나 김성주는 자신만만했다.

"형님, 지금은 예전하고 같지 않습니다. 동장영동지도 말씀하지 않았습니까, 우리가 빈손으로 혼 자 다닐 때와 손에 무장을 들고 유격대가 되어 다닐 때는 우리의 신분도 달라진다고 말입니다. 더군 다나 양세봉 선생님네 형편도 지금은 상당히 어렵다는 것은 형님도 잘 알고 있지 않습니까. 올해 1 월에만 조선혁명군에서 숱한 간부들이 체포되었습니다. '만주사변'이 발생하고 나서 그분네들도 분 명히 새로운 투쟁방안들을 계획하고 있을 것입니다. 이럴 때 우리와 손잡지 못할 이유가 어디 있겠 습니까. 나는 지금이 기회라고 봅니다."

김성주의 말에 차광수도 덩달아 흥분했다.

"그래, 너의 말에 일리가 있어. 어쩌면 양세봉 선생이 우리와 손을 잡으려고 할지도 몰라."

김성주는 며칠 후 직접 김철희와 이영배를 데리고 왕청으로 갔다.

7. 초무영의 주선

소왕청에 본거지를 틀고 앉은 중공당 동만 특위에서 이광의 별동대 경험을 소개하는 강습반을 마련하였다. 여기서 3일간 묵으면서 이광의 별동대 경험을 자세하게 배운 후 다시 안도로 돌아오

오의성의 부관이었던 초무영(肖茂榮, 사진 뒷줄 중간 동그라미)은 해방 후 중공군 남경군구 후근부 부부장이 되었다

는 날에 이광이 직접 김성주를 데리고 동장영에게로 갔다. 거기에는 김명균과 호택민도 함께 와 있었다. 또 초무영(肖茂榮)이라고 부르는 오의성의 한 부관도 와서 김성주와 인사를 나누었다. 동장영이 입을 열었다.

"구국군이 조만간에 안도를 공격하게 되오. 안도의 우명진 부대도 우리 구국군과 합작하고 함께 행동하기로 했소. 아직 공격시간을 정하지 못했지만 성주 동무가 우명진의 부대와 접촉을 시도해볼 때가 된 것 같아서 그것을 알려주자고 부른 것이오."

그 말을 들은 김성주는 뛸 듯이 기뻤다.

"지금 구국군의 대원 수가 갑작스럽게 수천 명으로 불어나면서 군량이 모자라 말이 아니오. 가만히 앉아만 있다가는 모두 굶어죽게 생겼소. 살아남는 방법은 부지런히 왜놈들과 싸우는 길밖에 없소. 싸워야 총도 생기고 탄알도 생기고 또 쌀도 생기오. 이게 구국군뿐만 아니라 유격대 모두가 생존하는 방법이오. 돈화의 사정에 익숙한 오 사령관이 일본사람들이 경영하고 있는 '영항관은전호'(永恒官银钱号)를 치자고 제의했고 구국군 총부에서는 이 방안을 비준했소. 돈화의 '진퇀'(陳團), '시퇀'(時團), 그리고 안도의 '우퇀'(于團: 우명진의 부대)과 '맹퇀'(孟團)도 모두 함께 행동하기로 했소. 돈화에서 군량을 해결한 뒤 우리는 바로 안도 쪽으로 이동하여 길회선 철도를 폭파해 버리려고 하는

데 이 일은 우 사령관이 직접 하겠다고 답변해왔소. 그런데 이 일로 최소 참모장급 이상의 대표 한 사람을 보내서 작전토의를 함께 하자는 게요. 그래서 내가 도저히 몸을 뺄 수가 없어 일단 오 사령관의 부관 한 사람을 먼저 보내는데 성주 동무가 이번에 길안내도 설 겸 같이 가 주어야겠소. 가능하면 이번 길에 우 사령관한테 별동대를 꾸리는 일을 말씀드려 보오. 일이 잘 풀리면 이번 한 방에 모든 것을 다 해결할 수 있게 될지도 모르오.“

8. 우 사령관을 설득하다

김성주는 오의성의 부관 초무영을 데리고 우명진의 부대로 찾아갔다. 그러나 우명진은 초무영이 부관이라는 말을 듣고 사뭇 불쾌한 어조로 투덜거렸다.

“난 최소 참모장급 이상은 되는 사람을 대표로 보내달라고 했는데 군사작전과는 무관한 부관 따위를 보내주면 어떻게 한단 말인가? 전투를 하겠다는 사람들이 나보고 부관과 무슨 작전을 토의하라는 게요?”

이때다 싶어 김성주는 앞으로 나서며 유창한 중국말로 우명진에게 말했다.

“사령관님, 만약 개의치 않으신다면 군사작전과 관련하여서는 제가 도와드릴 수 있습니다.”

일본군 간첩들이 촬영한 것으로 알려지고 있는 1930년대 길림지방의 구국군들

일본군 간첩들이 촬영한 것으로 알려지고 있는 1930년대 길림지방의 구국군들

"자넨 이 사람보다 더 어려 보이는데 군사를 알면 얼마나 안다고 그러나?"

"제가 이래 뵈도 군사학교에서 공부했었습니다."

김성주는 화성의숙을 염두에 두고 별 깊은 생각 없이 불쑥 내뱉었으나 정작 우명진이 어느 군사학교에서 공부했었느냐고 따지는 바람에 결국 조선 사람이라는 사실이 들통나고 말았다. 우명진은 음친한 눈길로 김성주를 노려보았다.

"왜 '꼬리빵즈'이면서 우리 중국사람인 척 했느냐?"

"사령님이 '꼬리빵즈'라면 몹시 미워한다는 소리를 들었기 때문이었습니다." 하고 김성주는 솔직하게 대답했다. 이에 우명진이 대답했다.

"생각보다는 사람이 성실하군. 그럼 이것은 용서할 테니까 자네가 공산당인지 아닌지 제대로 털어놓기 바라네. 사실대로 털어놓으면 설사 공산당이라도 자네를 성실한 사람으로 인정하고 내가 봐줄 생각이 있네."

김성주는 이미 중국사람인 척 하다가 발각된 마당에 자기가 또 공산당원이라는 사실까지 알게 되면 우명진이 어떻게 나올지 판단이 잘 서지 않았다. 그래서 딱 잡아뗐다.

"나는 조선 사람인 것은 사실이지만 공산당은 절대 아닙니다. 나는 조선혁명군입니다."

유격대를 조직하고 있었던 안도의 흥륭촌

"어쨌든 난 '꼬리빵즈'는 싫네."

김성주는 조심스럽게 우명진을 설득했다.

"사령관님의 부친께서 공산당이 일으킨 폭동 때 조선 사람들에게 끌려 나가 피해를 보셨다는 소문을 들었던 적이 있습니다. 그러나 그 조선 사람들도 대부분이 공부를 못 한 농민들이고 그들은 공산당에게 속아 넘어갔기 때문이 아니겠습니까. 조선 사람들을 다 나쁘게 보는 것은 옳지 않습니다. 보시다시피 이렇게 저처럼 사령관님을 좋아하고 숭배하는 사람도 있지 않습니까."

김성주가 하도 성실하게 나왔기 때문에 어느 정도 우명진의 마음을 움직일 수 있었다. 그러나 공산당과 깊은 원한을 가지고 있었던 우명진을 완전히 돌려세우지는 못하였다. 우명진은 김성주에게 약속했다.

"자네가 공산당만 아니라는 사실을 확인시켜주면 그때는 내가 다시 생각해볼 테네."

김성주가 돌아간 뒤 우명진의 부대는 소사하로 들어왔는데 공산당이 우명진의 부대에게 쫓겨 모조리 사라졌다는 소문을 들은 지주 목한장이 흥륭촌으로 돌아와 장홍천, 쌍병준 등 부자들을 동원하여 술과 고기, 쌀을 마련해가지고 우명진의 부대를 방문하였다. 그때 우명진이 문득 여러 부자들에게 '김일성'의 이름을 입에 올리며 물었다.

"여러분들은 김일성을 아시오? 그가 공산당이 맞소? 아니오?"

그랬더니 장홍천이 듣자마자 기다렸다는 듯 대답했다.

"아, 우리 안도바닥에서 그자가 공산당이 아니면 누가 공산당이겠습니까? 그자야말로 제일 새빨간

일본군 간첩들이 촬영한 것으로 알려지고 있는 항일구국군들

공산당입니다. 사령관님께서는 꼭 우리들의 분을 풀어주셔야 합니다."

"그가 여러분들을 많이 괴롭혔습니까?"

장홍천뿐만 아니라 쌍병준도 모두 김성주의 무리에게 습격당해 돈과 쌀을 빼앗기고 또 총과 탄알을 빼앗긴 사연을 이야기했다.

"목한장 선생도 당하셨는가요?"

목한장만은 김성주를 성토(聲討)하지 않으니 우명진은 의아해하며 물었다. 목한장은 비교적 우호적으로 김성주에 대하여 설명했다.

"아니요, 그 애들이 저의 집에도 왔다고 합니다. 그런데 저는 몇 자루 있는 총기들을 땅에 묻어버리고 집을 떠나 타지에 가서 지냈지요. 그래서 화를 면하기는 했습니다마는 제가 알기로는 그 애들이 그렇게 너무 경우가 없이 막돼먹게 사람 죽이고 불을 지르고 하지는 않습니다. 먼저 와서 좋은 말로 내놓으라고 제안을 합니다. 만약 그럴 때 적당하게 줄 것은 주고 못 줄 것은 못 주겠다고 사정 이야기를 하면 대부분 들어줍니다. 그래서 저는 별로 피해를 입지는 않았습니다."

우명진은 재차 따지고 들었다.

"확실히 공산당은 맞겠지요?"

"네, 그것은 사실인 것 같습니다. 공산당이 아니고서야, 우리 지주들의 집을 습격하겠습니까!"

목한장도 머리를 끄덕였다.

"고약한 자식이 나한테는 끝까지 공산당이 아니라고 잡아떼더란 말이오."

우명진은 당장 부하들을 보내어 김성주를 붙잡았다. 차광수와 박훈이 총까지 빼들고 대들려는 것을 보고 김성주는 다급히 그들을 말렸다.

"광수 형님, 그리고 박 형, 빨리 총을 집어넣으십시오."

김성주는 붙잡으러 온 우명진의 사람들에게 잠깐만 기다려달라고 사정하고는 돌아서서 차광수와 박훈에게 말했다.

"내가 말로 설득해서 금방 다시 풀려날 것이니까 여러분들은 반드시 참고 기다려야 합니다. 지금 만약 우리가 잘못 처사해서 섣불리 불질하다가는 우리가 모두 죽습니다. 유격대고 뭐고 다 물거품이 되어버리고 맙니다."

김성주가 얼마나 심각한 표정이었던지 차광수는 물론, 박훈까지도 꼼짝 못하고 멀거니 서서 잡혀가는 김성주를 바라만 보고 있었다. 김성주는 그길로 다시 우명진의 앞에 끌려갔다.

"엊그저께는 내가 미처 모르고 그냥 놓아 보냈다만은 오늘 다시 알아보니 네가 아주 대단한 자로구나. 너야말로 부자들의 곡간에 불을 지르고 자기의 아버지나 할아버지가 될 만한 연세 있는 어른들을 길바닥으로 끌어내서는 머슴과 하인들이 보는 앞에서 개 패듯이 두드려 패고 세상에 못 할 짓이란 못 할 짓은 다 하고 다녔던 나쁜 놈들의 우두머리였구나. 나이도 어린 놈이 어떻게 그렇게 지독하게 나쁜 짓들만을 많이도 골라하고 다녔느냐?"

우명진은 당장이라도 김성주를 끌어내다가 총살시켜버릴 모양으로 노려보며 마구 욕설을 퍼부어댔다. 김성주가 대답이 없이 계속 잠잠하게 듣고만 있으니 우명진이 짐짓 덧붙였다.

"무슨 변명이라도 해 보겠으면 해 보거라. 죽기 전에 마지막으로 말할 기회는 주마."

김성주는 우명진이 욕설을 다 퍼부을 때까지 기다렸다가 문득 이렇게 물었다.

"사령관님, 제가 과연 그렇게 사람 죽이고 불 지르는 악마였다면 사령님께 저를 모함하던 사람들의 몸에 사지 어디가 떨어져나간 데라도 있던가요? 아니면 얼굴 어디에 생채기라도 하나 나 있는 것들을 발견하셨습니까? 아니면 저로 인해 그분들의 집들이 불에 타고 지금 길바닥에서 살고 있다고들 합디까?"

우명진은 대답을 못 하였다. 그는 목한장이 하던 말이 떠올라 "네가 사람을 죽이거나 물건을 빼앗을 때도 비교적 경우 있게 처사한다고 하던 사람도 있긴 있더라." 하고 한마디 또 덧붙이니 김성주는 능청스럽게 거짓말을 지어냈다.

"아마 모르긴 해도 나를 제일 헐뜯었던 사람이 쌍병준 어른이 아닙니까? 그분이 사령관님께 사실을 말하지 않았습니다. 저의 동무들이 그분 집에 가서 총을 빌린 적은 있습니다. 빼앗지 않았습니다. 우리는 차용증을 써주었습니다. 이 총을 빌려가지고 왜놈들과 싸워 이긴 다음, 언젠가는 반드시 돌려드리거나 아니면 총이 고장 나서 더는 사용하지 못하게 될 경우에는 돈으로 갚아줄 것이라고 썼습니다. 그런데 그 어른이 왜 차용증을 받은 이야기는 사령관님께 해드리지 않았는지 모르겠습니다."

이 말에 우명진은 몹시 어리둥절했다. 듣다듣다 처음 듣는 소리였기 때문이었다. 총을 빼앗은 것이 아니고 차용증을 써주고 빌렸다는 것과 차용증 속에 왜놈들을 몰아내고는 총을 되돌려준다는 내용을 썼다는 말에 부쩍 호기심이 동했다. 결국 쌍병준까지 다시 우명진의 앞에 불러와서 김성주와 대질을 받게 되었다.

"결단코 그런 것을 써준 일이 없습니다."

쌍병준은 쌍병준대로 잡아뗐고 김성주는 또 김성주대로 쌍병준을 설득했다.

"연세도 있으신 어른께서 어떻게 이러실 수가 있습니까? 어르신은 그래 중국 사람도 아니시란

일본군 간첩들이 촬영한 것으로 알려지고 있는 구국군 병영

말입니까? 왜놈들은 이미 오래전에 우리나라 조선을 다 차지하고 또 지금은 만주 땅을 차지했습니다. 이런 왜놈들과 싸우려고 총을 빌렸는데 어르신께서는 우리가 마치 강도노릇을 한 것처럼 사령님한테 모함하시면 어떻게 합니까? 과연 어르신은 중국인도 아니란 말씀입니까? 우리가 젊은 나이에 자기 생명도 내버리고 총을 마련해서 왜놈들과 싸우려 하는 것인데 무엇이 그렇게 잘못된 것이란 말입니까?"

이것은 쌍병준에게 들으라고 하는 소리가 아니고 우명진에게 대고 하는 소리였다. 쌍병준이 또 뭐라고 대답하려고 하는데 우명진이 버럭 고함을 질렀다.

"이봐, 쌍 영감. 이 젊은이가 하는 말을 듣고도 감동이 되지 않소? 왜놈을 몰아내고는 총을 돌려준다고 하는데 이런 멋진 신사가 어디 있소. 영감의 총을 가지고 이 젊은이들이 나라를 위해 왜놈들과 싸우겠다는데 왜 총을 그냥 내주지 못한단 말이오."

우명진은 결국 김성주의 말에 넘어가고 말았다. 우명진은 쌍병준을 돌려보내고는 김성주와 마주 앉았다.

"내 참모장이 요즘 병영을 만드는 일 때문에 밖에 나가있다보니 아직 미처 의논하지는 못했지만 난 자네가 형제들을 데리고 나의 별동대가 되겠다는 데 대해서 동의하네. 또 자네들은 총도 이미 많이 모았다면서? 만약 필요하다면 내가 총과 탄약도 대줄 수가 있네. 일단 자세한 계획은 참모장이 온 뒤에 다시 의논해보고 오늘부터 우리 사람들이 자네의 형제들을 붙잡거나 또는 해치는 일은 없도록 명령을 내려놓을 거네."

우명진은 비로소 김성주가 자기 부대의 이름을 내걸고 별동대를 조직하는 데 동의하였으나 조건은 반드시 공산당과의 관계를 깨끗하게 끊어야 한다는 것이었다. 김성주는 아무런 주저도 없이 우명진이 내놓은 조건을 제꺽 수락했다.

"우리가 사령관님의 별동대가 되고나면 언제나 사령관님의 지시만을 받으면서 활동할 것인데 공산당과 다시 관계를 가질 필요가 있겠습니까."

우명진은 김성주가 진심으로 자기를 따른다고 믿게 되자 몹시 흡족해하였다. 별동대의 설립을 선포하는 날에 우명진의 참모장도 사령부로 돌아왔는데 김성주와 만나고는 깜짝 놀랐다. 물론 김성주도 놀랐다. 참모장 유본초(劉本初)는 길림 육문중학교에서 김성주에게 한문을 가르쳤던 적이 있는 교사였기 때문이었다.

"나는 김일성이라는 빨갱이가 사령님한테 몇 번 왔다 갔다 했다는 소식은 들었지만 그게 성주 너일 줄은 미처 몰랐구나. 네가 이름을 김일성으로 바꿨단 말이냐?"

유본초도 기쁨과 놀라움을 감추지 못하였다. 김성주는 우명진이 보는 앞에서 유본초에게 말했다.

"선생님두, 좀 일찍이 오시지 그랬습니까, 제가 하마터면 우 사령관한테 죽을 뻔했습니다."

우명진은 온 얼굴에 웃음이 어린 채로 유본초와 김성주에게 사과했다.

"오해요. 다 오해요, 우리 말 속담에 '불타불성상식'(不打不成相识)이라는 말도 있잖소. 그런데 나와 김 대장은 별로 싸운 것도 아니오. 그렇잖소?"

김성주도 귀여운 덧니를 드러내놓고 웃으면서 우명진에게 맞장구쳤다.

"사령관님의 말씀이 맞습니다. 저는 또 이런 속담도 생각납니다. '복은 쌍으로 날아든다.'(双喜臨門)고 합니다. 사령관님이 저의 유격대를 별동대로 받아들이고 나니 저의 중학교 때 한문선생님이 사령님의 참모장이 되어 불쑥 나타나리라고는 정말 생각지도 못했습니다."

유본초는 김성주가 중학교에 다닐 때부터 공산주의 활동을 해왔고 또 감옥살이까지 한 것을 알고 있었으므로 몰래 주의를 주었다.

"난 너의 신념에 대해서 이러쿵저러쿵 말하고 싶지도 않고 또 말할 처지도 못 된다. 다만 우 사령관이 공산당이라면 치를 떠는 양반이니 너의 동무들이 별동대 이름을 걸고 뒤로는 몰래 공산당을 도와 활동하면 그때는 너도 나도 다 입지가 곤란하게 된다. 그러니 명심하기 바란다. 특히 너의 동무들한테 주의를 주어야 한다."

김성주는 유본초가 한 말을 그대로 안도구위원회에 회보하고 김일룡, 안정룡, 차광수 등과 모여 앉아 별동대와 유격대의 관계 문제를 어떻게 처리할 것인가를 두고 고심했다.

"우리 유격대가 안도에서 합법적으로 살아남자면 우사령의 별동대가 되지 않으면 안 됩니다. 이 것은 왕청의 이광 형님이 별동대를 처음 조직할 때 취했던 방법과 같습니다. 때문에 이미 우 사령관 과 얼굴을 익힌 나나 광수 형님, 그리고 박 형은 별동대에서 직을 갖고 우리 유격대의 정황을 동만 특위에 보고할 때는 내부적으로 우 사령관이 전혀 얼굴을 모르는 다른 동무에게 유격대장직을 위임 하는 것이 좋을 것 같습니다."

9. 안도유격대

김성주가 내놓은 이 방안은 중국 공산당 안도구위원회의 동의를 거쳤다. 이렇게 되어 내부적으로 는 중국 공산당의 지도를 받는 안도유격대로 명명하고 대장과 부대장에는 이영배과 김철희를 임명 하였으나 공개적으로는 구국군 별동대의 명칭을 달게 되었다. 김성주가 별동대 대장 겸 우명진의 구국군부대 사령부 선전대장직도 겸하게 되었다.

이 별동대는 1932년 2월 8일, 정월 대보름 원소절에 기회를 타 오의성이 직접 100명의 부하들을 거느리고 돈화현성으로 몰래 잠복할 때 중국인 양걸대로 위장하고 따라 들어갔다가 '영항관은전 호'(永恒官银钱号) 앞에서 술에 취한 일본군 병사 3명을 사살하였다.

1930년대 돈화거리

또한 오의성의 부대가 돈화에서 철수할 때 별동 대를 거느리고 갔던 박훈이 자기들이 몰수한 총 세 자루와 함께 탄약 백여 발을 더 얻어왔는데 우명 진은 수고했다면서 총 일곱 자루를 더 선물하였다. 1932년 3월 2일에는 호택민이 직접 안도에까지 와 서 우명진과 만나고 우명진의 부대에서 백여 명이 안도현성을 공격하는 전투에 참가했다.

공격부대는 총 1천여 명 남짓했는데 30여 명의 별동 대를 거느리고 갔던 김성주는 길회선 철도를 파괴하라는 임무를 받았으나 흑석령(黑石嶺)에서 매복하고 있었던 일본군 다노(田野)여단의 한 개 중대와 부딪쳐 10여 명 대원들을 잃어버리고 뿔뿔이 흩어졌다가 가까스로 마록구(馬鹿溝)에서 다시 모였는데 살아남은 대원들이 19명밖에 되지 않았다. 김성주는 회고록에서 이 19명의 이름을 모조리 기억하고 있다. 차광수, 박훈, 김일룡, 조덕화, 곰보(별명), 조명화, 이명수, 김철(김철희), 김봉구, 이영배, 곽○○, 이봉구, 방인현, 김종환, 이학용, 김동진, 박명손, 안태범, 한창훈이었다.

중공당 안도 구 위원회 서기 안정룡

여기서 대장은 이영배였고 부대장은 김철희였으나 이것은 안도 유격대의 대원 및 조직 구성을 동만 특위에 보고할 때 우명진에게 발각되지 않기 위하여 꾸며놓은 가짜 인사명단에 불과했다. 이영배와 김철희까지 다 포함하여 별동대가 안도에서 공개적으로 활동하고 다닐 때 별동대 대장은 김성주였고 부대장은 박훈이었으며 참모장은 차광수였다.

10. 어머니와 영별

1932년 4월, 안도현성 전투에 참가하였다가 큰 낭패를 본 우명진의 부대는 일본군 다노 여단에게 쫓겨 소사하를 뜨지 않으면 안 되었다. 오의성의 주력부대가 모조리 영안 쪽으로 옮겨가는 바람에 안도에서 우명진의 부대가 일본군의 주요 표적이 되어버렸기 때문이었다. 20여 명밖에 남지 않은 김성주의 별동대에 대하여 누구도 기억하고 있는 사람이 없었다. 김성주는 유본초를 찾아가 자기들도 데리고 가달라고 부탁하였으나 우명진에게 거절당하고 말았다.

"별동대는 사람도 많지 않은데 뭘 그리 걱정하는지 모르겠소. 일본군이 오면 그냥 화정이령(化整爲零)하고 다 흩어져서 숨어버리라고 하오. 이번에 보니까 모두 순뎅이들이고 싸움할 줄도 모르니 우리가 데리고 다녀봐야 짐만 되겠더구면."

유본초는 우명진의 말을 그대로 전하지 않고 다만 새로운 행동이 있게 될 때 바로 연락할 것이니까 그동안 20여 명밖에 남지 않은 대원들이라도 잘 지키고 있으라고 부탁하였다. 별동대가 열정뿐이고 아무런 전투력이 없는 것을 본 우명진은 별동대에 대한 미련을 버린 것이었다. 사실 마찬가지로 김성주에게도 우명진의 부대가 안도바닥을 뜨게 되면 그들에게 빌붙어 별동대라는 감투를 쓰고 다닐 이유가 없었다. 하지만 당장 어디로 떠날 수도 없고 또 식량사정도 매우 어려웠다. 이렇게 소사하에서 밥만 축내고 내고 있을 때 유본초가 갑자기 다시 김성주를 찾아왔다.

"성주야, 좋은 소식이 있다. 나와 함께 통화로 한번 다녀와야겠다."

유본초는 우명진이 요령성 환인현에서 당취오(唐聚五)로부터 보내온 편지를 받은 것을 이야기해 주었다. 당취오가 환인현에서 요령민중구국회와 요령민중자위대를 조직하고 있는데 5월 21일에 정식 거사하기로 하고 여기에 우명진의 부대도 길림동로군으로 편성해줄 것이니까 참가해달라고 요청해온 것이었다. 당취오의 구국군이 왕덕림의 길림 구국군 정도는 비교가 되지 않을 정도로 엄청나게 큰 규모여서 이미 장학량으로부터 요령성 정부 주석대리직과 요녕민중자위군 총사령관에 중장의 군사직함까지 받기로 약속받았다는 내용도 편지 속에 들어있었다.

"산이 커야 그늘이 크다고 우 사령관은 당취오 쪽에 붙기로 결심했구나. 나보고 자기를 대신해서 당취오에게 갔다와달라고 하는구나. 내가 너희들도 데리고 가겠다고 이미 허락받았다. 남만까지 가는 길에서 우리 구국군을 선전도 하고 해야 하니까 '선전대장'인 네가 적격이라고 추천했지. 이 기간에 쓰게 될 군수물자도 좀 대 주겠다고 하니 어서 같이 떠나자꾸나."

김성주는 이 일을 중국 공산당 안도구위원회에 보고하고 동의를 얻었다.

한창 떠날 준비를 다그치고 있을 때 김성주는 잠깐 틈을 내서 어머니를 보러 갔다. 동생 김철주가 와서 어머니의 건강상태가 좋지 않다고 귀띔해주었기 때문이었다. 그가 빈손으로 털털거리고 가는 것을 본 차광수가 보다 못해 뒤따라와서 돈 1원을 쥐어 주었다.

"성주야, 앓는 어머니한테 빈손으로 가면 못 써."

"형님은 시계까지 다 팔아버렸으면서 갑자기 어디서 돈이 나셨습니까?"

"천보산에서 지낼 때 네가 주었던 돈을 아끼고 남겼던 거니까, 어서 받아라. 어머니한테 쌀이라도 좀 사다드리거라."

당취오(唐聚五)

매달리는 두 동생을 떼어놓고 남만원정길에 오르는 김일성에 대한 북한의 선전화

김성주는 그 돈으로 좁쌀 한 말(대두한말)을 사서 어깨에 메고 어머니에게로 갔다. 오랫동안 가슴앓이를 해오고 있었던 강반석은 이때 이미 병상에서 일어나지 못할 상황까지 되었으나 큰아들 김성주가 오자 다시 살아날 것만 같아 털고 일어나 앉았다. 그냥 보았으면 별로 달라진 것이 없어 보이지만 그래도 기력이 줄고 몸도 훨씬 허약해진 것은 분명했다. 어느덧 귀밑머리도 희여 있었다. 더구나 놀라웠던 것은 머리맡에 항상 보물처럼 두고 있었던 성경책도 더는 보이지 않았던 것이었다. 김성주는 그날 밤 일을 다음과 같이 회고했다.

"어머니는 화제를 자꾸만 정치문제로 유도하였다. 집안 살림이나 자신의 병세가 화제에 오르면 얼른 매듭을 지어버리고 다른 문제를 꺼내어 내가 거기에 끌려가지 않을 수 없게 하였다. 일본군대가 어디까지 들어왔는가, 유격대는 앞으로 어떻게 행동하는가, 양세봉 선생과는 어떻게 손을 잡으려고 하는가, 근거지에서 해야 할 일은 무엇인가 등 두서없이 주고받는 이야기는 끝이 없었다. 아들에게 병을 숨긴다는 것은 어머니 자신이 그만큼 중태에 빠져 있다는 것을 의미하는 것이라고 나는 판단하였다."

다음날 아침 김성주는 떠나려다가 또 어머니가 마음에 걸렸다. 마당에 땔나무가 한두 단밖에 남지 않은 것을 발견하고 철주와 함께 산으로 올라갔다. 부리나케 나무 몇 단을 해서 지게에 메고 내려오려고 했으나 산이 깊지 않아 땔나무로 쓸 만한 나무들이 없었다. 부득불 온 하루 동안을 야산 기슭에서 헤매야 했다. 그는 저녁 무렵에야 나뭇단을 지게에 메고 내려왔다. 아들이 땔나무를 해놓느라고 떠나지 않은 것을 본 강반석은 그를 꾸짖었다.

"왜놈들과 싸워 나라를 찾겠다는 사람이 이게 뭐하는 짓이냐? 산속에다가 자기 동무들을 처박아 두고 혼자 내려와서 나무를 하고 있다니."

김성주는 눈물이 쏟아지는 것을 참으며 응석 부리듯이 말했다.

"어머니, 급하지 않으니까 오늘 하루만 어머니 곁에서 더 자고 내일 떠나겠습니다."

그날 밤에 김성주는 동생을 데리고 마당에 나와 한참 이야기를 주고받았다.

"어머니가 이제는 성경 안 읽으시나봐?"

"부녀회에서 못 읽게 하니 안 읽는 거지, 그렇지만 하나님은 자주 부르시곤 해."

"정말로 하나님이 있어서 우리 어머니 병을 낫게 해주셨으면 얼마나 좋겠니. 그럼 나도 하나님을 믿겠다."

김성주가 느닷없이 내뱉는 말에 김철주는 눈이 휘둥그레졌다.

"형, 공산주의자가 하나님 믿으면 어떻게 해?"

"그만큼 나한테는 어머니가 소중하다는 거야. 그런데 내가 없으면 집에 있는 네가 어머니를 돌봐 드려야지, 왜 너까지 또 공청이니 뭐니 하고 나돌아 다니면서 집을 비우고 그러냐?"

"형, 나도 이젠 어리지 않아, 나도 형처럼 공산주의자가 될 거야."

"공산주의자가 내 집이고 내 나라고 다 없이 온 세상을 위해서 싸우는 사람인 줄 아니?"

김성주가 별 생각 없이 내뱉은 말에 김철주는 어리둥절했다.

"형이 지금은 구국군의 별동대가 된 것만 봐도 모르겠니? 형의 꿈은 자나 깨나 조선혁명군이다. 혁명군을 만들기 위해 정의부에도 참가했고 또 공산당에도 참가한 거다. 이번에 잘하면 다시 양세봉 아저씨네 조선혁명군으로 되돌아갈 수 있을지도 몰라. 그러나 형이 한 이런 말을 김일룡 아저씨나 안정룡 아저씨한테 함부로 해서는 안 된다. 알겠니."

두 아들이 주고받는 말을 엿듣고 있었던 강반석은 참지 못하고 일어나 앉았다.

"성주야, 나 좀 보자."

김성주는 어머니가 자지 않고 있었다는 것을 모르지 않았다. 김성주가 들어가니 강반석은 다시 양세봉의 정황을 꼬치꼬치 캐물었다.

"양세봉 아저씨 형편도 상당히 어렵다고 들었습니다. 올해 1월에 조선혁명당과 국민부의 고위간부들이 '9.18 만주사변' 후의 형세를 분석하고 대책을 강구하기 위하여 신빈현에서 회의를 하고 있다가 당지의 친일주구단체인 보민회가 이 정보를 알아가지고 통하 일본영사관에 밀고했다고 합니다. 현묵관 아저씨가 사고를 당하신 후 혁명군 사령관이 되셨던 김관웅. 장세웅 등의 분들이 모두 붙잡혔고 지금은 양세봉 아저씨 한 분이 남아서 혁명군을 이끌고 있는 중입니다. 때문에 양세봉 아저씨가 결코 저를 거부하지는 않을 것입니다. 더구나 저는 지금 혼자가 아니고 별동대를 데리고 가니까요."

아들의 말을 듣고 강반석은 혀를 찼다.

"너는 지금도 현묵관 그 사람을 아저씨라고 부르는구나. 그 사람이 그렇게 너희들을 해치려고 했다는 말은 나도 좀 얻어들었다. 넌 기억하는지 모르겠다. 임강에서 살 때 그 사람이 우리 집에 와서 내가 해주는 밥을 얼마나 많이 얻어먹었는지 모른다. 너의 아버지하고는 정말 친한 사이었는데 너를 해치려 했다니 너는 그렇게도 그 사람 눈 밖에 났더냐."

김성주는 웃으면서 대답했다.

"제가 공산주의자가 되니까 그렇게 된 것 아닙니까."

"하긴, 그러게 말이다."

강반석은 아들에게 물었다.

"그런데 그 공산주의라는 것을 꼭 해야겠나 하는 말이다."

"어머니, 어머니 앞이니 제가 드리는 말씀이지만 저도 공산주의를 잘 모릅니다. 솔직히 작년과 재작년에 발생했던 '폭동'들을 경험하면서 정말 이런 것이 공산주의라고 하면 이 공산주의를 해야 할지 말아야 할지, 고민도 많았습니다. 저도 작년까지만 해도 공산주의자라면 이를 갈고 치를 떠는 현묵관 아저씨를 정말 미워했는데 그 아저씨가 체포되어 감옥에 들어가니 마음이 바뀝디다. 더구나 이번에 우 사령관 부대와 접촉하면서 중국 사람들이 왜 이렇게 공산주의자들을 미워하는지도 알게 되었습니다."

"성주야, 그렇다면 너도 어서 공산주의에서 손을 떼야 할 것이 아니겠느냐."

강반석은 아들과 속마음을 터놓고 이야기했다.

"나도 부녀회서 너무 애를 먹여 성경책까지 다 집어던지고 그 사람들 모임에 나가 이제는 열성분자 소리까지 들을 지경이 되었지만은 공산주의가 무엇인지도 모르겠거니와 또 마음에도 들지 않는구나. 네가 이번 길에 양세봉 사령관과 만나 그분의 용서를 구하고 너의 동무들까지 모두 함께 조선혁명군이 된다면 이 어머니도 한시름을 놓겠다. 나는 더 이상 네가 중국 사람들의 별동대장이 되어서 돌아다니는 일을 하지 않았으면 좋겠구나."

김성주도 어머니를 안심시켰다.

"어머니, 통화에 도착할 때까지만 계속 우 사령관의 구국군 별동대라는 이름을 달고 양세봉 선생님과 만나면 바로 조선혁명군에 참가하겠습니다. 제가 정의부에도 참가하고 공산당에도 참가하고 또 우 사령관의 별동대가 된 것도 다 무엇 때문이겠습니까. 지금은 깊게 말할 수 없지만 저에게는 공산주의도 구국군도 다 목적이 아니라 수단과 방법에 불과할 뿐입니다."

아들이 터놓는 속마음을 듣고 나서야 강반석은 한시름을 놓았다.

다음날 아침, 벌써 이틀 밤을 어머니의 곁에서 보낸 김성주가 이제는 진짜로 떠날 준비를 서두르

남만으로 원정길에 오르는 아들을 배웅하는 강반석에 대한 북한의 선전화

는데 안정룡이 불쑥 나타났다. 안정룡이 안도구위원회 당원들을 동원하여 별동대가 도중에 먹을 쌀과 밀가루 등을 마련하여 찾아갔다가 김성주가 아직도 돌아오지 않은 것을 보고 아침 일찍 그의 집으로 달려왔던 것이었다.

"성주 동무, 무슨 일이 생긴 게요?"

"아닙니다. 제가 어제 떠나려다가 집에 땔나무가 하나도 없는 것을 보고 온 하루 산에 들어가 나무를 했습니다. 지금 바로 떠나겠습니다."

김성주의 말을 듣고 안정룡은 사과했다.

"내 잘못이오. 내가 소홀했소. 걱정 말고 떠나오. 우리 당위원회에서 성주의 동생들도 책임지고 또 성주 어머니의 병구완도 최선을 다하겠소."

강반석도 따라 나와 아들을 재촉했다.

"그래, 어서 떠나거라. 아무래도 갈 길인데."

"네, 지금 떠나겠습니다."

김성주가 신발 끈을 매고 있을 때 강반석은 그동안 푼푼이 모아두었던 돈이라며 20원을 아들의 손에 쥐어주었다. 소 한 마리도 살 수 있는 큰돈을 어머니가 얼마나 어렵고 힘들게 모았는지를 김성주는 짐작할 수 있었지만 그에게도 별동대라는 20여 명의 식구가 딸려있어 돈이 필요했다. 그는 아무 말 없이 그 돈을 받아서 넣고는 어머니에게 절을 올리고 밖으로 나오는데 눈물이 쏟아져 하마터면 소리 내어 흐느낄 뻔했다.

"아니, 남아대장부가 되어가지고 왜놈들과 싸우겠다는 네가 왜 이 모양이냐?"

강반석은 생각 이상으로 얼굴이 냉랭하기가 이를 데 없었다. 발길이 떨어지지 않아 집 앞에서 머뭇거리고 있는 아들을 보고 강반석은 엄한 목소리로 꾸짖었다.

"어서 떠나거라."

"네, 어머니. 잠깐만 마당에 서 있다가 가겠습니다."

"넌 아직도 살아있는 내 생각을 할 것이 아니라, 지금 감옥에 계시는 삼촌하고 외삼촌을 생각하거라. 집에 올 때마다 이 모양을 하겠으면 다시는 내 앞에 얼씬도 하지 말거라.

김성주는 다시 한 번 절을 올렸다.

"어머니, 안녕히 계십시오."

제8장

남만 원정

굶주림이 혁명을 낳는 것은 아니다.
그보다도 민중이 먹게 되자 식욕을 얻은 것이다.
— 니체

1. 노수하(露水河) 습격전

소사하 무주툰 토기점골에 있었던 강반석의 묘소

김성주의 어머니 강반석은 아들이 떠난 뒤 얼마 안 있다가 세상을 뜨고 말았다. 1932년 7월 31일이었다. 남편 김형직이 세상을 떠난 후 6년 동안 더 살면서 어렸던 김성주를 20대의 남아로 키웠으나 미처 키우지 못한 둘째 아들과 아직도 철부지나 다름없는 셋째 김영주는 세상에 내버려둔 채로 그녀는 고달픈 한생을 마감했다.

강반석의 한생은 참으로 고달팠다. 그는 '어머니'라는 이 존칭에 부끄러움이 없는 훌륭한 여성이었음이 틀림없다. 불효자는 김성주였다. 그는 어머니에게 약 한 첩 변변하게 달여 드렸던 적 없었다. 어머니가 아껴 먹고 아껴 쓰며 한 푼, 두 푼 모아두었던 돈 20원을 그대로 넙적 받아가지고는 별동대 대원들을 데리고 유본초를 따라 남만으로 갔다.

1932년 여름, 남만에서는 한창 당취오의 '요령민중자위군'이 일어나고 있었다. 사진은 찾아오는 구국군 참가자들을 마중하고 있는 당취오

그러나 김성주는 남만에서 아무런 성취도 이룩하지 못한 채로 빈털터리가 되어 다시 안도로 돌아올 수밖에 없었다. 원래는 1932년 5월 21일에 계획되었던 거사 날짜가 한 달 앞당겨 4월 21일로 바뀌는 바람에 유본초와 김성주 일행 200여 명은 제시간에 도착할 수가 없었다. 더구나 당취오와 만나기로 약속되었던 환인현까지 가까스로 왔을 때 당취오는 장학량으로부터 장차 요령성 임시 정부를 통화에 둘 것이므로 어떤 대가를 치르더라도 통화현성을 차지하여야 한다는 명령을 받고 예하 18로군 4천여 명의 병력을 이끌고 통화 쪽으로 이동하였던 것이다.

여기에 양세봉의 조선혁명군도 당취오의 요령민중자위군의 한 갈래로 참가하였다. 현익철이 체포되기 직전까지 조선혁명군은 요령성의 동변도지방 중국관헌들과 항상 좋은 관계를 만들어놓고 있었기 때문에 당시 봉성현(鳳城縣)에서 일개 부연대장으로 있었던 당취오의 귀에 조선혁명군의 이야기가 자주 들려오곤 했었다. 또한 당취오가 거사하기에 앞서 환인현을 본거지로 삼기 위하여 봉성에서 환인으로 이동하던 도중에 융링제에서 일본군과 조우하게 되었는데 양세봉의 조선혁명군이 신빈현에서부터 달려와 일본군의 배후를 습격하였다는 일화도 전해지고 있다.

당취오와 그의 군대가 양세봉을 굉장하게 좋아하였던 것은 그 외에도 여러 일화를 통해 소개되고 있다. 곽경산(郭景山), 이춘윤(李春潤), 왕봉각(王鳳閣), 양복(梁福), 손수암(孫秀岩) 등 당취오의 자위군에 편성되었던 한다 하는 중국군의 사령들

'요령민중자위군' 제19로군 사령 왕봉각(王鳳閣, 앞에 앉은 왼쪽 첫번째)과 아내 장씨(두 번째), 1937년 4월6일, 일본군에게 체포되어 부부가 함께 처형을 앞두고 남긴 사진이다. 뒤에 의자에 앉은 사람들은 일본군인들이다

양강구(兩江口)

도 모두 양세봉을 알고 있었다. 특히 환인현 공안국장이었던 곽경산은 당취오와는 결의형제를 맺은 사이었다. 그는 환인뿐만 아니라 흥경, 통화, 유하, 해룡, 무송, 화전, 집안 등 여러 지방들에서까지도 모든 조선 사람들과 관계되는 일은 전부 다 양세봉에게 부탁하여 해결하고 있다며 당취오에게 적극 양세봉을 추천하였다.

이렇게 되어 1932년 5월 당취오는 통화성을 점령한 뒤에 다른 부하 사령들의 사령부는 모두 통화성 밖에 두게 하고 유독 양세봉의 조선혁명군만은 통화성 안에 들어와 사령부를 설치할 수 있도록 허락하였다. 그만큼이나 양세봉의 조선혁명군이 군율이 세고 또 백성들을 대할 때도 무척 점잖았기 때문에 평판이 좋았다는 것을 설명해주고 있기도 한다.

한편 김성주의 별동대도 조선혁명군 못지않게 군율이 셌다. 비록 유본초의 구국군 선발대 200여 명의 뒤에 함께 묻어가는 길이었기 때문에 별로 특별한 위험이 따르거나 하는 일은 없었지만 간혹 조선 사람들의 동네에 머무르게 될 때면 별동대가 구국군과 다르다는 것을 보여주기 위하여 각별히 신경을 썼다. 안도 소사하에서 떠난지 얼마 안 되었을 때 양강구(兩江口)와 노수하(露水河) 사이에서 일본군의 수송대와 만나게 되었는데 10여 명의 민부들이 함께 따라왔다. 수송대를 습격하자니 말자니 한바탕 쟁론이 붙었다. 유본초는 피해 가자고 주장하는 것을 김성주가 습격해보자고 고집했다. 김성주의 뒤에서는 박훈이 그들을 부추겼다.

"우리 별동대와 유 참모장의 구국군이 도로 양쪽 고지를 차지하고 매복하면 내가 몇 동무만 데리고 나가서 왜놈들을 유인해오겠소. 한번 해볼 만하오."

김성주는 대원들 중 총이 없는 대원들이 몇 명 있는 것을 생각하고 주장했다.

"선생님, 왜놈들이 한 개 중대밖에 안 되니 칩시다. 우리가 앞장서서 왜놈들을 유인하겠습니다. 대신 탄알만 좀 주십시오. 그리고 선생님은 남쪽의 능선을 차지하고 우리 별동대는 북쪽 길가에 매복하겠습니다."

"길가까지 내려가는 것은 위험하니 그러지 말거라."

유본초의 구국군은 위만군이라면 싸워볼 만하겠지만 일본군과는 자신 없어했다. 그런데도 겁 없이 덤벼드는 김성주와 그의 젊은 별동대 대원들이 유본초에게는 무척 장해보였다.

"유인하는 것도 너희 대원들만 보내지 말고 우리 구국군도 한 개 소대를 함께 보내마."

김성주와 유본초는 각각 자기 부대를 데리고 도로 양쪽 고지로 올라가 매복했고 박훈과 구국군의 한 개 소대가 수송대를 습격하다가 도주하기 시작했다. 그런데 일본군은 뒤를 쫓아오지 않고 엎드려 사격만 가했고 눈 깜짝할 사이에 구국군 한 개 소대가 모조리 쓰러졌다. 박훈이 데리고 갔던 별동대 대원도 1명이 죽고 1명이 중상을 입고 박훈의 등에 업혀 돌아오는 것을 보고 안 되겠다 싶어 김성주가 직접 뛰어나가려고 하는데 차광수가 그를 말렸다.

"성주야, 네가 대장인데 함부로 나가면 어떻게 하느냐? 내가 가마."

차광수가 안경을 추어올리며 권총을 들고 벌떡 일어나는 것을 이번에는 김일룡이 뒤에서 그를 잡아 눌렀다.

"내가 가서 유인해오마. 내가 이래 뵈도 독립군에서 싸웠던 사람이야."

김일룡이 대원 둘을 데리고 뛰어나가는데 차광수가 참지 못하고 끝내 쫓아가다가 박훈과 만났다. 박훈은 부리나케 업고 오던 대원을 차광수에게 맡기고는 다시 몸을 돌려 김일룡의 뒤를 쫓아갔다.

"일룡 형님, 같이 갑시다."

일본군은 수송대에 덤비던 첫 무리의 과반수 이상이 죽고 도망쳤는데도 다시 또 한 무리가 나타나서 총격을 가하며 덤벼들자 부쩍 약이 올랐으나 상대방이 자기들을 유인하려고 한다는 것을 눈치챘는지 끝까지 쫓아오지 않았다.

"왜놈들이 우리가 매복하고 있는 것을 눈치챈 것 같구나."

차광수가 걱정하였으나 김성주는 배포가 유하게 대답했다.

"그래도 좀 더 기다려봅시다. 어차피 이 길을 지나가지 않으면 안 될 겁니다."

차광수는 처음에 너무 긴장하여 덜덜 떨었으나 전혀 무서워하는 빛이 없는 김성주의 얼굴을 쳐다보며 많이 안정이 되었다.

"성주야, 넌 뭘 믿고 그렇게 자신하냐?"

"먼저 습격하던 구국군이 한 개 소대나 맥없이 당했으므로 왜놈들이 설사 매복이 있는 것을 알고 있다고 해도 우리를 아주 우습게 생각할 것이 틀림없습니다. 그렇지만 유본초 선생님의 구국군

일본군을 습격하려고 산비탈에 매복하고 있는 구국군들

이 지금 200명이나 되는 줄은 생각지도 못했을 것이 아니겠습니까.”

김성주가 이렇게 대답하니 차광수는 감탄했다.

“역시 군사를 배운 네가 우리와는 다르구나. 난 아까 숨이 멎는 줄 알았다.”

“원, 형님도 내가 무슨 군사를 배웠다고 그럽니까. 화성의숙에서 총 쏘는 것 하고 수류탄 던지는 것 말고는 맨날 줄을 서서 걸어 다니는 것밖에는 배운 것이 없습니다. 나나 형님이나 이렇게 한 번 또 한 번 전투를 해가면서 스스로 익혀가고 있는 것이 아닙니까.”

아닌 게 아니라, 30여 분 동안 움직이지 않고 있던 일본군은 두 개 소대로 나뉘어 앞뒤에서 갈라 서더니 땅바닥에 엎드려 있는 민부들을 불러일으켰다. 수송차량이 다시 움직이기 시작한지 20여 분쯤 지났을 때 유본초의 구국군에서 먼저 총소리가 울려퍼지기 시작했다. 그러자 일본군은 유본초의 구국군이 쳐놓은 저격선 쪽을 향하여 반격을 가하기 시작했다.

이때 김성주의 별동대도 배후에서 사격을 가하기 시작했고 길에 내려갔던 박훈과 김일룡도 내달리다가 다시 돌아서서 쉴 새 없이 총탄을 퍼부어댔다. 여기저기서 “야, 맞혔다!” 하는 환호가 터지는가 하면 “또 한 놈이 넘어간다!” 하는 환성이 터져 나오기도 했다. 더는 배겨나지 못하고 일본군이 퇴각하기 시작하자, 민부들은 다시 수송차를 버려두고 뿔뿔이 달아나다가 모두 머리를 싸쥐고 땅바닥에 엎드려버렸다.

“동무들, 나갑시다.”

김성주는 벌떡 뛰어 일어나 앞장서서 뛰쳐나갔다. 구국군도 별동대도 모두 진지 안에서 뛰쳐나와 길바닥으로 몰려들었다. 살아남은 일본군 몇몇이 정신없이 도망쳤으나 나머지는 모조리 전멸되었다. 그런데 구국군의 사상자가 일본군 못지않게 많았다. 처음에 유인할 때 한 개 소대가 모조리 죽었고 산등성에서 내려올 때 또 기관총 난사를 당해 20여 명이 죽었다 보니 30여 명의 사상자가 나왔다. 대신 김성주의 별동대에서는 3명의 전사자가 나왔다. 차광수가 자기의 별동대 전사자만 골라내서 부둥켜안고 땅바닥에서 앉아 우는 것을 본 구국군의 한 중대장이 지나가다가 그의 궁둥이를 걷어차며 욕을 퍼부었다.

“어이 안경쟁이, 재수 없게 왜 징징거리고 있느냐?”

“광수 형님, 그만하십시오. 구국군에도 숱한 사람들이 죽었습니다. 우리 동무들의 시체만 골라내서 안고 우는 모습이 썩 좋지 않습니다.”

이처럼 냉담하고 차가운 김성주의 모습을 처음 보는 차광수는 자못 의아했다.

"빨리 출발해야 하니까 일어나십시오. 구국군에서 전사자들을 합장(合葬)하기로 한 것 같습니다. 우리 대원들의 시체와 구국군 대원들의 시체도 함께 묻읍시다."

"아니, 난 그렇게는 못한다."

차광수는 별동대 전사자 3명의 무덤을 따로 파겠다고 고집했다. 3명의 전사자 가운데 2명이 남만청총 때부터 차광수를 따라다녔던 동무라고 박훈이 몰래 김성주에게 귀띔해 주었다. 이렇게까지 말하자 하는 수 없이 김성주도 동의했다.

2. '금비석비'(今非昔比)

"보게나, 저자들은 어디가 달라도 우리와는 다르잖은가."

시간이 지날수록 구국군들 안에서 몰래 쑥떡거리는 사람들이 한 둘씩 나오기 시작했다. 이것이 무엇을 의미하는 것인지, 김성주는 당장 느낌이 오지 않았다. 안도에서 떠나 무송 방향으로 가면서 가끔씩 유본초는 말에서 내려 김성주와 함께 걸으며 말을 주고받기도 했다.

"내가 쓸데없는 소리를 하는 것 같다마는 우리 선발대원 중 너의 별동대와 따로 행동하자는 사람들도 있구나. 이 일을 어떻게 하면 좋지?"

김성주는 빤히 유본초의 얼굴을 쳐다보았다.

"선생님은 구국군의 형님들이 우리를 싫어하는 원인이 무엇 때문이라고 봅니까?"

"그러게나 말이야. 너희들이 군율이 세고 민가에 들려 추호도 백성들한테 폐를 끼치지 않는 모습이 얼마나 좋으냐. 그런 것들을 본받지는 못할 망정 싫어하다니 나도 참 저 무식한 것들 때문에 답답하기 그지없구나."

유본초가 한숨을 내쉬는 것을 보고 김성주는 속심을 말했다.

"원인이 바로 그것이 아니고 뭐겠습니까. 저희들 때문에 저 형님네들이 백성들의 집에서 술도 맘대로 못 얻어먹고 또 갖고 싶은 것이 있어도 맘대로 갖지 못하고 하니 기분을 잡친 것입니다. 제가 왜 그것을 모르겠습니까. 그렇다고 우리가 정말 그렇게 제멋대로 하면 우리가 떠난 뒤에는 백성들이 뭐라고 우리를 손가락질하겠습니까."

김성주가 이처럼 진지하게 이해득실을 따져가니 유본초는 감탄했다.

"역시나 성주 너의 몸에서는 공산주의자들의 냄새가 나. 아무리 숨기려고 해도 안 되는구나. 공산

남만의 통화성 밖

주의자들이 바로 그런 수법으로 민심을 자기에게로 잘 당겨 오곤 하지. 우리 구국군은 바로 그것이 잘 안된단 말이다.”

유본초의 이 말에 김성주는 이것이 칭찬하는 말인지, 무엇인지 잘 판단이 서지 않아 한참 입을 다물고 있었다. 유본초가 김성주의 얼굴을 유심히 바라보며 또 물었다.

“성주야, 내가 얻어들은 소린데 네가 기분상하더라도 개의치 말기 바란다. 전에 국민부에서 갈라져 나온 공산주의를 한다는 사람들이 장춘, 이통 지방에서 농민들에게 세금을 징수하면서 무지 못살게 굴었다고 하더구만은 그렇다면 너는 이 문제는 어떻게 보느냐?”

김성주는 속이 찔끔했다. 유본초가 과거 자기가 해온 일들에 대해서 다 알고 있다는 것을 눈치 채니 기분이 썩 좋지 않았다. 유본초의 뜻인즉, 갑자기 깨끗한 척 하지 말아라. 너도 과거에는 여기저기 농가들을 뒤지고 다니면서 세금을 징수하고 농민들을 못살게 굴었던 적이 있지 않았느냐고 귀띔해주고 있는 것이었다. 그러나 머리가 팍팍 돌아가고 더구나 달변인 김성주의 입이 막힐 리가 없었다. 김성주는 중국인들의 뺨도 치고 갈 수준의 능란하고도 유창한 중국말로 유본초의 이 까다로운 질문에 대답했다.

“선생님은 저에게 한문을 가르치셨으니 금비석비(今非昔比)라는 말씀을 잘 아시리라고 믿습니다. 어제의 일을 어떻게 오늘에 비할 수가 있겠습니까. 우리는 왜놈들과 싸우기 위해 사람들을 모으고 또 총과 탄약도 사들이고 하면서 여기까지 왔습니다. 처음에 아무 것도 없을 때 여기저기에 찾아다니면서 손도 내밀고 또 가능한 고장에서는 세금도 징수하였습니다. 그러나 지금은 정황이 달라지지 않았습니까.”

“어떻게 달라졌다는 것인가?”

“우리는 지금 왜놈들과 싸우는 군대가 되었습니다. 총도 있고 힘도 있습니다. 우리가 필요한 것은 가능하면 왜놈들에게서 빼앗는 방법으로 해결해야지, 못사는 동네 농민들한테 손을 내밀면 어떻게 하겠습니까. 물론 농민들이 진심으로 우리를 고마워하고 반가워하면서 자발적으로 주는 것은 또 다른 문제입니다. 그럴 때도 우리는 가능하면 사양하고 그래도 계속 주려고 한다면 그때는 받아도 문제가 없을 것입니다. 지금은 우리가 다른 부대들과 손을 잡으려고 찾아가는 길이기 때문에 길에서 좋은 소문을 내고 다니는 것이 무엇보다도 주요합니다. 여차하여 단 한 번이라도 나쁜 입방아에 오르면 정말 좋지 않습니다. 그런 말도 있지 않습니까? 나쁜 소문은 좋은 소문보다 몇 배나 빨리 퍼진 다고 말입니다."

유본초는 할 말을 잃었는지 잠잠히 듣고만 있다가 한숨만 내쉬었다. 이와 같은 대화가 오간 뒤 김 성주와 유본초는 각자 자기의 부대와 대원들을 데리고 10여 리의 간격으로 떨어져서 걷기 시작했 다. 선발대 구국군들이 모두 별동대와 함께 가는 것을 싫어하였기 때문이었다. 그래도 유본초는 김 성주와의 인연을 생각해서 차마 버리지는 못하고 뒤에서 좀 떨어져 따라오라고 하니 김성주 쪽에서 오히려 선발대가 되겠노라고 나섰다.

"선생님, 그러지 마시고 우리 별동대가 앞에 서겠습니다."

별동대의 대원수가 많지 않으므로 앞에서 길도 탐지할 겸, 갑자기 돌방상황이 생겨도 뒤에서 선 발대가 미리 대처하기 좋다는 김성주의 주장에 유본초도 흔쾌하게 응낙하였다. 그러나 정작 김성주 의 마음은 다른 데 있었다.

3. 옛 친구와의 상봉

무송현성이 가까워올수록 그의 마음은 설렜고 발에 날개라도 돋친 듯이 그의 걸음은 빨라지기 시 작했다. 이때의 심정을 김성주는 이렇게 회고하고 있다.

"무송은 내가 관헌들의 손에 체포되어 구류장의 밥을 먹어보았던 또 하나의 음험한 군벌 소굴이 었다. 그러나 거기에 나의 소년시절의 살점 같은 한 토막이 남아있고 아버지의 산소가 있고 사랑하 는 중국의 벗 장울화가 살고 있다는 것만으로 도 나는 이 도시를 사랑하였다."

여기서 김성주가 말하고 있는 '소년시절의 살 점 같은 한 토막'이란, 바로 중국인 친구 장울화 를 두고 하는 말이었다. 김성주가 제안하는 일이 라면 장울화는 생명까지 내걸고 뭐든지 다 해냈 던 사람이었다. 오죽했으면 김성주는 산속에서 배고프거나 춥거나 할 때도 항상 장울화를 생각 하였고 그에게만은 거침없이 손을 내밀곤 했다.

무송현성

중국의 '장울화 열사능원' 기념관에 전시되어 있는 김일성과 장울화의 우정을 그린 북한의 유화작품

부자였던 장울화는 총과 탄약은 물론, 솜, 신발, 양말, 내의 천, 식량, 의약품에 이르기까지 김성주가 요구하는 물건들은 하나도 빠뜨리지 않고 모조리 구해서 보내주곤 했다. 하지만 결국 김성주의 행방을 추궁하고 있었던 일본군의 핍박에 못 이겨 이후 1937년 11월 4일에 자살하고 말았다.

어쨌든 이 당시 김성주가 왔다는 연락을 받은 장울화는 정신없이 달려 나왔다. 둘은 부둥켜안고 한참 그립던 정을 나누었다.

"성주야, 끝내 군대를 만들어냈구나. 이 사람들 모두 너의 부하들이란 말이지?"

김성주는 나이 많은 김일룡이나 차광수, 박훈 같은 사람들을 세워놓고 그들을 모두 자기의 '부하'들이라고 자랑할 수 없어 장울화의 말투를 시정했다.

"울화야, 혁명군대는 대장과 부하가 따로 없어. 다 혁명동지들이란다."

장울화는 연신 머리를 끄덕였다.

"그래, 그 정도의 도리는 나도 알지. 그런데 혁명군이면 혁명군이지 왜 구국군 별동대라고 부르고 있는 거냐?"

김성주는 당취오의 요령민중자위군과 동맹을 맺으러 가는 길이기 때문에 구국군 별동대 이름을 사용하고 있다고 간단하게 설명했다.

"그럼 어떻게 되는 거니? 공산당과는 진짜 손을 끊은 거니?"

"아니, 내 말 뜻을 못 알아듣네. 구국군과 함께 활동할 때는 구국군 별동대라는 이름을 사용하고 따로 떨어져 활동할 때는 유격대라고 해도 되고 조선혁명군이라고 봐도 좋다."

"그럼 지금은 구국군과 같이 있지 않으니까 조선혁명군이라고 봐야겠구나. 내가 보기에도 이 조선혁명군이 좋을 것 같다. 내가 비록 중국인이기는 하지만 난 조선혁명군을 지지하는 사람이고 또 너의 친구이기도 하니까, 나도 너의 부대에 참가할 수가 있겠지?"

농담을 할 줄 모르는 장울화의 말을 듣고 김성주는 뛸 듯이 기뻤다.

"너 그 말이 정말이니? 나랑 같이 혁명군에 들어와 총을 잡고 다니겠단 말이니?"

"아, 그럼. 난 맨날 너 생각만 하면 너랑 같이 총 들고 다니는 꿈만 꾼다."

"너를 데리고 갔다가는 너의 아버지가 나를 가만두지 않을 걸. 더구나 넌 장가까지 들었고 또 지금 아내가 임신 중이라면서? 어떻게 함부로 떠나겠니?"

김성주가 넌지시 던지는 말에 장울화가 정색하고 "성주야, 날 치사하게 보지 마라. 내가 간다면 가는 거지." 하고 나서니 김성주는 급히 머리를 가로저었다. "아니야, 너 오해하지 마라. 절대 그런 뜻 절대 아니야." 김성주는 장울화에게 설명했다.

"혁명하는 일이 총만 들고 싸우는 것은 아니야. 총 들고 싸우는 사람도 있어야 하고 뒤에서 총 들고 싸우는 사람들을 위해서 할 수 있는 일이 얼마나 많은지 몰라."

김성주는 회고록에서 장울화에게 이렇게 말했다고 회고하고 있다.

"울화의 체질을 가지고서는 험산준령을 타고 다니는 유격대생활을 감당할 수 없어. 나야 뭘 숨기겠나. 나는 울화의 사상을 불신하는 것이 아니라 육체적 준비를 걱정하는 거야. 그러니 산에 들어와 고생을 하지 말고 집에 있으면서 사진관도 차려놓고 교원도 하면서 우리의 사업을 힘껏 도와달라는 것이지. 대부호의 자식이라는 간판이 얼마나 좋아. 그 간판이면 울화는 혁명을 하면서도 얼마든지 자기 정체를 숨길 수가 있거든."

김성주는 무송에서 나흘간 머무르다가 장울화와 작별하고 다시 길을 떠났다.

4. 진심과 진정

김성주는 별동대의 뒤에서 차광수와 단 둘이서만 몰래 이야기를 주고받았다.

"성주야, 난 아직도 양 사령관이 우리를 받아줄지가 미심해. 우리가 구국군 별동대 이름을 달고 왔는데 괜히 명함을 잘못 들이댔다가는 양 사령관과 우 사령관 양쪽에서 모두 걷어챌지도 몰라. 그게 걱정이다."

"형님, 이런 말은 오직 형님한테만 하는 말이지만 만약 우리가 이제는 공산당과는 확실하게 관계를 끊었다고 하면 양세봉 아저씨도 무척 반가워할지 모릅니다."

"그러면 우 사령관의 부대와는 그날부터 헤어져야 하는 거겠지?"

차광수가 묻는 말에 김성주는 행여나 누가 뒤에서 따라오며 엿듣고 있는 사람이 없는지 뒤를 한번 돌아보고는 그동안 꾹 참아왔던 불평을 털어놓았다.

"형님도 보셨다시피, 저 우가가 언제 한 번이라도 우리를 자기 부대 사람들과 꼭 같이 취급해주었습니까? 우리 별동대가 전투 경험이 하나도 없는 것을 빤히 알면서도 위험한 일이 생기면 그냥 총 두어 자루나 던져주고는 우리더러 앞에 나서라고 내몰지 않습니까. 솔직히 유본초 선생님만 아니었더라면 전 진작부터 그만두고 싶었습니다."

"그러나 별동대야 중국 공산당의 결정에 의해 만들었던 것이 아니더냐. 만약 양 사령관과 손을 잡게 될 경우에는 동만 특위와의 관계는 어떻게 처리할 것이니?"

김성주는 이 문제와 관련하여서는 길에서 김일룡과 주고받으며 의논했던 내용을 차광수에게 말했다.

"상황을 봐가면서 일룡 아저씨가 남만주의 당 조직과 연계를 취해보겠다고 했습니다."

"그렇다면 중국 공산당과도 계속 관계는 유지해나가겠다는 뜻이니?"

차광수는 이때 김성주에 대하여 잘 알 수가 없었다. 러나 김성주가 조선혁명군이 되고 싶어 하는 마음만은 진심이며 진정이라는 것을 믿어 의심치 않았다. 그가 김일룡에게 부탁하여 한편으로 중국 공산당 남만주 조직과도 연계를 맺어가면서 구국군과 혁명군, 그리고 유격대 사이에서 최종적으로 자기가 서야 할 자리를 찾아가고 있는 데 대하여 차광수는 전혀 나무라고 싶은 마음이 없었다.

비록 그 자신도 열렬한 공산주의자이기는 하였지만 그는 조선공산당이 해산되고 조선인 공산당원들이 모두 중국 공산당으로 적을 옮기고 있는 데 대하여서만큼은 다른 견해를 가지고 있었다. 때문에 차광수는 중국 공산당에 가입하지도 않았거니와, 또 중국인 공산주의자들의 지도를 받아가면서 활동하고 있었던 김일룡이나 안정룡 같은 사람들과도 별로 친하게 지내지 않았다.

그러나 그가 김성주를 좋아하였던 것은 바로 조선혁명군에 대한 김성주의 그 깊은 미련 때문이었다. 고유수와 오가자에서 동네 농민들에게 바가지로 욕을 얻어먹어가면서도 이종락의 밑에서 혁명군을 위하여 세금을 거두고 다녔던 김성주의 꿈은 언젠가는 이 혁명군의 최고 사령관이 되는 것이었고 만약 그렇게 된다면 김성주는 자기 식대로 이 혁명군을 더 멋있게 만들어갈 큰 꿈을 가지고 있었다.

차광수는 그런 김성주를 믿었다. 그런 김성주는 절대로 공산주의자가 아니었다. 현재 겉으로는 구국군 별동대라는 감투를 쓰고 가고 있으면서도 마음속에 우 사령관에 대하여 손톱만치도 존경하거나 숭배하는 마음이 없다는 것도 누구보다도 차광수가 너무 잘 알고 있었다. 그러나 만약 이번에 정말, 양세봉의 조선혁명군과 손을 잡게 되고 그의 수하로 들어갈 수만 있다면 김성주는 구국군 우 사령관의 부대는 고사하고 중국 공산당 남만조직과도 굳이 연계를 가지려고 하지 않으리라는 것을 차광수는 모르지 않았다.

5. 양세봉의 분노

조선혁명군 사령관 양세봉

김성주는 통화성을 눈앞에 두고 있는 이도강에서 하루 묵으며 유본초를 기다렸다가 유본초의 선발대와 함께 통화성으로 들어갔다. 연락을 받은 통화성에서는 당취오가 환영대를 파견하여 내보냈다. 당취오의 부관이 직접 환영대를 데리고 마중을 나왔는데 유본초를 만나자마자 불쑥 이렇게 물었다.

"공산당이 파견한 별동대가 구국군 선발대와 함께 왔다는 소문이 있습디다."

그 바람에 유본초도 김성주도 모두 속이 덜컹했다.

"아, 별동대 말이오? 공산당은 아닙니다. 조선인들로 조직된 유격대인데 대부분 조선혁명군 출신들입니다."

조선혁명군기(軍旗)

일단 유본초가 이렇게 황망히 돌려 대서 당취오의 부관도 더는 말이 없었으나 그날 저녁에 유본초가 돌아와 김성주에게 말했다.

"성주야, 조심해야겠구나. 특히 너의 대원들의 입단 속을 단단히 해야겠다. 여기는 왕덕림의 구국군과는 딴판이구나. 국민당에서 파견한 특파원들과 비밀요원들이 득실득실하구나."

유본초의 선발대는 벌써부터 별동대와 거리 두기를 시작했다. 숙소를 정할 때도 유본초의 선발대는 모조리 중국 사람들의 집에 숙소를 정하고 별동대 대원들은 따로 통화성 내의 조선 사람들이 사는 집에 숙소를 잡았다. 그것도 양세봉이 그들을 숙박시켜 주라고 허락했기 때문에 조선 사람들은 별동대원들에게 방을 내주었다. 그날 밤에 김성주는 조마조마한 심정으로 양세봉을 찾아가 인사를 올렸다.

양세봉은 김형직과 친했던 관계로 이 년 전까지만 해도 김성주를 자기의 아들 대하듯이 했다. 그러나 이때는 김성주를 부르는 호칭이 바뀌었다. 특별한 경우였다. 이종락이나 장소봉, 박차석 등 젊은이들의 나이가 김성주보다 훨씬 많았어도 존칭으로 대해주었던 적이 없었던 양세봉이었다. 그만큼 김성주가 굉장하게 유명한 인물이 되었기 때문이었다.

"김 대장, 하나만 먼저 확인하고 넘어가자꾸나."

"선생님, 말씀하십시오."

두 사람의 사이에는 반드시 짚고 넘어가지 않으면 안 되는 '통과의례' 같은 것이 있었다.

"고동뢰 소대장, 너의 손에 죽은 것이 맞느냐?"

"하늘에 맹세합니다. 아닙니다."

"네가 너의 아버지의 이름을 걸고 진실을 말하거라."

"네. 그러겠습니다. 제 친구 아청(장울화)이가 공안국에 연락해서 그를 며칠 동안 구류소에 잡아가뒀던 것은 사실입니다. 그렇지만 여관에서 피해당한 사실은 우리와 상관없는 일입니다."

김성주는 진실을 말하고 있었다. 양세봉은 한참 김성주의 얼굴을 바라보다가 "그러면 왜 그때 직접 나를 찾아와서 해명을 하지 않았느냐?" 하고 한마디 더 물었더니 김성주의 입에서 이런 대답이 나왔다.

"선생님, 그 당시에는 제가 범인이냐 아니냐가 중요한 것이 아니었습니다. 범인이라고 하면 그것은 진실이 아니고 아니라고 하면 남들이 믿어주지 않으니 말입니다. 그래서 그냥 침묵만 했고 오늘과 같이 꼭 선생님과 직접 만나서 말씀 드릴 날이 있기만을 기다려 왔습니다."

양세봉은 비로소 안도의 숨을 내쉬며 김성주에게 술을 한 그릇 넘쳐나게 따랐다.

"내가 이 일 때문에 우리 혁명당과 군대 안에서 자네를 위해 말 한마디도 할 수 없고 처지가 얼마나 난감했는지 모르는데 이제는 정말 한시름이 놓이는구나."

양세봉은 김성주에게 약속했다.

"고동뢰를 너희가 해치지 않았다면 좋아, 내가 믿을 것이다. 다른 사람들도 내가 설득할 거다. 나머지 문제는 네가 공산당과 철저하게 손을 끊는다고만 약속하면 다 풀린다. 그러면 내가 나서서 너희들을 모두 우리 조선혁명군에 받아들이도록 하겠다."

김성주는 한참 궁리하다가 양세봉에게 요청했다.

"아저씨만 저를 다시 받아주신다면 저는 꼭 아저씨께로 돌아오고 싶습니다. 그런데 솔직히 말씀 드린다면 같이 온 저의 동무들이 적지 않게 중국 공산당 당원들이어서 그들 모두를 당장 돌려세우자면 좀 시간이 필요할 것 같습니다. 때문에 먼저 혁명군의 별동대로 이름을 달고 자위군의 작전에 함께 참가시켜 주십시오. 그러다보면 저의 별동대도 차츰 커갈 것이고 또 안도로 돌아가지 않으면 자연스럽게 그쪽 중국 공산당 조직과도 관계가 끊어질 수밖에 없습니다. 더구나 자위군은 국민당의 영도를 직접 받고 있기 때문에 시간이 좀 더 흐르다 보면 저의 동무들도 모두 공산당과는 조직관계를 끊게 될 수밖에 없잖습니까. 그때면 정식으로 별동대의 명칭도 버리고 순수한 조선혁명군이 되겠습니다."

"김 대장의 이 제안은 그럴듯하네만."

양세봉은 잠시 어떻게 대답했으면 좋을지 몰라서 어리벙벙해졌다. 김성주의 이 말을 믿어야 할지, 말아야 할지 판단이 잘 서지 않았기 때문이었다. 도리상으로 보면 김성주의 이 제안은 하나도 틀린 데가 없었다. 그러나 양세봉은 주저하지 않을 수 없었다.

그는 만약 상대가 공산당만 아니라면 자기 발로 총까지 메고 찾아와서 부하가 되겠다는데 반갑지 않을 도리가 없었다. 그러나 바로 조선혁명군에서 총과 대원들을 빼내어 나가버렸던 이종락을 머릿속에 떠올리고는 마음이 착잡해졌다. 더구나 이럴 때 현익철이 공산당 소리만 나오면 발까지 굴러가면서 "공산당은 온역과 같아서 금방 여기저기로 전염이 되오. 그러니 조금이라도 가까이에 불러들이면 안 되오."라고 절규하다시피 하던 말들이 귓전에서 쟁쟁 울려오는 것 같아, 양세봉은 자기도 모르는 사이에 몸서리를 쳤다. 양세봉은 다시 김성주를 자기의 아들처럼 이름을 불러가며 고충을 털어놓았다.

"성주야, 넌 왜서 공산당의 물을 먹어가지고 이 모양이 된 거냐? 너를 키우기 위하여 우리 국민부가 얼마나 공 들여왔는지는 너도 잘 알지 않느냐. 네가 나는 말고도 오동진 아저씨를 생각해서라도 어떻게 이럴 수가 있느냐 말이다. 우리는 너를 장차 우리 민족주의 계열에서 크게 한몫을 감당할 수 있는 인재로 키우려고 오래전부터 마음속에 찍어두고 있었단다.

그러나 늦지는 않았다. 지금이라도 공산당과 손을 끊고 우리에게로 돌아오겠다고 하니 나는 두 손 들고 대환영이다. 다만 너희들을 받아들이는 일은 나 혼자서 결정할 일은 아닌 것 같구나. 지금 조선혁명당은 너도 잘 아는 고이허가 위원장을 맡고 계시고 또 혁명군에도 공산당이라면 치를 떠는 백파(김학규)가 참모장으로 있지 않으냐. 그러니 공산당의 부대나 다를 바 없는 너의 별동대를 혁명군에 받아들이는 일은 그분들과 의논하지 않고는 불가능한 일이다."

김성주는 양세봉이 혼자서 결정할 수 있는 사안이 아니라는 말에 수긍했다. 양세봉이 아무리 조선혁명군의 총사령관이라고 해도 조선혁명군은 조선혁명당의 지도를 받는 군대이고 또 혁명당의 상층 지도계층뿐만 아니라, 혁명군 내에도 바로 백파 김학규 같은 사람들이 모두 철저하게 반공하는 사람들이라는 것을 모르지 않았다. 그런데 양세봉이 말끝마다 계속 공산당을 너무 나쁘게만 보는 바람에 김성주도 반발심을 참아가느라고 숨소리까지 다 거칠어질 지경이었다.

"선생님, 고이허 선생님이나 김학규 참모장님 같으신 분들은 설사 죽는 일이 있더라도 저희들을 혁명군에 받아들이려고 하지는 않을 것입니다. 그러나 지금은 왜놈과 싸우는 것이 대의가 아닙니까. 나라를 구하는 일인데 공산당이면 어떻고 구국군이면 어떻습니까. 모두 함께 손을 잡고 싸우는데 뭘 그렇게 말끝마다 공산당, 공산당 하면서 공산당 소리만 나오면 이렇게 모질게 구는지 모르겠습니다. 그분들이 만약 반대하고 나서면 선생님께서 저의 이 뜻을 꼭 전달해주시기 바랍니다.

저도 인정할 것은 인정합니다. 공산당도 잘못하고 있는 일이 많습니다. 농촌에서 폭동을 일으켜, 중국 사람들을 많이 괴롭혔던 일은 잘한 일 같지는 않습니다. 이 일은 저뿐만 아니라 공산당 지도부 내에서도 많이 반성해오고 있다고 들었습니다. 그러나 지금은 그래도 왜놈들과 싸우자고 이렇게 총을 들고 불원천리 찾아왔는데 그냥 공산당이라는 이유 하나 때문에 이렇게 경계하는 것은 정말이지 너무하신 것 같습니다."

그 말에 오히려 양세봉쪽에서 버럭 화를 냈다.

"네가 하나만 알고 둘은 모르는구나. 다른 사람들의 실수는 쉽게 용서가 되나 공산당이 저지른 나뿐 짓은 용서가 안 되는 원인이 있는 거다. 가령 남의 곡간에 불이나 지르고 또 좀 잘산다고 해서 끌어내서 한둘쯤 잡아 팼다고 하자. 우리가 그런 것들을 가지고 물고 늘어지는 것인 줄 아느냐? 도시에 가서는 노동자를 선동해서 자본가와 싸우게 하고 농촌에 가서는 또 농민들을 선동해서 지주와 싸우게 하고 가정에 들어와서는 남녀평등이라 하여 여편네가 남정에게 대들게 만들고 하니 보거라, 이게 어디 손잡을 사람들이냐?

네가 친형처럼 믿고 따라다녔던 종락이 그놈만 봐도 그렇잖으냐. 혁명군에서 중대장까지 했던 놈이 결국 혁명군의 총까지 수십 정씩이나 훔쳐가지고 달아나지 않았더냐. 그놈을 따라갔던 너를 지금 탓하자는 것이 아니다. 공산당은 이렇게 소란을 일으키고 분란만 조장하는 사람들이기 때문에 우리가 싫어하는 것이다."

"선생님의 말씀에 도리가 있습니다. 저도 그래서 공산당을 떠나려고 하는 것입니다."

김성주는 괜히 한두 마디 반론을 내비쳐보이다가 날벼락을 맞은 셈이었다. 그래서 부리나케 숙이고 들어갔다. 말씨름을 해봐야 좋은 점이 하나도 없다는 것을 깨닫고 있었다. 오히려 자칫하다가는 구국군 우 사령관의 별동대에서 다시 조선혁명군의 별동대로 들어가려는 일에 차질이 생길지도 모른다는 걱정이 앞섰기 때문이었다. 김성주가 더 이상 반론하지 않으므로 양세봉도 김성주가 진심으로 조선혁명군에 다시 돌아오고 싶어 하는 것이라고 믿었던지, 다음과 같이 약속했다.

"내가 내일 참모장과도 의논해보고 또 사람을 보내어 고이허 위원장께도 너의 뜻을 전달하겠다. 너도 나도 함께 좋은 결과가 나오기를 기대해보자꾸나. 어쨌든 먼 길을 온 너희들이니 우리가 주인 된 도리에서 환영회도 마련하고 나도 또한 너의 대원들을 한번 보자."

6. 조선혁명군과 결렬

그날 김성주는 양세봉의 집에서 밤을 묵고 다음날 아침 일찍 별동대가 묵고 있는 곳으로 돌아왔다. 그런데 간밤을 뜬 눈으로 새운 차광수가 멀리에까지 마중 나와 있다

1933년 1월26일자 동아일보 보도 만주에서 활약하는 양세봉장군의 동정은 조선 민중의 희망이었다

가 다짜고짜로 김성주를 끌고 별동대 숙소와 떨어진 다른 곳으로 갔다.

"형님, 왜 이러십니까?"

"김일룡이 어제 밤새 자지 않고 너를 기다리고 있는 중이다."

김성주와 차광수가 단 둘이서 의논하고 가능하면 조선혁명군에 참가하려고 했던 것은 김일룡과 박훈 같은 사람에게도 아직은 알려주지 않은 그들 둘만의 비밀이었기 때문이었다.

"일룡 아저씨가 뭐라 합디까?"

"양 사령관과 만나는 너의 진정한 뜻이 무엇인지 못내 궁금해하는 눈빛이었다. 아직까지는 의심하는 것 같지 않으나 자위군과의 동맹을 맺는 일이 잘 풀리지 않을 경우에는 남만주의 당 조직과 연계해보겠다고 하더구나."

김일룡의 이때 당내 신분은 중국 공산당 안도구위원회 조직 위원이었다. 별동대 대원으로 남만주에 따라왔지만 그에게는 이 별동대가 어떤 경우에도 중국 공산당을 이탈하는 일이 없도록 감시하고 인도해야 할 책임이 있었다.

"아, 그거야 원래 안도에서 떠날 때 이미 당위원회에서 의논했던 일이기도 합니다."

김성주는 차광수에게 양세봉과 주고받던 이야기를 들려주었다.

"형님, 양세봉 선생님이 환영회도 열어주고 또 우리 대원들을 보러 오겠다고 하니까, 낮에 잘 준비하고 있어야 합니다. 바로 조선혁명군으로 편입되는 것은 우리 쪽에도 그쪽에도 다 서로 받아들일 준비가 되지 못했으므로 일단 혁명군의 별동대로 이름을 달고 자위군과의 협동작전에도 참가시켜달라고 했습니다. 낮에 의논해보겠다고 합디다. 최소한 우리를 함부로 거절하거나 문전박대하는 일은 없을 것 같습니다. 관건은 일룡 아저씨입니다. 한마디라도 공산당과 관계를 끊고 조선혁명군에 참가한다는 소리를 잘못 냈다가는 일룡 아저씨가 가만있지 않을 것입니다. 그렇게 되면 우리 일이 양쪽으로 복잡해질 수가 있습니다."

"그럼 남만주 당 조직과의 연계를 서두르라는 핑계로 김일룡이를 반석 쪽으로 빼돌려 볼까?"

차광수의 말에 김성주는 머리를 가로저었다.

"그렇다고 어떻게 오늘 당장 떠나라고 하겠습니까? 더구나 양세봉 선생님이 저녁에 위문대도 보내주겠다고 하는데 말입니다."

"그럼 어떻게 할까? 김일룡이한테도 어느 정도 귀띔을 해주고 볼까?"

"안도에서 떠날 때 당위원회의 결정은 우리가 조선혁명군의 별동대라는 이름을 얻어가지고 활동하는 데까지가 선입니다. 우리가 당초 우 사령관의 별동대로 들어갈 때도 특위 결정이 바로 이랬습니다. 함부로 구국군이나 혁명군에 그대로 편성되거나 하는 일은 문제를 삼기에 따라서 당에 대하여 배신하는 행위로 간주될 수가 있습니다. 일룡 아저씨가 걱정하는 일도 바로 이것 때문일 것입니다."

김성주와 차광수가 걱정하였던 일이 이날 저녁에 끝내 발생하고 말았다. 위문대를 데리고 왔던 양세봉이 대원들에게 환영사를 한답시고 나서서 조선혁명군에 참가하려고 불원천리하고 찾아온 것을 고맙게 생각한다는 말을 하였을 때 전혀 생각지도 못했던 이영배와 김철희 등 홍룡촌 출신의 대원들이 중구난방으로 떠들어댔기 때문이었다. 김일룡은 말없이 묵묵히 듣고만 있었다. 여기까지의 반응에 대해서는 양세봉도 전혀 짐작하지 못했던 바는 아니나 문제는 그 다음 연설내용에 있었다.

"진정으로 조선독립을 위해서 싸우는 군대라면 조선혁명군이 되어야지, 도처에서 나쁜 짓만을 일삼는 공산당이 되어서야 되겠는가?"

양세봉이 이런 말을 했을 때 박훈이 참지 못하고 후닥닥 대들었다.

"아니, 공산당이 무슨 나쁜 짓만을 일삼았단 말입니까? 우리가 공산당의 유격대가 된 것도 바로 공산당이 조선혁명을 지원하기 때문입니다. 안 그러면 우리가 뭐하려고 이 먼 길을 찾아 양 사령관님의 부대까지 찾아온단 말씀입니까?"

배에 권총 두 자루를 찬 박훈의 위풍당당한 모습을 눈여겨보던 양세봉은 다시 불쾌한 눈빛으로 김성주를 돌아보았다. 왜 너의 대원들이 너와는 이렇게 딴 소리를 하느냐고 묻는 눈빛이기도 했다. 김성주는 급히 대원들을 제지시켰다.

"동무들, 조용하십시오. 예의를 지킵시다. 사령관님의 말씀을 다 들어야 합니다."

양세봉과 함께 왔던 참모장 김학규가 참지 못하고 박훈을 꾸짖었다.

"뭐냐, 공산당이 조선혁명을 지원한다고 했느냐? 못 하는 소리가 없구나. 어떻게 지원했느냐? 붉은 5월이니 뭐니 하면서 순박한 농사꾼들을 모조리 폭도로 만들어놓고 사람 때리고 불 지르게 만들어 모두 잡혀가서 감방 살게 만드는 게 조선혁명을 지원하는 거란 말이냐?"

박훈도 참지 못하고 계속 대들었다.

"못 하는 소리는 당신들이 하고 있소. 우리는 당신들과 담판하려고 온 것이지, 결코 당신들의 부하가 되려고 온 것은 아니란 말이오."

이어 대원들도 박훈에게서 용기를 얻었던지 여기저기서 한마디씩 내뱉었다.

"농사를 지어보지 못한 사람은 모릅니다. 농사꾼이 왜 폭도입니까? 그럼 여름 내내 죽도록 일하

후에 광복군으로 합류한 조선혁명군

고도 가을에 가서 얻어지는 것이 하나도 없는데 가만히 굶어죽어야 합니까?"

양세봉은 환영사를 하다 말고 여기저기서 떠들고 일어나는 젊은 대원들을 한참 바라보다가 김성주가 대원들을 제지시키지 못하는 것을 보고는 김학규에게 대고 한마디 했다.

"참모장, 그만 하고 갑세."

김학규는 계속 박훈과 말씨름을 할 태세였다. 그러나 양세봉이 돌아서서 먼저 나가버리자 김학규도 급히 뒤따라나가며 뒤에 대고 한마디 더 내뱉었다.

"철없는 녀석들, 자기 주제들을 알고 덤벼야지. 담판이라니 그게 뭐냐?"

난처해진 것은 양세봉이 데리고 왔던 위문대였다. 술과 고기, 떡 같은 위문품을 한 아름씩 들고 왔던 위문대가 잠시 어떻게 했으면 좋을지 몰라 어정쩡한 자세로 서있을 때 양세봉과 함께 나가버렸던 김학규가 다시 돌아와 위문대는 남아있으라고 하고 김성주를 따로 불러놓고 몇 마디 더 했다.

"김 대장, 낮에 사령관님이랑 의논했던 결과를 알려주마. 우린 사상적으로 너희들과 적대진영에 있는 사람들이기 때문에 결코 합작할 수 없다는 결론을 내렸고 또 너의 별동대가 함부로 우리 조선혁명군의 이름을 달고 활동하는 것도 허락하지 않기로 했다."

김성주는 맥이 빠져 한참 아무 말도 못하다가 "참모장님, 그렇게 단 한두 마디로 맺고 끊어버리는 법이 어디 있습니까? 우리의 사상이 과연 적대진영인지는 좀 더 지내봐야 알 게 아닙니까." 가까스로 이렇게 대답하였으나 김학규는 들은 척도 하지 않고 벌써 몸을 돌려버린 뒤였다. 차광수도 맥이 빠져 김성주의 곁으로 다가왔다.

"형님, 위문대도 있고 한데 이렇게 김빠진 모습을 하고 있으면 어떻게 합니까?"

김성주가 한마디 하니 차광수가 억지로 웃어보였다.

"원, 내가 할 말을 네가 하는구나."

7. 이홍광의 '개잡이대'를 찾아

이때의 일을 두고 김학규는 다음과 같이 회고하고 있다.

"내가 참모장으로 1932년 하(夏), 당취오의 군과 같이 통화(通化)에 사령부를 설치하고 있을 때 그는 무송(撫松)으로부터 한국 공산청년 수십 명을 데리고 중국인 유본초라는 사람과 동행하여 통화성(通化城)에 있는 양(梁) 사령관과 나를 찾아와, 자기네도 항일할 터이니 무기를 달라고 요구하던 생각이 난다. 그러나 나는 그가 이미 사상적으로 우리와는 적대진영에 있다는 것을 알기 때문에 치지불리(置之不理)해 보냈던 것도 생각난다. 공산주의는 그의 기도가 세계를 정복하는 데 있기 때문에 그들과 우리와는 언제든지 양립할 수가 없는 것이다. 그들과 타협이니 하는 것은 호상(互相) 자기네의 정략전략에 의한 일종의 시간을 쟁취하는 수단에 불과하다고 나는 생각한다."

과연 김학규가 『백파 자서전』에서 말하고 있는 대로 김성주는 '일종의 시간을 쟁취하는 수단'으로 양세봉을 찾아왔던 것일까? 아니다. 겨우 20살에 불과하였던 김성주는 비록 중학생 시절부터 공산주의에 물들기는 했어도 그의 꿈은 자나 깨나 조선혁명군이 되는 것이었다. 그가 안도에서 중국 공산당원으로 활동하였던 것이야말로 유격대라는 이 자기만의 군대를 만들어내기 위하여 공산당과 손을 잡았던, 하나의 '수단'에 불과했다. 다시 말하자면 그만의 '정략전략'이라고 해야 할 것이었다.

후에 광복군으로 합류하여 제3지대장에 임명된 김학규, 오광심 부부

그런데 양세봉에게 와서는 그것이 전혀 먹혀들지 않았던 것이다. 양세봉과의 결렬로 말미암아 오도 가도 할 수 없게 된 김성주는 빨리 통화를 떠나지 않으면 안 되었다. 다행히도 김일룡이 앞장서서 남만주의 중국 공산당 조직과 연계를 취한다고 길 안내를 섰다.

그들은 가는 길에서 중공당 반석중심현위원회(磐石中心縣委員會)의 영도 하에 합마하자(蛤蟆河子)라는 고장에서 반일 대폭동이 일어났다는 소식을

일본군과 전투중인 조선혁명군 想像畵

얻어들었다. 이 폭동에 천여 명의 농민들이 동원되었고 지주들의 쌀 1천 석을 몰수했다고 한다.

"거 참, 알다가도 모를 소리로구나."

김일룡이 보내 온 소식을 듣고 김성주와 차광수는 모두 어리둥절했다.

"그러게 말입니다. 여기서는 아마 이제야 '춘황', '추수' 투쟁 같은 것을 벌이고 있는가봅니다. 어떻게 아직도 이런 일이 발생할 수가 있는지 모르겠습니다. 동장영 동지한테서 분명하게 들은 소린데 중국 공산당 중앙에서도 이미 '붉은 5월 투쟁'은 좌경적 맹동주의가 빚어낸 착오 노선이었다고 비판받았다고 하였습니다."

김성주는 그러나 다시 머리를 흔들며 생각을 굴렸다.

"남만주의 사정이 혹시 동만주의 사정과 다를 수도 있습니다. '명월구 회의' 때 들었는데 유격대 건설이 우리 동만주보다 훨씬 늦어졌다고 합디다. 군사위원회 서기 양림 동지가 남만으로 파견된 것도 그 때문이라고 하던 것 같습디다. 우리가 '춘황,' '추수' 폭동을 통하여 유격대 건설의 기초를 다져왔듯이 남만주에서도 같은 방법을 사용하고 있는 것이 틀림없습니다."

"그러나 동만주에서 '폭동'의 후유증 때문에 얼마나 피해를 많이 봤느냐."

차광수의 말에 김성주는 머리를 끄떡였다.

"양림 동지가 남만에 와 계시니까, 동만주에서 당했던 피해를 잘 알고 있을 텐데 꼭 무슨 대응조치가 있을 것입니다. 제가 궁금한 것은 남만주에서도 동만주와 마찬가지로 자위군이 크게 일어나고 있는데 유격대가 어떤 방식으로 그들과 합작하는가 하는 것입니다. 우리가 동만주에서 하는 것보다 더 좋은 방법이 있으면 그것을

이홍광(李紅光)

이동광(李東光)

따라 배우고 싶습니다."

이때 김성주는 처음으로 김일룡을 통하여 남만은 이홍광(李紅光)이라는 자기 또래의 한 젊은 적위대장의 인솔하에 일명 '개잡이대'(打狗隊)라고 불리기도 하는 소분대 규모의 특무대가 아주 활발하게 활동하고 있다는 사실을 알게 되었다.

이홍광의 '개잡이대'는 처음 조직될 때 대원 수가 고작 7~8명밖에 되지 않았다. 그러나 '개잡이대'의 대원들은 모두 말을 타고 다녔으며 대원들마다 권총과 장총을 한두 자루씩 갖추고 있었다. 물론 이런 총은 모두 지주들의 집에서 빼앗은 것들이었다. 처음에는 이홍광 한 사람에게만 그의 중공당 입당 소개인이었던 전광(全光)이 준 육혈포(六穴砲: 리볼버 권총) 한 자루가 있었을 뿐이었다. 이 육혈포 한 자루에 의해 "개잡이대"가 만들어졌다. 불과 한, 두 달도 되나마나한 사이에 '개잡이대' 육혈포 한 자루로 권총 다섯 자루를 빼앗아냈고 또 수류탄도 2발 장만하였다. 이 '개잡이대'를 중심으로 1932년 5월에는 반석공농의용군이 조직되었다.

여기서 전광은 바로 오성륜이 남만주에 와서 새로 지은 별명이었다. 희한하게도 전광이란 별명은 동만주에서 중국 공산당으로부터 출당 처분을 맞은 박윤서가 남만주에 와서 지어주었다고 전해지고 있다. 전체 만주대륙을 밝히는 '빛'이 되어달라는 뜻에서였다고 한다.

전광의 직접적인 지도를 받고 있었던 이홍광의 '개잡이대'는 남만지방에서 굉장하게 이름을 날렸다. 그들은 중국인이고 조선인이고 가리지 않았다. 어떤 지주고 할 것 없이 일단 왜놈들에게 협력한다는 소문만 나버리면 곧 그들의 척살대상이 되고

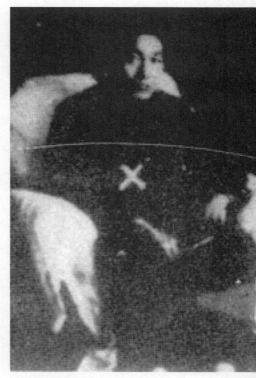

중공당 남만의 최고 책임자가 되었던 전광, 남만지역을 총괄하는 반석중심현위원회 서기직에 있었다

양군무(楊君武, 即楊佐靑)

말았다. 그렇게 밤새로 쥐도 새도 모르게 사라져버린 지주들이 아주 많았는데 그런 지주들에게다가 붙여놓은 이름이 '한간' 아니면 '개'였다. 왜놈들의 밀정노릇을 하고 있다거나 또는 친일파들의 조직인 '조선인민회'(朝鮮人民會, 保民會)에 관여하고 있다는 조선인들도 적지 않게 처단되었다. 결국 이 "개잡이대"는 남만지방에서 중국 공산당이 지도하는 첫 반일무장부대가 되었고 이 부대를 기반으로 이후 동북인민혁명군과 동북항일연군 제1군이 각각 창건되었다.

1932년 2월, 전광은 아직도 소대 규모밖에 안 되는 의용군을 더 크게 발전시키기 위하여 중국인 간부 양군무(楊君武, 楊佐靑)와 조선인 간부 이동광(李東光)을 이홍광에게 파견하였는데 이동광은 전광이 남만주에 나온 뒤에 제일 먼저 발굴하여 중국 공산당에 입당시켰던 조선공산당 출신 혁명가였다. 1904년생으로 용정 동흥중학교에서 공부하였던 이동광은 1927년에 조선공산당 만주총국 동만구역국에서 입당하였고 '제1차 간도공산당 검거사건' 당시 체포되어 용정감옥에 투옥되었다가 호송 도중 탈출하여 바로 남만주로 피신하였다. 이 시절 그는 남만청총의 대표로도 활동했으나 다행스럽게도 왕청문 사건에는 개입되지 않았다. 만약 그때 정의부가 요청했던 청총대회에 갔더라면 이동광은 그때 벌써 김성주나 또는 차광수와 만나게 되었을지도 모른다. 그는 반석모범소학교 교사로 재직하던 중 남만주에 파견 받고 나왔던 전광과 만났다.

8. 바람둥이 오성륜

여기에 전광과 관련한 다음과 같은 일화(逸話)가 전해지고 있다.

이동광의 여동생 이영숙(李英淑)은 화목림자(樺木林子) 반일부녀회 회장이었다. 결혼한 지 얼마 안 되었으나 남편이 쌍양현(雙陽縣) 대정자(大頂子)의 지주 장구진(張久振)의 아들과 함께 피물 도매상을 하다가 서로 의견이 맞지 않아 말시비를 하던 중에 장구진이 보낸 청부업자들한테 맞아 죽게 되었다.

전광은 남만에 방금 도착하여 화목림자(樺木林子), 태평구(太平溝), 영성자(營城子) 등지에서 활동하고 있을 때 이영숙의 집에 주숙을 잡았다. 새파란 나이에 젊은 과부가 되었던 이영숙은 나이도 어리고 인물도 예뻤지만 기(氣) 또한 세서 웬간한 남자들이 당하지 못한다고 원근에 소문이 자자했다. 그런데 그가 전광에게 반해버린 것이었다. 전광이 집에 있는 날에는 하루 세끼 꼬박 시간 맞춰 밥상을 차려드리는 것도 모자라, 전광이 시키는 심부름이라면 어떤 일이고 거절하는 법이 없었다. 때로는 하루에도 수십, 백리 길을 바람같이 다녀오곤 할 때가 있었다. 그러고도 저녁 늦게 돌아와서는 피곤하지도 않은지, 전광이 잡아끌면 또 못 이기는 척하고 이불속으로 기어들어와서는 밤새도록 뒹굴어대면서 잠을 잘 줄 몰랐다.

이렇게 불과 한 달도 안 되는 사이에 두 사람은 드러내놓고 동거에 들어갔다. 이때 전광이 중국 남방에서 사랑하고 지냈던, 두군서(杜君恕)라고 부르는 중국인 여자가 이 사실을 발견하고는 전광과 이영숙이 몰래 살고 있었던 집으로 쳐들어왔다. 두 여자 사이에서는 서로 머리끄댕이까지 잡아당겨가면서 대판들이로 싸우는 일이 발생하게 되었다고 한다. 둘 다 보통 여자가 아니었다. 이영숙은 오빠와 함께 1927년 메이데이 때 반일시위에 따라 나갔다가 경찰에게 머리채를 잡혀 수십미터나 끌려가면서도 끝까지 정신을 잃지 않고 경찰의 손목을 물어뜯어놓고 탈출하는데 성공했던 적이 있는

김성숙(金星淑, 卽金奎光, 오른쪽 두 번째), 두군혜(杜君慧, 왼쪽 두 번째) 부부와 자식들, 오른쪽 첫 번째는 박건웅
(朴健雄, 황포군관학교 제4기생, 광주폭동 참가)

두군혜(杜君慧)

이만저만 기가 센 여자가 아니였던 반면에 두군서라는 이 중국여자 역시 혁명가 출신으로 일찍 인도지나에서 혁명 활동을 하다가 추방당하고 중국으로 돌아온 신식 여성이었다. 더구나 두군서는 전광의 "의열단" 친구 김성숙(金星淑, 即金奎光)의 중국인 아내 두군혜(杜君慧)의 친 여동생이기도 했다.

당시 김성숙은 광동의 중산대학에서 공부하면서 한 학교 동창생이었던 작가지망생 두군혜와 사랑하게 되었고 전광은 황포군관학교에서 교관으로 있다가 홍군 제4사 (사단, 사단장은 중국인 葉勇) 참모장의 신분으로 해륙풍에 가 팽배(彭拜)와 함께 해륙풍소비에트를 건설에 참가하였다. 그러나 얼마 지나지 않아 국민당이 토벌을 진행하자 팽배는 잡히고 전광만 혼자 탈출하여 간신히 상해로 돌아왔는데 마침 김성숙은 두군혜와 결혼하고 상해에 와서 살고 있었다.

전광은 심장비대증으로 고생하였다. 김성숙과 두군혜 부부의 도움으로 한동안 상해에서 병 치료를 하였다. 두군혜는 상해에서 '노란'(盧蘭)이라는 필명을 사용하였던 중공당 좌익작가연맹의 여류작가 가운데 한 사람이기도 하였고 또 유명한 저널리스트이기도 했다. 그는 당대의 문호 노신과도 아주 친했으며 주변에는 재능이 넘치는 젊은 문사들이 많았지만 자기의 여동생을 유독 전광에게 소개하여 주었다. 해방후 북경의 제6중학교 당지부 서기 겸 교장으로 재직하다가 은퇴했던 두군혜는 1981년까지 살았다.

두군혜는 전광에 대해서 이렇게 회고했다.

"오성륜(전광)이 얼마나 멋있는 사람이었는지, 그를 좋아하고 따라다녔던 여자들이 아주 많았다. 나의 여동생은 오성륜과 만난 뒤에 첫 눈에 사랑에 빠졌고 오성륜을 따라 만주에까지 같이 갔었다. 그러나 얼마 뒤에 혼자 돌아왔다. 왜 혼자 돌아왔는가 물었더니 오성륜이 하는 말이 만주는 날씨가 추운 고장인데 남방 사람인 내 동생이 거기 기온에 적응할 수 없으므로 돌려보냈다고 하는 것이다. 그러나 후에 안 일이지만 오성륜은 만주에 가서 금방 또 새 여자를 만났다. 그 여자도 만주 당지에서는 한다하는 여성혁명가였다. 그렇지만 사랑에 눈이 멀어 서로 오성륜을 차지하려고 머리끄댕이까지 잡아당기면서 싸웠으나 그 여자를 이길 수가 없었다고 하더라. 그래서 내 동생이 하는 수 없이 오성륜과 헤어지고 돌아올 수밖에 없었다.”

　그러나 전광은 이영숙과도 별로 오래 살지못하였다. 1930년 가을 화목림자에서 ‘추수폭동’이 일어났을 때 전광은 이홍광의 ‘개잡이대’에 지시하여 이영숙의 남편을 살해한 친일지주 장구진 부자를 모조리 산채로 납치해 다가 산속에 끌고들어가서는 이영숙이 직접 보는 앞에서 총살해버리었다. 살아남은 장구진의 가족이 길림일본총영사관(日本駐吉林總領事館) 반석경찰분서(磐石警察分署)에 달려가서 이영숙을 고발했는데 이영숙은 전광을 엄호하다가 그만 총에 맞고 경찰분서에 끌려갔으나 피를 너무 많이 흘렸던 탓이 길에서 죽고 말았다.

9. ‘개잡이대’의 몰락

　1930년 가을, 화목림자에서 ‘추수폭동’이 일어났을 때 전광이 이홍광의 ‘개잡이대’에 지시하여 애인 이영숙의 남편을 살해한 친일지주 장구진 부자를 산 채로 납치해 산속에 끌고 들어가서는 이영숙 앞에서 총살해버리는 일이 있었다. 그런데 살아남은 장구진의 가족이 길림 일본 총영사관 반석경찰분서에 달려가서 이영숙을 고발하여 전광과 이영숙은 일본 경찰의 습격을 받게 된다. 이때 이영숙은 전광을 엄호하다가 총에 맞고 경찰분서에 끌려가던 중 피를 너무 많이 흘렸던 탓에 사망하고 말았다.

　전광은 이 일이 있은 뒤로 ‘개잡이대’가 중국인 지주들을 습격하는 일에 남달리 집착했다. 하지만 현지의 지주들은 ‘개잡이대’ 인원수가 정작 10여 명도 안 된다는 것을 금방 알아차렸다. 그래서 ‘개잡이대’의 습격을 방비하기 위하여 지주들은 집집마다 돈을 들여 총기를 구입하고 가병들을 두었다. 가병들의 인원수가 많은데서는 30명에서 50명까지 되는 곳도 있을 정도였다. 이런 가병들을 남만 지방에서는 ‘대패대’(大排隊)라고 불렀다. ‘패’란 한 개 소대를 상징하는 말인데 인원수가 한 개 소대보다는 많고 한 개 중대에는 또 못 미

맹길민(孟桔民)

장옥형(張玉珩, 卽張振國)

친다고 하여 붙여진 이름이었다.

이렇게 되자 전광은 중국 공산당 반석현위원회의 이름으로 산하 각지의 위원회에서 30여 명의 당원과 공청단원들을 선발하여 '개잡이대'에 보충하였다. 1932년 6월 4일, "반석공농반일의용군"이 이렇게 성립되었다.

처음에는 대장에 이홍광이 임명되고 양군무가 정치위원을 맡았으나 이통현 영성자의 위만군(위만군 제5여단, 13연대, 2대대, 7중대)에 파견되어 잠복하고 있었던 중국인 공산당원 맹길민(孟洁民)과 위만군 반석 산포중대(磐石山炮連)에 잠복하고 있던 왕조란(王兆蘭)이 또 반란을 일으켜 30여 명을 데리고 와서 의용군과 합류하면서 중국인 대원들의 숫자가 훨씬 더 많아지게 되었다. 이렇게 되어 반석중심현위원회 중국인 조직부장 장옥형(張玉珩, 張振國)이 직접 내려와 총대장을 겸임하게 되었다.

가뜩이나 반석공농의용군은 그동안 '개잡이대'로 있을 때부터 당지의 지주들과 너무 많은 원한을 맺었기 때문에 한편으로는 일본군과 싸워야 하였고 또 다른 한편으로는 지주들의 대패대와도 싸워야 하였다. 더구나 대패대는 무릇 지주가 사는 동네들마다 없는 곳이 없었다. 그들이 모두 들고 일어나 반석공농의용군을 공격하였기 때문에 상황이 굉장하게 어려운 때 군사에는 일자무식인 서생 출신 장옥형이 내려와 이홍광의 자리를 차지하고 앉은 것이었다.

장옥형의 별명은 '눈먹쟁이'(瞎子)이었다. 이때 장옥형은 장진국(張振國)이라는 별명을 사용하고 있었는데 남만주 사람들은 장옥형을 부를 때 장 씨 성을 앞에 붙여 보통 '장눈먹쟁이'라고 부르곤 했다. 그가 공부를 못 했거나 또는 글을 몰라서 까막눈이었던 건 아니었다. 공부는 누구보다도 더 많이 했다. 다만 시력이 나빠 도수 높은 안경을 쓰고 다녔기 때문에 붙여진 별명이었다. 안경만 벗으면 그는 한 치 앞도 내다보지 못하였다. 이런 사람을 의용군 총대장으로 임명한 것을 보고 양림은 걱정이 이만저만이 아니었다. 그는 중국 공산당 중앙의 결정에 의해 남만을 떠날 때 전광에게 다음과 같이 부탁했다.

"여러 가지 상황 때문에 '장눈먹쟁이'를 총대장에 임명하기는 했겠지만 실제 전투에는 내보내지 않는 것이 좋겠소. 의용군이 대충 군대 모양을 갖추기는 했지만 좋은 무장을 가지고 있는 대패대들과 붙으면 이길 승산이 없어 보이오. 그러니 절대 함부로 나가서 먼저 싸움을 걸지 마오. 좀 더 힘을 키우고 적당한 때를 봐서 의용군을 다시 이홍광에게 맡기시오."

그러나 총대장 장옥형은 어디서『손자병법』필사본을 얻어다가 며칠을 읽고 나더니 전광에게 한 번 싸워보겠다고 요청했다.

"전광 동지, 곽가점(郭家店) 대패대에 총이 많다고 들었는데 제가 직접 대원들을 데리고 가서 한번 습격해보겠습니다."

"괜히 사람을 웃기는구려. 당신 수준으로 되겠소?"

전광이 미심쩍어하니 장옥형은『손자병법』을 꺼내 보이며 한바탕 자랑을 해댔다.

"제가 이미 이 책을 암기하다시피 했습니다. 병법에 보니 '공기무비'(功其無備), '출기불의'(出其不意)라고 했더군요. 우린 군위서기(양림)가 그냥 훈련만 하라고 명령하고 가버려서 벌써 한 달째 꼼짝도 못하고 있습니다. 나가서 싸우지 않고 어디 가서 총을 구해옵니까? 대원들 절반 이상이 지금 총이 없습니다. 한번 대담하게 싸워보겠습니다. 허락해주십시오."

전광도 잠시 기분이 끓어올라 장옥형을 지지했다.

"옳은 말씀이오. 그냥 훈련만 하고 싸우지 못하면 그게 무슨 군대겠소."

곽가점이 반석현 반동구에 위치해있었기 때문에 의용군 총대가 곽가점을 습격하기 하루 전날, 총

반석중심현위원회 소재지 버리하투(坡璃河套)

남만유격대로 발전한 이홍광의 '개잡이대'

대장 장옥형과 정치위원 양군무, 그리고 부대장 맹길민은 반동구위원회 서기 이동광을 찾아와 곽가점의 정황을 설명하였다.

"왜 이홍광 대장은 보이지 않습니까?"

이동광은 의아한 눈빛으로 정치위원 양군무를 바라보았다. 그나마도 양군무가 반석공농의용군이 방금 성립되었던 시작부터 이홍광과 함께 의용군을 이끌어왔었기 때문이었다.

"아, 이홍광 동무만 나타나면 적들이 우리 의용군을 통틀어 '고려마적'(高麗胡子)이라고 부르는 것이 좀 께름칙해서 이번 작전에는 참가시키지 않았소."

이동광은 다시 장옥형이 잠깐 자리를 비운 틈을 타서 양군무에게 걱정스럽게 물었다.

"훈련과 실전은 다를 텐데요. 저분이 직접 전투를 지휘한단 말씀입니까?"

"전광 동지도 이미 허락한 일이오. 태어날 때부터 군사를 알고 태어나는 사람이 따로 있답니까. 우리 혁명군인은 실전 가운데서 하나 둘씩 배워가면서 커가는 것이 아니겠소."

이렇게 양군무까지도 자신만만하게 이야기했으나 전투결과는 의용군의 참패로 끝났다. 1932년 7월과 8월 사이에 반석공농의용군은 선후 세 차례에 걸쳐 곽가점을 공격했으나 곽가점의 대패대가 주변 동네의 대패대와 손을 잡고 또 위만군까지 불러와서 의용군을 삼면으로 포위하고 반격해오는 바람에 대패하고 말았다. 전투 중에 의용군은 26명의 대원이 죽고 7명이 생포되었다. 양군무는 중상을 입고 들것에 실려 버리하투(坡璃河套)로 돌아왔는데 위만군은 뒤를 바싹 쫓아왔다. 의용군이 패한 것도 모자라 추격군을 뒤에 달고 반석중심현위원회 소재지로 돌아온 것을 본 전광은 다급하여 장옥형에게 대고 손가락질까지 해가면서 욕을 퍼부었다.

"장눈먹쟁이(張瞎子)야, 네가 유격대를 다 말아먹고 현위원회기관까지 망쳐놓는구나."

"제가 엄중한 착오를 범한 것은 인정합니다만 일단 빨리 피하고 봅시다."

장옥형도 다급하여 어쩔 줄을 몰라했다. 이때 이홍광이 의용군 제1대를 거느리고 달려와 전광 등을 엄호하였다. 그러나 현위원회 기관은 모조리 불에 타버렸고 공산당을 돕고 있었던 버리하투의 백성들 수십 명이 위만군에 의해 살해당했다. 오갈 데 없게 된 전광은 장옥형, 맹길민, 왕경, 박봉 등 반석중심현위원회 간부들을 모조리 데리고 평소 알고 지냈던 '상점대'(常占隊)라고 부르는 중국인 삼림대로 찾아가 도움을 요청하였다. 그랬더니 상점은 다음과 같은 조건을 내놓았다.

"당신네 유격대가 우리 상점대와 합병하고 내가 대장을 하게 되면 돕겠소."

전광은 장옥형, 맹길민, 왕경, 박봉, 이동광 등 박석중심현위원회 간부들과 따로 모여앉아 잠깐 상의했다.

"일단 살고 보는 것이 급선무니까, 상점의 요구대로 합시다."

"아무리 그래도 어떻게 우리 당의 유격대 명칭을 함부로 바꿀 수가 있습니까?"

장옥형이 반대의견을 내놓았다가 전광에게 작살을 맞았다.

"누구 때문에 이렇게 된 건데 네가 또 주제 없이 나서서 이러쿵저러쿵하는 거냐?"

그러나 장옥형뿐만 아니라, 이홍광까지도 나서서 반대했다.

"선생님, 전 설사 죽는 한이 있더라도 상점대에는 들어가지 않겠습니다."

이홍광은 전광을 선생님이라고 불렀다. 전광은 하는 수 없이 상점에게 하루만 의논할 시간을 더 달라고 청하고는 따로 이홍광을 데리고 나가서 재삼 설득하였다.

"홍광아, 혁명도 사람이 살아남아야 하는 게 아니겠느냐. 명칭이 뭐가 그리 중요하느냐, 살아남기 위해서는 아무런 명칭이면 어떠하냐. 우리가 내적으로는 계속 공농의용군이라고 하고 겉으로만 '상점대'라고 명칭을 달아야, 지금 당장 위만군과 대패대의 공격에서 벗어날 수가 있는 거다. 상점대에 들어가는 것이 어디 너나 나 한 사람만 살자고 하는 노릇이냐."

전광은 가까스로 이홍광을 설복하고는 상점에게 말했다.

"우리 유격대가 상점대로 개편되는 것에 동의하오. 그러나 대장을 당신이 하면 부대장과 참모장은 모두 우리 사람이 해야겠소."

"부대장 한 자리는 당신네 사람한테 드리는 것이 도리겠지만 참모장 자리까지도 다 내놓으란 말이오? 그것은 좀 너무하지 않소?"

그러니 전광은 웃으면서 상점에게 이렇게 말했다.

"상점대의 참모장이 황포군관학교 교관이 와서 맡았다고 하면 남만주 사람들이 모두 당신을 부러워할 텐데 뭘 그러오."

전광이 직접 참모장이 되겠다는 말을 듣고 상점도 어쩔 수 없이 허락하고 말았다. 이렇게 되어 그 유명하던 '개잡이대', 반석공농의용대는 '상점대'로 편성되었고 대장에는 상점, 부대장에는 맹길민, 참모장은 전광이 직접 담임하게 되었다. 공산당 유격대가 '상점대'의 깃발을 들고 다닌다는 소문은 잠깐 새에 온 남만주 땅에 쫙 퍼졌다.

"공산당유격대인 반석공농의용군이 쫄딱 망했다는구만."

"어디 그뿐인 줄 아오. 고려마적 이홍광까지도 상점의 부하가 됐다오."

이런 소문들이 온통 난무하고 있을 때 김성주의 별동대는 통화를 떠나 유하를 거쳐 한창 반석현을 향해 가고 있었다.

10. 최창걸의 죽음

휘남현(輝南縣)이 가까워올 때 김성주는 최창걸의 소식을 좀 알아봐야겠다며 유하에서 잠깐 떨어진 차광수도 기다릴 겸 별동대를 멈춰 세우고 숙영하였다. 들려오고 있는 소문들이 하도 뒤숭숭해서 그냥 무작정 찾아갔다가 낭패를 보게 될까봐 걱정되기도 했다. 유독 박훈만은 이홍광과 만나고 싶은 심정 때문에 자꾸 숙영하는 것을 못마땅해하는 눈치였다.

"천하의 이홍광이 소문처럼 그렇게 허무하게 무너질 수가 있단 말이오?"

"박 형, 나도 믿고 싶지 않습니다."

김성주도 이홍광과 만나고 싶은 심정은 간절했다.

"그러니 빨리 갑시다. 뭐든지 자기 눈으로 직접 보고 확인해야 할 게 아니겠소."

박훈은 재촉해댔으나 김성주는 한번 결정을 내리면 쉽게 바꾸려고 하지 않았다. 더구나 이영배와 김철희도 김성주의 결정을 지지했다. 남만의 당 조직과 연계를 취해보겠다며 먼저 반석현을 향해서 갔던 김일룡이 돌아올 때까지 기다리자는 쪽으로 의견이 모아졌다. 그럴 때 차광수가 계영춘을 데리고 유하에서 뒤쫓아 올라왔다.

최창걸

유하현 삼원보에서 최창걸의 소식을 좀 알아보고 뒤따라오겠다고 하던 차광수가 불과 하루 만에 다시 나타난 데다가 차광수와 계영춘의 얼굴이 모두 시커멓게 질려있는 것을 보고 김성주는 최창걸에게 좋지 않은 일이 생겼음을 짐작했다. 그가 계속 묻지 않고 차광수의 얼굴만 쳐다보고 있자, 차광수는 안경을 벗고 앉아 긴 한숨을 내쉬었다. 그가 계속 말하려고 하지 않자 김성주는 마침내 참지 못하고 계영춘을 돌아보았다.

"영춘아, 네가 말해보려무나."

"창걸 형님이 아무래도 돌아가신 것 같다. 작년에 이종락 사령관이 체포되고 창걸 형님이 나머지 대원들을 다 데리고 고산자에 와서 동방혁명군을 만들고 사령관이 되었다는데 국민부가 고산자를 습격해서 창걸 형님을 납치했다고 하더라. 그 일이 있은 뒤로 창걸 형님 소식을 알고 있는 사람들이 아무도 없더라."

김성주는 갑자기 양세봉과 만났을 때 양세봉이 고동뢰를 누가 죽였느냐고 따지고 묻던 일이 떠올랐다. 그때 자기도 최창걸의 소식을 따지고 들 걸 하고 후회하는데 차광수가 비로소 입을 열었다.

"양세봉과 김학규가 보낸 특무대한테 잡혀 죽은 것이 분명한 것 같더라. 딱히 정확한지는 모르겠으나 들리는 소문에 의하면 작년에 심용준이 와서 창걸이를 금천현 강가점에 유인해 죽여 버렸다고 하더구나. 시체도 찾을 수 없고 딱히 어디서 어떻게 죽였는지도 알 수가 없구나. 그러나 창걸이가 잘못된 것만은 틀림없는 것 같더라."

차광수는 마침내 참지 못하고 울음을 터뜨렸다. 참으로 정도 많고 눈물도 많았던 차광수는 김성주의 추억 속에 가장 주요한 자리를 차지하는 친구였고 혁명동지였으며 친형님과도 같았던 소중한 존재였다. 항상 김성주를 위안하고 위로하건 했던 차광수를 이번에는 김성주가 연신 위안했다.

"광수 형님, 확실한 증거를 찾은 것도 아닌데 그런 소문만 믿고 죽은 것으로 단정해버리면 어떻게 합니까, 창걸 형은 죽는 사람이 아닙니다. 꼭 기적이 나타날지도 모릅니다. 어느 날 불쑥 우리 앞에 나타나줄지도 모릅니다."

사실은 자기 자신도 믿지 않는, 허황한 꿈같은 말을 하면서 김성주의 얼굴에서도 어느 사이 눈물이 흘러내리고 있었다. 오히려 차광수보다도 더 먼저 화성의숙에서 최창걸과 사귀였던 김성주는 지금과 같이 이 남만주 땅에서 오도 가도 못 할 때 힘들수록 웃고 떠들기를 좋아하였던 최창걸이 차광수와 함께 자기 곁에 같이 있어주었으면 얼마나 좋을까 하고 생각하니 최창걸에 대한 그리움과 함께 최창걸을 살해한 국민부에 대한 분노만 더 많아졌다. 붙는 불에 기름이라도 끼얹듯이 한참 뒤에는 차광수까지 씩씩거리기 시작했다.

"에잇, 생각하면 할수록 화가 터져. 이렇게 된 줄도 모르고 우린 양 사령관한테까지 찾아가서 다시 혁명군에 받아달라고 요청했단 말이야. 창걸이가 혼이라도 있어서 이 일을 알았으면 기가 차서 피를 토하겠다. 제기랄, 이 원한을 어떻게든 갚기는 갚아야 할 텐데 말이야."

김성주는 괜히 또 대원들까지 끓어오르게 만들까봐 다급하게 차광수를 말렸다.

"형님, 행여나 그런 생각을 가지지 마십시오. 괜히 동무들한테 최창걸의 복수를 하자고 떠드는 일을 해서는 절대 안 됩니다. 우린 이번에 그나마도 양세봉 선생님과 만났기 때문에 비록 혁명군과 손까지 잡지는 못했어도 우리 사이의 오해는 많이 풀었습니다. 최소한 우리가 고동뢰 소대장을 해친 적이 없다는 것을 발명하지 않았습니까. 그리고 혁명군도 더는 우리를 적대시하거나 또는 우리한테 테러단을 보내거나 하는 일은 하지 않을 것입니다."

"성주야, 넌 양 사령관에 대해서 아직도 잘 모르는구나."

차광수는 양세봉이 얼마나 철저한 반공주의자라는 사실을 김성주에게 상기시켰다.

"우리가 중국 공산당과 손을 끊지 않는 한은 하늘이 두 쪽이 나도 양 사령관이 우리를 받아들이거나 하는 일은 없을게다. 지금 같은 상황에서는 정말 중국 공산당과 손을 끊었다고 해도 양 사령관은 믿으려고 하지 않을 것이 틀림없다. 왜냐하면 이번에 남만주로 올 때는 우리는 구국군 우 사령관의 별동대 명칭을 달고 왔으니까 말이다."

차광수의 말에는 일리가 없지 않았다. 1931년 "9.18 만주사변" 이후, 중국 공산당의 지도를 받고 있었던 만주 각지의 유격대들은 아직 힘도 작고 또 사람도 많지 못한 상황에서 구국군이건, 자위군이건, 또는 삼림대건, 가리지 않았다. 설사 상대가 마적이더라도 그들이 일본군과 협력하지 않고 대항한다면 바로 찾아가서 자기들도 함께 싸우고 싶다고 들러붙고 있었다.

동만주에서는 이광의 별동대가 그랬고 김성주의 별동대도 그랬다. 그리고 남만에서는 얼마 전에 반석공농의용군이 마적이나 다를 바 없는 상점의 삼림대에 찾아가 '상점대'로 편성되기도 했던 것이다. 그러나 그들의 궁극적인 목적은 이 기회를 타서 만약 군사를 일으킬 수만 있다면 좋고 그렇게 되지 못하더라도 최소한 때가 되어 도망쳐 나올 때는 총이라도 훔쳐가지고 나오는 것이었다.

양정우(楊靖宇)

후에 발생하게 되는 일이지만 상점대에 들어가 일시 고비를 넘겼던 전광은 맹길민과 장옥형을 시켜 '상점대'의 장총 수십 자루를 몰래 훔쳐가지고 다시 도망쳐 나왔다. 이 일로 말미암아 12월에 만주성위원회 순시원의 신분으로 남만에 파견 받고 내려왔던 양정우(楊靖宇)가 상점에게 붙잡혀 하마터면 목이 떨어질 뻔하였다.

양정우는 상점에게 "내가 유격대의 최고 영도자인데 나를 놓아주면 바로 가서 유격대가 훔쳐가지고 달아난 총들을 되돌려주겠다."고 약속하고 가까스로 놓여나와 화전현 밀봉정자의 깊은 산속으로 이홍광을 찾아갔다. 마침 총을 훔쳐가지고 상점대에서 도망쳐 나왔던 전광 등도 모두 이홍광을 찾아와 있던 중이었다. 전광은 여기서 양정우와 만나게 되었다.

"아니, 어떻게 했으면 우리 공산당의 유격대가 도둑질이나 하고 다닌단 말이오?"

양정우는 전광에게 크게 화를 냈다. 1932년 11월, 양정우가 남만에 도착한 지 얼마 안 되어 '눈먹쟁이' 장옥형도 반석공농의용군 총대장직에서 나가떨어지고 곧 이어 중국 공산당 반석중심현위원회를 새롭게 개조하면서 전광 역시 서기직에서 내려오고 말았다.

차광수(車光洙, 即車應先)

후에 다시 자세하게 알려진 사연이지만 양정우가 아직 남만에 도착하지 않았을 때 전광은 이홍광 등을 데리고 남만주를 떠나 동만주에 가서 유격투쟁을 하자고 설득했던 일이 발각되어 '도망주의자'로 비판받았다고 한다.

11. 차광수의 조난

김성주는 남만에서 아무 일도 이루어 내지 못했다. 그나마도 통화에까지 올 때는 구국군 별동대라는 감투를 쓰고 또 유본초가 인솔하였던 구국군 선발대와 함께 왔기 때문에 통화에 도착하여서는 주거처도 소개받고 또 밥도 얻어먹을 수 있었으나 유본초와도 헤어지고 또 양세봉과의 관계도 틀어져 조선혁명군 이름도 빌려서 사용할 수 없게 되니 고생이 말이 아니었다. 어디서도 그들을 인정해주려고 하지 않았다.

더구나 공산당의 유격대라는 말은 더욱 꺼내지 못했다. 남만 땅에서 날고뛴다는 '개잡이대' 대장 이홍광까지도 지주들의 '대패대'에 얻어맞고 어디론가 사라져버려 종적도 찾을 수 없게 된 마당에서 남만주의 당 조직과 연계를 취하려고 발 부르트도록 반석지방을 샅샅이 뒤지고 다녔던 김일룡까지 허탕을 치고 돌아오는 바람에 결국 김성주는 다시 동만주로 되돌아가는 길만이 별동대가 사는 길이고 또 어렵게 모아놓은 대원들을 잃어버리지 않는 길이라는 것을 깨달았다.

김성주는 북쪽으로 반석현 쪽을 바라고 가던 행군노선을 동쪽으로 바꿨다. 몽강에서 김일룡을 기다렸다가 다시 무송을 향해 가서 거기서 한 며칠 쉬며 피로를 풀려고 하였으나 심용준이 인솔하는 조선혁명군 특무대가 다시 김성주의 별동대를 쫓아왔다. 너무 화가 난 차광수는 박훈과 투합하여 주장했다.

"정말 악착같이 질긴 자들이오. 이번에는 정말 단단히 버르장머리를 고쳐 주어야 하오."

차광수는 최창걸의 원수를 갚는다면서 팔을 걷어붙이고 달려들 태세였으나 조선혁명군 특무대는 요령민중자위군에 참가한 몽강현의 한 중국인 부대 백여 명을 설득하여 데리고 함께 쫓아왔다. 공산당유격대를 토벌한다는 말에 중국인 부대들이 함께 따라나선 것이었다.

결국 크게 피해를 본 건 김성주의 별동대였다. 김성주는 별동대를 데리고 무송에도 들리지 못하고 곧장 태평천과 노수하를 건너 양강구(兩江口)쪽을 향해 줄곧 내달렸다. 양강구에서 돈화와 안도 쪽으로 가는 길이 갈라지고 있었기 때문이었다. 한때 우명진과 손을 잡았던 '시퇀'과 '맹퇀'이 양강구를 차지하려고 티격태격하다가 결국 양강구는 '맹퇀'의 차지가 되어버렸는데 '시퇀'은 홧김에 일본군 쪽으로 넘어가버리고 말았다.

양강구가 가까워 오자 조선혁명군 특무대는 너무 멀어 더는 따라오지 못하고 그들과 함께 왔던 중국인 부대가 공산당을 잡는다고 끝까지 쫓아왔다.

"광수 형님, 내가 뒤를 막겠으니까 형님이 '맹퇀'에 가서 구원을 요청해주십시오."

"아니, 중국말을 잘하는 네가 가야지, 내가 뒤를 막으마."

차광수가 남으려고 하였으나 김성주는 허락하지 않았다.

"중국말 잘하는 동무를 하나 데리고 가십시오. 여기 사태가 위험합니다."

김성주는 권총 탄알이 떨어져 직접 장총을 들고 대원들과 함께 노수하 언덕에서 진지를 구축했다. 벌써 2백여 리 넘게 쫓기다보니 더는 쫓길 데가 없었다. 더구나 노수하 근처에는 산이 없었다. 부득불 강 언덕에서 진을 치고 엎드려 탄알을 있는 대로 모조리 쏘아버리고 나중에는 육탄전이라도 벌여볼 태세였다. 그러다보니 더 위험한 곳에 남았던 김성주는 빨리 떠나라고 차광수의 등을 밀어 냈다. 그럼 빨리 갔다오마 하고 정신없이 떠나는 차광수와 변변한 작별인사조차 한두 마디 못 한 채로 그만 영영 헤어지고 말았다. 이후 차광수는 다시 돌아오지 않았다. 기적적으로 '맹퇀'의 기병 한 개 중대가 와서 김성주를 도와주었는데 차광수가 보이지 않았던 것이다.

"우리 별동대 참모장은 같이 오지 않았습니까?"

김성주는 '맹퇀'에서 온 기병 중대장에게 차광수의 소식을 물었다.

"우리야 기병인데 같이 올 수가 없지, 아마 곧 오겠지요."

"아니 그럼, 중대장은 우리 동무가 길 안내를 해서 온 것이 아니란 말입니까? 어디 이런 법이 있습니까? 같이 데리고 와야잖습니까."

김성주가 나무라니 기병 중대장은 불쾌해했다.

"우리는 도와주고 오라는 연대장의 명령을 받고 그냥 총소리를 따라 찾아왔소. 대장이 보냈다는 사람은 난 얼굴도 못 봤소. 그러나 아마 곧 도착할게요."

김성주는 너무 기가 막혀 말이 나오지 않았다. 차광수의 평소 성격대로라면 기어서 오는 한이 있더라도 다시 나타나야 하는데 차광수뿐만 아니라, 차광수가 데리고 갔던 대원 조덕화(趙德華)도 모두 무소식이 되어버리고 말았다.

김성주는 기병 중대의 도움으로 추격군을 물리치고 정신없이 양강구로 달려왔다. '맹퇀'에 도착하여 연대장 맹신삼(孟新三)을 만났는데 차광수의 소식을 물었더니 누가 차광수냐며 오히려 맹신삼 쪽에서 더 어리둥절해하였던 것이다.

"연대장님께 도움을 요청하러 왔던 우리 별동대 참모장 말입니다."

"우린 그런 사람을 만난 적이 없네."

맹신삼은 머리를 가로저었다.

"아니, 그럼 어떻게 알고 우리한테 기병 중대를 보내주셨습니까?"

"우리 초소에서 구국군 같아 보이는 사람들이 위만군에게 쫓겨 오고 있다는 보고가 들어왔기에 기병 중대를 파견했던 거네. 자네가 보냈다는 사람을 만나보지 못했네."

김성주가 당황하여 허둥대는 것을 보고 맹신삼은 부관을 불러 별동대 참모장이라는 사람을 찾아보라고 시켰다. 얼마 안 있어 놀라운 소식이 날아들었다.

위만군에 넘어간 '시퇀'의 한 개 소대 병사들이 노수하 서쪽 태평천에서 양강구 쪽으로 들어오고 있는 길목을 지키다가 초소를 치고 들어오는 구국군 병사 2명과 총격전이 벌어졌다는 것이다. 구국군 병사 중에 한 사람이 키가 크고 안경을 썼는데 권총 탄알이 떨어지고 사로잡히게 되자 바로 수류탄으로 자폭했다는 것이다.

김성주는 소스라치도록 놀랐다. 틀림없는 차광수였다. 김성주는 후드득후드득 뛰는 가슴을 억지로 가라앉히며 '시퇀'의 병사들과 총격전이 발생했다는 태평천 현장으로 뛰어갔다. 차광수가 대원

조덕화를 데리고 양강구로 뛰어가다가 그만 길을 잘못 들어 태평천 방향으로 들어왔던 것이었다. 이 길목은 '맹퇀'과 '시퇀'의 경계였던 셈이다. 김성주는 다른 대원들이 다 보고 있는 앞에서 땅바닥에 털썩 주저앉아 울음을 터뜨리기 시작했다.

"광수 형님, 어떻게 이렇게 허무하게 가실 수가 있습니까!"

대원들이 달려들어 김성주를 땅바닥에서 일으켜 세웠으나 그는 계속 주저앉으며 일어서려고 하지 않았다. 그는 아버지 김형직이 죽었을 때도 이처럼 아프고 슬프게 울지는 않았었다. 그만큼이나 차광수의 죽음이 그의 별처럼 빛나고 불탔던 젊은 인생에 비해서 너무나도 허무했고 속절없었기 때문이었다. 그래서 김성주의 마음이 더 아팠을지도 모른다.

"형님이 이렇게 가버렸으니 나는 이제 누구를 믿고 어떻게 하란 말입니까!"

김성주는 주먹으로 땅바닥을 때리며 오열했다.

제9장

노흑산의 겨울

위대한 태양이 외면하는 겨울에는
땅은 슬픔의 계곡으로 들어가 단식하고
통곡하며 상복에 몸을 가리고
자신의 결혼식 화환이 썩도록 내버려둔다.
그리고 태양이 키스와 함께
돌아오는 봄이 되면 다시 생동한다.
—찰스 킹슬리

1. 영안으로 가다

김성주가 슬픔에 잠겨있을 때 진한장이 불쑥 양강구에 나타났다. 진한장은 왕덕림의 부관 초무영과 함께 쟈피거우 쪽으로 이동해 갔던 우명진을 찾아가 관동군이 돈화에서 안도 쪽으로 이동하게 되기 때문에 빨리 안도를 떠나 영안 쪽으로 이동하라는 구국군 총부의 지시를 전달하였다. 우명진은 기다리기라도 했던 것처럼 부리나케 다시 대전자 쪽으로 나왔다. 그가 다시 왕덕림에게 찰싹 들러붙게 된 데는 원인이 있었다.

노흑산(老黑山)

1932년 10월, 김성주가 양강구에 도착한 지 얼마 안 되었을 때 당취오의 요령민중자위군이 다시 통화성을 일본군에게 빼앗기고 당취오 본인도 부관과 수행인원 몇 명만 데리고 북경으로 도망쳐버렸다는 소식이 날아들었다. 불과 1년도 되나마나

노야령(老爺領)

한 사이에 요령민중자위군이 풍비박산이 나는 것을 본 우명진은 기절초풍할 지경이었다. 오히려 왕덕림의 구국군은 싸우면 싸울수록 점점 더 강해졌기 때문이었다. 한편 김성주는 대전자에 가서 우명진에게 인사를 하고 다시 양강구로 돌아오는 길에 진한장과 동행했다. 둘은 말을 타고 가면서 이야기를 주고받았다.

"우 사령관이 갑자기 나를 대하는 태도도 좋아졌고 또 구국군총부 지시를 저리도 잘 받드는 모습이 좀 수상할 지경이야."

김성주는 항상 건방지고 거드름을 부리던 우명진이 오늘 따라 자기에게 의자에 앉으라고 권하고 또 술까지 한잔 따라주며 살갑게 대하던 모습을 떠올리며 말했다.

"네가 남만주에 가있는 동안에 우 사령관이 우리 공산당의 힘이 얼마나 큰지를 한번 확실하게 맛봤단다. 그래서 태도가 저렇게 많이 바뀐 것 같아."

진한장은 1932년 6월에 쟈피거우에서 발생했던 일을 이야기했다.

'송영'(宋營)이라는 깃발을 들고 다니는 길림자위군의 한 개 대대가 안도지방을 차지하려고 우명진의 부대와 마찰을 일으켰는데 이 기회를 타 무송에서 주둔하고 있던 일본군이 위만군 한 개 연대를 내세워 우명진을 토벌하려고 하였다.

우명진은 급히 왕덕림에게 구원을 요청하였고 왕덕림은 참모장 호택민을 우명진에게 파견하였다. 그때 호택민과 함께 안도에 왔던 사람이 바로 주보중(周保中)이었다. 구국군은 안도현성을 공격하려고 4천여 명의 병력이 오의성의 인솔하에 한창 안도 쪽으로 이동하고 있던 중이기도 했다. 주보중은 왕덕림의 구국군 총부 총참의(總參議)와 오의성의 전방 사령부 참모처장의 신분으로 우명진의 부대에 나타났는데 '송영'으로 불리던 대대장 송희무(宋喜武)와는 일면식을 가지고 있었다. 이때 송희무는 주보중에게 이렇게 말했다.

"난 당신이 아주 유명하다는 것을 알고 있습니다. 북벌혁명의 영웅이지요? 우리 자위군의 이두 사령관도 당신을 아주 대단하다고 했습니다. 그런데 당신은 공산당이라고 했습니다. 그래서 높이 중용하지 않는다고 했는데 어느 새 자위군을 떠나 구국군으로 가셨습니까? 그리고 지금은 구국군을 도와 자위군을 치려고 하십니까?"

주보중은 송희무와 우명진을 불러 마주 앉혀 놓고 차근차근 도리를 설명했다.

"나는 누구의 편을 들려는 생각이 조금도 없소. 다만 구국군도 자위군도 다 같이 항일하는 부대인데 어떻게 항일하는 부대끼리 서로 싸울 수가 있단 말이오? 더구나 '송영'은 위만군까지 끌고 나타났소. 소문이 새어나가면 세상 사람들이 자위군을 어떻게 보겠소."

주보중은 송희무가 고분고분 말을 듣지 않자 한바탕 위협까지 했다.

"만약 당신이 위만군까지 데리고 나타나서 구국군을 공격했다는 소문이 이두 총사령관의 귀에 들어가 보오. 그때면 아마도 당신의 머리가 열 개라도 다 날아가게 될 것이오. 그러니 빨리 싸움을 멈추고 만약 두 분이 군대를 합쳐 위만군부터 쫓아버린다면 나도 당신네들을 돕겠지만 안 그러면 일단 내가 나서서 위만군부터 쫓아버리겠소."

주보중은 송희무에게 구국군이 지금 안도현성을 공격하기 위하여 4천여 명이 안도 쪽으로 이동하고 있다고 슬쩍 암시하기도 했다. 그러나 사실은 안도가 아니고 영안 쪽으로 접근하고 있던 중이었다. 영안현성을 공격하는 전투는 왕덕림이 구국군에 도착한 지 얼마 안 되는 주보중의 솜씨를 한번 테스트해보기 위하여 주보중에게 처음 군대의 통솔권을 맡겼던 전투이기도 했다. 이 전투에 '송영'도 참가하고 또 우명진의 파견을 받고 '맹탄'도 함께 참가하였는데 이 전투가 끝난 후 맹신삼은 안도로 돌아와 우명진에게 말했다.

"이번에 보니까 구국군 총부에 공산당들이 우글우글한 것 같습디다."

우명진은 알고 있다는 듯이 머리를 끄떡였다.

"자넨 이제야 알았나. '노3영'이 거사할 때부터 공산당이 개입하고 있었다는 거야. 총부 참모장도 전방 참모장도 다 공산당이야. 우리한테도 젊은 공산당 하나가 있지 않은가."

"아. 별동대 말입니까?"

"별동대 대장이 공산당이라는 것은 안도바닥에서 모르는 사람이 없는데 자네만은 감감부지였군. 그런데 이 공산당은 미워하고 싶어도 참 미워할 수가 없는 것이, 무슨 일을 맡겨주면 아무리 힘들고 어려워도 군소리 없이 정말 진지하게 제법

주보중(周保中)

잘 해내고 있단 말일세."

우명진은 김성주가 별동대를 데리고 남만주 따라가겠다고 나설 때 그들이 다시 돌아오리라고 믿지 않았다. 그냥 떠나겠다니 그럼 가보라고 허락했던 것인데 때가 되니 모두 멀쩡하게 살아 돌아왔을 뿐만 아니라, 어제까지 애숭이티가 나던 김성주의 얼굴이 제법 검실검실해지고 또 몸매나 표정이 아주 튼튼하게 변하여 있는 것을 보고는 은근히 감탄하였다.

"내가 아무리 봐도 이 별동대장 말이야. 언젠가는 큰일 칠 놈일세."

김성주를 대하는 우명진의 태도가 바뀌기 시작한 데는 바로 이와 같은 여러 가지 원인이 있었다. 우명진의 말을 들으며 맹신삼도 반신반의했다.

"자위군에 가있던 공산당들은 자꾸 반란을 일으켜서 붙잡혀 나와 총살당했다고 하던데 구국군에 가있는 공산당들은 모두 높은 자리에 중용되고 정말 일만 잘하는 같습니다."

"아마도 자위군 쪽에는 나쁜 공산당들만 몰려갔던 모양이야."

우명진의 태도가 바뀌었기 때문에 양강구에서 지내고 있는 동안 김성주의 별동대는 '맹퇀'의 도움도 적지 않게 받았다. 이때 진한장은 호택민과 함께 주보중의 지시의 의해, 구국군 내에서 중국 공산당 조직을 성립하는 데에 대한 준비작업을 진행해나가고 있었다. 남만에서 돌아온 뒤 김일룡이 별동대를 떠나 안도구위원회로 돌아간 뒤 김성주의 당 조직 관계는 이때 진한장의 소개로 구국군 내 중공당 비밀 당위원회로 옮겨지게 되었다. 당 위원회 성원들의 면면을 소개 받은 김성주는 뛸 듯이 기뻤다.

"참, 이광 형님도 구국군과 함께 활동하고 있겠구나. 이광 형님이 너무 보구 싶구나."

차광수를 잃고 슬픔에 잠겼던 김성주는 이광을 머릿속에 떠올리며 그나마 약간의 위안이라도 받을 수 있었다. 이광이 만약 차광수가 죽은 사실을 알게 되면 또 얼마나 슬퍼할까 하는 생각도 하면서 김성주는 별동대를 데리고 '맹퇀'과 함께 양강구를 떠났다.

남호두(南湖頭

왕윤성(王潤成, 即馬英, 사진 왼쪽)과 유한흥(劉漢興, 사진 오른쪽), 1945년 '8·15 광복'이후까지 살아남았던 두 사람이 1950년 북경에서 만났다

2. 유한흥과 김성주

1932년 12월, 김성주는 진한장과 함께 영안으로 가는 도중, 남호두(南湖頭)로 불리는 오늘의 영안현 성자촌(城子村)에서 처음 주보중과 만났다. 성자촌은 왕윤성이 중국 공산당에 막 입당하였을 때 야학도 꾸리고 또 처음 당 조직도 만들어내곤 했던 동네였다. 성자촌의 중국 공산당원들은 모두 자기네 동네의 첫 당지부서기가 왕윤성이라는 것을 기억하고 있다. 물론 후에 왕윤성은 동만 특위로 전근한 뒤에는 또 마영(馬英)이라는 이름을 사용하였는데 그가 영안과 왕청 지방을 휩쓸고 다니면서 얼마나 많은 당 조직을 건설하였던지, 동만 지방의 중국 공산당원들 중에는 '동만 특위 마영'이라고 하면 모르는 사람이 없었을 지경이었던 것이다.

왕덕림의 구국군이 영안으로 이동하고 있을 때 호택민의 연줄로 구국군에 들어왔던 주보중은 총부 총참의에 전방지휘부의 참모처장이 되었고 왕윤성은 선전처장이 되었는데 진한장은 왕윤성의 소개로 정식 중국 공산당원이 되었다. 김성주도 회고록에서 밝히고 있듯이 왕윤성은 성품이 매우 온화하고 선량한 사람이었다. 그는 주보중이 다리의 상처 때문에 걸음걸이가 불편한 상황에서도 1932년 10월 9일과 10월 21일에 걸쳐 벌써 두 차례나 영안성 공격전투를 벌이고 있는 것을 보고 그를 성자촌으로 데리고 왔다.

그리하여 주보중은 이 동네에서 왕윤성과 친한 아주 용한 의사가 만들어주는 '황납고'라고 부르는 총상고약을 다리에 붙이고 쉬고 있는 중이었다. 제2차 영안현성 전투에서 주보중은 일위군(日僞軍) 3백여 명을 사살했는데 이 전투에 참가하였던 '맹탄'을 통하여 주보중에 대한 소문을 많이 얻어들었던 김성주는 만나 인사를 나누자마자 불쑥 이런 청을 하였다.

"주 참모장님 곁에서 왜놈들과 싸움하는 법을 배우고 싶습니다."

주보중도 김성주에 대하여 아주 높은 평가를 했다.

"아니, 난 오히려 성주 동무가 훨씬 더 대단하다고 들었소. 속담에 친구를 보면 그 사람을 알 수 있다고 했소. 여기 영안에도 왕청에도 동무를 알고 있는 사람들이 아주 많더구먼. 별동대장 이광도 성주를 자기의 친구라고 하던데 여기 한 장 동무는 더 말할 것도 없고 왕윤성 동무와도 벌써 알고 있는 사이라면서요? 나이도 젊은데 어떻게 그렇게 유명해졌소?"

주보중이 진심으로 칭찬하는 것을 보고 김성주는 얼굴이 새빨갛게 달아올랐다. 그는 주보중이 잡아끄는 대로 그의 침상 곁에 가서 앉으며 말했다.

"이광은 친구이기도 하지만 사실은 저에게 친형님이나 다를 바 없는 분입니다. 제가 중학교 다닐 때부터 알고 지내는 사이입니다. 이번에 이광 형님과도 함께 일하게 될 것을 생각하니 정말 기쁩니다. 저나 이광 형님이나 모두 열정뿐이지 어디서 전문적으로 군사지식을 배워본 적도 없고 또 싸움도 많이 해보지 못했습니다. 그러니 꼭 가르쳐주시기 바랍니다."

김성주가 이처럼 진정을 담아서 요청하자 주보중은 머리를 끄떡였다. 주보중은 그날로 왕윤성과 진한장, 김성주 등을 데리고 경박호 기슭의 완완구(宛宛溝)라고 부르는 동네에 주둔하고 있는 길림자위군 제2여단 3연대로 갔다.

병영 대문에서 보초병이 구국군총부 주보중 총참의가 왔다는 말을 듣고는 정신없이 달려 들어가 연대장에게 알렸다. 조금 뒤에 연대장이라는 사람이 달려 나왔는데 그를 쳐다보는 순간 김성주는 놀라지 않을 수 없었다. 연대장이라니 적어도 4~50살쯤은 될 줄 알았는데 새파랗게 젊은 20대의 청년이었다. 어쩌면 자기보다도 더 어려 보인다는 생각 때문에 김성주는 한참 아무 말도 못했다.

'정말 나는 놈 위에 뛰는 놈이 있고 뛰는 놈 위에는 솟는 놈이 있다더니.'

이때 김성주는 자기 또래의 20대 청년이 구국군에서 연대장까지 되어있는 것을 보고 너무 놀라 한참 아무 말도 못했다. 자기나 이광이 겨우 2~30명밖에 안 되는 별동대를 거느리고 다니는 데도 얼마나 긴 시간 동안 현량자고(懸梁刺股)의 고통을 감수했던가 싶게 벅찰 지경이었는데 지금 그의 눈앞에는 2~30명도 아니고 2~300명도 더 넘는 부하들을 거느리고 있는 20대 청년 연대장이 나타난 것이었다. 연대장은 땀을 뻘뻘 흘리면서 주보중에게 절도 있게 경례를 올려붙였다.

"주 참모장님! 어떻게 오셨습니까?"

"어디서 오는 길인데 이렇게 땀투성이요?"

"아, 교장에서 방금 훈련 중이었습니다."

그럴 때 진한장이 김성주에게 몰래 귀띔했다.

"유 연대장은 무술을 할 줄 아는데 혼자서 대여섯 명은 쉽게 때려눕히곤 하지."

왕윤성이 대신 나서서 3연대에 들리게 된 사연을 말했다.

"주보중 동지께서 의원을 만나보고 돌아가는 길인데 안도에서 귀한 손님이 오셨소. 그래서 유 연대장에게도 소개해주려고 들린 것이오."

젊은 연대장의 눈길은 자연스럽게 진한장과 김성주에게로 돌아갔다. 그의 눈길은 진한장과는 일면식을 갖고 있었기에 처음 보는 김성주의 얼굴에 가서 멎었다.

"안도에서 오셨다는 분이라면?"

연대장은 잠깐 손을 내들며 자기가 짐작해보겠다고 했다.

"혹시 안도에서 오셨다면 김일성이라고 불린다는 그 친굽니까?"

연대장이 이렇게 불쑥 김성주의 별명을 대니 김성주도 내심 놀라지 않을 수 없었다.

"네, 제가 김일성입니다."

"반갑소, 나 유한흥이오."

연대장은 김성주의 손을 잡고 자기소개를 했다.

"내 나이 올해 스물둘인데 내일 모레면 스물셋이 되오. 당신은 얼마요?"

김성주는 상대방이 성격이 좋은 것을 보고 같은 식으로 대답했다.

"나는 올해 스물입니다. 그러나 연대장님 말씀대로라면 나도 내일 모레면 곧 스물하나가 됩니다."

"하하. 나하고 비슷한 데가 있는 것 같아서 좋소."

유한흥은 김성주의 손을 놓지 않고 연신 흔들어댔다. 나중에 왕윤성이 "이봐, 한흥이, 우리를 그냥 대문 앞에 세워둘 셈인가?" 하고 귀띔한 후에야 유한흥은 부랴부랴 그들 일행을 안으로 안내했다. 그런데 이때 재밌는 일이 생겼다. 유한흥의 아내 장씨(張氏)가 연대장 방 의자에 비스듬히 기대고 누워서 해바라기 씨를 까고 있었는데 유한흥이 술상을 좀 마련하라고 하니 그 여자가 자기가 까다가 남은 해바라기를 들고와서 건넸다.

"그럼 그 사이에 해바라기나 좀 까고 있으세요."

그 바람에 유한흥은 얼굴이 새빨개졌다. 그러면서도 별로 화는 내지 않는 것을 보면 이미 습관이 된 듯이 체념하는 모양이었다. 주보중과 왕윤성은 서로 돌아보며 자못 희한하다는 눈치였다. 유한흥은 뒷덜미를 썩썩 긁으며 가까스로 말했다.

"제 아내가 저런 여자입니다. 다 중매쟁이를 잘못 만났던 탓이지요. 중매쟁이 때문에 잘못 데려왔는데 되돌려 보내려고 하니까 저 여자가 딱 뻗대고 서서 어디 돌아가려고 합니까, 하는 수 없이 지금 이런대로 데리고 살고 있기는 합니다만 하루 종일 해바라기나 까고 하는 일이 없습니다. 너무 해바라기를 까서 앞니 사이가 다 벌어져 버렸는데도 말리는 말을 듣지 않습니다."

"이 사람 한흥이, 도대체 어떻게 된 거요? 거 재밌는 이야기가 있겠구먼. 중매쟁이 때문에 사람을 잘못 데려왔다는 것은 또 무슨 소리요? 좀 들려주시구려."

왕윤성이 채근하자 유한흥은 조심스럽게 중매쟁이가 '작은딸'과 '키가 작은 딸'을 헷갈려 미리 점찍은 여성이 아닌 다른 여성과 울며 겨자 먹기로 결혼하게 된 이야기를 들려주었다. 그 '울며 겨자 먹기로 결혼한 여자' 장 씨가 주방에 나가 요리사를 내보내고 자기가 직접 요리를 만든다고 한참 움직이고 있을 때 주보중 등은 몰려 앉아 그 장 씨가 먹다가 남긴 해바라기를 까며 이야기를 주고받았던 것이다.

"유 연대장이야말로 길림 육군 군관학교를 졸업하고 동북군에 와서 보통 사병으로부터 시작해서 불과 6년밖에 안 된 새 벌써 연대장까지 된 사람이오."

유한흥(劉漢興)

주보중은 김성주에게 유한흥에 대하여 자세하게 소개했다.

"며칠 전까지 구국군 제2여단 3연대 2대대 대대장으로 있다가 이번에 연대장이 됐소. 성주 동무와는 나이도 비슷한 또래이고 또 앞으로는 모두 더 크게 될 동량지재들이라고 믿고 싶소. 난 한흥 동무나 성주 동무, 그리고 한장이도 모두 우리 공산당이 영도하는 항일부대에서 장차 사단장도 되고 군단장도 될 수 있는 큰 재목으로 자라나기를 바라오."

주보중은 또 유한흥과 김성주, 그리고 진한장 모두에게 자기의 기대하는 마음을 이야기했다.

"그래서 하는 부탁인데 만약 우리 형편이 지금 전문 군

1945년 '8·15 광복'이후, 연안에 들어와 모택동의 최측근 신변 경호원이 된 유한흥(왼쪽 첫 번째, 모택동의 뒤에 앉은 사람, 오른쪽 곁에는 미국 대사 허얼리), 이때 이름을 진룡(陣龍)으로 바꿨다. 1949년 중화인민공화국이 창건된 뒤 유한흥은 공안부 제1부부장과 정치보위국 국장을 겸직하였다

사학교도 만들어서 직접 작전을 지휘할 수 있는 인재들을 배양할 수만 있다면 오죽 좋겠소. 그러나 그런 상황은 못 되고 하니 한흥이가 성주 동무와 진한장 동무와도 종종 만나가면서 자기가 알고 있는 군사지식도 가르쳐주고 또 왜놈들과 싸움하는 법도 가르쳐주기 바라오."

주보중이 자기에게서 군사를 배우고 싶다는 김성주를 굳이 유한흥에게 소개하여 주면서 김성주를 유한흥에게 부탁한 것은 주보중이 회고록『주보중의 유격일기』에서도 밝히고 있다시피 '유한흥이야말로 꾀가 있고 지혜가 있으며(有知有謨), 용감하고 싸움을 잘하는(驍勇善戰) 유격전쟁의 지휘관'이었기 때문이었다. 더구나 이때의 나이도 22살밖에 안 되었고 김성주, 진한장 등 젊은이들과 서로 상종하고 거래하기에도 좋았다. 길림자위군 출신 왕명옥(王明玉)은 동북항일혁명군 제3연대에서 연대장 방진성의 경위원을 맡았던 적이 있었다. 1987년에 취재를 받을 때 그는 김일성(김성주)과 관련된 한 차례의 회고담을 내놓았다.

"김일성(김성주)은 우리 혁명군 제2군의 참모장의 학생이었다. 참모장의 성이 유 씨였는데 전문 육군군관학교를 졸업하고 20살 때 벌써 구국군에서 연대장까지 되었던 사람이다. 자세한 내막은 우리 같은 경위원들이 잘 알 수는 없지만 참모장이 직접 김일성을 데리고 다니면서 군사지식을 가르쳐주 었고 작전하는 법도 가르쳐주었다. 그래서 김일성의 부대는 웬만해선 피해를 보는 일이 없었다. 내 가 3연대에서 경위원으로 있을 때 연대장은 방진성이었고 정치위원이 김일성이었는데 두 사람은 늘 의견이 맞지 않아 다투곤 하였다. 그러다가 아주 부대를 절반씩 갈라가지고 다녔는데 그때 우리 대원들은 모두 김일성이 데리고 다니는 부대에 편입되기를 원했다."

이때 유한흥과 만난 김성주는 그로부터 오랫동안 유한흥을 따라다녔다. 1935년 동북인민혁명군 이 성립될 때 주보중과 왕윤성의 추천하에 중국 공산당 동만 특위에서는 유한흥을 제2군 참모장으 로 임명하였다. 김성주가 2군 산하의 제3연대에서 정치위원으로 임명되었던 것은 훗날의 일이다.

3. 소만 국경

소만국경(蘇滿國境)

1932년 12월, 구국군총부가 주둔하고 있었던 동녕 현성이 포위되었다. 관동군은 3개 사단의 병력을 동 원하여 길림성과 흑룡강성 경내의 구국군과 자위군 및 의용군들을 토벌하기 시작하였다. '눈강전역'(嫩江 戰役)에서 항일의 첫 총소리를 울렸던 마점산(馬占山) 의 부대가 일본군의 첫 타깃이 됐다. 곧 이어 소병문 (蘇炳文)이 패퇴했고 이두(李杜)의 자위군도 여기저기 에서 무너지기 시작했다.

하얼빈을 사수하고 있었던 정초(丁超)는 더 비참하 게도 일본군 제2사단의 공격을 당해낼 길이 없어 철수하고 또 철수하다가 나중에 장경혜(張景惠)의 공관으로 피신해 들어갔는데 장경혜는 그에게 투항하라고 설득했다. 다시 장경혜의 공관에서 탈출 하여 보청(寶淸) 쪽으로 피신했으나 결국 일본군이 파견한 대표와 만나 통화성 성장을 시켜준다는 약속을 받고 투항하고 말았다.

왕덕림은 하마터면 동녕현성에서 포위되어 탈출하지 못할 뻔했으나 안도에서부터 올라왔던 우 명진의 부대와 '맹퇀'이 성 밖에서 일본군의 배후를 습격했기 때문에 가까스로 성 밖으로 탈출할 수 있었다. 1933년 1월 1일 새벽부터 성 밖의 마도석(磨刀石) 역에 진지를 구축하고 있었던 총부 참모장

이연록이 직접 거느린 보충연대가 제일 먼저 배겨나지 못하고 호림(虎林) 방향으로 포위를 뚫고 달아났다. 마도석역을 차지한 일본군 제10 히로세(広瀬)사단 산하 제3대대가 앞장소소 1월 10일 오전에 동녕현성으로 밀고 들어왔다.

이때 동녕현성에서 죽은 구국군이 1천 3백여 명이나 되었다. 우명진과 '맹퇀'도 풍비박산이 나다시피 했다. 가까스로 탈출한 왕덕림과 공헌영은 일가 권솔들까지 모조리 합쳐 6백여 명도 되나마나 한 것을 보고 어찌해야 좋을지 몰랐다. 길이 막혀 영안 쪽으로는 갈 수 없고 나자구 쪽으로 내려가자니 노흑산이 앞을 가로막고 있는데다가 이때 조선에서부터 파견 받고 나왔던 일본군 간도파견대가 공군까지 대동하고 노흑산으로 들어온 상태였다. 다급한 오의성은 방 안에서 왔다 갔다 하면서 방법이 떠오르지 않아 주보중과 호택민을 재촉해댔다.

"두 분, 방법을 좀 내놓으시오. 총사령관을 구하지 못하면 우리 구국군도 이대로 끝장이오."

주보중과 호택민은 지도 앞에 머리를 맞대고 앉아 한참 의논하였다.

"오 사령관, 아무래도 총사령관 역시 마점산이처럼 소련 쪽으로 건너가 버릴 가능성이 큽니다. 동녕에서 소련이 금방이니 그냥 건너가 버리면 일본군에게 잡히거나 할 염려는 없지만 그렇게 되면 여기 남아있는 우리가 문제입니다. 구국군이 크게 동요될 것입니다. 그러나 만약 총사령관이 지금 데리고 있는 총부 부대가 아직도 전투력을 가지고 있다면 그들이 나자구 쪽으로 내려오는 것이 제일 바람직합니다."

주보중의 말을 듣고 오의성도 지도 앞으로 다가와서 한참 들여다보다가 한마디 했다.

1930년대 이연록(李延祿)

"이 추운 겨울에 노흑산을 어떻게 넘어오겠소?"

"우리도 나자구로 해서 노흑산 쪽으로 접근하면 되지요. 오 사령관만 결정을 내리면 그나마도 나자구 쪽과 좀 더 가까운 거리에 있는 유한흥의 3연대에 명령하여 빨리 나자구 쪽으로 이동하게 합시다. 그리고 총사령관 쪽으로 사람을 보내서 소련으로 건너가지 말라고 말리면 됩니다."

오의성도 동의했다.

"그렇다면 누구를 보내서 알리겠소? 동녕까지 길도 무척 험할 텐데 말이오?"

"우명진의 별동대장이 지금 영안에 와있습니다."

주보중은 김성주를 추천했다.

"이 애를 보내면 반드시 해냅니다."

"아, 안도에서 왔다는 그 '김일성'이라는 애 말이오?"

오의성도 들어보았던 이름이라 반색했다.

"난 이광을 보낼 생각을 했는데 우명진과 '맹탄'이 지금 총부 부대와 함께 이동하고 있으니 마침 잘됐소. 누구보다도 우명진의 별동대장이 가는 게 경우에도 맞소."

이때 김성주는 김근(金根)[5]의 영안유격대와 만나 한창 왕청 쪽으로 이동하려던 중이었다. 호택민이 직접 진한장을 데리고 김성주에게로 말을 달려왔다. 성자촌에서 왕윤성, 김근 등과 함께 왕청 쪽으로 이동할 준비를 하고 있었던 김성주는 동녕으로 가서 왕덕림에게 편지를 전해주고 오라는 말에 어리둥절했다.

"동녕이 이미 일본군의 손에 들어갔다고 하던데 어디 가서 총사령관을 찾습니까?"

"총사령관이 소만 국경 쪽으로 이동하고 있을 것이 틀림없네. 우리의 작전계획은 총사령관이

---

5. 김근(金根, 1903~37) (本)金光珍 金鉉) (고려공청 만주총국 조직부 책임자) 함북 경흥의 빈농 집안에서 태어나 1908년 부모를 따라 길림성(吉林省) 화룡현(和龍縣) 상천평(上泉坪)으로 이주했다. 광재욕서당에서 2년간 수학하고 1910년 화룡현 양정학교(養正學校), 1916년 연길중학(延吉中學)에 입학했다. 1918년 봄 길림공업학교에 진학하여 1921년에 졸업했다. 1922년 5월 남경대학(南京大學)에 입학했다가 1923년 중퇴했다. 1924년 북장동(北樟洞) 소학교 교장, 1925년 걸만동(傑滿洞) 소학교 교장, 1926년 화룡현 제14소학교 교장이 되었다. 교원으로 재직중 학생과 농민들에게 사회주의사상을 선전했다. 5월 조선공산당 만주총국에 입당했고 가을 고려공산청년회 만주총국 조직부 책임자가 되었다. 1927년 5월 전용락(全龍洛)과 함께 중국경찰에 체포되었으나, 조공 만주총국의 노력으로 석방되었다. 1928년 용정(龍井) 대성중학(大成中學)에서 영어와 중국어 교사로 일하면서 사회주의사상을 선

김근(金根, 卽金光珍)

전했다. 겨울 용정에서 친일파 밀정 처단을 목적으로 하는 테러단체 철혈단(鐵血團)을 결성했다. 1929년 여름 대성중학 교사를 사임하고 반일동맹청년단을 조직했다. (항일연군 제8군 제1사 정치부 주임) 1930년 4월 흑룡강성(黑龍江省) 영안현(寧安縣) 화검구(花瞼溝)로 이주했다. 6월 영안에서 중국공산당에 입당했다. 9월 중공 길동국(吉東局)의 지시에 따라 왕청현(汪淸縣) 나자구(羅子溝)에서 무장폭동을 준비하기 위해 군사위원회를 결성했다. 10월 왕청노농유격대 결성에 관여했다. 1931년 여름 영안현 동경성(東京城)에서 대중조직사업에 종사했다. 9월 만주사변이 일어나자 북만(北滿)노농의용대를 결성하고 대장이 되었다. 1932년 가을 국민당계 반만항일부대인 이연록(李延錄)의 구국군(救國軍)에 입대하여 영안현 무장부대들의 반일통일전선 결성을 위해 노력했다. 1933년 3월 요영자(腰岺子)전투, 가을 대과규(大鍋奎)전투에 참전했다. 1934년 2월 합달하(哈達河)에서 북만 노농의용대를 재편성하여 밀산(密山)유격대를 결성하고 지도원 겸 참모장이 되었다. 10월 밀산유격대를 동북인민혁명군 제4군 제2단으로 재편하고 제4군 참모처장이 되었다 1935년 3월 제4군 제2단 대리단장을 겸임했다. 1936년 9월 동북항일연군 제8군 제1사 정치부 주임이 되었다. 1937년 10월 12일 화천현(樺川縣) 납자산(磖子山)에서 제8군 제1사 내부의 배반자에게 살해당했다.

총부 부대를 거느리고 나자구 쪽으로 오
게 하는 것일세. 만약 동의한다면 우리는
노흑산으로 마중 나갈 거네. 총사령이 그
래도 말을 듣지 않고 굳이 소련으로 넘어
가버릴 생각이라면 총과 탄약은 가져가
지 말고 만주에 남겨두라고 말하게. 편지
에도 이미 그런 내용을 다 썼네."

소련으로 철퇴중인 구국군의 뒤를 쫓아가고 있는 유격대 想像畵

　호택민의 말을 듣고 김성주는 마음이
동했다.

　"그럼 그 총과 탄약들은 제가 받아가지고 돌아와도 됩니까?"

　"그거야 당연지사가 아닌가."

　호택민이 넌지시 대답하니 김성주는 바로 일어서서 영안유격대 대장 김근에게 말했다.

　"선생님과 같이 왕청에 가려고 했는데 아무래도 같이 가지 못할 것 같습니다."

　"아닐세, 빨리 갔다 오게. 우리가 여기서 기다리고 있겠네."

　김근은 동녕으로 떠나는 김성주를 배웅했다. 날씨가 얼마나 추웠던지, 잠깐만 서 있어도 얼어
서 당장 굳어져버릴 것만 같은 시베리아의 한파가 그대로 잉잉 몰아쳐오는 눈보라 속으로 대원
들을 데리고 걸어가는 김성주의 뒷모습은 잠깐 사이에 흐릿하게 사라져갔다. 그 뒷모습을 바라
보며 김근도 진한장도 그리고 왕윤성도 모두 아무 말도 못했다. 할 말을 잃었던 것이었다. 1933
년 1월에 있었던 일이다.

4. 개털모자

　오의성은 김성주를 떠나보내고 또 걱정되어 다시 맹소명이라고 부르는 연락병을 파견하였는
데 맹소명도 동녕현성에 도착했을 때는 이미 일본군이 현성을 점령하고 난 뒤여서 왕덕림과 만
나지 못하고 돌아왔다. 맹소명이 다시 영안으로 돌아왔을 때는 오의성의 전방 지휘부도 다른 데
로 이동하여 버린 뒤였다. 김성주는 왕덕림 본인과는 만나보지도 못한 채로 돌아오는 길에 맹소
명과 길에서 만나기도 했다. 이 맹소명은 죽지 않고 살아남아 1974년에 김성주에게 편지까지 한

통 보내왔다고 전해진다.

김성주는 1933년 1월, 18명밖에 남지 않았던 별동대 대원들을 데리고 동녕현성을 지나 대오사구하(大烏蛇溝河) 기슭까지 쫓아가서 한참 소만국경을 넘어서고 있었던 나머지 구국군 대원들을 붙잡고 남아서 같이 항일투쟁을 하자고 설득하였지만 그의 말을 귀담아 듣는 사람들은 하나도 없었다. 그러면 총이라도 우리한테 주고 가라고 권했으나 그나마도 거절당했다.

왕덕림과 공헌영, 우명진 등이 먼저 앞에서 소만국경을 건너가 버렸고 뒤에서 후위를 담당하고 있었던 '맹탄'도 수십 명밖에 남지 않은 것을 본 김성주는 어안이 벙벙해졌다. 그는 맹추위에 더해 어이가 없어서 말이 나오지 않을 지경이었다.

"아니, 항일도 하지 않을 거면서 왜 총들은 모두 가지고 갑니까? 소련에 들어가면 소련 홍군이 그 총들을 다 빼앗을 것이 뻔한데요. 차라리 그 총들을 저희한테 맡기고 가십시오. 언제든지 다시 항일하려고 만주로 돌아오면 잘 보관했다가 돌려드리겠습니다."

"말도 안 되는 소리, 내가 주라고 해서 저 사람들이 고분고분 총을 내놓을 것 같은가."

맹신삼은 온 얼굴이 시퍼렇게 된 김성주를 바라보다가 권했다.

"이봐, 김 대장. 날씨도 추운데 어쩌자고 여기까지 쫓아와서 이 고생이란 말인가. 자네 얼굴에 동상이 온 것 같네, 어서 눈으로 문지르게, 그리고 돌아가게. 아니면 우리하고 소련으로 같이 들어가던지 합세. 자네도 지금 부하들이 다 달아나고 몇 명 남지 않았구먼."

"아닙니다, 저는 혼자 남는 한이 있더라도 도주병은 되지 않을 것입니다."

김성주는 18명밖에 남지 않은 자기의 대원들을 돌아보며 맹신삼에게 재삼 요청했다.

"저는 이 만주 땅에 남아 끝까지 왜놈들과 싸울 것이니까, 맹 연대장이 만약 일말의 양심이라도 있는 중국 군인이라면 저희한테 총이라도 넘겨주십시오."

소련으로 건너갔던 구국군들은 국경을 넘어서 기 바쁘게 모조리 무장해제를 당하고말았다

구국군을 돌려세우기는 다 틀린 것을 본 김성주도 이때는 악에 받쳤다. 그가 인정사정 두지 않고 그대로 들이대니 맹신삼은 창피하기도 하고 대답할 거리가 없어 어찌할 바를 몰라 했다.

"총이 없으면 소련에 들어가도 우리 역시 거지나 비렁뱅이 꼴밖에 더 면치 못할 걸세."

"그러니까 그렇게 구차스럽게 남의 나라 땅에까지 피신

하고 들어가서 살려 하지 말고 여기 남아서 저희들과 함께 왜놈들과 싸워봅시다."

"자네도 못 봤나? 일본군이 수십만 명이 달려들고 있는 것을. 도무지 승산이 없네. 더구나 자넨 젊은 나이에 힘든 줄을 모르지만 나나 우 사령관이나 그리고 총사령관도 지금 모두 나이들이 얼만 줄 알고 있기나 한가? 총사령관은 지금 나이 예순이야, 그리고 우 사령관도 나도 모두 쉰을 바라보고 있네. 어떻게 자네들과 꼭 같이 눈 속에 뒹굴고 다닐 수 있겠나."

김성주와 맹신삼이 대화를 주고받고 있는 사이에도 구국군이 계속 옆으로 지나갔다. 맹신삼의 부관이 곁으로 다가와 재촉했다.

"연대장님, 형제들이 다 건너갔습니다. 우리도 어서 떠납시다."

맹신삼은 머리에 쓰고 있던 개털모자를 벗어 김성주에게 권했다.

"자네 털모자를 벗고 이걸 쓰게. 내가 줄 것이라고는 이것밖에 없네 그려."

김성주가 받으려고 하지 않자 맹신삼은 억지로 개털모자를 김성주에게 안겨주었다. 그리고는 돌아서서 소만 국경을 향해 허둥지둥 발걸음을 옮겨놓았다. 뒤에서 김성주가 참지 못하고 꾸짖는 욕설이 들려왔다.

"에잇, 비겁쟁이들, 개자식들, 갈 테면 가라!"

김성주는 맹신삼이 주고 간 개털모자를 맹신삼의 뒤에 대고 던져버렸으나 눈바람이 이쪽으로 불어오면서 개털모자가 다시 날아오자 대원들 속에서 누가 제꺽 주워 썼다. 이때 몇 명 구국군 대원들이 김성주 쪽으로 건너와 물었다.

"당신들은 소련 쪽으로 건너가려는 사람들인가? 아니면 건너가지 않는 사람들인가?"

"우리는 건너가는 당신네들을 건너가지 말라고 말리려고 온 사람들이오."

평소 인사도 잘하고 싹싹하기 이를 데 없었던 김성주도 이때는 말소리가 몹시 거칠었다. 여태까지 구국군을 쫓아다녔던 자기 자신에 대한 모멸감과 개털모자 한 개만 던져주고 모조리 달아나버린 구국군에 대한 경멸감이 함께 작용했기 때문이었다.

"그렇다면 우린 동행이 되겠구려. 그만 돌아갑시다."

그 구국군 대원이 하는 말에 김성주의 얼굴에서는 잠깐이나마 화색이 돌았다.

"당신들은 소련으로 건너가지 않습니까?"

"공산당이 다 소련 때문에 생긴 건데 우리가 한평생 공산당 잡이만 해오다가 어떻게 소련으로 가겠소? 가봐야 떡이 생길 리도 없겠고 말이오."

노야령을 행군하고 있는 김일성의 유격대 **想像畵**

그 말에 다시 한 번 기분이 서늘해진 김성주는 그 대원들을 경계하지 않을 수가 없었다. 한참 살펴 보니 여기저기서 국경을 넘어서지 않고 돌아오는 구국군 대원들이 한 둘이 아니었다. 그들은 소련 으로 철수하는 줄도 모르고 그냥 따라오다가 소만 국경까지 와서야 깜짝 놀라 건너가지 않고 남아 버린 사람들이었다.

5. 18명

그 속에는 김성주의 별동대가 공산당의 유격대라는 것을 알고 있는 사람들도 있었다. 이러다보니 돌아올 때는 오히려 왕덕림의 뒤를 쫓아올 때보다도 더 무시무시한 상황이 벌어지게 되었다. 길에 서 간혹 외딴 농가를 만나 몰려 들어가 언 몸을 식힐 때도 한순간이라도 다른 데 눈길을 팔 수가 없 었다. 가능하면 조선인 부락을 만나 들려서 쉬는 한이 있더라도 구국군 패잔병들이 머무르고 있는 중국 사람들의 부락은 만나면 될수록 지나쳤다. 다행스러운 것은 일본군이 소만 국경까지 그들을 쫓아오지는 않았다. 그러나 일본군은 보이지 않았어도 이미 입은 옷들은 다 찢어져 살이 나올 지경 이 되었고 몸에 메고 다녔던 쌀주머니 속의 비상미도 모두 거덜이 난 상황에서 얼어 죽지 않으면 굶 어죽게 될 판이었다.

김성주는 이때까지도 그의 곁을 떠나지 않고 남아있는 대원들을 세어보았다. 안도에서 영안으로 올 때 40여 명까지 불어났던 대원들이 이때는 절반 이상이 도망가고 18명밖에 남지 않았다. 이때를 회고하면서 김성주는 회고록에서 다음과 같이 쓰고 있다.

"나는 그때 어떻게 해야 할지 향방을 잡지 못하였다. 하늘이 무너지고 땅이 꺼지는 한이 있더라도 무장투쟁을 계속해야겠는데 남아있는 대원들이란 모두 스무 살도 채 안 되는 홍안의 청년들이였다. 내 자신도 아직은 경험이 어리다고 할 수 있었다. 길림 바닥에서 삐라를 쓰고 연설이나 하며 돌아다닐 때에는 모두가 영웅호걸이였지만 이런 경우에는 누구나 다 애송이들이였다. 지하공작을 할 때에는 방법이 많았지만 수만 명의 우군을 다 잃어버리고 패잔병들만 남은 무인지경에서 18명의 행로를 어떻게 개척해야 하는가 하는 것은 우리의 힘만으로는 풀기 어려운 과제였다."

참으로 노흑산의 오지에서 20살밖에 나지 않았던 김성주가 18명밖에 남지 않았던 대원들을 데리고 굶어 죽지 않고 얼어 죽지 않았던 것은 그야말로 기적 중의 기적이라고도 할 만했다. 오늘은 중국 흑룡강성의 동녕현과 영안현이 모두 노흑산을 관광지로 개발하고 있고 여기로 몰려들고 있는 관광객들이 적지 않다고 하지만 눈보라 몰아치던 1933년 1월의 엄동설한을, 이 산속에서 헤집고 다녔던 한 조선 청년에 대하여 기억하고 있는 관광객들이 과연 몇이나 될지 궁금하다.

중국 발음으로 '로우헤이'(老黑)라고 부르는 이 산의 이름은 만주어에서 왔는데 '도'(刀), 즉 칼이라는 뜻이라고 한다. 해발 798미터가 되는 산정 양측에 칼날 같은 봉우리가 갈라져 서 있어서 붙여진 이름이라고 하는데 후에는 주보중이 오랫동안 이 산을 근거지로 삼고 활동해왔다. 산정에서 서쪽으로 빠져나가면 이도구(二道溝)라고 불리는 동네가 나온다. 이 동네가 지금은 노흑산진(老黑山鎮)으로 바뀌었고 영안과 나자구, 그리고 동녕으로 가는 세 갈래 길이 이 동네에서 갈라지고 있다.

여기서 김성주와 대원들은 마(馬)씨 성을 가진 한 중국 노인의 집에서 언 몸을 녹이다가 패잔병들에게 무장해제를 당할 뻔했다. 그러나 다행스럽게도 이 패잔병들은 유한흥의 제3연대를 찾아가는 길이었다.

일본군에게 체포되어 포승줄에 묶인 구국군대원들

일본군에게 체포되어 포승줄에 묶인 구국군대원들

6. 구국군의 패퇴

이때 유한흥의 3연대도 왕덕림의 구국군총부가 동녕현성에서 패퇴하면서 어지러워지기 시작했는데 부연대장이 구국군을 떠날 의향을 내비쳤다. 3연대에서 제일 오랫동안 있었던 부연대장은 이미 대대장들을 다 구워삶았고 인근의 '양산'(亮山)이라고 부르는 마적부대와 손을 잡고 구국군 깃발을 버릴 생각을 하고 있었기 때문이었다. 그런데다가 이때 또 일본군이 영안 쪽으로 몰려들면서 완완구를 떠나 왕청 쪽으로 이동하기 시작하였는데 아무리 연락병을 사방으로 띄워가면서 찾아도 주보중과 왕윤성, 진한장이 보이지 않았다.

길에서 절반 이상의 병사들이 부연대장을 따라 달아나고 나머지 절반 남았던 병사들이 또 비행기에서 뿌리는 일본군의 삐라를 주워 들고 읽다가는 하나둘씩 사라져버리기 시작하였다. 삐라를 가지고 일본군에게 건너와서 총을 바치고 투항하면 당장에서 '왠따터우'(袁大頭: 은화) 50원부터 주고 또 무료로 고향에까지 보내준다는 내용이 삐라에 씌어있었다. 그런데 이때 투항했던 구국군 패잔병들은 정작 한 사람도 고향으로 돌아가지 못하고 모조리 하얼빈의 교정원(矯正院)으로 압송되었고 여기서 한동안 갇혀 있다가 대부분 위만군에 강제 편입되었다.

어쨌든 유한흥은 영안현에서 수백 리 떨어진 유수하(柳樹河)라고 부르는 동네에다가 가족들을 이사시켜놓고 혼자 말을 타고 직접 주보중을 찾으러 나섰다. 이때 주보중은 왕덕림이 벌써 소련으로 건너간 것을 안 오의성이 또 동요하는 것을 막기 위하여 한시도 그의 곁에서 떨어지지 않고 백방으로 그를 설득하고 있는 중이었다.

"보충연대가 아직도 살아있고 시세영의 여단도 튼튼한 채로 있으니 만약 오 사령관만 마음을 다잡으면 우리 구국군은 아직도 희망이 있습니다. 더구나 소련으로 건너가지 않고 되돌아오고 있는 병사들도 아주 많다고 합니다. 우리가 동녕과 영안을 버리고 왕청과 안도 쪽으로 이동하면서 오 사령관의 이름으로 기관을 설립하고 그들을 모조리 불러 모으면 1만 명 정도는 쉽게 모여질 것입니다. 관건은 오 사령관입니다. 오 사령관만 튼튼하게 일어서있어 준다면 제가 약속하겠습니다. 반드시 동녕현성도 되찾아드리고 영안현성도 되찾아드릴 것입니다. 지금이야말로 남아로 태어나 영웅으로 이름을 남기고 죽느냐, 아니면 졸장부로 이름을 남기고 죽느냐는 것이 결정되는 때입니다."

동녕현성이 함락될 때 성 밖의 마도석에서 패퇴하고 사라졌던 보충연대가 이연록과 사충항의 인솔하에 이때 천교령에 와서 주둔하며 오의성에게로 사람을 보내어 부대가 통째로 살아있다는 소식을 보내왔고 시세영의 여단은 바로 오의성의 전방사령부로 이동해오고 있다는 연락을 보내왔다.

주보중(周保中)

살아남은 부대들을 보면 대부분이 이연록과 호택민, 주보중의 연줄을 타고 중국 공산당 당원들이 참모장 또는 부참모장으로 내려가 있는 부대들이었고 적지 않게 부대장이 이미 공산당 쪽으로 포섭되어 버린 경우도 많았다.

"모두 도망가기에 바쁜데 유독 공산당이 내려가 있는 부대들만은 요지부동이군."

오의성은 감탄하지 않을 수 없었다. 이때다 싶어 주보중과 호택민은 "오 사령관, 공산당도 지금은 오 사령관만을 쳐다보고 있습니다. 오 사령관이 동요하지 않고 우리와 함께 있기 때문에 우리도 믿는 구석이 있어 머무르고 있는 것입니다." 오의성은 마침내 주보중과 호택민의 손을 잡고 약속했다.

"좋소. 마음을 정했소. 내가 이 나이 먹고 이제 가면 어디를 가겠소. 만약 두 분이 끝까지 나를 밀어준다면 내가 죽기 전까지 한 번 더 왜놈들과 싸워보겠소."

사충항이 오의성의 사령부로 오다가 길에서 유한흥을 만나 함께 왔는데 "한흥이 너는 부대를 모두 어데다 팽개치고 혼자 왔느냐?" 하고 오의성이 물었더니 유한흥이 이렇게 대답했다.

"부연대장은 산동에서 함께 온 고향친구들을데리고 달아나고 나머지는 대대장 몇이 끌고 가서 마적이 되어버렸습니다. 나더러 남아서 마적들의 우두머리가 되어달라고 붙잡는 것을 팽개쳐버리고 사령님께로 왔습니다."

그랬더니 오의성이 나무라지는 않고 웃으면서 다시 물었다.

"보나마나 너도 공산당이렸다?"

이에 유한흥이 기지를 담아 대답했다.

"모두 도망가는데 도망가지 않고 사령관님의 곁에 남아있는 사람들이 모두 공산당이라면 나도 공산당이 되겠습니다."

이에 오의성이 참으로 오랜만에 하하. 하고 소리 내어 웃었다고 한다. 이때 사충항도 보충연대 연대장에 임명된 지 얼마 안 되었는데 이미 이연록의 소개로 중국 공산당원이 되어있었고 시세영도 이미 주보중의 소개로 공산당원이 되었다. 또한 얼마 후에는 유한흥도 왕윤성의 소개로 공산당에 가입하게 된다. 이때 오의성의 주변은 모조리 공산당으로 포진되어 있었다. 일설에는 오의성까지도 중국 공산당에 가입하였고 당기(黨旗) 앞에서 선서까지 했다는 말도 있다.

어쨌든 이때로부터 중국 공산당 동만 특위의 직접적인 개입하에서 오의성의 주변에 남았던 구국군이 재편성되고 있었다. 제일 먼저 이연록과 사충항이 틀어쥐고 있었던 보충연대가 내적으로 중공당의 유격총대로 개편되고 겉으로는 동북항일구국유격군이라고 이름을 달았다. 훗날에 성립되는 항일연군 제4군이 바로 이 유격총대를 기반으로 하게 된다. (제2부 끝)

장벽이 서있는 것은 가로 막기 위함이 아니라,
그것은 우리가 얼마나 간절히 원하는지
보여줄 기회를 주기 위해서 거기 서 있는 것이다
— 랜드포시 (마지막 강의 中)

제3부

시 련

---제10장---

동만의 봄

장벽이 서있는 것은 가로 막기 위함이 아니라,
그것은 우리가 얼마나 간절히 원하는지
보여줄 기회를 주기 위해서 거기 서 있는 것이다
—랜드포시 (마지막 강의 中)

1. '관보전(關保全) 사건'

이에 앞서 1932년 11월, 김성주가 양세봉의
조선혁명군과의 합작이 무산되고 한참 남만주
땅에서 방황하고 있을 때 동만에서는 일명 '관
영'(關營, 大隊)이라고 불리기도 하였던 구국군 관
보전(關保全, 大隊長) 부대가 왕청유격대의 주요 활
동거점이나 다를 바 없었던 왕청현의 마촌(馬村)
에 와서 주둔하게 되었다. '관영'을 쟁취하기 위
해 중국 공산당은 왕대 정치위원 김은식(金銀植)
에게 이 일을 맡겼다.

중공당 동만 특위기관 소재지였던 소왕청 마촌의 귀틀집

1908년생으로 이 당시 24살이었던 김은식은 독립군 김선극(金善極)의 아들로서 1920년 '경신년
대 토벌'때 부자가 함께 죽지 않고 살아났던 행운아이기도 했다. 그러나 얼마 뒤에 독립군이 러시아
쪽으로 이동하고 있을 때 따라가지 않고 만주에 남았던 김선극은 왕청 지방 여기저기에 흩어져 있

왕청유격대 정치위원 김은식(金銀植, 後任에 김일성)

었던 독립군 잔재 부대들과 연락하러 다니다가 토벌대에게 붙잡혀 살해당하고 말았다. 김은식은 아버지가 죽으면서 남겨놓은 피에 젖은 옷가지와 아버지가 독립군을 위해 군자금을 모금하러 다닐 때 적어놓곤 했던 장부책을 보관해두고 있었다.

"아주 어렸을 때부터 오빠가 아버지가 남겨놓은 유물들을 집에 보관해두고 있었는데 시도 때도 없이 그것들을 꺼내서는 손에 들고 만져보면서 '이 피 빚을 반드시 받아낼 것이다.'고 말하곤 하였다."

후에 김은식의 여동생 김정순(金貞順, 金伯文)은 이런 이야기를 들려준 적이 있다. 한편 오늘의 왕청현 하마탕향(蛤蟆塘鄉) 대방자촌(大房子村)에서 살았던 김은식과 그의 여동생 김정순, 그리고 외사촌의 일가친척들 10여 명이 모두 중국 공산당 계통의 항일조직에 참가하

였는데 그 중에서 가장 유명한 사람이 김은식 외에도 그의 외사촌 동생이자 이후에 공청단 길동성위 서기를 지낸 이광림(李光林)이었다.

김은식의 여동생 김정순은 2005년까지 살았다. 그녀는 1937년 항일연군 제3군으로 전근하여 제3로군의 총지휘를 맡고 있었던 중국인 항일장병 이조린과 결혼하고 이름을 김백문으로 고쳤다. 2001년 북경에서 인터뷰를 받을 때 김백문은 오빠 김은식에 대한 이야기를 들려주면서 아주 흥미로운 사실 하나를 제공했다.

"하마탕에서 소학교를 졸업하고 용정의 대성중학교에 입학하였던 우리 오빠는 고향마을에서 공

중공당 왕청현위원회 서기 김상화(金相和)

부도 많이 한 데다가 또 인물도 어찌나 아름답게 생겼던지 여자아이들까지도 한번 보면 놀라서 눈이 휘둥그레질 지경이었다. 그래서 오빠의 별명이 '미남자'였다.

그때 나와 아동단에도 함께 다니곤 했던 한옥봉(韓玉峰)이라고 부르는 단짝친구가 있었는데 그가 우리 오빠를 몹시 좋아하였다. 후에 우리 오빠가 관보전부대에 파견 받아 갔다가 살해당하는 바람에 한옥봉은 울다가 혼절하여 쓰러지기도 하였다. 그가 슬픔을 이기지 못하고 자살할까봐 나는 그를 우리 집에 데리고 와서 한동안 그와 함께 자고 먹고 했다."

김성주는 한옥봉에 대하여 그의 아명은 '옥봉이'이었다고 회고하고 있다. 후에는 이름을 한성희(韓成姬)로 고쳤는데 김은식의 뒤를 이어 왕청유격대의 제2임 정치위원이 되었던 김성주와 만나면서 그녀는 점차 슬픔에서 헤어날 수 있었다.

그렇다면 왕청유격대의 초대 정치위원 김은식은 어떤 연유로 살해당하게 된 것일까? 이야기는 1927년으로 돌아간다. 1927년 10월 3일 용정에서는 '제1차 간도 공산당사건'에서 체포되었던 당원들의 공판대회를 반대하는 대대적인 데모에 참가하였던 김은식은 외사촌동생 이광림과 함께 영안으로 피신하였다가 2년 뒤에야 다시 하마탕으로 돌아오게 된다. 이 무렵, 하마탕에서는 왕청현 경내의 첫 중국 공산당 조직이었던 하마탕구위원회가 성립되었는데 조선공산당 출신으로 얼마 전에 중국 공산당으로 적을 옮겼던 김상화(金相和, 金在鳳)가 하마탕 구 위원회 서기를 맡고 한창 조직을 발전시켜가고 있던 중이었다. 이때 김은식은 김상화의 소개로 중국 공산당에 가입하였다.

김상화는 불행히도 이듬해 1931년 1월에 길림군 돈화주둔 제7연대의 왕청 토벌 때 붙들려 살해당했으나 후

김정순(金貞順, 오른쪽, 即金伯文, 後與李兆隣結婚)과 남편 이조린(왼쪽)

에 김명균이 왕청현위원회로 전근하여 군사부장을 맡고 유격대를 조직하면서 김은식은 초창기 왕청유격대의 대원이 되었고 1932년 4월에는 유격대의 초대 정치위원이 된 것이다.

한편 '관영'으로 불리는 관보전의 부대가 나자구의 쌍하진에서 위만군에게 본거지를 빼앗기고 소왕청으로 이동하여 온 뒤 쌀도 떨어지고 부상자들의 상처를 제대로 치료할 수도 없어 왕청유격대에 손을 내밀게 되자 신임 왕청현위원회 서기 이용국과 군사부장 김명균은 머리를 맞대고 앉아 의논하였다.

"관보전 부대를 장악할 수 있는 좋은 기회가 온 것 같소. 일단 우리 사람들을 들여보내는 방법으로 일을 한번 벌여보도록 합시다."

최금숙(崔今淑)

"관보전 본인이 원래 마적 출신인데다가 대원들이 대부분 마적 아니면 토비(떼강도) 또는 산적들이므로 구성이 아주 복잡합니다. 섣불리 사람을 들여보내면 그러잖아도 자기들 조직을 개편하려고 하지 않나 의심을 품게 될 것입니다."

김명균은 걱정하였으나 이용국이 방안을 내놓았다.

"방법이 있소. 먼저 반일회나 부녀회 사람들을 보내어 무상으로 도와주면 그들은 우리를 믿게 될 것입니다."

이용국은 '관영'을 장악하기 위하여 갖은 방법을 다했다. '관영'이 마촌에 방금 도착하였을 때 벌써 부녀회 간부 최금숙(崔今淑)을 파견하여 '관영'의 부상자들을 위문하였다. 그리고 '관영' 병사들의 옷가지들도 빨래하여주는 등 선심을 베풀었기 때문에 '관영'의 중국인 병사들은 최금숙이 데리고 온 부녀회 회원들만 만나면 말끝마다 '누님'이라고 부르면서 반가워하였다.

한편 6월에 일본군 한 개 중대가 마촌에서 얼마 멀지않은 대두천(大肚川)에 와서 주둔하였는데 그들이 조만간에 마촌으로 토벌하러 내려올 것이라는 정보를 입수한 관보전은 사람을 보내어 왕청유격대와 연락하였다.

"보나마나 일본군이 마촌을 토벌하러 나올 것이 분명한데 우리가 함께 먼저 치는 것이 어떻겠소?"

김명균은 기다리기라도 했던 것처럼 부리나케 응낙하였다. 왕청유격대에서는 정치위원 김은식이 직접 홍해일, 원홍권, 장용산, 김하일 등을 데리고 일본군 토벌대를 덕골로 유인하여 '관영'의 매복권 안으로 끌고 들어왔다. 이 전투에서 '관영'은 일본군 40여 명을 격퇴하고 크게 고무되어 당장 김은식을 '관영'의 참모장으로 파견해달라고 요청하였고 이 요청은 금방 비준되었다. 이때부터 왕청유격대와 '관영'은 서로 부딪치는 일이 없이 한집 식구처럼 아주 친해졌으며 이용국과 김명균은 만약 이 상태대로 조금만 더 지나면 '관영'을 완전히 유격대로 장악할 수 있을 것 같다는 기대도 하고 있었다.

그런데 이때 불행하게도 나자구에서 활동 중이었던 왕청유격대의 한 중국인 대원이 적구로 정찰을 나갔다가 돌아오는 길에 배가 고파 한 음식집에 들어갔는데 짜장면 한 그릇을 달라고 해서 먼저 먹고는 값을 치르지 않았다. 가지고 간 돈이 없었기 때문이었다.

"나중에 돈이 생기면 와서 갚겠소."

그 대원은 음식집 주인에게 이렇게 약속하고는 유격대로 돌아와 이 사실을 자기의 소대장 김명산(金明山)에게 보고하였다. 결국 김명산을 통하여 새로 대대장에 임명된 지 얼마 안 되었던 양성룡(梁成龍)과 군사부장 김명균에게 이 이야기가 들어가게 된다.

"나중에 기회가 있을 때 밥값을 가져다주오."

김명균은 별로 대수롭지 않게 대답했으나 김명균과 한 사무실에 같이 앉아 이 보고를 받았던 현위원회 서기 이용국이 이 일을 문제 삼았던 것이다.

"영업을 하는 백성의 음식집에 가서 밥을 먹고 값을 치르지 않다니 그게 강도나 무슨 다름이 있겠소? 나중에라도 소문이 퍼지는 날이면 우리 공산당 유격대의 명예가 큰 손상을 입게 될 것이오. 반드시 처리하여 군율을 바로잡아야 합니다."

이용국의 명령에 의해 음식 값을 치르지 않고 돌아왔던 중국인 대원은 체포되고 말았다. 며칠 뒤에 군사부의 주재로 공개 재판이 열려 총살형에 처하게 된다는 소문이 돌자 그 중국인 대원과 함께 유격대에 입대하였던 다른 10여 명의 중국인 대원들이 밤에 감방을 습격했다가 대대장 양성룡에게 제압당하고 모조리 함께 체포되었다.

이 중국인 대원들은 모두 동북군 출신이었다. 길림성방군 돈화주둔 보안연대 대원들이었는데 '9·18 만주사변' 직후 보안연대가 통째로 일본군에게 투항할 때 그들은 부대에서 탈출하여 왕청유격대로 찾아왔던 것이다. 그들을 데리고 왕청유격대로 찾아왔던 사람이 바로 보안연대에서 상사반장으로 있었던 김명산이었다. 그러나 이때 발생하였던 이 사건으로 말미암아 왕청유격대의 중국인 대원 10여 명이 모조리 함께 체포되어 결국은 처형당하고 말았다. 소대장이었던 김명산만은 조선인이라는 이유로 가까스로 처형을 면하였으나 소대장직에서도 나가떨어지고 또 총까지 빼앗긴 상태로 계속 며칠 동안 감금되는 신세가 된다.

'같은 조선인이라고 믿었던 내가 잘못이다. 저자들이 언젠가는 나도 내버려두지는 않을 것이다.'

이렇게 생각던 끝에 김명산은 밤에 감방 문을 부수고 나와 '관영'으로 뛰어갔다. 그동안 줄곧 중국인 부대에서 중국인들과 함께 지냈던 김명산은 중국인이나 다를 바 없이 중국말을 유창하게 했으며 관보전도 김명산을 중국인으로 간주하고 있었다.

"관 대대장님, 큰일 났습니다. 왕청유격대가 중국인 대원들만 골라내서 모조리 총살했습니다."

김명산은 자기가 데리고 왔던 중국인 대원 10여 명을 모조리 잃어버리고 진심으로 원통하여 엉엉 울음을 터뜨렸다. 이에 관보전은 대경실색했다.

"그게 무슨 소리란 말이냐? 유격대가 웬 일로 우리 중국인들만 골라내서 모조리 총살한단 말이냐?"

관보전은 부관을 파견하여 이 사실을 알아보게 하였는데 그는 유격대로 가던 중 일본군에게 붙잡혔다가 다시 관보전에게 돌아와 이렇게 이야기했다.

"공산당이 자기 유격대 안에서 중국인 대원들만을 골라내서 모조리 처형하였을 뿐만 아니라 지금 우리 부대를 공격하려고 온 동네 백성들까지 모두 나서서 창과 몽둥이를 준비해 들고 유격대와 함께 동원대회를 열고 있는 중입니다. 그러니 이대로 계속 여기에 있으면 속수무책으로 당하게 됩니다. 그러니 빨리 마촌을 떠나 다른 데로 피해야 합니다."

관보전은 어찌나 놀랐는지 얼굴색까지 새파랗게 질릴 지경이었다. 그러나 그래도 의심쩍어 직접 부하 몇을 데리고 몰래 유격대 주둔구역으로 접근하여 마촌 백성들의 동태를 알아보았는데 아닌 게 아니라 온 동네 백성들이 넓은 공터에 몰려나와 웅성거리고 떠들면서 무슨 행사를 벌이고 있는 것 같았다. 함께 따라 왔던 부관은 계속하여 관보전의 귀에 대고 의심을 부추겼다.

"공산당은 무슨 전투를 벌일 때면 언제나 저렇게 백성들을 모아놓고 한바탕 동원 대회부터 조직합니다."

"저자들이 지금 우리를 치려고 저러는 것이란 말이지?"

"다른 이유가 있겠습니까. 안 그러면 왜 백성들까지도 저렇게 창과 몽둥이를 꼬나들고 소리치면서 소란을 부리고 있겠습니까?"

"어떻게 하면 좋겠느냐?"

"선발제인(先發制人)하는 것 말고 더 좋은 수가 또 있겠습니까."

중공당 소왕청 근거지에 대한 토벌을 나선 일본군

이미 일본군의 밀정으로 투항해버린 부관의 꼬임에 넘어간 관보전은 그길로 돌아오기 바쁘게 유격대의 파견을 받고 '관영'에 와있었던 김은식부터 포박하였다.

"이 빨갱이 놈들아, 사실대로 대라. 너희들 몇은 안에서 내응하고 유격대는 밖에서 우리를 공격하기로 짜고 들었던 것이 아니냐?"

'관영' 내에서 유격대의 그간 사정을 알 길이 없었던 김은식에게는 청천벽력과도 같았던 일이라 그는 미처 사태도 파악할 새 없이 처형장으로 끌려 나갔다.

"죽을 때 죽더라도 일단 원인이나 알고 죽읍시다. 도대체 무엇 때문에 우리들을 죽이려고 하는 것입니까?"

김은식은 관보전에게 요청했다.

"뻔뻔스럽구나. 그래 이 지경까지 왔는데도 끝까지 아닌 척 하려는 거냐?"

김은식과 함께 처형장에 끌려나온 홍해일, 원홍권, 김하일 등은 서로 마주 바라보면서 어리둥절해했다. 유격대 통신요원이었던 김하일이 이때 김명균의 파견을 받고 김은식에게로 소식을 전하러 달려왔다가 그만 함께 붙잡히고 말았다.

"하일 동무, 마촌에서는 지금 도대체 무슨 일을 벌이고 있는 게요?"

김하일은 기가 막혀 한참이나 말을 못 하다가 가까스로 대답했다.

"김 정치위원 동지, 이건 큰 오해입니다. 지금 마촌에서는 '10월 혁명절' 기념행사를 하느라고 온

김은식의 묘비가 오늘의 왕청현 대흥구진 후하
촌 북산기슭에 있다

동네 사람들이 거리바닥으로 몰려나와 있습니다. 그런데 그것을 보고 관 대대장이 유격대가 자기들을 공격하러 온다고 오해하고 있는 것입니다."

"관 대대장의 말을 들어보니 그것뿐이 아니잖소. 우리 유격대에서 중국인 유격대원들만 모조리 골라내서 총살했다고 하는 것은 또 무슨 소리요? 도대체 그런 일이 있었소? 없었소?"

김은식은 김하일에게 따지고 들었다. 김하일은 잠시 생각하다가 머리를 끄덕였다.

"네, 그것은 사실입니다."

김은식은 아연실색하여 한참 동안 아무 말도 못 하였다.

김은식이 뭐라 말하기도 전에 관보전은 김은식 외 4명의 유격대 파견대원들을 묶어 깊은 산속으로 끌고 들어갔다.

이것은 1932년 11월 9일에 발생했던 일이었다. 하지만 김하일만은 사형집행인의 총탄이 급소를 비껴가 어깨를 묶은 포승줄을 끊어놓는 바람에 요행스럽게도 산벼랑으로 뛰어내려 도주하는 데 성공하였다. 이후 관보전은 진작 일본군에게 투항하여 밀정노릇을 하고 있었던 부관과 함께 결국 부대를 모조리 버리고 일본군 헌병대로 찾아가 투항하고 말았다.

2. 정치위원에 임명되다

한편 김은식이 죽고 나서 왕청유격대는 한동안 정치위원에 임명할 만한 적임자를 구하지 못하고 있었다. 유격대의 정치위원이 되자면 우선 무엇보다도 정치적 사상성도 좋아야 하겠지만 김은식처럼 최소한 대성중학교에서 공부를 하였을 정도의 학력은 있어야 했다. 그리고 구국군이 판을 치고 있는 왕청 땅에서 중국인 못지않게 중국말을 잘하는 것도 아주 주요한 필수조건의 하나이기도 했다.

문제는 왕청유격대의 대원들은 대부분이 문맹자들이었고 특히 중국말을 할 줄 몰랐다. 더욱이 중국 글자를 아는 사람은 대대장 양성룡까지 포함하여 유격대에 단 한 사람도 없었다.

이와 같은 상황은 비단 왕청유격대뿐만이 아니었다. 후에 제3군으로 전근하였던 김정순은 군부

'피복창'(被服場)에서 중국인 대원들과 함께 일하고 있었는데 그 대원들도 모두 자기 이름자 석 자만 알 뿐 중국 글을 모르는 문맹자들이었다. 심지어 상부로부터 편지를 한 통 전달받아도 편지에 무슨 내용을 썼는지 알 수가 없을 정도였다.

"기가 막힌 것은 우리에게 편지를 전해주었던 군부 유수처(留守處)의 교통원도 문맹자여서 편지를 읽을 수가 없었다. 하는 수 없이 내가 직접 그 교통원을 따라 군부 유수처까지 왕복 백팔십리 길을 달려가서 편지내용을 알아가지고 오지 않으면 안 되었다."

이상에서 알 수 있는 바 당시 유격대에서는 글 몇 자 정도를 읽을 수 있는 소학교 학력자만 되어도 이만저만한 보배로 간주되는 게 아닐 때였다. 더구나 간도지방에서 항일 민족교육의 요람으로 불리는 대성중학교에서 공부하였던 김은식 같은 젊은 유격대 간부를 다시 만나기란 결코 쉬운 일이 아니었다. 이때 오의성의 구국군에서 선전처장으로 활동하다가 얼마 전에 왕청현위원회로 전근하여 선전부장을 담임하고 있었던 왕윤성(王潤成)은 문득 이용국과 김명균에게 말했다.

"김은식을 대신할 수 있는 적임자가 하나 있긴 합니다만 구국군에 연락해야 합니다."

왕윤성의 말에 현위원회 당직자들은 모두 귀가 솔깃해졌다.

"어떤 동무인데 말입니까?"

"아마 나이는 김은식 동무보다도 몇 살 더 어릴 것입니다. 그러나 결코 보통내기가 아닙니다. 공부도 아주 많이 한 젊은 동무입니다."

왕윤성은 바로 김성주에 대하여 소개하고 있었다.

"그렇다면 김은식처럼 역시 대성중학교에 다녔습니까?"

이렇게 묻는 사람도 있었다. 왕윤성은 웃으면서 머리를 가로저었다.

"대성중학교가 아니고 길림에서 전문적으로 중국학교를 다닌 동무인데 열세 살 때 벌써 조선의 독립운동가들이 세운 군사학교에서도 공부하였고 후에는 또 반동군벌에게 체포되어 길림에서 감옥살이도 하였답니다."

"아, 그렇다면 나이는 젊은데 혁명가로서의 저력은 대단하군요."

김은식의 여동생 김정순과 남편 이조린 사이에서 태어난 아이

"나도 사실은 구국군에서 사업할 때 진한장 동무한테서 소개받아 알게 되었는데 진한장 동무와는 오래전부터 알고 지내는 단짝친구 더군요. 중국말을 어떻게나 잘하는지 모르는 사람들은 그가 완전히 중국인인 줄 압니다. 후에 김광진(金光振, 金根) 동무도 그와 만나보았는데 아주 높이 평가합디다."

김근(金根, 卽金光珍)

왕윤성이 이때 김근의 이름까지 곁들인 것은 이유가 있었다. 1927년 10월에 영안으로 피신하였던 김은식을 데리고 다시 왕청으로 나왔던 사람이 바로 김근이었기 때문이었다. 또한 김근은 김명균과 함께 왕청유격대를 조직하는 데 크게 기여하였던 왕청유격대의 창건자 가운데 한 사람이기도 하였다. 더욱이 김근은 길림공업학교와 남경대학에까지 입학하여 공부하였던 적이 있는 간도의 조선인 혁명가들 속에서는 가장 중국어에 뛰어난 최고 학력자였다.

주덕해(朱德海, 卽延邊州第一任州長)

김은식이 대성중학교에서 중퇴하였던 그 이듬해에 대성중학교에 와서 교사로 취직하기도 했던 김근은 1930년 2월에 제자 주덕해(朱德海)를 데리고 영안으로 갔다. 여기서 그는 중국 공산당에 가입하였고 중국 공산당 길동국의 파견을 받고 다시 왕청으로 나와 나자구 군사위원회를 조직하고 중국 공산당 왕청현위원회를 도와 유격대를 창건하기 위한 준비 작업을 진행하고 있었다.

당초 왕청유격대가 방금 조직되었을 때 대장과 정치위원은 각기 김명균과 김근이 갈라서 맡을 계획이었으나 1931년 여름에 김근은 길동국의 소환을 받고 다시 영안으로 돌아가게 되었다. 영안현위원회를 도와 북만노농의용대(北滿老農義勇隊)를 조직하라는 임무를 받았기 때문이었다. 이 의용대가 바로 영안유격대의 전신이었다.

김성주가 소만국경으로 왕덕림의 구국군 총부를 뒤쫓아 가고 있을 때 영안유격대는 김근의 인솔 하에 완완구에서 단산자로 이동하였다. 그리고 완완구에는 연락원을 한 사람 남겨두어 혹시라도 김성주가 찾아오면 데리고 단산자 쪽으로 나오라고 임무를 주었다.

한편 1933년 1월 26일, 중공당 중앙은 '만주의 각급 당 지부 및 전체 당원들에게 보내는 편지'(1·26 지시편지)를 발표하였다. 강대한 일본군과 싸워 이기기 위하여서는 손잡을 수 있는 모든 항일 역량들과 손을 잡아야 한다는 정신을 골자로 하고 있는 이 편지 정신에 근거하여 동만과 길동 두 지방에서는 거의 동시에 유격대를 확대하기 위하여 각지에서 흩어져 활동하고 있었던 유격대들을 한 곳에 집중시키고 있었다.

이렇게 되어 이연록의 유격총대는 사충항의 보충연대뿐만 아니라 시세영의 여단과 유한흥의 3연대 잔여부대를 모조리 통합하여 4개 로군으로 형성하고 영안현성에서 60여 리 떨어진 단산자에서 길림육군군관학교 졸업생인 유한흥이 유격총대 부참모장 겸 총교관으로 임명되어 군사훈련을 진행하고 있었다.

처음에 김성주는 끝내 왕덕림 본인은 만나지도 못하고 다시 영안으로 돌아오면서 곧바로 왕청으로 이광을 찾아가야 하는가 아니면 완완구에서 기다리고 있겠다던 김근에게로 가야 하는가 고민하였다. 그의 마음은 은근히 주보중, 이연록, 호택민 등이 활약하고 있는 구국군에 남아있고 싶었다.

그러나 김근이 기다리고 있겠다고 했던 약속이 생각나 하는 수 없이 훨씬 더 먼 길을 걸어서 완완구에 도착하니 김근은 보이지 않고 김근이 남겨놓은 연락원이 김성주를 기다리고 있었다.

"유격대가 모두 단산자로 옮겨갔습니다. 유격총대가 성립되었는데 단산자에서 부대편성을 다시하게 될 것이라고 하였습니다."

연락원이 하는 말을 듣고 김성주는 결국 자기도 혹시 길동 지방에서 남게 되는 것이 아닐까 하는 생각을 하면서 조금도 쉬지 않고 다시 단산자로 향했다. 여기서 김성주의 안도유격대와 김근의 영안유격대는 한동안 함께 훈련을 받았다.

소왕청 유격근거지 기념비의 설명글

중공당 동만 특위 서기 동장영(童長榮)

2월에 접어들자 길동지구뿐만 아니라 동만 각지의 당 조직과 당원들에게 중국 공산당 중앙의 '1 · 26 지시편지' 정신을 전달하기 위하여 유격군은 참모장 장동건(張東建) 한 사람만 영안의 팔도하자(八道河子)에 남겨놓고 나머지 이연록, 맹경청, 유한흥 등이 모두 왕청의 마가대툰으로 이동하여 동만특위의 지도자들과 만나게 되었다. 그리고 이 일 때문에 먼저 왕청에 파견되었던 왕윤성이 동만특위 서기 동장영에 의해 중국 공산당 왕청현위원회 선전부장으로 임명되었던 것이다.

동장영은 직접 주보중과 이연록에게 연락원을 보내어 유격총대를 이용하여 중국 공산당이 영도하는 항일유격을 발전시키려는 일련의 계획들을 전달하는 한편 빨리 왕청으로 나와 만나자고 요청하였다. 빠른 시간 내로 왕청으로 출발할 준비를 하라고 알려주러 왔던 유한흥에게 김성주는 아쉬운 듯이 말했다.

"유 형, 우리가 구국군 별동대로 편성되는 줄 알았는데 아닌가봅니다?"

"구국군이든 유격대든 다 항일하는 부대이고 조만간에 모두 우리 공산당이 지도하는 부대로 바뀔 것인데 어디로 편성된들 뭔 상관이겠소."

유한흥의 대답은 의미심장했다. 그도 그럴 것이 왕덕림의 구국군에서 가장 반공적인 입장을 취해왔던 사람은 부사령관 공헌영이었고 가장 친공적인 입장을 취해왔던 사람은 전방사령관 오의성이었다.

더구나 오의성의 곁에서는 이연록, 호택민, 주보중, 왕윤성, 진한장 같은 사람들이 돕고 있었다. 그러나 왕덕림이 공헌영을 데리고 소련으로 건너가 버린 뒤에는 전투부대들에서 사충항, 시세영, 유한흥 같은 작전지휘관들까지도 모두 중국 공산당 당원이 되어버린 바람에 사실상 구국군은 이미 공산당이 통제하는 부대가 되었다고 봐야 했다. 실제로도 이때 이연록은 유격총대 안에서 대대적으로 당 조직을 발전시켜 구국군 중대 단위의 기층부대에까지도 당원들이 한 둘씩 들어가 있게 되었다.

이렇게 되어 김성주의 구국군 별동대와 김근의 영안유격대는 유한흥과 함께 왕청으로 나왔고 왕청유격대와 합병하게 되었다. 중공당 왕청현위원회 서기 이용국과 선전부장 왕윤성은 직접 김성주를 마중하러 나왔다. 왕윤성의 추천 하에 왕청유격대 신임 정치위원으로 마음속에 점찍어두고 있었던 김성주의 이야기는 이미 왕청 땅에 날개라도 돋친 듯이 한 입 건너, 두 입 건너 여기저기로 퍼지고 있었다. 특히 노혹산을 넘어 소만국경까지 왕덕림의 구국군을 따라가면서 남아서 항일투쟁을 하자고 설득하였던 일을 전해들은 이용국은 벌써부터 김성주에게 흠뻑 반해있었다.

이용국의 부탁을 받고 직접 김성주를 마중하러 나왔던 왕윤성은 왕청 사람이 다 된 듯 항상 만나는 사람에게 웃음부터 지어보이는 표정 그대로 김성주에게 농담까지 걸어가면서 반갑게 맞았다.

"공부를 하려면 일본으로 가고 흘레브(흑빵)를 먹으려면 소련으로 간다는 말이 있소. 왕청에는 뭐가 있는 줄 아오? 왕청은 떡과 밥으로 유명한 고장이오. '떡밥'을 먹으려면 왕청으로 와야 한다오. 잘 왔소."

"생소한 왕청 땅에서 어떻게 적응할까 좀 걱정했는데 이렇게 왕윤성 동지께서 먼저 와 계시니 얼마나 안심이 되는지 모르겠습니다."

김성주가 하는 대답에 왕윤성은 손을 내흔들었다.

"그런 말 마오. 여기 왕청 사람들이 성주 동무를 모두 알고 있더구먼. 오히려 김성주라고 부르면 잘 몰라도 김일성 별동대라고 하면 모르는 사람들이 없소. 왕청에 이광의 별동대가 있고 안도에는 김일성의 별동대가 있다면서 모두 외우던데 솔직히 나도 놀랐소. 내가 보기에는 성주 동무도 이제부터는 이름을 김일성이라고 정식으로 바꿨으면 좋겠소. 나도 여기 와서는 이름을 마영(馬英)으로 바꿨소. 그러니 이제부터는 나를 마영이라고 불러야 하오."

솔직히 김성주는 왕청에서 왕윤성 뿐만 아니라 이광의 덕도 톡톡히 봤다. 이 왕청 땅에다가 김성주를 소개하고 다녔던 사람은 다름 아닌 바로 사람 좋은 이광이었다.

1932년 10월에 이광의 별동대는 초창기의 12명으로부터 어느덧 70명으로까지 늘어나 동장영의 지시를 받고 있었는데 지금은 왕청현 유격대에 소속되지 않고 곧장 동만특위 직속 별동대가 되었기 때문이었다. 왕청유격대를 일으켜 세우기 위하여 이광과 함께 무기를 구입하고 대원들을 훈련시키고 하면서 앞장서서 불철주야 뛰어다녔던 사람들이 아주 많았다. 물론 거기에는 얼마 전에 '관영'의 참모장으로 파견 받고 나갔다가 살해되었던 김

왕청유격대 초창기 대장 김철　　　왕청유격대 대대장 양성룡

소왕청유격구 전경

은식 외에도 김호, 양성룡, 장용산, 이응만 같은 사람들이 있었다. 그리하여 김성주가 왕청에 도착하였을 때 나자구거리에는 이광을 생포하면 상금 2천 원을 주고 죽여도 1천 원은 준다는 현상광고까지 나붙을 지경으로 그는 유명해졌다. 후에 김성주는 이용국의 소개로 왕청유격대 대장 양성룡과도 만났다.

어느덧 왕청유격중대가 100여 명의 대원을 가진 대대로 늘어났는데 산하의 각 중대와 소대들에 이르기까지 중국 공산당 당원들을 간부로 배치하자고 하니 당원이 턱없이 모자랐다. 더구나 유격대를 거느려본 경험이 있는 당원들은 더욱 없었다.

유격대 내부에서는 김은식이 '관영'의 참모장으로 파견 받아 갈 때부터 김명균이 대대장을 겸하고 이용국을 유격대대 정치위원으로 임명할 생각이었으나 필경 100여 명씩 되는 유격대대가 매일같이 전투를 해야 하는 마당에서 전투경험이 전혀 없는 이용국을 정치위원으로 임명하는 것이 옳겠는가에 대해 김성도가 이의를 제기해서 결정을 내리지 못하고 있던 중이었다.

그렇다고 해서 학력이 너무 낮은 사람에게 대대장이라는 막중한 자리를 맡길 수도 없었다. 김명균이 유격대대 안에서 그동안 제일 전과를 많이 올렸던 중대장 양성룡을 대대장으로 추천하였을 때도 동장영은 양성룡의 학력부터 궁금해하였다.

"서당에서 이름자 정도는 익혔다고 합디다. 그런데 서당도 얼마 다니지 못하고 그만두었는데 자습으로 간단한 문장 정도는 읽습니다."

"소대장이나 중대장까지는 몰라도 그래도 대대장이 되자면 최소한 소학교 정도는 졸업하고 간단

한 보고서 정도는 쓸 줄 알아야 할 것이 아니겠소. 대대장은 잠시 군사부장이 직접 겸하고 있으시오."

그러나 동장영이 유격대대 정치위원으로 이용국을 추천하였을 때는 이번에 김성도뿐만 아니라 김명균까지 나서서 반대하였다.

"전투부대에 따라다녀야 하는 정치위원이면 최소한 작전은 몰라도 총 정도는 쓸 줄 알아야 하지 않겠습니까. 지금부터 훈련하고 배우게 한다고 해도 이용국 동무의 체질로 그것을 당해내겠습니까."

그리하여 동장영은 생각하던 끝에 만주성위원회를 통하여 주보중에게 호택민이나 또는 김근같은 정치적으로나 군사적으로나 모두 겸비한 사람을 동만에 보내달라고 요청하기에까지 이르렀다. 그 결과 왕윤성이 오게 되었으나 군사간부가 아닌 왕윤성은 동장영에게 이실직고했다.

"내가 구국군 전방 사령부에서 일했지만 나는 선전처장이었고 직접 군사작전에 참가해본 적은 한 번도 없습니다. 그러나 동장영 동지가 지금 시급하게 찾고 있는 적임자가 될 만한 사람 하나를 제가 추천해볼랍니까?"

그 말에 동장영은 놀랐다.

"아 그런 사람이 있습니까?"

"동장영 동지와도 잘 아는 사이라고 하던데 동장영 동지는 갑자기 생각나지 않으시나 봅니다."

왕윤성이 이렇게 빙빙 돌려가면서 말하였던 것은 될수록 동장영이 스스로 김성주를 머릿속에 떠올리기를 바랐기 때문이었다. 동장영은 안경을 추어올리며 한참 생각을 굴렸으나 끝내 이름을 짚어내지 못했다.

"속 시원하게 제꺽 알려주십시오. 내가 잘 아는 사람인가요?"

"글쎄, 그 친구는 동장영 동지와 몇 번 만나기도 했다고 합디다. 그런데 사실 왕청에서는 이광이 그 사람을 제일 잘 압니다. 둘이 아주 친형제처럼 친하다고 들었습니다."

그 말을 듣자 동장영은 철썩 하고 무릎을 때리며 소리쳤다.

"아. 생각납니다. 안도의 별동대장 김일성 동무가 그렇지 않습니까!"

"네. 맞습니다. 동장영동지는 그를 김일성으로 알고 있군요. 김일성은 별명이고 본명은 김성주입니다."

왕윤성이 김성주의 본명을 알려주자 동장영은 알고 있다며 연신 김성주의 소식을 물었다.

"그것은 나도 알고 있습니다. 작년에 옹성라자회의 때도 만났고 그 후 특위에서 강습반을 조직했을 때도 한번 만났습니다. 참, 그 동무가 지금 영안에 와있다는 말씀입니까?"

왕윤성은 그간의 정황을 자세하게 설명했다.

"도리대로라면 특위 결정에 의해 안도 유격대는 화룡 어랑촌에 가서 집결해야 하지만 구국군 별동대로 활동하고 있다 보니 안도의 우 사령관 부대가 동녕으로 이동할 때 함께 따라왔다가 영안에서 김근 동무의 영안유격대와 합류했습니다.

그런데 왕덕림의 구국군 총부가 소련으로 철수할 때 주보중 동지가 성주 동무한테 편지를 주어 왕덕림의 뒤를 쫓아가게 했습니다. 별동대를 데리고 소만국경까지 따라가면서 구국군을 붙잡고 동북에 남아서 같이 항일투쟁을 하자고 설득하였던 동무입니다. 공부도 많이 했고 또 우 사령관의 구국군에서 선전대장도 했던 동무이니 제가 보기에는 동장영 동지가 지금 찾고 있는 적임자가 될 것 같습니다."

"내가 참 미처 그 동무를 생각 못하고 있었군요."

동장영은 희색이 만면해져서 왕윤성에게 말했다.

"더 이상 의논할 것도 없이 김일성 동무를 정치위원으로 임명합시다. 김일성 동무라면 사실 김은식 동무 못지않게 공부도 많이 했고 또 중국말을 우리 중국 사람들처럼 잘합니다. 김명균 대장은 양성룡 동무를 추천했습니다마는 당장 양성룡 동무 말고는 마땅한 적임자도 눈에 띄지 않으니 일단 이렇게 결정하고 봅시다."

1933년 3월, 김성주의 나이 21살 때였다.

3. 한옥봉(韓玉峰)

소왕청(마촌) 항일유격근거지 옛터 표지석

왕청유격대는 동만주에서 가장 주목받는 유격대였다. 1931년 1월에 동만의 첫 항일근거지가 오늘의 왕청현 동광진에 위치한 소왕청 즉 마촌에서 건립되었고 이듬해 1932년에는 동만 특위기관이 왕청으로 이동하여 왔기 때문이었다. 말하자면 왕청은 중국 공산당 동만주 혁명의 수도라고 말해도 과언이 아닐 지경으로 한다 하는 혁명가들이 모두 이 왕청 땅에 몰려와있었다.

이처럼 중국 공산당 동만 특위가 왕청을 중심

왕청유격대 중대장 한흥권(韓興權)　　　　왕청유격대 지도원 최춘국(崔春國)

으로 동만 각 지방의 항일 활동을 지도하게 된 이유는 왕청의 지리적, 역사적 원인을 빼놓을 수 없다. 지리적으로 보면 왕청은 북만주와 인접해 있었고 구국군이 활동하고 있었던 영안 동녕과 비교적 가까운 거리에 있었을 뿐만 아니라 또 나자구에서 노흑산만 넘어서면 바로 소만국경에 가닿을 수 있었다. 역사적으로는 홍범도 김좌진, 서일, 이범석 같은 사람들이 활동해왔고 그들이 일본군과 전투를 벌였던 전장이기도 했다.

왕청유격대는 당시 동주만 각지에서 조직되고 있었던 화룡현 유격대와 연길현 유격대, 훈춘현 유격대와 비교해도 가장 전투력이 강한 유격대이기도 했다. 이 유격대는 양성룡의 대대 기간부대와 이광의 별동대가 쌍두마차마냥 두 축을 이루고 있었는데 이듬해 1933년 3월에 김성주가 정치위원에 임명되는 바람에 이 부대는 온통 조선 청년들의 세상이 되고 말았다.

유격대대 산하 제1중대장은 원래 양성룡이 맡았던 자리였는데 그의 밑에서 소대장으로 있었던 이응만이 이어받았다. 그리고 이응만의 소대장 자리는 최춘국(崔春國)에게로 돌아갔다. 그 외 제2중대 중대장은 안기호, 제3중대장은 장용산, 그리고 김성주가 데리고 왔던 별동대와 김근의 영안유격대가 합쳐져 제4중대와 제5중대가 또 편성되었는데 제4중대장에는 김근을 따라왔던 원지걸(袁志杰)이라고 부르는 중국인이 중대장으로 임명되었다. 원지걸 한 사람을 제외하고는 제5중대장에 임명된 한흥권(韓興權)까지 모두가 조선인 청년들이었다.

중대장들 중에서 제일 나이 많았던 중대장은 제3중대장 장용산었는데 그는 유명한 사냥꾼이었다. 1903년 생으로 대대장 양성룡보다도 나이가 세 살 더 많았다. 사냥 솜씨가 어찌나 대단했던지 왕청 지방에서는 '밀가루반죽을 해놓고 밖에 나가 단번에 8마리의 노루를 잡아다가 수제비국을 해먹을 정도'였다는 미담도 전해지고 있었다. 특히 총을 잘 쏘았기 때문에 그에게는 '장포리'라는 별명도 붙어있었다. 유격대에서는 보통 '장포리 형님' 또는 '장포리 아저씨'로 불리기도 했다. 이처럼 좌상이었던 장용산이 각별히 김성주를 좋아하였고 또 자기보다 훨씬 나이 어렸음에도 불구하고 그를 부를 때마다 항상 깍듯이 '김 정위(정치위원)'이라고 불렀기 때문에 대원들도 모두 김성주를 어려워하기 시작하였다.

왕청 사람들이 김성주를 '김 정위'로 부를 때는 김성주의 전임자였던 김은식에 대한 한없는 추억과 사랑이 묻어나고 있었다. 사람들은 자연스럽게 김성주의 일거수일투족을 김은식에게 견주어 보곤 하였다. 별명이 '미남자'였을 지경으로 왕청 사람들에게 인기가 좋았던 김은식 못지않게 새로 온 김성주도 만나는 사람들마다 깍듯이 인사도 올리고 또 웃을 때마다 귀여운 덧니가 드러나는 매력적인 청년이었다. 심지어 1908년생이었던 김은식보다도 네 살이나 더 젊은데다가 아직 미혼이었고 여자 친구도 없다는 사실이 순박한 왕청 여자들의 마음을 설레게 만드는 건 어렵지 않았다.

김성주에게 빠졌던 사람들은 비단 여자들뿐만이 아니었다. 유격대의 젊은 총각대원들도 모두 김성주를 좋아하였고 가는 곳마다 그의 주변에서 맴돌았다. 김성주보다 2살 어렸던 소대장 최춘국과 동갑내기 한흥권은 사람됨이 원래 새색시보다도 더 수줍은데다가 김성주의 구국군 활동과 소만국경에서의 이야기를 들었기 때문에 김성주의 앞에서 함부로 머리를 쳐들고 바로 보지도 못할 지경이었다.

그런 한흥권과 최춘국의 순수한 모습이 특히 마음에 들었던 김성주는 의도적으로 그들에게 접근하였다. 1933년 3월, 왕청현 소재지였던 백초구(百草溝)에 주둔하고 있었던 일본군 수비대와 위만군, 무장자위단, 경찰 등 7백여 명의 일만군경이 소왕청 근거지를 공격했다. 이들을 물리치기 위하여 김명균이 직접 대대부에 도착하여 양성룡, 김성주 등 간부들을 모아놓고 대책회의를 열었다. 김성주는 사수평(삼도구) 쪽으로 지형을 보러 갈 때 굳이 한흥권과 최춘국을 데리고 갔다. 이때 김성주는 한흥권과 최춘국에게 진심으로 요청했다.

왕청유격대 중대장 장용산(張龍山)

"우리보다 훨씬 강한 왜놈들의 공격을 막아내자면 우리는 정면으로 부딪치지 못하오. 유리한 지형을 찾아서 매복했다가 그들이 매복권 안에 들어오면 돌연 습격해서 이기는 방법밖에 없습니다. 나는 왕청 지형을 잘 모르니 두 분이 나를 도와주어야겠습니다."

"김 정위 동지, 최선 다하겠습니다."

대대장 양성룡은 자기보다 어린 대원들에게는 모조리 '해라.'를 붙여서 말하는 습관을 가지고 있었으며 대대장 양성룡보다도 나이가 더 많았던 장용산은 그냥 '해라.'만 붙이는 정도가 아니라 기분이 언짢을 때면 대원들에게 전부 '놈아'아니면 '자식아'같은 호칭을 쓸 정도였다. 하지만 김성주는 정치위원답게 동갑이건 더 어리건 할 것 없이 모조리 존댓말을 사용하고 있었기에 호감을 샀다. 한흥권과 최춘국은 수군거렸다.

"춘국아, 다음번에 우리도 '귀동녀 아부지'(양성룡의 딸의 이름이 귀동녀였다)하고 '장포리 삼춘'만나면 대대장 동지, 중대장 동지 하고 딱딱 존댓말로 호칭해보자. 어쩌나 보게."

한흥권의 말에 최춘국이 머리를 끄덕이면서 "그럼 형님부터 지금 내 이름 뒤에다가 동무라고 붙이든지 아니면 최소한 대장이라고 부르든지 해주십시오." 하고 요청하니 한흥권도 질세라 "그런 소대장 동무는? 소대장 동무도 바로 지금부터 나를 형님이라고 부르지 말고 중대장 동지라고 불러야 하지 않겠소?"라고 가까이 들이대가면서 한바탕 말시비를 하는 것을 보자 김성주가 참지 못하고 웃었다. 김성주는 차근차근 설명했다.

"한흥권 동무나 최춘국 동무처럼 두 분이 유격대에도 함께 입대하고 또 친형제처럼 친한 사이라면 사석에서 형님 동생 한다고 한들 무슨 문제될 것이 있겠습니까. 그러나 유격대는 전투부대입니다. 유격대에서는 다 같이 혁명동지입니다. 전투임무를 집행할 때는 상급과 하급이 갈라져 있으며 여기에는 또 명령과 복종이 따릅니다. 만약 구국군처럼 한 고향에서 온 사람들끼리 상·하급 관계가 분명하지 않고 그냥 '큰형님'이니 '둘째 동생'이니 하면서 아무렇게나 호칭하고 명령이 떨어져도 이러쿵저러쿵 거절하고 버티고 하는 일이 발생하여서는 절대로 안 되는 것입니다. 상대방에게 존댓말을 사용하면 그 존댓말이 그대로 자기에게로 돌아온다는 것을 잊지 말아야 합니다."

그러자 한흥권이 갑자기 물었다.

"그러면 김 정위 동지에게도 사석에서는 서로 형님 동생 하고 부르는 친구들이 있습니까?"

"왜서 없겠습니까. 나를 친동생처럼 아끼고 사랑해주었던 사람들이 많았습니다. 내가 안도에서 유격대를 조직할 때 참모장이 나에게는 형님 같은 분이었습니다. 그래서 나는 사석에서는 늘상 그를 형님이라고 불렀고 그도 나의 이름을 불렀습니다. 나는 어려운 일이 생기거나 힘든 일이 생기면 항상 그와 의논하곤 하였습니다."

한흥권은 김성주에게 진심으로 요청했다.

"언젠가는 나도 김 정위 동지에게 그런 속심을 터놓는 친구의 한 사람이 되고 싶습니다."

"난 우리가 이미 그런 친구가 되었다고 생각하고 있습니다."

김성주가 이렇게 허락하였어도 한흥권과 최춘국은 끝까지 김성주의 앞에서 함부로 말을 놓지 못하였다. 셋은 사수평에서 돌아오는 길에 동일촌(同一村)에 있었던 한홍권의 집에 들렸다. 동일촌은 최춘국이 어렸을 때 살았던 고향마을이기도 했다. 한홍권의 집에는 어머니와 사촌 여동생 한옥봉이 살고 있었다.

한옥봉의 아버지 한창섭은 1년전 대방자반일회 회장을 했던 사람이었는데 아들 한성우와 함께 유격대의 군량미를 조달하러 나갔다가 대두천에서 일본군 수비대에게 붙잡혀 살해당하고 말았다.

한편 한성우의 아래로 여동생 둘이 있었는데 한옥봉은 막내였다. 두 자매는 아버지와 오빠의 원수를 갚는다고 유격대에 입대하기 위해 김은식을 찾아갔으나 한옥봉은 나이가 너무 어려 입대가 비준되지 않고 언니만 유격대에 입대할 수 있었다.

그러나 입대한지 한 달밖에 안 되었을 때 김은식의 왕청유격중대와 이광의 별동대는 대북구에서 일본군 수비대를 조격(阻擊)하는 전투를 벌였다. 이 전투에서 일본군 20여 명을 격퇴하고 탄약 100여 발을 빼앗았으나 불행하게도 한옥봉의 언니 한옥선은 일본군에게 납치되어 쌍하진으로 끌려가서 화형을 당하고 말았다. 얼마 뒤 남편과 아들, 딸까지 다 잃어버린 한옥봉의 어머니는 막내 딸 한옥봉을 큰 아버지 집에 갔다 오라고 심부름을 시켜놓고는 집에서 목을 매고 말았다.

1918년 생으로 이때의 나이가 14살밖에 되지 않았던 한옥봉이었으나 나이에 비해서는 훨씬 조숙한 아이였다. 12살 때 한옥봉은 단짝친구 김정순의 집에서 처음 김은식을 보았다.

"나 이담에 크면 너의 오라버니한테 시집가고 싶어."

한옥봉이 단짝친구 김정순에게 불쑥 내뱉은 말이었다. 김정순은 한옥봉의 이야기를 들려주면서 이런 회고를 한 바 있다. 1930년 가을에 있었던 일이었다. 동갑내기였고 함께 아동단에 가입하여 있었던 김정순과 한옥봉은 또 다른 아동단원 한인숙(韓仁淑)과 함께 하마탕향 대방자촌 보안대에 붙잡히고 말았다.

하마탕향의 중공당 조직에서 이 지방 농민들을 동원하여 '추수폭동'을 일으키려고 김은식의 집에서 수차례나 모임을 가지고 회의를 하였는데 이 정보를 알아낸 보갑장(保甲長) 김길송(金吉松)이 대방자촌 보안대에 일러바쳤고 보안대에서는 김은식의 집을 습격하였던 것이었다. 미리 눈치를 챈 어른들은 모조리 산속으로 피신하였기에 남아서 보초를 서고 있었던 아동단원들만 붙잡히고 말았다.

"나와 옥봉이 그리고 한인숙이 셋은 보안대 마당에서 죽도록 얻어맞았다. 보안대 사람들은 우리를 땅바닥에 엎드리게 해놓고 먼저 몽둥이로 엉덩이를 몇 십 대씩 때린 다음 다시 나무에 묶어놓고 고춧물을 억지로 먹였다. 우리 셋은 울기 시작했다. 나는 아무리 때려도 입을 악물고 변절하지 않았다. 보안대가 붙잡으려고 하는 것은 바로 우리 오빠였기 때문이었다. 한옥봉이 울 때 나는 그에게

수동 기름 인쇄기

소곤거렸다. '옥봉아, 너 이담에 크면 우리 오라버니한테 시집가겠다고 하잖았니. 저 놈들은 지금 우리 오라버니를 잡으려고 저러는 거란다.' 그랬더니 옥봉이도 울음을 딱 그치고 더는 신음소리도 내지 않았다."

고춧물을 먹이는 바람에 더는 버텨내지 못하고 변절한 한인숙 때문에 결국 '추수폭동'을 일으키려고 했던 비밀이 새어나가고 말았다. 보안대에서는 한인숙이 제공하여 주는 정보대로 '추수폭동'을 모의했던 중국 공산당원들을 모조리 체포하였다. 그때 체포되었던 사람들 가운데서 주요 직책에 있었던 세 사람은 간도성 지방법원에서 3년형에 떨어지고 말았다.

김은식도 그때 수배대상에 올랐으나 한옥봉의 아버지 한창섭이 몰래 자기의 집 김치움 속에 숨겨주었기 때문에 빠져나올 수 있었다. 습기 찬 김치움 속에서 한 달 넘게 숨어 지내다 보니 김은식의 건강도 말이 아니었다. 그러나 김은식은 김치움 속에서도 매일같이 글을 쓰고 삐라를 찍고 하면서 바쁜 시간을 보냈다. 그 삐라들을 몰래 날라다가 각지의 아동단과 부녀회에 전달하는 일은 전부 한옥봉이 맡았다.

그 시절 한옥봉은 매일같이 김은식과 만날 수 있다는 사실이 얼마나 행복한지 몰랐다. 한 번은 아동단원들과 함께 지주 집 울타리 안에 삐라를 던져 넣다가 지주집의 누렁개에게 다리를 물려 절뚝거리면서 김치움으로 돌아왔다. 김은식이 그의 다리에 생긴 상처에 헝겊을 감아주자 한옥봉은 자기도 모르는 사이에 엉엉 울음을 터뜨리고 말았다.

"옥봉아, 방금까지도 아프지 않다더니 왜 갑자기 우는 거니?" 하고 묻는 김은식에게 한옥봉은 결

한옥봉의 딱친구 김정순과 그의
딸 조야

심이라도 한 듯이 오래전부터 마음속에 묻어두고 있었던 말을 꺼냈
다.

"오라버니가 장가들었을 줄은 생각지도 못했잖아요."

"아니 그래서 울었단 말이냐?"

"정순이한테 물어보세요. 난 오래전부터 오라버니한테 시집가는
것이 꿈이었단 말이에요."

한옥봉의 대답에 김은식은 하하, 하고 웃음을 터뜨리고 말았다.

"쬐꼬만 게, 너 이제 몇 살인데 오래전부터라니?"

김은식은 친동생 김정순 못지않게 한옥봉도 여간 귀여워하지 않았다.
그가 기타를 치고 노래를 부를 때면 한옥봉은 김정순과 함께 곁에서 김
은식의 노래를 듣느라고 시간이 가는 줄도 모르고 지냈다. 그들 둘은 김
치움 속에서 지내고 있었던 김은식의 얼굴이 창백한 것을 보고 함께 돈
을 모아 뜨개실을 사서 목도리도 만들고 또 허리에 두르는 띠를 만들어
김은식에게 선물하기도 했다.

그러나 김은식이 살해되고 나서 김정순과 한옥봉도 헤어지고 말았다. 중국 공산당 왕청현위원회 아동
국에서는 김정순을 조직적으로 교육하기 시작하였던 것이다. 김정순이 목단지(牧丹池)로 전근한 뒤 한옥봉
도 더는 아동단에 마음을 붙이고 있을 수가 없었다. 그는 재차 유격대를 찾아가 정식 대원으로 입대시켜
달라고 대대장 양성룡에게 졸랐으나 누구보다도 먼저 사촌 오빠 한흥권의 반대에 부딪치고 말았다.

한흥권에게서 한옥봉의 이야기를 들은 김성주는 아버지와 어머니 그리고 오빠, 언니까지 모조리 왜놈
들에게 잃어버리고 고아가 되다시피 한 한옥봉에 대한 연민의 정 때문에 가만히 듣고만 있을 수 없었다.

"올해 열네 살이 됐다면 너무 어린 것도 아니잖습니까. 유격대에서 전투부대에 배치하지 않고 다
른 일을 시킬 수도 있잖습니까?"

한흥권이 고백했다.

"사실은 저도 반대지만 누구보다도 저의 어머니가 반대합니다. 옥봉이 그 애 앞에서는 공개적으로
반대하지 못하고 몰래 나한테 여러 번 부탁했습니다. 옥봉이가 절대 유격대에 참가하지 못하게 해달
라고 말입니다. 작년에 그 애 어머니까지 죽고 나서 지금 집에는 그 애 혼자만 남았습니다."

김성주는 벌써부터 얼굴 한 번도 본 적이 없는 한옥봉에 대한 연민의 정이 북받쳐 올랐다. 한옥봉

이 지금 한홍권의 어머니와 함께 살고 있다는 말에 은근히 만나고 싶은 마음도 간절해졌다. 한홍권은 집이 가까워왔을 때 멀리에서부터 우렁찬 목소리로 어머니를 불렀다. 그런데 어머니보다 먼저 달려 나온 사람은 바로 한옥봉이었다.

"김 정위 동지 저 애가 제 사촌 동생 옥봉입니다."

한홍권이 소개했다. 한옥봉은 여간 황홀한 게 아니라는 듯한 눈빛으로 한홍권과 함께 온 김성주를 바라보고 있었다. 함께 온 최춘국과는 어려서부터 잘 아는 사이였지만 김성주는 처음 보는 얼굴이었다. 게다가 나이로 보아서는 보총이나 메고 다녀야 할 김성주의 궁둥이에 매달려 있는 권총을 담은 목갑을 보는 순간 한옥봉은 어리둥절하지 않을 수 없었다.

"옥봉아, 인사드려라. 새로 오신 우리 유격대의 정치위원 동지야."

그 말에 한옥봉은 눈이 휘둥그레지고 말았다. 사실 김은식보다도 더 어려보이고 또 더 멋져 보이는 새파랗게 젊은 김성주의 웃고 있는 눈빛을 마주 쳐다볼 수가 없어 황황히 고개를 숙여버리고 말았다. 김성주는 한옥봉에게 말을 건넸다.

"옥봉 동무지요? 방금 중대장 동무에게서 옥봉 동무에 대한 이야기를 많이 들었습니다. 아버지와 어머니, 오빠와 언니의 이야기도 들었습니다. 정말 훌륭하신 부모님들과 형제들을 아깝게도 잃었습니다. 마음 아픕니다. 진심으로 위안의 말씀을 드립니다."

그가 정치위원이라는 사실을 알게 된 한옥봉은 제정신이 아니었다.

"유격대 정치위원이라구요?"

"네, 새로 왔습니다. 김성주라고 부릅니다."

"유격대에 김일성이라고 부르는 정치원 동지가 새로 왔다는 이야기 들었는데 그 정치위원이신가요?"

"네, 김일성은 저의 별명입니다."

김성주가 머리를 끄덕이자 "정위 동지, 저를 유격대에 입대시켜 주세요." 하고 한옥봉은 대뜸 김성주에게 매달리다시피 했다. 한홍권이 동생에게 눈을 부릅떠보였으나 김성주는 웃으면서 말렸다.

1930년대 초, 한씨네 세 자매의 왕청유격대 입대를 형상한 북한의 선전화

왕청유격대 정치위원 시절 아동단원들과 함께 있는 김일성에 대한 북한의 선전화

"중대장 동무, 난 옥봉 동무가 무척 어린 줄 알았는데 키도 크고 씩씩한 품이 얼마든지 유격대원이 될 수도 있다고 봅니다."

김성주의 말을 들은 한옥봉은 온 얼굴에 웃음꽃이 피어올랐다. 그는 부엌에서 밥을 짓고 있는 한흥권의 어머니 곁에서 일손을 돕는 데는 전혀 마음이 없고 방에서 김성주와 한흥권, 최춘국 세 사람이 주고받는 이야기를 훔쳐듣기에만 여념이 없었다. 심지어 밥이 다 되어 한흥권의 어머니가 차려주는 밥상을 대신 받아서 방으로 들여갈 때는 너무 당황하여 밥상까지도 엎지를 뻔하였다. 그 바람에 한흥권이 너무 놀라 눈까지 부릅뜨면서 꽥 하고 소리치기도 하였으나 한옥봉은 즐겁기만 하였다.

이때 김성주에게 반한 것은 한옥봉 뿐이 아니었다. 한흥권의 어머니도 김성주가 김은식 못지않게 미남자인데다가 오히려 나이도 더 젊고 또 유격대의 큰 간부인 것을 보고는 그를 조카사위로 삼고 싶었다. 그래서 이것저것 꼬치꼬치 캐묻기 시작했다.

"김 대장은 올해 나이가 얼마신가? 부모님은 모두 살아 계신가? 형제분들은 몇 분이나 되시구? 지금 모두 어디서 살고 있으시나?"

김성주는 묻는 대로 하나하나 대답해드렸다. 어머니는 이미 돌아가셨고 어린 동생 둘을 남의 집에 버려두고 왜놈들과 싸우려고 안도를 떠나 왕청까지 오게 되었다는 이런 말을 들을 때 한옥봉이 먼저 참지 못하고 흐느껴 울기 시작했다. 한홍권의 어머니도 듣는 도중에 연신 눈시울을 적셨다. 이렇게 되자 오히려 김성주 쪽에서 그들을 달래야 했다.

"그런데 한홍권 동무의 어머니와 옥봉 동무를 보니까 저는 오히려 저의 어머니와 동생들을 보는 같아서 기쁩니다. 앞으로 시간이 나면 종종 찾아뵙겠습니다."

한옥봉은 마을 밖까지 김성주를 따라 나왔다. 최춘국은 잠깐 집에 들렸다 오겠다며 자리를 피했고 한홍권까지도 어머니한테 무슨 할 말을 미처 전하지 못한 것이 있다며 부랴부랴 자리를 떴다. 둘의 뜻을 알아차린 김성주는 말없이 한참 한옥봉과 함께 길을 걸었다.

"날도 어두워져 가는데 너무 멀리 나오는 것이 아닙니까? 그만 들어가십시오. 제가 다시 바래다드려야겠습니다."

한옥봉은 어린 자기에게까지 이처럼 존댓말을 꼬박꼬박 사용하는 김성주에게 어찌나 반했던지 이제는 그만 따라 나오고 돌아가라는 김성주의 옷깃을 붙잡고 애원하듯이 매달렸다.

"오라버니, 저도 지금 바로 유격대에 따라가면 안 되나요? 입대를 허락한다고 했잖아요."

김성주도 그러는 한옥봉을 떼어놓기가 쉽지 않았다.

"옥봉 동무, 유격대에 입대하는 것은 이미 약속한 일이므로 내가 꼭 약속을 지키겠습니다. 그런데 지금은 잠시 안 됩니다. 소비에트 정부에서 금방 통지가 갈 것입니다. 왜놈 토벌대가 토벌을 나온다는 정보가 있습니다. 언제든지 전투가 시작되면 철수할 준비들을 하고 있어야 합니다."

"저는 총 쏠 줄도 알아요. 오라버니랑 함께 전투에 참가할 수 있어요."

김성주는 재삼 옥봉에게 권했다.

"옥봉 동무가 총을 쏠 줄도 안다는 것을 믿습니다. 그런데 지금 전투 임무가 급합니다. 전투 경험이 많지 않은 여성이 전투부대와 함께 따라다니는 것은 오히려 유격대의 행동에 불편을 끼칠 수가 있습니다. 제가 약속하겠습니다. 유격대에는 병원도 있어야 하고 또 유격대의 전문 후방 밀영도 있어야 하는 등 여성 대원들이 해야 할 일이 많게 됩니다. 그때까지 조금만 더 기다려주셔야 합니다."

한옥봉은 비로소 머리를 끄덕였다.

"오늘 한 약속을 잊어서는 절대 안 돼요. 전 꼭 기다리고 있을 거예요."

김성주는 흔쾌히 머리를 끄덕였다.

"그러자면 옥봉 동무도 우리가 다시 만날 때까지 꼭 안전하고 무사해야 합니다. 그래야 장차 유격대에도 입대할 것이 아니겠습니까."

"네, 저도 약속할게요. 꼭 오라버니와 다시 만날 날만 기다리고 있을 거예요."

김성주는 어느덧 발걸음을 다시 동일촌 쪽으로 돌렸다. 한옥봉을 집에까지 데려다주기 위해서였다. 한옥봉을 마중한 후 그는 마을 입구에서 한흥권을 찾았다. 그는 김성주와 옥봉이가 단 둘이 있게 하려고 마을 입구에서 장기를 두고 있는 노인네들의 곁에서 한참 훈수를 보고 있다가 뒤에서 누가 와서 허리를 건드리는 바람에 뒤를 돌아보니 김성주가 와서 서있는지라 깜짝 놀랐다.

"아니 김 정위 동지 왜 여기에 계십니까? 제 동생은요?"

"집에 데려다주고 오는 길입니다."

김성주는 한흥권에게 재촉했다.

"가서 최춘국 동무도 불러오십시오. 빨리 떠나야겠습니다."

그러자 금방 최춘국이 바람같이 곁에 나타났다.

"소대장 최춘국, 여기 있습니다."

"빨리 갑시다. 어제 회의 때 군사부장 동지께서 오늘 밤에 유격대대에 들리겠다고 했습니다. 아마 지금쯤은 도착했을지도 모르겠습니다. 아까 옥봉 동무의 말을 들으니 여기 구당위원회에서도 모두 철수준비를 하고 있으라고 통지하였다고 합니다."

그날 밤에 요영구의 유격대대 지휘부에 중국 공산당 왕청현위원회 서기 이용국과 군사부장 김명균 외 나자구에서 활동하고 있었던 이광까지도 직접 별동대를 거느리고 도착하였다. 귀틀집 마당에서 양성룡과 한참 무슨 이야기를 주고받고 있던 이용국이 김성주가 달려오는 것을 보고 반갑게 손을 내밀며 물었다.

"성주 동무가 요즘 내내 지형을 보러 다니고 있다면서요?"

"왕청 지방이 익숙하지 않아서 여기 지리를 익히느라고 좀 다니고 있는 중입니다. 그런데 소감이 나쁘지 않습니다. 우리 근거지가 지리적으로 매복전을 펼치기가 좋은 곳이 정말 많습니다."

그 말에 이용국은 몹시 기뻐하였다.

"마영(왕윤성)동무가 항상 성주동무를 '문무'를 겸비한 인물이라고 그러던데 참으로 작전하는 데도 자신이 있다 그 말이오?"

"유리한 지형을 차지하고 매복전을 펴면 왜놈 토벌대가 천 명이고 만 명이고 와도 모조리 격퇴시킬 자신이 있습니다."

김성주는 자신만만하게 대답했다.

"좋소. 이 말을 들으니 속이 다 든든해지오. 믿음이 생기오."

이용국은 조금 있다가 정식 회의를 시작하면 특위와 현위원회의 결정을 전달할 것이겠지만 일단 왜놈들의 토벌을 막아내고 근거지를 사수하는 쪽으로 결정이 이미 내려졌다고 알려줬다. 회의장으로 들어갈 때 김성주는 뒤에서 양성룡을 붙잡고 잠깐 말했다.

"대대장 동지 용서해주십시오. 대대장 동지두 곁에 계시는데 어린 제가 중뿔나게 나서서 큰 소리를 탕탕 쳐댔으니 정말 죄송합니다."

"아니오, 김 정위가 자신 있게 대답해줬길래 이용국 동지가 아주 밝아진 모습이오. 아까는 너무 긴장해하는 표정이서 나까지도 다 불안했소."

양성룡은 항상 당당하고 씩씩한 김성주가 무척 마음에 들었다. 또한 그의 종래로 싹싹하고 예절 바른 처신 역시도 양성룡의 호감을 사는 데 큰 역할을 했다. 김성주가 현위원회의 간부들만 나타나면 나설 데 나서지 말아야 할 데를 가리지 않고 모조리 한두 마디씩 끼어드는 모습이 좀 눈에 거슬릴 때도 있었지만 그는 나중에라도 항상 사과하고 양해를 구했다.. 때문에 대대장 양성룡은 스스로 자기의 정치위원 김성주에 대하여 이렇게 평가했다.

"그래, 김 정위는 사람이 젊은데다가 진국이고 또 참고 숨길 줄 모르는 밝은 성격이라서 그런 거야. 속에 묻어두고 꼼지락거리면서 뒤에서 수작질하는 사람보다 김 정위의 이런 성격이 얼마나 좋은가."

4. 요영구 방어전투

1933년 4월 17일, 일본군은 끝내 소왕청 항일유격 근거지에 대한 대대적인 토벌을 시작하였다. 동원된 병력만 1천 5백여 명 남짓했다. 이에 유격군도 대비를 시작했다. 근거지 방어전투의 총지휘는 김명균이 맡았다. 전투부대는 두말할 것도 없이 대대장 양성룡과 김성주가 지휘하였다. 양성룡은 주로 1중대와 2중대를 인솔하였고 김성주는 나머지 3, 4, 5중대를 인솔하였다.

분위기가 고조되어 가면서 토벌대가 거의 같은 시간에 여러 갈래로 나뉘어 소왕청으로 들어오는 뽀족산과 쟈피거우, 마반산 등지에서 모습을 드러냈는가 하면 요영구와 대홍왜 유격구역으로 통하는 산길에서도 토벌대를 실은 자동차가 나타났다.

전투는 먼저 소왕청 쪽에서 시작됐다. 근거지보위전이 개시된 지 2일째 되던 날에 왕청 1구위원회에서 적위대원이 달려와서 토벌대가 요영구 쪽에서도 나타났다고 알려왔다.

"아무래도 부대를 갈라가지고 그쪽도 지원해야겠소."

양성룡은 자기가 직접 떠나려고 하였다.

"아닙니다. 대대장 동지, 제가 가보겠습니다. 제가 그쪽 지형을 많이 관찰해두었습니다."

김성주가 나섰다. 두 사람은 부대를 갈랐다. 양성룡은 제1, 2중대를 데리고 남고 김성주가 장용산의 제3중대와 한흥권의 제5중대를 데리고 요영구를 지원하였다. 한편 요영구 적위대는 제1구 당위원회 책임자 이웅걸의 지휘 하에 요영구 관문으로 불리고 있는 대북구 서산고지에서 돌무지를 쌓아놓고 그 밑으로 적들의 자동차가 나타나면 돌들을 내리굴려서 찻길을 막아놓을 준비를 하고 있었

제1구 당위원회 책임자 이웅걸

다. 이미 이곳 지형을 손금 보듯 장악하고 있었던 김성주는 이웅걸을 만나자 칭찬했다.

"이곳은 그야말로 금성탕지(金城湯池)입니다. 여기만 차지하고 습격하면 왜놈들이 설사 백 명이고 천 명이고 와도 끄떡없을 것입니다."

오후 3시쯤 되었을 때 일본군을 실은 자동차 2대가 나타났다. 기다리기에 갑갑했던 장용산이 참호 밑에 앉아 담배를 태우고 있다가 일본군이 나타났다는 보초소의 신호를 받자마자 너무 흥분한 나머지 벌떡 뛰어 일어났다. 그럴 때 돌무지 곁에 몸을 엎드리고 있던 김성주가 장용산 쪽을 바라보며 낮은 소리로 주의를 주었다.

"중대장 동무, 몸을 낮추십시오. 그리고 진정하십시오."

장용산은 너무 심각하게 굳어있는 김성주의 표정을 보고 역시 허리를 굽힌 채로 그의 곁으로 다가갔다.

"김 정위 동무, 저놈들이 드디어 나타났군요."

"여기 와서 좀 봐 주십시오. 어디까지 오면 돌을 굴릴까요? 자동차가 두 대 뿐인데 놈들은 한 얼마나 될 것 같습니까? 한 놈도 놓치지 않고 모조리 섬멸할 수가 있겠지요?"

전투 경험이 많은 장용산은 좋은 판단력으로 대답했다.

"자동차 하나에 한 2~30명씩 나눠 타도 넉넉하게 5~60명은 될 것입니다. 김 정위 동지는 돌로 자동차 길만 막아놓으십시오. 만약 한 놈이라도 살아서 빠져나가면 제가 책임지리다."

명사수인 장용산은 장탄한 총을 들고 저격하기 좋은 자리를 찾아 참호에서 좀 아래로 떨어진 언

덕 쪽으로 내려가면서 부탁했다.

"제가 밑에서 돌을 굴리라고 신호를 보낼 때까지 기다려주십시오."

"네, 그러지요."

김성주는 자기보다 훨씬 더 지금과 같은 이런 매복전을 많이 해본 장용산에게 믿음이 갔다. 그러나 긴장이 쉽게 풀어지지 않았다. 동만 특위와 왕청현위원회가 모조리 자리 잡고 있는 왕청에서 만에 하나라도 전투 중에 무슨 차질이 생기는 날에는 상상할 수 없는 후환이 빚어질 수도 있었기 때문이었다.

그러나 더욱 중요한 것은 나이도 젊은 자기에게 유격대대 정치위원이라는 막중한 직책을 맡겨준 동만 특위 서기 동장영과 왕청현위원회 서기 이용국 그리고 군사부장 김명균, 왕윤성 등 사람들에게 절대로 실망을 끼쳐드려서는 안 되겠다는 마음이었다.

"김 정위 동지, 너무 긴장해하지 마십시오. 저희들이 이런 매복전을 한두 번 경험해본 것이겠습니까? '장포리 삼촌'은 전 왕청 땅에서도 일등 가는 명사수이니까 아마 한 놈도 빠져나가지 못할겁니다."

한흥권이 곁에서 김성주를 안심시켰다. 김성주는 서산고지로 올라올 때 4중대를 남겨 요영구의 백성들이 산으로 피신하는 것을 돕게 하고 장용산의 제3대와 한흥권의 제5중대만 데리고 왔는데 한흥권까지도 이처럼 자신 있게 말하는 것을 보고 비로소 잔뜩 긴장되어 올랐던 마음을 풀 수가 있었다. 그때 장용산이 밑에서 돌을 굴리라는 신호를 보내왔다.

"김 정위 동지, 시작합시다."

한흥권은 직접 돌을 쌓아놓은 데로 가서 돌무지를 담아놓았던 나무 판때기를 고정시키고 있던 끈을 낫으로 끊어버렸다. 돌 구르는 요란한 소리가 울리기 시작하자 밑으로 몇 십 미터 간격을 두고 달려오고 있던 자동차 한 대는 더욱 속력을 내서 지나가려고 하고 뒤에 섰던 자동차는 아주 멈춰버렸다. 그러자 요영구의 적위대원들과 5중대 대원들이 모두 달려들어 있는 대로 돌을 들고 길에 내던지기 시작했다. 김성주는 급히 전령병을 장용산에게로 보냈다.

"3중대에서는 뒤의 차를 저격하라고 하오. 뒤의 차에 앉은 놈들이 도망치지 못하게 하오."

그러나 이때 앞에 섰던 차가 끝내 길이 막혀 빠져나가지 못하게 되자 차에서 내린 일본군들은 서산고지를 향해 기관총을 쏘아대기 시작했다. 뒤의 차에서 내린 일본군 20여 명도 도망가지 않고 앞에 선 차에 탔던 자기들의 동료를 구하려고 달려들었다.

"동무들, 한 놈도 놓치지 말고 모조리 섬멸합시다!"

김성주는 권총을 들고 앞장서서 3중대 진지 쪽으로 뛰어 내려갔다. 돌을 다 던지고 난 5중대도 한

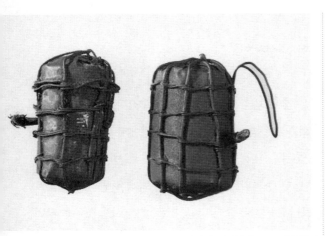

1930년대 초 유격대가 사용하였던 '연길작탄', 1959년 북한에서 중국 연변박물관에 실물을 기증하였다

홍권의 뒤를 따라 아래로 돌진해 내려왔다.

자동차를 방어물로 기대어 기관총을 걸어놓고 유격대를 향하여 난사를 하고 있었던 일본군은 유격대가 돌진해 내려오는 것을 보면서도 침착하게 반격해왔다. 장용산의 총에 기관총 사수가 둘이나 죽었으나 계속 다른 병사가 기관총을 물려받았다.

유격대 대원들은 화약에다가 뇌관을 묶어서 심지를 달아 만든 작탄을 몇 개나 뿌렸으나 날아가는 도중에 심지가 빠져버리는 바람에 한 개도 터지지 않았다. 보다 못해 김성주가 그런 작탄을 자기한테도 하나 달라고 했으나 장용산이 말렸다.

"김 정위는 이 진지에서 한 발짝이라도 더 내려가면 안 됩니다. 꼼짝 말고 있으십시오."

장용산은 자기의 중대에서 병사 둘을 불러내 직접 김성주의 좌우를 붙잡고 함부로 진지를 떠나지 못하게 만들었다. 그리고는 아래로 뛰어 내려가려는 한홍권도 불러세웠다.

"홍권이 이넘아, 너도 꼼짝 말고 엎드려라."

장용산이 꽥 소리치자 한홍권도 움찔하고 멈췄다가 허둥지둥 그의 곁으로 뛰어왔다. 장용산의 손에 이미 작탄 하나가 들려있었다.

"내가 저 기관총 처치하고 나면 바로 돌격해 나오거라."

장용산은 담배에 불을 붙여 몇 모금 뻑뻑 소리 나게 빨더니 갑자기 자동차 쪽으로 뛰어가기 시작했다. 그는 뛰어가면서 담뱃불로 작탄 도화선에 불을 댕겼다. 그리고는 도화선이 거의 타들어갔을 때에야 자동차에 대고 던졌다. 눈 깜짝하는 사이에 '쾅'하고 작탄이 터지면서 자동차에 불이 붙었다. 불길이 금방 자동차 기름통으로 옮겨 붙자 자동차 뒤에 숨어서 저격하던 일본군들이 뿔뿔이 달아나기 시작하였다. 이때다 싶게 유격대원들의 총구가 일제히 그들을 향해 총탄을 내뿜었다. 전투가 진행된 지 불과 30분도 되나마나한 순간이었다.

김성주는 이처럼 통쾌하게 전투를 승리하여 보았던 적이 한 번도 없었다. 좀 큰 전투라고 해봐야 유본초를 따라 통화로 갈 때 양강구 노수하에서 일본군의 마차수송대를 한번 습격한 것밖에는 없었다. 그것도 혼자가 아니고 구국군 우 사령관의 부대와 함께 치렀던 전투였다. 그때도 구국군이 30여

명이나 죽었고 별동대에서도 3명의 전사자가 나왔다.

"우리 동무들의 피해 정황은 어떠합니까?"

김성주는 전장을 수습하기에 여념이 없는 장용산을 한참 바라보다가 그에게 뒤질세라 죽은 일본군의 몸에서 옷가지들을 물론 양말까지도 모조리 벗겨내고 있는 한흥권을 불러 물었다.

"우리 유격대의 완승입니다. 왜놈 자동차 두 대 파괴, 토벌대는 전원이 소멸된 것 같습니다. 시체를 헤어보았는데 73개나 됩니다."

"중대장 동무, 그런데 말입니다."

김성주는 한흥권을 한켠으로 데리고 가서 말했다.

"시체에서 양말까지 다 벗겨내는 것은 좀 너무하지 않겠습니까?"

"김 정위 동지, 우리 근거지 인민들에겐 헝겊데기 한 조각이 모두가 소중합니다. 겨울 내내 양말 없이 맨발로 살아가고 있는 인민들이 아주 많습니다. 저기를 보십시오. 양말뿐만 아니라 훈도시까지도 다 벗겨냈잖습니까."

시체를 모조리 발가벗겨서 길가 숲속에 내던진 것을 보고 김성주는 한참 아무 말도 못 했다. 이런 것을 제지시켜야 할지 아니면 그냥 가만 내버려둬야 할지 잠시 판단이 서지 않았기 때문이었다. 후에 이 사실을 알게 된 동만 특위 서기 동장영은 직접 장용산을 지목하여 가면서 호되게 꾸짖었다고 한다.

5. '월선의 노래'

요영구 방어전투 현장

다음날 대북구 마을에서는 온 동네가 동원되어 전투승리를 기념하는 경축행사가 대대적으로 열렸다. 왕청현위원회 서기 이용국과 군사부장 김명균 등이 모두 마촌에서부터 올라와 그들의 행사에 참석하여 축하연설을 했다. 소북구의 아동단원들도 모두 대북구로 올라왔는데 아동단지도원 오진우(吳振宇)[1]가 어

---

1. 오진우(吳振宇, 1917년 3월 9일 ~ 1995년 2월 25일)는 함경남도 북청의 빈농 가정에서 태어났으며, 1933년 만주로 넘어가 조선의용군

린이들을 데리고 올라와 합창을 지휘했다.

　오진우의 이때 나이는 16살이었다. '어린이 노래', '소년단 노래' 등 과거 즐겨 부르곤 했던 노래들을 합창하는 그들의 모습을 바라보며 김성주는 남의 집에서 눈칫밥을 먹으며 살아가고 있을 두 동생 철주와 영주의 모습이 떠올라서 자기도 모르는 사이에 눈물이 글썽해지고 말았다. 아동단원들은 오진우의 지휘하에 힘차게 노래를 불렀다.

동만의 평원에서 태어난 우리
꽃처럼 아름답고 향기 뿜는다.

목놓아 노래하자 꼬마동무들
승냥이 호랑이도 무섭지 않다.

우리네 지도사상 맑스주의다.
시월혁명 따라서면 희망이 있다.

　이날 행사지휘를 맡았던 왕청 1구위원회 조직부장 이웅걸은 갑자기 청중들을 향하여 다음과 같은 제안을 했다.

　"다음으로는 이번 요영유격구 방어전투를 승리로 이끌어낸 용감한 유격대 대장 동무와 정치위원 동무가 나와서 각자 한 곡씩 노래를 부르게 하는 것이 어떻겠습니까?"

오진우(吳振宇)

에서 항일 유격대에 참가했다. 그는 항일 파르티잔 활동 당시 김일성과 연대하여 1938년 동북항일연군 군관으로 복무했다. 1946년 9월부터 중앙 보안 간부 학교 군사부교장이 되었으며, 1948년 2월 조선인민군 창설 이후 조선인민군 제3여단 참모장, 여단장, 제3군관 학교 교장으로 조선인민군의 병력 강화에 공헌하였다. 1950년 한국 전쟁 때에는 인민군 제43사단장, 최고 사령부부참모장, 제6군단 참모장, 근위 서울 제3사단장이었고, 한국 전쟁 후는 인민군 공군 사령부 참모장, 총참모부 부참모장, 민족보위성 차관, 김일성군사종합대학 총장을 역임했다. 1967년부터 인민군 총정치국장, 총참모장, 당중앙 군사위원, 국방 위원회 제1부위원장이었다. 1993년 김정일이 국방 위원회 위원장이 되면서 제1부위원장이 되었다. 1979년에는 총참모장직에서 오극렬로 대체되었다가 88년 다시 인민군 총참모장이 되었다. 1994년 조선인민군 원수, 1995년 무임소상을 지냈다.

그러자 마을 사람들에서는 댓바람에 환호성이 터져 올랐다.

"좋소. 그러는 게 좋겠소."

"성주 동무, 무슨 생각을 하고 있소? 빨리 나서지 않고."

이용국이 한마디 재촉했고 이웅걸은 한술 더 떴다.

"오늘 양 대장이 참가하지 못했으니 김 정위가 양 대장의 몫까지 노래를 몇 곡 더 불러야 합니다."

그때 아동단원들이 오진우의 뒤를 따라 김성주에게로 몰려왔다. 아이들은 자기들의 형님같이 보이는 젊은 김성주가 어른들의 유격대대에서도 높은 간부라는 사실에 호기심을 금치 못했다. 특히 오진우는 김성주가 궁둥이에 느슨하게 멘 권총을 담은 목갑에다가 연신 손을 대면서 그것을 꺼내보고 싶어 죽을 지경이었다. 몇 번이나 오진우의 손이 다가와서 목갑을 쓰다듬는 것을 눈치챈 김성주는 그를 돌아보며 빙그레 웃었다.

"얘, 총을 차고 싶으면 너도 유격대에 입대하면 되잖으냐."

"몇 번이나 신청했는데 나이가 어리다고 받아주지 않습니다. 김 정위께서 저의 입대를 허락해주십시오."

"그러면 나이 되기를 기다렸다가 입대하면 되잖으냐."

"나이가 돼도 안 받아줄 것 같습니다."

오진우는 입이 한 치는 튀어나와서 불평을 했다. 알고 보니 그동안 오진우는 대대장 양성룡의 집에까지 찾아다니면서 유격대에 입대시켜달라고 애를 먹였던 것이다. 처음에는 나이 되면 보자는 대답을 들었는데 그래도 계속 찾아가서 빨리 입대시켜달라고 너무 애를 먹였던 탓에 그만 나이 되어도 안 받아준다는 대답을 들었다고 한다.

"그건 또 왜서냐? 이유가 있을 것 아니냐?"

"키가 너무 작다고 핑계를 대지 않겠습니까. 그렇지만 보십시오. 내가 어디 너무 작습니까? 그래도 총대보다는 더 크잖습니까."

오진우는 유격대가 전투에서 노획하여 땅바닥에 모아놓은 일본군의 3·8식 보총 한 자루를 주워 들고 자기의 키에 대어 세워보았다. 총신이 그의 턱 밑에 바짝 닿는 것을 보고 김성주는 황망히 그 총을 빼앗았다.

"얘, 진우야. 총구를 함부로 이렇게 갖다 대면 안 된다."

항일아동단 선전화

아이들이 몰려들어 유격대가 노획한 총들을 만져보기도 하고 또 일본군의 철갑모를 주워 들고 머리에 써보기도 하면서 질서 없이 떠들어대는 것을 보고 이응걸이 부녀회의 여성들 몇을 데리고 이쪽으로 건너왔다.

"김 정위가 노래를 부를 차례인데 빨리 나서지 않고 뭐하십니까?"

김성주는 오진우의 손에서 빼앗은 총을 세워 짚고 전체 청중들을 향하여 말했다.

"왜놈들과 싸워서 이긴 기쁜 날이니 좋습니다. 저도 노래를 부르겠습니다. 혁명가를 부르겠습니다. 그런데 혁명가에도 어린이 노래가 있고 소년단 노래가 있으며 또 여성들의 노래도 있는데 어느 쪽으로 부르면 좋겠습니까? 요청하시는 대로 다 불러드리겠습니다."

그 말이 떨어지기 바쁘게 이응걸과 함께 그의 곁으로 왔던 몇몇 부녀들이 제일 먼저 요청하고 나섰다.

"김 정위, 그럼 우리 여성들의 노래를 먼저 불러주세요."

"여성의 노래에도 여러 가지가 있습니다. 제가 모르는 노래가 없으니까 제목을 대주시면 다 불러보겠습니다."

보조개가 패는 얼굴에 덧니까지 드러내놓고 웃으면서 말하는 김성주는 마을 부녀들의 마음을 모조리 설레게 만들어놓았다.

"젊은 유격대장, 참 키도 크고 잘생겼구나. 뉘 집 사위가 되려나." 이렇게 감탄하는 여인들도 있었고 "그럼 '여자해방가'부터 먼저 불러주세요." 하고 요청하는 여인들도 있었다. 김성주는 싱글벙글 웃으면서 노래는 부르지 않고 계속 부녀들과 말을 나눴다.

"여자해방가에도 두 가지가 있습니다. 제가 조선혁명군에서 배운 노래에도 '여자해방가'가 있는데 장춘과 길림 지방의 조선인들은 '여자해방가'라 부르지 않고 '월선의 노래'라고 합디다. 동만주에 나와 누님들이 부르는 노래를 들으니 제목만 다를 뿐 노래 가사는 모조리 같습디다. 그럼 좋습니다. 그 노래부터 먼저 불러보지요."

오빠의 얼굴은 시들어지고
나의 가슴속에도 불이 붙노라
원쑤의 돈 300원에 몸이 팔려
사랑하는 오빠여 날 살려주오.

하늘에 한 개 별도 자유가 있고
땅 위에 일년초도 자유가 있다.

김성주는 동만에서 '여자해방가'로 제목이 바뀐 '월선의 노래'부터 한 가락 뽑았다. 이 노래는 가락이 쓸쓸했다. 이 노래 말고도 또 많고도 많은 노래를 김성주에게 가르쳐 주었던 사람은 남만 청총 시절 김성주가 친형처럼 믿고 따랐던 김근혁이었다. 김근혁에겐 일본에서 유학할 때 사가지고 왔던 기타가 한 대 있었는데 아무 때라도 김근혁의 집에 들르면 그는 기타를 부둥켜안고 있지 않을 때가 없었다.

"성주야, 어서 와서 이 노래를 좀 들어 봐줘."

김근혁은 며칠 전에 써두었던 시인데 이 시에다가 한번 곡을 달아 보고 있다면서 김성주를 붙잡고 앉아서는 딩딩 당당 하고 기타 선을 잡아뜯어가면서 한바탕 노래를 불렀다.

"형님, 형님 혼자서만 기타를 타지 말고 나한테도 좀 가르쳐 주십시오. 그러면 내가 형님이 써놓은 노래를 보면서 한번 기타로 반주해보겠습니다. 그리고 형님이 다시 청중이 되어서 내가 부르는 노래를 들어보십시오."

김성주는 이렇게 김근혁을 구슬렸고 결국 김근혁에게서 기타를 배워냈다. 그러나 김근혁이 만들어놓은 노래들은 대부분 반주가 없이 그냥 손만 흔들어대도 리듬이 척척 쉽게 묻어나오게끔 되어있었다. 그 가운데서도 김성주가 가장 좋아하는 노래가 바로 김근혁이 작사, 작곡한 그 유명한 '결사전가'였다.

우리는 만주에 붙는 불이요
종제도 마사내는 붉은 망치라.
희망봉의 푯대는 붉은 기요
외치는 구호는 투쟁뿐이라.

계급치는 소리에 목이 쉰 우리
우리의 피땀 빨아먹던 그놈들과
마지막 맹렬한 결사전으로

우리의 대오를 빽빽이 하자.

무기를 잡아라 외로운 자여

멍에를 벗으라 종 된 자들아

이날 경축행사를 마감할 때 이웅걸은 유격대원들 전체가 함께 이 노래를 부르자고 요청했다. 유격대원들뿐만 아니라 마을 사람들 모두가 함께 이 노래를 불렀다. 그러나 이날 김성주가 별다른 생각 없이 '여자해방가'를 부르면서 조선혁명군에 있을 때 배웠던 이 노래의 제목이 원래는 '월선의 노래'였다고 한마디 소개한 것 때문에 아주 불안한 눈길로 김성주를 지켜보고 있었던 사람이 있었다.

6. '따거우재' 이용국

그건 바로 이용국과 김명균이었다. 중공당 왕청현위원회 서기였던 이용국은 키가 커서 별명이 '따거우재'(大个子)였다. 그리고 군사부장 김명균은 키가 작아서 '쇼거우재'(小个子)로 불렸는데 문제는 최근 두 사람 모두 동만 특위 서기 동장영과 특위 위원 겸 왕청현위원회 선전부장 왕윤성에게 각각 불려가서 심각한 담화에 연루되었다는 사실이었다.

동장영과 왕윤성은 마치 짜고라도 든 것처럼 이용국과 담화를 진행할 때는 주로 김명균에 대하여 따지고 들었고 김명균과 담화할 때는 주로 이용국에 대하여 따지고 들었는데 그들이 연루된 문제, 특히 이용국의 문제는 간단치 않았다.

사건은 1933년 3월로 거슬러 올라간다. 당시 이용국은 왕청현과 연길현의 접경지대에 위치한 오늘의 연길시 의란진 의란향 경내의 한 산간에서 이 지방 당 조직 확대회의의 사회를 직접 보고 있었다. 그들이 회의 장소로 정하였던 빈 집은 산삼 캐러 다니는 사람들이 임시로 지어놓곤 했던 산전막보다 좀 더 크게 만든 토벽 집이었는데 들어가는 앞문만 있고 따로 뒷문이 없는 집이었다.

그런데 이날 토벌대 병영이 자리 잡고 있었던 구룡촌에서 그렇게 멀리 떨어지지 않았던 이 빈 집터에 수상한 사람들 10여 명이 몰려들고 있다는 정보를 입수한 일본군 토벌대가 불시에 달려들었다. 너무 갑작스럽게 발생한 일이라 회의 참가자 전원 13명은 모두 속수무책이 되어 이용국의 얼굴만을 쳐다보는 사정이 되고 말았다. 밖에서는 구룡촌 경찰서의 중국인 경찰 몇이 토벌대와 함께 나타났는데 중국말과 조선말로 번갈아가면서 집에 대고 소리쳤다.

"집 안의 사람들은 빨리 밖으로 나오라."

"도망치려 하거나 반항할 생각을 해서는 안 된다. 너희들이 안에서 회의를 하고 있다는 사실을 우리는 알고 있다."

회의 참가자들은 얼굴이 사색으로 질렸다. 이때 이용국도 직감적으로 참가자들 내부에 밀정이 들어있다고 판단했으나 당장 그것을 따지고 들 형편이 못 되었다. 그는 창밖을 살피면서 참가자들에게 시켰다.

"뒤의 벽을 미시오. 토벽이라서 쉽게 넘어갈 것이오."

오늘의 연길현 의란향 경내에 있는 '왕우구항일 유격근거지' 표지석

13명은 힘을 합쳐 일시에 집 뒷면의 토벽을 밀었다. 쿵 하는 소리와 함께 벽 한 모퉁이가 무너져 내렸다. 이용국은 13명을 데리고 집을 빠져나와 뒷산으로 내달렸다.

이용국은 왕청으로 돌아온 뒤 자발적으로 동장영을 찾아가 이 사실을 보고했다. 동장영은 듣고 나서 별로 의심하지도 않았고 다만 무사하게 돌아왔으니 다행이라고 한마디만 했을 뿐인데 오히려 누구보다도 이용국을 잘 알고 또 이용국을 믿어줘야 하는 사이였던 조직부장 김성도가 갑자기 따지고 들었다.

"이보게 '따거우재', 난 통 이해할 수가 없네. 토벌대가 총도 쏘지 않고 또 뒤쫓아 오지도 않았단 말인가? 어떻게 13명이 한 사람도 다친 데가 없이 모조리 살아서 무사히 빠져나올 수가 있었는지 여기에 혹시 왜놈들의 무슨 작간 같은 것이 있다고 보이지는 않나?"

이용국은 김성도와 친한 사이라 별로 깊이 생각하지 않고 사실대로 솔직하게 대답했다.

"나도 처음에는 참가자들 안에 혹시라도 밀정이 잠복하여 있지는 않는가 의심했습니다. 그러나 다시 생각해보니 만약 밀정이 정말 잠복했다면 나는 그때 이미 도망쳐 나오지 못하고 진작 잡혔을 것입니다."

"왜놈들이 밀정을 박아 넣은 목적이 자네가 아니라 특위기관일 수도 있지 않겠나? 다시 생각해보니 맞네 그려. 그래서 13명이 모조리 살아서 빠져나올 수가 있었던 것이 아니겠나. 자네가 데리고 온 이 13명 속에 꼭 밀정이 들어있다고 보네. 이 정황을 보고하지 않으면 안 되네."

김성도는 이용국과 한참 조선말로 주고받다가 다시 머리를 돌려 동장영에게 중국말로 자기의 생각을 털어놓았다. 이에 동장영도 왕윤성도 모두 얼굴빛이 심각하게 굳어지기 시작했다.

"내가 깜빡했소. 조직부장 동무가 문제의 본질을 제대로 파악했소. 하마터면 큰일 날 뻔했구면. 빨리 이 13명을 격리조치 시키고 이용국 동무가 책임지고 반드시 밀정을 찾아내야 합니다. 이것은 당의 임무입니다."

동장영은 몹시 놀랐다.

"마영(왕윤성의 별명) 동지, 내가 일시 소홀했던 것 같습니다. 최근에 발생되고 있는 여러 가지 정황들을 종합해보면 아무래도 민생단이 우리 왕청에도 침투하고 있는 것이 틀림없는 것 같습니다. 이번에 발생한 이용국 동무의 이 일도 결코 우연이 아닙니다."

동장영은 따로 왕윤성과 둘이 머리를 맞대고 앉아 주고받았다. 왕윤성도 머리를 끄덕였다.

"다행스러운 것은 그래도 김성도 동무가 문제의 본질을 귀신같이 파악해냈으니 말입니다만 저들이 자기들끼리 조선말로 주고받을 때는 무슨 말을 하는지 한마디도 알아들을 수가 없으니 좀 께름칙합니다."

"생각해보십시오. 민생단이 왕청이라고 침투하지 말라는 법이 어디 있겠습니까. 민생단 소리가 퍼진 것이 작년 겨울의 일이라면서요? 올해 접어들면서부터는 화룡에서도 벌써 난리가 아닙니까."

왕윤성은 다시 동장영에게 권했다.

"일단 하나 물읍시다. 서기 동무는 만약 '따거우재' 동무가 데리고 왔던 13명 가운데서 밀정이 잡혀 나오지 않으면 누가 밀정이라고 봅니까?"

"그것은 무슨 뜻인가요? 그렇다면 '따거우재' 동무가 밀정일 가능성도 있다는 말씀입니까?"

"제 뜻은 '따거우재'가 딱히 밀정이라고 판단하자는 것이 아니라 그에게 밀정을 찾아내라 하고 시한을 정해주자는 것입니다. 만약 계속 잡아내지 못하면 어떻게 하겠습니까?"

왕윤성의 말에 동장영도 머리를 끄덕였다.

"이 일은 조직부장 동무와 의논해보고 그에게 시켜서 재촉합시다."

"그런데 나는 이 두 사람이 개인적으로도 친하다고 들었습니다. 그리고 군사부장인 '쇼거우재' 김명균도 '따거우재' 이용국과 굉장하게 친한 사이라는 것은 온 왕청 사람들이 다 잘 알고 있는 사실이 아닙니까."

왕윤성의 말에 동장영은 점점 사태의 심각성을 느끼고 있었다.

"일단 빨리 밀정부터 잡아내고 봐야 합니다. '무를 뽑으면 흙이 묻어나온다'(拔出蘿卜帶出泥)는 속담이 있듯이 밀정만 잡아내면 잇달아 밀정과 연루되어 있는 자들의 면면도 모두 드러나게 될 것입니다. 이는 우리 당의 생사존망과 관계되는 문제입니다."

동장영은 왕윤성에게 다음과 같이 부탁했다.

"마영 동지께서는 한번 군사부장과 이야기를 나눠보십시오. '따거우재' 동무의 이번 일을 실례로 들어가면서 그에게서 어떤 반향이 나타나는지 한번 관찰해 봐주십시오. 나도 따로 '따거우재' 동무와 만나서 김명균 동무에 대한 '따거우재' 동무의 견해를 청취해보겠습니다."

부쩍 의심에 절은 두 사람의 눈빛은 하나와 같았다. 그렇다고 밀정이 쉽게 잡혀 나올 리가 없었다. 아니면 그때 이용국과 함께 왕우구 산간 빈집에서 탈출했던 13명 가운데는 사실은 밀정이라는 것이 존재하지 않았을지도 모른다. 그런데도 동장영 등 중국인 간부들은 필연만 믿었다. 우연이란 것은 세상에 존재하지 않는다고 생각했다.

7. "내 성은 공씨요"

더구나 이때 특위 특파원의 신분으로 직접 화룡에 다녀왔던 김성도는 민생단이 백 퍼센트 존재하고 있으며 화룡에서도 이마 여럿을 발견했다는 조아범(曹亞范)의 말을 딱 믿었고 그와 함께 중국 공산당 화룡현위원회 '민생단청산위원회'라는 지도부를 조직해놓고 왕청으로 돌아온 지 얼마 안 되었다. 이 위원회에 정작 화룡현위원회 서기 김일환(金日煥)이 참가하지 못하고 대신 화룡현 유격대 정치위원 김낙천이 참가한 것은 동만 특위 순찰원의 신분으로 화룡현의 어랑촌에 와서 유격대사업을 지도하고 있었던 조아범의 일방적인 결정 때문이었다.

조아범은 김일환을 의심하고 있었다. 대신 그의 말을 잘 듣고 무슨 일이 있으면 곧장 달려와 누가 어디서 방귀를 뀐 일까지 하나도 빼어놓지 않고 시시콜콜 보고하는 김낙천을 자기의 눈과 귀로 삼고 있었다. 화룡에서 오랫동안 활동해온 조아범은 대체로 자기의 중국 공산당 입당 인도자나 다를 바 없는 화룡현위원회 제1임 서기 채수항 한 사람만 믿고 그 뒤의 나머지 후임 서기들은 하나도 믿지 않았다.

1931년 12월, '옹성라자회의' 직후 화룡으로 돌아와 유격대를 조직하기 위하여 불철주야 뛰어다니던 채수항은 항상 신변에 데리고 다녔던 경호원과 함께 오늘의 용정시(龍井市) 백금향(白金鄉) 함박골 일대에서 너무 배가 고파 한 농가로 찾아들어갔는데 불행히도 이 농가 앞을 지나가고 있었던 평두산

새로 발굴된 조아범의 사진

자위단원 4명도 물을 얻어 마시려고 불쑥 농가로 들어오는 바람에 채수항과 딱 마주치게 되었다. 채수항은 제일 앞에서 들어오는 자위단 하나를 갑작스럽게 습격하여 넘어뜨리고는 밖으로 내달렸으나 자위단원들이 뒤쫓아 오면서 총을 쏘아대는 바람에 그만 다리를 맞고 고꾸라졌다.

채수항은 먼저 쓰러진 경호원이 땅바닥에 떨어뜨린 권총을 주워들었으나 애석하게도 그는 총을 다룰 줄 몰랐다. 아무리 방아쇠를 당겨도 총탄이 나가주지 않아 낑낑대고 있을 때 자위단원 하나가 덮쳐 개머리판으로 그의 머리를 내리쳤다.

"이름을 대라. 네가 덕신사 사장을 했던 그 채수항이 맞지?"

자위단들은 채수항을 나무에다가 묶어놓고 따졌다. 덕신사란 오늘의 용정시 동성용진 금곡촌을 말한다. 채수항이 금곡촌에서 살며 덕신사의 사장도 겸했던 적이 있었기 때문이었다.

"성씨가 뭐냐? 이름은 어떻게 부르냐?"

"내 성은 '공씨'요."

아무래도 빠져나가기는 다 틀린 것을 알게 되자 채수항은 체념한 채로 당당하게 자기 신분을 드러냈다.

"공씨라니? 허튼 소리는 말아라. 네가 채씨인 것을 화룡바닥에 모르는 사람이 있는 줄 아느냐?"

"내 이름은 공산당이오."

이에 자위단들이 채수항을 나무에 묶어놓고 이것저것 따지면서 발로 걷어차고 귀뺨을 때리고 하면서 한참동안 폭행을 가했다. 이때 채수항의 다리에 맞았던 총상에서는 피가 끝없이 흘러 조금 뒤에 바로 실혈성 쇼크가 왔다. 그가 정신을 잃은 것을 본 자위단원들은 자기들도 지쳐서 죽을 지경인데다가 채수항을 병원으로 데리고 갈 수도 없고 또 그렇다고 그대로 내버려두고 갔다가 다시 살아나면 보복을 당하게 될 일도 걱정되어 결국 채수항

채수항(蔡洙恒), 그는 중공당 화룡현위원회 제1임 서기였다.

을 죽여 버리고 말았다. 시체는 평두산에서 달자로 가는 길가에 가져다가 던져버렸는데 후에 금곡촌 (金谷村) 사람들이 발견하고 마을에 싣고 와서 염습하였다.

8. 허호림과 최상동

최상동(崔相東

채수항이 죽었다는 소식을 들은 조아범은 너무 울어서 한 동안 두 눈까지 부었다. 그 뒤에 화룡현위원회 제2임 서기 는 공청단 연길현위원회 서기 허호림이 임명되었으나 그도 얼마 못 가서 간도 일본총영사관의 경찰들에 의해 검거되었 다. 총영사관에서는 그를 서대문형무소로 이송하였으나 경 성지방법원에서는 그를 증거불충분으로 석방해버렸다. 그 는 차표를 살 돈이 없어 서울거리에서 며칠 동안 떠돌아다 니면서 빌어먹다가 용정 총영사관에서 파견한 고등계 주임

최창락과 순사 윤춘렬에게 붙잡혔다. 최창락과 윤춘렬은 의논하였다.

"이자가 틀림없이 공산당인데도 경성 법원에서는 무죄라고 내놓으니 차라리 용정으로 데리고 가 서 우리가 직접 처치해야겠군. 다시 끌고 갑세."

허호림은 이 두 사람에게 끌려 다시 용정으로 돌아오게 되었다. 그러나 열차가 회령을 지날 때 허 호림은 최창락과 윤춘렬이 주의하지 않는 틈을 타 갑작스럽게 창문을 열어젖히고 밖으로 뛰어내렸 다. 열차를 멈춰 세우기에는 최창락의 직급이 너무 낮았다. 결국 두 사람은 눈을 뻔히 뜨고 앉아서 바람같이 사라져버리는 허호림의 뒷모습만 바라보는 꼴이 되었다. 허호림은 내달리다 말고 돌아서 서 최창락과 윤춘렬에게 대고 손까지 흔들어 보이더라는 이야기가 전해진다.

허호림이 실종되어 있는 동안에 동만 특위에서는 다시 '꼬마 레닌'이라는 별명을 가지고 있었던 연길현 왕우구 사립 왕동소학교 교장 출신 김철산을 제3임 서기로 파견하여 내려 보냈는데 그도 얼 마 못 가서 역시 일본군의 토벌에 죽고 말았다. 열차에서 뛰어내린 허호림도 살아서 다시 화룡현위 원회로 찾아왔으나 다시는 서기직에 복직하지 못하고 안도현 처창즈 일대로 파견되었다가 1934년 5월의 한 차례 토벌에서 죽고 말았다.

김철산의 뒤를 이어 제4임 서기에 임명되었던 사람은 그 유명한 '기민투쟁가'를 작사, 작곡한

최상동(崔相東)이었다. 1901년생으로 어렸을 때 러시아에서 살았던 그에게는 '레마커'(列馬克)라는 별명이 붙었을 정도로 새빨갛게 붉은 사람이었다. 최상동은 1932년 12월, 화룡현 경내의 유격대들을 모조리 어랑촌에서 합병하여 화룡현 유격중대를 만들어내고 그 유명한 어랑촌 유격 근거지역시 만들어냈다.

그 근거지를 소멸하려고 일본군은 삼도구와 투도구, 이도구, 용정 등지로부터 3백여 명의 연합토벌대를 모아 어랑촌을 공격하였다. 최상동은 이때 유격중대 대원들과 함께 포위를 돌파하다가 뒤쫓아 오는 토벌대의 총검에 등을 찔려 그만 죽고 말았다. 1933년 2월 12일에 있었던 일이다.

9. 혁명일가

한편 조아범이 의심하고 있던 김일환은 중공당 화룡현위원회 제4임 서기였다. 김일환은 오랫동안 채수항의 밑에서 최상동 등과 함께 일해 왔다. 1931년 12월 옹성라자회의 때 채수항과 함께 안도에 가서 김성주와도 만난 적이 있었고 돌아온 뒤에는 바로 달라자 구위원회 서기로 활동하면서 산속에다가 병기공장을 만들었는데 유명한 '연길작탄'이 바로 여기서 생산되었다.

김일환의 밑에서 일했던 사람들 속에는 후에 살아남아 김성주의 부대로 옮겨와서 활동했던 사람들이 아주 많았다. 김일환에 의해 직접 병기공장 책임자로 임명되었던 박영순뿐만 아니라 그 유명한 연극 '혈해지창'(血海之唱, 피바다)을 집필하고 그것을 무대에 올렸던 김성주 부대의 '대통령감' 이동백도 바로 김일환의 밑에서 우복동 구위원회 서기직을 맡았던 사람이다 그리고 이 연극의 주인공의 한 사람이었던 갑순이의 원형 김혜순(金惠順)도 바로 김일환이 지도하고 있었던 화룡현위원회에서 아동국장으로 일하였다.

그뿐만 아니었다. 김일환은 온 집안이 모두 중국 공산당에 참가하였는데 부모가 모두 당원이었고 동생 김동산도 유명한 적위대원이었다. 조카 김선(金善, 김순옥)은 훗날 김성주의 부대에서 '청봉의 꾀꼬리'로 알려지기도 했던 여성 대원이 되었고 아내 이계순도 김성주의 회고록에서 '달비' 추억으로 유명한 화룡현 출신의 여성 혁명가였다. 김일환과 이계순의 사이에서 태어났던 딸 김정임(어렸을 때 이름은 김정자)은 북한 당 역사연구소 부소장으로 근무하기도 했다.

그런데 이러한 김일환이 민생단으로 의심받기 시작한 것은 1931년 1월 18일, 바로 최상동이 총검에 찔려 죽었던 어랑촌 근거지 보위전투 직후부터였다. 현위원회 서기였던 최상동의 밑에서 조직부

김일환(金日煥)

장을 맡았던 김일환과 군사부장을 맡았던 황포군관학교 출신 방상범은 그 이전에도 회의를 하다가 토벌대의 습격을 받았던 적이 여러 번 있었다. 그때마다 아들이 걱정되어 김일환의 어머니 오옥경이 직접 나서서 망을 보곤 하여 김일환은 한 번도 토벌대에게 당하지 않았다.

1932년 10월 22일, 약수동 상촌에 자리 잡고 있었던 화룡현위원회 임시사무실에서 회의를 하던 도중 일본군 수비대와 경찰이 동시에 상촌에 들이닥쳤으나 김일환의 어머니가 뛰어와서 소식을 알렸기 때문에 회의 참가자 일행은 뒷문으로 빠져나가 조밭 속을 헤치고 달아난 적도 있었다.

하지만 조아범은 김일환과 담화를 할 때 이와 같은 실례들을 들어가면서 따지고 들었다.

"어떻게 되어 당신이 참가한 회의에서만 토벌대가 아무리 달려들어도 매번 다 무사하게 탈출할 수가 있었는지 설명해주시기 바랍니다. 그리고 당신이 참가하지 않았던 회의에서는 대부분이 체포되거나 희생되곤 하였습니다. 이 문제를 어떻게 이해해야 합니까?"

김일환은 무엇이라고 대답했으면 좋을지 몰라 한동안 대답을 못 하다가 가까스로 이렇게 설명했다.

"문제를 이런 식으로 해석하는 법이 어디 있습니까? 솔직하게 말하면 군사부장 방상범 동지가 보초선을 잘 만들어주었기 때문에 적정을 미리부터 통지받을 수 있던 것이 큰 도움이 되었습니다."

그러니 조아범은 이런 대답을 기다리기라도 했던 것처럼 몰아세웠다.

"그렇다면 좋습니다. 최상동 동지와 유격대장 김세 등 동무들이 모두 희생되었던 어랑촌 근거지 보위전투 때는 보초선이 잘 만들어지지 못했던가요? 그때도 방상범 군사부장이 직접 유격대실 안에 같이 있지 않았습니까. 이 문제에 대해서도 한번 설명해 봐 주십시오."

김일환은 대답할 수가 없어 묵묵히 입을 다물고 앉아있었다. 그날 포위 때 방상범이 직접 이끌고 나갔던 한 갈래가 방상범의 군사경험 덕분에 짚가리에 불을 지르고 연기 때문에 앞뒤가 잘 분간이 되지 않는 틈을 타서 어랑촌 서쪽 뒷산언덕

김혜순(金惠順)

김일환의 아내 이계순

으로 귀신같이 달아나는 데 성공했던 건 사실이었다. 하지만 결국 방상범도 날아오는 눈먼 총탄에 맞고 근거지 밖에서 죽고 말았던 것이다.

"우리 중국 속담에는 자고로 '친구의 아내는 건드리지 않는 법'(朋友妻朋不可欺)이라고 했습니다. 아무리 최 서기가 살아계실 때 그들의 결혼을 주선했다고 해도 분명히 자기가 데리고 있던 비서이고 또 친구의 아내였던 여자인데 두 사람이 덜컹 결혼해버린 것입니다."

조아범은 김성도를 만나 이런 식으로 김일환과 아내 이계순과의 관계를 험담하기까지 했다. 한번 미워지기 시작하니 모든 것이 눈에 거슬렸던 모양이다.

이렇게 연길현에서부터 불어들기 시작한 민생단 바람이 제일 먼저 번져왔던 곳은 바로 화룡현이었다. 특위 조직부장 김성도는 화룡현위원회 조직부장 이동규에게 부탁했다.

"내가 화룡에 왔다가 그냥 빈손으로 돌아갈 수야 없지 않소. 당신이 나를 도와 다만 한둘이라도 민생단을 잡아내야 내가 특위에 돌아가서 동장영 동지한테도 보고할 수 있을 게 아니겠소."

이동규는 김성도가 하도 재촉해대는 바람에 직접 어랑촌 당 지부 성원들을 모조리 모아놓고 화투짝을 맞추듯이 한 사람, 두 사람씩 이름을 불러가면서 누구한테다가 민생단의 낙인을 찍어야 하나 고민했다. 그때 당 지부의 몇몇 성원들의 명단이 전해지고 있는데 방승옥(몽기동 사람), 이명배(당지 적위대원), 이화춘(평강구 사람), 안학선(삼도구 사람) 등이었다.

고민 결과 결과 선참으로 잡혀 나와 총살까지 당한 이화춘과 최병도는 모두 죄 없는 사람들이었다. 더구나 이화춘은 별명이 '흰 두루마기'로 '춘황투쟁' 때 평강구 농민협회 책임자를 맡았던 사람이었다. 그의 중국 공산당 입당 소개인이 바로 김일환이었다. 이렇게 되어 김성도가 화룡에서 돌아온 뒤에 얼마 지나지 않아 김일환도 화룡현위원회 서기직에서 제명당하고 말았는데 조아범은 이런저런 이유를 대가면서 그가 어랑촌 근거지에 남아 다른 일에 손을 대지 못하게 만들었다.

"처창즈에는 이미 김일(金一) 동무네 부부가 먼저 들어가 있습니다. 김일환 동무도 가족을 모조리 데리고 처창즈로 들어가십시오. 처창즈 일대에는 여러 가지 깃발을 내걸고 있는 구국군들 갈래가 많으므로 김일환 동무가 가서 그들을 장악하는 일을 맡아주십시오."

김일환의 친구 김일은 이때 이름을 박덕산(朴德山)으로 바꿔 식구들을 모조리 데리고 먼저 처창즈에 들어와서 활동하고 있었다. 곧 이어 김일환도 아내 이계순과 조카 김선까지 모조리 데리고 처창즈로 옮겨갔는데 이 씨로 가명을 쓰며 화안(和安) 동쪽 골짜기에 있는 중국인 지주집의 대장쟁이로 들어가서 잠복하였다.

이때 처창즈에서 조직되었던 첫 당 조직의 책임자도 김일환이나 박덕산 대신에 처창즈에서 몰래 아편농사를 해왔던 이억만(李亿万)이라고 부르는 자가 임명되었는데, 이듬해 1934년 11월에 김일환은 결국 이 자의 손에 잘못 걸려들어 끝내 살해당하고 만다. 물론 이것은 1년 뒤에 있게 되는 일이다.

이렇게 민생단 바람은 연길현에서 시작되어 먼저 화룡으로 옮겨 붙었는데 김일환이 화룡현위원회 서기직에서 제명될 때와 거의 동시에 이용국도 역시 왕청현위원회 서기직에서 해임당하고 말았다. 김일환은 그런대로 다시 평당원의 신분으로 처창즈로 옮겨가서 계속 일할 수 있었으나 이용국은 그날 대북구 마을에서 진행되었던 요영구유격구 방어전투의 승리를 기념하는 경축행사에 참가하고 돌아온 뒤 얼마 안 되어 바로 감금되고 말았다..

10. 동만 특위 마영

김성주는 이용국이 마촌 앞에 있는 대리수구 골짜기에서 감시를 받아가면서 귀틀집을 만드는 일을 하고 있다는 소식을 듣고 그를 만나보려고 하다가 보초를 서고 있었던 현위원회의 간부 이건수

김일(金一, 卽朴德山)

에게 제지를 당했다. 이건수는 이용국의 뒤를 이어 새로 현위원회 서기에 오른 김권일(金權一)에게 이 일을 일러바쳤고 김권일이 그길로 김성도에게로 달려가 일러바치자 김성도는 '구루메가네'를 벗고 솜덩어리로 눈구멍 안의 고름을 찍어내면서 중얼거렸다.

"아니 유격대 정치위원이라는 사람이 근거지를 방어하는 일도 바쁠 텐데 무슨 시간이 있어 여기 와서 민생단과 만나려고 한단 말이오?"

김성도는 벌써부터 이용국을 부를 때 이름 대신에 민생단이라고 호칭하고 있었다. 그는 무슨 일이나 사사건건 자

1945년 '8 · 15 광복' 이후, 북한으로 돌아가지 않고 중국인 남편 교수귀(喬樹貴)와 함께 중국 연변에서 정착하였던 김선(金善, 사진 중간, 왼쪽은 김정순, 오른쪽은 이재덕)

기한테로 달려와서 일러바치기만 하는 김권일을 나무랐다.

"그렇게도 머리가 돌지 않소? 왜 만나게 하지 않고 막았느냐는 말이오."

"네? 그게 무슨 말씀입니까? 만나게 해야 한다는 말씀입니까?"

"일단 두 사람이 만나게 해주고 그들이 무슨 이야기를 주고 받는가 엿들었더라면 훨씬 더 좋았을 것이 아니겠소. 유격대 방어임무가 지금처럼 긴박할 때가 없는데 그 동무가 유격대에 있지 않고 여기까지 민생단을 보러 온 것이 그러면 아무 이유도 없겠소?"

김성도가 하는 말을 듣고 김권일은 다시 물었다.

"그럼 지금이라도 만나게 할까요?"

"이미 만나지 못하게 제지를 했다고 하지 않았소? 그가 돌아갔소? 아니면 아직도 거기 있소?"

"아직도 돌아가지 않고 있는 것 같습니다."

"그렇다면 좋소. 권일 동무가 먼저 가서 김 정위한테 물어보오. 민생단과 만나려고 하는 목적이 무엇인가 말이오. 내가 동장영 동지한테 알리고 될 수 있으면 모시고 같이 가보겠소."

이건수가 김권일을 데리고 다시 리수구골 안에 나타났을 때 김성주는 이미 이용국네가 일하고 있는 마당 안에까지 들어가 이용국과 마주 서서 이야기를 나누고 있었다. 김성주가 타고 왔던 말이 보초선 밖에 서있고 보초병은 보이지 않자 이건수는 허둥지둥 마당 안으로 달려들어 보초병을 찾았다.

김성주는 일어서며 이건수에게 손짓했다.

"보초병이 여기 있습니다."

"아니 현위서기한테 보고하겠다고 하지 않았소. 이렇게 마음대로 들어와서 사람을 만나면 나더러 어떻게 하라는 거요?"

이건수가 나무라자 김성주는 해명했다.

"어제까지 우리 현위원회의 서기였던 분인데 하루아침에 민생단이라고 하면서 만나지 못하게 하면 어떻게 합니까? 사정이라도 좀 알고 갑시다."

그러나 이때 이건수의 뒤에 김권일이 불쑥 나타나는 바람에 김성주는 급히 일어서며 다시 해명했다.

"리수구에 유격대 활동실을 짓고 있다는 말을 듣고 그냥 한번 들려보려고 했던 것뿐인데 그만 서기동지에게까지 심려를 끼쳐드렸습니다."

"그냥 그것뿐이오?"

김권일이 묻는 말에 이용국이 대신 대답했다.

"김 정위는 유격대 활동실이 언제쯤 완공되냐고 물으면서 여기저기 좀 돌아본 것밖에 없소."

"그렇다면 나도 좀 물어봅시다. 과연 언제쯤 완공할 수 있겠소?"

"이제 2~3일이면 완공해낼 수 있을 것 같습니다."

"그러자면 빨리 일을 서둘러야 할 것이 아니겠소. 여기서 이렇게 말하면서 시간만 때우고 있어야 되겠소."

김권일의 곱지 않은 말에 이용국은 두말없이 돌아서서 일하러 가며 김성주에게 한마디 더 했다.

"유격대 활동실을 아주 멋지게 지어놓을 것이니까 김 정위는 안심하시고 돌아가 일을 보오."

이용국이 일하러 가자 김성주도 서둘러 떠나려고 하는데 김권일이 "조직부장 동지께서도 아마 여기로 오실 것이오. 김일성 동무한테 묻고 싶은 말씀도 있는 같으시던데 만나뵙고 가는 것이 어떻겠소?" 하고 말리니 김성주는 말고삐를 잡다말고 돌아서서 불쾌한 눈길로 김권일과 이건수를 바라보며 한마디 했다.

"그새로 달려가서 조직부장 동지께 다 말씀드렸습니까?"

김권일이 대답도 하기 전에 벌써 김성도의 목소리가 들렸다.

중공당 동만 특위기관 소재지였던 소왕청 마촌의 귀틀집

"김일성 동무는 나를 만나기 싫은가보구만?"

김성도의 뒤에서는 또 동장영의 차가운 안경알 빛도 번뜩거렸다. 김성주는 황망히 달려가 두 사람에게 경례를 붙였다.

"서기 동지, 조직부장 동지, 안녕하십니까?"

동장영이 경례를 받고 나서 다가와 다시 악수를 청하며 말했다.

"자세한 이야기는 사무실로 가서 이야기합시다. 내 그렇잖아도 시간을 내서 김 정위를 만나러 요영구에 한번 올라가보려고 했소. 유격대 임무가 긴장해서 불러오기도 그렇고 또 우리 여기서도 그동안 좀 복잡한 일들이 많이 생겼소. 그런데 오늘 이렇게 뜻밖에도 스스로 와주었구만. 이용국 동무와 만나러 왔다면서? 무슨 중요한 일이라도 있었던 게요?"

김성주는 잔뜩 긴장했다. 김권일과 김성도가 자기가 온 일을 동장영에게까지 알려 여럿이 불쑥함께 나타난 것이 여간 불안하지 않았다. 그래서 다시 한 번 또 둘러댔다.

"사실은 유격대원들의 군복이 너무 낡아서 다 너덜너덜해질 지경이 되었습니다. 그래 좀 의논해볼까 하고 군사부장 동지를 찾아오는 길이었는데 여기 와서 군사부장 동지께도 여러 가지 문제가 제기되고 있어 심사를 받고 있다는 소리를 듣게 되었습니다. 그래서 좀 고민도 했고 그냥 돌아갈려다가 유격대 활동실을 짓고 있다는 소리를 들었던 생각이 나서 어느 정도 완공이 되어 가는가 궁금해서 여기 들렀는데 이용국 동지와도 만나 몇 마디 인사 정도 나누게 되었습니다."

이때 김성주는 이용국과 주고받았던 대화 내용에 대하여서는 일절 입 밖에 꺼내지 않았다.

사실 그때 이건수가 데리고 있었던 보초병은 중국말을 일절 알아듣지 못하는데다가 김성주가 유격대 정치위원이라는 것만을 알고 있었다. 그래서 이건수가 김권일에게로 달려간 사이에 사정을 모르는 보초병은 김성주가 마당으로 들어와 이용국과 만날 수 있게 해주었던 것이다. 당시 김성주는 이용국에게 몇 가지 궁금한 것들을 물었다.

"이용국 동지, 근거지 내에 소문들이 난무하고 있습니다. 나도 궁금한 것이 있으면 정말 참지 못하는 사람인데 몇 가지만 묻겠으니 해명해 주시기 바랍니다. 첫 째는 의란구에서 당 비밀회의를 하다가 포위를 당했지만 한 사람도 체포되지 않고 모조리 탈출해서 돌아온 것이 왜 문제가 되고 죄가 되느냐는 것입니다. 이것 때문에 탈출해왔던 사람들 속에 반드시 밀정이 잠복해 있다는 소리던데 그것을 이해할 수가 없습니다. 다음 둘째는 왜 당 회의를 매번 그곳에서 했는가 하는 것입니다. 한두 번도 아니고 여러 번 그 곳에서 했다고 합디다. 이런 문제들이 해명되면 이용국 동지 문제도 쉽게 해결될 수 있는 것이 아닙니까?"

이런 질문에 대하여 이용국은 긴 한숨만 내쉬었다.

"방금 성주 동무가 질문한 그 첫 번째 문제 말이오, 특위에서는 나한테 시간까지 정해주면서 밀정을 찾아내라고 했소. 정한 시간이 다 되었는데도 내가 찾아내지 못하니 결국 내가 이렇게 된 것이 아니겠소."

이용국은 두 번째 문제는 쉽게 대답하려고 하지 않았다. 후에 알게 된 사연이지만 소왕청 근거지가 성립되기 이전 왕청현위원회 기관은 왕청현과 연길현의 접경지대에 위치한 의란구의 산골 안에 자리 잡고 있었고 현위원회 부녀위원으로 활동하다가 토벌을 당해 죽은 이용국의 아내 김영식의 장지(葬地)도 바로 그 골짜기에 있었다.

"이용국 동지, 제가 특위 위원 마영 동지와는 정말 친한 사이인데 이용국 동지의 억울한 사연을 말씀드려 보랍니까?"

김성주가 불쑥 이렇게 묻자 이용국은 그의 손을 잡고 당부했다.

"안 될 소리요. 난 김 정위가 순수하고 또 정의로운 사람이라는 것을 잘 알고 있소. 그러나 이번 이 일은 정말이지 절대 함부로 나설 문제가 아니오. 연길과 화룡에서는 이미 얼마나 많은 사람들이 민생단으로 몰려서 처형되었는지 모르오. 괜히 나 때문에 전도가 창창한 김 정위가 연루되는 것은 안 될 일이오. 난 나 자신을 믿듯이 당 조직도 믿소. 당 조직에서 반드시 나의 청백함을 믿어줄 것이라고 믿고 내심 기다리고 있는 중이오. 그러니 절대로 함부로 나서서 아무 말이나 하다가는 오히려 문제가 더 복잡하게 번질 수도 있다는 것을 잊지 마오."

일본군 토벌에 불타버린 자리에 다시 집을 짓고있는 유격구의 백성들

그러면서 이용국은 김성주에게 몇 가지 주의도 주었다.

항일유격구를 건설하고 있었던 근거지 백성들에 대한 선전화

"지금부터 내가 하는 충고를 명심하고 각별히 조심하도록 하오. 이는 나의 교훈이기도 하오. 실례를 하나 들어드리겠소. 저번 요영구 전투승리 기념행사 때 김 정위가 불렀던 노래 말이오. 조선혁명군에서 배웠던 노래라며 불렀던 그 노래 있잖소. '여자해방가'면 '여자해방가'지 굳이 다른 데서 배운 노래인데 원래 노래제목은 '월선의 노래'라고 밝혀가면서 말하는 습관을 꼭 버려야 하오. 그렇게 되면 긁어서 부스럼을 만들게 되오. 아무 것도 아닌 일을 가지고 문제를 삼아서 더 큰 문제로 만들어낼 줄 아는 사람들이 우리 현위원회에도 있고 특위에도 있소. 그래서 정말 조심하라는 것이오."

이어 이용국은 김성주에게 다음과 같이 주의를 주었다.

"성주 동무가 마영 동지와 '정말' 친한 사이라고 하는 것처럼 사실은 나도 조직부장 김성도 동지와는 누구보다도 '정말' 친한 사이었소. 그는 어떻게 말하면 나의 혁명의 스승이기도 하오. 내가 봉림동에서 살 때 바로 김성도 동지의 도움으로 야학도 꾸리고 또 후에는 봉림동 특별당지부도 내오고 했었소. 그런데 지금 와서 보오. 누구보다도 나에 대해서 잘 알고 있는 분이 지금은 오히려 누구보다도 더 나를 민생단으로 몰아붙이고 있단 말이오. 그래서 하는 말인데 성주 동무는 동장영 등 중국 간부들이 계실 때는 곁에 아무리 김성도 동지 같은 우리 조선인 간부들이 함께 있어도 절대로 따로 조선말로 대화를 하지 마오. 그분들이 설사 중국말이 서툴더라도 성주 동무는 절대로 그들과 따로 조선말로 대화하거나 하는 일이 있어서는 안 되오. 단 한 사람이라도 중국인 간부들이 계시면 성주 동무는 계속 끝까지 중국말로만 대화를 해야 하오. 내 말 뜻을 알겠소? 성주 동무는 누구보다도 중국 말을 잘하고 또 중국글도 잘 쓰니 얼마나 좋소.”

이용국의 이 충고를 김성주는 심각하게 받아들였다. 때문에 이때로부터 김성주는 동만 특위나 또는 왕청현위원회 중국인 간부들이 동석한 자리에서 이야기를 주고받을 때 설사 같은 조선인 간부들과 대화를 진행하더라도 조선말로 말하지 않았다.

동만 특위 사무실에 도착한 뒤 동장영은 민생단과 관련한 문제의 엄중성을 언급하면서 이것이 어떻게 파생되었고 또 어떻게 발견되어 여기까지 오게 되었는지에 대하여 김성주에게 설명했다. 그는 연길현위 서기 한인권(韓仁權, 韓范)에게서 직접 보고받았던 일명 ‘송노톨 사건’이라는 작년(1932년) 10월에 있었던 일을 한참 이야기하다가 김성도에게 권했다.

“참, 조직부장 동무가 직접 송노톨을 심문하는 데도 참가하고 했었으니 수고스러운 대로 설명해 주시오.”

제11장

'반민생단 투쟁'

악에는 일정한 형태가 없다
그것은 사람들 사이를 표류하다가
흔들리고 망설이는 사람에게 스며든다.
—톨스토이

1. '송노톨 사건'

1930년대, 만주에서 일제에게 협력했던 조선인들도 아주 많았다. 협화회(協和會)를 비롯해 간도협조회, 민회, 보민회 등 각종 친일단체들이 일본군의 외곽조직으로 활동하고 있었다.

　일명 '송노톨 사건'으로 불리기도 하는 1932년 10월 연길현에서 발생하였던 이 사건의 주인공 '송노톨'은 수염이 많다고 해서 별명이다. 별명만 '노톨'이지 사실 나이는 30대 안팎이었고 중공당 연길현 노두구(老頭溝) 위원회 비서직에 있었다.

　그는 2개월 전인 8월경에 연길 헌병대에 체포되었다가 불과 7일 만에 풀려 나왔는데 자기말로는 탈출하여 나왔다고 하였으나 앞뒤 말이 잘 맞지 않고 수상스러운 데가 적지 않았다. 그렇다고 당장 무슨 문제를 집어낼 수도 없고 하여 당시의 중국 공산당 연길현위원회 서기 한인권은 일단 '송노톨'의 비서직을 정지시키고 그를 연길현 농민협회에서 꾸리고 있는 '농민투쟁보'사에 내려 보내어 인쇄소

최현(崔賢)

일을 하면서 계속 조사를 진행하는 한편 상급 당 위원회에서 새로운 결정이 내려지게 될 때까지 기다리게 하였다.

그런데 2개월 뒤인 10월 16일, 일본 헌병 고노(小野, 상등병)와 통역관 주모(周某) 등 3명이 나무꾼으로 위장하고 유격대 근거지를 향하여 오는 도중에 삼도만 대동구 당 지부의 파견을 받고 노두구 매봉산 부락으로 모금을 나갔던 연길현 유격대 장총분대와 맞닥뜨리게 되었다. 이 장총분대의 분대장은 최현(崔賢)이었는데 본명은 최득권으로 1945년 '8·15 광복' 이후 북한으로 돌아가 민족보위상과 인민무력부장 자리까지 올라 1982년까지 살았던 사람이다.

그는 이 일과 관련하여 자세한 회고담을 남긴 바 있다. 그 외 1962년까지 살았던 당시의 삼도만 대동구 당지부 서기였으며 이후 북한 노동당 평양 시위원회 위원장이자 노동당 중앙 조직부장을 지낸 김경석(金京錫)[2]도 회고담을 남겼는데 "최현이 마상대를 멘 위에 덧저고리를 쓰고 민간인으로 가장한 다음 설렁설렁 고노 일행에게 접근하여 둘을 쏘아 죽이고 하나만 산 채로 붙잡아 왕우구로 압송하였다."고 말하고 있다.

격살당한 1명은 일본 헌병 고노였고 사로잡힌 1명은 바로 통역관 주모였다. 심문과정에서 주모는 자기들은 토벌대의 파견을 받고 유격구의 군사약도를 그리러 왔다고 자백하였다.

"에잇, 더러운 왜놈의 개야."

최현이 당장이라도 때려죽일 것처럼 욕설을 퍼부으면서 무섭게 구는 바람에 주모는 혼비백산할 지경이었다.

"분대장 동무, 그냥 죽여 버리고 맙시다."

이렇게 권하는 대원도 있었다. 주모는 다급하여 최현에게

민생단 사건이 발생할 당시 삼도만 대동구 당 지부 서기 직을 맡고 있었던 김경석(金京錫,)

---

2. 김경석(金京錫) 1910년 11월 함북 성진에서 출생, 32년 김일성 항일유격대 가담 48년 3월 북조선조동당(북노당) 중앙위원 (제2차 대회), 50년 10월 사단 정치부 지휘관, 53년 7월 노동당 검열위원회 부위원장, 56년 4월 노동당 중앙위원(제3차대회), 57년 8월 최고인민회의 제2기 대의원, 9월 동 상임위원회 위원 58년 10월 당 중앙위원회 부장, 60년 5월 평양시당 위원장, 61년 9월 당중앙위원(제4차대회) 62년 10월 최고인민회의 제3기대의원, 11월 사망.

애걸했다.

"당신네 연길현위위원회에 송 영감이라는 비서를 좀 만나게 해주십시오."

"네가 어떻게 송 비서를 아느냐?"

"그분께서 헌병대에 체포되셨을 때 내가 통역을 섰습니다. 언젠가 유격대에 잡히는 날이 있더라도 그분이 자기를 찾으면 꼭 도와줄 것이라고 약속했습니다."

최현은 주모의 말을 듣고 부쩍 의심이 들어 그를 꽁꽁 묶어가지고 유격구로 데리고 왔다. 보고를 받은 한인권은 의란구 유격대 정치위원 이상묵(李相默)을 데리고 직접 주모를 심문하였는데 주모가 간청했다.

"저를 죽이지 않는다고 약속하면 모든 것을 다 말씀드리겠습니다."

"좋다. 사실대로 대라. 그러면 목숨만은 보장하마."

왕우구 유격근거지의 최고위 간부였던 한인권이 이렇게 약속하니 주모는 비로소 술술 털어놓기 시작하였다.

"사실 송 영감이 헌병대에서 풀려나온 것은 '탈출'한 것이 아니고 근거지에 돌아가 민생단을 조직해달라는 헌병대의 요구를 들어주기로 약속하고 풀려나왔던 것입니다."

한인권은 사태가 심상치 않은 것을 보고 이상묵에게 당장 '송노톨'을 가두게 하고 그 자신은 특위기관이 자리 잡고 있었던 의란구 고성툰으로 달려갔다. 마침 동장영의 방에는 화룡현위원회에서 조아범이 직접 보내온 통신원이 와 있었다. 통신원은 한인권과도 잘 아는 사이었다. 왜냐하면 한인권은 연길현위원회로 전근하기 전 줄곧 화룡현위원회에서 선전부장으로 일하였기 때문이었다.

1901년 생으로 연길현 용신구(勇新溝) 조양향(朝陽鄉)에서 태어났던 한인권은 1928년 화룡현에서 반일운동에 참가하였고 1931년 11월, 중공당 화룡현위원회 선전부장에 임명되기도 했다. 그리고 한 달 뒤인 12월에 연길현위원회 선전부장으로 전근되었다가 이듬해 1932년 7월에는 연길현위원회 서기가 되었다.

"한범(韓范, 한인권의 별명) 동지 마침 잘 왔습니다. 그러잖아도 부르려고 했습니다."

동장영은 화룡현위원회에서 보내온 정보를 한인권에게 보여주었다.

"화룡유격대가 대회동에서 일본 헌병을 몇 명 생포했는데 그자들의 입에서도 역시 연길현위원회 비서 송 영감이란 사람의 이름이 나왔소. 송 영감이란 사람을 만나면 죽지 않는다고 했다고 합니다. 여기 청산(靑山, 조아범의 별명) 동무가 보낸 편지가 있으니 직접 읽어보십시오."

한인권이 편지를 다 읽고 나자 동장영은 재촉했다.

"송영감이란 자를 빨리 체포하여야 하지 않겠습니까."

"그러잖아도 제가 이미 사람을 보내어 어디로 도망가지 못하게 붙잡아 가두라고 했습니다. 저도 사실은 이 일 때문에 달려온 것입니다."

한인권은 헌병대 통역관 주모를 사로잡아 유격구로 데려온 일을 이야기하면서 동장영과 함께 주모의 진술내용을 가지고 한참 연구했다.

"헌병대에서 송 영감을 놓아줄 때 우리 유격근거지에 돌아가서 민생단을 조직하라고 했다는데 이게 무슨 소립니까? 민생단은 사무소도 다 폐쇄되었고 올 여름에 이미 망했다고 하지 않았습니까? 내가 그렇게 들었던 것 같은데 어떻게 민생단 소리가 다시 나오게 된 것이지요? 그것도 우리 유격구 안에 직접 들어와서 민생단을 다시 조직하겠다는 소리가 아닙니까?"

동장영도 민생단에 대하여 전혀 모르지는 않았다.

2. 연길헌병대장과 김동한

김동한(金東漢)

1931년 12월, 동장영이 동만주 특위서기로 임명받고 내려온 지 얼마 안 되었을 때의 이야기이다. 간도지방에서는 민생단이라는 친일 민간단체가 한창 조직되고 있었다. 조선 내에서 민족개량과 자치론을 주창하며 일본에게 협력하던 조병상(曺秉相), 박석윤(朴錫胤), 김동한(金東漢), 이인선(李仁善) 등 친일 인사들은 만주사변이 일어난 직후인 9월 26일 용정(龍井)으로 나와 일본의 만주 침략이 간도 지역 조선인의 권익을 확보하기에 좋은 기회라고 선동하고 다녔다. 그리고 김택현(金澤鉉), 이경재(李庚在), 최윤주(崔允周) 등 간도 지역 친일계 민회의 인물들과 접촉하여 민생단(民生團)을 설립하려고 협의하였다.

그리하여 10월 7일 조병상(曺秉相), 박석윤(朴錫胤), 이경재(李庚在), 최윤주(崔允周), 김택현(金澤鉉) 등 5명이 대표로 오카다 겐이치(岡田兼一) 일본 총영사에게 민생단 설립의 허가를 신청하고 준비 과정을 거쳐 1932년 2월 15일 정식으로 민생단을 설립하였는데 발기자 명단이 1,252명이나 되었다.

민생단은 설립 취지문에서 '40만 재만 동포의 생존권 확보와 확충'을 위해 노력한다는 목표를 내세웠고 '자위와 자율, 자립'의 권리를 확보해 '이곳에 자유 낙토를 건설하자.'고 주장하기도 했다. 그리고 '산업인으로서의 생존권 확보, 독특한 문화의 건설, 자유천지의 개척'의 3가지를 강령으로 내세웠는데 처음에는 단장을 공석으로 하고 부단장으로 과거 '대한국민회'(大韓國民會)의 총무 등을 지냈던 한상우(韓相愚)를 선출했다. 그러다가 3월 5일, 뒤늦게 일본육군사관학교 출신인 박두영(朴斗榮)이 단장으로 취임했다. 진치업(陳致業), 이인구(李麟求), 전성호(全盛鎬), 조두용(趙斗容) 같은 사람들이 핵심 간부로 활동했고 연길, 화룡, 왕청, 훈춘 등 4개 현에 지단(支團)을 설치하여놓고 있었다.

이렇게 민생단은 '간도에 있는 모든 단체의 중앙기관'임을 자처하며 설립되었지만 일본군의 만주 침략을 환영하는 순회강연단을 각 지역에 파견하고 선전문을 살포하는 등 일본의 만주 침략과 지배를 옹호하기 위한 친일기관으로서의 역할을 하였다.

더욱 나아가 조선인들뿐만 아니라 중국인들의 공노를 사게 된 것은 간도 조선인의 자치를 주장하며 1932년 3월 1일 세워진 만주국에서 간도를 특별자치구로 설정해 줄 것을 일본에 청원하였을 뿐만 아니라 만주국에 반대하여 싸우고 있었던 중국인 항일 무장투쟁 세력을 모조리 '비적'으로 규정하고 그에 맞서는 무장 자위단까지도 조직하려고 하였던 탓이었다. 두말할 것도 없이 이러한 민생단의 활동은 간도 지역 이주민 내부에서 항일과 친일 세력의 갈등을 더욱 격화시키는 계기가 될 수밖에 없었다.

이러한 전개 결과 항일투쟁의 하나로 '주구(走狗, 앞잡이) 청산운동'이 전개되어 각지에서 민생단에 가입한 인물들에 대한 살해 위협과 몰매 등이 이루어졌고 많은 사람이 민생단에서 탈퇴하였다. 종국에 가서는 폐쇄를 신고하기에까지 이르렀는데 주요 원인은 민생단이 주장했던 만주 조선인들의 자치와 무장 자위단까지 결성하겠다는 요청을 일본 정부가 좋지 않게 보았기 때문이었다. 그리하여

간도 일본 총영사관

1932년 7월 14일에 끝내 사무소가 간판을 내리고 말았다.

이때 민생단의 해산을 아쉬워하면서 발까지 굴렀던 한 일본 군인이 있었는데 얼마 전 관동군 헌병사령부 제3과 과장에서 연길 헌병대 대장으로 발령받고 동만주로 나온 지 얼마 안 되었던 가토 하쿠지로(加藤泊治郎) 중좌였다. 1887년생으로 일본 육군사관학교(제22기)를 졸업하고 나가사키 포병대대에서 포병소위로 임관된 가토 하쿠지로는 그때로부터 줄곧 헌병이 되어 일본 국내와 만주 여러 지역에서 복무하다가 1930년 8월에 만주국이 설립되면서 관동군 헌병

만주국을 세운 일본 침략자들은 일본·조선·만주·몽골·중국의 '오족협화(五族協和)'와 '왕도낙토(王道樂土)'를 기치로 내걸고 새로운 이상국가의 실현임을 국제사회에 표방하였으나, 실상은 관동군이 배후에서 모든 것을 장악하고, 중국인을 비롯한 나머지 이주민들은 장식품에 지나지 않은, 전형적인 괴뢰국가에 지나지 않았다.

사령부로 전근되었다. 동장영이 동만주로 파견 받게 된 것과 거의 비슷한 시간대에 연길 헌병대장으로 발령받은 가토 하쿠지로는 연길 독립수비대장 다카모리 요시 중좌와 함께 간도지방의 반일세력을 소탕하는 것에 대하여 모의했다.

"갈대 화살로 갈대밭을 쏜다는 이야기를 들어보셨습니까? 중국말로는 이이제이(以夷制夷)라고도 하지요. 간도지방의 반일세력은 중국인들보다 오히려 조선인들이 더 극성인데 1930년대 이후, 간도의 조선인들은 다수가 중국 공산당과 합류하고 있습니다. 우리는 그들의 공적이 되어 있습니다.

이럴 때 우리가 많은 물량과 비용을 소모해가면서 그들 모두를 상대로 싸우기보다는 말 그대로 그들끼리 서로 싸우게 만들고 적당하게 싸움 붙일 미끼만을 제공하면 됩니다. 여기에 만약 외교능력이 높고 또 언변이 뛰어나고 사교술도 좋은 인재가 있어서 우리를 돕는다면 그야말로 금상첨화요, 만사대길하게 될 것입니다."

다카모리 연길 독립수비대장은 좀 아리송한 표정이었다.

"좀 얼떨떨합니다. 조선인들을 동원해서 조선인들을 잡는다는 소립니까? 아니면 중국인과 조선인을 이간시킨다는 소립니까?"

"좀 더 정확하게 말씀하여 드린다면 공산당의 손을 빌려서 공산당을 잡는 것이지요. 즉 공산당 내의 중국인들의 손을 빌려서 공산당 내의 조선인들을 잡자는 것입니다."

가토 연길 헌병대장은 이 음흉한 계책을 실현시키기 위하여 요카다 겐이치 용정 총영사와도 의논하고 그의 도움으로 민생단 발기자 가운데 한 사람이었던 김동한을 포섭하는 데 성공하였다.

가토가 얼마나 김동한을 좋아하였던지 여러 가지 일화가 전해지고 있다. 1892년 생으로 나이가 가토보다 5살이나 어렸던 김동한은 사석에서 가토를 형님이라고 부를 지경까지 되었다고 한다. 두 사람 사이에서는 한 사람이 일본군 헌병 중좌이고 다른 한 사람은 조선인이라고 해서 떡떡거리거나 굽실거리거나 하는 일이 없었다. 오히려 김동한이 "나야말로 조선에서 태어난 일본인이다."고 자부할 지경으로 가토가 시키는 일이라면 무슨 일이나 다 하였는데 많은 경우 김동한이 계책을 내고 가토가 그의 계책을 다 들어주는 식이었다.

"앞으로 내가 설사 연길을 떠나는 한이 있더라도 이 만주의 헌병 계통에서 근무하는 한은 아우에게 매달 수당금이 지급되도록 하겠소."

이때로부터 김동한은 연길 헌병대로부터 매달 돈을 받게 되었다. 가토 덕분에 헌병 부사관(군조)급의 파격적인 대우를 받게 된 것이다. 때문에 연길 헌병대의 일반 헌병들도 김동한을 만나면 경례까지 붙일 지경이었다. 가토는 또 민생단이 해산될 무렵, 민생단에 자체적으로 무장부대를 두려고 했으나 용정 총영사가 비준하지 않아서 좌절되었다는 사실을 알고는 김동한에게 다음과 같이 약속했다.

"내가 좀 일찍이 이 일에 손을 댔더라면 민생단이 오늘 이 지경까지 되지는 않았을 것이오. 그러나 이미 해산되고 말았으니 적절한 때를 기다렸다가 다시 하나 만들도록 하오. 그때면 내가 최선을 다해서 돕겠소. 사람을 달라면 사람을 주고 돈을 달라면 돈을 주고 총이 필요하면 총도 주겠소. 단체 이름도 굳이 민생단이라고 하지 않고 '민생'을 돕는다는 뜻을 담아서 비슷하게 그러나 다르게 지을 수도 있지 않겠소."

"제가 생각해두고 있는 이름이 하나 있긴 합니다. 만

1930년대 만주의 일본 헌병들

일본에게 협력하여 항일유격대를 와해시키는 작전에 앞장섰던 김동한을 주인공으로 하는 연극 '김동한'이 만들어져나오기도 했다. '만선일보' 1940년 2월 11일 자 조간 2면 기사다.

약 헌병대에서만 도와준다면 이 일은 정말 쉽게 해낼 수가 있습니다."

이렇게 되어 이듬해 1934년 9월 6일에 창설되는 그 악명 높은 '간도협조회'가 가토 하쿠지로 연길 헌병대장과 다카모리 요시 연길 독립수비대장의 전폭적인 지원과 지지를 받아가면서 고고성을 울리게 되고 설립 1년 만에 회원 수가 6411명까지 늘어나게 된다. 회장은 당연히 김동한이었다. 물론 이것은 후에 있게 되는 일이다.

3. 한인권의 변절

1932년 10월의 '송노톨 사건'은 가토 연길 헌병대장과 김동한이 손을 잡은 뒤 그들 둘이 직접 모의하고 획책하였던 일이었다. 이를테면 그들에게 있어서는 상당히 성공적인 첫 합작품이라고 할 수도 있겠다. 이때의 가토 하쿠지로의 나이는 45세, 김동한의 나이는 40세였던데 반해 중국 공산당 동만 특위 최고 권력자였던 동장영의 나이는 겨우 25세. 너무 새파랗게 어렸고 또 세상 경험도 많지 못했다.

동장영은 성격도 급했을 뿐만 아니라 사상 또한 마르크스의 급진적 사회주의 신봉자였다. 비록 일본에 유학할 정도로 공부도 많이 했고 또 여러 지방에서 중국 공산당 고위 간부로 활동하였지만 급진주의 자체가 가지고 있는 폭발적인 혁명의 추진력 앞에서는 어떤 사람들도 그를 바로잡을 수 없었다. 더구나 동만주의 중국 공산당 내에서 그는 최고 권력자였고 최후 결정자였기 때문에 그가 동만주의 중국 공산당에 끼친 폐해는 이루 다 말할 수가 없었다.

어쨌든 '송노톨 사건'에 말려든 동장영은 연길현위원회 서기 한인권과 연길현유격대 정치위원 이상묵에게 다음과 같이 지시했다.

"두 분, 내 말을 명심하시오. 설사 치사사고를 내는 한이 있더라도 송가의 입을 열어서 우리 당 내에 이미 민생단에 가입한 자들이 누구인지를 알아내야 합니다."

기가 막혔던 것은 동장영뿐만 아니라 그의 주변에 스스로 오랜 혁명가로 자처하고 있었던 특위의 다른 간부들까지도 모두 이것이 혹시 적들의 이간책일 수도 있지 않겠는가는 의문을 가져보지 않았다는 것이다. 헌병대 통역관 주모의 말을 그대로 곧이곧대로 믿어버렸던 것도 문제이지만 뼈에서 살가죽이 떨어져나가는 혹독한 매질을 당한 '송노톨'이 몇 번이나 혼절하였다가 깨어나고 또 다시 혼절해가면서 아무렇게나 지어내서 불러댄 이름들이 모조리 민생단으로 치부되었던 일은 오늘날 누가 이해하기에도 설명이 통하지 않는 부분이다.

또 이때의 동만 특위 기관이 연길현위원회 기관과 함께 왕우구 유격근거지 안에 자리 잡고 있었던 것도 문제였다. '송노톨'의 입에서 쏟아져 나오고 있었던 자백 내용들이 그때그때 동장영에게 바로 보고되었고 동장영이 그때그때 내뱉곤 했던 한마디 한마디가 모두 최후 결정이 되어버렸던 탓이었다.

우선 일본군 토벌이 한창 살벌하던 때였기 때문에 근거지 내부에 잠복하여 있다는 민생단을 한순간이라도 지체 없이 척결하지 않으면 안 된다는 위기의식도 단단히 한몫했다. 그리하여 '송노톨'은 물론 살려준다고 약속했던 통역관 주모와 '송노톨'의 입에서 쏟아져 나왔던 20여 명의 민생단 가입자가 모조리 잡혀 나와 처형되었다. 이 20여 명 속에는 중국 공산당 연길현위원회 산하 노두구위원회

일본 헌병의 조선인 공개 처형

왕우구유격근거지

서기 이권수, 위자구 당지부서기 김창원도 들어있었다.

이들은 처형되기 전에 모두 반죽음이 되도록 얻어맞았는데 설사 때려서 죽이는 한이 있더라도 그들의 입을 통하여 또 다른 민생단을 찾아내야 한다는 동장영의 지시가 있었기 때문이었다.

이때 더욱 동장영을 격노시킨 일이 발생했다. '송노톨 사건'이 발생한 뒤로 가장 앞장서서 민생단을 숙청해나가던 연길현위원회 서기 한인권이 2개월 뒤인, 1932년 12월 직접 노두구에 달려가 이권수(노두구위원회 서기)가 죽기 전에 또 내뱉었던 몇 명 민생단 혐의자들을 붙잡아서 모조리 처형하고 돌아오는 길에 노두구와 가까운 동불사(銅佛寺) 대북동(大北洞)에서 현지의 자위대에 붙잡혀 일본경찰에게 넘겨졌던 것이다.

1947년 중국 공산당 용정 고급간부학습반에서 과거 행적이 탄로 났던 한인권은 그때 자기도 일제에게 투항하고 풀려나왔음을 인정했다. 그러나 다행스럽게도 그는 혈채(血債)가 없었다.

4. 김명균의 탈출

한인권의 뒤를 이어 연길현위원회 서기에 올랐던 사람은 바로 왕우구 유격근거지를 지키고 있었던 의란구 유격대 정치위원 이상묵이었다. 게다가 왕청현위원회에서는 서기 이용국에 이어 두 번째로 면직당하고 감금되었던 군사부장 김명균이 밤에 귀틀집 창문틀을 통째로 뜯어내고는 아내와 함께 도망치는 일이 발생했다. 이 일 때문에 '민생단 감옥'을 지키고 있었던 현위원회 간부 이건수가 또 잡혀 들어갔고 얼마 안 있어 김권일까지 왕청현위원회 서기직에서 면직되었다.

한편 근거지에서 탈출한 김명균은 도망치는 길에 대두천 일본수비대에 붙잡혀 왕청현 소재지 백초구에 끌려갔다.

"진심으로 귀순하면 놓아주고 양민으로 살게 해주겠소."

가토 하쿠지로 연길 헌병대장은 김명균이 중국 공산당 왕청현위원회 군사부장이라는 것을 알고 있었던 까닭에 김동한을 데리고 직접 백초구로 달려왔다. 그들이 획책하고 있었던 민생단이 큰 결실을 본 것이었다.

"공산당으로부터 민생단으로 몰려서 더는 돌아갈 수도 없고 또 다른 데 가서도 공산당을 위해 일할 수도 없게 됐소. 진심으로 귀순하고 이제부터는 깨끗하게 손을 씻겠소."

김명균은 가토의 요구대로 그동안 군사부장으로 있으면서 왕청유격대를 거느리고 30여 차례나 되는 '습격행동'을 했던 '죄행'을 모조리 자백했고 얼마 뒤에는 풀려나왔다. 그는 그길로 연길현 태평구에 가서 정착하고 태평구 소학교 교장이 되었다.

그런데 2개월 뒤인 8월 16일, 김명균은 다시 체포되었다. 그에 대한 감시를 전담하고 있었던 백초구 경찰서와 노두구 경찰서에서는 '공비가 허위 귀순한 후 비밀공작을 진행한 데 관한 지건(之件)'이라는 보고서를 연길헌병대에 올려 보냈는데 가토는 그것을 받아보고 깜짝 놀랐다.

"이자가 귀순을 해놓고도 또 몰래 동료들을 긁어모으다가 들통이 났구먼. 용서할 수가 없는 일이오."

김명균은 용정 총영사관으로 압송되어 서류절차를 마친 흐 서대문형무소로 압송당해 판결 받게 되었다. 경성 지방법원에서는 그의 '가짜 귀순 행위'를 굉장히 나쁜 '죄질'이라고 판단하여 사형을 언도했다. 사형이 집행된 것은 이듬해 1934년 9월이었다.

동아일보 1936년 4월 1일 자에 실린 김동한 사진과 관련 기사

그렇게 김명균의 탈출사건이 발생하자 동장영은 같은 중국인인 왕윤성 한 사람만 제외하고 왕청현위원회의 조선인 간부들은 모조리 의심하였다. 민생단 감옥을 책임지고 지켰던 이건수까지도 며칠 뒤에 바로 총살당했다. 그가 김명균과 일본에서 같이 공부했던 적이 있었다는 이유 때문에 고의적으로 김명균을 놓아주었을 것이라고 의심받던 것이었다. 그리고 또 얼마 지나지 않아 이용국의 뒤를 이어 왕청현위원회 서기직에 올랐던 김권일까지도 면직되고 감금당하고 말았다. 김권일의 동료로 몰려 또 함께 잡혀 나온 사람은 왕청현위원회 조직부장 석초였다.

이렇게 한 사람에게 문제가 생기면 그와 관계가 있는 사람들이 또 연루되어 함께 잡혀 나오는 형국이 벌어지다보니 동만 특위 내 각 현위원회 기관에서는 모든 간부들이 고갈이 되고 공석이 된 자리가 많아 온통 뒤죽박죽이었다.

1933년 6월 6일, 중국 공산당 왕청현위원회 제1차 확대회의가 열리기 사흘 전 동장영, 왕윤성, 김성도 등 특위 위원들은 모여앉아 공석이 된 동만 특위 선전부장 인선을 의논하였다. 여기서 김성도는 연길현위원회 서기직에 오른 지 며칠 안 되는 이상묵을 추천하였고 왕윤성은 김성주를 추천하였는데 김성도의 강력한 반대에 부딪치고 말았다. 이유는 김성주가 혁명에 참가한 경력도 일천하고 또 무엇보다도 나이가 너무 젊다는 것이었다.

"그게 무슨 소립니까? 김일성 동무는 1931년 '8·1 길돈 폭동'때 벌써 예비당원이 된 사람입니다. 그러니 그의 혁명경력을 짧다고 볼 수는 없지요. 그리고 나이 젊은 것도 문제가 됩니까? 우리 서기 동무 나이도 20대 중반밖에 안 되지만 동만주에서 서기 동무의 혁명자력에 비할 수 있는 사람이 과연 몇이나 되겠습니까."

왕윤성이 이런 식으로 김성주를 변호하는 바람에 동장영의 얼굴 표정이 굳어져버렸다. 이때다 싶어 김성도는 왕윤성을 나무랐다.

"마영 동지, 비교를 할 상대가 따로 있지 무슨 말씀을 그렇게 하십니까?"

왕윤성은 실언했음을 깨닫고 황망히 동장영에게 양해를 구했다.

"서기 동무, 내 뜻은 김일성 동무를 서기 동무한테 비교하려고 했던 것은 아닙니다. 우리 중국 동무들과 달리 조선 동무들은 오히려 나이가 젊을수록 민족주의 파벌싸움 냄새가 적고 비교적 순수하다는 것을 말하려고 한다는 것이 그만 비유를 잘 하지 못했습니다. 절대 서기 동무의 혁명자력도 젊음과 관계된다는 뜻은 아닙니다."

"아닙니다. 괜찮습니다. 저도 젊은 것은 사실입니다."

동장영은 웃어 보였으나 그래도 표정은 어딘가 부자연스러웠다. 동만 특위에서 왕윤성과 김성도는 사사건건 부딪치고 있었다. 그럴 때마다 동장영은 누구의 편에도 서지 않고 항상 중립적인 자세를 취하였다. 그러나 오늘따라 그가 왕윤성의 말을 불쾌하게 듣고 있다는 것을 눈치 챈 김성도는 손가락까지 꼽아가면서 따지고 들었다.

"마영 동지, 서기 동지 올해 나이는 26세입니다. 김일성 동무는 올해 21살인 줄로 압니다. 이렇게 5살이나 차이가 납니다."

"조직부장 동무 말씀이 맞습니다. 내가 생각이 짧았습니다."

왕윤성은 부득이 사과하고 말았다. 겨우 21살 밖에 나지 않았던 김성주에 비해 이상묵은 이때 28살이었고 김성주는 당 위원회 기관에서 근무해본 경력이 없었던 반면에 이상묵은 연길현 유격대에서 중대 정치위원과 대대 정치위원을 거쳐 연길현 위원회 선전부장과 현위원회 서기직을 거쳤기 때문에 중국 공산당 내 경력 면에서 김성주는 이상묵에게 비교가 되지 않았다. 김성도는 왕윤성이 사과하자 좀 더 자기의 주장을 피력했다.

"물론 김일성 동무도 나이는 젊지만 유격대 정치위원에 임명된 뒤로 우리 소왕청 유격근거지를 보호하는 여러 차례 전투에도 직접 참가하면서 아주 잘해오고 있었던 것도 부인할 수 없는 사실이기는 합니다. 그러나 김명균이 도주하고 나서 우리가 유격대 내부에서 민생단을 적발하기 시작했을 때 김일성 동무가 보여주었던 태도에는 엄중한 문제가 존재합니다. 저는 줄곧 이 문제를 제기해왔었지만 마영동지의 방해로 묵살되곤 하였지요. 그런데 보십시오. 최근에 점점 더 많은 문제들이 제보되고 있습니다. 제가 특별히 말씀드리고 싶은 것은 우리 특위의 '반민생단 투쟁'에 대한 그의 태도 자체에 근본적인 문제가 존재하고 있다는 사실입니다. 그런데도 마영 동지는 어떻게 그렇게 문제가 많은 사람을 특위 선전부장직에 추천할 수가 있단 말입니까?"

김성도가 이렇게 길게 말하기 시작하자 왕윤성도 마침내 참지 못하고 "아니 조직부장 동무는 왜 김일성 동무의 이름만 나오면 또 지나간 일을 꺼집어내면서 죽어라고 물고 늘어지지 못해서 안달이오?" 하고 버럭 역정을 내니 김성도뿐만 아니라 동장영까지도 몹시 놀라는 눈치였다.

사람됨이 온화하고 종래로 화를 낼 줄 모르는 왕윤성도 이상하리만치 다른 사람들은 다 믿지 않고 의심해도 유독 김성주만은 믿었고 누구라도 김성주에게 해가 되는 말을 하면 지체 없이 나서서 변호하곤 하였다.

해방 후 왕윤성과 친하게 지냈던 한 지인은 "그 시절 조선인 간부들은 조금만 무슨 문제가 생겨도

1945년 '8 ·15 광복'이후까지 살아남았던 왕윤성(왼쪽 첫 번째), 팽시로(왼쪽 두 번째), 주보중(오른쪽 두 번째), 왕효명(오른쪽 첫 번째)

모조리 의심받고 또 민생단으로 몰리곤 했는데 당신은 왜 김일성만은 그렇게 믿었고 또 김일성을 지켜주려고 했는가?"고 물었던 적이 있었는데 왕윤성은 이렇게 대답했다.

"1933년 1월, 그 춥던 겨울에 영안에서 노흑산을 넘어 소만국경까지 왕덕림의 구국군을 따라가면서 만주에 남아서 항일투쟁을 하자고 그들을 붙잡고 설득하였던 사람은 내가 알기에 김일성밖에 없었다. 그가 거의 한 달 동안이나 걸어서 다시 영안으로 돌아왔는데 그때 보니 손발이 다 얼어터지고 입과 눈에서는 고름이 흐르고 있더라. 어찌나 얼었던지 말도 제대로 못 하더라. 그가 죽을까봐 더럭 겁이 나기도 했었다. 내가 그 모습을 직접 보았던 사람이다. 나도 동장영 못지않게 많은 조선 동무들을 의심했고 또 내가 직접 나서서 민생단으로 몰아붙였던 사람들도 한둘이 아니었다. 당시 군사부장 김명균을 민생단으로 처단할 때 내가 가장 앞장서서 그를 공격했었다. 그런데 나는 유독 김일성에 대해서만은 항일투쟁에 대한 그의 철저성을 의심할 수가 없었다. 구국군에서 활동할 때 김일성이 어떤 사람이었는지를 내 눈으로 직접 보았고 확인하였기 때문이었다."

왕윤성은 또 이렇게 말하였다.

"내가 만약 중국인이 아니고 조선인이었다면 나도 진작 김성도에게 민생단으로 몰렸을 사람이었다. 직급상으로 보면 동만 특위 조직부장이었던 김성도가 나보다도 훨씬 더 높았고 또 동장영의 위임에 의해 '민생단 숙청위원회'를 책임지고 있었기 때문에 권력도 막강했었다. 간부 인사배치는 그의 절대적인 권력 영역이나 다를 바 없었다. 원래는 내가 전혀 관계할 바가 아닌데도 동장영이 하루는 나한테 공석이 된 동만 특위 선전부장 자리에 누구를 임명하였으면 좋겠는가 하고 묻기에 나는 별로 깊이 생각하지 않고 김일성이 좋겠다고 대답했는데 김성도가 그렇게나 강력하게 반대하고 나올 줄을 몰랐

종자운(鐘子雲)

다. 그래서 나도 참지 못하고 한바탕 논쟁했는데 결국 내가 추천했던 김성주도 안 되고 또 김성도가 추천했던 이상묵도 안 되었다."

결국 동만 특위 선전부장에는 왕중산(王仲山)이라고 부르는, 글을 모르는 '까막눈'이 임명되었는데 그 이듬해 1934년에 공청단 만주성위원회 특파원으로 동만주에 와서 계속 민생단 잡이에 혈안이 되었던 종자운(鐘子雲)의 표현을 빈다면 왕중산은 '돼지를 다루는 데에는 박사'지만 그 이상은 아무것도 해낼 수 없는 그런 어처구니가 없는 인물이었다. 자격 미달자로서 줏대도 없고 기억력도 나빴던 모양이다. 그러나 그는 여섯 살 때부터 지주집의 머슴으로 들어가 돼지몰이를 했던 백 퍼센트 순수한 무산자 노동계급의 대표적인 간부였다

왕덕태(王德泰)

1930년 '5 · 30 폭동'이 일어났을 때 머슴으로 일했던 지주 집에 불을 질렀고 자기가 몰고 다녔던 돼지들을 모조리 훔쳐다가 잡아서는 폭동 참가자들에게 나눠줬다. 그 후에도 '추수', '춘황' 투쟁 때마다 팔을 걷어붙이고 앞장섰기 때문에 어느덧 연길현 반제동맹위원장에 선출되기도 했다. 그때 연길현의 반제동맹위원회는 '돼지몰이 왕중산'과 '소몰이 왕덕태'(王德泰. 훗날의 항일연군 제1로군의 부총지휘 겸 제2군 군장, 김성주의 직계 상사)의 세상이었다. 왕덕태가 왕중산의 밑에서 조직부장을 맡고 있었기 때문이었다.

그러다가 '송노툴 사건' 직후, 한인권이 실종되자 왕중산은 한인권의 뒤를 이어 연길현위원회 서기직에까지 오르게 되었고 왕덕태는 왕중산 뒤에서 적극적으로 밀어주었기 때문에 연길현 유격대

에서 평대원으로부터 시작하여 어느덧 대대장 박동근(朴東根)과 정치위원 박길(朴吉)까지 밀어내고 연길현 유격대대 최고 지휘관이 되어있었다. 이렇게 된 데는 '민생단 사건'이 발생한 뒤로부터, 동장영은 조선인 간부들보다는 그래도 중국인 간부들이 더 믿을만하다고 생각하게 된 이유가 있었다. 심지어 1933년 6월, 반경유와 함께 왕청에 왔던 만주성위원회 순시원 양파(楊波)는 동장영에게 이런 말을 하기까지 했다.

"조선공산당이 해산하게 되었던 근본적인 원인이 무엇인지 아십니까? 바로 창당되어서부터 하루 한시도 쉬지 않고 파벌싸움만 일삼아왔기 때문이었습니다. 파벌싸움에 혈안이 되어 정적을 공격할 때는 왜놈들과도 주저 없이 손을 잡곤 했었습니다. 후에 그들 대부분이 우리 중국 공산당으로 적을 옮겨오긴 하였지만 보십시오, 그들의 파벌싸움 본질이 어디 쉽게 고쳐지고 있습니까?

때문에 간부를 등용할 때 될수록 '한국 민족주의자 출신들은 대부분 파벌싸움 주의의 잔여'라는 사실을 잊어서는 안 됩니다. 간부들을 배치할 때 특위 주요 부서에는 가급적 우리 중국인 당원들을 배치하도록 하십시오. 그리고 꼭 조선인 간부를 배치하지 않으면 안 되는 경우에도 가능하면 파벌 싸움에 물들지 않은 순수한 젊은 당원들을 선발해야 합니다."

그렇게 1933년 6월 9일에 열렸던 제1차 중국 공산당 왕청현위원회 확대회의에서 서기였던 이용국에 이어 김명균까지도 정식으로 군사부장직에서 내려앉게 된 것이었다.

5. 반경유가 동만주에 오다

이 회의에서 김성도는 또 김성주를 공격하였는데 동만 특위 '민생단 숙청 위원회'에서 파견한 사람들이 유격대 제3중대장 장용산을 체포할 때 김성주가 유격대 중대장을 잡아가면서 어떻게 정치위원인 자기에게 한마디 귀띔도 하지 않는 법이 있는가 하고 불평했다는 것이었다. 그뿐만 아니었다. 김성도는 그 후 유격대원들 가운데서 민생단 혐

항일조직을 와해시키는데 앞장섰던 친일단체 협화회 중앙본부의 모습

중공당 길동국 조직부장 반경유(潘慶友, 即潘慶由)

의가 제기된 대원들을 불러다가 심사할 때는 몸소 정치위원 김성주의 앞으로 편지까지 한 장 써서 보냈다고 한다. 그런데도 김성주는 편지를 묵살해버리고는 유격대원을 데리고 가지 못한다고 딱 잡아뗐다는 것이다. 이는 처음 듣는 일이라서 동장영도 몹시 놀랐다.

"아니 그래서 그 민생단은 어떻게 처리했습니까? 설마 처리하지 못한 것은 아니겠지요?"

동장영은 민생단이라면 여느 때 없이 과격하게 반응했다. 특히 왕청현위원회 군사부장 김명균이 민생단으로 지목되어 심사를 받기 시작하였을 때부터 김명균의 가장 충실한 부하나 다를 바 없었던 유격대 대대장 양성룡이 제일 먼저 연루되었다. 그리고 양성룡과 함께 걸려 나온 사람이 바로 유격대대 안에서 제일 나이 많은 중대장 장용산이었다. 그리고 장용산의 제3중대에서 또 함께 걸려서 나온 대원이 한봉선이었는데 이 한봉선을 체포하기 위하여 직접 김성도의 편지를 가지고 갔던 '민생단 숙청위원회' 간부가 정치위원 김성주를 찾아갔다가 그에게 쫓겨 빈손으로 되돌아오고 말았던 것이다. 김성도는 그길로 동장영에게 달려가 일러바쳤다.

"동서기 동지, 김일성 동무가 '민생단 숙청위원회'를 너무 우습게 압니다. 모두 김일성 동무처럼 이런 태도로 나오면 어떻게 '반민생단 투쟁'을 제대로 진행할 수가 있겠습니까? 김일성동무의 정치위원직도 정지시켜야 할 것 같습니다."

그때도 또 왕윤성이 나서서 김성도를 제지시켰다.

"아니 이봐요, 대대장이 이미 직무정지를 당하고 한창 심사를 받고 있는 중인데 또 정치위원까지도 직무정지를 시키겠다는 말씀입니까?"

왕윤성은 동장영과 반경유에게 말했다.

"지금 유격대 사정이 말이 아닙니다. 대대장이 직무정지를 당해서 정치위원인 김일성 동무가 대대장직까지 겸하다시피 하고 직접 전투를 지휘하고 있습니다. 유격대가 매일같이 달려드는 왜놈토벌군을 막아내느라고 정신이 하나도 없는데다가 요즘 보니 대원들 군복이 모두 너덜너덜하게 찢어져서 말이 아닙니다. 신이 없어 맨발로 뛰어다니는 대원들도 있다고 합니다. 김일성 동무가 대원들 군복을 새로 갈아입히겠다고 여기저기 뛰어다니면서 돈을 모으고 있는데도 돈이 잘 모아지지 않아서 속을 태우고 있다고 하던데 이런 마당에 우리가 좀 도움을 주지는 못할망정 또 정치위원직까지도 정지시켜 놓으면 어쩌자는 겁니까?"

"마영 동지 말씀에 도리가 있긴 합니다."

동장영은 머리를 끄덕였다. 그러나 그는 김성주의 정치위원직을 정지시켜야 한다는 김성도의 주장에도 결코 반대하지 않았다. 일편단심 민생단 잡이에만 깊이 빠져버린 동장영은 누구라도 함부로 '민생단 숙청위원회'의 앞을 가로막는 사람이 있다면 절대로 용서할 수가 없었다. 그래서 그는 조용히 왕윤성을 설득했다.

"마영 동지, 김일성 동무가 괜찮고 훌륭한 동무인 것은 인정합니다. 양 대대장이 지금 심사받고 있어서 정치위원인 김일성 동무가 유격대대를 이끌고 우리 근거지를 지키는 일에 혼신을 바치고 있는 것도 근거지에서는 모두 알고 있는 사실입니다. 그러나 그가 함부로 '민생단 숙청위원회'의 사업을 방해하고 있는 것은 옳지 못합니다. 심각한 문제입니다. 이 문제를 바로 처리하지 않으면 우리의 '반민생단 투쟁'이 영향을 받게 됩니다. 때문에 반드시 상응한 처분을 내려야 한다고 봅니다."

이렇게 동장영은 김성도의 손을 들어주었다. 그러나 왕윤성은 끝까지 김성주를 위하여 변호하였다.

"서기 동무와 조직부장 동무, 다시 한 번 잘 생각해보십시오. 사실대로 말하면 왕청유격대야말로 김명균의 세력이 바닥 밑에까지 너무나도 깊게 침투하여 있는 곳입니다. 대대장은 물론이고 이하 중대장, 소대장에 이르기까지도 김명균이나 또는 양성룡이와 관계되지 않는 사람이 어디 있습니까? 그러나 유일하게 김일성 동무만은 그들과의 관계에서 아무 것도 걸리는 것이 없고 신분 자체가 깨끗한 사람입니다. 생각해 보십시오. 김일성 동무는 왕청 출신의 사람이 아니잖습니까."

왕윤성은 나중에 반경유에게도 도움을 청하였다.

"로우판(老潘), 저 사람들이 지금 김일성 동무를 의심하고 있습니다. 만약 김일성 동무까지 정치위원직에서 내려앉으면 우리 왕청유격대 사정이 어려워지게 됩니다. 아니, 단순히 어려워지는 것이 아니라 아주 곤경에 빠지게 될 수 있습니다. 아무래도 반 서기가 좀 나서서 동장영 동무를 설득해주십시오."

이에 반경유는 흔쾌히 대답했다.

"내 일단 김일성 동무부터 한번 만나보겠소. 그러잖아도 왕청으로 올 때 주보중 동지한테서 김일

김일성이 반경유와 만나는 장면을 제작한 북한의 선전화. 반경유가 김일성의 교시를 열심히 경청하면서 필기하는 모습으로 만들어놓았다

성 동무의 이야기도 좀 얻어들은 것이 있소. 소련으로 도망가는 구국군을 쫓아 소만국경까지 따라갔다가 돌아왔다는 이야기도 들어서 알고 있소. 영안에서는 김일성 동무가 아주 훌륭한 동무라고 그러던데 여기서는 좀 아닌 것 같구만. 왜서 이런지 모르겠소.”

반경유가 이렇게 나서주었기 때문에 왕윤성은 비로소 시름을 놓을 수가 있었다. 반경유와 왕윤성은 아주 친한 사이었다. 두 사람은 함께 영안현위원회에서 서기직과 선전부장직에서 일했던 경력을 가지고 있었는데 특히 반경유는 1932년 6월 수녕중심현위원회를 개편하고 서기직을 맡기도 하였다. 영안뿐만 아니라 목릉, 동녕, 밀산 등 4개 현위원회가 모조리 수녕중심현위원회의 지도를 받았으며 중국 공산당 길동국이 성립되면서 반경유는 조직부장까지 맡았다. 말하자면 왕윤성의 오랜 상사였던 셈이다.

한국의 적지 않은 사료들에서는 반경유를 가리켜 그가 바로 김책(金策)의 맏형 김홍선(金弘善, 金洪善)이라고 기록하고 있는데 두 사람은 서로 다른 인물이다. 김책의 맏형은 김홍선이 아니라 김홍성(金弘成)이며 김성(金星)이라는 별명으로도 불렸다. 태어났던 고향도 서로 달랐다. 김홍성의 고향은 함경북도 성진이지만 반경유는 순수 간도 태생으로 훈춘현 대황구에서 태어났는데 1935년 이전 중국 공산당 내 조선인들 가운데서는 만주성위원회 군위서기였던 양림에 이어서 두 번째로 높은 직위에 올랐던 사람이다.

그런데 이 반경유가 왕청에서 직접 김성주와 만나보려고 하자 동장영뿐만 아니라 김성도까지도 은근히 불안해졌다. 동장영은 자기가 직접 모시고 가겠다고 나섰다.

“그럴 것 없소. 그냥 내가 스스로 한번 찾아가보겠소.”

“유격대가 지금 관문라자와 뾰족산 쪽에서 토벌대와 전쟁을 하고 있는 중이라서 그쪽으로 가는 건 위험합니다.”

동장영은 재삼 말렸으나 반경유의 고집을 꺾지 못하였다.

"내가 이래 뵈도 군사가 전공이오. 북벌전쟁과 '무창봉기'에까지 참가했던 사람인데 동장영 동무는 모르고 있었소?"

"아닙니다. 다 알고 있습니다. 그런데 여기 상황은 좀 다릅니다."

"걱정할 것 없소. 동만주에서 왕청유격대가 아주 잘 싸우는 유격대라는 소문은 나도 많이 들었소. 21살밖에 안 된 새파랗게 젊은 김일성 동무가 유격대를 거느리고 토벌대와 싸우고 있다는데 나도 솔직히 궁금한 게 많소. 그래서 꼭 가서 한번 내 눈으로 싸움하는 모습을 보고 싶소."

그 결과 왕윤성이 반경유를 모시고 김성주와 만나러 갔다. 이때 반경유와 함께 왕청에 왔던 만주성위원회 위원 양파도 함께 갔는데 먼저 달려갔던 특위 통신원의 연락을 받고 김성주가 정신없이 말을 타고 달려왔다.

"마영 동지, 앞으로 더 가면 위험합니다."

김성주가 그들의 앞을 가로막았다. 왕윤성은 김성주에게 반경유를 소개하였다.

"김일성동무, 만주성위원회 순찰원 '로우판'이오. 나의 오랜 상급자고 또 친한 친구이기도 하오. 그래서 나는 허물없이 '로우판'이라고 부르지만 다른 동무들은 그냥 '반 성위'(潘省委, 만주성위원회 위원이라는 뜻)라고 부르오. 그러니 동무도 편안하게 '반 성위'라고 부르면 되겠소."

김성주는 반경유와 양파에게 경례를 했다.

"순찰원 동지 안녕하십니까? 유격대 정치위원 김성주입니다."

"반갑소. 김일성 동무."

김성주와 처음 만나는 양파도 무척 반가운 표정이었다.

"동무가 그 추운 겨울에 노흑산을 넘어 소만국경까지 왕덕림의 구국군을 쫓아갔다가 돌아왔다는 이야기를 영안에서 들었습니다. 구국군의 오 사령

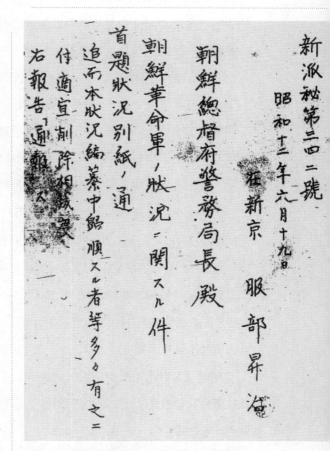

항일무장단체의 동향을 고발하는 일본군 밀정의 보고서

관까지도 김 정위의 이름을 알고 있다고 합디다."

반경유는 주보중과 진한장 등의 인사부터 전하고 나서 단도직입적으로 김성주에게 물었다.

"김일성 동무, 내 몇 가지 궁금한 일도 있고 해서 직접 한번 만나서 동무의 입으로 듣고 싶었소. 이번 회의 때 보니 적지 않은 동무들이 김일성동무가 민생단 숙청사업을 방해하고 있다는 게요. 또 민생단을 비호하기까지도 한다는데 어떻게 된 거요? 좀 자세하게 설명해줄 수가 없겠소?"

김성주가 망설이는 것을 보고 왕윤성이 곁에서 권했다.

"하고 싶은 말이 있으면 지금 다 하오."

"해도 괜찮을까요?"

김성주가 주저하는 것을 보고 반경유도 웃으면서 말했다.

"먼저 약속하겠소. 동무의 정치위원직을 정지시키자고 주장하는 사람들이 있지만 나나 왕윤성 동무는 반대요. 그러니 걱정 말고 하고 싶은 말이 있으면 다 하오. 약속하겠소. 도울 수 있는 일이 있다면 반드시 돕겠소. 설사 잘못 말하는 일이 있어도 문제 삼지 않겠소."

김성주는 그제야 한시름을 놓고 도리를 따져가면서 한참 주장했다.

"보시다시피 이달에 접어들면서 우리 유격대는 토벌대와 싸우느라고 한시도 진지와 참호를 떠나지 못하고 있습니다. 그런데 '민생단 숙청위원회'에서 제멋대로 와서 중대장을 체포하여 갔는데 유격대 지휘관에게 미리 알려주지도 않고 또 허락도 받지 않습니다. 이렇게 하는 것이 옳습니까?"

김성주는 또 제3중대장 장용산을 위해서 변명했다.

"다른 사람이라면 또 모르겠는데 장포리 동무가 어떤 동무인지는 이 왕청 땅에 모르는 사람이라고는 없습니다. 그는 포수 출신이고 명사수입니다. 전투 때마다 언제나 앞장서서 참호 밖으로 뛰어나가 놈들의 기관총 사수부터 쏘아 죽이는 유능한 중대장입니다. 아마 자세하게 계산해보지는 않았어도 그의 손에 죽은 왜놈이 1백 명은 더 될 것입니다. 이런 분이 어떻게 민생단일 수가 있단 말입니까?"

반경유는 김성주가 하는 말을 열심히 들었고 가끔 수첩을 꺼내들어 메모도 하면서 이것저것 의문나는 점들은 묻기도 했다.

"그런데 장포리란 분이 본인이 스스로 자기가 민생단이 옳다고 이미 승인하고 진술자료에 서명까지 했다지 않았습니까? 그런데도 김일성 동무는 그 사람이 민생단이 아니라고 주장하십니까? 그렇게나 믿습니까?"

"저는 그래서 더 한심하고 기가 막히다는 것입니다. 제가 직접 찾아가서 장포리 중대장과 만나기까지 했습니다. 숙청위원회에서 무슨 특별하고 뾰족한 근거 하나도 없으면서 그냥 무작정 민생단이라고 자백하라고 얼마나 구박하고 못살게 굴었으면 그러겠습니까. 장포리의 죄라는 것은 김명균의 문제를 제보하라고 하는데 무엇을 제보했으면 좋을지 몰라서 '아는 것이 전혀 없는데 무엇을 제보하라는 것인가.'라고 반문 한마디 한 것이 죄가 되어버렸다고 합니다. 대대장(양성룡) 동지한테도 의심스러운 문제가 있는 것들을 아는 대로 증명해달라고 자꾸 핍박했다는 것이 아닙니까. 도대체 무엇이 의심스러운 문제란 말입니까? 김명균 본인이 그때는 현위원회 군사부장이었고 유격대에 내려와서 전투를 지휘하곤 하였는데 그래서 그의 지휘를 받으면서 전투를 했던 대대장이나 중대장 또는 대원들에게 문제가 있다면 그를 군사부장으로 파견해 보냈던 사람들에게는 그러면 아무 문제도 없단 말입니까?"

김성주가 흥분하여 말이 길어지자 왕윤성이 연달아 주의를 주었다.

"아이구, 김일성 동무, 그런 식으로 거침없이 말해버리면 어떻게 하오? 제발 말하는 방식을 좀 삼가 해주오."

그런데 반경유와 양파는 김성주의 말에 도리가 있다고 생각했다.

"일리가 있는 말씀이오. 김명균의 문제는 김명균 본인의 선에서 멎어야지 그의 지휘하에 전투에 참가하곤 했던 유격대원들에게까지 김명균의 문제를 제대로 제보하지 못하고 있다고 해서 함께 의심받는 것은 정확한 처사라고 보기 어렵소. 이 문제는 반드시 시정되어야 하오."

이렇게 반경유와 양파가 김성주의 손을 들어주었기 때문에 얼마 뒤에 양성룡과 장용산이 풀려나와 다시 유격대로 돌아올 수 있었다. 그런데 이때 반경유가 또 왕청현을 떠나 훈춘현위원회로 순찰하러 나갔다가 훈춘현 대황구 유격근거지에서 회의를 진행하는 동안 그에 의해서 면직당한 훈춘현 영남유격대대 정치위원 박두남에게 살해당하는 일이 발생하였다.

6. "유령이야, 유령"

역시 동장영 못지않게 급진주의자였던 반경유는 동장영과 함께 훈춘현위원회에 도착하여 대황구 유격근거지에서 훈춘현위원회 산하 당·단 확대회의를 소집하였다.

이 회의는 일주일간 걸렸다. 회의에서 반경유는 중공당 중앙 '1·26 지시편지' 정신을 전달하면서 빨리 현지에 주둔하고 있는 구국군 등 우군(友軍)들과 반일민족통일전선을 건설하여야 하며 그동안

오빈(吳斌)

추진해왔던 '소비에트 건설'이야말로 '이립삼의 좌경노선'의 산물이라고 몰아붙였다. 모두 얼떨떨하여 갈피를 잡지 못했다. 어느 때는 소비에트야말로 혁명의 이상이고 혁명의 최고의 목적처럼 노래하던 것이 또 하루아침에 노선이 바뀌어 '이 지구에 소비에트를 건설한 것은 좌경노선이고 민생단의 책동이다'고 몰아붙이기까지 하였기 때문이었다.

이때 제일 많이 공격당했던 사람은 오빈(吳斌)이었다. 1931년 5월, 채수항과 함께 김성주를 데리고 종성에 다녀오기도 했던 오빈은 1932년 2월에 중공당 훈춘현위원회 제5임 서기에 임명되었다. 하지만 오늘의 훈춘현 춘화진에 주둔하고 있었던 구국군 두령을 설득하여 훈춘현위원회 유격대와 함께 통일전선을 이룩하려고 하였으나 일이 잘 풀리지 않아 결국 면직되고 말았다. 그의 후임으로 서기 직에 올랐던 서광(徐光)[3]도 얼마 전에 훈춘현 삼도구 마영툰에서 토벌대의 습격을 받고 죽은 뒤였다.

반경유는 서광의 이름까지 거론해가면서 서광, 오빈, 박두남 등 훈춘현위원회 당과 군대의 간부들을 모조리 몰아서 공격했는데 말수가 적은 오빈은 죽은 듯이 머리만 푹 떨어뜨리고 앉아 그냥 일을 잘하지 못해서 죄송하다고 반성만 하였던데 반해 유격대대 정치위원 박두남은 참지 못하고 계속 대들었다. 그 바람에 반경유는 화가 날 대로 났다.

"다 위에서 그렇게 틀리게 시켜놓고는 나중에 와서는 모두 밑에 사람들 잘못이라고 몰아붙이는 법이 어디 있습니까?"

박두남이 이렇게 따지고 드니 반경유는 새로 훈춘현위원회 서기에 임명된 겨우 23살밖에 나지 않았던 중국인 청년 주운광(朱雲光)에게 당장 박두남의 권총을 회수하라고 명령하면서 박두남의 정치위원직은 물론 중국 공산당 당적까지도 제명한다고 선포하였다. 이에 박두남은 그만 눈알이 뒤집히고 말았다. 조만간

중공당 훈춘현위원회 제6임 서광(徐光)

---

3. 서광은 1899년에 조선 함경북도의 한 농민가정에서 태어났다. 본명은 알려지지 않고 있다. 아버지가 아들이 밝은 세상에서 맘껏 살아가라는 뜻에서 "서광"이라는 이름을 지어주었다는 설이 있다. 후에 화룡현 토산자로 이주하였고 용정의 대성중학교에서 공부하였다. 1930년 5월, "붉은 5월 투쟁" 때 중공당에 가입하였고, 이듬해 1931년 봄에는 중공당 연길현위원회에서 일하던 중, 현위원회 비서로 있었던 오빈과 만나 사귀게 되었다. 얼마 뒤, 오빈이 제5임 서기로 훈춘현위원회에 부임하게 되자 서광도 함께 훈춘으로 왔으며 1932년 6월초에 중공동만특위 조직부장 김성도의 사회하에 연통라자에서 열렸던 중공당 훈춘현위원회 긴급회의에서 오빈이 철직당하고 그의 뒤를 잇게 되었다. 1933년 6월에 서광은 삼도구 마영툰에서 구국군을 환영하는 모임을 조직하다가 토벌대의 기습으로 피살되었다.

박길(朴吉)

에 자기에게도 민생단 낙인을 찍어 처형하게 될 것이라고 짐작한 박두남은 가만히 당하고만 있으려고 하지 않았다.

'죄 없는 이 박두남을 죽이려 하는 네놈이 먼저 죽어봐라.'

1933년 7월 20일, 반경유가 유격대 대원 김남규의 집에서 글을 쓰고 있을 때 마당에서는 유격대원들이 한창 식사준비를 하면서 새로 노획한 일본군의 3.8식 보총을 돌려가며 구경하고 있었다. 박두남이 다가와 그 총에 손을 댔다. 그들은 어제까지 자기들의 정치위원이었던 박두남의 요청을 함부로 거절하지 못하였다.

"이 총은 이렇게 다루오. 탄알은 여기로 넣고."

총을 받아들고 대원들한테 시범을 해 보이는 척 하면서 장탄을 한 박두남은 갑작스럽게 반경유의 방 앞으로 뛰어가면서 발로 문을 걷어차고 단방에 반경유를 쏘아 죽였다. 박두남이 명사수인 것을 아는 까닭에 다른 유격대원들은 아무도 그에게 덤벼들지 못하였다. 박두남은 그길로 산속으로 내달렸는데 오갈 데가 없어 6개월 가깝게 산속에서 헤매고 다니다가 나중에는 동상을 입고 발까지 썩어갔다.

"더는 견디지 못하겠구나. 투항할 수밖에 없다."

1934년 봄에 박두남은 끝내 산에서 내려와 훈춘현 일본헌병대에 찾아가 귀순하고 말았다. 후에 그는 일본군 특무기관에서 조직한 훈춘현 정의단(正義團)에 참가하여 부단장 겸 선전부 정치과장이 되었고 지난날 자기의 동지들이었던 훈춘현 대황구 유격근거지에 대한 토벌작전을 직접 지휘하기도 했다. 1937년에는 관동군사령부 제2과 이해천(李海天) 특무조직에도 참가하였으나 1945년 '8·15 광복' 이후에는 실종되었다. 물론 이것은 먼 훗날의 일이다.

어쨌든 반경유까지 동만주에서 살해당한 뒤로 동만주 공산당 내의 조선인 간부들은 하나둘씩 씨가 말라가고 있었다. 대신 중국인 간부들이 대대적으로 발탁되어 높이 등용되기 시작했다.

정치간부로 가장 눈에 띄게 두각을 드러냈던 사람이 화룡현위원회 서기 조아범(동만특위 위원으로 임명)이라면 군사 분야에서는 연길현 유격대에서 소대장과 중대장을 거쳐 대대 참모장까지 되었던 왕덕태(王德泰)였다. 연길현 유격대대 정치위원 박길(朴吉)이 연길현위원회 서기 한인권의 실종에 함께 연루되어 삼도만근거지에서 한동안 감금당하는 일이 발생했는데 왕덕태가 그의 정치위원직을 이어받았던 것이다. 그리고 얼마 뒤에 왕덕태는 또 동장영에 의해 동만 특위 위원 겸 특위 군사부장에까지 임명되었다.

또한 반경유가 살해된 뒤 동만 특위 내 간부들은 대대적으로 물갈이를 당하고 있었다. 1933년 9월경, 동장영은 직접 나서서 군중대회를 조직하고 마촌 앞 물 건너 리수구 등판에서 이용국뿐만 아니라 이용국의 뒤를 이어 왕청현위원회 서기에 올랐던 김권일과 조직부장 석초 등 20여 명의 당·단 간부들까지도 모두 함께 처형하여 버린 것이다.

이용국 등은 죽으면서까지도 "중국 공산당 만세!"를 외쳤다. 하지만 이것 자체도 동장영의 눈에는 이용국 등이 끝까지 반항하고 있는 것으로 비쳤다.

"이것이야말로 죽으면서 까지도 자기들의 민생단 신분을 드러내지 않으려고 끝까지 수작질을 부리고 있는 것이 아니면 뭐겠습니까."

이렇게 동장영의 비위를 맞추던 조직부장 김성도조차도 며칠 뒤에는 종파주의자로 지목되어 체포되는 비운을 면치 못했다. 김성도는 동만 특위 위원과 동만 특위 조직부장직에서 모조리 면직당하고 바로 그 자신이 숱한 당원들을 민생단으로 몰아서 감금했던 민생단 감옥에 감금당하는 비극을 맞게 되었다.

1933년 9월, 동만 특위는 제1차 확대회의를 소집하고 반민생단 투쟁을 새로운 국면으로 불러일으켰다. 확대회의의 결의문은 "조선국 파쟁주의자와 민생단 분자들이 하나가 되어 당 내에서 일본 간첩 집단을 성립하고 당의 지도기관을 차지함으로써 중앙에서 온 편지('1 · 26 지시편지')에서 공표한 당의 임무를 완전히 집행할 수 없게 하여 당과 혁명운동이 매우 큰 손실을 입게 하였다."라고 공표하고 있었다.

동장영은 밤을 새 가면서 이 결의문을 직접 기초하느라고 건강이 악화되어 피까지 토할 지경이었는데 그의 이 결의문에 의해 과거 조선공산당 각 파와 그 산하 반일 혁명조직에 참가했던 많은 사람들이 모두 민생단과 동일시되었고 민족독립운동에 참가했던 사람들은 누구나 의심과 경계의 대상이 되지 않을 수 없었다. 이렇게 되어 특위 영도기구 내에서 제일 먼저 잡혀 나왔던 사람이 바로 특위에서 제일 열성적으로 반민생단 투쟁을 이끌어가고 있었던 김성도였다. '파쟁수령'으로 지목되어 곧바로 직무를 해임당하고 사형이 집행되는 날, 그에게 민생단으로 몰려 이미 처형당했거나 또는 아직도 감금되어 있었던 사람들의 가족들은 기뻐하고 환호하여야 했을지도 모르겠지만 그와는 반대로 모두 말로 형언할 수 없는 참담한 기분에 빠져들게 되었다.

김성도(金聖道)

"과연 민생단이란 존재하는 것일까?"

이런 질문을 가져보지 않았던 사람들이 별로 없었다. 사람들은 모두 누가 민생단이고 누가 민생단이 아닐까 하는 반문을 던지고 있었다. 김성도의 처형은 '너'도 '나'도 모두가 민생단이 될 수 있다는 공포를 안겨주고 있었다. 눈구멍으로 흘러내리는 고름을 쉴 새 없이 닦으면서 김성도가 사형장에서 내뱉었던 말은 유명하다.

"유령이오, 유령. 민생단은 유령이란 말이오."

뜻인즉, 이 민생단은 존재하는 것이지만 실체는 없다는 소리였다. 그 '존재'와 '실체'를 그들 스스로가 일제의 꼬임에 넘어가 만들어낸 것에 불과하다는 소리였다.

특위부장급의 고급간부가 처형된 것도 김성도에서 끝나지 않았다. 이듬해 1934년과 1935년에 있게 되는 일이지만 이용국과 김권일이 처형당하고 나서 왕청현위원회 서기직에 올랐던 송일(宋一, 李宋一)도 또 민생단으로 몰려 처형되었고 김성도를 이어서 동만 특위 조직부장에 올랐던 이상묵도 민생단으로 몰리게 되었다. 그러나 이상묵은 용케도 처형 직전에 도주하였다. 그는 연길헌병대로 달려가 김동한과 만났고 '간도협조회'에 가입하였다. 그는 헌병대의 밀정이 되어 활동하던 중 1937년 오늘의 돈화시 액목진에서 아편중독으로 죽고 말았다.

이상묵은 도주할 때 '전체 조선인 당원 제군 앞'이라는 희한한 내용의 성명서를 발표하기도 했는데 그 내용에는 '조선인들은 중국혁명으로부터 이탈해야 한다.'는 말도 들어있었다. 어쩌면 그 자신이 반민생단 투쟁을 경험하면서 얻었던 뼈에 저린 교훈이었을지도 모를 일이다.

민생단으로 몰렸던 모든 사람들은 심사를 받을 때 또 다른 사람을 민생단으로 끌어들이는 '공술'을 자료로 남겼다. 이렇게 연루되었던 사람들도 대부분 빠져나가지 못하였다. 그런데 그런 공술자료들 속에는 유독 김성주와 관련한 공술이 가장 많았는데도 김성주는 끝까지 감금되거나 처형당하지 않았던 것은 참으로 신비로운 일이었다.

7. 왕덕태와 만나다

김성주는 여러 가지로 운이 좋았다. 반경유가 훈춘에서 살해당하였던 1933년 7월, 김성주는 방금 대대장직을 회복한 지 얼마 안 되었던 양성룡의 파견을 받고 제1, 5중대를 거느리고 연길현 유격대와 함께 팔도구(八道溝)를 습격하는 전투에 참가하였다. 왕청 유격대에서 제1, 5 중대는 김성주가 직접 데리고 다녔던 기동 중대였다. 그 외 제2, 3, 4 중대는 양성룡의 인솔하에 왕청현의 십리평과 소왕청 그리고 황구에 주둔하고 있었다.

이때 김성주는 처음 왕덕태와 만났다. 그는 중국인인데다가 연길현 유격대에서 참모장과 정치위원을 겸직하다가 일약 동만 특위 군사부장으로 올라온 동장영이 절대적으로 신임하고 있었던 군사간부였다. 그런데 그가 김성주에게 반해버린 것이었다.

팔도구 전투에 참가하기 위하여 제1, 5 중대를 거느리고 왕우구 근거지에 도착하였던 날 왕덕태는 직접 마중을 나와 김성주를 자기의 집으로 데리고 갔다. 왕덕태가 진한장처럼 조선말을 잘하는 것을 보고 김성주는 은근히 놀라지 않을 수 없었다. 그러나 김성주가 감히 조선말로 대화하지 않고 계속 중국말로만 대화하는 것을 수상스럽게 여긴 왕덕태는 물었다.

"혹시 내가 하는 조선말이 듣기가 불편하오? 아니면 어색한 데가 많소?"

"그런 것은 절대로 아닙니다. 조선말을 너무 잘하십니다."

"그럼 왜 나랑 조선말로 대화하려고 하지 않소?"

"나도 중국말을 더 숙련되게 하려고 그럽니다. 솔직히 나는 우리 조선 사람들과 함께 있을 때도 될수록 중국말로 말하곤 합니다."

김성주가 이렇게 대답하니 왕덕태는 의미 있게 머리를 끄떡였다.

"내가 김 정위의 뜻을 알만하오. 그렇지만 나와 있을 때는 그런 걱정이나 의구심 같은 것을 갖지 않아도 좋소. 난 솔직히 조선 사람을 좋아하오. 또 조선말을 하는 것도 재미나고 너무 기분에 좋소."

왕덕태가 집에 도착하여 자기의 아내를 소개시켰는데 놀랍게도 조선인이었다. 이름은 임창숙(林唱淑), 왕우구 북동촌 여자였는데 중국말을 한마디도 할 줄 모르고 있었다. 그래서 오히려 왕덕태 쪽에서 죽을 둥 살 둥 조선말을 배우고 있었던 중이었다.

"내가 조선말을 배우지 않으면 안 되는 원인을 이제야 알겠소?"

왕덕태가 하는 말에 김성주는 감탄하였다.

"약속하겠습니다. 제가 이제부터 부장 동지와 함께 있을 때는 아무런 걱정도 하지 않고 조선말로 하겠습니다."

왕덕태도 진심으로 김성주에게 권했다.

"나도 좀 얻어들은 소문이 있소. 김 정위가 아무리 조선 동무들과 함께 있어도 곁에 중국인이 있으면 무조건 중국말로만 대화한다고 하더구먼. 왜서 그러는지는 지금 와서 굳이 따지고 싶지는 않소. 그러나 그렇게 할 필요까지야 있겠소?

조선 동무들이 모두 중국말을 잘한다면 모르겠지만 그러나 중국말에 서투른 조선 동무들도 아주 많은데 그런 동무들과 대화할 때도 김 정위가 계속 중국말로만 한다면 그 동무들이 마음속으로 어떻게 생각하겠소. 그러니 더는 그러지 마오. 만약 조선말을 하는 것 때문에 누가 김 정위에게 시비를 걸고 늘어진다면 내가 나서겠소."

김성주는 오랜만에 마음을 터놓고 이야기를 나눌 수 있는 친구를 만난 것처럼 기뻤다. 소박하고 텁텁한 성격

중국 연변 열사기념관에 있는 왕덕태 동상

의 왕덕태도 마음에 들었지만 그가 중국말을 한마디도 할 줄 모르는 조선 여자와 결혼하고 그 여자와의 소통 때문에 자기가 나서서 조선말을 배우고 있는 모습도 너무 마음에 들었다.

왕덕태는 이때 동만 당 내에서 조선인 간부들이 대부분 민생단으로 몰려 무더기로 처형되고 있는 살벌한 상황에도 개의치 않고 자기 자신이 혁명에 참가하게 되었던 이야기를 김성주에게 들려주었다.

"나는 봉천성 개평현(奉天省盖平縣)에서 태어났소. 공부를 얼마 하지 못했소. 소학교를 3학년까지 다니다가 퇴학하고 일을 시작했는데 열여덟 살 때부터 만주 각지로 떠돌아다니면서 막벌이를 했소. 1925년 열여덟 살 때 안동에서 한 친구를 사귀게 되었는데 그는 바로 조선인이었소. 안도 차조구(安圖茶條溝)에서 온 형님인데 성씨가 허(許)씨요. 이름이 무엇인지는 모르고 그냥 '쉬따거'(許大哥, 허씨 성 큰형님이라는 뜻)라고만 불렀소. 나는 그를 따라다니면서 한동안 장사도 하고 돈도 벌었는데 그는 나를 친동생처럼 챙겨주곤 했소. 조선말도 그때부터 배우기 시작했소. 후에 나는 '쉬따거'를 따라 그의 고향인 안도 차조구로 와서 살았고 여기서 또 별의별 일을 다 하게 되었소. 잡화점 가게에서 점원도 해봤고 '이씨네 셋째 곰보'(李三麻子)라는 별명으로 불리는 지주 집에 들어가서 머슴살이도 몇 해를 했소. 그러다가 후에 동불사 금불촌으로 이사 왔는데 여기서 금불사 당 지부서기로 있었던 정(程)씨 성을 가진 누님 한 분과 만나게 되었는데 그분도 역시 조선인이었소. 나는 그분을 '청따제'(程大姐)라고 불렀소. 그리고 그분의 소개로 당에 가입했소. '5·30 폭동' 때 나는 노두구에서 이 폭동에 참가했는데 그때도 나는 매일같이 조선 복장을 하고 다녔소. 후에 나는 노두구 탄광에 파견되어 그곳에서 노두구 탄광유격대를 조직했소. 그런데 그때 내가 누구를 만났는지 아오? 김 정위가 지금 별명으로 사용하고 있는 '진짜 김일성'을 만났더라 말이오."

왕덕태와 함께 안도현 차조구의 '이씨네 셋째 곰보'의 집에서 머슴살이를 했던 적이 있는 왕덕태의 부하 마덕전(馬德全)은 해방 후 중국의 연변에서 살았다. 1938년에는 제2방면군의 총지휘자가 되었던 김성주의 밑에서 제9연대 연대장이 되기도 했는데 1940년 7월 15일, 안도현의 요단(腰團) 뒷산에서 제2방면군의 참모장이었다가 변절하고 일본군의 토벌대에 협력하고 있었던 임수산(林水山) 특무대에게 걸려 붙잡히고 말았다. 결국 마덕전도 변절했으나 혈채(血債)가 없었기 때문에 처형되지 않고 풀려나왔다. 그는 왕덕태와 관련하여, 그리고 김성주와 관련하여 많은 회고담을 남겼다.

"우리가 그때 알고 있었던 '김일성 장군'은 '로우저우'(老周, 楊林, 楊寧)라고 부르는 사람이었는데 동만 특위 군위서기였다. 그때 동만주에는 황포군관학교 졸업생들이 아주 많았는데 모두 그 사람의 제자들이었다. 그 사람은 중앙(중국 공산당)에서 직접 파견 받고 연변(동만)에 나온 사람이었는데 황포군관학교에서 교관으로 있었고 교관으로 있을 때 벌써 국민당군의 상위 아니면 소좌였다고 하더라. 나와 왕덕태가 노두구와 천보산에서 유격대를 조직하려고 돌아다닐 때 하루는 연화중심현위에서 교통원이 와서 '로우저우'란 분이 노두구에 온다고 알려주면서 우리 보고 마중할 준비를 하라고 하였다. 그 교통원이 '로우저우'란 분이 바로 유명한 '김일성 장군'이라고 하는 것이었다. 우리는 '김일성 장군'을 만난다는 바람에 들떠서 다음날까지 한잠도 못 자고 밤을 새기도 했다."

마덕전은 또 1933년 7월 29일, 새벽에 개시되었던 팔도구 습격전투에 대해서도 회고담을 남겼다.

"나도 팔도구 전투 때 처음 김일성과 만났다. 후에 안 일이지만 그는 나보다 나이가 2살 어렸는데 덩치는 훨씬 컸다. 왕덕태도 키가 작은 사람이 아닌데 김일성은 더 커보였다. 그런데 덩치는 컸지만 몹시 말랐고 특히 입고 온 옷이 어찌나 낡았고 너덜너덜하던지 그냥 보고 있기가 민망할 지경이었다. 그래서 난 그들이 천을 얻어다가 옷을 해 입으려고 팔도구 습격전투에 참가하러 오지 않았나 하고 의심이 들 지경이었다."

8. 연합부대 참모장에 임명

사실 연길현 유격대는 팔도구를 한두 번만 습격하지 않았다. 1932년 한 해 동안에만도 연길현 유격대는 대대장 박동근과 정치위원 박길의 인솔하에 팔도구를 벌써 2차례나 습격하여 돈과 쌀, 천 등을 아주 많이 빼앗았는데 왕우구 소비에트 정부에서 필요한 물건들은 전부 팔도구에서 얻어오곤 하였다.

그런데 1932년 10월에 일본군 대대 병력이 팔도구에 들어와 병영을 만들고 전문적으로 주둔하면서 팔도구 주변의 삼도만, 부암, 왕우구 등 지방에 대해 대대적으로 토벌을 진행하였다. 이듬해 1933년 1월에는 1천여 명에 달하는 토벌대 병력이 삼도만 근거지로 쳐들어와 모조리 잿더미로 만들어놓고 돌아갔던 적이 있었다.

왕덕태는 연길현 경내의 여럿 근거지들에 대한 토벌대의 살벌한 기세를 한순간에 확 꺾어버리기 위하여 그들의 본거지나 다를 바 없었던 팔도구 시가지를 습격하기로 계획하였다. 일명 '위위구조'(圍魏救趙)라고 불리는 중국 역사 속의 전략이었다. 이를 위해 왕덕태는 동만 특위 군사부장으로 임명되었으나 한동안 왕청에 가서 부임하지 않았다.

7월에 접어들면서 팔도의 일본군이 여러 갈래로 나뉘어 왕우구, 삼도만 석인구 등 근거지들을 향하여 대대적인 토벌에 나서자 왕덕태는 팔도구의 빈틈을 이용하여 연길현 유격대를 거느리고 곧장 토벌대의 본거지를 습격하기로 작정하였던 것이다.

그런데 이때 연길현 유격대의 제1중대는 박길이 데리고 삼도만 능지영에 가 있었고 팔도구 습격전투에 참가할 수 있는 중대가 제 2, 3, 4, 3개 중대밖에 안 되었다. 그나마도 모조리 데리고 떠날 수는 없고 왕우구, 북동과 남동에 각각 한 개 소대씩 남겨 근거지를 지키게 하다 보니 유격대의 병력만 가지고는 팔도구 시내를 모조리 점령해낼 수가 있을지 의문이었다. 이럴 때 김성주가 방법을 내놓았다.

"삼도만은 안도와 가까운 고장인데 이 지방의 구국군들은 먹을거리가 있는 전투에는 백사불구(百事不拘)하고 나서는 습관이 있습니다. 이 곳에 사람을 보내서 구국군과 연계를 취하고 그들도 모두 이번 전투에 참가시키면 더욱 승산이 있을 것이 아니겠습니까!"

왕덕태도 그 방법이 좋겠다 싶어서 마덕전에게 임무를 주었다.

"덕전이 네가 삼도만에 가서 박 대대장(박길)한테도 이 일을 이야기하고 또 지금 능지영에 주둔하고 있는 1중대도 이번 전투에 참가시킬 수 있겠는지 한번 박 대대장의 의견을 들어보고 오나라."

그런데 마덕전이 이때 평상시 왕덕태와 허물없이 주고받는 말 습관대로 별 깊은 생각도 없이 농지거리처럼 아무렇게나 대답했다.

"그럼 팔도구 시내 안에 먹을거리는 다 그 애들이 가져가버릴 텐데 우리는 무엇을 먹습니까? 왕청에서 온 아이들을 보십시오. 옷들이 다 닳아 버려서 궁둥이가 나올 지경입니다. 천 한 조각도 얻지 못하고 돌아가면 되겠습니까?"

그 바람에 기분을 크게 잡친 김성주가 왕덕태에게 물었다.

"이 사람이 유격대원입니까?"

"그러게 말이오. 말하는 본새를 봤으면 어디를 뜯어봐도 삼림대나 마적이 하는 소리를 입에 담고 있지 않고 뭐요."

왕덕태도 너무 허물없이 아무 소리나 해대는 마덕전을 단단히 혼찌검 할 심산이었다. 마덕전은 다급하여 잘못했다고 빌었다.

"형님, 용서해주십시오. 그냥 하노라고 한 소립니다. 왕청 유격대가 입고 온 군복이 너무 낡아서 도와주고 싶은 마음에서 한 소립니다."

마덕전은 부리나케 삼도만으로 달려갔다. 삼도만의 구국군들은 이미 오래전부터 연길현 유격대와 합작해온 경험이 있었고 또 전대(前代)의 대대장들이었던 박동근, 임승규, 박길 등 사람들과도 서로 익숙한 사이었다. 비록 민생단 혐의를 쓰고 대대장 자리에서 내려앉았으나 그들은 모두 왕덕태를 도와주었다.

사실 구국군들은 박동근과 박길 등 옛 친구들의 얼굴을 보고 팔도구 습격전투에 참가하러 왔으나 정작 그들을 마중한 사람은 전혀 얼굴을 알지 못하는 새파랗게 젊은 김성주였다. 그러나 다행스럽게도 김일성이라는 이 이름은 이미 구국군들에게도 꽤나 널리 퍼져버린 이름이었다.

"아이구, '김일성'이 젊다는 소리는 들었는데 완전 애송이로구만."

"저 애송이가 우리 연합부대의 참모장이란 말이야?"

왕덕태에 의해 연합부대 참모장으로 임명되었던 21세의 김성주로서는 마적들이나 다를 바 없이 산만하고 제멋대로였던 구국군들을 제압하기에는 너무 힘에 부쳤다. 그래서 그는 군율을 세우지 못했다. 대신 김성주는 왕덕태에게 다음과 같이 꾀를 대주었다.

"어차피 구국군들은 '먹을거리'를 보고 왔으므로 '먹을거리'를 가지고 그들을 움직일 수밖에 없습니다. 먼저 앞장서서 성문을 부수고 들어가는 부대가 노획물의 절반을 차지할 수 있게 하면 됩니다. 그러면 서로 선두에 서려고 할 것입니다. 공격은 동문과 서문 두 곳에서 동시에 시작하되, 각자 부대는 시내로 들어가 점령한 자기 구역 안에서만 물건을 빼앗아 가지게 하고 서로 다른 부대가 차지한 지역을 범하지 못하게 하면 됩니다. 우리 유격대는 후비부대로 전투에 참가하면 됩니다."

작전배치를 할 때 구국군들은 모두 다투어 앞장서겠다고 나섰다.

"그런데 하나만 물읍시다. 그랬다가 만약 성문을 쉽게 공략할 수 없고 또 사상자가 많이 생기게 될 때면 어떻게 하오? 당신들 공산당 유격대만 뒤에서 큰 이익을 보게 되는 것이 아니요?"

왕덕태가 어떻게 대답하면 좋을지 몰라 쩔쩔맬 때 "왜놈들이 지금 우리 공산당의 유격 근거지를 토벌하느라고 정신이 하나도 없습니다. 팔도구 시가지가 다 비어있습니다. 우리가 아무려면 이런 정보도 미리 알아보지 않고 전투를 준비하겠습니까?" 하고 김성주가 대신 대답해주었다. 구국군들은 곧장 김성주에게 계속 따지고 들었다.

"아니 팔도구 시가지가 다 비어있다는 것이 확실하다면 왜 유격대가 혼자서 습격하지 않소? 그러면 시내 안의 물건들도 다 혼자 차지하고 더 좋을 텐데 말이오. 참모장이 한번 대답해보시우."

"우리 유격대는 구국군과 사정이 좀 다릅니다. 당신네는 사령관에게 결정권이 있고 사령관이 다 독단으로 처리할 수 있지만 우리 유격대는 당에서 지시하는 대로만 해야 합니다. 당에서 우리 유격대가 우군인 당신들과 통일전선을 이루어 함께 손을 잡고 왜놈들과 싸우라고 지시하고 있습니다. 때문에 우리는 당의 지시대로 하고 있는 것입니다."

"그럼 당신네 공산당에서는 노획물을 나눌 때는 어떤 식으로 나눠야 한다고 규정을 한 것이 있다면 한번 소개해주시구려."

"아 그거야 상식이 아닙니까. 전투에서 제일 희생을 많이 낸 부대가 더 많은 노획물을 차지하여야 하는 것은 당연한 도리가 아닙니까."

김성주의 입에서는 대답이 막히는 법이 없었다.

"그렇다면 좋소. 하나만 더 대답해주시오. 만약 우리가 앞장서서 힘든 전투는 다 치르고 희생만 잔뜩 낸 뒤에 맥이 빠져 더 이상 성 안으로 돌진할 수 없을 때 뒤에서 아무런 희생도 내지 않은 유격대가 쳐들어가 차지한 자리가 제일 많을 때는 노획물을 어떤 식으로 나눌 것이오?"

"두말할 것도 없습니다. 공헌을 제일 많이 하고 희생을 제일 많이 낸 부대가 노획물 절반을 차지하여야 합니다."

구국군들은 이구동성으로 찬성을 표시했다. 이때 팔도구 습격전투에 참가하려고 몰려들었던 부대가 구국군뿐만 아니라 삼림대들까지 합쳐 도합 여덟 갈래나 되었는데 400여 명 남짓했다. 그들이 서로 앞장서서 돌격하려고 하였기 때문에 왕덕태가 인솔하였던 연길현 유격대와 김성주가 인솔하였던 왕청 유격대는 후위에 서게 되었다.

9. 팔도구 전투

그리하여 29일 새벽 5시 경에 '쌍승'(双勝)이라는 깃발을 내건 삼림대가 가장 앞장서서 동문으로 쳐들어갔고 삼도만에서 온 구국군 한 개 중대가 서문으로 돌격하였으나 성문을 지키고 있었던 위만군에게 모조리 격퇴당하고 말았다. 불과 20여 분도 되나마나한 사이에 서문으로 공격해 들어가던 삼도만의 구국군 중대가 풍비박산이 나서 뒤에 후속부대들이 계속 증원되었으나 성문을 쉽게 점령할 수가 없었다. 마덕전이 참지 못하고 달려와 왕덕태에게 요청하였다.

"형님, 우리 유격대가 나설 때가 되지 않았습니까? 제가 서문을 공격하겠습니다."

왕덕태는 김성주를 돌아보았다.

"김 정위 보기에는?"

"아직은 안 됩니다."

김성주가 마덕전을 가로막았다.

"왜 안 된다는 거요?"

"안 된다면 안 된다는 줄 알고 가만 기다리기나 하시오."

김성주가 흘겨보는 바람에 마덕전은 입을 다물고 말았다. 누구한테나 정말 살갑게 대하면서도 유독 자기한테만은 쌀쌀맞기 이를 데 없었다고 마덕전은 자주 회고했다. 원인을 알 수 없을 지경이었다.

하지만 왕덕태는 이때 김성주에게 빠져버렸다. 팔도구전투 때 왕덕태는 명의상 연합부대의 지휘였을 뿐 전부 김성주의 의견대로 따라했다. 동문으로 공격하던 구국군이 또 물러나자 김성주는 왕덕태에게 이야기했다.

"군사부장(왕덕태) 동지가 '쌍승'부대를 지원하고 서문은 제가 가서 지원하겠습니다. 지금 우리가 나설 때가 된 것 같습니다."

왕덕태는 김성주가 데리고 온 왕청 유격대의 인원수가 너무 적어 연길현 유격대에서 한 개 중대를 떼어내 보태주려고 하였다.

"그럼 저 마씨네 중대를 보내주십시오."

김성주는 마덕전을 향하여 턱짓했다. 왕덕태가 동의하자 김

조선인 부락을 토벌하는 일본군 토벌대

연길현 팔도구 항일근거지 옛터

성주는 바로 마덕전을 불러 선두부대에 세웠다.

"당신이 아까부터 싸우겠다고 제일 급해하지 않았소. 앞장서서 돌격하십시오."

"못할 것이 없지요."

마덕전은 좋아라 응낙하고 공격부대 선두에서 돌격해 나갔다. 다시 20여 분 지나자 동문을 지키던 위만군이 시내 안으로 철수하기 시작하였다. 연길현 유격대가 왕덕태의 인솔하에 수류탄 50여 발을 던져 위만군 포대를 모조리 날려버렸기 때문이었다. 제일 앞장에 섰던 '쌍승' 부대가 이때 절반가량 죽고 연길현 유격대의 뒤에서 묻어 들어왔다.

동·서 두 곳 성문을 지키던 위만군은 모두 철퇴하여 팔도구 영사분관 쪽으로 달려가서 그곳을 지키고 있었던 일본군과 합류하였는데 김성주가 인솔한 왕청 유격대도 이때 마덕전의 연길현 중대가 대원 절반을 잃어가면서 혈로를 개척하였기 때문에 아주 쉽게 서문을 점령하고 팔도구 영사분관 앞에까지 도착하여 일위군(日僞軍)과 서로 대치상태에 들어갔다. 이때 김성주가 마덕전에게 명령했다.

"당신이 직접 군사부장동지께로 달려가서 내 의사를 전해주오. 20분만 더 공격해보고 만약 영사관을 점령할 수 없게 되면 그때는 일제히 성 밖으로 퇴각해야 한다고 말이오."

그런데 마덕전은 왕덕태에게 전달할 때 다음과 같이 와전했다.

"김 정위가 20분만 더 공격해보고 안 되면 양쪽에서 공격하지 말고 부대를 한데 합쳐서 공격해보자고 합디다."

"아니야, 20분씩이나 시간을 끌면 우리가 위태로워질 거야."

왕덕태가 이렇게 대구할 때 아닌 게 아니라 제일 앞장서서 서문으로 공격하다가 패퇴하였던 삼도만 구국군이 다시 되돌아 성 안으로 들어왔다. 그들의 뒤로 일본군이 따라 들어왔다. 삼도만과 왕우구 쪽에서 토벌작전을 벌이고 있었던 일본군이 총소리를 듣고 머리를 돌려 팔도구 쪽으로 달려왔기 때문이었다. 더구나 자동차를 타고 달려왔기 때문에 생각했던 것보다 훨씬 더 속도가 빨랐다. 김성주가 파견한 전령병 조왈남(趙日南)이 다시 달려왔다.

"김 정위가 빨리 철수해야 한다고 재차 요구하고 있습니다."

그제야 왕덕태는 김성주가 보낸 전령 내용이 와전된 것을 알아차리고 마덕전을 돌아보며 버럭 화를 냈다.

"덕전아, 네가 나발을 불었구나. 너는 김 정위가 20분 뒤에 유격대를 한데 합쳐서 공격하자고 했다지 않았느냐?"

"네. 분명히 그랬습니다."

"그런데 이게 뭐냐? 전령병이 가지고 온 연락은 다른 내용이잖으냐."

왕덕태 쪽에서 시간을 끌었기 때문에 김성주 쪽에서 더 기다리지 못하고 먼저 철수하기 시작하였다.

그러나 성문 쪽으로는 이미 일본군을 실은 자동차가 나타났기 때문에 그쪽으로 퇴각할 수는 없었다. 김성주의 왕청 유격대는 왕덕태의 연길현 유격대와 합쳐 동문 쪽으로 빠져나가기 시작했다. 김성주는 왕덕태에게 권했다.

"연길현 유격대가 먼저 퇴각하십시오. 저희가 잠깐 남아서 영사관에 불을 지르겠습니다."

김성주는 한 개 중대의 화력으로 엄호하면서 다른 한 개 중대에게 짚단과 나무, 그리고 기름을 담은 유리병 수십 개와 함께 불붙인 횃불을 영사관 담장 안에 던져 넣게 하였다. 잠깐 사이에 영사관이 화염 속에 휩싸였다. 그러는 사이에 왕덕태가 또 앞장서서 동문으로 빠져나가기 시작했다. 이렇게 팔도구시가지로 쳐들어올 때도 배후에 서고 또 나올 때도 배후에 서다보니 김성주가 데리고 왔던 왕청 유격대는 단 1명의 희생자도 내

중공당의 영도하에 있었던 동만의 항일무장부대들

밀랍으로 만든 왕덕태 인형

지 않았다. 다만 중대장 이응만이 다리에 총탄을 맞았는데 수술할 수가 없어 끈으로 다리에 탕개를 틀어 지혈시켰다. 이때 영사관 건물뿐만 아니라 팔도구 경찰서까지도 불에 타버렸는데 이 전과는 김성주의 왕청 유격대가 올린 것이었다.

그러나 이 전투에서 구국군은 물론 유격대도 역시 아무런 노획물도 얻지 못하고 사상자만 잔뜩 내고 말았다. 연길현 유격대의 손실이 구국군 못지않게 컸는데 마덕전의 중대가 절반 이상이 죽었을 정도였다. 마덕전은 하마터면 소대장으로 강등당할 뻔하였으나 김성주 덕분에 무사할 수 있었다.

10. 도문지주 납치사건

왕청유 격대가 돌아가는 날, 마덕전은 길목을 막고 김성주에게 말을 건넸다가 또 한 번 묵사발을 당하고 말았다.

"김 정위, 당신이 나를 싫어한다는 것을 내가 모르지 않소. 나도 당신을 별로 좋아하지는 않소. 그러나 당신이 나의 형님(왕덕태)한테 나를 위해서 좋은 말을 해준 것도 알고 있소. 내가 당신에게 진 인정의 '빛'이라고 생각하고 있겠소. 반드시 갚을 날이 있을게요."

마덕전의 이 말에 김성주는 멈춰 서서 마덕전을 똑바로 세워놓고 한바탕 훈계하기 시작했다.

"마 동무, 보자보자 하니 정말 안 되겠소. 우리 유격대가 구국군이나 삼림대와 다른 것이 무엇이오? 우리는 공산당이 영도하는 혁명군이오. 그런데 왜 툭하면 '형님'이니 '큰형님'이니 하고 부르오? 그리고 뭐가 인정의 '빛'이오? 마 동무의 중대가 절반 이상 대원이 줄었지만 분명 잘 싸웠기 때문에 소대장으로 강등되는 것은 불공평한 처분이라고 한마디 해줬을 뿐이오.

내가 왜 동무를 싫어하겠소? 동무의 몸에서 내뿜고 있는 '마적' 냄새가 너무 역겨운 것뿐이오. 다음번에 또 만나게 되는 한이 있더라도 계속 이런 식으로 말투부터 '마적'들이 하는 식대로 하면 다시는 동무를 혁명동지로 상대하지 않겠소."

이때 마덕전이 "미안하다. 다시는 안 그러마. 말투도 꼭 고치도록 하마."고 한마디 대답해버렸더라면 아무 일도 없었을 것을 그는 자기에게서 '마적 냄새가 난다.'는 말에 또 참지 못하고 대들었다고 한다.

"거 참, 김 정위는 이상한 사람이구만. 내가 이래 봬도 머슴꾼 출신이오. 내가 중국인인 것이 다행이지 내가 만약 조선인이었으면 당신은 나한테 민생단 낙인까지 덮어씌웠을지도 모르겠구만."

마덕전이 이렇게 투덜거리면서 경례도 하지 않고 홱 돌아서서 와버렸는데 이 사실이 왕덕태에게 전달되어 "덕전이 네가 내 망신을 다 시키는구나. 김 정위가 사람이 선비같이 착한데 네가 왜 구국군이나 삼림대 사람들 앞에서는 꼼짝도 못하면서 김 정위한테만은 그렇게 함부로 버릇없이 구느냐?"고 마덕전을 나무라니 마덕전은 또 마덕전대로 억울하다고 떠들어댔다.

"그 망할 자식이 내 몸에서 '마적' 냄새가 난다지 않겠소."

"너 말투부터 좀 고치라고 내가 얼마나 부탁했느냐? 사석이고 공석이고 가리지 않고 '형님'이니 '큰형님'이니 하고 불러대니 그게 그래 마적들이 하는 '말본새'가 아니고 뭐냐. 내가 오늘 마지막으로 다시 한 번 분명하게 경고하는데 덕전이 너 다시는 나를 '형님'이라고 부르지 말거라. 지금 너하고 내가 어디 차조구에서 머슴살이를 같이 할 때와 같으냐. 아니잖으냐."

왕덕태가 이런 식으로 경고까지 하고 나오자 비로소 마덕전도 더는 왕덕태를 '형님'이라고 부르지 않았다. 그런데 팔도구 전투가 실패로 돌아가는 바람에 빈털터리가 되어 돌아갔던 김성주가 얼마 안 지나 유격대 정치위원직에서 제명되었다는 소문이 마덕전의 귀에까지 날아들었다. 혹시라도 잘못 들었나 하고 마덕전은 자기의 귀까지 의심할 지경이었다.

"김일성 대장이 도문에서 경제 모금 사업을 하다가 너무 돈이 모아지지 않아 아주 부자들을 납치하고 노략질을 했다오."

왕청에 회의 갔다가 이런 소문을 듣고 돌아온 왕우구 근거지의 한 간부가 이와 같이 전하였다. 그들은 처음에는 반신반의했지만 얼마 지나지 않아 금방 사실로 확인되었다.

사실인즉 9월에 오의성의 구국군이 동녕현성을 공격하는 전투에 함께 참가하기 위하여 연길, 화룡, 훈춘 등 각 현위원회 산하의 유격대들에서 중대를 선발하여 파견하였는데 연길현에서 선발되어 갔던 최현의 중대가 중국글을 모르는 최현 때문에 통신원으로부터 구두로 전달받았던 참전시간을 잘못 기억하여 결국 이 전투에 참가하지 못하고 마촌에서 이틀이나 밥만 축내다가 그냥 돌아왔던 적이 있었다. 그런데 그들이 직접 마촌에서 팔도구 습격전투에 참가하였던 적이 있는 왕청 유격대 제 1, 5 중대의 대원들과 만나 듣고 온 확실한 소식에 의하면 김성주는 근거지에서 필요한 보급품들을 마련하기 위하여 도문과 양수천자 쪽으로 나가서 활동하고 있었다는 것이다.

듣기 좋은 말로 '활동'이지 실지에 있어서는 노략질이라고 해도 과언은 아니었다. 보급품에는 무

1930년대 두만강연안의 도문시

엇보다도 다량의 쌀과 천이 필요했다. 특히 날씨가 차가워져 가는 가을 이전에 유격대의 군복부터 해결해야 하는데 팔도구 전투 때 천을 구하려고 했던 계획이 물 건너가자 김성주는 양수천자와 회막동골 등 지방을 돌아다니면서 경제 모금 활동을 벌였다. 왕윤성이 직접 책임지고 모금단을 조직하여 유격대에 파견하였는데 모금단 대장은 한옥봉이 맡았다.

이 모금단이 회막동골 안에서 경제 모금 활동을 벌이고 있을 때 유수하자의 구국군들이 그들의 공연을 구경하려고 몰려왔다. 그때 마름과 함께 회막동에 와서 소작농들과 만나고 있었던 황(黃)씨 성을 가진 중국인 지주가 구국군 병사들에게 붙잡혔는데 마름이 다급하여 모금단의 경호를 책임지고 있었던 한흥권에게로 달려와 부탁한 것이었다.

"우리 주인나리를 구해주시면 유격대에 헌금하겠소."

한흥권은 좋아라고 달려가서 구국군 병사들의 앞을 가로막고 황 지주를 빼앗아냈다.

"우리 유격대가 지금 한창 경제 모금 활동을 하고 있는데 여기 와서 제멋대로 사람을 납치해가는 법이 어디 있소?"

"당신들만 모금단을 조직하고 있는가? 우리 구국군도 모금을 받고 있다. 그리고 황 지주는 우리 중국인인데 왜 조선인인 당신들이 나서서 함부로 우리 중국인 지주를 납치해가려고 한단 말인가?"

구국군이 이렇게 따지고 나오자 한흥권도 질세라 부랴부랴 중국인 대원들을 앞에 내세워 도리를 따졌다.

"자고로부터 '우물물은 시냇물을 침범하지 않는다.'(井水不犯河水)고 했소. 우리가 먼저 여기서 모금활동을 하고 있는데 여기 와서 공연 구경을 하던 사람을 당신들이 와서 잡아가는 법이 어디 있소.

만약 당신들이 여기서 먼저 모금활동 중이라면 우린 두말없이 물러갈 것이오."

이렇게 한바탕 시비중일 때 소식을 들은 구국군 우두머리가 유수하자에서부터 말을 타고 달려왔고 김성주도 나머지 한 개 중대를 마저 다 데리고 회막동골 안에 도착하여 구국군 우두머리와 협상하였다. 나중에 김성주가 방안을 내놓았다.

"선택권은 황 지주한테 줍시다. 황 지주가 선택하는 대로 합시다."

구국군도 그러는 것이 좋겠다고 승낙했다. 그러자 한흥권이 다급하게 김성주에게 말했다.

"아니 김 정위 동지, 저 지주가 '되놈'이니 당연히 자기하고 같은 '되놈'들을 선택할 것이 뻔할 텐데 그러면 어떻게 합니까?"

"아닙니다. 두고 보십시오."

김성주는 느긋하게 대답했다. 황 지주는 마름을 시켜 구국군과 유격대의 대원 수가 어느 쪽이 더 많은가부터 알아보게 하였다.

"구국군은 백여 명도 더 되고 유격대는 다 합쳐봐야 한 60여 명 남짓합니다."

마름의 대답을 들은 황 지주는 주저 없이 유격대를 선택했다. 구국군은 돈과 쌀을 원하지만 유격대는 무엇보다도 군복을 해 입을 천이 필요하다는 것까지 금방 다 이해한 황 지주는 선뜻 유격대에게 헌금하겠다고 약속했다. 그런데 구국군이 다 돌아가고 나서 김성주가 황 지주에게 내놓은 조건은 굉장했다. 최소한 1백 50여 명의 유격대원들이 겨울에 입을 수 있는 군복 천과 면화를 마련해달라고 요구했고 또 그것을 만들 수 있게끔 손재봉틀 열 대도 품세명목에다가 적어 넣은 것이었다.

"재봉틀까지 마련하란 말씀이오?"

한흥권이 김성주 대신 나서서 황 지주를 을러멨다.

"원래는 봄철에 입을 여름군복까지 한 2백 벌을 지을 천이 필요하지만 우리도 당신 사정을 너무 모르지는 않으므로 1백 벌만 요구한 것이오. 그리고 재봉틀이 없으면 우리가 무슨 방법으로 한두 벌도 아닌 군복을 만들어내겠소. 당신이 머슴들한테 삯바

두만강연안에서 활동하고 있었던 항일 무장단체에 대한 당시의 신문기사

아동단 연예대원 김금순(김금녀)

느질을 시켜서 우리 군복을 대신 만들어주겠소?"

황 지주는 울면서 애원했다.

"제가 그렇게 큰 부자는 아닙니다. 그냥 남들보다 좀 더 먹고살만한 처지일 뿐인데 한꺼번에 그렇게 많은 양을 어떻게 해결합니까?"

"그러면 그냥 구국군 쪽에 넘겨드릴까요?"

한흥권이 슬쩍 이렇게 나오니 황 지주는 더욱 혼비백산했다.

"어쩌면 그렇게도 세상 돌아가는 형편을 모르시오? 우리는 모금단이 나서서 모금을 하지만 마적들이나 삼림대한테 한번 걸려보십시오. 아마 모르긴 해도 코나 귀 정도는 바로 잘렸을 것입니다. 요구대로 듣지 않았다가는 나중에 손이고 발이고 무사할 줄 압니까. 다 떨어져나갑니다. 꼭 그렇게 당하고 나서야 정신을 차리겠습니까?"

결국 황 지주는 울며 겨자 먹기로 승낙하고 말았다.

"좋습니다. 군복 천부터 먼저 해결하도록 하고 재봉틀도 저의 집에 있는 것부터 한 대 먼저 드리도록 하겠습니다."

황 지주는 도문에 있는 아들에게 직접 편지를 썼다. 편지 배달을 갔던 사람은 김성주의 마부 오백룡(吳白龍)[4]이었다. 그 다음날 황 지주의 아들이 군복 천을 마차에 싣고 양수천자로 찾아왔는데 손재봉틀은 두 대밖에 구하지 못하였다.

"재봉틀을 사자면 장춘이나 길림에는 갔다 와야 하는데 그렇게 되면 시간이 너무 걸릴 것 같아서 재봉틀 대신 재봉틀 열 대를 살만한 돈을 따로 더 드리겠습니다."

---

4. 오백룡(吳白龍, 1913년-1984년)은 한국의 독립운동가이며 조선민주주의인민공화국의 장군이다. 장남 오금철은 조선인민군 총참모부 부총참모장, 당 중앙위원회 위원, 전 조선인민군 공군사령관이며, 차남 오철산은 조선인민군 해군사령부 정치위원이다. 그의 형 오백록의 손녀 오혜선은 외교관 태영호(주영 북한대사관 공자)와 결혼하였고, 2016년 7월에 한국으로 망명하였다. 1913년 함경북도 회령시에서 출생하였으며, 그의 가족은 1919년 만주로 이주했기 때문에 오백룡은 만주에서 여생을 보냈다. 그는 1933년 만주 내 비밀 항일 지하단체에 가담하였으며 1937년에는 동북항일연군에 입대해 보천보전투에 참가하였다.해방 후 1949년 조선민주주의인민공화국 내무성 제1여단장이 되었으며, 1950년 한국 전쟁 당시에는 조선인민군 제8사단장으로 참전했다. 1953년 소장의 계급으로 조선인민군 제7군단 부군단장으로 취임하였고 1958년에는 중장으로 승진하여 내무성 부수상을 지냈다.1968년 노농적위대 사령관이 되었으며, 1982년 김일성훈장을 받고 1984년 자연사했다.

오백룡(吳白龍)

황 지주의 아들이 이렇게 나서니 김성주도 더는 황 지주를 붙잡아둘 수가 없었다.

11. 온성으로 가다

그런데 그때 오백룡이 나서서 김성주에게 말했다.

"제가 유격대에 입대하기 전에 온성에서 몇 년 살았습니다. 온성에 가면 일본 사람들의 백화상점에서 재봉틀을 살 수 있습니다."

한시라도 빨리 대원들에게 새 군복을 갈아입히지 못해 안달이 나 있었던 김성주는 온성에 가면 재봉틀을 사올 수 있다는 말에 귀가 솔깃했다. 그는 급기야 온성으로 나갈 대원들을 선발하였다. 제1소대장 최춘국과 제3소대장 박태화가 모두 온성 출신이었다. 그들 둘이 서로 자기가 갔다 오겠다고 나섰으나 한흥권이 박태화의 손을 들어주었다.

"어진 춘국이보다는 태화가 훨씬 더 영리하고 머리가 팍팍 돌아가는 사람이니 이런 일에는 박태화를 보내는 게 더 좋을 것 같습니다. 대신 춘국이네 1소대에서 오백룡이를 빼내어 박태화와 함께 온성에 보내면 도움이 될 것 같습니다."

오백룡은 김성주의 회고록에서도 잘 소개되고 있는 것처럼 '비지깨(성냥)권총' 또는 '무철'이라고 부르는 스스로 만든 화약권총을 가지고 온성 세관에서 순사까지 쏴 죽였던 적이 있는 아주 만만찮은 부랑 소년이었다. 1914년 생으로 김성주보다 2살 어렸던 오백룡은 회령에서 태어났다. 여덟 살 때 간도로 이주하여 한동안 삼도만에서 살다가 열네 살 때 형들을 따라 다시 조선으로 막벌이를 나갔는데 주로 온성 지방에서 떠돌아다녔다. 한때는 왕재산에서 숯을 굽는 일까지도 해봤다고 한다.

왕청유격대 지도원 최춘국(崔春國)

"한 집에서 재봉틀을 여러 대 사면 의심을 받을 수 있으니 꼭 여러 집을 돌아다니면서 사야 하오. 그리고 만약 사태가 심상찮으면 재봉틀이고 뭐고 다 팽개치고 재빨리 철수해야 하오. 사람부터 살고 보아야 하오."

김성주는 박태화와 오백룡에게 신신당부했다. 그런데 생각

두만강넘어로 바라보이는 한반도의 최북단 온성군

지도 못했던 일이 발생하게 되었다. 온성에 재봉틀을 파는 집이 몇 집 있었는데 주인은 모두 한 사람이었다. 두 조로 나뉘어 재봉틀을 사들이다가 의심을 받게 되었다. 온성주재소 경찰들이 달려들어 박태화와 함께 백화상점에 들어갔던 대원 1명을 연행했다. 주재소로 압송 당하던 도중 박태화는 탈출하다가 총격을 당하여 죽고 나머지 대원은 그의 부모가 경찰들에 의해 주재소에까지 불려와서 아들을 설득하는데 참여했다.

"같이 왔던 너희들이 어디서 만나기로 했는지 집결장소만 대라. 그러면 입공 속죄한 것으로 쳐주고 무죄 석방할 것이다."

온성경찰서 일본인 순사부장이 직접 나서서 이렇게 다짐하는데다가 부모들이 눈물까지 흘려가면서 애원하는 바람에 붙잡힌 대원은 오백룡 등과 만나기로 약속되었던 장소를 불고 말았다.

"우리는 두 개 소조가 나왔는데 저녁에 타막골에서 만나기로 했습니다."

"지금 벌써 저녁 무렵이 다 돼 가는데 지금 타막골로 가도 그들이 기다리고 있겠느냐?"

그 대원은 머리를 끄덕였다. 그 대원은 경찰서로 실려 온 박태화의 시체를 가리켜 보이면서 일본인 순사부장에게 알려줬다.

"저분은 소대장입니다. 그렇기 때문에 꼭 기다리고 있을 것입니다."

그 대원의 교대를 통하여 타막골에서 박태화와 만나기로 된 다른 소조의 책임자가 오백룡이라는 것을 알게 된 온성의 경찰들은 모두 흥분했다. 그들은 오백룡에 대하여 알고 있었다. 온성군 경찰서에서는 오백룡을 붙잡으려고 기마대까지 동원하였으나 오백룡은 다른 대원들은 모두 두만강을 건너 양수천자로 들어가게 하고 자기만 혼자 남아 왕재산 쪽으로 경찰대를 유인하여 달아나버렸다.

박태화가 죽고 오백룡까지 돌아오지 못한 것을 본 김성주는 다급하여 직접 최춘국을 데리고 몰래 온성으로 들어갔다. 황 지주에게서 협작해낸 천과 재봉틀을 한흥권에게 맡겨 왕청으로 보내고 그 자신은 최춘국과 함께 나머지 대원 40여 명을 데리고 타막골대 안에 도착하여 솔골이라는 곳에서 숙영하며 대원들을 풀어놓고 일주일 동안이나 오백룡을 찾았다. 결국엔 왕재산을 샅샅이 뒤지던 최춘국[5]이 산속에서 모닥불을 피워놓고 족제비를 잡아서 구워먹고 있던 오백룡을 만나 데리고 돌아왔다.

---

5. 최춘국(崔春國,1914~1950) (항일연군 제3방면군 제3단 정치위원), 식민지 시대 만주에서 김일성과 함께 항일 빨치산 활동을 하고, 해당 이후 북한의 조선인민군 창설에 기여한 공산주의자. 1914년 함경북도 온성군의 빈농 출신으로 태어나 1925년 길림성(吉林省) 왕청현(王淸縣) 동동일촌(東一村)으로 이주했다. 1928년부터 머슴, 철도공사 노동자로 생활했으며, 1931년 왕청현에서 추수투쟁에 참가했다. 1932년 중국공산청년단에 입단하고, 이듬해인 1933년 왕청현 항일유격대에 입대했다. 9월 동녕현성 전투에 참가하여, 위기에 처한 구국군 사령관 사충항(史忠恒)을 구출했다. 같은 시기 소왕청 근거지 방어전투에 참가했다. 1937년 동북항일연군 독립여단 연대장 및 정치위원을 지냈다. 이즈음 전투 중 4차례 부상당했다. 같은 해 8월에는 남만으로 이동하여 제2군 경위연

사진속의 두번째 줄 왼쪽 두번째가 최춘국(동북항일연군 국제여단 부분적 간부(1945.3), 첫번째 줄 왼쪽부터 심태산, 김경석, 서철, 박낙권, 최명석, 장광적, 두 번째 줄 왼쪽부터 와스커유츠(소), 최춘국, 김책, 강신태, 양청해, 도우봉, 주암봉, 세 번째 줄 왼쪽부터 장석창, 유철석, 범덕림, 고만유(이청산), 교수귀, 유안래, 진덕산

대 연대장, 정치위원이 되었다. 1938년에는 동북항일연군 제2로군 제1단 단장을 지냈다. 12월 화전현 희성천 시가지 전투에 참전했다. 그즈음 푸르허, 한총령, 정안툰, 홍쓰라즈 등지에서 싸웠다. 1940년 9월 제3방면군 경위려 제3단 정치위원이 되었다. 10월 제13단 정치위원이 되었다. 같은 해 11월 소련 영내로 이동하여 오께얀스까야 야영학교에 수용되었다. 해방된 해인 1945년 9월 함경북도 나진에서 경비사령부 책임자를 지냈으며, 1946년 말 보안간부훈련소 제1소 제3분소장으로 임명되어 조선인민군 창군 과정에 참가했다. 1950년 6·25전쟁 중 사단장으로서 원주, 제천, 단양, 죽령 일대에서 전투를 벌였으며, 그 후 안동전투를 지휘하다가 옹천동령에서 중상을 당하였다. 937년 8월 12일에 조선인민혁명군 지휘관 및 병사대회에서 한 김일성의 교시를 받들고 휘남현성진공전투, 룡강불무지전투, 화전현 회성천전투와 그밖에 수많은 적배후교란전투들에서 최춘국은 부대를 능숙하게 지휘하여 승리함으로써 일제의 대륙침략전쟁책동에 강력한 타격을 주었다.1940년 이후 시기 최춘국은 소부대활동을 전개하면서 조국해방의 혁명적대사변을 위해 적극적인 투쟁을 전개하였다. 1949년에는 송악산전투에 참가하였다.1949년 2월 인민군 창설 1주년에 북한 정부로부터 제2급 훈장을 받았고, 1968년 9월 공화국창건 20돌을 맞아 그의 고향인 함경북도 온성군 고성로지구에 그의 동상이 세워졌으며, 조선로동당창건 30돌을 맞이하여 혁명렬사릉에 그의 반신상이 세워졌다. 또한 조선민주주의인민공화국 영웅칭호와 금별메달과 국기훈장 제1급을 수여하였다.

제12장

동녕현성 전투

당신은 당신 운명의 건축가이고,
당신 운명의 주인이며,
당신 인생의 운전자이다.
당신이 할 수 있는 것, 가질 수 있는 것,
될 수 있는 것에 한계란 없다
— 브라이언 트레이시

1. 제1차 면직

8월 말, 김성주가 오백룡을 데리고 양수천자로 다시
돌아왔을 때 대대장 양성룡이 보낸 전령병이 와서 기다
리고 있었다. 중요한 군사행동이 있게 되므로 빨리 왕
청으로 돌아오라는 대대장의 말을 전달하고 전령병이
먼저 돌아가자 김성주도 대원들을 데리고 양수천자를
떠났다. 일행이 마반산까지 왔을 때 현위원회 통신원이
말을 타고 달려왔다.

"마영 동지가 보내서 왔습니다."

김성주가 통신원을 맞아들이자 김성주와 안면이 있
는 통신원은 김성주만 조용히 따로 만나 단도직입적
으로 물었다.

"김 정위 동지, 군복 천은 인질을 납치해서 빼앗아낸

동녕현성 전투 당시 주요한 전략거점의 하나였던 서
산포대가 있었던 자리

오의성의 부관이었던 초무영(肖茂榮, 사진 뒷줄 중간 동그라미)은 해방 후 중공군 남경군구 후근부 부부장이 되었다. 사진은 1982년 4월에 원 항일연군 제5군 군장 시세영을 추모하는 좌담회에 참가하였을 때 남긴 것이다. 초무영(뒷줄 왼쪽으로부터 다섯 번째), 앞줄 왼쪽으로부터 우보합, 이형박, 한광, 임일, 왕일지, 조수진, 장영, 이재덕, 조서염, 하례정 뒷줄 왼쪽으로부터 양초시, 계청, 팽시로, 손삼, 초무영, 유거해, 진춘수, 소광동, 주광

것입니까?"

"아닙니다. 경제 모금을 해서 지주가 자발적으로 지원한 것입니다."

김성주는 잡아뗐다. 통신원은 한참 말이 없다가 입을 열었다.

"구국군과 연락이 통하는 사람이 있어서 사실 내막이 동장영 동지 귀에도 다 들어갔습니다. 마영 동지가 저를 보낸 것은 왕청에 도착한 뒤 현위원회에서 이 문제를 조사할 때 김 정위께서 절대 지금처럼 잡아떼거나 거짓말을 해서는 안 된다고 주의를 주라고 한 것입니다. 만약 잡아뗐다가는 심문이 더 엄중해지므로 후과를 감당할 수가 없게 됩니다. 지금 왕청 사정이야 누구보다도 김 정치위원이 더 잘 알고 있지 않습니까."

김성주는 소스라치도록 놀랐다. 이에 사태가 심상찮은 것을 느낀 김성주는 미리 검토서부터 한 장 써서 품속에 간직하고 왕청으로 돌아온 후 두말할 것도 없이 제일 먼저 달려가 왕윤성부터 만나고 회막동에서 도문의 황 지주를 납치했던 일을 자세하게 보고했다.

"동 서기가 어디서 들었는지 김일성 동무가 구국군과 도문지주를 사이에 놓고 서로 빼앗으려 했다고 하더구먼. 그래서 지금 단단히 화가 났소. 일단 동장영 동지한테 가서 아무 변명도 하지 말고 잘못부터 성실하게 고백하고 용서를 구하는 것이 좋을 것 같소. 나하고 같이 가보기오."

왕윤성은 직접 김성주를 데리고 동장영에게로 갔으나 동장영은 마침 호택민이 구국군에서 보내온 오의성의 부관 초무영과 만나고 있어 몸을 빼지 못하였다. 대신 왕중산이 나와서 잠간 김성주와 만났다.

"군복 천을 해결해온 것은 잘한 일인데 어떻게 그런 짓을 벌일 수가 있소? 지금 길게 말하지는 못하겠는데 빨리 현위원회에 가서 먼저 그동안의 일을 자세하게 보고하고 처리결과를 기다리기 바라오."

김성주는 돌아오는 길에 왕윤성에게 몰래 물었다.

"왕윤성 동지, 현위원회에서는 이 일을 어떻게 처리하기로 했습니까?"

"나는 극력 반대를 했소만 송일 동무가 통 듣지를 않소."

"그러면 저에게 처벌을 내린단 말씀입니까?"

왕윤성은 한숨을 내쉬었다.

"영향이 너무 나쁘오. 유격대의 군복 사정은 알겠지만 마적들이 하는 짓처럼 인질을 납치하고 물건을 노략질한 것으로 비쳐졌으니 말이오."

"아니 그러면 현위원회에서는 이미 저한테 처벌을 내리기로 결정했단 말씀입니까?"

김성주는 억울한 마음을 애써 참아가며 변명했다.

"뭐가 납치란 말입니까? 경제 모금을 하는데 도문지주가 우리 모금단의 공연 구경을 하다가 구국군에 잡혀가는 것을 우리가 빼앗아냈습니다. 우리는 그에게 오라를 지운 적도 없고 구타한 적도 없습니다."

"송일 서기를 만나면 절대 이런 식으로 말하면 안 되오."

왕윤성은 굳이 사건의 옳고 그름에 대하여 가리려고 하지 않았다. 그는 다만 김성주가 처벌당하는 것을 막아보려고 백방으로 노력하였으나 끝내 김성주의 왕청 유격대 정치위원직을 지켜내지는 못하였다.

신임 왕청현위원회 서기 송일이 견고하게 김성주의 유격대 정치위원직을 해제해야 한다고 주장하는데다가 동장영의 파견을 받고 이 회의에 직접 참가하였던 특위 조직부장 이상묵까지도 송일의 주장에 찬동을 표시하는 바람에 왕윤성도 결국 반대의견을 내놓을 수가 없게 되었다. 왕윤성은 몰래 김성주를 위로했다.

"어쩌겠소. '신관상임삼파화'(新官上任三把火)라는 말도 있으니. 저 두 사람이 모두 신관인데 한바탕 열정이 나서 불을 일으키고 있는 중이오. 그러니 그냥 재수 없게 걸렸다고만 생각하면 되오."

김성주는 왕윤성에게 요청했다.

"평대원으로라도 좋으니까 어떤 일이 있더라도 저를 유격대에 남게 해주십시오."

송일은 김성주를 왕청현위원회 아동국장으로 임명하려고 하였으나 대대장 양성룡의 반대 때문에 결정을 내리지 못하고 있었다. 아동단, 소년단, 부녀회 등 반일단체 조직은 선전부장이었던 왕윤성의 관할하에 있었다. 그들은 비록 나이는 어렸지만 근거지의 생산, 건설, 전선지원, 상병간호, 보초, 밀정 탐지 정찰, 통신, 선전 등 여러 분야의 활동에 참가하고 있었다. 얼마 전 양수천자에서 경제 모금을 할 때 데리고 갔던 모금단에는 바로 오늘까지도 북한에서 '9살 나이로 영생하는 영웅'으로 기리고 있는 왕청의 아동단원 김금순도 들어있었다.

"솔직히 아동국장사업도 만만치는 않소. 우리 동만주 근거지의 아동단원이 지금 얼마인지 아오? 저 그만치 1천 6백 명을 넘어서고 있소. 전체 당원(공산당)과 단원(공청단)을 모조리 합친 수와 맞먹고 있소. 더구나 각지 근거지의 아동단들도 모두 왕청에 와서 배워가고 있는 중이오. 그러니 아동국장사업이 어쩌면 유격대 정치위원 못지않게 더 주요한 사업이 될 수도 있다는 것을 잊어서는 안 되오."

나중에 왕윤성까지도 나서서 이처럼 설득하였으나 끝까지 유격대에 남으려는 김성주의 마음을 돌려세우지 못하였다. 당시 아동국장으로 물망에 올라있는 사람들이 적지 않았다. 왕청현위원회 공청간부 조동욱, 나자구 아동국장 최광, 왕청 제5구 아동단장 박길송 외 연길현에서 조동하여 온 공청간부 이순희 등이 있었다. 김성주는 왕윤성에게 말했다.

박길송(朴吉松, 即朴周元)

"아동단 사업은 제가 유격대에 있으면서도 얼마든지 도와드릴 수 있습니다. 저는 유격대에 남아서 평대원부터 다시 시작할 것이니까 당 조직에서는 저를 신중히 조사해 주시기 바랍니다. 넘어진 곳에서 다시 일어나겠습니다."

그 결과 왕청현위원회 아동국장은 왕청 제5구의 아동단장이었던 15살 난 박길송(朴吉松, 朴周元)이 임명되었고 김성주는 왕청유격대 제 4중대 평대원으로 내려갔다. 그는 권총을 양성룡에게 바치고 보총으로 바꿔 가졌다. 대대장이었던 양성룡에게도 말 한 필이 있었으므로 김성주가 타고 다녔던 말은 팔도구 전투 때 다리를 다쳐 얼마 전에 수술을 마친 이응만이 병기창으로 전근될 때 타고 가라고 주어버렸다.

그런데 이때 예상치 않았던 변수가 생겼다. 권총 대신 보총을 메고 제4중대가 주둔하고 있었던 왕청현 소북구로 떠나는 날 양성룡이 갑자기 말을 타고 급하게 달려와 김성주를 붙잡았다. 그는 온 얼굴에 웃음이 어려 있었다. 너무 급하게 달려오다 보니 숨까지 헐떡거렸다.

"김 정위, 좋은 소식이 있소. 동 서기가 부르고 있소."

양성룡은 진심으로 기뻐하면서 흥분한 목소리로 김성주에게 말했다.

"동 서기가 지금 특위 사무실에서 김 정치위원을 기다리고 있소. 빨리 가 기오. 나보고 당장 김 정위를 데리고 오라고 했단 말이오."

"갑자기 무슨 일 때문입니까?"

"아 거야 가보면 알게 되겠지. 빨리 갑시다."

"그래도 뭔가 감이 좀 잡혀야 준비하고 갈 것이 아닙니까."

"그냥 이대로 보총을 메고 가는 것이 더 보기가 좋소. 아까 보니 구국군에서 온 특파원이 김 정위를 알던데 아마도 김 정위와는 잘 아는 사인가 보오. 혹시 누군지 모르겠소?"

양성룡의 말에 김성주는 점점 더 의아해났다.

"구국군에서 왔다면 혹시 주보중 동지가 보낸 사람입니까?"

"오의성 사령관의 부관이라고 하는 같았소."

"아. 그러면 혹시 초 부관이라고 부르지 않습디까? 이름이 뭐였는지 생각나지는 않는데 성씨가 초(肖)씨인 것은 기억하고 있습니다."

김성주는 반신반의하면서 양성룡과 함께 마촌의 특위 사무실로 갔다. 안도에서 진한장의 소개로 만났던 적이 있는 오의성의 부관 초무영이 동장영의 사무실에 와있었다. 1932년 10월, 김성주가 별동대를 인솔하고 남만에서 돌아와 양강구에서 잠깐 머무르고 있을 때 초무영이 진한장과 함께 안도의 구국군 사령관 우명진을 찾아왔던 적이 있었다.

"김 대장, 이게 얼마만입니까?"

김성주와 동갑이었던 초무영은 안도에서 진한장의 소개로 김성주와 단 한번 만났을 뿐인데 후에 주보중과 호택민 등 사람들에게서 김성주의 이야기를 너무 많이 얻어듣고는 자기도 모르는 사이에 숭배할 지경까지 되었다고 한다. 그런데 보총을 메고 평대원이 되어 나타난 김성주를 보는 순간 초무영은 자기의 눈을 의심할 지경이었다.

"아 초 부관님이군요. 오 사령관이랑, 주보중 동지랑 그리고 호택민 참모장이랑 모두 다 잘 계십니까?"

김성주도 너무 반가와 어쩔 줄을 몰랐다.

"난 김 대장이 왕청 유격대 정위(정치위원)라고 들었는데 왜 이렇게 보통 병사 모습을 하고 다닙니까?"

초무영이 이렇게 묻자 정작 난처해진 것은 동장영이었다. 김성주는 부리나케 둘러댔다.

"초 부관님, 정위도 보총을 메고 다닐 때가 있습니다. 전투를 할 때는 권총보다는 보총이 훨씬 더 살상력이 높습니다."

김성주의 이와 같은 재치있는 대답에 동장영도 미소를 지어보였다. 초무영은 김성주에게 말했다.

"오 사령관이 김 대장을 만나고 싶어 합니다. 이번에 제가 왕청으로 올 때 오 사령관의 사령부도 나자구로 이동하기 시작했습니다. 우리가 인차 큰 전투를 치르게 되는데 김 대장도 참가하게 되겠지요?"

이때 김성주는 양성룡을 돌아보았고 양성룡은 자연스럽게 동장영에게로 눈길을 돌렸다. 동장영은 말없이 머리를 끄덕여보였다. 묵시적으로 허락받은 양성룡은 바로 김성주에게 말했다.

"구국군 오 사령관의 부대가 이번에 동녕현성 전투를 진행하게 되는데 우리 동만 특위 산하 각 현 유격대들도 함께 참가해줄 것을 요청하여 왔소. 초 부관이 그래서 왔소. 동 서기도 이미 동의했소. 이제 군사부장 동무가 오면 바로 회의를 열고 이 문제를 집중적으로 의논하게 되오."

"아. 그러면 금방 군사행동이 있게 된다는 말씀입니까?"

김성주는 방금까지 울적하던 기분이 말끔히 사라지고 말았다. 자기가 이미 평대원으로 강등되어 있다는 사실도 잊은 채로 초무영의 손을 잡고 연신 소리쳤다.

"동녕현성을 친다는 말씀이지요? 우리 왕청 유격대 반드시 참가합니다. 우리 왕청 유격대는 전 동만주에서 제일 싸움을 잘하는 유격대입니다."

"유격대뿐만 아니라 삼림대들도 모두 참가하게 됩니다. 제가 올 때 삼협(三俠), 금산(金山) 등 부대에도 모두 사람들이 파견되어 갔습니다."

"기쁨은 쌍으로 날아든다는 말이 이래서 생겨난 것 같습니다."

김성주는 곧바로 요청하고 나섰다.

"대대장 동지 동녕현성 전투에 제가 가겠습니다. 저를 보내주십시오."

"각 현 유격대에서 모두 한 개 중대씩 선발하기로 했는데 우리 왕청에서는 제일 전투력이 강한 3중대를 데리고 내가 직접 갈 생각이오."

초무영을 바래주고 돌아오는 길에 양성룡의 집에 들른 김성주는 큰형님 같기도 하고 삼촌 같기도 한 양성룡을 붙잡고 앉아 완강하게 또 열정적으로 그를 설득하였다.

"설마 잊고 계시지는 않겠지요? '외눈깔 왕가'(김성도의 별명)한테 민생단으로 몰렸던 대대장 동지와 장포리 형님의 혐의를 벗겨드리자고 누가 나서서 백방으로 변호하였습니까? 또 누가 반 성위(반경유)한테까지 말씀드려서 문제를 해결하여 드렸습니까?

솔직하게 말씀해봅시다. 제가 황 지주를 인질로 잡아놓고 군복 천을 마련해온 것이 과연 그렇게 잘못한 일이었단 말입니까? 비록 정치위원직에서 내려앉았지만 그렇다고 이렇게까지 내가 이대로 아무짝에도 쓸모없는 인간으로 굴러 떨어지는 것을 대대장 동지는 과연 두고만 보고 있을 생각입니까? 저에게 기회를 주십시오."

양성룡은 머리를 끄덕였다.

"3중대 외에도 다른 중대에서 또 한두 개 소대를 더 선발하여 따로 '작탄대'를 하나 만들어 볼 생

동녕현성 전투를 재현시킨 북한의 선전화

각이오. 말하자면 결사대 말이오."

"그러면 그 결사대를 내가 맡겠습니다."

2. '작탄대' 대장을 맡다

김성주는 양성룡과 함께 일명 '작탄대'라고 불리는 결사대를 따로 조직하였다. 김성주가 정치위원에서 면직될 때 제1소대장에서 제2중대 지도원으로 임명된 최춘국이 이때 '작탄대'에 선발되어 김성주와 함께 동녕현성 전투에 참가하게 되었다. 선발대는 대대장 양성룡의 인솔하에 신임 제3중대장 황해룡(黃海龍)과 제2중대 지도원 최춘국 외 따로 특별히 조직한 '작탄대'까지 합쳐 40여 명이 마촌에서 동장영과 왕덕태의 배웅을 받았다.

왕덕태가 밤새 얼마나 동장영을 구워삶았던지 다음날 아침에 선발대를 사열할 때 특위 서기 동장영이 이상묵, 송일, 등 특위와 현위원회 주요 당직자들을 모조리 제쳐놓은 채 직접 나서서 선포하였다.

"근거지의 보급품을 구하는 과정에서 구국군과 발생하였던 일부 오해를 이미 해명하였습니다. 때문에 김일성 동무의 유격대 정치위원직을 지금 다시 회복합니다."

그 말이 떨어지기 바쁘게 정렬하여 대원들이 마치 약속이라도 한 것처럼 열렬한 박수를 쳐댔다. 특위 군사부장 왕덕태가 양성룡에게서 김성주의 목갑권총을 받아 직접 김성주의 어깨에 메워주면서 그가 메고 있었던 보총을 벗겨내려고 하자 김성주는 "이 보총 제가 메고 가겠습니다. 작탄대도 제가 계속 맡겠습니다." 하고 말렸으나 곁에 함께 서있던 최춘국이 참지 못하고 달려들어 보총을 억지로 벗겨냈다.

비록 동녕현성 전투를 앞두고 다시 정치위원직을 회복하였으나 김성주는 이 전투에서 '작탄대' 대장을 맡았고 그가 목에 작탄을 걸고 앞장에서 주 공격 임무를 맡았던 사실은 중국의 항일전쟁 사가들에 의해 '중국 항일전쟁 역사총서-동북항일연군편'에 생생하게 기재되었다.

김성주가 양성룡과 함께 왕청 유격대 선발대를 인솔하고 나자구에 도착하는 날 하루 먼저 도착하였던 훈춘 유격대 선발대에서 평대원으로 함께 따라왔던 오빈이 김성주를 발견하고 달려와 반갑게 부둥켜안았다.

두 사람은 감개무량하였다. 할 말도 너무 많았다. 자연스럽게 화제는 민생단으로 번졌고 김성도의 이야기가 나왔다. 결국 김성도 본인도 최후에 가서는 민생단으로 몰려 처형되었지만 왕청에서 김성주를 가장 괴롭혔던 사람이 바로 김성도였다면 김성도 때문에 훈춘에서 제일 많이 골탕을 먹었던 사람은 오빈이었다.

1932년 6월, 중공당 훈춘현위원회에서는 연통라자에서 오빈을 비판하는 회의를 열었는데 오빈은 그 회의에 참가하지 못하고 동흥진 분수령에서 구국군 두령 왕옥진을 설득하는 일을 벌이고 있었다. 그런데 훈춘현위원회에 파견 받고 나온 특위 조직부장 김성도가 직접 사람을 보내어 오빈을 붙잡아왔다.

그때 회의에서 오빈은 훈춘현위원회 서기직에서 면직되고 유격대 2소대 평대원으로 배치되고 말았다. 그러나 오빈은 낙천가였다. 그가 소속되었던 제2소대는 소대장 강석환의 인솔하에 동녕현성 전투에 참가하게 되었던 것이다.

"유격대 정위가 웬 작탄을 이렇게 목에 걸고 다니오?"

하고 물으니 김성주도 웃으면서도 오빈의 귀에 대고 속삭였다.

"오빈 동지, 나도 며칠 전까지는 평대원이었습니다. 정치위원직에서 면직되었다가 다시 회복했는데 오빈 동지도 병사로 강직되었다고 해서 낙심하지는 마십시오."

오빈은 껄껄 웃음보를 터뜨렸다.

"혁명가에게 직위가 무슨 상관이 있겠소. 다만 분공이 다를 뿐이지. 보다시피 난 아직도 이렇게 생기발랄한 혁명전사로 남아 있소."

김성주가 동만주에서 가장 친했던 사람들을 헤어보라고 하면 두말할 것도 없이 이광과 채수항에 이어 바로 오빈이 세 번째로 손꼽힌다. 2년 전인 1931년 10월, 채수항의 소개로 오빈과 만났던 김성주는 그 뒤로 오빈과 함께 종성군 신흥촌 오빈의 집에도 놀러갔었던 적이 있었고 그때 오빈의 아버지 오의선은 국수를 좋아하는 김성주에게 메밀국수를 눌러주려고 30리 밖에 있는 풍계장에까지 가서 메밀가루를 구해왔던 적도 있었다.

그런데 '옹성라자회의' 직후, 채수항이 제일 먼저 저 세상 사람이 되었고 또 얼마 전에는 이광까지도 노흑산에서 토비 '동산호'(同山好)의 마수에 걸려 살해되었다보니 지금은 오빈만 남았던 것이다.

"오늘 듣자니 성주네 왕청에서는 '작탄대'까지 만들어가지고 왔다고 하던데 그게 사실이오? 만약 작전할 때 우리 훈춘대도 함께 행동하게 되면 그 '작탄대'에 나도 넣어주오."

오빈이 만나자마자 이렇게 요청하는 바람에 김성주는 손을 내저었다.

"오빈 동지, 행여나 그런 마음은 접으십시오. 보시다시피 이 '작탄대' 대장은 지금 제가 맡고 있습니다."

김성주는 목에 걸고 있었던 작탄을 흔들어보였다.

"오빈 동지가 제 앞에 얼씬거릴 생각을 해서는 안 됩니다."

"허허, 성주가 나를 걱정하는 것은 알겠는데 내가 이래 뵈도 유격대 생활이 벌써 하루 이틀이 아니오. 우리 소대에서는 내가 노병이오."

"어쨌든 안 됩니다. 안된다면 안 되는 줄 아십시오."

김성주는 어림도 없다는 듯이 딱 잘라버렸다. 그런데 말이 씨가 된다더니 작전배치 때 훈춘유격대는 왕청유격대와 함께 동녕성 서산포대를 점령하는 전투를 담당하기로 결정되었다.

총지휘는 왕청유격대 대대장 양성룡이 맡고 부총지휘는 훈춘유격대 정치위원 백전태가 맡기로 되었으나 백전태의 대대는 제시간에 도착하지 못하고 먼저 도착한 강석환의 소대가 왕청유격대와 합류했다. 이때 오빈과 함께 다른 2명의 대원이 김성주의 '작탄대'로 넘어왔다.

'노모저하'(老母猪河)기슭

3. 작전회의

1933년 9월 2일, 작전회의는 나자구근처의 '노모저하'(老母猪河)에서 열렸다. '노모저하'란 글자 그대로 '늙은 어미 돼지 강'이라는 뜻이다. 나자구 지방에는 이러한 이름을 띤 중국 동네들이 아주 많았다. '노모저하' 외에도 무슨 '개방자툰'(狗幇子屯)이니 '노회랑점'(老灰狼店)이니 하는 이름들이 있다. '개방자툰'은 '개를 때리는 몽둥이'라는 뜻이고 '노회랑점'은 '늙은 회색빛 승냥이'가 출몰해서 생긴 이름이기도 하다.

오의성은 동녕현성 전투에 참가하기 위하여 몰려온 각지 반일부대 지휘관들을 대접하느라고 수십 마리의 '늙은 어미 돼지'를 잡았다. 오의성, 호택민, 사충항, 시세영, 유한흥, 삼협, 금산, 장유정(張裕亭), 포로오(鮑老五), 주반랍자(朱半拉子), 양성룡, 김성주, 백전태 등 사람들이 모두 회의에 참가했다. 참모장 호택민이 먼저 적 상태에 대한 통보를 했다.

"현재 동녕현성을 지키고 있는 일본군은 1개의 수비대와 1개의 변경감시대(邊境監視隊)가 있소. 여기다가 1개의 일본군 병원과 1개의 통신반까지 합쳐 일본군이 도합 681명이 되오. 수비대는 4개 중

'남만주 3천'중의 지청천(왼쪽), 오른쪽은 김구

대인데 위만군 3개의 보병대와 1개의 기병대가 또 400명이 되고 그 외 경찰과 자위대 병력이 또 120명이니 모두 합치면 1천 2백 명이 되오. 한편 이전의 전투경험을 비교해보면 위만군이나 경찰대는 별 문제가 아닌데 정규훈련을 받은 일본군의 실력과 비교하면 우리 군의 실력은 1:10과 맞먹는다고 볼 수 있소. 때문에 현실을 직시하자면 이 전투는 굉장하게 어려운 전투가 될 수도 있소. 여러 지휘관들의 고견을 한번 들어보고 싶소."

회의에서는 주로 구국군의 지휘관들이 발언권을 가지고 한바탕 자기들 나름대로의 고견을 터놓기 시작했다. 이때 구국군과 유격대에서 선발되어 왔던 대원들까지 합치면 3천여 명 가까운 병력이었으나 만약 1:10의 비례로 계산하면 턱없이 부족한 병력이었다. 최소한도 1만 명은 있어야 서로 대등한 수준에서 싸워볼 수 있었다.

그날 회의에서 입김이 가장 셌던 사람은 시세영과 유한흥이었다. 그리고 시세영의 뒤에는 바로 일찍부터 김경천, 신팔균(신동천)과 더불어 '남만주 3천'으로 불리고 있었던 일본군 육군사관학교 제26기 보병과 졸업생 지청천[6]이 있었다. 지청천의 이때의 나이가 45세, 구국군에서는 영감취급을 받아오고 있었던 시세영보다도 오히려 6살이나 더 많았다.

그의 부대 3백여 명은 오의성의 구국군에서 가장 병력수가 많았던 시세영의 여단과 손을 잡고 2월경에 경박호 남구에서 일본군 기병부대 2백여 명을 전멸시켰던 적이 있었을 뿐만 아니라 6월에는 노송령(老松嶺)으로 이동하다가 대전자(大甸子, 나자구)에서 일본군 이즈카(飯塚)부대와 접전한 적도 있었다. 4시간 남짓하게 전투를 진행하여 이즈카 부대를 전멸시켰는데 그때 얻은 전리품을 서로 빼

---

6. 지청천(池靑天, 1888년 2월 15일 ~ 1957년 1월 15일)은 일제 강점기의 항일 독립운동가 겸 군인이었으며, 만주에서 독립군 활동을 지휘하다가 대한민국 임시정부의 광복군 창설에 참여하여 광복군사령관·광복군 총사령관 등을 역임하였고 대한민국 정부 수립 이후에는 정치가 겸 정당인으로 활동하였다. 만주에서 독립군을 지휘한 이후 중화민국 본토에서 대한민국 임시정부 예하 광복군을 지휘하며 독립운동을 전개하다가 8.15 광복 후 귀국, 우익청년단체인 대동청년단을 조직하였고, 우익 정치인으로 활동하였다. 1948년 8월 15일 대한민국 정부 수립 이후에는 국무위원 겸 무임소 장관에 임명되었다. 이후 친(親)이승만계 정당인 대한국민당, 자유당 등에서 활동하였다. 본관은 충주(忠州). 호는 백산(白山), 아명(兒名)은 지수봉(池壽鳳), 지대형(池大亨), 지을규(池乙奎), 지석규(池錫奎), 일명은 이청천(李靑天), 이대형(李大亨)이다. (자세한 경력은 차례-주요인물 약전에서 참조바람)

앗으려고 하다가 오의성의 노여움을 사기도 했다. 전리품이 얼마나 많았던지 군복 3,000벌, 박격포 5문에다가 평사포 3문 외에 소총 1,500자루도 있었던 것이었다.

이런 연유로 동녕현성 전투를 7일 앞두고 열렸던 이 작전회의에 오의성은 고의적으로 지청천을 참가시키지 않았으나 지청천과 시세영이 항상 서로 입김을 통하고 있다는 것을 알고 있었다. 그래서 선참으로 시세영에게 한번 고견을 말해보라고 시켰다.

"이보게 세영이, 자네 여단에서도 따로 작전토의는 해봤을 것이 아닌가. 자네 의견부터 한번 들어보고 싶네."

"군사적으로 볼 때 공성(攻城)하자면 공격하는 자의 병력이 최소한 방어하는 자의 병력의 3배는 넘어서야 합니다. 더구나 왜놈들은 이미 우리가 공성하려는 것을 눈치채고 있으므로 만반의 준비를 갖춰두고 있을 것입니다. 여러모로 분석해본 결과 승산 확률이 50%를 넘어서지 못하고 있습니다."

승산이 50%를 넘어서지 못한다는 소리에 잔뜩 화가 돋은 오의성은 시세영의 참모장 유한흥에게 다시 따지고 들었다.

"한흥이 네가 군관학교 졸업생이겠다. 승산 확률이 50%를 넘어서지 못한다는데 그러면 정확히 몇 퍼센트냐?"

"정확하게 말씀드리자면 30%에서 한 40%가량밖에 되지 않습니다."

"제기랄, 한흥아, 왜 그렇게밖에 김빠지는 대답밖에 못하나?"

오의성은 시세영의 여단에서 작전회의를 할 때 언제나 일본군 육군사관학교 졸업생인 지청천을 모셔다가 고견을 묻곤 한다는 것을 알고 있었던 까닭에 그래도 한번 전문적으로 군사를 배운 사람들의 고견을 들어본다는 것이 이런 대답이 나오자 몹시 기분이 상했다.

"오 사령관님, 너무 심각하게 들을 것은 없습니다. 보나마나 승산이니 퍼센트니 하는 것은 모르긴 해도 또 '고려사령관'의 입에서 나온 말일 것입니다. 그 사령관은 일본군의 전법에만 능했지 우리 중

김일성에게 군사지식을 가르쳤던 유한흥(劉漢興)

국군의 전법은 잘 모릅니다. 그러니 너무 귀담아 들을 필요는 없습니다."

'삼협'과 '금산'부대의 두령들인 이삼협(李三俠)과 소금산(小金山)이 이렇게 말하니 유한흥은 그들 둘에게 물었다.

"죄송하지만 두 분 두령, 중국군의 전법이라는 것은 무엇입니까?"

"죽음도 두려워하지 않는 것이오(不怕死), 대담하게 덤비고(敢打), 대담하게 결사전(敢拼)을 하는 것 이오. 이거면 안 되겠소?"

"아이쿠, 그러면 다 죽습니다."

유한흥이 더 상대하지 않고 잠잠히 입을 다물어버리자 사충항이 손을 들고 발언권을 요구했다.

"오 사령관님, 제가 한마디 해보겠습니다."

"그래 사충항이 네가 한번 말해보거라."

'노3영' 출신이고 오의성의 오랜 부하였던 사충항은 가슴을 때려가면서 자신만만하게 자기의 견 해를 피력했다.

"우리는 지금까지 무수하게 승산이 없는 전투를 벌여왔고 또 '전패위승'(轉敗爲勝)했던 경우도 아주 많습니다. 비록 공성전투 경험은 별로 많지 못하지만 우리는 성을 빼앗겨 본 경험은 꽤 많습니다. 때 문에 그 경험에서 교훈을 찾아내면 우리도 일본군들 못지않게 동녕현성을 쉽게 빼앗아낼 수 있다고 봅니다. 얼마든지 자신이 있습니다. 제가 비록 전문적으로 군사공부를 한 사람은 아니지만 이번 전투 에서 경비가 제일 튼튼한 서문을 맡을 생각입니다. 그러니 사령관님께서 허락해주십시오."

그 말이 떨어지기 바쁘게 제일 구석 쪽에 앉았던 김성주가 흥분을 참지 못하고 벌떡 일어났다.

"연대장의 말씀이 너무 좋습니다. 옳은 말씀입니다. 군대의 군사소질을 가지고 몇 대 몇이니 하고 퍼센트까지 매겨가면서 전투를 하는 것은 너무 바보스러운 짓입니다. 작전은 기술문제이기 전에 전 사들의 사기와도 백 퍼센트 관련이 됩니다. 이것을 홀시하여서는 안 됩니다."

누구보다도 새파랗게 젊었던 김성주의 느닷없는 발언은 좌중을 놀래켰다. 각자 수백 명씩 되는 대오를 거느리고 온 각지의 구국군들과 삼림대 등 여러 갈래의 반일부대 지휘관들의 나이가 모두 3~40대, 많은 경우에는 50대들까지도 심심찮게 섞여있었는데 반해서 겨우 21살밖에 되지 않았던 김성주의 당당한 모습을 바라보며 어리둥절한 표정으로 어깨를 으쓱하거나 또는 고개를 갸웃거리 는 사람들도 있었다. 그럴 때 오의성이 흐뭇한 표정으로 김성주를 소개했다.

"여러분들, 이 젊은이는 내 친구 김일성이요."

김중건(金中建)

4. 오의성과 이청천을 이간하다

이때쯤 왕청 지방에서는 김성주를 김일성으로 알고 있는 사람들이 적지 않게 생겨나있었다. 특히 중국인들이 알고 있었던 김일성은 결코 전설 속의 노장이 아닌, 20대의 젊은 유격대장 김성주였다.

오의성은 비서였던 진한장의 소개로 김성주와 만나기 이전부터 김일성에 대하여 알고 있었다. 자기가 직접 관장하고 있었던 이광의 별동대에 이어 안도에서도 또 별동대가 생겨나 서로 별동대 1대니 2대니 하고 지어 부르고 있다는 소리를 들어온 지 오래 되었기 때문이었다.

그러다가 직접 김성주와 만났던 것은 바로 이광의 별동대 10여 명이 노흑산에서 '동산호'의 올가미에 걸려 살해된 뒤였다.

'동산호'가 이광의 별동대를 습격한 것은 원인이 있었다. 현재에 와서는 '동산호'가 일제에게 매수되어 저지른 사건이라고 대충 얼버무려서 주장하고 있는 사람들이 아주 많지만 실제로는 '동산호'와 친하게 지냈던 영안현 팔도하자의 한 조선인 대지주가 이광의 별동대에 잡혀가 살해당하는 일이 발생했기 때문이었다. 혹자는 이 대지주가 바로 소래(笑來)라는 아호로 불리기도 했던 한국의 독립운동가 김중건(金中建)[7]이 아니었나 하고 주장하고 있기도 한다.

---

7. 김중건(金中建, 1889년 12월 6일 – 1933년 3월 24일)은 한국의 독립 운동가이다. 아호는 소래(笑來)이다. 함경남도 영흥 출생이다. 어린 시절이나 가정 환경에 대해서는 자세히 알려져 있지 않다. 한학을 익혀 서당을 운영하다가 1907년 무렵부터 신학문에 눈을 떴다. 서당은 근대식 교육을 실시하는 연명학교(鍊明學校)로 개편되었으며, 그는 1909년 천도교에 입교했다. 천도교도들 중 이용구 계열이 중심이 된 일진회가 일한합방상주문을 제출하며 한일 병합 조약 체결을 재촉하자, 《천도교월보》에 〈토일진회(討一進會)〉라는 제목으로 일진회를 비판하는 글을 싣기도 했다. 그러나 김중건은 1910년 한일 병합 조약 체결 이후 기존의 천도교단을 통한 구국 운동을 비관적으로 보게 되어, 고향으로 낙향한 뒤 독자적인 우주관을 정립하고 천도교 교단의 개혁을 촉구하는 등의 활동을 하게 되었고, 이로 인해 천도교에서 출교당했다. 그는 결국 1913년 원종(元宗)을 창립했다. 1914년에는 원종 신도들과 함께 북간도로 망명했는데, 학교를 설립해 민족 교육을 실시하다가 1917년 일본 경찰에 체포되어 옥고를 치렀다. 그는 다시 간도 지역을 무대로 원종 포교 활동을 벌이며 자본주의와 제국주의를 반대하는 자신의 이념을 설파했다. 그의 사상은 농촌 중심의 개혁을 통해 국가가 없는 이상촌을 건설한다는 것으로, 아나키즘과 유사한 측면이 있었다. 1920년 원종교도들을 규합하여 대진단(大震團)을 조직했다. 대진단은 기본적으로 사상 단체였으나 무장 조직이었고, 1921년 무장 독립 운동 단체들이 연합하여 대한국민단이 결성될 때도 참가했다. 이후 그는 《새바람》이라는 잡지를 발행하다가 다시 체포되는 등 우여곡

1929년에 영안의 팔도하자로 옮겨와 대량의 황무지들을 헐값에 사들이고 이 황무지들을 개간하여 농촌 공동체 어복천을 건설하려고 동분서주하고 다녔던 김중건은 이 지방에서 가장 큰 세력을 자랑하고 있었던 마적 '동산호'에게 다달이 쌀을 바치는 조건으로 그들의 보호를 받고 있었다. 그런데 그것을 알 리 없는 이광의 별동대가 한번은 나자구에 볼일을 보러 갔다가 돌아오는 길에 김중건을 연도에 인질로 납치해놓고 쌀을 내놓으라고 을러멨다.

"나는 '동산호'가 지켜주고 있는 사람인데, 자네들이 나한테 함부로 이렇게 대하면 필시 '동산호'가 가만히 두고 보지만은 않을 걸세."

김중건의 말에 이광의 별동대 대원들은 앙천대소했다.

"영감은 우리가 누구의 부대인지 알고나 하는 소리요? 우리의 사령관은 오의성이란 말이오."

"일본놈들과 싸우는 길림구국군이란 말인가?"

"그렇소."

'길림구국군에도 우리 조선인들이 이렇게 많이 있었나?' 하고 놀라던 김중건은 한참 팔자수염을 쓰다듬더니 선선히 대답했다.

"자네들이 모두 나랑 같은 조선인인 데다가 나이로 봐도 내 아들 같으니 내가 쌀을 주겠네. 그러니 무슨 '인질'이니 뭐니 하고 일을 복잡하게 만들지 말고 그냥 놓아주게나. 내가 집에 도착하는 길로 바로 쌀을 마련해서 자네들한테 보내주겠네."

김중건은 자기를 납치한 이광의 별동대가 전부 조선인 청년들인 것을 보고 진심으로 도와주고 싶은 마음도 생겼다. 그런데 이광의 별동대는 김중건을 믿어주려고 하지 않았다.

이광(李光)

"안 되오. 가족에게 편지를 쓰오. 우리가 사람을 보내서 편지를 전달할 것이오."

"우리 가족에서 내 편지를 받으면 금방 '동산호'에게 가서 알리고 구원을 요청할 것이니 그러면 일만 더 복잡하게 되오. 그러니

절을 겪었고, 1929년에 북만주의 황무지 지역에 공동 생산 공동 분배가 이루어지는 이상적 농촌 공동체 어복촌을 건설해 운영했다. 이 공동체에서는 평소 교육과 군사 훈련이 이루어졌기 때문에, 만주사변 이후 부대를 일으켜 일본군과 전투를 벌일 수 있었다. 원종 부대가 일본군에게 패퇴하여 어복촌으로 물러나 있던 중, 그는 공산주의 계열의 독립 운동 부대인 장참모의 길림구국군과 이광 부대 등과 갈등을 빚었다. 결국 1933년 일본, 소련 연합군과 길림구국군에게 잡혀 처형되었다. 1977년 건국훈장 독립장이 추서되었고, 남양주에 기념비가 세워져 있다

이광의 가족사진(뒷줄 오른쪽이 이광)

내가 직접 가지 않으면 안 되오."

김중건은 직접 이광을 설득했다.

"나를 혼자 놓아 보내기가 염려되면 당신들 사람이 나를 따라 함께 갑시다. 그러면 내가 다시 올 것도 없이 당신네 사람들이 곧장 우리 집에서 쌀을 가지고 돌아오면 될 것이 아니겠소. 내가 마차와 수레까지도 다 마련해서 함께 드릴 것이니 나의 요구대로 해주시오."

이광은 마침내 동의하고 말았다. 그런데 김중건을 따라 영안까지 갔던 별동대 대원들이 쌀을 받아가지고 나자구로 돌아오는 길에 운 나쁘게 '동산호'에게 걸려들어 쌀을 모조리 빼앗기고 또 대원들까지도 몇 명 살해당하는 일이 발생하게 되었다.

나중에 이 일은 오의성의 귀에까지 들어갔다. 오의성은 이광의 한쪽 말만 듣고 백 퍼센트 김중건이 시켜서 '동산호'가 자기의 별동대를 습격한 것으로 오해하고 있었다.

시세영의 여단 산하 부현명의 연대가 나자구로 나올 때 오의성은 직접 부현명에게 김중건을 잡아오라고 시켰다.

부현명의 부대가 원체 사람 수가 많았기 때문에 '동산호'는 자기 산채에 와서 피신 중이었던 김중건을 내줄 수밖에 없었다. 그래서 김중건을 포박한 부현명의 부대가 노야령을 넘어갈 때 '동산호'의 무리들은 검은 천으로 얼굴을 가리고 김중건을 구하려고 달려들었으나 끝내 구해내지 못하고 혼전 도중에 오히려 김중건만 눈먼 총에 맞아죽고 말았다.

이것이 '동산호'와 이광의 별동대가 서로 원한을 맺게 된 사연이었다. 그런데 이광 쪽에서는 오히려 김중건을 직접 해친 사람은 자기들이 아니라는 이유 때문에 '동산호'가 자기들에게 보복하려고 호시탐탐 기회만 노려오고 있다는 사실을 전혀 모르고 지냈다.

하지만 1933년 5월, '동산호'는 노흑산 일대의 삼도하자를 차지하고 이광의 별동대에 초대장을 한 장 띄웠다. 초대장 속에다가 항일의 대업을 위하여 별동대와 합작할 의향이 있다는 내용도 써넣었다. 그것이 올가미인 줄도 모르고 이광은 별동대에서 제일 뛰어난 대원 10여 명을 특별히 선발하여 데리고 '동산호'를 찾아갔다가 그만 모조리 살해당하고 말았다. 그때 이광의 나이는 29살밖에 안 되었다.

이렇게 이광의 죽음으로 말미암아 별동대의 나머지 대원들은 모조리 구국군을 떠나 왕청 유격대로 돌아가 버렸는데 엎친 데 덮친 격으로 왕청에서는 또 '관보전 사건'까지 발생하였던 것이다.

이 때문에 구국군과 유격대의 관계가 점점 비틀어져가고 있을 때 오의성의 구국군 사령부가 나자구로 옮겨오게 되었다. 김성주가 회고록에서 밝히고 있는 것처럼 유격대는 구국군의 행패가 두려워 낮에 대놓고 나다니지도 못할 지경까지 되었다.

이광이 죽고 나서 오의성과 연줄을 놓을 수 있는 사람이라고는 오의성의 구국군 사령부에서 선전처장으로 일했던 적이 있는 왕윤성과 김성주밖에 없었다. 유격대의 존망과 관계되는 문제라 섣불리 찾아갔다가는 피해를 볼 수도 있다고 만류하는 것도 마다하고 김성주가 직접 오의성을 찾아갔던 것이다.

왕윤성이 구국군을 떠나 왕청으로 온 뒤 왕윤성의 자리에 올랐던 진한장과 참모장 호택민이 여전히 오의성의 곁에 있었으나 모두 중국인들이었던 그들은 중국인과 조선인의 관계가 여간 민감한 게 아닐 때 함부로 나서서 공개적으로 김성주를 도울 수도 없었다.

김성주는 이때의 일을 두고 '오의성과 담판했다.'고 회고하고 있지만 정작 오의성의 구국군에서 복무했던 적이 있는 중국인 노병들은 다음과 같은 이야기를 들려주었다.

"오 사령관은 이광 별동대가 통째로 모조리 달아난 것 때문에 몹시 화내고 있었고 '김일성'은 오 사령관을 찾아와서 손이야 발이야 빌기만 했다. 담판했다고 하는 것은 거짓말이다. 담판이란 관계가 대등해야 하는 법이다. 1천 명을 거느린 구국군 사령관과 1백 명을 거느린 유격대 대장이 어떻게 담판을 할 수 있는가? 무슨 담판을 한단 말인가? 그때 나자구를 대감자라고 부르기도 했는데 구국군이 대감자 바닥에 쫙 널린 뒤로 유격대는 낮에 함부로 나오지 못하고 몰래 밤에만 쏠락쏠락 나다니곤 했는데 그래도 '김일성'만은 용감하게 대낮에 찾아왔더라. 오의성과 '김일성'은 원래부터 좀 아는 사이였다. '김일성' 본인이 원래 길림 구국군 출신이었다."

이때 오의성으로 하여금 공산당의 왕청 유격대를 받아들이게 만든 결정적인 계기는 구국군이 그동안 친하게 지내왔던 지청천의 한국독립군과 한창 마찰이 빚어지고 있었기 때문이었다. 김성주는 이 기회를 타서 오의성을 꼬드겼다.

"지금 우리 공산당에서는 민생단 숙청사업을 바짝 틀어쥐고 있습니다. 민생단에 가입한 자들이 속속 잡혀 나오고 있습니다. 그런데 하나만 물어봅시다. 이 민생단이 한국독립군에 침투하지 말라

안훈(安勳, 即趙擎韓)

는 법이 어디 있겠습니까? 더구나 사령관 이㈜청천은 반공주의자로 유명한 사람입니다. 그러니 우리 공산당의 유격대가 오 사령관의 구국군과 합작하는 것을 그 사람이 좋아할 리가 있겠습니까! 제가 지금 당장 증거를 댈 수는 없지만 그 사람들이 구국군과 우리 유격대 사이에다가 오해를 일으킬 수 있는 쐐기를 적지 않게 박아 넣은 것 같습니다."

"확실한 증거를 가지고 오면 내가 자네 말을 믿어줄 수가 있네."

"제가 지금 당장 증거를 가져올 수는 없지만 이 시간 이후로 한번 유의해보겠습니다. 증거만 잡히면 바로 사령관님께로 달려오겠습니다. 그러나 한번 시탐해볼 수는 있지 않겠습니까! 예를 들면 말입니다. 우리 유격대가 구국군의 별동대가 되었던 것처럼 오 사령관도 지청천에게 한국독립군이 구국군과 합류할 수 있겠는가 하고 물어보십시오. 다 같이 왜놈들과 싸우는 부대들인데 제각기 깃발을 내걸지 말고 한데 합치면 힘이 더 커질 것이 아니겠는가 하고 이해를 따져보십시오. 그래서 그들이 두말없이 순순히 합류하겠다고 응낙하면 문제가 없겠지만 그러나 만약 거절한다면 문제가 있는 것이 아니겠습니까!"

이처럼 황당한 논리를 내놓는 김성주를 한참 지켜보던 오의성이 입을 열었다.

"그렇다면 하나만 더 묻겠네. 자네가 유격대를 대표해서 나를 찾아왔으니 이광의 별동대가 가지고 달아났던 무기를 모조리 되돌려 달라고 하면 돌려줄 것인가?"

김성주는 재치 있게 대답했다.

"무기뿐만 아니라 우리 유격대를 모조리 달라고 해도 됩니다. 오직 왜놈들과 싸우는 전투가 있으면 불러주십시오. 아니'불'자 한마디 없이 유격대가 통째로 달려와서 오 사령관의 지휘에 전적으로 복종할 것입니다."

오의성은 김성주의 이 대답에 몹시 만족하였다. 김성주를 돌려보낸 후 오의성은 김성주가 일러준 대로 지청천에게 이 바닥에서 활동하겠다면 한국독립군의 깃발을 내리고 구국군에 와서 합류하라고 명령하다시피 했으나 일언지하에 거절당하고 말았다. 오의성은 나중에 김성주가 알려주었던 대로 "다 같이 왜놈들과 싸우는 부대들인데 제각기 깃발을 내걸지 말고 한데 합치면 힘이 더 커질 것이 아니요?"라고 물었으나 지청천은 되려 오의성에게 따지고 들었다.

"내가 듣자니 최근에 공산당 쪽에서 수상한 조선인 하나가 오 사령관의 부대에 찾아와서 오 사령관과 우리 독립군 사이에 이간을 놓고 있다고 합디다. 그 사람이 이렇게 하라고 시키던가요? 만약 그런 것이라면 왜 공산당의 유격대는 구국군과 합류하지 않는답니까?"

"유격대는 통째로 건너와서 전적으로 우리 구국군의 지휘를 받을 용의가 있다고 이미 허락받았소."

이때 지청천의 참모로 독립군의 선전위원장을 맡고 있었던 안훈(安勳, 趙擎韓)[8]이 참지 못하고 나서서 오의성을 설득했다.

"오 사령관, 공산당에도 지금 우리 조선인들이 아주 많이 들어가 있습니다. 그렇지만 조선인들의 형편이 어떠합니까? 숱한 사람들이 민생단으로 몰려 죽임을 당하고 있습니다. 공산당은 조국도 민족도 없다고 선전합니다. 그러니 그들은 아무나 누구와도 합작할 수 있습니다. 오직 자기들에게 이롭기만 하다면 말입니다. 그러나 이익이 없고 손해가 생길 때면 그들은 금방 약속을 저버립니다. 그리고 얼마든지 뒤통수를 때리고 남의 집 뒷마당에 불을 지르는 데 이골이 터 있는 자들입니다. 때문에 우리는 공산당이 하는 말을 믿지 않습니다. 오 사령관도 믿어서는 안 됩니다. 세상에서 거짓말을

동녕현성 전투 직전 이청천의 독립군과 시세영의 구국군이 함께 진행하였던 대전자령 전투 현장

---

8. 조경한(趙擎韓, 1900년 7월 30일 ~ 1993년 1월 7일)은 대한민국의 독립운동가 겸 정치인이다. 본관은 옥천이며, 전라남도 순천 출생이다. 호는 백강, 다른 이름은 안훈이다. 1930년대 초엽 지청천의 독립군에서 선전위원장을 지냈고, 독립군이 광복군과 합류한 뒤에는 1944년 4월 임시정부 국무위원이 되었다. 1945년 9월 임정 비서실장 차리석이 병사하여 그는 임정 비서실장에 선출되었다. 12월 임시정부 귀국 제2진으로 귀국하여 전라북도 군산비행장에 착륙하여 입국했다. 1946년 2월에 비상국민회의 징계청원위원장으로 선출되었고, 1949년 8월에는 민족진영강화위원회 상무위원에 선출되었다.

사충항(史忠恒)의 화상

가장 잘 하고 또 많이 하는 자들이 바로 공산당입니다. 오 사령관의 별동대가 통째로 모조리 공산당 쪽으로 달아나버린 것도 바로 어제의 일인데 왜 이리도 기억이 없으십니까? 어디 오 사령관의 부대뿐입니까! 공산당과 거래를 하다가 당한 부대들이 부지기수입니다. 관영(關營)이 마촌에서 공산당과 밀월을 보내다가 종당에는 무장해제를 당하지 않고 어쨌습니까. 훈춘의 왕옥진 부대, 마계림의 부대도 보십시오. 최근에 결국 왜놈들한테로 넘어가버린 구군들 가운데 공산당이 손을 대지 않았던 부대가 있습니까? 결국 공산당 때문에 구국군이 계속 사분오열당하고 있는 것입니다. 공산당의 수작질이 어느덧 오 사령관을 통하여 우리 독립군에까지 마수를 뻗쳐오고 있는 것입니다."

오의성은 지청천과 안훈에게 일단 설득당해 돌아왔으나 이때 한번 김성주의 이간에 넘어간 뒤로 한국독립군을 병탄하려는 마음을 지울 수가 없었다. 하지만 이때 지청천의 한국독립군이 대전자령 전투 이후 40일 넘게 나자구 지방에 주둔하면서 일본군에게서 빼앗은 수천 벌이 넘는 군복을 다 입을 수 없어 당지 농민들에게 나눠주는 등 적지 않게 민심을 산데다가 중국인들과의 외교술에 뛰어난 안훈같은 유능한 인물이 백방으로 주선하였던 덕분에 다행스럽게도 동녕현성 전투 직전까지는 구국군과 한국독립군이 서로 총부리를 겨누는 일까지는 발생하지 않고 있었다. 그러나 이런 연유로 동녕현성 전투를 앞두고 진행되었던 군사회의에 당시 나자구 지방에서 가장 유명했던 군사가로 알려졌던 지청천이 초대되지 못하였다.

그것은 김성주에게는 얼마나 다행이었는지 모른다. 김성주의 회고록에선 "내가 나자구로 갈 때 제일 우려했던 것은 오 사령관이 그동안 동녕현성 전투를 포기하지나 않았는가 하는 것이었다. 이(지)청천과 같이 우리와의 합작을 달가워하지 않는 사람들이 오의성이 동녕현성 전투를 단념하고 우리와 구국군과의 관계를 협상 이전의 상태로 되돌려 세우도록 설득하지 않았겠는가?"라고 언급하고 있다.

하지만 오히려 구국군과의 관계를 회복시키기 위하여 지청천, 안훈 등은 적극적으로 이번 전투에 참가를 요청하였다. 그리하여 작전배치를 할 때 지청천의 한국독립군은 오의성의 주력부대와 함께 동녕현성 남·동문을 공격하게 되었다. 또한 경비가 가장 튼튼한 서문은 사충항의 연대가 맡고 서문에서도 제일 경비가 삼엄한 서산포대를 정면으로 공격하는 전투를 김성주가 자진하여 맡았다.

5. '승전후구전, 패전후구승'

　김성주는 누구보다도 먼저 대대장 양성룡을 설득하는 데 성공하였다. 작전배치가 끝나고 각자 자기의 부대를 인솔하고 동녕현성으로 출발할 때 김성주와 양성룡은 함께 걸으면서 많은 이야기를 주고받았다.

　"대대장 동지, 이번 전투가 나나 대대장 동지한테 그리고 지금까지도 계속 민생단으로 의심받고 있는 동무들한테도 아주 중요합니다. 또 이번 전투가 우리가 구국군과 통일전선을 맺는 데도 명줄이 걸려있는 일이라는 것을 잊어서는 안 됩니다. 이번에 우리 유격대가 진짜로 한번 본때를 보일 때가 왔습니다. 지금도 오 사령관은 지청천의 독립군과 우리 유격대 사이에서 유예미결하고 있는 중입니다. 어떤 일이 있어도 우리가 더 잘 싸워서 오 사령관의 환심을 사야 합니다. 전리품을 나눌 때도 우리는 절대로 달려들어 빼앗거나 나서지 말아야 합니다. 대신 전투 중에 총과 탄약, 수류탄 같은 것들은 부리나케 챙겨야 합니다. 우리가 이번에 반드시 다른 우군에게도 좋은 본보기를 보여줘야 합니다."

　양성룡도 처음에는 불안하기가 이를 데 없었으나 다시 김성주의 말을 듣고 또 이번에 대원들이 모두 일제 38식 보총과 일인당 3백여 발씩 되는 탄약을 탄띠에 담아 메고 온 것을 보자 많이 안심되었다. 양성룡은 젊은 정치위원 김성주의 그 재기발랄하고 넘치는 열정에 감복하지 않을 수 없었다. 이때 김성주에게 반한 사람은 한둘이 아니었다. 오의성까지도 김성주를 자기의 친구라고 소개한데다가 작전회의 때 사충항도 김성주의 돌발적인 출현에 몹시 놀랐다.

　김성주는 행군 도중에 사충항의 부대와 만나게 되었다. 마침 유한흥과 사충항이 길가에서 지도를 펼쳐놓고 마주 앉아 무슨 의논을 하고 있다가 김성주와 만나자 모두 반가와 어쩔 줄을 몰랐다. 김성주는 나이로나 직급으로나

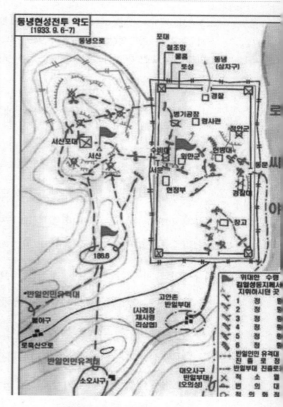

북한에서 제작한 동녕현성 전투 약도

김일성에게 군사지식을 가르쳤던 유한흥(오른쪽 첫 번째), 이 사진은 후에 항일연군을 떠나 연안으로 갔던 유한흥이 중공당 중앙 사회부 간첩숙청과 과장으로 있으면서 1945년 8월 모택동의 최측근 경호관으로 임명되어 '중경담판'에 참가하러 갔을 때의 사진이다. (왼쪽으로부터 장치중, 모택동, 허얼리, 주은래, 왕약비, 호교목, 유한흥, 이때 유한흥은 이름을 진룡으로 고쳤다)

모두 자기보다 훨씬 더 높은 두 사람에게 선뜻 경례부터 올려붙이고 나서 유한흥에게 용서를 구했다.

"유 형, 작전회의 때 제가 그만 흥분하는 바람에 실례했습니다."

"성주, 그렇지 않소. 방금 연대장과도 이야기를 나누고 있던 중이었소. 우리가 낡은 구식 무기를 가지고 신식 무기로 무장한 일본군과 싸우는데 어떻게 전투 기술만 가지고 되겠소? 그리고 언제 승산이 있는 전투만을 골라가면서 해왔소? 연대장이나 성주의 말에 일리가 있소. 전투에서는 군대의 사기와 투지가 여간 중요한 것이 아니오. 그것이 없다면 어떤 전투도 이길 수가 없는 법이오."

유한흥은 오히려 사충항과 김성주에게 칭찬을 아끼지 않았다. 그러나 헤어질 때 유한흥은 따로 김성주를 불러 주의를 주었다.

"지금부터 내가 하는 말을 잘 명심하오. 전투는 결코 용기만 가지고 하는 것은 아니오. 우리 속담에는 '담대심소'(膽大心小)라는 말이 있소. 담력은 크게 가지되 주의는 세심하게 해야 한다는 소리요. 전체적인 전략상에서 적을 경시할 수 있지만 전술상에서는 함부로 적을 경시해서는 절대로 안 되오."

"명심하겠습니다."

유한흥은 길가에서 돌덩이를 몇 개 주워다 놓고 말했다.

"이 큰 돌이 동녕현성 서문이라고 치고 이 작은 돌은 서문 밖의 서산포대라고 가정하기오. 서산으로 올라가는 포대 앞에는 여러 겹의 참호들이 있소. 올 봄에 서산포대를 공격해봤던 경험이 있어서 하는 소리요. 정면으로 올라가는 길로 화력이 집중되는 날이면 백 명이고 천 명이고 모조리 빠져나가지 못하오. 어떻게 하겠소?"

유한흥은 계속하여 김성주에게 자기의 생각을 털어놓았다.

"올 봄에 우리 여단이 동녕현성을 칠 때는 지금처럼 병력도 많지 못했고 또 서문 쪽의 지형도 익숙하지가 않았소. 그러나 이번 전투에서는 상황이 달라질 수가 있소. 일단 적들은 동문과 남문에서도 동시에 공격받게 되므로 '사퇀'(사충항 연대)의 병력이면 서문을 점령하는 데 별 어려움은 없을 것이오. 다만 서산포대를 날려 보내지 못하면 '사퇀'이 앞뒤에서 공격받게 되므로 이 포대부터 날려 보내는 것이 급선무요. 때문에 성주네 유격대가 서산포대를 공격할 때 정면공격 이전에 포대의 좌, 우측 참호부터 파괴해야 하오. 그리고 유격대를 절반 나눠 양측에서 공격하여 화력을 분산시켜야 정면으로 공격해 올라갈 수 있는 기회가 생기게 될 것이오. 그래야만이 승산이 가능해지오."

지금까지 이런 대형 공성 전투에 참가해본 적이 없었던 김성주는 유한흥의 말에 귀를 기울였다. 유한흥은 또 서문이 열린 뒤에 사퇀을 따라 안으로 돌격할 때에도 몇 가지 주의사항을 주었다. 김성주는 감탄하지 않을 수 없었다.

"유 형은 작전회의 때 이번 전투의 승산이 3~40%라고 하지 않았습니까. 그런데 지금은 벌써 성문이 깨지고 우리 부대가 성안으로 들어가는 일까지도 다 계획을 세워놓고 있군요."

사실 유한흥은 회의 후 부총참모장이었던 호택민의 부탁을 받았던 것이다.

"나이 지긋한 대대장은 말이 없더구만은 새파란 성주가 나서서 저렇게 흥분하고 있으니 자칫하다가는 유격대를 다 말아먹게 될지도 모르겠구만. 한흥이 자네가 직접 성주를 만나서 단단히 주의를 주기 바라."

길림육군군관학교 졸업생이었던 유한흥은 작전회의 때와 달리 이미 동녕현성을 공략하게 된 뒤의 상황을 묘산하고 있었다. 이때 유한흥에게서 받은 성문이 열린 뒤에 안으로 돌격할 때 필요한 몇 가지 주의사항은 훗날 김성주의 유격대 생활을 좌우하는 큰 전술의 하나가 되기도 했다. 그런 유한흥이 김성주에게는 얼마나 고마운지 말로 다 표현할 수가 없을 지경이었다.

"앞으로 유격전을 할 때도 그렇소, 유격대가 비록 열세이기는 해도 작전을 짤 때는 그냥 싸워보다가 안 되면 도망가 버리는 식으로 작전을 짜서는 절대 안 되오. 반드시 승전하고 철수할 때의 일까지 미리 짜서 전투결과에 대비시켜야 하오. 군사상에서는 이것을 가리켜 '승전후구전'(勝戰後求戰)이라고 부르기도 하오. 잊지 마오. 우리 나라의 유명한 군사가 손무(손자)가 한 말이오. '승리하는 군대는 먼저 이긴 뒤에 싸움을 찾고 패하는 군대는 먼저 싸운 뒤에 승리를 구한다.'고 했소. 즉 우리는 '승전후구전'해야지 '패전후구승'(敗戰後求勝)해서는 안 된다는 것이오."

유한흥이 떠난 뒤 김성주는 대대장 양성룡과 중대장 황해룡, 지도원 최춘국, 그리고 훈춘유격대 정치위원 백전태와 소대장 강석환, 오빈 등 핵심 인물들과 함께 유격대의 작전계획을 다시 짰다.

6. 서산포대

김성주는 유한흥이 알려준 대로 대대장 양성룡과 중대장 황해룡에게 각각 한 개 소대씩 데리고 포대 좌우에서 참호를 파괴하고 공격하는 방법으로 화력을 분산시키는 걸 요청한 후 그 자신은 직접 '작탄대'를 데리고 정면으로 공격하겠다고 나섰다. 모두 정치위원인 김성주가 직접 '작탄대'의 앞장을 서서 포대를 공격하는 것은 안 된다고 반대하였으나 김성주의 고집을 꺾지 못하였다. 그럴 때 최춘국이 양성룡에게 약속했다.

북한에서 제작한 동녕현성 전투 당시 서산포대를 공격하는 장면을 재현시킨 상상화

동녕현성 전투 당시 동녕현성 시가

동녕현성 전투 당시 기관총을 걸었던 건물

"대대장 동지, 제가 있는 한 김 정위가 나보다 먼저 돌진하는 일은 없게 하겠습니다. 제가 보증하겠습니다."

구국군과 유격대 그리고 한국독립군 등 부대들은 1933년 9월 5일 이전까지 동녕현성 주변의 고안, 신립 등의 마을에 속속 도착하였고 구국군의 일부는 변복하고 현성 안으로 잠입하기도 했다. 공격이 시작되면 성안에서 불을 질러 일본군을 혼란에 빠뜨리기 위해서였다.

다음날 9일 밤 9시, 김성주는 양성룡과 함께 서문 밖의 능선에 위치한 서산포대 참호 근처까지 몰래 접근하였다. 여기서 양성룡과 황해룡이 또 각자 맡은 소대를 데리고 좌, 우로 갈라지면서 공격하고 총소리는 정면에서 돌격하는 김성주가 내기로 했다.

그렇게 9시가 되자 동녕현성 동·서·남문에서 동시에 총성과 함께 수류탄이 한꺼번에 터지기 시작했고 여기저기에서 화광이 번쩍거렸다. 밤이었지만 하늘이 화광이 빛나 대낮같이 환해지기도 했다.

사충항의 연대 수백 명이 벌떼같이 서문으로 돌격하는 것을 보며 김성주도 최춘국, 오빈 등 '작탄대'에 소속된 대원들을 데리고 서산포대로 공격하여 올라갔다. 반드시 포대 좌우에서 화력을 분산시켜야 한다고 주의를 주었던 유한흥의 방법이 큰 효과를 보았다. 포대에 설치되어 있었던 여러 정의 경기관총과 중기관총이 동시에 불을 내뿜었으나 화력이 양쪽으로 갈라지게 되면서 중간 통로가 열리자 최춘국과 오빈이 선참으로 작탄을 안고 뛰어나갔다. 달려가는 길에 화력이 이쪽으로 이동하면 그들 두 사람은 땅바닥에 납작 엎드려 죽은 듯이 꼼짝도 하지 않았다가 다시 일어섰다.

서산포대의 화력이 모조리 유격대에 집중되는 바람에 서문으로 통하는 진군로가 열리게 되어 사충항의 연대는 아주 쉽게 서문으로 접근할 수 있었다. 3면에서 공격받은 일위군은 서로 응원할 수도 없었다. 남문이 제일 먼저 시세영과 유한흥의 부대에 의해 점령되었다. 구국군이 물밀듯이 성안으로 쳐들어가기 시작하였고 이때 서산포대도 마침내 오빈이 던진 작탄에 포대 뚜껑이 날아가고 말았다.

양성룡과 김성주는 아주 침착하게 사충항의 연대 뒤에서 따라 성안으로 돌진하였다. 그러나 성안으로 깊게 들어가는 족족 대원수가 점점 줄어들었다. 이는 유한흥이 가르쳐주었던 대로 50미터 간격에 대원을 2명씩 남겼기 때문이었다. 갑작스러운 이상상황이 발생하게 될 경우, 2명의 대원 가운

동녕현성 전투 당시 유격대 측의 총지휘였던 왕청유격대 대대장 양성룡

데 1명은 남아서 관찰하고 1명은 달려와서 상황을 전달할 수 있었다. 후에 김성주는 일본군 토벌대에게 쫓겨 다닐 때도 항상 이런 방법으로 보초선을 세워놓고 부대가 숙영하는 주변 30리 안팎에서부터 이상상황이 발생되면 즉시 보초병이 와서 정황을 전달할 수 있게끔 하였다.

성안으로 먼저 돌입한 사충항의 연대는 노략질하느라고 정신이 없었다. 제일 먼저 상가에 덮쳐들어 마구 털다가 나중에는 주민가옥에까지 달려들었는데 이때 주민들의 가옥으로 숨어버렸던 위만군이 여기저기에서 반격해오기 시작하였다. 시가전이 벌어지게 된 것이었다.

서문에 이어서 남문이 또 지청천의 한국독립군에 의해 점령되었으나 오의성의 사령부 직속부대가 맡았던 동문이 계속 공략되지 못했다. 다급해진 부총참모장 호택민은 직접 선두부대로 달려와 총까지 뽑아들고 전투를 독려하다가 날아오는 총탄에 가슴 한복판을 맞고 전장에서 죽게 되었다. 호택민의 나이 31살이었다.

7. 사충항을 구하다

시가전은 다음날 9월 7일 정오 무렵까지 계속되었다. 포대가 날아가고 성문을 점령당했으나 일본군 동녕현성 수비대는 수비대 병영과 경찰서, 전화국 등 주요 시설들에 진지를 구축해놓고 완강하게 사수했다.

노략질에 눈이 어두워진 구국군이 여기저기서 물건들을 빼앗기 시작하자 정작 진지 앞에서 일위군과 대치 중이던 구국군들까지도 물건을 챙길 일이 급해져서 뒤로 몸을 빼기 시작하였다. 자기 부대가 사분오열이 되기 시작한 것도 모르고 사충항은 직속 경위대만 데리고 동문으로 오의성의 사령부 직속부대를 응원하러 가다가 동문 안에서 포위당하고 말았다.

이때 남문을 이미 점령했던 지청천의 한국독립군이 응원해

왕청유격대 지도원 최춘국(崔春國)

활동무대를 중국 남방으로 옮겨 광복군으로 편성되었던 만주의 독립군

나왔더라면 사충항은 쉽게 곤경에서 벗어날 수 있었을 것이다. 그러나 이때 독립군의 상황도 좋지 않았다. 강진해(姜振海) 등 여러 명의 독립군 대원들이 전사하였고 지청천 본인도 부상을 당하여 운신이 불편했다. 더구나 구국군이 성안에서 노략질을 시작한 것을 보고 지청천은 괜히 또 구국군과 전리품을 놓고 다툰다는 소리가 나게 될까봐 일찌감치 남문에서 독립군을 철수시켰던 것이다.

이런 사정으로 사충항은 홀로 포위를 돌파하다가 기관총 난사에 당했는데 다행스럽게도 치명상을 당하지는 않았으나 왼쪽 어깨와 두 다리 그리고 궁둥이에까지도 탄알이 두 방이나 박혀 온 몸이 피투성이가 되고 말았다. 사충항이 피를 많이 흘리며 쓰러지는 것을 보자 나머지 경위대원들까지도 모조리 흩어져 달아나버렸다.

"아이구, 저 자식들 봐라. 자기 상관을 내버리고 모두 도망가는구나."

양성룡이 보다 못해 최춘국을 데리고 직접 사충항에게로 뛰어갔다. 김성주와 황해룡은 나머지 대원들을 데리고 화력으로 엄호하였다. 그렇게 사충항은 최춘국의 등에 업혀 나왔는데 늦게야 동문을 점령하고 성안으로 돌진하기 시작했던 오의성의 사령부 직속부대가 이 광경을 목격했다.

이렇게 되어 사충항은 왕청 유격대 덕분에 목숨을 건졌고 동녕현성에서 퇴각할 때도 유격대가 마련한 들것에 실려 나자구로 돌아오다가 나중에 사충항의 부하들이 찾아와서 들것을 넘겨달라고 손이 발이 되도록 빈 후에야 인계될 수 있었다.

이것은 큰 사건이라고 볼 수 있는 일이었다. 구국군의 체면으로 볼 때 유격대의 앞에서 큰 망신을 당한 셈이었다. 대신 유격대의 위신은 하늘을 찌를 지경이 되었고 그때부터 구국군에서는 더는 공산당의 유격대라고 해서 그들을 함부로 괄시하거나 비난하는 일이 없게 되었다.

8. 독립군의 해체

이 사건을 계기로 가장 어렵게 된 처지에 놓였던 부대는 바로 지청천의 한국독립군이었다. 안훈이 나서서 "우리 사령관도 부상을 입고 들것에 누워있었던 상황이라 어쩔 수 없었소. 더구나 먼저 들어간 당신네 구국군이 시내 안에서 물건들을 약탈하느라고 정신이 없는 마당에 우리가 어떻게 그 사이에 끼인단 말이오?" 하고 변명하였지만 오히려 시세영의 오해까지 사게 되었다.

왜냐하면 제일 먼저 성문을 돌파하고 들어갔던 한국독립군과 함께 남문을 공격했던 부대는 바로 시세영의 여단이었고 또 성안에서 민가를 덮쳐 가장 많이 물건을 약탈했던 부대도 다름 아닌 시세영의 여단이었기 때문이었다. 결국 독립군은 동녕현성 전투 직후 구국군과의 사이가 최악이 되어 종국에는 나자구에서도 배겨나지 못하게 되었다.

1993년, 92세까지 살았던 안훈, 1962년 대한민국 건국공로훈장 국민장을 수여받았고 1981년 한국독립유공자협회장을 역임하였다

결국엔 1933년 10월 13일 밤에 오의성이 독립군 330여 명을 포위하고 무장을 해제시키는 사태까지 생기고 말았다. 이 사건의 한가운데 있었던 안훈은 사령관 지청천 등 많은 한국독립군 장병들이 구금되었을 때 마침 선전대를 거느리고 훈춘 방면으로 계몽강연을 나갔다가 이 소식을 듣고 정신없이 돌아와 오의성을 찾아갔다.

안훈의 중재로 지청천 등은 가까스로 풀려 나오기는 했으나 이때로부터 만주에서의 한국독립군의 생존환경은 점점 더 열악해져 나자구에서 쫓겨나고 동녕과 영안현 사이의 산악지대를 전전하다가 종국에는 모조리 해체되고 말았다. 이는 중국 관내에 있던 김구(金九)와 의열단을 이끌었던 김원봉(金元鳳) 등이 1932년 4월 말 윤봉길 의거 이후 중국 국민당 정부의 지원을 받아 관내의 조선인 청년들을 중국 군관학교에 입학시켜 군사교육을 실시함으로써 조선 독립전쟁을 위한 핵심인력을 양성하려고 했던 탓이었다. 이때 중국정부는 중앙육군군관학교 낙양(洛陽) 분교에 '한국청년군사간부 특별훈련반'을 설치하고 만주에서 활동하고 있던 독립군의 주요 간부들과 청년들을 관내로 이동시켜 교육시키려고 하였다.

이 계획은 1933년 10월 초순, 이규보, 오광선 등을 통해 한국독립군에까지 전달되었다. 지청천이 이 '한국청년군사간부 특별훈련반'의 교관 겸 책임자로 지정되었다는 소식은 나자구 오지에서 곤경에 빠져 오도 가도 못 하고 있었던 한국독립군에게 있어서는 그나마 실낱같은 희망이 아닐 수 없었다.

결국 당시의 한국독립군의 당 지도기관이었던 한국독립당은 당수 홍진과 사령관 지청천, 안훈, 오광선, 공진원, 김창환 등 주요간부들 외 중국군관학교 입학지원자 40여 명 정도만 중국 관내로 이동하고 나머지는 모조리 흩어지고 말았다. 유격대로 찾아왔던 대원들도 적지 않았다. 물론 이것은 나중에 있게 되는 일이다.

구국군이 붙였던 선전용 포스터

9. 구국군의 몰락

1933년 10월을 전후하여 지청천의 한국독립군이 만주에서의 마지막 나날을 보내고 있었다면 수천 명을 넘나들고 있었던 오의성의 구국군도 아직까지는 다만 표면화되지 않았을 뿐 이면에서는 역시 아주 급격하게 사분오열이 되어가고 있었다. 이때 오의성은 사충항뿐만 아니라 시세영, 유한흥 등의 사람들이 모두 공산당 쪽으로 넘어가버린 사실을 미처 모르고 있었다.

중국 공산당 만주성위원회와 동만 특위는 통일전선이라는 간판을 내걸고 오의성 및 만주 동남부 산야에 널려 있던 수십 갈래의 구국군 부대들에게 접근했고 구국군의 주요 군사간부들을 당원으로 포섭한 뒤에는 당원의 신분을 비밀에 붙여두고 당 조직으로부터 정식으로 부대를 데리고 탈출해 나오라는 명령이 떨어지기 전까지는 철저하게 신분을 은폐하였다.

오의성이 동녕현성 전투를 벌이고 있을 당시, 주보중은 안도현 경내에서 구국군 요길변구유수처(救國軍遼吉邊區留守處)를 설립하고 남아서 관내로 흩어져 달아나고 있었던 구국군의 산병들을 불러 모으는 일에 열중하고 있었다. 일본군이 철도를 모두 장악하고 있었기 때문에 구국군의 산병들이 관내로 이동하는 길은 안도와 돈화 경내의 산간지대를 통과하여 남만 쪽으로 빠져나가는 길밖에 없었다.

주보중이 바로 이 길목을 노린 것이었다. 그는 오의성에게 구국군의 병력을 보충해주겠다고 속여 넘기고는 불과 반 년도 안 되는 사이에 수백 명의 병력을 긁어모았다. 주보중은 이 부대를 데리고 쥐도 새도 모르게 영안현 경내로 이동해 버렸다. 물론 이와 같은 행동은 전부 중국 공산당 만주성위원회와 길동국, 그리고 영안현위원회의 결정에 의한 것이었다.

그리고 동녕현성 전투 직후 시세영의 부대가 오의성의 사령부 직속부대와 갈라져 영안 쪽으로 이동하기 시작하면서 주보중의 부대와 합류하고 여기에 또 시세영의 연줄을 타고 구국군 제14여단 제1연대 부현명(傅顯明)의 부대가 동참하는 바람에 수녕(綏寧) 지구에서 주보중의 영향력은 어느덧 오의성을 능가할 수 있게 되었다. 부대의 이름도 통칭하여 수녕반일동맹군이라고 짓고 이 동맹군을 통일적으로 지휘할 수 있는 군사위원회를 설립해 주보중이 위원장을 맡아버렸다.

결국 가만 보면 오의성의 구국군 절반이 주보중의 손아귀로 뭉텅 넘어가버린 셈이 되고 말았다. 수녕반일동맹군이 설립되었다는 소식을 들은 공헌영(孔憲榮)은 발을 굴러가면서 오의성에게 욕설을 퍼부었다.

"세상에 저런 '머저리'(오의성의 별명이 원래 '머저리'였다)도 다 있다니. 내가 그렇게나 공산당과 손을 떼라고 일러줬지만 부득부득 말을 듣지 않더니 결국 이 꼴, 이 모양이 되어버리지 않았느냐. 벌써 이년째 이연록에게 한 개 여단을 도둑맞고 주보중에

왕덕림의 구국군을 중공당의 부대로 개조하여가는데서 이연록과 함께 가장 큰 역할을 했던 주보중(周保中)

게 한 개 여단을 도둑맞고 너한테 지금 남아있는 부대가 과연 얼마나 된단 말이냐?"

공헌영은 구국군들이 여기저기서 공산당에 의해 한 무리씩 떨어져 달아나는 것을 보며 겨우 발만 굴렀을 뿐 어찌할 도리가 없었다.

1932년 2월, '노3영'이 왕덕림과 오의성, 요진산, 공헌영 등의 인솔하에 의거할 때부터 '노3영'의 사무장 출신이었던 이연록의 연줄을 타고 호택민, 주보중, 왕윤성, 하검평(賀劍平), 이성림(李成林, 金東植), 진한장 등 중국 공산당원들이 쉴 새 없이 구국군으로 들어와 잠복하여 요직을 차지하고 있었던 것은 세상이 다 알고 있는 일이나 이듬해 구국군이 영안현을 공략한 뒤에는 남경의 국민당 정부에서까지도 특파원을 파견하여 보냈던 일은 잘 알려져 있지 않다. 그때 국민당 동북당무위원회(國民黨東北黨務委員會)에서 내려왔던 특파원은 왕덕림을 중국국민구국군 총사령관 겸 영안경비사령관에 임명하면서 구국군 내에 잠복하여 있었던 중국 공산당원들을 모조리 색출하여 처치하라고 권하였으나 이연록의 방해로 말미암아 실현되지 못하고 말았던 일도 있었다. 공헌영은 국민당 특파원과 함께 조선인 중국 공산당원 이성림 그리고 중국인 당원 하검평을 체포하였으나 오랜 친구이기도 하였던 이연록과 차마 얼굴까지 붉혀가면서 싸울 수가 없어서 결국 놓아주고 말았던 적도 있었다.

그런데 이듬해 1933년 1월 동녕현성이 함락되면서 왕덕림이 소련으로 철수할 때 제일 먼저 보충연대 제1연대 4백여 명의 부대를 데리고 탈출하였던 사람이 바로 이연록이었다. 그를 따라갔던 구국군들은 중국 공산당의 직접적인 관할하에 들어갔고 동북항일유격군(東北抗日遊擊軍)으로 이름을 바꿨다가 7월에는 아주 동북인민항일혁명군(東北人民抗日革命軍)으로까지 개명해버리었던 것이다.

그리고 이연록에 이어 또 주보중이 수녕반일동맹군을 설립하고 시세영, 유한흥, 부현명 등 사람들을 모조리 자기의 부하로 만들어버리고 말았다. 이때쯤 되면 오의성은 아직도 곁에 남아있었던 중국 공산당원들을 모조리 축출했어야 했는데 오의성에게는 이들을 대신할만한 군사간부들이 없었던 탓에 부득불 그들에게 의존하지 않을 수 없었다.

결국 1933년 9월에 진행되었던 동녕현성 전투 직후에는 구국군의 일반 병사들 속에 유격대를 동경하고 공개적으로 유격대에 참가하고 싶어 하는 사람들까지도 생겨나게 되었다. 오의성의 별명이 아무리 '오머저리'(吳傻子)라고 해도 이와 같은 낌새를 눈치채지 못할 리가 없었다. 그러나 이미 오의성은 이빨 빠진 호랑이나 다를 바 없이 되고 말았다. 나자구에 도착하여 동녕현성 전투 승리를 축하하는 연합모임을 열었을 때 발생하였던 해프닝이 이 사실을 잘 설명하여 주고 있다.

이 모임에서 오의성은 작탄으로 서산포대를 날려 보냈던 훈춘유격대 오빈과 사충항을 구해냈던 왕청유격대 최춘국의 이름을 불러가면서 한바탕 칭찬을 아끼지 않았다. 그런데 연설 도중 이런 말을 했다.

"여러분, 우리 길림구국군은 장개석 위원장과 국민당의 지도를 받는 중국국민구국군이라는 사실을 잊어서는 안 되오. 이번 전투를 통하여 우리는 구국군의 위세를 온 세상에 알렸고 보다 더 남경정부의 중시를 받을 수 있게 됐소. 이제 남경정부와 장개석 위원장은 우리에게 총도 대포도 보내줄 것이오. 그렇게 되면 우리도 정부의 여느 정규군대 못지않게 나라에서부터 직접 군비를 지원받을 수 있고 또 신식무기로 무장할 수 있게 되오. 따라서 더는 일본군이 무섭지 않게 될 것이고 항일전쟁도 보다 더 승승장구할 수 있게 될 것이란 말이오."

이런 연설을 듣고 훈춘유격대의 젊은 정치위원 백전태가 참지 못하고 나서서 오의성에게 대들었다.

"오 사령관님, 장개석과 남경정부가 구국군에게 총과 대포를 보내줘서 일본군과 싸우게 한다구요? 무슨 잠꼬대 같은 말씀을 하고 계십니까? 당초에 일본군이 심양을 공격하고 장춘을 공격하고 할 때 총 한 방 안 쏘고 그대로 다 내줘버린 것이 그래 국민당 남경정부가 아니란 말입니까?"

오의성은 중국말을 아주 잘하는 백전태와 몇 마디 변론해보다가 백전태가 끝없이 반론해오는 바람에 말문이 막히게 되자 버럭 화가 났다.

"에잇, 버릇없는 놈 같으니라고, 네가 죽고 싶어서 환장했구나."

1959년 5월, 구군군 옛 전적지를 돌아보고 있는 이연록

오의성은 부하들에게 백전태를 포박하라고 명령했다. 구국군이 달려들어 백전태를 죽이려고 하자 훈춘유격대원들이 모두 총을 들고 달려들었다. 그러나 다 들고일어나 봐야 30명도 되나마나한 작은 중대 규모의 병력밖에 안 되었다. 여기에 왕청유격대까지 모조리 합쳐도 1백 명이 안 되는데 나자구에 주둔하고 있었던 구국군 제3여단(오의성의 사령부 직속부대)은 1천여 명 남짓했다. 백전태는 꼼짝 못하고 사형당할 위기에 처하게 되었다. 그럴 때 김성주가 나서서 또 오의성을 설득했다.

"오 사령관, 노엽겠지만 너그럽게 생각하고 백일평(백전태의 별명)을 놓아주시오. 그 사람이 사령관의 체면을 생각하지 않고 반동이라고 한 것은 외람된 일이지만 오 사령관도 좀 생각해볼 문제가 있습니다. 온 중국이 다 제국주의의 개라고 낙인하고 있는 장개석을 그렇게 추어주니 사람들이 그걸 달갑게 받아들일까요? 구 동북군이 항일을 못 하도록 '9·18 사변' 전부터 장학량에게 미리 못을 박아 놓은 사람도 바로 장개석이 아닙니까. 이제 백일평을 총살하면 온 만주가 오 사령관을 역적이라고 손가락질할 터인데 심사숙고했으면 합니다."

이렇게 김성주는 회고록에서 자기가 또 나서서 오의성을 설득했노라고 주장하고 있다. 그럼에도 불구하고 오의성은 백전태를 쉽게 놓아주려고 하지 않았다. 연속 이틀이나 가두어 두었는데 나중에 구국군의 하층병사들까지 나서서 오의성을 비난하기 시작하였다. 그리하여 백전태는 사흘째 되는 날에야 가까스로 풀려나와 훈춘으로 돌아갈 수 있었다.

하지만 오의성은 1933년 9월 이후로 더는 동녕현성 전투 때처럼 수천 명의 구국군을 움직일 수 있는 힘을 갖지 못하였다. 겨울에는 나자구에서도 또 쫓겨 겨우 1백여 명만 데리고 노흑산 이도구 일대로 피신하고 말았다. 후에는 그도 어쩔 수 없이 소련으로 철수하여 신강군벌 성세재(盛世才)의 도움으로 남경의 장개석을 찾아가기도 하였으나 1946년에 장춘이 중공군(동북민주연군)에 의해 함락되면서 그만 주보중에게 사로잡히고 말았다. 하지만 주보중 덕분에 감옥에서 풀려난 오의성은 길림시 남강 연병원(南江沿高大夫醫院)에 입원하여 치료받다가 62살 나던 해인 1949년 봄에 병원에서 죽고 말았다.

한편 구국군 시절 그의 부관이었던 초무영은 1989년까지 살았다. 그의 아들 초철민(肖鐵民)은 자기의 아버지가 오의성의 부관이 아니고 주보중과 호택민의 부관이었다고 잡아떼고 있는데 해방 후 중공군 남경군구(南京軍區) 후근부장(後勤部長)이 되었던 초무영은 '문화대혁명' 기간에 홍위병 '반란파'들한테 너무 많은 비판을 당했기 때문에 그의 가족들은 될수록 자기의 아버지 과거사를 이야기할 때에 오의성보다는 주보중이나 또는 호택민 같은 사람들을 가져다 붙이고 있는 듯하다.

그러나 최근에 와서 오의성에 대한 평가는 많이 달라지고 있다. 주보중은 1950년대에 진한장에 대하여 회고하는 문장에서 오의성을 가리켜 "글을 모르고(不識字), 우직하며(大老粗), 농민 출신이기는 하나 극히 교활하고 지독하다."고 평가하고 있으나 김성주는 회고록을 통하여 오의성에 대한 과장 없는 옛 정을 과시하기도 했다.

심지어 북한에서는 항일투쟁 당시의 역사적 사건을 배경으로 한 우표를 발행하였는데 그 우표 가운데는 오의성과의 담판을 그린 우표도 한 매가 들어있으니 결과적으로 오의성은 김성주 덕분에 오히려 중국에서보다는 북한에서 더 잘 알려진 인물이 된 셈이다. 물론 매우 뒷날의 이야기다.

북한에서 제작한 오의성과의 담판을 소재로 한 선전화

제13장

불타는 근거지

피델에게는 아메리카에서
영광스러운 혁명 성공의 그날이 얼마 남지 않았다고 전해주게.
내 아내에게는 재혼해서 행복하게 살라고 전해주게나.
―체 게바라

1. 십리평 박 과부

동녕현성 전투 직후, 대대장 양성룡과 정치위원 김성
주에게 덮어씌워졌던 민생단 혐의는 한동안 사라지는
듯 했다. 한때 대대장 직을 정지당하기도 했던 양성룡이
동만 특위 위원으로까지 선출되었던 것은 동녕현성 전
투 직후였던 1933년 9월 16일 소왕청 근거지 마촌에서
열렸던 제1차 중국 공산당 동만 특위 확대회의에서였다.
동장영은 회의에서 양성룡과 김성주를 높이 평가했다.

"이번 전투를 통하여 우리 당 중앙의 '1·26 지시편지'
정신을 보다 잘 관철하였고 전투 중에 부상당한 구국군
의 지휘관(사충항)을 구해냄으로써 우리 당의 반일통일전
선 방침도 잘 관철한 공로를 충분히 긍정하는 바요."

특위 위원을 보충선거할 때 군사부장 왕덕태는 대대장

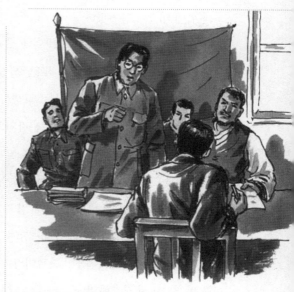

'민생단사건'으로 말미암아 중공당 내 조선인 공산
당원들이 당한 피해는 이루다 말할 수가 없었다

김일성이 '열병'을 앓고 있을 때 호리하여주었던 왕청현위원회 부녀주임 최금숙. 김일성은 그를 '누님'이라고 불렀다

양성룡과 함께 정치위원 김성주도 함께 추천하였으나 현위원회 서기 송일의 반대로 무산되고 말았다. 이때 송일은 중공당 왕천현위원회 서기뿐만 아니라 동만 특위 '민생단 숙청위원회' 위원장까지 맡고 있었으므로 권세가 이만저만이 아니었다. 무릇 근거지 내의 조선인 당원들은 모두 송일의 차가운 눈빛 앞에서 기를 펴지 못하였다.

송일에게 함부로 반론을 낼 수 있었던 사람들은 아무래도 민생단과는 하등 관련이 없는 중국인 간부들밖에 없었다. 동녕현성 전투 직후 김성주가 이 살벌했던 민생단 바람을 가까스로 피해갈 수 있었던 데는 왕윤성과 왕덕태의 도움도 적지 않았다.

이 두 사람은 동장영의 좌우 손이나 다를 바 없었다. 동장영이 당 업무에서 가장 의탁하는 사람은 왕윤성이었고 군 업무는 왕덕태에게 의지하였는데 이 시절 왕윤성이 사용하고 있었던 '마영'이라는 이름은 동만주 당·단 내에서 동장영 다음으로 영향력을 과시하고 있었다.

한편 그해 10월에 김성주는 열병으로 앓아눕는 신세가 되었는데 병문안을 왔던 양성룡은 김성주의 귀에 대고 소곤거렸다.

"마영 동지(왕윤성)가 하는 부탁인데 잘 들어두오. 빨리 박춘자의 집에서 나오라고 하더구면."

박춘자는 십리평에서 아주 예쁘게 생겼던 젊은 과부였다. 동녕현성 전투를 마치고 근거지로 돌아온 지 얼마 안 되어 발진티푸스로 고생하고 있었던 김성주는 이 과부의 윗방에서 주숙하고 있었다. 그런데 이것이 문제가 된 것은 박춘자의 남편이 바로 민생단으로 처형되었던 왕청현위원회 서기 김권일(이용국의 후임자)이었기 때문이었다.

하루에도 너덧 번씩 발열하면서 혼수상태에 빠지곤 했던 김성주는 입안과 혀가 모조리 헐었고 물도 마실 수가 없어 갖은 고생을 다 겪고 있었다. 박춘자는 김성주를 살리려고 입안이 헐었을 때 효과가 좋다는 꿀을 얻으려고 나자구까지 백 리도 넘는 밤길을 남장을 하고 혼자 다녀왔던 적도 있었다. 그리고 김성주가 온 몸이 불덩이가 되어 혼수상태에서 헛소리를 할 때면 곁에 붙어 앉아 물수건을 바꿔가면서 간호하였다.

그런데 병문안 왔던 사람들 가운데서 이런 모습을 보았던 사람 하나가 밖에 나가 젊은 유격대 정치위원과 예쁜 과부 사이에 무슨 일이 있는 것 같다는 염문을 만들어냈다. 그리고 이 소문은 어느 새 송일의 귀에까지 날아들어간 것이었다.

이렇게 되자 왕윤성은 급히 양성룡을 시켜 김성주를 박춘자의 집에서 나오게 하고 대신 김성주보다 훨씬 연상인 왕청현위원회 부녀주임 최금숙을 보내어 김성주를 간호하게 하였다. 최금숙은 김성주가 왕청 시절 '누이'와 '동생'으로 서로 호칭할 정도로 친밀했던 사이이기도 했다.

"그가 나를 친동생과 같이 사랑해주었기 때문에 나도 그를 보면 누이라고 불렀다. 내가 싸움터에 나갔다가 돌아오면 이 여자가 제일 먼저 나를 찾아왔고 요긴하게 쓸 수 있는 물건들을 한 가지씩 준비했다가 살그머니 쥐어 주곤 하였다. 어떤 때에는 옷도 기워주고 털실로 내의도 떠 주었다. 최금숙이 리수구골 안에 오랫동안 나타나지 않을 때는 내가 그를 찾아가기도 하였다. 이렇게 남매간처럼 가깝게 지내다 보니 만나기만 하면 서로 농담도 자주 하였다."

최금숙은 김성주뿐만 아니라 왕청의 모든 혁명가들의 사랑과 존경을 받았던 '누이'였고 또 '동생'이었다. 이듬해 1934년 3월 21일, 토벌대가 들이닥쳤을 때 신병으로 앓고 있었던 동장영의 간호를 맡고 있었던 최금숙은 동장영을 직접 업고 뛰다가 둘이 함께 살해당하고 만다. 최금숙의 조각상은 지금 중국 혁명열사박물관 대청에 세워져 있다.

한편 1933년 10월, 연길현 전화국에서 근무하고 있었던 한 교환수가 일본군 토벌대와 위만군 사이에서 오가는 전화내용을 엿듣고 이 내용을 중국 공산당 조직을 통하여 왕청에 전해왔는데 일본군이 이때 이른바 '제2기 치안숙정공작'계획이라는 것을 작성하고 보병, 기병, 포병, 항공대까지 동원하는 대대적인 토벌을 준비하고 있다는 정보가 확인되었다. 하지만 이때 양성룡은 동녕현성 전투 직후 열병으로 쓰러진 김성주의 안전이 걱정되어 전문적으로 1개 소대의 병력까지 따로 떼어 내어 그를 호위하게 하였는데 이 때문에 또 송일의 눈 밖에 나게 되었다.

2. 오빈을 잃다

아마도 1933년 가을처럼 힘들었던 때가 청년 시절의 김성주에게는 몇 번 있지 않았을 것 같다. 그토록 지칠 줄 모르는 열정으로 뛰어다녔던 그가 병으로 쓰러져 혼수상태에 빠졌던 적은

오빈(吳彬)

그때까지 한 번도 없었다. 그럴 때 또 오빈이 동녕현성 전투 직후 훈춘으로 돌아갔다가 대황구에서 살해당했다는 슬픈 소식이 날아들어 그를 비통하게 만들었다.

10월 6일 백전태, 오빈 등은 나자구에서 열렸던 동녕현성 전투 경축모임을 마치고 훈춘으로 돌아오는 길에 대황구의 한 농가에서 그 동안의 여로에 지쳐 단잠에 곯아떨어지고 말았다. 허나 그 다음날 새벽녘에 훈춘과 밀강(密江), 그리고 마적달(馬敵達) 3개 방면에서 동시에 토벌대가 덮쳐들었던 것이다. 근거지 외곽에서 보초를 서고 있었던 두 여성이 그만 농민으로 위장하고 접근한 토벌대의 특무들에게 납치되었기 때문에 상황을 알릴 수 없었다.

그렇게 토벌대는 새벽 어둠을 틈타 쥐도 새도 모르게 유격대 주둔지까지 접근해 들어왔다. 그때야 적들을 발견한 신입대원 김재근이 너무 당황하여 손에 총을 든 채로 방아쇠를 당길 생각도 못하고 그냥 뛰면서 "토벌대가 왔다!"고 소리쳤으나 때는 이미 늦어버리고 말았다.

그리하여 오빈 외 13명이나 되는 유격대원들이 이날 살해당했다. 복부를 관통 당했던 오빈의 배에서는 창자가 밖으로 흘러나와 있었다. 정치위원 백전태는 박광영, 강창영 등 대원들을 데리고 반격전을 벌이면서 뒷산으로 피신하다가 또 총탄에 맞고 죽었다. 이들의 시체가 묻혀 있는 오늘의 훈춘시 영안진 회암산 기슭에 1962년에 세워놓은 '13용사 기념비'가 지금도 존재하고 있다.

대황구 13용사 기념비

1932년 1월부터 착수하여 만들어졌던 훈춘현의 대황구 유격 근거지는 면적이 1천 평방킬로미터에 달했다. 이 근거지를 개척하기 위하여 죽을 등 살 등 모르고 일해 왔던 오빈은 중국 공산당 훈춘현위원회 서기직에서 제명된 뒤에도 항상 낙관하며 유격대의 평대원으로 싸우다가 그만 이렇게 가고 만 것이었다.

김성주의 회고록을 빈다면 그야말로 '청천벽력과도 같은 충격'이었다. 그는 심지어 추도식을 할 때에는 추모연설을 하면서 "엉엉 울기도 했다."고 고백하고 있다. 이때 큰 피해를 보았던 훈춘현의 대황구 유격 근거지는 이듬해 1934년에는 끝내 배겨나지 못하고 왕청으로 이동하게 되었다.

훈춘 대황구 항일유격근거지 옛터 모습

3. 한옥봉의 공술

김성주가 열병에다가 오빈을 잃은 아픔까지 한데 겹쳐 앓는 소리를 내가면서 괴로워하고 있을 때 최춘국의 심부름을 받고 김성주에게로 약을 날라다주었던 적이 있는 유격대원 한옥봉을 고발하는 편지가 '민생단 숙청위원회'에 날아들었다. 송일의 파견을 받고 한옥봉을 체포하러 갔던 사람들이 양성룡에게 제지당하고 돌아왔는데 이 일로 양성룡과 송일은 얼굴까지 붉혀가면서 대판 싸움이 붙었다.

나중에 양성룡은 왕덕태에게 도움을 청하려고 하였고 송일은 이상묵에게로 달려갔다. 그런데 왕덕태는 이때 연길현의 반토벌전투를 지휘하러 의란구에 가있었고 양성룡도 뾰족산과 마반산을 오가면서 전투를 지휘하느라고 정신없이 보내고 있었기에 별 효력은 없었다. 결국 송일은 한동안 김성주를 간호하였던 박춘자를 체포하여 별의별 황당무계한 공술들을 수십 장이나 받아냈다. 전부 김성주와 관계되는 죄증들이었다.

"김 정위가 아플 때 한옥봉이가 몇 번 왔다 갔는가?"

2015년까지 100살을 넘겨 살았던 왕청유격대 재봉대 출신 전문진, 한옥봉은 아동단과 소년단 연예대를 거쳐 재봉대에서 전문진과 함께 일했다

이것이 심문자의 질문이었다.

"우리 집에서 지낼 때는 거의 매일이다 싶게 찾아오곤 했다."

박춘자의 대답에 심문자는 "한옥봉이가 혼자 왔다 갔는가?" 하고 계속 따지고 물었다.

"처음에 '남자번지개'(재봉대 대장 김련화의 별명)와 같이 왔다가 후에부터는 계속 혼자 왔다 가곤 했다."

"한옥봉이가 너에 대해서는 무슨 태도였는가?"

"처음에는 나쁜 소문을 듣고 와서 나를 몹시 좋아하지 않는 눈치였으나 나는 남편이 생전에 김 정위에게 너무 못되게 굴었던 것을 사과하는 마음에서 잘 간호하고 있는 것이라고 설명하여 오해를 풀었다. 그런 뒤로 옥봉은 나와 속심을 터놓고 많은 이야기를 나누었다."

심문자는 끝없이 따지고 들었다.

"모두 어떤 이야기를 들려주었는가?"

"옥봉이가 김 정위의 아이를 배게 되었는데 이 사실을 김 정위에게 알려주니 김 정위는 한옥봉을 가야하로 데리고 가 맨발을 벗고 찬 물속에 한 시간 넘게 서있게 하였다고 하더라. 그렇게 하면 임신 중인 여자가 아이 떨어질 수 있다는 요법이 있다고 하더라. 김 정위가 한의사를 했던 적이 있는 자기의 외삼촌에게서 배운 방법이라고 했다고 하더라. 그런데 그래도 아이가 계속 떨어지지 않으니 이번에는 발로 수십 번이나 배를 걷어찼다고 하더라. 그렇게 몇 번이나 시도했더니 과연 아이가 정말 떨어졌다고 하더라. 그 일이 있은 다음부터 김 정위가 다시는 한옥봉을 찾지 않고 있다면서 몹시 서운해하더라."

박춘자의 이야기는 점점 황당스럽게 변했다.

'민생단 숙청위원회'가 장악하고 있었던 이러한 공술 내용들은 대부분이 민생단으로 의심받고 있었던 혐의자들이 심문을 받을 때 심문을 진행하고 있었던 사람들의 위협과 공갈에 배겨날 수가 없어 심문자들이 유도하는 대로 아무렇게나 지어냈던 것들이었다. 이런 공술내용들을 죄증이랍시고 문서로 만들어낸 송일은 그것들을 들고 동장영에게로 달려갔다.

"서기 동지, 보십시오. 민생단이 아니고는 한 대오 내의 여성동지에 대하여 이렇게 잔인하게 대할 수는 없었을 것입니다."

"박춘자의 공술만 가지고는 신빙성이 없습니다. 박춘자는 한옥봉에게서 들었다는 소린데 그럼 한옥봉의 공술도 있습니까?"

"조만간에 공술을 받아내겠습니다."

"그럼 한옥봉의 공술까지 받아낸 뒤에 다시 봅시다."

동장영은 김성주에 대하여서만은 항상 예외였다. 이미 '민생단 숙청위원회'에서 민생단으로 결정을 내린 사람에 대하여 이처럼 신중하게 처리하였던 적은 한 번도 없었다. 이는 김성주라면 무조건적으로 싸고도는 동만 특위 위원 겸 왕청현위원회 선전부장 왕윤성 때문이었다.

"이 정도 자료를 가지고는 누구보다도 마영 동지를 설복하지 못합니다. 그러니 자료를 좀 더 보충한 뒤에 다시 봅시다."

송일은 과거 김성도 못지않게 김성주에게 집착했으나 김성주의 비호세력도 만만치는 않았다. 왕윤성 외에도 왕덕태가 자주 김성주의 역성을 들었는데 송일과 특위 조직부장 이상묵이 한편이 되어 동장영의 면전에서 왕윤성, 왕덕태와 한바탕 언성이 높아졌던 적이 있었다.

"대대장 양성룡과 정치위원 김성주는 두 사람이 짜고라도 든 것처럼 '민생단 숙청사업'을 백방으로 방해하고 있습니다. 빨리 이 두 사람을 처리하지 않으면 안 됩니다."

"지금 유격대가 토벌대와 싸우느라고 정신이 하나도 없는데 왜 자꾸 유격대 사람들을 이리저리로 오라 가라 하고 부릅니까?"

"유격대야말로 정치적으로 더 순수하지 않으면 안 되는 대오이기 때문에 지금처럼 사태가 엄혹할수록 더욱 더 '민생단 숙청사업'을 틀어쥐어야 하는 것입니다. 그런데 민생단 혐의가 있는 자를 불러다가 심사하려고 하면 양 대대장과

오늘의 뾰족산 전경

중공당 동만 특위 서기 동장영(童長榮)

김 정위는 그들을 뒤로 빼돌려서 숨겨놓거나 전투임무를 집행하러 나가고 없다고 딱 잡아떼면서 내놓지 않습니다."

동장영은 마침내 송일의 손을 들어주었다.

"자세하게 설명해보십시오. 도대체 어떻게 방해를 놓고 있습니까?"

"한옥봉을 심사하러 갔던 일꾼들이 재봉대를 찾아다녔지만 대대장 양성룡이 고의적으로 재봉대를 계속 이동시키는 바람에 열흘 넘게 만나지 못하다가 겨우 '셋째 섬'에서 찾아내어 한옥봉을 데리고 '숙청위원회'로 돌아오려고 하다가 '셋째 섬'에서 제2중대 지도원 최춘국에게 또 빼앗겼습니다. 최춘국의 말이 양성룡대대장이 유격대 사람을 데려가려면 대대장과 정치위원의 허락을 받아야 한다고 명령을 내렸다는 것입니다."

송일이 자세하게 설명하자 왕윤성이 나서서 해석했다.

"이 문제는 내가 설명하겠소. 지난 9월, 특위 확대회의 때 군사부장 동무가 마촌에 왔다가 김일성 동무와 만나 이런 지시를 했던 적이 있습니다. 만약 유격대원들에게 문제가 있다면 선차적으로 먼저 유격대의 정치위원이 책임지고 심사를 진행하는 것이 좋겠다고 했습니다."

"그러나 지금 적발되고 있는 문제들은 바로 대대장과 정치위원과 관련된 문제입니다. 이 두 사람의 문제가 가장 많습니다. 이들 두 사람이 서로를 심사하게 할 수는 없잖습니까!"

동장영은 듣고 나서 송일의 손을 들어주었다.

"송일 동지의 말씀이 맞습니다. 빨리 심사를 진행해야 합니다. 어떤 일로도 '민생단 숙청사업'을 느슨히 하거나 또는 중단하거나 하는 일이 있어서는 절대로 안 됩니다."

동장영은 만약 필요하다면 유격대 대대장이건 정치위원이건 상관없이 직무정지는 물론 면직까지 시켜가면서라도 '민생단 숙청사업'을 바짝 틀어쥐어야 한다고 일갈했다. 그는 토벌 때문에 마촌 바닥에서 쉴 새 없이 이 골짜기, 저 골짜기로 피해 다니면서도 중국 공산당 만주성위원회에 올려 보내는 민생단 관련 사업보고서를 작성하느라고 밤낮 없이 일하였다.

사실 그들의 견지에서 볼 때 중국 공산당으로 적을 옮겼던 대부분의 조선공산당 출신 간부들은 모두 민생단으로 내정되어 있었던 것이라고 봐도 전혀 과하지가 않았다. 또 그들은 백 퍼센트 당 조직 내에서 '모조리 몰아내야 하는' 대상으로 이미 분류되어 있었던 셈이었는데 여기에 젊었던 김성주보다는 사사건건 김성주를 보호하고 나섰던 양성룡이 먼저 걸려들고 말았다.

4. 적후교란작전

'민생단숙청위원회' 일군들은 한옥봉뿐만 아니라 김련화, 전문진, 이일파, 김명숙 등 재봉대 대원들을 모조리 불러다가 공술을 받아냈다. 이쯤하면 김성주를 체포할 수도 있겠다싶어 유격대와 토벌대가 한창 공방전을 벌이고 있었던 뾰족산 꼭대기로 대대장 양성룡을 찾아갔으나 양성룡은 김성주가 있는 곳을 알려주지 않았다.

"김 정치위원가 지금 어디에 있습니까?"

"어디에 있는 것을 알아서는 뭘하려고 그럽니까?"

"송일동지의 지시에 의해 김 정치위원를 심사하려고 그럽니다. 이 일은 동서기까지도 다 알고 있는 일이니 경고하건데 함부로 방해를 놓을 생각을 해서는 안 됩니다."

"혹시 군사부장동지도 알고 계시는가요?"

"동서기가 이미 직접 허락하신 일인데 여기에 군사부장동지는 왜 끌어들입니까? 군사부장동지는 지금 의란구에 가계십니다."

'민생단숙청위원회' 일군들은 동장영의 이름을 내걸고 기세 사납게 달려들었다. 양성룡은 하는 수 없이 김성주가 가있는 곳을 대주었으나

"지금 한창 전투중이라서 김 정치위원가 딱히 어느 초소에 있는지는 나도 자세하게 모르오."

하고 토를 달았다. 일군들은 며칠 동안을 헤맨 끝에 유격구의 관문이라고 부를 수 있는 마반산 쑥밭골초소에서 가까스로 김성주를 찾아냈으나 불과 몇 분도 담화를 진행하지 못하고 토벌대가 덮쳐드는 바람에 담화를 중단할 수밖에 없었다.

"오늘은 왜놈들이 너무 급하게 덮쳐들고 있으므로 내일 봅시다."

오늘의 두만강기슭의 양수천자 전경

김성주에게서 이런 약속을 받고 일군들은 초소에서 하루를 묵기까지 하였다. 그런데 다음날 보니 마반산을 지키던 중대가 교체되었고 김성주가 어디로 가버렸는지 보이지 않았다.

"어제까지 보이던 김 정치위원가 왜 보이지 않소?"

'민생단숙청위원회' 일군들은 새로 초소를 인계받으러 온 최춘국에게 따지고 들었다.

"네. 김 정치위원동지는 대대장동지의 명령을 받고 적후교란작전을 벌이려 오늘 새벽에 적구로 나갔습니다."

일군들이 돌아와서 이 사실을 보고하자 송일은 너무 화가 돋아 미칠 지경이었다.

"김 정치위원보다는 양대대장의 문제가 더 엄중합니다."

'민생단숙청위원회'에서는 김성주가 최춘국에게 십리평을 지키게 하고 그 자신은 적후교란작전을 벌이려고 포위망을 뚫고 양수천자쪽으로 빠져달아난 것이 김성주를 빼돌리기 위한 양성룡의 계책이었다고 몰아붙였다. 그러나 이에 대하여 양성룡은 적극적으로 변명했다.

"방어에만 매달리니까 그냥 피동에 빠져 토벌대는 점점 더 기승을 부리고 우리 근거지의 피해는 점점 더 커만 가고 있습니다. 그래서 적의 뒤통수를 치는 방법을 취하기로 했습니다. 우리는 올해 1월에도 이런 방법으로 적구에 들어가 석현에서 군사작전 회를 하고 있었던 토벌대 지휘부를 습격하여 큰 성과를 올렸던 경험이 있습니다."

양성룡은 별로 깊은 생각 없이 한 대답이었으나 그의 공술자료를 꼼꼼히 들여다 보고나서 송일은 다음날 심문현장에 직접 얼굴을 내밀었다.

"동무가 어제 교대한 자료에서 올해 1월에 석현에서 군사작전회의를 하고 있었던 왜놈 토벌대 지휘부를 습격했던 일이 있었다고 했던데 그때 일을 다시 한 번 자세하게 설명해주기 바라오. 그게 정확히 어느 때 일이오? 그리고 그것은 무슨 전투였소? 그 전투는 누가 지휘했던 전투였소?"

양성룡은 그만 입이 굳어지고 말았다.

송일은 이미 민생단으로 판결이 내려져 철직당하고 근거지에서 도주하였던 전임 왕청현위원회 군사부장이며 왕청유격대 제1임 대대장이었던 김명균에 대한 공술자료들을 한 묶음이나 들고와서 한 장, 두장씩 뒤져가면서 따지고 들었다.

"그때 양대대장은 김명균의 밑에서 제1중대장을 맡고있었지오? 1월에 왜놈 토벌대가 삼도구로 몰려들 때 김명균은 적후로 들어가 토벌대 배후를 친다고 하면서 양대대장은 사수평에 남겨두고 혼자 한 개 중대만 데리고 석현으로 들어가지 않았소?"

양성룡의 얼굴빛은 금방 사색으로 짙어져버렸다.

실언했음을 깨달았으나 이미 엎질러진 물이 되고 말았다. 그때의 일이야말로 김명균과 장용산이 민생단으로 몰리게 되었던 가장 주요한 죄증(罪證)가운데 하나가 되기도 했고 또 양성룡까지도 그때의 일로 심사를 받다가 심문자들의 요구대로 공술을 제대로 하지 않는다는 죄명을 덮어쓰고 한동안 대대장 직을 정지당하기도 했었다.

"그때 나는 적후로 나가지 않았기 때문에 자세한 것은 모릅니다."

아무리 변명해도 소용이 없었다.

"왜 중대장이었던 당신에게 제1중대와 2중대를 다 맡기고 군사부장 겸 대대장이었던 김명균이 다만 한 개 중대만 데리고 그 위험한 적후로 나갔겠느냐 말이오? 둘 사이에 과연 무슨 약속 같은 것이 없었소?"

중공당 왕청현위원회 산하 제5구 석현지구 당 위원회 책임자 오중화(吳中和)

"그분이 현위원회 군사부장인데다가 대대장까지 겸하고 있었으니 나는 다만 그분의 명령에만 따랐을 뿐입니다."

그때 양성룡은 김명균의 명령에 의해 제1, 2중대를 데리고 사수평에서 남아 토벌대와 정면으로 대치하고 있었고 김명균이 장용산과 함께 3중대를 데리고 적후로 들어갔는데 토벌대 지휘부가 설치되어 있었던 석현에서 배후 교란작전을 벌이고 있었다. 마침 석현바닥에서 오랫동안 활동해왔던 왕청현위원회 산하 제5구(석현지구) 위원회 서기 오중화(吳仲和)[9]가 이때 서대문형무소에서 석방되어 집에 돌아와 있었다. 그의 사촌동생 오중선(吳仲善, 卽吳世英)이 신입대원이 되어 장용산의 3중

9. 오중화(吳仲華, 1899~1933) 吳仲和 吳錫和 (조공 당원, 중공 기풍현 지부 서기) 함북 온성 출신으로, 1914년 친척들과 함께 길림성(吉林省) 왕청현(汪淸縣) 석현(石峴) 하목단촌(下牧丹村)으로 이주했다. 서당에서 배운 뒤 서울에서 중등학교를 졸업하고 보성전문학교에 입학했다. 3·1운동에 참가했다. 1925년 봄 석현공립 제1소학교 교사로 일하는 한편 사회주의운동에 참가했다. 1928년 사립 화성학교 교사로 근무하면서 조선공산당에 입당했다. 삼동(三洞)에서 농민협회, 부녀회 조직에 참여했다. 1930년 '간도 5·30봉기'에 참가했다. 7월 중국공산당에 입당하여 왕청현위원회 산하 삼동지부를 담당했다. 12월 중공 연화현위(延和縣委) 개산둔구위(開山屯區委) 조직위원을 맡았다. 1931년 1월 중공 왕청현 제5구위를 조직했다. 그해 봄 일본경찰에 체포되어 서대문형무소로 이송되었다가 1932년 12월 석방되었다. 1933년 7월 석현에서 일본경찰에 체포되어 살해당했다.

오늘의 석현진 전경

대와 함께 왔다가 장용산과 김명균을 안내하여 석현의 하목단촌(下牧丹村)으로 오중화를 찾아갔다. 오중화는 김명균에게 다음과 같이 권했다.

"등잔 밑이 어둡다고 직방 토벌대 지휘부를 습격하면 놈들을 크게 놀래 울 수가 있을 것이오."

며칠 뒤 토벌대가 지휘부 회의실에서 위만군과 경찰대 및 무장자위단 등 각지 토벌참가부대의 주요 간부들을 모아놓고 작전회의를 열고 있었다. 오중화를 통하여 이 정보를 입수한 김명균은 중대를 두 개 소대로 나눠가지고 직접 한 개 소대를 데리고 앞장에서 회의실을 습격하였다. 결사대원으로 뽑힌 오중선과 전만송(全万松, 항일열사), 문덕산(文德山, 항일열사)이라고 부르는 두 대원이 함께 보초병을 해제 끼고 회의실 창문가로 살금살금 접근하고 있었는데 예정했던 지점에 아직 도착하기도 전에 공격을 알리는 신호총소리가 갑작스럽게 앞당겨 울리고 말았다.

김명균은 '민생단숙청위원회에서'에서 다음과 같이 해명했다.

"그때 내 곁에 엎드려있었던 한 신입대원이 너무 긴장하여 방아쇠를 잘못 당기는 바람에 오발사고를 냈던 것인데 결사대원들은 그것이 공격하라는 신호소리로 잘못 알게 되었다."

제일 앞장에서 보초병을 제끼고 회의실로 접근했던 오중선과 전만송, 문덕산은 신호소리와 함께 당장에서 회의실문을 걷어차고 돌입했으나 다른 결사대원들이 미처 뒤따라 서지 못했기 때문에 맞불질이 시작된지 얼마 안 되어 문덕산이 먼저 총상을 당하고 뒤로 넘어졌다.

총소리를 듣고 지휘부 건물안팎 여기저기서 총을 든 일본군이 반격을 가해왔다. 김명균은 데리고 갔던 습격대원들을 절반 이상 잃어버리고 가까스로 오중선 등 몇몇 대원들만 데리고 영창동으로가지 후퇴하였는데 나중에 탄알이 떨어져 다 죽게 되었으나 장용산이 나머지 한 개 소대 대원들을 데리고 달려와서 김명균을 구해냈다.

'민생단숙청위원회'에서는 김명균이 왜놈들에게 미리 신호를 보내느라고 신호소리를 앞당겨 냈다고 덮어씌우면서 양성룡과 장용산에게서 공술을 받아내려고 하였다. 나중에 양성룡은 현장에 없었기 때문에 결국 김명균을 비호(庇護)하려고 한다는 혐의에서 벗어날 수 있었으나 장용산은 김명균과 함께 석현에 나갔던 사람이기 때문에 함께 민생단으로 몰렸고 민생단 감옥에 갇혀 별의별 고문을 다 당하였다. 그때 장용산은 핍박에 못 이겨 김명균을 민생단으로 몰아가는 공술을 아주 많이 했다. 나중에 그 자신까지도 민생단으로 몰렸다가 가까스로 반경유의 덕분에 풀려날 수 있었다.

물론 반경유에게 양성룡과 장용산이 민생단이 아니라고 나서서 보증을 섰던 사람은 김성주였다. 아이러니한 것은 반경유 본인이 동만 지방을 순시하면서 왕청과 훈춘의 간부들에게다가 민생단 모자를 적지않게 덮어씌우기도 했었는데 그가 유독 김성주에 대하여서만은 그토록이나 인상이 좋았다. 그래서 반경유가 훈춘에서 박두남에게 살해되었다는 소식을 들었을 때 김성주는 그렇게나 많이 울었다고 회고록에서 회고하고 있기도 한다.

그러나 반경유가 죽고나서 11월, 소왕청유격근거지가 통째로 토벌대의 화염속에 빠져있을 때 양성룡은 자기가 죽는 줄도 모르고 김성주를 적후로 빼돌렸다가 다시 한 번 민생단으로 몰려 대대장 직에서 철직당하고 말았다.

"김 정치위원을 적후로 파견한 목적은 뭐요?"

"적구를 교란하기 위해서입니다."

"원래는 최춘국이를 적구로 보내려고 했던 게 아니오? 왜 하필이면 우리가 김 정치위원와 담화를 시작하려고 할 때 갑작스럽게 김 정치위원를 적구로 파견했나말이오? 그리고 이미 토벌대의 배후를 교란하기 위하여 미리 적구에 배치해뒀던 한흥권의 중대가 있지 않소?"

"그렇지 않습니다. 한흥권의 중대는 노야령쪽에 배치돼있고 김 정치위원는 지금 양수천자 쪽으로 나갔습니다. 양수천자쪽은 김 정치위원가 올해 여름에 줄곧 경제모연을 해왔던 고장이기도 하고 그곳 지리에도 굉장하게 익숙하기 때문입니다."

양성룡의 이와 같은 설명에도 불구하고 송일은 양성룡을 공격하였다.

"힘을 다 합쳐도 모자란 판에 많지 않은 유격대를 다 뜯어내서 여기저기로 흩어지게 만드는 당신의 목적을 도무지 이해 할 수가 없소. 이것이야말로 근거지의 인민들이야 어떻게 되든 상관하지 않고 오로지 자기 유격대만 살고보자는 속셈이 아니면 뭐겠소."

일본군 토벌대 출신자의 유품으로 알려진 이 사진은 항일유격구를 점령한 토벌대가 유격구의 사무실에서 물건들을 꺼내어 마당에 무져놓고 있다

양성룡은 안탑깝기도 하고 또 화도 나서 대들기 시작했다.

"몇 번이나 말해야 알겠습니까. 유격대가 적후로 나간 것은 유격대만 살려고 나간 것이 아니라 근거지를 살리기 위하여 싸우려고 나간 것입니다. 두고 보십시오. 근거지를 공격하고 있는 토벌대들이 배후에서 교란받으면 금방 기세가 죽어들게 될 것입니다."

양성룡이 이처럼 장담했지만 정작 토벌대의 기세는 전혀 수그러들 기 미조차 없었다. 10여일 뒤에는 십리평 다섯째 섬을 지키고 있던 최춘국의 중대 초소가 일본군 토벌대에게 점령당했고 마촌에서 대왕청으로 이동중인 근거지의 백성들이 수십 명이나 사살당하는 일이 발생했다. 그리고 또 며칠 지나 두천평이라는 동네가 통째로 불에 탔고 미처 피신하지 못한 마을 사람들이 열에 아홉은 죽었다. 더구나 특위 기관이 자리 잡고 있는 리수구골안을 안전하다고 생각한 피난민들이 모조리 리수구골안으로 몰려들었다보니 작은 골안에 1천5백여명의 피난민들로 바글바글 끓기시작했다. 당장 토벌대가 들이닥치면 이 1천5백여 명의 피난민들도 오도가도 못하고 모조리 살해당하게 될 판이었다.

동녕현성 전투 당시 유격대 측의 총지휘였던 왕청유격대 대대장 양성룡

5. "성룡이는 못 죽이오."

이때 특위기관은 이미 리수구를 떠나 묘구의 대북구 일대로 옮겨가버린 뒤였고 마촌은 송일의 세상이 되었다. 당장 내일 모레면 마촌도 곧 토벌대에 의해 함락될 판인데 송일은 동장영에게서 받은 지시대로 민생단 감옥에 갇혀있었던 나머지 민생단 혐의자들을 처치하기 위하여 군중심판대회를 열었다. 그가 직접 작성한 처형자 명단 속에는 양성룡[10]의 이름도 들어가 있었다. 그런데 대회장에 몰려들었던 근거지의 피난민들은 유격대 대대장 양성룡이 끌려나오는 것을 보고 모두 기절초풍하도

---

10. 양성룡(梁成龍, 1906~35) 양병진) (중공 東滿特委 위원) 길림성(吉林省) 왕청현(王淸縣) 북합마당(北哈蟆塘)에서 태어났다. 1912년 왕청현 대흥구(大興溝) 하서(河西) 마을로 이주하여 서당에서 한문을 배웠다. 1920년 일본군의 '간도토벌' 당시 아버지와 외할아버지를 잃고 서당을 중퇴했다. 1927년 합마당에서 반일운동에 투신했다. 1929년 하서 마을에서 항일아동단을 조직했다. 1930년 중국공산당에 입당하고 나자구(羅子溝) 유격대 결성에 참여했다. 1932년 초 왕청현 유격대 재조직에 참여하여 대장이 되었다. 1933년 봄 소왕청 유격근거지에서 쏘비에프 건립에 참가하고 그해 중공 동만특위 제3기 위원회 위원이 되었다. 9월 동녕현성(東寧縣城)전투에 참전했다. 1934년 민생단원 혐의를 받아 사형당할 위기에 처했으나 직위해제에 머물러, 보통 전사로서 계속 유격투쟁에 참가했다. 1935년 초 토벌대에게 살해되었다.

록 놀랐다.

"아니 저 사람이 성룡이 아니오?"

"토벌대와 싸우고 있어야 할 유격대 대대장이 어떻게 민생단이 되어 여기에 나온단 말이오?"

송일이 한바탕 연설을 늘어놓는 동안에도 백성들은 침묵하지 않고 계속 술렁거렸다. 나중에 이 민생단 혐의자 18명에게 모조리 사형을 선고하고 곧 집행한다는 말이 나왔을 때 백성들 속에서 한 할머니가 허둥지둥 비집고 나왔다.

"성룡이는 못 죽이오."

이 할머니는 박씨라고 불리는 양성룡의 친구 서홍범의 어머니였다. 박씨가 나서서 면전에 대고 송일에게 따졌다.

"내가 비록 양 대장의 친어미는 아니지만 나는 양 대장을 내 친아들처럼 잘 알고 있소. 그는 절대로 나쁜 사람이 아니오. 그래 우리 유격구에 왜놈들을 제일 많이 죽인 양 대장을 모르는 사람이 어디 있단 말이오?"

피난민들까지도 함께 들고일어났다.

"지금이야말로 토벌대와 전투를 해야 하는 유격대 대장을 죽인단 말이오? 그러면 왜놈들이 얼마나 좋아하겠소? 왜 당신들은 왜놈들이 좋아하는 일을 하려고 하오? 이러고도 누구를 민생단이라고 거꾸로 몰아붙이고 있는 것이오? 우린 오히려 당신들이 의심스럽소."

여기저기서 이런 질문들이 쏟아져 나오는 바람에 송일은 너무 다급하여 연신 집행대원들에게 소리쳤다.

"빨리 집행하지 않고 뭘 하느냐?"

군중들이 모두 앞길을 가로막았기 때문에 집행대원들까지도 꼼짝할 수가 없었다. 더구나 집행대원들도 모두 유격대에서 뽑혀왔던 대원들이었고 그들 역시 자기들의 옛 대대장을 민생단으로 몰아 죽이려고 하는 '민생단 숙청위원회'의 결정을 받아들일 수가 없었다. 그렇다고 공개적으로 항명할 수도 없던 차에 당장 죽음을 눈앞에 두고 있었던 피난민들이 물불을 가리지 않고 달려드는 바람에 마침 좋아라고 모두 총대를 내리고 묵묵히 서 있기만 했다. 대회장 연단에서 송일과 함께 앉아있던 왕윤성이 특위 선전부장 이상묵의 귀에 대고 소곤거렸다.

"선전부장 동무, 송 서기 좀 말리십시오. 양 대대장은 나중에 다시 보는 것이 좋을 것 같습니다. 지금은 일단 놓아주지 않으면 사단이 발생할 것 같습니다."

이상묵은 머리를 끄떡이고 송일에게 한마디 했다.

유격구에 불을 지르고 있는 일본군 토벌대

"이보, 송일 동무. 양성룡은 나중에 다시 보면 안 되겠소?"

"안됩니다. 지금 놓아주면 더 엄중한 사태를 불러올 수 있습니다. 지금 우리 근거지의 유격대 역량이 왜 이처럼 쇠퇴하여 맥을 못 추고 있는지 아십니까? 바로 저자가 유격대를 절반 이상이나 다른 데로 빼돌렸기 때문입니다. 여기 심문 자료에도 다 적혀있지만 이번에 김일성이 또 한 개 중대를 데리고 적후를 교란하러 간다고 하면서 사라져버렸고 한흥권의 5중대는 그 이전에 벌써 통째로 노야령의 어느 수풀 속에 들어가 엎드려 있으면서 지금까지도 꼼짝도 하지 않고 있습니다. 이게 그래 다 저 자가 명령을 내리지 않고 가능할 수 있는 일이겠습니까? 저 자는 우리 근거지를 말아먹기로 작심하고 나선 무서운 민생단이 틀림없습니다."

송일이 이렇게 고집하니 이상묵은 두 번 다시 입을 열지 않았다. 그러자 왕윤성이 참지 못하고 직접 송일에게 화를 냈다.

"사람이 임기응변할 줄도 알아야지 않겠소? 적후교란론은 하루 이틀의 일도 아니고 또 양성룡이 혼자 결정한 일도 아니잖소. 인민군중들이 지금 모조리 들고일어나려고 하는데 우리가 지금 사형을 강행하면 인민군중의 뜻과 역행하게 되는 것이 아니고 뭐요. 그리고 지금 인민군중들이 뭐라고 말하고 있는가 들어보시오. 거꾸로 우리를 민생단이라고 공격하고 있지 않소? 그러니 빨리 결정을 바꾸시기 바랍니다."

왕윤성이 이처럼 권고하고 나서니 송일도 함부로 무시할 수는 없었다. 그럴 때 또 최춘국이 직접 대회장으로 달려왔는데 그는 곧장 연단으로 뛰어올라왔다. 토벌대와 한창 싸우고 있어야 할 유격중대 책임자가 이처럼 직접 달려온다는 것은 웬만하게 중대한 상황이 아니고는 불가능한 일이었기 때문에 연단에 앉아있던 이상묵 등 간부들은 모두 놀라지 않을 수 없었다.

"춘국아, 왜 그러느냐?"

"토벌대가 이쪽으로 오고 있습니다. 빨리 인민군중들을 피신시켜야 합니다. 안 그럼 다 죽습니다. 그리고 현위원회 기관에서도 빨리 요영구 쪽으로 이동하라고 특위 통신원이 와서 소식을 전하였습니다."

"통신원이 왜 너한테로 갔느냐?"

"우리 초소까지 와서 피를 너무 많이 흘리고 그만 죽었습니다."

최춘국은 송일에게 재촉해댔다.

"빨리 인민군중들을 해산시키고 리수구를 떠나게 해야 합니다. 늦어지면 모두 빠져나가지 못합니다."

양성룡이 등에 오라를 진 채로 연단 쪽으로 뚜벅뚜벅 걸어왔다.

"춘국아, 서두르지 말고 내가 묻는 말에 대답하거라."

상황이 너무 긴박하게 돌아갔기 때문에 송일은 곁에 멀거니 서서 양성룡과 최춘국이 주고받는 말을 듣기만 했다.

"토벌대가 어느 쪽으로 오고 있느냐?"

"어제 밤까지 셋째 섬과 다섯째 섬이 다 점령당했고 오늘 아침 무렵부터는 십리평의 중대 초소들이 무너지고 있습니다. 이제는 리수구를 버려야 합니다. 특위 통신원이 리수구의 인민들을 대흥외와 요영구 쪽으로 이동시키라는 말을 남기고 죽었습니다."

이상묵과 왕윤성도 그들의 곁으로 다가왔다. 최춘국이 직접 달려들어 양성룡의 두 팔에 지운 오라를 풀었다. 송일은 양성룡에게 말했다.

"당신의 문제는 좀 더 시간을 들여서 다시 조사를 진행할 것이오. 그러나 일단 사형은 취소할 것이니까 빨리 춘국이를 도와 인민군중들을 대피시키는 일을 서둘러야겠소."

송일의 말이 떨어지자 양성룡은 최춘국에게 명령했다.

"춘국아, 한 개 소대만 남겨 십리평에서 시간을 좀 더 끌고 나머지 소대는 모조리 데리고 인민군중들과 함께 서대파와 쟈피거우 쪽으로 포위를 돌파하자꾸나. 그쪽으로 포위망을 뚫어야 대흥위와 요영구 쪽으로 통하는 길로 접어들 수가 있다. 빨리 행동하거라."

그렇게 양성룡은 이때 가까스로 사형은 면했으나 모든 직위에서 면직당하고 평대원으로 강등되었다. 그는 최춘

도문 뒷산

국과 함께 대리수구에 몰려들었던 피난민들을 피신시키느라고 자기의 가족은 하나도 돌보지 못하였다. 아내와 노모를 비롯한 일가식솔이 모조리 토벌대에 잡혀 죽고 외동딸 귀동녀 하나만 살아남았다.

그러나 이때 양성룡의 파견을 받고 토벌대의 배후를 교란할 목적으로 소왕청 근거지를 빠져나왔던 김성주는 비교적 무사한 나날들을 보낼 수 있었다.

양성룡이 최춘국과 함께 피난민들을 데리고 서대파와 쟈피거우 쪽으로 포위를 뚫고 나갈 때 토벌대가 또 불시에 달려들어 공격하는 바람에 행렬이 두 토막으로 동강나 서로 종적을 찾느라고 온종일 산판을 헤매고 있을 때 양수천자 쪽으로 빠져나갔던 김성주는 그곳에서 잠깐 대오를 정비하고 나서 토벌대의 배후를 교란해볼 생각으로 도문영사관을 습격하려고 계획하였다. 그러나 영사관을 지키고 있었던 경찰병력이 너무 삼엄하여 성사시키지는 못했다. 1934년 1월 1일, 김성주는 모두 설날을 쇠는 틈을 타 대오를 이끌고 두만강 대안의 남양동을 눈앞에 바라보면서 강역을 따라 몰래 도문영사관 쪽으로 접근하다가 정작 성공하지 못하고 경찰대에게 쫓겨 다시 양수천자로 돌아오고 말았던 것이다.

그러나 다음날 신남구라고 불렸던 오늘의 도문시 북안산을 넘어가는 산 길목에서 밀가루를 싣고 가는 자동차 한 대를 습격하였다. 이때 빼앗은 밀가루 20여 포대를 메고 북봉오동의 산악지대로 들어가 흰 빵과 교자를 만들어먹으면서 숨어 지내다가 2월에야 요영구로 돌아왔는데 그때 김성주와 함께 돌아왔던 대원들 40여 명 중 20여 명이 민생단으로 몰려 사형당하고 나머지 20여 명은 김성주와 함께 민생단 감옥에 감금당하고 말았다.

6. 제2차 면직

1934년 2월 경, 동장영은 기진맥진하는 상태였다. 오랫동안 중병으로 시달려 왔던 데다가 마촌에서 십리평으로 이동할 때 총상을 당하였고 십리평에 도착한 뒤에도 또 계속하여 여기저기로 이동하고 다니다보니 지칠 대로 지쳤는데 나중에는 그를 간호하고 있었던 왕청현위원회 부녀주임 최금숙의 등에 업혀다닐 지경까지 되었다.

이때 동장영은 얼마 남지 않았던 생애의 마지막 시간을 보내고 있었다. 특위기관의 일상 사무는 조직부장이었던 왕중산이 이미 맡아보고 있었다. 그러나 까막눈인 왕중산은 자신의 후임자로 지정되어 있었던 이상묵보다는 왕윤성에게 더 의존할 수밖에 없었다.

"마영 동지, 동 서기가 이번 토벌에서 근거지의 인민들이 당한 피해정황과 유격대가 토벌대와 싸워 올린 전과에 대하여 자세하게 정리하여 서면으로 보고하여 주기를 바라고 있는데 아무래도 마영 동무가 나를 좀 도와주어야겠습니다."

왕중산은 교사출신이었던 왕윤성의 손을 빌어 보고서를 작성했다. 이때 작성했던 보고서에 따르면 1933년 동기토벌작전에 일본군은 조선 주둔 제19보병사단 관할 부대까지 참가시켜 도합 5천여 명을 동원되어 중국 공산당의 영도하에 있었던 동만주 지방의 유격근거지들을 소탕하였다. 소왕청 근거지에서만 1천여 명의 백성들이 죽었으나 정작 유격대는 2백여 명에 가까운 토벌대밖에 사살하지 못하였다.

가장 전과를 많이 올렸던 유격근거지는 특위 군사부장 왕덕태가 직접 내려가 지휘하고 있었던 연길현 유격대였다. 연길현 경찰국장 및 경찰대대장이 인솔하는 3백여 명의 토벌대가 삼도만 유격근거지로 토벌을 나왔다가 조선인 유격대장 주진(朱鎭, 朱白龍)이 지휘하고 있었던 연길현 유격대의 매복전에 걸려들어 전멸당했다. 이 소식이 특위 기관에까지 전달되지 동장영은 너무 기뻐 어쩔 줄을 몰라했다. 왕윤성은 이때의 주진에 대해서 회고한 바 있다.

"이 사람은 본명이 주백룡(朱白龍)인데 당시 특위 선전부장이었던 이상묵이 의란구유격대 정치위원으로 있을 때 그를 소대장으로 발탁했었고 후에 연길현위원회 서기가 되면서 또 그를 중대장으로 발탁했다. 그가 입당할 때도 현위원회 서기였던 이상묵이 직접 그의 보증인이 되어주었다. 때문에 이상묵은 주진을 항일대오에 끌어들였던, 말하자면 주진에게 있어서는 혁명의 인도자나 다를 바 없었다. 사람됨이 과묵하고 침착한데다가 아주 용감하였고 위엄까지 있었기 때문에 유격대 대원들이 모두 주진을 따랐다. 연길현 유격대에서 제일 말썽을 많이 부리곤 했던 최현(崔賢)도 주진이라면 꼼짝 못 했다."

그 외 화룡과 훈춘 등 유격근거지들에서도 토벌대에게 쫓겨 다니면서 전투를 벌여 각각 30명 내지 50여 명의 토벌대를 사살하는 등 전과를 올리기도 했으나 동만 4개 현 유격근거지에서 가장 크게 전과를 올렸던 유격대는 여전히 주진의 연길현 유격대였고 가장 피해를 많이 보았던 근거지는 소왕청 유격근거지였다. 특위기관이 자리 잡고 있었던 마촌은 이때 잿더미기 되다시피 했고 그 뒤로 다시 되살아나지 못하였다. 이러한 모습을 보고 동장영은 땅을 치면서 통곡했다.

"미리부터 잘 대비했더라면 어떻게 이런 참상이 발생할 수가 있단 말입니까? 근거지의 항일군민 1천 명이나 살해당했는데 이송일(송일의 이름)은 뭐 하고 있었단 말입니까? 자기의 잘못을 검토할 마음은 꼬물만치도 없고 온통 남의 탓만 하고 있고 뭡니까! 도대체 어쩌다가 이렇게 많은 인민군중들이 죽게 됐습니까? 이게 어느 날 있었던 일입니까?"

"토벌대가 리수구에 들이닥치던 날에 송일 동무가 군중대회를 열고 양성룡 대대장을 처형한다는 것이 그만 일이 잘 풀리지 않았던가 봅니다."

왕중산이 별 생각 없이 이상묵에게서 들은 그날 발생했던 일을 이야기한다는 것이 그만 동장영을 격노시켰다.

"이송일, 이 자야말로 수상스러운 자요."

동장영이 이를 갈면서 한마디 내뱉은 이 말이 떨어지기 바쁘게 왕중산이 연신 머리를 끄덕였다.

"동 서기가 제대로 짚어내신 것 같습니다. 이자가 그날 우물쭈물하면서 시간을 끌었던 탓에 우리 인민들이 피신할 시간을 놓쳤습니다."

"마영 동지는 어떻게 보십니까?"

"이송일이 하는 행태를 보니 김성도가 떠오릅니다. 원래 제일 엉큼하고 문제가 많은 자가 제일 철저하고 깨끗한 척 하잖습니까!"

이렇게 왕윤성까지 현위원회에서 함께 일하는 동안 사사건건 자기와 대립해왔던 송일의 뒤통수에다가 돌을 던지고 말았다. 그러나 동장영은 설레설레 머리를 저었다.

"아닙니다. 아직은 안 됩니다. 민생단을 숙청하는 일은 결코 하루 이틀에 끝나버릴 일이 아닙니다. 아직도 송일 동무같은 조선인 간부들이 계속 앞장에 나서주어야 합니다. 최소한 아직도 1·2년은 더 필요합니다."

특위 중국인 간부들 사이에서는 이때 당장 송일을 처단하자고 주장하는 사람들이 생겼으나 동장영은 말렸다.

"우리가 김성도를 처리할 때는 김성도의 뒤에 김성도 못지않게 이 일을 해줄 수 있는 이송일이 있었지만 지금 당장 이송일을 처치하면 이송일의 뒤에 이송일만큼 이 일을 해낼 수 있는 사람이 당장 보이지 않습니다. 그러니 아직도 이송일은 우리에게 필요합니다."

"그러면 김일성 동무에 대해서는 어떻게 처리할 생각입니까?"

"송일 동무는 이번에 김일성 동무를 확실하게 처형해야 한다고 주장하고 있는데 '적후교란'을 빌미로 근거지 밖으로 빠져나가서는 산속에 틀어박혀 만두나 만들어 먹으면서 두 달 동안이나 놀다가 왔기 때문에 데리고 갔던 대원들이 모두 살들만 피둥피둥 쪄서 돌아왔다고 합디다. 그러니 어떻게 하겠습니까! 유격대 정치위원직을 면직하겠다는 요청에는 일단 나도 동의했습니다만 마영 동지의 생각은 어떠하십니까?"

왕윤성은 번번이 김성주를 비호했다.

"산속에서 만두만 해먹고 지내다가 돌아왔다는 것은 사실과 부합하지 않습니다. 여기 전투보고가 있습니다."

이 보고는 김성주가 요영구에 새로 설치되었던 '민생단 감옥'에 갇혀있으면서 직접 써두었던 것을 아동단원 김금순이 몰래 받아가지고 와서 왕윤성에게로 전달한 것이었다.

"도문영사관을 습격하려다가 중도 포기하고 돌아왔던 것은 사실이지만 그 뒤로 산속에 들어박혀 밥만 축내면서 시간을 보내다가 돌아왔다는 것은 사실과 부합하지 않습니다. 대두천 경찰서와 자위단을 습격하고 불을 지른 적도 있고 또 동골의 산림경찰대를 습격하고 병영에 불을 지른 적도 있습니다. 적을 얼마나 소멸하였는지는 정확한 숫자가 나와 있지 않지만 토벌대의 배후에서 교란활동을 벌였던 것만은 틀림없다고 봐야 하지 않겠습니까."

왕윤성은 김성주가 직접 써서 보낸 전투보고를 동장영에게 바쳤다. 하지만 왕윤성이 아무리 설명해도 동장영의 노여움은 쉽게 가시지 않았다.

"그렇긴 하지만 근거지의 인민들이 모두 굶주림에 괴로워하면서 무더기로 죽어가고 있을 때 이 동무들은 만두와 기장떡을 해먹으면서 무사편안하게 모두 살쪄서 돌아온 것만은 사실이잖습니까. 어떤 자들은 교자를 140개씩이나 퍼먹고 배가 터질 지경까지 되었다고 합디다. 때문에 결코 그냥 넘길 수는 없습니다."

1930년대 두만강을 수비하고 있었던 일본관헌들이 간도로 들어가고 있는 이주민들을 물끄러미 지켜보고 있다

김성주도 역시 회고록에서 "오백룡 소대의 김생길이라는 대원은 교자를 140개나 먹고 배가 아파 죽을 뻔하였다."고 회고하고 있기도 한다. 그렇게 대원들을 배터지게 먹인 후 그는 양수천자의 위만군과 자위단을 기습해서 그들을 모조리 전멸시켜 버렸고 또 병영까지 점령했다고 회고하고 있지만 정작 양수천자 자위단장이었던 정풍호(鄭豊鎬)는 김일성의 유격대 습격을 받고 자위단원 2명이 살해당한 일을 이야기해주고 있다.

"그때 우리 양수천자 자위단에서 1명이 죽고 봉오동 자위단에서 또 1명이 죽고 1명은 다리가 부러졌는데 셋 다 그 동네 농민들이었다. 우리는 거의 2개월 동안 김일성의 뒤를 쫓아다녔다. 위만군과 경찰대대가 모두 동원되어 봉오동에서 김일성을 포위하기도 했었다. 봉오동 고려령 쪽에 산림경찰대가 우리와 함께 합세해서 빗으로 빗듯이 수색하고 들어갔는데 어디로 빠져 달아났는지 보이지 않더라. 그들은 계속 도망만 쳤다. 나중에 나자구 쪽으로 모조리 달아나버린 바람에 잡지 못하였다."

이상에서 보다시피 김성주는 별로 이렇다할만한 전과를 올리지는 못하였지만 다행히도 빈손으로 돌아오지 않고 여기저기를 습격하고 다니면서 빼앗은 쌀과 밀가루들을 다 먹지 않고 남겼다가 몇 마대에 나눠서 메고 돌아왔다. 이 식량들은 잿더미가 되어 아무 것도 남지 않았던 마촌의 백성들을 돕는 데 큰 몫을 할 수 있었다.

어쨌든 동장영은 왕윤성에게 물었다.

"그런데 이 전투보고가 어떻게 마영 동지 손에 들어왔습니까? 마영 동지가 김일성 동무를 직접 만나보았습니까? 이 전투보고도 마영 동지가 시켜서 쓴 것입니까?"

"아닙니다. 만나지는 않았습니다. 동 서기한테로 올 때 적후에서 있었던 일들을 좀 적어달라고 아동국장한테 시켰습니다."

왕윤성의 대답에 동장영은 비명을 지르다시피 했다.

"아이구, 마영 동지 직접 찾아가서 김일성 동무와 담화해보아도 될 것을 왜 그러지 않았습니까. 왜 아이들을 시킵니까? 이 일이 이송일의 귀에 들어가면 아이들한테까지도 불똥이 튈지 모릅니다. 일단 김일성동무는 유격대 정치위원직에서 면직하는 것으로 마무리하고 감금은 해제하라고 하십시오. 더 이상 유격대에 두지는 못합니다. 그러나 마영 동지뿐만 아니라 왕덕태 동무도 아주 믿는 동무니까 나도 한 번 더 믿어보겠습니다. 어디에 배치할지는 현위원회에서 따로 한번 연구해보십시오."

동장영은 '민생단 숙청위원회'에 아주 큰 힘을 실어주었고 그들의 일을 전폭적으로 지지하고 후원해왔지만 불똥이 아이들한테까지 튕기는 것은 원하지 않았다. 그래서 그런지 동장영의 생전에 별

박길송(朴吉松, 卽朴周元)

의별 사람들이 모두 민생단으로 몰려 처형당하고 있을 때도 그 불길이 아동단원들한테까지는 튕겨가지 않았다.

그러나 김성주가 요영구에서 감금당해 있을 때 몰래 그의 연락원 노릇을 했던 아동단원 김금순이 김성주와 왕윤성의 사이에서 편지를 전달해주곤 했다는 사실이 송일의 귀에까지 들어가게 되었다. 송일은 어떻게나 놀랐던지 13살밖에 안 된 어린 김금순은 차마 가두지 못하고 당장 아동국장 박길송을 불러 따져 물었다.

"주원(박길송의 별명)아, 네가 이 삼촌한테 속이는 것이 있지?"

박길송은 뒤통수만 썩썩 긁어댔다. 김금순은 김성주의 편지 배달을 할 때 뒤에서 '민생단 숙청위원회' 사람들이 자기 뒤를 따르고 있는 것 같더라고 이미 박길송에게로 달려와서 일러바쳤던 것이다.

"네가 나를 삼촌이라고 부르는 사이면 이런 일은 누구보다도 먼저 나한테 와서 보고해야 하는 것이 도리가 아니냐. 어서 이실직고하거라."

"네, 제가 금순이한테 시켜서 편지 배달 몇 번 하게 했습니다."

박길송이 사실대로 털어놓자 송일은 너무 화가 나서 박길송의 귀뺨을 때리려고 번쩍 손을 쳐들었으나 박길송이 눈썹도 한 대 까딱하지 않고 빤히 쳐다보는 바람에 결국 손을 내려놓고 말았다.

"네가 왜 이렇게 바보 같은 짓을 하느냐? 김 정위가 민생단인 것을 모르느냐? 너까지도 연루될 텐데 왜 그러느냐?"

"그럼 삼촌이 보기에 나도 김 정위처럼 민생단이란 말입니까? 그럼 빨리 민생단감옥에 넣어주십시오."

박길송이 이렇게까지 나오는 바람에 송일은 발로 땅을 구르다가 자기 쪽에서 먼저 홱 돌아서서 사라져버렸다. 박길송의 아버지 박덕심이 송일의 생명은인이라는 것은 왕청바닥에서 널리 알려진 이야기다.

송일은 처음 동만 특위 비서로 왕청에 조동되었을 때 한동안 박덕심의 집에서 거처를 잡고 지냈던 적이 있었다. 석현경

박길송의 아내 김옥순(후에 박길송이 죽고 최광과 결혼하였다)

최광(崔光, 박길송, 김옥순, 박낙권 등과 함께 왕청아동단에서 활동했던 최광은 1997년까지 살았으며 북한군 총참모장을 역임했고 원수 칭호까지 받았다

찰대가 송일을 붙잡으려고 영창동에 들이닥쳤는데 박덕심이 부상을 당한 송일을 등에 업고 산속으로 뛰다보니 아내와 어린 아들을 집에 내버려두게 되었다. 산속에서 이틀 숨어 지내다가 경찰대가 돌아갔다는 말을 듣고 돌아와 보니 아내가 경찰대의 개머리판에 머리를 몇 대 얻어맞고 인사불성이 되었는데 꼬박 반 년 넘게 정신을 못 차리다가 끝내 병상에서 죽고 말았다. 박길송의 나이 14살 때였다.

박길송은 송일의 편지심부름을 수없이 다녔다. 또 송일이 뒷고방에서 회의를 할 때면 항상 아동단원들을 데리고 마당밖에서 보초를 서기도 했다. 공청단에 가입할 때 공청단지부에서는 그가 나이 어리다고 받아주려고 하지 않았다. 그러자 박길송은 부리나케 송일을 찾아가 그를 보증인으로 내세우기도 했던 것이다. 그런 박길송이 만약 민생단이라면 그가 아무렇게나 입을 놀리기에 따라 송일에게도 또 무슨 혐의가 날아들지 모를 일이었다. 이것이 바로 그때의 세상이었다.

며칠 뒤 박길송은 아동국장직에서 전근되었다. 아동단원들 중에서 15살을 넘긴 아이들을 따로 10여 명 골라내어 소년단과 합쳐 왕청현 의용군 소대(汪淸縣義勇軍小隊, 소년선봉대)를 설립하였는데 박길송이 이 소대의 소대장으로 임명되었고 박길송의 아동국장직은 왕청유격대 정치위원직에서 면직되었던 김성주가 이어받게 된 것이었다.

그리고 이 의용군 소대의 지도원직도 김성주가 겸하게 되었는데 이와 같은 결정이 내려지게 된 원인은 이때 왕윤성이 동만 특위와 길동성위원회의 결정에 의해 나자구로 파견되어 가면서 데리고 갈 부대가 없었기 때문이었다. 동만 특위에서는 주보중이 보낸 편지를 받고 나자구 지방에서 떠돌아다니고 있었던 오의성의 구국군과 이청천의 독립군의 잔병들을 긁어모으기 위하여 나자구에 전문기구를 하나 만들기로 했던 것이다.

김산호(金山浩)

수분하 대전자 나자구 구간(大綏芬河汪清县罗子沟镇段)

이 기구의 이름은 '동만중한공농유격대(東滿中韓工農遊擊隊) 주(駐) 수분하(綏芬河), 대전자(大甸子, 나자구) 판사처'였다. 왕윤성을 주임으로 파견하였으면 좋겠다고 주보중은 이름까지 찍어서 요청하였던 것이다. 송일은 궁리하다 못해 이처럼 15살도 되나마나한 소년선봉대에다가 아동단원들까지 보충하여 임시로 의용군소대를 하나 만들어낼 수밖에 없었다.

보다 못해 왕덕태는 직접 연길현 유격대 대대장 주진에게 전령병을 보내어 연길현 유격대에서 제일 싸움꾼으로 소문난 최현의 소대나 아니면 부암유격중대의 김산호(金山浩) 소대를 데려오려고 편지까지 썼으나 왕윤성은 거절했다.

"그쪽 사정도 어려울 텐데 그만두십시오. 전투경험이 풍부한 김일성 동무를 의용군소대 지도원으로 임명하여 내가 직접 데리고 가겠습니다."

왕윤성의 말에 왕덕태도 동감했다.

"아, 그러는 것이 좋겠습니다. 김 정위가 구국군들한테 위신이 높으니 판사처로 데리고 가면 도움도 적잖게 받을 수가 있을 것 같습니다."

왕윤성은 왕덕태에게 말했다.

"그런데 군사부장 동무가 하나만 더 도와주어야겠습니다."

"뭘 말입니까?"

"사실은 이번에 나 혼자만 나자구로 가는 일이라면 무슨 그리 걱정할 일이 있겠습니까. 그냥 나 혼자 떠나도 아무 문제없겠지만 주보중 동지가 왕청의 아동단 선전대도 함께 보내달라고 요청해왔습니다. 그 애들을 데리고 노야령을 넘어가야 하는데 어떻게 아이들만 보낼 수가 있습니까? 비록 김일성 동무가 아무리 전투경험이 많고 또 날고뛴다고 해도 전혀 전투 경험이 없는 아이들을 데리고 혼자서 무슨 별 수가 있겠습니까. 그래서 하는 말인데 지금 민생단 감옥에 김일성동무가 데리고 다니던 대원들이 20여 명 갇혀있습니다. 군사부장 동무가 그 대원들도 모조리 데리고 갈 수 있게끔 도와주셔야겠습니다."

이렇게 되어 민생단 감옥에 갇혀있었던 나머지 20여 명 대원들 가운데서 그새 또 몇 명이 처형당하고 나중에 남은 16명을 모조리 꺼내온 왕윤성은 김성주까지 데리고 30여 명의 왕청현 소년의용대와 함께 그날 밤 사이로 요영구를 떠났다.

"왕윤성 동지 오늘따라 왜 이리도 급해하십니까?"

김성주는 항상 태평스러운 얼굴을 하고 다니는 왕윤성이 여느 때 없이 급하게 서두르는 것을 보며 덩달아 긴장했다.

"김일성 동무, '야장몽다'(夜長夢多)란 말도 있잖소. 저 이송일이 갑자기 마음을 돌려먹는 날에는 또 무슨 변괴가 생길지 모른단 말이오. 그러니 빨리 민생단으로 몰렸던 저 동무들을 데리고 먼저 한 30여 리쯤 앞서 가서 나를 기다리고 있소. 나도 바로 뒤따라서겠소."

왕윤성과 김성주는 나자구까지 동행하였다. 이때 왕윤성 덕분에 민생단 감옥에서 놓여나왔던 16명의 대원들은 아동단선전대와 함께 20여 일 넘게 행군하여 노야령을 넘게 되었다. 하마터면 민생단으로 몰려 죽을 뻔했던 이들이 이때 가까스로 살아남아 동만 각 현의 유격대들이 모조리 통합되어 동북인민혁명군 제2군 독립사단으로 개편될 때 모두 참가하게 된다.

7. 동장영의 공과 죄

이 무렵 동만주 지방의 항일무장세력은 오의성의 구국군과 이청천의 독립군의 몰락으로 말미암아 중공당의 영도를 받고 있었던 유격대쪽으로 세가 기울어

동장영의 순난지였던 오늘의 중국 연변 왕청현 동광진 묘구촌 대북구에 '동장영 열사능원'이 만들어졌다. 사진은 능원안에 있는 동장영 석상

지기 시작했다.

그러나 동만의 형편은 여전히 좋지 않았다. 남·북만에 비해 동만은 가장 일찍 중국 공산당 조직들이 발을 붙였던 고장이었고 또 코민테른의 '12월 테제'에 의해 조선공산당이 해산되면서 원래의 조선공산당원들이 대량으로 중국 공산당조직에 흡수되었기 때문에 동만의 중공당 역량은 만주전역에서 가장 강했다고 볼 수도 있었다.

하지만 1932년 10월에 발생하였던 민생단 사건으로 말미암아 1933년 한 해 동안에만도 백여 명이 넘는 당원들이 자기의 동지들한테 억울하게 처형되었거나 또는 핍박에 못 이겨 도주

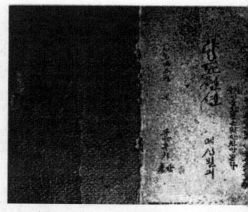

1930년대 중공당 동만 특위 기관에서 발행하였던 내부 기관지 '량도전선(两条战线, 두갈래 전선)'

하기도 하고 나아가서는 아주 왜놈들에게 투항해버리는 일이 계속 발생하고 있었다.

이 민생단 투쟁을 직접 틀어쥐고 있었던 동만 특위 서기 동장영 등 특위의 주요 간부들이 본거지를 틀고 있었던 왕청에서 중국 공산당 조직이 당한 피해는 이루 다 말할 수가 없었다. 왕청현위원회 서기였던 이용국, 김권일 등의 사람들이 속속 처형당하였고 김명균, 이응걸 등의 사람들은 근거지에서 도주하였다.

유격대 대대장 양성룡과 정치위원 김성주까지 모두 면직되는 등 유격대가 사분오열이 되어가고 있었던 1934년 3월 21일, 동장영은 중병이 든 몸으로 일본군 토벌대에게 쫓겨 다니다가 오늘의 왕청현 동광향(십리평) 묘구촌 대북구 입구에서 그만 살해당하고 말았다. 마지막까지 동장영을 따라다니면서 간호하였던 왕청현위원회 부녀주임 최금숙(조선인)도 동장영과 함께 살해당했다.

동장영은 오로지 공산주의 혁명에 혼신의 모든 정열을 다 쏟아부었다고 해도 과언이 아닐 지경으로 그는 자기 개인의 혼인과 같은 사적인 일들에다가 한순간이라도 정력을 낭비해본 적이 없었다. 당내 고위간부였으니 주변에 같은 또래의 여성 혁명가들도 많았을 테고 마음만 먹기에 따르면 열두 번도 장가를 들었을 수 있었을 것이다. 그런데 한 번도 여자와의 풍문을 일으켰던 적도 없었을 정도로 철저하고 깨끗했다. 그는 오로지 혁명을 위해서 태어나고 혁명을 위해서 죽었던 사람이었다.

하지만 중국 공산당 하남성위원회 서기로 일할 때부터 그는 급진적인 경향을 드러내기 시작했고 동만 특위로 전근한 뒤에는 백여 명도 더 되는 조선인 당원들을 민생단으로 덮어씌워 처형하는 등 범죄에 가까운 엄중한 착오를 범하기도 했다.

1982년 8월 , 요녕성 심양시에서 중국 동북3성 당사자료 수집 사업회의가 열렸다. 여기에 에 참가하기 위하여 전국 각지에서 모여왔던 항일연군의 부분 참가자들가운데는 종자운도 들어있었다. 앞줄 왼쪽으로부터 팽시로(彭施鲁), 장택민(蔣泽民), 종자운(钟子云), 왕명귀(王明贵), 이범오(李范五), 한광(韩光), 이형박(李荆璞), 이명순(李明顺), 우보합(于保合), 한요동(汉耀东) , 뒷줄 왼쪽으로부터 계청(季青), 선립지(单立志), 설문(薛文), 여협(黎侠), 장영(張英), 곽혁일(郭革一), 왕일지(王一知), 이재덕(李在德), 주숙령(周淑玲), 왕철환(王鐵環)

그럼에도 불구하고 그는 여전히 동만의 중국 공산당 혁명을 대변하는 가장 대표적인 열사로 추앙받고 있다. 오늘의 왕청현에는 '동장영열사능원'까지 만들어져있는데 누구도 '반민생단 투쟁'을 벌여 조선인 당원 백여 명을 오살하였던 그의 죄에 대하여서는 일언반구도 꺼내지 않고 있다. 심지어는 김성주까지도 회고록에서 "동장영은 그래도 나만은 가장 믿어주곤 했다."고 하면서 그의 죄에 대하여 감싸고 있다.

동장영이 아직 살아있을 때 벌써 두 번이나 면직당했던 김성주는 자신이 번번이 왕윤성 덕분에 살아날 수 있었던 일에 대하여서도 일절 공개하지 않고 있다. 생명의 은인이나 다를 바 없었던 왕윤성임에도 그에 대해서는 그냥 '왕다노대'라는 별명을 가지고 있었고 처음 왕청에 왔을 때 반갑게 맞아주었던 일만 이야기하고 있을 뿐이다.

동장영의 사후, 만주성위원회의 파견을 받고 동만 특위에 내려왔었던 종자운(鍾子雲)도 역시 동장영 못지않게 반민생단의 불길을 지펴 올렸던 중국인 간부 중의 한 사람이었다. 왕윤성과는 아주 친했던 종자운은 2000년까지 살았는데 지인들에게 다음과 같은 회고담을 남겼다.

"그때 조선인 당원 간부들이 많이 배척받았던 것이 사실이다. 민생단으로 의심받으면 대부분 숙청되었다. 만약 중국인 간부들이 나서서 비호하지 않으면 거의 빠져나가지 못하였다. 그런데 생각해보라, 중국인 간부들 중 민생단으로 의심받고 있는 조선인 간부들을 민생단이 아니라고 변호하고 나설 사람이 어디 있겠는가! 그런데 유독 왕윤성만은 아니었다. 내가 처음 왕윤성을 만난 것은 왕윤성이 '수분하 대전자판사처' 주임으로 와있을 때였다. 그때 나는 목릉현위원회 서기로 있다가 동만 특위로 파견 받아 갔는데 왕청에 남아서 한동안 대전자 공작위원회 서기직을 맡고 있었다. 그때 왕윤성은 김일성을 데리고 와서 나에게 소개하여 주면서 김일성이 나이는 젊으나 정치사상 수준도 높고 또 유격대 투쟁 경험도 많은 아주 좋은 동무라고 한바탕 칭찬하여 마지않았다. 그런데 이미 민생단으로 판결받고 처형되었던 사람들이 김일성과 관련한 공술을 많이 남겨놓았기 때문에 그것 때문에 의심을 받고 유격대 정치위원직에서 면직되었다고 하는 것이었다. 그러나 왕윤성은 흔들림 없이 김일성을 좋은 동지라고 믿고 있었고 가능하면 내가 나서서 도와주기를 바랐다. 그때 나는 소종천(蘇宗泉)과 왕우(王友)라는 별명을 사용하고 있었지만 왕윤성과 친하다보니 왕윤성은 나를 '쑈중'(小鍾)이라고 불렀는데 나중에 김일성까지도 나를 '쑈중'이라고 부르게 될 정도로 우리 사이가 친하게 되었다. 나의 나이가 김일성보다 한 살 더 어렸기 때문이었다. 후에 나는 정말 중요한 때에 김일성을 한 번 도와주었다."

이와 같은 사실들을 감안해볼 때 반 민생단 투쟁을 지도하고 있었던 중국 공산당 내의 중국인 간부들도 정말 혁명에 대한 사심 없는 충성심에서 이 문제를 객관적으로 대하였던 것은 아닌 듯싶다. 특히 왕청유격대의 경우 원지걸(袁志杰)이라고 부르는 한 중국인 중대장 한 사람을 제외하고 각 소대의 소대장들은 물론 중대 중대장들과 지도원들, 그리고 대대장과 대대 정치위원에 이르기까지 전부 조선인들로 채워졌으며 그 유격대 내에서 그들의 세력을 쳐내지 않으면 중국인 간부들이 비집고 들어가 설 자리가 없었기 때문이었다.

8. 독립사 출범

이런 연유로 동만 4현 유격대 중에서 한때 가장 전투력이 강했던 왕청 유격대가 민생단의 벼락에 얻어맞고 한바탕 사분오열이 되어가고 있을

'쑈중'(小鍾)으로 불렸던 종자운(鍾子雲, 공청단 만주성위원회 특파원의 신분으로 동만에 파견받아와 있었다)

때 중국인 왕덕태가 참모장을 거쳐 정치위원과 또 동만 특위 군사부장까지 함께 겸하고 있었던 연길현 유격대는 별 탈 없이 크게 발전해가고 있었다. 유격대를 창건하는 데 직접적으로 참여했던 제1임 대대장 박동근도 민생단으로 몰려 처형되었고 정치위원 박길도 또 삼도만 동구에서 처형되었다보니 연길현 유격대 내의 조선인 간부들의 판세가 진작 뒤집어져 있었기 때문이었다.

박동근의 뒤를 이어 연길유격대 대대장에 주진이 오를 수 있었던 것도 정치위원 왕덕태의 배려 덕분이었다. 왕덕태가 유격대 정치위원과 함께 동만 특위 군사부장까지 함께 겸직하였다보니 차마 대대장직까지 혼자서 모조리 차지할 수는 없었기 때문이었다.

그리고 또 당장 주진을 제외하고 대대장에 오를만한 적임자도 별로 없었다. 주진이 1933년 이전까지 민생단으로 몰리지 않았던 것은 사실상 그가 대대장의 위치에 있지 않았기 때문인 것도 있겠지만 더 중요한 건 그동안 왕덕태가 가장 믿고 의지하건 했던 군사간부 중의 한 사람이었기 때문이었다.

때문에 동장영 사후, 즉 1934년 3월 말경, 동만 특위가 연길현 삼도만 근거지에서 동만 4현의 유격대를 모조리 합쳐 동북인민혁명군 제2군 독립사로 개편할 때 연길현 유격대가 사단의 몸통이나 다를 바 없는 기간부대가 되었다. 그리고 이때 이상묵은 선전부장직에서 조직부장직으로 자리를 옮겼다. 원 조직부장 왕중산이 동장영의 뒤를 이어 특위서기 대리직을 맡았기 때문이었다. 돼지몰이 출신 왕중산은 유격대 건설에 대하여 감감부지였다. 종자운의 표현대로 '돼지를 다루는 데에는 박사'였을 뿐 기억력도 나빴다. 그가 철저하게 기억하고 있었던 일이 하나 있었다면 그것은 바로 동장영의 끝까지 민생단을 잡아내야 한다는 부탁뿐이었다. 그에 반해 이상묵은 연길현위원회 서기를 했던 사람이고 또 왕덕태의 옛 상사였던 데다가 의란구 유격대를 창건하는 일에 직접 참가하여 참모장직까지도 맡았던 사람이었다.

화련리에서 발생했던 '해란강대참안'을 형상한 중국 연변의 상상화

그렇게 동북인민혁명군 제2군 독립사 사장(사단장)직에는 연길현 유격대 대대장 주진이 임명되었고 정치위원은 여전히 왕덕태가 겸직하게 되었다. 당시 독립사 산하에 3개 연대를 편성하

김순덕이 인솔하는 화련리적위대가 일제 경찰서를 습격하는 중국 연변의 선전화

기로 하고 대원 수가 가장 많았던 연길현 유격대를 절반 갈라 각각 제1, 2연대를 만들고 화룡현 유격대로 제3연대를 구성했다.

보통 김성주는 3연대의 정치위원으로 알려져 있으나 사실상 이때의 왕청유격대와 훈춘유격대는 대원수가 너무 적었고 특히 왕청유격대의 경우에는 대대장 양성룡과 정치위원 김성주가 모조리 면직당한 상태여서 독립사에 편성되지 못했다.

1934년 7월, 왕덕태는 주진과 함께 제1연대를 데리고 나자구로 북상하였다. 제1연대 연대장은 화련리 적위대장 출신 김순덕(金順德)[11]이었다. 1931년 가을 '추수투쟁' 때 연길현에서 아주 유명했던 일본의 훈8급 훈장을 받은 바 있었던 계림촌 촌장이자 조선인 민회 참의원이었던 김동후와 화련리 툰장 김성기, 허병팔 등의 지주들이 모두 이 김순덕에게 잡혀 거리바닥으로 끌려 다니면서 갖은 곤욕을 치렀던 적이 있었다. 거기다 김순덕은 명사수이기까지 하여 화련리 일대의 경찰들과 자위단원들은 그의 이름만 들어도 벌벌 떨 지경이 되었다.

후에 적위대는 화련리 유격대로 확대되었고 1932년 말 왕우구로 이동하여 연길현 유격대에 편입되었다.

---

11. 김순덕(金順德, 1911~34) (인민혁명군 제2군 獨立師 제1단장) 길림성(吉林省) 왕청현(汪淸縣) 백초구(百草溝) 여성촌(麗成村)에서 태어나 연길현(延吉縣) 화련리(花蓮里) 계림촌(桂林村)으로 이주했다. 소학교 졸업 후 공산당원 김철진(金哲進)이 운영하던 야학에서 중학과정을 마치고 혁명사상을 학습했다. 소년선봉대, 호제회(互濟會), 반제동맹, 농민협회 등에 참가했다. 1931년 여름 화련리에서 농민적위대를 조직하고 대장이 되었으며, 1932년 중국공산당에 입당했다. 8월 계림촌 산속에 소규모 병기공장을 만들고 ; 청소년들을 조직하여 군사훈련을 했다. 그해 겨울 연길유격대장이 되어 마반산(磨盤山), 의란구(依蘭溝), 팔도구(八道溝), 노두구(老頭溝) 등지에서 활동했다. 1934년 3월 동북인민혁명군 제2군 독립사 제1단장으로 임명되었다. 그해 여름 길청령(吉靑嶺)에서 전투중 사망했다.

윤창범(尹昌范)

화련리 출신 김순덕의 중대는 대원들 전부가 중국 공산당 당원으로 그만큼 규율도 강했고 또 전투력도 높았기 때문에 정치위원 왕덕태가 늘상 데리고 다녔던, 말하자면 왕덕태의 친위부대나 다를 바 없었다.

김순덕의 중대에서 유명했던 사람은 바로 최현의 소대와 남창익(南昌益)의 소대였는데 남창익은 12살 때 화련리 명신소학(明新小學校)에서 공부하면서 몽둥이로 60살도 더 되는 친일교장의 뒤통수를 때린 죄 때문에 경찰에게 잡혔던 적이 있는 유명한 악동이었다.

이상에서 보다시피 동북인민혁명군 제2군 독립사가 결성될 때 위로는 사단장 주진에서부터 아래로 각 연대의 연대장들과 정치위원에 이르기까지 대부분이 모두 연길현 유격대 출신들이었고 전부가 왕덕태가 데리고 다녔던 부하들이었다.

이들은 5월에는 사충항의 부대와 연합하여 동녕현의 이도구에서 일위군과 전투를 벌였다. 이어서 6월에는 대전자로 이동하기 시작하였다. 이때 주보중의 수녕반일동맹군이 사충항, 시세영, 공헌영, 이삼협 등 여러 갈래의 원 구국군 출신 부대들을 규합하여 지그만치 1천 5백여 명에 달하는 병력을 모아 나왔다. 이에 제2군 독립사단도 여기에 밀리지 않으려고 2개의 중대로 독립연대를 따로 더 만들어냈다.

이때 독립연대 연대장에는 역시 연길현 유격대 출신인 윤창범(尹昌範)이 임명되었다. 그는 만주바닥에서 산전수전을 다 겪은 사람이었다. 1900년 출생으로 19살 나던 해인 1919년에 독립군에 입대하여 '청산리전투'에도 참가하는 등 크게 활약하였으나 1925년 장학량의 동북군이 독립군을 박해할 때 그만 붙잡혀 7년 형을 선고받았는데 이때 연길감옥에서 최현과 만났다. 그는 연길감옥에서 7년 형기를 다 채우고 1932년 7월에야 석방되었다. 그때 최현도 함께 석방되었다.

9. 윤창범과 '장강호'

최현은 회고담에서 "나는 감옥에서 같이 나온 윤창범, 방영준 동지와 함께 팔도구 적위대에 입대하게 되었다."고 회고하고 있다. 팔도구 적위대가 의란구로 옮겨올 때 함께 따라왔던 윤창범은 연길현 유격대 소대장으로 임명되었다. 하루는 대대장 주진이 유격대원들을 모조리 모아놓고 마적 '장강호'의 부대와 연줄이 닿는 사람이 있으면 한번 손을 들어보라고 했다. 윤창범이 손을 들고 대답했다.

"내가 연길감옥에서 형을 살 때 아편장사를 하다가 잡혀들어 나와 꼬박 7년을 함께 보냈던 의사가 있었는데 그 사람이 지금 '장강호'의 군사가 되었다고 하더구만. 후에 팔도구에서 한번 만났는데 나보고 '장강호'에게 와서 같이 지내자고 하는 것을 내가 거절하였소."

다음날 왕덕태는 직접 윤창범을 앞에 세우고 '장강호'의 마적부대에 찾아가 잠복하였다.

여기서 왕덕태는 꼬박 3개월 동안이나 '장강호'의 문서 노릇을 하면서 한 고향에서 온 산동 출신 대원들과 결의형제를 맺는 등 여러 가지 방법으로 20여 명을 빼내어 연길현 유격대로 돌아왔던 적이 있었다.

그때 데리고 나왔던 20여명을 팔도구유격대와 합쳐 연길현유격대 제2중대로 만들었다. 이렇게 동북인민혁명군 제2군 독립사는 전부 연길현 유격대 출신들의 세상이 되고 말았다.

왕덕태가 조선인 유격대원들을 각별히 좋아하였고 또 신임하였던 것은 동만주의 항일부대들 내에서 널리 알려진 사실이었다. 그는 아내도 조선 여자(임창숙)였을 뿐만 아니라 이때 그의 곁에서 그림자처럼 붙어 다니면서 그의 신변 경호를 책임져주고 있었던 사람도 송창선(宋昌善)이라고 불리던 늙은 유격대원이었는데 역시 조선인이었다. 물론 송창선도 연길현 유격대 출신이었다.

마적들은 잡히면 바로 참수형에 처해졌다. 그러나 소멸되지 않았다. 청나라 말엽부터 점점 더 창궐해졌는바 '장강호'는 주로 만주 북부 지방과 간도일대에서 활동했다. 사진은 체포되어 참수형에 처해지고 있는 광경이다.

중공당 훈춘현위원회 서기에서 동만 특위 비서장 겸 독립퇀(연대) 정치위원으로 임명되어 왔던 주운광(朱云光)

10. 주운광의 출현

이렇게 되자 특위 조직부장 이상묵은 제2군 독립사단의 연대장급 이상 지휘관들이 전부 왕덕태의 부하들로 채워지는 것을 불쾌하게 바라보고 있었고 왕중산은 또 왕중산대로 몰래 왕덕태에게 권고하였다.

"이보게 명산이(銘山, 왕덕태의 별명), 독립사 지휘관들을 몽땅 자네가 데리고 다녔던 사람들로 채워 넣은 것을 탓하려고 하는 것은 아니나 지휘관들 속에 조선인들의 비중이 너무 높은 것이 불안하네그려. 연대 정치위원직까지도 모조리 조선인들이 다 차지해버리게 되면 어떻게 한단 말인가?"

"형님. 있는 사람, 없는 사람 빡빡 다 긁어서 채워넣고도 지금 모자란 판인데 나보고 더 어떻게 하란 말입니까? 지금 당장 독립연대 정치위원에 임명할만한 적임자가 마땅치 않아서 고민 중입니다. 지금 대전자에 나가있는 마영 동지가 추천하고 있는 사람이 하나 있긴 하지만 형님이 동의할지 모르겠습니다."

왕덕태의 대답에 왕중산은 단 한마디로 일축해버렸다.

"명산이, 더 이상 조선인은 안 되네."

"그러니까 말입니다. 독립연대 연대장은 우리 연길현 유격대 출신인 윤창범 중대장을 임명하기로 내가 이미 골라 놨으니까 정치위원은 그럼 형님이 직접 물색해서 임명하여 보내주십시오."

"좋네, 내가 조직부장과 함께 의논해보고 다시 결정합세."

왕중산과 이상묵이 다시 머리를 맞대고 마주 앉았다. 왕중산이 먼저 입을 열었다.

"조직부장 동무, 나나 부장 동무나 모두 연길현위회에서 나온 사람들이오. 특히 부장동무는 연길현 유격대에서 중대 정치지도원과 대대 정치위원까지 모조리 지내고 특위로 올라왔던 사람 아니오. 그러니 우리 연길현 유격대 출신 지휘관들의 자질에 대하여서도 누구보다도 부장동무가 훨씬 더 깊은 이해를 가지고 있다고 믿고 있소. 물론 나도 믿소. 그리고 나는 연길현 유격대 출신 지휘관들을 신뢰하오. 그렇지만 말이오. 정치위원이 모조리 조선인 동무들로 채워지는 것은 좋지 못하오."

이상묵은 단도직입적으로 반박했다.

"그것이 문제가 아닙니다. 문제는 우리 연길현 유격대 출신들이 왕청유격대로 결성된 제3연대의 연대장과 정치위원직을 다 차지해버린 데 있습니다. 독립연대 정치위원도 또 연길현 유격대에서 나오게 되면 특히 왕청유격대 대원들의 정서를 크게 상할 수가 있습니다. 때문에 왕청유격대 출신들 내에서 선출하던지 아니면 훈춘유격대 출신들 내에서 선출해야 합니다."

"마영 동무는 또 김일성 동무를 추천하더만 내가 안 된다고 막아버렸소."

왕중산의 말에 이상묵은 머리를 끄덕였다.

"네, 그 동무에게는 민생단 혐의가 있어서 그를 다시 기용하는 문제에 있어서는 송일 동무도 끈질기게 반대하고 있습니다. 아무래도 훈춘 쪽에서 한 동무를 전근시켜와야 할 것 같습니다."

"적임자가 있소?"

"주운광(朱云光) 동무가 어떠합니까? 생각나십니까? 전에 특위 순찰원으로 연길현에도 왔다갔던 적이 있지 않습니까? 왕옥진의 구국군에서 정치부 주임도 했던 적이 있고 또 공부도 아주 많이 한 동무입니다. 그 동무를 독립연대 정치위원에 임명하도록 합시다."

기억력이 나빠 사람을 잘 기억하지 못하는 왕중산이지만 주운광은 여느 사람들과 다른 특별한 인물이었다. 동장영의 생전에 주운광은 동장영의 건강이 점점 나빠지고 있었던 상황에서 장차 동장영까지 대리할 수 있는 중국 공산당 동만 특위 내에서 가장 나이 젊고 전도가 창창한 후임자로까지 거론되고 있었다. 왕중산은 어리둥절한 표정을 지으며 이상묵에게 물었다.

"내가 혹시 잘못 기억하고 있는 것은 아니오? 주운광 동무는 훈춘현위원회 서기가 아니오? 조직부장 동무가 얼마 전에 그를 특위 비서장으로 조동시키자고 제안하지 않았댔소?"

"당장 발등에 떨어진 불부터 끄고 봐야지요. 지금 독립연대 정치위원을 임명하는 일이 급하니까 일단 주운광 동무를 혁명군으로 전근시킵시다. 내가 좀 생각해봤는데 대전자 전투가 끝나고 나면 마영 동무의 대전자 판사처 업무도 끝날 것 같습니다. 그때 가서 필요하면 마영 동무를 훈춘현위원회 서기로 파견할 수도 있잖겠습니까?"

이상묵의 이와 같은 제안에 왕중산은 환영했다.

"그것 참, 좋은 생각이오. 그렇게 합시다."

이렇게 되어 동북인민혁명군 제2군 독립사단 독립연대 정치위원은 훈춘현위원회 서기였던 주운광이 직접 겸직하게 되었다. 김성주보다 한 살 더 많았던 주운광은 1911년 생으로 상해에서 대학을 다니다가 중퇴하고 1929년에 동만으로 파견 받고 나온, 비록 나이는 젊었으나 중국 공산당 동만 특위에서는 이력이 아주 깊은 중국인 간부 가운데 한 사람이기도 했다. 훈춘에서 현위원회 서기 오빈에 대한 비판회의를 직접 소집하고 사회를 본 사람도 바로 주운광이었다. 그때 주운광의 나이가 겨우 21살밖에 되지 않았었다.

오빈의 일이 어떻게 되었느냐 하면 그해 훈춘현 중강자에서 주구청산투쟁을 지도하고 있었던 오빈이 중강자학교 마당에서 군중대회를 조직하고 붙잡아온 친일 지주 5명을 묶어서 심판대에 올려놓은 후 농민들이 차례로 나와서 성토하게 한 일이 있었다.

그런데 이 지주들에게 박해를 받아왔던 농민들이 무더기로 달려들어 몽둥이찜질을 안긴 바람에 지주 5명 가운데 4명이 현장에서 맞아죽고 1명만 가까스로 살아남아 도주하였다. 나흘 뒤에 그 지주를 앞에 세운 훈춘영사분관 경찰대가 중강자에 들이닥쳤다. 오빈 등 훈춘현위원회 주요 간부들은 부리나케 포위를 헤치고 마을 뒷산으로 몸을 숨겼지만 미처 피하지 못한 당원들과 군중 80여 명이 체포되고 말았다.

후에 훈춘으로 파견 받고 순찰을 나왔던 김성도는 이 일을 꼬투리 잡아 오빈에게 민생단 낙인을 찍으려 하였으나 주운광에게 저지당했던 것이었다. 주운광은 새파랬던 나이에 걸맞지 않게 아주 침착하게 김성도를 설득했다.

"오빈 동지가 적대투쟁에서 주관적 판단에 의해 현실을 판단하지 못한 착오가 있었던 것은 사실이나 이것은 어디까지나 시정하고 다시 바로잡으면 되는 '오류'일 뿐이지 민생단으로까지 끌고 갈 문제는 아니라고 봅니다. 때문에 나는 오빈 동지의 문제를 민생단 문제로 몰아가는 것에 대하여 동의할 수가 없습니다."

어쨌든 당시 22살밖에 되지 않았던 주운광은 서광의 뒤를 이어 제7임 훈춘현위원회 서기가 되었는데 불과 1년도 못 넘기고 바로 동북인민혁명군 제2군 독립사 독립연대 정치위원으로 조동하게 되었다. 그러나 대전자 전투 직후, 왕윤성이 판사처 주임에서 훈춘현위원회 서기로 파견 받아 갈 때 주운광은 또 동만 특위 비서장(東滿特委秘書長)까지 겸직하게 되었다. 때문에 제2군 독립사단에서 주운광의 권력은 실제로 사단장 주진이나 정치위원 왕덕태를 능가할 지경이었다.

1934년 6월 말경, 대전자전투를 앞두고 왕윤성의 '수분하 대전자 판사처'에서 주보중, 시세영, 사충항, 유한흥 등 동맹군의 지휘관들과 만나 함께 작전회의를 할 때 왕덕태는 주운광의 귀에 대고 소곤거렸다.

"듣자니 저 유한흥이란 사람은 길림군관학교 졸업생이고 군사지식이 대단한 사람이라고 하던데 저 사람을 우리 2군에 데려오는 것이 어떻겠소? 마침 주 동무가 특위 비서장으로 임명되었으니 우리 둘이 함께 동만 특위의 이름으로 주보중 동지와 길동성위원회에 요청합시다."

주운광도 대뜸 찬성하였다.

"그렇잖아도 우리 2군에 전문적으로 군사를 배운 인재가 없어서 걱정이었는데 그렇게 하는 것이 좋겠습니다."

작전토의를 할 때 유한흥이 지도를 펼쳐놓고 연필로 여기저기에다 동그라미까지 그려가면서 아주 자세하게 설명하는 모습을 바라보며 왕덕태와 주운광은 깊이 반해버렸던 것이었다.

"한흥이는 여단장의 참모장인데 여단장이 동의할지 모르겠소. 그렇지만 다 항일의 대업을 위한 일이고 또 우리는 모두 공산당이 지도하는 항일대오이니 별 문제는 없으리라고 보오."

주보중은 선선히 동의하였으나 시세영은 다른 누구도 아닌, 자기의 수족이나 다를 바 없는 참모장 유한흥을 달라는 소리에 펄쩍 뛰었다.

"나를 내 줄 수 있어도 한흥이는 못 주오."

이것이 시세영의 대답이었다. 그러나 결국에는 주보중에게 설득 당했는데 그것은 시세영의 여단이 이미 중국 공산당이 영도하는 수녕반일동맹군으로 편성된 데다가 시세영 자신도 이때는 중국 공산당에 가입한 상태였기 때문에 그를 포함하여 동맹군의 모든 인사대권이 동맹군 군장 겸 군 당위원회 서기였던 주보중의 손에 들어가 있었던 탓이었다. 시세영은 왕덕태와 주운광에게 농담 삼아 불평했다.

"그렇다고 남의 참모장을 공짜로 가져가는 법이 어디 있습니까? 한 개 연대를 주면서 바꾸자고 해도 내가 허락할지 말지한데 이미 당위원회의 결정이 내려졌으니 복종은 하겠소마는 나에게도 동만주 쪽에 욕심나는 사람들이 한둘이 아닙니다."

"한번 말씀해보십시오."

왕덕태는 유한흥만 데려온다면 자기들 쪽에 사람들 중에서 누구라도 달라는 대로 다 줘버릴 생각이었다.

"설사 말해도 들어줄 것 같지 않아서 좀 고민되기도 합니다."

동북인민혁명군 제2군이 창건될 당시 참모장으로 임명되었던 유한흥

시세영과 주보중이 서로 마주 바라보면서 웃는지라 "유한흥

시세영(柴世榮)

참모장만 준다면 나를 가져가도 됩니다." 하고 시세영이 했던 말대로 흉내 내면서 왕덕태가 선뜻 대답하니 왕윤성이 벌써 시세영의 마음을 알아차리고 한마디 했다.

"군사부장 동무, 함부로 대답하지 마시오."

"아닙니다. 마영 동지, 여기 마영 동지도 계시는데 우리가 무엇을 결정 못 할 일이 있겠습니까. 특위 군사부장인 나와 특위 비서장 주운광 동무도 모두 함께 있으니 뭐든지 말씀해보십시오."

왕덕태가 가슴을 치면서 큰소리를 치는지라 시세영은 "좋습니다. 그러면 이미 허락하신 것으로 간주하고 왕청에서 온 아동단 선전대를 돌려보내지 않겠습니다. 되겠지요?" 라고 하는 것이었다.

그 바람에 왕덕태와 주운광은 소스라치도록 놀랐다. 왕덕태는 손까지 흔들어가면서 연신 사과했다.

"아이구, 죄송합니다. 생각지도 못했던 일입니다. 이 일만은 여기서 함부로 결정할 수 있는 일이 아닙니다. 아동단은 우리 근거지 인민들의 아동단이고 그 애들의 부모들이 모두 아이들이 돌아오기를 기다리고 있습니다. 우리가 어떻게 함부로 그 아이들의 부모들까지 대신해서 통째로 북만에 준다 만다 할 수가 있겠습니까! 그러니 제발 다른 요구를 해주십시오. 죄송하지만 아동단 선전대만큼은 정말 절대로 안 됩니다."

벌써부터 이런 대답이 나오리라는 것을 알고 있었던 듯이 시세영과 주보중은 한바탕 웃었다.

"그럼 좋습니다. 그럼 아동단은 돌려보내도록 하지요. 대신 아동단을 데리고 왔던 아동국장 동무만이라도 남겨주면 안되겠습니까?"

"아동국장이라니요?"

주운광은 어리둥절하여 왕윤성을 돌아보았다. 그럴 때 왕덕태가 무릎을 때렸다.

"아차, 김 정위 이야기구면."

"혹시 왕청유격대 정치위원이었던 김일성 동무를 말합니까?"

주운광도 낯설지가 않은 이름이라서 왕윤성에게 물었다.

"그렇소."

"참, 김 정위가 어떻게 아동국장이 되었습니까?"

"그렇게 된 사정이 있소. 민생단으로 몰려 정치위원직에서도 면직되고 왕청아동국장으로 임명되었는데 하마터면 처형까지 당할 뻔했다오. 마침 주보중 동지께서 아동단선전대를 수녕에 보내달라고 초청해서 김일성 동무가 임시로 소년의용대를 조직하여 북만주로 나왔는데 아마 지금쯤은 왕청으로 다시 돌아가는 길에 올랐을 것이오."

왕윤성이 설명해주자 주운광은 왕덕태와 왕윤성에게 말했다.

"제가 훈춘유격대 동무들한테서 왕청유격대 김 정위에 대한 이야기를 많이 얻어 들었습니다. 그분이 나랑 나이도 비슷한데 유격대 전투 경험도 아주 많다고 합디다. 작년 가을 동녕현성 전투 때도 아주 용감하게 싸웠고 또 직접 작탄대를 거느리고 서산포대를 날려 보냈던 분이라고 하더군요. 그것이 사실이라면 어떻게 이런 지휘관이 우리 혁명군 결성에 빠지게 되었는지 참으로 알다가도 모를 일입니다. 제 생각에는 김일성 동무도 주어서는 결코 안 될 것 같습니다. 다른 요구를 말해보라고 하십시오."

나중에 주보중이 말했다.

"그렇다면 좋습니다. 김일성 동무도 보내드리겠습니다. 그러나 다시는 민생단으로 몰아붙이지 않겠다는 보증은 서 주셔야겠습니다. 그런데 김일성 동무가 아동단과 함께 데리고 왔던 소년의용대에도 민생단으로 몰리고 있는 어린 대원들이 적지 않았습니다. 그러니 그 대원들은 북만에 남겨두십시오. 돌아가면 또 무슨 처분을 받게될지 모르니까요. 어떻습니까?"

11. 아동단선전대와 소년의용대

이에 왕덕태와 주운광은 약속했다.

"저희들이 책임지고 김일성 동무의 문제를 확실하게 해결하겠습니다. 그리고 혁명군 지휘관

주보중(周保中)

구군군대원들에게 연예활동을 벌이고 있는
아동단선전대를 형상한 북한의 선전화

시세영이 북만주에 왔던 아동단 선전대에 대하여 이처럼 욕심냈던 이야기는 김성주의 회고록에서도 잘 설명되고 있다.

"채 사령관(시세영)은 감격한 나머지 자기 방에 금순이를 데려다가 무릎 위에 앉히고 그에게 귀걸이와 팔찌까지 끼워 주었으며 순회공연을 잘할 수 있도록 유희대(아동단선전대)에 두 대의 마차까지 내 주었다. 한 주일로 예정 되였던 공연은 반일부대장병들의 요청으로 자꾸만 연장되었으며 유희대(선전대)는 주보중의 부대에 가서 공연을 하기도 했다. 채세영(시세영)은 그들에게 솜저고리, 다부산자 목도리, 돼지 닭, 당면, 밀가루를 비롯하여 두 달구지나 되는 선물을 보내주었다. 모든 아이들에게 가방을 하나씩 메게 해주고 총까지 선물하였다."

그때 아동단선전대의 경호를 맡았던 소년의용대의 대장은 박길송이었고 김성주는 왕청유격대 정치위원직에서 면직된 뒤 왕청아동국장으로 전근하여 아동단 선전대를 데리고 북만주로 갈 때는 소년의용대의 지도원도 함께 맡고 있었다. 대장이었던 박길송의 나이가 겨우 15살밖에 안 되었기 때문에 제일 머리가 컸던 김성주의 어깨가 몹시 무거웠다.

김성주는 아동단 선전대뿐만 아니라 소년의용대 대원들의 안전까지도 모조리 혼자서 도맡은 셈이 되었다. 다행스러웠던 것은 김성주가 유격대에서 데리고 다녔던 이성림, 조왈남, 김재만, 송갑룡, 박낙권 등 소년단출신 유격대원들이 이때 모두 소년의용대로 뽑혀 와서 함께 북만주행 길에 올랐기 때문에 김성주에게는 많은 도움이 되었던 것이다.

후에 주보중의 요청으로 북만주에 남게 되었던 소년의용대 출신 유격대원들 속에서 가장 유명해진 인물이 박낙권(朴洛權)이었다. 1940년 3월, 동북항일연군이 가장 어려웠던 시절 주보중의 신변에서 그의 안전과 경호를 책임졌던 사람이 박낙권이었다. 박낙권의 직책은 제2로군 총부 경위대대장이었는데 1945년 9월, 항일연군 연변분견대를 데리

박낙권(朴洛權)

박낙권의 아내 이옥주(李玉珠, 오른쪽 첫 번째, 중간은 주보중의 아내 왕일지, 왼쪽은 북만의 항일연군 여병 이재덕), 1946년 4월18일, 박낙권이 중국 '장춘해방전투' 때 전사한 뒤 이옥주는 박낙권과의 사이에서 낳은 아들 박승태를 업고 평양으로 김일성을 찾아갔다. 이옥주는 북한에서 국기훈장 1급을 수여받았고 아들 박승태는 '만경대혁명학원'과 '김일성종합대학'을 졸업하였다.

고 제일 먼저 연길에 도착하였던 사람이기도 하다. 이듬해 1946년 4월 연변경비사령부 제1연대 연대장이 되어 장춘해방전투에 참가하였다가 그만 불행하게도 전사하고 말았다. 그때 박낙권의 나이 29살밖에 안되었다.

김성주와 함께 아동단선전대를 인솔하여 북만주에 다녀오곤 했던 왕청 소년의용대 대장 박길송은 그 후 다시 나자구 지방으로 파견되어 아동단과 소년단을 조직하는 활동을 하다가 일본 경찰에게 체포되어 1년 동안 감옥살이를 하고 풀려나왔다. 1936년 6월에 동북항일연군 제5군단 1사단에 입대하여 1943년 8월, 오늘의 흑룡강성 북안(北安)에서 처형되기 직전 그의 직책은 제3군 산하 제12지대 지대장이었는데 북만주 송화강 하류 평원지대에서 크게 이름을 날렸다.

사실 김성주와 박길송은 너무 일찍 헤어졌기 때문에 김성주의 회고록에서 박길송의 이야기가 많이 나오지는 않으나 박길송을 형상화하여 만든 영화(한 지대장의 이야기. 1966년 제작)가 북한에서는 아주 일찍 만들어져 나왔다. 오히려 김성주가 평생을 두고 추억하고 있는 이광의 이야기를 가지고 만들었던 영화(첫 무장대오에서 있은 이야기. 1978년)보다도 오히려 12년이나 먼저 제작될 정도였다.

김성주가 잊지 못하고 있는 사람들 가운데는 그때 김성주와 박길송을 따라 북만으로 함께 갔던

아동단 선전대 대원 김금순도 들어있다. 1991년에 북한에서는 원 신의주여자중학교를 '김금순초급중학교'로 이름을 고쳤고 학교 정원에 김금순의 동상까지도 만들어 세울 정도였다.

김금순은 1922년 오늘의 연길시 의란진에서 태어났고 1933년 11살 때 소왕청 근거지로 와 김성주와 만났다. 북한에서는 김금순의 유일한 남동생이라고 소개하면서 이름을 김량남이라고 부르는 만수대예술단 부단장이 해방 후 40살까지 살았다고 전해진다. 또한 2006년 12월에는 김금순의 친여동생 김금숙(확인 당시 83살, 1933년 출생)이 오늘의 중국 연변 연길시

아동단 연예대원 김금순(김금녀)

김금순의 여동생 김금숙

연남가(延南街)에서 살고 있는 것이 확인되었다. 그는 언니 김금순이 살해당할 때 한 살밖에 안 되었기 때문에 언니의 자세한 이야기에 대하여 잘 모르고 있었다.

12. 삼도하자에서

1934년 6월, 김성주와 박길송이 아동단선전대를 데리고 삼도하자에 도착하였을 때 왕청현위원회 공청 간부 조동욱과 이순희가 현위원회의 파견을 받고 마중하러 나왔다. 그런데 다음날 왕윤성이 주운광을 데리고 직접 삼도하자에 나타나 이태경이라고 부르는 일찍 '대한독립군단'에서 총무로 일하며 북로군정서 총재 서일(徐一, 白圃)의 뒤를 따라다녔던 적이 있는 조선인 노인의 집으로 김성주를 찾아왔다.

김성주의 왕청유격대는 이때 독립사단 산하 제3연대로 편성되어 그 중의 2개 중대는 연대장 조춘학이 데리고 안도 쪽으로 나가고 나머지 1개 중대만 정치위원 남창익의 인솔하에 북하마탕에 도착하였는데 독립연대를 결성할 때 3연대에서 또 1개 중대가 빠져나갔기 때문에 대원수가 매우 모자랐다. 그리하여 남창익은 북하마탕에서 며칠 동안 주둔하며 징병활동을 벌여 대원수를 보충하려고

하였다. 그런데 남창익이 데리고 다녔던 이 중대의 중대장은 다른 누구도 아닌, 바로 한홍권이었다.

한홍권의 곁에는 이때 황동평(黃東平)이라고 부르는 구국군 출신 중국인이 정치지도원을 맡고 있었다. 황동평은 1912년 생으로 김성주와는 동갑내기였다. 영안현에서 소학교와 중학교까지 다 나왔던 황동평은 그때의 혁명군에서는 고학력자에 속했던 사람이었다. 글을 잘 썼기 때문에 왕덕림의 구국군에 입대하여 선전처에서 고동대장(鼓動隊長)의 일을 보기도 했는데 그때 구국군의 표지와 구호들은 대부분 황동평의 손에서 씌어졌다고 한다.

어쨌든 황동평은 그러잖아도 3연대의 연대 간부들이 반수 이상 연길유격대 출신들로 채워진 것에 불만을 품고 있었다. 북하마탕에서 이틀 묵는 동안 멀지 않은 삼도하자에 김성주가 와있다는 것을 알게 된 한홍권은 빨리 삼도하자로 떠나자고 끝없이 황동평을 구슬렸다. 민생단사건 이후 유격대에서 중국인 대원들의 입김이 굉장하게 세졌는데 특히 혁명군이 결성되면서 이와 같은 상황은 점점 더 만연되고 있었다. 하물며 황동평은 일반 대원도 아닌데다가 왕윤성이라는 큰 배경을 등에 업고 있었던 정치지도원이었기 때문에 남창익도 그의 말에는 귀를 기울이지 않을 수 없었다.

"정 급하면 그럼 한 동무와 황 동무가 먼저 떠나오. 나도 징병이 끝나는 대로 따라가겠소. 이번 나자구 전투는 연합부대 작전인데 우리 3연대 겨우 30여 명이 되나마나한 대원들만 데리고 참가해서야 어떻게 체면이 서겠소? 한 20여 명만 더 모아가지고 곧 따라갈 테니까 여기에는 한 개 소대만 남겨놓고 나머지 두 개 소대는 모두 데리고 떠나오."

이렇게 되어 한홍권과 황동평은 바로 그날로 절반 이상의 대원들을 데리고 삼도하자로 김성주와 만나러 달려왔는데 마침 1연대 선발부대 두 개 중대가 정치위원 임수산(林水山, 林宇成)[12]의 인솔하에 역시 삼도하자에 도착하였다.

그런데 왕윤성과 주운광, 임수산 등이 삼도하자에 도착하였던 그날 밤에 나자구 쪽으로 정찰을 나갔던 오백룡이 달려와서 나자구 주둔 위만군 보병대대가 대대장 문성만(文成萬)의 인솔하에 곧장 삼도하자를 향해서 오고 있다고 알려 왔다. 뜻밖에 발생한 일인데다가 전투경험이 없는 주운광과

---

12. 임수산(林水山, 林宇城, 1909~?). 중공 당원이었으며 1934년 동북인민혁명군 제2군 제1단 정치위원(东北人民革命军第二军第一团政委)이 되었다. 1936년 3월부터 1년 남짓하게 지방 당조직을 건설하는 일을 주도하다가 이듬해 1937년 봄에는 동북항일연군 제2군 6사 참모장(东北抗联第二军第六师参谋长)으로 임명되었고, 1938년에는 제1로군 제2방면군 참모장(东北抗联第一路军第二方面军参谋长)이 되었다. 1940년 2월에 일본군 토벌대에게 변절하고 '임우성공작대'를 조직하였다. '임우성공작대'는 전문적으로 항일연군을 토벌하는 일에 앞장섰는데 김일성 수하의 제9단 단장 마덕전(马德全)도 바로 '임우성공작대'에 의해 체포되었다. 1945년 일본이 투항을 선포하고 소련군에 체포된 임우성은 소련 연해주 군관구 법정에서 판결을 받고 노역을 하다가 후에 석방되었으나, 이후의 행방을 알려지지 않고 있다.

왕윤성은 다만 김성주와 임수산의 얼굴만을 쳐다볼 뿐이었다.

"이는 적들이 선제공격을 찔러 나자구에 대한 우리 연합군의 공격을 미리 제압해보려는 것이 틀림없습니다."

임수산의 말에 주운광은 재촉했다.

"빨리 무슨 방법을 내야 할 것이 아니겠습니까!"

"일단 삼도하자에서 철수하고 봅시다. 두 분께서는 저의 1연대와 함께 움직입시다. 제가 책임지고 신변 안전을 담보하겠습니다."

"아 그럼 그렇게 할까요?"

김성주가 참지 못하고 임수산에게 말했다.

"임우성 동지(林宇城, 임수산의 별명), 방금 적들이 기선을 제압하려는 심산이라고 말씀하시지 않았습니까. 그런데 우리 스스로 피해 달아나면 진짜로 적들의 목적하는 바를 달성시켜주는 꼴밖에 뭐가 더 되겠습니까!"

"그럼 어떻게 하겠소? 여기 지형도 익숙하지 않은데다가 상대는 대대 병력인데 우리가 섣불리 맞불질을 해서야 되겠소?"

"여기 지형은 내가 익숙합니다. 그러니 무작정 철수하지만 말고 맞받아칩시다. 부락이 통째로 우리 손에 있으니 백성들을 산속으로 피신시키고 우리는 부락 주위에 매복하면 됩니다. 적들을 부락 안으로 유인하여 들이면 몽땅 잡을 수 있습니다."

김성주가 아주 침착하게 그리고 이처럼 자신만만하게 나서는 것을 본 주운광은 크게 기뻐하였다.

"아, 그러는 것이 좋겠소. 왕청 지방은 김일성 동무가 익숙하니 이 전투를 김일성 동무가 직접 지휘하시오. 우리가 무엇을 도와주면 되겠소?"

김성주는 이때다 싶어 주운광에게 요청했다.

"한흥권 중대장이 데리고 온 왕청 중대가 20여 명밖에 안되니 저한테 한 개 중대 병력만 더 보충해주시면 적들을 섬멸할 자신이 있습니다."

주운광은 당장 임수산에게 명령하다시피 말했다.

"임 정위, 들으셨습니까? 연길연대에서 한 개 중대를 남겨 김일성 동무의 작전배치에 따르게 하고 나머지 중대는 우리와 함께 행동합시다."

이렇게 되어 임수산이 데리고 왔던 연길연대 2개 중대 가운데 한 개 중대가 김성주에게 넘겨졌는데 중대장은 임수산의 한 팔이나 다를 바 없는 연길현 부암동(富岩洞) 적위대장 출신 박득범 (朴得範)[13]이었다.

이때 박득범의 중대를 함께 따라왔던 대원들 안에 1945년 '8.15 광복' 이후 중국의 연변지방에서 연변전원공서 전원으로 사업에 성공하여 '임전원'으로 알려졌던 임춘추(林春秋)[14]도 들어있었다. 1983 년에 북한 국가 부주석까지 지냈던 임춘추는 1934년 6월 말경, 나자구 전투 바로 직전 삼도하자에서

발생하였던 위만군 문성만 대대와의 전투에 대하여 회고 한 적이 있다. 이 회고담에서 임춘추는 '위대한 수령님'(김 성주)께서 했다는 말을 이야기했다.

"부락에 의지하여 싸우면 적을 몽땅 잡을 수는 있습니 다. 그러나 그렇게 하면 인민들이 상합니다. 우리들은 인 민들을 위하여 싸우는데 한 사람이라도 상해서야 되겠 습니까. 그러니 동무네 분대는 저 벌판으로 은밀히 나가 다가 이 마을에서 좀 멀어지면 적에게 발사하시오. 그래 서 적들이 부락으로 들어오기 전에 우리들의 매복지점 으로 유도하시오."

하지만 실제로 부락에 의지해서 싸우려고 했던 사람이

임춘추(林春秋)

---

13. 박득범(朴得範, 朴得范 1908~?). 길림성(吉林省) 연길현(延吉縣) 부암동(富岩洞) 상촌 출신이다. 1932년 부암동 농민협회에 참가했 다. 그해 중국공산당에 입당하여, 적위대 중대장 겸 지도원이 되었다. 1933년 부암동 당지부 위원이 되었다. 1934년 동북인민 혁명군에 입대했고 1936년 동북항일연군 제2군 제1사 제1단 정치위원이 되었다. 6월 항일연군 제4사 참모장이 되었다. 1939 년 8월 항일연군 제1로군 제3방면군 참모장이 되었고, 1940년 3월 제1로군 사령부 직할 경위려(警衛旅) 여장(旅長)이 되었다. 같은 달부터 6월까지 돈화현(敦化縣)과 왕청현(汪淸縣) 등지에서 전투했다. 8월 안상길(安相吉)부대와 함께 왕청현과 훈춘현(琿 春縣) 등지에서 전투했다. 9월 말 왕청현에서 일본군에 체포되어 연길로 압송된 후 변절하여 간도성 치안공작반 제2공작반에 서 일했다. 일제 패망 후 체포되어 소련 하바로프스끄현 세레프낀에서 노역을 하다가 1950년 석방되어 북한으로 들어갔다는 설이 있으나, 이후의 행방은 알려지지 않고 있다.

14. 임춘추(林春秋, 1912~88). 길림성(吉林省) 연길현(延吉縣)의 빈농 가정 출신으로, 1930년대 초반 항일유격대에 입대했다. 동북항 일연군 제1로군 제6사 제7단 제8련의 당비서를 지냈으며, 유격대 내 의관(醫官) 노릇도 했다. 1942년 7월 소련에서 설립된 항 일연군 교도려(敎導旅, 소련극동방면군 제88보병여단)에서 소대장이 되었다. 해방 후 동만주 지구의 해방사업을 위해 연변(延邊)으 로 이동했다. 곧 귀국하여 1945년 12월 조선공산당 북조선분국 평남도당 제2비서가 되었다. 1949년 6월 조선노동당 강원도당 위원장이 되었다. 1950년 12월 노동당 중앙위원회 제3차 전원회의에서 한국전쟁 '후퇴시기'에 '후퇴를 계획적으로 조직하지 못하고 비겁하게 도망쳤다'는 이유로 비판받고 도당학교 교원으로 좌천되었다. 1954년 노동당 연락부 부부장으로 재기했다. 1957년부터 1962년까지 알바니아 불가리아 주재 조선민주주의인민공화국 대사를 지냈다. 1960년『항일무장투쟁 시기를 회 상하며』를 출간했다. 1962년 10월 최고인민회의 상임위원회 서기장, 1966년 10월 노동당 정치위원회 후보위원, 1974년 정치 위원회 위원, 1983년 4월 국가부주석이 되었다. 1988년 4월 27일 사망했다.

유일하게 전해지고 있는 박득범의 사진(가운데줄 중간). 1940년 10월 19일 박득범 외 2명은 일본군 토벌대를 방문하고 일본 천황과 만주국 황제에게 충성을 맹세했다. 그들은 토벌대사령부에서 건립한 충혼비 앞에서 기념사진을 촬영했다. 특히 충혼비는 박득범 등이 죽인 일본군을 기념하고자 건립한 것이다. 박득범의 왼쪽은 김재범, 오른쪽은 김백산이다.

김성주이고 그렇게 되면 백성들이 모두 산속으로 피난하여야 하고 또 백성들의 집들이 모두 불에 타게 되면 어떻게 하느냐면서 벌판으로 적을 유인하자고 주장했던 사람은 김성주가 아닌 박득범이었다. 연길현 유격대 시절부터 '꾀쟁이'로 소문났던 박득범은 임수산과 아주 친한 사이였다. 박득범이 이렇게 반발하고 나서자 임수산은 박득범의 귀에 대고 소곤거렸다.

"이 사람 득범이, 김일성 저 친구 말대로 부락에 의지해서 싸우면 아무래도 우리의 승산이 더 커 보이는데 왜 자네는 굳이 적들을 벌판으로 끌고나가자고 하나? 만약 적들을 벌판으로 유인했다가 적들을 얼마 죽이지는 못하고 오히려 우리 쪽의 피해가 더 커지는 날이면 우리 둘의 낯이 뭐가 되나? 지금 여기 와있는 저 주 정위(주운광)하고 마영(왕윤성) 두 사람은 모두 특위의 실권자들이니 이럴 때 우리가 실수하면 안 되네."

"그렇지 않습니다. 선생님, 부락으로 적을 끌어들이면 자칫하다가는 마을 가옥들만 불에 탈 가능성이 더 큽니다. 그리고 설사 적들을 좀 더 죽인다고 하더라도 동네 사람들이 자기 집들이 다 타버린 것을 보면 우리 혁명군에 대한 불만이 더 커질 수 있습니다. 김 정위는 내가 설득할 테니까 저 두 분한테는 중국말을 잘하는 선생님이 잘 설명해주십시오."

임수산은 주운광과 왕윤성에게 박득범의 뜻을 자기의 뜻인 것처럼 한바탕 과장해서 설명했다. 주운광은 듣고 나서 연신 머리를 끄덕였다.

"임 정위. 지극히 옳은 말씀입니다. 지금은 적들을 좀 더 소멸하느냐, 마느냐는 문제가 아니라 우리 인민군중의 안전과 재산이 더 중요한 때입니다. 적들이야 이제 대작전이 개시될 때 얼마든지 소멸할 수 있으니까 지금은 삼도하자 인민군중들의 이익을 더 우선시해야 한다는 데 전적으로 동의합니다. 마영 동지는 어떻게 생각하십니까?"

"군사지휘권을 이미 김일성 동무한테 맡기기로 하지 않았소. 그러니 김일성 동무의 의견을 다시 들어보고 최후 결정합시다."

김성주는 처음에 박득범이 반대의견을 냈을 때는 논리를 따져가며 반박했다.

"이보십시오. 박 중대장, 누가 인민의 재산안전이 중요하다고 생각하지 않고 있는 줄 압니까? 집들이 불에 타면 다시 지을 수 있지만 지금 당장은 우리 혁명군에게 총과 탄약이 더 필요한 때입니다. 작년에 동녕현성 전투 때 우리는 한 사람당 백 발 이상의 탄약을 가지고 다녔습니다. 그런데 지금 보십시오. 모두 10여 발씩밖에 탄약을 가지고 있지 못한데 어떻게 대부대 연합작전에서 한몫을 해낼 수가 있겠습니까? 지금 적들은 우리에게 총과 탄약을 가져다주러 온 것이라고 봐야 합니다. 반드시 부락으로 끌어들여 섬멸작전을 펼쳐야 합니다."

하지만 주운광까지도 적들을 부락으로 끌어들여서는 안 된다고 주장하자 금방 태도를 바꿨다.

"주운광 동지 말씀이 맞습니다. 우리 혁명군은 인민의 군대입니다. 인민의 안전과 재산이 우선시되어야 한다는 말씀에 동의합니다. 그럼 작전계획을 다시 짜겠습니다."

이에 주운광은 너무 기뻐하며 왕윤성에게 말했다.

"마영 동지, 역시 마영 동지가 보신대로 김 정위는 사상경계도 높고 또 전투경험도 풍부한 훌륭한 간부입니다. 우리 혁명군에는 바로 김 정위같은 문무를 겸비한 지휘관이 필요합니다. 저와 왕덕태 동지가 주보중 동지한테 김 정위의 문제를 반드시 잘 해결하여 드리겠다고 보증을 섰습니다. 특위에 돌아가면 반드시 이 문제를 논의하겠습니다. 마영 동지도 그때 꼭 나서주셔야 합니다."

주운광은 이때부터 벌써 김성주를 다시 '김 정위'로 부르기 시작했는데 이는 김성주를 다시 정치위원 직에 기용하려는 마음을 굳히고 있었기 때문이었다. 김성주는 적을 부락으로 끌어들이지 않고 부락 밖으로 나가 적들과 대치하려는 작전을 다시 짰으나 여전히 부락의 백성들에겐 집을 비워둔 채 산으로 피신하라고 명령했다.

이는 만일의 경우에 대비하기 위해서였다. 김성주는 아주 주도면밀하게 작전을 짰는데 삼도하자와 가장 가까운 거리에 위치하여 있는 사충항과 시세영에게도 각기 전령병을 보내어 응원을 부탁하였다. 부락에는 한 개 소대만 남겨 백성들이 산으로 피신하는 일을 돕게 하고 나머지는 모두 주운광과 왕윤성을 호위하여 동산 쪽으로 피신하게 하였다. 임수산까지도 어리둥절하여 김성주에게 물었다.

"김일성동무, 왜 하필이면 동산 쪽으로 피신하면 안전하다는 게요?"

"이 전투는 우리가 반드시 이깁니다. 적들이 패퇴하게 되면 두 길로 나뉘어 도망갈 것인데 한 갈래는 정면으로 우리를 공격해오던 적들이고 다른 한길은 동산 쪽이 될 것입니다. 적들은 북쪽에서 내려오니 남쪽으로 길게 돌아오는 방법으로 우회할 수는 없습니다. 서쪽은 우리가 차지하고 있으니까요. 저의 전투경험에 의하면 일본군은 정면공격전을 펼칠 때도 항상 두 갈래로 나뉘어 상대방이 주의하지 않는 옆구리 쪽으로 몰래 치고 들어오는 수작질을 아주 많이 합니다. 화력이 양쪽 다 세기 때문에 어느 쪽이 진짜 주 부대이고 어느 쪽이 양공해오는 것인지 판단이 잘 서지 않을 때가 아주 많습니다. 그럴 때는 두 갈래를 모두 주 부대로 간주하고 싸우지 않으면 안 됩니다. 지금은 위만군들도 일본군에게서 배워 같은 수작질을 하는데 그 때문에 황동평의 중대가 여러분들을 직접 엄호하여 동산 쪽으로 철수하고 나서 전투가 시작된 뒤 적들의 공격부대가 두 갈래로 나뉠 때 가만히 숨어 있다가 설사 응원군이 도착하지 못하더라도 동산 후면에서 적들의 배후를 습격하면 적들은 필시 혼란에 빠지게 될 것입니다."

김성주는 자기가 직접 연필로 그려두었던 지도를 땅에 펼쳐놓고 그 위에다가 다시금 여기저기 표시해가면서 자세하게 설명했다. 주운광은 지도를 볼 줄 모르지만 느낌만으로도 이 전투를 백 퍼센트 승리할 것처럼 미리 계산하고 작전을 짜고 있는 김성주에게 감탄하지 않을 수가 없었다. 나중에는 임수산까지도 혀를 내두를 지경이 되고 말았다.

"김일성 동무, 하나만 더 묻겠는데 적들이 반드시 두 갈래로 나뉘어 동산 쪽으로 우회해온다는 것을 어떻게 장담하오?"

"위만군들도 바보가 아닌 이상 일본군에게서 많이 배웠을 것입니다. 더구나 저의 정보에 의하면 문 대대장의 부대에는 왜놈지도관이 작전을 지휘하고 있다고 합니다."

그럴 때 박득범이 잠잠히 말없이 듣고만 있다가 한마디 나섰다.

"그래도 그렇지 문 대대장 부대는 일본군이 준 박격포까지도 여러 대를 가지고 있소. 이처럼 병력이 차이가 나는데도 백 퍼센트 이긴다고 미리 단언하는 것은 좀 과장된 주장이 아니오?"

"이보십시오. 박 중대장은 지금 무슨 소리를 하고 있는 것입니까?"

자기의 작전계획을 변경시켜 놓은 임수산과 박득범에 가뜩이나 불쾌한 마음이 많았던 김성주는 이때 너무 화가 나 박득범을 노려보았다. 그러나 자기보다 나이가 많은 박득범을 차마 꾸짖지는 못하고 여전히 존대어를 써가면서, 그러나 독기를 품은 목소리로 경고를 주었다.

"박 중대장, 왜 이처럼 끼일 데 안 끼일 데 가리지 않고 나섭니까? 지금은 민주적인 작전토의장이 아닙니다. 이미 작전배치도 끝났고 무조건적으로 지휘관의 작전배치에 따라야 할 때인데 집행자인 중대장이 이런 식으로 계속 말꼬리를 잡고 나서면 어떻게 하자는 것입니까?"

웬만해서 화를 내지 않는 김성주가 이처럼 노려보는 바람에 박득범은 섬뜩해서 입을 다물었으나 임수산이 계속 나서서 박득범을 비호했다.

"김 정위, 나도 박 중대장과는 같은 의문을 가지고 있소. 이미 많이 설명해주었지만 이 문제도 마저 설명해주었으면 하오."

임수산보다도 중국말을 더 잘하는 김성주는 작년 9월, 동녕현성 전투 때 유한흥에게서 배웠던 손무의 병법에 대해서 말했다. 물론 주운광, 왕윤성 등이 모두 들으라고 능란한 중국말로 했다.

"승리하는 군대는 먼저 이긴 뒤에 싸움을 찾고 패하는 군대는 먼저 싸운 뒤에 승리를 구한다고 했습니다. 이것은 내가 지어내는 말이 아닙니다. 중국의 군사가 손무가 한 말입니다. 중국말로는 '승전후구전'(勝戰後求戰)한다고 합니다. 과거 유격대 시절처럼 싸워보다가 안 되면 도망가 버리는 식으로 작전을 짜서는 안 됩니다. 더구나 지금 우리는 정규 혁명군으로 바뀌었습니다. 반드시 패퇴하고 도주하는 적들의 퇴로까지 모조리 작전계획 속에 넣어두어야 합니다."

"그런데 이것은 우리가 반드시 승리할 것이라는 가정하에서 짜지는 계획인데 만약 변수가 생겨서 승리하지 못하게 될 때는 쓸데없이 병력을 갈라내서 적들의 퇴로 쪽에다가 배치한 것은 부질없는 짓을 한 것이 아니겠소?"

"아니지요. 그럴 때는 퇴로 쪽을 막으려고 배치해두었던 병력이 오히려 우리의 외원이 되어 뒤에서 적들을 습격하면 정면에서 싸우고 있는 우리들의 부담이 줄어둘 수가 있습니다. 이런 것을 가리켜 기각지세(掎角之勢)라고 합니다."

김성주는 주운광, 임수산 등 사람들의 앞에서 한바탕 뽐냈다.

"임우성(임수산의 별명) 동지, 저의 설명이 납득이 됩니까? 혹시 '기각지세'라는 것이 무엇인지에 대

이용운(李龍云)

해서도 마저 설명해드려야겠습니까?"

임우성은 얼굴이 붉어졌다. '기각지세'란 말은 많이 들어봤지만 당장 그것이 무슨 뜻인지 말로는 설명이 되지 않아 그냥 입을 다물고 말았다. 주운광은 김성주의 두 손을 잡고 재촉했다.

"시간이 급한데 어서 전투를 지휘하오. 우리는 김일성 동무만 믿고 동산 쪽으로 철수하겠소."

김성주가 한흥권을 데리고 삼도하자 서쪽 매복지점으로 떠나간 뒤 주운광과 왕윤성도 군부에서 파견 받고 따라와 경호를 책임지고 있었던 경위중대장 이용운(李龍云)의 엄호를 받아가며 서둘러 동산 쪽으로 철수하기 시작하였다. 도중에서 주운광은 왕윤성에게 다짐하듯이 말했다.

"마영 동지, 왠지 김일성 동무가 그동안 왕청에서 처분당하고 박해를 받은 것은 일부 사람들의 시기와 질투 때문이 아니었는가 하는 의심까지도 들게 만듭니다. 나는 우리 동만주에 이처럼 유능한 군사지휘관이 있는 것을 이제야 발견했습니다. 이런 동무가 혁명군에 들어오지 못하고 아동국장을 맡고 있었다는 것이 과연 말이 되는 소리입니까? 참으로 알다가도 모를 일입니다. 이번에 특위에 돌아가면 한번 단단히 따져보겠습니다."

주운광의 말에 왕윤성은 긴 한숨 끝에 그동안 김성주가 당해왔던 일을 자세하게 이야기해주었다.

"내가 하는 말을 그냥 참고로 들어두기 바라오. 주 동무가 혹시 누가 김일성 동무를 시기하고 질투해서 발생한 일이 아닌가 하고 의심하기에 내가 하는 말이오. 그냥 나는 사실대로만 말할 것이니 판단은 주 동무가 스스로 하기 바라오. 사실은 이상묵 동무가 연길현위원회 서기에서 특위 선전부장으로 전근할 때 내가 김일성 동무를 선전부장에 추천했던 적이 있었소. 나는 김일성 동무가 비록 나이는 젊으나 중국말도 잘하고 또 유격대 정치위원으로 임명된 뒤에 정말 근거지를 위해서 열심히 일하는 것을 보고 특위 선전부장직도 얼마든지 잘해낼 수 있게다 싶어서 추천했던 것이오. 그런데 생각밖에도 같은 조선 사람인 김성도의 강력한 반대에 부딪치고 말았소. 나중에 이 자들은 김일성 동무를 민생단으로 까지 의심하려고 들 작정이었소. 그때 김일성 동무가 김성도한테도 무지 박해를 받았고 지금은 또 송일에게 박해를 받고 있는데 그동안 벌써 두 번이나 정치위원 직에서 면직되었소. 처음에 면직되었을 때는 나도 항의하고 또 나중에는 동 서기가 직접 나섰기 때문에 회복될 수 있었으나 이번에는 송일 동무한테 단단히 걸린 것이오. 민생단으로 처형된 사람들이 남겨놓은 공술 가운데 김일성 동무와 관련된 불리한 공술들이 너무 많은 것도 문제였소. 거기다가 동 서기가 희생된 뒤에는 '노왕'(老王, 왕중산)이 원체 줏대가 없는 사람인데다가 이상묵이 또 조직부장까지 맡게 되는 바람에 내 혼자 힘으로는 도저히 김일성 동무를 지켜낼 수가 없었소. 정말 위태했었소. 김일성 동무는 민생단 감옥에 갇혔고 하마터면 처형까지 당할 뻔했는데 내가 왕덕태 동무와 짜고 김일성 동무를 북만주로 파견하였소. 마침 주보중 동지한테서 왕청의 소년단 선전대를 북만주에 보내달라고 요청이 왔었길 래 잘 됐다 싶어 김일성 동무를 아동국장으로 임명하게끔 송일에게 내가 거의 간청하다시피 했었소. 그렇지만 주 동무도 이번에 보았다시피 우리가 참으로 아까운 인재를 잃을 뻔하지 않았소? 다행히도 주 동무가 이번에 나서겠다니 진심으로 부탁하오. 반드시 바로잡아주기 바라오."

주운광은 나중에 임수산에게도 물었다.

"임 정위는 김일성 동무에 대해서 어떻게 생각하십니까?"

"네, 솔직히 저도 좀 놀랐습니다. 작년 여름에 김 정위가 왕청유격대를 데리고 저희 연길현 유격 대와 함께 팔도구 전투에 참가했던 적이 있었습니다. 그때 나는 현위원회에서 사업하고 있었던 때 인데 왕덕태 동지가 왕청유격대 김 정위가 나이는 젊지만 아주 전투경험이 많다고 칭찬하는 소리를 여러 번 들었습니다. 그런데 이번에 보니 과연 '명물허전'(名不虛傳)인 것 같습니다. 병법에 대하여 이 야기하는데 전문 군사학교를 나온 사람들 이상 수준이던데요. 솔직히 감탄입니다."

임수산도 이때는 진심으로 김성주에게 놀라워하고 있었다. 처음에는 임수산뿐만 아니라 박득 범까지도 자기들에 비해 한참이나 어린 김성주를 왕윤성과 주운광 등이 몹시 중시하는 것에 의 심이 들 지경이었다.

"말이 나온 김에 주 정위께 하나만 더 가르침을 청합시다. 기각지세란 말은 많이 들어왔지만 그냥 앞뒤에서 함께 협력한다는 뜻으로만 이해할 뿐 그게 중국말로는 정확하게 딱히 무슨 뜻인지를 잘 모릅니다."

임수산이 이처럼 요청하자 주운광은 설명했다.

"앞뒤에서 함께 협력한다는 말은 맞습니다. 그런데 우리 중국말 단어로 풀어보면 기각(掎角)이란 뿔과 다리라는 뜻입니다. 뿔 각(角)자에다가 한쪽 다리 끝이라는 기(掎)자인데 해석하자면 즉 한 사 람은 뒤에서 사슴의 다리를 붙잡고 다른 한 사람은 앞에서 뿔을 붙잡는다는 뜻이 됩니다. 앞뒤에서 적과 맞서는 태세를 말하지요. 나는 김일성 동무가 길림 육문중학교 출신이라는 것을 알지만 어디서 이렇게 많은 군사지식을 배웠는지 모르겠습니다. 솔직히 아까 무슨 '승전후구전'(勝戰後求戰)하고 '패전후구승'(敗戰後求勝) 하고 하는 그런 말은 나도 처음 들어봅니다."

주운광과 왕윤성, 임수산 등이 삼도하자 동산 뒤쪽으로 몰래 빠져나왔을 때 김성주의 파견을 받고 시세영의 부대에 갔던 조왈남이 돌아왔다. 조왈남은 먼저 주운광에게 시세영의 원군이 곧 도착한다고 알려주고는 서둘러 서쪽 매복지점을 바라고 달려갔다. 원군이 이처럼 빨리 오리라고는 미처 생각지 못했던 주운광은 다시 감탄하였다.

"이처럼 주도면밀하게 작전을 짜는 지휘관이 나는 정말 처음이오."

주운광은 경위중대장 이용운에게 시켰다.

"여기는 이제 안전하니 중대장은 나를 상관하지 말고 빨리 김일성 동무네가 매복하고 있는 곳으로 가서 김일성 동무네를 돕기 바라오."

원군이 곧 도착할 뿐만 아니라 원군을 인솔하고 오는 사람이 시세영 여단의 참모장 유한흥이라는 말을 듣고 김성주는 너무 기뻐 어쩔 줄을 몰랐다. 그런데 삼도하자로 습격해오고 있었던 위만군 문성만의 대대는 부대를 두 갈래가 아닌 세갈래로 나누어 그중 두 갈래가 김성주와 박득범이 매복하고 있는 서산기슭 진지로 공격해오는 한편 다른 한 갈래는 곧바로 삼도하자 부락을 노리고 쳐들어 갔다. 뜻밖에 발생한 일이었지만 다행스럽게도 이용운이 또 한 개 소대를 데리고 달려와 주었기 때문에 김성주는 여유 있게 박득범에게 명령했다.

"박 중대장이 한 개 소대를 데리고 빨리 부락으로 내려가서 유리한 지형을 먼저 차지하고 방어물들에 의지해서 반격하십시오. 여기 적들을 처리하고 나면 나도 바로 부락으로 지원을 가겠습니다."

이렇게 되어 김성주의 곁에는 한흥권의 중대 20여 명과 박득범이 남겨두고 간 임춘추의 한 개 소대까지 합쳐 30여 명이 남게 되었다. 다행스러웠던 것은 조왈남이 서산 매복지점으로 올 때 황동평이 또 한 개 소대를 나누어 다시 보내주었기 때문에 여기다가 김성주가 원래 데리고 있었던 소년의용대 10여 명까지 합쳐 50여 명 가까운 대원들이 위만군 문성만 대대의 주 부대와 정면에서 마주 붙었다. 50여 명이면 최소한 백여 미터 반경의 저격선을 조성할 수 있기 때문에 한바탕 해볼 만한 전투였다. 이 전투의 참가자였던 임춘추는 다음과 같이 회고하고 있다.

"이때 위대한 수령님(김성주)께서는 전령병을 사도하자에 파견하시여 그곳에 주둔하고 있는 사 대장(사충항)과 채 사령관(시세영)에게 적이 차지하고 있는 동산 후면으로 신속히 우회하여 적의 배후로부터 공격하라는 명령을 내리시었다. 적들은 계속 발악하며 사격을 했다. 우리 부대들이 동산 방면의 적들과 치열한 화력전을 진행하고 있을 때 라자구에서 새로 증강되어온 적의 1개 소대가 삼도하자 부락을 차지하고 인민들의 가정 물건을 끌어내어 방어물을 만들고 농가의 벽을 뚫어놓고는 거기에 의지하여 사격하기 시작했다. 전투 정황을 주시하고 계시던 위대한 수령님(김성주)께서는 유격대의 사격을 중지시키시었다. 만약 대응사격을 계속한다면 헛되이 총탄을 소비할 뿐만 아니라 달팽이처럼 집마다 들어박힌 적들을 쉬이 부락에서 끌어낼 수 없기 때문이었다. 그이(김성주)의 예견은 틀림이 없었다. 유격대 진지가 조용해지자 적들은 박격포사격의 엄호를 받으며 벌판으로 기어 나오기 시작하였다. 적들은 유격대가 '소멸'된 줄로 생각한 모양이었다. 그래도 적들은 우리의 명중사격에 겁을 먹은지라 어디서 또 불벼락이 터져 나오지나 않을까 하고 두리번거리며 기어 나오고 있었다. 적들은 유격대진지의 턱밑까지 기어들었다. 바로 이때 위대한 수령님(김성주)의 명령을 받은 구국군 부대들이 적의 배후에 나타났다."

이 전투에서 위만군 문성만 대대는 30여 명의 사상자를 냈다. 결국 삼도하자에서 먼저 혁명군을 공격하여 기선제압 해보려고 했던 계획이 파탄 나고 만 것이었다. 유격대는 이때 노획한 40여 정의 보총을 바탕으로 삼도하자와 사도하자 일대에서 또 30여 명의 대원들을 모집하였다. 1945년 '8·15 광복' 이후, 중국 길림성 백산군분구(白山軍分區)에서 부사령관이 되었다가 '문화대혁명' 때 홍위병 반란파들한테 맞아죽었던 중국인 왕전군(王殿君)은 나자구 전투 때 김성주와 처음 만났는데 "그가 하도 중국말을 잘했기 때문에 처음에는 다 중국인으로 알았다."고 회고했다.

"주진 사단장은 중국말 발음이 신통치 않아서 '충아'(沖啊, 앞으로 돌격하라는 뜻) 하고 소리친다는 것을 대원들은 '투이아'(退啊, 뒤로 물러나라는 뜻)라고 하는 줄 알았다. 그래서 오락가락 혼선을 빚을 때가 아주 많았다. 그것을 보다 못해 김 정위가 직접 주진 사단장에게 앞으로 돌격하라고 명령할 땐 '왕챈'(往前. 앞으로), 뒤로 물러나라고 명령할 땐 '왕허우'(往候, 뒤로)를 붙이라고 한마디, 한마디씩 따라 말하게 하면서 가르쳐주는 것을 보았던 적이 있다."

임춘추(앞의 왼쪽 군복차림), 사진은 1948년 북한에 왔던 주보중의 아내 왕일지(뒤에 왼쪽)와 만나 기념사진을 남겼다(앞의 오른쪽은 김지명)

왕전군은 나자구 전투 때도 대원들은 모두 김성주를 김 정위라고 불렀다고 회고했지만 이때까지도 김성주는 정치위원직을 회복하지 못하였다. 김성주가 정식으로 동북인민혁명군 독립사단 제3연대, 즉 왕청연대 정치위원에 다시 임명된 것은 원 정치위원 남창익[15]이 북하마탕에서 징병활동을 벌이다가 집단부락에 끌려갔던 청년들을 빼내오려고 3연대의 청년간사 오중흡(吳仲洽)[16]과 함께 대원 3명을 데리고 북하마탕 부락 입구에 만들어 놓았던 위만군의 포대를 습격하다가 전사하고 난 뒤였다.

오중흡(吳仲洽)

13. 나자구 전투

삼도하자 전투를 치른 바로 다음날이었다. 1934년 6월 27일, 각 부대 지휘관들은 모두 사도하자에 도착하여 다시 한 번 작전계획을 점검하였다. 이 회의에서는 방금 삼도하자에서 위만군 문성만 대대를 패퇴시킨 김성주가 각별한 각광을 받았다. 주운광 등이 입에 침이 마르는 줄도 모르고 김성주를 칭찬한데다가 작전토의를 할 때 참모장 유한흥은 특별히 지명까지 하여가면서 김성주에게 여러 차례나 발언권을 주었기 때문이었다.

---

15. 남창익(南昌益, 1910~34) 南昌一 南一) (인민혁명군 제2군 獨立師 제3단 정치위원) 길림성(吉林省) 연길현(延吉縣) 화련리(花蓮理) 출신으로, 명신소학교(明新小學校)에서 배웠다. 재학중 친일교장 반대투쟁에 참여했다. 1928년 화련리에서 반일지하운동에 참가했음, 1930년 '간도 5·30봉기' 당시 상촌반제동맹 책임자로서 참가했다. 1931년 초 화련리적위대 결성에 참가하고 소대장이 되었다. 그해 가을부터 1932년 봄까지 추수투쟁과 춘황투쟁(春荒鬪爭)에 참가했다. 5월 중국공산당에 입당했고 7월 해란구(海蘭溝) 항일유격대 결성에 참가했다. 1933년 초 연길현 왕우구(王隅溝) 유격근거지로 들어가 현(縣) 유격대에 참가하여 제2중대 정치지도원이 되었다가, 김일성이 왕청유격대 정치위원 직에서 철직당한 뒤 왕청유격대로 조동하여 정치위원직을 담임하였다. 1934년 여름 북합마당(北哈蟆塘)에서 위만군의 집단부락 포루를 습격하다가 전사했다.

16. 오중흡(吳仲洽, 1910~39) (항일연군 연대장) 함북 온성군 남양면 세선리에서 빈농의 아들로 태어났다. 오중선(吳仲善)의 형이다. 1914년 2월 친척들과 함께 길림성(吉林省) 왕청현(往淸縣) 춘화향(春化鄕) 원가점(元家店)으로 이주했다. 소학교를 졸업한 후 농업에 종사하면서, 소년선봉대, 공청단, 농민협회 활동에 참가했다. 1930년 '붉은 5월 투쟁'에 참가했다. 1931년 가을 중국공산주의청년단에 가입하여 석현단(石峴團)지부의 서기가 되었다. 1932년 9월 소반령(小盤嶺)에서 일본수비대에 한때 체포되었다. 1933년 5월 소왕청 유격구로 이주하여 왕청현 서대파(西大坡) 항일유격대에 참가했다. 청년의용군을 거쳐 항일유격대에 입대하여 중대장이 되었다. 이후 중국공산당에 입당하여, 1934년 동북인민혁명군 제2군 독립사(獨立師) 제3단에서 정치지도원, 연장(連長) 등을 맡았다. 1936년 7월 동북항일연군 제6사 제7단 제4련장이 되었다. 1937년 6월 항일연군 제1로군 제2군 제6사 대원으로서 보천보(普天堡)전투에 참가했다. 1938년 연대장을 맡아 '고난의 행군' 시기에 사령부 보위임무를 수행했다. 1939년 12월 17일 돈화현(敦化縣) 육과송(六棵松) 습격전투에서 전사했다.

당시의 혁명군 지휘관들이 대부분 유격대 출신들이어서 대부대 작전경험들이 거의 전무했다. 심지어 적지 않은 지휘관들이 지도를 볼 줄 몰랐는데 걸핏하면 땅바닥에 웅크리고 앉아 되는 대로 돌덩이 아니면 흙덩이들을 몇 개씩 주워다 놓고 이리저리 위치를 조절해가면서 주먹구구식으로 전투를 치르는 것에 습관이 되어 있었기 때문이었다.

그러나 김성주는 이때 지도를 볼 줄 알았을 뿐만 아니라 스스로 지도를 그릴 줄도 알았다. 그는 유한흥이 그려서 벽에 걸어놓은 나자구 지방의 지도를 들여다보면서 각 부대의 위치를 귀신같이 찾아내곤 하였다.

"자 그렇다면 공격시간은 어느 날로 정했으면 좋겠소?" 하고 주진과 왕덕태가 물었을 때도 유한흥은 "이번에 삼도하자에서 첫 전투를 멋지게 치러낸 김일성 동무한테 마저 들어보는 것이 어떻겠습니까? 과연 공격시간을 어느 날로 정했으면 좋겠는지 말입니다." 하고 또 김성주를 추천해주어서 김성주는 사양하지 않고 나섰다.

"저의 생각에는 만약 단 하루라도 미루면 그만큼 적들은 방어를 더 강화하고 증원부대를 불러올 것입니다. 때문에 당장 오늘 밤 내로 공격을 벌이는 것이 좋을 것 같습니다."

"아니 당장 오늘 밤에 말이오?"

주진과 왕덕태는 자못 놀라는 표정이었으나 김성주는 자세하게 설명했다.

"위만군 문 대대장의 부대가 삼도하자로 미리 선제공격을 해온 것을 보면 적들은 어제까지도 우리 부대가 아직 집결하고 있는 것을 알고 있었던 것 같지 않았으나 어제 전투로 말미암아 적들도 이제는 완전히 눈치챘을 것입니다. 우리 부대가 나자구 주변에서 집결하고 있다면야 타격목표가 나자구밖에 또 어디가 있겠습니까. 때문에 만약 하루라도 공격시간을 지연시킨다면 우리한테는 좋은 점이 하나도 없습니다. 대신 적들에게는 숨을 돌릴 기회를 주게 될 수 있습니다."

회의에 참가하고 있었던 다른 지휘관들이 모두 김성주의 견해를 공감(共感)하는 표정으로 머리를 끄덕이기도 하는 것을 보며 왕덕태가 유한흥에게 권했다.

"군사에서는 전문가인 유 참모장도 같은 생각이오?"

유한흥은 김성주의 견해에 찬동을 표시했다.

"원래 병법에도 '공기불비'(攻其不備), '출기불의'(出其不意)라는 말이 있습니다. '대비가 없을 때 공격하고 예상하지 못한 곳에 출동한다'는 삼국지의 고사가 있지 않습니까. 김일성 동무의 견해가 지극히 정확합니다. 때문에 김일성 동무가 건의한 대로 바로 오늘 밤으로 공격시간을 정하는 것이 좋을 것 같습니다.”

이렇게 되어 총공격 시간은 1934년 6월 27일 밤 12시로 결정되었다. 12시가 가까워올 때 갑자기 큰 비가 쏟아져 내리기 시작했다. 거리바닥은 온통 진창투성이었다. 나자구 부락 주변의 포대와 박격포 진지들을 격파하는 주 공격 임무를 제2군 독립사에서 가져왔는데 제1연대, 즉 연길연대와 제4연대 즉 훈춘연대가 서로 제1진공대를 맡겠다고 나섰다.

나중에 북하마탕에서 정치위원 남창익을 내버려두고 나자구 전투에 참여하러 왔던 황동평 중대와 제1연대에서 선발되어 왔던 박득범의 중대가 한데 합쳐 제1진공대를 형성하고 대장에는 김성주, 부대장에는 임수산이 임명되었다.

사실 민생단으로 몰렸던 정치위원 출신 연대급 간부들 가운데서 살아남은 사람은 김성주가 유일할 정도로 조선인 출신 정치 간부들이 민생단으로 몰려 무더기로 쓰러져가고 있었기에 민생단 낙인을 씻기 위하여 김성주는 갖은 노력을 다하였다. 아무리 어렵고 위험이 따르는 전투 임무가 생겨도 김성주는 항상 그 임무를 제일 앞장서서 쟁취했다.

나자구전투에 대한 북한의 선전화(그러나 실제에 있어서 '동녕현성전투' 때와 마찬가지로 이 전투에서도, 김일성 본인은 직접 유격대의 제일 앞장에서 돌격하였다는 중국인 연고자들의 여러가지 회고담이 존재하고 있다. 이 무렵의 김일성이 아주 용감한 유격대 지휘관이었음은 틀림없는 사실이다)

나자구 전투 때도 그랬다. 위만군 수비대가 '난공불락의 요새'라고 자랑하고 있었던 부락 입구의 포대와 박격포 진지는 나자구 시내로 돌입하는 관문이었고 이 진지를 점령하는가 못 하는가에 따라서 전투의 승패가 결정될 수 있었다. 그래서 김성주는 유한흥에게 몰래 요청했다.

“유 형, 작전배치를 할 때 나를 앞장세워 주십시오. 유 형도 잘 아시다시피 구국군 출신 동맹군이 병력은 우리 혁명군보다 좀 낮더라도 규율이 많이 떨어지는 것은 사실이잖습니까. 때문에 주 공격임무를 구국군에 맡기면 나자구 시내를 점령한 뒤에 불쾌한 일들이 발생할 가능성이 십분 큽니다. 때문에 동맹군은 가능하면 석두하자와 화피전자 쪽으로 배치하여 적들의 응원군을 차단하게끔 해주시고 주 공격임무는 저희한테 맡겨주십시오. 더구나 동녕현성 전투 때 서산포대를 날려 보냈던 사람이 바로 제가 아니고

나자구전투 당시 혁명군에
게 점령된 위만군 포대 망루

누굽니까!"

　유한흥은 머리를 끄덕였다.

"실제로도 포대를 날려 보낼 만한 적임자는 성주뿐이오."

　이미 2군으로 전근하기로 결정된 상태에서 유한흥은 동북인민혁명군 제
2군 독립사 내에서 가장 믿고 일을 시킬만한 부하로 김성주를 마음속에 점
찍어두고 있었다. 김성주 말고 두 번째 사람이 없었다.

　제2군 독립사단 지휘관들은 독립사단이 조만간에 2군으로 다시 개편
되고 주보중의 수녕동맹군에서 전근하여 오게 되는 유한흥이 2군의 군
참모장이 된다는 사실에 대하여 모두 알고 있었다. 때문에 주운광에 이어
서 또 유한흥이라는 큰 뒷심을 가지게 된 김성주는 이때 천군만마라도 얻
은 기분이었고 세상에 무서울 것이 없었다.

　그러나 포대와 박격포 진지를 점령하는 일이 순조롭지가 않았다. 동녕현성 전투 때와 달리 포대
로 접근하는 과정에서 은폐물과 진지를 가지고 있지 못하였기 때문에 적들이 기관총을 쏘아대면서
연방 수류탄을 내던질 때는 모두 땅바닥에 엎드려 머리를 쳐들 수가 없었다. 부락 서쪽으로 진격하
여 나자구 경찰서와 위만군 병영을 공격하게끔 되어 있었던 제2진공대와 남쪽으로부터 시내 중심
으로 뚫고 들어와 제2진공대와 합류하기로 된 제3진공대 사이를, 포대에서 내쏘는 기관총과 쉴 새
없이 날아드는 수류탄이 가로막고 있었다.

　몇 차례나 돌격을 시도하다가 실패하고 돌아온 박득범이 "김 정위, 아무래도 일단 철수하고 보는
것이 좋을 것 같소. 이대로는 돌격하다가는 대원들이 다 죽게 되오." 하고 권했으나 김성주는 들은 척
도 하지 않았다.

"지금 퇴각하면 오히려 우리의 손실이 더 커질 수가
있습니다."

"그럼 어떻게 하겠소? 은폐물이 하나도 없어서 대원
들이 땅에 엎드린 채로 머리를 쳐들지 못하고 있소."

"왜 없다고 그럽니까? 잘 보십시오."

　김성주는 직접 박득범을 데리고 진공대가 차지하
고 있었던 계선까지 살금살금 기어가 앞을 가리키며

나자구전투 당시 지휘장소로 사용했던 집

설명했다.

"저 앞에 보이는 집이 무슨 상점같이 보이는데 지붕에 기와를 얹었고 또 병영 돌담과 높이가 비슷해 보입니다. 수류탄을 던져 넣을만한 거리가 아닙니까! 진공대를 두 갈래로 나눠가지고 정면으로 포대를 공격하는 한편 저 지붕을 먼저 차지하십시오. 지붕에서 병영 안에 대고 수류탄을 던져 넣으면 병영에서 포대와 박격포 진지로 이어지는 적들의 수송선이 끊어지게 될 것입니다. 그러면 포대가 얼마나 더 버티겠습니까."

박득범은 김성주가 명령하는 대로 부리나케 상점을 점령하고 대원들을 지붕 위로 올려 보내어 병영울 안에 대고 이불만큼이나 큰 심지에 불을 붙여 작탄을 너덧 개나 던져 넣었다. 병영 전체가 불길 속 대혼란에 휩싸이게 되었다. 예상했던 것보다 훨씬 더 큰 혼란이 일어나면서 위만군은 곤경에 빠졌다.

전투는 3일 동안 계속되었다. 3일째 되는 날에는 한흥권의 중대와 박득범의 중대가 두 길로 나뉘어 포대를 좌우에서 협공하였다. 한흥권이 직접 앞장서서 포대로 돌격하다가 복부에 총탄을 맞고 창자가 쏟아질 지경까지 되었으나 끝까지 포대 턱밑에까지 기어가서 작탄을 터뜨렸다.

김성주는 한흥권이 죽는 줄 알고 어찌나 놀랐던지 정신없이 앞으로 뛰어가면서 연신 권총 방아쇠를 당겼다. 포대로 돌격할 때 김성주의 뒤를 따라오던 18살 난 어린 전령병 조일(왈)남(趙日南)이 또 총탄에 가슴을 맞고 뒤로 넘어졌는데 다행스럽게도 심장을 상하지 않았던 탓에 목숨은 건졌으나 인사불성이 되고 말았다. 포대를 점령하고 나서 김성주는 한흥권부터 찾았다. 배를 움켜쥔 채로 땅바닥에서 뒹굴고 있었던 한흥권의 상처를 들여다보던 황동평이 김성주에게 말했다.

나자구전투 당시 김일성의 전령병 조왈남

"탄알이 배를 관통하지 않고 겉으로 스쳐지나가면서 뱃가죽을 찢어놓은 것 같습니다. 뱃가죽만 꿰매면 살 수 있을 것 같습니다."

"빨리 지혈부터 시켜야 하니까 배를 싸매고 봅시다."

그때까지도 의식을 잃지 않고 있었던 한흥권은 배 바깥으로 튀어나오려고 하는 창자를 손바닥으로 막아보려다가 안 되겠던지 김성주에게 애원했다.

"김 정위 동지, 도저히 안 되겠습니다. 한 방만 쏘아주십시오."

"무슨 허튼소리를 하는 겝니까?"

김성주는 떨리는 목소리로 한흥권을 꾸짖었다.

왕청유격대 중대장 한흥권(韓興權)

"천하의 한흥권이 이렇게 나약해지면 어떻게 합니까? 탄알이 배를 관통하지 않았고 그냥 가죽만 찢어졌다고 하지 않습니까. 이제 지혈되었으니까 별문제 없을 것입니다. 빨리 싸매고 의원을 불러오겠습니다."

김성주는 각반을 풀어 한흥권의 배와 허리를 둥그렇게 돌아가면서 꽁꽁 감싸주었다. 정치지도원 황동평이 두 대원을 데리고 달려가 문짝을 뜯어와 한흥권을 문짝에 실었다.

14. 장택민

이 전투에 대하여 회고하고 있는 중국인들이 여럿 되는데 가장 유명한 사람이 당시 나자구에서 혁명군에게 얻어맞고 패퇴했던 위만군 문성만 대대의 2등병 출신으로 이듬해 1935년 위만군에서 탈출하여 혁명군으로 넘어왔던 장택민(蔣澤民)이다.

장택민은 2012년까지 살았다. 그의 회고담에 의하면, 나자구 전투에서 거의 몰살당하다시피 했던 위만군은 후에 훈춘으로 전근되어 위만군(만주군) 제26여단 산하 35연대 1대대로 편성되었다. 장택민은 1대대 산하 1중대 1소대장이었다. 이 부대가 훈춘현의 대황구에서 동북인민혁명군 제2군 독립사 산하 제4연대, 즉 훈춘연대를 토벌하던 도중에 장택민은 1소대의 대원들을 모조리 설득하여 함께 위만군에서 탈출하였다. 말하자면 의거를 하였던 것이다.

위만군 한 개 소대가 혁명군을 토벌하던 도중에, 그것도 한창 혁명군이 위기에 몰려 여기저기로 쫓겨 다니고 있을 때 스스로 위만군을 탈출하여 혁명군 쪽으로 넘어왔던 사례는 아주 드물었다. 이 일로 장택민은 혁명군 지휘부의 각별한 중시를 받았다. 이듬해 제2군 정치부 주임으로 파견 받아 왔던 이학충(李學忠)이 직접 지명하여 장택민을 소련의 모스크바 동방대학으로 유학보낼 정도였다.

장택민은 1938년 팔로군 무한판사처에서 교통반장으로 일하다가 이듬해 1939년에는 연안으로 가 모택동의 보위참모가 되었다. 이런저런 자리를 거친 후 최후로 중공군 총 후근부 차선부(車船部) 부부장으로 은퇴했는데 1991년 한 차례 인터뷰에서 나자구 전투 당시의 이야기를 들려주었다.

"문 대대장의 이름은 문성만(文成萬)인데 동녕현성 사람이었다. 노야령의 바투(巴圖)라고 부르는 큰 만주족 동네 족장이었다. 그 동네 사람들은 대부분 노야령에서 삼림 채벌이나 사냥을 주업으로

말년에 동네 이웃집 아이들에게 이야기를 들려주고 있는 장택민

하고 살았다. 문 대대장은 '9·18 만주사변' 이후 동네의 총 가진 젊은이들을 모조리 모아가지고 위만군으로 편성되었다. 나자구 전투 때 문 대대장이 병사들을 모조리 모아놓고 이런 연설을 하더라. 김일성이라고 부르는 아주 지독하게 악질인데다가 싸움을 잘 하는 유격대가 나자구 근처에까지 왔다고 하면서 우리가 선수를 쳐서 먼저 습격하자는 것이었다. 그런데 습격하러 갔던 부대들이 매복에 걸려 30여 명이나 죽었다. 한 해 전 구국군이 동녕현성을 공격할 때도 서산포대를 습격한 부대가 김일성의 부대였고 나자구에서도 부락 서쪽의 박격포 진지를 날려 보낸 부대가 김일성의 부대였다. 김일성의 부대가 대원 수는 그렇게 많지 않았지만 아주 싸움을 잘하는 부대로 소문났었다. 그때 김일성이 중대장 아니면 소대장이었을 것이다." (제3부 끝)

괴물과 싸우는 자는
괴물이 되지 않게 주의하라.
우리가 심연을 들여다보면
심연 또한 우리를 들여다보듯이,
ㅡ 니체

제4부
붉은 군인

———— 제14장 ————

불요불굴

괴물과 싸우는 자는
괴물이 되지 않게 주의하라.
우리가 심연을 들여다보면
심연 또한 우리를 들여다보듯이.
—니체

1. 길청령

나자구전투 직후였다. 이 전투에 참가하였던 동북인민혁명군 제
2군 독립사 산하 각 부대들은 각자 자기의 활동구역으로 철수하기
시작하였다. 제2연대는 화룡과 안도의 접경지대에 위치하였던 차
창자로, 제3연대는 왕청의 요영구로 그리고 제4연대는 훈춘의 대황
구로 돌아가기 시작했다.

그리고 1934년 7월, 제1연대, 즉 연길연대는 오늘의 연길시 의란
향 북쪽 길청령에 도착하였다. 길청령은 당시 연길현과 왕청현의
변계를 이루는 산이었고 연길연대의 본거지나 다를 바 없는 왕우구
유격근거지가 바로 이 산속에 자리 잡고 있었다. 나자구전투에 참
가하였던 제1연대의 선발부대가 연대장 김순덕과 정치위원 임수산
그리고 중대장 박득범의 인솔하에 길청령 산기슭에까지 도착하였
을 때, 근거지에 남아있었던 제1연대 참모장 안봉학(安奉學)이 중대

1930년대 동만 각지에 구축되었던
집단부락들과 일본군의 포대

연길과 왕청 사이의 변계에 위치하여 있는 길청령 고개

장 최현을 데리고 마중 나왔다. 만나자마자 김순덕은 안봉학에게 물었다.

"적들의 경계가 이처럼 삼엄한데 왜 중대를 다 데리고 마중 나왔소?"

연도에 위만군이 설치한 보루들이 거의 백여 미터 간격으로 설치되어 있는 것을 보고 김순덕은 그러잖아도 몹시 놀라고 있던 중이었다.

"나자구에서 돌아오는 연대장 동지네도 마중할 겸 요즘 적들이 보루를 새로 많이 설치하였는데 적들이 보루에 쌀과 채소를 날라주고 있다는 정보를 입수하였습니다. 이 수송차량을 습격하려고 나왔습니다."

안봉학의 대답에 김순덕은 나자구 전투에서 전리품으로 얻어온 일본제 쌍망원경을 들고 한참 살피다가 말했다.

"저기 보이는 보루가 아마 길청령에서 제일 큰 보루가 아니오? 뒤에다가 또 집 몇 채도 더 짓고 있는 같은데 혹시 병영을 만들고 있는 것은 아닌지 모르겠소. 적들이 한 개 중대 이상 병력은 될 것 같소. 마침 참모장 동무가 또 한 개 중대를 데리고 나왔으니 잘됐소. 함께 칩시다."

김순덕과 안봉학은 부대를 두 갈래로 나누어 안봉학이 직접 최현의 중대를 데리고 수송차량을 습격하고 김순덕은 박득범의 중대를 데리고 보루를 습격하기로 하였다. 수송차량이 습격당하는 것을 알면 보루에서 적들이 쏟아져내려올 것이기 때문에 그때를 틈타서 보루 주변에 매복하고 있던 박득범의 중대가 뒤에서 보루를 습격하기로 계획을 세웠다.

그런데 그동안 유달리 수송차량을 많이 습격하여 경험과 노하우를 가지고 있었던 최현의 중대가 적의 군용트럭에다가 '연길작탄'을 던졌는데 운 나쁘게도 작탄이 갑자기 심지만 타들어가고 터지질 않았다. 거기다 단순히 쌀을 수송하는 차량으로 생각했던 트럭 안에서 일본 군인들이 쏟아져 나왔다. 일본군 군용트럭을 위만군의 식량 수송차량으로 잘못 판단하였던 것이다. 결국 그들은 접전도 하지 못하고 바로 철수하기 시작하였는데 안봉학은 김순덕을 데리고 달아날 생각으로 일단 보루 쪽으로 철수하였다.

연길현유격대 소대장이었던 최현

"김 연대장이 보루 쪽에서 또 쫓겨 내려오면 우린 그냥 포위되어 만두 속이 되고 말텐데 우리가 그쪽으로 철수하면 어떻게 한단 말입니까?"

최현이 말렸으나 안봉학은 "그렇다고 어떻게 우리만 살겠다고 연대장을 내버리고 갈 수 있소? 빨리 가서 김 연대장한테 알리오. 수송차량에 탄 것이 몽땅 왜놈들이더라고 말이오. 병력 차이가 현저하니 일단 철수하고 보자고 말이오." 하고 고집하였다.

결국 최현은 안봉학이 시키는 대로 하지 않고 "내가 한 개 소대만 데리고 적들을 다른 방향으로 유인할 테니까 참모장 동무가 연대장 동지한테로 가서 빨리 함께 철수하십시오." 하고 말하고는 보루와 반대방향으로 내달리기 시작하였다.

그러나 일본군은 보루 쪽에서도 이미 총소리가 울려오는 것을 보고는 한 개 소대 병력만 풀어서 최현의 뒤를 쫓고 나머지는 모조리 보루 쪽으로 포위하고 올라왔다. 앞뒤에서 포위당한 김순덕은 안봉학을 나무랐다.

"아니 포위망 바깥으로 달려야지 보루 쪽으로 철수해오면 어떻게 하오? 전투경험이 많은 참모장 동무가 왜 이렇게 스스로 포위망 안에 기어들어온단 말이오?"

"그렇지 않습니다. 지금 같이 병력대비가 너무 현저하게 차이가 날 때는 부대를 두 갈래로 나누어가지고 바깥에서 외원하는 것보다는 오히려 한데 합쳐가지고 동시에 치고 나가는 방법이 더 효과적입니다."

안봉학은 아주 침착하게 전투지휘를 했다. 그는 '연길작탄'을 가지고 있는 대원들을 골라내서 보루 쪽으로부터 공격하여 내려오는 위만군들이 가까이 접근하기를 기다려서 '연길작탄'을 투척하라고 시키고는 자기가 평소 데리고 다니던 세린하 적위대 출신 대원들과 김순덕이

1930년대 동만 각지에 구축되었던 집단부락들과 일본군의 포대

데리고 다니던 화련리 적위대 출신 대원들을 한데 합쳐 왼쪽으로 **빠져**나가게 하였다. 군용트럭에서 내려와 길청령 쪽으로 올라오고 있었던 일본군을 저격하는 임무는 박득범의 중대에 맡겼는데 이 중대는 전부가 부암동 적위대 출신들이었다. 그러자 박득범은 안봉학에게 항의했다.

"이런 식으로 작전배치를 하는 법이 어디 있습니까? 뒤에 남아서 엄호하면 그만큼 위험이 따르니 어느 한 지방에서 온 대원들로만 선발하는 것은 옳지 않다고 봅니다. 그러니 각 중대에서 모두 한 개 소대씩 선발해서 엄호임무를 맡게 해주십시오. 물론 엄호부대는 내가 맡겠습니다."

"박 중대장의 의견에 도리가 있소."

이에 임수산까지 박득범의 의견에 찬성하고 나섰다. 도리를 따져보면 박득범의 의견대로 각 중대에서 한 개 소대씩 뽑아서 엄호부대를 따로 결성하는 것이 오히려 전투력을 가강하는 데도 도움이 되는 옳은 의견이었다. 하지만 문제는 시간이 너무 급박했다는 것이었다.

"시간이 급하니 모두 입을 다물고 나의 결정에 따르오."

김순덕이 최후의 결정을 내렸다.

"엄호는 내가 하겠소."

이렇게 되어 임수산과 박득범이 앞장서서 포위를 뚫고 김순덕이 뒤에서 엄호를 하였다. 보루에서 쫓아내려오던 위만군들은 남아서 엄호를 담당하고 있었던 김순덕에게 쉽게 격퇴 당했으나 앞장서서 포위를 뚫고 나가던 박득범의 중대는 일본군의 기관총 소사에 길을 가로막혀 모두 땅바닥에 엎드린 채로 머리를 쳐들 수가 없었다. 다행스러웠던 것은 이때 포위망 바깥에 있던 최현이 몰래 일본군의 배후로 접근하여 와서 갑작스럽게 사격을 가하는 바람에 포위망의 한 귀퉁이가 열리게 되었다는 것이었다.

"포위를 뚫고 나간 뒤에도 급히 달려가지 말고 적들과 10여 분만 더 대치해 주시오. 그 새로 내가 제꺽 가서 연대장 동지를 데리고 오겠소."

안봉학은 임수산과 박득범에게 부탁하고는 돌아서서 김순덕에게로 뛰어갔다. 위만군과 대치상태에 있던 김순덕은 안봉학이 뛰어오니 포위를 뚫지 못한 줄로 알고 몹시 놀랐다.

"아니 왜 돌아왔습니까? 임 정위와 박 중대장은?"

"포위가 뚫렸습니다. 연대장 동지를 데리러 왔습니다."

김순덕은 즉시 철수명령을 내렸다. 그러나 정작 그 자신은 또 대원 몇을 데리고 뒤에 남았다.

"우리가 철수하는 것을 알면 놈들이 또 쫓아올 것입니다. 한번만 더 버텨보고 철수하겠습니다. 참

일본군 토벌대에게 머리가 잘린 항일군(학살자들은 목이 잘린 항일군 시체의 손을 자신의 잘린 목 부분을 가리키게 해놓고 사진을 찍는 방법으로 시체를 능멸하고 있다)

모장 동무가 나머지 동무들을 모두 데리고 먼저 떠나십시오. 이것도 가지고 가십시오. 내가 만약 돌아가지 못하게 되면 우리 1연대를 참모장 동무한테 부탁합니다. 이건 제가 참모장 동지한데 드리는 선물입니다."

김순덕은 앞가슴에 걸고 있었던 쌍망원경을 벗어 안봉학에게 주었다. 하지만 안봉학은 김순덕을 설득하려고 하여 둘은 한참 티격태격하였다.

"내가 엄호할 것이니까 연대장 동지가 빨리 떠나십시오."

"어서 명령에 따르십시오. 나도 곧 뒤따라오겠습니다."

"안됩니다. 함께 떠납시다."

안봉학이 이렇게 고집하였으나 김순덕은 끝내 먼저 안봉학을 철수시켰다. 그들이 철수하는 것을 본 위만군이 시름을 놓고 다시 쫓아내려왔으나 김순덕과 두 대원이 불쑥 그들의 코앞에서 몸을 일으키며 연속으로 총을 쏘아 여남은 명을 쓰러프리고는 바로 돌아서서 내달리기 시작하였다.

갑작스레 혼살 맞은 위만군은 다시는 쫓아 내려오지 않고 땅에 바짝 엎드린 채로 그냥 총신만 아래로 향한 채 마구 눈먼 총을 쏘아대기 시작하였다. 불운하게도 총탄 한 방이 제일 뒤에서 반격하며 철수하고 있던 김순덕의 배를 관통하게 되었다. 김순덕이 휘청하고 몸을 기우뚱거리는 것을 보고 위만군들은 소리 질렀다.

"저자가 총에 맞았다. 산 채로 잡자."

"네놈들이 나를 산 채로 잡겠단 말이지? 그래, 한번 와봐라."

김순덕은 한 손으로 피가 쏟아져 나오고 있는 배를 움켜쥔 채로 나무에 기대서서 다른 한 손으로는 연속으로 권총 방아쇠를 당겼다. 나중에 탄알이 다 떨어지고 나서야 나무에 기댄 채로 천천히 주저앉아 중얼거렸다.

"깜빡했구나. 한 방은 남겼어야 하는데 말이야."

김순덕은 배에서 흘러나오고 있는 피를 더는 막으려고 하지 않고 그냥 내버려두었다. 이미 포위망 바깥으로 빠져나간 안봉학은 다시 김순덕을 구하려고 필사적으로 반격하여 올라왔으나 적들의 화력에 눌려 번번이 실패하고 말았다.

위만군은 김순덕이 기대고 앉아있는 나무를 앞뒤에서 포위하여 접근하였다. 피를 너무 많이 흘린 김순덕은 점차적으로 의식을 잃어가고 있었다. 적들이 아주 가까이에까지 다가왔다는 것을 느낀 김순덕은 본능적으로 다시 권총을 쳐들었으나 빈 격침소리만 몇 번 절컥거릴 뿐이었다. 위만군들은 몰려들어 총검으로 김순덕을 찔러댔다.

2. 태문천의 구국군과 함께

곽지산(郭池山)

한편 최현이 민생단으로 체포된 것은 길청령 전투 직후였다. 최현은 "연대장이 사경에 빠진 것을 보면서도 달려가서 구할 생각을 하지 않고 포위망 바깥으로 도망쳤다"는 죄명을 덮어쓰게 되었다. 새로 연대장에 임명된 안봉학이 직접 나서서 아무리 설명해도 연길현위원회에서는 이를 받아들이려고 하지 않았다. 더구나 정치위원 임수산이 입을 딱 다물고 한마디도 하지 않는데다가 평소 성깔이 사나운 최현은 현위원회 간부들의 눈에 잔뜩 미운털이 박혀있었던 터였다. 나중에 안봉학은 왕덕태의 앞으로 편지를 보내어 최현을 구해달라고 요청하였다. 편지를 가지고 갔던 연대부 부관 곽지산(郭池山, 郭

燦允)은 사실상 왕덕태가 연길현 유격대에 박아둔 그 자신의 이목(耳目)이나 다를 바 없었던 심복이었다. 그가 돌아와서 안봉학과 임수산에게 왕덕태가 최현을 칭찬하더라고 전했다.

"최현 중대장이 그와 같은 상황에서 포위망 안에 뛰어들지 않고 포위망 바깥에서 접응(接應)한 것은 아주 잘한 일이라고 합디다."

이때 곽지산은 혼자 오지 않고 왕덕태의 경위중대장 이용운을 데리고 왔는데 제1연대의 피해가 큰 것을 감안한 왕덕태는 자기의 경위중대를 통째로 떼어 내어 제1연대에 보충하여주었던 것이다. 안봉학과 정치위원 임수산이 간혹 부대를 두 갈래로 나눠가지고 다닐 때는 항상 이용운의 중대와 최현의 중대가 안봉학을 따라다녔고 박득범의 중대가 임수산을 따라다니게 되었다. 이와 같은 상황은 임수산이 동만 특위 위원으로 전근될 때까지 줄곧 계속되었다.

한편 이용운은 직접 왕덕태의 구두지시를 전달했다. 전투 임무가 긴박한 때 함부로 전투부대의 지휘관에게 민생단 낙인을 찍어서 구속하는 일이 없도록 해달라는 것과 설사 의심스러운 문제가 보고되더라도 가능하면 전투 속에서 관찰하고 고험해야 한다는 내용이었다. 이렇게 되니 임수산까지도 결국 최현을 비호하는 쪽으로 돌아서지 않을 수 없게 되었다.

길청령 전투 이후, 제1연대는 독립사의 통일적인 작전배치에 의해 신임 연대장 안봉학의 인솔하에 노두구 전투를 벌이게 되었고 제2연대는 독립사와 함께 왕덕태와 주진의 인솔하에 오늘의 안도현 만보향(万宝乡), 즉 대전자진(大甸子镇)을 공격하는 전투에 참가하게 되었다. 한편 요영구로 돌아왔던 김성주는 이때 정식으로 제3연대, 즉 왕청연대 정치위원에 임명되었다. 그가 맡았던 왕청현 아동국장직은 삼도하자에서 그를 마중하러 나왔던 공청단 왕청현위원회 간부 이순희가 이어받았다.

김성주는 나자구 전투에서 중상을 당한 한흥권을 요영구 병원에 남겨 치료를 하게하고 한흥권 대신 오중흡을 중대장에 임명하여 데리고 연대와 함께 안도 쪽으로 이동하기 시작하였다. 이는 이때 이미 동만 특위 비서장직에서 일을 보기 시작한 주운광의 결정에 의해서였다. 먼저 안도현 경내로 들어서기 시작한 왕덕태와 주진이 태문천의 구국군과 접촉을 가진 뒤 함께 반일연합군을 결성하고 총지휘에는 왕덕태, 부총지휘에는 태문천과 주운광을 각각 추대했다고 연락해왔는데 주운광은 오히려 김성주를 추천하였다.

"김 정위, 내가 여러모로 생각해보았는데 아무래도 안도는 김 정위가 익숙한 고장이니 태문천의 구국군과 합작하는 일에는 김 정위가 앞에 나서는 편이 내가 나서기보다 훨씬 적합하다고 생각하오."

그러잖아도 김성주는 단 한시라도 왕청에 있고 싶은 마음이 없었다. 모든 것이 달라졌기 때문이었다. 일단 요영구에 돌아왔으나 이때의 왕청현위원회 사람들은 '김 정위'보다는 '남 정위'에 대하여 더 많이 외우고 있었다. '남 정위'란 바로 북하마탕에서 전사한 남창익이었다. 과거 김성주가 양성룡과 함께 직접 소왕청 근거지 여기저기를 누비고 다니면서 직접 설치해두었던 초소들까지도 모조리 원래 위치에서 이동되어 있을 정도였다.

그래서 김성주는 1중대와 4중대에서 각각 한 개 소대씩 선발하여 20여 명의 대원들을 데리고 안도 쪽으로 독립연대의 뒤를 좇아갔는데 이때 선발되었던 2개 소대가 훗날 편성되는 제7중대의 모태가 되기도 했다. 그런데 그들의 일행 안에는 이학충(李學忠)이라고 부르는 한 중국인 고위급 간부가 함께 행동하고 있었다.

김성주보다 2살 연상이었던 이학충은 1931년 '9·18만주사변' 직후, 만주성위원회의 파견을 받고 소련의 모스크바 동방대학에 유학하였던 인물이었다. 동장영이 죽고 나서 만주성위원회는 대다수 조선인 간부들이 민생단으로 검거되고 있는 상황에서 중국인 고위급 간부들을 대량으로 파견하여 내려 보내고 있었다. 이때 선참으로 선발되었던 사람이 이학충이었다. 때문에 김성주에게는 이학충 역시 주운광 못지않게 중요한 인물이었다.

김성주는 소대장 강증룡에게 특별히 임무를 주어 이학충의 신변경호를 책임지게 하였는데 이학충이 길에서 먹게 될 음식은 강증룡의 아내이자 최초의 여성 유격대원인 박녹금(朴碌今)이 배낭 속에 따로 챙겨가게 하는 등 여러 가지로 신경을 써가면서 각별하게 이학충을 돌보았다.

하지만 김성주는 태문천의 구국군에 도착하자마자 불과 나흘도 안 되어 다시 쫓겨 돌아오게 되었다. 이렇게 되자 며칠 뒤에는 이학충이 직접 김성주를 데리고 또 다시 태문천의 병영으로 찾아가 사정하였다.

"사실은 정치부 주임이 아니라 참모장으로 파견하려고 했던 것인데 전달이 잘되지 못했던 것 같습니다. 우리는 귀군을 혁명군 아래로 편성하려는 생각이 추호도 없습니다. 다만 함께 연합전선을 맺고 공동으로 왜놈들과의 전투를 진행하자는 것뿐입니다. 그런데 귀군이 우리 혁명군과 연합하여 작전을 하자면 반드시 우리 혁명군에서 파견한 군사간부가 직접 태 사령관의 부대와 함께 행동하면서 작전배치 때마다

이학충(李學忠, 卽李宗學)

항일연군을 사살하고 있는 일본군 토벌대

서로 연락도 주고받고 또 작전의도에 대하여 서로 소통할 수도 있어야 하지 않겠습니까. 그래서 김정위를 귀 부대에 파견하였던 것인데 오해를 사게 된 점은 정말 유감스럽게 생각합니다."

하지만 태문천은 요지부동이었다.

"내가 그러한 직책 이름 때문에 싫다는 게 아니오. 정치위원이던 참모장이던 나한테는 아무 상관도 없소. 난 다만 저자가 분명히 '꼬리빵즈'(高麗棒子, 당시 만주지방의 중국인들이 한인들을 매도해서 부르던 호칭)이면서도 중국인인 척 위장하고 들어와서는 나한테 거짓말한 것이 싫단 말이오. 만약 처음부터 '꼬리빵즈'라고 이실직고하고 왔더라면 내가 왕덕태 총지휘관의 얼굴을 봐서도 아주 내쫓기까지는 않았을 것이오.

그렇지만 내 부하들 속에는 저 자가 바로 '김일성'이라는 것을 알아본 자가 있었거든. 저 자가 우리 안도에서는 아주 오래전부터 나쁜 짓을 많이 하고 다녔던 자요. 우리 중국 지주들이 저자 이름만 들어도 이를 갈고 있소. 저자가 우리 중국 지주들의 곡간에 불을 지르고 쌀을 빼앗아가고 한 적이 어디 한두 번인 줄 아오?"

이학충은 태문천을 설득할 수 없게 되자 김성주를 데리고 돌아올 수밖에 없었다. 그런데 독립사

주력부대인 독립연대가 연대장 윤창범의 인솔하에 안도현 대전자를 공격하려고 이동하던 중 돈화현성 남쪽 다푸차이허에서부터 내려오고 있었던 300여 명의 일만군(日滿軍) 혼성부대와 정면에서 부딪치게 되었다. 태문천의 구국군이 혁명군과 연합작전을 펼친다는 정보를 입수한 일본군이 혁명군과 구국군 사이를 가로지르고 들어오면서 이도강 기슭에다가 방어선을 설치하려고 든 것이다.

"그렇다면 우리가 미리 알아서라도 구국군의 앞을 가로막고 있는 위만군의 방어선을 쳐부숴야 이번 연합작전에 참가하게 될 태 사령관의 부대에 도움이 되지 않겠습니까?"

이학충의 말에 윤창범은 반대했다.

"안도현성 전투를 개시하기 전에는 될수록 적들과의 접전을 피하여야 한다고 주 사단장과 왕 정위(왕덕태)가 명령을 했습니다. 자칫 우리 군이 피해라도 보게 되는 날이면 연합작전에 차질을 빚을 수가 있습니다."

이에 이학충은 다시 김성주에게 명령했다.

"이번이 기회요. 태 사령관에게 다시 갔다 오시오. 이도강으로 들어오고 있는 위만군이 한 개 대대병력 남짓하니까 우리와 함께 양쪽에서 협공하자고 말이오. 만약 이번 전투를 잘 치르면 태 사령관의 불신도 삭일 수 있고 또 우리의 연합작전에도 방해가 되는 걸림돌을 제거하는 셈이니 이도강으로 들어오고 있는 위만군을 반드시 격퇴해야 합니다."

이학충은 윤창범에게 명령을 내렸다.

"이 전투의 결과에 대해서는 내가 책임질 것이니 빨리 전투준비를 하십시오."

하지만 윤창범은 걱정이 이만저만이 아니었다.

"주임 동무, 이것은 누가 책임지고 안 지는 문제가 아닙니다. 지금 우리 독립연대는 전투임무를 받고 이동 중에 있는 부대라는 사실을 잊어서는 안 됩니다. 여기서 섣불리 시간을 지체했다가는 대전자를 공격하는 전투를 제 시간에 완성하지 못할 수도 있습니다. 그렇게 되면 큰일 납니다."

윤창범이 재삼 설명하였으나 이학충은 들으려고 하지 않았다.

"적들이 이도강을 차지하고 방어선을 구축하는 날이면 태 사령관의 구국군이 연합부대 작전에 참가할 수가 없게 되는데 그렇게 되면 설사 대전자가 전투를 제시간에 벌인다고 해도 우리 군의 피해만 더 커지게 될 것이 아닙니까. 때문에 여기서 반드시 저놈들을 저격해야 합니다."

이학충의 태도가 아주 굳건한 것을 보고 윤창범은 몰래 김성주를 조용한 데로 데리고 가서 나무라듯이 물었다.

"일성아, 저 이학충이 이도강의 방어선을 쳐부수고 어쩌고 하는 말은 다 네가 가르쳐준 것이 아니냐?"

"아저씨, 이학충 주임의 말씀에 일리가 없는 것은 아닙니다."

당신 34살이었던 윤창범은 혁명군 내 조선인 지휘관들 속에서 가장 연상이었고 또 김성주 또래의 조선인 간부들은 대부분 윤창범을 '삼춘' 아니면 '아저씨'라고 부르고 있었기 때문에 김성주도 예외는 아니었다.

"하긴 태문천을 불러올 수만 있다면 한번 싸워볼 만도 하다."

"제가 직접 가보겠습니다. 반드시 불러올 것입니다."

김성주는 윤창범의 말을 빌려 타고 다시 태문천에게로 달려갔다.

"태 사령관님, 일만군 한 개 대대 병력이 지금 이도강 쪽으로 이동하면서 태 사령관의 구국군을 포위하려고 하고 있는 것을 알고 있습니까?"

"우리도 놈들이 나타났다는 소식은 들었네. 그런데 그놈들이 꼭 우리를 포위하려고 한다는 근거는 무엇인가? 내가 보기에는 그놈들이 오히려 대전자가쪽을 지키러 가고 있는 것으로 보이는데 말이야."

"사실은 그렇습니다. 태 사령관의 부대가 이번 대전자가 전투에 참가하는 것을 가로막으려는 것 같습니다. 그래서 우리 이학충 주임은 이도강에서 이 놈들을 먼저 격퇴해버리자고 태 사령관님께 전하라고 했습니다."

하지만 꾀가 많은 태문천은 김성주에게 권했다.

"그렇다면 좋네. 가서 전하게. 자네들 혁명군에서 먼저 선수를 치게. 전투가 벌어진 뒤에 혁명군이 정면에 서고 우리는 배후가 되겠네."

"그렇지 않습니다. 이번 전투는 정면과 배후가 따로 없습니다. 다 같이 정면이고 다 같이 배후입니다. 동시에 양쪽에서 협공해야 합니다."

태문천이 들으려고 하지 않자 김성주는 다시 말했다.

"태 사령관님, 제가 비록 나이는 어리지만 벌써 몇 년째 일본군과 싸워오고 있습니다. 저의 경험에 의하면 일만군이 함께 혼성부대를 이뤄가지고 작전할 때는 왜놈들이 언제나 위만군을 앞에 내세우는 경향이 있습니다. 왜놈들은 뒤에 섭니다. 때문에 태 사령관님이 만약 굳이 배후를 담당하겠다면 그것은 결국 태 사령관님 쪽에서 왜놈들 쪽을 감당하시겠다는 말씀이신데 진짜로 그렇게 하시렵니까?"

"어차피 내가 먼저 불질해도 결국 왜놈들과 맞붙게 되지 않겠나?"

"제가 백프로 장담합니다. 만약 태 사령관님께서 공격하면 왜놈들이 반드시 위만군을 앞에 내세워 반격해올 것입니다."

태문천은 응낙하고야 말았다.

"알겠네. 자네가 이처럼 장담하니 한번 믿어보겠네."

3. 엄호(掩護)

이렇게 되어 태문천의 쪽에서 먼저 이도강 쪽으로 병력을 이동시켜 오면서 안도현성에 본부를 두고 있었던 위만군 제7여단 산하 제10연대와 전투가 벌어졌다. 그러나 김성주가 장담했던 상황은 발생하지 않았다. 일본군은 대전자가 쪽으로 이동하는 일이 급했기 때문에 앞에서 이동 중인 위만군을 돌려세우려고 하지 않았다.

일본군 한 개 중대를 데리고 배후에 섰던 위만군 제10연대 일본인 군사고문 이시가와 다카요시(石川隆吉) 소좌는 일본군 육군사관학교 제23기 졸업생으로 굉장히 싸움을 잘하는 군인 중의 한 사람이었다. 이때의 나이가 50여 살에 가까웠던 이시가와 다카요시는 일찍 관동군 제2사단 산하 15여단 16연대에서 복무했던 적이 있었던 노병이기도 했는데 만주에서 많은 전투를 경험했으나 생각 밖으로 별로 진급하지 못했다. 일본군에서 그의 최후 직위는 제16연대 소좌 부관에 불과했다.

1933년 제2사단이 만주를 떠나 일본으로 돌아갈 때 이시가와 다카요시는 퇴역을 비준받았는데 전투경험이 많았기 때문에 다시 만주군에 채용되었고 만주군에서 대좌의 군사직함까지 수여받게 되었다. 때문에 이때의 이시가와 다카요시는 이미 퇴역한 전 일본군 소좌출신 군인일 뿐이고 정확한 의미에서는 만주군의 일본인 대좌(위만군의 군사직함)였다고 봐야한다. 2년 뒤인 1936년 10월 10일, 이시가와 다카요시는 안도현의 남부 동청구(東淸溝)에서 안봉학이 이끌고 있었던 항일연군 제4사(사단)의 습격을 당해 죽게 되는데 오늘날까지도 역사상에서 항일연군이 처음으로 일본군 장성을 사살한 것으로 과장해서 소개되고 있다. 도리대로라면 일본

위만군 제10연대 일본인 군사고문 이시가와 다카요시(石川隆吉)소좌

윤창범(尹昌范)

군의 장성이 아니고 정확하게는 만주군의 일본인 대좌였다고 하거나 또는 일본군 출신의 만주군 대좌였다고 해야 한다.

이시가와 다카요시는 안도현의 이도강기슭에서 한 개 중대의 일본군 병력으로 태문천의 구국군 한 개 대대를 격파했는데 다행히도 윤창범의 독립연대가 배후에서 위만군 제10연대를 공격하여 전세를 돌려놓았기 때문에 태문천은 가까스로 살아날 수 있었다. 문제는 태문천의 구국군이 모조리 달아나버린 뒤에 수세에 몰려있던 위만군이 일본군과 합세하여 다시 반격해오는 바람에 독립연대의 상황이 어려워지게 된 것이었다. 이런 상황에서 왕덕태의 파견을 받고 급하게 달려온 왕요중(王耀中, 항일열사)이라고 부르는 중국인 간부 하나가 윤창범에게 말했다.

"주 사단장과 왕 정위가 지금 몹시 화나있습니다. 누구의 결정에 의해 함부로 이런 전투를 벌였는가 하면서 만약 부대의 피해가 클 경우 연대장인 당신을 사형에 처하겠다는 말까지도 했습니다. 빨리 철수하여 대전자가 쪽으로 이동하십시오."

이미 전세가 역전되기 시작하여 혁명군 쪽에서 사상자가 속속 생겨나자 이학충도 철수하는 데 동의했다.

"내가 내렸던 결정이 착오적일 수도 있습니다. 내가 책임을 회피하지는 않을 것입니다. 그러니 연대장 동무는 아무 걱정도 마시고 어서 주력부대를 철수시키십시오. 내가 엄호를 하겠습니다."

윤창범은 펄쩍 뛰다시피 했다.

"엄호를 담당할 부대는 얼마든지 있으니 무엇보다도 주임 동무부터 안전해야 합니다. 안 그러면 그때야말로 내가 처분을 면치 못합니다."

"연대장 동무에 대해서는 내가 책임진다고 하지 않았습니까. 어서 명령에 따르십시오."

윤창범은 김성주에게 물었다.

"일성아, 이학충 주임의 경호는 네가 책임지지 않았더냐. 이렇게 고집불통이신데 네 생각에는 어떻게 했으면 좋겠느냐?"

김성주는 윤창범에게 대답했다.

"아저씨, 저한테 한 개 중대만 더 보태주십시오."

"네가 엄호하겠단 말이냐?"

"네, 제가 적들을 유인해보겠습니다. 저 대전자가 쪽으로 달아나는 척 하다가 방향을 다른 데로 틀겠습니다. 그러면 적들은 나를 주력부대로 오해할 가능성이 높습니다."

윤창범은 김성주의 의견에 동의하고 두희검(杜希儉, 항일열사)이라고 부르는 중국인 간부에게 한 개 중대를 맡겨 김성주와 함께 뒤에서 엄호를 담당하게 하였다. 주력부대가 몰래 진지를 물러나 철수하기 시작할 때 김성주는 행여나 적들이 눈치채고 달려들까 봐 먼저 선제공격을 하는 방법으로 적들의 기염을 확실하게 눌러버린 뒤에야 조금씩 후퇴하기 시작하였다. 두희검은 독립연대 제1중대 정치지도원으로 중대장이 전투 중에 전사했기 때문에 그가 중대장직까지 대리하고 있었는데 김성주가 후퇴 방향을 대전자가 쪽으로 정하자 반발했다.

"김 정위, 당신의 의중을 알 수가 없군요. 주력부대의 엄호를 담당하는 우리가 적을 다른 데로 끌고 달아나야지 왜 하필이면 대전자가 쪽으로 철수하려고 한단말이오?"

"그렇게 해야 적들이 우리를 주력부대로 알게 됩니다."

이 사진은 1930년대 동만에서 복역했던 일본군 토벌대 출신 노인의 사진첩에서 발굴한 것이다. 항일연에게 사살당한 토벌대 병사의 시신이 곁에 누워있다

강증룡(박녹금의 남편)

"아니 그러면 적들을 아주 대전자가 쪽으로 끌어가겠다는 소립니까?"

두희검은 의심이 들어 자꾸 따지고 들었다.

"지도원 동무, 자세한 설명은 나중에 합시다. 엄호부대는 내가 책임지기로 하지 않았습니까. 지금은 일단 명령에 따르십시오."

김성주는 자세하게 설명할 수가 없어 강경하게 나왔으나 "대전자가 쪽으로 후퇴하는 것은 안 되오." 하고 두희검은 버티고 나섰다. 김성주는 하는 수 없어 두희검의 곁에 다시 웅크리고 앉아 한참 설명했다.

"지도원동무, 내 말을 들어보오. 우리가 주력부대가 아닌 것을 아는 날이면 적들이 어떻게 할 것 같소? 적들은 금방 우리를 내버려두고 주력부대 쪽으로 쫓아갈 것이오. 그러면 주력부대의 피해가 더 커지게 되고 엄호하기 위하여 남은 우리들의 임무는 사라지게 됩니다. 때문에 우리는 일단 한동안 대전자가 쪽으로 철수하는 척 해야 합니다. 진지를 굳히고 앉아 반격만 하고 있어야 엄호하는 것이 아닙니다. 적들을 유인하여 이리저리로 끌고 다니는 것이야말로 더 좋은 엄호가 될 수 있습니다."

김성주가 이렇게까지 설명해도 두희검이 계속 우물쭈물했다. 그러는 사이에 이시가와 다카요시가 진지 앞으로 달려와 한참 망원경을 들고 살피다가 깜짝 놀라 소리쳤다.

"주력부대가 다 달아났구나. 빨리 추격하라."

일위군 백여 명이 동시에 공격해 올라왔다.

"지도원 동무, 빨리 철수하지 않으면 다 죽게 됩니다. 철수하면서 동시에 싸워야 더욱 유효하게 적을 견제할 수가 있습니다."

김성주가 외쳤지만 두희검은 "엄호부대로 남을 때는 죽을 것을 각오한 것이 아니오?" 하고 계속 뻗댔다. 김성주는 더는 두희검에게 상관하지 않고 직접 두희검의 중대원들에게 대고 소리쳤다.

"바보처럼 진지에 뻗대고 앉아 죽음을 자초할 것이 아니라 싸우면서 동시에 철수해야 합니다. 우리보다 더 강한 적들과는 진지전을 할 것이 아니라 운동전을 해야 합니다. 모두 내 지휘에 따르시오."

두희검의 중대에서 대원 10여 명이 일어나 김성주의 명령에 따랐다. 김성주는 더는 두희검을 상관하지 않고 철수방향을 대전자가 쪽으로 잡고 전투하면서 동시에 후퇴하기 시작하였다. 명령을 따

항일연군에서 여장부로 불리기도 했던 박녹금(朴录今, 即金英姬), 그는 김일성의 부대로 알려진 항일연군 제6사(사단)에서 여성중대를 조직할 때 첫 중대장에 임명되기도 했다. 이 사진은 1937년 '혜산사건' 때 장백현에 파견되어 지하활동을 하다가 체포되어 함흥형무소에서 남긴 사진이다. 1941년 10월에 함흥형무소에서 사망했다

르지 않고 계속 뒤에 남아서 적들과 대치하던 두희검과 나머지 10여 명의 대원들은 결국 일본군에게 생포되어 모조리 총검에 찔려죽고 말았다.

4. '만록총중(萬綠叢中) 홍일점(紅一點)'

이때 일위군은 김성주를 내버려두고 모조리 독립연대 주력부대가 철수하는 방향으로 쫓아갔다. 김성주가 엄호부대를 데리고 적을 유인하려던 전술이 실패로 돌아간 것이었다. 하는 수 없어 윤창범은 재차 부대를 두 갈래로 나눠가지고 자신이 직접 적을 유인하여 도망치고 나머지 부대는 이학충을 호위하여 다푸차이허 쪽으로 철수하도록 하기 시작하였다.

윤창범이 이학충을 다푸차이허 쪽으로 철수시킨 것은 다푸차이허 쪽에 태문천의 구국군이 있어서 상대적으로 안전할 것이라고 생각했던 것이었으나 태문천의 구국군은 이도강에서의 한 차례 전투에서 어찌나 놀랐던지 다시 감히 나서려고 하지 않았다. 이학충은 강증룡에게 말했다.

"소대장동무, 아무래도 우리가 적들을 유인해야겠소."

"아니 안 됩니다. 저의 임무는 주임 동지를 보호하는 것입니다."

강증룡이 딱 잡아뗐으나 이학충은 강증룡을 설득했다.

"이대로 함께 뛰다가는 우리는 누구도 빠져나가지 못하오. 다 함께 죽을 수야 없지 않소. 그러면 소대장 동무가 적들을 유인하오."

이학충은 강증룡에게 엄호임무를 맡겼으나 강증룡의 소대가 적을 유인하여 내달리기도 전에 곁에 데리고 있던 대원들에게 먼저 적들을 향하여 사격을 가하게 하였다. 그 바람에 적들의 주의력이 모조리 이학충에게로 쏠리게 되었다. 이학충은 박녹금과 함께 다른 9명의 대원들을 데리고 적을 유인하여 내뛰기 시작하였다. 강증룡이 데리고 달아나던 소대가 수차례나 돌아서서 이학충 쪽으로 접

근하려고 하였으나 위만군이 물밀듯이 몰려들어오는 바람에 성공할 수가 없었다.

결국 이학충의 신변에 남았던 대원들이 하나 둘씩 쓰러지기 시작했다. 나중에 9명의 남성대원이 모조리 죽고 19살 난 여대원 박녹금만이 살아남아 다리에 총상을 당한 이학충을 등에 업고 산속을 내달렸다.

"박 동무, 그만하오. 어서 나를 내려놓소."

이학충은 박녹금을 말렸다. 그러나 박녹금은 들은 척도 하지 않고 계속 달렸다. 그렇게 10여 리 길을 뛰고 나서 지칠 대로 지친 박녹금도 이학충을 등에 업은 채로 어느 한 산등성이까지 올라간 뒤에 그만 땅에 쓰러지고 말았다. 다리의 총상을 미처 처치하지 못하여 피를 너무 많이 흘린 이학충은 희미해가는 의식을 가다듬으며 박녹금에게 부탁했다.

"나는 상관하지 말고 빨리 혼자 뛰오."

말을 마치고나서 이학충은 의식을 잃어버렸는데 박녹금은 치맛자락을 찢어 이학충의 상처를 꽁 꽁 싸맨 다음 나무 수풀을 긁어다가 이학충의 몸 위에 덮어놓고는 다시 산 아래로 달려가면서 적들에게 대고 총을 쏘는 방법으로 자기의 위치를 노출시켰다. 재차 박녹금을 발견한 위만군이 또 쫓아오기 시작하자 박녹금은 이학충을 숨겨놓은 수풀과 반대방향으로 내달렸다. 홀몸이 된 박녹금은 아까보다 훨씬 더 빠른 속도로 달렸다. 그러나 박녹금은 달아나면서도 또 위만군이 계속 따라오지 않을까봐 문득 멈춰 서서는 보총을 조준하여 한두 방씩 반격을 가하곤 하였다. 박녹금을 뒤쫓던 위만군은 어찌나 약이 올랐던지 계속 10여리 길을 쫓아왔으나 결국에는 모두 제풀에 포기하고 말았다. 이 위만군은 다푸차이허 쪽으로 되돌아오는 길에 왕덕태의 파견을 받고 이학충을 찾으러 나왔던 제2연대, 즉 화룡연대에 의해 괴멸되었다.

왕청유격대 출신인 강증룡과 박녹금 부부가 김성주와 헤어져 제2연대, 즉 화룡연대로 전근된 것은 바로 이때의 일이다. 그러나 얼마 뒤에 박녹금은 임신

북한의 대성산 혁명열사릉에 세워져 있는 박녹금의 반신상. 김일성부대의 첫 여성중대장이었기 때문에 북한의 신문과 잡지들에서 각별히 많이 소개되고 있다

하게 되어 전투부대를 떠나지 않을 수 없게 되었다. 후에 아이를 낳고 나서 그 아이를 친정아버지에게 맡겨두고 다시 남편을 찾아 김성주의 부대와 합류한 것은 그때로부터 2년 뒤였던 1936년 봄에 있었던 일이다.

때마침 김성주는 수하에 여성대원들이 점차적으로 많아지게 되면서 전문적으로 여성중대를 조직하려던 참이었다. 박녹금이 찾아왔다는 소식을 들은 김성주가 얼마나 기뻤던지 달려나가 마중하면서 내뱉은 첫 마디가 "여성중대 중대장이 알아서 와주셨군요."라고 말했다고 한다.

5. 체포와 석방

1934년 7월, 안도현 대전자가 전투를 눈앞에 두고 이도강기슭에서 크게 낭패를 보았던 독립연대 연대장 윤창범은 하마터면 처형까지 당할 뻔하였다. 직접 제2연대를 데리고 그들을 마중하러 나왔던 사단장 주진은 윤창범에게서 이학충을 잃어버렸다는 말을 듣고 한순간에 온 얼굴이 사색으로 질려버렸다.

"형님, 큰일 났습니다. 나를 원망하지 마십시오."

너무 놀라 한참이나 말을 못하던 주진이 겨우 내뱉은 소리였다. 주진과 윤창범은 사석에서 서로 형님동생 하는 사이었다. 윤창범의 나이가 주진보다 5살이나 연상이었기 때문이었다.

"백룡이(주진의 별명), 왕 정위가 설마하니 나를 죽이기까지야 하겠나?"

윤창범은 반신반의했으나 주진은 머리를 끄덕였다.

"지금은 형님 한 사람만의 문제가 아닙니다. 아마 나도 도망 못 갈 겁니다."

"이도강에서 발생한 전투는 바로 이학충이 고집을 부려서 그리 된 것일세. 나는 절대로 안 된다고 딱 잡아뗐지만 이학충을 데리고 왔던 일성이 그 자식까지 이학충의 귀에다 대고 이 전투를 벌여볼 만하다고 바람질을 해 넣는 바람에 내가 그만 끝까지 막아내지 못했던 것일세."

윤창범이 이렇게 변명하는 바람에 주진은 버럭 소리를 질렀다.

"그러니 말입니다. 이학충을 살려가지고 데려와야지 이렇게 잃어버리고 왔으니 이게 지금은 다 형님의 혼잣말이 되고 말았지 않았습니까."

주진은 제2연대 정치위원 김낙천을 시켜 곧바로 윤창범의 권총을 회수하고 독립사단 사부에 도착할 때는 왕덕태의 이목을 신경써서 윤창범의 두 팔에 포승까지 지웠다.

"형님, 왕 정위가 묻더라도 방금처럼 이학충에게 덮어씌우는 말은 절대로 하지 마십시오. 그러는 게 오히려 더 좋지 않을 수도 있습니다."

"어차피 처형까지 당하게 될 바에야 할 말은 다 할테네."

윤창범은 고집을 부렸으나 정작 왕덕태를 만나고 난 뒤에는 주진이 권고하는 대로 모든 책임을 떠안았다.

"다 제 불찰입니다. 어떤 처벌이라도 달게 받겠습니다."

윤창범이 고개를 푹 떨군 채로 이렇게 대구하니 왕덕태도 한참 말이 없다가 가까스로 긴 한숨을 내쉬었다.

"행군 도중에 적들과 갑자기 부딪쳐서 조우전이 발생하는 일은 얼마든지 있을 수 있는 일입니다. 이번 전투도 그 정도로 이해하고 해석하면 넘어갈 수도 있는 일이긴 합니다마는 정치부 주임을 잃어버렸으니 이게 큰일이 아닙니까. 특위에다가 어떻게 보고할 것입니까?"

왕덕태는 일단 윤창범에게 지웠던 포승을 풀어주고 독립퇀(연대) 정치위원 주운광이 도착할 때까지 윤창범을 감금하였다. 이때 주운광은 동북인민혁명군 제2군 독립사로 전근되는 유한흥을 마중하기 위하여 왕윤성과 함께 '동북차'(東北杈)라고 부르는 영안현성 남쪽의 한 깊은 수림 속에 위치하여 있었던 시세영 여단의 밀영에까지 갔다가 헛걸음을 하고 돌아오는 길이었다. 유한흥은 진작에 밀영에 거주하고 있던 아내 장 씨와 이혼을 하고 밀영을 나와 버렸던 탓이었다.

이후 주운광이 8월 중순 경, 유한흥과 함께 요영구에 도착하자 대흥왜에서 한창 군중동원대회를 조직하고 있던 송일이 만사를 제쳐두고 정신없이 달려왔다. 별명이 '다브산즈'일 정도로 항상 입고 있었던 다브산즈는 너무 낡아서 너덜너덜해진데다가 항상 정결하게 빗고 다니던 하이칼라 머리까지 다 헝클어져있는 송일의 모습은 그야말로 꼴불견이었다.

"비서장 동무, 큰일 났습니다."

"뭔 일로 이리도 경황이 없으십니까?"

"독립연대 연대장 윤창범이 지금 압송되어 와있습니다."

윤창범을 압송해온 사람은 그동안 동만 특위로부터 화룡현위원회에 파견 받고 내려가 조아범의 조수로 일하고 있었던 왕요중(王耀中, 항일열사)이었다. 혁명군이 결성되면서 조아범은 왕요중을 독립사 제2연대, 즉 화룡연대에 조직 간사로 내려보내어 김낙천 등 조선인 정치간부들을 감시하고 있었다. 그런데 독립연대가 이도강에서 크게 낭패를 보고 독립사 정치부 주임 이학충이 실종되었을 때

동만 특위 비서장 겸 독립퇀(연대) 정치위원으로
임명되어 왔던 주운광(朱云光)

제2연대의 청년간사 김산호(金山浩)와 함께 산속에서 이학충을 찾아냈던 사람이 바로 왕요중이었던 것이었다.

"윤창범 연대장의 죄는 명령을 어기고 함부로 승산이 없는 전투를 벌여 독립퇀의 주력부대가 제시간에 예정했던 장소에 도착할 수 없게 되어 대전자가에 대한 공격시간을 지연시킨 것이라고 했습니다. 또 전투 중에 철수할 때도 제대로 군사를 조직하지 못하여 이학충 주임을 사경에 빠뜨렸습니다. 그러나 이학충 주임은 이미 안전하게 구원되었으므로 이 문제는 더 이상 논의하지 않아도 된다고 했습니다."

"더 이상 논의하지 않아도 된다는 말씀은 누구의 말씀입니까?"

독립연대의 정치위원인 주운광은 자기의 연대장을 함부로 면직시키고 압송해온데 대하여 불쾌한 마음이 들었다.

"이학충 주임의 말씀입니다."

"왕덕태 동지는 어떤 의견이십니까?"

왕요중은 잠깐 머뭇거리다가 다시 대답했다.

"행군 도중에 갑작스럽게 적들과 맞닥뜨려 조우전이 발생하는 일도 많으므로 굳이 문제를 삼지 않아도 된다고 했습니다."

"아니 그러면 무슨 이유로 윤 연대장을 처벌한단 말씀입니까?"

주운광은 어리둥절하여 송일을 돌아보았다.

"문제는 김일성 동무입니다."

송일의 대답에 주운광도 유한흥도 모두 놀라움을 감추지 않았다.

"아니 그게 무슨 말씀입니까?"

왕요중이 대답했다.

"김 정위의 이 일과 관련해서는 공술을 작성하지 말고 그냥 구두로만 전하라고 했습니다. 전투를 해본 경험이 없는 이학충 주임에게 이도강에서 전투를 벌이자고 추겼던 사람이 김 정위인 것으로 짐작하고 있습니다. 전투 도중에 엄호부대를 책임지게 되었는데 독립연대 제1중대 두희겸 지도원이 철수하는 것을 반대하였으나 김 정위가 듣지 않고 철수시키는 바람에 혼자 남게 된 두 지도원이 진지에서 남아 끝까지 싸우다가 적들의 총검에 찔려 살해되었습니다. 그런데 이 일과 관련해서도 왕덕태 동지는 김 정위가 적들을 유인하려고 했던 것이기 때문에 결코 문제가 되지 않는다고 했습니다.”

“지금 김 정위가 어디 있습니까?”

왕요중은 송일을 돌아보았고 송일은 한참 대답하지 않았다. 아무래도 눈치들이 심상찮아 보여 주운광은 송일에게 따지고 들었다.

“송일 동지 왜 대답이 없습니까? 혹시 김 정위도 윤 연대장과 함께 압송되어 온 것은 아닙니까?”

송일은 말없이 머리를 끄덕였다. 주운광은 유한흥과 마주 보며 주고받았다.

“유 참모장, 보나마나 또 김일성 동무를 민생단으로 몰아가고 있는 것이 틀림나 봅니다.”

“그 문제는 이미 왕덕태 정위도 약속했던 일이 아닙니까?”

유한흥이 하는 말을 엿듣고 있던 송일이 한마디 물었다.

“주 동무, 왕덕태 동지가 무엇을 약속하셨습니까?”

“나자구 전투 때 왕덕태 동지께서 주보중 동지한테 다시는 김일성 동무에 대하여 민생단으로 의심하거나 하는 일이 없도록 하겠다고 약속하셨습니다. 그런데 왜 이런 일이 또 발생하는가요? 불과 3개월도 되나마 나한 사이에 다시 김일성 동무를 잡아 가두다니 이게 말이 되는 소립니까?”

주운광이 몹시 화내니 송일은 급히 변명했다.

이번 일은 부대에서 발생한 일이라 사실은 나도 자세하게는 모르오. 또 이번 일과 관련해서는 왕덕태 동지가 직접 김일성 동무에 대하여 함부로 공술을 작성하거나 하는 일이 있어서는 안 된다고 지시를 보내왔기 때문에 ‘민생단 숙청위원회’에서도 누구도 김일성 동무에 대하여 심사를 진행했거나 하는 일은 없었소.”

대흥왜 유격구의 병실과 병실 지하통로 입구

왕청유격대 중대장 한흥권(韓興權)

"그렇다면 좋습니다. 지금 당장 김일성 동무를 내놓으십시오."

유한흥이 김성주와 만나려고 해서 주운광은 즉시 송일에게 요청했다. 그러잖아도 송일은 왕청현 1구위원회 연락원으로 부터 주운광이 요영구에 도착했다는 말을 듣고 부리나케 사람을 보내어 민생단 감옥에 수감 중이었던 김성주를 꺼내어 현위원회 '유동객잔소'로 옮겨가게 하였는데 부탁받고 갔던 연락원은 일을 마무리하고 돌아와 시키는 대로 다 했노라고 슬쩍 신호를 보내주었다. 그러자 송일은 주운광과 유한흥을 왕청현위원회 '유동객잔소'로 안내했다.

김성주는 '유동객잔소' 뒤에 외따로 떨어진 빈 귀틀집에 감금되었고 문어귀에서는 보초가 지키고 있었다. 원래 근거지 독신자들의 합숙소였던 '유동객잔소'는 1933년 겨울 제2차 대토벌 때 마촌에서 요영구로 옮겨왔으나 독신자들이 모두 뿔뿔이 흩어져버렸다 보니 빈 방이 많았다. 그리하여 '유동객잔소'는 유격대의 병실로도 사용되고 있었는데 나자구 전투 때 중상을 당하고 하마터면 창자가 흘러나올 뻔했던 중대장 한흥권과 김성주의 전령병 조왈남도 여기에서 묵고 있었다. 한편 귀틀집 문어귀에서 지키고 있던 보초병은 송일 등이 올라오는 것을 보고 정신없이 병실 쪽으로 뛰어가면서 소리쳤다.

"김 정위 동지 빨리 나오십시오. 현위원회 사람들이 옵니다."

거동이 불편한 조왈남을 목욕시켜주고 있었던 김성주는 보초병이 너무 갑작스럽게 달려와서 소리치는 바람에 미처 자기의 방으로 돌아가지 못하고 두 손에 물수건을 든 채로 병실에서 나오다가 송일 등과 딱 부딪치고 말았는데 송일은 평소 차갑고 냉랭하기 이를 데 없던 얼굴에 잔뜩 미소를 띠고 김성주에게 먼저 말을 건넸다.

"아, 환자를 돌보고 있었소?"

김성주는 송일의 표정이 백팔십도로 바뀌어있을 뿐만 아니라 주운광과 유한흥이 함께 나타난 것을 보고 반갑기도 하거니와 한편으로 서럽고도 억울했던 마음을 하소연할 데

나자구전투 당시 김일성의 전령병 조왈남

가 생겼다는 심정에서 하마터면 눈물까지 쏟을 뻔했다. 그러는 김성주의 손을 잡고 유한흥이 연신 위로했다.

"성주, 잘 싸우고도 뭘 그러오. 이미 왕 동무한테서 자세하게 들었소. 유인하는 방법으로 주력부대를 엄호하려고 했던 성주에게는 아무런 잘못도 없소. 잘못은 명령에 따르지 않았던 성씨가 두씨라는 그 지도원에게 있소. 그러나 이미 그 지도원도 희생되었다니 문제를 삼을 필요야 없지만 그러나 만약 그때 내가 성주였다면 어떻게 처리했을 것 같소?"

유한흥은 머리를 돌려 윤창범과 김성주를 왕청까지 압송해왔던 왕요중에게도 들으라는 듯이 말했다.

"우리 혁명군은 지금 정규군대로 변화하였으며 과거 유격대 시절과도 또 다릅니다. 군인의 천직은 명령에 복종하는 것입니다. 당장 적들이 눈앞에까지 들이닥쳐 엄호부대를 총 책임진 지휘관이 유인하는 방법으로 적들을 다른 방향으로 끌고 가려고 하는데 두 지도원은 여기에 불복하고 뻗대어 앉아 적들과 계속 싸워보겠다고 시간을 끌었다고 합니다. 만약 왕 동무라면 어떻게 처리해야 하겠습니까?"

유한흥은 이렇게 질문을 던져놓고는 "나는 다음과 같이 결정합니다. 제1차 경고를 하고 불복할 때는 제2차 경고가 없습니다. 바로 즉결 총살해버려야 합니다."라고 대답했다. 송일은 덤덤히 입을 다물고 있었고 왕요중이 한참 뒤에야 동의한다는 듯이 머리를 끄떡였다.

"그래서 왕덕태 동지도 문제를 삼지 말라고 했던 것 같습니다."

김성주는 유한흥과 주운광에게 부탁했다.

"독립연대가 이도강 전투에서 피해를 본 것도 전부 윤 연대장의 책임으로 돌릴 수는 없습니다."

김성주는 윤창범을 구하고 싶었으나 윤창범은 이미 이도강에서 발생했던 전투의 피해를 모조리 자기의 책임으로 떠안아버린 뒤였다. 그러나 사실 이 전투를 적극적으로 진행하자고 종용했던 사람은 윤창범보다 직급상 훨씬 더 높은 이학충이었고 이 전투를 진행할만한 가치가 있다면서 지지하고 나서면서 태문천의 구국군에도 연락을 다녀오고 했던 사람은 바로 김성주 자신이었다. 즉 주범이 이학충이라면 김성주는 종범이었던 셈이다.

이학충은 박녹금 덕분에 살아 돌아온 뒤 이 전투를 진행하자고 밀어붙였던 사람이 바로 자기였노라고 솔직하게 고백하였으나 왕덕태는 윤창범을 용서하려고 하지 않았다. 독립사의 기간부대인 독립연대의 피해가 너무 컸기 때문에 왕덕태는 몹시 화가 나있었다.

"그러나 독립연대의 전투 활동은 연대장인 당신에게 최후의 결정권이 있잖소? 당신이 끝까지 거절했어야 하는 것이 도리가 아니오? 처음에는 굳건하게 반대하다가 왜 중간에 갑자기 마음이 바뀌어 전투를 진행하는 쪽으로 돌아섰느냐 말이오?"

주진은 윤창범을 구하려고 "김일성 정위가 갑자기 나서서 이 전투를 진행해볼만하다고 주장하고 직접 태 사령관의 부대에도 연락하러 다녀오곤 했다고 합니다." 하고 일러바쳤으나 윤창범은 딱 잡아뗐다.

"아닙니다, 결코 그런 일은 없었습니다."

윤창범은 주진에게 몰래 말했다.

"이보게 백룡이, 다 내 불찰일세. 나 한 사람만 책벌 받으면 되지 어린 동생 같은 일성이까지 끌어들여다가 차마 다치게 하고 싶지는 않네."

주진은 땅이 꺼지게 한숨을 내쉬고 더는 입을 열지 않았다. '민생단 숙청위원회'에서는 윤창범에게 온갖 혹형까지 가해가면서 김성주에게 불리한 공술을 받아내려고 유도하였으나 윤창범은 끝까지 잡아뗐다. 나중에 왕요중은 '민생단 숙청위원회' 일꾼들을 다 내보내고 윤창범과 단둘이 마주앉아 다음과 같은 거래를 진행하였다.

"그렇다면 좋습니다. 김일성 동무와 관련한 일은 저희들도 더 이상 문제 삼지 않을 것이니까 윤 연대장도 한 가지만 약속해주십시오."

"무엇을 약속하라는 것이오?"

"윤 연대장이 이도강에서 전투를 진행하자고 주장하는 것을 이학충 주임께서는 반대하셨던 것이 맞지요? 그런데도 윤 연대장이 끝까지 주장해서 이 전투를 벌였던 것이라고 솔직하게 인정하고 넘어가면 결코 윤 연대장이 처형까지 당하는 일은 없도록 약속하겠습니다."

윤창범이 한참 대답이 없자 왕요중은 다시 자세하게 설명했다.

"윤 연대장께서 방금 제가 말한 대로 적극적으로 우리의 조사에 협력하고 또 자기의 과오를 인정하는 쪽으로 나가주신다면 그냥 평대원으로 강등하는 선에서 처벌을 마무리하고 결코 처형당하거나 하는 일은 없도록 해줄 것이라고 조아범 동지가 직접 약속하셨습니다."

이렇게 왕요중이 조아범의 이름까지 들고 나오는 바람에 윤창범은 마침내 머리를 끄덕이고 말았다. 왕요중의 말을 믿지 않을 수도 없었다. 일단 왕요중 본인이 조아범의 심복인데다가 직접 조아범의 파견을 받고 독립사 제4연대, 즉 화룡연대의 조직과장으로 내려와 조선인 정치위원 김낙천을 감독하고 있었던 중국인 간부였기 때문이었다.

6. 윤창범의 도주

1933년 3월 동장영의 사후, 하도 인물이 없어 '돼지몰이' 출신 왕중산이 임시로 동만 특위 서기직 (대리)에 오르게 된 것도 오로지 그가 중국인이라는 이유 하나 때문이었다. 종자운이 그랬듯이 위증민까지도 직접 만주성위원회에 올려 보냈던 보고서에서 왕중산을 가리켜 "항일민족혁명에 매우 충실한 사람인 것만은 의심할 바 없지만 문맹으로서 그 자질과 정치수준으로 말하면 동만 항일혁명의 제1책임자인 특위서기로서는 자격미달이거나 매우 불합당한 사람이라고 하지 않을 수 없다."고 평가할 정도였다. 사실 제일 큰 문제는 그의 기억력이었다.

1934년 10월, 대전자공작위원회 서기직을 맡고 있었던 종자운은 왕윤성과 함께 파괴된 나자구 지방의 당 조직을 다시 개편하는 일을 진행하고 있었다. 종자운과 만나러 왔던 왕중산은 종자운이 직접 작성하고 있었던 만주성위원회에 바치는 보고서 초고를 억지로 읽어내려 가다가 '인민혁명군은 내부에 존재하는 일부분의 민생단(화룡, 안도 훈춘)을 제외하고는 매우 공고하다.'는 대목에 가서 문득 얼굴을 쳐들고 종자운을 바라보더니 뜬금없이 이런 말을 내뱉었다.

"참, 쑈중(종자운) 동무는 얼마 전에 김일성이 민생단 감옥에서 보초병을 때려눕히고 적구로 도주한 것을 모르고 있겠구먼."

종자운과 왕윤성은 어리둥절하여 한참 아무 말도 못 했다.

"지금 무슨 말씀하시는 겁니까?"

왕윤성(王潤成)

나중에 왕윤성이 가까스로 한마디 묻자 왕중산은 열을 올렸다. "쑈중 동무의 이 보고서에 '인민혁명군은 아주 공고하다'고 한 것 말이오. 나는 그게 무엇을 근거로 하는 말인지 모르겠소. 얼마나 많은 문제가 존재하고 있는지를 동무들은 그래 아직도 모르고 있단 말이오?"

"근데 그게 김일성 동무와 무슨 관계가 있습니까? 그리고 김일성 동무가 보초병을 때려눕히고 적구로 도주했다는 것은 또 무슨 말씀입니까?"

종자운이 묻는 말에 왕중산 쪽에서 도리어 어리둥절해졌다. "내가 방금 김일성이라고 그랬소?"

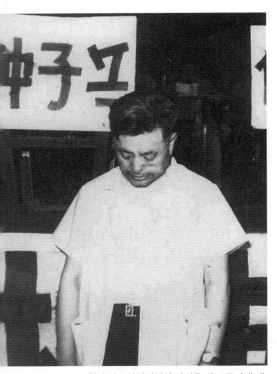

공청단 만주성위원회의 파견을 받고 동만에 내려와 '반민생단투쟁'을 지도하면서 조선인 간부들을 박해하였던 종자운, 해방후 중국 석탄공업부 부부장이 되었으나 '문화대혁명'기간에 홍위병들에게 끌려나와 투쟁당하고 있다

"네, 방금 김일성이라고 했습니다. 김일성이 민생단 감옥에서 보초병을 때려눕히고 적구로 도주했다고 그랬습니다."

왕중산은 그제야 철썩 하고 자기 무릎을 때렸다.

"아이구, 내 기억 봐라. 도주한 것은 김일성이 아니라 윤창범이지."

그러나 왕중산은 다시 심각한 표정으로 돌아왔다.

"윤창범이가 '민생단 숙청위원회'에서 심사를 받을 때 끝까지 김일성을 싸고돌았는데 그때도 윤창범의 목적이 수상스럽다고 주장했던 사람들이 있었소. 그런데 윤창범이가 이번에 보초병까지 때려눕히고 총까지 강탈해가지고 적구로 도망쳐버렸소. 아직 증거는 확실하지 않지만 그러나 지금 와서 보면 김일성이가 바로 윤창범이가 혁명군에 박아두려고 했던 민생단 첩자가 아닌가는 의심이 다시 제기되고 있는 것도 결코 근거가 없는 낭설은 아니잖소."

왕중산이 하는 말에 왕윤성은 참지 못하고 바로 반박했다.

"참, 왕 서기 동지는 그게 문제입니다. 방금까지도 아직 증거는 확실하지 않다고 하지 않았습니까? 그런데 또 근거가 없는 낭설은 아니라니요? 그럼 근거가 있다는 소리인데 근거가 무엇입니까? 어디 윤창범에게서 공술을 받아낸 것이라도 있습니까?"

"아 이건 내 소리가 아니라 바로 '민생단 숙청위원회'를 책임지고 있는 송일 동무의 견해를 말한 것이오. 바로 그 동무들이 지금 이렇게 문제 제기를 하고 있단 말이오. 나뿐만 아니라 이상묵 동무도 다 같은 견해요. 나는 다만 쑈중 동무의 견해를 한번 들어보고 싶어서 말을 꺼냈을 따름이오."

"그렇다면 좋습니다. 왕 정위와 주운광 동무도 모두 같은 견해입니까?"

왕윤성은 김성주를 독립사 제3연대 정치위원으로 임명한 왕덕태와 주운광의 이름을 꺼내들었다. 김성주라면 무작정 싸고도는 왕윤성에 대하여 잘 알고 있는 왕중산은 자못 심각한 표정으로 대답했다.

"그분들이 어떤 견해인지는 아직 모르겠지만 그러나 이와 같은 문제가 다시 제기되고 있는 데 대하여서는 이미 알고 있을 것이오. 이제 조만간에 혁명군을 다시 편성하게 되는데 그때 동만의 전체

당·단 및 군정간부 연석확대회가 열리게 될 것이오. 이 회의에서 아마 모든 문제들이 다 밝혀지게 될 것이라고 믿소. 결코 그 이전에 다시 또 윤창범처럼 도주하는 사건이 재발생하는 일이 없도록 해야 할 것이오. 만에 하나라도 그런 일이 다시 발생하게 되면 아마 쑈중 동무도 함께 곤란해지게 될 것이오."

왕중산은 과거의 동장영 못지 않게 민생단 문제에 각별히 열성을 보이고 있는 종자운의 입을 빌어 김성주라면 무작정 싸고도는 왕윤성을 설득해볼 생각이었다. 그런데 종자운의 입에서는 왕중산으로서는 도저히 예상치 못했던 대답이 나왔다.

"김 정위는 하늘이 두 조각이 나도 결코 '제2의 윤창범'이 될 그런 사람이 아닙니다. 김 정위에 대해서는 저도 마영 동지와 함께 보증합니다."

종자운까지 이렇게 나오는 바람에 왕중산은 그만 입을 다물어버리지 않을 수 없었다. 원래 왕덕태와 아주 친한 왕중산은 나자구 전투 이후부터 왕덕태뿐만 아니라 주운광까지도 내심 김성주의 역성을 들어주고 있다는 것을 모르지 않았다. 그런데다가 새로 독립사 정치부 주임에 임명된 이학충과 장차 재편성하게 될 동북인민혁명군 제2군의 군 참모장으로 내정되어 있었던 유한흥까지도 모두 김성주를 좋아한다는 것을 알게 되었는데 이럴 때 민생단 감옥에 갇혀있었던 윤창범이 갑자기 도주해버리는 사건이 발생한 것이었다.

윤창범이 민생단감옥에서 탈출하였던 것은 윤창범을 책임지고 심사했던 왕요중이 이도강 전투의 책임을 모조리 혼자 떠안으면 그냥 평대원으로 강등하는 선에서 처분할 것이라고 했던 약속이 지켜지지 않았기 때문이었다. 그때 윤창범과 한 감방에 함께 감금되어 있었던 민생단 혐의자들이 10여 명 남짓 있었는데 그들은 매일 1~2명씩 시도 때도 없이 끌려 나가서는 다시 돌아오지 못하였다. 모조리 처형당한 것이었다. 나중에 빈 감방에 혼자 남게 되었을 때에야 윤창범은 소스라치도록 놀랐다.

"이번에야말로 내 차례로구나."

윤창범은 보초병을 창문가로 불러다가

1956년 중국 국가 석탄공업부 부부장이 되었던 종자운(앞줄 왼쪽)

마적 '장강호'부대가 출몰하고 다녔던 삼도만

물었다.

"나는 언제 끌어내다가 죽이나?"

보초병은 너무 당황하여 어찌했으면 좋을지 몰랐다. 독립군 출신 독립연대 연대장 윤창범이라고 하면 혁명군의 조선인 대원들 속에서 너무 유명했기 때문이었다. 독립사 사단장 주진 다음가는 두 번째로 높은 조선인 군사간부였기 때문인 것도 있겠지만 주진까지도 사석에서는 윤창범을 형님이라고 부른다는 소문이 독립사 내의 조선인 대원들 속에 널리 알려져 있었다.

"이봐, 난 말이야. 아무리 생각해봐도 이대로 멀거니 앉아서 허무하게 개죽음을 당할 수가 없네. 그렇다고 지금 당장 어데 가서 억울한 마음을 호소할 수도 없고 말이야. 그러니 난 일단 떠나야겠네."

보초병은 총을 겨눠들고 떨리는 목소리로 물었다.

"떠나겠다고요? 도망치려는 것입니까?"

"일단 어디 가서 피신해 있다가 나중에 기회가 생길 때 돌아와서 내 억울한 것을 호소할 생각이네. 그러니 나를 막지 말게."

"그렇지만 이대로 달아나면 저만 처분당할 것이 아닙니까!"

"그러니까 동무는 지금 빨리 소대장한테 달려가서 내가 도망칠 것 같다고 일러바치오. 그러면 소대장이 와서 나에게 포승을 지울 것이오. 내가 포승을 끊고 창문을 부수고 달아날 것이니까 그러면 동무가 고의적으로 나를 놓아주었다는 의심을 받게 되지는 않을 것이오."

아닌 게 아니라, 조금 있다가 소대장이 직접 대원 하나를 더 데리고 감방으로 와서 윤창범의 두 팔과 두 발을 꽁꽁 묶어놓았다. 북한노동당 조직부장을 지낸 김경석(金京石)은 "원래 연길감옥의 쇠살창을 맨손으로 잡아 뽑고 탈옥한 장사였으니 그까짓 포승 따위는 문제도 안 되었다. 한 번 힘을 써서 포승을 끊은 다음 자기를 지키고 있던 보초병의 총을 빼앗아 쥐었다."고 회고하고 있다. 윤창범이 보초병의 총을 빼앗은 것은 혹시 보초병이 뒤에서 총을 쏠까 봐 걱정되었기 때문이었다. 그래서 이런 말까지 남겼다.

"보초병 동무, 너무 겁내지 마오. 나는 죄 없는 동무를 해치지는 않을 것이오. 그러나 이 총을 동무에게 주면 나를 쏠 것이 분명하니 가지고 가다가 저기 보이는 길가 나무에 걸어두겠소. 나중에 와서 찾아가오."

윤창범은 그길로 삼도만에 주둔하고 있었던 마적 '장강호'의 부대로 달려갔다. 일찍 왕덕태와 함께 '장강호'의 부대에 잠복하여 총을 20여 자루 훔쳤던 적이 있어서 '장강호'는 윤창범이라면 이를 갈았지만 그러나 후에 '장강호'가 일본군 토벌대에게 쫓겨 다닐 때 윤창범은 연길현 유격대를 이끌고 달려와 여러 번이나 '장강호'를 위기에서 구해주었던 적이 있었다. 그리하여 오히려 '장강호' 쪽에서 은근히 윤창범에게 고마운 마음을 가지고 있던 중이었다. 윤창범이 찾아오자 '장강호'는 첫마디부터 불쑥 이렇게 물었다.

"혹시 윤 연대장까지도 민생단으로 몰린 게 아니오?"

"잠깐 오해가 발생했을 뿐입니다. 해명될 때까지 좀 묵게 해주십시오."

윤창범이 이렇게 사정하니 '장강호'는 선선히 응낙했다.

"우리 사이에 있었던 일들은 다 '묵과'가 되었으니 오늘부터 바로 다시 시작합세. 혁명군을 떠나 정식으로 우리한테로 넘어오시게."

"내가 아무 죄도 없이 억울하게 당한 것이 분해서 이대로는 떠날 수가 없습니다. 언젠가는 다시 찾아가서 한번 따져볼 생각입니다."

윤창범의 대답에 '장강호'는 코웃음을 쳤다.

"자네 아직도 제정신이 못 들었군. 죽지 않고 살아난 것만도 다행으로 알고 이참에 공산당과는 확실하게 손을 씻게. 우리도 좀 얻어들은 소식이 있네. 공산당이 지금 자네들 조선인 간부들을 모조리 일본 첩자로 의심하고 있고 일단 한번 의심받으면 만에 하나라도 살아남지 못한다고 하던데 다시 어떻게 찾아가서 따져본단 말인가? 자네가 혁명군에서 연대장까지 한 사람이니 만약 우리한테 가담하면 부대장 한 자리 정도는 줄 것이네. 당장 대답은 안 해도 되네. 우리 산채에서 쉬면서 잘 생각해보게."

'장강호'의 말에 윤창범은 땅이 꺼지게 한숨을 내쉬고 부득불 '장강호'의 산채에 남기로 하였다.

7. 노송령

윤창범의 탈출로 동만 특위는 일대 비상이 걸렸다. 이때의 동만 특위는 21살밖에 나지 않았던 새파랗게 젊은 청년간부 종자운의 세상이 되고 말았다. 1913년 생으로 김성주보다 한 살 어렸던 종자운은 김성주의 회고록에서 '쑈중'(小鍾)으로 불리고 있다.

두 사람은 친했을까? 어디에도 친했다는 기록은 없다. 그러나 종자운의 손에서 동만 특위 산하의 조선인 중국 공산당원들이 민생단으로 몰려 수없이 처형당하고 있을 때도 유일하게 김성주가 살아날 수 있었던 데 대하여 왕윤성은 생전에 가까운 지인들한테 다음과 같은 회고담을 남겼다.

"그때 중국인들보다는 같은 조선인이었던 송일이 유별나게 김일성을 잡으려고 애를 썼다. 송일은 동만 특위 조선인 간부들 속에서 조직부장이었던 이상묵 다음으로 직위가 높았던 사람이었다. '민생단 숙청위원회'도 그가 직접 틀어쥐고 있었다. 송일 전에도 역시 조선인 김성도가 '민생단 숙청위원회' 사업을 책임졌는데 이 두 사람의 눈에 김일성은 줄곧 문제가 있는 사람으로 비쳐 있었다. 하여튼 왕청에서는 무슨 문제가 발생하였다고 하면 꼭 김일성이 끌려 들어왔다.

내가 왕청현위원회 선전부장으로 있을 때 민생단으로 몰렸던 김일성은 처형당하기 직전까지 갔던 적이 한두 번이 아니었다. 내가 '수분하 대전자판사처'주임으로 파견 받아 가 있을 때 '쑈중'이 나자구의 공작위원회 서기로 왔는데 그때 윤창범이 탈출한 사건이 발생했다."

윤창범이 독립연대 연대장에서 제명당하게 되자 원 독립사 제2탄 정치위원 김낙천이 임시로 독립연대 연대장 대리에 임명되고 김낙천의 정치위원직은 화룡현위원회 서기였던 조아범이 직접 겸직하였으나 실제로 정치위원 일을 본 것은 조아범의 부하 왕요중이었고 왕요중이 원래 맡고 있었던 제2연대 조직간사직은 왕요중과 친하게 지냈던 조선인 김산호가 이어받았다.

한편 10월에는 정식으로 항일연합군(抗日聯合軍)이 형성되어 총지휘에는 왕덕태, 부총지휘에는 구국군 사령관 태문천과 독립연대 정치위원 주운광이 각각 부임하고 참모장에는 유한흥이 임명되었다. 독립사 사단장 주진의 이름은 어디에도 없었다. 이때로부터 주진의 영향력이 급격하게 위축되기 시작했던 것은 결코 윤창범의 탈출과 갈라놓을 수가 없었다.

주진과 윤창범이 서로 형님동생 하는 사이라는 것은 혁명군 내에서 널리 알려진 사실이지만 실제로 윤창범과 왕덕태의 사이도 이만저만한 게 아니었다. 그러나 윤창범이 민생단 감옥에서 탈출했을 뿐만 아니라 보초병의 총까지 빼앗아가지고 달아났다는 소식이 전해졌을 때는 왕덕태뿐만 아니라 김성주에게서 윤창범을 꼭 살려달라고 부탁받았던 주운광이나 유한흥까지도 모두 입을 열 수가 없었다.

이야기는 다시 윤창범이 옥에 갇힌 이후 막 풀려난 김성주에게로 돌아간다.

사실 윤창범이 억울하다는 것은 누구보다도 김성주가 잘 알고 있었다. 때문에 오늘의 북한 '혁명열사릉'에는 윤창범의 동상도 혁명군독립사에서 함께 활동했던 차룡덕, 박동근, 한흥권 등의 동상과 함께 만들어져있다. 윤창범의 탈출로 말미암아 제일 먼저 연루되었던 사람도 역시 김성주였다. 그러나 다행스럽게도 김성주는 이때 마침 요영구에 도착하였던 주운광과 유한흥 덕분에 민생단 감옥에서 풀려나왔고 송일은 그를 나자구에 파견하여 종자운을 돕게 하였다. 이에 앞서 김성주의 옛 대대장이었던 양성룡까지도 평대원으로 강등당한 뒤 왕청현위원회에서 조직한 식량공작대에 편입되어 도처로 뛰어다니면서 쌀과 소금 등 당장 근거지의 백성들이 먹고 살 수 있는 보급품들을 조달하는 일로 바삐 보내고 있었다.

그는 혼자서 말 두 필을 몰고 심지어는 조선 온성까지 가서 소금을 구해가지고 돌아와 그것을 다시 나자구로 싣고 가서 쌀과 바꿔 근거지로 돌아오기도 했다. 그러나 이 정도를 가지고는 어림도 없었다. 근거지의 백성들은 입에 풀칠하기도 어려웠다. 가장 좋은 방법은 적들에게서 직접 빼앗아오는 것 말고는 다른 방법이 없었다. 이렇게 되어 김성주가 나자구로 파견 받아 갈 때 근거지에 남아 있었던 3연대의 2개 중대를 모조리 데리고 떠나게 되었는데 나자구 전투 때 하마터면 창자까지 흘러나올 뻔했던 한흥권이 상처가 회복되어 김성주와 동행했다.

요영구 오지

일본군 토벌대의 마차 수송대(자동차로 수송할 수 없는 곳에서는 마차를 동원하였다)

11월에 접어들면서 나자구 주변의 산림작업소들이 계속 혁명군의 습격을 당했다. 이 작업소를 지켜주고 있었던 위만군들과 자위단, 그리고 경찰서의 거점들이 모두 날아갔다. 모두 김성주의 인솔하에 진행되었던 습격이었다. 비록 전투 규모는 크지 않았지만 그들이 여기저기에 일으켜 놓았던 소란은 결코 만만치가 않았다.

오늘의 길림성과 흑룡강성의 접경지에 위치하여 있었던 노송령(老松嶺) 목재소는 규모가 아주 큰 목재소였고 이 목재소를 습격하기 위하여 종자운은 대전자공작위원회 소속 일꾼들까지 직접 파견하여 목재소에 잠복시키기도 했다. 이 목재소를 습격하는 전투에는 종자운도 김성주와 함께 동행했다. 김성주가 조직했던 기습전들이 어느 것 하나 성공하지 않은 것이 없었기 때문에 종자운은 김성주가 싸움하는 법이 못내 궁금했고 또 호기심도 동했다.

노송령 목재소를 습격하는 전투에서는 종자운의 파견을 받고 미리 목재소에 들어가 잠복하고 있었던 대전자공작위원회 일꾼들의 도움이 컸다. 그들이 목재소를 지키고 있었던 경찰대의 보초소와 그들의 숙소 위치를 낱낱이 그려 와서 알려주었기 때문에 김성주는 이 정보를 아주 유용하게 써먹었다. 먼저 한 개 소대의 습격조를 목재소 벌목공으로 위장시켜 작업장 안에 들여보내 그들로 하여금 경찰대 숙소에 불을 지르게 하였던 것이다. 동시에 각 보초소들을 습격하여 모조리 점령하고 목재소 노동자들을 작업장 한복판으로 불러냈다.

"종 서기 동무, 목재소 노동자들에게 연설 한마디 해주십시오."

종자운은 처음 경험하는 일이라서 "김 정위, 너무 흥분되어 당장 무슨 말을 해야 할지 잘 떠오르지 않습니다. 좀 가르쳐주십시오." 하고 요청하기도 했다. 김성주는 소곤소곤 일러주었다.

"전리품이 너무 많아서 우리 힘으로는 다 들고 가기가 어려우므로 벌목공들에게 도움을 요청합시다. 만약 우리 혁명군에 참가하기를 원한다면 환영하고 참가하지 않아도 수고한 만큼 돈을 준다고 하면 됩니다.”

“아, 그동안 항상 이렇게 해왔소?”

종자운은 반색했다. 가뜩이나 전투의 승리에 한껏 고무되어 있었던 종자운은 김성주가 하는 말을 듣고 감탄하여 마지않았다.

“김 정위, 마영 동지가 왜 그렇게나 김 정위를 칭찬하는지를 내 이제야 비로소 완전히 알게 되었습니다.”

종자운은 김성주가 가르쳐 주는 대로 노송령 목재소의 벌목공들을 상대로 한바탕 연설했다. 연설이 끝나기 바쁘게 직접 혁명군에 입대하겠다고 나서는 젊은이들이 여럿이 생겼다. 그 외에도 대부분 벌목공들은 돈을 준다니 자진하여 전리품을 날라주겠다고 나서기도 했다. 노송령에서부터 오늘의 춘양진(春陽鎭) 대흥촌(大興村, 大梨樹溝)으로 돌아오는 길에서 또 군량을 싣고 가는 일본군의 수송차량 두 대와 만나 한바탕 전투가 벌어졌다. 이 수송차량에는 일본군 2개 소대가 함께 탑승해 있었다.

김성주가 데리고 다녔던 제4·5중대는 3연대에도 대단히 싸움을 잘하는 중대였으나 일본군 정규군 2개 소대를 궤멸시키기에는 힘에 부쳤다. 전투가 3시간 넘게 진행되었을 때 마침 송일과 함께 대흥왜에 와있었던 3연대 연대장 조춘학이 연락을 받고 기동중대를 데리고 달려와 응원하였다. 오후 3시경부터 진행되었던 전투는 저녁 무렵에야 끝날 수 있었는데 일본군은 10여 명이 사살되고 나머지는 모조리 도주하였다. 수송차량은 불에 탔으나 차에 실려 있었던 군량들은 모조리 건져냈다. 노송령 목재소에서 노획한 전리품과 수송차량에서 노획한 군량들을 합치니 백여 포대도 훨씬 넘는 쌀이 생겨나게 되었다. 그러나 이 전투에서 3연대 연대장 조춘학이 총상을 당하여 두 다리가 부러지는 불상사가 발생했고 4중대 정치지도원 황동평이 전사하게 되었다. 전리품들은 대흥왜 유격근거지와 비교적 가까운 거리에 위치해있었던 오늘의 대흥촌 동구(東溝) 산골 안에 가져다가 숨겨두었다.

8. 동구에서 탈출

김성주가 자정 무렵에야 일을 마무리하고 동구의 한 농가에서 방을 빌려 잠깐 눈을 붙이려고 하는데 한흥권이 이름을 원영숙(元英淑, 항일열사)이라고 부르는 한 식량공작대 여대원을 데리고 불쑥 나타났다. 원영숙은 한흥권의 친구였던 원진(元進, 항일열사)의 여동생이었다. 원진이 그해 5월에 왕청현 쌍하(双河)에서 토벌대에게 붙잡혀 살해된 뒤 원영숙은 혁명군에 입대하려고 요영구 유격대병원에서 치료 중이었던 한흥권을 여러 번 찾아왔던 적이 있었다. 한흥권은 잔뜩 화가 난 얼굴로 김성주에게 말했다.

"영숙이가 그러는데 방금 식량공작대 회의실에서 송일 서기가 '민생단 숙청위원회' 사람들한테 직접 지시를 내리는 것을 엿들었다고 합니다."

김성주는 어리둥절하여 원영숙을 바라보았다.

"영숙 동무, 송일 서기가 무슨 지시를 내렸기에 이리도 긴장해합니까?"

원영숙은 너무 당황하여 한흥권의 얼굴만 쳐다보면서 어떻게 대답했으면 좋을지 몰라했다. 그냥 한흥권에게만 알려주고는 돌아가려고 하였으나 한흥권이 굳이 원영숙을 김성주의 앞에까지 데리고 왔기 때문이었다.

"나도 방금 영숙이한테서 들은 소린데 민생단 감옥에 갇혀있던 윤 연대장이 보초병의 총까지 빼앗아가지고 적구로 도주했다고 합니다."

김성주에게는 청천벽력과도 같았던 소식이었다.

"한흥권 동무, 도저히 믿을 수가 없습니다."

"믿고 안 믿고가 어디 있습니까. 이번만큼은 나도 결코 가만 있지 않겠습니다. '민생단 숙청위원회' 사람들이 지금 김 정위를 체포하기 위하여 방금 동구에 도착했다고 하니 아마 조금 있으면 그 사람들이 여기까지 찾아올 것입니다. 영숙이가 그러는데 송일 서기가 1중대장을 불러다가 김 정위

왕청현 소왕청항일유격근거지 옛터

를 체포하라고 지시를 내리는 소리를 직접 자기의 귀로 들었다고 합니다."

김성주는 흥분하여 씩씩거리는 한홍권을 진정시켰다.

"한 동무, 진정하십시오. 침착하게 행동합시다. 일단 나 혼자 먼저 동구에서 몰래 떠나겠습니다. 기동중대 동무들이 전혀 눈치채지 못하게 한 동무도 서둘러 중대원들을 데리고 동구에서 나오십시오. 만약 나를 찾는 사람이 있게 되면 내가 송일 서기를 만나러 대흥왜로 갔다고 하십시오."

김성주는 한홍권의 귀에 대고 소곤거렸다.

"그리고 남들이 눈치채기 전에 영숙 동무는 빨리 돌려보내십시오. 나는 대흥왜가 아니라 나자구 쪽으로 갈 것입니다. 만약 중대를 통째로 데리고 나올 수 없으면 한 동무 혼자서라도 꼭 빠져나와야 합니다."

한홍권은 가슴을 때리며 장담했다.

"4중대는 아무 걱정도 마십시오. 문제는 영숙이가 이번에는 꼭 우리를 따라가려고 하는데 어떻게 했으면 좋을지 모르겠습니다."

김성주는 직접 원영숙을 설득했다.

"영숙 동무가 만약 지금 우리와 함께 떠나면 우리는 더욱 의심받게 됩니다. 조금만 더 기다려 주십시오. 이제 문제가 다 해결되면 그때는 내가 책임지고 영숙 동무를 꼭 혁명군에 받아들이도록 하겠습니다."

원영숙은 머리를 끄덕였다. 원영숙은 그때로부터 2개월 뒤인 1934년 12월에 오늘의 왕청현 십리평(十里坪) 금구령(金溝岭)에서 일본군 토벌대에게 살해되었고 1957년 4월에 왕청현 민정과로부터 항일열사 칭호를 수여받았다.

어쨌든 대흥촌 동구에서 김성주를 체포하려다가 놓친 '민생단 숙청위원회' 일꾼들은 송일에게 달려가 보고하였다.

"보초소에서 그러는데 새벽때쯤에 김일성이 대흥왜로 서기 동지를 만나러 간다고 하면서 동구 밖으로 나갔는데 아침에 보니 한홍권의 제4중대도 통째로 보이지 않고 있습니다."

"내가 동구에 온 것을 알고 있을 텐데 왜 대흥왜로 간다고 했을까?"

"우리를 대흥왜 쪽으로 유인해놓고 본인은 아마도 다른 데로 도주했을 것입니다. 그런데 중대를 다 데리고 간 것이 수상스럽습니다."

송일은 연대장 조춘학까지 중상을 당한 마당에서 중대까지 데리고 사라져버린 김성주의 뒤를 무작정 쫓아갈 용기는 생기지 않았다.

"서기 동지, 어떻게 하면 좋겠습니까?"

"아직은 놀라지 마오. 이번 일은 직접 특위에 보고하고 다시 결정하겠소. 확실히 도주한 것인지 아니면 군사행동 때문에 이동한 것인지 판단하고 결정해야 할 것 같소."

송일에게서 보고받은 왕중산은 대경실색했다.

"아니 중대를 통째로 데리고 사라져버리다니 말이 되는 소리요? 이는 그냥 간단한 도주가 아니라 반란과도 맞먹는 엄중한 문제요."

"빨리 왕덕태 동무한테도 알려야 하지 않겠습니까?"

"독립사 지휘부 동무들이 모두 요영구까지 도착하자면 아직도 시간이 수십 일은 걸릴 텐데 언제 그때까지 기다릴 새가 있소. 이 일은 누구보다도 먼저 마영 동무한테 빨리 알리오. 김일성이 나자구 쪽으로 사라진 문제는 바로 마영 동무가 직접 책임져야 하오. 그리고 '쇼중' 동무가 마침 나자구에 있으니 빨리 '쇼중' 동무한테도 연락원을 파견합시다. 만약 김일성을 만나게 되면 현장에서 즉시 체포하라고 지시를 내리겠습니다. 아닙니다. '민생단 숙청위원회'에서 직접 나자구에 보위간부들을 파견하십시오. 만약 김일성이가 반항한다면 즉석에서 처형해도 좋습니다."

왕중산이 직접 이렇게 지시를 내렸기 때문에 '민생단 숙청위원회'에서는 김성주를 체포하기 위하여 기동중대였던 제1중대가 통째로 나자구 쪽으로 출발하였다. 대신 뒤틀라즈에 방금 돌아온 지 얼마 안 되었던 제5중대가 기동중대로 충당되어 중상을 당한 조춘학을 들것에 싣고 요영구로 향하였다. 그런데 김성주는 처음에 대홍왜로 간다고 보초병을 속여 넘기고 동구에서 탈출한 뒤 서둘러 뒤따라 나온 한흥권의 중대를 데리고 나자구로 가는 척 하다가 슬쩍 방향을 바꿔 5중대가 비워놓은 뒤틀라즈로 몰래 들어갔다. 며칠 뒤에 왕윤성이 뒤틀라즈에 도착하였다. 김성주는 맥이 빠져 말했다.

"마영 동지, 제가 이제는 영영 동만주를 떠날 때가 된 것 같습니다."

왕윤성도 한탄했다.

"나도 김일성 동무가 이처럼 민생단으로 몰려서 갖은 수모를 다 겪고 있는 것을 보면 눈물이 나올 지경이오. 그래서 이 참에 차라리 남만주나 아니면 북만주 쪽으로 아주 피신하는 것도 나쁘지는 않겠다고 생각하오. 일단 살고 보아야 하오."

김성주는 왕윤성에게 자기의 생각을 털어놓았다.

"왜 이와 같은 상황들이 상급 당위원회에 반영이 되지 않는지 모르겠습니다. 만주성위원회에 알

'마영'으로 불렸던 왕윤성

왕윤성의 아내 이방(李芳)

리고 또 국제당에도 알릴 수 있는 방법이 과연 없을까요? 적어도 마영 동지는 알려주실 수 있지 않습니까?"

왕윤성은 다시 한 번 한탄했다.

"왜서 알려지지 않겠소. 그래서 성위원회에서도 순찰원이 내려오고 하는 것이 아니겠소. 그런데 문제는 순찰원들까지도 모두 좌경화되어 함께 민생단잡이에 동조하고 있단 말이오. 내가 김일성 동무한테만은 숨기지 않고 솔직하게 말하겠소. 더도 말고 '쇼중' 동무가 그렇지 않소. '쇼중' 동무가 성위원회에 제출한 보고서도 읽다보니 말이 아니오. 그런데 내가 아무리 말해도 그 사람의 귀에 들어가 먹히지를 않소.

그가 우리 유격구를 뭐라고 평가했는지 아오? '유격구의 모든 사람들은 혁명조직에 들어 있고 대다수 부녀들은 사람들과 질서 없이 혼잡하게 지낸다.'고 하면서 '유격구가 '류망 및 민생단의 양성소가 되었다.'고 주장하고 있소. 보오. '류망'이라는 게 무슨 말이오? 남녀 간의 부정행위 등 나쁜 짓만 일삼는 건달, 망나니라는 뜻이 아니오? 우리 유격구의 남녀노소가 한데 어울려 즐겁게 노래하고 춤추는 등의 조선인들 생활풍속을 아주 나쁘게 보고 있는 것이오. 그리고 이것을 일제의 간첩주구단체인 민생단에 직접 연계시켜 생각하고 있는 것이오.

이게 지금 순찰원으로 내려오고 있는 사람들의 수준이고 또 그들의 보고서를 받아 읽고 있는 만주성위원회 지도부의 생각이오. 내가 나서서 아무리 주장한들 그게 어떻게 그렇게 쉽게 먹혀들 수가 있겠소. 더구나 주장하다가 잘못 걸려드는 날이면 거꾸로 또 공격당하기가 쉽소. 그래서 나도 이제는 입을 다물기로 했소."

왕윤성의 말을 듣고 나서 김성주도 한숨을 내쉬었다.

"제가 여기서 마영 동지를 기다렸던 것은 그나마도 성위원회에 반영해볼 길이 없을까 생각했던 것인데 설사 반영해 봐야 거꾸로 더 의심만 당하게 된다니 그렇다면 포기하겠습니다. 그렇지만 제 충정만은 믿어주십시오. 그리고 언젠가는 마영 동지가 증명해주십시오. 저는 공산주의에 충성하니

일본군 토벌대가 요영구 유격대 지휘부를 습격하였다

다. 내 조국 조선을 강점하고 지금은 또 중국을 침략하고 있는 우리 두 나라의 공동의 원수 일제 왜놈들을 증오합니다. 동만을 사랑하고 왕청을 사랑합니다. 한시라도 이곳의 인민들과 함께 있고 싶습니다. 그렇지만 좌경분자들이 이렇게 의심하고 끝까지 나를 해치려고 하니 떠나지 않을 수가 없습니다. 죽는 것이 무서워서가 아니라 이 목숨을 살려서 하루라도 더 왜놈들과 싸우기 위하여 떠나겠습니다. 북만에 가서도 계속 왜놈들과 싸우겠습니다. 나의 충정과 진심을 보여드리겠습니다."

이렇게 말하고 있던 김성주의 눈에는 어느덧 눈물이 맺혔다. 왕윤성은 '북만에 가서도 계속 왜놈들과 싸울 것이고 그렇게 충정과 진심을 보여줄 것'이라는 김성주의 말에 큰 감동을 받았다. 그는 김성주의 손을 잡은 채로 연신 흔들면서 약속했다.

"김일성 동무, 우리 당에 대한 동무의 충정은 내가 믿소. 그리고 내가 죽지 않고 살아있는 한은 반드시 증명할 것이오."

"그런데 정말 지금 같아서는 눈앞에 아무런 희망도 보이지 않습니다. 이렇게 우리의 좋은 전우와 동무들을 다 민생단으로 몰아서 처형하여버리면 장차 누가 나서서 항일혁명을 계속해나갑니까?"

"원래 여명이 더 어두운 법이 아니겠소? 여명이 가고나면 바로 날이 샙니다. 그러니 조금만 더 참고 기다려주오."

왕윤성은 연신 김성주를 위안했다.

"너무 막막하게만 생각하지 마오. 솔직히 '쇼중' 동무가 지금 민생단잡이에 부쩍 열을 올리고 있지만 놀랍게도 김일성 동무에 대한 인상만은 나쁘지가 않소. 성위원회에 바치는 보고서에 '조선인을 위주로 한 인면혁명군의 전투정신은 실로 사람을 놀라게 할 정도로 용감하다.'고 칭찬하고 있기도 하오. 그 근거가 어디에서 오는지 아오? 바로 노송령 목재소를 습격할 때 함께 따라가서 자기 눈으로 직접 보고 왔다고 하더구만. 그러니 그게 결국은 김일성 동무를 칭찬하고 있는 것이 아니고 뭐겠소. 언젠가는 '쇼중' 동무도 김일성 동무의 충정과 진심에 대해서 증명해줄 수 있을 것이라고 보오. 그러니 희망을 가지고 좀 더 기다려봅시다."

김성주에게는 참으로 다행스러운 일이 아닐 수 없었다. 어차피 북만주로 나가자고 해도 나자구를 경유하지 않을 수가 없었고 또 나자구에서 종자운의 도움을 받지 않으면 안 되었다. 그냥 뒤틀라즈에서 바로 출발하는 방법으로 북만주 쪽으로 빠져 달아날 수도 있었으나 그렇게 되면 주보중과 만난 뒤에 자칫하다가는 동만주에서부터 당내 처분이 두려워 도주해 왔다는 오해를 받게 될 수가 있었기 때문이었다.

그러나 만약 종자운의 동의를 얻어 근거지의 식량을 해결하기 위하여 북만주 쪽으로 이동하는 것이라고 보고된다면 설사 '민생단 숙청위원회'라고 해도 이 문제를 가지고 공개적으로 시비를 걸 수도 없는 일이었다. 더구나 '민생단 숙청위원회' 책임자는 바로 왕청현위원회 서기 송일이 직접 겸직하고 있는데다가 송일은 또 한편으로 동만 특위 위원이기도 하였기 때문에 김성주가 종자운이라는 이 중요 인물을 거쳐 간다면 누구도 함부로 윤창범처럼 도주했다는 덤터기를 김성주에게 씌울 수 없는 일이었다. 왕윤성은 김성주의 생각을 듣고 나서 철썩 하고 무릎을 때렸다.

"김일성 동무, 바로 이것이오. 이것이야말로 지금의 난국을 타개할 수 있는 가장 좋은 해법이란 말이오."

그러면서 김성주에게 부탁했다.

"아마 모르긴 해도 송일 동무가 보낸 사람들이 '쇼중' 동무한테 먼저 와서 기다리고 있을지도 모르오. 그러니 김일성 동무는 여기 뒤틀라즈에서 곧장 노야령 쪽으로 떠나오. '쇼중' 동무한테는 내가 다시 가겠소. 내가 가서 '쇼중' 동무를 설득하겠소. 김일성 동무는 가능하면 왜놈들을 더 많이 처치하면서 김일성의 부대가 지금도 한창 왜놈들과 싸우고 있는 중이라는 동정을 내주오. 동정이 크면 클수록 좋소. 그래야 김일성 동무를 잡아먹지 못해 안달이

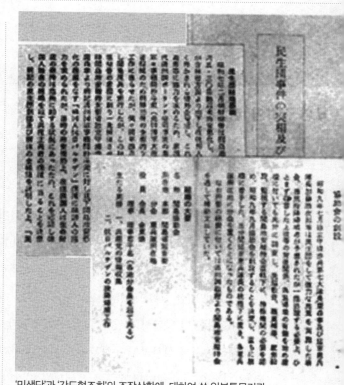

'민생단'과 '간도협조회'의 조작상황에 대하여 쓴 일본특무기관의 비밀자료

나있는 저 사람들도 더는 아무 말도 못 할 것이고 '쇼중' 동무는 또 '쇼중' 동무대로 할 말이 있게 될 것이오."

왕윤성은 김성주와 작별하고 그길로 정신없이 종자운에게로 달려갔다. '수분하 대전자판사처'가 정식으로 해산되고 이때 훈춘현위원회 서기로 발령받은 왕윤성이 다시 불쑥 나타난 것을 보고 종자운도 짐작되는 바가 없지 않아서 은근한 목소리로 물었다.

"마영 동지 혹시 김 정위 때문에 온 것이 아닙니까?"

"벌써 알고 있었소?"

"송일 동지가 보낸 연락원이 방금 도착해서 이야기해주더군요."

"그렇다면 '쇼중' 동무는 어떻게 생각하오? 그 말을 믿소?"

왕윤성이 묻는 말에 종자운이 이렇게 대답했다.

"다른 사람이라면 모르겠는데 김 정위가 민생단이라는 것만큼은 정말 못 믿겠습니다. 김 정위가 어떻게 전투하는지를 내가 직접 따라다니면서 내 눈으로 보았습니다."

"그러니까 말이오."

왕윤성은 종자운에게 간청하다시피 말했다.

"내가 내 당성(黨性)을 걸고 보증하겠소. 어느 날 김일성 동무가 만약 우리 당에 해로운 일을 하거나 또는 우리 조직에 피해가 가는 일을 하게 되고 민생단 첩자라는 것이 확실시된다면 내가 내 생명까지도 내놓을 생각이오. 그러니 나를 믿고 '쇼중' 동무가 한 번만 나서서 좀 도와주오. 정말 이대로 버리기는 아까운 동무요."

"그런데 왕중산 동지는 김 정위를 만나면 즉결 처형해도 된다고 지시까지 했다고 합니다."

"그래서 내가 '쇼중' 동무한테로 다시 달려온 것이 아니요."

종자운은 한참이나 아무 말도 못하고 왕윤성의 넓적하고 큰 얼굴만을 물끄러미 쳐다보았다. 나자구에서 대전자공작위원회 서기로 있는 동안 각별히 왕윤성과 친하게 지냈던 종자운은 왕윤성에게서 김성주에 대한 이야기를 많이도 얻어들었다고 회고하기도 했다. 김성주가 엄동설한에 소련으로 패퇴하고 있었던 왕덕림의 뒤를 쫓아 소만 국경까지 따라가면서 만주에 남아 끝까지 항일투쟁을 하자고 붙잡았으나 성사하지 못하고 왕덕림의 부하가 던져주는 개털모자 하나만 주워들고 다시 돌아올 때 너무 얼어서 하마터면 죽을 뻔했다는 이야기를 들을 때는 감동받고 눈물까지 흘렸던 적이 있었다고 했다. 그는 1983년에 진행되었던 한 차례 인터뷰에서 이런 말도 했다.

"그때 내가 특위의 실권자였다고 하는 사람들이 많은데 아니다. 실제 실권자는 마영이었다고 하는 편이 정확하다. 그러나 그때 시절 민생단 딱지가 한번 들러붙으면 벗어던지기가 아주 힘들었다. 거의 불가능했다고 봐야 한다. 민생단으로 몰려서도 무사히 살아남았고 다시 복직되었던 사람은 내가 알기에 김일성 한 사람밖에 없었다. 마영이 직접 나서서 자기의 생명까지 내걸고 보증 서는 바람에 나도 도와주지 않을 수 없었다."

9. 종자운의 비호(庇護)

김성주는 회고록에서 "우리는 또다시 배낭을 짊어지고 왕청 땅을 떠나지 않으면 안 되었다. 북만주에서 활동하고 있던 주보중이 우리에게 사신을 보내어 방조를 요청해왔던 것이다."고 회고하고 있다.

1934년 10월 하순, 북만주의 노야령에서는 함박눈이 펑펑 쏟아져 내리고 있었다. 시베리아와 가까운 고산지대의 노야령에서 10월 하순부터 눈이 내리기 시작하는 것은 사실이다. 그러나 "왕청, 훈춘, 연길에서 선발된 3개 중대의 역량으로 꾸려진 170여 명의 북만원정대는 뒤틀라즈를 출발하여 노야령을 넘기 시작했다."고 하는 김성주의 회고는 사실과 부합하지 않는다.

'민생단 숙청위원회'에서 체포하려고 하는 바람에 동구에서 하마터면 체포될 뻔하다가 가까스로 도주하여 나온 김성주의 곁에는 한흥권의 제4중대 대원들뿐이었다. 이번에 떠나면 언제 다시 동만주로 돌아올 수나 있을지 하는 막막한 심경을 가지고 허둥지둥 북만 원정의 길에 오른 것이었다.

그런데 북한에서는 이때의 사실을 '조선혁명군의 제1차 북만 원정'으로 명명하고 있다. 주보중이 와서 도와달라는 요청을 보내왔기 때문에 북만으로 갔다는 것인데 아니다. 이때 만약 김성주가 동만주를 떠나지 않았더라면 설사 왕윤성, 종자운뿐만 아니라 왕덕태, 주운광까지 모두 나서더라도 그는 백 퍼센트 살아날 수가 없었다. 동만주의 혁명군 최고 지휘관이었던 왕덕태까지도 연길현유격대 시절부터 데리고 다녔던 윤창범을 지켜내지 못했던 것이 이 사실을 증명해주고도 남는다.

더구나 사태를 위기로 몰아갔던 것은 윤창범이 자기를 지키고 있었던 보총병의 총까지 빼앗아가지고 사라져버렸기 때문이었다. 물론 윤창범은 약속대로 총을 가지고 한참 가다가 길가의 나무에 걸어두었다. 그러나 결국 보초병도 처벌을 면치 못하였다. 과거 김명균이 도주하는 바람에 그를 지키고 있었던 현위원회 간부 이건수도 역시 민생단으로 몰려 사형 당했던 것과 같은 경우였다.

1934년 10월, '수분하 대전자판사처'가 정식으로 해산되고 판사처에서 주임으로 일했던 왕윤성이 훈춘현위원회 서기로 임명되어 내려갔던 것은 바로 훈춘현위원회 서기 최학철이 이때 또 민생단으로 잡혀 나왔기 때문이었다. 최학철은 '금창'(金倉)이라고 부르는 고장에서 정필국, 정동식, 서노톨, 오일파 등 간부들과 함께 처형당했다. 연고자 채광춘(蔡光春)은 "나는 처음으로 총살임무를 집행하니 속이 떨려 세 번째부터 제대로 맞히지 못하였다. 이때 반장은 '탄알이 귀중한데 낭비할 수 없다.'고 하면서 나의 사격을 저지하였다. 그리고 총검으로 나머지 사람들을 찔러 죽였다."고 회고하기도 했다.

이처럼 일단 민생단으로 의심받기만 하면 무작정 체포부터 하고 별로 심사와 조사를 진행하는 법이 없이 부리나케 처형하였던 것은 윤창범이 도주한 데 이어서 또 김성주까지 한 개 중대를 데리고 북만주 쪽으로 사라져버린 뒤부터 더 빈번해졌다. 김성주를 체포하려고 나자구를 뒤지다시피 했던 '민생단 숙청위원회' 간부들은 종자운에게서 다음과 같은 대답을 듣고 돌아왔다.

"김 정위가 새 지역을 개척하려 나갔는데 지금 공제할 방법이 없으니 김 정위에 대해서는 후에 다시 봅시다."

중국의 사료에는 종자운이 실제로 했던 말이 다음과 같이 기재되어 있다.

"金匭政委, 在開闢新區, 無法控制, 以後再說."

이 사실은 왕중산의 귀에도 들어갔다. 하지만 이때 동만 특위 임시집행위원회는 왕중산의 영도하에 있었으나 실제적인 권력은 왕중산이 아닌 종자운의 손에 들어가 있었다. 종자운이 만주성위원회

1947년 중공당 동북행정위원회 위원 겸 할빈시위원회 서기직을 담임했던 종자운(왼쪽 두 번째, 다섯 번째 이립삼, 여섯 번째 풍중운, 일곱 번째 여정조)

'민생단' 산파역을 놀았던 박석윤이 1947년 북한에서 체포되어 처형당할 때 남겨놓은 심문자료

에다가 몰래 왕중산을 글도 알지 못하는 '문맹자'라고 일러바쳤기 때문에 당장 특위서기가 새로 임명되어 온다는 소문이 돌고 있었던 탓이었다.

그런데 1934년 11월 5일, '반민생단 투쟁과 관련하여 동만 특위와 인민혁명군 전체 동지들에게 보내는 만주성위원회 편지'를 전달하는 동만 특위 임시특별집행위원회 회의에 조선인 위원들인 이상묵과 주진만을 고의적으로 참가시키지 않는 일이 발생했다.

10. 이상묵의 공개편지

이렇게 되자 특위 내부에서 중국인 위원들과 조선인 위원들 사이에 내분이 일어나게 되었다. 이 회의에서 종자운은 이미 처형당한 훈춘현위원회 서기 최학철을 비판할 때 당초 최학철을 연길연대, 즉 독립사 제1연대 정치위원으로 임명한 것이 주진이었고 주진을 독립사 사장으로 임명하였던 사람이 바로 이상묵이 아니냐는 식으로 몰아갔다. 주진도, 이상묵도, 그리고 최학철도 모두 연길유격대 출신들이고 특히 이상묵은 연길현 의란구유격대 참모장으로부터 시작해서 유격대 정치위원과 연길현위원회 서기 그리고 동만 특위 선전부장을 거쳐 조직부장까지 되었던 사람이라고 주장하면서 동만 특위 내의 최고위 지도직에 올라있는 이 사람들이야말로 민생단의 두목이라고 몰아붙였다.

이런 식의 사고방식대로라면 아닌 게 아니라 이상묵이 가장 의심받을 만도 했다. 왜냐하면 이상묵이야말로 간부를 등용하는 일을 전문적으로 맡은 조직부장직에 있었기 때문이었고 또 동북인민혁명군 독립사가 결성될 때 특위 일상 사무를 주관하였던 사람도 바로 이상묵이었기 때문이었다.

이때 이상묵은 최학철이 처형당하고 나서 새로운 훈춘현위원회 서기로 임명되었던 왕윤성을 데리고 훈춘현위원회에 가서 그의 임명을 선포하고 돌아오는 길이었다. 아내가 훈춘 여자였던 이상묵은 북대동 친정에 머무르고 있었던 아내를 보러 갔다가 '민생단 숙청위원회'에 불려가 조사를 받고 돌아오는 길인 훈춘현위원회 선전부장 김동규(金東奎)와 만났다. 김동규가 몹시 놀라며 말했다.

"아니 왜 여기 계십니까? 요영구에서 지금 특위 임시특별회의가 열리고 있는데 왕덕태 동지랑 모두 와있습디다. 그러잖아도 유독 조직부장 동지가 안 보이기에 은근히 의심하고 있던 중이었는데 혹시 그 사람들이 고의적으로 조직부장 동지한테만은 알리지 않은 것이 아닐까요?"

이상묵은 너무 화가 나 온 얼굴이 새파랗게 질렸다.

"아닌 게 아니라, 고의적으로 나만 빼돌린 것이 틀림없는 같소."

김동규가 한마디 더 했다.

"주진 사단장도 보이지는 않습디다."

"사단장 직위를 정지당했다는 소식은 들었는데 혹시라도 아주 감금당한 것은 아닌가?"

"아직 감금당한 것 같지는 않습니다. '민생단 숙청위원회'에서는 다만 조직부장 동지가 훈춘에 와서 무슨 연설들을 하였는가를 따지고 듭디다."

김동규는 '민생단 숙청위원회'에 불려갔던 일을 이상묵에게 이야기해주었다. 이상묵은 듣고 나서 원래는 부리나케 요영구로 돌아가려던 생각을 접고 아주 북대동 아내의 친정집에 주저앉고 말았다. 이상묵은 북대동에서 며칠 지내다가 마침내 아내에게 말했다.

"아무래도 이번에는 내 차례가 온 것 같소. 백룡이도 이미 면직당하고 감금됐다는 소리가 있소. 어떻게 했으면 좋겠소?"

"특위로 돌아가면 어떻게 되나요?"

"그냥 면직당하는 선에서 끝날 것 같지 않소."

이미 최학철 등이 모두 처형당한 것을 알고 있는 이상묵의 아내는 공포에 질렸다. 그는 남편을 붙잡았다.

"우리 돌아가지 말자요. 공산당을 위해 죽을 둥 살 둥 일해 왔지만 결과가 이 모양밖에 안 되는데 이제 다시 돌아가서 뭘 하겠어요?"

이상묵은 땅이 꺼지게 한숨을 내쉬었다.

"당신 말이 맞소. 돌아가 봐야 더는 살 길이 없소."

이상묵은 훈춘의 북대동에서 몇 달 동안 숨어 지냈다. 그에게는 원래 몸에 휴대하고 다녔던 권총 한 자루 외에 상당 액수의 특위 경비를 아내에게 맡겨 몰래 보관해두고 있었기 때문에 별로 돈 걱정도 없었다. 그는 거의 반 년 가깝게 숨어 지내다가 이듬해 1935년 4월 1일에는 또 중국 공산당 훈춘 현위원회 전체 조선인 당원들의 앞으로 된 공개편지를 한 통 발표하기도 하였다. 그 원문에는 이런 내용이 들어있었다.

> 경애하는 훈춘현 조선인 당원 제군:
> 우리들은 지난날 혁명전선에 나서서 중국 공산당과 공산 농민을 위하여 사력을 다해 이상 실현에 노력하여 왔다. 하지만 중국 공산당은 우리에게 무엇을 주었는가? 우리에게 반동분자라는 빈약한 이름만을 준 것밖에 없지 않는가. 오늘날 중국 공산당은 과거 조선 사람의 빛나는 분투와 노력의 역사를 빼앗아 중국 사람의 역사로 변질시키려 하고 있다…….

11. '사방대사건'

이때는 이미 독립사 사단장 주진까지도 모두 도주한 뒤였다. 주진이라면 동만주의 혁명군에서 조선인으로서 제일 직위가 높았던 간부였을 뿐만 아니라 이상묵의 오랜 부하였다. 어디 주진뿐인가, 주진의 부하였던 윤창범도 도주했다.

이상묵이 이 공개편지를 쓸 때쯤 민생단 감옥에서 도주하여 한동안 '장강호'의 마적부대에 가서 몸을 숨기고 있었던 윤창범은 왕덕태, 주진 등 독립사 지휘부의 주요 간부들이 지금 모두 처창즈에서 머무르고 있다는 소식을 듣고 그리로 찾아갔다가 곧바로 체포되어 바로 그 다음날 새벽에 총살당하고 말았다. 윤창범은 감옥에서 주진까지도 이미 감금되어 있는 것을 보게 되자 너무 기가 막혀 할 말을 잃고 말았다.

"이 사람 백룡(주진의 별명)이, 이게 어떻게 된 일이란 말인가?"

가까스로 이렇게 묻는 윤창범에게 주진이 버럭 화를 냈다.

일본군 토벌대가 유격구로 들어오고 있다

"아니 형님, 이미 도망쳤으면 영영 사라지고 말 것이지 왜 바보같이 다시 되돌아온단 말이오? 와서 뭘 어떻게 하자고 그러오?"

"여름에 주 정위(朱政委, 朱雲光)가 안도로 갈 때 나보고 돌아와서 내 문제를 꼭 해결해주겠다고 약속했는데 이번에 와서 보니 주 정위까지도 이미 희생된 줄을 미처 몰랐네그려."

윤창범의 말을 듣고 있던 주진은 벽에 기댄 채로 앉아 담배를 말아 물면서 설레설레 머리를 저었다. 주진이 말했다.

"형님은 그동안 무슨 일이 발생했는지 몰라서 하는 소리요. 주 정위가 사람은 참 좋지. 나이는 젊어도 얼마나 싹싹하고 또 경우에 바른 젊은이오. 그런데 이번 일만큼은 주 정위가 희생되지 않고 살아있어도 우리를 못 구하오. 형님도 나도 이번에는 진짜 끝장이오."

이러면서 주진은 그동안 있었던 일을 윤창범에게 들려주었다. 윤창범이 체포되어 요영구로 압송된 지 얼마 안 되었을 때 독립연대 군수관이었던 한영호가 독립사 식량운수대 대장으로 임명되어 사방대 유격근거지에 군량을 가지러 갔다가 근거지에서 체포되는 사건이 발생했다. 이유는 사방대 근거지 보초소에서 한영호를 찾고 있던 수상한 두 인물이 보초병이 주의하지 않는 틈을 타서 갑작스럽게 달려들어 보초병을 때려눕히고는 그 보초병이 몸에 휴대하고 있었던 보총과 수류탄 두 개를 빼앗아가지고 달아나버렸기 때문이었다. 그들은 고의적으로 보초병을 죽이지 않았다. 한참 뒤 정신을 차린 보초병은 정신없이 달려가 방금 있었던 일을 보고했다.

"그 사람들이 한영호 대장과 잘 아는 사이라고 하였고 또 한 대장이 언제 돌아오는가 하고 묻기에 의심하지 않다가 그만 이렇게 당하고 말았습니다."

연길현 사방대 근거지에 주둔하고 있었던 연길연대, 즉 독립사 제1연대 정치위원 임수산은 한영호가 도착하자마자 바로 두 팔에 포승을 지우고 들보에 달아맸다. 밤새로 고문하였는데 어찌나 매질을 가했던지 정신이 흐리멍텅해진 한영호는 자기가 민생단에서 파견한 첩자가 맞다고 인정해버렸다. 1935년 1월에 있었던 일이었다.

"너 말고 또 누가 민생단이냐?"

"주진 사단장과 박춘 연대장도 모두 민생단입니다."

너무 어마어마한 사건이 발생하고 있었다. 임수산에게서 보고를 받은 왕덕태와 이학충은 곧바로 주진을 체포하였는데 다음날에는 이학충이 독립사 정치부 주임의 신분으로 임수산과 함께 직접 사방대로 달려와서 연대장 박춘을 체포하였다.

박춘도 역시 한영호처럼 대들보에 매달렸다. 일본군 헌병이 공산당을 체포할 때처럼 채찍으로 때리고 불집게로 가슴과 허벅지를 지지는 등 혹형에 못지않은 고문을 당했다. 박춘은 누구의 소개로 중국 공산당에 잠복하고 들어왔는가 하고 묻는 말에 자기의 중국 공산당 입당 소개인이 이상묵이라고 대답했다. 그러면 민생단에는 누구의 소개로 가입하게 되었는가 하고 묻는 말에 누구의 이름을 댔으면 좋을지 몰라 한참 머뭇거렸다.

"보나마나 민생단에 가입한 것도 이상묵이 소개한 것이 아니냐?"

하고 고문자가 따지고 드니 박춘은 한숨만 풀풀 내쉬었다.

"도대체 이상묵이냐? 아니면 주진이냐?"

박춘은 이상묵의 이름을 댔다.

"나를 혁명의 길로 인도하였던 사람은 이상묵입니다."

"그렇다면 너를 민생단으로 인도하였던 사람도 이상묵이란 소리가 아니냐?"

몽둥이에 머리를 수십 대나 얻어맞은 박춘은 반 혼미상태에서 대답했다.

"뭐, 그렇다고 생각해도 좋겠소."

이렇게 한영호와 박춘의 입에서 물려나온 사람이 그 외에도 또 여섯 명이나 더 되었는데 모조리 체포되고 말았다.

일명 '한영호사건', 또는 '사방대사건'으로 불리는 이 사건의 원안을 만들어낸 것은 바로 연길헌병대장 가토 하쿠지로의 전폭적인 지지를 받고 있었던 간도협조회 회장 김동한[1]이었다.

1932년 7월14일에 민생단이 정식으로 해산되고 나서 발까지 굴러가면서 아쉬워했던 가토 하쿠지로의 도움으로 이때 다시 창설되었던 '간도협조회'는 불과 3개월도 되나마나한 사이에 선언과 강

1.

김동한(金東漢)

김동한(金東漢, 1892년 10월 8일 ~ 1937년 12월 7일)은 일제 강점기에 만주 지역에서 간도 협조회를 창설한 공작원으로, 호는 백산(白山), 본적지는 함경남도 단천군 파도면 이다. 1909년에 평양의 대성학교를 수료하였고, 이듬해 간도로 이주하여 간도 한 민회 산하 교육회에서 사무원으로 근무하면서 항일 운동 세력과 인연을 맺게 되 었다. 1911년에는 러시아의 블라디보스토크로 재차 이주했다. 이 곳에서는 한인 촌에서 신채호가 발행하는 《권업신문》에서 교정원으로 일했다. 1915년에 훈춘 교우회 총무가 되었고, 1918년에는 연해주 빨치산사령부에서 일하는 등 본격적 인 사회단체 활동을 시작했다. 이 시기의 김동한은 이동휘, 김좌진, 이청천과 뜻 을 같이 하여 항일 무장 항쟁을 준비하는 독립운동가였다. 1919년부터 2년 동안 모스크바에 유학하여 모스크바 군정학교 속성 과정 및 제3국제공산당 정치반을 수료하고 공산주의 운동가 교육을 받았다. 1920년을 기준으로 전로한인공산당 선전과 소속이었고, 조선인 공산주의자 부대에도 소속되어 있었다. 1921년에는 이르쿠츠크 전한공산당 창립대회에서 의장을 맡고 상하이파 고려공산당의 군사 부 위원에 임명되는 등 상당한 지위에 올랐다. 당시 일본 측에서는 "굴지의 배일 운동가"로 김동한을 주목하고 있었다. 그러나 1921년 6월에 자유시 참변과 관련 하여 소련군에 체포되어 4개월 동안 구금되었다가 풀려나는 사건을 겪게 되었다. 3년 뒤인 1924년에는 일본의 지령을 받고 중 국인과 내통한 밀정 혐의로 정치보안부에 또다시 체포되었다. 자유시 참변 이후 일련의 사건을 겪으며 김동한은 전향하게 되 었고, 두 번째 체포 이후 일본영사관에 넘겨져 조선으로 귀환한 뒤 적극적인 친일 인사로 돌변했다. 1931년 만주에서 민생단 조직에 관여했고, 1934년에는 일본군 특무조직인 간도협조회를 발기하여 본부 회장직에 올랐다. 이 단체는 항일 세력 파괴와 만주 지역 조선인 통제가 주요 목적인, 만주 지역의 대표적인 친일단체이다. 김동한은 간도협조회 성립을 주도하고 1935년부 터 일본 관동군 헌병사령부의 북지파견공작반 반장을, 1936년부터는 만주국협화회 동변도 특별공작부 본부장도 겸직했다. 이 때 김동한이 받은 대우는 일본군 헌병 부사관 군조급 대우와 같았다. 중국 측 기록에 따르면 이 기간 동안 김동한은 일본군 옌 지 헌병대장과 단짝이 되어 대대적인 항일 부대 토벌을 벌인 것으로 되어 있으며, 각종 이간책과 유언비어 날조, 밀정 투입 등 의 수법을 사용했다. 김동한이 체포하고 투항시킨 항일 운동가의 숫자는 수천 명에 이른다. 내선일체의 필요성을 홍보하고 황 민화 정책의 적극 추진을 주장하는 선전 작업도 병행했다. 간도협조회가 폐지되어 만주국협화회로 통합된 뒤 1937년 1월에 만주국협화회 중앙본부 지도부 촉탁이 되었다. 6월부터는 항일 세력이 결집한 북만주 지역을 토벌하기 위해 만주국협화회 싼 장 성 특별공작부 부장이 되었고, 그해 12월에 동북항일연군 부대와 전투 중에 전사했다. 사후 1940년 일본 정부는 김동한에 게 훈6등 단광욱일장을 추서했다. 매복 습격으로 김동한을 사살한 동북항일연군 측의 기록에 의하면, "민족의 망나니"인 김동 한을 "정의의 탄알로 처단"한 것으로 되어 있다. 김동한은 동북항일연군 군사정치부 주임 김근을 회유하는 공작을 진행하다가 살해당했다. 김근은 김동한의 목을 베어 대문에 걸어놓게 하였다. 김동한의 장례식은 관동군 헌병대 사령관이 참석해 조사를 읽는 등 대대적으로 치러졌다. 만주국협화회는 김동한의 3주기에 조각가 김복진에게 위탁하여 동상을 제작해 건립하고 현창 기념비를 세우기도 했다. "흥아운동의 선구자", "만주국 치안숙정의 공로자", "동아 신질서 건설의 공로자"로 묘사된 김동한의 이념을 기리기 위한 동상 제막식은 옌지에서 성대하게 열렸다. 쇼와 천황이 참석한 가운데 야스쿠니 신사에서 개최된 일본 국 가 행사에서 김동한의 유족들을 초대하여 그의 공적을 칭송한 일도 있었다. 대한민국 친일반민족행위진상규명위원회가 2007 년에 발표한 친일반민족행위 195인 명단에 포함되었다. 2002년 공개된 친일파 708인 명단 밀정 부문과 2008년 민족문제연구 소가 정리한 친일인명사전 수록예정자 명단 중 해외 부문에도 들어 있다. 민생단 사건과 간도협조회의 활동을 직접 목격한 김 일성은 회고록 《세기와 더불어》에 김동한에 대해 언급하고 있다. 김일성은 김동한이 러시아에서 10월 혁명 전에 이미 공산 당에 입당한 운동가였으나 전향한 뒤에는 "자기를 조선에서 태어난 일본인이라고 착각할 만큼 일본인으로 철저히 동화된 자", "매국배족근성이 골수에까지 사무친 수급역적"이 되었다고 표현했다.

령, 규약 등 제도들을 모조리 정립하여 조직 자체가 상당히 정규체제로 구성되어 있었다. 연길에 본부를 두고 주관부처는 연길헌병대로 하였는데 회장 김동한과 부회장 손지환 외에 3명의 고문(박두영, 최윤주, 장원준)을 두고 산하에 서무부, 조직부, 선전부, 재무부, 교육부, 교양부, 산업부까지도 두었다. 산업부의 경우에는 산하에 둔전영과 장지영 등 농장집단부락까지 만들고 중국 공산당 유격대 중 자수하는 자와 무직업 회원 천여 명을 끌어들여 장사도 하게 하는 등 단체의 활동경비를 헌병대의 지원에만 매달리지 않고 스스로 보충해나갔는가 하면 귀순해온 사람들의 가족과 친지들의 추후 생계까지도 직접 협조회가 나서서 책임지기도 했다.

간도협조회는 그 외에도 또 직접 연길독립수비대와 연길헌병대로부터 일본군의 정규 무장들을 지원받아가면서 자체의 무장무대인 특별공작대와 협조 의용 자위단을 꾸리기까지 했다. 거기다가 각 지역에 분회를 두었을 뿐만 아니라 5개의 지부와 25개의 구회를 설치하고 있어서 굉장한 세력을 자랑하고 있었다. 만주 전역을 통틀어서 간도협조회만큼 민간이라는 탈을 쓴 방대하고도 치밀하게 조직되었던 단체가 더 이상 없었다.

1935년 1월5일, 사방대 근거지 보초소에 접근하여 한영호와 아는 사이라고 꾸며댔던 두 인물은 허기열, 허진성이라고 부르는 협조회 파견원이었다. 쌀을 구하러 자주 나다니곤 했던 한영호는 배초구의 조선인 지주 한일에게서도 쌀을 사곤 했던 적이 있어 두 사람은 서로 일면식을 가지고 있었다. 가끔 한일의 집에 들려 밥을 얻어먹기도 했는데 이 한일이 바로 간도협조회 회원이었고 이때는 또 배초구 분회 회장으로 임명되어 있었던 것이었다.

혁명군이 한창 안도지방에서 전투를 벌이고 있을 때 한영호가 안도와 사방대 근거지 사이에서 자주 오가고 있는 것을 발견한 한일은 즉시 김동한에게 보고했고 김동한의 획책하에 특별공작대 대장 김성렬과 부대장 김하성, 유중회 등이 모두 배초구로 달려왔다.

한영호가 원래 독립연대 군수관 출신으로 지금은 독립사단 사부로 전근하여 쌀을 나르는 일을 맡고 있다는 확실한 정보를 장악한 김성렬 등은 즉시 작전을 짰다. 이때 파견 받고 직접 사방대 근거지 보초소에 접근하였던 허기열과 허진성이 쳐놓았던 반간계에 걸려 주진이 체포되고 이상묵까지 종적을 감추고 행방불명이 되자 김동한은 승승장구의 기세로 내달렸다.

3월 13일에는 직접 김동한의 파견을 받고 간도협조회 특별공작대 대원들인 강현묵, 이동화가 배초구의 지주 한일의 처남 황시준의 안내하에 왕청현 경내의 쟈피거우로 몰래 잠입하였다. 그들은 쟈피거우의 유격대 보초소에다가 송일의 앞으로 보내는 편지를 한 장 던져 넣었다. 이 편지 속에는 송일을 자기들의 첩자로 몰아가는 내용이 들어있었다. 인과응보라고 말해도 과언이 아닐 지경으로 그동안 그렇게나 민생단을 많이 잡아내곤 했던 송일이 이번에는 진짜 민생단의 간계에 걸려 그 자신이 그만 민생단으로 몰려 처형당하는 비운을 맞게 된 것이었다. 특무들이 던져놓고 갔던 편지 속에는 "전번에 이야기한 유격구에 관한 비밀조사보고는 새로 파견한 공작원과 면담하기 바란다."는 구절이 들어있었다. 그야말로 기가 막히고 억장이 무너질 노릇이었다.

이때 동만 특위는 이미 왕중산이 서기 대리직에서 밀려나 있었다. 종자운과 거의 비슷한 시기에 만주성위원회로부터 파견 받고 동만주에 내려왔던 위증민은 그동안 종자운처럼 특위 사무에 직접적으로 개입하고 있지 않았다. 1934년 10월부터 12월까지 위증민은 연길현의 삼도만에서 동만의 당, 정, 군 영도간부 학습반을 조직하였고 몇 번이나 민생단 문제에 손을 대보려고 하였으나 전적으로 종자운의 보고에만 의존하고 있었던 만주성위원회의 지지를 얻어낼 수 없었다.

그런데 위증민은 만주성위원회에 불려가 놀라운 소식을 얻어듣게 되었다. 이미 '코민테른'에서 직접 민생단 문제에 개입하기 시작했다는 것이었다. 뿐만 아니라 만주에 나온 '코민테른' 특파원이 누군가한테 민생단 문제와 관련된 자세한 내막을 소개받아 이미 손금 보듯이 알고 있다는 사실과 직접 만주성위원회의 앞으로 편지까지 보내왔다는 것이었다.

제15장

제1차 북만원정

그냥 어쩌다 미래를 만나서는 안 된다.
자신의 미래를 스스로 창출해야 한다.
— 로저 스미스

1. 양광화와 만주성위원회

이때의 중공당 만주성위원회 서기는
양광화(楊光華)였다. 양광화는 1983년
중국의 호북성 정치협상회의(湖北省政治
協商會議) 비서처에서 이직하여 무한(武
漢)에서 거주하였는데 1991년까지 살았
다. 한 차례 인터뷰에서 양광화는 그때
의 일을 회고했다.

"나는 1934년 10월에 중국 공산당 상
해 임시중앙국으로부터 만주성위원회
서기로 임명받고 당시의 만주성위원회
기관이 자리 잡고 있었던 하얼빈에 도

1991년까지 살았던 만주성위원회 서기 양광화(사진 앞줄 중간)

착하였는데, 그때 직접 나를 임명하였던 중공당 상해 임시중앙국 서기 성충량(盛充亮)이 나와 헤어

진만운은 원래 관향응(關向應, 卽八路軍120師政治委員)의 아내였다. 그러나 관향응과 헤어진 뒤에는 변절하고 성충량과 결혼하였다. 이 사진은 관향응(왼쪽)과 진만운(오른쪽 앉은 여자)이 결혼하고 함께 모스크바 '동방대학'에 유학하여 공부하고 있을 때다

진 뒤 얼마 안 되어 국민당 중앙조사통계국에 체포되었다. 후에야 알게 된 일이지만 성충량이 체포된 것은 그의 전임자였던 이죽성(李竹省)이 먼저 체포되어 귀순하고 자기가 비서로 데리고 있었던 진만운(秦蔓雲)이라고 부르는 여자를 고발했기 때문이었다. 진만운은 원래 팔로군 120사 정치위원이었던 관향응(關向應)의 아내였다. 관향응이 근거지로 전근하고 나서 상해에 남게 되었던 진만운은 관향응과 이혼하고 성충량과 살았는데 성충량은 진만운의 말이라면 듣지 않는 것이 없었다. 그리하여 체포되자 진만운이 고문실에까지 찾아와 울고불고하면서 국민당에 귀순하자고 매달리는 바람에 결국 성충량까지도 중국 공산당을 탈퇴한다는 성명서를 발표하고 말았는데 이 사실이 금방 모스크바에까지 전해들어간 것이었다. 그때 중국 공산당 중앙이 근거지로 옮겨가면서 상해에 설치되었던 중국 공산당 상해 임시중앙국의 업무는 각 성과 성급 지구기관에 당 서기를 임명하여 파견하는 일이었는데 이 일보다도 더 주요한 임무 하나가 당시 모스크바에 주재하고 있었던 중국 공산당 공산국제(共産國際, 코민테른) 대표단과의 연계를 책임지는 일이었다. 그런데 이죽성, 성충량 등 주요 책임자들이 모조리 체포되어 귀순하는 바람에 모스크바에서도 더는 상해임시중앙국을 믿지 않게 되었다. 우리도 또 우리대로 상해임시중앙국과의 연계가 끊어졌던 상황에서 부득이 직접 모스크바로 사람을 파견하여 공산국제 중국 공산당 대표단과 연락을 취하려고 하였다. 이때 공산국제 중국 공산당 대표단에서는 이미 홍군과 함께 장정 중에 있었던 중국 공산당 중앙과 직접 연락하고 있었는데 대표단 단장 왕명(王明)은 중국 공산당 중앙에 연락하여 만주가 지리적으로 소련과 가까이에 있으므로 만주성위원회에 대한 지도는 중국 공산당 중앙을 대신하여 중국 공산당 공산국제 대표단에서 직접 관장하겠다고 요청하여 이미 승낙을 받아두고 있었던 상태였다. 내가 하얼빈에 도착하였을 때 이름을 '노마'(老馬, 馬良, 林電岩)라고 부르는 전임 만주성위원회 서

진만운(秦蔓雲), 성충량(盛充亮) 부부

기가 벌써 왕명에게 불려 모스크바에 들어간 지 한 달이 되도록 돌아오지 못하고 있었다. 모스크바에서 '노마'를 부를 때는 그냥 모스크바에 들어와서 잠깐만 사업회보를 하고 돌려보낼 것이라고 하였으나 왕명은 '노마'를 모스크바에 남겨두고 '구국시보'(救國時報)를 편집하는 일을 시켰는데 그런 식으로 꼬박 3년 동안이나 억류해두었다가 1937년에 갑작스럽게 체포하고는 감옥에서 처형해버렸다."

일명 '마량', '임형'(林炯), '왕덕'(王德), '임전암'(林電岩) 등 여러 가지의 별명으로 불리기도 했던 '노마'는 일찍 1925년에 모스크바 공산주의 노동자대학에 유학하여 초기 중국공산당 중요 지도자인 장문천(張聞天, 洛甫)과 한 반에서 공부하였고 러시아어와 영어에 정통하여 중공당 중앙에서 전문 통역사업을 맡기도 했었다. 후에 상악서(湘鄂西) 소비에트 근거지에 파견되어 선전부장직을 맡기도 했는데 이때 상악서 임시성위원회 서기가 바로 양광화였다.

2. 모스크바에서 억류된 '노마'

유곤(劉昆, 卽趙毅敏)

양광화가 상악서 임시성위원회 서기에서 상해의 중앙국 조직부장으로 전근할 때 이미 만주성위원회로 파견되었던 '노마'는 1933년 10월 30일 하얼빈에서 체포되었던 만주성위원회 서기 이요규의 밑에서 성위원회 선전부장직을 맡고 있었다.

이요규는 하얼빈 도리의 수상서점(銹湘書店)에서 조직원과 만나러 갔다가 갑작스럽게 불심검문을 당해 체포되었는데 그때까지 진짜 신분이 폭로되지 않아 책 도둑으로 몰렸고 절도죄로 징역 1년 2개월 형에 언도되었다. 손을 써서 형기의 절반인 6개월만 감옥에서 보내고 곧 풀려나올 수도 있었으나 불운하게도 형기가 6개월쯤 갔을 때 공청단 만주성위원회 선전부장 양안인(楊安仁)과 서기 유명불(劉明佛)이 1934년 4월에 또 체포되는 일이 발생했다. 이 두 사람이 체포되자마자 부리나케 귀순하는 바람에 그만 이요규의 진짜 신분이 폭로되고 말았다.

이요규는 다시 재판을 받고 정치범으로 징역 20년에 언도되었다. 이렇게 되어 이요규가 더는 풀려나올 가망이 없어지게 되자 만주성위원회는 조직부장 유곤(劉昆, 趙毅敏)의 주도하에 나이도 많고 또 혁명경력도 제일 깊은 '노마'를 만주성위원회 서기로 추대하였던 것이다. 그런데 이죽성의 귀순 사실이 알려지면서 일대 혼란이 빚어지고 말았다. 더구나 이죽성에 이어 성충량까지 또 체포되어 귀순하고 상해임시중앙국이 파괴되는 바람에 '노마'는 부득불 모스크바를 통하여 중국 공산당 중앙과 연계를 취할 수밖에 없었다.

모스크바에 불려 들어갔던 '노마'는 직접 왕명[2]과 만나 그동안 만주성위원회에서 발생하였던 일

2. 왕밍(중국어: 王明, 병음: Wáng Míng, 왕명)(1904년 5월 23일 ~ 1974년 5월 27일)은 중화인민공화국의 정치가이다. 1930년대 초반 마오쩌둥의 주된 당내 경쟁자였으며, 소련유학파로서 레닌의 교조주의적 입장에서 중국혁명을 지도하려고 하였다. 안후이 성의 빈농 출신으로 태어났으며, 본명은 천샤오위(陈绍禹)이다. 안휘성 제3농업학교 재학 시절 공산주의자인 스승으로부터 영향을 받고, 레닌과 천두슈의 저작을 탐독했으며, 좌익 학생운동을 이끌었다. 1924년 우창대학에 입학해 중국 공산당에 가입했고, 1925년 당의 주선으로 소련으로 유학을 떠나 모스크바 손중산대학에서 공부하였다. 이때 러시아어와 정통 마르크스레닌주의를 통달하게 되었다. 이때 달변으로 학교의 부교장이었던 파벨 미프의 총애를 받게되었으며, 1927년 미프가 소련사절단의 대표로 중국에 파견되자 왕은 통역으로 그를 수행하게 되었다. 1927년 국공합작이 결렬된 직후 우한에서 열린 열린 중국공산당의 제5차 당대회에서 왕은 잠시 당의 선전부장이 되었지만 미프와 함께 소련으로 되돌아 왔다. 스탈린의 칼 라데크 숙청 이후, 미프가 모스크바 중산대학의 교장과 코민테른의 동방부의 부부장을 맡았다. 이때 미프를 보좌하면서 왕은 소련에서 교육받은 중국인 공산주의자들의 모임인 "28인의 볼셰비키" 그룹을 구성하였고, 스스로 정통 마르크스레닌주의자를 자처하였다. 1929년 왕밍과 "28인의 볼셰비키" 그룹은 귀국하여 당권을 장악하려고 하였으나 장궈타오와 저우언라이의 저항을 받아, 한직을 맴돌았다. 이때 실질적으로 당을 이끌었던 리리싼이 맡고 있던 당의 선전부에서 일하게 되었고, 당의 기관지인 《홍치》에 리리싼의 노선을 지지하는 여러편의 논문을 발표하였다. 1930년, 상하이에서 열린 비밀 당대회에 참가하던중 체포되었으나, 그의 정확한 신분을 눈치채지 못한 국민당 경찰의 감시 소홀로 탈출에 성공할 수 있었다. 1930년 허명숭(何孟雄)과 린위난(林育南)과 연합하여, 리리싼에 반기를 들었으나, 실패하여 지위에서 해임당하고 장쑤 성으로 좌천되었다. 1930년 코민테른은 저우언라이와 취츄바이를 파견하여 리의 좌익모험주의를 교정하려고 했고, 리리싼은 지위를 잃고 모스크바로 소환당했다. 12월 파벨 미프가 다시 코민테른의 특사로 파견되어 왕과 "28인의 볼셰비키" 그룹을 강하게 지지하여 그들을 당의 지도적위치로 올렸고, 파벨 미프가 중국에 머물던 1년동안 왕은 그를 보좌하며 중국공산당에 큰 영향력을 미칠 수 있었다. 이후 샹중파등의 당의 고참그룹 30여명인 상하이에서 열린 비밀회의에 참여하다 국민당에 체포되었고, 왕은 이러한 지도력의 공백을 이용하여 영향력을 확대하였다. 왕은 건강상 이유로 모스크바에 다시 돌아왔지만, 이후 열린 당대회에서 그를 추종하는 "28인의 볼셰비키"그룹이 대거 당정치국에 진입하여, 그는 당에 영향력을 끼칠 수 있었다. 1931년부터 1937년까지 모스크바에서 코민테른에 파견된 중국공산당을 대표를 맡았고 코민테른에서도 고위직에 올랐다. 그동안 당권을 장악한 보구 등의 "28인의 볼셰비키" 그룹은 마오쩌둥과 주더의 게릴라전술을 버리고 국민당군의 제5차 토벌전에 정규전으로 맡섰다가 커다란 손실을 입었다. 그때문에 당은 잠시 소비에트를 포기하고 장정을 결정하게 되었고, 장정 중 열린 쭌이 회의에서는 장원톈, 왕자샹, 양상쿤등의 주요멤버가 마오의 편에 서서 "28인의 볼셰비키" 그룹이 붕괴하고 마오쩌둥에게 당권이 넘어가게 되었다. 제2차 국공 합작이 성립된 이후, 1937년 왕은 코멘테른의 명령으로 옌안으로 돌아왔다. 당권을 잡고 있었던 마오는 코민테른의 후광을 업은 왕을 존중하는 척했고, 왕은 공산당 내에서 지도적 위치에 오를 수 있었다. 그러나 국민당을 포함한 항일통일전선을 지지하는 왕과, 공산당의 독자적 노선을 지지하는 마오는 결국 대립했다. 1941년 독소전쟁이 발발하여 소련에서 반파시즘 통일전선을 위해 코민테른이 해체되자, 왕은 주된 지지기반을 잃었고 특히 1942년 마오가 정풍운동을 주도하여 교조주의자들을 공격하자 왕은 주된 공격대상이 되었다. 이런 와중에서 급격히 당에 대해 영향력을 잃고, 스트레스 때문에 건강까지 나빠졌으며 당대회에서 자아비판하는 수모를 감수하 할 수밖에 없었다. 이때 소련의 개입으로 더이상의 박해는 당하지 않았고 공산당 지도부에 머물 수 있었지만, 이미 그의 공산당에 대한 영향력은 거의 미미해졌다. 중화인민공

중공당 공산국제 대표단 단장 시절의 왕명(王明)

1930년대 초반 공산국제(코민테른) 중공당 대표단 단장으로 있었던 왕명(사진 앞줄 오른쪽 첫 번째, 왼쪽 두 번째가 코민테른 서기장 게오르기 디미트로프)의 중공당 내 위상을 가늠케하고 있는 사진이다

들을 보고하였다. 지금까지 만주성위원회의 사업 중점이 기본적으로 북만주의 조상지 부대에 집중되어 있다는 말을 듣고 왕명은 몹시 불쾌해하면서 '노마'를 나무랐다.

"만주 전역의 항일혁명을 지도하는 기관으로서 어떻게 사업 중점을 북만 한 지역에만 집중시켜서 사업을 전개할 수 있단 말입니까?"

왕명은 만주성위원회 상무위원 겸 조직부장 유곤이 직접 조상지가 사령으로 있는 동북반일유격대 합동지대의 정치위원으로 내려가 있다는 말을 듣고 이와 같이 말하면서 특히 길동 지방과 동만주에서 발생하고 있는 문제점들에 대하여 꼬치꼬치 캐어물었다.

이를테면 구국군의 참모장이었던 이연록이 그동안 어디서 어떻게 보내고 있는지에 대해서 한번 말해보라고 하는가 하면 동만주에서는 또 조선인 간부들이 온통 민생단으로 몰려 처형당하고 있다는데 이것은 또 어떻게 일이냐고 대답을 재촉하기도 하였다. 이는 왕명이 이미 상당히 만주 각지의

화국 성립 이후에 당내에서 이름뿐인 지위를 맡지만, 건강을 핑계로 1956년 소련에 사실상 망명하여 그곳에 눌러앉아 1974년 죽을 때까지 머물렀다. 이 때문에 마오의 다른 정적과는 달리 문화대혁명의 칼날을 피해갈 수 있었다. 중소분쟁 이후 그는 소련 측에 서서 마오와 중국공산당을 비판하는 많은 글을 발표하였다.

항일유격대와 유격근거지들에서 발생하고 있는 일들에 대하여 이해하고 있다는 것을 설명해주고 있기도 하였다. 이런 공격에 '노마'는 바보가 되지 않을 수 없었다.

"죄송합니다만 솔직히 그런 세세한 일들까지는 알지 못합니다."

'노마'의 대답에 왕명은 자못 의기양양해졌다.

"보시오. 그동안 만주성위원회가 해왔던 일들 말입니다. 여기저기 지방에 순찰원들을 파견해놓고 그들의 보고에만 목을 매달았던 결과가 바로 지금 이 모양이 아닙니까. 그리고 다시 그 순찰원들이 순찰를 다녔던 지방의 당 책임자로 전임됩니다. 만약 성위원회에서 좀 더 심혈을 기울여 오로지 한두 순찰원의 보고에만 의존하지 말고 또 다른 경로를 통하여 직접 지방의 동무들을 성위원회로 불러다가 정황을 설명하게 하고 여러 방면에서 종합적으로 분석하고 검토하고 했더라면 결코 지금과 같은 일들은 발생하지 않았을 것이 아니겠습니까?"

'노마'는 듣다듣다 어리둥절했다.

"그런데 소우(紹禹, 陳紹禹, 왕명의 별명) 동무, 제가 일을 잘하지 못한 것은 인정합니다만 지금과 같은 일들이란 무슨 일들입니까?"

그러니 왕명도 참지 못하고 화를 내기 시작했다.

"그거 보십시오. '노마' 동무는 지금도 만주에서 발생하고 있는 일들이 대체 무슨 일들인지도 대하여서도 아직 파악하지 못하고 있단 말입니다."

이연록의 항일유격군 총대

왕명은 곧이어 '노마'에게 물었다.

"하나만 물어봅시다. '노마' 동무는 만주에서 우리 당이 영도하는 항일유격대를 결성하는 과정에서 항일민족통일전선책략을 가장 잘 집행해온 사람이 누구라고 생각하십니까? 선참으로 떠오르는 인물이 누굽니까?"

"구국군에서 활동해왔던 분들이라고 봐야겠지요?"

"그러니까요. 이름을 한둘 대보십시오."

"네, 이연록, 주보중 등의 동무들이라

고 해야 할 것 같습니다.”

“그렇지요, 이연록입니다. 왕덕림의 구국군에서 가장 일찍부터 활동해왔고 후에 주보중 등 동무들도 모두 이연록 동무의 연줄을 타고 구국군으로 들어갈 수가 있었습니다. 그런데 ‘노마’ 동무는 알고 있습니까? 이연록 동무가 그동안 어떻게 지내오고 있는지를 알고 있냐 말입니다.”

‘노마’가 이처럼 세세한 일들에 대하여 알고 있을 리가 만무했다. 오히려 수만 리 떨어진 모스크바에 앉아있으면서도 왕명이 무슨 망원경을 보고 있는지 만주의 일들에 대하여 자기의 손바닥처럼 환하게 꿰뚫고 있는 것이 신기롭기만 했다.

“이연록 동무야말로 우리 당의 ‘1 · 26 지시편지’정신을 가장 잘 집행하고 관철해왔던 대표적인 실천가의 한 사람인데도 그는 동만과 길동에서 계속 비판만 받았고 또 박대를 당했습니다. 이게 어떻게 된 일입니까?”

이연록의 참모장 장건동(張建東)

‘노마’도 가까스로 대답할 거리를 찾았다.

“아 이연록 동무가 비판받았다는 이야기는 나도 후에야 좀 얻어들었던 일입니다. 그때는 내가 만주에 오지 않았을 때인데 이연록 동무가 ‘1 · 26 지시편지’정신을 잘 관철하였기 때문에 동만주에서는 일본인 공산당원(伊田助男, 이다 스케오)이 의거한 일도 있었다고 합디다.”

“그게 의거입니까? 이다 스케오야말로 원래부터 공산당원입니다. 우리 공동의 적 일본 파시스트에게 자살로써 항전했던 분이 아닙니까.”

3. 이연록의 곤경

왕명은 ‘노마’에게 두 가지 일을 이야기했다. 하나는 바로 이연록이었다. 1933년 5월, 영안현의 팔도하자에서 전투 중이었던 이연록은 ‘1 · 26 지시편지’ 정신을 전달하는 동만 특위 군정간부 확대회의에 참가하라는 통지를 받고 노야령을 넘어 소왕청 유격근거지에 도착하였다가 다시 북만주로 돌아갈 때는 특위의 결정에 의해 부대를 절반이나 동만주 땅에 남겨두게 되었다. 그리고 동만으로 나올 때 영안에 남겨두었던 참모장 장건동(張建東)의 한 개 대대는 이미 주보중의 수녕반일동맹군에

박봉남(朴鳳南)의 화상

편입되어버렸다. 이연록에게는 멀리 밀산(密山) 지방으로 나가 새로운 근거지를 개척하라는 임무가 내려지게 되었는데 행군 도중에 또 정치위원 맹경청(孟涇淸)을 지방으로 전근시킨다는 명령이 전달되었다.

이연록이 구국군에서부터 직접 데리고 나왔던 부대를 이런 식으로 다 갈라내간 것도 모자라 나중에는 참모장과 정치위원까지도 모두 전근시켜버렸던 것이었다. 결국 밀산 지방에 도착하였을 때 그동안 데리고 다니던 부대가 가장 많았던 이연록은 빈털터리가 되다시피 했다. 그런데다가 또 밀산현위원회로부터 박대를 받고 이 지방에서 발을 붙일 수 없게 되었다.

이때의 중국 공산당 밀산현위원회 서기는 박봉남(朴鳳南, 金万興)이라고 부르는 조선공산당 화요파 출신 간부였는데 그는 이연록의 구국군이 출신성분이 불분명하다는 이유를 대고 그의 부대가 밀산현 경내에 들어오는 것을 백방으로 가로막았다. 그러면서도 한편으로는 정치위원과 참모장을 직접 임명하여 내려 보내면서 유격군이 함부로 목릉하(穆棱河) 이북으로 접근하여서는 안 된다고 엄포를 놓기도 했다. 밀산현 남쪽 지방에 비해 상대적으로 안전지대에 속하여 있었던 목릉하 이북은 군중 기초도 좋았을 뿐만 아니라 바로 밀산현위원회 기관이 본거지를 틀고 있었던 고장이기도 했기 때문이었다.

이연록은 유격군을 데리고 밀산현 남쪽 지방에서 일위군의 토벌을 만나 여기저기로 쫓겨 다니면서 갖은 고초를 다 겪고 지내다가 종국에는 군량까지 떨어져 부대 전원이 굶어 죽을 지경까지 되었다. 그런데다가 대원들 대부분이 또 모두 영안현 출신들이다보니 그들은 밀산을 떠나고 싶어 했다.

밀산현위원회에서는 유격군이 당지 백성들에게서 함부로 군량을 정집하는 일도 백방으로 가로막았다. 이렇게 되자 차츰 도주병이 발생하기 시작하였다. 격군 제2연대 연대장 왕

양태화(楊太和)

유일하게 전해지고 있는 왕육봉(王毓峰)의 청년시절 연인과 함께 찍은 사진

육봉(王毓峰)은 이연록에게 영안현으로 돌아가 주보중의 부대와 합치자고 졸랐다.

"여기서 더 시간을 끌다가는 도주병을 막아낼 방법이 없습니다. 일단 우리 2연대라도 먼저 영안으로 돌아가겠습니다."

이연록은 왕육봉의 요청을 받아들이지 않을 수 없었다. 왕육봉의 2연대뿐만 아니라 기병대대까지도 함께 밀산을 떠나 영안으로 돌아가 버렸는데 이들은 모두 주보중의 부대와 합류하였다. 이연록의 신변에는 겨우 보안중대와 양태화(楊太和)의 제1연대만이 남게 되었다. 대원수가 백여 명도 되나마나했다.

1933년 겨울이 되자 밀산현위원회에서 파견 받고 내려왔던 정치위원과 참모장, 정치부 주임 등 간부들이 모조리 소환되어 다시 밀산현위원회로 돌아가 버리는 일이 발생했다. 왕덕림의 구국군에서 함께 일을 했던 적이 있는 밀산현위원회 선전부장 이성림이 몰래 이연록을 찾아와 귀에 대고 소곤거렸다.

"지금 우리 밀산현위원회에서는 이연록 동지가 왕덕림의 구국군에서 활동했던 일을 가지고 '국민당의 상층 분자들과 결탁하였다'는 식으로 성격을 규정하고 있습니다. 때문에 이는 당 중앙의 '1·26 지시편지' 정신과 부합하지 않는다는 것입니다. 왕덕림의 구국군과의 합작을 과연 '국민당 상층 분자들과의 합작'으로 봐야 할지 말아야 할지는 성위원회에서 결정할 수 있는 일입니다. 때문에 한번 성위원회에 제출하여 보십시오."

이연록은 나머지 부대를 밀산현 남부의 '황와집'(黃窩集)이라고 부르는 깊은 산 속에 숨겨두고 혼자서 하얼빈에 들어가 만주성위원회를 찾으려고 돌아다녔으나 도저히 연락을 취할 수가 없었다.

하얼빈에서 허탕을 치고 오갈 데가 없게 된 이연록은 내친김에 아주 상해로 가는 열차에 몸을 실었다. 직접 중공당 중앙위원회로 찾아가서 한번 시비를 따져보기 위해서였다. 그러나 이때는 중앙기관이 소비에트 근거지로 철수하고 상해에서는 임시중앙국이 조직되고 있었을 때였다. 그런 연유로 아무도 이연록을 만나주려고도 하지 않았거니와 설사 만나주었다고 해도 누가 나서서 이 문제를 해결할 수도 없었다. 결국 상해에서도 또 허탕만 치고 다시 '황와집'으로 되돌아왔을 때는 이미 1934년 8월경이었다. 그때까지도 양태화 등 나머지 부대원들은 모두 흩어지지 않고 산속에서 이연록만을 눈이 빠지게 기다리고 있었다.

"군장 동지, 갔던 일은 어떻게 되었습니까? 상급 당 조직은 찾았습니까?

이연록은 어쩔 수 없어 거짓말을 했다.

"아 그럼 찾구말구, 중국 공산당 중앙에서는 우리한테 항일투쟁에 대한 신심을 버리지 말고 끝까지 손을 잡을 수 있는 모든 항일세력들과 손을 잡고 왜놈들을 쫓아낼 때까지 만주에서 투쟁을 견지하라고 하였습니다."

"그런데 왜 몰골이 이 모양입니까?"

지칠 대로 지친 데다가 너무 여위어 뼈에 가죽만 한 꺼풀 남을 지경이 된 이연록의 얼굴을 쳐다보면서 양태화 등은 모두 반신반의하였다. 그런데 이때 일이 풀리려고 했던지 이성림이 갑자기 연락도 없이 불쑥 이연록을 찾아왔다.

이 시절의 일을 자세하게 기록한 이연록의 일기

"큰일 났습니다. 이연록 동지, 저희들을 도와주어야겠습니다."

이성림은 지난 겨울 동안 유격군이 '황와집' 일대에서 동면상태에 들어가 있는 동안 당지의 구국군 삼림대들이 목릉하 이북 쪽에 들어왔다가 밀산현위원회 산하의 유격대와 마찰이 생긴 일에 대하여 자세하게 이야기했다.

"이연록 동지가 없는 기간에 삼림대가 우리 유격대의 거점인 목릉가 북쪽으로 들어와 계속 노략질하고 다녔습니다. 그런데 병력이 차이가 나기 때문에 우리 유격대 쪽에서는 계속 당하기만 하고 될수록 부딪치려고 하지 않았습니다. 그런데 더는 참을 수 없을 지경까지 와서 유격대와 삼림대가 붙게 되었는데 그만 우리 유격대가 통째로 포위에 당해 무장해제까지 당하게 되었습니다. 아무리 잘못했다고 빌고 사정하고 그래도 총을 되돌려주려고 하지 않습니다."

그 말을 들은 양태화 등이 떠들고 일어났다.

"아니 우리는 한집 식구이면서도 목릉하 북쪽

중공당 밀산현위원회 선전부장 이성림(李成林), 후에 벌리현위원회 서기로 조동, 송강성위원회 서기로 이명되기도 하였으나, 송화강유역에서 활동하고 있었던 항일연군 제3군 군장 조상지의 반대로 부임하지 못하였다

에는 얼씬거리지도 못하게 하더니만 어떻게 삼림대는 그쪽 땅에다가 들여놓았답니까? 그리고 지금 와서 삼림대한테 당하고 나니 우리를 찾아온단 말입니까?"

"그때의 일은 현위원회에서 확실히 잘못 처사한 부분도 있고 하니 내가 박 서기를 대신해서 사과하겠습니다. 그러나 우리는 다 같이 공산당이 지도하는 유격대가 아닙니까. 어떻게 수수방관할 수가 있단 말입니까?"

"만약 박 서기(朴鳳南)라는 자가 직접 와서 사과한다면 우리가 나서기는 나서겠소."

양태화 등 이연록의 부하들이 이런 식으로 나오는 바람에 "좋습니다. 그럼 내가 돌아갔다가 박 서기와 함께 다시 오겠습니다." 하고 이성림은 응낙하고 돌아가 박봉남에게 권했다.

"아무래도 박 서기가 직접 찾아가서 사과하지 않는 한은 유격군이 나설 것 같지 않습니다."

그러자 박봉남은 벌컥 화를 냈다.

"거 참, 웃기는 사람들이구만. 우리 사정도 있고 해서 내 이번 문제만 해결되면 그냥 이연록의 문제는 넘어가주려고 했는데 어떻게 이런 식으로 시비를 헷갈릴 수가 있단 말이오? 가서 다시 전하오. 유격군도 우리 공산당의 군대이지 이연록 당신 개인의 군대는 아니잖는가 하고 말이오. 만약 계속 이런 식으로 나온다면 성위원회에 보고하여 이연록에게 당 처분을 안길 것이라고 말이오."

"그러면 안 됩니다. 유격군 대원들의 정서가 모두 좋지 않습니다. 잘 달래고 설복해도 들어줄지 말지한데 이런 식으로 나오면 사태만 더 어려워지게 됩니다. 더구나 유격대의 무장을 되찾아오지 못하면 유격대가 해산될 수도 있습니다. 그러면 우리도 모두 상급 당 조직에 할 말이 없게 됩니다."

"그러면 나더러 어떻게 하라는 거요? 가서 빌기라도 하란 말이오?"

"비는 것이 아니지요. 적당한 정도에서 서로 사과하고 타협하면 안 되겠습니까? 어차피 우리가 유격군을 너무 혹독하게 대했던 면도 없지는 않잖습니까. 그 점을 우리 쪽에서 먼저 사과합시다. 이연록 동지도 이해하여 줄 것입니다."

이성림이 이같이 설득해도 박봉남은 쉽게 움직이려고 하지 않았다. 이렇게 이들이 한창 머뭇거리고 있을 때 만주 중국 공산당 역사에서 아주 주요한 인물 하나가 불쑥 밀산 땅에 나타났다.

4. 오평의 출현

오평(吳平, 卽楊松)

바로 오평(吳平, 楊松)[3]이었다. 오평은 중국 공산당 공산국제대표단 단장 왕명의 심복이었다. 본명은 오조일(吳兆鎰), 1907년생이었다. 만주에 파견 받고 나왔을 때 그는 양송(楊松)이라는 별명을 사용하고 있었다.

1927년 모스크바 중산대학에 유학하였던 그는 본격적으로 공산주의 이론을 공부하였고 졸업 후에는 학교에 남아 전문적으로 정치경제학과 교원 겸 러시아어 통역을 담당하기도 했다. 1928년 중국 공산당 제6차 당대표 대회에 참석하고 공청단 중앙위원으로 선출되었

다가 다시 왕명을 따라 중국 공산당 공산국제 대표단의 성원으로 모스크바에 왔고 이 기간에 전문적으로 블라디보스토크에 주재하면서 코민테른 태평양국제노동자위원회(太平洋國際工會) 중국부 주임직을 담당하고 있었다.

그런데 이 태평양국제노동자위원회는 왕명이 중국 공산당 공산국제대표단 단장으로 모스크바에 오기 이전부터 존재하고 있었고 만주성위원회에서는 이 노동자위원회 중국부와 서로 연락을 취할 수 있는 상설기구를 블라디보스토크와 비교적 가까운 거리에 있었던 길림 동부지구에 설치하였다. 속칭 '길동국'(吉東局)으로 불리기도 하는 이 상설기구는 당시의 성위원회 위원이었던 손광영(孫廣英) 등이 블라디보스토크로 부지런히 오가면서 노력하였던 결과 1933년 4월에 정식으로 성립되었으나 이듬해 바로 파괴되는 비운을 면치 못했다. 그런데 1934년 8월에 접어들면서 직접 만주의 일에 손을 대기 시작했던 왕명은 오평에게 다음과 같이 지시를 내렸다.

---

3. 오평(吳平, 1907-1942, 본명은楊松)은 중국 호북성 대오현 출신, 1927년 소련 모쓰크바 중산대학에서 중공당원에 가입, 해삼위의 태평양 국제직공회비서처 중국부 주임, 공산국제 주재 중공대표단 성원, 중공중앙 선전부비서장, 중공중앙 기관지 『해방일보』 총편집 등 직무를 력임하였다. 1931년 소련의 불라디보스토크에 기구를 두고있었던 태평양 국제직공회비서처에서 중국부 주임을 담임하고 있었던 그는 왕명의 직접적인 파견하에 당시 중공당 만주성위원회 위원 손광영(原名孙广英化名朱克实)에게 국제당과 만주성위사이에서 중간련락기관의 사명을 수행하는 길동국을 설립할데 대한 공산국제 주재 중공대표단의 결정을 전달하였고 이를 구체화시켰으나 후에 길동국이 파괴되자 직접 만주로 나와 길동특별위원회를 조직하고 한동안 특위 서기직까지도 직접 겸직하였다. 동북항일련군 제4군과 제5군의 건립에 직접적으로 관계하였고, 1934년 겨울에는 민생단으로 몰려 영안으로 피신하였던 김일성과도 직접 만났다.

"상해의 임시중앙이 모조리 파괴되고 이죽성, 성충량이 모두 체포되어 귀순한 상황에서 이 사람들이 지도하고 있었던 만주성위원회를 믿을 수가 없소. 그러니 빠른 시일 내로 다시 길동국의 당 조직을 재건해야 합니다. 그러나 이름은 길동국으로 하지 말고 길동성위로 명명합시다."

"만주성위원회가 이미 존재하고 있는데 또 다른 성위원회 이름을 달아서 조직기구를 만들어내면 혼란을 빚어내게 되지 않을까요? 동만이나 또는 북만처럼 일단 길동 특위로 명명하는 것이 어떻겠습니까?"

오평이 걱정하니 왕명은 설명했다.

"우리 중국 공산당 공산국제 대표단의 지시를 직접적으로 전달하고 관철시켜야 하는 길동 지방의 당 조직 수뇌부가 다른 지역들과 같은 지역급의 특위가 되어서는 안 되지요. 초장에 밀고나가야 합니다. 만주성위원회는 아무래도 믿을 수가 없으므로 길동 지방의 당 조직 수뇌부의 명칭은 길동성위원회로 명명해야 합니다."

하지만 오평의 고집도 만만치 않았다.

"만주성위원회를 믿을 수 없다는 것은 저도 동의합니다. 그러나 조직기구가 엄연하게 존재하고 있고 각지의 당 조직들도 줄곧 만주성위원회의 지도를 받아오고 있는 것도 사실인데 우리가 갑작스럽게 길동성위원회를 따로 만들고 지금부터 중국 공산당 공산국제 대표단의 지시는 길동성위원회를 통하여 전달한다고 하면 일대 혼란이 빚어지게 되리라는 것은 불 보듯이 뻔합니다. 때문에 먼저 특위로 명명해야 합니다. 그리고 나중에 만주성위원회를 정식으로 해산하십시오. 그때 가서 길동특위를 다시 길동성위원회로 바꾸는 것은 그리 어려운 일도 아니잖습니까."

오평의 말에 왕명도 수긍하였다.

그리하여 오평은 원 길동국 팔면통(八面通) 교통참의 책임자 전요선(田耀先), 전중초(田仲樵) 부녀의 안내를 받아가며 먼저 목릉현(穆棱縣)에 도착하였다. 목릉현의 하성자구(下城子區) 하서툰(河西屯)은 바로 과거 길동국 기관이 자리

중공당 내에서 모택동(왼쪽)의 라이벌이었던 왕명(오른쪽)

전중초(田仲樵)

잡고 있었던 동네이기도 했다. 여기서 오평은 과거의 길동국 산하에 소속되어 있었던 당 조직들을 다시 복구하는 작업을 진행하였다.

이때 오평에게 불려왔던 밀산현위원회 서기 박봉남은 결국 오평에게 호되게 공격받았다. 또한 이연록의 유격군이 밀산현 경내에서 갖은 수모를 다 받아가면서도 끝까지 흩어지지 않고 아직까지도 살아남아 있다는 소식을 들었을 때 오평은 너무 감동되어 박봉남에게 말했다.

"내가 누구보다도 먼저 이연록 동지부터 만나야겠습니다."

오평은 원래 영안에 가서 주보중과 만나기로 약속되어 있었으나 이때는 이연록과 만나는 일이 더욱 급해졌다. 물론 박봉남도 급했다. 그는 직접 밀산현위원회 주요 당직자들을 모조리 데리고 오평과 함께 이연록을 찾아갔다.

"제가 정말 죽을 죄를 졌습니다."

박봉남은 이연록의 두 손을 잡고 진심으로 사죄하였다. 그리고 오평에게 요청했다.

"제가 엄중한 착오를 범하였습니다. 저를 처분하여 주십시오."

"아닙니다. '1 · 26 지시편지'가 밀산현위원회에 제대로 전달되지 못한 것은 길동국이 파괴되었기 때문이지 결코 박 서기 동무 한 사람의 책임으로 모조리 돌려버릴 수는 없습니다. 그러나 지금이라도 늦지는 않았습니다. 박 서기 동무가 최선을 다하여 이연록 동지를 도와드려야 합니다. 유격군이 지금까지도 흩어지지 않고 이 밀산 땅에 이처럼 튼튼하게 발을 붙이고 있다는 것이 얼마나 다행입니까."

오평은 이연록에게 물었다.

"그런데 이연록 동지는 '1 · 26 지시편지'정신을 어디서 전달받았습니까?"

"길동국이 아직 성립되지 않았을 때 영안현위원회는 동만 특위의 영도를 받았습니다. 작년(1933년) 5월에 동장영 동무의 연락을 받고 제가 유격군 제2연대와 제3연대 그리고 기병대대까지 합쳐 5백여 명을 데리고 동만에 갔습니다. 그때도 동만의 동무들이 나를 비판하면서 우리가 왕덕림의 구국군에서 연합전선을 맺었던 것에 대해 '국민당 반동 상층 분자'들과 결탁하였던 행위라고 몰아붙였습니다. 그때는 다행히도 동장영 동무가 그렇지 않다고 저를 두둔해주어서 무마되기도 했는데 밀산에 나와서 또 이 골탕을 먹게 되었던 것입니다."

이연록은 오평에게 부탁했다.

"오평 동지께서 중국 공산당 공산국제 대표단을 대표하여 한 말씀만 해주십시오. 저희들이 구국군에서 활동해왔던 것이 과연 '국민당 반동 상층 분자'들과 결탁하였던 행위입니까? 아닙니까? 이 문제는 나뿐만 아니라 모든 구국군에서 활동해왔던 당원 동무들의 명예와도 관계되는 문제입니다."

오평은 박봉남 등 밀산현위원회 주요 당직자들이 모두 모인 자리에서 대답했다.

"우리 당의 '1·26 지시편지'가 아직 발표되지도 않았던 때에 이연록 동지를 비롯한 많은 동무들이 미리부터 구국군에 들어가 활동해왔던 것이야말로 우리 당이 주장하고 있는 항일통일전선을 위하여 빛바랠 수 없는 큰 공을 세운 것입니다."

오평은 또 이연록에게 물었다.

"밀산유격대가 삼림대에게 무장해제를 당한 이 일은 어떻게 해결하였으면 좋겠습니까?"

이에 이연록이 대답했다.

"총을 되찾아오지 말고 그냥 삼림대에 줘버리십시오. 단 조건은 '끝까지 항일투쟁을 해야 한다.'고 하십시오. 이러면 언젠가는 삼림대도 우리 유격대와 손을 잡게 될 것이고 좀 더 시간이 가노라면 아주 우리 유격대로 흡수될 수도 있을 것입니다. 밀산유격대의 총기들은 저희 유격군에서 해결하여 드리도록 하겠습니다."

오평은 감탄하여 마지않았다.

"박 서기 동무, 들으셨습니까? 이 얼마나 멋지고 또 멀리 내다보는 것입니까! 우리가 이와 같은 포부와 배짱도 없이 어떻게 만주의 항일투쟁을 지도할 수가 있겠습니까. 바로 이연록 동지의 의견대로 하십시오."

이연록의 방법은 큰 효과를 냈다. 그러잖아도 이연록이 다시 돌아왔다는 소식을 듣고 은근히 겁에 질렸던 삼림대는 빼앗아 온 밀산유격대의 총들을 다시 돌려주려고 사람을 보내어 연락하고 있던 중이었다. 이 일이 있은 후 삼림대 쪽에서 먼저 이연록에게로 사람을 보내와 유격군의 지휘를 받겠노라고 약속했다.

이때로부터 박봉남의 적극적인 후원을 받게 되었던 이연록의 유격군은 밀산 지방의 모든 삼림대와 구국군 잔존부대들을 유격군으로 개편하는 작업을 진행하였고 밀산현의 합달하(哈達河)에 유격근거지까지 개척하게 되었다. 이연록의 유격군이 항일동맹군으로 이름을 바꾼 것도 바로 이때의 일이다. 밀산현 경내의 여러 갈래 항일 세력들을 규합하여 통일적으로 지휘하기 위하여 항일동맹군

중공당 중앙에서 1933년 1월26일에 발표한 '1·26 지시편지'

총사령부를 내오기도 하였는데 이연록이 총사령에 추대되었고 박봉남은 밀산현위원회 서기직에서 내려앉았다.

신임 밀산현위원회 서기에는 '노맹'(老孟, 張墨林)이라는 별명으로 불리고 있었던 원래의 조직부장이 임명되었는데 이연록은 선전부장 이성림을 서기직에 추천하였으나 오평은 다른 생각을 가지고 있었다.

"대륜(大倫, 이성림의 별명) 동무는 더 요긴한데 쓰일 동무입니다. 이번에 내가 데리고 떠나겠습니다. 문제는 박봉남 동무입니다. 너무 좌경화되어 있어서 이대로 지방에 두기는 좀 불안합니다. 이연록 동지가 보기에는 어디에 배치했으면 좋을 것 같습니까?"

이연록은 그렇게나 박봉남에게 박해를 받고도 이때 박봉남을 위해 말했다.

"박 서기 동무의 사상은 '1·26 지시편지' 정신을 제시간에 전달받지 못했기 때문인 원인도 있고 하니 이 일은 그냥 덮고 넘어갑시다."

이연록은 박봉남을 동맹군 당위원회 서기로 임명해달라고 요청했다. 밀산유격대도 이때 동맹군에 합류했고 동맹군은 동북항일동맹군 제4군으로 개편되었다. 훗날 성립되는 항일연군 제4군의 모태였다 한편 밀산을 떠날 때 오평은 이연록과 한차례 긴 대화를 주고받았다. 바로 민생단과 관련한 문제였다.

5. 오평과 민생단 문제

오평은 이연록에게 물었다.

"나는 동장영 동무가 구국군과의 통일전선문제에 있어서는 굉장하게 열정적이었고 또 적극적으로 지지도 하고 후원도 했던 것으로 아는데 어떻게 되어 민생단 문제에 있어서는 그리도 경솔하게, 그리고 그리도 과격하게 일을 몰아갔는지 원인을 알 수가 없습니다. 이연록 동지가 한때 동만주에서도 활동하셨고 또 동장영 동무와도 잘 아는 사이니 그 원인에 대해서 알고 있을 것이 아니겠습니까? 제가 보기에는 이 문제가 결코 절대로 간단하게 넘길 문제가 아닌 것 같습니다."

이연록은 자세하게 설명했다.

"제가 동만주에서 보낸 시간이 아주 짧습니다. 작년(1933년) 5월에 동만 특위에서는 '1·26 지시편지' 정신을 전달하기 위하여 군정확대회를 소집했는데 제가 유격군 제2연대와 3연대, 그리고 기병대대까지 1천여 명의 대원들을 데리고 소왕청 근거지에 갔었습니다. 그때 일본군 가메오카 무라이치(龜岡村一)가 지휘하는 일만군 혼성 여단 수천여 명이 갑작스럽게 소왕청 근거지를 공격해오는 바람에 제가 동만에 남아서 한동안 소왕청 근거지를 보호하는 전투를 총지휘하게 되었습니다."

김성주는 회고록에서 이 전투를 왕청유격대 대대장 양성룡과 정치위원이었던 자기가 지휘했노라고 회고하고 있다. 그러나 왕청유격대는 이때 이광의 별동대까지 다 합쳐도 2백 명이 되나마나했던데 반해 이연록이 데리고 갔던 유격군은 1천여 명에 달했다. 대두천에서 일자장사진(一字長蛇陣)처럼 기다랗게 방어선을 치고 진지 참호들에 엎드려 거듭되는 토벌대의 공격을 막아냈던 부대가 바로 이연록의 유격군이었다.

사실 김성주나 이연록이나 그들이 남겨놓은 이때의 회고내용은 다 믿을 바가 못 된다. 이연록은

항일동맹군 제4군 성립 당시의 사진(앞에 앉은 중간이 이연록, 오른쪽이 오평, 왼쪽이 양태화)

이때 자기가 데리고 갔던 유격군이 3천여 명이나 되는 일본군 토벌대를 모조리 섬멸했노라고 뻥을 쳤기 때문에 후세의 조롱거리가 되고 말았다. 그러나 전투의 총지휘권이 1천여 명에 가까운 유격군을 거느리고 있었던 이연록의 손에 들어가 있었다는 것만은 의심할 바 없는 사실이다.

특히 이연록의 지휘하에 대두천에서 함께 전투에 참가하였던 별동대는 전투 직후, 대장 이광의 인솔하에 동림하 강변에서 일본군 병사의 시체 하나를 발견했던 일이 있었다. 이 일본군 병사의 시체 옆에는 일본어로 쓰인 쪽지 하나가 있었는데 이광이 직접 이 쪽지를 이연록에게 가져다 바쳤고 이연록은 동장영에게 주어서 번역하게 하였다. 동장영은 이 쪽지를 보고 놀라지 않을 수 없었다. 이 일본인 병사는 공산당원이었기 때문이었다. 쪽지에는 이런 내용이 씌어 있었다.

친애하는 중국 유격대 동지들:

나는 산골짜기에 살포되어 있는 당신들의 삐라를 읽어보고 당신들은 공산당의 유격대라는 것을 알게 되었습니다. 당신들은 애국주의자이며 국제주의자입니다. 저는 당신들과 어깨를 나란히 하고 공동의 원수를 족치고 싶었습니다. 하지만 전 파쇼야수들에게 포위되어 갈 길이 없습니다. 저는 자살하기로 결심했습니다. 내가 자동차로 운반하여 온 탄약 10만 발을 당신들에게 드립니다. 그것은 북쪽 소나무숲 속에 감추어 두었으니 당신들이 이 탄알로 일본 파쇼를 향해 용감히 사격하십시오. 저의 몸은 죽지만 정신은 영생할 것입니다. 당신들의 신성한 공산주의 위업이 하루속히 성공되기를 축원합니다. 관동군 간도일본치중대 일본공산당원 이다 스케오(伊田助男). 1933년 5월 30일.

2005년 9월3일에 중공당 왕청현위원회에서는 이다 스케오가 자살하였던 장소에다가 이다 스케오기념비를 세웠다

소왕청 근거지에서는 동장영의 직접적인 사회하에 이 일본인 공산당원에 대한 추도식이 열리기도 했다. 이다 스케오의 시신은 왕청 땅에 묻혔고 근거지의 백성들이 모두 나와서 이다 스케오를 애도했다.

'1·26 지시편지'가 동만주에 전달되었던 것도 바로 이때의 일이었다. 하지만 동만 특위 군정확대회의에서는 구국군 1천여 명을 데리고 동만에 나왔던 이연록에게로 공격의 화살이 날아들게 되었는데 구국군 출신 유격군 대원들의 군율이 산만했던 것이 주된 공격 원인이었다. 이 대원들 속에는 일부 국민당에 가입하였던 사람들도 들어있었는데 그들은 근거지 사람들이 국민당과 장개석을 가리켜

'반동분자'라고 하거나 또는 '투항분자'라고 비판하는 데 대하여 극도로 민감하게 반응하였다. 다행스럽게도 동장영이 나서서 이연록을 감싸주었다.

이다 스케오(伊田助男) 화상

"일제 왜놈들과 싸우는 일은 우리 공산당만의 일이 아닙니다. 전체 중화민족의 일입니다. 때문에 우리는 모든 반일세력들과 손을 잡아야 하며 그들과 항일민족통일전선을 건립해야 합니다. 이 면에는 이연록 동지가 직접 구국군에 잠복하여 많은 일을 해냈는데 반드시 인정해야 하고 또 긍정받아 마땅합니다."

반대론자들은 이연록이 구국군에 잠복했다기보다는 직접 구국군의 참모장으로 위임되어 줄곧 구국군의 상층부와 함께 일을 했다는 점을 강조하면서 그가 '국민당 반동 상층 분자'들과 결탁하였던 것으로 몰아가려고 하였다. 그러면서 이것은 결코 '1 · 26 지시편지' 정신에 부합할 수 없다는 것이었다. 이에 대해서도 동장영은 끝까지 이연록의 역성을 들어주었다.

"이연록 동지의 줄을 타고 숱한 우리 동지들이 구국군에 들어가서 잠복할 수 있었고 또 왕덕림이 소련으로 도주할 때도 이연록 동지의 과감한 결단하에서 우리 당이 직접 지도하는 보충연대가 통째로 구국군에서 갈라져 나와 오늘의 유격군이 결성될 수 있었습니다. 이것을 어떻게 잘못이라고 할 수 있겠습니까? 나는 이연록 동지에게 공은 있을지언정 결코 과오는 없다고 봅니다."

이때 동만 특위에 도착하여 이연록을 공격했던 사람이 바로 만주성위원회 순찰원 반경유와 양파였다. 다행스러웠던 것은 동장영이 극구 이연록을 비호했기 때문에 이연록은 무사하게 동만을 떠나 밀산 쪽으로 돌아올 수 있었다. 그러나 그에게 덮어씌워졌던 '국민당 반동 상층 분자'들과 결탁했었다는 죄명은 오평과 만나기 이전까지는 줄곧 벗겨지지 않았다.

"이연록 동지의 이야기를 들어보면 동장영 동무도 사상적으로는 참으로 건강하고 똑똑한 동무인데 그가 왜 민생단 문제에서는 이처럼 일처리를 극단적으로 과격하게 몰아갔는지 모르겠습니다."

오평은 민생단 문제를 좀 더 깊이 있게 이해하기 위하여 직접 동만으로 나가볼 생각도 없지 않았으나 길동 특위를 설립하는 일로 정신없이 뛰어다니다보니 도저히 몸을 뺄 수가 없었다. 길동 지방으로 나올 때 블라디보스토크에서 '노마'와 만났던 오평은 동만주에서 '1 · 26 지시편지' 정신을 제대로 관철하지 못하게 된 것은 바로 '조선국 파쟁주의자와 민생단 분자들이 하나가 되어 동만 당내에서 일본 첩자집단을 만들고 당의 지도기관을 차지하고 있었기 때문'이라는 말을 듣고 몹시 의아쩍었다.

"혹시 성위원회에서 잘못 내린 일방적인 판단은 아닙니까?"

"아닙니다. 방금 제가 한 말은 작년 9월에 열렸던 동만 특위 확대회에서 내렸던 결의문입니다. 이런 결의를 내리고 나서 민생단으로 판결 받고 처형당한 간부들이 아주 많았습니다. 물론 지금도 아마 계속 민생단 숙청사업으로 몹시 바삐 보내고 있을 것입니다."

'노마' 자신도 확실하게 그리고 자세하게 알고 있지 못하다보니 이처럼 떨떠름하게 대답할 수밖에 없었는데 그럴수록 오평의 의혹은 커져만 갔던 것이다. 이때 이연록이 오평에게 귀띔해 주었다.

"만약 영안 쪽으로 내려가시게 되면 주보중 동지께 한번 물어보십시오. 주보중 동지가 올해 나자구 쪽으로 나가 동만의 동무들과 함께 몇 차례 연합작전을 지휘하였던 적도 있고 또 동만의 동무들이 영안에 오는 일도 종종 있습니다. 아마도 주보중 동무에게 가면 훨씬 더 자세한 정보를 얻을 수가 있게 될지도 모릅니다."

오평은 밀산에서 호림(虎林)과 보청(寶淸)을 거쳐 요하(饒河)쪽으로 더 올라가려던 계획을 바꿔 다시 남쪽으로 영안을 향해 내려왔다. 길동 특위를 조직할 때 흑룡강성 북부 소만국경과 잇닿아있는 있는 요하지방을 반드시 길동 특위의 직접 관할구역 안에 넣어야 한다는 것은 왕명의 지시사항이었다. 이는 장차 만주성위원회를 대체하게 될 길동 특위의 지리적 중요성을 감안했기 때문이었다.

6. 오평의 구상

이 이전에 요하중심현위원회는 북만 특위의 지도를 받고 있었고 이름을 소매(蘇梅)라고 부르는 특위의 중국인 간부가 서봉산(徐鳳山, 李陽春)이라고 부르는 조선인 간부를 데리고 직접 요하지방에 내려와서 활동하고 있었다. 서봉산의 친구였던 황포군관학교 교관 출신 최석천(崔石泉, 崔鏞建)과 이학복(李學福), 박진우(朴振宇, 金山海)등이 중심이 되어 조직하였던 요하의 조선독립군이 이때 요하 주변의 10여 갈래 삼림대들과 손을 잡고 장차 요하지방의 항일동맹군으로 개편될 계획이었다.

오평이 밀산에서 계속하여 요하 쪽으로 올라가려고 했던 것은 바로 요하지방의 항일동맹군을 이연록의 항일동맹군과 합병시켜 남만의 제1군과 동만의 제2군 그리고 북만의 제3군에 이어서 길동의 제4군의 편제를 완성시키려는 데 목적이 있었다. 도리대로라면 이연록이 구국군에서 데리고 나왔던 부대의 대원수가 가장 많았으나 1933년 한 해 동안에만도 동만에서 한 개 연대를 떼 가고 다시

박진우(朴振宇, 卽金山海)

밀산에 와서 역경에 처해있을 때 한 개 연대가 주보중의 부대로 가버렸기 때문에 이연록의 부대는 이때 사실상 와해 직전까지 와 있었다. 만약 시급히 부대를 보충하지 않는다면 군이라는 편제를 사용할 수가 없게 되는데 이럴 때 요하중심현위원회의 파견을 받고 요하민중반일유격대 정치위원 박진우가 오평과 만나러 밀산에까지 달려왔던 것이다.

박진우에게서 요하의 민중반일유격대가 설립되던 과정과 배경에 대하여 자세하게 소개받은 오평은 특히 유격대를 이끌고 있는 대장 최석천과 정치위원 박진우가 모두 운남강무당에서 군사를 배웠을 뿐만 아니라 최석천은 후에 황포군관학교 교관까지 했던 사람이라는 것도 알게 되었을 때 감탄하여 마지않았다.

"요하민중반일유격대를 이연록 동지의 항일동맹군에 편입시킵시다. 최석천, 박진우같은 군사 전문가들이 포진해있는 부대가 들어오면 제4군을 편성하는 데 상당히 도움이 될 것이라고 봅니다. 그리고 이연록 동지가 장차 북만주 쪽으로 활동지역을 옮겨가는 데도 도움이 되도록 대륜(이성림) 동무를 벌리현위원회 서기로 임명할 생각입니다."

오평의 말뜻을 제대로 이해할 수가 없어 이연록은 물었다.

"북만주는 조상지의 부대가 이미 3군을 결성하고 있지 않습니까? 만주성위원회에서 직접적으로 장악하고 있는 것으로 아는데 내가 밀산에서 또 그쪽으로 활동지역을 옮기게 된다는 말씀입니까?"

오평은 하나둘씩 중국 공산당 공산국제 대표단이 의도하고 있는 바를 들려주기 시작하였다.

"지금은 그냥 구상에 지나지 않지만 언젠가는 그렇게 될 것이라고 봅니다. 이연록 동지뿐만 아니라 영안의 주보중 동지까지도 부대를 나눠 길동 지방의 근거지를 확충해나가게 될 것입니다. 장차 만주의 항일투쟁은 길동 특위가 중심이 되어 지도하게 될지도 모릅니다."

이는 만주성위원회 비서장 풍중운, 조직부장 유곤 같은 사람들이 모조리 파견되어 내려가 있었던 북만주 지방에 대해서도

이학복(李學福)

왕명을 비롯한 중국 공산당 공산국제 대표단은 벌써부터 시름을 완전히 놓고 방심하지 않았다는 것을 설명해주기도 한다.

후에 벌리현위원회 서기로 임명되어 활동하고 있었던 이성림이 1936년 3월에 오평에 의해 북만특위를 총괄하는 송강성위원회 서기에 임명되었을 때 조상지 등의 사람들이 크게 반발하였던 것도 다 이와 같은 원인 때문이었다.

7. '평남양'과 강신태

하충국(何忠國)

오평이 밀산의 합달하 북산에서 이연록과 작별하고 다시 영안현으로 돌아온 것은 1934년 12월이었다. 11월 한 달 동안 밀산에서 주재하면서 동북항일동맹군 제4군의 성립을 주도하였던 오평은 이연록을 제4군의 군장으로 임명하고 정치부 주임에는 하충국(何忠國), 참모장에는 호륜(胡倫)을 임명하였다. 요하민중반일유격대는 4군 산하의 제4연대로 편성되고 연대장에 이학복(李學福, 李保滿), 부연대장 겸 정치위원에 박진우, 참모장에는 최석천이 임명되었다. 한편 1934년 12월, 이연록의 제4군에 이어서 오평은 곧바로 주보중의 수녕반일동맹군을 동북반일연합군 제5군으로 개편하기 위한 작업에 들어갔다.

이때 영안의 사정도 좋해 동안 일명 '평남양'(平南지는 않았다. 영안현위원회 서기 우홍인(于洪仁, 子博安)이 1933년 한洋)이라고 불리기도 했던 이형박(李荊璞, 李玉山)의 부대에서 활동하던중 이 부대를 개편하여 공농반일의무대(工農反日義務隊)로 만들었다.

이듬해 1934년 우홍인과 이형박은 영안주변의 반일삼림대들과 손을 잡고 천교령 경내의 한 산속 양지에다가 1천여 명을 주둔시킬 수 있는 큰 규모의 근거지를 만들었는데 삼림대들을 근거지로 불러들여 놓고 그들을 모조리 중국 공산당의 지도를 받는 공농반일의무대로 개편하는 작업을 꾀하던 도중 삼림대들이 반란을 일으키는 바람에 그만 우홍인이 살해당하고 말았던 것이었다.

이때 이형박도 반란부대에 납치되어 위만군 병영으로 압송 당하던 도중 영안현 팔도하자를 지나게 되었는데 팔도하자에서 16살밖에 나지 않았던 한 조선인 소년이 자기보다 머리 하나씩은 더 큰 부하 10여 명을 데리고 반란부대를 습격하여 이형박을 구해냈다. 이 소년이 바로 해방 후 북한군 초대 총참모장이 되는 강신태(姜信太,姜健)[4]였다.

1918년 생으로 경상북도 상주(尙州)가 고향인 강신태는 1928년, 10살 때 부모를 따라 만주로 이주하여 영안현의 팔도하자에서 정착하였는데 이때의 팔도하자는 대종교의 세상이었다. 바로 함경남도 영흥군 출신의 독립운동가 김중건(金中建)이 와서 개척하였던 조선인 동네였던 것이다. 김중건이 평소 개화장(지팡이)를 짚고 다녔던 관계로 사람들은 팔도하자를 가리켜 '김소래지팡이'로 부르기도 했다. 김중건의 별명인 소래(笑來)에다가 '지팡이'를 가져다가 붙인 별명이었다.

평남양 이형박(李荊璞, 卽李玉山)

한편 해방 후 북한정권의 내각 부수상이 되었고 또 1950년 '6·25 한반도 전쟁'기간에는 북한군의 전선사령관이 되기도 했던 김책은 1930년 여름에 영안현위원회 산하 동경성구위원회 서기직을 맡고 있었다. 그는 조선인들이 가장 많이 집중되어 있었던 팔도하자에 와서 거처를 잡았고, 이 팔도하자를 중심으로 영안현의 첫 소비에트정부를 성립하는 일을 추진하고 있었다. 이때 그는 몰래 팔도하자로 잠복하여 김중건이 만든 학교의 교사로 취직하기도 하였는데, 그때 김책에게서 공부를 배웠던 학생들 속에는 바로 강신태도 들어있었다.

강신태는 14살에 벌써 공청원이 되는 등 팔도하자에서 가장 주목받는 인물이 되었다. 15살 나던 해인 1933년에는 적위대에까지 참가하여 팔도하자의 제일 큰 조선인 지주가 되어있었던 김중건을

4.

강신태(姜信太, 卽姜健)

강건(姜健, 1918년 ~ 1950년 9월 8일)은 일제 강점기 조선의 독립운동가이자 조선민주주의인민공화국의 군인, 정치인이다. 조선인민군의 초대 총참모장이었다. 본명은 강신태(姜信泰). 경상북도 출신이나 만주로 이주하여 성장하였고, 1933년부터 반일유격대에 참여했다. 1935년 동북항일련군에 참여하면서 김일성을 만났고 해방 후 북조선으로 귀국하여 북조선 정부수립에 참여했다. 1950년 조선전쟁 중 전사하였다. 경상북도 상주 출신이나, 어릴 때 만주의 지린성으로 이주하여 그곳에서 자랐다. 1933년 항일유격대에 입대하여 독립운동을 시작하였는데, 어학 실력이 뛰어나고 유격전에도 재능을 보여 어린 나이에 매우 빠른 승진을 했다. 1935년 편성된 동북항일연군에서 주보중(周保中)의 부하로 활동했고, 이후 김일성과 가까이 지내면서 소비에트연방 극동군 제88국제여단에도 함께 들어간 핵심 측근이다. 광복후 다른 동료들이 모두 귀국할 때 김창봉, 최광, 임철수와 함께 연변에서 활동을 하다가, 1년 뒤인 1946년에야 귀국하여 조선인민군 창군 작업을 지휘했다. 1948년 조선인민군 창군과 함께 총참모장에 임명되었으며, 북조선노동당 중앙위원회 위원, 최고인민회의 대의원을 지냈다. 한국 전쟁에 총참모장으로 참전했다가 고향과 멀지 않은 경북 안동에서 지뢰 폭발 사고로 전사한 것으로 알려져 있다. 강건이 전사한 후 김일성과 박헌영이 장례식에서 직접 관을 운구했으며, 공화국영웅 칭호를 받았다. 제1군관학교를 개명한 평양의 강건종합군관학교는 그의 이름을 딴 것이다. 아들 강창주 역시 조선민주주의인민공화국의 군인이다.

마을에서 몰아내는 일에 누구보다 앞장서기도 했다.

어쨌든 이형박은 반란부대에게 잡혀가던 도중 강신태의 도움으로 탈출하여 주보중에게로 왔는데 주보중은 나머지 공농반일의무대 대원들과 영안유격대를 합쳐 영안유격총대로 만들고 대장에는 이형박을 임명하였다. 그리고 구국군에서부터 줄곧 주보중의 심복으로 활동해왔던 진한장(陳翰章)이 이형박의 정치위원으로 전근하였다. 그리고 18살밖에 안 되었던 강신태가 제1중대 분대장에서 일약 제1중대 정치지도원으로 임명되게 된 것이었다.

1934년 10월부터 일명 '홍쓔터우군'(紅銹頭軍)이라고 불리기도 했던 만주국 군정부 소속 직계 부대였던 정안군(靖安軍)이 영안 지방의 반일부대들을 공격해올 때 강신태는 직접 2개 소대를 데리고 주보중이 병 치료를 하고 있었던 대당구의 산막에 와서 그의 경호임무를 담당하고 있었다.

8. '동맹군'과 '연합군'

영안현위원회 교통원이 와서 길동 특위 서기 오평이 팔도하자에 도착하였으며 주보중과 만나러 온다는 소식을 전해주자 주보중은 강신태를 파견하여 오평을 마중하게 하였다. 그러나 오평은 급한 마음에 강신태가 마중오기를 기다리지 않고 교통원이 떠난 지 얼마 안 되어 바로 이복덕과 장중화를 데리고 길을 떠났는데 중간쯤 지점에서 강신태 일행과 만나게 되었다. 장중화가 문득 강신태에게 물었다.

"이봐 강 지도원, 요즘 동만에서 나온 듯한 부대 한 갈래가 영안 지방에서 떠돌아다니고 있다는 소문이 있던데 대원들이 모두 강 지도원과 같은 조선인들인가 봐요. '고려홍군'이라고들 합디다. 혹시 강 지도원은 들어본 적이라도 없으시오?"

강신태도 어디서 조금은 얻어들었던 모양인지 "동만에서 민생단으로 억울하게 몰린 부대가 처형당하기 직전에 도주해서 영안 지방에 들어와 있다는 소문이 있긴 한데 혹시 그들이 아닌지 모르겠습니다. 제가 나가서 한번 알아보랍니까?" 하고 나서는데 장중화는 별로 개의치 않은 표정으로 말렸다.

"아니 연락이 오겠지, 내가 이미 사람을 파견하여 뒷조사를 진행하고 있는 중이긴 하오."

그런데 장중화와 강신태가 주고받는 말에 누구보다도 놀란 사람은 바로 오평이었다. 오평은 장중화와 강신태에게 따지다시피 하며 물었다.

"동만에서 나온 부대라니요? '고려홍군'이라고 하면 모두 조선 동무들로 조직된 부대란 말입니

중공당 영안현위원회 서기 장중화(張中華)

까? 그리고 민생단으로 몰렸던 부대라고 했습니까? 그들이 지금 영안에 들어와 있단 말입니까? 그들을 빨리 찾아내십시오. 내가 직접 만나야 합니다."

"지금 찾고 있는 중입니다. 아마 그쪽에서도 우리와 연계를 취하고자 하고 있을지 모릅니다. '고려홍군'이라고 부르기는 하지만 우리 중국 동무들도 여럿 있는 모양입디다. 모두 굶어서 여기저기로 쌀을 구하러 다니고 있는 모양인데 중국 동네 백성들이 쌀을 잘 주지 않으니 중국 대원들을 앞에 내세워 도처에서 동냥하고 다니는 것 같습니다. 아마 조만간에 팔도하자에까지 찾아오게 될 것 같습니다."

장중화의 대답에 오평은 신신당부했다.

"빨리 알아내서 그들을 나한테로 곧장 데려오도록 하십시오."

산막 가까이에 도착하니 주보중은 지팡이를 짚고 다리를 절뚝거리면서 마중 나왔다. 나자구 전투 때 박격포탄 파편에 다리를 상한 것이 반년이 돼가도록 낫지 않고 염증을 일으켜 갖은 고생을 하고 있던 중이었다. 김성주는 회고록에서 자신이 주보중의 산막으로 찾아갔을 때도 주보중이 지팡이를 짚고 대원들의 부축을 받으며 산막에서 퍽 떨어진 곳에까지 마중하러 나왔다고 회고하고 있기도 한다. 어쨌든 이때 주보중은 오평을 눈이 빠져라 기다리고 있었다.

오평은 '1·26 지시편지'의 내용을 강조하면서 주보중과 머리를 맞대고 앉아 본격적으로 문제를 의논하였다. 즉 '1·26 지시편지' 정신 이전에 공산당원들이 구국군에서 활동해왔던 목적은 한마디로 개괄하면 구국군에 들어가서 구국군의 총과 구국군 병사들을 훔쳐내오는 것이었지만 '1·26 지시편지' 정신 이후에는 구국군과 손을 잡고 구국군과 동맹군을 형성하는 것이라는 것이었다. 그만큼이나 공산당의 반일무장세력이 이제는 많이 강대해졌기 때문에 과거처럼 편제상에서 구국군에게 소속되는 별동대 수준이 아니라 구국군들과 서로 '평기평좌'(平起平坐)할 수 있는 대등관계까지 왔다는 것을 확인시켜주는 계기라고 할 수 있을 것이다. 오평은 이렇게 말했다.

"주보중 동지는 내가 밀산에서 이연록 동지의 유격군을 개편할 때 왜 동만에서처럼 '동북인민혁명군'으로 하지 않고 '동북항일동맹군'으로 이름을 짓도록 했는지 생각해보셨습니까? 이연록 동지에게서 동만의 유격대들이 주변의 구국군과 삼림대들과 무지하게 마찰이 발생했고 또 피해도 많이 봤다는 이야기를 들었습니다. 실례로 별동대의 이야기를 해줍디다만 은 내가 보기에는 별동대의 한계가 바로 그 명칭에서 왔던 것이 아니었나 생각했습니다. 우리 속담에 '명불정, 언불순'(明不正, 言不順)이라는 말이 있지 않습니까. 이름을 잘못 지으면 큰일 납니다. 구국군의 입장에서 볼 때는 별동대가 결국 '각답양지선'(脚踏兩只船)을 했던 것이 아니겠습니까? 이제는 그렇게 하지 말자는 것입니다. 대등한 관계에서 함께 작전을 하자는 것입니다. 그렇다면 어떤 방법으로 대등한 관계를 표현해낼 것이고 그것을 구체화시킬 것인가? 바로 '명불정, 언불순'에서 이 아니 불(不)자를 떼어버리자는 것입니다."

공부를 많이 했던 오평은 말도 아주 재미나게 잘했다. 이연록에게서 동만의 사정들을 많이 얻어들었던 데다가 또 밀산에서 직접 밀산유격대의 총을 빼앗아갔던 삼림대들과의 마찰을 해결하는 과정에서 이연록이 그들을 대할 때 취하곤 했던 태도를 돌이켜보며 말했다.

"구국군도 삼림대도 모두 따지고 보면 우리 유격대들과 전혀 다를 바 없이 농사꾼 출신들이 많고 집에 두고 온 가족들이 모두 째지게 가난합디다. 한마디로 같은 무산자들이고 빈농들이던데 그들이

김일성이 길동 특위 서기 오평과 만났던 주보중의 산막

몸을 담고 있는 부대가 서로 다른 것뿐입니다. 그런데도 그들은 우리 공산당을 '빨갱이' 부대라고 매도하고 있고 우리도 그들을 반동군대 아니면 마적이나 토비들로 폄하하고 있지요. 서로가 사용하고 있는 이름이 다르기 때문이 아니고 무엇이겠습니까."

주보중도 점차 오평이 말하는 뜻을 짐작할 수 있게 되었다. '명불정, 언불순'에서 아니 '불'자를 떼어버리고 '명정언순'으로 바꿔내자는 뜻이 무엇인지를 알 수 있을 것 같았다.

"그렇다면 저희 영안에서도 부대 명칭을 혁명군으로 고치지 말고 계속 반일동맹군으로 사용하여야 한다는 말씀입니까?"

주보중이 조심스럽게 물었다.

"그렇지요. 그러나 시작은 크게 떼는 것이 좋습니다. 지역을 의미하는 이름은 부대가 편성될 때 숫자로 정해지고 있는 상황이 아닙니까. 가장 빨리 성립된 남만에서 1군으로 하고 두 번째로 성립된 동만과 북만에서 각각 2군과 3군을 사용하고 있습니다. 이연록 동지의 밀산에서 4군을 차지했으므로 주보중 동지의 영안에서는 5군으로 하되 부대의 명칭은 똑같이 '동북'으로 하십시오. 내 생각에는 '동맹군'으로 하든 '연합군'으로 하든 다 좋습니다. 이미 밀산에서 모스크바에 보고를 보내어 명칭을 확정하는 일을 최종결정해달라고 요청했습니다. 조만간에 답이 올 것입니다. 보고를 올릴 때는 '동맹'과 '연합'의 뜻을 함께 보고 드렸습니다."

오평의 대답에 주보중은 웃으면서 다시 물었다.

"그러면 '공산국제'에서 최종적으로 부대의 명칭을 '연합군'으로 정해올지 아니면 '동맹군'으로 정해올지는 모른단 말씀입니까?"

"그렇지요. 다 같은 의미인데 어차피 '공산국제'에서 비준하는 명칭을 최종적으로 사용해야 합니다. 때문에 이연록 동지의 부대를 이미 '동맹군'으로 만들었으므로 주보중 동지는 '연합군'으로 잠정 명명합시다. 제4군에 이어서 제5군이라는 부대 번호만 순서에서 이탈하지 않으면 별 문제가 없다고 봅니다."

이렇게 되어 주보중의 수녕반일동맹군은 동북반일연합군 제5군으로 명칭을 고치게 되었다. 중국 공산당 공산국제 대표단에서 '동맹군'이 아닌 '연합군'이라는 명칭을 중국 공산당이 지도하는 만주의 전체 항일부대가 통일적으로 사용해야 한다는 지시를 내려 보낸 것은 1935년 1월의 일이었다. 오평의 보고서에 의해 결정된 것이었다.

9. '연합전선' 구축

이때 오평은 영안현위원회 서기로 임명된 지 얼마 안 되는 이복덕을 다시 길동 특위 조직부장으로 임명하고 원 공청단 영안현위원회 서기 장중화를 중국 공산당 영안현위원회 서기로 임명하였다.

이복덕을 길동 특위 조직부장으로 임명한 것은, 이복덕이 자기를 대신하여 특위의 이름으로 재차 밀산에 올라가 이연록의 동맹군 제4군으로 하여금 근거지를 밀산 한 지역에 국한하지 말고 적극적으로 북만주의 벌리 쪽으로 진출할 것을 촉구하기 위해서였다. 이에 대하여 주보중은 일시적으로 이해가 되지 않기도 했다.

"북만은 3군의 활동지역인데 4군이 북만 쪽으로 진출한다면 혹시 다르게 반응할 수도 있지 않을까요?"

주보중의 걱정은 원인이 없는 것이 아니었다. 이연록의 제4군이 북만주 쪽으로 진출할 때 조상지의 제3군과 오해가 발생하여 이연록의 한 개 연대가 무장해제를 당하고 연대장 소연인(蘇衍仁)이 조상지에게 살해당하는 일까지도 발생했던 적이 있었던 것이었다. 오평은 이유를 설명했다.

"3군도, 4군도 모두 우리 공산당의 부대이지 어느 개인의 부대가 아닙니다. 지역도 마찬가지입니다. 4군의 근거지가 3군과 이어지고 다시 5군의 근거지가 4군과 이어져야 합니다. 따라서 동만의 2군도 노야령을 넘어 4군, 5군과 이어져야 합니다. 이렇게 해야 진정한 의미에서의 반일연합전선이 구축되는 것입니다. 3군도 마찬가지입니다. 하얼빈 주변에서만 활동하고 있으라는 법이 어디 있습니까? 3군도 또한 반드시 더 북쪽으로 그리고 더 서쪽으로 활동지역을 확대해나가야 합니다."

주보중은 감탄하지 않을 수 없었다.

"양송동지의 말씀을 들으니 눈앞이 환해집니다. 진정한 의미에서의 반일연합군이 해내야 하는 사명이 무엇인지를 이제는 확실하게 알 것 같습니다."

"관건은 동만의 2군입니다. 제가 너무 바빠서 차마 몸을 쪼갤 수가 없어 지금까지도 동만 쪽으로 나가지 못하고 있습니다. 2군의 전선(戰線)은 남쪽으로 제1군과도 연결되어야 할 뿐만 아니라 반드시 노야령을 넘어 5군과도 이어져야 합니다. 이런 구상을 동만 쪽에 직접 전달할 수 있는 적임자가 한 사람 있으면 소개하여 주십시오."

"순찰원을 파견할 수도 있고 또 성위원회 명의로 지시를 내려 보낼 수도 있지 않습니까?"

1942年春楊松在病中堅持工作

오평(吳平, 卽楊松), 이 사진은 오평이 후에 만주를 떠나 연안에 가서 사업하고 있을 때다

주보중이 묻는 말에 오평은 웃으면서 대답했다.

"그런데 지금은 나도 구상 중에 있는 일들이 아닙니까? 물론 모스크바에 보고서도 올리고 또 성위원회와 각지 특위에도 조만간에 지시문건을 내려 보낼 것이지만 이런 구상들을 함께 의논하고 같은 생각을 공유할 수 있는 사람이 좀 더 있었으면 좋겠다는 소립니다."

"옳은 말씀입니다. 저도 종종 경험하는 바이지만 상급 당 위원회의 지시 한 통에 의해 무조건적으로 복종하는 방법으로 이루어지는 일과 같은 생각이 서로 공유되면서 행동으로 옮겨지는 일은 서로 굉장하게 다른 효과를 나타내기도 합디다. 양송 동지가 당장 동만으로 갈 수 없는 상황이라면 동만 특위의 책임자들을 길동으로 불러올 수도 있지 않겠습니까."

오평은 자신의 고충에 대해서도 털어놓았다.

"여러모로 고민해오고 있는 바이지만 만주성위원회가 아직도 상급당위원회로 존재하고 있기 때문에 여기서 내가 길동 특위의 이름으로 동만 특위에 대하여 이러쿵저러쿵 지시를 내릴 수 있는 상황이 못 됩니다. 때문에 빠른 시간 내로 동만 특위 책임자를 모스크바에 불러다가 직접 이야기를 나눠보라고 왕명 동지한테 이미 보고서를 올리기도 했습니다. 다만 군사작전 면에서는 만주 전역을 '전정전망'(全程全网) 식의 전선으로 구축하는 데 대하여 2군의 군사지휘원들한테 서로 의사소통 정도는 해볼 수 있는 것이 아니겠습니까."

10. 별명의 연대성

이때 주보중은 오평에게 동만주에서 벌써 이 년째 벌여오고 있는 반민생단 투쟁에 대하여 자세하기 설명하기 시작했다.

"2군의 군사지휘원들은 대부분이 조선인 동무들인데 그나마도 대부분이 민생단간세로 몰려 면직당하였고 또 처형까지 당한 사람들도 한둘이 아닙니다. 모두 공포에 질려 일단 민생단으로 의심받고 있다는 소문만 들려도 부대를 버리고 도주하는 일까지도 비일비재로 발생하고 있습니다. 이런 상황에서 양송 동지가 무슨 방법으로 그들과 의사소통을 진행할 수가 있겠습니까."

"제가 그래서 걱정하고 있는 것이 아니겠습니까. 이연록 동지한테서도 조금은 얻어들었지만 특히 동만주에서 민생단으로 몰렸던 사람들이 영안 쪽으로 피신해 왔던 적도 있다고 하던데 그것이 사실인가요? 그 사람들이 지금도 영안에 있습니까? 아니면 이미 동만주로 돌아갔습니까?"

이때 주보중은 김성주의 일을 이야기했다.

이복덕(李福德, 卽李范五, 後任黑龍江省省長)

"동만의 아동단선전대가 영안에 왔다갔던 적이 있는데 그때 선전대를 데리고 왔던 왕청현 아동국장이 김일성이라고 부르는 젊은 동무입니다. 나이는 젊지만 참으로 순수하고 또 아주 용감하게 잘 싸우는 젊은 유격대장이었습니다. 그런데 그 동무도 민생단으로 몰려 유격대 정치위원에서 면직되었는데 참으로 보기도 안타까웠고 너무 안됐었습니다."

"혹시라도 본명이 김일성입니까? 제가 블라디보스토크에서도 김일성이라는 이름을 들어보았던 것 같은데 혹시 그 김일성은 아니겠지요?"

오평이 묻는 말에 주보중이 설명했다.

"본명은 김성주인데 김일성이라는 이름은 후에 지어

서 부르고 있는 별명입니다. 우리 영안에 이형박 동무의 정치위원으로 가있는 진한 장 동무가 김일성 동무와는 아주 친한 친구 간입니다. 김일성이라는 이름이 아주 오래전부터 하도 유명하니 그것을 그대로 가져다가 자기 별명으로 만들어 사용하고 있는 것이라고 보면 될 것 같습니다."

오평도 머리를 끄덕였다.

"모스크바에서 얻어들은 소린데 남만에 계시는 양정우 동지가 처음 남만에 가실 때 양정우로 별명을 지었던 것도 바로 '양'씨

이복덕의 아내 여협(黎俠)도 '문화대혁명'기간 남편과 함께 홍위병들에게 끌려나와 '반당깡패분자'라는 패쪽을 달고 투쟁을 당했다. 홍위병들이 항일투사였던 여협의 얼굴에다가 먹칠을 해놓았다

성을 사용하였던 '양림'과 '양군무' 두 동무의 영향력을 계속 살려내기 위하여 '양'씨 성을 그대로 사용했다고 합디다. 그러니까 김일성이라는 별명도 결국은 바로 그런 차원에서 지어진 것이었겠군요. 맞습니까?"

"그런데 이제는 동만주뿐만 아니라 북만주에서도 김일성 동무를 알고 있는 사람들은 모두 그의 본명을 기억하지 못하고 있을 지경까지 되었습니다. 진짜 김일성이 알고 있었으면 복장이 터질 노릇이겠지요?"

주보중이 웃으면서 이렇게 하는 말에 오평도 웃으면서 "오히려 더 기뻐할 일일 수도 있지요. 요즘 이복덕 동무가 말입니다. 별명을 하나 새로 더 지으려고 한다는데 몇 가지 지어서 나한테 의견을 묻기도 했지만 뭐라고 지었는지 주보중 동지가 한번 맞춰보시렵니까?"

"네, 뭐로 지었는가요?"

"제가 양송이라는 별명을 사용하고 있으니 언젠가는 제가 모스크바로 돌아간 뒤에 이복덕 동무는 자기가 계속하여 '장송'이라는 별명으로 활동하겠다는 것입니다. 뜻인즉 대외에다가는 '양송'이 아직도 길동에서 우리와 함께 있는 것처럼 보여주게 하겠다는 것입니다."

"그것 참, 좋은 방법인데요? 그래서 동의하셨습니까?"

"동의하지 않을 이유가 있겠습니까? 당연히 동의하였지요. 이복덕 동무의 이복덕이라는 이름도 평소 조선인으로 위장하고 항상 조선인들의 복장을 하고 다닐 때 진짜 조선인으로 보여주기 위하여

1934년 11월-1935년 6월 기간 중공당 영안현위원회 서기와 중공당 길동 특위 조직부장직에 있었던 이복덕(李福德, 卽 李范伍), 해방후 흑룡강성 성장직에 있었으나 '문화대혁명'기간 그는 머리모양새가 모택동의 머리모양새와 같았다는 죄명으로 홍위병들에게 끌려나와 투쟁당하면서 강제로 머리를 깍이웠다

지어낸 조선인의 이름이라고 합다. 지금 조선말도 어물쩍하게 잘합다."

오평이 만주에서 양송이라는 별명을 사용하였던 것과 마찬가지로 만주에서는 자기의 진짜 이름을 숨기고 별명을 지어서 사용하고 있었던 사람들이 아주 많았다. 후에 오평이 모스크바로 돌아가면서 그의 직책을 이어받았던 이복덕은 남만에서 양정우가 자기의 전임자들이었던 '양림'과 '양군무'의 '양'씨 성을 그대로 가져다가 사용했던 것처럼 오평의 별명이었던 양송의 '송'를 그대로 옮겨다가 자기의 별명을 '장송'으로 바꿔 사용하기도 했다.

그러나 감성주의 경우처럼 다른 사람의 별명이었던 김일성이라는 이름 석 자를 아주 통째로 가져다가 자기의 별명으로 만들어버렸던 일은 좀 드물었다. 누가 진짜 김일성이냐, 가짜 김일성이냐를 떠나서 이럴 때는 누가 먼저 사용하였느냐가 중요한 것이 아니라 누가 더 오래 사용하였고 누가 더 많이 알려졌느냐가 중요한데 오평이 김성주와 만나게 될 무렵의 김일성이라는 별명은 이미 김성주에 대한 고정적인 호칭으로 통일되어가고 있었다.

11. 강신태와 박낙권, 그리고 오대성

1945년 '8·15 광복' 직후, 바로 북한으로 돌아가지 않고 한동안 동북민주연군에서 활동했던 강신태는 연변군분구(後改爲吉東軍區) 사령원으로 있었는데 이때 강신태와 친하게 지냈던 길동군구 독립 11사단 제2연대 연대장 황재연(黃載然, 關健)은 직접 강신태에게서 들었던 이야기라며 다음과 같이 전해준 바 있다.

"훙슈터우(정안군)들이 한창 토벌을 시작할 때니까 1934년 11월 아니면 12월쯤이었을 것이다. 동만에서 온 '고려홍군'이 영안 지방에 나와서 쌀을 구하지 못하여 다 굶어죽게 되었는데 팔도하자에까지 와서는 지나가는 사람들만 만나면 주 사령관(주보중)을 만나게 해달라고 하더라. 자기들은 동만에서 왔는데 김일성의 부대라는 것이었다. 한 10여 명쯤 되었던 것 같다. 팔도하자를 지키고 있었던 대원들은 모두 내 부하들이었다. 내가 팔도하자에 있지 않고 주 사령관의 경호를 서느라고 산속에 들어가 있었기 때문에 내 부하들은 장중화 서기에게 이 사실을 보고했고 후에 장중화 서기가 산속에까지 우리를 찾아왔더라. 나는 주 사령관의 파견을 받고 김일성과 만나러 갔는데 그때 김일성과 처음 만났다. 나는 그를 모르는데 김일성은 나를 본 적이 있다고 하더라. 어찌나 많이 굶었고 또 말랐던지 뼈밖에 없는 것 같았다. 바람이 불면 그대로 날아가 버릴 것만 같이 약해보였다. 그렇게 허약한 그가 어떻게 노야령을 넘어 왔던지 모르겠더라. 같은 조선인이어서 여간 반갑지가 않았는데 그도 중국말을 엄청 잘하였다. 보통 동만 사람들은 우리 북만 사람들보다 중국말을 잘하지 못하였지만 김일성은 완전히 중국 사람들처럼 중국말을 하더라. 후에 주 사령관도 그리고 또 진 정위(진한장)도 그러던데 김일성이 중국학교에서 고중(고등중학교)까지 다녔

1947년 동북민주련군 부사령관 시절의 주보중(사령관은 임표)

길동군구 독립 11사단 제2퇀(연대) 퇀장(연대장) 황재연(黃載然, 卽關健, 사진 오른쪽, 왼쪽은 부인 우은자)

다고 하더라."

이 회고담은 황재연의 기록에서 발췌하여 강신태의 구술처럼 표현한 것이다. '연안파'로 분류되었던 황재연은 1948년 8월에 북한으로 돌아갔다가 강신태와의 인연 때문에 '6 · 25 한반도전쟁' 기간에는 북한군 제5사단장과 북한군 철도사단장까지 되기도 했으나 맥아더의 인천상륙작전 뒤에 패하고 그길로 도주하여 아주 중국으로 돌아와 1980년까지 연길에서 살았다.

황재연의 부인 우은자(于銀子)는 남편이 생전에 한 번도 김일성에 대하여 좋은 말을 하는 것을 들어본 적이 없다고 회고했다. 그러나 황재연 자신도 강신태에게서 들었던 김성주와 관련한 이야기에서만큼은 결코 살을 붙였거나 아니면 고의적으로 폄하했던 부분은 전혀 없었던 것 같다, 영안지방에서 쌀을 구하지 못하여 거의 굶어죽을 지경까지 되었다는 강신태에게서 직접 들었다는 이야기를 전하고 있는 황재연의 회고담이 김성주의 회고록에서도 어느 정도 증명되고 있기도 한다. 김성주는 이렇게 회고하고 있다.

"노야령을 넘는 첫 순간부터 이런 냉대에 부딪쳤다고 하면 독자들은 아마 잘 믿지 않을 것이다. 그리고 물을 것이다. 참된 의리의 창조자이고 옹호자이며 대표자인 인민이 자기의 이익을 수호하는 혁명군대를 외면하거나 푸대접한 적이 있었던가 하고. 나는 있었다는 말로써 이 상식을 뒤집어놓을 수밖에 없다.

풍요하고 기름진 영안땅이 곡창지대라는 것은 세상이 다 아는 바이다. 그러나 원정대가 노야령을 내려 북만지경에 들어선 초기만 하여도 영안사람들은 우리에게 밥조차 잘 지어주려 하지 않았다. 궁해서 그런 푸대접을 한다면 연민의 정이라도 느끼련만 오해와 불신을 앞세우고 무턱대고 등을 돌려대니 인민의 지지와 환대에 습관 된 우리로서는 아찔해지지 않을 수 없었다. 설피를 신고 행전을 친 원정대원들이 멀리서 나타나면 이 고장 사람들은 '고려홍군'이 왔다면서 무작정 동네에 나가 돌아다니는 아녀자들을 불러들이고 문부터 닫아걸었다."

노야령을 넘어오면서 지칠 대로 지친데다가 쌀까지 떨어져 며칠을 굶고 난 김성주 일행은 주보중과 만나기 위하여 도처에 사람들을 파견하였다. 중대장 한흥권과 지도원 왕대흥은 물론 중대 산하 각 소대 소대장들과 분대장들까지 모두 동원되었다. 그들은 각자 중국말을 잘하는 대원들을 하나씩 데리고 영앙현 경내의 묘령(廟嶺), 장령자(長嶺子), 이도하자(二道河子), 관문취자(關門嘴子), 와룡툰(臥龍屯), 관지(官地), 남구(南溝) 등 지방과 동네들을 샅샅이 뒤졌는데 지도원 왕대흥과 함께 나왔던 오중흡의 동생 오대성이 길에서 조선인이 사는 듯싶은 농가를 발견하고 들어가 밥을 빌다가 집주인 부자에게 포박 당했다. 오대성의 품에서 권총이 나온 것을 본 집주인이 따지고 들었다.

　　"자네 뭐하는 사람인가?"

　　"그것을 알아서는 뭐하려고 그럽니까? 같은 조선 사람인 것만은 분명하니 일단 밥이라도 좀 먹여주십시오."

조선의용군 제3지대 참모장 시절의 황재연 부부(왼쪽이 아내 우은자)

오대성이 묶인 채로 집주인에게 사정하니

"혹시 동만에서 나왔다는 '고려홍군'은 아닌가?"

하고 집주인은 또 물었다. 오대성은 영안의 조선인들 속에는 공산당을 좋아하지 않는 사람들도 적잖게 있다는 것을 알고 있었기 때문에 한참 대답하지 않았다. 그럴 때 사람을 데리러 나갔던 집주인의 아내가 무장을 한 장정 너덧을 데리고 나타났는데 우두머리로 보이는 사람이 오대성의 앞으로 와서 한참 바라보더니 불쑥 조선말을 했다.

"혹시 왕청유격대에서 온 동무요?"

오대성이 뭐라고 대답하기도 전에 우두머리는 벌써 오대성의 두 팔에 지웠던 포승을 풀어주었다.

"난 강동수(姜東秀)라고 하오. 우린 영안유격대요."

오대성은 너무 굶었던지라 집주인에게 소리쳤다.

"아저씨 빨리 밥부터 좀 주십시오. 먹으면서 이야기하겠습니다."

집주인의 아내가 밥상을 차려 내오자 집주인은 그 밥상을 받아 오대성의 앞에 내려놓으며 농삼아 말했다.

"자네가 굶어서 나한테 포박 당했던 걸세. 죄송하게 됐네."

"아저씨, 제대로 보셨습니다. 제가 사실은 우리 왕청유격대에서 씨름을 잘하기로 이름 있습니다. 하지만 벌써 이틀째 냉수밖에 아무것도 못 먹었습니다. 그러니 어디서 맥이 나오겠습니까."

오대성이 이렇게 농을 받으면서 비로소 영안유격대 부지도원(副指導員) 강동수에게 자기소개를 했다.

"저는 동북인민혁명군 제2군 독립사단 제3연대 김일성 정치위원의 전령병 오대성[5]입니다."

5. 오대성(오중선, 오세영, 吳仲善, 吳世英, 1913~40) (항일연군 제3로군 제34대대 정치위원) 함북 온성군 남양면 세선리에서 빈농의 둘째 아들로 태어났다. 1914년 2월 가족과 함께 길림성(吉林省) 왕청현(往淸縣) 춘화향(春化鄕) 원가점(元家店)으로 이주했다. 1921년 석현(石峴) 국립소학교에 입학했다. 1925년 공산주의자들의 영향 아래 아동단에 가입하여 활동했다. 1926년 소학교를 마치고 농업에 종사하면서 청년동맹에 가입했다. 1929년 농민협회 회원이 되었다. 1931년 만주사변이 일어난 후 중국공산주의청년단에 가입하여 통신연락 업무에 종사했다. 1932년 겨울 일본군에 한때 체포되었다. 1933년 봄 가족과 더불어 왕청현 십리평(十里坪) 항일유격구로 이주했다. 그곳에서 사상학습, 군사훈련에 참가했고, 아동단, 청년단을 조직했다. 1934년 봄 친형 오중흡(吳仲洽)과 함께 동북인민혁명군에 입대하여 제2군 독립사(獨立師) 제3단 제5련에 배속되었다. 이 무렵 중국공산당에 입당했고 그해 여름 전투중 부상으로 오른쪽 손가락을 잃었다. 1935년 가을 인민혁명군 제5군에 배속되어 송리하(松梨河) 전투 등에 참전했다. 1936년 1월 액목(額穆)에서 유격근거지 개척에 참여했다. 그해 가을 통하(通河)지구의 제3군으로 옮아가 제3사 제2단 정치부 주임이 되었다. 1938년 일본군의 삼강성(三江省)지구 토벌에 맞서 吳世英吳世英항전했다. 6월 눈강(嫩江) 일대에서 유격근거지 개척에 참여했다. 1939년 3월 동북항일연군 제3로군 제

인터뷰 받고 있는 이형박(李荊璞, 卽李玉山)

강동수는 알고 있다는 듯이 머리를 끄덕이면서 오대성에게 말했다.

"사실은 방금 동무네 중대 지도원 왕대홍 동무와 만나고 이리로 오는 길이오. 왕 지도원은 우리 동무들과 함께 지금 김 정위한테로 갔으니까 아마 늦어도 저녁때쯤에는 동무네 부대가 모두 팔도 하자에 도착하게 될 것이오. 그러니 동무는 어서 밥을 먹고 우리와 함께 팔도하자에 가서 김 정위를 기다리고 있으면 되오."

왕대홍과 함께 김성주에게로 직접 달려갔던 사람은 강신태였다. 그런데 김성주는 회고록에서 강 신태에 대하여 "우리가 영안땅에 갔을 때 강건(강신태)은 아동단원이었다."고 틀리게 회고하고 있다.

16살의 조선인 적위대 대장 강신태가 1934년 4월에 영안현의 팔도하자에서 반란군에게 포박당 해 끌려가던 '평남양' 이형박을 구한 이야기는 아주 유명한 바 오늘까지도 영안지방에서 널리 전해 지고 있는데도 말이다. 김성주는 또 '평남양' 이형박에 대해서도 주보중의 입을 빌어 "평남양이 비 록 영웅심이 강한 사람이지만 김 사령관에 대해서는 좋은 감정을 품고 있소. 자기를 구원해준 생명

34대대 정치지도원 겸 조직위원이 되었다. 4월 수릉현의 일본개척단을 습격하여 무장과 식량을 노획했다. 5월 남차별(南岔別) 목장을 공격하여 식량과 신발을 노획했다. 1940년 항일연군 제3로군의 일원으로서 이수원자(璃樹園子), 조가둔(曹家屯), 풍락 진(豊樂進) 등지에서 유격투쟁에 종사했다. 10월 7일 조원현 오목대에서 제3로군 제12지대를 이끌고 전투하다가 사망했다.

박낙권(朴洛權)

의 은인이 조선 공산주의자였으니까."라고 회고하고 있기도 하는데 "그 조선 공산주의자"가 바로 강신태였다는 사실을 북한의 당역사연구소 관계자들이 왜 모르고 있었는지 알다가도 모를 일이다.

이듬해 1935년 2월 10일, 오평의 도움으로 수녕반일동맹군이 동북반일연합군 제5군으로 결성될 때 제5군 산하 1사단 사단장에 임명되었던 이형박은 강신태를 자기의 경위중대장으로 데려가려고 하다가 주보중에게 빼앗겼던 일이 있었다. 이형박이 하도 강신태를 내놓으라고 떼를 쓰니 주보중은 강신태가 스스로 선택하게 하라고 떠넘기기도 했다는 설도 있다. 1996년 북경에서 진행되었던 한차례 인터뷰에서 이형박은 강신태에 대하여 회고했다.

"나를 따라가면 연대장까지 시켜주마 하고 구슬렸는데도 말을 듣지 않더라. 후에 장중화(당시의 영안현위원회 서기)가 나서서 5군부가 팔도하자 근거지에 설치되기 때문에 팔도하자 적위대가 통째로 군부 경위중대와 합류하게 된 것인데 어떻게 적위대 대장 강신태만 빼갈 수가 있겠느냐면서 나를 비판하더라. 그래서 강신태를 놓아주고 말았다. 그런데 강신태가 죽어라고 군부에 남은 이유는 그때 동만에서 왔던 김일성의 부대에서 박낙권(朴洛權)이라고 부르는 단짝친구가 동만으로 돌아가지 않고 5군 군부 경위중대에 남게 되었기 때문이었다. 둘이 어떻게나 친하던지 매일같이 그림자처럼 붙어 다니더라. 나의 기억에는 그때 박낙권이 바로 경위중대장이 되고 강신태가 경위중대 지도원이 되었던 것 같다. 군부 경위중대는 전부 조선인 동무들이었다."

이형박의 이 회고에도 정확하지 못한 부분들이 있다. 박낙권이 주보중의 제2로군 총지휘부 경위대장으로 된 것은 1940년 3월의 일이다. 처음에는 5군 군부 경위중대 대원으로 남았다가 이듬해에야 분대장을 거쳐 소대장으로 임명되었다.

강신태와 박낙권, 오대성 등은 모두 동갑내기들이었다. 이형박의 영안공농의무대에서 발생하였던 일명 '점중화 사건'으로 불리기도 하는 삼림대들의 반란사건으로 말미암아 영안현위원회 서기 우홍인, 영안유격대 대장 백전정(白殿貞) 등 중국인 간부들이 모두 살해된 뒤로 주보중은 자기의 신변 경호원들을 전부 조선인 대원들로 바꾸었는데 그만큼이나 조선인 대원들에 대한 주보중의 믿음이 컸었기 때문이었다.

12. "일구난설(一口難說)입니다"

며칠 뒤 팔도하자에 도착하여 영안유격대와 합류한 김성주는 먼저 강동수의 안 내하에 영안현위원회 서기 장중화와 만났다. 장중화에게서 오평의 소식을 들은 김성주의 마음은 형언할 수 없이 설렜다.

"드디어 우리 동만의 문제가 해결을 볼 수 있게 될 것 같습니다."

김성주가 밑도 끝도 없이 내뱉는 말에 장중화는 어느 정도 알고 있는 듯이 머리를 끄덕여 보이기도 했다.

"동만의 조선인 동무들이 민생단 첩자로 의심받아 마음고생이 아주 심하다고 들었습니다. 이제 다 바로잡힐 것입니다."

"그냥 마음고생 정도가 아닙니다. 이미 숱한 동무들이 억울하게 처형당했습니다. 아무런 근거도, 증거도 없습니다. 그냥 의심하고 몰아붙이고 잡아가두고, 처형하고 그럽니다. 바로 지금 이 순간까지도 얼마나 많은 좋은 동무들이 피해를 보고 있는지 말로는 도저히 표현되지 않을 지경입니다. 그

왼쪽으로부터 강건(姜建, 卽姜信太), 주보중(周保中), 김광협(金光俠)

러니 한시라도 빨리 국제당 파견원과 만나야 합니다."

김성주가 주보중의 산막으로 갈 때 장중화도 함께 동행하였다. 소대장 김택근이 몇몇 대원들과 함께 김성주를 따라가고 나머지 대원들은 모두 중대장 한홍권의 인솔하에 영안유격대와 함께 팔도하자에서 숙영하였다. 먼저 달려온 강신태에게서 연락을 받은 주보중은 지팡이를 짚고 김성주를 마중하러 나왔다. 거구인 주보중의 모습이 멀리에서부터 안겨오자 김성주는 앞장서서 달려갔다.

"주보중 동지 그동안 안녕하셨습니까?"

경례를 올리는 김성주에게 큰손을 내미는 주보중도 여간 반갑지가 않은 표정이었다.

"이게 얼마 만이오? 다시 만나니 얼마나 반가운지 모르겠소."

"나자구 전투 때 뵈었으니 따지고 보면 겨우 반년도 안 된 시간인데 얼마나 그리웠던지 모르겠습니다."

김성주는 주보중의 두 손을 잡고 오래도록 놓을 줄 몰랐다.

"김일성 동무가 얼마나 마음고생을 많이 했을지는 짐작할 만하오."

"제가 이번에도 왕윤성 동지가 아니었더라면 주보중 동지와도 이렇게 다시는 뵙지 못할 뻔했습니다. 동만의 상황이 지금 말이 아닙니다. 동만 특위에서는 저를 체포하면 당장 처형하라는 지시까지 내렸다고 합니다."

이 말에는 주보중까지도 깜짝 놀랐다.

"아니 그 정도까지요?"

"말도 마십시오. 그야말로 '일구난설'(一口難說)입니다."

김성주에게는 하고 싶은 말들이 너무도 많았다.

"일단 서두르지 마오. 지금 여기 국제당에서 내려온 양송 동무가 와 있소. 이번에는 반드시 해결을 할 수 있을 것이오."

주보중의 말에 김성주가 대답했다.

"솔직히 말씀드리면 이번에 노야령을 넘을 때 다시는 동만으로 돌아갈 생각을 하지 않고 왔습니다. 동만의 문제가 해결이 되지 못하면 저는 돌아갈 수도 없습니다. 왕윤성 동지도 그렇게 권했고 저도 영안에서 주보중 동지의 부대에 편입되어 항일투쟁을 계속해나갈 생각입니다."

김성주의 이와 같은 고백을 듣고 나서 주보중도 머리를 끄덕였다.

"하긴 어디선들 항일투쟁을 못하겠소. 그러나 동만 문제는 반드시 해결을 볼 수 있을 것이오. 나도 이미 양송 동무와 많은 이야기를 나눴고 또 김일성 동무에 대해서도 소개했소. 이제 양송 동무를 만나면 김일성 동무가 직접 그동안 동만에서 발생했던 일들에 대하여 자세하게 이야기하여 주오. 양송 동무가 그러잖아도 김일성 동무가 왔다는 소식을 듣고 여기서 기다리고 있는 중이오."

산막에 도착하니 오평이 문 앞에 나와서 기다리고 있었다. 눈에 도수 높은 안경을 쓴 오평은 김성주와 악수를 하고 나서 첫 마디로 다음과 같은 덕담을 건넸다.

"궁금한 것이 하나 있습니다. 김일성 동무가 동만 출신이라고 들었는데 북만에도 참 많이 알려졌더군요. 원인이 무엇입니까?"

오평이 이렇게 불쑥 묻는 바람에 김성주는 "북만에서는 저를 동만 출신이라고 하지만 동만에서는 오히려 저를 북만 출신이라고 하는 사람들도 아주 많습니다." 하고 대답해서 오평은 알고 있다는 듯이 머리를 끄덕였다.

"그러잖아도 주보중 동지에게서 김일성 동무에 대한 이야기를 많이 들었습니다. 왕덕림의 구국군이 소련으로 달아날 때 소만국경까지 따라가면서 만주에 남아 끝까지 항일투쟁을 하자고 붙잡았던 사람이 바로 김일성 동무가 아니었습니까. 정말 이해할 수가 없었습니다. 김일성 동무처럼 항일투쟁에 철저한 동무가 동만에 가서 민생단으로 의심받고 마음고생을 많이 하고 지냈다는 사실이 황당스럽기만 합니다."

이렇게 위안하는 오평의 앞에서 김성주는 갑자기 울컥 하고 설움이 북받쳐 올라 당장 울음이 쏟아질 것 같았지만 애써 짓눌렀다.

"그냥 간단하게 마음고생 정도가 아닙니다."

울음을 참느라고 한참 말을 못 하는 김성주에게 오평은 손수 더운 물까지 부어주며 권했다.

"김일성 동무, 진정하십시오. 누가 뭐라고 해도 나와 주보중 동지는 우리 당과 혁명에 대한 김일성 동무의 충성심을 백 퍼센트 믿습니다. 이렇게 만났으니 며칠간 함께 보내면서 동만에서 발생했던 일들에 대하여 자세하게 들려주십시오. 제가 조만간에 모스크바에도 보고서를 올려 보낼 것이고 또 만주성위원회에도 편지를 보낼 생각입니다."

오평의 요청하에 김성주는 주보중의 산막에서 이틀 밤낮을 묵어가며 '반민생단 투쟁'과 관련하여 직접 동만에서 경험해왔던 일들에 대하여 자세하게 소개했다. 오평은 손에 수첩까지 펼쳐들고 쉴 새 없이 받아 적었다. 김성주는 왕청현위원회 서기 이용국과 군사부장 김명균의 일을 이야기할 때는 아쉬움을 금치 못했다.

"두 분 다 얼마나 훌륭하신 분인지 직접 만나보지 못한 사람들은 결코 제대로 알 수가 없습니다.

주보중(오른쪽)과 김일성(왼쪽)

제가 말로 다 표현할 수가 없을 정도로 두 분은 모두 왕청 유격근거지를 건설하는 일에 제일가는 업적을 세웠던 사람들입니다. 그런데도 이용국 서기는 처형당하였고 김명균 군사부장은 감금되었다가 결국 근거지에서 도주하고 말았습니다."

오평은 듣다듣다 더는 들어낼 수가 없었던지 수첩을 덮으며 물었다.

"최종적으로 이런 사람들에 대하여 처형할 때 처형하라고 인준하였을 책임자가 있었을 것이 아닙니까. '민생단 숙청위원회'에서 그냥 자기들끼리 판결하고 집행하고 그러지야 않았겠지요? 처형 직전에 일일이 특위서기에게 보고되었느냐 말입니다."

"네, 솔직히 말씀드리면 보고되었습니다. 특히 특위기관이 저희 왕청 근거지에 와있었기 때문에 왕청현위원회 영도자들이 민생단으로 의심받고 처형될 때는 대부분 특위서기에게 보고되었습니다. 그러나 왕청 외의 다른 현들에서는 대부분 먼저 집행하고 나서 나중에 특위에 보고되는 경우가 많았습니다."

주보중이 오평에게 설명했다.

"김일성 동무의 이야기를 들어보니 특위의 상무위원이 '민생단 숙청위원회'도 함께 책임지고 있었다지 않습니까. 제가 보기에는 특위에서 직접 처형을 비준하였던 것이라고 봐야 할 것 같습니다."

"근거지에서 탈출하고 종국에는 적들에게로 가서 변절해버린 변절자들에 대하여 변호를 하려는 것이 아닙니다. 아무런 확실한 근거나 증거가 없이 그냥 의심만 가지고 민생단으로 몰아 처형하고 감금하였기 때문에 결국에 가서는 그 사람들을 변절의 길로 가지 않을 수가 없게끔 핍박하였다는 것입니다. 제가 북만으로 나올 때 바로 저희 독립사단 윤창범 독립연대 연대장이 또 민생단으로 몰려 감금되었는데 그와 한 감방에 갇혀있던 동무들이 매일 저녁마다 하나둘씩 끌려 나가서 처형당하고 돌아오지 못하니 결국 윤 연대장도 감방에서 탈출하고 어디론가 달아나 버리고 말았습니다."

누구보다도 윤창범의 일에 대하여 잘 알고 있는 김성주는 이도강 전투에서부터 시작하여 하나도 빼놓지 않고 자세하게 이야기했다.

"그렇다면 윤 연대장은 아직도 어딘가에 살아있을 것이 아니겠습니까. 만약 찾아낼 수만 있다면 윤 연대장의 혐의를 벗겨드리고 다시 부대로 복귀시켜드리고 싶습니다."

주보중 일가와 김일성 일가(중간의 두 아이가 주보중의 딸 주위와 김일성의 아들 김정일, 중간의 두 여자는 왼쪽이 주보중의 아내 왕일지, 오른쪽이 김일성의 아내 김정숙)

주보중의 아내 왕일지(王一知)

"만약 그렇게만 될 수 있다면야 얼마나 좋겠습니까."

주보중은 김성주에게 부탁했다.

"이제 김일성 동무가 만약 다시 동만에 돌아가게 되면 혹시라도 민생단으로 의심받고 부대를 탈출한 동무들을 찾아내서 모두 나한테로 보내주오. 내가 그들을 데리고 있겠소."

이에 김성주는 난색을 지어보였다.

"저보고 동만으로 다시 돌아가란 말씀입니까?"

"누구든 동만으로 가서 이 문제를 해결하고 바로잡아야 할 것이 아니겠소. 물론 지금 당장 돌아가는 것은 좀 어렵겠지만 양송 동무가 모스크바에도 보고서를 올릴 것이고 또 성위원회에도 편지를 보낼 것이라고 하니 그때쯤 되면 상황이 많아 달라져 김일성 동무가 당당하게 돌아갈 수 있다고 보오."

오평은 머리를 끄덕이며 주보중의 말에 동을 달았다.

"단지 민생단 문제뿐만 아니라 군사전략면에서도 김일성 동무가 동만으로 돌아가서 나를 대신하여 몇 가지 해줘야 할 일들이 있습니다."

오평의 말에 김성주는 부쩍 호기심이 들었다. 오평은 김성주에게 '항일구국 6대 강령'에 대하여 설명했다. 이 강령의 원명은 '대일작전에 관한 중국인민의 기본강령'이었다. 중국 공산당 중앙의 이름으로 발표된 중국 공산당 공산국제 대표단의 '1·26지시편지' 정신은 바로 이 강령을 구체화하여 사실화시킨 것이라고 볼 수도 있었다.

"이 강령의 기본 정신에 의하여 우리는 만주의 항일부대들을 모조리 통합하여 '연합군'이라는 통일된 명칭을 사용하려고 하오. 이미 모스크바에도 보고를 올렸고 조만간에 비준되어 내려올 것이오."

오평은 만주의 전체 항일부대들을 연합군이라는 명칭으로 통일시키고 각지 연합군의 활동무대를 서로 이어지게 하는 방법으로 진정한 의미에서의 연합전선을 형성하려고 했던 자기의 구상을 흥미진지하게 설명했다. 이미 이연록의 항일동맹군 제4군은 밀산에서 벌리현 쪽으로 근거지를 확충해나가기 시작했고 주보중의 반일연합군 제5군도 조만간에 밀산 쪽으로 나가게 된다고 소개하면서 말을 이어나갔다.

"이제 동만 특위에도 지시를 내려 보낼 것이지만 동만의 혁명군 제2군이 바로 남만과 북만을 한데 잇는 역할을 해나가야 하는 것입니다. 나는 김일성 동무가 동만으로 돌아간 뒤에 직접 2군의 책임자들과 만나 나의 이와 같은 구상에 대하여 보다 자세하게 설명하여 주기를 바랍니다."

김성주는 너무 흥분하여 주보중에게 말했다.

"양송 동지의 말씀을 듣고 보니 저의 이번 북만행이야말로 동만과 북만의 항일전선을 한데 잇는 역할을 하고 있는 것으로 볼 수도 있지 않겠습니까?"

"왜 아니겠소. 사실대로 말해서 바로 김일성 동무 덕분에 우리 북만과 동만이 하나로 이어지고 있다고 볼 수가 있는 것이오."

주보중은 머리를 끄덕이면서 오평에게도 말했다.

"김일성 동무가 올해 한 해에만도 벌써 두 번째로 영안에 왔습니다. 앞서는 그냥 아동단선전대를 데리고 왔었지만 이번에는 좀 경우가 다르잖습니까. 온 김에 여기 부대와 함께 멋진 전투도 몇 차례 진행하고 또 승전소식을 동만 특위에도 알립시다. 김일성 동무, 그러는 것이 어떻겠소?"

주보중이 이렇게 의향을 물으니 김성주는 기쁘게 대답했다.

1943년 10월 소련 경내의 하바로프스크의 북야영에서 촬영한 것을 알려지고 있는 이 사진은 주보중과 김일성의 우정을 가늠케 한다. 사진속 앞줄 가운데 주보중, 왕일지 부부와 나란히 함께 앉아있는 김일성, 세번째줄 좌로 세번째가 강신태다.

"제가 바라는 바가 바로 그것입니다. 그런데 제가 데리고 온 대원들이 너무 적어서 좀 걱정입니다."

"그것은 걱정할 것 없소. 내가 한 개 중대쯤 보충해주겠소. 대신 김일성 동무는 동만에서부터 데리고 온 동무들 가운데서 내가 경위원으로 데리고 있을 동무 한두 명만 주오. 꼭 조선인 동무여야 하오."

주보중과 김성주가 주고받는 말을 듣고 있던 오평이 의아한 표정으로 주보중에게 물었다.

"주보중 동지, 꼭 조선인 동무들을 경위원으로 데리고 있고 싶어 하는 남다른 이유라도 있습니까?"

"있습니다. 있구 말구요. 듣고 나서 놀라시면 안 됩니다."

주보중은 산막 밖 문어귀에다가 못 박아놓은 것처럼 꼼짝도 하지 않고 서서 지키고 있는 강신태의 뒷모습에 대고 눈짓을 보내며 오평에게 이야기했다.

"나뿐만 아니라 여기 장중화 동무도 그렇고 특히 '평남양' 이형박 동무도 모두 조선인 동무들을 경위원으로 두지 못해 난리입니다. 특히 강신태같이 나이도 어리고 약삭빠른 경위원을 두면 용도가 이만저만한 것이 아닙니다. 필요할 때는 전령병도 되고, 전투대원도 되고 또 적후정찰, 지방공작 어디에나 막히는 데가 없는 동무들입니다. 또 중국말까지 잘해서 중국 동네건 조선인 동네건 어디를 가든 막히는 데가 없단 말입니다."

장중화도 맞장구를 쳐가며 감탄했다.

"네. 강신태 같은 애들은 정말 보배 중의 보배지요. 나이는 어리지만 그야말로 일당백입니다. 저 애 아니었더라면 이형박 대장이 아마도 지금 살아있지 못했을 것입니다."

주보중과 장중화가 강신태를 칭찬하는 말을 듣던 오평도 "아, 그래서 저 애가 주보중 동지의 뒤에 그림자처럼 붙어 다니는군요. 저 애를 처음 볼 때 깜짝 놀랐습니다. 총이 귀한데 저 애는 혼자 어깨에 보총을 메고 배에는 또 싸창까지 차고 있더라고요. 엉덩이에도 왜놈들에게서 빼앗은 수류탄 같은 걸 담은 주머니까지 하나 달고 있습디다. 혼자서 소형 화약고를 지고 다니는 모양 아닙니까." 하고 감탄하는 바람에 김성주도 여간 즐겁지 않을 수가 없었다.

하긴 동만주에서는 조선인이라면 무작정 민생단으로 몰아붙이지 못해 안달이 나있었던 반면에 북만주에서는 이처럼 조선인 대원들을 서로 자기의 경위원으로, 전령병으로 두고싶어 하고 있으니 말이다. 주보중은 김성주에게 말했다.

"난 알고 있소. 김일성 동무가 데리고 다니는 부대에 강신태같이 약삭빠른 아이들이 아주 많다는 것을 말이오. 그러니 이번에 최소한 몇 명은 나한테 내놓아야겠소."

"좋습니다. 그렇게 하겠습니다."

1950년 '6·25 한반도전쟁'기간 북한군 초대 총참모장이
되었던 강신태(왼쪽)와 김일성

김성주는 주보중의 요청에 기꺼이 응낙했다.

"그런데 정말 좋은 애들을 더 데리고 오지 못한 것
이 아쉽습니다. 동만에 두고 온 저의 대원들 속에 나
이는 어려도 날고뛰는 싸움꾼들이 정말 많습니다.
그렇지만 이번에 데리고 온 대원들 속에 저의 전령
병 오대성 동무와 박낙권 동무도 모두 대단한 애들
입니다. 어디에 내놓아도 단단하게 한몫할 수 있는
동무들입니다."

이렇게 말하는 김성주에게 주보중도 연신 감사했다.

"이번에는 한 두어 명만 두고 다음에 다시 북만에
나올 때는 좀 많이 데리고 나와서 넉넉하게 한두 개
소대쯤 떼 주오. 대신 이번에는 내가 먼저 두 개 소
대를 김일성 동무한테 보충해 주겠소."

제16장

동틀 무렵

고통이 남기고 간 뒤를 보라!
고난이 지나면 반드시 기쁨이 스며든다.
— 괴테

1. 동만주 소식

'코민테른'(共産國際,卽國際黨)은 1919년 3월 레닌의 직접적인 지도하에서 성립되었다. 성립 당시는 각 국의 공산당 조직은 평등한 위치에 있었으나 점차적으로 소련공산당이 종주국가적인 위치에서 군립하게되었다

오평은 김성주와 만난 뒤에 바로 만주성위원회에 편지를 보냈고 또 모스크바에는 직접 장중화를 파견하였다. 오평이 동만에서 발생하고 있었던 '반민생단 사건'에 대하여 설명을 진행할 때 장중화를 곁에 참가시켰던 원인은 보고서 외에도 장중화를 통해 중공당 공산국제 대표단 단장 왕명에게 김성주에게서 직접 들었던 이야기들을 구두로 자세하게 전달하기 위해서였다. 후에 모스크바에 불려가서 왕명과 만났던 만주성위원회 서기 양광화는 동만에서 발생하고 있었던 민생단사건에 대하여 왕명이 이미 아주 자세하게 이해하고 있는 데 대하여 몹시 놀랐다며 회고했다.

말년의 양광화(楊光華)

말년의 유곤(劉昆, 卽趙毅敏)

"왕명은 우리 만주성위원회 지도부를 의심하고 있었기 때문에 우리가 동만에서 발생하고 있었던 일들에 대하여 올려 보냈던 보고서를 믿으려고 하지 않았다. 나의 전임자였던 '노마'가 먼저 모스크바에 불려가서 사업보고를 했지만 왕명은 따로 특파원(吳平, 楊松)을 파견하여 길동 특위를 새로 조직하고 중국 공산당 공산국제 대표단의 모든 지시를 모조리 길동 특위를 거쳐 성위원회에 전달하게 하였다. 때문에 만주성위원회가 이때는 사실상 유명무실해지게 되었다.

오평이 보내온 편지를 받고 나서 나는 재차 위증민을 불러 민생단문제가 이미 모스크바에도 전해져 들어갔고 좌경화가 극대화되는 것을 제지하여야 한다고 수차례 주의를 주었다. 그런데 위증민의 대답은 민생단이 확실하게 존재한다는 것이었다. 다만 처리방식에 있어서 경험이 부족하다보니 확실한 증거도 없이 무작정 의심하고 처형하고 했다는 것이었다."

양광화는 오평의 편지를 받은 뒤 즉시 만주성위원회 조직부장 유곤을 모스크바에 파견하는 한편 동만에 내려가 있었던 위증민을 불러 단단히 당부했다.

"확실한 증거도 없이 자기의 동지를 체포하고 처형하고 하는 일은 반드시 제지되어야 하오. 그리고 특별히 구국군과의 사업에 몸을 담았던 일로 의심받고 있는 동무들에 대해서는 새로운 평가를 내려줘야 하오. 그 동무들이야말로 당 중앙의 '1·26 지시편지' 정신을 가장 앞장서서 솔선수범하여 관철하고 집행하여 왔던 좋은 동무들이 아니겠소."

"네. 이 문제는 저도 심각하게 반성하고 있는 중입니다. 구국군과 접촉을 가졌던 적이 있는 한 동무가 민생단으로 의심받고 체포 직전에 한 개 중대를 데리고 북만 쪽으로 도주한 일이 있습니다. 혹시 북만에서 국제당 순찰

동만 특위 서기에 임명된 위증민(魏蒸民)

중공당 만주성위원회는 공산국제 중공대표단 단장 왕명(사진 앞줄 중간)의 직접접인 영도를 받고있었다. 사진은 1937년 중공당 중앙회의에 참가하고 있었던 왕명의 모습이다. 모택동과 주은래 등은 모두 뒷줄 한 쪽 곁으로 밀려나있다. 이 시절 중공당 내에서 왕명의 세력과 위치가 어떠하였는가를 보여주고 있다.

원과 만났다는 사람이 그 동무가 아닌지 모르겠습니다."

"지금 조직부장 유곤(劉昆, 趙毅敏)동무가 모스크바에 사업 보고하러 갔소. 아마 길동 특위에 들려 국제당 순찰원과도 만나게 될 것이니 이제 돌아오면 자세한 사연을 알 수 있게 될 것이오. 어쨌든 국제당의 순시원이 동만에 가보지 않았는데도 이처럼 동만의 일들에 대하여 자기의 손바닥같이 자세하게 알고 있다는 사실을 보면 동만에서 민생단으로 몰려 근거지에서 도주한 사람들이 적지 않게는 북만 쪽으로 피신해갔을 가능성도 있지 않겠소? 그러니 북만으로 도주했다는 그 동무에게로 사람을 보내서 오해도 풀어주고 빨리 동만으로 돌아오게 해야 하오."

이렇게 회고하면서 양광화는 그때 북만주로 피신했던 사람이 바로 오늘의 북한 주석 김일성일 줄 전혀 모르고 있었다고 말했다. 또 오평의 편지를 받은 뒤에 민생단으로 의심받고 감금되어 있거나 또는 근거지에서 탈출했던 사람들에 대하여서는 다시 평가해주라는 지시를 자기가 내렸다고 말하지만 그렇게 신빙성은 있어 보이지 않는다.

그러나 또 양광화의 부탁을 받고 위증민이 북만주로 피신했던 김성주에게로 사람을 보냈다는 기록은 어디에도 없다. 다만 김성주 본인의 회고록에서 보면 동만에서 파견한 통신원이 주보중을 찾아왔었고 그 통신원이 이형박과 함께 자기를 찾아왔다고 회고하고 있다. 김성주는 이 통신원을 통하여 간도의 소식을 알게 되었다.

"새해 인사차 군정간부 확대회의가 열리게 되는데 김 정위가 와서 참가하여야 한다고 지시하였습니다. 아마도 동만의 혁명군이 다시 재편될 것입니다."

김성주에게 처형명령까지 내렸던 왕중산이 이때 물러나고 위증민이 새로 동만 특위 서기에 임명되었다는 것은 여간 반갑지가 않은 소식이었다.

"조 연대장의 상처는 어떠합니까?"

김성주는 연대장 조춘학의 소식도 물었다.

"조탄장 연대장은 이미 세상을 뜨셨고 지금은 방진성(方振聲)이라고 부르는 중국인 동무가 새로 3연대연대장에 임명되었습니다."

"윤창범 연대장의 소식은 있습니까?"

"아직은 없습니다. 마적이 되었다는 소문이 있습디다."

통신원이 자기가 아는 만큼 말했다.

"지금은 좀 달라지고 있는 같습니다. 민생단으로 의심받아도 함부로 묶어서 들보에 달아매고 그러지 않습니다. 처형도 확실한 증거가 나오기 전까지는 집행하지 않습니다. 점차 바로잡힐 것 같습니다."

김성주에게는 여간 다행스러운 일이 아닐 수 없었다. 오평의 편지를 받고 만주성위원회 조직부장 유곤이 모스크바로 가는 길에 영안현에 들려 오평과 만났는데 유곤은 양광화가 이미 위증민을 동만 특위 서기에 임명하고 그에게 동만의 좌경화를 굳건하게 제지시켜야 한다는 지시를 내렸다고 회보했다.

그런데 이와 관련하여 종자운은 다르게 회고하고 있다. 위증민을 동만 특위 서기로 임명한 것은 직접 공산국제 중국대표단으로부터 내려온 결정이었다는 것이다. 양광화는 말이 '공산국제 중국대표단'이지 실제로는 왕명의 대리인이나 다를 바 없었던 오평이 길동 특위에서 이미 전체 만주성위원회의 권한을 대신하여 행사하고 있었다고 설명했다. 어쨌든 왕명의 불신을 받고 있었던 만주성위원회는 이

1930년대 중반기부터 김성주는 많은 사람들에게 김일성으로 알려지기 시작했다

때 이미 아무런 인사권한도 행사하지 못하고 있었다는 것만은 틀림없었던 것 같다.

어쨌던 주보중에게서 새로운 특위 서기가 임명되었고 또 혁명군도 새롭게 재편된다는 소식을 전해들은 김성주의 마음을 벌써부터 동만의 하늘 아래로 훨훨 날아가 있었다. 돌아올 날은 기약하지도 못한 채로 허둥지둥 노야령을 넘어설 때는 이처럼 빨리 다시 동만주로 되돌아갈 수 있게 되리라고는 상상조차도 하지 못했던 것이 사실이었다.

2. 정안군의 토벌과 신안진 전투

그런데 이때 새로운 문제가 대두했다. 영안유격대와 합류한 뒤로 팔도하자 근거지에서 10여 일 넘게 휴식하고 있는 동안 일본군이 수녕지방의 반일동맹군을 소탕하러 온다는 정보가 들어왔다. 여기에 동원된 부대들은 1934년 7월 1일에 새로 조직된 만주국 제4군관구(軍管區) 산하 제9지대의 혼성 제22, 23여단과 기병 제6여단이었다.

만주국 군정고문으로 있으면서 항일군에 대한 토벌을 총지휘했던 사사키 토이치(佐佐木到一)

흑룡강성 전역의 치안을 책임지고 있었던 제4군관구의 사령관은 '대두'(大頭)라는 별명으로 불리고 있었던 흑룡강성 출신의 동북군 장령 우침징(于琛澄)이었다. 만주의 백성들은 우침징을 가리켜 '위다터우'(于大頭)라고 불렀다. 1932년 '9·18 만주사변' 당시 일본군에게 투항하고 일본군의 앞장에 서서 길림과 흑룡강 두 지방의 항일군을 토벌하는 데 사력을 다했던 유명한 인물이다. 이때 우침징은 제4군관 사령관 외에도 또 북만철도호로군 총사령관직까지도 꿰차고 있었지만 군관구의 실제적 권한은 세키 겐로쿠(关源六)라고 부르는 일본인 주임 군사고문의 손에 모조리 들어가 있었다.

세키 겐로쿠는 관동군 출신의 현역 대좌였다. 제4군관구 산하 제9지대 지휘부에서 수녕지방의 반일연합군을 토벌할 때 세키 겐로쿠 대좌는 직접 목단강에 내려와 토벌작전을 진두지휘하고 있었다. 일명 '훙슈터우군' 또는 '훙슈군'으로 불리고 있었던 정안군이 간로쿠 대좌를 따라 영안 지방으로 이동해왔던 것도 이때의 일이었다.

정안군은 1932년 6월에 처음 창건될 때까지만 해도 지금처럼 편제가 크지도 않았고 또 인원수도 많지 않았다. '군'이라고 이름을 달았던 것도 정안군이 관동군 사령부로부터 만주국 군정부로 소속이 바뀌게 되면서부터였다. 그 이전에는 그냥 '야스쿠니 유격대'(靖安遊擊隊)로 불렸다. 후에 '야스쿠니군'(靖安軍), 즉 정안군으로 명칭이 바뀌면서 2개의 보병 연대와 1개의 기병연대 외 1개의 포병중대가 더 보충되어 전체 병력수가 여단규모로 확충되었는데 주로 제3군관구와 제4군관구에 배치되어 있었다.

어쨌든 이 당시 정안군 제1보병연대(美崎丈平聯隊)가 제4군관구 산하 제9지대의 지휘부가 설치되어 있었던 목단강에서 출발하여 영안현 경내로 들어왔다. 제1보병연대 산하에는 3개의 보병대대와 1개의 기관총중대, 그리고 1개의 박격포중대 외 1개의 보충기동중대가 첨가되어 있었는데 연대장 미사키 죠우헤(美崎丈平) 대좌는 관동군 출신의 퇴역군인이었다.

김성주는 회고록에서 연대장 미사키 대좌의 이름을 '요시자키'로 잘못 기억하고 있다. 하지만 1930년대 초엽, 일본군에서 퇴역하고 다시 만주국 군대의 지휘관으로 초빙되어 복무하였던 일본인 군인들 속에서 미사키 대좌는 아주 유명할 정도였다.

신안진에 주둔하고 있었던 정안군 제1연대 산하 제1대대 대대장의 이름은 다케우치 타다시(竹内忠)였다. 미사키 대좌의 직계 부하였는데 역시 관동군에서 퇴역하고 미사키 대좌처럼 다시 만주국 국군에 와서 대대장이 되었던 군인이었다. 김성주는 회고록에서 "신안진 부근에서 평남양(이형박) 부대와 함께 다케우치 중좌가 이끄는 2개 대대의 정안군을 요절냈다."고 회고하고 있지만 실제로 다케우치 타다시 중좌는 다만 대대장에 불과했을 뿐이고 그가 혼자서 2개 대대의 정안군을 이끌고 다닐 수는 없었다. 마땅히 2개 중대라고 해야 정확하다.

영안유격대 부지도원 강동수가 정찰조를 데리고 신안진으로 잠복하여 다케우치의 보병대대가 팔도하자로 토벌하러 떠나는 시간을 알아냈기 때문에 팔도하자 근거지에서는 토벌대가 도착하기 이전에 모두 피난을 떠나느라고 일대 비상이 걸렸다. 백성들은 눈 깜짝할 사이에 벌써 절반 이상이 사라져버렸고 영안현위원회 기관과 주보중의 군부도 대차구(大岔溝) 쪽으로 이동하였다.

정안군의 최종적인 목표가 바로 팔도하자라는 것을 알고 있었기 때문에 이형박은 가능하면 팔도하자 밖의 근거지 외곽에서 정안군의 공격을 미리 차단하려고 하였지만 정안군의 전투력이 관동군 정규부대에 못하지 않다는 소문이 나 있었기 때문에 영안 주변의 '사계호'(四季虎), '점중화'(点中華), '전중화'(戰中華), '인의협'(仁義俠) 등 삼림대들은 모두 꽁꽁 숨어버린 채로 코빼기도 내밀지 않고 있었다. 그들은 모두 영안유격대가 정안군을 당해낼 수 있을지 반신반의하는 태도였고 관망하는 자세를 취하였다.

김성주가 회고록에서 이형박의 입을 빌어 "정안군만 만나면 동맹군들은 노상 꼼짝도 못하고 골탕만 먹었다."고 한 것만 봐도 정안군의 전투력이 이만저만하지 않았다는 것을 실감할 수가 있는 대목이기도 하다. 만약 영안유격대가 정안군의 공격을 당해내지 못하고 팔도하자 근거지에서 쫓겨나는 날이면 삼림대들을 연합군으로 붙잡아두는 데 큰 차질이 빚어질 수도 있었기 때문에 김성주와 만난 이형박은 자기보다 나이도 훨씬 어린 김성주의 손까지 잡고 조언을 요청했다.

"이연록 동지에게서도 들었습니다. 작년 한 해 동안에만도 일본군이 기병과 포병은 물론 비행대까지 동원하여 동만의 유격근거지들을 공격하지 않았습니까. 그 공격들을 어떻게 막아냈습니까? 그 비결을 우리에게도 좀 가르쳐주십시오."

김성주는 소왕청 방어전투 때의 경험을 이야기했다.

"처음에는 우리도 일방적으로 방어하는 데만 집중하다보니 적지 않게 피해를 보았습니다. 그러나 후에는 방어에만 매달리지 않고 적극적으로 적들의 숙영지를 먼저 습격하기도 하고 또 근거지 밖으로 나가 적들의 배후를 교란하는 방법도 취하였는데 아주 좋은 효과를 보았습니다.

이형박은 듣고 나서 몹시 기뻐하였다.

"김 정위의 이 경험이야말로 나의 생각과 불모이합(不謀而合)하는군요. 처음에는 근거지에서 방어전을 펼칠 생각만 했지 근거지 밖에서 먼저 공격하여 적들의 예봉을 꺾어놓을 생각을 못 하고 있었군요. 김 정위의 경험담을 듣고 보니 눈앞이 탁 트입니다. 이번에 동만으로 돌아가기 전에 우리와 함께 '홍슈터우'가 어떤 자들인지 한번 구경해보지 않으시렵니까?"

이형박이 묻는 말에 김성주는 그렇잖아도 소문으로만 들어오고 있었던 정안군과 직접 한번 전투를 해보고 싶은 마음도 생겨났다

흑룡강성 영안현 경내의 노흑산

만주국군의 정예부대인 정안군(靖安軍) 기병대

"모두들 '훙슈터우'가 일본군 정규부대 못지않게 전투력이 강하다고 하는데 사실 우리 동만의 부대들은 위만군보다도 오히려 관동군과 직접 싸워본 경험이 더 많습니다. 한번 본때를 보여드리겠습니다."

김성주가 이처럼 자신만만하게 나서는 바람에 이형박뿐만 아니라 주보중까지도 몹시 기뻐하였다. 주보중의 경위중대에서 한 개 소대를 보충받은 데다가 영안현경내의 신안진으로 이동할 때는 또 이형박이 한 개 중대를 데리고 와서 김성주의 부대와 합류하였기 때문에 이때 김성주가 지휘할 수 있는 대원들의 수가 백여 명 가깝게 불어났다.

"우리는 일본군 정규부대와 싸워본 경험이 별로 많지 못하니 이번 전투는 김 정위가 직접 지휘해주오. 나도 김 정위의 지휘를 듣겠으니 전투하는 방법을 하나도 남기지 말고 우리 동무들한테 모조리 가르쳐주어야겠소."

이형박이 이렇게까지 나오니 김성주는 너무나도 황송하였다. 이형박이 김성주에게 가장 감탄하였던 것은, 김성주가 데리고 다녔던 대원들이 지휘관의 명령 한마디면 언제나 기계처럼 일사분란하게 움직이고 행동하는 모습이었다. 이와 같은 모습을 이형박의 부대에서는 상상조차 할 수가 없었다. 왜냐하면 이형박의 부대는 대부분이 구국군 아니면 삼림대 출신들로 대원구성이 복잡하였기 때문에 군율도 문란하기를 이를 데 없었던 탓이었다. 인터뷰 당시 이형박의 회고담 내용이다.

"동만에서 왔던 김일성(김성주)의 부대는 대부분이 중국 공산당원이 아니면 공청단원들이었다. 근거지에서 입대한 대원들이 아주 많았기 때문이었다. 근거지에서 아동단과 소년단을 거쳐 공청단원도 되고 중국 공산당원도 된 대원들이었다. 그러니 군율이야 오죽 셌겠는가, 신안진으로 갈 때 눈이 내렸는데 김일성의 부대 대원들이 뒤에 남아서 눈에 난 발자국을 모조리 지우는 것을 보고 몹시 놀랐다. 우리는 종래로 이런 일을 해본 적이 없었다."

그리고 김성주는 회고록에서 '외발자국행군'이라는 것을 소개하고 있다.

"외발자국행군이란 10사람, 100사람, 1,000사람이 행군해도 한 사람이 지나간 것처럼 선두 사람이 낸 발자국 위에 발자국을 덧놓으며 나가는 행군법이다. 뿐만 아니라 발자국을 없애는 법, 분산행군법, 마을에서 숙영하는 법 등을 하나하나 익히게 하는 것을 보고 평남양은 '조선인민혁명군'은 유격전에 완전히 도통한 군대라고 하였다."

김성주는 이렇게 자랑하고 있지만 여기서 '조선인민혁명군'이란, 정확하게 조선인들로 조직된 '동북인민혁명군'이라고 말해야 옳다. 1930년대를 통틀어 전문적으로 '조선인민혁명군'이라는 명칭을 사용하였던 부대가 만주에서 따로 존재했던 적이 없었던 탓이다. '조선인민혁명군' 설은 김성주뿐만 아니라 북한의 역사연구관계자들이 통째로 나서서 거짓말을 하고 있는 것이다.

'인민' 두 글자를 뺀 '조선혁명군'이라는 명칭을 사용하고 있었던 부대는 있었으나 남만주 양세봉의 부대뿐이었다. 이때의 조선혁명군은 양세봉 본인이 1934년 8월 12일에 일본군의 밀정 박창해가 매수한 중국인 자객에게 살해당한 뒤로 세력이 급격하게 위축되고 부대 자체가 이미 사분오열이 되어 와해 직전에 가있었다.

정안군 박격포 중대

때문에 '조선인민혁명군'이라는 명칭은 중국 공산당의 지도하에서 성립되었던 동만의 동북인민혁명군에서 '동북' 두 자를 떼어버리고 '조선' 두 자로 바꿔치기한 것 아니면 조선혁명당의 지도를 받고 있었던 '조선혁명군'에다가 '인민' 두 자를 더 첨가한 것밖에 되지 않는다.

그러나 어쨌던 그때 김성주를 따라 북만으로 함께 갔던 한흥권의 중대에는 간혹 중

영앙유격대 출신으로 1955년 중공군에서
소장(小將)의 군사직함을 받은 이형박

국인 대원들도 몇 명은 섞여있었으나 중대 전체가 모두 조선인 대원들로 이루어졌다고 해도 과언이 아닐 지경으로 조선인 혁명군이었다. 영안에서 김성주의 부대가 '로꼬리부대'나 또는 '고려홍군'으로 불렸던 것도 다 이와 같은 원인 때문이었다.

어쨌든 북호두 부근에서 신안진과 팔도하자 사이로 통하는 산길목 양쪽 언덕에다가 진지를 구축해놓고 이형박과 부대를 절반씩 갈라가지고 양쪽 산언덕에다가 부대를 매복시킨 김성주는 이형박과 헤어질 때 귀에 대고 소곤거렸다.

"이 사령관, 여기서 정안군을 한 절반쯤만 작살낼 수 있다면 우리의 힘으로도 얼마던지 신안진을 점령할 수 있겠지만 그렇게 못 될 때는 신안진 전투를 포기하고 팔도하자 쪽으로 철수해야 합니다."

"그러면 김 정위도 다시 팔도하자 쪽으로 돌아가겠단 말이오?"

이형박이 물어서 김성주가 대답했다.

"철수할 때는 한 번에 다 같이 몰려서 철수하지 말고 부대를 두 갈래나 또는 세 갈래로 나눠서 한 갈래는 적들의 배후 쪽으로 에돌아 달아나야 합니다. 그리고나서 제일 먼저 추격병을 떼어버린 쪽에서 다시 적들의 배후로 공격해와야 합니다."

"아니 이것은 무슨 전법이라는 게요?"

"딱히 병법에 적혀있는 전법은 아닙니다. 제가 유격전을 하면서 얻어낸 경험입니다. 우리의 병력이 적들보다 약하니 싸우다가 이길 수가 없을 때는 시시각각으로 도망칠 준비를 하되, 무작정 도망만 치지 말고 도망치다가는 한숨 돌리고는 다시 돌아와서 적들을 괴롭히는 전술입니다. 뭐, 우리 나름대로 '운동전'(運動戰)이라고 해도 좋을 것 같습니다."

김성주가 하는 말에 이형박은 감탄하지 않을 수 없었다.

신안진 쪽에 바짝 접근하여 정안군의 동향을

초창기 정안유격대(靖安遊擊隊)로 불렸던 정안군

살피고 있던 강동수가 보낸 전령병이 달려와서 정안군이 병영에서 나와 출발하고 있다고 알려주자 김성주는 급히 자기의 전령병 이성림을 이형박에게로 보냈다.

"사령관님, 저희 정위 동지가 빨리 삼림대들에 사람을 보내서 함께 신안진을 공격하자고 재촉하라고 하십니다."

"잔뜩 겁에 질려있는 그 친구들이 오겠다고 하겠느냐?"

이성림은 김성주가 가르쳐 주었던 대로 대답했다.

"우리 유격대가 여기서 정안군 한 개 대대를 소멸했다고 과장하면 아마도 모두 믿고 달려 나올 것이라고 하였습니다. 그리고 신안진을 점령하게 되면 노획물을 유격대가 하나도

정안군과의 전투에서 전사한
김일성의 전령병 이성림

갖지 않고 모조리 드리겠다고 하면 아마도 틀림없이 달려와 줄 것이라고 합디다. 그리고 설사 우리가 이 전투에서 이기지 못하고 쫓기게 되더라도 삼림대들이 모두 우리의 우군이 되어줄 수 있으니 좋다고 하였습니다."

정안군 출신 장위국(張爲國, 卽國如阜), 그는 1942년에 정안군에서 동료들과 함께 탈출하여 항일연군에 참가하였고, 1945년 '8·15 광복'직후 영안현 위수사령부 부사령과 영안현 공안국 국장 직을 담임하였다. 2003년까지 살았다

이형박은 김성주가 가르쳐 주는 대로 하였다.

김성주는 회고록에서 '다케우치 타다시 중좌가 이끄는 정안군 2개 대대를 요절냈다.'고 회고하고 있지만 실제로 다케우치 타다시 중좌 본인은 팔도하자 쪽으로도 오지도 않았거니와 정안군 보병 제1연대 2개 대대의 병력은 모조리 대차구 쪽으로 주보중의 군부를 습격하러 가버렸기 때문에 나머지 1개 대대는 병영을 지키고 있었고 신안진 밖으로 나왔던 정안군은 모두 말을 탄 기병들뿐이었다.

이 기병중대가 영안에서 '로꼬리'부대로 알려졌던 김성주의 부대와 이형박의 영안유격대의 매복에 걸려 섬멸되다시피 한 것이었다. 총소리를 듣고 응원하러 달려 나왔던 정안군 보병 한 개 중대 역시 이형박으로부터 연락을 받고 몰려왔던 삼림대들에게 협공당해 시체만 수십 구를 남겨둔 채 모조리 신안진으로 되돌아가고 말았다.

그러나 정안군도 평소 소문났던 대로 뛰어난 전투력을 과시했다. 불의의 습격을 당하고 섬멸되다시피 했지만 대부분이 명사수들이었기 때문에 이형박과 김성주의 대원들 속에서도 적지 않은 사상자들이 생겨났다. 빗발치듯이 날아다니는 총탄 속을 누비면서 김성주의 명령을 전달하러 뛰어다니던 전령병 이성림이 갑자기 보이지 않았다. 전장을 수습할 때 이성림의 시체가 발견되었는데 그의 권총에는 탄알이 남아있지 않았다. 대신 대여섯 구나 되는 적의 시체가 주위에 너저분하게 널려있었더라고 김성주는 회고하고 있다. 또 김성주는 이 전투가 발생하였던 고장 이름을 단산자라고 기억하고 있는데 정작 영안현 경내에는 단산자라고 부르는 지명이 없었다. 대신 동녕현성 쪽에 가면 '단산자'(團山子)라고 부르는 지명이 지금도 존재하고 있다. 동녕현성 전투 때 직접 앞장에서 서산포대를 공격하는 전투에 참가하였던 김성주가 이 지명을 서로 헷갈린 것 같다.

이때 정안군 제1연대 주력은 대부분이 대차구 쪽에서 주보중의 군부를 쫓아다니고 있었다. 다케우치 대대도 2개 중대나 여기에 동원되었으나 신안진 쪽에서 갑자기 전투가 발생하는 바람에 2개 중대를 모조리 돌려세워 신안진을 노리고 달려왔다. 정안군은 군용트럭으로 이동하고 있었기 때문에 아주 신속하게 행동하였다.

그런 줄도 모르고 이형박과 김성주는 삼림대들이 몰려나온 틈을 타서 그들과 함께 신안진을 공

목단강의 지류 해랑하(海狼河)

격하려고 서둘렀으나 갑자기 일본군이 박격포까지 쏘아대면서 반격해오는 바람에 먼저 삼림대들이 뿔뿔이 흩어져 달아나기 시작하였다.

김성주와 이형박의 부대도 이때 해랑하(海狼河)기슭까지 쫓겨 달아났다. 피해가 적지 않았다. 제일 뒤에서 엄호를 맡고 싸우면서 철수하고 있었던 김성주의 대원들이 절반이나 줄어들었다. 그런데다가 주보중의 군부가 대차구에서 포위되었다는 소문이 돌았기 때문에 군부가 포위를 돌파하는 것을 도우려고 이형박이 영안유격대 대원들을 60여 명 데리고 대차구 쪽으로 접근하다가 재차 정안군의 포위에 들어 하마터면 몰살당할 뻔하였다. 김성주가 20여 명밖에 남지 않았던 나머지 대원들을 데리고 포위를 뚫고나오는 이형박을 도왔는데 이때 중대 정치지도원 왕대홍이 또 총상을 당해 죽고 말았다.

3. 김 노인과 조 노인

영안현 경내의 노야령

1934년 9월부터 1935년 1월 사이에 일본군은 영안을 중심으로 하는 수녕지구 뿐만 아니라 남만주의 통화와 하얼빈 동부지방에 대해서도 대대적인 토벌을 진행하였는데 특히 수녕지방에서 토벌전을 벌이고 있었던 정안군 제1연대는 "의도적으로 '평남양'의 부대만 치고 삼림대들은 치지 않는다."는 이간책을 펼쳤다. 만약 삼림대들이 손을 들고 나오면 정안군으로 편성해줄 뿐만 아니라 편성되기를 원하지 않는 자에게는 '귀순증명서'를 떼주어 만주국 내 어디든지 가서 무사하게 살 수 있게 해준다고 약속하는 바람에 정안군과의 전투를 몇 차례 보기 좋게 이겨 삼림대들을 반토벌전에 동원하려고 했던 계획은 성사하지 못했다.

그런데다가 정안군의 목표는 주로 이형박에게 집중되어 있었기 때문에 내내 이형박의 부대와 함께 행동하고 있었던 김성주까지도 함께 골탕을 먹지 않을 수 없었다. 영안을 떠날 때 김성주는 대원들을 보충하기 위하여 들려가는 마을마다 모병활동을 벌였지만 토벌대가 너무 사납게 달려

김일성과 함께 북만에 나왔던 왕청유격대 중대장 한흥권, 북한에서 '북만원정과 함께 영생하는 영원한 중대장'으로 칭송하고 있다

들고 있었기 때문에 젊은이들이 모두 겁을 집어먹고 참군하려고 하지 않았다.

오랫동안 중공당 영안현위원회 기관이 자라잡고 있었던 팔도하자 근거지도 이때 정안군에게 점령당하여 쑥대밭이 되어버렸고 주보중의 군부도 팔도하자를 떠나 처음에 대차구 쪽에서 발을 붙이려다가 결국에는 동경성 쪽으로 피신하고 말았다. 동만주로 돌아가자면 다시 노야령을 넘어야 하는데 노야령으로 들어가는 길목들까지도 모조리 막혀버려서 김성주 일행은 천교령(天橋嶺) 쪽으로 에돌아가는 노선을 선택하였다. 비록 천교령 쪽으로 이동할 때도 또 추격병을 만났으나 강신태가 주보중의 파견을 받고 한동안 김성주와 동행하면서 뒤를 감당해주었다.

김성주는 회고록에서 정안군과 싸울 때 번번이 승리만 하였다고 말하고 있지만 정작 영안현지(寧安縣志)는 정안군과의 전투 성과에 대하여 일위군 총 150여 명을 궤멸하였는데 그중에 관동군 중대장 1명과 정안군 중대장 1명 외 신안진 경찰대장 1명을 기록하고 있다.

이 전과 가운데서 정안군 중대장 1명과 위만군 8명 격살 외 3명을 생포한 전과는 강신태가 올린 것이었다. 주보중의 파견을 받고 동만주로 돌아가고 있었던 김성주 일행을 천교령까지 호송하는 임무를 맡았던 강신태는 군부 경위중대 대원 18명을 데리고 뒤에서 엄호를 담당하면서 쫓아오고 있는 정안군을 다른 길로 달고 달아났다.

강신태의 도움으로 가까스로 추격병을 떼어버리고 노야령에 진입한 김성주 일행은 비로소 안도의 숨을 내쉴 수 있었다. 곁에 남은 대원들이 20여 명도 되나마나했다. 김성주는 16명밖에 남지 않았다고 회고하고 있다. 다행스러웠던 것은 그나마도 중대장 한흥권과 소대장 김택근이 별 탈 없이 튼튼하게 살아남아 김성주의 곁에서 지켜주고 있었다는 것이었다.

그림자처럼 곁에 데리고 다녔던 전령병 이성림을 잃어버린 것이 너무 마음에 아파 김성주는 노야령을 넘어오는 동안 자기도 모르는 사이에 눈물이 맺혀 앞이 잘 보이지 않을 때가 여러 번 있었다. 중대장 한흥권의 마음도 슬프기는 마찬가지였다. 수족 같은 대원들을 3분의 2 이상이나 잃어버린 한흥권은 쉴 새 없이 한숨만 풀풀 하고 내쉬었다. 김성주는 자기의 슬픔 같은 것은 숨기고 한흥권을 위안하였다.

"나도 우리의 손실을 생각하면 마음이 아픕니다. 하지만 어쩌겠습니까. 혁명을 하자니 희생이 따르게 마련이 아닙니까. 이제 다시 대오를 늘이고 전우들이 흘린 피 값을 배로 받아냅시다."

몸도 마음도 다 지쳐버렸던 김성주는 이때 동상에까지 걸려 더는 지탱하지 못하고 마침내 쓰러지고 말았다. 한홍권은 발구(만주 지역에서 물건을 나르던 큰 썰매)를 만들어 거기에 개가죽을 깔고 실신상태에 빠진 김성주를 실었다. 온 몸이 불덩이처럼 달아오른 김성주가 영영 일어나지 못할까봐 걱정이 이만저만이 아니었던 한홍권은 오늘의 천교령 청구자촌(靑溝子村) 근처에서 약 동냥을 하다가 목재소에서 심부름꾼으로 일하는 한 노인을 만나 그에게 도움을 요청하였다.

"약은 없지만 자네 동무들이 지금 동상에 걸렸다니 술에다가 홍탕(紅糖)을 타서 마시게 하게. 부적 땀을 내면 아마도 효과가 날걸세."

노인은 한홍권에게 술과 홍탕을 주었다. 그런데 처음에는 중국인 노인으로 알고 줄곧 중국말을 주고받았는데 말투 속에 어딘지 조선인 냄새가 나서 한홍권은 불쑥 조선말로 간청했다.

"할아버지, 저의 동무들이 이틀 동안 아무 것도 먹지 못하고 모조리 굶어있는데 강낭죽이라도 좀 끓여주시면 돈을 드리겠습니다."

노인도 굶어서 사경에 빠져있는 이 사람들이 조선인 청년들인 것을 보고 여간 반가워하지 않았다.

"여기 목재소가 중국 사람들 세상이라 나도 먹고 살자고 어쩔 수 없이 중국인 행색을 하고 다닌다네."

노인은 자기의 성씨를 김가로 소개했다. 김 노인의 허락을 받고 한홍권은 김성주를 실은 발구를 끌고 목재소 근처의 산막으로 가서 한숨을 돌릴 수 있었다. 그러는 사이에 한홍권은 또 대원들을 데리고 목재소 주인을 위협하여 얼린 돼지 반 짝과 밀가루 등을 빼앗아가지고 돌아와서 대원들과 함께 배불리 먹고 쉬었다.

노야령으로 진입하기 위하여서는 목재소에서 청구자촌으로 통하는 산 길목을 빠져나가야 하는데 위만군 한 개 소대가 보초소를 만들어놓고 수상스럽게 여겨지는 사람들에게는 양민증을 내놓으라고 을러메기도 하고 또 들고 가는 짐이 있으면 짐들을 열어보곤 하였다.

'다왜자'의 조택주 노인

한흥권에게 돼지고기와 밀가루를 빼앗긴 목재소 주인은 위만군 보초소에 사람을 보내어 연통하려다가 소대장 김택근에게 발각되었다. 보고를 받고 한흥권이 목재소 주인을 죽이려고 하자 김 노인이 말렸다.

"저 사람을 이용하면 보초소를 쉽게 빠져나갈 수가 있네."

김 노인은 목재소 주인이 보초소의 위만군들과 친하게 지낸다는 것을 알고 있었으므로 꾀를 대주었다. 그 결과 한흥권 등은 목재소 주인에게서 말파리(말이 끄는 수레)를 몇 대 빌려가지고 제일 앞의 말파리에 목재소 주인을 태운 후 소대장 김택근이 목재소 주인의 옆구리에 권총을 찔러넣은 채로 보초소를 통과했다. 한흥권 등은 모두 목재소의 벌목공들로 위장했던 것이다.

보초병이 뭐 하러 가느냐고 묻기에 목재소 주인은 "산판에서 일하던 친구들이 병이 나서 병원에 실어가는 길이오."라고 둘러댔다. 물론 의식을 잃은 채로 말파리에 누워있었던 사람은 바로 김성주였다. 이렇게 김 노인의 도움으로 천교령을 빠져나올 수 있었다.

한흥권 일행은 김성주를 실은 말파리를 끌고 노야령과 잇닿아있는 천교령의 청구자촌과 '남왜자'(南崴子) 사이로 빠진 길을 따라 정신없이 달렸다. 하루 밤낮 동안 2백여 리나 달려 드디어 오늘의 백초구진 '동왜자'(東崴子)라고 부르는 동네에 도착하였는데 여기서도 또 순찰을 돌고 있었던 위만군과 불의에 조우하게 되어 한바탕 총격전이 벌어졌으나 얼마 싸우지 못하고 다시 '동와이즈'에서 내달려 오늘의 천교령진 팔인구 농장(八人溝農場) 근처의 '서패림자'(西排林子)라고 부르는 산골짜기에 도착하였다.

이 산골짜기 안에는 2~3리 사이의 간격을 두고 수십 호씩 되는 동네들이 옹기종기 널려 있었다. 제일 끝머리에 보이는 동네는 눈으로 보기에는 1천여 미터 남짓해 보이지만 정작 걸어가자면 70여 리 남짓하였다. 해방 후에는 '대송수촌'(大松樹村)이라고 불렀는데 이 촌을 지나서 또 40여 리를 더 들어가면 바로 '다왜자'(大崴子)라고 부르는 동네에 도착하게 된다. 노야령의 중턱쯤에 가서 닿는 거리다. 1930년대까지는 다만 화전민들이 한두 집씩 들어와 땅을 일궈 부대농사를 했을 따름이었다고 한다.

한흥권 일행은 산골짜기가 너무도 깊었던 데다가 인가까지 드물었고 거기다 폭설까지 덮쳐서 밤낮을 산속에서 헤매던 끝에 겨우 불탄 집터 자리를 하나 발견하게 되었다. 한흥권 일행은 그 집터에다가 모닥불을 피워놓고 잠깐 숨을 돌리면서 김성주를 돌보았다. 다음날 소대장 김택근이 대원 몇을 데리고 나가 조선인 농가 한 집을 찾아냈다.

함경북도 무산에서 이주하여 나온 조택주라고 부르는 조선인 노인네 일가였다. 이 노인에게서 아

박영순은 1959년에 답사단을 데리고 직접 천교령에 와서 김노인과 조노인을 찾았으나, 김노인은 종무소식이었고 조노인도 이미 노환으로 사망하고 난 뒤였다

들, 며느리까지 아홉 식구가 이 산골에서 부대를 일구어 살고 있었다. 여기서 조택주 노인 일가의 극진한 보살핌을 받아 의식을 회복한 김성주는 "꿀물에 탄 좁쌀미음을 먹고 원기를 회복하였다."고 회고하고 있다.

이때 받았던 은혜를 잊지 않고 지냈던 김성주는 1959년에 박영순(연길작탄 제작자)을 단장으로 하는 항일전적지 답사단을 파견하여 천교령의 김 노인과 '다왜자'의 조택주 노인 일가를 찾았다. 그러나 김 노인은 종적이 묘연했고 조택주 노인도 이미 세상을 뜬 뒤였다. 직접 김성주의 입에 좁쌀죽을 떠 넣어주곤 했던 조택주 노인의 맏며느리 최일화가 살아남은 자식들을 데리고 평양으로 들어와 김성주와 만난 바 있다.

4. 해산된 만주성위원회

김성주가 왕청으로 다시 돌아온 것은 1935년 2월경이었다. 영안에서 길동 특위 서기 오평과 직접 만나기까지 하였던 김성주는 큰 뒷심을 등에 업고 다시 동만주로 나온 셈이었다.

비록 이때까지 만주성위원회가 정식으로 취소되지 않고 조직기구가 그대로 하얼빈에 살아있었으나 중국 공산당 중앙의 결정에 의해 만주성위원회를 직접 주관하게 되었던 중국 공산당 공산국제 대표단 단장 왕명과 부단장 강생(康生)의 모든 지시들은 전부 길동 특위로 직접 내려오고 있었고 다시 길동 특위를 통하여 만주 각지 특위로 전달되고 있었다.

이미 1934년 말, 중공당 상해 임시중앙국 기관이 파괴된 뒤로부터 왕명은 상해 임시 중앙국의 파견을 받고 만주성위원회 서기로 부임하였던 양광황에 대하여 의심하고 있던 중에 길동 특위가 제 기능을 발휘하기 시작하자 바로 양광화까지 모조리 모스크바로 소환하여 버렸다. 양광화를 소환할 때 왕명이 중공당 공산국제 대표단의 이름으로 내려 보낸 전보문에는 양광화 혼자만 모스크바로 들어올 것이 아니라 성위원회 주요 당직자들이 모두 모스크바로 들어오라는 내용과 그동안 만주성위원회와 산하 각 지방 당 조직들과의 사이에 발생하였던 모든 조직문건들을 전부 소각하라는 내용이 들어있었다. 한마디로 만주성위원회에 대하여 해산령을 내린 것이나 다름없었다.

그런데 양광화는 이 지시를 제대로 집행하지 않았다. 성위원회 선전부장 담국보(譚國甫)가 집요하게 반대했다.

"가뜩이나 국제당에서 우리를 의심하고 있는데 이처럼 소중한 문건들을 다 소각해버리면 장차 성위원회의 사업에 대하여 조사를 진행할 때 우리는 자신을 변호할 길이 없게 됩니다. 그동안 우리가 해온 일들에 대한 제일 좋은 근거와 증거물들을 소각해버릴 수는 없습니다. 반드시 가지고 가야 합니다."

'쇼뤼'(小騾)라고 부르는 공청단 만주성위원회 서기도 담국보와 같은 주장을 펼쳤고 '쇼뤼'는 또 만주성위원회 주요 당직자들이 모조리 모스크바로 들어가는 데 대해서도 반대의견을 내놓았다. 비서장 풍중운이 이때 3군에 들어가 이미 정치부 주임직을 겸직하고 있었기 때문에 모스크바로 들어갈 수가 없었고 '쇼뤼' 자신도 하얼빈에 남아서 성위원회 기관을 지키겠다고 고집하였다.

만주성위원회 제1임 서기 진위인(陳爲人)

그 결과 양광화와 선전부장 담국보만 둘이서 모스크바로 들어갔는데 만주를 떠날 때 양광화는 직접 '만주성위원회임시통지'(滿洲省委臨時通知)문을 작성하여 주하 유격근거지와 밀산유격대에 보내기도 했다. 이 통지문의 내용에 따르면 만주성위원회가 해산된다는 말은 공개적으로 하지 않았지만 "지방의 각지 당·단 조직들에서는 아마도 오랫동안 스스로 알아서 항일투쟁을 계속하여야 할 것이다."는 뜻을 암시하기도 했다. 만주성위원회 서기 양광화와 선전부장 담국보는 1935년 4월에 하얼빈을 떠나 소련으로 들어갔다.

이 이후로 만주성위원회는 정식으로 해산되었다. 이때로부터 만주 각지의 당·단 조직들은 모두 길동 특위를 통하여 전달되고 있었던 중국 공산당 공산국제 대표단의 지시를 받들어야 했다. 이 일과 관련하여 왕윤성도 종자운도 모두 비슷한 내용의 회고담을 남겼다.

"이런 지시들은 전부 중국 공산당 공산국제 대표단의 명의로 내려왔으나 실제로는 대부분 오평의 의중이 반영된 것들이었고 모두 오평이 올려 보냈던 보고서에 의해서 작성되고 있었다. 오평은 처음에 주로 영안지방과 밀산 지방에서 활동하면서 많은 조사연구를 진행하였다. 때문에 밀산현 위원회의 좌경화를 바로잡았고 또 영안지방에서 주보중을 도와 제5군을 건설하고 항일연합군을 만드는 문제에 있어서도 큰 업적을 세웠다. 후에 결성되었던 '항일연군'이라는 이 명칭도 바로 오평에 의해서 만들어졌다고 봐야 한다.

그러나 오평은 주로 이 두 지방에서 조사연구를 진행하였을 뿐이고 동만주와 남만주의 정황은 잘 알지 못하였다. 오평에게 제일 처음 동만의 정황을 소개하여 주었던 사람은 바로 김일성이었다. 오평은 김일성을 통하여 동만에서 발생하고 있었던 민생단 사건에 대하여 비교적 자세하게 이해할 수 있었다."

김성주는 동만으로 돌아올 때 이미 왕중산이 내려앉았고 위증민이 새로 동만 특위 서기에 임명되었다는 소식을 들어서 알고 있었다. 또 훈춘현위원회 서기로 파견 받고 나갔던 왕윤성도 훈춘현위원회 당조직들이 모조리 파괴되는 바람에 훈춘을 떠나 왕청에 돌아와 있었다.

훈춘현위원회에서 살아남은 나머지 간부들은 왕청현의 금창(金倉)이라고 부르는 동네에 들어와 묵으면서 처분을 기다리고 있었다. 당초에 최학철(崔學哲)이 민생단으로 몰려 처형되고 나서 왕윤성이 동만 특위 특파원의 신분으로 훈춘현위원회 서기직을 겸직하게 되었던 것은 임시로 최학철을 대신하여 훈춘현위원회를 책임지고 있었던 최창복에게도 민생단 혐의가 제보되었기 때문이었다. 이럴 때 종자운이 보낸 통신원이 왕윤성에게로 와서 북만주로 피신했던 김성주가 요영구에 돌아왔다고 알려주었다.

"마영 동지께서 먼저 만나보고 이야기를 나눠보았으면 합니다."

왕윤성은 김성주를 보러 요영구에 왔다가 아직도 병이 완쾌되지 않아 누워서 앓고 있는 김성주를 보고 몹시 놀랐다. 너무 여위고 마른 데다가 입고 있었던 옷들이 모두 찢어지고 너덜너덜해서 하마터면 알아보지 못할 뻔하였다. 천교령을 넘어올 때 동상으로 실신상태에 빠졌던 김성주는 '다왜자'의 조 노인네 집에서 간호를 받고 가까스로 의식은 회복하였으나 요영구까지 오는 동안 내내 발구 신세를 져야 했다.

"영안에 갔던 통신원이 돌아와서 하는 이야기를 듣고 영안 쪽의 소식은 대충 알고는 있소만 노야령이 정안군에 의해 모조리 봉쇄되었다고 하던데 어떻게 용케도 넘어왔소?"

"노야령으로 접근할 때 애를 많이 먹었습니다. 하는 수 없이 천교령으로 멀리 에돌아서 왔습니다."

김성주는 병상에서 일어나 앉아 아픈 목을 물로 축여 가면서 영안에서 있었던 일들을 하나둘씩 왕윤성에게 들려주었다. 무엇보다도 오평과 만났던 이야기를 들을 때는 왕윤성까지도 여간 흥분하지 않았다.

"누구보다도 쇼중 동무가 와서 이 이야기를 들어야 하는데 말이오."

왕윤성은 '민생단 숙청위원회'에서 김성주를 체포하려고 나자구까지 쫓아갔다가 종자운에게 거절당했던 일을 말해주었다.

"김일성 동무가 떠난 뒤에 쇼중 동무가 고의적으로 빼돌린 것이 아니냐고 문제제기를 하는 사람이 있어서 쇼중 동무도 몹시 당황했다오. 이번에도 김일성 동무가 돌아왔다는 소식을 나한테 알려준 사람이 쇼중이오. 직접 보러 오고 싶으면서도 남들의 눈치가 무서워서 나보고 먼저 와보라고 하더구만은 그러나 국제당 순찰원 동무와 직접 만나고 돌아온 이야기를 들었으면 쇼중 동무도 여간 다행스럽게 생각하지 않을 것이오."

김성주는 왕윤성에게 부탁했다.

"군정확대회의에서 제가 발언할 수 있게끔 꼭 도와주십시오. 왕덕태 동지께는 제가 직접 찾아가서 말씀드리겠지만 위증민 서기와 만날 수 있게끔 마영 동지께서 꼭 도와주십시오."

왕윤성은 머리를 끄덕이면서 김성주에게 권했다.

"일단 지금은 열심히 휴식하고 빨리 몸부터 추슬러 세워야 하오."

"제가 죽는 한이 있더라도 이번만큼은 결단코 가만 있을 수가 없습니다. 나를 도와주었던 쇼중 동무에게는 정말 고맙지만 저는 쇼중 동무와도 부딪칠 각오를 단단히 하고 있습니다."

"쇼중 동무와는 내가 먼저 이야기를 나눠보겠소. 국제당 양송 동무와 만난 이야기도 해주면 아마도 생각이 많이 바뀔지도 모르겠소."

왕윤성은 김성주의 곁에서 병간호를 하고 있었던 재봉대 대원 한옥봉에게도 부탁했다.

"김 정위의 군복이 다 낡고 찢어져 있는데 어떻게 좀 해 보오."

"네, 지금 재봉대에서 짓고 있는 중입니다."

왕윤성이 돌아간 뒤에 김성주는 오랜만에 털고 일어나 앉았다. 왕윤성에게서 종자운이 자기를 체포하려고 쫓아왔던 '민생단 숙청위원회' 사람들을 돌려보낸 사실을 알게 되어서 마음이 몹시 복잡해졌다.

후세 사가들이 민생단에 대하여 이야기할 때 이 사건의 한복판에 있었던 중국인 간부 동장영과 왕중산 그리고 종자운에 대하여 비판하지 않는 사람이 없다. 조선인 간부들에 대한 불신과 편견이 아주 깊었던 이 세 사람의 행렬에 함께 가세했던 위증민의 손에서도 또 송일 등 20여 명이 넘는 조선인 간부들이 처형당하는 일까지도 발생했지만 김성주는 이들에 대하여 별로 비판하지 않고 있다.

김성주가 회고록에서도 회고하고 있다시피 동장영과 위증민에 대하여서는 오히려 감격하는 마음까지 가지고 있었다.

김성주는 회고록을 통하여 민생단 사건에서 동만의 조선인 간부들을 핍박했던 주요 당직자들을 통틀어 '좌경기주의자들'이라고 한데 몰아서 지칭하고 있지만 자세하게 들여다보면 대부분 김성도나 송일, 아니면 김권일 등 같은 조선인 선배 공산주의자들에게로 화살을 돌리고 있을 뿐 직접적으로 동장영이나 왕중산, 종자운 등 중국인 간부들을 향하여 이름까지 찍어가면서 비판하는 일은 없는 것이다.

여기서 언급하고 넘어가지 않을 수 없는 것은 바로 동장영이나 왕중산, 종자운이 김성도나 송일 등의 상급자였다는 사실이다. 종자운은 1999년까지 살았다. 1960년대 그가 중국 국가 석탄공업부(煤炭工業部) 부부장으로 있을 때 중국에 방문 중이던 김성주는 종자운을 찾아가 방문하였다. 종자운의 일생을 다룬 '잃어버린 연대'(逝去的年代)의 저자 성선일(成善一)이 들려준 이야기다.

"사석에서 두 사람이 어떤 말을 주고받았는지는 자세하게는 알 수 없지만 민생단 사건 당시 종자운의 도움을 받았던 적 있는 김일성(김성주)은 종자운에게 항상 감격하는 마음을 가지고 있었다. 그래서 종자운을 찾아왔을 때 굉장하게 고마웠던 말을 많이 했다고 하더라. 이것은 종자운이 직접 나에게 들려주었던 이야기다. 생각해보라, 왕중산이도 해방 후까지 살아남았고 연길에서 살고 있었는

'민생단'으로 몰린 중공당 내 조선인 당원들을 무더기로 학살하였던 소왕청 골짜기

왕옥환(王玉煥, 卽崔鏞健的愛人)

데도 김일성(김성주)은 한 번도 그의 안부에 대하여 물었던 적이 없었다. 민생단사건 때 종자운은 오히려 왕중산보다 더 더 혹독하게 조선인 간부들을 공격했던 사람인데 아이러니하게도 종자운이 유독 김일성에 대하여서만큼은 인상이 좋았을 뿐만 아니라 직접 나서서 도와주기까지 하였던 것은 위증민에게도 많은 영향을 끼쳤다고 봐야 한다. 위증민이 김일성의 말에 귀를 기울이기 시작한 것은 김일성에 대한 종자운의 태도에서 비롯되었다고 볼 수 있다."

그러나 실제로 김성주에 대한 위증민의 태도를 바꿔놓았던 것은 1935년 2월, 김성주가 동상의 후유증으로 요영구의 소북구마을에서 앓고 있을 때 별명을 '헤이왕'(黑王, 或老黑, 王學堯)이라고 부르는 만주성위원회의 파견원이 동만주에 도착하여 위증민과 만나고 간 뒤부터였다.

'헤이왕'은 만주성위원회가 해산될 때 양광화의 파견을 받고 밀산(密山)으로 가는 길이었는데 목단강에 들렸다가 오평과 만나게 되었다. 길동 특위 기관이 이때 목릉현의 하서툰에서 목단강 시내로 이사하여 오늘의 목단강시 신안가(新安街) 101호에다가 '경향당'(慶祥堂)이라는 부르는 약방 간판을 내걸었다. 특위 서기 오평 본인이 이곳에 직접 왕옥환(王玉煥, 卽崔鏞健的愛人)과 전맹군(田孟君, 卽吉東特委婦女部長)이라고 부르는 중국인 처녀 둘을 점원으로 위장시켜가지고 이 약방에 본거지를 틀고 있었다. 특위의 기타 당직자들이었던 조직부장 이복덕도 역시 목단강시내로 들어와 빵집을 운영하고 있었고 선전부장 맹경청은 잡화점을 운영하였다. 유리안장공으로 위장을 하고 오평과 이범오, 맹경청의 사이에서 통신원 역할을 담당하다시피 했던 공청단 길동 특위 서기 장림(張林)은 오평이 '헤이왕'이라고 부르는 사람을 동만에 보냈다고 회고했다.중국인 처녀 둘을 점원으로 위장시켜

전맹군(田孟君, 卽吉東特委婦女部長, 앞줄 중간)

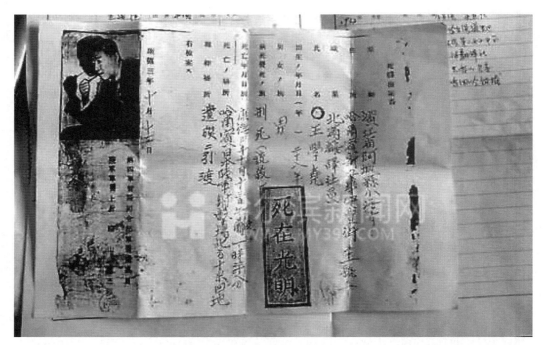

'헤이왕'(黑王, 或老黑)이라는 별명으로 불리곤 했던 왕학요(王學堯)는 후에 할빈에서 체포되어 처형당했다. 사진은 할빈헌병대가 왕학요의 가족에게 보낸 '령시증'(領尸證), 왕학요의 아버지 왕무원(王茂原)이 '령시증'에다가 '영광스럽게 죽었다'(死在光名)는 글을 써놓았다.

본거지를 틀고 있었던 것이다. 유리 안장공으로 위장을 하고 오평과 이범오, 맹경청의 사이에서 통신원 역할을 담당하다시피 했던 공청단 길동 특위 서기 장림(張林)은 오평이 '헤이왕'이라고 부르는 사람을 동만주에 보냈다고 회고했다.

"양광화가 모스크바로 떠나면서 이제부터 만주 각지의 당 조직들에서는 성위원회의 영도를 받을 수 없게 되므로 스스로 알아서 항일투쟁을 견지해야 한다는 내용의 통지문을 만들었는데 '로우'(老吳)라고 사람과 '헤이왕'이라고 부르는 사람이 이 문건을 각기 주하현위원회와 밀산현위원회에 전달하였다. '헤이왕'이 밀산으로 갈 때 곧장 가지 않고 목단강에 들려 이 문건을 양송(오평)에게 보였는데 양송은 굉장히 불쾌해하였다. 중국 공산당 공산국제 대표단에서는 이미 길동 특위를 통하여 만주 각지의 당 조직들에게 지시를 내려 보내고 있었기 때문이었다.

동만에서도 통신원이 와서 직접 양송과 만나보고 돌아간 지 얼마 안 되었는데 양송은 '헤이왕'에게 밀산으로 곧장 가지말고 잠깐 동만에 들렸다 가라고 하면서 위증민의 앞으로 보내는 편지를 길게 썼다. 편지 내용이 아주 길었는데 여러 장이나 되었던 것 같다. 그런데도 또 이렇게 말하더라."

공청단 길동특위 서기 장림(張林)

"군사작전과 관련한 자세한 내용까지는 편지 속에 다 쓰지 못했지만 얼마 전에 동만으로 돌아간 김일성 동무한테 이미 자세하게 다 설명드렸으니까 위증민 동무에게 직접 김일성 동무와 만나서 자세하게 듣기 바란다고 나의 말을 전해주오."

오평의 편지 내용에는 위증민이 1935년 7월부터 열리게 되었던 코민테른(공산국제) 제7차 대표대회에 참가하여 동만의 항일투쟁 정세에 대하여 보고하여야 한다는 지시가 적혀있었고 최소한 5월 말 이전에 목단강에 도착하여 자기와 먼저 만나자는 내용도 들어있었다.

공산국제 총서기 게오르기 디미트로프의 사회하에서 진행되었던 이 회의에는 총 65개 국가의 공산당과 510명의 대표가 출석하게 된다. 이 회의는 집중적으로 항일투쟁의 책략과 방침을 제정하는 회의였고 특히 중국 경내에서 발생하고 있었던 '좌경' 종파주의를 바로잡게 된다.

동만주의 '민생단 사건'이 철저하게 바로잡히기 시작한 것은 바로 이 회의 직후였다. 1935년 2월까지만 해도 위증민은 민생단이 분명하게 존재한다고 믿고 있었고 그것이 다만 지나치게 확대되었을 뿐이라는 정도에서 이해하고 있었을 따름이었다. '헤이왕'으로부터 오평의 편지를 전달받았던 위증민은 직접 김성주와 만나보기 위하여 요영구로 가려다가 조아범과 주수동(周樹東) 등 특위의 젊은 간부들의 강력한 반대에 부딪쳤다.

중공당 화룡현위원회 서기였던 조아범은 이때 주운광의 뒤를 이어 동만 특위 비서장으로 내정되어 대흥왜에 와있었다. 훈춘 태생인 주수동은 종자운이 대전자공작위원회를 조직할 때 늘상 신변에 데리고 다녔던 공청단 간부였다. 훈춘현위원회가 왕청현의 금창으로 이사 왔을 때 여기서 성대한 반민생단 투쟁을 벌여 전임 훈춘현위원회 서기였던 최학철과 조직부장 최창복 등을 처형하도록 판결하였던 사람이 바로 주수동이었다. 1918년생으로 나이

새로 발굴된 조아범의 사진

주수동(周樹東)

17살밖에 되지 않았던 이 무서운 중국인 소년이 혁명연륜에 있어서 자기 나이의 두 배도 더 되는 조선인 선배 공산주의자들을 눈썹 한 대 까딱하지 않고 거리낌 없이 살해하였던 것이다.

조아범 역시 주수동 이상으로 '반민생단 투쟁'에 열성을 보였던 사람 중의 하나였다. 그의 손에도 화룡 출신 조선인 공산주의자들이 적지 않게 처형당했다. 조아범의 전임자였던 김일환뿐만 아니라 화룡유격대 출신 정치위원 김낙천도 모두 조아범이 화룡현위원회 서기로 있는 동안 처형당하고 말았다. 이상묵, 주진, 윤창범 등 동만 특위 내의 조선인 고위 간부들을 모조리 밀어내고 이 자리를 차지하고 들어왔던 조아범이나 주수동 같은 사람들이 이때 김성주를 물고 넘어지지 않을 수 없었다. 물론 그들의 배후에는 바로 왕중산이 있었다. 왕중산은 또 종자운을 물고 넘어지기도 했는데 위증민이 듣고 있는 앞에서 종자운이 김성주를 빼돌렸던 일을 들고 나왔던 적이 여러 번 있었다.

"송일 동무가 한번 말씀해보오. 나자구에까지 갔던 '민생단 숙청위원회' 동무들이 돌아와서 뭐라고 합디까? 김일성이 동녕 쪽으로 가버려서 통제가 되지 않는다고 둘러댔지만 정작 김일성은 동녕으로 간 것이 아니고 영안 쪽으로 달아나버렸습니다. 자기 말로는 영안에 가서 국제당의 순찰원과 만나 순찰원으로부터 자기의 신분을 재차 확인받고 돌아왔다고 하지만 데리고 갔던 한 개 중대를 다 잃어버리고 돌아와서 아무런 반성도 하지 않고 있습니다. 이것이 그래 간단하게 넘길 문제란 말입니까?"

종자운은 내심 당황하지 않을 수 없었다. 직접 김성주에게로 달려가서 병문안도 하고 또 만나보고 싶은 마음도 굴뚝같았지만 대신 왕윤성만 보내고 자기는 뒤로 슬쩍 빠졌던 것도 다 이와 같은 원인 때문이었다. 얼마 뒤 왕덕태, 이학충 등 독립사 지휘부의 주요 간부들이 속속 왕청의 대흥왜에 도착하였다. 앓고 있었던 김성주 대신 한흥권이 먼저 정치부에 불려

김낙천(金洛天)

이학충(李學忠, 即李宗學)

가서 죄인 취급을 당하듯이 심사를 받고 돌아왔다.

한흥권을 심사하였던 사람은 왕요중(王耀中)이었다. 정치부 주임 이학충은 기타부타 아무 말도 없이 곁에서 방청만 하고 있었다. 심사를 마치고 나올 때 이학충은 김성주의 병 정황에 대하여 물었다.

"김 정위가 외출이 가능하겠습니까?"

"경위원의 부축을 받으면서 조금씩 산보나 할 수 있는 정도입니다."

"다른 대원들의 상태는 어떠합니까?"

"모두 지쳐있지만 곧 회복될 것 같습니다."

"이번 회의에 꼭 참가할 수 있게끔 빨리 건강을 회복해야 한다고 전해주십시오."

이학충이 말하고 있는 이 회의는 바로 제1차 동만 당·단특위연석 확대회의(東滿黨,團特委第一次聯席擴大會議)였다. 한흥권 등 사람들은 여간 불안하지 않았지만 김성주는 오히려 한흥권을 위안했다.

"천하의 한흥권답지 않게 왜 그러십니까? 국제당의 양송 동지가 직접 나한테 부탁한 일도 있고 하니 너무 걱정 마십시오. 만약 이번에도 또 나한테 걸고 넘어지는 사람이 있다면 내가 이번만큼은 결코 가만있지 않을 것입니다. 반드시 할 말은 다 하고 또 당당하게 논쟁을 벌여볼 생각입니다."

"여기 사람들이 민생단이라면 '지 애미 애비'도 몰라보고 무작정 쌍불부터 켜들고 달려드는 작자들인데 그들이 양송 동지에 대하여 알고 있을 게 뭡니까. 괜히 저자들한테 피해부터 보고 나면 모든 게 다 끝장 아닙니까."

한흥권이 김성주와 주고받는 말을 밖에서 엿듣고 있었던 한옥봉까지도 사색이 되어 어찌했으면 좋을지 몰랐다. 한흥권이 중대로 돌아갈 때 한옥봉은 그의 뒤를 허둥지둥 따라섰다.

"성주 오라버니가 대흥왜에 갔다가 체포될 수도 있단 말씀인가요?"

"글세 말이다. 분위기가 영 심상치 않구나."

한흥권이 한숨을 내쉬니 한옥봉은 금방 두 눈에 눈물까지 맺혔다.

"오라버니, 차라리 성주 오라버니를 데리고 다시 영안으로 돌아가면 되지 않습니까. 이번에는 저도 함께 따라가겠습니다."

조동욱(공청단 왕청현위원회 서기)

"아이구, 이런 한심한 소리를 함부로 하지 마라."

한홍권은 여동생을 나무랐다.

"그럼 어떻게 합니까?"

한옥봉은 발까지 동동 굴러가며 한홍권에게 매달리다시피했다.

"옥봉아, 행여라도 이런 소리를 함부로 하지 마라. 지금 김 정위도 신경이 많이 예민해 있구나. 나도 권하고 다른 소대장들도 모두 권해보았지만 막아낼 수 없을 것 같다. 그는 이번 회의에는 꼭 참가하러 갈 것 같다. 그러나 만약 체포된다면 그때는 나도 가만있지는 않을 것이니까 좀만 더 지켜보자꾸나. 대신 너도 좀 알아봐라."

"내가 어디 가서 알아봅니까?"

"아동국장 이순희가 너의 친구잖아. 이순희와 조동욱이 특위 공청회의에 참가하고 있다던데 그 쪽에도 무슨 소식이 좀 없나 알아보려무나."

한옥봉은 그날로 부리나케 이순희를 찾아갔다. 그런데 이순희의 얼굴색도 밝지 않았다. 그는 조동욱에게서 들은 소식이라며 한옥봉의 귀에 대고 소곤거렸다.

"옥봉아 어떡하면 좋지? 회의에서 주수동 특위서기가 자꾸 김 정위의 일을 캐고 묻더라는 구나. 김 정위한테 꼭 무슨 일이 생길 것만 같아서 조동욱 동지랑, 모두 불안해서 어찌했으면 좋을지 몰라 하는구나."

한옥봉이 돌아와서 또 이 소식을 전하자 영안에서 함께 살아 돌아왔던 나머지 대원들이 모두 김성주의 앞을 가로막고 나섰다. 차라리 동만을 떠나 다시 영안으로 돌아가자고 나서는 대원들까지 생겨났다. 김성주는 회고록에서 이렇게 회고하고 있다.

"전우들은 사색이 되어 다홍왜로 가지 말아달라고 애걸하였다. 그러나 나는 단호하게 길을 떠났다."

왕청현 아동국장 이순희

동만 특위 서기에 임명된 위증민(魏蒸民)

김성주는 가지 말라고 매달리는 대원들에게 말했다.

"동무들, 이 길은 죽든지 살든지 떠나지 않으면 안 되는 길이다. 내가 만일 대홍왜로 가지 않는다면 그것은 스스로 자멸을 가져올 뿐이다."

김성주가 대홍왜에 도착하였을 때는 이미 회의가 시작한 지 이틀째 지나고 있었다. 회의가 1935년 2월 24일에 개최되었으니 이날은 2월 26일쯤 되었을 것이다. 회의장은 제8구 농민위원회 사무실이었다. 낯익은 얼굴들이 적지 않았다. 그러나 김성주를 대하는 눈빛들은 그야말로 각양각색이었다.

"아 김일성 동무가 왔구만. 어서 들어와서 인사를 하오."

언제나 사람 좋은 왕윤성이 제일 먼저 자리에서 일어나 김성주의 앞으로 다가왔다. 김성주는 일단 차렷하고 서서 독립사 최고 지휘관이나 다를 바 없는 왕덕태와 이학충에게 경례부터 올렸다.

"김일성 동무, 인사를 하오. 이분이 위증민 동지요."

왕윤성이 김성주에게 위증민을 소개했다. 눈에 안경을 낀 위증민이 바로 왕윤성의 곁에서 일어서더니 다가와서 김성주의 손을 잡고 반갑게 말했다.

"김일성 동무에 대한 이야기는 정말 너무나도 많이 들어왔습니다. 이렇게 만나니 여간 반갑지가 않군요. 촉한 때문에 많이 아프다고 들었는데 지금은 어떻습니까? 괜찮겠습니까?"

"네. 많이 나았습니다. 이제는 아무 일도 없습니다. 그런데 회의에 늦어서 정말 죄송합니다."

김성주는 검정색 뿔테 안경 너머에서 빛나고 있는 위증민의 순수하고도 맑은 웃음어린 눈빛을 바라보며 연신 대답했다. 처음 들어올 때 조아범에게서 받았던 불쾌한 인상 때문에 잔뜩 얼어붙었던 가슴이 이때 한순간에 확 녹아내리는 것만 같았다. 몇몇 익숙한 얼굴들이 이때에야 비로소 위증민의 뒤를 이어 김성주에게 아는 체도 하고 또 눈인사도 보내왔다.

나자구 전투 때 처음 만났던 임수산의 얼굴도 보였다. 왕중산의 눈빛은 여전히 곱지 않았지만 송일의 눈빛은 죄를 지은 사람처럼 김성주와 마주치는 것을 꺼렸다. 김성주가 인사를 하고 있는 동안 송일은 눈길을 내리깔기까지 했다. 송일, 임수산 외에도 또 처음 만나는 조선인 간부들도 여럿이 있었다. 최봉문, 강창연, 이동규, 김희문 등 회의 참가자는 도합 26명이었다.

김성주는 참가자들속에 조동욱도 들어있었다고 회고하고 있다. 공청단 왕청현위원회 서기로 임명된 지 얼마 안 되었던 조동욱은 회의기간 동안 중국말을 잘 모르는 조선인 간부들을 위해 통역의 임무를 수행하였다고 한다. 그러나 중국의 관련 사료 속에 조동욱의 이름은 보이지 않고 있다.

한편 김성주 본인은 동만 특위 위원의 자격으로 이 회의에 참가하였다고 하는데 이 역시 사실과 부합하지 않는다. 이때 혁명군의 연대급 간부들 속에서 특위 임시위원회에 선출되어 있었던 사람은 조선인으로서는 임수산뿐이었고 중국인에는 왕요중이 있었다. 조아범의 심복이었던 왕요중은 특위 임시위원회가 취소되고 다시 동만 특위가 정식 출범될 때도 역시 후보위원으로 선출되었다. 그러나 회의 직후 다시 안도로 파견받고 나갔다가 얼마 뒤 토벌대에게 살해당하고 말았다. 정확한 날자는 1935년 4월 11일이었다.

이 회의에서 동북인민혁명군 제2군 독립사 지휘관들에 대한 새로운 인사령을 발표하였다. 주진의 탈출로 공석이 된 사단장직을 정치위원 왕덕태가 맡게 되었는데 왕덕태가 특위 군사부장을 겸직하고 있었던 것처럼 독립사 정치부 주임 이학충이 특위 조직부장을 겸직하게 되었다. 이상묵의 탈출로 말미암아 이때 동만 특위 주요 당직자들은 모조리 중국인들로 바뀌게 된 것이었다.

후에 조아범이 특위 비서장과 함께 화룡연대로 불리는 독립사 산하 제2연대의 정치위원직까지 함께 겸직해버렸던

이 사진은 일본관동군 독립수비대 제8대대 전사자료 사진첩에서 발굴되었다. '민생단사건' 당시 화룡현위원회 서기 직에 있으면서 화룡지방의 조선인 간부들을 적지않게 살해하였던 조아범은 대흥왜에서 김일성과 가장 많이 버성겼던 사람으로 전해지고 있기도 한다. 그러나 1930년대 후반기 제2군이 남만지방으로 이동한 뒤 조아범은 김일성과 함께 '두번째 양정우'(杨靖宇第二)라는 소리를 들었을 정도로 활약상이 두드러졌다. 1940년 4월8일 부하 배신자에게 살해당하고나서 시체가 유기되었던 장소를 일본군 토벌대가 찾아내어 사진으로 남겨놓았다

것이나 또는 주수동이 공청단 동만 특위 서기직과 함께 임수산을 대신하여 제1연대 정치위원직까지 겸직하게 되었던 것은 동만의 당·단 뿐만 아니라 혁명군 부대 안에서도 조선인 간부들을 모조리 좌천시키고 중국인 간부들로 물갈이를 하려했던 것이라고 볼 수밖에 없다. 심지어는 왕윤성까지도 이미 해산을 선포한 훈춘현위원회 서기의 신분으로 훈춘연대로 불리고 있었던 독립사 산하 제4연대 정치위원직을 겸직하게 되었다.

5. '대흥왜회의'에 참가

이 회의에서 김성주가 제3연대 정치위원직에서 밀려나지 않고 가까스로 살아남을 수 있었던 것은 중공당 공산국제 대표단의 파견을 받고 동만주에 나왔던 주명(朱明, 陳鴻章, 后叛變)이 회의가 끝나기 직전 도착했던 덕분이었다고 주장하고 있는 사람들이 더러 있다. 직접 왕명과 강생의 파견을 받고 왔던 주명의 임무는 위증민을 모스크바에 들여보내기 위해서였고 위증민이 모스크바로 들어가 있는 동안 오평으로부터 위증민을 대신하여 동만 특위의 사업을 주관하라는 임무를 받았던 것이었다. 오평은 목단강에서 주명과 만났을 때 재차 당부하였다.

"빨리 동만에 가서 동만의 혁명군이 북만으로 북상할 수 있게끔 조처하기를 바라오. 각지 근거지들이 모두 항일전선을 확충하여 서로 연대를 형성하여야 하는 것은 이미 왕명 동지와 강생 동지로부터 비준 받은 일이오. 제4군과 제5군은 이미 행동에 들어가고 있는데 동만의 혁명군이 지금까지 계속 지지부진한 상태요."

오평은 주명에게 김성주와 만났던 이야기도 해주었다.

"내가 만나보니 참으로 좋은 동무이던데 그동안 동만에서는 내내 의심만 받아오고 있었던 모양이오. 작년 겨울 영안에 와서 이형박 동무네와 함께 보냈는데 영안유격대와 함께 정안군과도 싸웠고 이미 충분하게 고힘을 마쳤소. 주명 동무가 이번에 동만에 가서 확실하게 바로잡아주고 또 겸사해서 이 동무의 뒷심이 되어주기 바라오."

이렇게 되어 주명은 회의에서 동만주의 혁명군이 항일전선을 북만주 쪽으로 확충해 나와야 한다는 중국 공산당 공산국제 대표단의 지시를 전달할 때 직접 김성주를 지목하여 발언시켰다.

"자세한 내용은 나보다도 3연대의 김 정위가 더 잘 알고 있으니 김 정위에게서 들어보도록 합시다. 김 정위가 영안에서 직접 국제당 양송 동지와도 만났고 또 양송 동지로부터 동만에 돌아가 이번

대홍왜회의가 진행된 곳

군사작전과 관련하여 자세하게 설명하여 줄 것을 부탁받았습니다."

주명이 이렇게 나오는 바람에 모두 놀라지 않을 수 없었다. 자연스럽게 김성주를 대하는 사람들의 태도가 백팔십도로 달라지게 될 수밖에 없었다. 왕덕태는 김성주가 설명하는 데 편리하게끔 자신이 늘상 메고 다니는 가죽가방에서 지도까지 꺼내어 펼쳐놓고 집중해서 김성주의 설명을 들었다.

"우리 동만의 혁명군이 북만 쪽으로 항일전선을 확충해나가야 한다는 도리는 이해가 되는데 의문스러운 점이 있소. 그러면 남만 쪽과는 어떻게 이어지게 되오? 우리가 그쪽으로 확충해 나가야 합니까? 아니면 남만 쪽에서 우리 쪽으로 확충해 나옵니까?"

김성주가 설명하는 도중에 왕덕태와 이학충이 번갈아가면서 의문 나는 점들을 질문했다. 김성주는 상상력까지 발휘해가면서 대답했다.

"우리가 남만 쪽으로 확충해나가야 할지 아니면 남만 쪽에서 동만 쪽으로 확충해 나오게 될지는 아직 모르겠습니다. 아마도 그때 가서 상황에 따라 다시 결정될 일이지만 국제당(중국 공산당 공산국제 대표단)의 양송 동지께서는 만주의 항일전선을 하나의 연합전선으로 만들어내기 위해 동만의 혁명군이 북만과 이어져 하나의 전선을 구축하는 일이 가장 시급하다고 말씀하셨습니다. 그러나 남만 쪽은 제가 안도에 있을 때 한번 다녀왔던 적도 있기 때문에 지형이 익숙합니다. 안도와 돈화 쪽에서 출발하면 바로 무송만 지나 남만 경내에 접근할 수 있습니다. 때문에 우리가 그쪽으로 확충해 나갈 수 있는 가능성도 얼마든지 있다고 봅니다."

"그런데 일본군이 최근에 노야령을 모조리 봉쇄하고 있다고 들었소. 한두 개 소대도 아니고 대부대 인원이 공개적으로 다시 노야령을 넘기가 쉽지가 않을 텐데 말이오. 김일성 동무가 이번에 영안에서 돌아올 때도 또 노야령을 넘어서 왔소?"

왕덕태가 이렇게 걱정하자 왕윤성이 말참견했다.

"왕 정위, 노야령을 넘어서는 일은 걱정하지 않아도 될 것 같습니다. 노야령은 김일성동무가 한두 번 다녀온 것이 아닙니다. 아마도 손바닥같이 환할 것입니다."

김성주가 설명했다.

"이번에 영안에서 돌아올 때 보니 상황이 확실히 예전과 많이 달라졌습디다. 놈들은 일단 노야령으로 접근할 수 없도록 산 바깥에서부터 길들을 모조리 차단하고 있습니다. 때문에 대부대로 노야령을 넘어가는 것은 불가능합니다. 영안에서 출발할 때 우리는 천교령 쪽으로 멀리 에돌아서 노야령으로 진입했습니다. 그쪽에서도 위만군이 보초소를 설치해두고 있어서 우리는 목재소 주인의 도움으로 벌목공으로 위장하고 말파리를 타고 보초소를 빠져나왔습니다. 그러나 걱정할 것은 없습니다. 북만으로 가는 길은 노야령을 넘는 방법 말고도 얼마든지 있습니다."

김성주는 지도에서 안도와 돈화를 찾아내어 가리켜 보이면서 설명을 계속해나갔다.

"여기를 보십시오. 지리상에서 보면 여기 안도는 우리 동만의 중심지라고 할 수도 있습니다. 작년 여름동안 사단장 동지께서 이 지방에 근거지를 개척하신 것을 얼마나 잘된 일입니까. 여기 안도에서 남쪽으로 무송만 넘어서면 바로 남만 경내로 접근할 수가 있고 돈화에서 액목 쪽으로 빠져나가면 바로 북만의 영안 경내로 접근하게 됩니다. 액목을 지나 동경성에만 도착하면 그곳은 바로 영안 유격대의 활동지역입니다. 제가 안도에서 별동대를 조직할 때 남만에까지 다녀왔던 적이 있기 때문에 이쪽 지형에도 환하고 또 1930년 '8·1 길돈 폭동' 때는 한동안 진한장 동무와 함께 액목에서도 활동했었습니다. 때문에 여기 지형에도 모두 익숙합니다."

김성주의 이와 같은 설명을 들으며 왕덕태도, 이학충도 모두 감탄하지 않을 수 없었다. 언제나 근엄한 표정을 짓고 웬만해서 웃지를 않는 사람으로 소문났던 이학충도 이때 밝은 표정으로 김성주를 칭찬했다.

"유 참모장이 그럽디다. 김 정위가 굉장하게 군사에 밝은 사람이라고 칭찬하시던데 지금 보니 참으로 명불허전입니다. 우리 동지들 가운데 북만에 많이 다녀본 사람은 김 정위밖에 없으니 아무래도 김 정위가 또 앞장서서 원정길을 개척해야 할 것 같습니다."

결국 왕덕태와 이학충이 이런 태도로 나오는 바람에 재차 김성주를 물고 늘어지려고 했던 왕중산 등은 모조리 바보가 되어버리고 말았다. 이날 회의 끝에 송일이 몰래 김성주의 뒤로 다가와 옷깃을 잡아당겼다.

"김일성 동무, 정말 멋졌소."

누가 듣기라도 할까봐 낮은 귓속말처럼 소곤거리는 칭찬이었지만 이 한마디가 김성주에게는 봄날의 우레처럼 들려왔다.

"송 서기 동지가 이렇게 칭찬하시다니 정말 생각 외입니다."

김성주가 웃으면서 이렇게 대답하자 송일은 다시 한마디 했다.

"아니오. 내 진심으로 감탄이오."

김성주에 대한 송일의 태도가 이처럼 바뀔 수밖에 없었던 것은 자기의 눈으로 직접 김성주를 칭찬하고 있었던 왕덕태와 이학충을 보았기 때문이었다. 왕중산이 이때 이미 특위 서기 대리직에서 물러난 데다가 종자운까지도 뒤로는 몰래 김성주를 비호까지 하고 있었다는 소문이 나돌고 있었기 때문이었다.

"내일 회의에서는 민생단 문제를 논의하게 될 것인데 참가자들을 특위 위원들로만 한정하니 그게 좀 걱정이오. 김일성 동무가 와서 꼭 참가했으면 좋겠소. 방청으로라도 말이오."

"내일 회의에 꼭 참가시켜 달라고 마영 동지께도 부탁을 했었습니다."

김성주의 말에 송일이 슬쩍 귀띔해 주었다.

"가장 좋기는 주명 동지께 부탁하는 것이오. 주명 동지의 한마디면 위증민 서기도 듣지 않을 수 없을 것이오."

"제가 주명동지를 잘 알지못합니다."

김성주가 난색을 지어보이자 송일이 일깨워주었다.

"그게 무슨 상관이오. 주명 동지는 국제당 양송 동지의 파견을 받고 온 사람이라 김일성 동무가 직접 찾아가서 요청하면 반드시 들어줄게요. 내일 회의에 꼭 참가하여 우리가 그동안 함부로 내놓고 말할 수 없었던 일들은 김일성 동무가 대신 해주기 바라오. 나는 원체 중국말이 잘되지 않아서 마음뿐이오. 그러나 김일성 동무는 중국말도 아주 잘하니 얼마나 좋소. 지금 분위기도 슬슬 돌아서고 있소. 이럴 때 김일성 동무가 나선다고해서 직접 김일성 동무에게 문제를 제기할 수 있는 사람은 별로 있을 것 같지도 않소."

송일은 김성주의 손을 잡고 한마디 더 했다.

"그동안 정말 미안했소."

송일의 이 한마디에 김성주는 가슴이 뻐근해지는 것 같았다. 그렇게나 오랫동안 가슴속에 응어리져왔던 덩어리가 눈 녹듯이 녹아 내렸다. 송일뿐만 아니라 송일의 전임자였던 김성도에게 가지고

송일의 화상(출처: 중공당 왕청현열사기념관, 이용국의 화상에도 이 화상이 함께 사용된 듯 하다

있었던 미움까지도 다 사라져버리는 듯했다.

　그날 밤 김성주는 꼬박 밤을 새고 말았다. 한잠도 잘 수가 없었다. 민생단으로 몰려 억울하게 처형당했던 사람들의 원한을 당장에서 풀어주지 못하는 것이 안타까웠지만 그보다는 많은 사람들이 억울하게 당하기 전에 어떤 일이 있더라도 다시는 이런 사태가 발생하지 못하도록 제지시켜야 한다는 사명감으로 온 밤 동안 가슴이 곤두박질쳤다. 김성주는 송일이 가르쳐 주는 대로 주명을 찾아갔다. 주명은 이야기를 듣고 나서 선선히 응낙했다.

6. 동헌장의 운명

　김성주는 회고록에서 동헌장, 즉 주명에 대하여 한마디도 회고하지 않고 있다. 이 회의에서 민생단으로 몰려 죽고 있었던 조선인 간부들의 운명을 좌우하게 되었던 인물에는 위증민만 있었던 것이 아니었다. 위증민보다 더 높았던 주명이 있었다. 그런데 주명이 이 회의 이후, 동만주의 역사에서 영영 자취를 감추게 되는 것은 원인이 있다.

　위증민이 모스크바에 나간 동안 잠시 동만 특위 서기직을 맡고 있었던 주명은 동만 특위 기관이 나자구로 이동할 때 오늘의 나자구 삼도하자에서 불행하게도 일본군에게 체포되어 그만 투항하고 말았기 때문이었다. 주명은 동만주에서 활동하였던 시간이 극히 짧았던 데다가 일본군에게 끼쳤던 위해가 거의 없었고 또 본인이 부리나케 자기의 신분을 털어놓고 일본군에 협조하겠노라고 약속하였기 때문에 판결도 받지 않은 채로 풀려나올 수 있었다.

　그러나 일본군 헌병대는 밀정을 파견하여 주명의 주숙처를 감시하고 있었다. 주명은 그 밀정에게 자기가 나가서 혁명군을 설득하여 모조리 귀순하게 만들겠노라고 속여 넘기고는 주숙처에서 탈출하여 영안으로 북상 중이었던 제2군 군부를 찾아갔으나 이때 2군 군부는 다시 영안을 떠나 남만주 쪽으로 이동해버린 뒤였다.

　주명은 한동안 제5군 군부에서 지내며 다시 혁명하겠노라고 '성명'도 발표하는 등 갖은 노력과 성의를 다 보였지만 결국 신임을 받을 수 없었다. 주보중은 주명을 제2군으로 보내버렸는데 오늘의 무송현(撫松縣) 경내에서 이때 새로 편성되었던 동북인민혁명군 제2군 1사단 사단장 안봉학에 의해 처형당하고 말았다. 이때의 1사단 정치위원이 바로 주수동이었다.

주명은 처형당할 때 김성주와 만나게 해달라고 간청하였다고 한다. 그러나 김성주와 만날 수 없었다. 설사 김성주를 불러온다고 해도 주명은 살아날 수가 없었을 것이다. 이때 제3사 사단장으로 임명되어 있었던 김성주의 곁에는 그의 라이벌 격이나 다를 바 없었던 중국인 간부 조아범이 정치위원으로 있었기 때문이었다. 물론 이것은 훗날에 있게 되는 일이다.

7. 동만주에 왔던 이광림

이광림(李光林)

1935년 2월 24일부터 3월 3일 사이에 진행되었던 제1차 동만 당·단 특위연석회의(東滿黨, 團特委第一次聯席會議)를 두고 '연석확대회의'(聯席擴大會議)라고 지칭하기도 한다. 굳이 '확대'(擴大) 두 자를 넣게 된 것은 바로 주명의 요청하에 독립사단 산하 각 연대 정치위원들을 방청시키기로 결정하였기 때문이었다. 이 회의에 앞서 위증민을 중국 공산당 동만 특위 서기로 임명한다는, 중국 공산당 공산국제 대표단의 인사령을 전달하려고 동만주에 나왔던 사람이 있었는데 그가 바로 왕청유격대의 첫 정치위원이었던 김은식의 외사촌동생 이광림[6]이었다.

1931년 '9·18 만주사변' 직후 공청단 영안현위원회 서기가 되었던 이광림은 1933년 중국 공산

---

6. 이광림(李光林, 1910—1935) 은 1931년 '9·18 만주사변'직후 중공당 영안현위원회 공청단 서기(青团宁安县委书记)로 임명되었던 조선인이다. 왕청유격대의 제1임 정치위원 김은식과는 외사촌 형제간이었다. 1933년에 공청단 길동국 상무위원과 중공당 길동국 순시원(共青团吉东局委常委、书记兼吉东局巡视员)에 임명되기도 했던 이광림은 1935년 1월 구국군 부현명(傅顯明)의 부대를 개조하기 위하여 나자구에 파견되었으며, 이 무렵 길동특위 특파원의 신분으로 동만 당·단 특위연석회의(東滿黨, 團特委第一次聯席會議)에 참가하고 특위 위원으로 선출되기도 했다. 이광림은 1935년 2월 부현명의 구국군을 개조하여 성립한 동북반일연합군 제5군 2사(사단) 정치부주임(東北反日联合军第五军第二师政治部主任)에 임명되어 활동하던중 그해 12월24일 영안현 강남산 동촌에서 당지의 친일한간들이 이끌고 온 만주군에 포로되어 살해당했다. 중국 정부에서는 이광림을 항일열사로 추증하였으며 2015년 8월24일에 제2차로 공개하였던 600명 '항일영렬과 영웅군체'(抗日英烈和英雄群体) 명단속에 수록되었다.

당 길동국(吉東局)이 성립될 당시에는 어느덧 공청단 길동국위원회 조직부장을 거쳐 서기직에까지 오르는 등 크게 주목받는 인물이 되었다. 그가 어찌나 중국말을 잘했던지 그가 조선인이라는 것을 알고 있는 사람들이 거의 없었을 지경이었고 나아가 그 자신도 아주 중국인처럼 되어버리기 위하여 갖은 노력을 다하였던 것 같다. 나중에 어느 정도까지 되었는가 하면 조선말을 잘 모르는 사람들은 "이광림이 조선말을 아주 잘한다."고 칭찬할 정도였다. 이는 영안지방의 사람들이 이때 벌써 이광림을 중국인으로 알고 있었다는 것을 설명해주기도 한다.

이광림에 대하여 많은 회고담을 남긴 소북홍(蘇北虹, 사진 왼쪽 뒤에 선 사람)

해방 후 연변 주(州) 정부에서 위생처 처장을 지냈던 전봉래(全鳳來)[7]는 1931년에 영안현 남호두 구 위원회 서기직을 맡았던 적이 있었다. 남호두에 와서 공청단 조직을 지도하고 있었던 이광림을 몇 번 만났는데 한 번도 이광림이 조선말을 하는 것을 들어보았던 적이 없다고 이야기했다.

또한 이광림을 생명의 은인으로 간주하고 있는 중국인 소북홍(蘇北虹)은 1933년 6월에 길동국 순찰원의 신분으로 해림(海林) 지방에 내려왔던 이광림과 처음 만나서 알게 되었는데 이광림과 함께 영안현 하남구 조선족 동네로 가다가 길에서 마적들의 습격을 받아 이광림 덕분에 살아날 수 있었다며 그때의 일

---

7. 전봉래(全鳳來, 1907~73. 고려공청 회원, 吉林省 延吉縣 인민정부 縣長) 함북 길주에서 태어나 1920년 연길현 지신구(智新溝) 대성촌(大成村)으로 이주하고, 1922년 화룡현(和龍縣) 서성구(西城溝)로 이주했다. 1927년 용정(龍井) 대성중학(大成中學)에 입학했다. 재학 중 고려공산청년회 만주총국 용정 책임자, 연변(延邊) 중등학생회 위원이 되었다. 1928년 가을 일본인의 대성중학 경영권 접수를 저지하기 위해 동맹휴학을 주도하다가 제적당했다. 1929년 조선공산당 만주총국(화요파)에 입당했고 재동만(東滿)조선청년총동맹 서기가 되었다. 1930년 2월 흑룡강성(黑龍江省) 영안현(寧安縣)으로 이동하여 영안현 반일회 주임, 영안현 농민협회 위원이 되었고, 7월 중국공산당에 입당했고, 가을에 중화쏘비에트 영안현 임시정부 선전부장이 되었다. 1931년 중공 남호두구위원회 서기, 11월 중공 목릉구위(穆陵區委) 서기, 1933년 수분(綏芬)특별지부 서기가 되었다. 1934년 8월 공산주의 일선에서 물러났고 1939~45년 연수현(延壽縣) 보흥촌(普興村)에서 농업에 종사했다. 1945년 11월 중공에 다시 입당하여 1947년 연수현 민운공작대 남부 서부 공작대 부책임자가 되었다. 1948년 중공 상지현위(尙志縣委) 조직사업에 참여했다. 1949년 하얼빈(哈爾賓)에서 동북행정위원회 민정부 사무처 조직과장이 되었다. 1949~52년 11월 연길현 인민정부 현장이 되었다. 그후 연변조선족자치주 인민정부 위생처장을 지냈다.

을 회고했다.

"이광림이 마적들끼리 사용하는 중국말 방언을 어찌나 잘하는지 마적들까지도 순찰원이 한때는 마적노릇 해먹던 사람이 아니었나 하고 의심할 지경이었다. 그래서 '보아하니 우리와 같은 밥을 먹는 사람들 같은데 그냥 가보라.'면서 놓아주었다."

한편 1935년 1월, 동북반일연합군 제5군이 성립될 때 주보중은 나자구 지방에서 주둔하고 있었던 구국군 부현명(傅顯明)의 부대를 아직 완전히 장악하지 못하여 속을 태우고 있던 중이었다. 부현명 본인은 이미 주보중의 수녕반일동맹군 시절부터 함께 활동해왔고 중국 공산당의 영향을

주보중(왼쪽)과 왕윤성(오른쪽)

적지 않게 받아왔으나 그의 적지 않은 부하들이 공산당에게 반감을 가지고 있었던 것이었다. 오평은 이들을 5군의 산하부대로 편성한 뒤 바로 그들로 정찰대를 삼아 곧장 밀산 쪽을 향해 나가게 할 계획이었다. 오평이 주보중에게 말하였다.

"빨리 일을 다그쳐야 합니다. 4군에서는 3군 쪽으로 근거지를 확충해 나가려고 지금 정찰대를 조직하고 있습니다. 이연록 동지는 지금이라도 당장 정찰대를 조직하고 본인이 직접 3군 쪽으로 원정하여 송화강 남안까지 진출하겠다고 여러 번 건의해오고 있지만 아직은 내가 허락하지 않았습니다. 5군에서 미처 4군 쪽으로 접근하지 못하면 밀산지방의 근거지들이 위험하게 됩니다."

그러나 오평도 모르지는 않았다. 이때 주보중에게는 일을 맡기고 시킬만한 사람들이 별로 없었다. 쓸 만한 사람들은 모두 산하 각지 부대들로 파견 받아 나간 뒤였다. 하는 수 없어 주보중이 직접 아픈 다리를 끌면서 나자구에 다녀올 생각을 하고 있을 때 이광림이 불쑥 5군 군부 밀영으로 찾아왔다.

"제가 동만에 가는 길에 나자구에도 들려오겠습니다. 부연대장과도 안면이 있는 사이니 그의 연대를 개편하는 임무를 저한테 맡겨주십시오. 시간이 별로 걸리지는 않을 것입니다."

오평과 주보중은 반색했다.

"아니 광림 동무가 동만으로 가오?"

오평이 대신 알려주었다.

"공산국제에 보고를 올려 위증민 동무를 동만 특위 서기로 임명하기로 하였습니다. 광림 동무를 보내서 이 결정을 전달할 생각인데, 지금 보니 부현명의 부대를 개편하는 일도 만약 광림 동무가 맡는다면 아주 적격일 것 같습니다."

오평은 다시 이광림에게 물었다.

"부대 일을 처음 해보는 것이 아니오? 자신 있겠소? 그리고 나자구 지방은 익숙하오?"

이광림은 자신있게 대답했다.

"부연대장과 여러 번 만난 적도 있고 또 그분이 아주 무던하고 마음씨도 곱다는 것을 제가 알고 있습니다. 그리고 제가 사실은 동만 사람입니다. 왕청에서도 한동안 살았습니

부현명(傅顯明)

다. 이번에 가면 반드시 일을 잘 해결하고 오겠습니다."

주보중은 크게 기뻐하였다.

"부연대장 앞으로는 내가 편지도 한 통 자세하게 쓸 것이니까 가지고 가오."

이렇게 되어 위증민을 동만 특위 서기로 임명한다는, 중국 공산당 공산국제 대표단의 결정을 전달하러 동만에 나왔던 이광림은 곧장 영안으로 돌아가지 않고 한동안 나자구에서 머무르고 있던 중이었다.

이광림은 한편으로 부현명의 구국군 제14여단 산하 제1연대를 동북반일연합군 제5군 산하 제2사 4연대로 개편하는 일을 추진하면서 다른 한편으로는 여기저기로 사람을 파견하여 연락이 끊긴 지 아주 오래되었던 사촌 여동생 김정순의 행방을 수소문하고 있었다. 이하는 김정순의 회고담 속 한 토막이다.

"그때 이미 결혼한 여자들은 남편이 소속되어 있는 부대를 찾아 떠났고 나같이 나이도 어리고 또 가족도 없는 여자 아이들은 한 중국인 농가에서 배치를 기다리고 있었다. 우리가 너무 나이가 어렸기 때문에 전투부대에서는 짐이 될까봐 누구도 와서 데려가려고 하지 않았다.

하루는 자다가 깨어났는데 머리맡에 중국말을 하는 한 남자가 서있었다. 그는 나에게 '너 나를 모르겠니?' 하고 물었다. 나는 모르겠다고 머리를 가로저었다. 그랬더니 그는 아주 서투른 조선말로

겨우 설명했다. '6년 전에 내가 우리 아버지를 너의 집에 맡겨두고 너의 오빠와 함께 혁명하러 떠났던 외사촌오빠다.' 그때서야 나는 그가 이광림이라는 것을 알았다.

그때 이미 5군이 성립되었고 외사촌 오빠는 5군 2사(부현명의 부대) 정치부 주임으로 사업하고 있다고 했다. '5군에 여자가 적으니 나를 따라 5군으로 가지 않으려니?'하고 나의 의향을 묻더라. 내가 따라가겠다고 하자 이광림은 즉시 2군 군부에 이야기하고는 허락을 받아냈다."

이것은 1935년 5월의 일이다. 이때는 이미 '대흥왜회의'도, '요영구회의'도 모두 끝나버린 뒤였다. 이 회의 때 이광림은 여러 가지의 신분을 가지고 있었다. 공청단 길동 특위 서기직 외에도 동북반일연합군 제5군 2사 정치부 주임직을 겸하고 있었고 또 그때까지 부현명의 부대가 아직 밀산 쪽으로 출발하지 않고 계속 나자구에 주둔하고 있었기 때문에 이광림은 새로 조직되었던 동만 특위 위원에도 이름을 걸어두고 있었다. 비록 동만 특위 서기가 위증민이었지만 이광림은 오평으로부터 직접 파견 받고 동만에 나와 신임 동만 특위 서기 위증민에 대한 임명 결정서를 전달하였던 사람이라는 특수한 신분이 크게 작용했다. 이에 대해 종자운의 회고를 한번 들어보자.

"이광림은 나의 직계 상급이나 다를 바 없었다. 내가 공청단 만주성위원회의 신분으로 동만에 곧장 파견 받고 내려갔던 것이 아니다. 내가 하얼빈에서 사업할 때 하루는 무선(霧仙)이라고 부르는 누님이 나한테 왔다 가라고 해서 갔더니 '뤄따거'(駱大哥)도 같이 와서 기다리고 있더라. 무선은 만주성위원회 선전부장 담국보(譚國甫) 동지의 비서였고 '뤄따거'란 바로 공청단 성위서기 '쇼뤄'를 두고 하는 말이다. 그가 나를 보고 성위서기 마량(馬良, 老馬) 동지가 소련에 가는데 모시고 함께 갔다 오라고 하더라. 사실은 나를 경호원 삼아 데리고 떠났던 것이다. 그런데 목릉까지 가서 '수녕교통참'의 교통원이 수분하까지 가는 기차에다가 딱 한 사람밖에 몰래 태워가지고 갈 수밖에 없다면서 나를 따라가지 못하게 해서 나는 그만 목릉에 남게 되었다. 그때 나와 만나 담화하고 나를 공청단 목릉현위원회에서 사업하게끔 배치하였던 사람이 바로 이광림이었다. 이광림은 그때 공청단 길동 특위 조직부장이었고 나는 그의 지도하에서 일했다."

종자운의 소개에 의하면, 이광림은 동만주에서 열렸던 이 중차대한 두 차례의 회의에 가끔씩 와서는 얼굴만 내보일 뿐 별로 깊게 관여하지 않았다. 대신 하루라도 회의에 빠지지 않고 모조

마량(馬良, 卽老馬)

중공당 만주성위원회 조직부장 조의민의 아내 무선(霧仙, 卽李霧仙, 1935년 만주성위원회 해산 직전 비서장 직에 있었다. 해방후 북경사범학원 제1임 원장을 담임하였다)

리 참가하여 이러쿵저러쿵 말을 많이 한 사람은 주명이었다.

주명은 위증민에게 각 연대의 정치위원들도 모두 회의에 참석시켜야 한다고 주장하였다. 그것은 바로 얼마 전에 영안에서 돌아왔던 김성주를 이 회의에 참가시키기 위해서였다. 실제로 이때 제3연대 정치위원 김성주 한 사람을 제외한 나머지 제1, 2, 4연대의 정치위원들은 모두 회의 참가자격을 가지고 있었다. 왜냐하면 1, 2, 4연대의 정치위원을 임수산, 조아범, 왕윤성이 각자 맡고 있었기 때문이었다.

제1연대 정치위원 임수산은 왕덕태의 심복이나 다를 바 없었던 연고로 왕중산이 이끌고 있었던 동만 임시특별위원회가 갓 출범했을 때 벌써 특위 위원으로 임명되어 있었고 제2연대도 김낙천이 민생단으로 처형당하고 화룡현위원회 서기였던 조아범이 정치위원직을 겸직하고 있었기 때문이었다.

그리고 훈춘연대로 불리고 있었던 제4연대 정치위원도 왕윤성이 겸직하고 있었다. 훈춘현위원회가 해산되면서 살아남았던 나머지 위원들은 모두 왕청현위원회에 소속되었다. 다시 돌아와 왕청현위원회 선전부장 직을 그대로 맡은 왕윤성은 동장영이 살았을 때부터 줄곧 동만 특위 위원의 자리를 지켜오고 있었다.

이것은 김성주가 회고록에서 자신이 "동만 특위 위원의 신분으로 이 회의에 참가하게 되었다."고 주장하고 있는 것이 진실이 아닌 또 다른 이유다. 다만 남한에는 김성주가 이 회의에 참가조차 못했다고 주장하고 있는 사람들도 아주 많은데 이 역시 사실과 부합하지 않는다. 여러 사료들에서도 확인할 수 있는 바, 참가자들 속에 조선인 간부들이 결코 적지만은 않았다. 송일, 임수산, 김성주만 있었던 것이 아니었다. 그 외에도 또 장창수, 최봉문, 강창연, 이동규, 김희문 같은 사람들도 모두 조선인 간부들이었다. 물론 이광림까지도 포함해서 말이다. 물론 조선인 간부들의 참가자 수가 절반에까지는 미치지 못하였지만 이때 영안에서 직접 오평과 만나고 돌아왔던 김성주의 입지는 두드러질 수밖에 없었다.

회의가 나흘째 접어들었을 때였다. 위증민의 사회하에 회의 참가자들은 그동안 왕중산이 이끌어오고 있었던 동만 특위 임시 공작위원회 사업보고를 청취하였다. 까막눈인 왕중산을 대신하여 종자운이 보고서를 읽었는데 그 자신이 일찍 만주성위원회에 직접 제출하였던 보고서 내용을 그대로 번복하다시피 했다. 보고서의 내용 속에 "동만의 조선인들 팔십 퍼센트, 조선인 간부들 구십 퍼센트가 민생단이거나 또는 그 혐의자들이다."는 내용이 나왔을 때였다. 회의기간 동안 2일밖에 참가하지 못했던 이광림이 방바닥을 쾅 하고 소리 나게 때리면서 종자운을 꾸짖었다.

"이봐, 쇼중 동무. 이 무슨 얼토당토하지 않은 소리를 하는 게요?"

'반민생단투쟁'의 본거지나 다름바 없었던 소왕청 (마촌) 항일유격근거지 옛 터

이광림의 앞에서 종자운은 찍 소리도 못했다. 김성주는 회고록에서 이 회의에 대하여 회고할 때 '대흥왜의 논쟁'이라는 제목까지 달아놓고 큰 편폭을 할애하여가면서 자신이 이 보고서를 반박하면서 종자운, 조아범 등과 피 말리는 논쟁을 벌였다고 주장하고 있지만 사실은 아니다.

이 회의에서 '대흥외의 논쟁'이라는 사실자체가 존재하지 않았다. 정작 대대적인 논쟁은 이 회의 직후, 10여 일쯤 지난 1935년 3월 21일에 회의장소를 대흥왜에서 요영구로 옮겨와서 다시 열렸던 회의에서였으며 그 회의의 명칭은 '동북인민혁명군 제2군 독립사 연석회의'였다. 어쨌든 이광림은 몹시 노한 표정으로 종자운에게 따지고 들었다.

"거 참, 팔구십 퍼센트라는 게 무슨 근거를 대고 하는 소리요? 이미 죽은 사람들도 모두 포함하오, 아니면 살아있는 동무들만 가지고 통계를 한 게요? 그렇다면 나나 여기에 함께 있는 조선인 동무들은 모두 어느 퍼센트에 속하오? 그 나머지 십 퍼센트요? 아니면 팔구십 퍼센트 안에 들어가 있는 게요? 도대체 무슨 통계를 이따위로 하고 있는 게요? 여러분들은 이따위 통계가 말이 된다고 생각하오?"

이광림의 뒤를 이어서 주명도 기다렸다는 듯이 말했다.

"위증민 동무, 조선인 동무들의 팔구십 퍼센트가 모두 민생단이라고 의심하는 것은 옳은 판단이 아닌 같소. 내가 여기 와보니 일반 대원들 속에도 조선인 동무들이 아주 많던데 그러면 그들 대부분이 모두 일본놈 첩자라는 소리가 아니오? 그렇다면 좋소. 누가 한번 설명해보시오. 동만의 혁명군 수뇌부가 여기에 모여서 이처럼 주요한 회의를 하고 있는데 왜 왜놈토벌대가 달려들지 않고 있느냐 말이오?"

이광림에 이어서 주명까지 이렇게 나오는 바람에 반론자들은 한 사람도 없었다.

8. "과연 환영(幻影)이란 말인가"

계속하여 종자운의 회고다.

"이광림은 동만 특위 위원으로 이름만 걸어놓고 주로 부현명의 부대를 개편하는 일로 바삐 보내고 있었다. '대흥왜회의' 때는 처음부터 거의 참가하지 않았는데 중간에 불쑥 나타나서는 한두 번 얼굴을 내밀기도 하더라. 이광림의 직위가 오히려 위증민보다도 더 높았기 때문에 모두 이광림을 어려워하였는데 임시 특별위원회 사업보고를 하는 날에 갑자기 나를 비판하는 바람에 나의 처지가 굉장하게 어렵게 되었다."

이것이 '대흥왜회의'의 진실이다. 그런데 이 회의가 10여 일째 접어들었을 때 아무도 생각지 못했던 불상사가 갑작스럽게 발생하게 되었다. 1935년 3월 3일, 회의가 막 끝나갈 무렵 재차 동만 특위 위원으로 선출되기까지 했던 왕청현위원회 서기 겸 동만 특위 '민생단 숙청위원회' 책임자 송일이 자기의 주숙처로 돌아오다가 갑작스럽게 달려드는 한 개 소대의 혁명군 대원들에게 포박 당하게 된 것이다.

"이게 누구야? 뭐 하는 짓이야?"

별명이 '다브산즈' 외에도 또 '쇼거재'(小個子)로 불리기도 했던 송일은 덩치가 왜소하였기 때문에 꼼짝할 새도 없이 제압당하고 말았다. 대원들의 뒤에서 우두머리인 듯이 보이는 한 지휘관이 나타났는데 그는 제1연대 참모장 임승규(林勝奎)[8]였다. 임수산이 회의에 참가하기 위하여 대흥왜로 올 때 임승규가 직접 한 개 중대를 데리고 따라와 중대는 쟈피거우에 주둔시키고 그 자신이 다만 한 개 소대만 데리고 대흥왜에 와있던 중이었다.

이유인즉 1935년 3월 3일 점심 무렵쯤, 간도협조회의 밀정들이 쟈피거우의 유격대 보초소에다가 한 장 던져 넣고 간 투서가 임승규의 손에 전달되었던 것이다. 도리대로라면 임승규는 이 사실을 자기의 직계 상관이었던 임수산에게 먼저 보고하여야 했고 나중에 임수산이 왕덕태에게 보고하는 것이 정상적인 절차였다. 그러나 임승규는 이번 기회를 출세의 기회로 삼으려고 했다.

그는 데리고 왔던 한 개 소대 대원들을 동원하여 부리나케 송일을 체포하였다. 소위 '선참후계'라는 것이었다. 임승규는 다른 누구도 아닌 바로 위증민에게로 곧장 달려갔다.

"큰일 났습니다. 서기 동지, '민생단 숙청위원회' 주석 이송일이 왜놈 특무라는 사실을 밝혀냈습니다. 이송일이 도주할까봐 제가 먼저 체포하였고 지금 서기 동지께로 달려오는 길입니다."

그야말로 마른 날의 날벼락이나 다를 바 없었다.

임승규는 쟈피거우 보초소의 보초병까지 데리고 와서 밀정들이 던져놓고 간 투서를 위증민의 앞에 내놓았다.

"그런데 동무는 누구요?"

---

8. 임승규(林胜奎, 1906–1936)는 임성규(林升奎) 또는 임성규(林埕奎)로 불리기도 했다. 출생지는 알려진바 없으나 조선인이며, 1929년에 중공당에 가입한 것으로 나와있다. 1934년 가을 동북인민혁명1군 제2군 독립사 제1단 단장이 되었다. 1935년 3월, '동북인민혁명군 제2군 독립사 연석회의'에 참가하러 대흥왜에 왔던 임승규가 이송일을 직접 포박하였다고 회고하고 있는 연고자들이 여럿 있다. 그러나 임승규도 얼마 뒤에 단장직에서 직위해제당하고 참모장이 되었으나, 1936년 미혼진회의(迷魂阵会议) 때 참모장직에서도 또 철직당하고 지방으로 조동되었다. 그러나 지방공작중에 또 착오를 범하게 되자 제2군 군부에서는 임승규를 불러들여 산속에서 처형해버렸다.

"네. 저는 독립사 제1연대 참모장 임승규입니다."

위증민은 신경이 꼿꼿이 일어섰다. 왕덕태가 대흥왜에 도착하여 주진이 처창즈 근거지 감옥에 갇혀 있던 중 탈출해 달아났다는 소식을 전해주었을 때 너무 놀라서 발을 구르기까지 했던 위증민이었다.

"언녕 처형했어야 하는데 놓쳐버렸으니 어떻게 하면 좋단 말이오?"

독립사 산하 각 연대의 병력배치 상황을 모조리 장악하고 있는 주진이 도주하였으니 일단 주진이 일본군에게 가서 변절하고 다시 토벌대를 끌고 나타나는 날이면 근거지에 들이닥치게 될 재난은 상상도 할 수 없는 일이었다. 참모장 유한흥이 대흥왜에 오지않고 처창즈 근거지에 남아서 병력들을 모조리 재배치하느라고 바삐 보냈던 것도 바로 이 때문이었다. 무릇 주진이 알고 있는 각 부대의 주둔지들을 모조리 다시 이동시켜야 했는데 이때 또 다시 송일의 사건이 터진 것이었다.

"일단 회의 장소부터 먼저 옮기고 봅시다."

왕덕태의 건의하에 위증민 등 회의 참가자들은 대흥왜에서 모조리 요영구로 이동하였다. 송일도 요영구로 압송되었다. 얼굴이 새까맣게 질린 송일은 포승줄에 묶여서 가면서 입을 한일자로 꾹 다문 채로 아무 말도 하지 않았다. 그 표정은 이미 자신의 운명에 대하여 체념한 듯했다. 길에서 임승규에게 사정없이 구타당한 송일은 요영구에 도착한 뒤에도 어제까지 그 자신의 비준이 없으면 아무도 마음대로 드나들 수 없었던 민생단 감옥 바닥에 아무런 깔개도 없이 털썩 주저앉아서는 계속 땅바닥만 내려다보았다. 심문장에 직접 나타났던 위증민이 몇 가지 물었다.

"이송일, 민생단에는 언제 가입했는가?"

"나는 민생단이 아니오."

중국말이 서툰 송일은 가까스로 변명하고 있었다.

"지금이라도 사실대로 말하고 이상묵과 주진을 붙잡을 수 있게 도와주면 '입공속죄'(立功贖罪)한 것으로 쳐주겠소. 당신들은 지금도 서로 연락을 주고받고 있는 것은 아닌가?"

이럴 때 왕중산이 또 나서서 거치르게 소리질러댔다.

"이봐, 네가 직접 네 입으로 이상묵은 민생단 동만 특위 조직부장이며 주진은 민생단 동만 특위 군사부장이고 박춘은 참모장이라고 우리한테 보고하지 않았더냐. 그러니까 너의 직책은 뭐냐 말이야?"

이런 식으로 위증민, 왕중산 등이 연속으로 공격해대는 바람에 가뜩이나 중국말이 서툰 송일은 땅이 꺼지게 한숨을 내쉬고 겨우 한마디 했다.

"그냥 당신네들이 아무렇게나 덮어씌우고 싶은 대로 다 덮어씌우시오. 나를 어떻게 해도 다 좋소."

위증민은 심문장에서 나온 뒤 왕덕태 등에게 물었다.

"정말 지독한 자로군요. 증거가 다 나온 마당에도 자백할 생각은 하지 않고 계속 저런 식으로 뻗댑니다. 어떻게 처리했으면 좋겠습니까?"

"두말할 것 있습니까? 총살형에 처해야 합니다."

20여 명이 참가한 특위 회의에서 송일에 대한 처형이 만장일치로 통과되었다. 1935년 3월 13일, 흰 눈이 펄펄 쏟아져 내리는 요영구의 언덕으로 기름때가 번질번질한 다브산즈를 입은 송일이 두 팔을 뒤로 묶인 채 천천히 걸어나왔다.

"마지막으로 할 말이 있으면 해라."

"외눈깔 왕가(김성도)가 죽기 전에 한 말이 맞았구나. 오늘은 내가 또 민생단으로 몰리는구나. 우린 모두 근본적으로 존재도 하지 않는 환영(幻影)에 놀아난 것이었구나."

송일은 혼잣말처럼 중얼거리다가 갑자기 자기 자신에게 대고 소리쳤다.

"바보 같은 송일아, 넌 정말 죽어도 싸다."

송일이 이처럼 절규할 때 처형자들은 방아쇠를 당겼다. 땅, 하는 총소리와 함께 뒤통수로부터 총을 맞은 송일이 앞으로 넘어지자 처형자들은 시체를 언덕 밑에 미리 파두었던 흙구덩이로 끌고 가서 아무런 깔개나 덮개도 없이 그대로 처넣고는 묻어버렸다. 송일의 나이 33살 때였다.

9. '요영구의 논쟁'

송일[9]은 1903년 연길현 오도구(五道溝)에서 출생하였다. 본명은 이송일(李宋一)로서 1922년에 오도구에서 소학교를 졸업하고 용정의 대성중학교에 입학하여 공부하다가 1925년에는 일본에 유학하여 전문적으로 일본어를 배웠는데 원체 키도 작고 또 일본사람처럼 생겼기 때문에 그가 일본말을 할 때면 일본사람들까지도 모두 그를 일본인으로 믿어버릴 지경이었다.

---

9. 송일(宋一, 李宋一, 1903~35)은 1903년 연길현 오두구에서 태어났으며 '쇼거재'와 '다브산즈'라는 별병을 가지고 있었다. 13살 때 오도구 동촌의 사립학교에서 공부하였고 1922년에 대성중학교에 입학하였다. 1925년에 대성중학교를 졸업하고 이듬해 1926년에는 일본에 유학하였는데, 일본에서 공산주의와 접촉하게 되었고 얼마 안 되어 곧 조선공산당 만주총국(ML파)에 입당했다. 1930년 중국공산당에 입당하여 동만특위 비서가 되었고 1933년 11월 중공 왕청현(汪淸縣) 위원회 서기가 되었다. 1935년 3월 민생단 혐위를 받아 처형되었다. 그가 민생단 혐의를 받게 되었던 과정은 본문에 소상하게 나와있으므로 간략한다.

그런데 유감스럽게도 송일은 중국말이 너무 서툴렀다. 그래서 송일은 다른 누구도 아닌 바로 동장영과 중국말 대신 일본말로 대화를 주고받았다. 동장영도 역시 일본에서 유학하였던 연고로 일본말을 아주 잘했기 때문이었다. 그러나 이 모든 것들이 나중에는 모두 그에게는 악재로 덮치게 될 줄은 누구도 몰랐다.

1년 전, 1934년 1월에 바로 송일의 전임자였던 김성도[10]가 마촌의 남산에서 이런 모양으로 처형되었다. 김성도의 처형을 비준하였던 사람은 동장영이었다. 그리고 1년 뒤의 송일의 처형을 비준한 사람은 위증민이었다.

송일의 전임자였던 김성도(전 동만특위 조직부장 겸 '민생단숙청위원회 위원장)

김성도의 후임자였던 송일(동만특위 '민생단숙청위원회 위원장)

비록 김성도와 송일은 오늘날 모두 혁명열사로 추증되어 있지만 두 사람 다 자기와는 같은 조선인 간부들을 민생단으로 몰아 죽이고 있었던 중국 공산당 내 중국인 간부들의 하수인 역을 하다가 종국에는 그들 자신이 '토사구팽' 당한 꼴이 되고 말았던 것이다.

이 두 사람이 처형당할 때는 분위기가 하도 살벌하였던 탓도 있겠지만 그들이 원체 다른 사람들에게 원한도 많이 샀기 때문에 누구 하나도 나서서 그들을 위해 억울함을 호소하는 사람이 없었다.

불행히도 이광림이 요영구에 도착하였을 때는 송일이 이미

---

10. 김성도(金成道, 1900~34) (金聖道 金景道, 조공 만주총국 간부, 중공 東滿特委 조직부장) 길림성(吉林省) 훈춘현(琿春縣)대황구(大荒溝)에서 태어나 1923년 용정(龍井) 은진중학(恩眞中學)에 입학했다. 1926년 졸업 후 대황구 북일중학(北一中學) 교사가 되어 대황구 삼일학교(三一學校) 설립에 참여했다. 1927년 2월 조선공산당에 입당하여 만주총국 동만도 간부가 되었다. 1928년 11월 고려공산청년회 중구(仲溝)야체이까 책임자가 되었다. 1930년 중국공산당에 입당하여 8월 중공 동만특위의 지시에 따라 훈춘현위원회 결성준비업무를 맡았다. 9월 혜인(惠仁), 혜은(惠銀) 두 지방에 구위원회를 결성했고 10월 훈춘현위를 결성했다. 1931년 6월 중공 연화현위(延和縣委) 서기, 8월 연길현위(延吉縣委) 초대 서기를 거쳐 11월에 동만특위 조직부장이 되었다. 1932년 가을 대황구, 연통랍자(煙筒拉子)에서 항일유격근거지를 창설했다. 1933년 9월 동만 공산당·공청단 확대회의에서 종파주의자로 지목되어 특위 위원직을 박탈당했다. 1934년 1월 민생단원으로 지목되어 왕청현(汪清縣) 마촌(馬村) 남산에서 처형당했다.

요영구회의가 열렸던 귀틀집

처형당한 뒤였다. '요영구의 논쟁'은 바로 송일의 사건이 빌미가 되었다. 이광림은 무슨 증거를 가지고 송일을 민생단으로 판단하였는가 하고 위증민에게 따지고 들었다. 위증민은 자신만만하게 대답했다.

"인증과 물증이 다 있소. 헌병대 밀정들이 이자와 연락하려다가 보초소에서 발각되어 도주하였는데 밀정들이 두고 갔던 편지가 바로 증거요. 그리고 우리는 직접 밀정들과 만났던 보초소의 보초병들도 모두 불러다가 확인까지 했소."

"아니 그게 밀정놈들이 고의적으로 수작질한 것이라면 어떻게 할 것입니까? 수작질한 것이 아니라는 보장이 있습니까?"

이광림이 도저히 믿으려고 하지 않자 위증민은 이상묵, 주진, 윤창범 등 사람들의 실례를 들어가면서 송일을 그들의 연장선상에다가 놓고 설명했고 또 왕중산까지도 나서서 위증민을 도와 말했다.

"광림 동무, 동만의 '반민생단 투쟁'이 극대화하여 너무 확장된 점은 인정하지만 그렇다고 우리 당 내에 민생단이 존재하지 않는다고 확정적으로 단정하여서도 안 됩니다. 이번에 이송일의 사건이 보여주고 있는 바와 같이 민생단이라는 것이 다 밝혀졌는데도 자백하려고 하지 않고 끝까지 반항하면서 그냥 자기를 이대로 쏘아죽이라고 합디다. 더 이상 할 말이 없다는 것입니다. 이렇게 지독합디다. 그래서 이미 증거자료들도 모두 충분한 마당에서 지체하지 않고 즉시 처형했습니다."

"나는 당신네들이 증거라고 내놓는 이런 투서 따위를 믿을 수도 없고 또 인정할 수도 없습니다. 내가 동만에 나온 시간이 길지는 않지만 적지 않게 얻어들은 말들이 있습니다. 그리고 직접 민생단으로 몰렸던 사람들도 여럿을 만나보았습니다. 잡아만 가두면 일단 달아매고 때리기부터 하였다면서요? 그렇게 받아냈던 자백서라는 것을 믿으라는 말입니까?"

이광림은 위증민 등 여럿을 상대로 논쟁을 펼쳤다. 그러나 말이 논쟁이지 혼자서 여럿을 당할 수는 없었다. 이미 위증민을 중심으로 하는 동만 특위 위원회가 새롭게 구성된 마당에서 위원들의 입장에서 볼 때 그들은 어차피 특위서기 위증민의 뒤에 줄을 설 수밖에 없었다. 더구나 조선인 간부들은 아무도 나서지 못하였다. 김성주는 몇 번이나 나서려다가 왕윤성에게 손목을 잡히고 말았다.

한편 '요영구회의'에서는 군대의 지휘관들이 적지 않게 참가하게 되었는데 이광림이 직접 임승규를 불러내다가 복판에 세워놓고 꾸짖는 도중에 논쟁의 분위기가 수상스러운 방향으로 흘러가기 시작했다.

이광림은 임승규가 제멋대로 먼저 판단하고 송일을 체포하였던 일과 또 군대의 지휘관으로서 자기의 직계 상사들인 임수산이나 이학충, 또는 왕덕태에게 먼저 보고하지도 않고 곧장 위증민에게로부터 달려갔던 일에 대해서 많은 정치적 분석을 곁들어가면서 비판하기 시작한 것이었다.

"내가 구국군에서도 많이 일을 해보았지만 일개의 하급 군관이 자기 멋대로 판단하고 상급 영도자를 포박하는 일은 문제를 삼기에 따라서 '반란'에 해당하는 일입니다. 더구나 구국군도 아니고 당이 영도하는 혁명군에 정치부가 존재하고 정치위원제도가 설치되어 있는 것이 무엇 때문입니까? 바로 이와 같이 제멋대로 하는 자들의 위험한 행위를 규제하기 위하여 존재하고 있는 것이 아니고 무엇이겠습니까."

이광림은 당장 임승규를 면직하라고 소리쳤지만 정작 임승규는 면직당하는 대신 제1연대 참모장에서 더 진급하여 연대장으로 중용되는 일까지 발생하게 되었다. 원 연대장 안봉학이 지병인 피부병을 앓고 있었는데 이때 증세가 엄중하여 거동이 몹시 불편했기 때문에 임승규가 연대장직을 대리하게 되었던 것이다.

어쨌든 '요영구회의'는 혁명군 제2군 독립사의 향후 군사작전과 관련한 주요한 회의였기 때문에 이광림은 이 회의에 모조리 참가하였고 많은 중대한 문제에 있어서 직접적인 영향력을 행사하였다. 우선 혁명군이 영안 쪽으로 이동하면서 근거지를 북만주 쪽으로 확충해나가게 될 경우 동만 특위 기관도 더는 왕청현 경내에 둘 수 없다는 의견이 제시되었는데 이에 대하여 두 가지의 방안이 나왔다.

왕덕태 등 독립사단 지휘부의 간부들은 동만 특위 서기 위증민이 직접 독립사단 정치위원직을 겸직하기로 결정된 마당에서 특위 기관도 부대와 함께 행동하자는 주장을 내놓았고 따라서 근거지는 해산하여야 한다고 했던 방면에 이광림은 근거지를 해산하는데 대하여 완고하게 반대하였다. 이광림의 주장은 다음과 같았다.

"여러분들은 이 '전선'이라는 두 글자에 대하여 잘못 이해하고 있는 것 같소, 혁명군이 영안 쪽으로 북상하는 것은 항일전선을 하나로 이어나가자는 데 목적이 있는 것이오. '전선'은 전투마당이기도 하고 또 근거지를 뜻하기도 합니다. '전선'을 이어놓는다는 것은 바로 근거지를 확충하여 항일전선을 하나로 '연합'해낸다는 의미도 가지고 있습니다. 때문에 근거지를 포기하고 해산하려고 한다는 것은 있을 수 없는 일입니다."

이때의 일을 두고 김성주는 회고록에서 처음 이광림의 이름을 꺼내고 있다. 이광림이 동만 특위 내 '수양이 부족한 일부 사람들'에게서 인신공격까지 당했다고 하면서 이런 이야기를 들려주고 있다.

"이광림은 영안현에서 구공청 책임자로 활동할 때 어떤 여성을 짝사랑한 적이 있었다고 한다. 사랑은 매우 열정적인 것이었으나 상대는 좀처럼 그것을 받아들이려 하지 않았다. 그가 순정을 기울인 대가로 얻은 것이란 보낼 때마다 답장도 없이 고스란히 되돌아오는 연정의 편지와 보고서도 못 본 척하고 고개를 돌려버리곤 하는 처녀의 무정하고 냉담한 반응뿐이었다. 사랑이란 역시 어느 일방의 주관적 욕망이나 열성만으로는 이루어질 수 없는 것이었다. 이광림은 자기에게 실연의 쓴맛을 안긴 그 여성을 목릉현으로 쫓아버리고 다른 여성과 치정관계를 맺다가 왕청으로 나왔다고 한다."

만주에서 일본군에 대항하여 싸우다가 체포되었던 여성혁명가들은 대부분 갖은 회유와 혹형을 모두 이겨냈고 당당하게 최후를 맞았다. 조선인 여성혁명가 이근숙도 그 가운데 한 사람이었다

그런데 김성주도 그리고 북한의 역사부문 관련자들도 모두 이광림이 짝사랑했던 그 여자가 바로 강신태의 누나 강신애(姜信愛, 항일열사)였다는 사실에 대해서는 모르고 있었던 모양이다. 그리고 치정을 맺었다는 다른 여성은 후에 이광림에게 시집갔던 영안현 경

이광림(李光林)

내 난강(蘭崗)의 소목단촌(小牧丹村)에 살았던 임진옥(林眞玉)이라고 부르는 항일열사였다.

임진옥과 강신애는 모두 한 동네에 살았던 여성 혁명가들이었다. 김성주가 회고록에서 들려주고 있는 것처럼 후에 강신애는 아닌 게 아니라 이광림에게 미움을 받고 영안에서 멀리 떨어진 밀산현위원회로 전근되었는데 강신애와 함께 밀산현위원회 부녀부에서 일했던 여성혁명가 이근숙(李根淑, 李槿淑, 항일열사)은 후에 '평남양' 이형박과 결혼하였다. 이런 연고로 이형박이 생전에 들려주었던 재미있는 이야기가 있다.

"이광림이 길동 특위 공청단 서기로 있을 때 나이도 젊은데다가 수준도 있고 또 직위도 굉장하게 높았다. 영안지방의 조선인 동네들에 가면 그를 좋아하는 여자들이 아주 많았다. 내가 알기에 영안현의 하남구(河南溝)에도 조선인 동네가 있었고 또 난강의 소목단툰(小牧丹屯)에도 조선인들이 많이 살고 있었는데 여기저기 가서 며칠씩 묵고 지내는 동네마다 시집 안 간 젊은 여자들이 매달려서 숱한 애인을 만들어두고 있었다. 그런데도 이광림은 여자가 모자랐던지 소목단툰에서 이쁘기로 이름 있었던 강신태의 누이 강신애(姜信愛)에게 집적거렸는데 강신애가 이광림을 피해 다니다 못해 동생한테 일러바쳤다. 그랬더니 강신태가 이광림을 죽인다고 찾아다녔던 적도 있었다. 영안 지방에서 한때 소문이 자자했었다."

강신애가 밀산현위원회로 전근하였을 때 이형박의 아내 이근숙은 밀산현위원회 부녀부장과 제4군 당위원회 부녀주임으로 일하고 있었다. 이근숙에 대하여 회고하면서 이형박은 아쉬워하기를 마지않았다.

"이근숙은 나의 두 번째 아내였다. 이근숙과 만나기 이전에 나와 한 부대에서 싸웠던 손옥봉(孫玉鳳)이라고 부르는 중국인 여대원이 있었다. 그는 나의 부대 산하 연대 정치위원이었는데 어느 한 차례 전투에서 그만 전사하고 말았다. 그 후 내가 만난 여자가 바로 이근숙이었다. 이근숙은 비록 조선인이었지만 중국말도 정말 잘했고 또 러시아어도 잘했다. 이쁘게 생긴데다가 사상수준도 높았다.

손옥봉(孫玉鳳, 卽一枝花)

만주에서 일본군에 대항하여 싸우다가 체포되었던 여성혁명가들은 대부분 갖은 회유와 혹형을 모두 이겨냈고 당당하게 최후를 맞았다 . 조선인 여성혁명가 이근숙도 그 가운데 한 사람이었다

1936년에는 파견 받고 소련에 들어가 '동방대학'에서 3년 동안 공부까지 하고 1939년에 다시 만주로 돌아와 길동성위원회 비서처 책임자로 일하고 있었는데 성위서기였던 송일부(宋一夫)가 변절하면서 나의 아내를 물고 늘어지는 바람에 그만 체포되고 말았다. 아내는 동경성 일본헌병대에 잡혀가 반죽음이 되도록 얻어맞았다. 일본놈들이 총살하려고 영안으로 끌고 올 때는 이미 의식이 없어서 땅에 질질 끌려왔다고 하더라. 그런데 사형을 집행하기 전에 갑자기 눈을 뜬 나의 아내가 버티고 일어서서 한참 놈들을 욕하다가 결국 죽고 말았다."

이근숙이 사형당하였던 것은 1941년 4월에 있었던 일이다. 그런데 해방후 장춘시 관성구 병원(長春市寬城區)에서 사업하였던 박봉남의 아내는 이근숙이가 원래는 박봉남의 첫번째 아내였다고 밝혀주었다. 두 사람은 박봉남이 밀산현위원회 서기로 있을 때 이미 결혼을 선포하고 동거하고 지냈던 사이었다. 즉 이근숙에게도 이형박은 두번째 남편이었던 셈이다. 영안현의 사란(沙蘭)에 지금도 열사기념비가 세워져있고 비석 뒤에는 이근숙뿐만 아니라 강신애 등 여럿 열사들의 이름도 함께 새겨져 있다. 물론 이것은 훗날의 일이다. (제4부 끝)

주요 등장 인물 약전(略傳)

1. 김경천

김경천(金擎天, 1888년 6월 5일~1942년 1월 2일)은 일본군 장교 출신으로서 해외로 망명하여 일제 강점기에 무장 독립 운동을 벌인 독립 운동가이다. 본명은 김광서, 별칭은 '조선의 나폴레옹', 김응천(金應天), 김현충(金顯忠)이었는데 만주와 연해주 일대에서는 백마 탄 김 장군으로 더 유명했다. 1998년 건국훈장 대통령장이 추서됐다. 본관은 시흥 김씨이다.

함경남도 북청에서 무관 가문의 막내아들로 태어났다. 본명은 김광서(金光瑞)이다. 후에 신팔균(신동천), 지청천과 함께 '하늘 천(天)'자를 넣어 김경천(金擎天, 金警天 또는 金敬天)이라는 이름을 지어 활동했다.

아버지인 김정우(金鼎禹)는 일본에 유학을 다녀온 구한국 육군의 엘리트 인사였다. 김정우가 만학의 나이에 큰아들 성은과 함께 일본에 유학하여 김정우는 동경공업학교를, 김성은은 일본육사를 졸업했다. 그리고 귀국하여 고급장교가 되었다. 김경천은 군인인 아버지 및 형들의 영향을 받아 어릴 때부터 군인이 되기를 꿈꾸었고, 한성부에서 중학교를 마친 뒤 관비 유학생으로 일본으로 건너간다. 아버지와 형은 공업을 배우라고 권했지만 '나폴레옹' 책을 탐독하던 그는 결국 군인의 길을 선택한다. 그는 그해 바로 일본육군사관학교에 입학했다. 일본 유학 중 아버지 김정우와 형 김성은의 사망 소식을 접한다.

1911년 일본 육사를 최우등으로 졸업(제23기)하고 도쿄에서 기병 소위로 임관했다. 일본 육사를 졸업하면 바로 소위로 임관하는 것이 통례였으나 그는 소위 임관을 처음에 거부하여 말썽이 되었다. 결국 경성부로 소환되어 조선총독 데라우치 마사타케와 면담하였다. 데라우치한테 임관 권고를 받은 김경천은 아버지와 형의 죽음으로 가정 생계도 꾸려나가야 했고, '독립전쟁을 벌이려면 육사 졸업한 것 갖고는 안 된다. 일본군 장교 생활을 하여 일본 군사기밀을 알아내야 한다.'는 생각으로 마음을 고쳐먹고 그 권고를 받아들였다.

이후 기병 장교로 근무하였는데, 수년간 기회를 엿보다가 1919년 2·8 독립 선언을 계기로 탈출을 결심하고 귀국했다. 그해 6월 초 지청천과 함께 만주로 망명하여 대한독립청년단(총재 안병찬)에 가입해 활동했고, 서간도의 신흥무관학교에서 교관으로 근무했다.

1919년에 3·1 만세 운동이 발발하자 김경천은 육사 삼 년 후배 이청천과 함께 만주 삼원포에 위치해 있는 독립운동가 이회영, 이상룡이 독립군을 양성하기 위해 세워놓은 신흥무관학교에 갔다. 일본 육사 출신 김경천, 이청천이 그 무관학교의 교관으로 있다는 소식이 국내에 들어가자 3·1운동 이후 독립군이 되려던 학생들은 학업을 중단하고 삼원포로 갔다. 이에 크게 당황한 일제의 온갖 수단을 강구한 김경천 매장 공작과 중국인과의 외부적 문제, 한국인끼리의 내부적 문제로 인해 신흥무관학교를 주도하던 그는 신흥무관학교 내에서 따돌림을 당하게 되었다.

이후 1919년 연말경에 김경천은 만주 삼원포를 떠나 러시아 지역으로 이동하여 블라디보스토크에 머물렀다. 그는 이곳에서 의용군을 모집하여 일본군의 지원을 받는 중국인 마적단과 싸웠으며, 창해청년단(단장 김규면) 총사령관으로서 전투를 거듭하면서 시베리아 지역에서 이름이 널리 알려지게 되었다. 한편 1920년 5월 국내에서 개설된 대구청년회 발전 기금으로 5원을 기부하였다. 1921년에는 수청의병대의 지도자가 되었고 러시아의 혁명 세력과 연합하면서 연해주 지역의 조선인 지도자로 소련의 인정도 받게 되었다.

1922년 수청의병대는 대한혁명단으로 개칭하였으며, 김경천은 사령관을 맡았다. 그해 말에는 고려혁명군(사령관 김규식)이 조직되었고 김경천은 동부사령관을 맡았다. 그러나 이후 정세 변화로 러시아 지역에서의 독립운동이 소강상태에 빠지면서, 노령(露領) 무장 독립 운동의 선도 격이던 그의 입지는 좁아졌다. 1923년 상해에서 상해임시정부를 개편하기 위한 국민대표회의가 개최될 때 군사담당 위원으로 내정되었다. 김경천은 상해 국민대표회의에 참석했다. 1923년 이후로는 블라디보스토크의 극동고려사범대학에서 강의를 하였고 국경경비대의 장교로 일했다는 정도만이 알려져 있다.

1936년 소련 당국의 한인 인텔리 피검정책과 관련하여 체포되었고, 9월 29일 국경수비대 군법회의에서 3년 금고형을 선고받았다. 그의 체포 원인으로는 2가지 추측이 있다.

첫째, 연해주 한인 지도자는 이르쿠르츠파, 상해파 둘로 나뉘었는데 당시 상해파 지도자들이 대거 체포되는 과정 중 상해파 공산주의자로 오인 받았을 수 있다. 김경천은 파당을 좋아하지 않아 어느 파에도 소속되지 않았다.

둘째, 그는 소련식 공산주의 운동에 적극 가담하지 않았다. 그는 민족주의자였지만 공산주의자는 아니었다.(이는 2012년 12월 6일자 KBS 역사스페셜 '백마 탄 김 장군, 김경천! 시베리아의 전설이 되다'에서도 밝혀진다.)

1937년 연해주 거주 전체 한인에게 카자흐스탄과 중앙아시아 이주 정책이 시작된다. 김경천은 이 당시 2년 반을 복역한다. 1939년 2월엔 석방되어 카자흐스탄 카라간다에 있는 집으로 돌아온다. 독일인 농장 잡부로 일했으나 4월 5일 재차 체포되어 카라간다 정치범수용소에서 복역했다. 6월 25일 모스크바로 이송되었고 간첩죄가 적용되어 강제노동수감소 8년형을 언도 받았고, 러시아 북부철도수용소로 이송되어 매일 철도건설 공사장에 동원되었다. 1942년 1월 14일 비타민 결핍으로 인한 심장질환으로 사망했고, 시신은 수용소 근처에 묻혔다고 하나 정확한 장소는 아무도 모른다.

일본 육사를 졸업한 장교로서 보장된 앞길을 버리고 홀연히 망명한 뒤 만주·연해주 일대에서 '백마 탄 김 장군'으로 불리며 유명했던 그는 흰 말을 타고 만주와 시베리아를 누비는 전설적인 항일 영웅으로의 이미지로 기억되고 있다. 특히 김경천은 여러 가명을 사용했고 일찍부터 '장군'으로 불린 인물이기에, 김일성이 그의 이러한 명성과 항일 투쟁 경력, 전설적인 이미지 등을 도용했다는 주장이 꾸준히 제기되어 왔다.

1936년 김경천이 3년형을 언도받은 사건은 1956년 재심되어 무죄선고가 내려졌다. 1939년 체포되어 8년형을 받은 사건은 1959년 모스크바 군사재판소에서 재심하여 무죄를 선언하고 다음날 17일에 사후복권 시켰다. 1993년 카자흐스탄에서는 '정치적 탄압에 의한 희생자의 명예회복' 관련 법률에 의해 그의 명예를 회복시켰다. 1998년 한국정부는 그에게 건국훈장 대통령장을 추서했다.

2. 지청천

지청천(池靑天, 1888년 2월 15일~1957년 1월 15일)은 일제 강점기의 항일 독립운동가 겸 군인이었으며, 만주에서 독립군 활동을 지휘하다가 대한민국 임시정부의 광복군 창설에 참여하여 광복군사령관·광복군 총사령관 등을 역임하

였고 대한민국 정부 수립 이후에는 정치가 겸 정당인으로 활동하였다.

만주에서 독립군을 지휘한 이후 중화민국 본토에서 대한민국 임시정부 예하 광복군을 지휘하며 독립운동을 전개하다가 8.15 광복 후 귀국, 우익청년단체인 대동청년단을 조직하였고, 우익 정치인으로 활동하였다. 1948년 8월 15일 대한민국 정부 수립 이후에는 국무위원 겸 무임소 장관에 임명되었다. 이후 친(親)이승만계 정당인 대한국민당, 자유당 등에서 활동하였다. 본관은 충주(忠州). 호는 백산(白山), 아명(兒名)은 지수봉(池壽鳳), 지대형(池大亨), 지을규(池乙奎), 지석규(池錫奎), 별칭은 이청천(李靑天), 이대형(李大亨)이다.

지청천은 1888년 국운이 기울어질 무렵에 서울의 도심 삼청동 30번지에서 지재선(池在善)의 막내아들로 태어났다. 지청천이 출생할 무렵의 1880년대 후반은 서양 열강과 일본 제국주의의 침략이 노골화되어가는 가운데 나라의 운명이 바람 앞에 놓인 촛불과 같이 매우 위태로운 시기였다. 일본과 청조, 미국, 영국, 러시아 등 세계열강들의 군대가 수시로 조선 침략의 손길을 강화하고 있는 가운데, 1885년에는 영국의 불법적인 거문도 점령 사건이 발생하였다. 또한 국내적으로는 갑신정변의 주요세력으로 봉건사회를 해체하고 서양문물을 받아들여 개화를 이룩하자는 개화파와 외세의 침입을 절대적으로 물리치려는 반외세 세력 및 봉건 세력 사이의 대립 관계가 첨예화하는 시기이기도 하였다. 1882년에는 반외세 운동의 지도자였던 흥선대원군이 청나라 군사들에게 납치되어 청나라 허베이성 보정부(保定府)에 유폐되었고 사회적으로는 봉건사회의 해체와 더불어 군대 내의 부패를 계기로 임오군란이 발생함으로써 국방력의 약화 현상이 노출된 시기이기도 하였다.

이러한 역사적 광풍 속에서 1888년 2월 15일에 출생한 지청천은 관향(貫鄕)이 충주(忠州)였고, 아명(兒名)이 수봉(壽鳳)이었으며, 관명(冠名)을 석규(錫奎)라 하였다. 지청천의 부친인 지재선은 지문(池門)의 선조 지경(池鏡)의 31대손이 되는 인물로 그의 가문은 대대로 무장의 집안이었는데, 왜구 토벌에 수훈이 컸던 지용기(池湧奇), 조선 중기 이괄(李适)의 반란을 진압하고 병자호란 때에 신계(新溪)에서 청나라 군사들과 싸우다가 장렬하게 전사한 지계최(池繼催) 등의 무관을 배출한 집안이었다.

5세 때 아버지가 장중풍(腸中風)으로 사망했으며, 그는 편모슬하에서 성장하게 되었다. 지청천의 모친인 경주 이씨 부인은 지청천을 양육함에 있어서 뒤늦게 얻은 외아들임에도 불구하고 절대로 편애하지 않고, 때로는 자모로 때로는 엄부의 역할을 겸하면서 가장이 없는 어려운 경제적 여건 속에서도 지, 덕, 체 삼육에 고루 마음을 써서 교육하였다.

그는 구한말인 1906년 배재학당을 졸업하고 1908년 대한제국 육군무관학교에 입교했다. 당시 대한제국 육군무관학교는 1907년 여름에 군대 해산으로 간신히 폐교를 면하고 축소된 형태로 존속했던 상태였다. 그래서 여기에 입교한다는 것은 당시 굉장히 까다로워 유력한 사람의 보증이나 추천이 필요했었다. 지청천이 입교할 수 있었던 데에는 그의 모친이 집안 사람을 통해 엄 귀비에게 손을 쓴 결과이기도 했다. 그러나 이듬해 1909년 8월, 2학년 때 통감부의 압력으로 군부가 폐지되면서 동시에 무관학교도 폐교처분을 받았다. 이때 일본 측은 선심을 써서 재학 중인 1·2학년 생도 50여 명을 일본의 동경육군중앙유년학교로 유학을 보내 위탁하기로 했다. 이에 따라 지청천은 동기생 및 후배들과 함께 일본 유학길에 오르게 된다. 이때까지는 본명인 지대형을 사용했다.

유학 도중 한일합방이 되자, 일본 육군사관학교 보병과로 편입되었고, 1914년에 26기생으로 졸업하였다. 중위로 진급한 후 1919년에 만주로 망명하여 신흥무관학교 교성대장이 되어 독립군 간부 양성에 진력하였다. 이때 망명하면서 일본군의 병서(일종의 전술교범)와 군용지도를 가지고 갔다고 한다. 유일하게 정규 육군사관학교를 졸업한 지청천의 가치는 독립군에게 아주 중요했을 것이다.

그 후 지청천은 어머니의 명에 따라 파평 윤씨 집안의 여인 윤용자(尹容慈)와 혼인을 하였다. 신부와 합환주(合歡酒)를 마신 지청천은 그날 밤에 아내와 합방을 하는 자리에서 이런 말을 하였다고 한다.

나는 어머니의 명에 따라 그대를 아내로 맞았지만 이미 세운 뜻이 있어 아내와 더불어 안락한 생활을 누릴 수 있는 몸이 아니오. 나는 이미 군인의 길로 들어서서 나라와 겨레를 위망에서 튼튼히 지키려고 결심하였은즉, 언제 죽을지도 모르는 몸이오. 그러니 내가 그대에게 바라는 바는 나와 뜻을 같이하겠다면 고생을 마다않고 늙으신 어머니를 나 대신 잘 모셔주며 만약에 혈육이 생긴다면 잘 교육시켜주는 일이오. 만일 이것이 나의 무리한 요구라고 생각한다면 나를 따라 시집오지 않아도 좋소. 당신의 생각은 어떻소? 뜻을 분명히 해 주시오.

아무리 구식 중매결혼이라지만 꿈 많은 18세 꽃다운 신부가 결혼 초야에 신랑으로부터 들어야 했던 말이라기엔 미처 상상도 못 하고 감당하기조차 어려운 발언이었다. 그러나 윤용자는 자신도 모르게 조용히 고개를 끄덕이는 수밖에 없었다.

이후 그는 죽는 것은 두렵지 않으나 뜻한 바를 이루지 못하고 죽는 것은 너무 헛된 것이니 잡히지 않기 위해서라도 이름을 고쳐야겠다고 생각했다. 그리하여 기존의 석규(錫奎)라는 이름 대신 청천(靑天)이라는 새 이름을 짓고 성도 지씨(池氏)는 흔치 않아 남의 귀에 쉽게 들리므로, 어머니를 따라 이씨(李氏)로 고치기로 하였다. 김광서(金光瑞) 역시 이때부터 응천(應天)이라는 새로운 이름으로 개명하였다. 혹은 열차로 만주를 건너가다 조선총독부 경찰에게 걸렸을 때 얼떨결에 말한 것이 '이청천'이라는 이름이었다고도 한다. 후에 지청천의 딸이며 독립운동가인 지복영(池復榮)이 회고한 바 있는 내용은 다음과 같다.

장군이 1919년 신흥무관학교의 교관으로 있을 때의 일이다. 도열한 학생들을 일일이 점검하던 장군은 한 학생이 군복의 단추를 잠그지 않은 것을 발견하였다. 장군은 곧 그 이유를 물었다. 당황한 학생은 "단추를 잊어버렸습니다."고 대답했다. 군복을 살펴본 장군은 단추가 떨어져 없는 것을 발견하였다. 장군은 "잊은 것이 아니고 잃어버렸군." 하며 그 학생을 호되게 질책했다.

"제군은 '잊어버렸다.'와 '잃어버렸다.'의 구분도 제대로 못 하는가. 모름지기 조국의 독립을 위해 싸우는 군인은 생각이 바로 되어야 하고 바른 생각은 바른 언어에서 나온다. 조국의 말도 제대로 모르는 군인이 어떻게 조국을 찾겠는가."

3. 김책

김책(金策, 1902년 8월 14일(음력 6월 22일)~1951년 1월 31일)은 일제 강점기 조선의 독립운동가이자 교육자, 소련의 군인이며, 조선민주주의인민공화국의 군인, 정치인으로, 조선민주주의인민공화국 초대 내각 산업상 겸 민족보위성 부상, 외무성 부상(1948년 9월 2일-1951년 1월)과 내각 부수상을 겸직했다. 동북항일연군의 창건 주역의 한 사람이었으며 해방 후엔 인민군 초기 최고 지도부의 한 사람이었다. 1933년 10월 10일 그가 만든 주하항일유격대는 1934년 7월 동북반일유격대에 편입되고, 동북반일유격대는 다시 1936년 8월 1일 동북항일연군 제3군에 편입되었다.

그는 중학교 재학 중 조선공산당 화요파인 동만도지구당 비서 안기성의 권고로 조선공산당에 입당하여 반체제지하청년단체와 조선공산당 지하기관에 참가했으며 1927년 체포되어 서대문 형무소로 수감된 이후 만주지역에서 공산당 조직과 항일운동에 가담했다가 여러 번 투옥 당했다. 1930년대 이후 만주지역에서 항일 무장 투쟁에 참여하였고, 해방 후에는 김일성을 따라 귀국하여 조선공산당 북조선분국 창설과 김일성 추대 운동을 주도했다.

1946년에는 조선인민군의 창군 활동과 북조선로동당, 조선로동당 창건 주역으로 참여하였다. 1948년 4월의 제1차 남북협상에도 참여하였다. 9월 최고인민회의 1기 대의원에 선거되고 북조선 정부 수립 후 산업상으로 민족보위성 부상과 외무성 부상을 겸직했다. 1950년 전선사령부 사령관이 되었다. 한국 전쟁 당시 조선인민군의 고위 지휘관의 한 사람이었으며 1951년 한국전쟁 중 과로와 심근경색으로 전사하였다. 일설에는 가스 중독 혹은 암살되었다고도 한다.

김일성의 최측근이었으며 김책이라는 이름은 그가 뛰어난 책사라는 뜻에서 붙인 별명이 이름화 된 것이다. 가명으로는 김책, 김락(金樂), 김인식(金印植), 김인식(金仁植), 김홍인(金洪印), 김동인(金東印), 김인(金印) 등의 이름을 사용하였고, 중국식 이름은 라동현(羅東賢)이다. 본명은 김홍계(金洪啓), 자(字)는 홍계(洪啓), 호는 홍계(洪溪)이다.

1902년(조선 광무 6년) 8월 14일(음력 6월 22일) 함경북도 학성군 학상면(鶴上面) 수사리(김책시 옥천동) 봉평촌(棒枰村) 부락의 빈농가의 아들로 출생하였으며, 본명은 홍계였다가 뒤에 김책으로 고쳤다. 김책의 출생연대는 1903년생 설과 1900년생 설, 1905년생 설이 있으나 조선민주주의인민공화국 내 통계자료상의 그의 공식 출생연대는 1903년이다. 형제로는 형 김홍선과 동생들이 있었다.

어린 김책은 일제의 강점으로 가족들과 함께 두만강을 건너 중국동북지방으로 이주하였다.[4] 1910년(순종 4년) 10월 가족을 따라 중국 간도 옌지(延吉)의 평강기성촌에 이주하여 거기서 유년시절을 보냈다. 옌지에서 성장하다가 집안 형편이 어려워 지주 집 목동으로 보내졌는데 지주 집 목동으로 일하면서 공산주의 혁명 서적을 입수, 탐독하여 일찍부터 반일 혁명투쟁 활동에 가담하기 시작했다.

1917년 그는 집안의 중매로 용정 출신 안경숙과 결혼하였다. 정식교육을 받지 못했지만 야학교에 다녀 글을 배운 뒤, 만주 지린성(吉林省) 용정촌 동흥중학교에 입학하였다. 동흥중학교 재학 중 그는 중학교의 교사가 되기로 결심했으나 마적단에 가담하게 되었다. 이후 1926년 겨울 리주화의 소개로 조선공산당 화요파인 만주총국 동만도 지구당 책임비서 안기성(安基成)을 찾아갔으며 안기성과 리주화의 권고로 조선공산당에 입당하였다. 그는 아들 국태와 정태를 처남에게 맡긴 뒤, 처남이 준 소를 팔아 마련한 돈으로 만주로 건너갔다. 이후 반제지하 청년단체에서 활동하였고, 연길현 수신향(守信鄕) 지구 세포원으로 봉천, 길림성 일대에서 활동하다가 1927년 10월 제1차 간도공산당 사건으로 조선공산당 지하조직원들을 검거할 때 일본 경찰에 체포되어 경성으로 압송, 경성지방법원에서 재판받아 서대문 형무소에서 복역하고 동흥중학교에서는 퇴교 당하였다. 이후 만주 펑톈, 지린 등에서 여러 차례 투옥되었다 풀려나오기를 반복하면서 무장독립운동에 뛰어들었다. 초기에는 엠엘파와 대립되는 화요파 계열로서 중국공산당 당원이 되어 요직을 맡았고, 이후 동북항일연군에 가담했다. 1927년 4월 7일 조선공산당 재만총국 국원으로부터 조선공산당 북만도지부 집행위원에 천거되었다.

출감 후 북만주 일대에서 항일무장투쟁을 전개하였고, 1928년 1월부터 그해 12월까지 평안북도 고현보통학교 교원으로 채용되어 활동하였다. 1929년부터 1930년까지 영안현의 사립 영안학교 교사가 되었다. 이때 그는 강신태(강건으로 개명)를 만나게 되는데 그는 늘 "신태는 사립학교시절에도 수재로 소문났지요. 그 시절에 벌써 『삼국연의』를 뜬금으로 외우더라니까요."라며 늘 자랑삼아 말할 정도였다. 1930년 5월 30일 발생한 만주 5·30 폭동을 지휘하였다.

국제공산의 1국 1당 정책과 중국공산당 중앙당의 지시에 따라 1930년 7월 27일 김책은 중국공산당에 입당하여 중국공산당 동경성지부 조직간사에 임명되고, 8월 중공 동경성당지부가 중공동경성구위로 되면서 김책은 동경성구위 구위서기를 맡았다. 이때 그는 형 김홍선과 안면이 있던 김일성을 알게 되었다. 1930년 10월 영안현에서 조선공산당원들로 조직된 조선 소비에트 임시정부 주석에 선출되었다. 그러나 만주지역 일본 경찰과 국민당 군대의 대대적 검문검속으로 조선 소비에트 임시정부는 해체되고, 1930년 11월 28일 김책을 비롯한 6명의 공산당원이 중국 국민당 군대에 체포되어 하얼빈 호로군 사령부 구류소에 구금되었다. 1931년 9월 길림성 감옥으로 옮겼다가 후에 봉천 심양형무소 감옥으로 넘겨져, 5·30 폭동 배후 조종과 반정부 활동 혐의로 7년 징역형을 언도받았다.

그러나 그해 9월 9·18 사변 때 빨치산 게릴라들이 심양형무소를 습격하여, 김책은 허형식, 리희산 등과 함께 구출되었고, 그는 곧 중국공산당 만주성위원회의 도움으로 하얼빈 빈현 특별당지부 당 서기에 임명되었다.1년 간 김책은 빈현의 공산당지부에 조선족과 한족 당원 33명을 포섭하고, 4개의 지부를 신설하였다. 그리고 단원과 함께 항일회를 조직하여 군중들 속으로 잠입하여 반일선전을 하였다.

1932년 9월엔 중국공산당 주하중심현위원회(珠河中心縣委會) 군사위원이 되었다. 그는 오랜 당원 경력으로 주로 당 정치사업과 교육훈련을 맡았다. 1935년 동북인민혁명군 제3군단 제1독립사 제1단 정치부 주임에 임명됐다. 1933년 1월 중공만주성위에서 그를 주하중심현위 위원 겸 마이하동 당 지부 서기로 임명했다. 1933년 가을 김책은 리복림과 함께 마이하동에서 천여 명의 주민이 참가한 반일 시위행진을 기획하여 성공했다. 그때 시위에 참가한 량재문에 의하면 당시 천여 명 시위자는 포위되어 사흘 밤낮간 꼼짝 못했지만 굴복하지 않았다고 한다. 후에 김책은 중국공산당 주하중심현위 비서장, 당 주하주심현지부 서기 등 직무를 역임하였다.

1933년 10월 10일 주하중심현위 서기로 있으면서 김책은 주하항일유격대를 창건했다. 주하항일유격대 설립 당시 대원은 13명밖에 안 되었지만 김책은 청년들을 포섭하였고 1933년 180여 명. 33년 12월 말경 40여 명을 추가 모집하여 유격대로 편성할 수 있었다. 이후에도 계속 장정을 모집하여 1934년 6월 29일 무렵 500명의 대원으로 증가하자 그는 동북반일유격대 합동지대로 이름을 바꾸고 3개 종대와 9개 대대로 개편하였다.

1934년 7월엔 동북반일유격대 합동지대 지대사령부 군수처장이 되고, 1935년 1월엔 삼고류에서 청년의용군을 받아들인 후 동북인민혁명군 제3군으로 조직을 확대시켰다. 1935년 10월 3군 각 연대는 사로 개편되었는데 김책은 제4사 정치부 주임으로 임명되었다. 1936년 6월 4사는 60여 명 전사들을 의란, 벌리에 남겨 투쟁을 견지하는 외에 나머지 부대는 김책과 호귀림의 인솔하에 제4군의 리연록 부대와 같이 보청현으로 원정하였다.

1936년 봄 김책은 자신의 동북인민혁명군 제3군을 인솔하여 보청, 밀산 등을 공략하여 새로운 유격구를 개척했다. 당시 보청현 일대에는 중국 국민당 출신 반일병사들로 구성된 부대 천덕대를 리명순(별명은 천덕)이 지휘하며 일본군과 민병대를 몇 번 습격하여 일정한 전투성과를 올리고 있었다. 하지만 천덕대 대원들은 전투력이 낮고, 규율이 산만하며 명령에 제대로 복종하지 않아 골머리를 앓고 있었다 . 리명순은 김책의 부대에 호감을 갖고 부관 진유재를 파견하여 김책을 찾도록 하였다. 김책을 찾아온 리명순의 천덕대는 스스로 김책의 제3군에 합류하여 3군 4연대에 편입하였다.

1936년 5월 조국광복회를 조직하는데 가담했다. 1936년 8월 1일 그가 이끌던 동북인민혁명군 제3군은 정식으로 동북항일연군 제3군으로 개편되면서 산하에 10개 사단을 두었다. 김책은 동북항일연군 제4사단 정치부 부주임직에 임명되었다.

1937년 겨울엔 제7군과 합동하여 우쑤리강 연안에서 일본 관동군을 습격하여 승리하였다. 1937년에서 1938년에 이르는 송화강 유역에서의 군사활동에 참여하고, 1939년의 흑룡강성 북안진, 풍락진 전투에서 일본군을 격퇴하였다. 1938년에는 북만주 중화인민지원군 제3군의 정치부 주임이 되었다. 당시 북만주는 동만주와 달리 유격대원 대다수가 중국인이었는데, 그는 이 불리한 조건을 뚫고 북만유격대의 고위 지도자로 성장하였다. 1939년 4월에 열린 중국공산당 북만당대회에서 그는 중국공산당 북만임시성위원회 서기에 선출되었다. 그는 일본군의 만주지역 공산주의 군벌 대토벌 중에도 만주에 마지막까지 남아 항일유격전을 지휘하여 유명해졌다.

1940년 봄에 있었던 수룡현 전투에서 일 관동군을 대파하여 명성을 얻었다. 1940년대 동북항일연군 때 김일성을 다시 만나 같이 행동하였으며 당시 인연으로 공화국 수립 후 김일성 주석의 측근이 됐다. 동북항일연군이 소련에 들어와 재편된 소비에트연방 극동군 제88국제여단에도 함께 있었다. 당시 직급은 김일성, 강건, 안길과 동급이었다. 1940년 1월과 2월에 열린 동만주 항일유격대 지도자들과 소련 공산당, 소련 인민군과의 회의인 제1차 하바로프스크 회의에 참석, 항일유격대의 소련으로의 이동을 결정하였으나 김책은 마지막까지 소련 이동을 거부하였다.

1942년 3월 19일 소련군 제3로군 총지휘부에서는 발의 상처를 이유 삼아 우천방을 김책의 대리자로 보내고 김책은 소련에 돌아와 휴식하도록 명령했다. 소비에트 인민군에서도 그의 소련 이동을 요구하였지만 그는 계속 거부하다가 일본 관동군의 검문, 검속, 토벌로 부대 전력이 극도로 약해지자 1943년 10월부터 만주에서 철수를 시작, 소련으로 넘어갔다.

이후 1944년 1월 소련 동북항일연군 교도여단(다른 별칭은 소련 인민군 제88보병여단 혹은 8641보병특별여단)에 합류하였다. 이미 소련 인민군은 동북항일연군 교도여단을 결성할 때부터 그를 위해서 제3영 정치위원의 자리를 공석으로 비워 놓고 있었다. 이때부터 그는 소련 인민군 및 소련 공산당과 빈번하게 연락했고, 항일연군 교도려 야영에서 김책은 중국공산당 동북위원회 위원 겸 동북항일연군 교도려 제3영 정치위원과 제3영 제1지대 정치위원으로 근무했다. 1945년 7월 말 조선에서의 해방 사업과 당 건설을 목적으로 김일성, 최용건과 함께 교도려 내에서 조선공작단을 만들고 김일성을 단장으로 선출했다. 1945년 5월 당시 소련군 내의 조선인 병사 중 김책과 이동화가 소령이었고, 김일성은 대위였다. 그러나 김책은 자신보다 보천보 전투로 유명해진 김일성을 만주 빨치산의 지도자로 추천하고 그에게 충성을 맹약했다.

일본 패망 후 1945년 9월 19일 김일성과 함께 배편으로 귀국, 이후 김일성의 비밀 정치공작 활동을 도왔다. 조선공산당 중앙위원회 정치국 위원을 시작으로, 1946년 평양정치군사학원 원장이 되었다. 이후 북조선인민위원회 부위원장, 1948년 북조선로동당 중앙위원회 위원, 평양학원 초대 원장 등을 지냈다. 김책은 지위는 김일성보다 낮았으나, 나이는 열 살 이상 많은 데다 경력도 뒤지지 않았다. 하지만 김책의 김일성에 대한 지지는 대단했던 것으로 알려지고 있다. 그는 1920년대 조선공산당의 양대 파벌 중 하나였던 화요회파와 연계되어 일찍이 만주의 조선공산당 만주총국에 참가했었기에 당시 공산주의자로서의 경력도 결코 만만치 않았으며 당시 공산주의 활동가들과 조선공산당 북조선분국 내에서도 상당한 발언권을 가지고 있었기에 그의 지지는 김일성에게 큰 힘이 되었다.

1945년 9월 19일 그는 김일성과 함께 연해주에서 배편으로 출항, 원산항으로 귀국했다. 당시 평양과 함흥에서는 경성부에서 조직되는 조선공산당을 수뇌부로 받들어야 된다면서 서울중앙론을 내세우고 있는 상황이었다. 그러나 장안파 조선공산당과 재건파 조선공산당 간의 갈등은 계속되었고, 김책은 함흥시내에 "우리 민족의 영명한 령도자 김일성 장군 만세!"라는 구호를 적은 벽보를 대량 인쇄해 붙이고 원산, 흥남, 평양 등에도 전단지를 돌렸다. 그 후 조선공산당 준비위원이었던 현준혁이 해방 전 암살되면서 조선공산당의 초대 지도자로 내정된 김용범이 병석에 눕자, 김책은 조선공산당 북조선분국과 군사 분야에 두루 관여하며 김일성을 북조선 최고 지도자로 옹립하는 역할을 하였다.

1945년 10월 10일 조선공산당 북조선분국 중앙조직위원회 준비위원이 되고, 10월 13일 조선공산당 북조선분국이 결성되자, 조선공산당 북조선분국 집행위원의 한 사람에 선출되어 김일성을 도와 활동하였다. 1946년 1월엔 평양대학이 개교하고 김일성이 명예총장, 김책이 총장이 되었다. 1946년 2월 평양에서 조선인민군이 창건되자 지휘관의 한 사람이 되고, 같은 2월 8일 북조선 최초의 인민군 군 간부 양성소인 평양군사학원이 설치되면서 평양군사학원 원장에 임명되었다. 김용범이 와병으로 직무수행이 어려워지자 그는 김일성 추대 운동을 하는 한편 소련군 지도자들에게 김일성을 지원해줄 것을 꾸준히 호소, 설득하였다.

1946년 3월 1일 대한민국 임시정부의 정치공작대와 염동진의 백의사는 최용건의 집과 김책의 집을 습격, 폭탄을 던졌으나 성공하지 못했다. 정치공작대 요원들은 김일성, 최용건, 김책, 강량욱 등 "친소 스탈린주의자들을 처단"하기로 합의하고 행동을 벌였는데 당시 집에 부재중이었던 김책은 폭탄을 피할 수 있었던 것이다.

1946년 8월 북조선공산당이 북조선신민당과 통합하여 북조선로동당이 결성되자 참여, 김책은 북조선로동당 중앙위원회 위원 겸 당 상무위원회 위원으로 선출되었다. 1948년 4월 남북협상(전조선 제정당사회단체 대표자 연석회의)에 조선민주주의인민공화국 측 대표자의 한 사람으로 참석하였고, 9월 공화국 내각수립 후 부수상 겸 산업상을 역임하였으며 1948년 9월 2일 최고인민회의 1기 대의원 회의에서 내각산업상과 민족보위성 부상에 선출되었다. 즉 조선민주주의인민공화국 정권 초기, 정권의 핵심으로 활동한 셈이다.

1950년엔 조선인민군 군사위원회 위원으로 한국 전쟁을 맞았으며, 1950년 6월 한국 전쟁이 발발하면서 인민군 전선사령관을 겸하여, 군사위원회 위원 및 전선사령부 사령관으로 참전하여 서울까지 내려왔다.

1950년 9월 강건의 전사 후, 조선인민군의 혼란 수습과 지휘권을 최용건과 함께 맡았던 김책은, 미군의 공습이 계속되고 조선인민군이 후퇴하면서 최용건 등 다른 지휘관들은 평양 북방으로 피신하게 하고 홀로 평양을 지키겠다고 자처하였다. 하지만 그는 전쟁 중이던 1951년 1월 31일 평양의 최전선에서 과로로 전사했다. 그의 죽음에 대해서는 평양의 지하 방공호에서 과로와 심근경색으로 사망했다는 설이 있으며 미 공군 비행기 폭격을 받고 폭격 중 연탄가스(일산화탄소) 중독으로 급사했다는 설도 있거니와 권력 투쟁 중 암살당했다는 이야기도 있다.

사망 직후 김일성, 최용건, 박헌영이 직접 그의 관을 메고 장례식을 주관했고, 이때 최용건은 현장에서 통곡하며 오열하였으며 생전 김책을 사석에서 형님이라 부르던 김일성도 오랫동안 괴로워했다고도 한다. 김일성은 바로 김책이 부수상으로 재직하던 당시의 내각집무실 전체를 통째로 옮겨서 평양전승기념사적관에 보관하도록 지시하였다. 또한 사후 공화국영웅 칭호를 받았으며, 국기훈장 제1급을 추서하였다.

최고인민회의는 그의 사후 업적을 기리기 위하여 도시, 공업지구, 학교 등에 그의 이름을 붙였는데, 김책의 고향인 성진을 개명한 김책시, 청진제철소를 개명한 김책제철소와 평양의 김책공업종합대학 등 시설물에 그의 이름을 명명한 것이다. 함경북도 학성군을 김책군(현재의 김책시)으로 이름을 바꾸기도 했다.

김책에게는 세 아들이 있었는데 장남인 김국태는 당 선전선동부장 시절 김일성의 아내 김성애 제거에 앞장섰으며, 당역사연구실을 김일성역사연구실로 개편하고 김정일 초상화를 김일성 초상화와 동렬에 놓도록 하는 등 김정일 후계체제 확립에 헌신한 인물이다. 둘째 아들 김정태는 1968년 1.21 사건에 가담, 남한 박정희 대통령을 암살하려 했다가 실패했다.

4. 손정도

손정도(孫貞道, 1872년 7월 26일~1931년 2월 19일)는 한국의 독립운동가, 감리교 목사이다. 대한민국 임시정부 임시의정원 의장과 교통부 총장으로 활동하였다. 아들은 훗날 대한민국 해군 창군 주역이자 해군 제독을 지낸 손원일이다. 윤치호 일가와는 사돈으로, 윤치호의 이복 동생 윤치창이 그의 맏사위였다. 자는 호건(浩乾), 호는 해석(海石), 문세(文世)이다.

손정도는 1872년 7월 26일 평안남도 강서군(江西郡) 증산면(甑山面) 오흥리(吳興里)에서 손형준(孫亨俊)과 오신도(吳信道)의 장남으로 태어났다. 그의 출생년도는 확실하지 않아 1872년생 설, 1881년생 설, 1882년생 설이 있다. 유교가문에서 태어났으며, 부유한 환경에서 성장했는데 손정도의 아버지 손형준은 전통적인 유림인사였으며 강서 지방에서는 명성이 높은 부농이기도 했다.

유년기에 서당에서 한학을 수학했고, 1888년 사숙(私塾)에 입학하여 관리를 꿈꾸며 공부하였다. 1895년 23세에 중매로 고향 이웃 아저씨인 박용(朴鏞)의 첫째 딸 박신일(朴信一)과 결혼하였다. 박신일에게서 장녀 진실(眞實, 다른 이름은 원미 元美), 차녀 성실(誠實), 장남 원일(元一), 차남 원태(元泰), 삼녀 인실(仁實)이 태어났다.

1902년 과거 시험에 응시하기 위해 평양으로 가다가 날이 저물어 조씨 성을 가진 목사 집이었는데 이때의 인연을 계기로 그는 신학문, 서구문화, 기독교에 대한 소개를 받고 유교에서 기독교로 개종하였다.

그는 조 목사에게 부탁하여 상투를 자르고 고향 강서군으로 귀향하였다. 유교가정에서 태어난 손정도는 집안 대대로 모셔온 조상의 신주를 매장하고 사당을 부숴 버렸다. 이 때문에 그는 친족들에 의해 패륜으로 낙인찍히고 신변의 위협을 당하게 되었으며 결국 어머니 오신도가 새벽에 그를 깨워 잠옷 바람으로 빼돌려 야간도주를 하게 되었다. 손정도는 고향에서 도주하던 날 밤 하늘에서 "도망가라 도망가라"는 성령의 음성을 들었다고 한다.

그는 즉시 아내 박신일을 대동하고 조 목사를 찾아갔고, 조 목사를 통해 평양주재 개신교 선교사인 문요한(John Z. Moore:1874-1936)을 소개받고 면담하였다. 문요한은 그를 비서 겸 한국어 선생으로 채용하고 숭실중학교에 추천, 입학을 주선해 주었다. 그리하여 손정도는 숭실중학교 5회로 입학하였으며 동기로 조만식, 선우혁 등을 만나고 김일성의 생부 김형직과도 두터운 친분관계를 형성했다.

1908년 평양 숭실중학교를 졸업한 뒤 그는 숭실전문학교에 진학하였으나 관리 지망생의 길을 포기하고 목회자의 길을 걷기로 결심, 숭실전문학교를 중퇴하였다. 1909년 진남포 신흥리교회의 전도사로 부임, 사역을 하면서 협성신학교에 입학하였다. 1909년엔 미국 감리회 연회에 참석하여 '내외국선교회'를 창립하는 데 가담하고 1910년 만주에 감리교 선교사로 파견되어 활동했다.

1910년 청나라에 파견될 감리교 선교사로 임명되어 중국어 연수차 베이징으로 건너갔다. 이때 조성환(曺成煥)을 만났는데 그는 안창호, 전덕기, 김구, 이동녕, 양기탁, 이승만 등이 조직한 신민회의 핵심 인원이었다. 그는 조성환을 통해 안창호와 소개를 주고받았고 이후 독립운동 지도자들과 교류하면서 독립운동에 투신하게 되었다. 또한 도산 안창호와는 깊이 친해져서 서로 호형호제 하는 관계를 맺게 되었다.

1911년 연회참석 차 귀국하여, 그해 4월 '기독교인의 자신력(自信力)'이라는 글을 통해 기독교인 스스로 문제를 해결해 가야 한다는 자력, 자주를 역설했다. 1911년 한국에서 집사직을 받은 이후 조선과 만주를 오가며 선교활동에 투신하고 만주 하얼빈에서 교회를 개척하였다. 그는 하얼빈에서 200명의 신자를 얻고 자력으로 모금과 강연, 설교, 노동 등으로 비용을 마련하여 이층예배당을 헌당하고, 한국인들을 위한 공동묘지까지 마련하는 등 전력으로 활동하였다. 그러나 해외 독립 운동가들과의 교류로 그는 조선총독부의 감시를 받는 입장이 되었다.

결국 1912년 하얼빈(哈爾濱)에서 조선총독부 총독 데라우치 마사타케(寺內正毅)의 암살모의에 가담했다는 혐의를 받고 일본경찰에 체포되어 전라남도 진도로 유배되었다. 유배기간에도 그는 성서를 가르치고 예배를 인도하여 순사, 형사를 비롯하여 유배지 근처의 주민, 수십 리 밖의 진도 신자들과 교제를 나누면서 선교활동을 하여 기독교인으로 개종시켰다. 1914년 유배가 풀려 석방되었다.

1914년 6월 정동교회에서 열린 미감리회 연회에서 동대문교회 목사로 파송을 받음으로써 감리교 성직자가 되었으며 이후 동대문교회의 담임목사로 1년간 목회하는 동안 교회 건물이 꽉 차자 마당에 서서 예배를 드릴 정도로 신자가 모였다고 전해진다. 1915년엔 감리교로부터 현순 목사의 뒤를 이어 정동교회로 발령되었는데 손정도 목사를 존경한 동대문교회 교우들은 연판장을 돌리며 손정도의 교회 이임을 극구 반대했다고 한다. 그는 1916년 이전에 해산된 엡웟스 청년회를 10년 만에 재조직한 후 국내 최대의 교회로 정동교회를 발전시켰다.

1917년 우여곡절 끝에 협성신학교를 졸업한 손정도는 1918년 6월 23일 장로(elder)목사 안수를 받고, 신병치료차 휴직원을 내고 고향 근처 평양으로 이사를 갔다. 이는 독립운동을 본격적으로 하려는 의도에서 계획된 행동이었다.

1919년 초 한국인의 주장을 알리기 위해 만세운동을 벌여야 된다는 여론이 나오자 그는 33인 민족대표에 서명하기로 했다가 파리평화회의에서 의친왕 이강공을 참여시키는 일을 돕기 위해 평양에서 신한청년당에 입당했다. 이때 그는 손병희의 애첩인 주산월(朱山月)과 접촉하여 손병희를 설득, 민족대표 33인에 참여, 서명하게 하고 경비문제를 해결하는 실력을 보였다고 한다.

이강공의 평화회의 참석 계획이 실패한 후 1919년 2월 국내에서 3·1 운동 시위 계획에 참여하다가 출국, 중국 상하이로 망명했다. 이후 임시정부 준비에 참여하여 재정 관련 실무를 맡았으며 개신교는 물론 천도교 인사들과도 접촉하여 자금을 확보하기도 했다. 이후 제1회 대한민국 임시의정원 회의에서 부의장으로 선출되었고, 의장 이동녕이 이틀 만에 사퇴하자 4월 13일에는 이동녕의 후임으로 제2대 임시의정원 의장이 되었다.

1919년 9월 통합임시정부 발족에 참여했고, 통합임시정부가 설립되자 임시의정원 기초위원이 되었다. 1920년 1월 김립(金立), 김철(金徹), 김구(金九), 윤현진(尹顯振), 김순애(金淳愛) 등과 함께 무장독립운동단체인 의용단(義勇團)을 조직하는 데 가담했다. 또한 이승만을 설득하여 상하이로 옮겨오게 하는 일에도 큰 공헌을 하였다.

1924년 9월 만주 선교사로 파송 받아 북만주 길림성으로 활동무대를 옮겼다. 이즈음 안창호의 설득에 감화되어 흥사단에 입단, 흥사단원이 되어 안창호와 의논하여 이상촌 건설을 추진했다. 액목현 지역에다 동생 손경도의 명의로 경박호 일대에 50향의 땅을 사서 농민호조사를 설립한 것이었다. 이는 국내에서 쫓겨나거나 생계를 찾아 떠도는 한민족의 경제자립과 독립운동기지의 견실화 내지는 이상촌 건설을 위한 다목적 사업계획이었다. 그러나 일본의 밀정에 의해 체포, 구금 등 고난의 길을 걷기도 했다.

그러나 건강을 돌보지 않은 탓에 과로와 격무, 체력저하, 스트레스, 고문후유증 등에 시달리게 되었다. 결국 1931년 1월 손정도는 한 동포 집에서 저녁을 먹다가 피를 토하고 쓰러져 일본인이 경영하는 동양병원에 입원했다가 별세했다. 별세 당시 그의 나이 60세였다. 1962년 건국훈장 국민장이 추서되었다.

5. 오동진

오동진(吳東振, 1889년~1930년)은 조선의 독립운동가이다. 아호는 송암(松菴)이며 평안북도 의주 출생이다. 안창호가 세운 평양의 대성학교를 졸업한 뒤 고향으로 내려와 민족주의 사학 일신학교를 설립하여 교육 계몽 운동을 벌였다. 1919년 3·1 운동 때는 일신학교 설립자인 유여대가 민족대표 33인 중 한 사람으로 참가하면서 의주 지역에서 일어난 만세 시위에 참가했다가 체포령을 피해 만주로 망명했다.

이후 만주에서 윤하진, 장덕진, 박태열 등과 함께 광제청년단을, 안병찬, 김찬성, 김승만 등과 함께 대한청년단연합회를 결성하였고, 상하이의 대한민국 임시정부와 연계를 갖고 임시정부 직속의 광복군 참리부와 사령부를 조직하면서 무장 저항 투쟁을 통한 독립 운동에 뛰어들게 되었다.

1920년에는 광복군 조직이 광복군총영으로 개편되어 오동진은 총사령관을 맡았다. 그 해에 미국의 의원단이 시찰단으로 국내에 입국할 때에는 이들에게 독립 의지를 보여주기 위하여 박희광, 김광추, 김병현, 안경신, 정인복, 임용일 등을 국내 각지에 파견하여 기관 파괴 테러를 기도했다. 이 사건으로 그는 궐석재판을 통해 징역 10년형을 선고 받았다.

1922년경부터는 만주 지역에 흩어져 있던 독립 운동 단체들의 단체 통합 움직임이 있었다. 오동진은 양기탁의 통합 제안에 찬성하여 연합 독립 운동 단체인 대한통의부를 조직하여 군사위원장과 사령관을 맡았으며, 1924년 임시정부의 특명으로 통의부 5중대 소속 3인조 암살단으로 알려진 박희광, 김광추, 김병현을 지휘하여 다양한 암살 작전을 실행하였다. 1924년 7월 22일경 임시정부와의 공모로 일본영사관 파괴 명령을 내렸으나, 박희광이 투척한 폭탄의 불발로 실패하기도 했다.

1925년에는 통의부를 중심으로 독립 운동 단체들이 연합 결성한 정의부에서 의용군 사령장으로 활동했다. 1926년에는 양기탁과 천도교 혁신파, 소련 지역의 독립 운동가들이 규합, 조직한 고려혁명당의 군사위원장, 총사령관으로서 독립군을 총지휘했다.

일제 경찰의 통계에 따르면, 1927년까지 오동진은 연인원 1만 명이 넘는 부하를 이끌었고 일제 관공서를 백여 차례 습격하여 살상한 사람이 900여 명에 달한다. 이런 전과로 인해 그는 김좌진, 김동삼과 3대 맹장으로 불리기도 했다.

그러나 1927년 12월에 옛 동지인 김종원의 밀고로 신의주의 조선인 형사 김덕기에게 체포되어 압송되었고, 이후 정신병 진단과 함께 무기징역형을 선고 받아 정신병자들을 수용하는 공주 형무소에서 복역했다. 법정 투쟁과 단식 투쟁을 하던 중 고문으로 정신병 진단을 받고 공주 형무소에서 옥사한 것으로 알려져 있으나 사망 시기에는 이설이 있어 1927년 12월, 1930년, 1936년, 1944년 5월 20일경으로 다양하게 기록되어 있다. 1962년 건국훈장 대한민국장이 추서되었다.

6. 양세봉

양세봉(梁世奉, 1896년 음력 6월 5일~1934년 음력 8월 12일)은 한국의 독립운동가이다. 다른 이름으로 양서봉(梁瑞鳳), 양윤봉(梁允奉)이 있고, 호는 벽해(碧海)이다. 평안북도 철산에서 태어났으며 가정 형편이 어렵고 아버지가 일찍 사망하여 교육을 거의 받지 못했다. 1917년 간도로 이민하여 중국인 지주의 소작농으로 생계를 연명하던 중, 1919년 국내에서 일어난 3.1 운동을 계기로 만세 시위를 조직하면서 독립 운동에 뛰어들었다.

1922년 천마산대라는 유격 부대에 가입했고, 이후 대한통의부, 참의부, 정의부에서 독립군 지휘관으로 활동

하면서 국내의 평안북도 지역으로 진공하는 등 그때마다 많은 전공을 세웠다. 1930년대에는 조선혁명군의 내분을 수습하고 총사령관이 되어 남만에서 활동하던 중국의용군과 연합전선을 형성하였다. 1932년 한중 연합군을 편성하여 신빈현 융릉제 전투에서 일본군에 승리를 거두기도 했다.

1933년 5월 일본군과 만주군이 양세봉이 이끄는 연합군의 근거지인 임강, 환인, 신빈, 유하, 통화 등을 차례로 공격하여 연합군은 위기에 빠진다. 이때 양세봉은 연합군을 이끌고 일본군 40여 명을 살해하고 기관총 등 무기 90여 점을 회수하는 등의 활약을 벌인다.

이에 양세봉에게 큰 위협을 느낀 일본군은 연합군에 밀정을 보내 양세봉을 유인하였다. 양세봉이 일본군 휘하의 조선인 밀정에게 속아 부하대원 4명을 거느리고 수수밭을 지날 때 숨어 있던 일본군 수십여 명이 나타나 그들을 포위하고 항복을 권유한 것이었다. 양세봉은 저항하였으나[2] 1934년 8월 12일 일본군의 밀정 박창해가 매수한 중국인 자객에게 살해당했다.

그의 사후 조선혁명군 세력은 급격히 위축되었고 몇 차례의 개편이 있었지만 세력을 회복하지 못하였다. 1962년 대한민국에서 건국훈장 독립장을 추서하였고 국립서울현충원에 유골 없는 묘지가 마련되었다.

또한 양세봉은 북한에서도 유해가 애국열사릉에 매장되어 있고 김일성이 특별히 양세봉의 유족들을 평양에 불러 살게 하는 등 높이 평가받고 있다. 김일성은 회고록에서 아버지 김형직이 일찍 사망한 뒤 오동진, 손정도, 장철호, 현묵관, 그리고 양세봉에게서 학비를 후원받은 사실을 기록한 바 있다.

7. 현익철

현익철(玄益哲)은 평안북도 박천에서 태어났다. 어렸을 때부터 애국 애족사상이 투철하여 다방면으로 구국항일투쟁에 종사하였다. 후일 호를 '묵관(黙觀)'이라고 하여 본명보다 현묵관 선생이란 이름으로 더 널리 알려졌다. 그의 출생 시기는 1886년으로 알려졌는데, 최근 조사결과 1890년생으로 밝혀졌다.

현익철은 우리나라가 일제의 식민지로 전락한 직후인 1911년 서간도 지역으로 망명하여 동지규합에 노력하였으나 일이 잘 풀리지 않아 고향으로 돌아오게 된다. 그 이후 독립운동 군자금 마련을 위해 노력하다가 붙잡혀 보안법 위반과 통화위조로 투옥되어 반년 동안이나 고초를 겪었다.

이후 중국 봉천성(지금의 요녕성) 홍경현(興京縣)으로 망명하여 홍경현의 민족학교인 흥동학교(興東學校)의 교사로 아동들을 가르치면서 이들 조직에 가담하여 간부로 활동하였다. 그러던 중 1919년 국내에서 3.1운동이 거족적으로 전개되어 독립운동의 열기가 크게 고조되자 선생은 새로운 결심을 굳혀 한인동포들이 중심을 이루고 있던 북간도 지역으로 활동무대를 옮기게 되었다.

북간도로 이동한 그는 김좌진(金佐鎭) 장군이 활약한 북로군정서로 널리 알려진 대한군정서(大韓軍政署)에 참가하여 독립운동을 지속하였으며 무장투쟁에 있어 군사학의 필요성을 절감하고 대한군정서의 주선으로 서간도 통화현 합니하(哈泥河)에 세워진 신흥무관학교 분교에 입학하여 군사학을 이수하게 된다. 이 때 함께 같은 과정을 마쳤던 김학규(金學奎)는 그의 평생의 동지로서 독립운동을 같이 하게 되었다.

이후 현익철은 남만주지역의 한인동포 자치기관인 한족회(韓族會)에 참가하는 한편, 서간도 일대 독립운동의 중추적 영도기관인 서로군정서(西路軍政署)에도 가입하여 독립운동에 종사하게 되었다. 서로군정서는 자체적 한계와 중국 군벌정권 및 일제 영사관의 압력으로 본격적인 독립전쟁을 전개하지 못하고 있는 상황이었기에 그는 비교적 젊고 혈기왕성한 청장년들을 새롭게 규합하여 1920년 2월 중국 봉천성 관전현(寬甸縣) 향로구(香爐溝)에서 항일무장투쟁 조직인 광한단(光韓團)을 조직하게 되었다.

특히 1921년 4월 김준경(金俊京) 등 9명의 단원을 국내로 파견하여 평안북도 정주(定州) 일대에서 군자금 모집작전을 전개하도록 하였으나 일본 경찰에게 발각·체포되어 징역 3년형을 받고 옥고를 치렀다. 그러나 1924년 출옥 후 다시 압록강을 건너 남만주 독립운동 통합조직인 통의부(統義府)에 가담하였다. 이 때 그는 외무 위원장의 중책을 맡아 주로 중국 관헌들과의 교섭을 담당하면서 상해 임시정부와도 밀접히 연계하며 활약하였다.

1925년 1월 남만주 지방의 독립운동 단체가 김이대(金履大), 이청천(李靑天), 오동진(吳東振),김동삼(金東三) 등에 의하여 정의부(正義府)로 통합되자 다시 여기에 가담하여 대일항전과 한인 동포들의 생활안정을 위해 노력하였으며 정의부 관할지역의 아동과 청소년 교육에 큰 관심을 가져 아동교육용 교과서를 제작, 보급하기도 했다.

이후 정의부 차원에서 아동교육용 교과서를 제작,보급하여 깊은 산간지역 동포들의 2세 교육을 지원하는 등 교육사업에 노력하기도 하였다. 즉 소학교 1~2학년용 교과서는 붓으로 등사하여 제작하고, 그 이상 학년용 교과서는 강필(鋼筆-등사판)로 등사,제작하여 백두산 부근 동포 자제들의 교육과 도서보급에 상당한 성과를 거두었던 것이다.

1926년에는 양기탁(梁起鐸),,이동구(李東求), 최소수(崔素水) 등과 함께 고려혁명당(高麗革命黨)을 조직하여 중앙위원으로서 정의부의 정치이념을 실현시키기 위하여 다각도로 노력하였고 1929년 3월에는 정의부 대표로서 이동림(李東林), 고이허(高而虛), 고활신(高豁信), 최동욱(崔東旭), 이탁(李鐸) 등과 함께 남만주 지방의 통합 독립운동 조직인 국민부(國民府)의 조직에 참여하였다.

1929년 9월 국민부 중앙의회에서 국민부의 성립을 정식으로 인가하여 본격적인 교민자치와 각종 산업진흥 및 민족운동을 주도하게 되었다. 국민부 중앙의회는 조선정세에 대한 결정서를 채택하여 당면의 해결과제와 장래의 투쟁방향을 집약하였다. 그 결정서 가운데 10개 구호를 정리하면 다음과 같다.

> 1. 일본제국주의를 근본적으로 박멸하고 조선의 독립을 완성하자!
> 2. 전 민족의 혁명역량을 총집중하여 민족유일당을 속히 완성하자!
> 3. 노동자, 농민의 소비에트정부를 건설하자!
> 4. 공장, 철도, 광산 등의 대생산기관을 몰수하여 국유로 하자!

5. 대지주의 토지를 몰수하여 농민에게 무상대부하자!

6. 부녀의 정치적, 경제적, 사회적 지위를 평등하게 하자!

7. 국가의 경비에 의한 의무교육제를 실시하자!

8. 일체 잡세를 폐기하고 단일 누진세를 설정하자!

9. 자치운동자를 박멸하자!

10. 세계피압박민족과 굳게 단결하여 공동투쟁을 전개하자!

이처럼 국민부는 매우 진보적 이념을 표방한 단체였다. 이후 그는 압록강 대안의 서간도 일대 한인동포 20~30만 가량을 통할하는 국민부의 대표자로서 크게 명성을 떨치며 다양한 민족운동을 주도하게 되었다.

한때 현익철은 사회주의 이념에 공감하고 다물당이나 고려혁명당과 같은 사회운동 조직에 가담하기도 했다. 그러나 1929년경부터 반공적 태도와 이념을 굳히게 되었다. 당장 시급한 독립운동과 다양한 민족운동을 전개하는 데 사회주의 이념과 운동은 적절치 못하다고 생각한 것이다. 이후 선생은 사회주의 세력과 대결하는 데 앞장섰으며, 심지어는 1929년 10월 국민부 휘하의 독립군병사들을 시켜 사회주의자들인 남만한인청년동맹의 간부 6명을 총살하기까지 하였다(남만참변). 이로써 반공주의자로 널리 알려졌으며, 사회주의자들과 격렬하게 대립하였다.

이 때문에 1920년대 후반에서 30년대 초반 남만주, 즉 서간도의 사회주의계열 청년들은 당시 조선혁명당의 당수를 맡고 있던 현익철, 조선혁명당 산하의 독립군인 조선혁명군을 지도하던 사령관 양세봉, 그리고 조선혁명군 참모장 김학규(金學奎) 등 세 사람을 3대 살인 반동영수라고 부르며 매우 미워하며, 기회만 있으면 복수하려고 하였다.

1931년 7월 조선혁명당 중앙집행위원장 겸 조선혁명군 총사령을 겸직한 현익철은 요녕성(1929년 봉천성에서 개칭됨)의 중심지인 심양(瀋陽)에 가서 한중연합 투쟁을 제의하였다. 특히 그는 갈수록 기세가 높아지는 사회주의운동과 사회주의자들을 척결하기 위해 중국 관헌과의 연합·논의로 상당한 성과를 거두었다. 그러나 몇 차례의 회의를 마치고 나오던 중 불행히도 일본영사관 경찰에 체포되어 징역 7년형을 받고 신의주형무소에서 옥고를 치렀다. 그의 체포소식은 국내의 '동아일보' '조선일보'는 물론 연해주에서 발행되던 교포신문 '선봉' 638호(1931년 9월 24일자)에도 보도될 만큼 큰 관심을 끌었다.

조선혁명군 중대장으로 사령관 양세봉과 함께 여러 차례 전투에 참가했던 계기화(桂基華) 옹은 1932년 가을 중국 환인현 서간도의 어느 깊은 산속에서 독립군 부대와 함께 있을 때 양세봉 장군에게 직접 들었다는 증언을 들려준 적 있었다. 당시 ML계 공산주의자들이나 정의부(국민부) 자체 내에 있는 반대파, 공산주의자들이 제일 무서워하는 존재는 현 위원장(현익철)이었다는 증언이었다. 그는 현하(懸河)와 같은 정치이론과 과격한 행동력으로 양세봉의 침착하고 강의한 성격과 잘 어울렸을 뿐만 아니라 아무리 불리한 역경의 전투에서도 패해 본 일이 없는 군신(軍神)이 있었던 탓이라고 하였다.

1936년 신의주감옥에서 병보석으로 출옥한 뒤, 그는 일본 경찰의 감시를 피해 1936년 말에 다시 상해(上海)로 망명하여 임시정부 요인들이 많이 머물고 있던 남경(南京)으로 이사하였다. 여기서 그는 만주 조선혁명당에서 활동하다가 중국정부와 임시정부에 지원을 요청하기 위해 1934년에 남경지역으로 옮겨온 김학규와 연계를 맺는데 성공하여 과거의 동지들과 함께 조선혁명당을 재건하였다.

그리고 중일전쟁 발발 직후 조선혁명당의 대표로서 9개 독립운동 단체가 연합하여 한국광복진선(韓國光復陣線)을 결성하고, 그 운영간부가 되어 동지들과 함께 잡지, 전단, 표어 등을 발행, 배포하였다. 나아가 임시정부 군사위원회 군사위원으로 선임되었다.

중일전쟁 이후 국제정세가 유리하게 호전됨에 따라 현익철은 1938년 봄에 이념이 비슷한 조선혁명당과 한국국민당, 한국독립당의 통합을 주위에 호소하였다. 이에 따라 3당의 통일문제를 협의하기 위해 1938년 5월 7일에 남목청(楠木廳)에서 김구(金九), 이청천(李靑天), 유동열(柳東說) 등과 함께 모여 연회를 개최하였다.

그런데 이 때 조선혁명당원이었으며 김구한테 지원을 받기도 했었던 이운환(李雲煥)이 갑자기 돌입하여 권총을 난사하였다. 첫 발에 김구가 맞고, 두 번째 총탄에 현익철이 맞고 말았다. 이밖에 유동열이 중상을 입고, 이청천은 경상을 입었다. 현익철은 중상을 입어 병원으로 옮겨졌으나, 도착하자마자 절명하고 말았다.

이운환이 임시정부 요인들에게 총격을 가한 것은 그들이 자신들의 의견만 고집하며 운동전선의 통합에 별 진전이 없고 김구 등 임시정부 주도층에서 조선혁명당 청년들에게 주는 생활비가 적어 평소에 쌓였던 불만이 폭발한 것으로 알려져 있다. 일설에는 이운환이 친일파로 변절한 박창세(朴昌世)의 사주를 받아 사건을 일으켰다고 보기도 한다. 이 사건으로 이운환은 체포되어 중국 감옥에 투옥되었으나, 중일전쟁의 와중에 탈옥하여 행방불명되었다.

임시정부의 영수 김구 주석은 『백범일지』에서 현익철을 이렇게 평가하였다.

"그는 사람됨이 강개하고 아는 것이 많았다."

대한민국 임시정부에서는 국장(國葬)으로 현익철을 장사(長沙)의 악록산(岳麓山)에 안장하였다

8. 최용건

'진짜배기 독립운동가'가 공산주의자로 변신하기까지

1) 최용건과 당계요

최용건이라는 인물에 대한 이야기는 해방 후 1964년 12월에 있었던 일에서부터 시작된다.

당시 중국 운남성에서는 한창 당계요 장군(唐繼堯, 1883년 - 1927.5.23.)의 무덤을 파헤치는 작업이 진행 중이었다. 1900년대 채악과 함께 전계군벌(滇系軍閥)을 대표하였던 당계요 장군은 1949년 중국공산당의 건국과 함께 중화인민공화국에서는 '반동군벌'로 낙인찍혔기 때문에 홍위병 '반란파'들은 무덤을 없애려고 하였던 것이다.

그런데 이날, 정확히 1964년 12월 19일, 당시의 중국 국가 부주석 동필무(董必武)와 외교부 부부장 한념룡(韓念龙)은 물론 운남성의 중공 당서기인 주흥과 운남성 일대의 당 고위 인사들이 운남비행장으로 한 귀빈을 마중하러 몰려 나갔다. 중국의 국가 부주석이 직접 마중하러 북경에서 먼 운남까지 달려올 정도라면 당시의 중국

정부가 굉장하게 존대하였던 인물이었을 것이다. 그리고 이 귀빈이 북경도 아닌 운남성에 도착하여 한 일은 중국 정부에서 한창 부수고 있었던 당계요 장군의 무덤으로 직접 찾아가 절을 올리는 것이었다.

이 인물이 바로 최용건이었다. 이러한 일이 있었다는 것을 전해 들은 주은래가 크게 화를 내며 당계요 장군 무덤의 복구를 명했다는 일화를 볼 때 그의 위상이 어느 정도였는지 짐작이 가능하다. 그의 위상이 중국에서 드높았던 건 중국의 당과 국가지도자들 중에 최용건과 오랜 친분을 가지고 있는 사람들이 아주 많았던 탓도 있었다. 일단 최용건이 중국에 온다 하면 모택동이 반드시 그와 면담했던 것은 두말할 것도 없고, 유소기, 주덕, 동필무, 주은래 같은 사람들이 직접 나서서 그를 비행장까지 마중하고 배웅하고 하였던 것이다.

1963년 6월 9일에 촬영한 것으로 기록되어 있는 사진 한 장이 이 사실을 증명하는 아주 좋은 사료로 남아있는데, 주은래가 직접 연회를 마련하여 중국의 당과 군대 안에서 최용건과 친분관계를 가지고 있었던 사람들 몇몇을 특별히 불러다가 함께 참석시켰던 적 있었다. 그 안에는 중국 군대의 원수(元帥)들만 네 사람이나 들어있어 그의 인맥을 알 수 있게 해준다.

최용건의 중국 고위 인사들과의 만남은 1922년대쯤으로 거슬러 올라간다. 그는 1922년 11월 중국 최초의 근대식 군사학교인 운남강무학교에서 주보중을 만나게 되었다. 두 사람은 함께 17기를 졸업했는데, 꼬박 2년 동안을 함께 보냈다. 그때 그들을 가르쳤던 사람들 가운데서 가장 유명한 군인이 바로 최용건이 후에 찾아와 성묘까지 하였던 운남의 전계군벌 당계요(唐繼堯,1883-1927.5.23.)였다.

당계요는 일찍이 한국의 독립운동가 신규식(申圭植, 1880.1.13.~1922..9.25)과 친한 사이었고, 신규식의 부탁을 받고 이범석 등 몇몇 임시정부 계통의 한인 청년들이 강무당에 입학할 때 직접 그들의 신원보증을 서주었던 적도 있었다. 이 때문에 한국정부는 1968년에 한국의 독립을 도왔다는 공적을 기리어 당계요에게 건국공로훈장을 추서하기도 했다.

황포군관학교의 교관들 중 이 운남강무당 출신의 인물들이 적지 않았는데 최용건은 강무당 시절의 학장 엽검영의 주선으로 황포군관학교에 교관으로 재직하면서 제5기생대의 구대장이 되었다. 그에게서 훈련받은 학생들 중엔 항일연군 제3군 창건자 조상지(赵尚志), 중국 국무원 부총리를 지낸 도주(陶铸) 등 훗날 유명한 사람들이 있었다. 또한 이때 최용건과 함께 황포군관학교에서 교편을 잡았던 한인 혁명가들이 몇몇 더 있었는데 그중에서도 제일 유명한 사람이 강무당 1학기 선배인 양림과 의열단 출신의 오성륜(吳成崙)이었다.

이 세 사람은 1930년을 전후하여 모두 함께 만주로 파견 받아 나왔다, 1927년 12월에 북만주로 나왔던 최용건이 가장 빨랐으며 이후 오성륜은 1929년에 남만주로, 양림은 1930년에야 동만주와 남만주 일대로 나와 활동하였다.

2) 조선독립군을 꿈꾸다

사실 중국에서는 최용건을 공산주의자이자 원로급 중국 공산당원으로 보고 있지만 실제로 최용건에 대해서 잘 알고 있는 사람들은 그가 진정한 공산주의와는 거리가 먼 사람이라고 평가하곤 했다. 소련의 모스크바 국제 레닌학원에서 공부하여 전문적으로 노동계급의 역사와 제국주의 정치경제학, 공산주의 이론 등을 배운 주보 중과는 다르게 최용건은 전문적으로 공산주의 이론을 배웠던 적도 없었으며 공산주의에 대한 그의 이해는 미진한 수준에 머물러 있었다.

사실 당시 중국 공산당에 몸을 담았던 한인들의 주장은 비교적 단순했다. 이를테면 "공산주의자들은 국적을 가리지 않는다. 그들의 목표는 전 인류의 해방을 위한 것이다." 정도였다. 같은 피압박 민족으로서 일제에게 나라를 빼앗긴 한인들이 이 공산주의 대오에 합류할 수 있었던 이론적인 근거가 되었던 셈이다. 일단 일제와 싸워 이겨야 나라를 찾을 수 있다는 일념 하나가 그들로 하여금 공산당을 선택하게 만들었다고 봐야 한다. 공산당의 파쟁을 별로 경험하여 보지 못하고 좌익 쪽을 선택하였던 한인 청년들 대부분이 이렇게 비교적 순진했다. 항일연군의 생존자들을 직접 면담하고 그들의 회고담을 집필하는 데 참가했던 당사 학자들은 적지 않게 이렇게 술회하고 있다.

"최용건이 공산주의자라고? 공산주의의 '공'자가 무엇인지도 모르는 무식쟁이였다. 그는 전형적인 군인이었다. 언제나 무사태평한 얼굴을 하고 다녔는데 그 어떤 하늘이 무너지는 일이 발생해도 놀라서 긴장해하는 법이 없었다. 중국에 와서 학교도 다니고 하였지만 중국말은 더없이 서툴렀고 꺽꺽거리는 일이 많았다. 말이 잘되지 않을 때는 눈을 부라리면서 오른손을 내 흔들기를 좋아했다. (이때 필자는 중국말에 그렇게 서툴렀다는 최용건이 어떻게 흑룡강에서 중국 공산당의 첫 당 조직을 만들어낼 수 있었는가 하는 질문을 드러보기도 했다.)

다행스럽게도 당시 흑룡강의 중국 공산당원들은 대부분 한인들이었다. 그들 중 다수가 해산되었던 조선공산당의 원래 당원들이었고, 최용건은 그들을 중국 공산당으로 발전시키는 데서 크게 한몫했다. 운남강무당을 나오고 황포군관학교에서 교관 노릇까지 하였기 때문에 최용건은 굉장히 유명했다. 그때 북만주에는 황포군관학교 출신 한인 젊은이들이 꽤 많이 나와 있었는데 그들 전부가 최용건에 대하여 알고 있었고, 일부는 또한 최용건의 제자들이기도 했다."

중국 정부기관에서 기록하고 있는 최용건의 행적을 따르자면 만주에 방금 도착하였던 1928년 초, 최용건은 통하현 서북하(通河县西北河)에서 활동하고 있었다. 이 기록에 의하면 최용건의 조직하에 김동원(金东源, 崔水平), 이중건(李中健), 임봉선(林凤善)이라고 부르는 3명의 한인 농민들이 당원으로 발전되어 통하의 첫 중국 공산당 조직이 만들어졌다. 하지만 최용건은 결국 요하 지방으로 활동무대를 옮기고 마는데 이에 대해 요하 지방에서 살고 있었던 노인들은 다음과 같이 술회한다.

"최용건이 처음에는 통하에서 '조선독립군'을 만들려고 하였으나 현지의 한인 유지들이 도와주지 않는 바람에 뜻을 이룰 수 없었다."

후에 필자는 통하로 답사를 나가는 길에 보청과 탕원 등 지방에도 들렸는데, 최용건의 '조선독립군'의 꿈을 실패로 돌아가게 만들었다는 '당지의 한인 유지'들이란, 일본 특무기관을 등에 업고 운영되었던 '삼익당"(三益堂)이라고 부르는 한인 농장의 주주들이었다. 현지의 한인 농민들은 적지 않게 이 농장의 땅을 빌어다가 농사를 짓고 살아가고 있었는데 최용건은 이 농민들을 긁어모아 폭동을 일으키려고 하였으나, 실패하고 쫓기게 되었다.

일제시대 때부터 통하경내의 산림작업소에서 일하다가 후에는 청하임업국에서 퇴직했던 노인들이 최용건의 이야기를 많이 전하고 있다. 그 중 하나가 통하에서 기마대에게 쫓기다가 겨우 탈출하는 데 성공하였으나 며칠을 굶고 길가에 쓰러져 있었던 그를 구해준 왕(王)씨 성을 가진 중국인 부자의 일화다.

이 일화가 와전되다보니 그 왕 부자가 최용건을 알아보고 자기의 딸을 최용건과 결혼하게 하였으며 그녀가 최용건의 중국인 아내 왕옥환이었던 것처럼 이야기하는 경우도 있다. 하지만 실제로 최용건을 구해주었던 사람은 왕통주(王统州)라고 부르는 중국인 지주였고, 왕통주의 딸은 왕옥환이 아니라 왕옥길(王玉洁)이었다. 왕옥길은 바로 훗날 최용건에게 죽게 되는 7군 군장 경락정의 아내가 되는 여자다.

최용건의 아내가 되는 왕옥환은 항일연군의 부녀연대 연대장으로서 항일연군에서 가장 유명한 여성 대원 중 한 명이었다. 왕옥환은 남자들 못지않게 목소리가 우렁찼으며 말 타는 솜씨도 뛰어난 여장부였다. 또한 항일연군의 역사에서 가장 유명한 '팔녀투강'(八女投江)의 여대원 8명이 바로 왕옥환의 부녀연대 대원들이기도 했다. 연대 내에서 그녀의 권력도 어마어마해서 부녀연대 대원들의 혼인문제에 있어서까지도 절대적인 권한을 가질 정도였다. 이후 남편 최용건을 따라 북한으로 간 왕옥환은 그때 김일성의 아내 김정숙을 포함한 항일연군 출신 여대원들의 큰언니 노릇을 하며 김일성과 김성애의 결혼에 관여하기도 한다.

이런 왕옥환과 최용건의 만남은 그야말로 중국 속담의 '英雄配美女'(영웅의 배필에는 미인)이 아니라 '英雄配女俠'(영웅의 배필에 여협객)이었던 셈이다. 주보중이 남자들도 혀를 내두르는 장부였던 왕옥환을 최용건에게 붙여주었던 것은 최용건에게도, 그리고 훗날 창건되는 7군에도 참으로 다행스러웠던 일이 아닐 수 없었다. 최용건을 항상 좋지 않게 보고 있었던 중국인 간부들 대부분이 왕옥환의 위세에 눌리고 말았으며 그때부터 최용건에게 따라붙었던 '협애한 민족주의', 또는 '파쟁성견'이라는 죄목이 감쪽같이 사라져버린 까닭이었다.

한편 1930년 3월엔 중국 공산당 요하현위원회가 성립되었다. 이때 최용건은 서봉산(徐鳳山,李陽春)과 함께 보청의 소성자(小城子)에서 군정훈련반을 만들었다. 1932년 가을에 정식으로 성립되었던 이 '요하유격대'의 원래 명칭은, 그동안 중국의 정부 자료들에서는 줄곧 '특무대'로 소개되어 왔으나, 계청(季淸) 등 생존자들은 '조선독립군'이었다고 회고하였다.

> 최용건의 꿈은 자나 깨나 '조선독립군'을 만드는 일이었다. 훈련반에는 대부분 한인 청년들이 참가하였고, 그 자신은 한국말로 연설하였다. 중국인 대원들이 몇 명 없었기에 그들에게는 별도로 서봉산이 번역하여 주었지만, 최용건의 말을 제대로 다 번역하지는 않았다. 최용건은 '장차 우리가 만들려고 하는 군대는 조선독립군이다. 우리가 공산당원이 되고 공산주의 혁명에 투신하고 있는 것도 목적은 하나다. 바로 일본군을 몰아내고 내 나라를 독립시키기 위해서다.'라는 말을 자주 했는데, 서봉산이 제대로 번역을 해주지는 않았어도 학생들이 서로 주고받으면서 중국인 학생들의 귀에 내용이 전달되지 않을 리가 없었다.

이는 최용건이 비록 중국 공산당에 몸을 담았지만, 정작 그의 이상과 꿈은 철저하게 '조선독립'이었다는 사실을 증명해주고 있기도 한다. 하지만 최용건에 의해 순수 한인들 일색으로 뒤덮였던 요하지방의 중국 공산당 조직에 중국인들이 대대적으로 참가하게 된 것은, 고옥산의 구국군으로 잠복하여 몰래 조직원을 발전시키고 있었던 북만특위 서기 소매(苏梅)가 구국군의 문서 참모로 있었던 정로암과 여단 참모장 하진화(夏振华)를 포섭하는 데 성공하였기 때문이었다. 그 후 관동군 제10사단이 요하 방향으로 밀려오자 고옥산은 소련 경내로 철수하였는데 이때 고옥산을 따라가지 않고 요하에 남았던 중국인 대원들이 정로암을 따라 모조리 최용건의 부대와 합류하게 되었다.

7군이 성립되면서 군장 자리를 놓고 최용건에게 불복하는 중국인 간부들이 여럿 나타났다. 정로암은 두말할 것도 없고 1934년 최용건의 부대와 합류하였던 원 동북민중구국군 1여단 1대대 대대장 경락정은 휘하의 대원 수가 많다는 것을 믿고 참모장이었던 최용건에 자주 불복하였다.

3) 정로암 숙청과 '나영간첩사건'

1937년 3월 최용건은 이학복이 없는 7군의 군장대리직을 잠깐 동안 맡았다. 그러나 7군을 지도하고 있었던 하강특위가 정로암의 손에 들어가 있었고, 주보중이 길동성위원회의 이름으로 파견하여 보낸 하강 특위 3인단도 7군의 사정에 익숙하지 않은 상황에서 경락정을 군장으로 추대하는 데 동의하고 말았다. 정로암이 최용건 대신에 경락정을 군장으로 추대했던 것은 경락정은 언제든지 끌어내릴 자신이 있었기 때문이었다. 그러나 만약 최용건이 군장 자리에 그대로 눌러앉는다면 정로암에게는 그야말로 큰일 날 일이었다. '나영간첩사건'을 처리하는 최용건의 모습을 보았던 적이 있는 정로암은 최용건을 몹시 무서워하였다. 정작 최용건을 밀어내고 군장자리에 오른 경락정은 정로암과 손을 잡는 대신 부리나케 최용건과 손을 잡고 제일 먼저 정로암을 치기 시작하였으며 결국 정로암은 4연대를 떠나게 된다.

그런데 1936년 3월 4연대가 2사로 다시 편성될 때 최용건에게 밀려 요하현위원회로 조동되어 조직부장 직에 있었던 정로암이 정치부 주임으로 온 것이었다. 한인 일색으로 뒤덮인 4연대의 지도계층이 편중되어 있다고 여긴 길동성위원회와 하강특위의 결정이었다. 정로암을 최용건에게로 다시 파견하는 것을 극구 반대하였던 서봉산은 이 때문에 요하중심현위원회 서기직에서 밀려나 주보중의 제5군으로 파견되었으나, 그는 5군에 가서 부임하지 않고 뻗대다가 결국 정로암에게 살해당하고 말았다.

최용건이 만주에 막 나왔을 때부터 그를 도왔던 서봉산은 현위원회 서기직에서 물러난 뒤 최용건을 만나 정로암이 자기의 동의도 없이 최용건을 고발하는 편지를 길동성위원회에 보낸 일과 정로암이 현위원회에서 조직부장으로 있을 때, 조옥순(赵玉顺)이라고 부르는 한 중국인 과부의 집을 몰래 드나든다는 이야기를 해준 적이 있었다. 이후 서봉산이 정로암에게 살해당한 뒤 최용건은 이영호와 장동식을 시켜 정로암을 미행하였는데, 실제로 조옥순의 집을 드나드는 것을 발견하였다. 최용건이 마침 잘 됐다고 생각하고 정로암을 잡아들이려고 하였으나 이학복이 말렸다. 최용건은 그 말을 받아들였다. '나영간첩사건'이 일어난 이후였던 탓에 조옥순이 혹시 일본군의 간첩이 아닐까 생각했던 탓이었다.

이후 최용건은 정로암의 정부 조옥순을 잡아다가 신임 군장 경락정의 앞에 바쳤고, 경락정은 별도로 심문도

하지 않은 채 그녀를 총살시키고 말았다. 이를 알게 된 정로암은 총까지 뽑아들고 경락정에게 달려들었으나, 군부 경위부대가 전부 최용건의 말만 듣는 한인들이어서 눈 깜짝할 사이에 무장해제를 당하고 말았다. 최용건은 이때다 싶어 불쑥 앞에 나서면서 "그러면 네 손에 억울하게 죽은 서봉산이와 필옥민은 심문을 받아본 적이 있었더냐."고 꾸짖고는 7군 당위원회를 소집하여 정로암의 직위와 당적을 제명한다는 처분을 내려버렸다.

하지만 정로암과 조옥순의 죄목이 불분명하고 조옥순이 간첩 여부도 확실하지 않은 상태에서 죽어 버렸기 때문에 주보중은 1939년에 정로암의 당적을 회복시키고 제2로군 총지휘부에 남겨 선전과장으로 임명하였다. 또한 주보중은 7군의 문제가 상당히 엄중한 것을 파악하고 심복 부하였던 계청을 재차 7군으로 파견하였는데, 그때 계청은 주보중에게서 받았던 구두 지시를 다음과 같이 술회했다.

"7군의 문제를 해결하는 방법은 사실상 간단하다. 최석천(최용건)이 군장이 되면 아무 문제도 없이 다 잘 풀릴 수 있다. 생각해보라. 최석천이 어떤 사람인가. 다른 때도 아니고 지금처럼 매일같이 일본군 토벌대와 싸우지 않으면 안 되는 때에, 최석천같이 군사재능이 월등한 지휘관이 자기 자리에 앉지 못하고 경락정이나 정로암같은 사람들의 밑에서 뒷바라지나 하게 됐으니 문제가 생기지 않을 수 있겠는가. 7군이야말로 최석천이 만든 대오인데, 최석천을 밀어내고 생뚱맞은 사람들이 자꾸 자기 자리가 아닌 자리에 올라앉으려고 해서 이 사단이 일어나고 있는 것이다. 하강 3인단이 이번에 가서 이 문제를 확실하게 잘 해결하기를 바란다."

이와 같은 내용의 지시를 주보중으로부터 받은 계청은, 7군 군부가 자리 잡고 있었던 호림현의 토정자(土頂子)에 와서 7군 특별당위원회를 소집하였고, 이 회의에서 계청과 함께 7군으로 돌아온 정로암이 먼저 이학복이 소련으로 병 치료를 간 뒤에 잠깐 동안 군장대리직에 올랐던 최용건을 제멋대로 군장대리직에서 내려오게 하였던 것은 잘못된 처사였다고 검토했다.

그리고 이를 통해 경락정의 제7군 군장직은 제2로군의 총부 승인을 받은 적이 없기 때문에 취소하고 정식으로 길동성위원회와 제2로군 총지휘부의 결정하에 최용건을 제7군 군장 겸 당위원회 특위서기로 임명하였다. 7군의 진정한 창건자 최용건이, 7군이 창건된 지 3년 만에 드디어 군장자리를 차지하게 된 것이었다.

그렇다면 최용건의 행동을 극적으로 변화시킨 '나영간첩사건'은 무엇이었을까? 1937년 봄, 당시 7군의 군장 진영구가 군부에 비서로 잠복했던 목단강 일본헌병대의 간첩 나영(羅英)의 꾐에 넘어가 요하현 소남하 천진반 근처에서 일본군에 의해 살해되었던 사건으로 7군, 나아가 항일연군의 역사에서도 아주 유명한 사건이다.

나영은 원래 4군 2연대의 정치부 주임이었고, 4군의 군 정치부 주임 하충국이 죽으면서 임시로 그 자리에 올랐던 인물이었다. 본래 3연대 연대장 소연인(蘇衍仁)은 항일군의 역사에서 '소백룡'(小白龍)으로 불리는 산림대 출신의 유명한 항일영웅이었다. 후에 4군 3연대로 개편된 이 부대는 4군 군부의 결정에 의해 벌리현의 청룡구를 다스리며 나무세를 거두고 있었으나 이 지역을 지나가던 제3군의 군장 조상지의 부대에게 붙잡혀 통째로 무장해제를 당하고 소연인은 조상지에게 대들다가 총살당하고 말았다.

그렇게 4군 3연대의 1백여 명은 무장해제를 당하고 나머지 2백여 명은 무기를 가진 채 사방으로 흩어져버렸는데 목단강시내로 내려가 일본군에게 투항하고 일본군의 토벌대에 편입된 자들도 적지 않았다. 결국 이 변절자들의 제보로 일본군에 잡힌 나영은 전향하여 일본군 목단강특무기관의 권고를 받아들이고 7군이 4군과 멀리 떨어져 서로 연락을 주고받지 못하고 있는 점을 이용하여 7군으로 잠복하였다. 이에 일본군 목단강특무기관에서는 특무기관 요원이었던 일본군 소위 다이스 히사오를 요하현 참사관의 신분으로 파견하여 나영과 합작하게 하였다. 결국 나영으로부터 7군 군장 진영구가 직접 요하현 소남하 천진반(小南河天津班)일대로 온다는 정확한 날짜가 다이스 히사오에게 전달되고 그는 요하현 경찰대대장 원복당(苑福堂)과 함께 300여 명의 일·만 군경들을 데리고 진영구의 7군 군부 직속부대 150여 명을 포위하여 진영구를 살해한 것이었다. 이는 1990년대 중국 해방군 문예출판사에서 발행한 『동북항일전쟁실화총서』에서 처음 공개하고 있는 자세한 내용이다.

이후 나영은 길동성위원회에 사업 보고를 하려고 목단강에 들어갔다가, 목단강 거리에서 4군 3연대의 기관총수였던 변절자와 맞닥뜨려 신분이 폭로되고 말았다. 사실을 알게 된 최용건은 부리나케 나영을 잡아들였다. 그는 일본군이 항일전사를 묶어놓고 혹형을 가하는 것 못지않게 나영을 거꾸로 달아매놓고 직접 장작개비로 죽도록 잡아 팼다고 전해진다. 나영이 대들보에 매달린 지 2일 만에 더는 견디지 못하고 다 털어놓자 그길로 끌어내다가 총살해버렸다. 이것이 바로 '나영간첩사건'이다.

4) 경락정의 죽음과 진상

한편 정로암이 7군을 떠나게 된 후 어두운 그림자는 경락정 쪽으로 밀려오고 있었다.

"경락정이 7군 군장직을 최석천 참모장에게 내놓게 되었을 때, 최석천 참모장은 경락정을 7군 군부에서 깨끗하게 몰아내려고 하였으나 총부 주보중 총지휘의 의사에 따라 경락정을 7군 당위원회 위원으로 유임시켰고, 필요할 때는 여전히 경락정이 다시 7군의 군부에서 주요한 지도업무를 맡아줄 것을 바랐다. 이때 벌써 주 총지휘는 최석천 참모장에게 제2로군의 총참모장을 맡길 생각까지도 하고 있었던 것이었다. 만약 최석천이 총부 참모장을 맡게 되면 7군은 다시 경락정에게 군장대리직을 맡기려고 미리 대비했던 것이 틀림없었다. 그런데 이렇게 한 것이 결국 경락정을 더욱 사경으로 몰아가게 만들 줄은 몰랐다."

최용건이 경락정을 총살하는 데 깊이 관여했던 주보중의 심복 왕효명은 물론이고, 팽시로, 계청 등 항일연군의 생존자들은 모두 이렇게 회고하고 있다. 이에 앞서 1937년 경락정은 3사단 사단장으로 있을 때 위만군 부대의 한 기관총중대를 의거시키려고 작업을 펼쳤던 적이 있었다. 그러나 비밀작전을 잘하지 못하여 3사단 기층부대에 잠복하고 있었던 일본군의 한 스파이가 이 정보를 빼내어 일본군에게 전달하고 말았다. 결국 의거하기로 하였던 위만군 부대가 모조리 일본군 헌병대에 의해 진압 당하였고, 경락정 본인은 그런 줄도 모르고 이 의거부대를 마중하러 나갔다가 하마터면 생포될 뻔했었다.

이후 군장직에서 내려앉은 뒤 군수부대 한 개 중대를 데리고 군부 밀영에서 고기잡이도 하고 밭도 일구면서 부대가 월동하는 일을 돕고 있었던 경락정은 이때 호림에서 멀지않은 소만국경을 지키고 있었던 변경수비연대의 연대장이 자기와 같은 산동사람인 것을 알고 그를 의거시키려고 찾아가 몇 번 만나기도 하면서 몰래 물밑작업을 펼쳐오고 있었다. 이 일에 가담했던 7군 경위소대장 단립지(单立志)가 2009년 7월 취재에서 회고한 내용이다.

"원래 원칙대로라면 이런 사실을 군부에 회보하고 또 최석천 군장의 동의도 얻어야 했다. 그런데 위만군을 의거시키려다가 비밀이 새어나가는 바람에 크게 골탕을 먹었던 적이 있는 경락정은 이번만큼은 철저하게 비밀을 지키고 군부 내의 누구에게도 알리지 않았다. 이 일은 나와 경락정, 그리고 불행하게도 정로암이 알고 있었는데, 이 정로암이 갑자기 일본군에게 잡혀 이 사실을 모조리 불어버릴 줄은 몰랐다."

정로암의 변절로 이 의거가 실패로 돌아간 뒤 7군과 사이가 나쁘지 않았던 이 변경수비연대가 갑자기 일본군 부대로 교체되자 최용건은 경락정을 의심하기 시작했다. 직접 사람을 보내어 경락정을 2로군 총부로 데려와서 수차례 따지기도 하였으나 확실한 증거를 잡지는 못했다. 결국 최용건은 부대가 숙영할 때마다 경락정의 주변에 따로 앉아 자주 수근덕거리던 있는 이덕산(李德山)을 의심하기 시작하였다. 최용건은 군부로 돌아오자마자 이덕산을 잡아가두고 왕효명과 함께 그를 밤새도록 족쳐댔다.

그 결과 이덕산의 입에서 엄청난 비밀이 쏟아져나오고 말았다. 경락정이 이덕산을 포함한 부하 장영희(张荣喜), 예덕발(倪德发), 막성상(莫成祥), 송수청(宋秀清), 우명례(于明礼), 정수운(郑秀云), 왕옥길(王玉洁) 등 여덟 사람과 함께 항일연군을 떠나 일본군에게로 넘어가자고 이미 모의를 마쳤으며, 일본군에게 바칠 선물로 최용건의 머리를 가져가자고 했다는 것이다.

최용건은 어떻게나 놀랐던지 당장 경락정을 총살해버리려고 하였다. 왕효명은 "일단 경락정을 연금만 시키고 제2로군 총부에 회보하여 주 총지휘의 결정을 받아보자."고 백방으로 말렸으나 최용건이 들으려고 하지 않았다. 최용건과 왕효명은 각자 명의로 편지를 한 통씩 써서 주보중에게로 전달하였을 뿐이었다. 그리하여 1940년 3월 26일, 최용건은 왕효명과 함께 호림현 독목하진(独木河镇) 소목하촌(小穆河村) 서북쪽에서, 항일연군 제2로군 총부 대표의 신분으로 경락정을 사형에 처한다고 선포했다. 곧바로 총살형이 집행되었다.

심사를 거쳐 경락정이 일본군에 투항하려고 하였던 사실이 밝혀졌고 증언도 확실한 상황에서 경(景乐亭)본인도 더는 변명하지 못하였다. 그리하여 왕효명, 최석천은 하급 인원들이 대표로 참가한 심판회의를 소집하고 경락정을 사형에 언도하였다. 사건이 원체 엄중하므로 반드시 총부에 보고하고 처리하여야 하였으나, 당시의 적정이 상당히 엄중한 상태에 있었고, 또 부대 내부의 고난도 많았다. 특히 부대는 식량이 떨어졌고, 경락정을 총부로까지 압송하여 심사를 받으려면 많이 시간이 걸리므로 이 사이에 의외의 사건이 다시 발생할 수 있음을 감안하여 재차 토론 결과 이미 경의 죄행이 폭로되고 증거도 확실한 상황에서 반드시 긴급하게 처리하여야 한다고 판단하여 3월 26일, 경락정에 대한 사형을 집행하였다.

이것은 중국 정부기관에서 공개하였던 '동북혁명역사문건휘집' 57권 '西返经过纪要'에서 기록하고 있는 설명이다. 그런데 경락정이 사형당한 지 71년, 경락정을 사형하였던 최용건이 죽은 지 35년이 흐른 2011년 3월, 중국 정부는 흑룡강성의 하얼빈에서 일제 시기의 적위당안(敌伪档案)을 사열하다가, 만주국 무원현공서(抚远县公署) 당안에 기재되어 있는 이덕산의 비밀을 파내게 되었다. 일본어로 된 이 기록에서 이덕산의 본명은 양덕산(杨德山)이며 만주인으로서 일본 간첩이었던 것으로 드러났다. 이 당안에 의하면 당시 최용건을 암살하기 위하여 7군에 잠복하였던 일본 특무기관의 간첩들이 이덕산 외에도 또 원조천(袁兆天), 장모(张某), 진모(陈某) 등 네 명이나 더 있었다. 최용건이 자기의 목을 베는 임무를 맡고 들어왔던 진짜 일본군의 간첩은 하나도 못 잡아내고 죄 없는 경락정만 억울하게 오살하고 만 것이 밝혀진 셈이다.

비록 이 원안의 전모는 2011년에야 밝혀졌지만 오래전부터 경락정은 비교적 억울하게 총살당했다고 생각하고 있는 사람들은 아주 많았다. 그런데 경락정보다 더욱 억울한 것은 최용건에 의해 경락정에게 시집갔던 왕옥길이었다. 항일연군이 소련경내로 이동한 뒤에 최용건과 왕옥환을 찾아왔던 왕옥길은 왕옥환으로부터 "너의 남편이 죄를 짓고 이미 총살당했으므로 너는 즉시 이혼을 선포하고 다른 남자에게로 시집가야 한다."는 권고를 받게 되었다. 당장 출산을 앞두고 두 번째 남편 장자여와 만난 왕옥길의 운명은 불행에서 불행의 연속이었다.

1945년 일본이 투항하고 항일연군의 생존자들이 모두 조국으로 돌아갈 때도, 누구도 왕옥길과 그의 남편 장자여에게 같이 돌아가자고 권고하였던 사람이 없었다. 더구나 이해할 수 없는 것은, 중국 공산당 중앙을 대표하여 만주로 나왔던 진운에게 동북항일연군 생존자들의 명단과 그들의 조직관계 당안을 전달하였던 주보중과 최용건은 유독 왕옥길과 장자여의 이름을 빠뜨렸다는 것이었다. 1949년 이후, 중국 정부에서는 항일연군의 참가자들에게 홍군 간부 대우를 해주었으나 이 탓에 왕옥길은 그간의 고난을 보상받을 수가 없었다.

남편을 억울하게 잃은 왕옥길은 남편 경락정과의 사이에서 낳은 딸 경국청(景菊青)의 손을 잡고 항일연군에서 알고 지냈던 생존자들을 찾아다니면서 자신도 항일연군의 참가자라는 사실과 자신의 남편이 억울하게 죽었다는 사실을 신원받으려고 필사의 노력을 기울였으나 끝까지 해결 받지 못하였다. 결국 왕옥길은 1995년 3월 심근경색으로 쓰러져 죽고 마는데 죽고 난 뒤에서야 중국 정부에서는 왕옥길을 혁명열사릉에 묻어주는 것으로 일을 마무리했다. 16세의 어린 나이에 항일연군에 참가하였다가 죽고 나서야 받은 최후의 보상이 그것 하나인 셈이었다.

5) 외나무다리에서 만난 원수 정로암과 그의 말로

필자는 1980년대부터 항일연군의 생존자들을 찾아다니면서 만나기 시작하였는데 진짜로 공산주의에 대하여 알고 있는 사람은 아무도 없었다. 해방 후 주로 중국의 연변에서 살았던 한인출신의 항일연군 생존자(중국에서는 조선족 항일투사로 불렸다)들에게, 중국 공산당의 항일연군에 가입하여 일제와 싸웠던 것은 과연 공산주의 혁명을 위해서였느냐고 물으면 그들은 하나같이 앙천대소했다.

> 공산주의가 무엇인지 우리가 알 게 무엇이냐? 우리는 그런 도리를 몰랐다. 우리를 입당하라고 추켜올리던 사람들은 '나라를 찾고 싶어도 독립군이 다 사라지고 없는데 어디 가서 누구와 함께 왜놈들과 싸우겠느냐? 지금은 공산당이 왜놈과 싸우고 있으니 우리도 왜놈과 싸우려면 일단 공산당에 가입하고 봐야 한다. 먼저 중국 땅에서 혁명을 성공시키고 일본군을 몰아내야만이 우리나라도 함께 독립되고 나라도 찾을 수 있다.' 이런 말을 자주 했다. 그런데 후에 동만주에서는 이런 말을 하다가는 중국인들한테 다 잡혀 죽었다. 중국인들은 툭 하면 우리 한인들을 왜놈 특무로 몰았다. 그래서 아무 죄도 없이 억울하게 죽은 사람들이 아주 많았다. 그런데 동만주에서는 한인들이 많이 당했지만, 남만주나 북만주에서는 당하지 않았다고 하더라.

항일연군 시절의 최용건은 어디를 뜯어보아도 철저한 민족주의자였고, 자기 조국의 독립을 위해 일본군과 싸웠던 가장 전형적인 군인의 한 사람이었다. 만주 북부 대지에서 항일의 불길을 지펴 올렸던 최용건은 운남 강무당과 황포군관학교에서 배운 군사지식을 유감없이 발휘하여 중국인들로부터 인정받았고, 중국 공산당 내 중국인들과의 권력다툼에서도 끝까지 지지 않아 최후의 승자가 될 수 있었다. 7군 군장자리를 놓고 최용건과 경쟁자였던 경락정뿐만 아니라, 정로암까지도 모두 최용건의 손에 죽고 말았던 것이다.

1939년 10월 호림현 경내의 독정자(禿頂子)밀영에서 일본군 토벌대에 체포되어 변절하고 후에 위만군 제7군관의 특무가 되었던 정로암은 해방 후 변절한 사실을 숨기고 주보중을 찾아가기도 했다. 정로암에게 속아넘어간 주보중은 정로암을 연변 용정에서 만들고 있었던 군정대학에 입학시키기도 했으나, 결국 변절한 사실이 폭로되어 총살당하고 말았다.

일부 사료들에서는 평양에 볼일 보러 갔던 주보중이 최용건과 만나 정로암의 이야기를 꺼내면서 "몇 해째 감감무소식이던 정로암이 글쎄 불쑥 나타나서는 나를 찾아오지 않았겠소. 내 그래서 일단 용정군정대학에 보내서 공부를 좀 하라고 했소."라고 말했더니 최용건은 주보중의 안색이 난감해질 정도로 "당신은 내 친구 서봉산이하고 부관장 필옥민이 모두 정로암의 손에 죽은 사실을 잊었단 말이오?"하고 소리쳤고 "이번에 중국에 돌아가면 만사 제쳐두고 이자부터 잡아내서 들보에 달아매고 족쳐보오, 반드시 불 게요. 이 자는 변절했던 게 틀림없소."라고 신신당부했다고 한다.

6) 마치며

어디에나 정당이 존재하는 곳에는 분쟁과 암투가 있고, 어디에나 인간이 사는 곳에서는 남자와 여자의 문제도 반드시 함께 불거져 나오곤 했다. 공산당도, 국민당도 권력을 다투고, 파쟁을 일으키고, 의심하고, 죽이고, 물어뜯고, 헐뜯고 하는 데서는 피장파장이었다.

중국에는 '일장공성만골고'(一將功成萬骨枯)라는 속담이 있다. 한 장수의 성공은 만 군사의 해골 위에서 이루어진다는 뜻인데, 최용건의 경우도 바로 이와 흡사한 데가 있다. 죽은 자는 말이 없고, 죽은 자의 몫까지도 살아남은 자가 모두 독차지하였던 사례를 우리를 심심찮게 구경할 수가 있는 것이다.

경락정과 왕옥길 사이에서 태어났던 딸 경국청은 부모가 남겨놓은 유물을 세상에 공개하였는데, 그것은 1938년 8월 16일, 경락정이 일본군 소좌 히노 다케오(日野武雄) 일행 39명을 사살하고 노획한 일본군 좌관 지휘도 한 자루와 망원경이었다. 그런데 지금까지의 모든 항일투쟁사 연구학자들은 히노 다케오를 소좌가 아닌 소장으로 말하고 경락정이 아닌 최용건이 항일연군의 역사에서 제일 군사직함이 높은 일본군 장군을 사살하였다고 소개하고 있으나, 이것이 사실이 아니었음이 밝혀지게 된 것이다. 또 만주국경수비대에서 무원국경경찰본대 및 삼강성 경무청장 앞으로 발송하였던 비밀 전보문도 발굴되었는데 이 전보문에서도 "히노 다케오 소좌일행 39명이 항일연군 제7군 경락정 비적의 습격을 받아 전몰했다"고 밝히고 있다. 중국말로 번역된 전보 원문은 이러하다.

이는 경락정이 총살당하고 나서 그의 전투공적이 최용건의 전과로 둔갑되었고, 또 사살당한 일본군 소좌도 소장으로 과장되었음을 말해주고 있는 것이다. 이것은 최용건의 치부이지 않을 수가 없다. 물론 이 전투 이외에도 최용건은 만주에서 일본군과의 전투를 수도 없이 많이 지휘했었고, 또 많은 전과를 올렸던 것만은 의심할 바 없는 사실이다. 그의 군사재능은 7군과 나아가 전체 제2로군에서도 아무도 따를 수 없었다. 1945년 이후, 북한으로 돌아가 직접 북한군을 창건하고 총사령관까지 되었던 것도 다 이와 같은 능력과 무관하지 않다.

그러나 최용건이나 또는 김일성을 따라 북한으로 돌아갔던 항일연군의 생존자들이 모두 높은 직위에 올라 호강하면서 여생을 보냈던 것만은 아니다. 김일성의 부하로 따라다녔던 박덕산(김일)이나 임춘추같은 사람들은 모두 북한의 당 정치국 위원에 국가 부주석에도 오르는 등 영광을 누렸으나 최용건의 부하로 따라다녔던 김광협이나 최용진, 강신태, 이영호 같은 사람들은 모두 군 부대의 장령에서 멈춰서야 했다. 적지 않게는 숙청당하고 정치범 수용소에서 여생을 마감하기도 했다. 북한으로 함께 돌아가지 않고 중국에 남았다가 나중에 귀국하였던 장동식의 운명도 그 가운데 하나다. 함경도가 고향이었던 장동식은 함경도로 추방되어 광산노동자로 일하다가 죽었다는 소문이 있다. 최용건에게서 아무런 도움도 받지 못했음을 알 수 있는 것이다.

그렇게 공적과 치부를 모두 갖고 살아남아 북한에서 최고의 권력을 누렸던 최용건은 1976년에 사망했다.

9. 전광

항일투사에서 일제에게 굴복한 변절자로

일제의 식민통치 기간을 거치면서 많은 항일투사들이 배출되었으나 또 민족을 배신하고 나라를 팔아먹은 부역배들 역시 적잖게 나타나기도 했다. 그 가운데서도 처음에는 열렬한 항일투사였다가 나중에 변절하여 오명을 남긴 부류들도 적지 않았다. 이런 인물 중의 하나로 지금 추적해보고자 하는 전광(全光,1898~1947)을 들 수가 있다. 그는 동북의 항일연군에 있어서, 특히 항일연군의 조선인들 중에서도 분명히 가장 깊은 혁명이력이 있었고 최고로 높은 직위를 갖고 있었던 인물의 하나였으나, 그 후 일제에게 굴복하여 민족반역자로 변신했다. 왜 그랬을까? 일신의 안일을 위해서였는가, 아니면 어떤 뚜렷한 동기가 있어서였던가? 한번 그 궁금증을 풀어보는 것도 뜻 있는 일일 것이다.

1) 테러리스트

전광의 이름을 듣는 사람들은 우선 1922년 3월 28일 오후 3시 30분경에 있었던 일본군 대장 다나카 기이치(田中義一)에 대한 저격사건을 연상하게 될 것이다. 이 사건은 세계를 들썩이게 하였으며 이 사건으로 말미암아 그는 또한 한국의 독립운동사에서도 크게 한몫을 차지하는 약산(若山) 김원봉(金元鳳) 같은 인물들과도 능히 나란히 설 수가 있게 되었다. 당시 전광이 어떻게나 이름을 날렸었고 또 어마어마한 인물이었는지는, 그

후 님 웨일스의 저서 '아리랑의 노래'의 주인공이었던 조선 혁명가 김산(金山, 張志樂)이 또한 얼마나 그를 숭배했던가만 봐도 알 수가 있다.

전광은 이토 히로부미(伊藤博文)의 시신을 밟고 독립만세를 불렀다는 안중근(安重根)처럼 행동하지 않았다. 그는 뒤를 쫓아오는 중국 경찰에게 부상을 입혀가면서 황포탄에서 한구로까지 바람같이 도망쳐 갔던 것이다. 그곳에서 한창 달리는 중인 자동차를 만나자 그는 또 서슴없이 그 차에 매달렸다. 운전수가 도움을 거부하니 전광은 곧 운전수를 차에서 끌어내버리기까지 했다.

1918년에 훈춘현의 대황구 중학교를 다녔던 그는 왕청의 봉오동에서 1년간 교편을 잡고 지냈다. 회고자들의 말에 의하면 그는 중간 정도의 키에 아주 잘생긴 미남이었다고 한다. 문학과 미술을 좋아하였으며, 힘도 세었고 건강하였다고 한다.

김산의 회고에 의하면 의열단의 수령 김약산(김원봉)과 전광은 성품에 있어 두 가지 정도의 차이가 있었는데 김약산은 자기 친구들에게 지극히 점잖고 친절했지만, 또한 지독하고 잔인할 때도 있었던 데 반해서 오성륜(전광)은 잔인한 사람이 아니라 정열적인 사람이었다고 한다. 그러면서 김산은 "혈관 속에 뜨거운 피가 흐르지 않는 사람은 테러리스트가 될 수 없었다. 그렇지 않다면 희생의 순간에 자기를 잊어버릴 수 없기 때문이다."라는 이야기를 했다.

이후 다나카 기이치 저격 사건으로 전광이 상해의 일본 영사관으로 인도되었을 때에 마침 그 3층 감방에는 5명의 일본인들이 갇혀 있었는데 전광은 그중 무정부주의자이자 정치범이었던 다무라 다다카즈(田村忠一)와 공모하여 문을 부수고 탈출했다. 이 일 때문에 상해에 있던 모든 조선인들은 가택수색을 당하였고 또 그에 연루되어 숱한 조선인들이 잡혀 들어가기도 했다. 전광과 함께 황포군관학교에서 교편을 잡고 지냈던 최용건(崔鏞健)까지도 그때 막 상해에 오자마자 전광 덕분에 또 한 차례의 감옥살이를 겪었다.

이렇게 굵직굵직한 사건을 일으키고 다녔던 전광은 중국의 상해나 광주 같은 큰 도시로 혁명의 길을 찾아 나왔던 조선의 선각자들 중에서도 특히 돋보이는 사람이었다. 전광의 사진은 도처에 배포되어 있었다. 일본 경찰은 심지어 5만 달러의 현상금까지 내걸고 전광을 잡아들이려고 애를 썼다. 이때 그는 한 미국인 친구의 집에 귀신같이 숨어버렸다고도 하고 프랑스 조계지의 한 동포의 집에 피신했다고도 하지만 어쨌든 그들은 유독 전광만은 하늘로 날아올랐는지 아니면 땅속에 기어들었는지 잡아낼 수가 없었다고 한다. 이후 전광은 바로 며칠 뒤에 일본군을 비웃듯이 갑자기 광동(廣東)에서 모습을 드러낸다.

그 당시 일본 경찰이 5만 달러의 현상금까지 내걸었던 혁명가로는 한국독립운동사에서도 가장 저명한 인물인 김구를 제외하고 전광밖에 없었다. 공산주의로 전향한 뒤에 전광은 줄곧 남만주 지방에서 양정우, 위증민 등과 함께 항일연군을 지도해왔지만 전체 항일연군에도 한때 전광만큼 거액의 현상금이 걸렸던 사람은 없었다.

2) 풍류남아

황포탄에서 저격사건을 저지르고 광동으로 탈출하였던 전광은 며칠 후에는 베를린에서 그 모습을 드러냈다. 동에 번쩍, 서에 번쩍이라는 말도 있지만 전광처럼 상해에서, 광주에서, 프랑스에서, 독일에서 그리고 모스크바에서까지 나타나 화제가 되었던 인물은 조선의 혁명가들뿐만 아니라 전 중국의 수천만 혁명가들을 모두 따져 봐도 오로지 전광뿐일지도 모른다.

　사실 그 무렵 조선에서는 부단하게 폭탄투척사건이 발생하고 있었는데 그 폭탄들을 비밀리에 조선 내로 끌어들인 사람들 가운데에 또 전광이 들어있었다. 외국어에도 능했던 전광은 당시 안동에서 무역상(이룡양행)을 차리고 있었던 아일랜드인 샤요(Sao)와 친했다.

　그런데 이 아일랜드인도 영국의 식민지였던 아일랜드의 독립을 위해 영국인들에게 폭탄을 투척하며 이름을 날린 테러리스트였다. 그런 연유로 전광과 만나자 곧 의기투합하였고 전광의 부탁을 받고 꾸준히 폭탄을 조선에까지 날라 주었던 것이었다. 뿐만 아니라 일본경찰이 이 비밀을 탐지하고 의열단원들을 붙잡기 시작하였을 때도 전광은 샤요의 도움으로 그의 배를 타고 상해로 탈출하여 나왔었다. 그 후 샤요는 붙잡혀 감옥으로 들어가고 말았으나 전광은 계속 조선과 만주를 들락날락하며 수많은 굵직굵직한 테러를 감행하여 오다가 마침내는 피신하여 베를린에까지 들어오게 되었다.

　그렇게 독일의 수도 베를린에 머무르던 전광은 한 독일인 아가씨와의 깊은 사랑에 빠져버렸다고들 한다. 그는 아무 허물도 없이 아가씨의 가족에 얹혀 같이 살았다고 한다. 하지만 전광은 그녀와 1년간을 살다가 돈이 떨어지자 그 길로 베를린 주재 소련 영사관의 문을 두드린다. 이미 베를린으로 오기 전에 공산주의 청년 운동단체인 '적기단(赤旗團)'에도 들어 있었던 전광이었기에 소련 영사관은 그를 도와 수속을 만들어 주었다. 그는 미련 없이 베를린을 떠나 모스크바로 갔다.

3) 러시아 교관

　이 무렵 광주에서는 중국국민당 제1차 전국대표대회를 계기로 국공합작이 이루어졌고 그에 따라서 중국의 혁명은 새로운 정세가 고조되어 가고 있었다. 특히 황포군관학교의 창설로 말미암아 광주는 수많은 중국의 혁명청년들뿐만 아니라 나아가서는 조선의 혁명청년들에게 있어서도 이상이자 요람이 되었다. 수많은 인물들이 황포군관학교에 찾아오고 있었다.

　어쨌든 1926년 12월에 전광은 황포군관학교에 들어와 군사학과의 러시아어 교사가 되었다. 한편으로 그는 조선 인민 혁명조직이었던 KK(조선공산당)의 주요성원이기도 했고, 또 한편으로는 공산국제(코민테른)의 대표들과도 깊게 사귀고 지냈다. 일부 사료들에서는 전광이 바로 이때 정식 공산당원에 들었다고도 한다. 당시 상당한 지식인이었던 전광은 실제로 러시아어만 가르쳤던 것이 아니고 그 당시 황포군관학교에 와 있었던 양림이나 최용건, 박진, 김산 등에게 계급투쟁과 민족문제에 대한 강의도 자주 했었다고 김산은 회고하고 있다.

> 오성륜(전광)은 내가 묵고 있던 조그마한 여관에서 나와 동거하게 되었다. 김충창(김정창)은 우리의 정치이론가였고, 오성륜은 실천행동가였으며, 나는 모든 면에서 그들의 어린 제자였다. 그때 나는 겨우 22살이었고, 오성륜은 대략 37살(실제 나이는 27살임)쯤 되었는데……, 그는 시를 싫어해서 내가 가끔 시를 쓰는 것을 보고는 나를 어리다고 생각하였다. 어떠한 감정도 겉으로 드러내는 법이 없는 사람이었지만 그도 나와 마찬가지로 슬픈 것을 좋아하였다.

4) 전광과 광주폭동

1927년 11월의 어느 날 중국 공산당 광동성위원회에서는 비밀리에 활동분자회의를 소집하고 광동시내의 반공세력이 약한 틈을 타서 12월 13일에 광주봉기를 일으킬 것을 결정하였다. 하지만 비밀이 누설되어 봉기를 앞당겨 일으키지 않을 수가 없게 되었다.

그렇게 봉기를 하루 앞둔 12월 10일 저녁이었다. 전광은 한 조그마한 여관방에서 이번 봉기에 참가하게 될 20여 명의 조선청년들과 비밀집회를 가졌다. 오랜 테러리스트요, 황포탄에서 이름 날린 저격수였던 전광은 새 권총에 기름칠을 해가면서 동료들에게 총 다루는 법까지도 가르쳐 주었다고 한다. 그 동료들 속엔 바로 김산도 들어있었다.

그렇게 광주공안국이 점령되어 그 뜰 안에 잡혀온 숱한 포로들과 막 풀려나온 죄수들로 북적거렸는데 전광은 그 죄수들을 일자로 세워놓고 자기 얼굴에 대고 전등을 비추어 보이며 "나는 오성륜이라는 사람인데, 내 얼굴을 아느냐?"고 뽐내기도 했고 또 독일인 공산주의자 하이츠 노이만(Heinz Neumann, 광주봉기의 유일한 서양인 참가자)과 양달부, 김산 등을 이끌고 공안국의 부엌을 뒤져 술단지를 찾아내 포식했다고도 한다.

하지만 도망쳤던 반공군들의 반격으로 주강(珠江) 기슭과 사하(沙河) 부근에서 치열한 전투가 벌어져 박영과 교도연대 150여 명의 조선청년들도 연락을 갔던 1명의 통신병을 제하고는 전부 희생되고 말았다. 유독 머리회전이 빨랐던 전광은 이 봉기가 실패하리라는 느낌을 미리 받고 있었던 모양이었다. 그는 자동차 한 대를 마련해서 자기의 측근들이었던 양달부와 김산을 데리고 광주성내 여러 곳을 돌아다니며 동태를 알아보았다. 또한 전광은 중산대학에 달려가서 조선청년연맹(한국혁명청년회)원들로 비밀회의를 소집하고 거기에서 의미심장한 연설을 하였다.

"이제까지의 우리의 행동은 과학적이 되지 못했다. 우리 청년연맹은 더 많은 책임감을 가지고 모든 조선인 동료들을 지도해야 할 것이다. 나는 모터사이클 한 대를 살 것을 건의한다. 그것을 여러 사람들이 같이 사용하면서 긴급 상황에 임할 때 서로 연락할 것을 바란다. 사람이 앞으로 나아가는 법만 알고 후퇴해서 자신을 보존하는 법을 몰라서는 아니 된다. 너무 열정적인 우리 조선 사람들은 자칫하다간 다 죽고 말 것이다."

이 연설을 어떻게 볼 것인가? 전광을 비겁자라고 하는 사람들도 있다. 또는 너무나도 자기 안전을 사렸다고 하는 사람들도 있지만, 실제 참혹했던 상황은 후세의 사학자들이 단 몇 십 자, 몇 백 자의 글로써 쉽게 써내는 것과는 달랐다. 전광이 동태를 알아보려고 나다닐 때에 그는 이미 사령부에서 운대영 외는 단 한 명의 폭동 지도자들도 만나지 못했다. 벌써 엽정은 평복으로 갈아입고 피신할 준비를 하고 있었고, 황화강으로 가는 길 양쪽에는 수많은 자동차들이 줄지어 서서 퇴각하고 있는 군인들을 태우고 있었다. 행군은 피로에 지치고 혼란스러웠다. 전광은 김산과 함께 12월 14일에 퇴각하는 대오 속에 끼어 광주를 떠났다. 한편 여기에는 이런 회고담 한 토막이 있다.

그 봉기 부대들이 퇴각하는 줄도 모르고 멍텅구리같이 척후에 혼자 남아서 마지막까지 싸운 사람이 바로 우리 조선혁명가 최용건이었다. 최용건이 거느렸던 조선인 대원들은 그 사하엄호 전투에서 대부분이 희생되었던 것이다.

5) 해륙풍의 군사위원

전광은 광동에서 지내던 동안 황포군관학교에 적을 두고 러시아어를 가르치면서 공산국제의 파견원들과도 아주 깊은 교제를 갖고 지냈었다. 그때 전광과 사귀였던 한 중국인 공산주의자 하나가 있었으니 그가 바로 중국의 혁명운동사에서 크게 한 페이지를 차지하는 인물 팽배(彭湃)였다. 1896년 광동성 해풍현에서 태어난 그는 일찍이 광동성구위 농업위원회 서기와 광동성농민협회 부위원장을 맡았었는데 제1차 국내혁명전쟁이 실패한 후 그는 고향으로 돌아가 농민봉기를 조직하여 성공하였던 것이다. 그가 세운 해륙풍 소비에트(노농민주정권)는 그 시절 중국 소비에트 혁명의 구심점이 되기도 했었다.

이야기는 광주폭동 이후부터 시작된다. 광주를 빠져나온 봉기부대는 화현(花縣)에 이르러 '중국노농홍군 제4사단'로 편성되었다. 새로 임명된 사단장 엽용(葉勇) 장군과 함께 전광은 이 사단의 참모장으로 임명되기도 했었다. 그렇게 홍군 제4사 참모장이 된 전광 등은 해륙풍으로 이동하여 팽배의 열정적인 환영을 받게 된다. 특히 조선 사람들에게 우호적이었던 팽배는 곧 '조선동지환영회'를 조직하기도 했고 제4사단 주력부대가 다시 해륙풍을 떠날 때는 유독 전광과 그의 친구 김산을 해륙풍 소비에트 당 학교에 남겨두고 노동운동사와 코민테른의 역사를 가르치게 하였다. 이것은 바로 1928년 여름 한철에 있었던 일이였다.

한편으로 팽배와 친한 전광은 해륙풍소비에트의 군사위원으로 선출되기도 했었고 그의 친구 김산은 해륙풍 소비에트 혁명재판소의 판사노릇도 했다. 팽배와 전광은 얼마나 친했던지 두 사람은 한 막사에다가 처소를 같이 정하였고 조석으로 상종하고 있었다. 전광은 팽배에게서 적잖은 것을 배웠으나 지주 계급을 끔찍이 싫어하여 보는 족족 타도하였던 팽배와 의견 차이를 보이기도 했다.

그러다가 4~5월에 접어들면서 국민당군이 해륙풍으로 몰려들기 시작하였다. 마침 홍군 제4사단의 일부 병력과 함께 산두(汕頭)를 공략하려다가 실패하고 돌아온 하룡(賀龍)의 부대가 해륙풍에 와서 머물고 있었기 때문에 팽배와 전광은 그들과 함께 몇 차례의 방어전투를 조직하였다. 하지만 결과적으로 중과부적이였다. 5월 3일에 진행된 해륙풍 마지막 한 차례의 전투에서 홍군은 풍비박산이 나고 팽배와 전광 등은 혜래 지방의 모전령(牟田嶺)이라고 부르는 산 밑의 동굴에 와서 숨었다. 이때 팽배는 중병에 걸렸고 항상 위풍당당하던 전광도 풀이 죽고 지친 나머지에 제정신이 아니었다.

6) 풍류객

해륙풍을 탈출하여 상해로 들어온 전광은 다시 친구(김정창)의 집에서 묵고 지내던 중에 갑자기 또 한 아가씨와 사귀게 된다. 이 아가씨가 바로 두군서였다. 김정창의 아내 두군혜의 여동생이었던 것이다. 두군서도 역시 혁명가였다. 인도지나에서 혁명활동을 하다가 추방을 당해 돌아온 신여성이었다. 해륙풍에서 어떻게나 지쳤던지 항상 등이 쑤셨던 데다가 악성 심장비대증에까지 걸린 전광은 그녀의 도움으로 병을 치료하고 있었다. 그러다가 어쩔 수 없는 깊은 사랑에 빠져버리고 마는 것이었다. 그렇게 상해에서 1년 동안을 머무르며 전광은 정말 사랑에 빠진 나머지 혁명 의지도 소침해졌고 시무룩했으며 또 몸도 좋지는 않았다.

그는 가까스로 다만 그 아가씨와의 관계에서 어떤 정신적인 위안을 얻으려고 했던 것이고 모든 지난 번뇌를 잊어버리려고 시도했던 것 같았다. 하지만 역시 어느 정도 혁명 활동 경력을 갖추고 있었던 그녀는 자기로 인한 전도유망한 혁명가의 파멸을 보고 싶지는 않았던 모양이었다. 그 아가씨는 자신이 인도차이나에서 참여했던 혁명의 나날들에 대한 감격과 흥분을 표현하며 교묘하게 전광을 유도하였다. 이때 전광은 가장 친근했던 동지 김산과도 갈라지게 되었다. 중공당 중앙의 발령을 받은 김산은 곧 중국공산당 북경시위원회로 가게 된 것이었다. 그리고 또 이때 김산과 거의 같은 시간에 만주성위로 발령을 받은 황포군관학교의 옛 친구 최용건은 다시 흑룡강성 북부 탕원(湯原) 일대로 파견 받아 학교도 꾸리고 반일군중단체도 조직하며 세찬 항일무장대오조직에 박차를 가하고 있었다.

7) 만주로

전광은 1929년 8월까지 상해에서 있다가 최용건의 뒤를 따라 만주로 달려 나왔다. 최용건이 조선 사람들의 집거구였던 탕원 지방으로 파견 받아 갔던 것처럼 전광도 역시 조선 사람들의 집거구였던 남만의 반석지방으로 파견 받았다.

이 무렵 일본 식민통치자들의 가혹한 탄압으로 수많은 조선의 혁명가들이 만주로 망명하여 들어오고 있었다. 공산국제의 '일국일당' 원칙에 의해 해산을 맞은 조선공산당의 옛 당원들은 중국 공산당 조직에 망라되기 시작했고, 그들은 그 준엄한 격변기를 지내면서 조선 혁명의 문제를 놓고 정치적 분열 속에서 고민하고 있었다. 말하자면, 앞으로 조선 공산당원들은 조선 민족주의자들과의 연합을 지속하고 그들과 더욱 밀접하게 활동해야 할 것인가, 아니면 중국 공산당이 우익세력과 결별하였듯이 민족주의자들과도 결별해야 할 것인가 하는 민감한 문제들을 둘러싸고 가는 곳마다에서 분열이 일어나고 있었던 것이었다.

그 외에도 많은 문제들이 무더기로 쌓여있었다. 조선 공산주의자들의 생활은 비참하리만치 형편없어서 상당수가 병들어 있었고, 일본 밀정과 군벌들의 탄압을 받아가면서도 아주 열심히 일해오고 있었지만 경험 있는 지도자가 없어 계획과 사업들은 대부분 실패로만 돌아갔다……

심지어 일본인들은 또 만주를 점령하기 위한 준비를 꾸준히 해 나가고 있었다. 그것을 눈치챈 공산당만주성위에서도 불가피하게 박두하고 있었던 일본인들과의 정면대결을 위해 본격적인 무장투쟁 준비사업을 진행하여 가고 있었다.

이런 상황 속에서 김산에게 한 차례 보낸 전광의 편지를 보면 나는 만주에서 기적적으로 건강을 회복하였으며 성마다 돌아다니며 어렵고 위험한 삶을 사는 등 아주 열심히 활동하고 있다고 고백하는 것을 알 수 있다. 이미 전광은 오랜 시련을 겪어온 공산주의자가 된 셈이었다. 어젯날의 테러리스트이자 조선의 소문난 거물급 민족주의자, 이제는 오랜 시련을 견뎌온 공산주의자가 된 전광은 곧 상해에서부터 데리고 왔던 아가씨까지도 설복하여 되돌려 보내기에 이른다.

8) 반석중심현위의 제1임서기

만주로 달려 나온 뒤에 전광은 갑자기 눈앞이 탁 트이고 답답하던 마음이 확 열리는 것을 느꼈다. 이를테면 직업혁명가로서의 감각을 되찾은 전광의 본격적인 혁명 활동은 남만에서부터 다시 시작된 셈이었다.

그는 명실공히 남만주 땅에다가 첫 공산주의 불길을 지펴 올린 선각자가 되었다. 이때까지 남만주 땅의 혁명 역사를 이야기할 때에 많은 사람들은 군사적인 면에서 양정우(楊靖宇)나 아니면 이홍광(李紅光)을 외우듯이 당 건설사업에 관해서도 고작 이동광(李東光) 아니면 위증민(魏拯民) 같은 사람들의 이름만을 기억하고 있을 따름이다.

하지만 이때 양정우나 위증민 같은 사람들은 남만주 땅에 없었다. 이홍광도 아직은 순박한 청년농민동맹원 한 명에 불과할 따름이었다. 다만 반석모범소학교에 주목할 만한 25세의 한 청년 ML계 조선공산당원이 교편을 잡고 있었으니, 얼굴이 기다랗고 키가 훤칠하게 큰 그는 두 해 전까지도 간도지방에 있었다. 즉 그는 제1차 간도공산당사건 때문에 체포되었다가 탈옥하여 남만지방으로 파견 되어 왔던 이동광이였던 것이다. 이동광은 가장 일찍 전광과 접촉한 사람의 하나였다.

그렇다고 물론 이 시기에 남만지방에 파견 받아 나온 공산주의자가 전광 한 사람만 있었던 것은 아니었다. 역시 조선족 공산당원들이였던 박봉(朴風), 박근수(朴根秀), 왕경(王耿, 文甲松) 같은 사람들도 모두 남만지방에 나와 같이 활동하고 있었다. 바로 전광의 직접적인 영향하에서 이동광은 중국 공산당과 중국 혁명에 대하여 중대한 인식을 갖게 되었고 공산당을 따라 끝까지 혁명을 수행하기로 결심하였다. 그렇게 역시 교원 출신인 동광은 곧 전광의 가장 훌륭한 조수가 되었다.

비로소 1930년 8월에 이르러서는 당 조직 건설을 완성한 기초하에서, 1년 후인 1931년 8월에 이르러 만주성 위원회는 성위원회의 직속으로 반석중심현위를 내오기로 결정하였다. 당연 전광은 그 중심현위의 제1임서기로 임명되었고, 그 산하에서 반동(磐東)구위 서기직은 바로 이동광이 맡게 되었다.

9) 박한종과 이홍광을 키워내다

그리고 이때(1930년 8월~1931년 8월) 지난 1년 동안 반석현위 서기직을 맡았던 박봉은 전광 밑의 일반위원으로 내려앉았다. 전광은 곧 일을 시작하면 물불을 가리지 않을 뿐만 아니라 그 누구도 따를 수가 없을 만큼의 기세와 혁명 열정으로 하고자 하는 일을 냅다 밀어붙이는 부지런한 사람으로 평판이 났다. 그 1년 동안 잠시 박봉의 밑에서 선전위원을 맡고, 또 그 뒤에 인차 설립된 남만특위에서도 그냥 선전위원을 맡았던 전광은 이동광과 함께 반석현위 산하의 반동과 반북 두 구위(區委)를 나눠 그 자신은 반북구위에다 이통(伊通)과 쌍양(雙陽) 두 현의 특별지부까지 도맡아 책임지고 사업을 벌려나갔다.

그때 전광은 처음 이통현의 지방조직을 지도하러 나갔다가 삼도구라는 고장에서 방금 중국 공산당에 가입한 이홍광이라는 20세의 젊은 청년과 만나게 되었다. 그는 여기서 2~3일 간을 묵어가면서 이홍광을 도와 10여 명으로 이루어진 '로농적위대'를 조직하였다. 이 적위대는 이홍광의 인솔하에 쌍양현의 대정자에서 친일 인사들 및 삼도구진의 악질 지주로 알려진 장구진과 그의 아들을 처단하는 등의 활동을 하였다. 그리고 자연히 이것들은 전광의 성과로 돌아오게 되었다. 그 후 이홍광은 반석현 하마하자의 오간방으로 옮겨오게 되었고 전광의 각별한 총애를 받으며 1931년 봄에 이통현특별지부 조직위원에 이어 반석현당위 위원으로까지 추천되기도 했다.

이후 원 반석현위가 반석중심현위로 개편된 뒤에는 그 중심현위의 제1임서기로서 전광은 9·18만주사변을 맞게 된다. 그리고 그는 이에 대비해서 적극 중국공산당 만주성위원회의 목표하에 항일무장운동을 준비하고 있었다. 만주성위에서는 즉시 당이 지도하는 항일무장부대를 창건할 것을 지시하였고, 그 사업에 협조하기 위하여 양군무(楊君武, 楊佐靑), 장옥형(張玉珩), 양림(楊林) 같은 군사간부들을 파견하여 내려 보내고 있었다. 특히 친구 간인 전광과 양림 사이의 합작은 아주 잘 진행되었다.

이때 이들 두 사람은 반일무력을 키우기 위하여 반석에 주둔하고 있었던 위만 제1군 5사단 13연대 1영(즉송영)에다가 선전간부를 파견하기로 결정하고 그 적임자를 물색하였다. 그때 전광에 의해 선출된 사람이 바로 이홍광과 동갑내기였던 청년공산당원 박한종(朴翰宗)이였다. 계획이 성공하여 그해 9월 초에 위만군 송국영(宋國榮) 영장이 수하 350명의 부하들을 거느리고 반란을 일으켜 일본과 적대하게 되었다. 이러한 성과는 물론 박한종의 선전 사업의 성과였고 또 박한종을 파견해 보냈던 전광의 공로도 빼 놓을 수 없다.

그 후 1932년 11월 양정우가 남만주에 파견 받아 와서 반석유격대를 중국 노농홍군 제32군 남만유격대로 개편할 때에 전광이 자랑하는 이 두 청년(박한종과 이홍광)은 양정우에게 있어서 가장 중요한 군사간부가 되었다. 그해 유격총대 밑에 3개의 대대와 함께 1개의 교도대를 두게 되었는데 박한종이 제1대대장에, 이홍광은 교도대의 정치위원에 각기 임명되었다. 그들은 그 후 항일연군 제1군 참모장(박한종)과 제1사 사장 겸 정치위원(이홍광)을 맡기도 했다. 그 외에도 전광은 또 적지 않은 중국인 청년들을 키워냈다. 남만주 땅에 이름을 날린 젊은 유격총대장 맹걸민(孟杰民)이며 왕조란(王兆蘭), 초향신(初向臣) 같은 쟁쟁한 혁명가들도 모두 전광이 이동광과 더불어 조직했던 반석중심현위산하 훈련반에 참가하여 훈련을 받기도 했다.

10) "나도 동무들과 같이 가겠다"

하지만 한편으로 이홍광의 '개잡이대'를 기초로 하여 발전한 반석노농반일의용군은 아직 이홍광 본인이 나이 어린데다가 군사경험이 부족했고, 또 그의 최고 지도자였던 전광도 실제 유격투쟁 경험은 별로 없었다.

이런 연유로 남만주에서의 사업을 마치고 양림이 성위로 돌아가기 바쁘게 의용군 제1분대는 반동(磐東)의 지주 곽가점(郭家店)의 꼬임에 넘어가 3명의 대원들이 맞아죽고 아홉 자루의 3.8식 보총과 한 자루의 권총을 빼앗기고 말았다. 그리고 더욱 전광을 놀라게 한 것은 제1분대장을 겸했던 성위 순시원 양군무까지도 중상을 입고 부대를 떠나지 않으면 안 되었다는 것이었다. 전광은 대경실색하였다. 가뜩이나 당지의 반공 지주들 때문에 숱한 당 조직들이 피해를 받고 있어 고민하던 전광은 이홍광 등을 모아놓고 끝까지 의용군의 군사목표는 지주들을 타도하는 것이라고 호소하였다. 그도 물론 '9·18만주사변' 직후 만주성위로부터 내려온 혁명의 주요 임무가 변화되었다는 것을 모르지 않았지만, 이런 연유로 도처에서 지주들을 습격하고 재산을 몰수하고 있었던 것이었다.

그리하여 친일 지주건 반일 지주건 할 것 없이 그들이 모두 뭉쳐 노농의용군에 대항하게 되었고, 거기다가 일본군의 간계로 말미암아 무장한 지주들뿐만 아니라 산머리에 틀고 앉은 토비(산적)들까지도 위만군과 협동하여 노농의용군을 공격한 것이었다. 이때 의용군은 26명이 죽고 5명은 중상을 입었는데 7명이 포로가 되어 적들에게 사형을 당하고 만다.

하지만 이상과 같은 견해와는 또 달리, 그래도 전광의 지도하에 있었던 남만주의 공산당은 동만주에서처럼 도처에서 폭동을 일으키고 '추수투쟁'을 벌이지는 않았다는 견해도 있다. 말하자면 남만주에서도 지주들을 습격하고 때렸으되, 동만주에서처럼 소비에트까지 세워 가며 '토지혁명'을 단행하지는 않았다는 것이다. 이것은 그때 산전수전을 다 겪은, 전광 같은 오랜 혁명가가 있었기 때문이었다고 혹자는 말하고 있다.

아무튼 10월에는 또 같이 연합전선을 형성하여 반석현성전투를 치르고 있었던 일부 산림대와도 분규가 생겨 갈라지게 되었다. 노농의용군의 사정은 점점 더 궁지로 몰리였다. 비로소 10월 23일에는 화전(樺甸)의 봉밀정자에서 당원회의를 열고 금후의 출로문제를 토의하였으나, 회의는 아무런 해결책도 보지 못한 채로 10월 29일까지 끌었다. 화전의 깊은 산간 봉밀정자에서 고립무원의 상태에 빠져버린 노농의용군의 앞에는 갈수 있는 길이 없었다.

11) '재만한인조국광복회' 발족

그 후 전광이 반석중심현위 제1임서기직에서 나가떨어지게 되는 것은, 그해 가을에 열린 반석중심현위 제3차 당 대표대회에서였다. 이 대회를 조직·지도한 사람은 일찍 하얼빈시 서기와 만주성위 군위서기대리를 맡고 지낸 바 있었던 양정우였다. 남만주에 파견 받아 올 무렵의 양정우의 나이는 겨우 27살, 전광에 비해 7살이나 어렸다. 이에 앞서 적지 않게 남만주를 다녀갔던 만주성위의 순시원들과 나아가서 당 중앙의 순시원들에 이르기까지도, 그들은 전광의 지도하에 있었던 남만주의 적지 않은 문제점들을 발견하고 반영하였다.

가장 주된 문제점들이란 무엇이었던가? 바로 지방 무장지주들과의 충돌에서 헤어나지 못하고 있다는 것이었다. 해륙풍 소비에트의 군사위원 출신인 전광은 해륙풍에서 지낼 때는 팽배와 적지 않게 다른 견해들을 가졌으나 정작 그 자신이 해륙풍보다 훨씬 더 큰 반석지방을 지도하는 위치에 서자 사정없이 반동 지주 계급을 처단하던 팽배를 따라가게 되고 말았다. 그렇게 친일지주건 반일지주건 모두 전광을 무서워하였으며 자아보호의식은 그들로 하여금 자연히 힘을 합쳐 전광과 싸우지 않을 수 없게 만들었다.

한편 이러한 남만주의 상황을 개혁하기 위해 양정우가 파견되어 왔다. 하지만 전광을 찾아오던 양정우는 멋 모르고 남만주의 토비 상점(常占)에게 붙들려 하마터면 죽을 뻔했으나 구사일생으로 살아났다.

상점은 전광을 미워하였다. 전광은 의용군에 지시하여 의용군이 상점의 부대와 갈라질 때에 그들의 총 10여 자루를 빼앗아버리고 또 6명의 투항분자들을 죽였던 것이었다. 그것을 알 리 없었던 양정우는 바로 상점에게로 찾아가서 전광의 소식을 알아보려다가 그만 붙잡혔다. 그러나 양정우는 전광을 만나면 그로 하여금 빼앗은 총을 돌려주고 함부로 남의 부하들을 죽인 잘못도 빌게 하겠노라고 약속하고 가까스로 놓여나왔다.

이런 일이 있었기에 반석중심현위를 개혁하기 위하여 파견 받아 온 양정우와 전광의 사이는 긴장되었을 것이라고 생각할 수 있다. 한데 의외로 양정우는 몹시 전광을 존경하였으며, 반대되는 견해도 항상 의논하는 어조로써 상냥하게 제기했기 때문에 전광도 양정우의 그 겸허스러운 태도를 좋아하였다고 남만주 출신의 항일연군 대원들은 회고했다.

어쨌든 이러한 양정우와의 이야기를 통해 반석중심현위 제3차 대표대회에서 전광은 자기의 잘못을 검토하였다. 서기직은 잠시 박문찬(朴文燦)이 이어받았다. 그러다가 1933년 5월 7일에 있었던 반석중심현위 제4차 대표대회에서 만주성위 순시원 풍중운(馮仲雲) 등의 직접적인 참석하에 이동광이 제3임서기로 당선되었다.

이후 호란집장자를 들이칠 때에 유격대 정치위원 초향신이 희생되면서 현위선전부장 기유림(紀儒林)이 유격대로 전근되고 전광은 한동안 이동광의 밑에서 선전부장을 지내다가, 유격대가 혁명군으로 발전되면서 전광도 역시 부대로 전근되었다. 전광은 곧 양정우의 항일혁명군 제1군 2사의 정치부 주임으로 파견되어 가기도 했다. 이것은 어느덧 1935년 2월의 일이었다.

이때부터 전광의 정치활동은 갑자기 위축된다. 그의 건강은 다시 나빠지기 시작하였다. 1934년 11월~1935년 2월까지의 전광의 이름은 반석중심현위에서도 나아가서는 갓 조직된 남만 당 제1차 대표대회의 참가자들 명단 속에서도 찾아볼 수가 없다. 그 대표대회에서 남만임시특위가 성립되고 5명의 특위 상무위원들을 선출하였지만 전광의 이름은 들어있지 않다. 그리고 전광의 자리에는, 전광의 제자격인 이동광이 있었다. 양정우, 이동광, 송철암(宋鐵岩), 기유림, 증명(程明), 장동무(老張) 등의 5명으로 구성된 임시특위 상무위원회의 서기(대리)직도 이동광이 맡게 된다. 이 기간에 전광이 무엇을 하고 지냈는지 자세하게 알고 있는 사람이 없을 정도이다.

1936년 6월이 되자 전광의 비밀스러운 행적은 다시 드러나기 시작한다. 우선 나얼홍(那爾薨)에서의 항일혁명군 제1, 2군 사이의 회사가 있게 된 뒤로 전광은 제1군 2사에서 제2군의 4사의 정치부 주임으로 전근하게 되었고, 인차 2군의 정치부 주임직까지도 겸하게 된다. 뒤따라 성립되는 남만성위원회에서 전광은 또 소수민족부의 책임자로도 등장한다.

전광은 다만 조선인들의 반일 민족통일전선 결성에 관한 사업만 미친 듯이 틀어쥐었다. 그것을 대대적으로 조력한 사람이 바로 남만성위 상무위원 겸 조직부장을 맡은 이동광이었다. 비로소 6월 6일에 그들 두 사람 외에 또 한 명의 당 간부 엄수명(嚴洙明)이라는 사람까지 3명을 발기인으로 하는 '재만한인조국광복회'가 발족된다. 전광 지도하의 '재만한인조국광복회'는 그 선언강령에서 계급적, 혁명적 주장을 숨기고 표면적으로는 민족주의 독립운동에 관한 열렬한 주장을 내걸고 있었다.

이 '재만한인조국광복회'는 어떻게 조직되었던 것인가? 1936년 2월경에 있었던 일이다. 위증민이 소련에서 돌아올 때, 그는 공산국제로부터 받은 지시를 갖고 있었다. 조선민족에 관한 일련의 지시였다. 예를 들면 동만주에서 '한국민족혁명당'을 건립하는 데에 관한 문제 등이 포함된다.

그런데 1936년 3월 초경에 열렸던 미혼진(迷魂陳) 회의와, 1936년 6월경에 열렸던 동강(東崗) 회의에서 혁명당과 혁명군의 성립 문제에 관해 혁명군은 그냥 중국 항일부대 내에서 연군의 형식으로 존재시키는 것으로 합의를 보면서 따로 제3사를 내오기로 결정하였다. 그 사단장에 임명된 사람이 바로 김일성(金日成)이었다. 그리고 혁명당에 관해서도 따로 당을 만들지 않고 '재만한인조국광복회'를 만드는 것으로 합의를 보고, 그것을 발족할 때에 자연 재만 조선인들 가운데서 가장 위망 있는 혁명가를 선택하다보니 그 첫머리에 남만당의 원로격인 전광과 이동광의 이름이 오르게 되었으며 전광은 이와 관련해서 활동하고 있었던 것이었다. 아무튼 1936년 7월이 다가오는 어느 날, 전광은 '재만한인조국광복회'의 지방조직들에 지시를 내려 산하 제6사의 일부 부대가 조선 진출을 하는 데도 적극 협력하도록 한다.

12) 사라져가는 신화

어느덧 전광의 나이는 39살이 되었다. 27살 때의 전광이 남들의 눈에는 37살로 보였던 것처럼, 이제 40객이 된 전광은 노인 취급이라도 받을 수가 있는 나이였다. 원래 나이가 많은데다가 악성 심장비대증까지 와서 고생을 치렀지만 남만주에서는 전광만큼 나이도 많고, 지식도 많고, 또 혁명이력도 깊은 사람이 거의 없었다. 심지어 양정우나 위증민, 이동광 같은 사람들까지도 전광을 어려워했다. 2군 4사의 정치부 주임이었고, 이후 2군 전체의 정치부 주임까지 겸한 전광은 또 남만성위 소수민족부의 책임자였고 '재만한인조국광복회'에 관계되었던 전체 남만 항일연군의 조선인 간부들 속에서도 가장 높은 사람이었다.

오성륜(전광)을 모르는 사람이 어데 있겠어요. 오성륜을 얘기하는 사람들은 모두 그를 대단하다고 했지요. 그는 나이도 50살 남짓해 보였지만, 실지 50살까지는 아니 됐습니다. 그렇지만 그때의 우리 나이가 모두 30살 안팎이었던 것을 생각하면, 그는 정말 우리 2군에서 제일가는 좌상이었어요. 그러고도 제일 높은 상사였으니까요.

이것은 김명주(金明洙)며, 박춘일(朴春日)이며, 려영준(呂英俊) 같은 일부 2군 출신의 생존자들의 전광에 대한 회고다. 한데 더욱 재미 있는 일은 그 뒤에 발생하였다. 전광은 그 자신이 지도하고 있었던 '재만한인조국광복회'의 지방조직원들로부터 일본군 제19사단 함흥 주둔 74연대가 압록강을 건너, 얼마 전에 보천보를 습격한 2군 6사 부대를 뒤좇아 나오고 있다는 정보를 받았다.

전광은 4사의 참모장 박득범(朴得範), 단장 최현(崔賢) 등을 데리고 '헤이샤즈거우'라고 부르는 산간에서 압록강을 건너 되돌아오는 6사 부대와 만나 함께 잔백현 13도구로 이동하고 있었다. 적들의 수가 2000명에 달한다는 말을 들은 전광은 6사 사장 김일성(金日成)과 최현, 박득범 등에게 권고했다.

"앞서 우리가 섬멸해버린 이도선(李道善)의 토벌대가 아무리 악질부대라고 해도 수량상으로는 적은 부대였다. 하물며 왜놈들 정규군에야 어떻게 비기겠는가, 한데 지금은 2000대 500의 비례이니 병력대비가 너무 엄청나지 않은가? 그러니 정면충돌을 할 생각일랑 말고 어서 철수나 하고 보자."

그러나 전광의 이 권고를 김일성이 가장 완강하게 반대하였다. 이것이 바로 유명한 간삼봉(間三峰) 전투다. 한데 일본군은 실제 한 개 연대가 몽땅 온 것이 아니고 150여 명 정도가 왔을 뿐이었다. 위만군까지 합쳐봐야 고작 4, 500명 정도에 나지 않았으므로 항일연군의 세 개 사의 연합부대의 인원수(500여 명)에 비하면 어슷비슷한 병력이었다. 이 전투의 참가자이며 지휘관의 한 사람인 김일성은 전투의 첫 시작을 회고하고 있다.

바로 이날 아침이었다. 새벽부터 가랑비가 내리고 안개가 뿌옇게 끼었는데 최현 부대가 차지한 산봉우리에 있는 보초소에서 먼저 신호 총소리가 울렸다. 나는 곧 산릉선의 지휘처로 올라갔다. 최현은 보초대가 적의 포위에 들 것 같아 한 개 중대를 거느리고 전방으로 맞받아 나갔다. 적들은 순식간에 최현이 인솔한 중대를 포위해버렸다... 어떻게 하든지 사태를 수습하여야 하였다. 리동학에게 경위중대를 데리고 가서 최현 중대를 빨리 구출하라고 지시하였다. 일본군은 위만군을 앞세우고 맹렬하게 달려들었지만 최현 중대와 리동학 중대가 안팎에서 벼락

같이 달려드는 바람에 적의 포위권이 무너져 버렸다. 치열한 육박전 끝에 중대는 구출되었다. 2, 4, 6사의 10여 대의 기관총이 동시에 불을 내뿜었고 6사의 어떤 여대원들은 싸움을 하면서 한편으로 노래(아리랑)까지도 불렀다고 한다.

이때 4사 참모장 박득범으로부터 통신임무를 맡고 전광에게로 달려갔던 간삼봉 전투의 참가자 박춘일(朴春日)은 그만 눈앞에 펼쳐진 의외의 광경 앞에서 어안이 벙벙해지고 말았다. 일본군은 자기 동료들의 시체를 타고 넘으면서 목이 터지게 함성을 지르고 파도처럼 연달아 달려들고 있었다. 그야말로 기세가 등등하고 맹수처럼 집요한 돌격 앞에서 아군의 어떤 곳의 진지는 하마터면 무너져 버릴 뻔하였다. 심지어 박득범의 지휘하에 있었던 최현 부대에서는 육박전까지 벌어지고 있는 판이었다. 일설엔 그것을 지켜보고 있던 전광이 지휘초소에서 하이칼라 머리가 헝클어지고 온 얼굴이 새파랗게 질려 "完了, 完了"(끝장난다는 중국말)라는 비명을 연발하면서 돌아서서 혼자 내달려 바람같이 뒷산 마루로 오르더라는 것이었다.

13) 끝내 변절하는 비극

1935년 5월 25일에 이홍광은 환인현에서, 이어 이듬해 1936년 11월에 원 1로군 부총지휘 왕덕태(王德泰)가 무송(撫松)의 소탕하(小湯河)에서, 또 해가 바뀌어 1937년 1월에는 원 1군의 정치부 주임 송철암(宋鐵巖)이 한차례의 포위돌파전에서 속속 희생되었다. 그리고 7월 16일에는 또 이동광까지도 희생된다.

결국 왕덕태의 뒤를 이어줄만한 적임자가 마땅치 못해 남만성위 서기이며 원 1로군의 총정치부 주임이였던 위증민이 1로군의 부총지휘를 대리하였다. 이리하여 1로군의 총정치부 주임직은 원 2군의 정치부 주임이였던 전광이 이어받게 되었고, 다시 이동광이 희생되면서 또 그의 자리가 비게 되어서 별 수 없이 전광의 몸에 그 중임들이 다시 떨어지고 말았다.

1938년에 이르러 전광은 1로군의 총정치부 주임에다가, 남만성위 선전부장에다가, 또 남만성위 지방공작부(地方工作部) 부장까지 겸하였다. 실제적으로 군대의 모든 정치사업과 남만 전체의 지방조직들을 모조리 책임진 어마어마한 위치에 있었다. 그리고 원 1로군의 군수처장 호국신(胡國臣)이란 자가 도주하여 변절하였을 때는 그 군수처장의 직까지도 또 전광이 담당하는 바가 되었으니, 우선 이와 같은 사실 자체에서 당시 항일군의 상태가 심상치 않은 것도 있겠지만 남만 항일연군 최고의 원로로서 전광에 대한 양정우와 위증민의 신임과 기대가 컸다는 상징으로도 볼 수 있을 것이다.

최후로 양정우까지 희생되자 나머지 잔류 소부대들이 소련 쪽으로 철수하느냐, 마느냐는 문제가 제기되었다. 위증민은 지치고 병든 몸을 끌고 전광을 찾아왔다. 여기에는 위증민과 전광 외에도 또 김일성(金日成), 서철(徐哲), 한인화(韓仁和) 등의 인물이 참여하였다. 여기서 전광 자신은 소련으로 철수하지 않겠다고 명확하게 자기의 견해를 발표하였다고 전해진다.

이후 1941년 1월 30일의 일이었다. 전광은 갑자기 자기 막사에서 나왔다. 그는 땅이 꺼지도록 무섭게 한숨을 내쉬고 나서 무송현 제3구의 고륭툰(高隆屯) 북쪽 방향으로 말없이 걸어갔다.

14) 맺는 말

전광의 본명은 오성륜(吳成崙)이었다. 1898년 11월 17일 함경북도 온성군(穩城郡) 영와면(永瓦面)·용남동(龍南洞)에서 태어났다. 이후 여덟 살 때에 부모를 따라 화룡현 월청향(月晴鄕) 걸만동(杰滿洞)에 와서 정착하여 살았다. 전광이란 별명은 그가 1928년 8월에 중국 공산당 중앙으로부터 길림성의 반석(磐石) 일대에 파견 받은 후부터 1941년 1월 30일에 무송(撫松)의 제3구 고륭툰 북쪽 지방에서 체포되어 변절하기까지 사용했던 것이었다. 변절한 뒤에는 또 오성철(吳成哲)이라는 이름도 사용하였다.

그는 변절 후 열하성으로 파견되어 갔던 베테랑 헌병중좌 가토 후쿠지로(민생단 사건을 막후 조종했던 연길헌병대 대장)를 따라 열하성 쪽으로 자리를 옮겼으며 그곳 경무청에서 경위보 노릇을 하고 지내기도 했었다. 이때는 또 야마모도 에이유(山本英雄)라는 일본 이름도 하나 지어가지고 다녔다.

이것이 그의 생애 후반 부분이다. 이처럼 인간은 길지 않은 생애를 살면서 몇 차례 전기와 기복이 있게 마련이지만 정말 전광과 같은 극적인 변신이야말로 보기 드문 사례이다. 그는 언제나 백 미터 달리기 선수였다. 그렇기에 만주로 나올 때부터 잘못되지 않았나 싶다. 백 미터 선수에게 백오십 미터를 달리라고 하니 힘에 부친 것이 아니었을까. 그는 백 미터까지는 그 누구보다도 잘 뛰었고, 빨리 뛰었으며, 항상 앞장서서 뛰었다. 관건은 나머지 오십 미터에 있었다.

하지만 그것과는 별도로 전광의 신변에서는 성공한 혁명가들도 적잖게 나타났다. 사실 그들에게 있어서 무슨 백 미터 선수가 따로 있고 백오십 미터 선수가 따로 있는 것이겠는가. 다만 강단과 인내력으로써 자기 앞에 펼쳐진 활주로를 열심히 달려갔을 뿐이다. 어쨌든 전광은 남만의 모든 군사비밀들과 지방조직들을 털어놓았고 일본군이 김일성을 뒤쫓는 데도 대대적으로 협력하였으나 다 허탕만 치고 말았다.

그는 8·15 광복 후 잡혀 나왔다. 승덕(承德)에서 지냈던 그는 일본이 투항을 선포하기 바쁘게 그 지방의 조선인들을 모아 '조선독립독맹'이라는 단체를 만들기도 했으나 팔로군이 들어오자 곧 달려가서 변절한 사실을 고백하였다. 그토록 전광을 숭배했었고, 또 함께 숱한 곡경을 치렀던 김산이 연안에서 일본 간첩으로 몰려 잘못 살해당한 이후 10년 가까운 세월이 넘도록 전광만은 죽지 않고 살아있었던 것이다. 그 대가로 그는 승덕에 진주한 팔로군에 자기의 잘못을 빌어야 했다. 하지만 팔로군이 김산은 죽였으면서도 전광은 풀어준 것은 또 신기한 경우다.

그는 팔로군이 임서(林西)로 철수할 때 따라갔다가 그만 병에 걸려 죽었다. 혹자는 누가 총으로 쏴죽였다고도 하고, 감옥에서 죽었다고도 하고 또 암살당했다고도 하지만, 아무튼 한 인간의 기구한 운명을 통해 역사라는 이 거울에다 우리 자신의 얼굴을 한 번쯤 비추어 보는 것도 뜻 있는 일이다.

북한에서 밀리언셀러를 예약한 김일성평전

주성하 (동아일보 정치부 기자, 김일성종합대학교 졸업)

국정 역사교과서로 시끄러운 요즘 또 다른 논란이 될 수 있는 저서 하나를 알게 됐다.

'김일성평전(상·하편)'. 상편만 700페이지가 넘는다. 저자 유순호는 중국 연변에서 나서 자랐고 오래전부터 항일투쟁사에 천착했다.

동북항일연군 군장 조상지의 전기 '비운의 장군'(1998년)을 쓴 지 3년 뒤 중국에서 "사회주의 문화시장을 교란한다"는 죄목으로 활동금지를 당해 미국 뉴욕으로 건너갔다.

이후 조상지의 후임인 허형식 군장의 전기 '만주 항일 파르티잔'(2009년)을 출판했고 이번에 김일성평전을 마무리했다.

난 김일성 연구의 한 획을 그은 '북한의 지도자 김일성(서대숙)', '김일성과 만주항일전쟁(와다 하루키)'은 물론 김일성 회고록 '세기와 더불어' 8권까지 다 정독했다.

이중 유순호의 김일성평전은 과거 모든 김일성 연구서를 뛰어넘는 '끝판왕'이라고 생각한다.

과거 저서들이 광복 이전의 기록물 중심인데 반해 김일성평전은 항일 연고자들의 회고, 중국 공산당의 비밀 자료실에 보관된 문헌들과 수백 장의 진귀한 사진 등 과거 김일성 연구자들이 접할 수 없었던 생생한 중국측 자료들로 채워져 있다.

동북의 항일투쟁사를 논함에 있어서 중국측 자료의 중요성은 거의 절대적인데 그게 드디어 빗장이 풀린 것이다.

저자는 1980년대부터 20년 넘게 관련 자료를 모으고 인터뷰를 했다. 당시엔 김일성의 상관이었던 인물들이 중국에 많이 생존해 있었다.

하지만 지금은 이들이 거의 다 세상을 떠나 더 이상 인터뷰를 할 수 없다. 김일성평전은 '김일성 신화'의 거품을 공정하게 걷어내고 있다. 혁명 모금을 한다며 부자들을 협박하던 10대의 김성주도, 만주에 퍼진 김일성 신화를 이용하려 이름을 개명한 20대의 김성주도 당시 함께 했던 이들의 증언으로 까밝히고 있다.

앞서 만주에서 김일성으로 활동했던 인물들이 누구였는지도 책은 자세히 소개하고 있다. 북한이 크게 선전하는 '북만원정'도 사형 당할 위기에 처하자 야반도주한 것이며 1938년에 김일성이 일제에게 항복하려 했다는 증언도 있다.

또한 달변으로 중국인 간부들의 환심을 샀던 능력도, 민생단 누명을 벗으려 작탄대 평대원으로 자원해 두 번씩이나 선두에서 포대로 돌격했다는 등 김일성이 두드러졌다는 증언들도 가감없이 소개하고 있다.

저자는 이렇게 말했다. "1920~30년대 만주는 거대한 항일의 바다였고, 김일성은 작은 실개천이었다. 김일성의 가장 큰 업적은 죽거나 사로잡히지 않고 끝까지 살아남았다는 것이다."

최후까지 살아남은 김일성은 수많은 항일선배들의 업적을 가로채 실개천을 바다로 둔갑시켰다. 이런 신화 조작은 지금도 3대 세습의 정당성을 뒷받침하고 있다.

한 중국인 연고자는 저자에게 이렇게 말했다. "김일성이 자기가 하지 않은 일, 남이 한 일도 자기가 한 일이라고 거짓말 하는 것은 두고 볼 수 없다. 이것은 도적질과 같은 행위가 아니고 뭐겠는가."

나는 통일 후 북한에서 가장 먼저 할 일이 김일성 신화를 벗겨내는 것이라고 생각한다. 이런 일은 옛날 반공교육 시대에 만들어진 김일성 가짜설로는 어림도 없다.

김일성과 함께 했던 이들의 증언은 빼고, 그냥 '카더라'식 위주로 채워진 주장은 북한 역사보관소의 원본 문헌들만 공개돼도 즉시 생명력을 잃을 것이다.

김일성평전은 통일 후 북한에서 밀리언셀러가 될 수 있다고 생각한다. 물론 이 책이 완전무결한 것은 아닐지라도 이보다 더 낫다고 할 수 있는 책은 보지 못했다.

김일성평전의 출판을 막기 위해 북한은 원고를 사겠다는 등 각종 회유를 했고, 사료를 갖고 뉴욕까지 날아와 이것이 사실이라고 주장하기도 했다.

하지만 저자는 역사는 진실이어야 한다는 신념 하에 원고를 갖고 서울로 왔다. 그러나 100여개의 출판사와 접촉했지만 모두 거절당했다.

"국가보안법 때문에", "보수단체가 고소하면 변호사비로 큰 돈 날릴 것"이란 이유였다. 자비로 우여곡절 끝에 겨우 상편 30부만 찍었지만 이대로라면 이 책은 출판사를 찾지 못해 묻힐 처지다.

한국에선 1980~90년대에 벌써 김일성의 항일투쟁사를 담은 책들이 출판됐다. 그런데 수십 년이 지난 2016년의 대한민국에선 김일성 신화를 무너뜨릴 저서가 김일성의 항일활동을 다뤘다는 이유로 외면당하고 있다.

이걸 보며 많은 생각이 교차한다. 우리는 진보한 것인가, 퇴보한 것인가. 역사 앞에 정직할 자세와 준비는 돼있는 것인가. 북한의 역사 왜곡을 당당히 단죄할 수 있을까. 김일성평전 하나 찍을 아량조차 사라진 곳에서 공정한 역사교과서가 나올 수 있을까.

난 김일성평전은 살아남아야 한다고 믿는다. 통일 후 북한 사람들은 한때의 공산주의자가 어떻게 인민을 철저히 배신했는지를 다시 배워야 할 것이다. (2016년 12월30일)

유순호의 30년이 녹아 있는 '김일성평전'

최삼룡(평론가, 전 중국연변사회과학원 문학연구소 소장)

김일성에 대한 대작을 쓰려는 생각은 유순호의 일시적인 문학적 영감 때문에 시작된 것이 아니다.

20대의 젊었던 시절의 유순호를 지켜보았던 적이 있는 나의 기억으로 그가 이 책에 들인 세월을 계산하면 아마도 30년은 되는 것 같다. 1980년대 말~1990년대 초, 30대에 접어들었던 유순호는 동북의 대지에서 청춘과 생명을 받쳐 일제침략자들과 싸운 항일투사들의 업적을 기리는 작품을 창작하려는 큰 뜻을 품고 가정 경제 형편이 아주 어려운 여건에서도 모든 생업을 다 팽개쳐버린채로 배낭을 해메고 동북의 항일전적지에 대한 답사를 진행하였다. 할빈, 장춘, 심양 등지의 박물관이란 박물관은 거의 다 참관하였으며 항일 관련 도서 몇 백부를 읽었고 문헌 자료 수십만 자, 사진자료 수천 장을 수집했다. 또한 1990년대까지도 생존해 있던 항일투사들 100여명을 만나 인터뷰를 하였던 사실이 알려지면서 그의 주변 동료들속에서 일대 화제가 되기도 했다..

그러한 준비 끝에 그는 잇따라 '비운의 장군', '만주 항일 파르티잔'을 집필했고 드디어 오늘은 '김일성평전'을 세상에 내놓게 된 것이다. 학계에 몸을 담고 있는 분들이라면 다 알고 있는 상식이지만 연구논문이나 논저가 그 사회적 가치를 인정받자면 거기엔 세 가지가 있어야 한다. 새로운 자료, 새로운 견해, 새로운 접근 방법이다. 물론 이중 세 가지, 또는 두 가지를 갖고 있는 논문, 논저도 있겠지만, 설사 어느 한 가지만 있어도 그것은 사회적으로 긍정을 받을 자격이 있다.

유순호의 '김일성평전'은 수많은 역사 자료를 우리 앞에 펼쳐 보인다. 특히 이 책을 통해 지금까지 남과 북, 중국에서 정식으로 출판된 어느 도서에서도 찾아볼 수 없는 새로운 자료를 대량으로 읽어볼 수 있다. 그리고 김일성과 함께 싸웠던 수십 명의 항일 연고자들이 진술한 새로운 자료들도 이 책엔 가득 차 있다. 특히 사람을 놀라게 하는 것은 많은 자료들을 서술함에 있어서 사건과 인물들의 연관성을 세심하게 발굴해 아주 설복력이 있게 역사의 진실을 밝히고 있다는 것이다. 만약 이 책이 보통 역사서처럼 "누가 언제 어디서 무엇을 어떻게 하여 어떻게 되었는데 그 의의는 어떠하다 또 교훈은 어떠하다"는 식으로 서술되었더라면 설사 새로운 자료라고 해도 지금 이 책에서처럼 진실성을 획득하지 못했을 것이다.

유순호는 '김일성평전'에서 대량의 자료에 기초하여 김일성에 대한 새로운 견해를 수두룩하게 제기하고 있다. 지금까지 남과 북, 중국과 일본에서 출판된 김일성에 대한 평가에 반대되는 역설적인 견해들을 내세웠다. 이 책에 제기된 많은 것들은 이런 질문에 대한 대답을 찾는 과정이다. 김일성이 정말 백전백승, 천하무적의 영장인가, 살이 있고 피가 있고 희로애락이 있는 보통 반일투사인가. 김일성이 공산주의자인가, 민족주의자인가. 김일성이 신(神)인가, 인간(人間)인가. 김일성은 가짜이며 별 볼일 없는 초라한 존재인가, 아니면 진짜 조국의 광복을 위하여 10년 넘게 총을 들고 싸워온 항일투사인가.

주지하다시피 반세기 넘는 세월 이러루한 문제에 대한 세인들의 의론은 구구했는데 유순호는 이 책에서 30여년 손수 수집한 자료에 근거하여 김일성은 신이 아닌 인간이다. 김일성은 가짜가 아닌 진짜다. 김일성은 백전백승의 영장이 아니라 보통 항일투사라고 자기의 견해를 명확히 밝혔다.

역사가 결국 김일성을 어떻게 평가할 것인가 하는 문제는 지금 누구도 단정할 순 없다. 분명한 것은 지금까지 여러 나라에서 출판된 김일성에 대한 글을 보면 그 평가의 차이는 대단히 크다. 문학을 공부하는 필자는 역사에 대해선 문외한이지만 초등학교 시절부터 고래희가 넘은 지금까지 읽어본 김일성에 대한 책을 적지 않은데 그중 가장 대표적인 것이 조선로동당출판사의 '위대한 수령 김일성동지의 혁명활동 약력'과 림은(林隱)의 '김일성 왕조비사'(일문판), 서대숙(徐大肅)의 '김일성'과 양소전(楊昭全)의 '김일성전'(중문판)이다. 하지만 그 책들에서 김일성의 경력이나 업적, 인격에 대한 논술의 진실 여부를 떠나서 그 견해의 차이가 너무 크다는 점에 대해선 놀라지 않을 수 없었다. 예를 들면 필자의 생각으로는 아주 간단할 것 같은 문제, 즉 "김일성의 중국 공산당에 가입했느냐, 언제 가입했느냐"하는 문제를 놓고서도 의론이 분분하고 그 해답이 구구한 논술을 보면서 참으로 역사란 무엇인가라는 가장 원초적인 물음에 답을 낼 수 없어 쩔쩔 맨 적이 있었다.

이제 이 유순호의 '김일성평전' 또한 여러 곳에서 출판된 것들과 비교해보면 독자들은 엄청난 차이를 발견하고 놀라움을 금하지 못할 것이다. 하기는 중국의 모택동이나 구소련의 스탈린 등 대인물들에 대한 견해의 차이처럼 이 문제는 지금 세상에서는 해결하지 못할 문제이기 때문에 별로 크게 놀라운 것이 아니다. 그러므로 필자는 이 자리를 빌어 이 책을 읽음에 있어서 다른 김일성에 대한 글과 이 '김일성평전'의 견해의 차이에 충분한 주의를 돌리기를 바란다.

다음으로, 필자는 이 책의 역사학적 가치 외에 문학적 가치에 말하고 싶은데, 유순호 작가는 이 책에서 신(神)을 쓴 것이 아니라 인간(人間)을 썼다는 것이다. 중국에서 지식인 55만 000명을 타도해버린 반우파 운동의 확대화와 수백만의 무고한 생명을 빼앗아가고 10년간 10억의 인민대중에게 큰 재난을 들씌운 문화대혁명을 겪어본 필자로서 영수인물을 인간으로 쓰기 쉽지 않다는 것을 너무나 잘 알고 있다. 이것은 다른 나라의 이야기가 아니라 우리나라의 이야기며 역사이야기가 아니라 현실이야기다. 솔직히 말한다면 중국에서도 신에 대한 이야기는 지금도 계속되고 있다. 우리는 참말을 하기 힘든 것처럼 인간에 대한 이야기도 쉽지 않은 오늘을 살고 있는 것이다. 나는 이것은 비단 중국 한나라의 상황이 아니라고 생각한다. 하기에 인간에 대한 이야기는 참말과 함께 소중하다. 이런 시각으로 '김일성평전'에 접근한다면 읽는 이들은 보다 큰 수확을 얻을 수 있을 것이다.

그 다음, 이 문제는 인간을 쓰는 이야기와 직결되는 문제인데 역사를 어떻게 쓰겠는가 하는 문제이다. 역사를 어떻게 쓰겠는가는 엄청 큰 문제이고 지금도 그 해설이 구구한 문제이다. 전통적인 사실주의에서는 역사란 인류의 지난날이라고 하지만 모더니즘과 포스트모더니즘에서는 역사란 모두 현대사라고 하고 심지어는 역사란 생명개체의 기억의 조각이라고 하며 더욱 극단적인 견해로서는 역사는 종결되었다, 역사란 없다고까지 역설한다. 이런 상황에서 역사를 쓰기가 어디 쉽겠는가. 진짜 역사학의 시각에서 나는 아무 대답도 할 수 없지만 문학적으로 나는 역사를 씀에 있어서 가장 중요한 태도는 역사속의 인간을 써야 한다는 것이다.

여기서 필자 본인의 글 한 단락 인용한다. 이 글은 1998년 유순호 작가의 첫 전기문학작품 '비운의 장군-동북항일연군의 명장 조상지비사'에 쓴 발문 앞부분이다.

"역사는 확실하게 인간이 만들어내는 것이다. 천사 절반, 야수 절반의 인간이 만들어내는 역사이기에 역사가 만들어지는 과정은 아무리 객관적이고 필연적이라 해도 거기에는 주관적이고 우연적인 것이 있으며 희비극이 교차되고 진선미(眞善美)와 가악추(假惡醜)가 교차되며 고상한 것과 비열한 것, 용감한 것과 비열한 것이 교차되는 과정이다. 그러나 우리는 습관적으로 필연적이고 객관적인 것만 역사라고 부르며 그 과정에 발생하고 발전하고 소멸되었던 무수한 인간희비극은 무시해버리는 것이다. 이건 틀린다고 할 수 없으며 역사학문은 앞으로도 영원히 그렇게 될 수밖에 없을 것이다. 그러나 문학의 경우는 그렇지 않다. 문학에서는 역사의 필연성, 객관성뿐만 아니라 역사속의 인간에 초점을 맞추어야 한다. 문학에서는 역사속의 인간의 운명과 희로애락과, 역사의 흐름 속에서 인간이 출연하는 그 무수한 희비극 그리고 인간이사는 모습과 정신상태가 주요한 것이다." (발문 〈 인간이 만드는 역사와 역사속의 인간〉 유순호 '비운의 장군'429페지)

근 20년 전에 쓴 글을 여기에 인용하는 것은 바로 유순호의 역작 '김일성평전'의 제일 큰 가치는 역사를 창조하는 인민대중과 항일투사들을 썼을 뿐만 아니라 역사 속의 한 인간 김일성을 썼다는 것이다.

마지막으로 이 책은 상술한 몇 가지 외에도 많은 파생적인 가치가 있는데 그것은 즉 역사적, 교육적 가치가 있다는 것이다. 이것은 결코 높은 자리에 앉아있는 사람들뿐 만 아니라 극히 평범한 일상을 살아가는 보통 사람들에게도 많은 경험과 교훈과 계시와 느낌을 주는 거대하고 미묘한 텍스트라는 것을 힘주어 내세우고 싶다.

어느 석학의 말씀대로 역사란 결코 흘러간 시간뿐이 아니라 오늘도 우리의 삶에 작용하는 생명 활력소의 한 부분이다. 역사 창조에 참가한 사람들의 성공과 실패, 영광과 수치, 그들의 인격적 우점과 결점 그리고 그들의 세계관, 가치관, 인생관에 안받침 된 문화적인 앙금은 영원히 후세사람들에게 어떤 계시와 느낌을 줄 것이며 어떤 의미의 거울로 될 것이며 삶의 지혜를 가르쳐줄 것이다.

물론 이 책에도 부족한 점도 지적할 수 있는 문제도 있다. 이런 모자람들과 문제들에 대해 많은 사람들의 의론과 쟁명을 기대한다. 이러한 의론과 쟁명을 통해서만이 역사에 대한 우리의 올바른 해석이 가능할 것이며 역사학 혹은 문학이 소수의 귀족의 테두리를 벗어나 민초들의 정신식량으로 될 것이다.

이상 몇 가지 의미에서 나는 '김일성평전'을 쓰기 위해 애를 쓴 유순호의 30여년 세월을 매우 치하하고 싶으며 '김일성평전'의 가치를 높이 평가하고 싶다. 유순호의 나이가 아직도 젊었으니 앞으로 더 훌륭한 작품이 쏟아져 나오리란 것을 믿어 의심치 않는 바이다.

2017년 1월 5일 오후 1시 정각. 연길 빈강가원 자택에서.

'김일성평전'이 담고있는 세가지 걸출한 특징

정인갑(전 中華書局編審 編輯部長, 전 淸華大學中文學部 敎授)

'김일성평전(상)'(이하 평전)을 보이며 "수십 년간 이 책을 써왔는데 편폭은 방대하지, 보고자 하는 사람이 있을지 궁금하지…. 하여 답답한 김에 일단 한국에 들고 왔는데 좀 보아 주세요"라는 것이었다. 나는 주야를 이어 단숨에 다 보았다. 말하자면 이 책의 첫 독자 중의 한 사람이 된 셈이다.

'평전' 출판에 즈음하여 본인의 소감을 아래와 같이 간단히 적어본다. 약 10년 전 북경 M대학의 조선족 W 교수가 '육문(毓文)중학 시절의 김일성'이란 중문 원고를 내게 주며 "출판할 수 있게끔 도와주세요"라는 것이었다. 북한에서는 벌써 10대의 김일성을 신격화한 책이 출판되었었다. 이 중문 원고도 누구의 작품인지는 모르겠지만 당연 북한 책과 내용이 비슷해 중국 모 출판사에서 출판거부를 당하였던 것이다. 나는 쾌히 승낙하고 보고서를 작성하여 중국 '신문출판총서(新聞出版總署) 도서사(圖書司)' Y 사장에게 의뢰하였다. Y 사장은 문제도서의 출판 가부(可否)를 결정하는 1인자이며 필자와는 친구이므로 자신만만하게 승낙할 수 있었다. 1개월 후 신문출판 총서의 인감도가 찍힌 공문서가 내려왔는데 난 깜짝 놀랐다.

"'육문중학 시절의 김일성'의 출판을 불허한다. 본 공문서는 중국 각 신문출판국, 출판사 및 서점(출판업을 겸하는 서점)에 모두 배포 한다." 공문서의 내용이었다. 나는 불쾌한 마음으로 Y 사장을 찾아갔다. "불허하려면 불허할거지 왜 이렇듯 광범위하게 공문서를 배포하느냐. 친구사이에 이럴 수 있느냐." 내가 잘 아는 출판사가 많으므로 편법으로 출판할 가능성이 있으므로 이런 말을 했던 것이다. Y 사장은 부득불 내부 규정을 내보였다. 출판을 엄격히 공제하라는 책이 28가지인데 ① 형제국가 공산당지도자, ② 인권, ③ 종교, ④ 소수민족 등의 내용을 담은 책들이었다. "이런 책들은 시비 표준을 파악하기 어렵고, 출판 후 문제되기 쉬우며 문제 생기면 옷을 벗어야 하오. 그러므로 아예 출판을 불허하는 수밖에 없소. 내가 김일성 책에 관한 처리가 얼떨떨했다가 문제 생기면 큰일 나오. 당신 나의 처지를 이해해 주오." Y 사장의 간곡한 말이며 나도 수그러들고 말았다.

'형제국가'는 주요하게 북한을 일컫는데 김일성을 비롯한 북한 고위층의 자료가 중국에 매우 많지만 지금까지 봉쇄되어 있다. 김일성의 광복까지의 자료는 거의 다 중국에 있는데 이것을 떠난 '김일성전기'가 가능하겠는가. '평전'은 항일유적지의 답사, 독립지사 당사자(많은 당사자나 그의 직계가 1990년대까지 살아 있었음)와의 인터뷰 및 많은 중국자료의 추적을 거쳐 썼으므로 귀중하다. 최초로 중국자료를 채용한 '평전', 이것이 본 책의 첫 번째 장점이다.

김일성은 어떤 사람인가? '평전' 상권에 나타난 김일성의 손꼽을만한 '업적'은 두 건 뿐이다. 하나는 러시아로 도망치는 구국군 두목 왕덕림(王德林)을 설득하러 러시아변경까지 따라갔다가 얼굴에 동상을 입은 것, 다른 하나는 유수천(楡樹川) 전투에서 인정받을만한 '공로'를 세운 것이다. 거룩한 국모(國母)로 부각된 김일성의 모친 강반석도 남편이 죽자 중국인에게 재가했던 것이다. 최고의 공적으로 칭송한 보천보 전투에 김일성은 참가하지도 않은 상황이다.

나는 김일성에 관한 북한의 모든 출판물을 거의 다 보았다. 김일성은 인류의 태양, 나아가 신이다. 당연 황당무계하다. 한국 일본 미국 등지에서 김일성은 진짜를 사칭한 가짜 인물, 하찮은 소인배, 또라이다. 역시 사실에 어긋난다. 정확히 말하면 광복까지의 김일성은 만주 항일대오 중 중국인 수령급의 인물들을 다포함하여 랭킹 50위권에 들어갈까 말까한 정도의 아주 평범한 기층 골간이다.

중국 역사상 공신을 가장 많이 죽인 개국 군주는 한고조(漢高祖) 유방(劉邦)과 명태조(明太祖) 주원장(朱元璋)이다. 이 둘의 타고난 신분과 능력이 매우 낮기 때문이었다. 김일성도 자기보다 훌륭한 사람이 그토록 많음에도 불구하고 소련의 후광을 업고 국가원수의 자리를 지키기 위하여 남로당파, 친소파, 연안파 및 갑산파 등 수만 명의 한다하는 혁명가들을 죽였다. 이 책을 보면 충분히 이해가 간다. 인간 김일성의 있는 그대로의 진면모, 이것이 본 '평전'의 두 번째 장점이다.

내 아내의 조부는 백두산 일대에서 항일무장투쟁을 하다가 변절자의 밀고로 일본군에게 교살 당하였다. 연변 으뜸의 항일투사이므로 연변박물관에 '항일투사 길중백(吉仲伯)'이란 큰 사진이 걸려 있으며 장인, 장모는 중국 정부로부터 항일열사가족의 우대를 받았다. 내가 한국인들에게 이런 말을 했더니 "음, 빨갱이들과 같이 했겠구만"이라며 들을 가치가 없다는 기색이다.

한국에서는 '항일'하면 당연 이승만 아니면 김구, 안중근 아니면 윤봉길을 운운하며 다른 사람들은 '좀 비켜서라'이고 '빨갱이' 계열은 더 말할 여지도 없다. 역사 유물주의 견해로 볼 때 천천만만 인민대중이 총칼 들고 목숨 바치며 싸운 항일이 더 위대한, 역사에 빛날 항일이다. 일본제국주의를 반대했으면 당연 다 유공자이지 여기에 '빨갱이'를 운운함이 맞는가?

중국에서의 우리 겨레의 항일은 ⓐ 김좌진 등 초기독립군, ⓑ 상해임정, ⓒ 국민당군, ⓓ 공산당 연안계열, ⓔ 공산당 만주계열, 이렇게 5가지로 나뉜다. 한국에서는 그중 ⓒ와 ⓓ에 대한 연구가 가장 박약하다. '평전'에 200여만 우리 겨레가 총동원되어 천천만만의 무장대오가 일본침략군과 싸운 장면이 혁혁히 나타났다. 이를 시점으로 우리겨레의 항일에 대한 연구가 새로운 국면이 초래될 지도 모른다. 이것이 본 '평전'의 세 번째 장점이다.

나는 한국 국사편찬위원회 격인 베이징 중화서국(中華書局)에서 평생 근무했으며 편집부장까지 하였으므로 역사적 감각은 꽤나 있는 사람이다. 그러나 중화서국은 현대사를 취급하지 않고, 나도 개인적으로 우리겨레의 독립운동, 김일성의 생애 등에 대해 연구한 적이 없으므로 '평전'에 대해 왈가왈부할 자격이 없다. 그럼에도 외람되게 몇 글자 쓰오니 독자들이 참고하시기 바란다.

2017년 1월 10일. 새벽 1시 한국 서울에서

김일성평전

부제 | 만주벌 눈바람아, 이야기하라

1판 1쇄 발행 2017년 01월25일

ⓒ 유순호

지은이	유순호
펴낸이	김인철
편집, 교정교열	홍성원, 김다희, 김경숙
펴낸곳	지원인쇄출판사
등록일	2017년 1월10일
사업자등록번호	465-86-00346
내지, 표지디자인	유순호
출판사주소	서울특별시 강서구 양천로 670 2층 1호 (염창동)
전화	02-2272-5562 HP: 010-4528-5562
인쇄	(주) 지원인쇄출판사 02-2272-5562
홈페이지	www.nykca.com
이메일	liushunhao@hanmail.net(저자) ickim1205562@daum.net (펴낸이)
정가	55,000원

ISBN 979-11-960093-0-4

■ 저자와의 협약에 의해 인지는 생략
■ 잘못 된 책은 바꾸어드립니다.

「이 도서의 국립중앙도서관 출판예정도서목록(CIP)은 서지정보유통지원시스템 홈페이지(http://seoji.nl.go.kr)와 국가
자료공동목록시스템(http://www.nl.go.kr/kolisnet)에서 이용하실 수 있습니다.(CIP제어번호: CIP2017001704)」